I MERIDIANI

LUIGI PIRANDELLO
TUTTI I ROMANZI

a cura di Giovanni Macchia
con la collaborazione di Mario Costanzo

volume secondo

Arnoldo Mondadori
Editore

ISBN 88-04-10232-2

I edizione I Meridiani febbraio 1973
X edizione I Meridiani aprile 1998

OPERE DI LUIGI PIRANDELLO

nuova edizione
a cura di Giovanni Macchia

SOMMARIO

LUIGI PIRANDELLO
TUTTI I ROMANZI
volume secondo

I VECCHI E I GIOVANI

Ai miei figli
giovani oggi vecchi domani

PARTE PRIMA

I

La pioggia, caduta a diluvio durante la notte, aveva reso impraticabile quel lungo stradone di campagna, tutto a volte e risvolte, quasi in cerca di men faticose erte e di pendìi meno ripidi. Il guasto dell'intemperie appariva tanto più triste, in quanto, qua e là, già era evidente il disprezzo e quasi il dispetto della cura di chi aveva tracciato e costruito la via per facilitare il cammino tra le asperità di quei luoghi con gomiti e giravolte e opere or di sostegno or di riparo: i sostegni eran crollati, i ripari abbattuti, per dar passo a dirupate scorciatoje. Piovigginava ancora a scosse nell'alba livida tra il vento che spirava gelido a raffiche da ponente; e a ogni raffica, su quel lembo di paese emergente or ora, appena, cruccioso, dalle fosche ombre umide della notte tempestosa, pareva scorresse un brivido, dalla città, alta e velata sul colle, alle vallate, ai poggi, ai piani irti ancora di stoppie annerite, fino al mare laggiù, torbido e rabbuffato. Pioggia e vento parevano un'ostinata crudeltà del cielo sopra la desolazione di quelle piagge estreme della Sicilia, su le quali Girgenti, nei resti miserevoli della sua antichissima vita raccolti lassù, si levava silenziosa e attonita superstite nel vuoto di un tempo senza vicende, nell'abbandono d'una miseria senza riparo. Le alte spalliere di fichidindia, ispide, carnute e stravolte, o le siepi di rovi secchi e di agavi, le muricce qua e là screpolate erano di tratto in tratto interrotte da qualche pilastro cadente che reggeva un cancello scontorto e arrugginito, o da rozzi e squallidi tabernacoli, i quali, nella solitudine immobile, guardati dagl'ispidi rami degli alberi gocciolanti, anziché conforto ispiravano un certo sgomento, posti com'eran lì a ricordare la fede a viandanti (per la maggior parte campagnuoli e carrettieri) che troppo spesso, con aperta o nascosta ferocia, dimostravano di non ricordarsene. Qualche triste uccelletto sperduto veniva, col timido volo delle penne bagnate, a posarsi su essi; spiava, e non ardiva mettere neppure un lamento in mezzo a tanto squallore. Vi strillava, al contrario (almeno a prima vista), una giumenta bianca montata da un fantoccio in calzoni rossi e cappotto turchino. Se non che, a guardar bene, quella giumenta bianca si scopriva anch'essa compassionevole: vecchia e stanca, sbruffava ogni tanto dimenando la testa bassa, come se non ne potesse più di sfangare per quello stradone; e il cavaliere, che la esortava amorevolmente, pur in quella vivace uniforme di soldato borbonico, non appariva meno avvilito della sua bestia, le mani paonazze, gronchie dal freddo, e tutto ristretto in sé contro il vento e la pioggia.

– Coraggio, Titina!

E intanto il fiocco del berretto a barca, di bassa tenuta, pendulo sul davanti, gli andava in qua e in là, quasi battendo la solfa al trotto stracco della povera giumenta.

Dei rari passanti a piedi o su pigri asinelli qualcuno che ignorava come qualmente il principe don Ippolito Laurentano tenesse una guardia di venticinque uomini con la divisa borbonica nel suo fèudo di Colimbètra, dove fin dal 1860 si era esiliato per attestare la sua fiera fedeltà al passato governo delle Due Sicilie, si voltava stupito e si fermava un pezzo a mirare quel buffo fantasma emerso dai velarii strappati di quell'incerto crepuscolo, e non sapeva che pensarne.[1]

Passando innanzi allo stupore di questi ignoranti,

Placido Sciaralla, capitano[1] di quella guardia, non ostante il freddo e la pioggia ond'era tutto abbrezzato e inzuppato, si drizzava sulla vita per assumere[2] un contegno marziale; marzialmente, se capitava, porgeva con la mano il saluto a qualcuno di quei tabernacoli; poi, chinando[3] gli occhi per guardarsi le punte tirate sù a forza e insegate dei radi baffetti neri (indegni baffi!) sotto il robusto naso aquilino, cangiava l'amorevole esortazione alla bestia[4] in un: – Sù! sù! – imperioso, seguito da una stratta alla briglia e da un colpetto di sproni giunti, a cui talvolta Titina – mannaggia! – sforzata così nella lenta vecchiezza, soleva rispondere dalla parte di dietro con poco decoro.[5]

Ma questi incontri, tanto graditi al capitano, avvenivano molto di rado.[6] Tutti ormai sapevano di quel corpo di guardia a Colimbètra, e ne ridevano o se n'indignavano.

– Il Papa in Vaticano[7] con gli Svizzeri; don Ippolito Laurentano, nel suo fèudo con Sciaralla e compagnia!

E Sciaralla, che dentro la cinta di Colimbètra si sentiva a posto, capitano sul serio, fuori non sapeva più qual contegno darsi per sfuggire alle beffe e alle ingiurie.

Già cominciamo che tutti lo degradavano, chiamandolo caporale. Stupidaggine! indegnità! Perché lui comandava ben venticinque uomini (ohè, venticinque!) e bisognava[8] vedere come li istruiva in tutti gli esercizii militari e come li faceva trottare. E poi, del resto, scusate, tutti[9] i signoroni non tengono forse nelle loro terre una scorta di campieri in divisa?

Veramente, dichiararsi[10] campiere soltanto, scottava un pò' al povero Sciaralla, che « nasceva bene » e aveva la patente di maestro elementare e di ginnastica. Tuttavia, a colorar così la cosa s'era piegato talvolta a malincuore, per non essere qualificato peggio.[1] Campiere, sì. Campiere capo.[2]

– Caporale?

– Capo! capo! Che c'entra caporale? Ammettete allora che[3] sia milizia?

Di chi? come? e perché vestita a quel modo? Sciaralla si stringeva nelle spalle, socchiudeva gli occhi:

– Un'uniforme[4] come un'altra. Capriccio di Sua Eccellenza, che volete farci?

Con alcuni più crèduli, tal'altra, si lasciava[5] andare a confidenze misteriose: che il principe cioè, mal visto per le sue idee dal governo italiano, il quale – figurarsi! – avrebbe alzato il fianco a saperlo morto assassinato o derubato senza pietà, avesse davvero bisogno nella solitudine della campagna di quella scorta, di cui egli, Sciaralla, indegnamente era capo. Restava però sempre da spiegare perché quella scorta dovesse andar vestita di quell'uniforme odiosa.

– Boja, piuttosto! – s'era sentito più volte rispondere il povero Sciaralla, il quale allora pensava con un po' di fiele quanto[6] fosse facile al principe il serbare con tanta dignità e tanta costanza quel fiero atteggiamento di protesta, rimanendo sempre chiuso[7] entro i confini di Colimbètra, mentre a lui e ai suoi subalterni toccava d'arrischiarsi fuori a risponderne.

Invano, a quattr'occhi, giurava e spergiurava, che mai e poi mai, al tempo dei Borboni, avrebbe indossato quell'uniforme, simbolo di tirannide allora, simbolo dell'oppressione della patria; e soggiungeva scotendo le mani:

– Ma ora, signori miei, via! Ora che siete voi i padroni... Lasciatemi stare! È pane. Dite sul serio?

Gli volevano amareggiare il sangue a ogni costo, fingendo di non comprendere che egli poi non era tutto nell'abito che indossava; che sotto quell'abito c'era un uomo come tutti gli altri[8] costretto a guadagnarsi da vivere in qualche porca maniera. Con gli sguardi, coi sorrisi, componendo il volto a un'aria di vivo interessamento ai casi altrui, cercava in tutti i modi di stornar l'attenzione da quell'abito; poi, di tutte quelle arti che usava, di tutte quelle smorfie che faceva, si stizziva fieramente con se stesso, perché, a guardar quell'abito senza alcuna idea, gli pareva bello, santo Dio! e che gli stésse proprio bene; e quasi quasi gli cagionava rimorso il dover fingersi afflitto di portarlo.

Aveva sentito dire che sù a Girgenti un certo « funzionario » continentale, barbuto e bilioso, aveva pubblicamente dichiarato con furiosi gesti, che una tale sconcezza, una siffatta tracotanza, un così patente oltraggio alla gloria della rivoluzione, al governo, alla patria, alla civiltà, non sarebbero stati tollerati in alcun'altra parte d'Italia, né forse in alcun'altra provincia della stessa Sicilia, che non fosse questa di Girgenti, così... così... – e non aveva voluto dir come, a parole; con le mani aveva fatto un certo atto.[1]

Oh Dio, ma proprio per lui, per quell'uniforme borbonica dei venticinque uomini di guardia, tanto sdegno, tanto schifo? O perché non badavan piuttosto codesti indignati al signor sindaco, ai signori assessori e consiglieri comunali e provinciali e ai più cospicui cittadini, che venivano a gara, tutti parati e impettiti, a fare ossequio a S. E. il principe di Laurentano, che li accoglieva nella[2] villa come un re nella reggia? E Sciaralla non diceva dell'alto clero con monsignor vescovo alla testa, il quale, si sa, per un legittimista come Sua Eccellenza, poteva considerarsi naturale alleato.

Sciaralla gongolava e gonfiava per tutte queste visite; e nulla gli era più gradito che impostarsi ogni volta su l'attenti e[3] presentar le armi. Se veniva monsignore, se veniva il sindaco, la sentinella chiamava dal cancello il drappelletto dal posto di guardia vicino, e un primo saluto, là, in piena regola, con un bel fracasso d'armi, levate e appiedate di scatto; un altro saluto poi, sotto le colonne del vestibolo esterno della[1] villa, al richiamo dell'altra sentinella del portone. Rispetto al salario, era così poco il da fare, che tanto lui quanto i suoi uomini se ne davano apposta, cercandone qua e là il pretesto; e una delle faccende più serie erano appunto questi saluti *alla militare*, i quali servivano a meraviglia a toglier loro l'avvilenza di vedersi, così ben vestiti com'erano, inutili affatto.

In fondo, con tali e tanti protettori, Sciaralla avrebbe potuto ridersi della baja che gli dava la gente minuta, se, come tutti i vani, non fosse stato desideroso d'esser veduto e accolto da ognuno con grazia e favore.[2] Non sapeva ridersene poi, e anzi da un pezzo in qua ne era anche più d'un po' costernato, per un'altra ragione.

C'era una chiacchiera in paese, la quale di giorno in giorno si veniva sempre più raffermando, che tutti gli operai delle città maggiori dell'isola, e le contadinanze e, più da presso, nei grossi borghi dell'interno, i lavoratori delle zolfare si volessero raccogliere in corporazioni o, come li chiamavano, in *fasci*, per ribellarsi non pure ai signori, ma a ogni legge, dicevano, e far man bassa di tutto.

Più volte, essendo di servizio nell'anticamera, ne aveva sentito discutere nel salone. Il principe ne dava colpa, s'intende, al governo usurpatore che prima aveva gabbato le popolazioni dell'isola col lustro della libertà e poi la aveva affamata con imposte e manomissioni inique; gli altri[3] gli facevano coro; ma monsignor vescovo pareva a Sciaralla che meglio di tutti sapesse scoprir la piaga.

Il vero male, il più gran male fatto[4] dal nuovo governo non consisteva tanto nell'usurpazione che faceva ancora e giustamente sanguinare il cuore di S. E. il principe di Laurentano. Monarchie, istituzioni civili e sociali: cose temporanee; passano; si farà male a cambiarle agli uomini o a toglierle di mezzo, se giuste e sante; sarà un male però possibilmente rimediabile. Ma se togliete od oscurate agli uomini ciò che dovrebbe splendere eterno nel loro spirito: la fede, la religione? Orbene, questo aveva fatto il nuovo governo! E come poteva più il popolo starsi quieto tra le tante tribolazioni della vita, se più la fede non gliele faceva accettare con rassegnazione e anzi con giubilo, come prova e promessa di premio in un'altra vita? La vita è una sola? questa? le tribolazioni non avranno un compenso di là, se con rassegnazione sopportate? E allora per qual ragione più accettarle e sopportarle? Prorompa allora l'istinto[1] bestiale di soddisfare quaggiù tutti i bassi appetiti del corpo!

Parlava proprio bene, Monsignore. La vera vera ragione di tutto il male era questa. Insieme però con Monsignore[2] che veramente, ricco com'era, sentiva poco le tribolazioni della vita, Sciaralla avrebbe voluto che tutti i poveri la riconoscessero, questa ragione. Ma non riusciva a levarsi dal capo un vecchierello mendico, presentatosi un giorno al cancello della villa col rosario in mano, il quale, stando ad aspettar l'elemosina e sentendo un lungo brontolio nel suo stomaco, gli aveva fatto notare con un mesto sorriso:

– Senti? Non te lo dico io; te lo dice lui[3] che ha fame...

La costernazione di Sciaralla, per quel grave pericolo che sovrastava a tutti i signori, proveniva più che altro dalla sicurezza con cui il principe, là nel salone, pareva lo sfidasse. Riposava certo su lui e sul valore e la devozione dei suoi uomini quella sicurezza del principe, al quale poteva bastare che dicesse di non aver paura, lasciando poi agli altri il pensiero del rimanente.

Fortuna che finora lì a Girgenti nessuno si moveva, né accennava di volersi muovere! Paese morto. Tanto vero – dicevano i maligni – che vi regnavano i corvi, cioè i preti. L'accidia, tanto di far bene quanto di far male, era radicata nella più profonda sconfidenza della sorte, nel concetto che nulla potesse avvenire, che vano sarebbe stato ogni sforzo per scuotere l'abbandono desolato, in cui giacevano non soltanto gli animi, ma anche tutte le cose. E a Sciaralla parve di averne la prova nel triste[1] spettacolo che gli offriva, quella mattina, la campagna intorno e quello stradone.

Aveva[2] già attraversato il tratto incassato[3] nel taglio perpendicolare del lungo ciglione su cui sorgono aerei e maestosi[4] gli avanzi degli antichi Tempii akragantini. Si apriva là, un tempo, la Porta Aurea dell'antichissima città scomparsa. Ora egli ranchettava[5] giù per il pendìo che conduce alla[6] vallata di Sant'Anna, per la quale scorre, intoppando qua e là, un fiumicello di povere acque: l'*Hypsas*[7] antico, ora *Drago*, secco d'estate e cagione di malaria in tutte le terre prossime, per le trosce stagnanti tra gl'ispidi ciuffi del greto. Impetuoso e torbido per la grande acquata della notte scorsa, investiva laggiù, quella mattina, il basso ponticello uso, d'estate, ad accavalciare i ciottoli e la rena.

Veramente da quella[8] triste contrada maledetta dai contadini, costretti a dimorarvi dalla necessità, macilenti, ingialliti, febbricitanti, pareva spirasse nello squallore dell'alba un'angosciosa oppressione di cui anche i rari alberi che vi sorgevano fossero compenetrati: qualche centenario olivo saraceno dal tronco stravolto, qualche mandorlo ischeletrito dalle[9] prime ventate d'autunno.

– Che acqua, eh? – s'affrettava a dire capitan Sciaralla, imbattendosi lungo quel tratto nella gente di campagna o nei carrettieri che lo conoscevano, per prevenire beffe e ingiurie, e dava di sprone alla povera Titina.

Non a caso però, quel giorno, metteva avanti[1] la pioggia della notte scorsa. Trottando e guardando nel cielo la nera nuvolaglia sbrendolata e raminga, pensava proprio a[2] essa per trovarvi una scusa che gli quietasse la coscienza, avendo trasgredito a un ordine positivo ricevuto la sera avanti dal segretario del principe: l'ordine di recare sul tamburo una lettera a don Cosmo Laurentano, fratello di don Ippolito, che viveva segregato anche lui nell'altro fèudo di Valsanìa, a circa quattro miglia da Colimbètra. Sciaralla[3] non se l'era sentita d'avventurarsi a quell'ora, con quel tempo da lupi, fin laggiù; aveva pensato che Lisi Prèola, il vecchio segretario, avendo una forca di figliuolo che aspirava a diventar capitano della guardia, non cercava di meglio che mandar lui Sciaralla all'altro[4] mondo; che però forse quella lettera non richiedeva tale urgenza ch'egli rischiasse di rompersi il collo per una via scellerata, al bujo, sotto la pioggia furiosa, tra lampi e tuoni; e che infine avrebbe potuto aspettar l'alba e partir di nascosto, senza[5] rinunziare per quella sera alla briscola nella casermuccia sul greppo dello Sperone, dove si riduceva[6] coi tre compagni graduati a passar la notte, dandosi il cambio ogni tre ore nella guardia.

L'uscir di Colimbètra era sempre penoso per capitan Sciaralla, ma una vera spedizione allorché doveva recarsi a Valsanìa, dove ogni volta gli toccava d'affrontar paziente l'odio d'un vecchio energumeno, terrore di tutte le contrade circonvicine, chiamato Mauro Mortara, il quale, approfittando della dabbenaggine di don Cosmo, a cui certo i libracci di filosofia avevano sconcertato il cervello, vi stava da padrone, né sopra di lui riconosceva altra signoria.

– Coraggio, coraggio, Titina![7] – sospirava pertanto Sciaralla, ogni[8] qual volta gli si presentava alla mente la figura di quel vecchio: basso[1] di statura, un po' curvo, senza giacca, con una ruvida[2] camicia d'albagio di color violaceo a quadri rossi aperta sul petto irsuto, un enorme berretto villoso in capo, ch'egli da se stesso s'era fatto dal cuojo d'un agnello, la cui concia col sudore gli aveva tinti di giallo i lunghi cernecchi[3] e, ai lati, l'incolta barba bianca: comico e feroce, con due grosse[4] pistole sempre alla cintola, anche di notte, poiché si buttava[5] a dormir vestito su uno strapunto di paglia per poche ore soltanto: a settantasette anni sveglio ancora e robusto, più che un giovanotto di venti.

– E non morrà mai! – sbuffava Sciaralla. – Sfido! che gli manca? Dopo tant'anni è considerato come parte della famiglia anche da don Ippolito, che è[6] tutto dire. Con don Cosmo per poco non si dànno del tu.

E ripensava, proseguendo la via, alle straordinarie avventure di quell'uomo che, al Quarantotto, aveva seguito nell'esilio a Malta il principe padre, don Gerlando Laurentano, il quale gli s'era affezionato fin da quando, privato del grado di gentiluomo di camera, *chiave d'oro*, per uno scandalo di corte a Napoli, s'era ritirato a Valsanìa, dove il Mortara era nato, figlio di poveri contadini, contadinotto anche lui, anzi guardiano di pecore, allora.

A un'avventura segnatamente, tra le tante, si fermava[7] il pensiero di Placido Sciaralla: a quella che[8] aveva procurato al Mortara il nomignolo di *Monaco*; avventura dei primi tempi, avanti al Quarantotto, quando a Valsanìa, attorno al vecchio principe di Laurentano, acceso di vendetta dopo quello scandalo di corte a Napoli, si radunavano di nascosto, venendo da Girgenti, i caporioni[9] del comitato rivoluzionario. Mauro Mortara faceva la guardia ai congiurati a piè della[10] villa. Ora una volta un frate francescano ebbe la cattiva ispirazione di avventurarsi fin là per la questua. Il Mortara, chi sa perché, lo prese per una spia; e senza tante cerimonie lo afferrò, lo[1] legò, lo tenne appeso a un albero per tutto un[2] giorno; alla notte lo sciolse e lo mandò via; ma tanta era stata la paura, che il frate non poté più riaversene[3] e ne morì poco dopo.[4]

Quest'avventura era più viva delle altre nella memoria di Sciaralla, non solo perché in essa Mauro Mortara si mostrava, come a lui piaceva crederlo, feroce, ma[5] anche perché l'albero, a cui il francescano era stato appeso, era ancora in piedi presso la villa, e Mauro non tralasciava mai d'indicarglielo, accompagnando il cenno con un muto ghigno e un lieve tentennar del capo, atteggiato il volto di schifo nel vedergli addosso quell'uniforme borbonica.

– Coraggio, coraggio, Titina!

Conveniva soffrirseli in pace gli sgarbi e i raffacci di quel vecchio. Il quale, sì, guaj e rischi d'ogni sorta ne aveva toccati e affrontati in vita sua, senza fine; ma che fortuna, adesso, servire sotto don Cosmo che non si curava mai di nulla, fuori di quei suoi[6] libracci che lo tenevano tutto il giorno vagante come in un sogno per i viali di Valsanìa!

Che differenza tra il principe suo padrone e questo don Cosmo! che differenza poi tra entrambi questi fratelli e la sorella donna Caterina Auriti, che viveva – vedova e povera – a Girgenti!

Da anni e anni tutti e tre erano in rotta tra loro.[7]

Donna Caterina Laurentano aveva seguito lei sola le nuove idee del padre; e poi si diceva che, da giovinetta, aveva recato onta alla famiglia, fuggendo di casa con Stefano Auriti, morto poi nel Sessanta, garibaldino, nella battaglia di Milazzo, mentre combatteva accanto al Mortara e al figlio don Roberto, che ora viveva a Roma e che allora era ragazzo di appena dodici anni, il più piccolo dei Mille. Figurarsi, dunque, se[8] il principe poteva andar d'accordo con quella sorella![1] Ma con Cosmo, intanto, perché[2] no? Questi, almeno apparentemente, non[3] aveva mai parteggiato per alcuno. Ma forse non approvava la protesta del fratello maggiore contro il nuovo Governo. Chi aveva però ragione di loro due? Il padre, prima che liberale, era stato borbonico, gentiluomo di camera e *chiave d'oro*: che meraviglia[4] dunque, se il figlio, stimando fedifrago il padre, s'era serbato fedele al passato Governo? Meritava anzi rispetto per tanta costanza: rispetto e venerazione; e non c'era nulla da ridire, se voleva che tutti sapessero com'egli la pensava, anche dal modo con cui vestiva i suoi dipendenti. Sissignori, sono[5] borbonico! ho il coraggio delle mie opinioni!

Un toffo[6] di terra arrivò a questo punto alle[7] spalle di capitan Sciaralla, seguìto da una sghignazzata.

Il capitano dié un balzo sulla[8] sella e si voltò, furente. Non vide nessuno. Da una siepe sopra l'arginello venne fuori però questa strofetta, declamata con tono derisorio, lento lento:

Sciarallino, Sciarallino,
dove vai con tanta boria
sul ventoso tuo ronzino?
Sei scappato dalla storia,
Sciarallino, Sciarallino?

Capitan[9] Sciaralla riconobbe alla voce Marco Prèola, il figlio[10] scapestrato del segretario del principe, e sentì rimescolarsi tutto il sangue. Ma, subito[11] dopo, il Prèola gli apparve in tale stato, che le ciglia aggrottate gli balzarono fino al berretto e la bocca serrata dall'ira gli s'aprì[12] dallo stupore.

Non pareva più un uomo, colui: salvo il santo battesimo, un porco pareva, fuori del brago, ritto in piedi, cretaceo e arruffato. Con le gambe aperte, buttato indietro sulle reni a modo degli ubriachi, il

Prèola seguitò da lassù a declamare con ampii e stracchi gesti:

Oppur vai, don Chisciottino,
all'assalto d'un molino?
od a caccia di lumache
t'avventuri col mattino,
così rosso nelle brache,
nel giubbon così turchino,
Sciarallino, Sciarallino?

– Quanto sei caro! – sbuffò Sciaralla, allungando[1] una mano alle terga, ove la mota gli s'era appiastrata.

Marco Prèola si calò giù, sul sedere, dall'arginello lubrico di fango, e gli[2] s'accostò.

– Caro? No, – disse, – mi vendo[3] a buon mercato! Ti piace la poesia? Bella! E séguita, sai?[4] La stamperò su *L'Empedocle* domenica ventura.

Capitan Sciaralla stette ancora un pezzo a guardarlo, col volto contratto, ora, in una smorfia tra di schifo e di compassione. Sapeva[5] che colui andava soggetto ad attacchi d'epilessia; che spesso vagava di notte come un cane randagio e spariva per due o tre giorni finché non lo ritrovavano come una bestia morta, con la faccia a terra[6] e la bava alla bocca, o sù al Culmo[7] delle Forche o su la Serra Ferlucchia o per le campagne. Gli vide la faccia gonfia, deturpata da una livida cicatrice su la gota destra, dall'occhio alla bocca, con pochi peli ispidi biondicci sul labbro[8] e sul mento; gli guardò il vecchio cappelluccio stinto e roccioso, che[9] non arrivava a nascondergli la laida calvizie precoce; notò che calvo era anche di ciglia; ma[10] non poté sostenere lo sguardo di quegli occhi chiari, verdastri, impudenti, in cui tutti i vizii pareva[11] vermicassero. Cacciato dalla scuola militare di Modena, il Prèola era stato a Roma circa un anno nella redazione d'un giornalucolo di ricattatori; scontata una condanna di otto mesi di carcere, aveva tentato di uccidersi buttandosi giù da un ponte nel Tevere; salvato per miracolo, era stato rimpatriato dalla questura, e ora viveva alle[1] spalle del padre, a Girgenti.

– Che hai fatto? – gli domandò Sciaralla.

Il Prèola si guardò l'abito cretoso addosso, e[2] con un ghigno frigido rispose:

– Niente. Un insultino...

Con le mani aggiunse un gesto per significare che s'era voltolato per terra. Poi, all'improvviso, cangiando aria e tono, gli ghermì un braccio e gli gridò:

– Qua la lettera! So che l'hai!

– Sei matto? – esclamò Sciaralla con un soprassalto, tirandosi indietro.

Il Prèola scoppiò a ridere sguajatamente.

– Mi serve soltanto per annusarla. Càvala fuori. Voglio sentire se sa odor di confetti. Animale, non sai che il tuo padrone sposa?

Sciaralla lo guardò, stordito.

– Il principe?

– Sua Eccellenza, già! Non credi? Scommetto che la lettera parla di questo. Il principe annunzia le prossime nozze al fratello. Non hai visto monsignor Montoro? È lui il paraninfo!

Veramente monsignor Montoro in quegli ultimi giorni s'era fatto vedere molto più di frequente a Colimbètra. Che fosse[3] vero? Sciaralla si sforzò d'impedire che quella notizia incredibile, di un avvenimento così inopinato, gli[4] accendesse in un lampo la visione di splendide feste, di una gaja animazione nuova in quel silenzioso, austero ritiro; la speranza[5] di regali per la bella comparsa che avrebbe fatto coi suoi uomini e il servizio inappuntabile che avrebbe disimpegnato... Ma il principe, possibile? così serio... alla sua età?[6] E poi, come prestar fede al Prèola?

Cercando di nascondere la meraviglia e la curiosità con un sorriso di diffidenza, gli domandò:

– E chi sposa?

– Se mi dài la lettera, te lo dico, – rispose quello.[1]

– Domani! Va' là! Ho capito.

E Sciaralla si spinse col busto per[2] cacciar la giumenta.

– Aspetta! – sclamò il Prèola, trattenendo Titina per la coda. – M'importa assai delle nozze, e che tu non ci creda! Forse... vedi? questo mi premerebbe più di sapere... forse il principe parla al fratello delle elezioni, della candidatura del nipote.[3] Non sai neanche questo? Non sai che Roberto Auriti, « il dodicenne eroe », si presenta deputato?

– So un corno io; chi se n'impiccia? – fece Sciaralla. – Non abbiamo l'on. Fazello per deputato?

– Non lo dico io che siete fuori della storia, vojaltri, a[4] Colimbètra! – ghignò[5] il Prèola. – Abbiamo le elezioni generali, e Fazello non si ripresenta, somaro, per la morte del figliuolo!

– Del figliuolo? Se è scapolo!

Il Prèola tornò[6] a ridere sguajatamente.

– E che uno scapolo, uomo di chiesa per giunta, non può aver figliuoli? Bestione! Avremo l'Auriti, sostenuto dal governo, contro[7] l'avvocato Capolino. Fiera lotta, singolar tenzone... Dammi la lettera!

Sciaralla diede una spronata a Titina e con uno sfaglio si liberò del Prèola. Questi allora gli tirò[8] dietro una e due sassate; stava per tirargli la terza, quando dalla svoltata si levò una voce rabbiosa:

– Ohè, corpo di... Chi tira?

E un'altra voce, rivolta evidentemente a Sciaralla che fuggiva:

– Vergógnati! Fantoccio! Ignorante! Buffone!

E dalla[9] svoltata apparvero sotto un ombrellaccio verde sforacchiato, stanchi[10] e inzaccherati, i due inseparabili Luca Lizio e Nocio Pigna, o, come tutti da un pezzo li chiamavano, *Propaganda e Compagnia*: quegli,[1] uno spilungone ispido e scialbo, con un pajo di lenti che gli scivolavano di traverso sul naso, stretto nelle[2] spalle per il freddo e col bavero della giacchettina d'estate tirato sù; questi, tozzo, deforme, dal groppone sbilenco, con un braccio penzolante quasi fino a terra e l'altro pontato a leva sul ginocchio, per reggersi alla meglio.

Erano[3] i due rivoluzionarii del paese.

Capitan Sciaralla credeva a torto che nessuno si movesse a Girgenti.

Si movevano loro, Lizio e Pigna.

È vero che, l'uno e l'altro, quella mattina, così bagnati e intirizziti, sotto quell'ombrello sforacchiato, non davano a vedere che potessero esser molto temibili le loro imprese rivoluzionarie.

Nessuno poteva vederlo meglio di Marco Prèola, il quale, avendo già da un pezzo abbandonato al caso[4] la propria vita, tenuta per niente da lui stesso più che dagli altri e senza più[5] né affetti né fede in nulla, sciolta non pur d'ogni regola, ma anche d'ogni abitudine e gettata in preda a ogni capriccio improvviso e violento, tutto vedeva buffo e vano e tutto e tutti derideva, sfogando in questa derisione le scomposte energie non comuni dell'animo esacerbato.

Sapeva[6] che, tre giorni addietro, quei due si erano recati alla marina di Porto Empedocle a catechizzare i facchini addetti all'imbarco dello zolfo, gli scaricatori, gli stivatori, i marinaj delle spigonare, i carrettieri, i pesatori, per raccoglierli in fascio. Vedendoli di ritorno a quell'ora, in quello stato, arricciò il naso, si fermò in mezzo allo stradone ad aspettarli per accompagnarsi con loro fino a Girgenti; quando gli furon vicini, aprì le braccia, quasi per reggere un fiasco, di que' grossi, e disse loro:

– Andiamo; niente: lo[7] porto io.

Il Pigna si fermò[8] e, sforzandosi di dirizzarsi meglio sul braccio, squadrò con disprezzo il Prèola. Il corpo, tutto groppi e nodi; ma una faccia da bambolone aveva, senza un pelo, arrossata sulle[1] gote dal salso che gli aveva dato fuori alla[2] pelle, e un pajo d'occhi neri, smaltati e mobilissimi[3] da matto, sotto un cappellaccio tutto[4] sbertucciato, che lo faceva somigliare a uno di quei fantocci che schizzan sù dalle scàtole a scatto.

Marco Prèola lo chiamò con un vezzeggiativo dispettosamente bonario, e gli disse ammiccando:

– *Nociarè*, non te n'avere a male! Mondaccio[5] laido è questo, d'ingrati. Marinaj, piedi piatti. Oh, e[6] chiudi il paracqua, Luca! Dio ci manda l'acqua, e non te ne vuoi profittare? Laviamoci il visino, così...[7]

E levò la faccia[8] fangosa verso il cielo. Spruzzolava ancora dalle nuvole che s'imporporavano negli orli frastagliati, correndo incontro al sole che stava per levarsi, un'acquerugiola gelida e pungente.

– Che son aghi? – gridò, sbruffando come un cavallo, squassando la testa e buttandosi apposta addosso al Pigna.

Sozzo com'era già da capo a piedi e tutto fradicio di pioggia, si sentiva ormai libero da ogni angustia di guardarsi dall'acqua e dalla zàcchera, e provava la voluttà, sguazzando nel fango senza più impaccio né ritegno, di potere insozzarne gli altri impunemente.

– Scànsati! – gli gridò il Pigna. – Chi ti cerca? chi ti vuole? chi ti ha dato mai confidenza?[9]

Il Prèola, senza scomporsi, gli rispose:

– Quanto mi piaci arrabbiato! Creta madre, caro mio. Te ne volevo attaccare un po'... Mi scansi?[10] Poi ti lagni degli altri, che sono ingrati.

– Ci vuole una faccia... – brontolò il Pigna, rivolto al Lizio.

Ma questi andava chiuso in sé, non curante e accigliato. Diede una spallata, come per dire che non voleva esser frastornato dai suoi pensieri, e avanti.

Il Prèola li seguì un pezzo in silenzio, un po' discosto, guardando ora l'uno ora l'altro. Aveva[1] nelle viscere la smania di fare[2] qualche cosa, quella mattina; non sapeva quale. Si sarebbe messo a urlare come un lupo. Per non urlare, apriva la bocca, si cacciava una mano sui denti e tirava fin quasi a slogarsi la mascella; poi sospirava o si scrollava tutto in un fremito animalesco. Poteva[3] solo sfogarsi con quei due; ma, a stuzzicare il Lizio, che gusto c'era? Disperatonaccio[4] come lui e, per giunta, con la testa piena di fumo. Due disgrazie, una sopra l'altra, il suicidio del padre, bravo avvocato ma di cervello balzano, poi quello del fratello, gli avevano cattivato in paese una certa simpatia, mista di costernazione, e anche un certo rispetto. Studiava molto[5] e parlava poco, anzi non parlava quasi mai. La ragione c'era, veramente: gli mancava quasi mezzo alfabeto. Di lui si poteva ridere soltanto per questo: che aveva trovato nel Pigna il suo organetto; e organetto e sonatore, ogni volta, ai comizii, comparivano insieme. Se il Pigna stonava, egli lo rimetteva in tono, serio serio, tirandolo per la manica. Rivoluzione sociale... fratellanza dei popoli... rivendicazione dei diritti degli oppressi... parole grandi, insomma! E forse[6] perciò, distratto, s'era attaccato intanto a un tozzo di pane faticato da altri per lui. Faceva benone, oh! Solo che, con questo po' po' di freddo...

– Una caffettierina, volesse Iddio! – invocò con improvviso scatto il Prèola, levando[7] le braccia. – Tre pezzetti di zucchero, un vasetto di panna, quattro fettine di pane abbruscato. Oh animucce sante del Purgatorio!

Luca Lizio si voltò, brusco, a guatarlo. Proprio a una tazzina[8] di caffè pensava in[9] quel momento, così accigliato; e la vedeva, e se ne inebriava quasi in sogno, aspirandone il fumante aroma; e stringeva in tasca, nel desiderio che lo struggeva, il pugno intirizzito. Partito a bujo, e sconfitto, da Porto Empedocle, sentiva[1] un freddo da morire; non gli pareva l'ora d'arrivare. Avvilito da quel bisogno meschino, si vedeva misero, degno[2] di conforto, d'un conforto che sapeva di[3] non poter trovare in nessuno.

Poc'anzi, tra quel fantoccio fuggito di là su la giumenta bianca e il Prèola fermo più sù ad aspettare con un ghigno rassegato sulle[4] labbra, aveva avuto lui stesso un'improvvisa strana[5] impressione di sé, che gli era penetrata fino a toccare e sommuovere dal fondo del suo essere un sentimento finora sconosciuto, quasi di stupore per tutti i suoi sdegni, per tutte le sue furie ardenti, le quali a un[6] tratto gli s'erano scoperte, come da lontano, folli e vane, là in mezzo a quella scena di desolato squallore. Nella[7] magrezza miserabile del suo corpo tremante di freddo e pur[8] madido di un sudorino vischioso, s'era[9] veduto simile a quegli alberi che[10] s'affacciavano dalle muricce, stecchiti e gocciolanti. Gocciolavano anche a lui per il freddo la punta del naso e gli occhi miopi[11] dietro le lenti. S'era[12] ristretto in sé; e, quasi quell'impressione, toccato il fondo del suo essere e vanita in quello stupore, gli si fosse ora serrata attorno come un'irta angustia, s'era[13] sentito tutto dolere: doler le tempie schiacciate, le aguzze sporgenze delle scapole, su cui la stoffa[14] della giacchettina d'estate aveva preso il lustro, e i polsi scoperti dalle maniche troppo corte e[15] i piedi bagnati entro le scarpe rotte. E tutto ora gli pareva[16] un di più, una soperchieria crudele: ogni nuova pettata di quello stradone divenuto una fiumara di creta; la cruda luce dell'alba che, non ostante la cupezza di quelle nuvole, si rifletteva su la[17] motriglia[18] e lo abbagliava, ma sopra tutto[19] la compagnia di quel tristo, da capo a piedi imbrattato di fango, fango fuori, fango dentro, che stuzzicava il Pigna a parlare. Avvezzo ormai da anni a star zitto, provava[20] uno stordimento a mano a mano più confuso per quel suo silenzio che, all'insaputa di tutti, si nutriva e s'accresceva dentro di lui di certe stravaganti impressioni, come quella di poc'anzi, che non[1] avrebbe potuto esprimere neppure a se stesso, se non a costo di togliere ogni credito e ogni fiducia all'opera sua.

Marco Prèola, intanto, seguitava a dire, quasi tra sé:

– Io, va bene; che sono io? un vagabondo; mi merito questo e altro. Ma[2] vedete Domineddio che tempo pensa di fare, quando sono in cammino per una santa missione due poveri umanitarii che[3] una turba irriverente ha cacciato via, di notte, a nerbate!

Il Pigna[4] accennò di fermarsi, fremente; ma Luca Lizio lo tirò via con uno strappo alla[5] manica e un grugnito rabbioso.

– Nerbate... ma bada, sai! – masticò quello tra i denti. – Gliele[6] darei io, le nerbate...

– E da te me le piglierei, *Nociarè*, – s'affrettò a dirgli il Prèola con un inchino, – perché tu, non sembri, ma sei un eroe. Puzzi, mannaggia, ma sei un eroe, e quando te lo dico io ci puoi credere. Il popolo non ti può capire. Non può capire la tua idea, perché per disgrazia l'idea non ha occhi, non ha gambe, non ha bocca. Parla e si muove per bocca e con le gambe degli uomini. Se dici, poniamo: « Popolo, l'umanità cammina! T'insegnerò io a camminare! » – son capaci di guardarti le cianche, come le butti: « Ma guarda un po', chi vuole insegnarci a camminare! ».

– Pezzo[7] d'asino! – sbottò Propaganda, non potendo più tenersi. – E non si chiama ragionare coi piedi, codesto?

– Io? Il popolo! – rimbeccò il Prèola.

– Il Popolo, per tua norma, – ribatté il Pigna, roteando gli occhi da matto; ma subito si trattenne. – Non[8] lo nominare, il Popolo; non sei degno neanche di nominarlo, tu, il Popolo! Troppe[9] cose ha capito il Popolo, caro mio, per[1] tua norma; e prima di tutte questa: che i tuoi *patrioti* lo ingannarono...

– I miei? – fece il Prèola, ridendo.

– I tuoi, quelli che lo spinsero a fare la rivoluzione del Sessanta, promettendo l'età dell'oro! I patrioti e i preti. Noi, caro mio, per tua norma, gli dimostriamo, quattr'e quattr'otto e con le prove alla mano, che...[2] capisci? per virtù della sua stessa forza, capisci? per virtù, dico bene, della sua stessa forza, non per concessione d'altri, esso[3] può, se vuole, migliorare le sue condizioni.

– Meglio sarebbe per forza della sua virtù, – osservò, placido, il Prèola.

Il Pigna[4] lo guardò, stordito. Ma subito quello s'affrettò a tranquillarlo:

– Niente, non ci badare. Giuoco[5] di parole!

– Per virtù... per virtù della sua stessa forza, – ribatté[6] a bassa voce, non più ben[7] sicuro il Pigna, rivolgendosi al Lizio[8] per consigliarsi con gli occhi di lui se aveva detto bene; e seguitò, un po' sconcertato: – Migliorare, sissignore, questo[9] iniquo ordinamento[10] economico, dove uomini vivono... cioè, no... oppure, sì... uomini vivono senza lavorare, e uomini, pur lavorando, non vivono! Capisci? Noi diciamo al Popolo: « Tu sei tutto! Tu puoi tutto! Unìsciti e detta la tua legge e il tuo diritto! ».

– Bravissimo! – esclamò il Prèola. – Permetti che parli io, adesso?

– La tua legge e il tuo diritto! – ripeté ancora una volta il Pigna, furioso. – Parla, parla.

– E non t'offendi?

– Non m'offendo: parla.

– Fosti, sì o no, sagrestano fino a poco tempo fa?

Propaganda si voltò di nuovo a guardarlo, stordito.

– Che c'entra questo?

E il Prèola, placido:

– Hai promesso di non offenderti![11] Rispondi.

– Sagrestano, sissignore, – riconobbe il Pigna, coraggiosamente. – Ebbene?[1] Che vuoi dire con ciò? Che ho cambiato colore?

– No, che colore! Lascia stare. Al massimo, casacca.

– Ho imparato[2] a conoscere i preti, ecco tutto!

– E a far figliuoli, – raffibbiò il Prèola: – sette figlie femmine, tutte di fila; lo[3] puoi negare?

Nocio Pigna si fermò per la terza volta a guatarlo. Aveva promesso di non offendersi. Ma dove voleva andare a parare con[4] quell'interrogatorio? Aveva perduto il posto alla chiesa, perché una delle figliuole, la maggiore, e un certo canonico Landolina...

– Col patto, oh, di non toccare certi tasti, – lo prevenne, scombujandosi e abbassando gli occhi.

– No no no, – disse precipitosamente il Prèola, con una mano al petto.[5] – Senti, Nocio, io sono, *a giudizio de' savi universale*, quel che si dice un farabutto. Va bene? Sono stato otto mesi *dentro*... figùrati! E vedi[6] qua? – soggiunse, indicando la cicatrice sulla[7] gota. – Quando mi buttai *a fiume*, come dicono a Roma... Già!... Figùrati[8] dunque se certe cose mi possono fare impressione! Sai, anzi, che mi fa impressione? Che tu, a quella disgraziata...

– Non tocchiamo, t'ho detto, certi tasti.

– Caro mio! – sospirò il Prèola, socchiudendo gli occhi. – Ti faccio una confidenza. Quelli che combatto[9] sono i soli per cui abbia una certa stima. Ma questi tali, per[10] le mie... diciamo disgrazie, non vogliono averne di[11] me, e non mi vorrebbero lasciar vivere. Qui sbagliano. Vivere debbo! E per vivere, sto[12] coi preti. Gli uomini non perdonano; Dio invece, a detta dei preti, m'ha da un pezzo perdonato; e con questa scusa si servono di me. Guarda, oh, che piazza, Nocio! – aggiunse, buttandosi indietro il cappelluccio per mostrare la fronte. – E ce n'ho, dentro, sai! Se le cose mi fossero andate per il loro verso... Basta, lasciamo stare. Io, voi... tutto... ma guardate! Fango. Ci stiamo tutti e tre, coi piedi affondati; ebbene, parliamoci chiaro, in nome di Dio, diciamoci le cose come sono, senza vestirle di frasi, nude; pigliamoci questo piacere! Io sono un porco, sì, ma tu che sei, *Nociarè*? che lavoro è il tuo, me lo dici? Pàssati una mano su la coscienza: tu non lavori!

– Io? – esclamò il Pigna, stupito più che offeso dell'ingiustizia, allungando[1] il braccio e ripiegandolo sul petto con l'indice teso.

– Lavori per la causa? Frase! – ribatté il Prèola, pronto. – T'ho pregato: la[2] verità nuda! Poi te la vesti a casa come[3] vuoi, per quietarti la coscienza[4]. Lavoravi... ti cacciarono via dalla chiesa; poi, da un banco di lotto... Calunnia, lo so! Ma pure, se davvero[5] ti fossi messo in tasca i bajocchi dei gonzi che venivano a giocare al botteghino, credi che per me avresti fatto male? Benone avresti fatto! Ma ora[6] che fai? Lavorano le tue figliuole, e tu mangi e predichi. E qua, quest'altro San Luca evangelista... Come lo chiamate? Amore libero. Va bene: frase! Il fatto è che s'è[7] messo con un'altra delle tue figliuole, e...

Luca Lizio, a questo punto, livido e scontraffatto, si avventò con le braccia protese alla gola del Prèola. Ma questi si trasse indietro, ridendo, finché poté ghermirgli i polsi e respingerlo senza furia.

– Ma va'! – gli gridò, con un lustro di gioja maligna negli occhi e nei denti. – Io sto dicendo la verità.

– Lascialo perdere! – s'interpose il Pigna, a sua volta, trattenendo Luca Lizio e riavviandosi. – Non vedi che fa professione di mosca canina?

– Canina, già: gli ho punzecchiato la nudità, – sghignò il Prèola. – E con questo freddo... Sì sì, meglio nasconderla! Volevo spiegarti soltanto, caro

Nocio, senza offenderti, perché non puoi fare effetto.

– Perché questo è un paese di carogne! – gridò il Pigna, voltandosi a fulminarlo con tanto d'occhi.

– D'accordo! – approvò subito il Prèola. – E io, più carogna di tutti. D'accordo! Ma tu non lavori: le tue figliuole lavorano, e Luca mangia e studia, e tu mangi e predichi. Studiare, predicare: parole. La sostanza è il boccone che si mangia. Vorrei sapere come non vi strozza, pensando che le tue figliuole sgobbano a cucire e non dormono la notte per procurarvelo.

Il Pigna finse di non udire; scrollò più volte il capo e brontolò[1] tra sé, di nuovo:

– Paese di carogne! Va' ad Aragona, a due[2] passi da Girgenti; va' a Favara, a Grotte, a Casteltermini, a Campobello... Paesi di contadini[3] e solfaraj, poveri analfabeti. Quattromila, soltanto a Casteltermini! Ci sono stato la settimana scorsa; ho assistito all'inaugurazione del *Fascio*.[4]

– Col lumino acceso davanti[5] alla Madonna? – domandò il Prèola.

– Altro[6] è Dio, altro il prete, imbecille! – rispose alteramente il Pigna.

– E le trombe che suonano la fanfara reale?[7]

– Disciplina! Disciplina! – esclamò il Pigna. – Fanno bene! Bisognava vederli... Tutti pronti e serii... quattromila... compatti... parevano la terra stessa, la terra viva, capisci? che si muove e pensa... ottomila occhi che sanno e che ti guardano... ottomila braccia... E il cuore mi si voltava in petto pensando che soltanto da noi, qua a Girgenti, capoluogo, a Porto Empedocle, paese di mare, aperto al commercio, niente![8] niente! non si può far niente! Come i bruti! Peggio![9] Ma sai come vivono giù a Porto Empedocle? Come si fa[10] ancora l'imbarco dello zolfo? Lo sai?

Marco Prèola era stanco: crollò il capo, mormorò:

– Porto Empedocle...

E a tutti e tre[1] si rappresentò l'immagine di quella borgata[2] di mare cresciuta in poco tempo a spese della vecchia Girgenti e divenuta ora comune autonomo. Una ventina di casupole prima, là sulla[3] spiaggia, battute dal vento tra la spuma e la rena, con[4] un breve ponitojo da legni sottili, detto ora Molo Vecchio, e[5] un castello a mare, quadrato e fosco, dove[6] si tenevano ai lavori forzati i galeotti, quelli che poi, cresciuto il traffico dello zolfo, avevano gettato le due ampie scogliere del nuovo porto, lasciando in mezzo quel piccolo Molo, al quale in grazia della banchina è stato[7] serbato l'onore di tener la sede della capitaneria del porto e la bianca torre del faro principale. Non potendo allargarsi per l'imminenza d'un altipiano marnoso alle sue spalle, il paese[8] s'è[9] allungato sulla[10] stretta spiaggia, e fino all'orlo di quell'altipiano le case si sono[11] addossate, fitte, oppresse, quasi l'una sull'altra. I depositi di zolfo s'accatastano[12] lungo la spiaggia; e da mane a sera è[13] uno stridor continuo di carri che vengono[14] carichi di zolfo dalla stazione ferroviaria o anche, direttamente, dalle zolfare vicine; e un rimescolìo[15] senza fine d'uomini scalzi e di bestie, ciattìo di piedi nudi sul bagnato, sbaccaneggiar di liti, bestemmie e richiami, tra[16] lo strepito e i fischi d'un treno che attraversa[17] la spiaggia, diretto ora all'una[18] ora all'altra delle due scogliere sempre in riparazione. Oltre il braccio di levante fanno[19] siepe alla spiaggia le spigonare con la vela ammainata a metà su l'albero; a piè delle cataste s'impiantano[20] le stadere su[21] le quali lo zolfo è[22] pesato e quindi caricato su le spalle dei facchini, detti *uomini di mare*, i quali, scalzi, in calzoni di tela, con un sacco su le spalle rimboccato su la fronte e attorto dietro la nuca, immergendosi[23] nell'acqua fino all'anca, recano[24] il carico alle spigonare, che poi, sciolta la vela, vanno[25] a scaricar lo zolfo nei vapori mercantili ancorati nel porto, o fuori.[1]

– Lavoro da schiavi, – disse il Pigna, – che stringe il cuore, certi giorni d'inverno. Schiacciati sotto il carico, con l'acqua fino alle reni. Uomini? Bestie! E se[2] dici loro che potrebbero diventar uomini, aprono[3] la bocca a un riso scemo o[4] t'ingiuriano. Sai perché non si costruiscono le banchine sulle[5] scogliere del nuovo porto, da cui[6] l'imbarco si potrebbe far più presto e comodamente coi carri o i vagoncini?[7] Perché i pezzi grossi del paese sono i proprietarii delle spigonare! E intanto, con tutti i tesori che si ricavano da quel commercio, le fogne sono ancora scoperte sulla[8] spiaggia e[9] la gente muore appestata; con tanto mare lì davanti, manca l'acqua potabile e[10] la gente muore assetata! Nessuno ci pensa; nessuno se ne lagna. Pajono tutti pazzi, là, imbestiati[11] nella guerra del guadagno, bassa e feroce!

– Ma sai che parli bene davvero? – concluse il Prèola, approvando. – Ma sai[12] che ti giovarono sul serio le prediche che sentisti da sagrestano?[13]

– *Baibai, baibai*, dice l'Inglese! – soggiunse Nocio Pigna, stendendo minacciosamente il lunghissimo braccio. – Trecentomila siamo, caro mio, oggi come oggi. E presto ci sentirete.

Superata[14] l'erta dello stradone, appoggiato di là all'altro versante della vallata, Placido Sciaralla seguitava intanto a trotterellare su Titina per Valsanìa, immerso in nuove e più complicate considerazioni, dopo quelle notizie del Prèola. A un certo punto se ne stancò, scrollò[15] le spalle e si mise a guardare intorno.

Gli si svolgeva ora, a sinistra, la campagna lieta della vicinanza del mare, tutta a mandorli, a olivi e a vigneti. Era già[16] in vista della Seta, casale d'una cinquantina d'abituri allineati sullo[17] stradone, fondachi e taverne per i[1] carrettieri, la maggior parte, da cui esalava un tanfo acuto e acre di mosto, un tepor grasso di letame, e botteghe[2] di maniscalchi, di magnani, di carraj, con una stamberguccia in mezzo, ridotta a chiesuola per le funzioni sacre della domenica. Per[3] schivare[4] la vista di quei borghigiani zotici che lo conoscevano tutti, Sciaralla imboccò un sentieruolo tra i campi e in breve s'internò nelle terre[5] di Valsanìa.

Tranne il vigneto, cura[6] appassionata e orgoglio di Mauro Mortara, e l'antico oliveto saraceno, il mandorleto[7] e alcuni ettari di campo sativo e, giù nell'ampio burrone, l'agrumeto, che costituivano la parte di mezzo riservata a don Cosmo, tutto il resto era ceduto in piccoli lotti a mezzadrìa a poveri contadini, non dal principe don Ippolito direttamente, a cui anche quel fèudo apparteneva, ma da fittavoli di fittavoli, i quali, non contenti di vivere in città da signori sulla[8] fatica di quei poveri disgraziati, li vessavano con[9] l'usura più spietata e con un raggiro intricato di patti esosi.[10] L'usura si esercitava sulla[11] semente e su i soccorsi anticipati durante l'annata; l'angheria più iniqua, nei prelevamenti al tempo del raccolto. Dopo aver faticato un anno, il così detto mezzadro si vedeva portar via dall'aja a tumulo a tumulo quasi tutto il raccolto: i tumuli per la semente, i tumuli per la pastura, e questo per la *lampada* e quello per il campiere e quest'altro per la Madonna Addolorata, e poi per San Francesco di Paola, e per[12] San Calògero, e insomma[13] per quasi tutti i santi del calendario ecclesiastico; sicché talvolta, sì e no, gli[14] restava il *solame*, cioè quel[15] po' di grano misto alla paglia e alla polvere, che nella trebbiatura rimaneva sull'aje.[16]

Il sole s'era già levato, e capitan Sciaralla vedeva qua e là, nella distesa delle terre, sprazzar di luce qualche pozza d'acqua piovana o forse qualche piccolo rottame smaltato. Tutta la campagna vaporava, quasi un velo di brina vi tremolasse. Di tratto in tratto, qualche tugurio screpolato e affumicato, che i contadini chiamavano[1] *roba*, stalla e casa insieme; e usciva da questo la moglie d'uno dei mezzadri per legare all'aperto il porchetto grufolante, e[2] tre, quattro gallinelle la seguivano; innanzi alla porta rossigna e imporrita[3] di quello, un'altra donna pettinava una ragazzetta che piagnucolava; mentre gli uomini, con vecchi aratri primitivi, tirati da una mula stecchita e da un lento asinello che si sfiancava nello sforzo, grattavano a mala pena la terra, dopo quella prim'acquata della notte. Tutta[4] questa povera gente, vedendo passare Sciaralla su la giumenta bianca, sospendeva il lavoro per salutarlo con riverenza, come[5] se passasse il principe in persona. Capitan Sciaralla rispondeva pieno di dignità, alzando[6] la mano al berretto, militarmente, e accoglieva quelle dimostrazioni di rispetto come un anticipato compenso all'umiliazione che andava[7] a patire da quella vecchia bestia feroce del Mortara. Una costernazione tuttavia gli guastava[8] il piacere di quei saluti: tra breve, entrando nei dominii di colui, sarebbe stato assaltato dai cani, da quei tre mastini più feroci del padrone, il quale certo aveva loro insegnato a fargli ogni volta quell'accoglienza. E aveva un bel gridare Sciaralla, mentre quelli gli saltavano addosso, di qua e di là, fino all'altezza di Titina, la quale[9] a sua volta traeva salti da montone, spaventata: Mauro o il *curàtolo* Vanni di Ninfa si presentavano col loro comodo a richiamarli, quando il malcapitato aveva già veduto più volte la morte con gli occhi.

Con quei tre mastini Mauro Mortara conversava proprio come se fossero creature ragionevoli. Diceva che gli uomini non san capire i cani; ma questi sì, gli[10] uomini. Il male è – diceva – che, poveretti, non ce lo sanno esprimere, e noi[11] crediamo che non ci capiscano e non sentano. Sciaralla[1] però se lo spiegava altrimenti, il fenomeno. Quei cani intendevano così bene il padrone, perché questo[2] era più cane di loro. E gli parve d'averne una riprova quella mattina stessa.

Mauro stava innanzi alla[3] villa; e i tre amiconi, vigili attorno, col muso all'aria.[4] Ebbene, all'arrivo di lui, questa volta, essi se ne stettero lì (uno, anzi, sbadigliò), quasi avessero compreso che il padrone avrebbe fatto ottimamente le loro veci.

– Che vuoi tu qua, a quest'ora, mal'ombra? – gli disse infatti Mauro, tirandosi giù dal capo il cappuccio del ruvido cappotto, in cui era avvolto, e[5] scoprendo la testa oppressa dall'enorme berretto villoso.

Quand'era prossima la vendemmia, Mauro Mortara non dormiva più, le notti: stava a guardia della vigna, passeggiando per i[6] lunghi filari, insieme coi tre mastini. Forse se n'era stato all'aperto anche con quella notte da lupi: n'era ben capace!

Sciaralla lo salutò umilmente, poi, indicando i cani, domandò:

– Posso scavalcare?

– Scavalca, – borbottò Mauro. – Che porti?

– Una lettera per don Cosmo, – rispose Sciaralla, smontando dalla giumenta.

E mentre si cercava nella tasca interna del cappotto, si sentiva addosso gli occhi di Mauro pieni d'ira e di scherno.

– Eccola. La manda Sua Eccellenza di gran fretta.

– Sta' qui, – gl'intimò Mauro, prendendo[7] la lettera. – E bada di non lasciare la giumenta.

Sciaralla sapeva che gli era proibito di salire alla[8] villa, come se, con la sua uniforme, potesse sconsacrare quel vecchiume, quella rozza cascinaccia d'un sol piano: lui che veniva dagli splendori di Colimbètra, dove uno si poteva specchiare anche nei muri!

La proibizione non partiva certo da don Cosmo, ma dal Mortara stesso, il quale gli vietava perfino[1] di legare la giumenta agli[2] anelli confitti nell'aggetto della rustica scala a collo. Doveva tener le briglie in mano e star lì in piedi, all'aperto, ad aspettare, quasi fosse[3] venuto per l'elemosina.

Appena Mauro si mosse, i tre cani s'accostarono pian piano a capitan Sciaralla e cominciarono a fiutarlo. Il poveretto, fermo e con l'anima sospesa, alzò gli occhi al Mortara che saliva la scala.

– Non vi sporcate il muso[4] con codesti calzoni! – disse Mauro, dopo aver chiamato a sé i cani; e soggiunse, rivolto a Sciaralla: – Adesso ti mando un sorso di caffè, per farti rimettere dalla paura.

Pervenuto al[5] pianerottolo, fece per bussare al modo convenuto, battendo cioè tre volte il saliscendi sul dente del nasello interno; ma, appena alzato il saliscendi, la porta si aprì, e Mauro entrò esclamando:

– Aperta? Di nuovo aperta? L'avete aperta voi? – soggiunse poi dietro l'uscio della cucina, da cui per un istante s'era mostrata la testa incuffiata di donna Sara Alàimo, la casiera (cameriera, no!) di Valsanìa.

– Io? – gridò dall'interno donna Sara. – Mi alzo adesso, io!

E, sentendo che Mauro si allontanava, fece le corna con una mano e le scosse più volte in un gesto di dispetto.

Cameriera, no – lei: eh perbacco! né di lui, né di nessuno, là dentro. Aveva[6] la ventola in mano, è vero; stava ad accendere il fuoco in cucina, ma era vera signora, di nascita e d'educazione, lei; lontana[7] parente di Stefano Auriti, cognato dei Laurentano, e perciò, via, se vogliamo, parte della famiglia anche lei.

Stava a[8] Valsanìa da molti anni a badare a don Cosmo, che forse non avrebbe mai sentito alcun bisogno di lei se[9] la sorella donna Caterina non gliel'avesse mandata da Girgenti, dove da vera signora non le restava altra consolazione che quella di morire dignitosamente di fame. A Valsanìa[1] le giornate le passavano a strisciar la groppa[2] a due gatti, debitamente castrati, che le andavano sempre dietro[3] a coda ritta; a dir corone di quindici poste, a labbreggiar senza fine altre preghiere; ma, a starla a sentire, tutto andava bene, solo[4] perché c'era lei; senza lei, addio ogni cosa. Se[5] le messi imbiondivano, se gli alberi fruttificavano, se veniva a tempo la pioggia... Insomma si dava l'aria di governare il mondo. Mauro[6] non la poteva soffrire. E donna Sara in questo lo contraccambiava[7] cordialmente; anzi nulla le riusciva più penoso che il dovere apparecchiar la tavola anche per lui, poiché don Cosmo pur troppo s'era ridotto fino a tal punto, fino a dar quest'onore a un figlio di contadini e quasi contadino zappaterra anche lui; sissignori... mentre lei, donna Sara, vera signora di nascita e d'educazione, lì, in cucina lei, e[8] obbligata a servirlo!

S'affacciò alla finestra e, vedendo giù capitan Sciaralla, emise un profondo sospiro con un breve lamento nella gola:

– Ah, Placidino, Placidino! Offriamolo al Signore in penitenza dei nostri peccati...

Intanto[9] Mauro era entrato nello stanzino da bagno di[10] don Cosmo.

Tutto era vecchio e rustico in quell'antica villa abbandonata: rosi i mattoni dei pavimenti avvallati; le pareti[11] e i soffitti, anneriti; le imposte e i mobili, stinti e corrosi; e tutto era impregnato come d'un tanfo di granaglie secche, di paglia bruciata, d'erbe appassite nell'afa delle terre assolate.

Nello stanzino da bagno, don Cosmo, in mutande a maglia, nudo il torso peloso, nudi i piedi nelle vecchie ciabatte, si preparava[12] alla consueta abluzione con[13] una dozzina di spugne, grandi e piccole, disposte sul lavabo. Si lavava tutto, ogni mattina, anche d'inverno, con l'acqua diaccia; e questa era l'unica delizia della sua vita: solennissima pazzia, invece, per Mauro che, sì e no, ogni mattina si lavava « la semplice maschera », com'egli diceva, per significare la sola faccia.

– Avete dormito di nuovo con la porta aperta?

– Sì? Oh guarda! – fece don Cosmo, come ne fosse stupito; e si grattò sul mento la corta barba grigia, ricciuta.

– Mai, eh? gli occhi non li aprirete[1] mai? – incalzò Mauro. – Non lo dico io? Il bamboccetto! l'ajo, la bàlia, gli dobbiamo dare... Santissimo Dio, che cristiano siete? Non lo avete letto il giornale di jeri? Di quei lacci di forca che, con la scusa della fame, vogliono mandare a gambe all'aria[2] tutto quello che abbiamo fatto noi, a costo del sangue nostro?

Don Cosmo, tra[3] i gesticolamenti furiosi di Mauro, non[4] s'era accorto della lettera che questi teneva in mano, e quietamente aveva cominciato a insaponarsi il capo calvo. Stizzito[5] da quella calma, Mauro seguitò:

– E se tutti fossero come voi... Ma ci sono anch'io, qua, per grazia di Dio! Vecchio come sono, avrebbero ancora da vedersela con me!

Don Cosmo voltò il capo tutto luccicante di bolle di sapone e lo guardò:

– Vedi che posso dunque seguitare a dormire anche con la porta aperta? Ci sei tu!

I giornali, a[6] Valsanìa, capitavano di tanto in tanto, già destinati al loro più umile e forse più utile uso d'involti. Mauro se li rimetteva in sesto amorosamente, ci passava sopra le mani più volte per appianarne le brancicature e gli strambelli; e, vincendo[7] con una pazienza da certosino l'enorme stento della lettura (giacché da sé assai tardi aveva imparato a compitare appena), se ne pascolava per intere settimane, cacciandoseli a memoria dal primo all'ultimo rigo. Eran tutte notizie nuove per lui, echi sperduti colà della vita del mondo.

Nell'ultimo giornale, venutogli così per caso tra mano, aveva letto, il giorno avanti, di uno sciopero di solfaraj[1] in un paese della provincia e della costituzione di essi in « Fascio di lavoratori ».

– *Rivendicazione del proletariato!*

Uhm! Si era fatte[2] spiegare da don Cosmo queste due parole per lui sibilline, e tutta la notte, chiuso nel boricco sotto l'acqua furiosa, aveva ruminato e ruminato, sbuffante di sacro sdegno contro quei nemici della patria.

Non degnò di risposta[3] le ultime parole di don Cosmo, il quale anche per lui non doveva avere la testa a segno, e gli porse[4] la lettera di don Ippolito.

– L'ha portata uno dei suoi pagliacci: Sciarallino il capitano.

– Per me? – domandò don Cosmo meravigliato, tenendo l'acqua nelle mani giunte. – Mi scrive Ippolito? Oh che miracolo... Apri, leggi: ho le mani bagnate...

– Asciugatevele! – gli disse Mauro, brusco. – Negli affari di vostro fratello sapete bene che[5] non voglio entrarci. Ma non pare la sua scrittura.

– Ah, Prèola, – osservò don Cosmo, guardando la busta.

La lettera era scritta dal segretario sotto dettatura e firmata da don Ippolito. Leggendola, don Cosmo alle prime righe aggrottò le ciglia, poi sciolse man mano la tensione della fronte e degli occhi in uno stupore[6] doloroso; abbassò le pàlpebre; abbassò[7] la mano con la lettera.

– Ah, dunque è vero...

– Vero che cosa? – brontolò Mauro, stizzito della sua curiosità.

Don Cosmo sporse il labbro contraendo in giù gli

angoli della bocca in un gesto d'amara e sdegnosa commiserazione, tentennando il capo, poi disse:

– Se dà questo passo, non c'è più rimedio... si rovina...

– Ditemi che cos'è, santo diavolo! – ripeté Mauro, vieppiù stizzito.

Ma don Cosmo stette a guardarlo un pezzo prima di rispondergli.

– Mi domanda la villa, – poi disse lasciandosi[1] cadere a una a una le parole dalle labbra, – la villa, per Flaminio Salvo.

– Qua? – domandò Mauro con un soprassalto, quasi[2] don Cosmo gli avesse dato un pugno in faccia. – Qua? – ripeté, tirandosi indietro. – A Flaminio Salvo, la[3] villa del generale Laurentano?

Ma don Cosmo non s'infuriava come Mauro per l'immaginaria profanazione della[4] villa: era sì oppresso di doloroso stupore per ciò che significava quell'ospitalità[5] offerta al Salvo dal fratello. Pochi giorni addietro, un[6] amico, Leonardo Costa, che veniva qualche volta a trovarlo dal vicino borgo di mare, gli aveva riferito la voce che correva a Girgenti d'un prossimo matrimonio di don Ippolito con la sorella nubile, zitellona, del Salvo. Don Cosmo non aveva voluto crederci: suo fratello Ippolito aveva due anni più di lui, sessantacinque; da dieci era vedovo e s'era mostrato sempre inconsolabile, pur nella sua compostezza, della morte della moglie, santa donna... Impossibile! – Eppure...

– Gli risponderete di no? – disse Mauro minaccioso dopo[7] avere atteso un momento.

Don Cosmo aprì le braccia e sospirò, con gli occhi chiusi:

– Sarebbe inutile! E poi, del resto...

– Come! – lo interruppe Mauro. – Il Salvo, quell'usurajo baciapile, qua? Ma me ne vado io, allora! E non vi ricordate, perdio, che[8] suo padre andò ad assistere al *Te Deum* quando vostro padre fu mandato in esilio? E lui, lui stesso giovanotto, non[1] insegnò alla sbirraglia borbonica la casa dove s'era nascosto don Stefano Auriti con vostra sorella, quando i nobili di Palermo portarono a Satriano[2] in Caltanissetta le chiavi della città? Ve le siete scordate, voi, queste cose? Io le ho tutte qua in mente, come in un libro stampato! Fatelo venire a Valsanìa, ora, se n'avete il coraggio! Ma la stanza del Generale, no! quella, no! La chiave del *camerone* la tengo io! Là[3] non metterà piede, o l'ammazzo, parola di Mauro Mortara!

Don Cosmo non si scompose affatto dal suo penoso attonimento a quella[4] lunga[5] sfuriata. Parecchie volte era stato sul punto di far intendere a Mauro che a Gerlando Laurentano suo padre non era mai passata per il capo l'idea dell'unità italiana, e che il Parlamento siciliano del 1848, nel quale suo padre era stato per alcuni mesi ministro della guerra, non aveva mai proposto né confederazione italiana né annessione all'Italia, ma un chiuso regno di Sicilia, con un re di Sicilia e basta. Questa l'aspirazione di tutti i buoni vecchi Siciliani d'allora; la quale, se[6] di qualche punto, all'ultimo, s'era spinta più in là, non era stato mai oltre una specie di federazione, in cui ciascuno stato dovesse conservare la propria autonomia. Non glien'aveva[7] detto mai nulla; né pensò di dirglielo adesso; e lasciò che Mauro, sbuffando di sdegno, gli[8] voltasse le spalle e andasse a rinchiudersi[9] in quella stanza del principe padre, sacra per lui quanto la patria stessa, primo covo della libertà e ora quasi tempio di essa.

Giù, intanto, innanzi alla[10] villa, il povero Sciaralla stava ad aspettare ancora il caffè promesso: magari[11] un sorso, e una bella fiammata per stirizzirsi... Aspetta, aspetta: se ne scordò anche lui e cominciò a sentirsi tra le spine per il ritardo della risposta. Avrebbe dovuto[1] averla con sé dalla sera avanti, se avesse obbedito al Prèola. Pensava che a quell'ora il principe a Colimbètra s'era forse levato e domandava al segretario quella risposta. E lui, ecco, era ancora là, ad aspettarla! Ma[2] ci voleva tanto a legger la lettera[3] e a buttar giù due righi di risposta? O che il Mortara, a bella posta, non l'avesse ancora data a don Cosmo?[4] E capitan[5] Sciaralla sbuffava; se la prendeva ora con[6] Titina che non stava ferma un momento, tormentata[7] dalle mosche.

– Quieta! Quieta! Quieta!

Tre strattoni di briglia. Titina chiuse gli occhi lagrimosi con tanta pena rassegnata, che Sciaralla subito si pentì dello sgarbo.

– Hai ragione anche tu, poveretta! Non[8] hanno dato neanche a te una manata di paglia...

E lasciò[9] andare un sospirone.

Finalmente[10] don Cosmo s'affacciò a una finestra della[11] villa. Al rumore delle imposte, Sciaralla si voltò di scatto. Ma don Cosmo si mostrò meravigliato di vederlo ancora lì.

– Oh, Placido! E che fai?

– Ma come, eccellenza! la[12] risposta! – gemette il Capitano, giungendo le mani.

Don Cosmo aggrottò le ciglia.

– C'è bisogno della risposta?

– Come! – ripeté Sciaralla, esasperato. – Se sto qui da un'ora ad[13] aspettarla!

Ecco, ecco appunto! Quel vecchio boja non glien'aveva detto nulla!

– Hai ragione, sì, aspetta, figliuolo, – gli disse don Cosmo, ritirandosi dalla finestra.

Pensò che il fratello stava attento anche alle minime formalità (minchionerie, le chiamava lui), e che avrebbe considerato come un affronto, o un grave sgarbo per lo meno, non aver risposta; prese dunque un umile foglietto di carta ingiallito; intinse[14] la penna tutta aggrumata in una bottiglina d'inchiostro rugginoso e, in piedi, lì sul piano di marmo del cassettone, si mise a ponzar la[1] risposta, che in fine, dopo molto stento, gli uscì in questi termini:

Da Valsanìa li 22 di settembre del 1892

Caro mio Ippolito,

Tu[2] *forse non sai in*[3] *quali miserevoli condizioni sia ridotta questa decrepita stamberga, dove*[4] *io solamente posso abitare, che mi considero già fuori del mondo, e non me ne lagno! Se*[5] *tu stimi, ciò non per tanto, che non si possa fare di meno, che*[6] *ci vengano a rusticare li Salvo; abbi, ti*[7] *prego, l'avvertenza di prevenirli che qua difettiamo di tutto, e che però seco loro si portino tutte quelle*[8] *masserizie di casa et ogni altra*[9] *suppellettile, di cui reputino aver bisogno.*

Altro vorrei dirti e direi, se vano non mi paresse[10] *lo sperare, che potesse tornare al pro la mia ragione. Onde, senz'altro, caramente ti abbraccio.*

Cosmo

Chiuse la lettera, sbuffando, e si recò di nuovo alla finestra. Capitan Sciaralla accorse, si levò il berretto e vi accolse la lettera.

– Bacio le mani a Vostra Eccellenza!

Un salto, e in sella.

– Di volo, Titina!

Bau! bau! bau! – i tre mastini, svegliati di soprassalto, gli corsero dietro un lungo tratto, per dargli[11] a modo loro l'addio.

Don Cosmo rimase alla finestra: seguì con gli occhi il galoppo di capitan Sciaralla fino alla voltata[12] del viale; poi il[13] ritorno ringhioso e sbuffante dei tre mastini, dopo la vana corsa e il vano abbajare. Quando le tre bestie alla fine si sdrajarono di nuovo a terra presso la scala e allungando il muso sulle zampe anteriori chiusero[14] gli occhi per rimettersi a dormire, egli, mirandole, scrollò lievemente il capo e sorrise. Davanti a quel loro ricomporsi al sonno non[1] gli sembrarono più vani né l'abbajare né la corsa di poc'anzi. Ecco: le tre bestie avevano protestato contro la venuta di quell'uomo, il quale aveva loro interrotto il sonno; ora che credevano di averlo cacciato via, tornavano saggiamente a dormire.

« Perché è saggezza del cane, » pensò, sospirando profondamente, « quand'abbia[2] mangiato e atteso agli altri bisogni del corpo, lasciare che il tempo passi[3] dormendo. »

Guardò gli alberi, davanti alla[4] villa: gli parvero assorti anch'essi in[5] un sogno senza fine, da cui invano la luce del giorno, invano l'aria smovendo loro le frondi tentassero[6] di scuoterli. Da un pezzo ormai, nel fruscìo lungo e lieve di quelle fronde egli[7] sentiva, come da un'infinita lontananza, la vanità di tutto e il tedio angoscioso della vita.

II

Pregati[8] da Flaminio Salvo, che dagli affari di banco e dai tanti altri negozii a cui attendeva non[9] aveva mai un momento libero, Ignazio Capolino, già suo cognato, e Ninì De Vincentis, giovane amico di casa, scendevano il giorno dopo in carrozza da[10] Girgenti a Valsanìa per dare le opportune disposizioni per la villeggiatura: incarico graditissimo all'uno e all'altro, per due diverse, anzi opposte ragioni.

I carri, sovraccarichi di suppellettile, erano partiti da un pezzo da Girgenti, e a quell'ora dovevano essere già arrivati[11] a Valsanìa. Il discorso, tra i due in quella carrozza padronale del Salvo, era[12] caduto su le proposte nozze di donna Adelaide, sorella[13] di don Flaminio, col principe di Laurentano.

– No no: è troppo! è troppo! – diceva sogghignando Capolino.[14] – Povera Adelaide, è troppo, dopo[1] cinquant'anni d'attesa! Diciamo la verità![2]

Ninì De Vincentis batteva di continuo le pàlpebre, come per contenere nei begli occhi neri a mandorla il dispiacere[3] per quella derisione. Nello stesso tempo, con l'atteggiamento del volto pallido[4] affilato avrebbe voluto mostrare l'intenzione almeno d'un sorriso, per regger la cèlia e rispondere[5] in qualche maniera all'ilarità pur così smodata e sconveniente di Capolino.

– Già, nozze[6] per modo di dire! – seguitò questi, implacabile, lì[7] che nessuno lo sentiva (Ninì, il buon[8] Ninì, pasta d'angelo, era men che nessuno). – Per modo di dire... perché, lasciamo andare! sarà bene, sarà male: la legge è legge, caro mio, e le opinioni politiche e religiose, se cóntano, cóntano poco di fronte a lei. Ora[9] il principe, lo sai, *conditio sine qua non*, vuole che il matrimonio sia soltanto religioso, non ammette l'altro per le sue idee. Dunque, matrimonio senza effetti legali, mi spiego? Sarà una cosa bella, oh! gustosa... anche[10] coraggiosa, non dico di no: ma quella povera Adelaide, via!

E Capolino si mise a ghignar di nuovo, come se nel suo concetto Adelaide[11] Salvo non fosse la donna più adatta a quell'eroismo di nuovo genere che[12] si richiedeva da lei, a quella sfida coraggiosa alla società civilmente costituita.

Ninì De Vincentis taceva e continuava a sbattere gli occhi, ancora[13] con quel sorriso afflitto, rassegato sulle[14] labbra, sperando che il suo silenzio impacciasse la foga derisoria del compagno.

Ma che! Ci sguazzava, Capolino.[15]

– Perché lo fa? – riprese, ponendosi davanti[16] la sposa zitellona. – Per entrare nel mondo con[17] tutti i diritti di signora? Ma io direi che ne esce, piuttosto. Va a rinchiudersi a Colimbètra! E, monacazione[18] sotto tutti i rispetti, mi spiego? Il principe, a buon conto, ha sessantacinque anni sonati.

S'interruppe a un atto del[1] De Vincentis.

– Eh, caro mio! Lo so, tu fai professione d'angelo; ma qua[2] si tratta di matrimonio; e ci si deve pur pensare all'età.[3] *Vis, vis, vis*: lo dicono anche i sacerdoti![4] Dunque, mondo, niente. Diventa principessa, principessa[5] di Laurentano: dirò, regina di Colimbètra! Sì: per[6] me, per te, per tutti noi che riteniamo il matrimonio religioso, non pur superiore al civile, ma il solo, il vero che valga; quello[7] che, bastando davanti[8] a Dio, dovrebbe strabastare per gli uomini. Tutti gli altri però, ohè, non hanno mica l'obbligo[9] di riconoscerlo e di rispettare lei, fuori di Colimbètra, quale[10] principessa di Laurentano; e Lando, per esempio, il figlio del primo letto, di rispettarla quale[11] seconda madre. E che le resta allora?[12] La ricchezza... Non lo fa per questo certamente, ricca com'è di casa sua. Se lo facesse per questo, oh! povera Adelaide, ho una gran paura che le andrebbe a[13] finire come a me...

E qui rise di nuovo Capolino, ma[14] come una lumaca nel fuoco.[15]

Dopo una lunghissima lotta, era[16] riuscito a ottenere in moglie una sorella di Flaminio Salvo, mezza gobba, minore di due anni di donna Adelaide, e formarsi con[17] la dote di lei uno stato invidiabile. Allegrezza in sogno, ahimè! Povero mondo, e[18] chi ci crede! Cinque anni dopo, morta la moglie, sterile per colmo di sventura, aveva dovuto restituire al Salvo la dote, ed era ripiombato nello stato di prima, con tante e tante idee, una più bella e più ardita dell'altra nel fecondo cervello, alle quali purtroppo, così d'un tratto, era venuta meno la benedetta leva del denaro. S'era[19] concesso sei mesi di profondo scoramento e poi altri sei d'invincibile malinconia, sperando con quello e con questa d'intenerire il cuore dell'altra sorella del Salvo, di donna Adelaide appunto. Ma[20] il cuore di donna Adelaide non s'era[21] per nulla intenerito: ben[1] guardato nell'ampia e solida fortezza del busto, aveva per due anni resistito all'assedio di lui, assedio[2] di gentilezze, di cortesie, di devozione; aveva infine respinto d'un colpo un assalto supremo e decisivo, e Capolino[3] s'era dovuto ritirare in buon ordine. Altri sei mesi di profondo scoramento, d'invincibile malinconia; e, finalmente, munito d'una seconda moglie, giovane, bella e vivacissima, era ritornato con più fortuna all'assalto della casa di Flaminio Salvo.

Le male lingue dicevano che[4] in grazia di Nicoletta Spoto, cioè della moglie giovane, bella e vivacissima, la quale era diventata subito quasi la dama di compagnia di donna Adelaide e dell'unica figliuola di don Flaminio, Dianella, Capolino era bucato nel banco in qualità di segretario e d'avvocato consulente. Ma[5] se vogliamo pigliare tutte le mosche che volano... Da un anno egli viveva nel lusso e nell'abbondanza; tanto lui quanto la moglie si servivano da padroni dei landò pomposi e dei superbi cavalli della scuderia del Salvo; elegantissimo[6] cavaliere, ogni domenica, sù e giù per il viale della Passeggiata, pareva che egli ne facesse la mostra; e[7] infine[8] col favore incondizionato di Flaminio Salvo era[9] riuscito a imporsi, a farsi riconoscere capo del partito clericale militante, il quale, dopo il ritiro dell'onorevole Fazello, gli avrebbe offerta fra pochi giorni la candidatura alle imminenti elezioni politiche generali.

All'anima candida di Ninì De Vincentis non balenava neppur da lontano il sospetto[10] che tutta quell'acredine di Capolino per donna Adelaide potesse avere una ragione recondita e inconfessabile. Come non[11] credeva che qualcuno mai si fosse potuto accorgere del suo timido, puro e ardentissimo amore per Dianella Salvo, la figlia ora inferma di don Flaminio, così non[12] s'era mai accorto, prima, del[13] vano ostinato assedio di Capolino a donna Adelaide, né credeva ora minimamente alle chiacchiere maligne sul conto di quella cara signora Nicoletta, seconda moglie[1] di Capolino. Non sapeva scoprir secondi fini in nessuno; meno che mai poi quello del denaro. Era, su[2] questo punto, come un cieco. Da parecchi anni, dopo[3] la morte dei genitori, si lasciava spogliare, insieme col fratello maggiore Vincente, da un amministratore ladro, chiamato Jaco Pacia, il quale[4] aveva saputo arruffar così bene la matassa degli affari, che il povero Ninì, avendogliene tempo addietro domandato conto, per poco non ne aveva avuto il capogiro. E s'era dovuto recare una prima volta al banco del Salvo per un prestito di denaro su cambiali. Parecchie altre volte era poi dovuto[5] ritornare allo stesso banco; e, alla fine, per[6] consiglio dell'amministratore, aveva fatto al Salvo la proposta di saldare il debito con la cessione della magnifica tenuta di *Primosole*, proposta che il Salvo aveva subito accettata, acquistandosi per giunta la più fervida gratitudine[7] di Ninì, a cui[8] naturalmente non era passato neppure[9] per il capo il sospetto d'un accordo segreto tra il Pacia, suo amministratore, e il banchiere.[10] Amava[11] Dianella Salvo e[12] in don Flaminio non sapeva veder altro che il padre di lei.[13]

Ora avrebbe tanto desiderato che la fanciulla, scampata per miracolo a un'infezione tifoidea, fosse andata a recuperar[14] la salute a *Primosole*, nell'antica villa di sua madre, dove tutto le avrebbe parlato di lui, con[15] la mesta, amorosa dolcezza dei ricordi materni. Ma i medici avevano consigliato al Salvo per la figliuola aria di mare. E Ninì pensava, dolente, che a Valsanìa sul mare egli[16] non avrebbe potuto recarsi a vederla se non di rado. Si confortava per il momento col pensiero che avrebbe sorvegliato lui alla preparazione della camera, del nido che l'avrebbe accolta per qualche mese.

Come se Capolino avesse letto il pensiero del suo

giovane amico, di cui facilmente e da un pezzo aveva indovinato l'ingenua aspirazione, suggellò, dopo la risata, con un *basta!* il primo[1] discorso, e riprese, fregandosi le mani:

– Tra poco saremo arrivati. Tu attenderai alla camera di Dianella; sarà[2] meglio. Io penserò per donna Vittoriona.[3]

Ninì, soprappreso[4] così, mostrò una viva costernazione per quest'ultima, ch'era la moglie del Salvo, pazza da molti anni.

– Sì sì, – disse, – bisogna star bene attenti, che questo cambiamento, Dio liberi, non la turbi troppo.[5]

– Non c'è pericolo! – lo interruppe Capolino. – Vedrai che neppure se n'accorgerà. Seguiterà[6] tranquillamente la sua interminabile calza. Fa le calze al Padreterno, lo sai. Notte e giorno; e vuole[7] che lavorino con lei anche le due suore di San Vincenzo che l'assistono. Pare che questa calza sia già grande come un tartanone.

Ninì crollò il[8] capo mestamente.

La vettura, poco oltre la Seta, entrò nel fèudo, dallo stradone. Il[9] cancello era rovinato: una sola banda, tutta arrugginita, era in piedi, fissa a un pilastro; l'altro pilastro era da gran tempo diroccato. La strada carrozzabile, che[10] attraversava quest'altra parte del fèudo, ceduta[11] anch'essa a mezzadria, era come tutto il resto in abbandono, irta di cespugli, tra i quali si vedevano i solchi lasciati di recente dai carri con la suppellettile.

Ninì De Vincentis guardò tutt'intorno quella desolazione, senza dir nulla, ma seguitò a parlar[12] per sé e per lui Capolino.

– La[13] malatuccia – disse, facendo una smusata, – avrà poco da stare allegra, qua, non[14] ti pare?

– È molto triste, – sospirò Ninì.

– Non dico soltanto per il luogo – soggiunse Capolino. – Anche per quelli che vi stanno. Due tomi, caro mio. Adesso vedrai.[1] Mah... Questa villeggiatura si farà più per donna Adelaide che non ci viene, che per Dianella. E Dianella, che forse[2] lo sospetta, la soffrirà in pace, al solito, per[3] amore della zia... Eh! Flaminio è un grand'uomo, non[4] c'è che dire!

– L'aria però è buona, – osservò il giovanotto per attenuare, almeno un po', l'aspro giudizio del compagno sul Salvo.

– Ottima! ottima! – sbuffò Capolino, il quale, da questo punto, si chiuse in un silenzio accigliato, fino all'arrivo alla[5] villa.

I carri erano giunti da poco, insieme con la *giardiniera* che[6] aveva portato due servi del Salvo, il cuoco, una[7] cameriera e due tappezzieri. Donna Sara Alàimo, sul pianerottolo in cima alla scala, batteva le mani, festante, a quelle quattro montagne di bella roba su i carri.[8]

– Presto, scaricate! – ordinò ai servi e ai carrettieri Capolino, smontando dalla vettura e agitando la mazzettina. Poi, salita in fretta la[9] scala, domandò a donna Sara: – Don Cosmo?

Ed entrò, senza aspettar risposta, nel vecchio cascinone con Ninì De Vincentis, che gli andava dietro come un cagnolino sperduto.

– Scaricate! – ripeté uno dei servi, rifacendo tra le risate dei compagni il tono di voce e il gesto imperioso di quel padrone improvvisato.

Don Cosmo s'aggirava[10] come una mosca senza capo per le stanze lavate di fresco da donna Sara, la quale fin dal giorno avanti, appena saputo la notizia della prossima venuta del[11] Salvo, s'era sentita tutta allargare dalla contentezza e, subito messa in gran da fare, aveva anche persuaso a don Cosmo che sarebbe stato bene sgombrare questa e quella stanza della decrepita mobilia, perché gli ospiti ricconi non vedessero tutta quella miseria in una casa di principi.
– Ma no! ma no! ma no! – aveva cominciato subito

a strillare don Cosmo dalla sua stanza, udendo il fracasso di quei poveri vecchi mobili strappati a forza dai loro posti e trascinati; e donna Sara, stupefatta da quella protesta: – No? Come no, se me l'ha detto lei? –. Perché avveniva sempre così: donna Sara parlava, parlava, e don Cosmo, dal canto suo, pensava, pensava, facendo finta di tanto in tanto d'udire, con qualche rapido cenno del capo, quando più lo pungeva il fastidio del suono di quelle interminabili parole. Questi cenni erano interpretati naturalmente da donna Sara come segni d'assentimento; la sopportazione con cui don Cosmo simulava d'ascoltarla, come riconoscimento della saggezza con cui lei governava la casa e il mondo; e tanto lontana era arrivata nell'interpretare a suo modo quei segni e quella sopportazione del suo padrone, che forse qualche sera se lo sarebbe preso per mano e condotto a letto, se tutt'a un tratto don Cosmo, sbarrando tanto d'occhi e prorompendo in un'esclamazione inopinata, non le avesse fatto crollare tutto il castello delle sue supposizioni.

– Don Cosmo[1] onorandissimo! – esclamò Capolino, scoprendolo alla fine, dopo[2] aver girato anche lui di qua e di là per trovarlo. – In gran confusione, eh?[3] Perbacco!

– No, no, – s'affrettò a rispondere don Cosmo per[4] troncar subito[5] le cerimonie, con le nari arricciate per il lezzo acre di muffa che[6] ammorbava il cascinone, umido ancora per l'insolita lavatura.[7] – Cercavo[8] una stanza appartata, dove starmene senza recare incomodo.[9]

Capolino fece per protestare; ma don Cosmo lo fermò[10] a tempo:

– Lasciatemi dire! Ecco... comodo io, comodi loro: va bene così? In capo, in capo, tenete in capo!

Alzò una mano, così dicendo, a carezzare l'elegantissima barbetta nera di Ninì De Vincentis.

– Ti sei fatto un bel ragazzo, figliuolo mio, e così cresciuto, mi fai accorgere di quanto sono vecchio! Tuo fratello[1] Vincente? sempre arabista?

– Sempre! – rispose Ninì, sorridendo.

– Ah! Quei quattordici volumi d'arabo manoscritti dovrebbero pesare come tanti macigni, nel mondo di là, sull'anima[2] del conte Lucchesi-Palli che[3] volle farne dono morendo alla nostra Biblioteca[4] per rovinare codesto povero figliuolo![5]

– Ne ha già interpretati dieci, – disse Ninì. – Gliene restano ancora quattro, ma grossi così![6]

– Faccia presto! faccia presto! – concluse don Cosmo paternamente. – E anche tu, figliuolo mio, bada... badate alle cose vostre: so che vanno male![7] Giudizio!

Capolino intanto, presso la finestra, s'industriava di farsi specchio della vetrata aperta, e si lisciava sulle gote le fedine, già[8] un po' brizzolate. Bello non era davvero, ma[9] aveva occhi fervidi e penetranti che gli accendevano[10] simpaticamente tutto il volto bruno e magro.

Sentendo cadere il discorso tra il Laurentano e Ninì, finse di star lì a determinare i punti cardinali della[11] villa.

– Esposizione a mezzogiorno, è vero? Ma se l'era scelta per lei, questa camera, don Cosmo?

– Questa o un'altra, –[12] rispose il Laurentano. – Camere, ce n'è d'avanzo, vedrete; ma tutte così, vecchie e in pessimo[13] stato. Uscendo[14] di qua... (no, senza cerimonie: scusate, che gusto c'è a dire che non è vecchio quello che è vecchio? Si vede!)... dicevo, uscendo di qua, abbiamo questo lungo[15] corridojo, che divide in due parti il casermone: le camere da questa parte sono a mezzogiorno; quelle di là, a tramontana. La[16] sala d'ingresso interrompe di qua e di là il corridojo, e divide la villa in due quartieri uguali, salvo che di qua, in fondo, abbiamo un camerone, il cui uscio è alle[1] mie spalle; di là, invece, abbiamo una terrazza. È semplicissimo.

– Ah bene bene bene, – approvò Capolino. – E dunque abbiamo anche un camerone?

Don Cosmo sorrise, negando col capo; poi spiegò che cosa era il « camerone », e come ridotto e da chi custodito.

– Per amor di Dio! – esclamò Capolino.

– Sarebbe meglio perciò, – concluse don Cosmo, – che[2] disponeste l'abitazione nel quartiere di là, libero del tutto. Io m'ero scelta apposta questa[3] camera.[4]

Capolino approvò di nuovo; e poiché[5] i servi eran già venuti sù col primo carico, s'avviò con Ninì per l'altro[6] quartiere. Don Cosmo rimase in quella camera, dove con l'ajuto di donna Sara trasportò tutti i suoi libracci. La povera casiera, sentendo quanto pesava tutta quella erudizione, non riusciva a capacitarsi come mai don[7] Cosmo che[8] se l'era messa in corpo, potesse vivere poi così sulle[9] nuvole.[10] Don Cosmo, ancora con le nari arricciate, non riusciva a capacitarsi, invece, perché quella mattina ci fosse tutto quel puzzo d'umido. Ma forse non distingueva bene tra il puzzo e il fastidio che gli veniva dal pensare che[11] or ora, per l'arrivo degli ospiti, tutte le sue antiche abitudini[12] sarebbero frastornate, e chi sa per quanto tempo.[13]

Di lì a poco, Capolino[14] ritornò, lasciando solo di là il De Vincentis, che s'era dimostrato[15] molto più adatto di lui alla bisogna: così almeno dichiarò. In verità, veniva per porre a effetto una delle ragioni per cui s'era volentieri accollato l'incarico del Salvo: quella cioè[16] di scoprir l'umore di don Cosmo circa il[17] matrimonio del fratello, o di « tastargli il polso » su quell'argomento, com'egli diceva tra sé.

Non già[18] che sperasse che[19] ormai quelle nozze potessero andare a monte; ma, conoscendo la[20] diversità, anzi l'opposizione inconciliabile tra[1] i due modi di pensare e di sentire del Salvo e di don Cosmo, gli piaceva supporre[2] che qualche attrito, qualche urto potesse nascere dal soggiorno di quello a Valsanìa. Era così astratta e solitaria l'anima di don Cosmo, che la vita comune non riusciva a penetrargli nella coscienza con tutti quegli infingimenti e quelle arti e quelle persuasioni che spontaneamente la trasfigurano agli altri, e spesso, perciò, dalla gelida vetta della sua stoica noncuranza lasciava precipitar come valanghe le verità più crude.

– Uh quanti[3] libri! – esclamò Capolino entrando.[4] – Già lei studia sempre... Romagnosi, Rosmini, Hegel, Kant...

A ogni nome letto sul dorso di quei libri sgranava gli occhi, come se vi ponesse punti esclamativi sempre più sperticati.

– Poesie! – sospirò[5] don Cosmo, con un gesto vago della mano, socchiudendo gli occhi.

– Come[6] come? Don Cosmo, non capisco. Filosofia, vorrà dire.

– Chiamatela come volete, – rispose il Laurentano, con un nuovo sospiro. – Da studiare, poco o niente: c'è da godere, sì, della grandezza dell'ingegnaccio umano, che su un'ipotesi, cioè su una nuvola, fabbrica castelli: tutti questi varii sistemi di filosofia, caro avvocato, che mi pajono... sapete che mi pajono?[7] chiese, chiesine, chiesacce, di vario[8] stile, campate in aria.

– Ah già, ah[9] già... – cercò d'interrompere Capolino, grattandosi con un dito la nuca.

Ma don Cosmo, che non parlava mai, toccato giusto su quell'unico tasto sensibile, non seppe trattenersi:

– Soffiate, rùzzola tutto; perché dentro non c'è niente: il vuoto, tanto più opprimente, quanto più alto e solenne l'edifizio.

Capolino s'era tutto raccolto in sé, per raccapezzarsi, incitato dalla passione con cui don Cosmo parlava, a rispondere, a rintuzzare; e aspettava, sospeso, una pausa; avvenuta, proruppe:

– Però...[1]

– No, niente! Lasciamo stare! – troncò subito don Cosmo, posandogli una mano su la spalla. – Minchionerie, caro avvocato!

Per fortuna, in[2] quella, Mauro Mortara, sulla spianata innanzi alla villa dalla[3] parte che guardava la vigna e il mare, si mise a chiamare col suo solito verso – pïo, pïo, pïo – gl'innumerevoli[4] colombi, a cui soleva dare il pasto due volte al giorno.

Don Cosmo e Capolino s'affacciarono al balcone. Anche Ninì si sporse a guardare dalla ringhiera dell'ultimo balcone in fondo, e poi dal terrazzo s'affacciarono i servi e le cameriere[5] e i tappezzieri.

Era ogni volta, tra quel candido fermento d'ali, una zuffa terribile, giacché[6] la razione delle cicerchie era rimasta da tempo la stessa, mentre i colombi s'erano[7] moltiplicati all'infinito e vivevano, ormai, quasi in istato selvaggio per[8] il fèudo e per tutte le contrade vicine. Sapevano[9] l'ora dei pasti e accorrevano puntuali a[10] fitti nugoli fruscianti, da ogni parte: invadevano, tubando d'impazienza, in gran subbuglio, i[11] tetti della[12] villa, della[13] casa rustica, del pagliajo, del colombajo, del granajo, del palmento e della cantina; e se Mauro tardava un po', dimentico o assorto nelle sue memorie, una numerosa comitiva[14] si spiccava dai tetti e andava a sollecitarlo dietro la porta della nota camera a pianterreno: la comitiva[15] a poco a poco diventava folla e in breve tutta la spianata ferveva[16] d'ali e grugava, mentre per aria tant'altri si[17] tenevan su le ali sospesi a stento, non sapendo dove posarsi.

Don Cosmo[18] pensò con dispiacere che quel giorno, intanto, Mauro non sarebbe salito a desinare; gliel'aveva[1] detto la sera avanti:

– Questa è[2] l'ultima volta che mangio con voi. Perché mi farete la grazia di credere che non verrò a sedermi a tavola con Flaminio Salvo.

Ora se ne stava giù tra i suoi colombi a[3] testa bassa, aggrondato. Capolino l'osservava dal balcone, come se avesse sotto gli occhi una bestia rara.

– Lo saluto? – domandò piano a don Cosmo.

Questi con la mano gli fe' cenno di no.

– Orso, eh? – soggiunse[4] Capolino. – Ma un gran bel tipo!

– Orso, – ripeté don Cosmo, ritirandosi dal balcone.

Andati nella[5] sala da pranzo dell'altro quartiere, già[6] riccamente addobbata dai tappezzieri, Capolino tentò di nuovo di « tastare il polso » a[7] don Cosmo sul noto argomento. Non sarebbe più certo ricascato a[8] muovergliene il discorso dai libri di filosofia.

Don Cosmo era distratto nell'ammirazione di quella sala, resa[9] così d'improvviso irriconoscibile.

– Prodigio d'Atlante! – esclamava, battendo una mano su la spalla di Ninì De Vincentis. – Mi par d'essere a Colimbètra!

Subito Capolino colse la palla al balzo:

– Lei non ci va più da anni, a[10] Colimbètra, eh?

Don Cosmo stette un po' a pensare.

– Da circa dieci.[11]

E restò sospeso, senza aggiunger altro. Ma Capolino, fissando il gancio per tirarlo a parlare:

– Da quando vi morì sua cognata, è vero?

– Già, – rispose, asciutto, il Laurentano.

E Capolino sospirò:

– Donna Teresa Montalto... che dama! che lutto! Vera donna di stampo antico!

E, dopo una pausa, grave di simulato rimpianto, un nuovo sospiro, d'altro genere:

– Mah! *Cosa bella mortal passa e non dura!*

Donna Sara Alàimo, la casiera, che[1] si trovava in quel punto a servire in tavola, per rialzarsi agli[2] occhi degli ospiti della sua indegna[3] condizione di serva, fu[4] tentata d'interloquire e sospirò timidamente con un languido risolino:

– Metastasio!

Ninì[5] si voltò a guardarla, stupito; don Cosmo accomodò la bocca per emettere un suo riso speciale, fatto di tre *oh! oh! oh!* pieni, cupi e profondi. Ma Capolino, nel vedersi minacciato d'aver guastate le uova nel paniere sul più bello, rimbeccò, stizzito:

– Leopardi, Leopardi...

– Petrarca, Petrarca, scusate, caro avvocato! – protestò[6] don Cosmo, aprendo le mani. – Me n'appello a Ninì![7]

– Ah, già, Petrarca, che bestia! *Muor giovine colui che al cielo è caro...*[8] – si riprese subito Capolino. – Confondevo... E lei dunque... dunque lei non[9] rivede il fratello da allora?

Don Cosmo riprese[10] a un tratto l'aria addormentata; socchiuse gli occhi; confermò col capo.

– Sempre sepolto qui! – spiegò allora Capolino al De Vincentis, come se questi non lo sapesse. – Altri gusti, capisco... anzi diametralmente opposti, perché don Ippolito ama la... la compagnia, non[11] sa farne a meno... E forse, io dico, dopo la sciagura, avrebbe molto desiderato di non restar solo, senza parenti attorno... Ma, lei[12] qui; il figlio sempre a Roma... e...

Don Cosmo, che aveva già compreso, ma a suo modo, l'intenzione di Capolino, per tagliar corto uscì a dire:

– E dunque fa bene a riammogliarsi, volete dir questo? D'accordo! Tu[13] intanto, – soggiunse, rivolgendosi a Ninì, – bello mio, non ti risolvi ancora?

Ninì, nel vedersi così d'improvviso tirato in ballo, s'invermigliò tutto:[1]

– Io?

– Guarda[2] come s'è fatto rosso! – esclamò Capolino, scoppiando a ridere, dalla rabbia.

– Dunque c'è, dunque c'è? – domandò don[3] Cosmo, picchiandosi con un dito il petto, dalla[4] parte del cuore.

– Altro se c'è! – esclamò Capolino, ridendo[5] più forte.

Ninì, tra le spine, mortificato, urtato da quella risata sconveniente, protestò con qualche energia:

– Ma non c'è nientissim'affatto! Per carità, non dicano codeste cose!

– Già! San Luigi Gonzaga! – riprese allora[6] Capolino, prolungando sforzatamente la risata. – O piuttosto... sì, dov'è donna Sara? lui sì, davvero, Metastasio... un eroe di Metastasio, don Cosmo! o diciamo meglio, un angelo... ma un angelo, non come ad Alcamo, badiamo! Sa, don[7] Cosmo, che ad Alcamo chiamano angelo il porchetto?

Ninì s'inquietò[8] sul serio; impallidì; disse[9] con voce ferma:

– Lei mi secca, avvocato!

– Non parlo più! – fece allora Capolino, ricomponendosi.

Don Cosmo rimase afflitto, senza comprendere in prima: poi[10] aprì la bocca a un *ah!* che gli rimase[11] in gola. Si trattava forse della figlia del Salvo? Ah, ecco, ecco... Non ci aveva pensato. Non la conosceva ancora. Ma sicuro! benissimo! Una fortuna per quel caro Ninì! E glielo volle dire:

– Non ti turbare, figliuolo[12] mio. È una cosa molto seria. Non dovresti perder tempo, nella tua condizione.

Ninì si torse sulla seggiola quasi[13] per resistere,

senza gridare, alla puntura di cento spilli su tutto il corpo. Capolino rattenne il fiato e aspettò che la valanga precipitasse. Don Cosmo non seppe rendersi ragione dell'effetto di quelle sue parole e guardò stordito, prima l'uno, poi l'altro.

– M'è scappata qualche altra minchioneria? – domandò. – Scusate. Non[1] parlo più neanche io.

Ninì viveva veramente in cielo, in un cielo illuminato da un suo sole particolare, lì lì per sorgere, non sorto ancora, e che forse non sarebbe sorto mai. Lo lasciava lì, dietro le montagne dure della realtà, e preferiva rimanere nel lume roseo e vano d'una perpetua aurora, perché il sole, sorgendo, non dovesse poi tramontare, e perché le ombre, inevitabili, rimanessero tenui e quasi diafane. Già gli s'era affacciato[2] il dubbio che il Salvo ormai non[3] avrebbe accolto bene la sua richiesta di nozze, dato che egli si fosse mai spinto a[4] fargliela. Ma aveva sempre rifuggito dall'accogliere e ponderare[5] questo dubbio per non turbare il purissimo sogno di tutta la sua vita. E non perché quel dubbio gliel'avesse impedito, ma perché veramente gli mancava il coraggio di tradurre in atto un ideale così altamente vagheggiato che[6] quasi temeva si potesse guastare al minimo urto[7] della realtà, non s'era mai risoluto, non che a fare la richiesta, ma nemmeno a dichiararsi apertamente con Dianella Salvo. Ora, il[8] sospetto che egli potesse farlo[9] per la dote della ragazza che[10] avrebbe rimesso in sesto le sue finanze, gli cagionò un acutissimo cordoglio, gli avvelenò la gioja di quel servigio reso per amore, e[11] che invece poteva parere interessato; e, come se tutt'a un tratto il suo sole avesse dato un tracollo, tutto improvvisamente gli s'oscurò, e quando le stanze[12] furon messe in ordine, ed egli con[13] la gola stretta d'angoscia fece[14] un ultimo giro d'ispezione, non seppe posare, come s'era proposto, sul guanciale del letto di Dianella il[15] bacio dell'arrivo, perché ella, senza saperlo, ve lo trovasse la sera, andando a dormire.

Don Cosmo[1] e Capolino, piccoli, neri, sotto un cielo altissimo, cupamente infocato dal tramonto, s'erano messi intanto a passeggiare innanzi alla vecchia villa, per il lungo, diritto viale, che fa quasi orlo, a manca, al ciglio, d'onde sprofonda ripido un burrone[2] ampio e profondo, detto il *vallone*.

Pareva che lì l'altipiano per una convulsione tellurica si[3] fosse spaccato innanzi al mare.

La[4] tenuta di Valsanìa restava di qua, scendeva con gli ultimi olivi in quel burrone, gola d'ombra cinerulea, nel[5] cui fondo sornuotano[6] i gelsi, i carubi, gli[7] aranci, i limoni lieti[8] d'un rivo d'acqua che vi scorre[9] da una vena aperta laggiù in fondo[10] nella grotta misteriosa di San[11] Calògero.

Dall'altra[12] parte del burrone, alla stessa altezza, eran le terre alberate di Platanìa che[13] a mezzogiorno scendono minacciose sulla[14] linea ferroviaria, la quale, sbucando dal traforo sotto Valsanìa, corre[15] quasi in riva al mare fino a Porto Empedocle.

La zona di fiamma e d'oro del tramonto traspariva in un fantastico frastaglio[16] di tra il verde intenso degli alberi lontani, di là[17] dal burrone. Qua, su i mandorli e gli olivi di Valsanìa, alitava[18] già la prima frescura d'ombra, dolce, lieve e malinconica,[19] della sera.

Quest'ora crepuscolare, in cui le cose, nell'ombra calante, ritenendo più intensamente le ultime luci, quasi si smaltano nei lor chiusi colori, era alla solitudine di don Cosmo più d'ogn'altra gradita.[20] Egli aveva costante nell'animo il sentimento della sua precarietà nei luoghi dove abitava, e non se n'affliggeva. Per questo sentimento che[21] si trasfondeva lieve e vago nel mistero impenetrabile di tutte le cose, ogni cura, ogni pensiero gli erano insopportabilmente gravi. Figurarsi, ora, come schiacciante dovesse riuscirgli il discorso di Capolino, che s'aggirava[1] fervoroso intorno alle imprese fortunate del Salvo, a un gran disegno che costui meditava, insieme[2] col direttore delle sue zolfare, l'ingegnere Aurelio Costa, per sollevar le sorti dell'industria zolfifera, miserrime da parecchi anni.

– Coscienza nuova, la sua, – diceva Capolino. – Lucida, precisa e complicata, don Cosmo, come[3] un macchinario moderno, d'acciajo. Sa sempre quel che fa. E non sbaglia mai!

– Beato lui! – ripeteva[4] don Cosmo con[5] gli occhi socchiusi, in atto di rassegnata sopportazione.

– E[6] credentissimo, sa! – seguitava Capolino. – Veramente divoto!

– Beato[7] lui!

– È una meraviglia come, tra tante brighe, riesca a trovar tempo e modo di badare anche al nostro partito. E con che impegno ne ha sposato la causa!

Ma, poco dopo, Capolino cambiò discorso, accorgendosi che don Cosmo non gli prestava ascolto. Gli[8] si fece più accosto, gli toccò il braccio e aggiunse piano, con aria mesta:

– Quel povero Ninì! Son sicuro che ci piange, sa? per quel po' di baja che gli abbiamo dato a tavola. Innamoratissimo, povero figliuolo! Ma la ragazza, eh! purtroppo, non[9] è per lui.[10]

– Fidanzata ad altri? – domandò don Cosmo, fermandosi.[11]

– No no: ufficialmente, no! – negò[12] subito Capolino. – Ma... zitto però, mi raccomando: non deve saperlo neanche l'aria! Io credo, caro don Cosmo, che la ragazza sia in fondo[13] più malata d'anima che di corpo.

– Toccata, eh?

– Toccata. Questa forse è l'unica cosa mal fatta

di suo padre. Qua Flaminio ha sbagliato... eh, non c'è che dire, ha sbagliato!

Don Cosmo si rifermò, crollò[1] più volte il capo e disse, serio serio:[2]

– Vedete dunque che sbaglia anche lui, caro avvocato?

– Ma se il diavolo, creda, ci volle proprio cacciar la coda, quella volta! – riprese Capolino. – Lei saprà che Flaminio... sarà dieci anni, altro che dieci! saranno quindici di sicuro! Insomma[3] lì, poco più poco meno, fu a un pelo di morire affogato... Non lo sa? E come! Ai bagni di mare, a Porto Empedocle. Una cosa buffa, creda, buffa e atroce al tempo stesso! Per un pajo di zucche...

– Di zucche? Sentiamo, – disse don Cosmo, contro il suo solito, incuriosito.

– Ma sì, – seguitò Capolino. – Prendeva un bagno, ai *Casotti*. Non sa nuotare e, per prudenza, si teneva tra[4] i pali del recinto, dove l'acqua, sì e no, gli[5] arrivava al petto. Ora (il diavolo!) vide un pajo di zucche[6] galleggiare accanto a lui, lasciate in mare forse da qualche ragazzo.[7] Le prese. Stando accoccolato, perché l'acqua lo coprisse fino al collo – (com'è brutto l'uomo nell'acqua, don Cosmo mio, l'uomo che non sa nuotare!) – gli venne la cattiva ispirazione d'allungar la mano a quel pajo di zucche e cacciarsele sotto con la cordicella che le teneva unite; ci si mise[8] a seder sopra, e, siccome[9] le zucche, naturalmente, spingevano, e lui aveva lasciato il sostegno del palo per veder[10] se quelle avessero[11] tanta forza da sollevargli i piedi dal fondo, a un tratto, patapùmfete! perdette l'equilibrio e tracollò[12] a testa giù, sott'acqua!

– Oh, guarda! – esclamò don Cosmo, costernato.[13]

– Si figuri, – riprese[14] Capolino, – come cominciò a fare coi piedi per tornare a galla! Ma, per disgrazia, i piedi[15] gli s'erano impigliati nella cordicella e, naturalmente, per[1] quanti sforzi facesse sott'acqua, non[2] li poteva più tirare al fondo.

– Zitto! zitto! ohi ohi ohi... – fece don Cosmo, contraendo le dita e tutto il volto.

Ma Capolino seguitò:

– Badi che è buffo davvero rischiar d'affogare in un recinto di bagni, in mezzo a tanta gente che non se ne accorgeva[3] e non gli dava ajuto, non sospettando minimamente ch'egli fosse lì con la morte in bocca! E sarebbe affogato, affogato com'è[4] vero Dio, se un ragazzotto di tredici anni – questo Aurelio Costa, che ora è ingegnere e direttore delle zolfare del Salvo ad Aragona e a Comitini – non si fosse accorto di quei due piedi che si azzuffavano disperatamente a fior[5] d'acqua e non fosse accorso, ridendo, a liberarlo...[6]

– Ah, capisco... – fece don Cosmo. – E la figliuola, adesso...[7]

– La figliuola... la figliuola... –[8] masticò Capolino. – Flaminio, capirà, dovette disobbligarsi con quel[9] ragazzo e si disobbligò nella misura del pericolo che aveva corso e del terrore che s'era[10] preso. Gli dissero[11] che era figlio d'un povero staderante all'imbarco dello zolfo...

– Il Costa, già, Leonardo Costa, – interruppe don Cosmo. – Amico mio. Viene a trovarmi qua, qualche domenica, da[12] Porto Empedocle.

– Saprà dunque che sta con Flaminio, adesso? – soggiunse[13] Capolino. – Flaminio lo levò dalle stadere e gli diede un posto nel suo gran deposito di zolfi su la spiaggia di levante. Al figlio Aurelio, poi, volle dar lui la riuscita, senza badare a spese; non solo, ma se lo tolse con sé, lo fece crescere in casa sua, coi figliuoli, con Dianella[14] e con quell'altro bimbo che gli morì. Anche questa disgrazia contribuì certo a[15] fargli crescere l'affetto per il giovine.[16] Ma, affetto, dico, fino a un certo punto. Per[17] la stessa ragione per cui ora non darebbe la figlia a Ninì De Vincentis, non la darebbe mai, m'immagino, neanche ad Aurelio Costa, suo dipendente, si figuri!

– Ma! – esclamò don Cosmo, scrollando le spalle. – Ricco com'è... con una figlia sola...

– Eh no... eh no..., – rispose Capolino. – Capisco, a un caso di lui, tutte le ricchezze cascheranno per forza in mano a qualcuno, a un genero, a quello che sarà. Ma vorrà ben pesarlo, prima, Flaminio![1] Non è uomo da rosee romanticherie. Può averne la figlia... E, romanticherie nel vero senso della parola, badi! Perché, di[2] questa sua vera e segreta malattia sono a conoscenza io, per certe mie ragioni particolari; ne è a conoscenza, credo, anche Flaminio, o almeno ne ha il sospetto; ma lui, l'ingegnere Costa (ottimo giovine, badiamo! giovine[3] solido, cosciente del suo stato e di quanto deve[4] al suo benefattore) non ne sa nulla di nulla, non se l'immagina neppur lontanamente; glielo[5] posso assicurare, perché ne ho una prova di fatto, intima. L'ingegnere...

A questo punto Capolino s'interruppe, scorgendo in fondo al viale un uomo, che[6] veniva loro incontro di corsa, gesticolando.[7]

– Chi è là? – domandò, fermandosi, accigliato.[8]

Era Marco Prèola, tutto impolverato, arrangolato, in sudore, con le calze ricadute su le scarpacce rotte. Stanco[9] morto.

– Ci siamo! ci siamo! – si mise a gridare, appressandosi. – È arrivato!

– L'Auriti? – domandò Capolino.

– Sissignore! – riprese[10] il Prèola. – Per le elezioni: non c'è più dubbio! Vengo di corsa apposta da[11] Girgenti.

Si tolse il cappelluccio roccioso, e con un fazzoletto sudicio s'asciugò il sudore che gli grondava dal capo tignoso.

– Mio nipote? – domandò, frastornato e stupito, don[1] Cosmo.

Subito Capolino, con aria rammaricata, prese a informarlo e delle dimissioni del Fazello, e[2] delle premure che si facevano su lui[3] perché accettasse la candidatura, e[4] delle voci che correvano a Girgenti su questa venuta inattesa di Roberto Auriti. Voci... voci a cui egli, Capolino, non voleva prestar fede per due ragioni: prima, per[5] il rispetto che aveva per l'Auriti, rispetto[6] che non gli consentiva di supporre che, non chiamato, venisse[7] a contendere un posto che il Fazello lasciava volontariamente.[8] La compagine del partito che[9] rappresentava la maggioranza del paese, come per tante prove indiscutibili s'era[10] veduto, rimaneva salda, anche dopo il ritiro di[11] Giacinto Fazello. L'altra ragione era più intima, ed era questa: che gli sarebbe doluto, troppo doluto, d'aver[12] per avversario non temibile, in una lotta ímpari, uno che, non ostanti le divergenze d'opinioni in famiglia, era parente pur sempre dei[13] Laurentano ch'egli[14] venerava e della cui amicizia si onorava. No, no: preferiva credere[15] piuttosto che l'Auriti fosse venuto a Girgenti solo per riveder la madre e la sorella.

– Ma che dice, avvocato? – proruppe Marco[16] Prèola, scrollandosi dalle[17] spalle quel lungo, faticoso[18] discorso, col quale Capolino, senza parere, aveva voluto dare un saggio delle sue attitudini politiche. – Se sono andati a prenderlo alla stazione quattro mascalzoni, studentelli[19] dell'Istituto Tecnico? se sono arrivate in paese la mafia e la massoneria, capitanate da Guido Verònica e da Giambattista Mattina? Non c'è più dubbio, le dico! È venuto per le elezioni.[20]

Mentre Capolino e il Prèola discutevano tra[21] loro, gli occhi, il naso, la bocca di don Cosmo facevano una mimica speciosissima: si strizzavano, s'arricciavano, si storcevano... Vivendo in quell'esilio, assorto sempre in pensieri eterni, con gli occhi alle stelle, al[1] mare lì sotto, o alla campagna solitaria intorno, ora, così investito da tutte quelle notizie piccine, si sentiva come pinzato da tanti insettucci fastidiosi.

– Gesù! Gesù! Pare impossibile... Quante minchionerie...

– E allora, un bicchiere di vino, si-don Co', – esclamò, per concluder bene, Marco Prèola.[2] – Vossignoria mi deve fare la grazia d'un bicchiere di vino. Non ne posso più! Ho girato tutta Girgenti per trovare il nostro carissimo avvocato; m'hanno detto che si trovava qua a Valsanìa, e subito mi sono precipitato a piedi per la Spina Santa. Mi guardino! Ho la gola, propriamente, arsa.

– Andate, andate a bere alla[3] villa, – gli rispose don Cosmo.

– E non c'è il Mortara? – domandò[4] il Prèola. – Ho paura... – aggiunse ridendo. – Mi sparò, or è l'anno... Dice che venivo qua nel fèudo a[5] caccia dei[6] suoi colombi. Parola d'onore, si-don Cosmo, non è vero! Per le tortore venivo. Forse, qualche[7] volta, non dico, avrò sbagliato. Tiro e, botta e risposta, mi sento arrivare... Fortuna che mi voltai subito. Pum! Nelle natiche, una grandinata... Privo di Dio, le giuro, si-don Co', che se non era per il rispetto alla famiglia Laurentano... La doppietta ce l'avevo anch'io e, parola d'onore...[8]

Dal fondo del viale giunse in quella un rumore[9] di sonaglioli. I tre, che s'erano accostati alla villa conversando, si[10] voltarono a guardare. Capolino chiamò:

– Ninì! Ninì! Ecco le vetture! Arrivano!

Ninì s'affrettò a scendere dalla[11] villa; ne scesero anche i servi, donna Sara Alàimo e la cameriera, già amiche tra loro.

Erano[1] due *vittorie*. Nella prima stava don Flaminio con la figliuola; nella seconda, la demente con due infermiere. Don Cosmo s'aspettava di vedere[2] smontare da una delle vetture anche donna Adelaide, la sposa: restò disilluso. Ninì De Vincentis non ebbe il coraggio di farsi avanti a offrire il braccio a Dianella. Col cuore tremante e la vista annebbiata dalla commozione, le[3] intravide il volto affilato, pallidissimo sotto[4] la spessa veletta da[5] viaggio, e la seguì con lo sguardo, mentre, appoggiata al braccio di Capolino, tutta avvolta in una pesante mantiglia, saliva pian piano la scala, come una vecchina, tra gli augurii ossequiosi di donna Sara Alàimo.

Donna[6] Vittoria, smontata dalla vettura faticosamente per[7] l'enorme pinguedine, restò tra le due infermiere con gli occhi immobili, vani nell'ampio volto pallido, incorniciato[8] dall'umile scialle nero, che[9] teneva in capo; guardò così un pezzo don Cosmo; poi aprì le labbra carnose e quasi bianche a un sorriso squallido e disse in un inchino:

– Signor Priore![10]

Una delle infermiere la prese per mano, mentre don Cosmo, accanto al Salvo, socchiudeva gli occhi, afflitto.[11] Ninì andò dietro alla demente.

– Grazie, – disse Flaminio Salvo, stringendo forte la mano a don Cosmo. – E non dico altro a lei.

– No, no... – s'affrettò a rispondere il Laurentano, turbato e commosso ancora dal triste spettacolo, sentendo un'improvvisa, profonda pietà per quell'uomo che, nella sua invidiata potenza, con quella stretta di mano gli confidava in quel punto il sentimento della propria miseria.

III

– Di qua, di qua, mi[12] segua, – disse al signore che gli veniva dietro il vecchio cameriere dalle piote sbieche in fuori, che lo facevano andare in qua e in là con le gambe piegate.

Attraversarono[1] su i soffici tappeti polverosi tre stanze morte in fila, in[2] ognuna delle quali il cameriere, passando, apriva gli scuri dei vecchi finestroni tinti di verde. Le[3] stanze tuttavia rimanevano in un'angustiosa penombra, sia[4] per la pesantezza dei drappi, sia[5] per la bassezza della casa sovrastata dagli edifizii di contro[6] che paravano. Aperti gli scuri, il cameriere guardava la stanza e sospirava, come per dire: « Vede com'è arredata bene? E intanto non figura! ».

Pervennero[7] così al salone in fondo, lugubre e solenne, dal[8] palco scompartito, in rilievo, ornato di dorature.

Il signore trasse[9] da un elegante portafogli un biglietto da visita stemmato, ne piegò un lembo e lo porse al cameriere, il quale, indicando un uscio nel salone, disse:

– Un momentino. C'è di là il cavalier Prèola.

– Prèola padre?

– Figlio.[10]

– E cavaliere per giunta?

– Per me, – protestò il vecchio inchinandosi profondamente con la mano al petto, –[11] tutti i padroni miei, cavalieri!

E, andandosene su i piedi sbiechi, lesse sottecchi, sul[12] biglietto da visita: *Cav.*[13] *Gian Battista Mattina.*

– (Costui, – dunque, – cavaliere autentico, pare.)

Il Mattina rimase in piedi, cogitabondo in mezzo al salone; poi scrollò le spalle, seccato; volse uno sguardo distratto in giro; vide[14] uno specchio alla parete di fronte e vi s'appressò. In[15] quel vasto specchio, dalla luce tetra, la[16] propria immagine gli apparve come uno spettro; e ne[17] provò un momentaneo turbamento indefinito.

Spirava da tutti i mobili, dal tappeto, dalle tende,

quel tanfo speciale delle case antiche, d'una vita appassita nell'abbandono. Quasi il respiro d'un altro tempo. Il[1] Mattina si guardò di nuovo attorno con una strana costernazione per la immobilità silenziosa di quei vecchi oggetti, chi sa da quanti anni lì senz'uso, e si accostò[2] di più allo specchio per scrutarsi davvicino, movendo pian piano la testa, stirandosi fin sotto gli occhi stanchi le[3] punte dei folti baffi conservati neri da una mistura, in contrasto coi capelli precocemente grigi che[4] conferivano cotal serietà al suo volto bruno. A un tratto, un lunghissimo sbadiglio gli fece spalancare e storcere la bocca, e all'emissione del fiato fradicio contrasse[5] il volto in un'espressione di nausea e di tedio. Stava per scostarsi dallo specchio, allorché sul piano della mensola, chinando gli occhi, scorse qua e là tanti bei mucchietti di tarlatura disposti[6] quasi con arte, e si chinò a mirarli con curiosità. Avevano lavorato bene quelle tarme, e nessuno intanto pareva tenesse[7] in debito conto la lor[8] fatica... Eppure, il frutto, eccolo là, bene in vista, che diceva: « Questo è fatto. Portate via! ». Stese una mano a uno di quei mucchietti, ne prese un pizzico e strofinò le dita. Niente! Neanche polvere... E, guardandosi i polpastrelli dell'indice e del pollice, andò a sedere su una comoda poltrona accanto al canapè. Seduto, la scosse un po', come per accertarsi della solidità.

« Neanche polvere... Niente! »

Con una smorfia, trasse dal tavolinetto tondo innanzi al canapè un album, in capo al quale era il ritratto del padrone di casa, il canonico[9] Agrò.

Era sempre parso al Mattina che il canonico Pompeo[10] Agrò avesse una strana somiglianza con un uccellaccio, di[11] cui non rammentava il nome. Certo il naso, largo alla base, acuminato in punta, s'allungava in quel volto come un becco. Era però negli occhietti grigi, vivi, sotto la fronte alta e angusta, tutta la malizia astuta, sottile e tenace, di cui l'Agrò godeva fama.

Il Mattina esaminò quel viso, come[1] se nei tratti di esso[2] volesse scorgere la ragione dell'invito[3] ricevuto la sera avanti. Che diamine poteva voler da lui l'Agrò? Il dissidio di questo canonico gran signore col partito clericale, dissidio che suscitava tanto scandalo in paese, era proprio proprio vero, o non piuttosto un atteggiamento concertato, insidioso, per[4] tradir la buona fede dell'Auriti, penetrar nel campo avversario e sorprenderne le mosse? Eh, a fidarsi d'una volpe... Quel colloquio segreto col Prèola... Fosse tutto un tranello?

Alzò gli occhi, volse di nuovo lo sguardo attorno e[5] di nuovo dall'immobilità silenziosa di quei vecchi oggetti senz'uso e senza vita si sentì turbato, quasi che essi, per averne egli scoperto le magagne, lo spiassero ora più ostili.

Udì per le tre stanze in fila la voce del vecchio cameriere, che[6] ripeteva:

– Di qua, di qua, mi segua.

Posò l'album e guardò in direzione dell'uscio.

– Oh! Verònica...

– Caro Titta, – rispose Guido Verònica, fermandosi[7] in mezzo al salone.

Si tolse le lenti per pulirle col fazzoletto pronto nell'altra mano; strizzò gli occhi fortemente[8] miopi, e con l'indice e il pollice della mano tozza si stropicciò[9] il naso maltrattato dal continuo pinzar delle lenti; poi si appressò per sedere su la poltrona di fronte al Mattina; ma questi, alzandosi, lo prese sotto il braccio e[10] gli disse piano:

– Aspetta, ti voglio far vedere...

E lo condusse[11] innanzi alla mensola per mostrargli tutti quei mucchietti di polviglio.

Il Verònica, non comprendendo che cosa dovesse guardare, miope com'era, si chinò fin quasi a toccar col naso il piano della mensola.

– Tarli?[1] – disse poi, ma senza farci caso, anzi guardando freddamente il Mattina, come per domandargli perché glieli avesse mostrati: e andò a sedere[2] su la poltrona.

– *Tu quoque?* – domandò allora il Mattina, rimasto[3] male e volendo dissimular la stizza.

– Non so[4] di che si tratti, – gli rispose il Verònica con l'aria di chi voglia nascondere un segreto.

– Neanch'io, –[5] s'affrettò a soggiungere il Mattina con indifferenza. – Ho ricevuto un invito...

E posò[6] gli occhi senza sguardo su la fronte del Verònica sconciata da tre lunghi raffrigni in vario senso: ferite riportate in duello.

– Torni da Roma?

– No. Da Palermo.

– E ti trattieni molto?[7]

– Non so.

Dimostrava chiaramente il Verònica con quelle secche risposte che[8] voleva restar chiuso in sé, per non darsi importanza con ciò che – volendo – avrebbe potuto dire. Difatti[9] il suo cómpito, adesso, era questo: mostrarsi seccato, anzi stanco e sfiduciato. Per sua disgrazia, egli – e tutti lo sapevano – aveva un ideale: la Patria, rappresentata, anzi incarnata tutta quanta nella persona di un vecchio glorioso statista, il Crispi, battuto[10] alcuni anni addietro in una tumultuosa seduta parlamentare, dopo una lotta piccina e sleale. Per questo vecchio glorioso s'era cimentato[11] in tanti e tanti duelli, riportandone quasi sempre la peggio; aveva respinto su i giornali con inaudita violenza di linguaggio le[12] ingiurie degli oppositori.[13] Ma ormai, caduto quel Vecchio, anche la patria per lui era caduta: trionfava la marmaglia; non[14] era noja, la sua; era propriamente schifo di vivere. Non credeva affatto che[15] Roberto

Auriti potesse vincere, quantunque[1] sostenuto dal Governo; ma quel suo Vecchio[2] venerato – che ancora intorno all'avvenire della patria s'illudeva come un fanciullo – gli aveva imposto di recarsi a Girgenti a combattere per l'Auriti; sapeva[3] che questi, più che per le premure[4] del Governo, s'era piegato ad accettare la lotta per[5] la spinta del vecchio statista; ed eccolo a Girgenti. Tanto per non venir meno al dovere, rispondeva ora all'invito dell'Agrò, d'un canonico, lui che amava i preti quanto il fumo negli occhi. C'era; bisognava che s'adattasse. Non ostante però la sfiducia con[6] cui s'era lasciato andare a quella impresa elettorale, si sentiva alquanto stizzito, nel vedersi messo ora alla pari[7] con un Mattina qualunque, appajato con costui nella piccola congiura che il canonico Agrò pareva[8] volesse ordire.

Il Mattina si mosse su la poltrona, sbuffando e prendendo un'altra positura.

– Si fa aspettare...

– Chi[9] c'è di là? – domandò Guido Verònica, senz'ombra d'impazienza.

Il Mattina si protese e disse sottovoce:

– Prèola figlio, la lancia spezzata d'Ignazio Capolino. L'ho saputo dal cameriere. Che te ne pare? Domando e dico, che cosa ci stiamo a fare qua noi due?

– Sentiremo... – sospirò[10] il Verònica.

– Non vorrei che...

Il Mattina s'interruppe, vedendo aprir l'uscio ed entrare, lungo e curvo su la sua magrezza, il canonico Pompeo Agrò.

Facendo cenno con ambo le mani ai due ospiti di rimaner seduti, disse con vocetta stridente:

– Chiedo vènia... Stieno, stieno seduti, prego.[11] Caro Verònica; cavaliere esimio.[12] Qua, cavaliere, segga qua, accanto a me; non[1] ho paura de' suoi peccatacci di gioventù.

– Sì, gioventù! – sorrise il Mattina, mostrando il capo grigio.[2]

Il Canonico trasse dal petto un vecchio orologino d'argento.

– Il pelo, eh, lei m'insegna, e non[3] il vizio. Già le dieci, perbacco! Ho perduto molto tempo... Mah!

S'alterò in volto; restò[4] un momento perplesso, se[5] dire o non dire; poi, come attaccando una coda al sospiro rimasto in tronco:

– La gratitudine, un mito!

Tentennò il capo, e riprese:[6]

– Sarebbero disposti[7] lor signori a[8] venire un momentino con me?

– Dove? – domandò il Mattina.

– In casa di Roberto Auriti... tanto amico mio, tanto... fin[9] dall'infanzia, lo sanno. I nostri padri, più che fratelli, compagni d'arme; quello di Roberto a Milazzo, e il mio cadde[10] al Volturno. Storia, questa. Se ne dovrebbe tener conto in paese, invece di menare[11] tanto scalpore per la mia... come la chiamano? diserzione... eh? diserzione, già. La[12] veste! Sissignori. Ma[13] sotto la veste c'è pure un cuore; e ce l'ho anch'io per la santa amicizia, e[14] anche... e anche...

Il Canonico forse voleva aggiungere «per[15] la patria»; lo lasciò intendere col gesto e pose un freno alla foga del sentimento[16] generoso. Si sforzava[17] di parlar dipinto, con un risolino arguto su le labbra, strofinandosi di continuo sotto il mento le mani ossute, come[18] se le lavasse alla fontanella delle sue frasi polite, sì, non però fluenti e limpide[19] e continue, ma quasi a sbruffi, esitanti spesso e con curiosi ingorghi esclamativi. Di[20] tratto in tratto, nel sollevar le pàlpebre stanche, lasciava intravedere[21] qualche obliquo sguardo fuggevole, così diverso dall'ordinario, che subito ciascuno immaginava quell'uomo dovesse, nell'intimità, non[1] esser quale appariva, aver più d'una afflizione profondamente segreta che[2] lo rendeva astuto e cattivo, e travagli d'animo oscuri.

– Prima[3] d'andare, – riprese cangiando[4] tono, – due paroline per[5] intenderci. Avrei meditato... messo sù, -o mi sembra, un piccolo piano di battaglia. Non la pretendo a generale, veh! Lor signori combatteranno; io porterò il gamellino. Ecco. Ben ponderato tutto, il nostro più temibile avversario chi è? Il Capolino? No; ma chi gli fa spalla: il[6] Salvo, già suo cognato, potentissimo. Ora io da buona fonte so[7] che il Salvo fino a pochi giorni fa non[8] voleva permettere in verun modo questa... questa comparsa del[9] Capolino.

– Sì, sì, – confermò il Mattina. – A causa delle trattative di matrimonio tra la sorella e il principe di Laurentano.

– Oh! Benissimo, – approvò il Canonico. – Ma il Salvo concesse la grazia di fargli spalla appena[10] seppe che il principe non intendeva d'aver riguardo alla parentela dell'Auriti e[11] ordinava non ne avesse parimenti il partito. Stando così le cose, le sorti del nostro Roberto sono quasi disperate. Non[12] c'illudiamo.

– Eh, lo so! – sbuffò[13] il Verònica.

Subito il Canonico lo fermò con un gesto della mano, seguitando:[14]

– Ma se noi, ecco, pognamo che noi, signori miei, a dispetto della libertà concessa dal principe, riuscissimo a legar mani e piedi al colosso, al Salvo... eh? Come? Ecco: sarebbe questo il mio piano.

Pompeo Agrò, data così l'esca alla curiosità, stette un pezzo con le mani spalmate, sospese sotto il mento; poi le ritrasse, richiudendole; chiuse anche gli occhi per raccogliersi meglio; lasciò andar fuori un altro: – Ecco! –, come un gancio per sostener l'attenzione dei[1] due ascoltatori, e rimase ancora un po' in silenzio.

– Lor signori sanno le condizioni con cui si effettuerà il matrimonio per espressa volontà del Laurentano. Ora queste condizioni, secondo che io ho divisato, dovrebbero[2] diventare il punto... come diremo? vulnerabile del Salvo.

– Il tallone d'Achille, – suggerì il Mattina, scotendosi, per dire una cosa nuova.

– Benissimo![3] d'Achille! – approvò l'Agrò. – E mi spiego. Preme al Salvo certamente, avendole accettate, che il figlio del principe, residente a Roma (mi par che si chiami Gerlando, eh? come il nonno: Gerlandino, Landino) non sia, o almeno, non si mostri apertamente contrario a questo matrimonio del padre. Anzi so che il Salvo ha posto come patto la[4] presenza del giovine alla cerimonia nuziale, per il riconoscimento del vincolo da parte sua e come impegno da gentiluomo per l'avvenire. Io non conosco codesto Gerlandino, ma[5] so che è di pelo... cioè, diciamo, di stampa ben altra dal[6] padre.

– Opposta! – esclamò il Verònica. – Io lo conosco bene.

– Oh bravo! – soggiunse[7] l'Agrò. – Ammesso dunque che non abbia neppure le idee[8] di Roberto Auriti, tra i due, voglio dire tra[9] questo e un Capolino, dovrebbe aver più cara, m'immagino, la vittoria del parente.

Guido Verònica, a questo punto, si scosse e sospirò a lungo, come per vôtarsi dell'illusione accolta per un momento, e disse:

– Ah, no, non credo, sa! non credo proprio che Lando si impicci di codeste cose...

– Mi lasci dire, – riprese il Canonico, con voce agretta. – A me[10] non cale che se ne impicci: vorrei saper solamente da lei[11] che è stato tanto tempo a

Roma e conosce il giovine, se l'antagonismo, diciamo così, tra don Ippolito Laurentano e donna Caterina Auriti sussista anche tra i loro figliuoli.[1]

– No, questo no! – rispose subito il Verònica. – Sono anzi in buon accordo, amici.

– Mi basta![2] – esclamò allora il Canonico picchiandosi[3] col dorso d'una mano la palma dell'altra. – Mi strabasta! Se della parentela con l'Auriti non vuole tener conto il padre, può invece, o potrebbe, tener conto il figlio. Ed ecco legato il Salvo, il colosso!

Pompeo Agrò volle godere un momento di quella prima vittoria, guardando[4] acutamente, con un sorrisino un po' smorfioso, il[5] Verònica, poi il Mattina, già accampati entrambi nel suo piano, stimato[6] almeno meditabile. Quindi, come un generale non contento di[7] vincere soltanto a tavolino, con le leggi della tattica, scese a osservare le difficoltà materiali dell'impresa.

– Il punto, – disse, – sarà persuadere a quel benedetto Roberto di servirsi di questo spediente. Giacché, per lo meno, abbiamo bisogno di una lettera privata di Gerlandino, da[8] far vedere o conoscere in qualche modo al Salvo, ecco! o diretta al Salvo stesso, che sarà difficile, o a Roberto, o[9] a qualche amico: a lei, per esempio, caro Verònica: insomma, una prova, un documento...

Guido Verònica non volle dichiarare ch'egli non poteva attendersi una lettera da Lando, col quale non aveva alcuna intimità;[10] stimò, sì, ingegnoso[11] il piano dell'Agrò, ma forse inattuabile per la troppa schifiltà[12] di Roberto, il quale... il quale... sì, benemerenze patriottiche...

– «Onestà[13] immacolata!» – soggiunse[14] l'Agrò.

– Sì, –[15] concesse il Verònica, – e anche ingegno, se vogliamo; ma... ma... ma... al dì d'oggi... e gli secca il Prefetto, e par che gli secchino anche gli amici... basta! Sarà un affar serio! Io, per me, mi metterei anche la pelle alla[1] rovescia per ajutarlo; però...

S'interruppe; si[2] batté la fronte con una mano; esclamò:

– Ho trovato! Giulio... c'è Giulio... il fratello di Roberto, giusto in questo momento nella segreteria particolare[3] di S. E. il ministro D'Atri: eh, perbacco! a lui sì posso scrivere... è intimissimo di Lando. Da Giulio si otterrà facilmente quello[4] che vogliamo, senza farne saper[5] nulla a Roberto, che opporrebbe chi sa quanti ostacoli. Ecco fatto!

– Bravissimo! bravissimo! – non rifiniva più d'esclamare il Canonico, gongolante.

Solo il Mattina era rimasto come una barca, la cui vela non riuscisse a pigliar vento. Vedendo quell'altre due barche filar così leste senza[6] più curarsi di lui rimasto floscio indietro, si sentì umiliato; volle dir la sua e, non potendo altro, si provò a soffiare un po' di vento contrario e a parar qualche secca o qualche scoglio.

– Già, – disse, –[7] ma non sarà troppo tardi, signori miei? Riflettiamo! Prima che la lettera arrivi, anche facendo con la massima sollecitudine, di qui a Roma, chiama e rispondi! Ci vorrà una settimana; dico[8] poco. Il Salvo avrà tutto il tempo di compromettersi e non si potrà più tirare indietro.[9]

– Eh, lo vorrò vedere! – esclamò il Canonico con un sogghignetto, e alzando una mano, come per salutarlo da lontano. – No, sa! no, sa! Mai piùù, mai piùù, mai piùù... Vuole[10] che gli stia poi tanto a cuore il Capolino?

– Ma la propria dignità, scusi! – si risentì[11] il cavaliere, come se fosse in ballo la sua. – Bella figura ci farebbe![12] Ma sa che oggi stesso nella sala di redazione dell'*Empedocle* si proclamerà ufficialmente la candidatura di Capolino con[13] l'intervento del Salvo e di tutti i maggiorenti del partito? Non scherziamo![1]

– In questo caso, – saltò a dire il Verònica, – per far più presto, si spedirà a Giulio ora stesso, d'urgenza, un telegramma in cifre. Roberto[2] ha un cifrario particolare col fratello. Non perdiamo più tempo...[3] Piuttosto... aspetti!... ora che ci penso... il Selmi... perdio!

– Selmi? – domandò il Canonico, stordito da quel nome che cadeva all'improvviso come un ostacolo insormontabile su la via così bene spianata. – Il[4] deputato Selmi?

– Corrado Selmi, sì, – rispose[5] il Verònica. – L'ho visto a Palermo... Ha promesso a Roberto di venire qua, per lui, e[6] che anzi avrebbe tenuto un discorso...

– Ebbene? – fece l'Agrò.[7] – Anzi, un parlamentare di tanta autorità... vero patriota...

– Lasci andare! lasci andare! – lo interruppe il Verònica, socchiudendo gli occhi, scotendo una mano. – Patriota... va bene! Bacato, bacato, bacato, caro Canonico... Debiti... compromissioni... storie... e Dio non voglia che il povero Roberto per causa di lui... Basta. Non è per questo, adesso... Ma[8] per Lando Laurentano...

E Guido Verònica fece più volte schioccar le dita, come per strigarsele dell'impiccio che gli dava il pensiero del Selmi.

– Non capisco... – osservò il Canonico. – Forse tra il Laurentano e il Selmi?...[9]

– Eh, altro! – esclamò il Verònica. – Nimicizia mortale!

– Affar di donne, – aggiunse il Mattina, serio, socchiudendo gli occhi, soddisfattissimo di quella contrarietà.

E il Canonico, incuriosito:

– Ah sì? Di donne?

– Storia vecchia, – rispose il Verònica. – Finita, a[1] quanto pare; ma, fino a un anno fa, Corrado Selmi – lo dico perché tutta Roma lo sa – fu l'amante di donna Giannetta D'Atri, moglie del Ministro d'oggi.

Il Canonico levò[2] una mano:

– Uh, che cose! E questa... e questa donna Giannetta chi sarebbe?

– Ma una Montalto! – disse il Verònica. – Cugina di Lando... Lei sa che la prima moglie del principe fu una Montalto.

– Ah, ecco! E forse il giovine...?

– Da ragazzo, tra cugini... Questo non lo so bene. Il fatto è che Lando Laurentano provocò due volte il Selmi... Ora, capirà, se[3] questi viene qua a sostenere[4] la candidatura di Roberto...

– Già, già, già... ora comprendo! – esclamò il Canonico. – Si dovrebbe impedire! Ah, si dovrebbe impedire!

– Forse non sarà difficile, – concluse il[5] Verònica. – Perché Corrado Selmi avrà da combattere per sé nel suo collegio.[6] Basta, vedremo. Adesso andiamo subito da Roberto.

Il Canonico si alzò.

– Pronti, – disse. – La vettura è giù. Un momentino, col loro permesso. Prendo il cappello e il tabarro.

Poco dopo, il Verònica e il Mattina rividero il vecchio cameriere dai piedi sbiechi, parato[7] da automedonte, e salirono in vettura con l'Agrò.

Venendo su dal Ràbato, per piazza San Domenico notarono subito un movimento insolito lungo la via maestra.[8] Quattro, cinque monellacci, correndo e fermandosi[9] qua e là, strillavano il giornaletto clericale *Empedocle*, che pareva andasse a ruba.

– *L'Impìducli! L'Impìducli!*

E per tutto si formavano capannelli, qua a leggere,

là a commentar vivamente qualche[1] articolo, certo violento, stampato in quel foglio.

Il Verònica, vedendo passare presso la vettura uno di quegli strilloni, non seppe resistere alla tentazione, e mentre il Canonico – che per le vie della città, in quei giorni, si sentiva in mezzo a un campo nemico – consigliava: – Meglio a casa! meglio a casa! – si fece buttare nella vettura una copia del giornale. La prese il Mattina.

– Leggo io?

E cominciò a leggere sottovoce l'articolo di fondo, quello che, indubbiamente, suscitava[2] tanto fermento nel pubblico.

Era intitolato *Patrioti per bisogni di famiglia*, e si riferiva – senza far nomi, ma con turpe evidenza – alla memoria di Stefano Auriti, padre di Roberto, alterando con vilissima[3] calunnia la storia romanzesca del suo amore per Caterina Laurentano; la fuga dei[4] due giovani poco prima della rivoluzione del 1848; la parte presa da Stefano Auriti a questa rivoluzione « non già per amor di patria, ma[5] appunto per bisogni di famiglia, cioè per la conquista d'una dote insieme[6] con le grazie del suocero per forza, ricco, liberale, sì, ma, ahimè, d'una inflessibilità superiore a ogni previsione ».

Man mano, leggendo, la voce del Mattina si alterava dallo sdegno, acceso maggiormente dall'indignazione dell'Agrò, che[7] prorompeva di tratto in tratto, accennando di turarsi le orecchie e buttandosi indietro:

– Oh vigliacchi! oh vigliacchi!

A un certo punto il Mattina si vide strappar di mano il giornale. Guido Verònica, pallidissimo, col volto scontraffatto dall'ira, aprì lo[8] sportello della vettura, ne balzò fuori e, senza sentire i richiami del Canonico, tanto per cominciare, si[9] lanciò di furia tra un crocchio di gente, in mezzo al quale stava il Capolino, a cui schiaffò in faccia il giornale, stropicciandoglielo sul muso. L'aggressione[1] fu così fulminea, che tutti restarono per un momento storditi e sgomenti, poi s'avventarono addosso all'aggressore: accorse gente, vociando, da tutte le parti: nel mezzo era la mischia, fitta: volavano bastonate, tra urli e imprecazioni. Il Mattina non ebbe tempo né modo di cacciarsi in difesa del Verònica; ma, poco dopo, l'abbaruffìo, lì nel forte, si allargò: la[2] rissa era partita. Il Canonico chiamava il Mattina, smaniando, dalla vettura. Questi[3] udì alla fine e si volse; ma vide in quella il Verònica, senza cappello, senza lenti, strappato, ansimante tra[4] una frotta di giovani che evidentemente lo difendevano, e accorse. Ritornò, poco dopo, alla[5] vettura del Canonico:

– Niente – dice; – stia tranquillo; andiamo pure; è tra amici; se l'è cavata bene.[6]

Il Canonico tremava tutto.

– Signore Iddio, Signore Iddio... che scandalo... Ma perché?... Schifosi... Non conveniva sporcarsi le mani... E ora che avverrà?

– Oh, – fece con una certa sprezzatura il Mattina. – Un duello; è[7] semplicissimo... o una querela, se la santa religione non consentirà a quel farabutto di dar conto delle turpitudini che[8] pure gli ha permesso di sfognare.

– La religione, scusi, lasciamola stare, cavaliere, – disse Pompeo Agrò pacatamente. – Non c'entra e...[9] mi lasci dire! non c'entra neppure il Capolino.

– Come no?

– Mi lasci dire. Io so chi ha scritto l'articolo, quella sozzura. Il Prèola, il Prèola venuto[10] stamani da me, non so da chi spedito... Brutto ingrato! feccia d'uomo!

– Ma il Capolino, – obbiettò il Mattina, – è direttore del giornale e ha lasciato passar[11] l'articolo.

– Giurerei, metterei le mani sul fuoco, – rispose

il Canonico, – che non lo lesse prima. È mio avversario, veda, eppure lo riconosco incapace d'una siffatta bassezza... E ora, che troveremo in casa di Roberto?

Donna[1] Caterina Auriti-Laurentano abitava con la figlia Anna, vedova anch'essa, e col nipote, una vecchia e triste casa sotto la Badìa Grande.

La casa era appartenuta a Michele Del Re, marito di Anna, che null'altro aveva potuto lasciare in eredità alla vedova giovanissima, all'unico figliuolo, Antonio, che ora aveva circa diciott'anni.[2]

Vi si saliva per angusti vicoli sdruccioli, a scalini, malamente acciottolati, sudici spesso, intanfati dai cattivi odori misti esalanti dalle[3] botteghe buje come antri, botteghe per lo più di fabbricatori di pasta al tornio, stesa[4] lì su canne e cavalletti ad asciugare, e dalle catapecchie delle povere donne, che[5] passavano le giornate a seder su l'uscio, le giornate eguali tutte, vedendo la stessa gente alla stess'ora, udendo le solite liti che s'accendevano da un uscio all'altro tra due o più comari linguacciute per i loro monelli che, giocando, s'erano strappati i capelli o rotta[6] la testa. Unica novità, di tanto in tanto, il Viatico; il[7] prete sotto il baldacchino, il campanello, il coro delle divote:

Oggi e sempre sia lodato
Nostro Dio Sacramentato...

Morto il marito, dopo appena tre anni di matrimonio, Anna[8] Auriti era quasi morta anch'essa per il mondo. Fin dal giorno della sciagura non era uscita mai[9] più di casa, neanche per andare a messa le domeniche; né[10] s'era mai più mostrata, nemmeno attraverso i vetri delle finestre sempre socchiuse. Soltanto le monache della Badìa Grande, affacciandosi alle grate a gabbia, avevano potuto vederla dall'alto, quand'ella veniva a prendere, sul vespro, un po'[1] d'aria nell'angusto giardinetto pensile della casa, ch'era addossata alla tetra, altissima fabbrica di quella badìa, già antico castello baronale dei Chiaramonte. Né certo quelle monache avevano potuto sentire alcuna invidia di lei, reclusa[2] come loro. Come loro, se non più semplicemente, vestiva[3] di nero, sempre; come loro nascondeva, sotto un fazzoletto nero di seta annodato[4] al mento, i capelli, se non recisi, non più curati affatto, appena ravviati in due bande e attorti alla lesta dietro la nuca; que'[5] bei capelli castani, voluminosi, che tanta grazia un giorno, acconciati con arte, avevano dato al suo pallido, mite, soavissimo[6] volto.

Donna Caterina aveva condiviso strettamente questa clausura della figlia, vestita anch'essa di nero, fin[7] dal 1860, data della morte eroica del marito, a Milazzo. Rigida, magra, non aveva l'aria di mesta rassegnazione della figlia. La macerazione[8] cupa dell'orgoglio, la fierezza del carattere che, a costo d'incredibili sacrifizii, non s'era mai smentita di fronte alle più crudeli avversità della sorte, le avevano alterato così i lineamenti del volto, che nessuna traccia esso ormai serbava più dell'antica[9] bellezza. Il naso le si era allungato, affilato e teso sulla[10] bocca vizza, qua e là rientrante per la perdita di alcuni denti; le gote le si erano affossate; aguzzato il mento. Ma soprattutto gli occhi, sotto le folte sopracciglia nere, mostravano la rovina di quel volto: le pàlpebre s'eran rilassate, una più, l'altra meno, e[11] quell'occhio più dell'altro socchiuso, dallo sguardo lento, velato d'intensa angoscia, conferiva a quella faccia spenta l'aspetto d'una maschera di cera, orribilmente[12] dolorosa. I capelli, intanto, le erano rimasti nerissimi e lucidi, quasi per dileggio, per far risaltare meglio lo scempio di[13] quelle fattezze e smentir la credenza che i dolori facciano incanutire. Aveva sofferto tutto donna[1] Caterina Laurentano, anche la fame, lei nata nel fasto, allevata e cresciuta fra gli splendori d'una casa[2] principesca: la fame, quando, domata la rivoluzione del 1848, a diciotto anni, col primo figliuolo neonato, Roberto, aveva dovuto seguire nell'esilio, in Piemonte, il marito, escluso con altri quarantatré dall'amnistia, e condannato alla confisca dei pochi beni. Il padre, don Gerlando Laurentano, anch'egli tra quei[3] quarantatré esclusi, la aveva[4] allora invitata ad andare con lui a Malta, suo luogo d'esilio, a patto però che avesse abbandonato per sempre Stefano Auriti. Lei? Aveva rifiutato sdegnosamente; e con più sdegno aveva poi rifiutato l'elemosina[5] del fratello Ippolito, il quale con altri pochi indegni della nobiltà siciliana era andato a[6] ossequiar Satriano a Palermo, e ne aveva ottenuto la restituzione dei beni confiscati al padre. Ed era andata a Torino col marito, tutti e due sperduti e come ciechi, a mendicare per quel figlioletto la vita. Nessuno[7] degli esuli, dei fuorusciti siciliani colà, aveva voluto credere dapprima che ella, di così[8] cospicui natali, unica figliuola femmina del principe di Laurentano, non avesse portato nulla con[9] sé, né ricevesse soccorsi dalla famiglia; e Stefano Auriti era stato perciò in tutti i modi ostacolato dagli stessi compagni di sventura nella ricerca affannosa d'un posticino che gli avesse dato pane, solo pane per la moglie e per sé. E allora ella s'era gravemente ammalata e[10] per cinque mesi era stata in un ospedale, ricoverata per carità dopo infiniti stenti, e per carità il piccolo Roberto era stato allevato in un altro ospizio. S'erano[11] ravveduti finalmente e commossi i compagni d'esilio e avevano ajutato a gara Stefano Auriti. Uscita dall'ospedale, ella aveva ricevuto la notizia che il padre, don Gerlando Laurentano, era morto volontariamente a Bùrmula, di veleno. Dei[12] dodici anni passati a

Torino, fino al 1860, donna Caterina serbava ormai una memoria vaga, confusa, come di una vita non vissuta propriamente da lei, ma piuttosto immaginata in un sogno strano e violento, in cui tuttavia sprazzavano visioni liete, qualche momento felice e ardente, d'entusiasmo patriottico. Incancellabilmente[1] impressa nel cuore aveva invece l'ora del risveglio da questo sogno: allorché[2] le era pervenuta la notizia che Stefano Auriti, partito col figliuolo appena dodicenne da Quarto con Garibaldi per[3] la liberazione della Sicilia, era caduto nella battaglia campale di Milazzo. Neanche[4] la grazia di farla impazzire aveva voluto concederle Iddio in quel momento! E aveva dovuto sentire, vedere quasi, il suo cuore di moglie straziato, colpito a morte, là in Sicilia, trascinarsi sanguinando dietro[5] al figliuolo giovinetto, rimasto ora senza il presidio del padre a[6] seguitare la guerra. Le[7] avevano fatto a Torino una colletta, e coi due orfanelli, Giulio e Anna, nati colà, era ritornata in Sicilia, nella patria già liberata; ma da vedova, in gramaglie, e più misera di come ne era partita: tra l'esultanza di tutti, lei, con quei due piccini, vestiti[8] anch'essi di nero. Roberto era già entrato a Napoli con Garibaldi, e ora combatteva sotto Caserta, accanto[9] a Mauro Mortara. Era[10] stata accolta in casa degli Alàimo, parenti poveri di Stefano Auriti. Novamente il fratello Ippolito, ora riparato a Colimbètra, le aveva profferto ajuto; e novamente, con pari sdegno, ella lo aveva rifiutato, meravigliando e gettando nella costernazione gli Alàimo, che la ospitavano.[11] Povera gente, anche d'intelletto povera e di cuore, quante amarezze non le aveva cagionate! S'era dovuta guardare da loro, come da nemici acerrimi della sua dignità, ch'essi non intendevano; capacissimi com'erano di chiedere e d'accettare di nascosto quell'ajuto che ella aveva rifiutato, non contenti del lavoro che faceva[12] in casa e che si procacciava[1] da fuori per cavarne un giusto compenso al poco dispendio che dava loro. S'era[2] rialzata per poco da quell'orribile avvilimento al ritorno di Roberto, accolto[3] da tutto il paese quasi in delirio.[4] Ancora, ricordando quel giorno, quel momento, le[5] sue misere carni eran corse da brividi. Ah[6] con quale esultanza, con che spasimo d'amore e di dolore s'era serrato al seno il figliuolo, che[7] ritornava solo, senza il padre, l'eroe giovinetto dalla camicia rossa, che il popolo le aveva recato su le braccia in trionfo! Il Governo[8] provvisorio le aveva accordato un sussidio mensile, e a Roberto – non potendo altro, per l'età – aveva accordato una borsa di studio in Palermo. L'aveva perduta pochi anni dopo, questa borsa, Roberto, per seguir Garibaldi[9] alla conquista di Roma. Ma al torrente di sangue giovanile, che avrebbe ristorato le vene esauste di Roma, la ragion[10] di Stato aveva opposto, ad Aspromonte, un argine di petti fraterni; e Roberto, con gli altri, era stato preso e[11] imprigionato, prima alla Spezia, poi al forte Monteratti a Genova. Liberato, aveva ripreso gli studii, per poco. Nel 1866, dietro[12] a Garibaldi, di nuovo. Solo nel 1871 gli[13] era venuto fatto di laurearsi in legge; e subito era andato a Roma per provvedere, dopo tante vicende tumultuose, alla propria esistenza e a quella dei suoi.[14] Qualche anno dopo, lo aveva raggiunto il fratello Giulio. Anna, a Girgenti, aveva già trovato marito, e donna Caterina – aspettando che Roberto a Roma si facesse[15] largo e si preparasse un avvenire degno[16] del suo passato, e la consolasse infine[17] di tutte le amarezze patite e dell'avvilimento per cui[18] maggiormente aveva sofferto – era andata a vivere in casa del genero Michele Del Re. La morte[19] di questo, tre anni dopo, la sciagura della figlia, la miseria sopravvenuta di nuovo, quasi non avevano avuto potere di scuoterla da un dolore più cupo e profondo, in[20] cui era caduta. Il figlio, il figlio da cui tanto si aspettava, il[1] suo Roberto, fra[2] il trambusto violento della nuova vita nella terza Capitale, tra la baraonda oscena dei tanti che vi s'abbaruffavano[3] reclamando compensi, carpendo onori e favori, il suo Roberto s'era perduto! Stimando semplicemente come suo dovere quanto[4] aveva fatto per la patria, non aveva voluto né saputo accampare alcun diritto a compensi; aveva forse sperato e atteso che gli amici, i compagni, si[5] fossero ricordati di lui dignitoso e modesto. Poi forse lo schifo lo aveva vinto e tratto in disparte. E[6] qual rovinìo era sopravvenuto in Sicilia di tutte le illusioni, di tutta la fervida fede, con cui s'era[7] accesa alla rivolta! Povera isola, trattata come terra di conquista! Poveri isolani, trattati come barbari che bisognava incivilire! Ed eran calati[8] i *Continentali* a incivilirli: calate le soldatesche nuove, quella colonna infame comandata da un rinnegato, l'ungherese[9] colonnello Eberhardt, venuto[10] per la prima volta in Sicilia con Garibaldi e poi tra i fucilatori di Lui ad Aspromonte, e quell'altro tenentino savojardo Dupuy, l'incendiatore; calati tutti gli scarti della burocrazia; e liti e duelli e scene selvagge; e la prefettura del Medici, e[11] i tribunali militari, e i furti, gli assassinii, le grassazioni, orditi ed eseguiti dalla nuova polizia in nome del Real Governo; e falsificazioni e sottrazioni di documenti e processi politici ignominiosi: tutto[12] il primo governo della Destra parlamentare! E poi era venuta la Sinistra al potere, e[13] aveva cominciato anch'essa con[14] provvedimenti eccezionali per la Sicilia; e usurpazioni e truffe e concussioni e favori scandalosi e scandaloso sperpero del denaro pubblico; prefetti, delegati, magistrati messi a servizio dei deputati ministeriali, e clientele spudorate e brogli[15] elettorali; spese pazze, cortigianerie degradanti; l'oppressione dei vinti[16] e dei lavoratori, assistita e protetta dalla legge, e assicurata[1] l'impunità agli oppressori...

Da due giorni – dacché Roberto era arrivato a Girgenti – usciva dalla bocca amara di donna Caterina Auriti questo fiotto veemente di crudeli ricordi, d'acerbe rampogne, di fiere accuse. Guardando il figlio, a traverso[2] le pàlpebre rilassate, con quell'occhio quasi spento, si[3] vôtava il cuore di tutte le amarezze accumulate in tanti anni, di[4] tutto il dolore, di cui l'anima sua s'era nutrita e attossicata.

– Che speri? che vuoi? – gli domandava. – Che sei venuto a far qui?

E Roberto Auriti, investito dalla furia della madre, taceva aggrondato, a capo chino, con gli occhi chiusi.

Aveva[5] ormai quarantatré anni: già calvo, ma vigoroso, col volto[6] fortemente inquadrato dalle folte sopracciglia nere, quasi giunte, e dalla corta barba pur nera, se ne stava avvilito[7] e addogliato, come un fanciullo debole al cospetto di quella madre che, pur così debellata dai dolori e dagli anni, serbava tanta energia e[8] così fieri spiriti. Si sentiva veramente sconfitto. L'animo, troppo teso negli sforzi della prima gioventù, gli era venuto meno a poco a poco, di fronte[9] alla nuova, laida guerra, guerra di lucro, guerra per la conquista indegna dei posti. E ne aveva chiesto uno anche lui, non per sé, per il fratello Giulio, e lo aveva ottenuto al Ministero del tesoro. Egli s'era affidato agli scarsi, incerti proventi della professione d'avvocato: proventi che tuttavia, tal volta, non[10] gli lasciavano al tutto tranquilla la coscienza, non già perché non li credesse meritato compenso al proprio lavoro, allo[11] zelo; ma perché la maggior parte delle liti gli venivano per il tramite dei deputati siciliani suoi amici, di Corrado Selmi specialmente, e per parecchie aveva il dubbio che le[12] avesse vinte, non tanto per la sua bravura, quanto per l'indebita e non[1] gratuita ingerenza di quelli. Ma, morto il cognato Michele Del Re, aveva[2] la madre e la sorella vedova e[3] il nipote da mantenere a[4] Girgenti; oltre che a Roma, da parecchi anni, non[5] era più solo. Certo[6] la madre non ignorava la convivenza di lui a Roma con[7] una donna, di cui per antichi pregiudizii e per la puritana rigidezza dei costumi non[8] poteva avere alcuna stima; non glien'aveva mai fatto parola; ma egli sentiva l'aspra condanna nel cuore materno, un'altra amarezza – secondo lui ingiusta – che la madre non gli mostrava[9] per non avvilirlo, per non ferirlo vieppiù. Ma[10] forse donna Caterina, in quei momenti, non ci pensava nemmeno, tutt'intesa com'era a mettere innanzi al figlio, con[11] foga inesausta, insieme coi ricordi luttuosi della famiglia, le condizioni tristissime del paese. E durante quest'esposizione, la sorpresero[12] il canonico Pompeo Agrò e il Mattina.

Dalla cordialità vivace, con[13] cui Roberto Auriti lo accolse, l'Agrò comprese subito ch'egli ignorava ancora la pubblicazione di quel turpe articolo. Presentò il Mattina, ossequiò la signora.

Donna Caterina aspettò che i primi convenevoli fossero scambiati e che i due amici esprimessero la gioja di rivedersi dopo tanti anni; e riprese, rivolta all'Agrò:

– Per carità, Monsignore, glielo faccia intendere anche lei, che è amico sincero. Qua[14] siamo tra noi. Anche questo signore, se l'ha condotto lei, sarà un amico.[15] Io voglio persuadere mio figlio a non accettare questa lotta.[16]

– Mamma... – pregò Roberto, con un sorriso afflitto.

– Sì, sì, – incalzò la madre. – Lo dicano loro. Che ha fatto Roberto, e perché, in nome[17] di che cosa viene oggi a chiedere il suffragio del suo paese?

Forse in nome di tutto ciò che fece da giovinetto, in nome del padre morto, dei sacrifizii e degli ideali per cui[1] quei sacrifizii furono fatti e quello strazio sofferto? Farà[2] ridere!

– Oh, no, perché, donna Caterina? – si provò a interrompere[3] il canonico Agrò, portandosi una mano al petto, quasi[4] ferito. – Non dica così.

– Ridere! ridere! – incalzò quella con più foga. – Lo sa bene anche lei come[5] quegli ideali si sono tradotti in realtà per il popolo siciliano![6] Che n'ha avuto? com'è[7] stato trattato? Oppresso, vessato, abbandonato e vilipeso! Gli ideali del Quarantotto e del Sessanta? Ma tutti i vecchi, qua, gridano: *Meglio*[8] *prima! Meglio prima!* E lo grido anch'io, sa?[9] io, Caterina Laurentano, vedova di Stefano Auriti!

– Mamma! mamma! – supplicò Roberto, con le mani agli orecchi.[10]

E subito la madre:

– Sì, figlio: perché prima almeno avevamo una speranza, quella che[11] ci sostenne in mezzo[12] a tutti i triboli che tu sai e non sai, là, a Torino... Nessuno vuol più saperne, ora, credi. Troppo cari si son pagati, quegli ideali; e ora basta! Ritórnatene a Roma! Non voglio, non[13] posso ammettere che tu sia venuto qua in nome del Governo che ci regge. Tu non hai rubato, figlio, non hai[14] prestato man forte a tutte le ingiustizie e le turpitudini che qua si perpetrano protette dai prefetti e dai deputati, non hai[15] favorito la prepotenza delle consorterie locali che appestano[16] l'aria delle nostre città come la malaria le[17] nostre campagne! E allora perché? che titoli hai per essere eletto? chi[18] ti sostiene? chi ti vuole?

Entrò, in questo punto, Guido Verònica, rassettato e ricomposto. Era salito all'albergo dopo la rissa per[19] cambiarsi d'abito, e vi aveva lasciato detto che se qualcuno fosse venuto a cercar di lui, egli sarebbe ritornato alle ore tre del pomeriggio.

Subito l'Agrò e il Mattina gli fecero cenno con gli occhi, che[1] Roberto non sapeva nulla. Donna Caterina Auriti s'era levata in piedi, per incitare il figlio[2] a rifiutare l'ajuto[3] del Governo, che del resto non avrebbe avuto alcun valore nell'imminente lotta, e ad[4] accettar questa, invece, in nome dell'isola oppressa.[5] Non avrebbe vinto, certamente; ma[6] la sconfitta almeno non sarebbe stata disonorevole e sarebbe servita di mònito al Governo.

– Perché voi lo vedrete, – concluse. – Faccio[7] una facile profezia: non passerà un anno, assisteremo[8] a scene di sangue.

Guido[9] Verònica parò le mani grassocce.

– Per[10] carità, signora mia, per carità, non dica codeste cose, che sono orribili in bocca a lei! Le lasci dire ai sobillatori che, senza[11] volerlo, fanno il giuoco dei clericali! Scusi, Canonico; ma è proprio così! Quattro mascalzoni ambiziosi che[12] seminano la discordia per assaltare i Consigli comunali e provinciali e anche il Parlamento; altri quattro ignobili nemici della patria che[13] sognano la separazione della Sicilia sotto il protettorato inglese, uso Malta![14] E c'è poi la Francia, la nostra cara sorella latina, che soffia nel fuoco e manda denari per trar partito domani di qualche sommossa brigantesca, ispirata[15] dalla mafia!

– Ah sì? – proruppe donna Caterina, che s'era tenuta a stento. – Lei si conforta così? Sono tutte calunnie, le solite, quelle che[16] ripetono i ministri, facendo eco ai prefetti e ai tirannelli locali capi-elettori; per mascherare trenta e più anni di malgoverno! Qua[17] c'è la fame, caro signore, nelle campagne e nelle zolfare; i latifondi, la[18] tirannia feudale dei cosiddetti *cappelli*, le tasse[19] comunali che succhiano l'ultimo sangue a gente che non ha neanche da comperarsi il pane! Si[20] stia zitto! si stia zitto!

Guido Verònica sorrise nervosamente, aprendo[1] le braccia; poi si rivolse a Roberto:

– Oh senti... (col suo permesso, signora!): avrei bisogno del tuo cifrario, per spedire un telegramma d'urgenza a Roma.

– Ah già, bravo, bravo! – esclamò il canonico Agrò, riscotendosi[2] dal doloroso atteggiamento preso durante la violenta intemerata di donna Caterina.

Roberto si recò di là per il cifrario.[3] La conversazione cadde fra i tre amici e la vecchia signora; poi l'Agrò per[4] rompere il silenzio penoso sopravvenuto, sospirò:

– Eh, certo sono tristi assai le condizioni del nostro povero paese!

E la conversazione fu ripresa un po', ma senza più calore. I tre avevano un'intesa segreta tra[5] loro ed erano anche gonfii e costernati dello scandalo di quell'articolo: si scambiavano occhiate d'intelligenza, avrebbero voluto rimanere soli[6] un momento per accordarsi sul miglior modo di preparare Roberto. Ma[7] donna Caterina non se n'andava.

– Sa se Corrado Selmi, – le domandò Guido Verònica, – ha scritto a Roberto che verrà?

– Verrà, verrà, – rispose ella, scrollando il capo con amaro sdegno.

– Ci ho pensato, – disse piano il Verònica all'Agrò e al Mattina. – Tanto meglio, se viene. Anzi gli spedirò io stesso un telegramma perché venga subito, *per me*, capite? Così Lando... zitti, ecco Roberto.

Ma non era Roberto: entrò invece nella sala un giovinotto alto, smilzo, a cui le lenti serrate in cima al naso, congiungendo le folte sopracciglia, davano un'aria di cupa e rigida tenacia. Era Antonio Del Re, il nipote. Pallidissimo di solito, appariva in quel momento quasi cèreo.

– Hanno letto nell'*Empedocle*? – domandò con un fremito nelle labbra e nel naso.

Il canonico Agrò e il Mattina alzarono subito le mani per impedire che seguitasse.

– Contro Roberto? – domandò donna Caterina.

– Contro il nonno! – rispose, vibrante, il giovinotto. – Una manata di fango! E contro te!

– Sozzure! sozzure! – esclamò l'Agrò. – Per carità, non ne sappia[1] nulla il povero Roberto!

– Già sta a leggerlo, – disse il nipote, sprezzante.

– No! no! – gridò allora l'Agrò, levandosi in piedi. – Oh Signore Iddio, bisogna[2] prevenirlo! Già questi farabutti hanno avuto la lezione che si meritavano dal nostro Verònica![3] Per carità, vada lei, donna Caterina...[4] Imprudenza, imprudenza, ragazzo mio!

Donna Caterina accorse; ma troppo tardi. Roberto Auriti, ignorando quel che poc'anzi aveva fatto il Verònica, era corso – pallido, col volto contratto da un sorriso spasmodico, e come un cieco – alla redazione di quel giornalucolo, presso Porta Atenèa. Vi aveva trovati già raccolti i maggiorenti del partito, con Flaminio Salvo alla testa, per proclamare, subito dopo l'aggressione, la[5] candidatura di Ignazio[6] Capolino. Al vecchio usciere, che stava di guardia nella saletta d'ingresso innanzi[7] all'uscio a vetri della sala di redazione, aveva detto – ancor sorridendo a quel modo – che Roberto Auriti voleva parlare col direttore. Nella sala di redazione s'era fatto un improvviso silenzio; poi agli orecchi di Roberto eran venute queste parole concitate:

– Nossignori! Vado io, tocca a me; l'articolo l'ho scritto io, e[8] io ne rispondo!

Non aveva neppur visto chi gli s'era fatto innanzi: gli s'era lanciato addosso come una belva, lo aveva levato di peso e scagliato con tale impeto contro l'uscio, che questo s'era sfondato, sfasciato, con gran fracasso e rovinìo di[1] vetri infranti.

Quando il Verònica, il Mattina e il nipote Del Re sopraggiunsero a precipizio, tra la ressa della gente accorsa da ogni parte agli urli che s'eran levati altissimi dalla sala di redazione, Marco[2] Prèola col volto insanguinato e un coltello in mano si dibatteva ferocemente sbraitando:[3]

– Lasciatemi, maledetti, lasciatemi! Se lo liberate adesso, l'ammazzo più tardi! Lasciatemi! Lasciatemi!

IV

In fondo[4] al vestibolo, tra i lauri e le palme, su lo sfondo della gran porta a vetri colorati, la preziosa statua acefala di Venere Urania, scavata a Colimbètra nello stesso posto ove ora sorge la villa, pareva[5] che non per vergogna della sua nudità tenesse sollevato un braccio davanti al volto ideale che ciascuno, ammirandola, le[6] immaginava subito, lievemente inclinato, come se in realtà vi fosse; ma per non vedere inginocchiati alla soglia della[7] cappella che si apriva a destra tutti[8] quegli uomini così stranamente parati:[9] la compagnia borbonica di capitan Sciaralla.

La messa era per finire. Dentro[10] la cappella, lucida di marmi e di stucchi, stavano soltanto il principe don Ippolito, raccolto nella preghiera su l'inginocchiatojo dorato e damascato, innanzi all'altare; più indietro, Lisi Prèola, il segretario; più indietro ancora, le donne di servizio: la governante e due giovani cameriere. La servitù mascolina doveva contentarsi d'assistere alla messa dal vestibolo; solo a Liborio, cameriere favorito del principe, in brache corte e calze di seta, era concesso di star su l'entrata, più[11] dentro che fuori; e questa pareva a Sciaralla un'ingiustizia del Prèola, bell'e buona. In[1] qualità di capitano, egli si riteneva degno di sedere per lo meno accanto al Prèola stesso, se non subito dopo il principe, ecco. Apertamente, no, non[2] se ne lagnava, per prudenza; ma ci pigliava certe bili! E come d'un peccato d'invidia se n'era confessato a[3] don Lagàipa, che ogni domenica veniva a Colimbètra a dir messa.

– Almeno davanti[4] a Dio dovremmo essere tutti eguali, ecco!

Tutti, escluso il principe; non[5] c'era bisogno di dirlo.

Ma lui, Sciaralla, non si lagnava perché voleva esser favorito, messo avanti agli altri, distinto[6] dai suoi subalterni al cospetto di Dio? Le corna aveva dunque, le corna e la coda del demonio, quella sua riflessione, che[7] pur sembrava giusta a prima giunta.

Così don Illuminato Lagàipa aveva tappata[8] la bocca a Sciaralla.

E Sciaralla, un sospirone.

Vera tentazione del demonio era intanto quella statua nuda, lì davanti la cappella, per[9] tutti quegli uomini di guardia che dovevano star fuori. Mentre le labbra recitavano le preghiere, gli occhi eran quasi costretti a peccare guardando senza volerlo quella nudità, che S. E. il principe, tanto[10] divoto, non avrebbe dovuto tenere così esposta! Oh[11] maledetta! Sembrava viva, sembrava... Le povere donne di servizio abbassavano gli occhi, ogni volta, passando; e anche don Illuminato li abbassava, pezzo d'ipocrita![12]

Ridevano intanto, fiorenti, le mirabili forme della dea decapitata, emersa dal tempo remoto, nata da uno scalpello greco, da un artefice ignaro che la sua opera dovesse tanto sopravvivere e parlare a profana gente un linguaggio diabolico, ornamento d'un[13] vestibolo, tra cassoni di lauri e di palme.

Finita la messa, gli uomini della compagnia di

guardia fecero ala su l'attenti, al[1] passaggio del principe che[2] si recava al *Museo.*

Così eran chiamate le sale a pianterreno dell'altro lato del vestibolo, nelle quali tra alte piante di serra erano[3] raccolti gli oggetti antichi, d'inestimabile valore: statue, sarcofaghi, vasi, iscrizioni, scavati a Colimbètra, e che don Ippolito aveva illustrati molti anni addietro nelle sue *Memorie d'Akragas*, insieme col prezioso medagliere esposto sù, nel salone della[4] villa.

L'antica famosa Colimbètra akragantina era veramente molto più giù, nel punto più basso del pianoro, dove tre vallette si uniscono e le rocce si dividono e la linea dell'aspro ciglione, su cui sorgono i Tempii, è interrotta da una larga apertura. In quel luogo, ora detto dell'Abbadia bassa, gli Akragantini, cento anni dopo la fondazione della loro città, avevano formato la pescheria, gran[5] bacino d'acqua che si estendeva fino all'Hypsas[6] e la cui diga concorreva col fiume alla fortificazione della città.

Colimbètra aveva chiamato don Ippolito la sua tenuta, perché anch'egli lassù, nella parte occidentale di essa, aveva raccolto un bacino d'acqua, alimentato d'inverno dal torrentello che scorreva sotto Bonamorone e d'estate da una nòria, la cui ruota stridula era da mane a sera girata da una giumenta cieca. Tutt'intorno a quel bacino sorgeva un boschetto delizioso d'aranci e melograni.[7]

Nel museo don Ippolito soleva passare tutta la mattinata, intento allo studio appassionato e non mai interrotto delle antichità akragantine. Attendeva ora a tracciare, in una nuova opera, la topografia storica dell'antichissima città, col sussidio delle lunghe minuziose investigazioni sui luoghi, giacché la sua Colimbètra si estendeva appunto dov'era prima il cuore della greca Akragante.

Presso una delle ampie finestre della seconda sala,

guarnite di lievi tende rosee, era la scrivania massiccia, intagliata; ma don Ippolito componeva quasi sempre a memoria, passeggiando per le sale; architettava all'antica due, tre periodoni gravi di *laonde* e di *conciossiaché*, e poi andava a trascriverli su i grandi fogli preparati su la scrivania, spesso senza neppur sedere. Tenendosi con una mano sul mento la barba maestosa, che serbava tuttavia un ultimo vestigio, quasi un'aria del primo color biondo d'oro, egli, alto, aitante, bellissimo ancora, non ostanti l'età e la calvizie, si fermava davanti[1] a questo o a quel monumento, e pareva che con gli occhi ceruli, limpidi sotto[2] le ciglia contratte, fosse intento a interpretare una iscrizione[3] o le figure simboliche d'un vaso arcaico. Talvolta anche gestiva o apriva a un lieve sorriso di soddisfazione le labbra perfette, giovanilmente fresche, se gli pareva d'aver trovato un argomento decisivo, vittorioso, contro i precedenti topografi.

Su la scrivania era quel giorno aperto un volume delle storie di Polibio, nel testo greco, Lib. IX, Cap. 27, alla pagina ov'è un accenno all'acropoli akragantina.[4]

Un gravissimo problema travagliava da parecchi mesi don Ippolito circa alla destinazione di questa acropoli.

– Disturbo? – domandò, inchinandosi su la soglia di quella seconda sala, don Illuminato Lagàipa, che già si era[5] spogliato degli arredi sacri e aveva fatto la solita colazione di cioccolato[6] e biscottini.

Era un prete di mezz'età, tondo di corpo, dal volto bruciato[7] dal sole, nel quale gli occhi cilestri, troppo chiari, pareva vaneggiassero smarriti.[8] Buon uomo, in fondo, pacifico e noncurante; lì, in presenza del principe, che ogni domenica lo tratteneva a colazione, si[9] dava, per fargli piacere, arie di rigida e battagliera intransigenza, di cui rideva poi, discorrendo filosoficamente con la sua vecchia e fedele Fifa, l'asina mansueta, che lo riconduceva al campicello presso il camposanto di Bonamorone, pochi ettari di terra, che – se sapevano il rapido passar della vita – pure, sotto questo o quel re, gli producevano ogni anno quel tanto che modestamente gli bisognava.

– Domenica, oggi, e[1] non si lavora! – soggiunse, levando le mani e sorridendo.

– Non è lavoro, il mio, propriamente, – gli disse con un sobrio gesto garbato don Ippolito.

– Già, già! *otia*, *otia*, secondo Cicerone! – si corresse don Lagàipa. – Ha ragione. Venivo per dirle che jeri mattina, prima che mi recassi al mio campicello, Monsignore mi fece l'onore d'incaricarmi[2] d'un'ambasciata[3] per Vostra Eccellenza.

– Monsignor Montoro?

– Già. Mi disse di avvertir Vostra Eccellenza che oggi, nel pomeriggio, con l'ajuto di Dio, verrà[4] qua, per parlare, suppongo, delle prossime elezioni. Eh, – sospirò, intrecciando[5] le dita e scotendo le mani così giunte, – pare che il diavolaccio maledetto si senta prudere le corna... Guerra, guerra... tempesta! Ho sentito che sono arrivate da Palermo, per richiamo, dicono, del canonico Agrò, due certe gallinelle d'acqua... già! due famosi galoppini al comando[6] dell'alta mafia e della famigerata[7] banda massonica... un tal Mattina, un tal Verònica...

– L'Agrò?[8] – disse cupo don Ippolito Laurentano, che s'era impuntato a quel nome, senza più badare al resto. – Dunque l'Agrò vuole proprio scendere in piazza, senza alcun ritegno, senza alcun riguardo, nemmeno[9] per l'abito che indossa?

– Eh! – tornò a sospirare don Lagàipa. – Superiore mio... superiore... ma dico ciò che si dice... *relata refero*... non manda giù, dicono, che non l'abbiano fatto vescovo al posto del nostro Eccellentissimo monsignor Montoro.[1] Crede di salvare le apparenze con... con la scusa dell'antica amicizia che lo lega all'Auriti, ecco...

– Bell'amicizia, da gloriarsene! – brontolò il Laurentano. – Per un sacerdote!

– Ma l'Agrò... – osservò don Illuminato. E non aggiunse altro. Chiuse gli occhi, tentennò il capo, emise un terzo sospiro: – Eh, si complica... la faccenda si complica... sì, dico... si fa molto delicata...

– Per me? – saltò sù a dire don Ippolito (e il lucido cranio gli s'infiammò). – Delicata per me? Sappia monsignor Montoro... già dovrebbe saperlo; io non riconosco, non ho mai riconosciuto per nipote codesto Roberto Auriti garibaldesco. Non lo conosco neppur[2] di vista: qua non è mai venuto, né io del resto gli avrei fatto oltrepassar la soglia del mio cancello. Per ordine del suo governo, non[3] invitato dalla cittadinanza, viene con la folle speranza[4] di prendere il posto di Giacinto Fazello? Bene. Avrà ciò che si merita. Senza alcuna considerazione per la mia sciagurata parentela in-vo-lon-ta-ria, si lotti e si vinca!

– Ah, lottare, lottare, sicuro! bisogna lottare! – disse don Illuminato, aggrottando fieramente le ciglia su quegli occhi vani. – Anche[5] se non si dovesse vincere...

– E perché no? – domandò severo don Ippolito. – Che probabilità di vittoria può aver[6] l'Auriti? Che conta l'Agrò?

– Ma... dicono... la prefettura... – e don Illuminato si grattò la guancia raschiosa.

– Non[7] è base! – ribatté subito il principe. – L'abbiamo veduto nelle elezioni[8] comunali.

– Già, già... – si rimise don Lagàipa. – Però... la mafia in campo, adesso... la polizia favoreggiatrice... tutte le male arti... dicono... e deve arrivare...

non so, un pezzo grosso... un deputato.... Selmi, mi par d'avere inteso...

Don Ippolito rimase in silenzio per un pezzo, col volto atteggiato di nausea; poi, scotendo un pugno, proruppe:

– Filangieri! Filangieri!

Il Lagàipa scrollò[1] il capo, sospirando a questa esclamazione, frequente su le labbra del principe e accompagnata[2] sempre da quel gesto di rabbioso rammarico:

– Filangieri!

Sapeva quanta venerazione don Ippolito Laurentano serbasse ancora alla memoria del Satriano, repressore benedetto della rivoluzione siciliana del 1848, provvido, energico restauratore dell'ordine sociale dopo i sedici mesi dell'*oscena baldoria rivoluzionaria*. Di quei sedici mesi era rimasto vivo di raccapriccio nel principe il ricordo, sopra tutto per la minaccia brutale del volgo ai privilegi nobiliari e alla credenza religiosa. Satriano era stato per lui il sole trionfatore di quella bufera sovvertitrice; e come un sole, ritornata la calma, aveva brillato sù nel cielo di Sicilia dalla reggia normanna di Palermo, riaperta alle splendide feste per circondare di prestigio napoleonico il suo potere. Lì, nella reggia, don Ippolito aveva conosciuto donna Teresa Montalto, giovinetta, a cui poi il Satriano stesso aveva voluto far da padrino nelle nozze, ottenendo a lui, sposo, con sommo stento dal Re l'ordine di cavaliere di San Gennaro, di cui già il padre era stato insignito. La bufera s'era scatenata di nuovo nel 1860: dal ritiro di Colimbètra egli ne udiva il rombo lontano: lottava di là con tutte le forze, nel piccolo àmbito della città natale: la causa dei Borboni era per il momento perduta; bisognava lottare per il trionfo del potere ecclesiastico; restituita Roma al Pontefice, chi sa! Intanto si doveva a ogni costo impedire che la rappresentanza di Giacinto Fazello fosse usurpata da Roberto Auriti.

– Del resto, – riprese, – l'Auriti non ha più alcun prestigio nel paese. Ne manca da circa vent'anni...

– Simpatie, però... – oppose reticente il Lagàipa, – ecco, sì... qualche simpatia forse la gode...

– Non contano nulla, oggi, le simpatie, – rispose don Ippolito recisamente. – Di fronte agl'interessi, nulla!

Prese dalla scrivania, così dicendo, il volume delle storie di Polibio che[1] vi stava aperto e istintivamente se l'appressò agli[2] occhi. Subito questi gli andarono sul passo, tante volte riletto e tormentato, della[3] controversia su quella benedetta acropoli. Si distrasse dal discorso; rilesse ancora una volta il passo, con la mente già piena di nuovo della controversia che l'agitava; sospirò; chiuse il libro, lasciandovi l'indice in mezzo e, ponendoselo dietro il dorso:[4]

– Insomma, – disse, – bisogna vincere, don Illuminato! Io, guardi, in questo momento ho contro me un esercito di eruditi tedeschi; di topografi; di storici antichi e nuovi, d'ogni nazione; la tradizione popolare; eppure non mi do per vinto. Il campo di battaglia è qua. Qua li aspetto!

Gli mostrò il libro, picchiando con le nocche delle dita su la pagina, e soggiunse:

– Come tradurrebbe lei queste parole: κατ' αὐτὰς τὰς θερινὰς ἀνατολάς?

Investito da quei quattro *às*, *às*, *às*, *às*, come da quattro schiaffi improvvisi, il povero don Illuminato Lagàipa restò quasi basito. Credeva di non meritarsi un simile trattamento.

Don Ippolito sorrise; poi, introducendo il braccio sotto il braccio di lui, soggiunse:

– Venga con me. Le spiegherò in due parole di che si tratta.

Uscirono sul vasto spiazzo innanzi alla villa; se ne scostarono un tratto a destra; quindi, voltando[1] le spalle, il principe mostrò al prete l'ampia zona di terreno, dietro la villa, in scosceso pendìo, coronata in cima da un greppo isolato, ferrigno, da un cocuzzolo tutt'intorno tagliato a scarpa.

– Questa, è vero? la collina akrea, – disse. – Quella lassù, la nostra famosa Rupe Atenèa. Bene. Polibio dice: « *La parte alta* (l'arce, la così detta acropoli, insomma) *sovrasta la città*, noti bene!, *in corrispondenza a gli orienti estivi* ».[2] Ora, dica un po' lei: donde sorge il sole, d'estate? Forse dal colle dove sta Girgenti? No! Sorge di là, dalla Rupe. E dunque lassù, se mai, era l'Acropoli, e non su l'odierna Girgenti, come vogliono questi dottoroni tedeschi. Il colle di Girgenti restava oltre il perimetro delle antiche mura. Lo dimostrerò... lo dimostrerò! Mettano lassù Camìco... la reggia di Còcale... Omfàce... quello che vogliono... l'Acropoli, no.

E scartò con la mano Girgenti, che si vedeva per un tratto, lassù, a sinistra della Rupe, più bassa.

– Lì, – riprese, additando di nuovo la Rupe Atenèa e ispirandosi, – lì, sublime vedetta e sacrario soltanto, non acropoli, sacrario[3] dei numi protettori, Gellia ascese, fremebondo d'ira e di sdegno, al tempio della diva Athena, dedicato anche a Giove Atabirio, e vi appiccò il fuoco per impedirne la profanazione. Dopo otto mesi d'assedio, stremati dalla fame, gli Akragantini, cacciati dal terrore e dalla morte, abbandonano vecchi, fanciulli e infermi e fuggono, protetti[4] dal siracusano Dafnèo, da porta Gela. Gli ottocento Campani si sono ritirati dal colle; il vile Desippo s'è messo in salvo; ogni resistenza è ormai inutile. Solo Gellia non fugge! Spera d'avere incolume la vita mercé la fede, e si riduce al santuario d'Athena. Smantellate le mura, ruinati i meravigliosi edifizii, brucia qua sotto la città intera; e lui dall'alto, mirando l'incendio spaventoso che[1] innalza una funerea cortina di fiamme e di fumo su la vista del mare, vuol ardere nel fuoco della Dea.

– Stupenda, stupenda descrizione! – esclamò il Lagàipa con gli occhi sbarrati.

Giù, nel secondo dei tre ampii ripiani fioriti, degradanti innanzi alla[2] villa, come tre enormi gradini d'una scalea colossale, Placido Sciaralla e Lisi Prèola, appoggiati alla balaustrata marmorea, avevano interrotto la conversazione e ora tentennavano il capo, ammirati anch'essi del calore con cui il principe aveva parlato, sebbene per la distanza non ne avessero colto una parola.

Don Ippolito Laurentano restò acceso a mirare con gli occhi intensi[3] il magnifico panorama. Dov'egli aveva rappresentato l'incendio formidabile e la distruzione, ora s'abbandonava la pace inconsapevole della campagna; dov'era il cuore dell'antica città sorgeva ora un bosco di mandorli e d'olivi, il bosco detto perciò ancora della *Cívita*. Le chiome dei mandorli s'erano con l'autunno diradate e, tra quelle perenni degli olivi cinerulei, parevano aeree, assumevano sotto il sole una tinta roseo-dorata.

Oltre il bosco, sul lungo ciglione, sorgevano i famosi Tempii[4] superstiti, che parevano collocati apposta, a distanza, per accrescere la meravigliosa vista della[5] villa principesca. Oltre il ciglione, il pianoro, ove[6] stette splendida e potente l'antica città, strapiombava aspro e roccioso a precipizio sul piano dell'Akragas:[7] tranquillo piano luminoso, che spaziava fino a terminare laggiù laggiù, nel[8] mare.

– Non posso soffrire questi Tèutoni, – disse il principe, rientrando con don Illuminato Lagàipa nel *Museo*, – questi Tèutoni che, non potendo più con le armi, invadono coi libri e vengono a dire spropositi in casa nostra, dove già tanti se ne fanno e se ne dicono.

S'intese in quel punto il rotolìo d'una vettura per la strada incassata, dietro la villa, e don Ippolito contrasse le ciglia. Entrò poco dopo, turbato, smarrito nella sorpresa, Liborio, il cameriere.

– Pe... perdoni, eccellenza, – balbettò. – È arrivata da Girgenti la... la signora...

– Che signora? – domandò il principe.

– Sua sorella... donna Caterina...

Don Ippolito restò dapprima come stordito da un improvviso colpo alla testa. Arricciò il naso, impallidì. Poi, d'un subito, il sangue gli balzò al capo. Chiuse gli occhi, impallidì di nuovo, aggrottò le ciglia, serrò le pugna e, col cuore che gli martellava in petto, domandò:

– Qua? Dov'è?

– Sù, eccellenza... nel salone, – rispose Liborio; e, poco dopo, vedendo che il principe restava perplesso, chiese: – Ho fatto male?

Don Ippolito si voltò a guardarlo per un pezzo, come se non avesse inteso; poi disse:

– No...

E si mosse, senza neppur volgere uno sguardo al Lagàipa. Con l'animo in tumulto, cercò di fissare un pensiero che gli spiegasse il perché di quella visita straordinaria, non volendo, non sapendo ammettere quel che gli era in prima balenato, che la sorella cioè, colei che in tante e tante sciagure aveva sempre rifiutato con ostinata fierezza, anzi con disprezzo, ogni soccorso, venisse ora a intercedere per il figlio Roberto. Ma che altro poteva voler da lui? Salì la scala. Era tanto oppresso d'angoscia e in preda a un'agitazione così soffocante, che dovette fermarsi per un momento davanti la soglia.[1] Entrare? presentarsi a lei in quello stato? No. Doveva prima ricomporsi. E in punta di piedi si diresse alla camera da letto. Qua, istintivamente, s'appressò allo scrigno dove erano[1] conservati un medaglioncino di lei in miniatura, di[2] quand'ella era giovinetta di sedici anni, e i due biglietti che gli aveva scritti, senza intestazione e senza firma, uno da Torino, dopo la morte violenta del padre, l'altro da Girgenti, al ritorno dall'esilio dopo[3] la morte del marito.

Il primo, più ingiallito, diceva:

I beni, confiscati a Gerlando Laurentano dal governo borbonico, furono restituiti al figlio Ippolito da Carlo Filangieri di Satriano.[4] *Nulla dunque mi spetta dell'eredità paterna. La moglie e il figlio di Stefano Auriti non mangeranno il pane d'un nemico della patria.*

L'altro, più laconico, diceva:

Grazie. Alla vedova, agli orfani, provvedono i parenti poveri di Stefano Auriti. Da te, nulla. Grazie.

Scostò con la mano quei due biglietti e fissò gli occhi sul medaglioncino, che egli aveva tolto dal salone della casa paterna dopo la fuga della[5] sorella con Stefano Auriti.

Da allora – eran già quarantacinque[6] anni – non l'aveva più riveduta!

Come avrebbe riveduto, ora, dopo tanto tempo, dopo tante vicende funeste, quella giovinetta bellissima che gli stava davanti, rosea, ampiamente[7] scollata, nell'antica acconciatura, con quegli occhi ardenti e pensosi?

Richiuse lo scrigno, dopo aver gettato un altro sguardo su i due biglietti sprezzanti; e, grave, accigliato, s'avviò al salone.[8]

Sollevata la tenda dell'uscio, intravide con gli occhi intorbidati dalla commozione la sorella in piedi, alta, vestita di nero. Si fermò poco oltre la soglia, oppresso d'angoscioso stupore alla vista di quel volto disfatto, irriconoscibile.

– Caterina, – mormorò, sostando; e le tese istintivamente le braccia, pur con l'impressione in contrasto, che quella era ormai un'estranea, al tutto ignota.

Ella[1] non si mosse: rimase lì, in mezzo al salone, cerea tra le fitte gramaglie, col volto contratto e gli occhi chiusi, altera, indurita[2] nello spasimo di quell'attesa. Aspettò che egli[3] le si accostasse e gli toccò appena la mano con la sua, gelida, guardandolo[4] ora con quegli occhi stanchi, velati di cordoglio, quasi a metà nascosti dalle palpebre, uno più, l'altro meno.

– Siedi, – disse, con gli occhi bassi, quasi intimidito, il fratello, indicando il divano e le poltrone nella parete a sinistra.

Seduti, stettero un lungo pezzo entrambi senza poter parlare, in un silenzio che fremeva d'intensa, violenta commozione. Don Ippolito chiuse gli occhi. La sorella, dopo aver soffocato parecchie volte con sforzo un singhiozzo che le faceva impeto alla gola, disse alla fine, con voce rauca:

– Roberto è qui.

Don Ippolito si scosse; riaprì gli occhi e, senza volere, li volse in giro per la sala, come se – smarrito tra gl'interni ricordi tumultuanti – avesse temuto un'imboscata.

– Non qui, – riprese donna Caterina, con un freddo, amaro, lievissimo sorriso, – nel tuo dominio straniero. A Girgenti, da due giorni.

Don Ippolito, aggrondato, chinò più volte la testa per significarle che sapeva.

– E so perché è venuto, – aggiunse con voce cupa; poi levò il capo e guardò la sorella con[5] penosissimo sforzo. – Che[6] potrei...

– Nulla... oh! nulla, – s'affrettò a rispondergli donna Caterina. – Voglio che tu lo combatta con tutte le tue forze. Non ci mancherebbe altro, che[1] anche tu lo sostenessi e[2] che egli andasse sù anche coi vostri voti!

– Sai bene... – si provò a dirle il fratello.

– So, so, – troncò recisamente con un gesto della mano donna Caterina. – Ma combatterlo, Ippolito, non col coltello alla mano, non andando a scavar le fosse, come le jene, a scoperchiare certe tombe sacre, da[3] cui i morti potrebbero levarsi e farvi morire di paura.

– Piano, piano, – disse don Ippolito tendendo[4] le mani che gli tremavano, non tanto per protestare, quanto per placare quell'ombra[5] tragica della[6] sorella così agitata. – Io non t'intendo...

– Mi brucia le mani, – disse allora donna Caterina, gettando sul tavolinetto innanzi al divano una copia dell'*Empedocle* tutta brancicata.

Don Ippolito prese quel foglio, lo spiegò e cominciò a leggerlo.

– Con codeste sozze armi... Contro un morto... – mormorò donna Caterina, accompagnando la lettura del fratello.

Ansava, seguendo quella lettura e osservando sul volto di lui l'impressione disgustosa ch'egli ne riceveva.

– Roberto – riprese, – è andato alla redazione di codesto giornale. Gli si è fatto innanzi l'autore dell'articolo, che è figlio, m'hanno detto, d'un tuo... schiavo qui, il Prèola. L'ha preso e scagliato contro una porta. Glielo hanno[7] strappato dalle mani... Ora costui, armato di coltello (e l'ha cavato fuori!) minaccia d'uccidere; e questa mattina stessa è stato visto in agguato presso la mia casa.[8] Ma io non temo di lui; temo che Roberto si comprometta di nuovo e torni a insozzarsi le mani... Così volete combatterlo?

Don Ippolito che, seguitando a leggere, aveva

ascoltato con animo sospeso il racconto, a quest'ultima domanda si scosse, indignato, come se la sorella lo avesse percosso sul viso, accomunandolo con quell'abietto che aveva scritto l'articolo.

Si levò in piedi, alteramente; ma si frenò subito, e andò a premere un campanello. A Liborio, che subito si presentò su la soglia:

– Il Prèola! – ordinò.

Poco dopo il vecchio segretario entrò curvo, ossequioso, anzi[1] strisciante, quasi cacciato lì dentro a frustate. Vestiva un'ampia e greve napoleona. Dal colletto basso, troppo largo, la grossa testa calva, inteschiata, sbarbata, gli usciva come quella d'un vitello scorticato.[2]

– Eccellenza... eccellenza...

– Manda subito a chiamare tuo figlio a Girgenti, – comandò il principe. – Che venga subito qua! Debbo parlargli.

– Eccellenza, mi conceda, – s'arrischiò[3] a dire il Prèola, storcendosi e curvandosi vie più, con una mano sul petto, mentre la trama delle vene gli si gonfiava sul cranio paonazzo, – mi conceda che all'eccellentissima sua signora sorella io, umilmente...

– Basta, basta, basta! – gridò seccamente il principe. – So io quel che debbo dire a tuo figlio. Anzi, ascolta! Mi fa troppo schifo, e non voglio né vederlo, né parlargli. Gli dirai tu che se si arrischia ancora a[4] mostrare la sua laida grinta per le vie di Girgenti, tu sei messo alla[5] strada: ti caccio via su due piedi! Inteso?

Il Prèola cavò un fazzoletto dalla tasca posteriore della napoleona e approvò, approvò più volte, asciugandosi il cranio; poi si portò il fazzoletto agli occhi e si scosse tutto per un impeto di singhiozzi: – Sforcato...[6] sforcato... – gemette. – Mi disonora, eccellenza... Lo manderò via, a Tunisi... Ho già fatto le pratiche... Intanto, subito, lo faccio venire qua. Mi perdoni, mi compatisca, eccellenza.

E uscì, rinculando, ossequiando, col fazzoletto su la bocca.

Donna Caterina si alzò.

– Con questo, – le disse don Ippolito, – non intendo affatto di derogare a me stesso, alla lotta per i miei principii, contro tuo figlio.

Donna Caterina alzò gli occhi a un grande ritratto a olio di Francesco II, a un altro del Re Bomba,[1] che troneggiavano nel magnifico salone, da una parete: chinò il capo e disse:

– Sta bene. Non desidero altro.

E[2] si mosse per uscire.

– Caterina! – chiamò don Ippolito, quand'ella era già presso l'uscio. – Te ne vai così? Forse non[3] ci rivedremo mai più... Tu sei venuta qua...

– Come dall'altro mondo... – diss'ella, crollando il capo.

– E non t'avrei riconosciuta, – soggiunse il fratello. – Perché... attendi un po' qua: ti farò vedere come io ti ricordavo, Caterina.

Corse a prendere dallo scrigno nella camera da letto il medaglioncino in miniatura, e[4] glielo mostrò:

– Guarda... Ti ricordi?

Donna Caterina provò dapprima come un urto violento alla vista della sua immagine giovanile, e ritrasse il capo; poi prese dalle mani di lui il medaglioncino, si appressò[5] al balcone e si mise a contemplarlo. Da un pezzo quegli occhi quasi spenti non avevano più lacrime, e l'ebbero. Pianse silenziosamente anche lui, il fratello.

– Lo vuoi? – le disse infine.

Ella[6] negò col capo, asciugandosi gli occhi col fazzoletto listato di nero, e gli porse in fretta il medaglioncino.

– Morta, – disse. – Addio.[7]

Don Ippolito l'accompagnò a piè della[1] villa; l'ajutò a montare in vettura; le baciò lungamente la mano; poi la seguì con gli occhi, finché la vettura non svoltò dal breve viale a manca per uscire dal cancello. Là uno della compagnia, in divisa borbonica, pensò bene d'impostarsi militarmente per presentar le armi. Don Ippolito se n'accorse e si scrollò rabbiosamente.

– Codeste pagliacciate! – muggì fulminando[2] con gli occhi capitan Sciaralla, che si trovava presso il vestibolo.

Risalì alla villa, si[3] chiuse in camera, e di lì mandò a far le scuse a don Illuminato, se per quel[4] giorno non lo tratteneva a desinare con lui.

Monsignor[5] Montoro arrivò alle quattro[6] del pomeriggio con la sua vettura silenziosa, tirata[7] da un pajo di vispi muletti accappucciati.

Lo accompagnava Vincente De Vincentis, l'arabista, che aveva lasciato quel giorno la biblioteca di Itria per il vicino palazzo vescovile e s'era sfogato a parlare per[8] tutti i giorni e i mesi, in cui, quasi avesse lasciato la lingua per segnalibro tra un foglio e l'altro di quei benedetti codici arabi, restava muto come un pesce.

Aveva parlato anche in vettura, durante il tragitto, con certi scatti e schizzi e sbruffi che gli scotevano tutto il corpicciuolo ossuto, sparuto, convulso. Gli occhi duri, dietro le lenti fortissime da miope, nel volto scavato, sanguigno, avevano la fissità della pazzia.

Parecchie[9] volte il vescovo con le mani molli feminee e la voce[10] melata, dalle inflessioni misurate e quasi[11] soffuse di pura autorità protettrice, gli aveva consigliato calma, calma; gli consigliò adesso, piano, prudenza, prudenza, oltrepassando il cancello della[12] villa tra il riverente ossequio degli uomini di guardia; e, di nuovo, col gesto, prudenza, prima di smontare dalla vettura.

I due ospiti furono subito introdotti da Liborio nel salone; ma confidenzialmente il vescovo si permise d'uscire sul terrazzo[1] marmoreo aggettato su le colonne del vestibolo esterno, per godere del grandioso spettacolo della campagna e del mare.

Si[2] delineava tutta di lassù la lontana riviera su l'aspro azzurro del mare sconfinato, da Punta Bianca, a levante, che pareva uno sprone d'argento, via via, con insenature e lunate più o meno lievi fino[3] a Monte Rossello a ponente, di cui soltanto nella notte si vedeva il faro sanguigno. Solo per breve tratto, quasi nel mezzo della dolce amplissima curva, la[4] riviera era interrotta dalla foce dell'Hypsas.[5]

Don Ippolito sopravvenne poco dopo, premuroso, non ancor ben rimesso dal grave turbamento che[6] la visita della[7] sorella gli aveva cagionato.

– Ho condotto con me[8] il nostro De Vincentis, – disse subito monsignor Montoro, – perché vorrebbe vedere non so che cosa nel vostro *Museo*, caro principe. Lo farete accompagnare, e noi resteremo qua, su questo pergamo di delizia: non saprei staccarmene. Ma prima il De Vincentis vorrebbe rivolgervi una preghiera.

– Sì, – scattò questi, come se avesse ricevuto una scossa elettrica. – Volevo venire da solo, questa mattina stessa. Monsignore, invece, no, dice, meglio che vieni con me. È una cosa molto seria, molto seria...

– Sentiamo, – disse il principe, invitandolo col gesto a rimettersi a sedere sulla[9] seggiola di giunco del terrazzo.

Il De Vincentis si curvò goffamente per[10] vedere dove fosse la seggiola; poi, sedendo e[11] afferrando i bracciuoli con le piccole mani secche e adunche, proruppe:[12]

– Don Ippolito, rovinati! rovinati![1]

– Ma no... ma no... – si provò a correggere Monsignore, protendendo la mano gravata dall'anello vescovile.

– Rovinati, Monsignore, mi lasci dire! – ribatté il De Vincentis; e le cave gote sanguigne gli diventarono livide. – E causa della rovina è mio fratello Ninì! È andato lui dal... dal...

Ancora una volta le mani del vescovo si protesero; il De Vincentis le intravvide[2] a tempo e si poté tenere. Ma già il principe aveva compreso.

– Dal Salvo, – disse pacatamente. – So che gli avete ceduto...

– Ninì! Ninì! – squittì il De Vincentis. – *Primosole*... Ninì! Lui gliel'ha ceduto... Non so nulla io; nulla di nulla; al bujo, cieco... E lui più cieco di me, stupido, pazzo, innamorato... Come dice? *Transeat* per *Primosole*... Sì! Ci ho fatto la croce... benché... benché il podere solo, sa, è stato pagato, e in un modo che fa ridere...

– Ma no, perché?[3] – interruppe di nuovo, serio, Monsignore.[4]

– Piangere, allora! – rimbeccò il De Vincentis, che aveva già perduto le staffe. – Va bene? Ottantacinquemila[5] lire, e la villa in groppa! La villa di mia madre, là...

E con la mano accennò[6] verso levante, oltre il greppo dello Sperone, al colle più alto, detto di *Torre che parla*, dall'aspetto d'un leone posato, a cui faceva da giubba un folto bosco di ulivi.[7]

– Quarantaduemila, – riprese, –[8] erano di cambiali scadute: il resto, sfumato, volato via in meno di due anni?[9] dove?[10] Ora sento che si tratta di cedere al Salvo anche le terre di *Milione*. E che ci resta? I debiti col Salvo... gli altri debiti... Lo so, ho saputo... Lei sposerà, dice, la sorella... donna Adelaide...

– E che c'entra? – domandò, stordito, dolente, il principe, guardando monsignor Montoro.

– Mi congratulo, badi, mi congratulo... – soggiunse subito il De Vincentis, rosso come un gambero. – Noi però siamo rovinati!

E si alzò per non far vedere le lagrime sotto le lenti cerchiate d'oro.

Don Ippolito guardò di nuovo il vescovo, senza comprendere.

– Vi dirò, – disse questi con tono grave, di risentimento per la disubbidienza del giovine e[1] calò su gli occhi chiari, pallidi, globulenti, le palpebre esilissime come veli di cipolla. – Vi dirò.[2] So che Flaminio Salvo ha già fatto donazione alla sorella delle terre di *Primosole* e che è disposto a farle donazione, quando sarà, anche di quelle del fèudo di *Milione*. Ma sono addolorato[3] del modo con cui il nostro Vincente si è espresso, perché...[4] perché non è il modo, codesto, di parlare di persone onorandissime, da cui forse, senza saperlo, abbiamo ricevuto qualche beneficio.

Il De Vincentis, che stava con le spalle voltate ad asciugarsi gli occhi, si voltò a queste ultime parole del vescovo.

– Beneficio?

– Sì, figliuolo. Tu non puoi comprenderlo perché disgraziatamente non[5] ti sei dato mai cura de' tuoi affari. Vedi ora il dissesto e senti il bisogno d'incolparne qualcuno, a torto; invece di portarvi rimedio. Non eri venuto qua per questo?

Il De Vincentis, che non poteva ancora parlare dalla commozione, chinò[6] più volte il capo.

– È meglio – riprese Monsignore, – che tu vada giù; col vostro permesso, principe. Esporrò io il tuo desiderio.

Don Ippolito si alzò e invitò il De Vincentis a seguirlo; poi, su la scala, lo affidò a Liborio, cui diede la chiave del *Museo*, e ritornò dal vescovo, che lo accolse con un sospiro, scotendo le mani intrecciate.

– Due sciagurati, lui e il fratello! Flaminio Salvo, vi assicuro, principe, ha usato loro un trattamento da vero amico. Senz'alcuna... non diciamo usura per carità, non se ne parla nemmeno; senz'alcun[1] interesse ha prestato loro dapprima somme rilevantissime; ha avuto poi offerta da loro stessi una terra, di cui egli, banchiere, dedito ai commercii, capirete, non[2] sa che farsi: un altro creditore avrebbe mandato al pubblico incanto la terra, per riavere il suo danaro. Egli invece ha fatto all'amichevole e ha continuato a tenere aperta la cassa ai due fratelli che spendono, spendono... non so come, in che cosa... senza vizii, poverini, bisogna dirlo, ottimi, ottimi giovani, ma di poco cervello. Il fatto è che navigano proprio in cattive acque.

– Vorrebbero ajuto da me? – domandò don Ippolito, con un tono che lasciava intendere che sarebbe stato dispostissimo a darlo.

– No, no, – rispose afflitto Monsignore. – Una preghiera che, stimo, non potrà avere alcun effetto. Il De Vincentis crede che Ninì, suo fratello minore, sia innamorato della figlia di Flaminio Salvo, e...

– E...? – fece il principe.

Ma aveva già compreso; e il dialogo terminò sicilianamente in uno scambio di gesti espressivi. Don Ippolito si pose le mani sul petto e domandò con gli occhi: « Dovrei farne io la richiesta al Salvo? ». Monsignore assentì malinconicamente col capo; col capo dapprima negò[3] l'altro, poi alzò le spalle e una mano a un gesto vago, per significare: « Non lo faccio; ma quand'anche lo facessi?... ». Monsignore sospirò, e basta.

Stettero un pezzo in silenzio[4] entrambi.

Don Ippolito, già da parecchi anni, avvertiva confusamente che[1] quel monsignor Montoro gli era non tanto davanti[2] agli occhi, quanto nello spirito, un grave ingombro, quasi che col peso inerte di quelle sue carni rosee troppo curate si[3] adagiasse a impedire che[4] tante cose attorno a lui e per mezzo di lui si movessero. Quali, in verità, non avrebbe saputo dire; ma certo, con quella figura lì, con quella mollezza rosea inerte ingombrante, molte e molte colui doveva trascurarne, che forse un altro, al posto suo, più àlacre e men femineo, avrebbe mosse, anzi scosse e avviate.[5]

Dal canto suo, Monsignore avvertiva, che tra lui e il principe c'era un sentimento non ben definibile, che spesso da una parte e dall'altra s'arricciava, si ritraeva, lasciando tra loro un vuoto impiccioso, dal quale venisse dentro a ciascuno de' due una certa lieve acredine rodente.

Forse questo vuoto era fatto da un argomento, che Monsignore sapeva di non poter toccare, e che pure era tanta parte della vita del principe: cioè, i suoi studii archeologici, il suo culto per le antiche memorie. Non poteva toccarlo, quest'argomento, per timore che fosse pretesto a don Ippolito di riparlargli d'una cosa, di cui egli, uomo[6] di mondo e senza ubbìe d'alcuna sorta, non voleva sapere. Più volte il principe aveva cercato d'indurlo a consacrare almeno una piccola parte della sua cospicua mensa vescovile al restauro dell'antico Duomo, insigne monumento d'arte normanna, deturpato nel Settecento da orribili sostruzioni di stucco e volgarissime dorature. Egli s'era rifiutato, dicendogli che, se mai fosse riuscito a metter da parte qualche risparmio, lo avrebbe piuttosto destinato a costituire una rendita, per cui al convento di Sant'Alfonso, lì presso la cattedrale, potessero ritornare i Padri Liguorini cacciati dopo il 1860.[7]

A don Ippolito non importava nulla dei miglioramenti arrecati alla sua città natale dalle nuove amministrazioni succedute alle decurie e agli intendenti del suo tempo. Per quanto non si desse requie nella lotta e mostrasse animo risoluto a raggiungerne il fine, non aveva più fiducia, in fondo, di potere un giorno rivedere la città, da cui s'era[1] esiliato. La vedeva col pensiero, com'era[2] prima di quell'anno fatale, ancora coi *burgi* e gli *stazzoni*, cioè coi pagliaj e le fornaci nella piazza paludosa fuori Porta di Ponte; ancora coi tre crocioni del Calvario sul declivio del colle, da cui ogni anno, il venerdì santo, si faceva la predica a tutto il popolo lì adunato, e ancora con l'antico giardinetto che un suo amico devoto, il colonnello Flores, comandante la guarnigione borbonica, per ingraziarsi gli animi dei cittadini, vi aveva fatto costruire dieci anni prima della rivoluzione. Sapeva che quel giardinetto era stato abbattuto per ingrandire il piano dalla parte che guarda il mare; e sapeva che su la vasta piazza sorge adesso un gran palazzo, destinato agli ufficii[3] della Provincia e sede della Prefettura. Ma anche questa era per lui un'usurpazione indegna, perché la prima pietra di quel palazzo era stata posta nel 1858 da un munifico vescovo, che voleva farne un grande ospizio per i poveri, onde ancora i vecchi lo chiamavano il *Palazzo della Beneficenza*.

Gli sarebbe piaciuto che il Duomo fosse restaurato da monsignor Montoro, perché le chiese... eh, quelle non erano edifizii che[4] la nuova gente potesse aver piacere d'abbellire; ed eran la sola cosa, di cui egli sentisse profondo il rimpianto. Gli arrivavano lì, nel suo esilio, le voci delle campane delle chiese più vicine. Egli le riconosceva tutte, e diceva: – Ecco, ora suona la Badìa Grande... ora suona San Pietro... ora suona San Francesco...

Arrivò, anche quella sera, a rompere il lungo silenzio, in cui egli e il vescovo lì sul terrazzo eran caduti, il suono dell'avemaria dalla chiesetta di San Pietro. Il cielo, poc'anzi d'un turchino intenso, s'era tutto soffuso di viola; e sotto, nella campagna già raccolta nella prima ombra, spiccava[1] tra i mandorli spogli una fila di alti cipressi notturni, come un vigile drappello a guardia del vicino tempio della Concordia, maestoso, sul ciglione. Monsignor[2] Montoro si tolse lo zucchetto, si curvò un poco, chiudendo[3] gli occhi; il principe si segnò, e tutti e due recitarono mentalmente la preghiera.

– Avete sentito di questi scandali, – disse poi il vescovo gravemente, – che turberanno certo la nostra tranquilla diocesi?

Don Ippolito chinò più volte il capo, con gli occhi socchiusi.

– È stata qui mia sorella.

– Qui? – domandò con vivo stupore il vescovo.

Don Ippolito allora gli parlò brevemente della visita e della violenta scossa ch'egli ne aveva avuto.[4]

– Oh comprendo! comprendo! – esclamò Monsignore, scotendo le bianche mani intrecciate e socchiudendo gli occhi anche lui.

– Come ridotta... – sospirò don Ippolito profondamente.

Per cangiar tono al discorso, monsignor Montoro, dopo aver tirato dentro aria e aria, sbuffò:

– E intanto il nostro paladino vuol montare a ogni costo in arcione; e sarà un nuovo scandalo, che avrei voluto almeno evitare...

– Capolino? – domandò, accigliandosi, don Ippolito. – Battersi?

– Ma sì! Aggredito...

– Lui? Il Prèola!

– Lui, anche lui! Non sapete tutto, dunque?[5] Il nostro Capolino fu aggredito la mattina da un tal Verònica, che si trovava insieme con l'Agrò, che tanto m'addolora...

– Non me lo disse, – mormorò quasi tra sé don Ippolito.

– Perché pare, – spiegò Monsignore, – almeno a quel che si dice in paese, pare che l'Auriti non sapesse della rissa della mattina. Basta. Bisognerà chiudere un occhio, perché lo sfregio, eh, lo sfregio è stato molto grave: gli hanno strappato il giornale in faccia, su la pubblica via... Sapete che il nostro Capolino è focoso, cavaliere compito... Non è stato possibile ridurlo a ragione, all'osservanza del precetto cristiano... Ha già mandato il cartello di sfida...

– So che tira bene di spada, – disse don Ippolito, cupo e fiero. – In fin dei conti, non sarà male dare una lezione a uno di costoro per abbassare a tutti la cresta. Per me, Monsignore, l'ho dichiarato alla stessa mia sorella, lotta senza quartiere![1]

– Ma sì! la vittoria, la vittoria sarà[2] nostra senza dubbio, – concluse il vescovo.

Seguì un altro silenzio; poi Monsignore domandò, riscotendosi:

– Landino? – come se per caso gli fosse venuto di far quella domanda, ch'era[3] in fondo la vera ragione della sua visita.

Aveva combinato lui quelle prossime nozze di Adelaide Salvo con don Ippolito; aveva[4] lasciato intendere a questo che[5] solo per un riguardo a lui Flaminio Salvo consentiva che la sorella contraesse quel matrimonio illegittimo, almeno a giudizio della società civile; ma voleva – ed era giusto – che il figlio del primo letto riconoscesse la seconda madre, e fosse[6] presente alla celebrazione religiosa: trattando con gentiluomini di quella sorte, questo[7] solo atto di presenza gli sarebbe bastato.[8]

Don Ippolito s'infoscò.

Dopo una lunga lotta con se stesso, aveva scritto al figlio che[9] gli era cresciuto sempre lontano, prima[10] a Palermo nella casa dei Montalto, poi a Roma, e[1] col quale perciò non aveva alcuna confidenza. Lo sapeva d'idee e di sentimenti al tutto opposti ai suoi, quantunque non fosse mai venuto con lui ad alcuna discussione. Era molto malcontento del modo con cui gli aveva comunicato la decisione di contrarre queste seconde nozze e del modo con cui gli aveva espresso il desiderio di averlo a Colimbètra per l'avvenimento. Troppe ragioni in iscusa: la solitudine, l'età, il bisogno di cure affettuose... Gli pareva d'essersi avvilito a gli occhi del figlio. Il disgusto però e l'avvilimento non erano soltanto per effetto d'una lettera mal riuscita: provenivano da una causa più intima e profonda, nel cuore di lui.

Senza troppo volerlo da principio, s'era lasciato persuadere a ridurre a[2] effetto un disegno stimato su le prime inattuabile; superato l'ostacolo della sua grave pretesa, trovata la sposa, stabilite le nozze, d'un tratto[3] s'era veduto stretto da un impegno non ben ponderato avanti, e[4] non aveva potuto più tirarsi[5] indietro per nessuna ragione. La famiglia Salvo, se non aveva titoli nobiliari, era pur d'antico sangue; conveniente l'età della sposa; nulla in fondo da ridire su l'immagine che[6] gli avevano mostrata[7] di donna Adelaide in una fotografia; e[8] poi la soddisfazione per la deferenza ai[9] suoi principii politici e religiosi... Sì, sì; ma[10] la memoria venerata di donna Teresa Montalto? e l'avvilimento per la coscienza della propria debolezza? Non aveva saputo resistere allo sgomento che gl'incuteva segretamente, da qualche tempo in qua, la solitudine, la sera, quando[11] si chiudeva in camera e, guardandosi le mani, si dava a pensare che... sì, la morte è sempre accanto a tutti, bimbi, giovani, vecchi, invisibile, pronta a ghermire da un momento all'altro; ma allorché man mano si fa sempre più prossimo il limite segnato alla vita umana e già per tanti anni e tanto cammino si è sfuggiti comunque all'assalto di questa[1] compagna invisibile, scema da un canto, grado grado, l'illusione[2] d'un probabile scampo, e cresce dall'altro e s'impone il sentimento gelido e oscuro della tremenda necessità di incontrarla, di trovarsi a un tratto a tu per tu con essa, in quella strettura del tempo che avanza. E sentiva mancarsi il respiro; si sentiva stringer la gola da un'angoscia inesprimibile.[3] Le sue mani gli facevano orrore. Soltanto le mani in lui, per ora, erano[4] da vecchio: ingrossate le nocche, la pelle aggrinzita. Sì, le sue mani avevano[5] cominciato a morire. Gli s'intorpidivano spesso. E non poteva più, la notte, stando a giacer supino sul letto, vedersele congiunte sul ventre. Ma quella era pure la sua positura naturale: doveva distendersi così per conciliare il sonno. Ebbene, no: si vedeva morto, con quelle mani fredde come di pietra sul[6] ventre; e subito si scomponeva, prendeva un'altra positura, e smaniava a lungo.[7]

Per questo aveva[8] manifestato il desiderio d'un'intima[9] compagnia; e il desiderio, ecco, si attuava; ma egli ne provava in segreto stizza e avvilimento. Gli pareva che questo suo desiderio avesse acquistato su lui una volontà che non era più la sua. Altri infatti lo aveva assunto e lo guidava e trascinava lui, che non poteva più opporsi: come il cavallo, che aveva dato la prima spinta a una vettura in discesa, ora dalla vettura stessa si[10] sentiva premere e spingere suo malgrado.

– Nessuna risposta? – soggiunse Monsignore, per rompere subito il fosco silenzio in cui il principe s'era chiuso. – Bene, bene; tanto per sapere. Risponderà. Intanto... ecco: abbiamo parlato con Flaminio circa alla presentazione. Si può fare a Valsanìa, è vero? Donna Adelaide scenderà a visitar la nipote e la povera cognata; voi, di qua stesso, per lo stradone, senza toccar la città, vi recherete a visitare il fratello e i vostri ospiti. Va bene così? In settimana. Sceglierete voi il giorno.

– Subito, – disse il principe, riavendosi con una mossa energica. – Domani.

– Troppo presto... – osservò sorridendo Monsignore. – Bisognerà avvertire... dar tempo... Doman l'altro poi, no: è martedì. Le donne, sapete bene, badano a codeste cose. Sarà per mercoledì.

E si alzò, con stento e con riguardo per la sua molle rosea grassezza donnescamente curata, sospirando:

– *Bene*[1] *eveniat!* Quel povero figliuolo... – soggiunse poi, alludendo al De Vincentis. – Si trovasse modo di tranquillarlo... Ne sarei proprio lieto... Mah!

A piè della scala monsignor Montoro trattenne il principe e, indicando la porta del *Museo* ove era[2] il De Vincentis, disse piano:

– Non vi fate vedere. Lo saluterete dal terrazzo. Buona sera.

Il principe gli baciò la mano e risalì la scala. Poco dopo dal terrazzo s'inchinò al vescovo e salutò con la mano il De Vincentis che si scappellava, evidentemente senza scorgerlo. Rimase lì, seduto presso la balaustrata a guardar nella campagna l'ombra[3] che man mano s'incupiva, la striscia rossastra del crepuscolo che[4] diveniva livida e quasi fumosa sul cerulo mare lontano, su cui, laggiù in fondo, nereggiavano gli uliveti di Montelusa, a destra della lucida foce dell'Hypsas.[5] In mezzo al cielo cominciava ad accendersi la falce della luna.

Don Ippolito guardò i Tempii[6] che si raccoglievano austeri e solenni nell'ombra, e sentì una pena indefinita per quei superstiti d'un altro mondo e d'un'altra vita. Tra tanti insigni monumenti della città scomparsa solo ad essi era toccato in sorte di veder quegli anni lontani: vivi essi soli già, tra la rovina spaventevole della città; morti ora essi soli in mezzo a tanta vita d'alberi[7] palpitanti, nel silenzio, di foglie e d'ali. Dal prossimo poggio di Tamburello pareva che movesse al tempio di Hera Lacinia, sospeso lassù, quasi a precipizio sul burrone dell'Akragas, una lunga e folta teoria d'antichi chiomati olivi; e uno era là, innanzi a tutti, curvo sul tronco ginocchiuto, come sopraffatto dalla maestà imminente delle sacre colonne; e forse pregava pace per quei clivi abbandonati, pace da quei Tempii, spettri[1] d'un altro mondo e di ben altra vita.

Sonò[2] a un tratto, nel bujo sopravvenuto, il[3] chiurlo lontano d'un assiolo, come un singulto.[4]

Don Ippolito si sentì stringere improvvisamente la gola da un nodo di pianto. Guardò le stelle che già sfavillavano nel cielo, e gli parve che al loro lucido tremolìo rispondesse dalle campagne deserte il tremulo canto sonoro dei grilli. Poi vide, oltre il burrone del fiume, a levante, vacillare il lume di quattro lanterne cieche sù per l'aspro greppo dello Sperone.[5]

Era Sciaralla, che[6] si arrampicava coi tre compagni per montar la vana guardia[7] alla casermuccia lassù.

V

Appena[8] il primo albore filtrò lieve attraverso le foglie coriacee del caprifico in fondo alla vigna, Mauro Mortara, che vi stava sotto, con le spalle appoggiate al tronco, aggrottò le ciglia, ritirò le braccia e stirò la schiena rugliando; poi s'allargò tutto in un lungo sbadiglio e si rilassò richiudendo gli occhi come a cercar di nuovo il tepido bujo del sonno; ma udì un gallo cantare da un'aja lontana, un altro da più lontano rispondere; udì un frullo d'ali vicino, e si riscosse. I tre mastini, accucciati sotto l'albero intorno a lui, lo guardavano con occhi umidi, intenti, salutandolo amorosamente con la coda. Ma il padrone li guatò, seccato che lo avessero veduto dormire; poi si guatò le gambe distese aperte, rigide, su la terra cretosa della vigna; si scrollò dalle spalle il cappotto d'albagio; si stropicciò gli occhi acquosi col dorso delle mani; cavò infine dalla sacca, pendula da un ramo, tre tozzi di pan secco e li buttò in bocca alle bestie; si tirò sù sù in piedi e, appeso il cappotto all'albero, lo schioppo alla spalla, si mosse ancor mezzo trasognato per la vigna.[1]

Non gli riusciva più vegliar tutta la notte: guardingo, a una cert'ora, come[2] se qualcuno se ne potesse accorgere, andava a rintanarsi sotto[3] quel caprifico; per poco, diceva a se stesso; ma stentava a destarsi di giorno in giorno vieppiù. Le gambe non eran più quelle d'una volta; anche la forza del polso non era più quella.

Ah, la sua bella vigna! Forse il vino di quell'anno lo avrebbe ancora bevuto; ma quello dell'anno venturo? Diede[4] una spallata, come per dire: « Oh, alla fin fine... », e tornò a sbadigliare a quella[5] prima luce del giorno che[6] pareva provasse pena a ridestare la terra alle fatiche; guardò la distesa vasta[7] dei campi, da cui tardava a diradarsi l'ultimo velo d'ombra della notte; poi[8] si voltò a guardare il mare, laggiù, d'un turchino fosco, vaporoso, di tra le agavi ispide e i pingui ceppi glauchi dei fichidindia, che sorgevano e si storcevano in quella scialba caligine.[9] La luna[10] calante, sorta tardi nella notte, era rimasta a mezzo cielo, sorpresa dal giorno, e già smoriva nella[11] crudezza della prima luce. Qua e là nella campagna entro[12] quel velo lieve di nebbiolina bianchiccia fumigavano i fornelli dove[13] si bruciava il mallo delle mandorle, e quel fumichìo, nell'immobilità dell'aria, saliva dritto al cielo.[14]

Tuttavia, da due giorni, Mauro Mortara era meno[15] aggrondato. Guardava ancora in cagnesco la villa; ma poi, pensando che Flaminio Salvo ogni mattina, a quell'ora, se ne partiva in carrozza o per[16] Girgenti o per Porto Empedocle, e[1] che non vi ritornava se non a tarda sera, tirava[2] un respiro di sollievo, come se la vista del cascinone gli diventasse più lieve, sapendo che colui non c'era. Vi rimanevano, sì, coi servi, la moglie e la figliuola; ma quella, una povera pazza, tranquilla e innocua; e questa... – pareva impossibile! – questa, quantunque figlia di quel « malo cristiano », non era cattiva, no, anzi...

E Mauro, senza volerlo, volse in giro uno sguardo per vedere se donna Dianella fosse già per la vigna.

In pochi giorni, da che era a Valsanìa, s'era rimessa quasi del tutto; si levava per tempo, ogni mattina; aspettava che il padre partisse con la carrozza, e veniva a raggiunger lui là per la vigna, e gli domandava tante cose della campagna: degli olivi, come si governano; dei gelsi, che a marzo colgono sangue di nuovo e, quando sono in amore, per gettare, son molli come una pasta; poi si fermava sotto l'ombrellone del[3] pino solitario laggiù dove[4] l'altipiano strapiomba[5] sul mare, per assistere alla levata del sole dalle alture della Crocca, in fondo in fondo all'orizzonte, livide prima, poi man mano cerulee, aeree e quasi fragili.[6] Il primo a indorarsi al sole, ogni mattina, era quel pino là, che[7] si stagliava maestoso su l'azzurro aspro e denso del mare, su l'azzurro tenue e vano del cielo.

In pochi giorni Dianella aveva[8] fatto il miracolo: l'orso era domato. L'aria del volto, la nobiltà gentile e pure altera del portamento, la dolcezza mesta dello sguardo e del sorriso, la soavità della voce avevano fatto il miracolo, pianamente, naturalmente, andando incontro e vincendo la ruvidezza ombrosa del vecchio[9] selvaggio.

Parlando, a volte, ella aveva nella voce e negli sguardi certe improvvise opacità, come se, di tratto in tratto, l'anima le si partisse dietro qualche parola e le andasse lontano lontano, chi sa dove; smarrita, se tardava a ritornarle, domandava: – Che dicevamo? – e sorrideva, perché lei stessa[1] non sapeva spiegarsi ciò che le era avvenuto. Spesso anche, a ogni minimo tocco rude della realtà, provava quasi un improvviso sgomento, o, piuttosto, l'impressione[2] di un'ombra fredda che le si serrasse attorno, e aggrottava un po' le ciglia.[3] Subito però cancellava con un altro dolce sorriso il gesto ombroso involontario, sgranando e ilarando gli occhi, rinfrancata.

« Perché mi si dovrebbe far male? » pareva dicesse a se stessa. « Non vado innanzi alla vita, fiduciosa e serena? »

La fiducia[4] le raggiava da ogni atto, da ogni sguardo, e avvinceva. Anche[5] quei tre mastini feroci del Mortara bisognava vedere che festa le facevano ogni volta! Si voltavano anch'essi, or l'uno or l'altro, a guardare verso la villa, come se l'aspettassero. E Mauro, per non allontanarsi troppo, s'indugiava a esaminare ora questo ora quel tralcio, i cui grappoli, tesori gelosamente custoditi, aveva già mostrati quasi[6] a uno a uno a Dianella, gongolando accigliato alle lodi ch'ella[7] gli profondeva tra vivaci esclamazioni di meraviglia:

– Uh, quanti[8] qua!

– Carica, eh? E questo tralcio, guardate...

– Un albero... pare un albero!

– E qua, qua...

– Oh, più uva che pampini! E può sostenerla tant'uva, questa[9] vite?

– Se non avrà male dal tempo...

– Che peccato sarebbe! E questa? – domandava, vedendo qualche vite atterrata. – È stato il vento? Ah, dev'essere ancora legata...[10]

Oppure, più là:

– E questi? Vitigni selvaggi? Innesti nuovi, ho capito. Evviva, evviva... Ah, c'è pure compensi nella vita!

E nella voce pareva avesse la gioja dell'aria pura e del sole, quella stessa gioja che tremava nella gola delle allodole.

Per[1] quel giorno Mauro le aveva promesso una visita al « camerone » del Generale: al « santuario della libertà ». Ma i cani, a un tratto, drizzarono le orecchie; poi l'uno dopo l'altro s'avventarono senza abbajare verso il sentieruolo sotto la vigna, sul ciglio del burrone.

– Don Ma'! Don Ma'! – chiamò poco dopo, di lì, una voce affannata.

Mauro la riconobbe per quella di Leonardo Costa, l'amico di Porto Empedocle; e chiamò a sé i cani.

– Te', *Scampirro*![2] Te', *Nèula*! Qua, *Turco*!

Ma i cani avevano riconosciuto anch'essi il Costa e s'erano fermati al limite della vigna, scodinzolandogli dall'alto.

Sopravvenne Mauro.

– Il principale? È partito? – gli domandò subito Leonardo Costa, trafelato, ansante.

Era un omaccione dalla barba e dai capelli rossi, crespi, la faccia cotta dal sole e gli occhi[3] bruciati dalla polvere dello zolfo. Portava agli[4] orecchi due cerchietti d'oro; in[5] capo, un cappellaccio bianco tutto impolverato e macchiato di sudore. Veniva di corsa da Porto Empedocle, per la spiaggia, lungo la linea ferroviaria.

– Non so, – gli rispose Mauro, fosco.

– Per favore, date una voce di costà, che aspetti; debbo parlargli di cosa grave.

Mauro scosse il capo.

– Correte, farete a tempo... Che vi è avvenuto?

Leonardo Costa, riprendendo la corsa, gli gridò:

– Guaj! guaj grossi alle zolfare!

« Maledetto lui e le zolfare! » brontolò Mauro tra sé.

Flaminio Salvo scendeva la scala della[6] villa per

montar su la vettura già pronta, quando Leonardo Costa sbucò dal sentieruolo a ponente, di tra[1] gli olivi, gridando:

– Ferma! Ferma!

– Chi è? Cos'è? – domandò il Salvo, con un soprassalto.

– Bacio le mani a Vossignoria, – disse il Costa, togliendosi il cappellaccio e accostandosi senza più fiato e tutto grondante di sudore. – Non[2] ne posso più... Volevo venire stanotte... ma poi...

– Ma poi? Che cos'è? che hai? – lo interruppe, brusco, il Salvo.

– Ad Aragona, a Comitini, tutti i solfaraj, sciopero! – annunziò il Costa.

Flaminio Salvo lo guardò con freddo cipiglio, lisciandosi le lunghe basette grige che, insieme con le lenti d'oro, gli davano una certa aria[3] diplomatica, e disse, sprezzante:

– Questo lo sapevo.

– Sissignore. Ma jersera, sul[4] tardi, – riprese il Costa, – è arrivata a Porto Empedocle gente da Aragona e ha raccontato che tutto jeri hanno fatto l'ira di Dio nel paese...

– I solfaraj?

– Sissignore: picconieri, carusi, calcheronaj, carrettieri, pesatori: tutti! Hanno finanche rotto il filo telegrafico. Dice che hanno assaltato la casa di mio figlio, e che Aurelio ha tenuto testa, come meglio ha potuto...

Flaminio Salvo, a questo punto, si voltò a spiare acutamente gli occhi di Dianella che[5] s'era accostata alla vettura. Quello sguardo strano, rivolto alla figlia a mezzo del discorso, frastornò il Costa, il quale si voltò anche lui a guardare la « signorinella », com'egli la chiamava. Questa di pallida si fece vermiglia, poi subito pallida di nuovo.

– Dunque? – gridò Flaminio Salvo, con ira.

– Dunque, sissignore, – riprese il Costa, sconcertato. – Guajo grosso, non[1] c'è soldati; il paese, nelle loro mani. Due carabinieri soli, il maresciallo e il delegato... Che possono fare?

– E che posso fare io di qua, me lo dici? – gridò il Salvo su le furie. – Tuo figlio Aurelio che cos'è? il signor ingegnere direttore, venuto dall'*École des Mines* di Parigi, che cos'è? Marionetta? Ha bisogno che gli tiri io il filo di qua, per farlo muovere?

– Ma nossignore, – disse Leonardo Costa, ritraendosi d'un passo, come se il Salvo lo avesse sferzato in faccia. – Può star sicuro[2] Vossignoria che mio figlio Aurelio sa quello che deve fare. Testa e coraggio... non tocca a dirlo a me... ma[3] di fronte a duemila uomini, tra solfaraj e carrettieri, mi dica Vossignoria... Del resto, il guajo è un altro, fuori del paese. Aurelio ha mandato ad avvertirmi jeri sera che quelli hanno catturato per lo stradone gli otto carri di carbone che andavano alle zolfare di Monte Diesi.

– Ah, sì? – fece il Salvo, sghignando.

– Vossignoria sa – seguitò il Costa – che il carbone lassù per le pompe dei cantieri è come il pane pei poverelli, e anche più necessario. Vossignoria va a Girgenti? Vada subito dal prefetto perché mandi soldati alla stazione d'Aragona, quanti più può, per fare scorta al carbone fino alle zolfare. Ci son sette vagoni pieni per rinnovare il deposito; i carrettieri[4] sono in isciopero anch'essi; ma il carbone si potrà caricare su i muli e su gli asini, scortati dalla forza: ci metteranno più tempo, ma almeno si potrà scongiurare il pericolo che la zolfara grande, la *Cace*, Dio liberi, s'allaghi...

– E s'allaghi! s'allaghi! s'allaghi! – scattò, furente, Flaminio Salvo, levando le braccia. – Vada tutto alla malora! Non[5] m'importa più di niente! Io chiudo, sai! e[6] mando tutti a spasso, te, tuo figlio, tutti, dal primo all'ultimo, tutti! Caccia via! Andiamo! – ordinò al cocchiere.

La carrozza si mosse, e Flaminio Salvo partì senza neppur voltarsi a[1] salutare la figlia.

Alla sfuriata insolita, don Cosmo s'era affacciato a[2] una finestra della[3] villa e donna Sara Alàimo s'era fatta sul pianerottolo della scala. L'uno e l'altra, e giù Dianella e il Costa rimasero come intronati. Il Costa alla fine si scosse, alzò il capo verso la finestra e salutò amaramente:

– Bacio le mani, si-don Cosmo! Ha ragione, lui: è il padrone! Ma per quel Dio messo in croce, creda pure, si-don Cosmo mio, creda, Signorinella: non sono prepotenze! La fame è fame, e quando non si può soddisfare...

Donna[4] Sara dal pianerottolo scrollò il capo incuffiato, con gli occhi al cielo.

– Mangia il Governo, – seguitò il Costa, – mangia[5] la Provincia; mangia il Comune e il capo e il sottocapo e il direttore e l'ingegnere e il sorvegliante... Che può avanzare per chi sta sotto terra e sotto di tutti e deve portar tutti sulle[6] spalle e resta schiacciato?... Ah Dio! Sono un miserabile, un ignorante sono; e va bene: mi pesti pure sotto i piedi finché vuole. Ma mio figlio, no! mio figlio[7] non me lo deve toccare! Gli dobbiamo tutto, è vero; ma anche lui, se è ancora lì, padrone mio riverito, che mi può anche schiaffeggiare, ché[8] da lui mi piglio tutto e gli bacio anzi le mani; se ancora è lì che comanda e si gode le sue belle ricchezze, lo deve pure a mio figlio, lo deve: lei lo sa, Signorinella, e fors'anche lei, si-don Cosmo... siamo giusti!

– Già, già, – sospirò il Laurentano dalla finestra, – l'affare[9] delle zucche...

– Che zucche? – domandò, incuriosita, donna Sara Alàimo.

– Ma![10] – fece il Costa. – Ve lo farete raccontare

qualche volta dalla Signorinella qua, che conosce bene mio figlio, perché son cresciuti insieme, anche[1] con quell'altro ragazzo, suo fratellino, che il Signore volle per sé e fu una rovina per tutti. La povera signora, là, che me la ricordo io, bella, un occhio di sole! ci perdette la ragione; e lui, povero galantuomo... chi ha figli lo compatisce...

Dianella, col cuore gonfio per la durezza del padre, a questo ricordo non[2] poté più reggere e, per nascondere il turbamento, prese il sentieruolo per cui il Costa era venuto, e[3] sparve tra gli olivi.

Subito donna Sara, poi anche don Cosmo invitarono il Costa ad andar sù, per farlo rimettere un po' dalla corsa e non lasciarlo così sudato alla brezza del mattino. Donna Sara avrebbe voluto far di più: offrirgli una tazzina[4] di caffè; ma per non perdere una parola del discorso fitto fitto che il Costa aveva attaccato subito con don Cosmo sul Salvo, ora che la figliuola non poteva più sentirlo, finse di non pensarci.

– Ci conosciamo, santo Dio, ci conosciamo, si-don Co'! Che era lui, alla fin fine? Io, sì, coi piedi scalzi, ho portato in collo, lo dico e me ne vanto; in collo lo zolfo e il carbone, dalla spiaggia alle spigonare. Il latino come dice? *Necessitas non abita legge*. Sissignore; e sono stato stivatore, e me ne vanto, misero staderante agl'imbarchi[5] per la dogana, e me ne vanto. Lui, però, che cos'era? Di nobile casato, sissignore; ma un sensaluccio era, che veniva da[6] Girgenti a Porto Empedocle, tutto impolverato per lo stradone della Spinasanta, perché non aveva neanche da pagarsi la carrozza o d'affittarsi un asinello, allora che la ferrovia non c'era. E i primi pìccioli, come li fece? Lo sa Dio e tanti lo sanno, tra i morti e i morti. Poi prese l'appalto delle prime ferrovie, insieme col cognato che ora sta a Roma, signor ingegnere, banchiere, commendatore, don[7] Francesco Vella, che conosciamo anche lui...

– Ah, – fece donna Sara, – ha un'altra sorella, lui?

– Come no? – rispose il Costa, sospendendo gli inchini con cui aveva accompagnato ogni titolo del Vella, – donna[1] Rosa, maggiore di tutti, moglie del – (e s'inchinò ancora una volta) – commendatore Francesco Vella, pezzo[2] grosso dell'Amministrazione delle ferrovie adesso.[3] La linea qua, da Girgenti a Porto Empedocle, non la fece lui? Balla comare, che fortuna suona![4] Centinaja di migliaja di lire, sorella mia; denari a cappellate, come fossero stati rena... Due ponti e quattro gallerie... Allunga là un gomito; taglia qua a scarpa... Poi altre imprese di linee... Tutta la ricchezza gli è venuta di là, dico bene, si-don Co'? Ci conosciamo!

– E le zucche? le zucche? – tornò a domandare donna Sara.

Bisognò che il Costa gliela narrasse per minuto, quella famosa storia delle zucche; e donna Sara lo compensò con le più vivaci esclamazioni di stupore, di raccapriccio, d'ammirazione del vocabolario paesano, battendo di tratto in tratto le mani, per scuotere don Cosmo, il quale, conoscendo la storia, era ricaduto nel suo solito letargo filosofico. Si scosse alla fine, ma senza aprir gli occhi; pose una mano avanti, disse:

– Però...

– Ah, sì! – riattaccò subito con enfasi il Costa, battendosi[5] le due manacce sul petto. – In coscienza, un'anima sola abbiamo, davanti a Dio, e debbo dire la verità. Ma mio figlio, oh, si-don Cosmo – (e il Costa levò una mano con l'indice e il pollice giunti, in atto di pesare) – tutti i figli saranno figli, ma quello! cima! diritto come una bandiera! in tutte le scuole, il primo! Appena laureato, subito il concorso per la borsa di studio all'estero... Erano, sorella mia, più di quattrocento giovani ingegneri d'ogni parte d'Italia: tutti sotto, tutti sotto se li mise! E mi stette fuori quattr'anni, a Parigi, a Londra, nel Belgio, in Austria. Appena tornato a Roma, senza neanche farlo fiatare, il Governo gli diede il posto nel Corpo degli ingegneri minerarii, e lo mandò in Sardegna, a[1] Iglesias, dove ci fece un lavoro tutto colorato su una montagna... Sarrubbas... non so... ah, Sarrabus, già, dico bene, Sarrabus (parlano turco, in Sardegna), un lavoro che fa restare, sorella mia, allocchiti.[2] Ci stette poco, un anno, poco più, perché una Società francese, di quelle che... i marenghi, a sacchi... vedendo quella carta, rimase a bocca aperta.[3] Non lo dico perché è figlio mio; ma quanti ingegneri c'è, qua e fuorivia? se li mette in tasca tutti![4] Basta. Questa Società francese, dice, qua c'è la cassa, figlio mio, tutto quello che volete. Aurelio, tra[5] il sì e il no, d'accettare, venne qua in permesso – saranno sei o sette mesi – per consigliarsi con me e col principale, suo benefattore, ch'egli rispetta come suo secondo padre e[6] fa bene! Il principale stesso gli sconsigliò d'accettare, perché lo volle per sé, capite? per badare alle sue zolfare d'Aragona e Comitini. Noi diciamo: il poco mi basta, l'assai mi soverchia... Accettò, ma ci scàpita, parola d'onore! E con tutto questo, ora... ora è marionetta, l'avete inteso?... Cristo sacrato!

Leonardo Costa levò un braccio, si alzò, sbuffò per il naso, scrollando il capo, e prese dalla sedia il cappellaccio bianco. Doveva andar via subito; ma ogni qual volta[7] si metteva a parlare di quel suo figliuolo, lustro, colonna d'oro della sua casa, non la smetteva più.

– Bacio le mani, si-don Cosmo, mi lasci scappare. Donna Sara, servo vostro umilissimo.

– Oh, e aspettate! – esclamò questa, fingendo di ricordarsi, ora che il discorso era finito. – Un sorsellino di caffè...

– No no, grazie – si schermì il Costa. – Ho tanta fretta!

– Cinque minuti! – fece donna Sara, levando le mani a un gesto che voleva dire: « Non casca il mondo! ».

E s'avviò. Ma il Costa, sedendo di nuovo, sospirò, rivolto a don Cosmo:

– C'è una mala femmina, si-don Co', una mala femmina che[1] da qualche tempo a questa parte mette male tra mio figlio e don Flaminio; io lo so!

E donna Sara non poté più varcare[2] la soglia: si voltò, strizzò gli occhi, arricciò il naso e chiese con una mossettina del capo: – Chi è?

– Non mi fate sparlare ancora, donna[3] Sara mia! – sbuffò il Costa. – Ho parlato già troppo!

Ma, tanto, donna Sara Alàimo aveva già compreso di quale mala[4] femmina egli intendesse parlare, e uscì, esclamando con le mani per aria:

– Che mondo! che mondo!

Dianella[5] non s'affrettò quella mattina a raggiungere Mauro alla vigna.[6] Quello sguardo duro del padre nell'ira, mentre il Costa parlava del pericolo da cui il figlio era minacciato in Aragona, le aveva in un baleno richiamato alla memoria un altro sguardo di lui, di tanti anni addietro, quando il fratellino era morto e la madre impazzita.[7]

Aveva undici anni, lei, allora.

E più della morte del fratello, più della sciagura orrenda della madre le era rimasta indelebile nell'anima l'impressione di quello sguardo d'odio che[8] a lei – ragazzetta ancor quasi ignara, incerta e smarrita tra i giuochi e la pena – aveva lanciato il padre, nel cordoglio rabbioso:

« *Non potevi morir tu invece?* » le aveva detto chiaramente quello sguardo.

Così. Proprio così. E Dianella comprendeva bene

adesso perché il padre non avrebbe esitato un momento a dar la vita di lei in cambio di quella del fratello.

Tutte le cure e l'affetto e le carezze e i doni, di cui egli l'aveva poi colmata, non erano più valsi[1] a scioglierle dal fondo dell'anima il gelo, in cui quello sguardo s'era quasi rappreso e indurito. Spesso se n'adontava con se stessa, sentendo che il calore dell'affetto paterno non riusciva più a penetrare in lei, quasi respinto istintivamente da quel gelo.

Per qual ragione seguitava egli ormai a lavorare con tanto accanimento? ad accumulare tanta ricchezza? Non per lei, certamente; sì per un bisogno spontaneo, prepotente, della[2] sua stessa natura; per dominare su tutti; per esser temuto e rispettato; o fors'anche per stordirsi negli affari o per prendersi a suo modo una rivincita su la sorte che lo aveva colpito. Ma in certi momenti d'ira (come dianzi), o di stanchezza o[3] di sfiducia, lasciava[4] pur vedere apertamente che[5] tutte le sue imprese e i suoi sforzi e la sua vita stessa non avevano più scopo per lui, perduto[6] l'erede del nome, colui che sarebbe stato il continuatore della sua potenza e della sua fortuna.

Da un pezzo, convinta di questo, Dianella, pur non sapendo neanche immaginare la propria vita priva di tutto quel fasto che la circondava, aveva cominciato a sentire un segreto dispetto per quella ricchezza del padre, di cui un giorno (il più lontano possibile!) ella sarebbe stata l'unica erede, per forza e senza alcuna soddisfazione per lei.[7] Quante volte, nel vederlo stanco e[8] irato, non avrebbe voluto gridargli:[9] « Basta! Lascia! Perché la accresci ancora, se dev'esser poi questa la fine? ». E altro ancora, ben altro avrebbe voluto gridargli, se[10] con l'anima avesse potuto arrivare all'anima del padre, senza che le labbra[11] si movessero e udissero gli orecchi.

Da quanto aveva potuto intendere col finissimo

intuito e penetrare con quegli occhi silenziosamente vigili e da certi discorsi colti a volo senza volerlo, aveva[1] già coscienza che la ricchezza del padre, se non al tutto male acquistata, aveva[2] pur fatto molte vittime in paese. Crudele con lui la sorte, crudele la rivincita che si[3] prendeva su essa. Voleva tutto per sé, tutto in suo pugno: zolfare e terre e opificii, il commercio[4] e l'industria dell'intera provincia. Ora perché[5] gravare su le esili spalle di lei[6] – figlia... sì, amata, ma non prediletta, quantunque rimasta sola – il fardello di tutte quelle[7] ricchezze, che[8] molti forse maledicevano in segreto e che certo non le avrebbero portato[9] fortuna? Eppure[10] s'era illusa, fino a poco tempo fa, che il padre l'avrebbe lasciata libera nella scelta; che anzi egli stesso la avesse ajutata a scegliere, beneficiando colui che, da ragazzo, gli aveva salvato la vita. Bruno, come[11] fuso nel bronzo, coi capelli ricci, neri, e gli occhi fermi e serii, Aurelio Costa le era apparso la prima volta, a tredici anni; era stato poi per tanto tempo suo compagno di giuoco, suo e del fratellino. Tutt'e tre, ragazzi, non capivano allora che differenza fosse tra loro. Alla morte del fratellino però, Aurelio era man mano divenuto con lei sempre più timido e circospetto; non aveva più voluto giocare come prima; era cresciuto tanto; gli s'era alterata la voce; s'era messo a studiare, a studiare; e lei, che allora non aveva più di dodici anni, s'era contentata d'assistere zitta zitta al suo studio, fingendo di studiare anche lei; ogni tanto, in punta di piedi, andava a tiragli un ricciolo sulla nuca. A diciott'anni Aurelio era poi partito per iscriversi all'Università di Palermo nella facoltà d'ingegneria. Senza più lui, la casa per tanti mesi era rimasta per lei come vuota; aveva l'impressione di quella sua prima solitudine, come se avesse passato tutto un inverno interminabile con la fronte appoggiata ai vetri d'una finestra su cui le gocce della pioggia scorrevano come lagrime, su cui qualche mosca superstite, morta di freddo, rimaneva attaccata e lei con un dito, toccandola appena, la faceva cadere. Forse da allora la sua fronte, per il contatto di quei vetri gelati, le era rimasta così come fasciata di gelo. Ma che esultanza poi al ritorno di lui, finito l'anno scolastico! Era stata[1] così vivace e piena di giubilo quella[2] festa, che il padre, appena andato via Aurelio, se l'era chiamata in disparte e pian piano, con[3] garbo, carezzandole i capelli, le aveva lasciato intendere che sarebbe stato bene frenarsi, perché era ormai un giovanotto quel suo antico compagno di giuoco, a cui non bisognava più dare del tu. Senza saperne bene il perché s'era fatta di bragia: oh Dio, e come allora, del lei? non era più lo stesso Aurelio? No, non era più lo stesso Aurelio, neanche per lei; e se n'era accorta sempre di più di anno in anno ai ritorni di lui, finché all'ultimo, presa la laurea, egli aveva manifestato l'intenzione di concorrere a una borsa di studio all'estero. Lui, proprio lui non era più lo stesso; perché lei, invece... sì, con la bocca, *signor Aurelio*, ma con gli occhi seguitava a dargli del tu. Prima di partire per Parigi, era venuto a ringraziare il suo benefattore, a giurargli eterna gratitudine; a lei non aveva saputo quasi dir nulla, quasi non aveva osato guardarla, fors'anche non s'era accorto né del pallore del volto né del tremito della mano di lei. E tuttavia non s'era perduta; aveva fatto anzi tanto più certo in sé il suo sentimento, quanto più incerta era rimasta sul conto di lui. Era sicura, superstiziosamente, ch'egli le fosse destinato. Dopo la partenza, più volte aveva sentito[4] il padre parlare del valore eccezionale di quel[5] giovine e dello splendido avvenire che avrebbe avuto, e lodarsi di quanto aveva fatto per lui, di averlo trattato come un figliuolo. Naturalmente questi discorsi le avevano ravvivato sempre più nel cuore il fuoco segreto e[1] sempre più acceso la speranza che il padre, avendo perduto l'unico figliuolo, e avendo quasi creato lui quest'altro al[2] quale pur doveva la vita, avrebbe preferito che a lui, anziché a un altro più *estraneo*, andassero un giorno le ricchezze e la figlia. S'era[3] maggiormente raffermata in questa speranza pochi mesi fa, quando Aurelio, ritornato dalla Sardegna, era stato assunto dal padre alla direzione delle zolfare. Non[4] lo aveva più riveduto dal giorno della partenza per Parigi. Oppressa, tra il vano fasto, dalla vita meschina di Girgenti, vecchia città, non zotica veramente, ma attediata nel vuoto desolato dei lunghi giorni tutti uguali, sempre[5] con quel giro di visite delle tre o quattro famiglie conoscenti che[6] gareggiavano d'affetto e di confidenza verso di lei, ch'era[7] come la reginetta del paese, fra le spiritosaggini solite dei soliti giovanotti eleganti, anneghittiti, immelensiti nella povera e ristretta vita provinciale, s'era[8] riscossa alla vista di lui così maschio e padrone di sé. La gioja[9] di rivederlo le s'era però d'un subito offuscata al sopravvenire di Nicoletta Spoto, da un anno[10] appena moglie del Capolino. Aveva notato uno strano imbarazzo, un vivo turbamento tanto in costei quanto in Aurelio, allorché questi, introdotto nel salone, s'era inchinato a salutare. Poi, appena il padre aveva condotto via con sé nello studio Aurelio, la Capolino, rifiatando, aveva narrato con focosa vivacità a lei e alla zia Adelaide, che quel poveretto lì, tutto impacciato, aveva[11] nientemeno osato di mandare a chiederla in isposa, subito dopo ottenuto il posto d'ingegnere governativo in Sardegna, ricordandosi forse di qualche occhiatina scambiata[12] tanti e tanti anni addietro, quand'egli era ancora studentello all'Istituto. Figurarsi che orrore aveva provato lei, Lellè Spoto, a[13] una tal richiesta, e come s'era affrettata a rifiutare, tanto più che già erano avviate[1] le prime pratiche per il matrimonio con Ignazio Capolino. S'era[2] sentita voltare il cuore in petto a questa notizia inattesa; s'era[3] fatta certo di mille colori e certo s'era tradita con quella donna, di cui già conosceva la relazione[4] segreta e illecita col padre. Non le aveva detto nulla; ma quando Aurelio, dopo la lunga udienza, era ritornato in salone, lei, tutta accesa in volto lo aveva accolto apposta con premure esagerate, ricordandogli[5] i giorni passati insieme, i giuochi, le confidenze. E più volte, con gioja, aveva veduto colei mordersi il labbro e impallidire. Dianella[6] sperava che[7] Aurelio, almeno quella volta, avesse compreso. Lo aveva[8] subito scusato in cuor suo del tradimento, di cui non[9] poteva aver coscienza, non credendo di poter[10] ardire di alzar gli occhi fino a lei; ma... intanto, ah! proprio a quella donna lì, sotto ogni riguardo indegna di lui, era andato a pensare![11] E il rifiuto di quella donna le era sembrato quasi un'offesa diretta anche a lei. Però, ecco, egli era stato a Parigi; la vivacità, la capricciosa disinvoltura di Nicoletta Spoto avevano forse acquistato allora un gran pregio agli occhi di lui, ricordandogli probabilmente le donne conosciute e ammirate colà.[12] D'umilissimi natali, aveva creduto forse di fare un gran salto imparentandosi[13] con una famiglia come quella della Spoto, molto ricca un giorno, ora[14] decaduta, ma tuttavia tra le più cospicue del paese. Costei[15] ora, certo, avvalendosi del potere che aveva sul[16] padre, si vendicava dell'affronto patito[17] quella volta. Anche lei, Dianella, aveva notato che da qualche tempo il padre non si mostrava più contento di Aurelio; e[18] che da alcune sere lì, nella[19] villa, parlando con don Cosmo Laurentano, insisteva su certe domande che le davano da pensare. Segretamente, lei disapprovava quelle[20] nozze strane della zia col principe don Ippolito, ne[21] aveva quasi onta, sospettando nel padre un pensiero nascosto: che cioè[1] si volesse servire di quelle nozze non certo onorevoli per introdursi nella casa dei Laurentano e attrarre a sé a poco a poco anche le sostanze di questa. Da alcune sere, a cena, il discorso di don[2] Cosmo cadeva, insistente, sul figlio del principe, su Lando Laurentano, che viveva a Roma. Perché?

Assorta in questi pensieri, Dianella s'era seduta sotto un olivo sul ciglio del profondo burrone e[3] guardava la dirupata costa dirimpetto, dove[4] pascolava una greggiola di capre scesa dalle terre di Platanìa. Il giorno[5] dopo l'arrivo in quella campagna, s'era sentita quasi rinascere. L'aria[6] di selvatica rustichezza, che la vecchia villa aveva preso[7] nell'abbandono; la malinconia profonda che da quell'abbandono[8] pareva si fosse diffusa tutt'intorno, nei viali, nei sentieri solinghi, quasi scomparsi sotto le borracine e le tignàmiche, ove l'aria – fresca dell'ombra degli olivi e dei mandorli o delle alte spalliere di fichidindia – era satura di fragranze, amare di prugnole, dense e acute di mentastri e di salvie; e quell'ampio burrone precipite; e la chiara e gaja vicinanza del mare; e quegli alberi antichi, non curati, irti di polloni selvaggi, sognanti nel silenzio della solitudine immensa, si accordavano soavemente con l'animo in cui ella si trovava. Ora, invece, quei[9] discorsi del padre... l'ira contro Aurelio... e quello sciopero di solfaraj ad Aragona... le minacce... E lei, lì sola, senza nessuno veramente con cui vôtarsi il cuore... Aver[10] la madre e non potersi rivolgere a lei, e vedersela davanti, peggio che morta – viva e vana... Lustreggiava[11] per un tratto, tra i culmi radi delle canne in fondo al burrone un ruscelletto che[12] a un certo punto era stato tagliato dai lavori di presa per la linea ferroviaria. Vi fissò[13] gli occhi e le sorse allora spontanea l'immagine che lei fosse[14] rimasta appunto come un ruscello a cui una mano ignota per malvagio capriccio avesse traviato la vena presso la fonte con irti e gravi sassi; e[1] l'acqua di là si fosse sparsa stagnante, e di qua il ruscello si fosse raddensato in rena e in ciottoli. Ah, che sete inestinguibile le era rimasta dell'amore materno! Ma s'appressava alla madre, e questa non la riconosceva per figlia.[2] Il dolore di lei così vicino e urgente non si ripercoteva per nulla in quella coscienza spenta.

– Vittoria Vivona d'Alessandria della Rocca, – diceva la madre di se stessa, con voce che pareva arrivasse di lontano. – Bella figlia! bella figlia! Aveva una treccia di capelli che non finiva mai; tre donne gliela pettinavano... Cantava e sonava. Sonava anche l'organo in chiesa, a Santa Maria dell'Udienza, e gli angioletti stavano a sentirla, in ginocchio e a mani giunte, così... Doveva sposare un riccone di Girgenti; le venne un mal di capo, e morì...[3]

Dianella non poté più frenare le lagrime e si mise a piangere silenziosamente, con amara voluttà in quella solitudine. Ma il silenzio attorno era così attonito, e così intenso e immemore il trasognamento della terra e di tutte le cose, che a poco a poco se ne sentì attratta e affascinata.[4] Le parvero allora gravati da una tristezza infinita e rassegnata quegli alberi assorti nel loro sogno perenne, da cui invano il vento cercava di scuoterli. Percepì, in quella intimità misteriosa con la natura, il brulichìo delle foglie, il ronzìo degli insetti; e non sentì più di vivere per sé; visse per un istante quasi incosciente, con la terra, come[5] se l'anima le si fosse diffusa e confusa in tutte le cose della[6] campagna. Ah, che freschezza d'infanzia nell'erbetta che[7] le sorgeva accanto! e come appariva rosea la sua mano sul tenero verde di quelle foglie! oh, ecco un maggiolino sperduto, fuor[8] di stagione, che le scorreva su la mano... Com'era bello! piccolo e lucido più d'una gemma! E poteva dunque la terra, tra tante cose brutte e tristi, produrne pure di così gentili e graziose?[1]

Trascorse, quasi in risposta, su quelle foglie, su la sua mano come un lieve e fresco alito di gioja. Dianella trasse un sospiro e aspettò con la mano su l'erba che l'insetto ritrovasse la sua via tra le foglie, poi si scosse[2] di soprassalto all'arrivo festoso improvviso dei tre mastini che[3] le si fecero attorno, anzi sopra, impazienti, scostandosi l'un l'altro, per aver sul capo la carezza delle sue mani.[4] E non la lasciavano alzare. Alla fine sopraggiunse Mauro Mortara.

– Vi siete sentita male? – le domandò, cupo, senza guardarla.

– No... niente... – gli rispose, schermendosi[5] con le braccia dalle piote e dalle linguate dei cani, e sorridendo mestamente. – Un po' stanca...

– Qua! – gridò forte Mauro ai tre mastini, perché la lasciassero in pace.

E subito quelli restarono, come impietriti dal grido. Dianella sorse in piedi e si chinò a carezzarli di nuovo, in compenso della sgridata.[6]

– Poverini... poverini...

– Se volete venire... – propose Mauro.

– Eccomi. A veder la stanza del Generale? Ho tanta curiosità...[7]

Era impacciata nel parlargli, non sapendo ancor bene se dargli del voi o del tu.

– Vostro padre è partito?

– Sì, sì, – s'affrettò a rispondergli; e[8] subito si pentì della fretta che poteva dimostrare in lei quel sollievo stesso che provavano tutti[9] quando il padre era assente. – Ad Aragona, –[10] disse – si[11] sono ribellati i solfaraj. Bisognerà mandarci[12] soldati e carabinieri.

– Piombo! piombo! – approvò Mauro subito,

scotendo energicamente il capo. – Sbirro, vi giuro, andrei a farmi, vecchio come sono!

– Forse... – si provò a dire Dianella.

Ma il Mortara la interruppe con[1] una sua abituale[2] esclamazione:

– Oh Marasantissima, lasciatevi servire!

Non ammetteva repliche, Mauro Mortara. Nelle sue perpetue ruminazioni vagabonde tra la solitudine della campagna, s'era a modo suo sistemato il mondo, e ci[3] camminava dentro, sicuro, da padreterno, lisciandosi la lunga barba bianca e sorridendo con gli occhi alle spiegazioni soddisfacenti che[4] aveva saputo darsi d'ogni cosa. Tutto ciò che accadeva, doveva rientrar nelle regole di quel suo mondo. Se qualche cosa non poteva entrarci, egli la tagliava fuori, senz'altro, o fingeva di non accorgersene. Guaj a contraddirlo!

– Oh Marasantissima, lasciatevi[5] servire! Che pretendono? Voglio sapere che pretendono! Dobbiamo tutti ubbidire, dal primo all'ultimo, tutti, e ognuno stare al suo posto, e guardare alla comunità! Perché questi pezzi di galera, figli di cane ingrati e sconoscenti, debbono guastare a noi vecchi la soddisfazione di vedere questa comunità, l'Italia, divenuta per opera nostra quella che è? Che ne sanno, di cos'era prima l'Italia? Hanno trovato la tavola apparecchiata, la pappa scodellata, e ora ci sputano sopra, capite? Intanto, guardate: Tunisi è là!

Si voltò[6] verso il mare e col braccio teso indicò, fosco, un punto nell'orizzonte lontano. Dianella si volse a guardare, senza comprendere come c'entrasse Tunisi. Ella lo lasciava dire e non l'interrompeva mai, se non per approvare tutti quegli sproloquii patriottici ch'egli le faceva.

– È là! – ripeté Mauro fieramente. – E ci sono i Francesi là, che ce l'hanno presa a tradimento! E domani possiamo averli qua, in casa nostra, capite?

Vi giuro che non ci dormo, certe notti, e mi mordo le mani dalla rabbia! E invece d'impensierirsi di questo, quei mascalzoni là pensano[1] a fare scioperi, ad azzuffarsi tra loro! Tutta opera dei preti, sapete? Cima di birbanti! schiuma d'ogni vizio! abissi di malizia! Soffiano[2] nel fuoco, sotto sotto, per smembrare di nuovo l'Italia... I Sanfedisti! i Sanfedisti! Io debbo guardarmi davanti e dietro, perché me l'hanno giurata e mi contano i passi. Ma con me le spese ci perdono... Guardate qua!

E mostrò a Dianella i due pistoloni napoletani che gli pendevano dalla cintola.

Quella[3] visita alla famosa stanza del Generale, detta per antonomasia il *Camerone*, era una grazia veramente particolare concessa a Dianella.[4] Mauro Mortara, che ne teneva la chiave, non vi lasciava entrar mai nessuno. E non l'uscio soltanto, ma anche le persiane dei due terrazzini e della finestra stavano sempre chiuse, quasi che l'aria e la luce, entrandovi apertamente, potessero fugare i ricordi raccolti e custoditi con tanta gelosa venerazione.

Certo, dopo la partenza del vecchio principe per l'esilio, uscio e finestre erano stati spalancati chi sa quante volte; ma il Mortara, da che era ritornato a Valsanìa, aveva tenute almeno le persiane sempre chiuse così, e aveva l'illusione che così appunto fossero rimaste da allora, sempre, e che però quelle pareti serbassero ancora il respiro del Generale, l'aria di quel tempo.

Questa illusione era sostenuta dalla vista della suppellettile rimasta intatta, tranne la lettiera d'ottone a baldacchino, che non aveva più né materasse, né tavole, né l'ampio parato a padiglione.

Quella penombra era[5] così propizia alla rievocazione dei lontani ricordi!

Mauro, ogni volta, girava un po' per la stanza; si

fermava innanzi a questo o a quel mobile decrepito, dall'impiallacciatura[1] gonfia e crepacchiata qua e là; poi andava a sedere sul divano imbottito d'una stoffa verde, ora ingiallita, con due rulli alla base di ciascuna testata, e lì, con gli occhi socchiusi, lisciandosi con la piccola mano tozza e vigorosa la lunga barba bianca, pensava, e più spesso ricordava, assorto, come[2] in chiesa un divoto nella preghiera.

Non lo disturbavano neppure i topi che facevano talvolta una gazzarra indiavolata sul terrazzo di sopra, il[3] cui piano, per impedire che il soffitto del *camerone* rovinasse, s'era[4] dovuto ricoprire di lastre di bandone.[5] Il rimedio era giovato poco e per poco tempo; le[6] lastre di bandone s'erano staccate e accartocciate[7] al sole, con molta soddisfazione dei topi che, rincorrendosi, vi s'appiattavano; e il soffitto già[8] s'era aggobbato, gocciava d'inverno per due o tre stillicidii, e le pareti serbavano, anche d'estate, due larghe[9] chiose d'umido, grommose di muffa. Don Cosmo[10] non se ne dava pensiero: non entrava quasi mai nel camerone; Mauro non voleva che si riattasse: poco più gli restava[11] da vivere e voleva che tutto lì rimanesse com'era; sapeva che, morto lui, nessuno si sarebbe preso più cura di custodire quel « santuario della libertà »; e il soffitto allora poteva anche crollare[12] o essere riattato. Intanto, ogni anno, al sopravvenire dell'autunno, egli si recava sul terrazzo a rassettare e fissar le lastre di bandone con grosse pietre, e sul pavimento del *camerone* collocava concole e concoline sotto gli stillicidii. Le gocce vi piombavan sonore, ad una ad una; e quel *tin-tan* cadenzato pareva gli conciliasse il raccoglimento.

Dianella, entrando, ebbe subito come un urto dalla vista inattesa d'una belva imbalsamata che, nella penombra, pareva viva, là, nella parete di fronte, presso l'angolo, con la coda bassa e la testa volta da un lato, felinamente.

– Che paura! – esclamò, levando le mani verso il volto e sorridendo d'un riso nervoso.[1] – Non me l'aspettavo... Che è?

– Leopardo.

– Bello!

E Dianella abbassò[2] una mano a[3] carezzare quel pelame variegato; ma[4] subito la ritrasse tutta impolverata, e notò che alla belva mancava uno degli occhi di vetro, il sinistro.

– Un altro, compagno a questo, – riprese Mauro – l'ho regalato al Museo dell'Istituto, a Girgenti. Non l'avete mai veduto? C'è una vetrina mia, nel Museo. Accanto al leopardo, una jena, bella grossa, e, sopra, un'aquila[5] imperiale. Su la vetrina sta scritto: *Cacciati, imbalsamati e donati da Mauro Mortara*. Gnorsì. Ma venite qua, prima. Voglio farvi vedere un'altra cosa.

La condusse davanti[6] al vecchio divano sgangherato.

Appese alla parete, sopra il divano, eran quattro medaglie, due d'argento, due di bronzo, fisse in una targhetta di velluto rosso ragnato e scolorito. Sopra la targhetta era una lettera, chiusa in cornice, scritta di minutissimo carattere in un foglietto cilestrino, sbiadito.

– Ah, le medaglie! – esclamò Dianella.

– No, – disse Mauro, turbato, con gli occhi chiusi. – La lettera. Leggete la lettera.

Dianella s'accostò di più al divano e lesse prima la firma: GERLANDO LAURENTANO.

– Del Generale?

Mauro, ancora con gli occhi chiusi, accennò di sì col capo, gravemente.

E Dianella lesse:

Amici,

Le notizie[1] *di Francia, il colpo di Stato di Luigi Napoleone recheranno certamente una grave e lunga sosta al movimento per la nostra santa causa e ritarderanno, chi*[2] *sa fino a quando, il*[3] *nostro ritorno in Sicilia.*

Vecchio come sono, non so né posso più sopportare il peso[4] *di questa vita d'esilio.*

Penso che non sarò più in grado di prestare il mio braccio alla Patria, quand'essa, meglio maturati li eventi, ne avrà bisogno. Viene meno pertanto la ragione di trascinare così un'esistenza incresciosa a me, dannosa a' miei figli.

Voi, più giovani, questa ragione avete ancora, epperò vivete per essa e ricordatevi qualche volta con affetto del vostro

Gerlando Laurentano

Dianella si volse a guardare il Mortara che, tutto ristretto in sé, con gli occhi ora strizzati, il volto contratto e una mano su la bocca, si sforzava di soffocare nel barbone abbatuffolato i singhiozzi irrompenti.

– Non la rileggevo più da anni, – mormorò quando poté parlare.

Tentennò a lungo la testa, poi prese a dire:

– Mi fece questo tradimento. Scrisse la lettera e si vestì[5] di tutto punto, come dovesse[6] andare a una festa da ballo. Ero in cucina; mi chiamò. « Questa lettera a Mariano Gioèni, a La Valletta. » C'erano a La Valletta gli altri esiliati siciliani, ch'erano stati tutti qua, in questa camera, prima del Quarantotto, al tempo della cospirazione. Mi pare di vederli ancora: don Giovanni Ricci-Gramitto, il poeta; don[7] Mariano Gioèni e suo fratello don Francesco; don[8] Francesco De Luca; don[9] Gerlando Bianchini; don[10] Vincenzo Barresi: tutti qua; e[11] io sotto a[12] far la guardia. Basta! Portai la lettera... Come avrei potuto supporre? Quando[1] ritornai a Burmula, lo trovai morto.

– S'era ucciso? – domandò, intimidita, Dianella.

– Col veleno, – rispose Mauro. – Non aveva fatto neanche in tempo a tirare sul letto l'altra gamba. Come era[2] bello! Conoscete don Ippolito? Più bello. Diritto, con[3] un pajo d'occhi che fulminavano: un San Giorgio! Anche da vecchio, innamorava le donne.

Richiuse gli occhi e a bassa voce recitò la chiusa della lettera, che sapeva a memoria:

– *Voi, più giovani, questa ragione avete ancora, epperò vivete per essa e ricordatevi qualche volta con affetto del vostro Gerlando Laurentano.* Vedete? E vissi io, come[4] lui volle. E qua, sotto la lettera, che[5] mi feci restituire da don Mariano Gioèni, ho voluto appendere, come in risposta, le mie medaglie. Ma prima di guadagnarmele! Sedete, qua;[6] non vi stancate...

Dianella sedette sul vecchio divano. In quel punto, donna Sara Alàimo, sentendo parlare nel *camerone* e vedendo insolitamente l'uscio socchiuso, sporse il capo incuffiato a guardare.

– Che volete voi qua? – saltò su Mauro Mortara, come avrebbe fatto, se vivo, quel leopardo. – Qua non c'è[7] nulla per voi!

– Puh! – fece donna Sara, ritraendo subito il capo. – E chi vi tocca?

Mauro corse a sprangar l'uscio.

– La strozzerei! Non la posso soffrire, non la posso vedere, questa spïaccia dei preti! S'arrischia anche a[8] ficcare il naso qua dentro, ora? Non l'aveva mai fatto! La tengono qua i preti, sapete?[9] approfittandosi di quel babbeo di don Cosmo. I Sanfedisti, i Sanfedisti...

– Ma ci sono ancora davvero codesti Sanfedisti? – domandò Dianella con un benevolo sorriso.

– Oh Marasantissima, lasciatevi servire! – tornò ad esclamare il Mortara. – Se ci sono! Forse ora si fanno chiamare d'un'altra maniera; ma sono sempre quelli. Setta infernale, sparsa per tutto il mondo! Spie dappertutto: ne trovai una finanche in Turchia, figuratevi! a Costantinopoli.

– Siete stato fin là? – domandò Dianella.

– Fin là? Ma più lontano ancora! – rispose Mauro con un sorriso di soddisfazione. – Dove non sono stato e che cosa non ho fatto io? Contiamo; ma non bastano le dita delle mani; pecorajo, contadino, servitore, mozzo di nave, scaricatore di bordo, stivatore, fochista, cuoco, bagnino, cacciatore di bestie feroci, poi volontario garibaldino, attendente di Bixio; poi, dopo la Rivoluzione, capo-carcerario: trecento galeotti ho tenuto in un pugno a Santo Vito, che volevano scappare; e alla fine, qua, campagnuolo di nuovo. La mia vita? Non parrebbe vera, se qualcuno la volesse raccontare.

Stette un pezzo a lisciarsi la barba, mentre gli occhi verdastri gli ridevano lucidi, al fremito interno dei ricordi.

– Tagliate un tronco d'albero, – disse, – e buttatelo a mare, lontano dalla spiaggia. Dove andrà a finire? Ero come un tronco d'albero, nato e cresciuto qua, a Valsanìa. Venne la bufera e mi schiantò. Prima partì il Generale coi compagni; io partii due giorni dopo, di notte, sopra un bastimento a vela, com'usava a quei tempi: una barcaccia di quelle che chiamano tartane. Ora rido. Sapeste però che spavento, quella notte, sul mare!

– La prima volta?

– Chi c'era mai stato![1] Nero, tutto nero, cielo e mare. Solo la vela, stesa, biancheggiava. Le stelle, fitte fitte, alte, parevano polvere. Il mare si rompeva urtando contro i fianchi della tartana, e l'albero cigolava. Poi spuntò la luna, e il bestione si abbonacciò. I marinai, a prua, fumavano a pipa e chiacchieravano tra loro; io, buttato là, tra le balle e il cordame incatramato, vedevo il fuoco delle loro pipe; piangevo, con gli occhi spalancati, senz'accorgermene. Le lagrime mi cadevano su le mani. Ero come una creatura di cinque anni; e ne avevo trentatré! Addio, Sicilia; addio, Valsanìa; Girgenti che si vede da lontano, lassù, alta; addio, campane di San Gerlando, di cui nel silenzio della campagna m'arrivava il ronzìo; addio, alberi che conoscevo a uno a uno... Voi non vi potete immaginare, come da lontano vi s'avvistino le cose care che lasciate e vi afferrino e vi strappino l'anima! Io vedevo certi luoghi, qua, di Valsanìa, proprio come se vi fossi; meglio, anzi; notavo certe cose, che prima non avevo mai notato; come tremavano i fili d'erba alla brezza grecalina, un sasso caduto dal murello, un albero un po' storto a pendìo, che si sarebbe potuto raddrizzare, e di cui potevo contare le foglie, a una a una...[1] Basta! All'alba, giunsi a Malta. Prima si tocca l'isola di Gozzo... Malta, capite? tutta come un golfo, abbraccia il mare. Qua e là, tante insenature. In una di queste è Burmula, dove il Generale aveva preso stanza. Grossi porti, selve di navi; e gente d'ogni razza, d'ogni nazione: Arabi, Turchi, Beduini, Marocchini; e poi Inglesi, Francesi, Spagnuoli. Cento lingue. Nel Cinquanta, ci scoppiò il colera, portato dagli Ebrei di Susa, che avevano con loro belle femmine, belle! ma, sapete? ragazzette fresche, di sedici e diciott'anni come voi...

– Oh, ne ho di più io! – sorrise Dianella.

– Di più? Non pare. Si dipingevano. Senza bisogno, – seguitò Mauro, – come se fossero state vecchie. Peccato! Belle femmine! Portarono il colera, vi dicevo: un'epidemia terribile! Figuratevi che a Burmula, paesettuccio, in una sola giornata, ottocento morti. Come le mosche si moriva. Ma la morte a un disgraziato che paura può fare? Io mangiavo, come niente, petronciani e pomodori: lo facevo apposta. Avevo imparato una canzonetta maltese e la cantavo giorno e notte, a cavalcioni d'una finestra. Perché ero innamorato...

– Ah sì? Là? – domandò Dianella, sorpresa.

– Non là, – rispose Mauro. – Avevo lasciato qua, a Valsanìa, una villanella con cui facevo all'amore: Serafina... Si maritò con un altro, dopo un anno appena. E[1] io cantavo... Volete sentire la canzonetta? Me la ricordo ancora.

Socchiuse gli occhi, buttò indietro il capo e si mise a canticchiare in falsetto, pronunciando a suo modo le parole di quella canzonetta popolare:

Ahi me kalbi, kentu giani...

Dianella lo guardava, ammirata, con un intenerimento e una dolcezza accorata, che[2] spirava anche dal mesto ritmo di quell'arietta d'un tempo e d'un paese lontano, la quale affiorava su le labbra di quel vecchio, fievole eco della remota, avventurosa gioventù. Non sospettava minimamente sotto la ruvida scorza[3] del Mortara la tenerezza di tali ricordi.

– Com'è bella! – disse. – Ricantatela.

Mauro, commosso, fe' cenno di no, con un dito.

– Non posso; non ho voce... Sapete che vogliono dire le prime parole? *Ahimè, il cuore, come mi duole.* Il senso delle altre non lo ricordo più. Piaceva tanto al Generale, questa canzonetta. Me la faceva cantare sempre. Eh, avevo buona voce, allora... Voi guardate il leopardo? Ora vi racconto.[4]

E seguitò a raccontarle[5] come, dopo la morte del Generale, rimasto solo a Burmula, non volendo ritornare in Sicilia, dove[6] s'era già compromesso, si fosse recato a La Valletta.[7] Qua, gli esiliati siciliani avrebbero voluto ajutarlo; ma egli, sapendo in che misere condizioni si trovassero, aveva rifiutato ogni soccorso e s'era messo a lavorare nel porto, come mozzo, come scaricatore, come stivatore. Mancavano le braccia, decimata la popolazione dal colera. Poi s'era imbarcato su un piroscafo inglese da fochista. Per più di sei mesi era stato sepolto lì, nel saldo ventre strepitoso della nave, ad arrostirsi al fuoco alimentato notte e giorno, senza mai sapere dove s'andasse. I macchinisti inglesi lo guardavano e ridevano – chi sa perché – e un giorno, per forza, avevano voluto presentarlo, così tutto affumicato com'era, al[1] capitano – pezzo d'omone sanguigno, con una barbaccia fulva che gli arrivava fin quasi ai ginocchi – e il capitano gli aveva più volte battuto la spalla, lodandolo forse per lo zelo. Egli, difatti, in tutti quei mesi, non s'era dato un momento di requie, neanche per prendere un boccone; aveva perduto l'appetito: beveva soltanto, per temprar[2] l'arsura del corpo che, là sotto, smaniava il respiro, un po' d'aria! Unico svago, quando si approdava[3] in qualche porto, un vecchio libro di cucina, tutto squinternato, sul quale aveva imparato a compitare con l'ajuto del cuoco di bordo, anch'esso italiano, da lungo tempo spatriato a Malta.

Svago e tesoro, per lui, quel libro! Perché, un giorno, il cuoco, ammalatosi gravemente, era stato sbarcato a Smirne e, in mancanza d'altri, alla prova di quest'altro fuoco era stato messo lui, erede del libro e della dottrina culinaria di quello. S'era dato con tutto l'impegno a questo nuovo ufficio e in breve aveva saputo contentar così bene il capitano, che questi poi, vedendolo lì lì per ammalarsi come quell'altro cuoco, spontaneamente lo aveva allogato quale sguattero in una famiglia inglese, ricchissima, domiciliata a Costantinopoli. Ma[4] la malattia contratta a bordo non lo aveva lasciato lungo tempo a quel posto, per un tristo accidente capitatogli uno di quei giorni. Un droghieruccio d'Alcamo, stabilito da molti anni là a Costantinopoli, dal[1] quale egli si recava qualche volta per sentir parlare il dialetto nativo, aveva voluto avvelenarlo. Sì! Invece d'una pozione d'olio di mandorle dolci, gli aveva dato forse olio di mandorle amare. Spia dei preti, dei Sanfedisti, anche quello![2] Sbaglio involontario? Ma che! Ricordava bene che una volta colui aveva osato rimproverarlo[3] acerbamente per l'avventura del francescano appeso, ch'egli, così per ridere, gli aveva narrata. Ah, ma rimessosi per miracolo, dopo circa tre mesi, dall'avvelenamento, gli aveva fatto pagar caro il delitto. Con un pugno (e Mauro mostrò sorridendo il pugno) lo aveva steso là, nella[4] bottega. Aveva al dito un grosso anello di ferro, come un chiodo ritorto, comperato a Smirne, e con esso – senza volerlo, veh! – gli aveva sfracellato la tempia. Ripresosi[5] dal pauroso sbalordimento nel vederselo cascare giù tutto in un fascio sotto[6] gli occhi, insanguinato, s'era dato alla fuga e poche ore dopo era partito con una nave che si recava a un piccolo porto dell'Asia Minore. Non ricordava più il nome del paesello di mare in cui era disceso: era d'estate e aveva trovato subito da allogarsi come bagnino.

– Avete sentito nominare Orazio Antinori?[7] – domandò a questo punto il Mortara.

– L'esploratore? Sì, – disse Dianella.

– Venne là, ai bagni, un giorno, – seguitò Mauro, – con un altro italiano. Li sentii parlare e m'accostai. L'Antinori assoldava cacciatori per la caccia delle fiere, nel deserto di Libia. Gli piacqui, mi prese con sé. Noi andavamo; gli mandavamo le fiere uccise; egli le imbalsamava e poi le spediva ai musei, a Londra, a Vienna... Quando ritornavo dalle cacce, siccome lui mi voleva bene sapendomi fidato, lo ajutavo a preparar le droghe, e intanto, zitto zitto, gli rubavo l'arte. Così imparai a imbalsamare; e quando lui andò via, seguitai per conto mio la caccia e la spedizione. Vi voglio raccontare una certa avventura. Un giorno, eravamo sperduti, io e lui, morti di fame e di sete. A un certo punto avvistammo alcuni alberi di fico e li prendemmo d'assalto, figuratevi! Ma i fichi migliori erano in alto e non potevamo prenderli. Allora io, contadino, che feci? m'allontanai e ritornai poco dopo, munito d'una canna bella[1] lunga; la spaccai un po' in cima e con essa mi misi a cogliere i fichi alti più[2] maturi, con la lagrima di latte: un miele, vi dico! L'Antinori mi guardava e si rodeva dentro. Alla fine non poté[3] più reggere e mi gridò: « Che fai? La smetti? Vuoi farmi ammazzare dai Turchi? ». Capii l'antifona. Zitto, stesi il braccio e gli porsi la canna. Andai a prenderne un'altra, e tutti e due seguitammo a rubar fichi tranquillamente. Ah, l'Antinori... mi voleva bene, e m'ajutò tanto, anche da lontano. Stetti lì più di sei anni. Poi sentii che Garibaldi era sbarcato a Marsala; volai subito in Sicilia. Sbarco a Messina; raggiungo i volontarii a Milazzo. Don Stefano Auriti mi morì tra le braccia. Non poteva più parlare, mi raccomandava con gli occhi il figlio, don Roberto, il suo leonetto di dodici anni... Ci battemmo! A Reggio aprii il fuoco io, sapete? la prima fucilata fu la mia! Poi Bixio mi prese per attendente. Che giornata, quella del Volturno! Ma ora, dopo aver visto tante cose, dopo averne passate tante, sono[4] soddisfatto, che volete! L'Italia è grande! L'Italia è alla testa delle nazioni! Detta legge nel mondo! E posso dire che anch'io, così da povero ignorante e meschino come sono, ho fatto qualche cosa, senza tante chiacchiere. Posso andare dal re e dirgli: « Maestà, alla sedia su cui voi sedete, se non una gamba o una traversa, un piccolo pernio, qualche cavicchio, l'ho messo anch'io. La mia parte te l'ho fatta, figlio mio! ».[5] E sono contento. Cammino qua per Valsanìa, vedo i fili del telegrafo, sento ronzare il palo, come se ci fosse dentro un nido di calabroni, e il petto mi s'allarga; dico: « Frutto della Rivoluzione! ». Vado più là, vedo la ferrovia, il treno che si caccia sottoterra, nel traforo sotto Valsanìa, che mi pare un sogno; e dico: « Frutto della Rivoluzione! ». Vado sotto il pino, guardo[1] il mare, vedo laggiù a ponente Porto Empedocle, che al tempo della mia partenza per Malta non aveva altro che la Torre, il Rastiglio, il[2] Molo Vecchio e quattro casucce, e ora[3] è diventato quasi una città; vedo le due lunghe scogliere del nuovo porto, che mi pajono due braccia tese a tutte le navi di tutti i paesi civili del mondo, come per dire: « Venite! venite! l'Italia è risorta, l'Italia abbraccia tutti, dà a tutti la ricchezza del suo zolfo, la ricchezza dei suoi giardini! ». Frutto della Rivoluzione, anche questo, penso, e – vedete? – mi metto a piangere come un bambino, dalla gioja...

Cavò, così dicendo, dall'apertura della ruvida camicia d'albagio un grosso fazzoletto di cotone turchino, e si asciugò[4] gli occhi, che gli s'erano veramente riempiti di lagrime.

Dianella sentì anche lei inumidirsi gli occhi.[5] Quel vecchio che incuteva tanta paura, che aveva ucciso un uomo come niente e ne aveva fatto morire un altro per l'ombra d'un sospetto maniaco; che[6] andava così armato, in procinto sempre di versare altro sangue, pronto com'era all'ira e irsuto e ombroso; quel vecchio, ecco, piangeva come un fanciullo per[7] l'opera compiuta, ch'egli vedeva senza mende e gloriosa; piangeva esaltandosi nella sua gesta e nella grandezza della patria, per cui aveva tanto sofferto e combattuto, senza chieder mai nulla, generoso e feroce, fedele come un cane e coraggioso come un leone. Né i suoi colombi, né la pace dei campi, né il governo della vigna, né il canto delle allodole, riuscivano a rasserenargli lo spirito dopo tanto tempo: quel camerone era come la sua chiesa; e usciva di là com'ebbro, e s'aggirava per la campagna sotto[1] i mandorli e gli olivi, parlando tra sé di battaglie e di congiure, guardando biecamente il mare dalla parte di Tunisi, donde immaginava un improvviso assalto dei Francesi...

Un rumore[2] di sonaglioli e il rotolìo d'una vettura vennero a un tratto a scuotere Dianella da queste considerazioni e Mauro dal pianto.

– Vostro padre? – domandò questi, infoscandosi d'un subito e ricacciandosi nell'apertura della camicia il fazzoletto.

Dianella si levò, costernata, e corse alla finestra a guardare attraverso le stecche delle persiane. Restò. Dalla vettura, che s'era fermata davanti alla villa, scendevano[3] il padre, di ritorno, e Aurelio Costa – lui! – in tenuta da[4] campagna.

– Andate, andate, – le disse Mauro, quasi spingendola. – Chiudo e me ne scappo!

Dianella uscì sul corridojo e vide in fondo a[5] esso il Costa e il padre, diretti alla camera di questo, nella quale si chiusero. Allora Mauro Mortara, come una bestia sorpresa nel giaccio, sgattajolò ranco ranco, senza dirle nulla.

Ella rimase perplessa, profondamente turbata, non sapendo che pensare di quell'improvviso insolito ritorno del padre. Evidentemente, tanto questo ritorno quanto la venuta d'Aurelio Costa si connettevano con le notizie dei tumulti d'Aragona. Qualcosa di molto grave doveva essere accaduto. Era fuggito Aurelio? No: Dianella non volle nemmeno supporlo. Forse il padre stesso aveva mandato a chiamarlo. Con quale animo?

Fu tentata di recarsi nella sua camera, attigua a quella del padre, se le riuscisse di cogliere qualche parola attraverso la parete; ma ricordò lo sguardo del padre, quella mattina, e se n'astenne; rimase tuttavia come tenuta tra due, nella sala d'ingresso.

– Suo papà, – le annunziò donna Sara Alàimo, sporgendo il capo dall'uscio della cucina.

Dianella le accennò di sì col capo.

– Con l'ingegnere, – aggiunse donna Sara, sottovoce.

Dianella le accennò di nuovo col capo che sapeva, e uscì sul pianerottolo della scala esterna. La vettura era lì ancora, in attesa, a piè della scala. Dunque il padre doveva ripartire subito? Forse era venuto per prendere qualche carta.

– Andrete a Porto Empedocle adesso?[1] – domandò al cocchiere.

– Eccellenza, sì – rispose questi.

Ed ecco il padre e il Costa frettolosi.[2] Flaminio Salvo non s'aspettava di trovar la figlia sul pianerottolo della scala, e, vedendola, si tirò un po' indietro, senza fermarsi, le fece un sorriso e la salutò con la mano. Aurelio Costa, che gli veniva dietro, rimase un istante confuso, accennò di togliersi il berretto da viaggio; ma il Salvo gli gridò:

– Andiamo, andiamo...[3]

Dianella, pallida, col fiato rattenuto, li vide montare su la vettura, partire senza[4] volgere il capo, e li seguì con gli occhi finché non scomparvero tra gli alberi del viale.

Com'era cangiato Aurelio! Sconvolto... Pareva malato, invecchiato, con la barba non rifatta... Dianella pensò al giudizio che ne aveva dato Nicoletta Capolino. Avrebbe voluto vederlo più altero di fronte al padre; avrebbe voluto che, non ostante il richiamo imperioso di questo, egli si fosse fermato lì sul pianerottolo, almeno per salutarla. Invece subito aveva obbedito... Forse[5] il momento... Chi sa che era accaduto alle zolfare!

Flaminio[1] Salvo ritornò tardi, la sera, d'umor gajo, come ogni qual volta prendeva una grave decisione. A cena, si scusò con don Cosmo della sfuriata della mattina; disse che n'aveva fino alla gola, delle innumerevoli seccature che gli erano diluviate da quelle zolfare d'Aragona, e che aveva deciso di chiuderle.[2]

– Così sciopereranno[3] un po' per piacer mio, i signori solfaraj, e avranno più tempo d'assistere alle prediche dei loro sacerdoti umanitarii. Mangino prediche! Bello, il vangelo umanitario, don Cosmo, letto su una pagina sola! Se voltassero pagina... Ma se ne guardano bene! Hanno ragione; ma la loro ragione è qua!

E si toccò il ventre.

– Andate a far loro intendere che la politica doganale seguìta dal governo italiano è stata tutta una cuccagna per l'industria e gl'industriali dell'alta Italia e una rovina spaventosa per il Mezzogiorno e per la nostra povera isola; che da anni e anni l'aumento delle tasse e di tutti i pesi è continuo e continuo il ribasso dei prodotti; che col prezzo a cui è[4] disceso lo zolfo non solo è assolutamente impossibile trattarli meglio, ma è addirittura una follìa seguitar l'industria... Io non avevo chiuso le zolfare per loro, per dar loro almeno un tozzo di pane. Scioperano? Tante grazie! Vuol dire che possono fare a meno di lavorare. Tutti a spasso! Allegria!

– La vita! – sospirò don Cosmo, con gli angoli della bocca contratti in giù. – A pensarci bene... Lo zolfo, sicuro... le industrie... questa tovaglia qua, damascata, questo[5] bicchiere arrotato... il lume di bronzo... tutte queste minchionerie sulla[6] tavola... e per la casa... e per le strade... piroscafi sul mare, ferrovie, palloni per aria... Siamo pazzi, parola d'onore!... Sì, servono, servono[7] per riempire in qualche modo questa minchioneria massima che chiamiamo vita, per darle una certa apparenza, una certa consistenza... Mah! Vi giuro che non so, in certi momenti, se sono più pazzo io che non ci capisco nulla o quelli che credono sul serio di capirci qualche cosa e parlano e si muovono, come se avessero veramente un qualche scopo davanti[1] a loro, il quale poi, raggiunto, non dovesse a loro stessi apparir vano. Io comincerei, signor mio, dal rompere questo bicchiere. Poi butterei giù la casa... Ricominciando daccapo, chi sa!... Voi dite che quei disgraziati la ragione l'hanno qua? Beati loro, signor mio! E guaj se si saziano... Dove l'avete più voi, la[2] ragione? Dove l'ho più io?

Poco[3] dopo, Flaminio Salvo e Dianella erano affacciati alla finestra. La notte era scurissima. Le stelle profonde, che pungevano e allargavano il cielo, non arrivavano a far lume in terra. I grilli scampanellavano lontano ininterrottamente e, a quando a quando, dal fondo del vallone saliva il verso accorato d'un[4] gufo, come un singulto. Il bujo, il silenzio intorno alla[5] villa era qua e là a tratti punto e vibrante di rapidi stridi di nottole invisibili. Poi la luna emerse, paonazza, sù[6] dall'ampia chiostra di Monserrato in fondo, e s'avvertì un lievissimo brulichìo di foglie per tutta la campagna. Un cane, lontano, abbajò.

– Tu non hai niente, Dianella, proprio niente da dire a tuo padre? – domandò il Salvo senza[7] guardarla, con tono mesto, come se con l'anima vagasse lontano assai da quella finestra.

– Io? – fece Dianella, incerta e quasi sbigottita. – Niente... Che potrei dirti?

– Niente, dunque, – riprese il padre. – Nessun piccolo, piccolo segreto... niente, eh? Sono contento. Perché tu, povera figliuola mia, purtroppo hai soltanto me, preso da tante brighe... E oggi... che giornataccia!... Sai che manca a molti? Il senso dell'opportunità. Non dico che avrei risposto di sì, se la domanda mi fosse stata rivolta in altro giorno, in altro modo; ma avrei risposto di no, almeno con più garbo, ecco, dopo aver parlato con te.

Dianella temette, ascoltando queste parole calme e lente del padre, che questi potesse udire il violento martellare del cuore di lei, sospeso in un'aspettazione angosciosa, tra l'impetuoso ribollimento di tutto il sangue per le vene.

– Mi hanno chiesto... tu m'intendi, – seguitò il Salvo, voltandosi a spiarla negli occhi. – E io, certo che la mia buona figliuola, così savia, non poteva aver fissato neanche per un momento la[1] propria attenzione su un giovane – oh, buono, sì; ma pure, per tante ragioni, non adatto né degno – preso in quel momento proprio[2] inopportuno, ho rifiutato, senz'altro. Vediamo un po', non indovini?

– No... – rispose, più col fiato che con la voce, Dianella.

– Non[3] indovini proprio? – insistette il padre, sorridendo, come conscio della tortura che le infliggeva. – Sù, pròvati...

– Non... non saprei... – balbettò lei.[4]

– E allora bisognerà che te lo dica, – concluse il padre, – perché tu sappia regolarti. Il De Vincentis...

– Ah! – esclamò Dianella, con uno scatto di riso irresistibile. – Quel povero Ninì?

– Quel povero Ninì, – ripeté il padre, scrollando il capo e sorridendo anche lui. – Dunque, te l'aspettavi?

– No, ti giuro, – s'affrettò a rispondergli Dianella, con vivacità. – M'ero accorta, sì...

– Ma t'aspettavi qualche altro? – tornò a domandare il padre, pronto, guardandola più acutamente.

Dianella allora s'impuntò e sostenne lo sguardo del padre con fredda fermezza.

– Ti ho detto di no.

Il sospetto che il padre con quel discorso avesse voluto tenderle un'insidia era divenuto certezza.[1] Forse non era neanche vero che Ninì De Vincentis gli avesse fatto quella richiesta. E l'essersi il padre servito di lui, povero giovane[2] troppo dabbene, quasi per metterlo in dileggio, le parve odioso, sapendo il De Vincentis anche per altro[3] vittima del padre.

Questi non disse più nulla; rimase ancora un pezzo alla finestra, a guardar fuori, poi se ne ritrasse con un sospiro e salutò la figlia per andare a dormire.

– Buona notte – gli rispose Dianella, freddamente.

Appena sola, si nascose il volto tra le mani e pianse. Le parve[4] che il padre si fosse divertito a straziarle il cuore, come un gatto col topo. Oh Dio, perché, perché così cattivo anche con la propria figlia, quando gli sarebbe stato così facile esser buono con tutti? Se veramente voleva ch'ella gli dicesse il suo segreto, ricordandole che non aveva più da confidarsi con altri se[5] non con lui, perché, nello stesso momento che le poneva innanzi la sorte crudele che le aveva tolto il consiglio e l'amore della madre, le tendeva un'insidia? Dunque, no; era certo ormai: egli non voleva che lei amasse Aurelio. Aveva chiuso le zolfare; forse aveva posto a[6] effetto la minaccia della mattina: « Caccio via tutti! ». Anche Aurelio? Oh, Aurelio non aveva più bisogno di lui, adesso! Perduto quel posto, tanti altri, anche migliori, avrebbe[7] potuto trovarne subito. E questo forse, ecco, faceva più dispetto al padre, aver dato a quel giovane[8] il mezzo di non aver più bisogno di lui, e averglielo dato per un dovere che a lui lo legava. Voleva che tutti fossero docili strumenti nelle sue mani; e Aurelio invece avrebbe potuto levarglisi contro, dov'egli più temeva la ribellione: nel cuore di sua figlia. Sì, sì, perché sapeva bene che ella lo amava. Così lo avesse saputo Aurelio! Ma che sarebbe intanto avvenuto, se davvero il padre, chiuse le zolfare, lo aveva licenziato? Aurelio se ne sarebbe andato di nuovo lontano, sarebbe ritornato in Sardegna, senz'alcun sospetto dell'amore di lei, e forse, là...

Dianella tornò a nascondersi il volto tra le mani. Nel vuoto angoscioso, fissando l'udito, senza volerlo, nel fitto continuo scampanellìo dei grilli, le parve ch'esso nel silenzio diventasse di punto in punto più intenso e più sonoro; pensò ai tumulti d'Aragona e di Comitini; e quel fervido concento divenne allora per lei, a un tratto, il clamore lontano, indefinito d'un popolo in rivolta, di cui Aurelio, ribelle, andava a farsi duce e vendicatore. E lei? e lei?

Scoprì il volto: come un sogno le apparve allora la pace smemorata della[1] campagna, lì presente, all'umido e blando albore[2] lunare. E un fresco rivo inatteso di tenerezza le[3] scaturì dal cuore; e altre lagrime le velarono gli occhi.

Ah, era pur bello lo spettacolo[4] di quella profonda notte lunare su la campagna, con quegli alberi antichi, immobili nel loro triste sogno perenne, sorgente[5] col fusto dal grembo della terra, con quei monti laggiù che chiudevano, cupi contro il cielo, il mistero degli evi più remoti, con quel tremulo limpido assiduo canto dei grilli che, sparsi tra le erbe dei piani, pareva persuadessero all'oblio d'ogni cosa.

Tra quei grilli e quegli alberi e quella luna e quei monti non era forse un concerto misterioso, a cui gli uomini restavano estranei? Tanta bellezza non era fatta per gli uomini, che chiudevano stanchi, a quell'ora, gli occhi al sonno; sarebbe durata tutta la notte non veduta più da nessuno, nella[6] solitudine della campagna, quando anche lei[7] avrebbe chiuso la finestra. Forse voleva questo la nottola invisibile che[8] strideva svolando lì innanzi, offesa e attratta dal lume: voleva ch'ella non disturbasse più oltre con la sua veglia il notturno misterioso concerto della natura solitaria?

E Dianella chiuse la finestra: lasciò aperto appena appena uno scuro e, attraverso quello spiraglio, con le mani congiunte innanzi alla bocca, pregò silenziosamente per tutta quella bellezza rimasta fuori, animata a un tratto agli[1] occhi di lei dallo spirito di Dio che[2] gli uomini offendono[3] con le loro torbide e tristi passioni. Volgendo un ultimo sguardo al viale innanzi alla[4] villa, scorse un'ombra che vi passeggiava, un cranio lucido sotto la luna. Don Cosmo? Lui.

Ah, immerso là nello[5] spirito di Dio, egli forse non lo sentiva! Andava a quell'ora sù e giù per il viale, con le mani dietro la schiena, assorto tuttavia, certo, nelle sue buje e vane meditazioni.

VI

Né[6] inviti agli elettori stampati a caratteri cubitali su carta d'ogni colore, né alcuna animazione insolita per le vie tortuose della[7] vecchia città. Eppure il giorno fissato per le elezioni politiche era imminente. Ma[8] il tedio da gran tempo aveva soffiato in bocca alla ciarlataneria, e questa aveva perduto la voce. La scala per dar l'assalto ai muri le si era imporrita e rotto il pentolino della colla. S'era[9] camuffata decorosamente da prete la ciarlataneria a Girgenti, e raccolta, guardinga, a[10] collo torto, andava per via, nascondendo tra le pieghe del tabarro il mazzocchio della grancassa cangiato in aspersorio. I cittadini, sotto[11] a quel travestimento, la riconoscevano bene: la[12] lasciavano andare e fare; la rispettavano anche; oh, perché non[13] seccava nemmeno con troppe prediche; prestava denaro poi, sottomano – a usura, ma ne prestava –; pubblicamente, con[1] molti carati del Salvo e con altri di socii minori, aveva aperto una banca popolare cattolica – all'interesse consentito da santa madre Chiesa. I pubblici[2] ufficii, prefettura, intendenza delle finanze, scuole governative, tribunali, davano[3] ancora un po' di movimento, ma quasi meccanico, alla città: altrove ormai urgeva la vita. L'industria, il[4] commercio, la vera attività insomma,[5] s'era da un pezzo trasferita[6] a Porto Empedocle giallo di zolfo, bianco di marna, polverulento e romoroso, in poco tempo divenuto uno de' più affollati e affaccendati emporii[7] dell'isola. Ma anche[8] là, la sovrabbondanza dello zolfo per le condizioni mal proprie con cui si svolgeva l'industria, l'ignoranza degli usi a cui[9] quel minerale era destinato e[10] dei profitti che se ne potevano ricavare, il[11] difetto di grossi capitali, il bisogno o l'avidità di un pronto guadagno, eran cagione che quella ricchezza del suolo, che avrebbe dovuto esser ricchezza degli abitanti, se n'andasse giorno per giorno ingojata dalle stive dei vapori mercantili inglesi, americani, tedeschi e francesi, lasciando tutti coloro che vivevano di quell'industria e di quel commercio con le ossa rotte dalla fatica, la tasca vuota e gli animi inveleniti dalla guerra insidiosa e feroce, con cui si eran conteso il misero prezzo o lo scotto o il nolo della merce da loro stessi rinvilita. A Girgenti, solo[12] i tribunali e i circoli d'Assise davano[13] da fare veramente, aperti com'erano tutto l'anno. Sù al Culmo delle Forche il carcere di San[14] Vito rigurgitava sempre di detenuti, che talvolta dovevano aspettare tre o quattro anni per essere giudicati. E meno male[15] che l'innocenza, nel maggior numero dei casi, di questo forzato indugio non aveva a patire. La[16] città era piuttosto tranquilla; ma nelle campagne e nei paesi della provincia i reati di sangue, aperti o[17] per mandato, per risse improvvise o per vendette meditate, e le grassazioni e l'abigeato e i sequestri di persona e i ricatti erano[1] continui e innumerevoli, frutto della miseria, della selvaggia ignoranza, dell'asprezza delle fatiche che abbrutivano, delle vaste solitudini arse, brulle e mal guardate. In piazza[2] Sant'Anna, ov'erano i tribunali, nel centro della città, s'affollavano[3] i clienti di tutta la provincia, gente tozza e rude, cotta dal sole, gesticolante[4] in mille guise vivacemente espressive: proprietarii di campagne e di zolfare in lite con gli affittuarii o coi[5] magazzinieri di Porto Empedocle, e sensali e affaristi e avvocati e galoppini; s'affollavano[6] storditi i paesani zotici di Grotte o di Favara, di Racalmuto o di Raffadali o di Montaperto, solfaraj[7] e contadini, la maggior parte, dalle facce terrigne e arsicce, dagli occhi lupigni, vestiti[8] dei grevi abiti di festa di panno turchino, con berrette di strana foggia: a cono, di velluto; a calza, di cotone; o padovane; con cerchietti[9] o catenaccetti d'oro agli orecchi; venuti[10] per testimoniare o per assistere i parenti[11] carcerati. Parlavano tutti con cupi suoni gutturali o con aperte protratte[12] interjezioni. Il lastricato della strada schizzava faville al cupo fracasso dei loro scarponi imbullettati, di cuojo grezzo, erti, massicci e scivolosi. E avevan[13] seco le loro donne, madri e mogli e figlie e sorelle, dagli occhi spauriti o lampeggianti d'un'ansietà torbida e schiva, vestite di baracane, avvolte[14] nelle brevi mantelline di panno, bianche o nere, col fazzoletto dai vivaci colori in capo, annodato sotto il mento, alcune coi lobi degli orecchi strappati dal peso degli orecchini a cerchio, a pendagli, a lagrimoni; altre[15] vestite di nero e con gli occhi e le guance bruciati dal pianto, parenti di qualche assassinato. Fra[16] queste, quand'eran[17] sole, s'aggirava occhiuta e obliqua qualche vecchia mezzana a tentar le più giovani e appariscenti[18] che avvampavano[19] per l'onta e che pur non di meno talvolta cedevano ed eran condotte, oppresse di angoscia e tremanti, a fare abbandono del proprio corpo, senz'alcun loro piacere, per[1] non ritornare al paese a mani vuote, per comperare ai figliuoli lontani, orfani, un pajo di scarpette, una vesticciuola. (– Occasioni! Una poverella bisognava che ne profittasse. Nessuno[2] avrebbe saputo... Presto, presto... Peccato, sì, ma Dio leggeva in cuore...). I molti[3] sfaccendati della città andavano intanto sù e giù, sempre[4] d'un passo, cascanti di noja, con l'automatismo dei dementi, sù e giù per la strada maestra, l'unica piana[5] del paese, dal bel nome greco, Via Atenèa, ma angusta come le altre e tortuosa. Via[6] Atenea, Rupe Atenea, Empedocle... – nomi: luce di nomi, che rendeva più triste la miseria e la bruttezza delle cose e dei luoghi. L'Akragas dei Greci, l'Agrigentum dei Romani, eran[7] finiti nella Kerkent dei Musulmani, e il marchio degli Arabi era rimasto indelebile negli animi e nei costumi della gente. Accidia taciturna, diffidenza ombrosa e gelosia. Dal[8] bosco della Civita, cuore della scomparsa città vetusta, saliva un tempo al colle, su cui siede[9] misera la nuova, una lunga fila di altissimi e austeri cipressi, quasi a segnar la via della morte. Pochi ormai ne restavano; uno, il più alto e il più fosco, si levava ancora sotto l'unico viale della città, detto della Passeggiata, la sola cosa bella che la città avesse, aperto com'era alla vista magnifica di tutta la piaggia, sotto, svariata di poggi, di valli, di piani, e del mare[10] in fondo, nella sterminata curva dell'orizzonte. Quel cipresso, stagliandosi nero e maestoso dopo[11] il fiammeggiare dei meravigliosi tramonti su[12] la piaggia che s'ombrava tutta di notturno azzurro, pareva riassumesse in sé la tristezza infinita del silenzio che[13] spirava dai luoghi, sonori un tempo di tanta vita. Era qua, ora, il regno della morte. Dominata, in vetta al colle, dall'antica cattedrale normanna, dedicata a San Gerlando, dal Vescovado e dal Seminario, Girgenti era la città dei preti e delle campane a morto. Dalla mattina alla sera, le trenta chiese si rimandavano con lunghi e lenti rintocchi il pianto e l'invito alla preghiera, diffondendo per tutto un'angosciosa oppressione. Non[1] passava giorno che non si vedessero per via in[2] processione funebre le orfanelle grige del *Boccone del povero*: squallide, curve, tutte occhi nei visini appassiti, col velo in capo, la medaglina[3] sul petto, e un cero in mano. Tutti, per poca mancia, potevano averne l'accompagnamento; e nulla era più triste che[4] la vista di quella fanciullezza oppressa dallo spettro della morte, seguito così ogni[5] giorno, a passo a passo, con un cero in mano, dalla fiamma vana nella luce del sole.

Chi poteva curarsi, in tale animo, delle elezioni politiche imminenti? E poi, perché? Nessuno aveva fiducia nelle istituzioni, né mai l'aveva avuta. La corruzione era sopportata come un male cronico, irrimediabile; e considerato[6] ingenuo o matto, impostore o ambizioso, chiunque si levasse a gridarle contro.[7]

In quei giorni, più che delle imminenti elezioni politiche, gli sfaccendati parlavano del duello[8] del candidato Ignazio Capolino con Guido Verònica.

Per l'intromissione violenta di Roberto Auriti, la[9] questione cavalleresca s'era complicata. Guido Verònica aveva accettato subito la sfida del Capolino; aveva chiesto però qualche giorno di tempo per provvedersi di padrini. Ed era arrivato da Palermo il deputato Corrado Selmi, con un altro signore, che[10] si diceva famoso spadaccino. Roberto Auriti, intanto, non potendo battersi col Prèola e non volendo che altri vendicasse della turpe offesa la memoria del padre, aveva preteso di battersi lui per primo col Capolino. I padrini di questo, il Verònica stesso, si erano[11] opposti a tale pretesa.

A nome del Capolino quelli avevano lealmente dichiarato di deplorar l'articolo del Prèola, pubblicato[1] di furto nel giornale. Squalificato[2] così dai[3] suoi stessi partigiani il vero autore dell'offesa, peraltro[4] riconosciuto indegno di scendere sul terreno e[5] ormai cacciato via da Girgenti, l'Auriti non aveva più da domandare altra soddisfazione; e un solo duello doveva aver luogo, perché l'affare si terminasse lodevolmente: tra[6] il Verònica e il Capolino, per l'aggressione da questo patita sulla[7] pubblica via. Troppo giusto!

La vertenza tanto dibattuta aveva appassionato vivamente la cittadinanza, tra la quale d'improvviso s'erano[8] scoperti tanti calorosi dilettanti di cavalleria; e la passione sopra tutto s'era accesa per l'intervento d'un uomo così noto come il Selmi e per le arie spagnolesche e provocanti dell'altro testimonio del Verònica, spadaccino.

Ma, dal canto suo, il campione paesano, Ignazio Capolino, s'era affidato anche lui in buone mani: a un certo D'Ambrosio, lontano parente della moglie, che sapeva tener bene la spada in pugno e non[9] si sarebbe lasciato imporre né dal prestigio di Corrado Selmi né dalla spocchia di quell'altro messere. E lui solo, ohè! perché l'altro testimonio di Capolino faceva ridere: Ninì De Vincentis, figurarsi!

Povero Ninì, vi era stato tirato proprio pei capelli! Sciabole, sangue – lui che era una damigella, un San Luigi col giglio in mano. Sarebbe svenuto certamente, assistendo allo scontro! Che idea, quel Capolino, andare a scegliere proprio Ninì, come se non ci fossero stati altri più adatti in paese! Ma forse lo aveva scelto il D'Ambrosio, apposta, per una bravata, per rispondere ironicamente alla chiamata dello spadaccino dalla parte avversaria.

Ninì[10] ignorava ancora il rifiuto reciso opposto dal Salvo alla domanda di matrimonio che[11] – costretto dal fratello Vincente – gli aveva fatto rivolgere da monsignor Montoro. Il Capolino lo aveva forzato ad accettar quell'ufficio per lui terribile di secondo testimonio al duello, dandogli a intendere che il Salvo lo avrebbe molto gradito. Perbacco, doveva sì o no sfatare una buona volta la fama di verginale timidezza[1] che s'era fatta in paese? Uomo! uomo! bisognava che si dimostrasse uomo! Del resto, pancia e presenza: non si voleva altro da lui. Che pancia? Dove aveva la pancia Ninì? Fino e diritto come un bastoncino... Via, era un modo di dire, pancia e presenza. Composto, elegantissimo come un vero zerbinotto di Parigi, avrebbe fatto una splendida figura.

Tutti e quattro i padrini s'erano[2] recati nella mattinata alla[3] villa del principe di Laurentano, a Colimbètra, dove il duello avrebbe avuto luogo, per i concerti opportuni e la scelta del terreno. Nessuno[4] lì si sarebbe attentato a[5] disturbare lo scontro. Il principe, la mattina seguente, si sarebbe recato a Valsanìa per la presentazione con la sposa, com'era già convenuto; subito dopo la partenza del principe, si sarebbe fatto il duello.

Gli sfaccendati peripatetici assistettero dal viale della Passeggiata al ritorno in carrozza dei quattro padrini da Colimbètra.

Ignazio Capolino, intanto, aspettava[6] i suoi, passeggiando coi maggiorenti del partito su l'ampia terrazza marmorea, davanti al Circolo che, come tant'altre cose, aveva anch'esso nome da Empedocle.

Quel[7] duello, proprio alla vigilia delle elezioni, gli aveva accresciuto importanza e simpatia. Mostrava[8] di non curarsene affatto, e questa noncuranza per nulla ostentata destava ammirazione e compiacimento negli amici che gli passeggiavano accanto. Aveva già intrapreso il giro elettorale, e ora descriveva le festose accoglienze ricevute il giorno avanti nel vicino borgo di Favara. Avrebbe voluto recarsi quel giorno stesso nell'altro borgo di Siculiana, dove gli elettori lo attendevano[1] impazienti; ma il D'Ambrosio, suo padrone, suo tiranno in quel momento, gliel'aveva assolutamente proibito, per paura che si strapazzasse troppo.

Gli dispiaceva per gli amici di Siculiana, ecco. Gli avevano preparato anch'essi una gran festa. La vittoria era sicura, non ostanti le minacce e le prepotenze del Governo e gli ordini del Prefetto e le persecuzioni della polizia. Roberto Auriti avrebbe avuto, sì e no, una maggioranza di pochi voti soltanto nel borgo di Comitini, dove[2] Pompeo Agrò contava molti[3] amici.

Capolino dava queste notizie con sincero rammarico per il suo avversario, e sinceramente questo rammarico era condiviso da quanti lo ascoltavano. Perché si sapeva che l'Auriti non aveva mai cavato alcun profitto dai principii liberali, per cui da giovine aveva combattuto, né dalla fedeltà che sempre aveva serbato ad essi; certamente[4] non per cavarne profitto adesso era[5] venuto a chiedere il suffragio dei[6] suoi concittadini, bensì quasi[7] per un dovere impostogli, o forse per l'ingenua illusione che[8] potesse bastargli a chiederlo il rispetto che si doveva alla sua onestà. Nessuno gli negava questo rispetto, e tutti si sentivano anche disposti a rendergli qualche onore consentaneo ai suoi meriti. Quello della deputazione, no, via: non era, né poteva essere per lui; e la prova più evidente era appunto nell'ingenuità di quella sua illusione.

Venuti i padrini, Capolino s'appartò[9] con essi in un angolo dell'ampio salone del Circolo.

Ninì De Vincentis pareva imbalordito, col viso chiazzato, come se gli avessero dato qua e là tanti pizzichi, e gli occhi lustri, assenti e scontrosi.[10] Il

D'Ambrosio, alto[1] e biondo, miope, irrequieto, dalla faccia equina, le spalle in capo, il torace enorme[2] e le gambe secche e lunghe, parlava arruffato, ruzzolando le parole. Era sguajatissimo, e tutti tolleravano le sue sguajataggini, non solo perché lo sapevano manesco, ma anche perché spesso faceva ridere. Le sue ingiurie si spuntavano[3] e perdevano il fiele nelle risate da cui erano accolte, e così egli[4] poteva ingiuriar tutti e scagliare in faccia le villanie più crude[5] senza[6] che nessuno se ne sentisse offeso o ferito.

– Fammi il santissimo piacere, – cominciò, – di dire a mia cugina Nicoletta che questa sera si stia quieta, perché tu devi combattere per i santi diavoli. Voglio dire per i santi ideali. Sei vecchio, Gnazio, lo vuoi[7] capire? Stendi il braccio: fammi vedere se ti trema.

Capolino, sorridendo, stese il braccio.

– Va bene, – riprese il D'Ambrosio. – Gli daremo le palle, caro mio. Sul serio! Prima, alla pistola. Scambio di tre palle, a venticinque passi. (Raccomandazione a Ninì di non turarsi gli orecchi, al botto). Poi, alla sciabola. Quanto alla sciabola, siamo a cavallo; ma[8] per la pistola, Gnazio mio, sei vecchio, e ho paura che... Basta; vieni[9] con me, a casa mia. C'è il cortile. Voglio vedere come tiri.

Capolino tentò d'opporsi; ma non ci fu verso: dovette andare, e anche Ninì, per[10] esercitarsi gli orecchi al botto.

Presero per l'erta via di Lena, dove pareva fosse un tumulto attorno[11] a qualcuno che cantava. Niente! Erano i pescivendoli che, arrivati or ora dalla marina, scavalcati dalle mule cariche, gridavano tra la folla il pesce fresco, con lunga e gaja cantilena. I tre proseguirono per la salita sempre più erta di Bac Bac, finché non giunsero presso la porta più alta della città, a settentrione, il cui nome, arabo anch'esso, *Bâb-er-rijah* (Porta dei venti), era divenuto Biberìa.[1]

Il D'Ambrosio stava lassù, in una casa antica, col *baglio* (vasto cortile acciottolato) e un cisternone in mezzo, insieme con la madre vecchissima, per cui aveva una devozione più che religiosa. La povera vecchina era sorda, e viveva in continua ansia, in continui palpiti per quel suo figliuolo impetuoso. Sempre con la calza in collo, stava a guardare dai vetri d'una finestra. Vedeva il colle, su cui sta Girgenti, scoscendere[2] in ripido pendìo su la Val Sollano, tutta intersecata di polverosi stradoni. Il panorama, di fronte, era profondo e montuoso.[3] A destra, si levava fosco e imminente monte Caltafaraci; più là, in fondo, il San Benedetto; quindi s'allargava il piano di Consòlida, e a mano a mano, sempre[4] più verso ponente, il pian di Clerici, di là dalla montagna di Carapezza e di Montaperto più qua. Giù, dirimpetto, la Serra Ferlucchia, gessosa, mostrava le bocche cavernose delle zolfare e i lividi tufi arsicci dei calcheroni spenti. In fondo in fondo, dai confini della provincia sorgeva[5] maestoso e invaporato Monte Gemini, tra i più alti della Sicilia. La grigia, arida asperità ferrigna era solo interrotta qua e là da qualche cupo carubo.

Il D'Ambrosio[6] fece aspettare i due amici nel cortile; andò[7] sù e ridiscese subito con una grossa rivoltella da cavalleggere e una scatola di cartucce; tracciò con un pezzo di carbone sul muro, presso la stalla vuota, quattro segnacci, un uomo, Guido Verònica; poi contò dal muro venticinque passi.

– Qua, Gnazio! Batto tre volte le mani; alla terza, fuoco! In guardia.

Capolino si prestava a quella prova come a uno scherzo, svogliato. Tuttavia, quando si vide innanzi, sul muro, quella[8] quintana là, che ora smorfiosamente inerte pareva aspettasse i suoi colpi ma[9] che domani gli si sarebbe fatta incontro staccandosi[1] da quel muro, con gambe e braccia vive, presentandogli la bocca d'un'altra pistola, Capolino, col sorriso rassegato sulle labbra, aggrottò le ciglia e[2] tirò con[3] impegno.

Il D'Ambrosio si dichiarò molto soddisfatto della prova; poi, per ridere, volle forzare Ninì a tirare anche lui al bersaglio. Ninì[4] recalcitrò come un mulo. Ma il D'Ambrosio tanto disse, tanto fece, che lo costrinse a sparare; poi, subito dopo, scoppiò[5] in una matta risata:

– Parola mia d'onore, ha chiuso gli occhi, tutti e due! Un bicchier d'acqua! un bicchier d'acqua!

E corse a sostenerlo, come se davvero Ninì stesse per svenire. Ma non insistette molto su quello scherzo. Prese a parlare con molto fervore di Corrado Selmi:

– Simpaticone! Pare un giovanotto, sai? ed è del 4 aprile, della campana della Gancia... Deve avere[6] per lo meno cinquant'anni... Ne dimostra trentacinque, trentotto[7] al più... Geniale, spregiudicato, alla mano. Dicono che ha più debiti che capelli. Me l'immagino! E... gallo, oh! Matto per le pollastrelle. Sua Eccellenza il ministro D'Atri pare ne[8] debba sapere qualche cosa...

Presi gli accordi per la mattina seguente, Capolino andò via con Ninì De Vincentis.

– Mi raccomandò per Nicoletta! Prudenza alla vigilia! – gli gridò dietro il D'Ambrosio dall'usciolo del cortile, facendosi portavoce delle mani; poi, come se avesse veduto un cane arrabbiato: – Scànsati, Gnazio! scànsati! Passa là! passa là!

Capolino e Ninì De Vincentis si voltarono a guardare, ridendo, e videro alle loro spalle Nocio Pigna, *Propaganda*, che scendeva per la stessa via col lungo braccio penzoloni e l'altro pontato a leva sul ginocchio. *Propaganda* si voltò anche lui, iroso, verso il D'Ambrosio, sbarrò gli occhi lustri da matto, e levando[1] il braccio, gli scagliò la parola, ch'era[2] per lui il più grave marchio d'infamia:

– Ignorante!

E[3] aveva più che mai il diritto, adesso, di bollar con questo marchio tutti i suoi nemici, borghesi e preti e titolati, *Propaganda*: il *Fascio*, a dispetto della Prefettura e del Municipio, della Polizia e del Comando militare, era riuscito finalmente a metterlo sù. Sissignori, anche a Girgenti, nel paese dei corvi e delle campane a morto, un Fascio, con tutti i sagramenti.

Guardava[4] lassù, gonfio d'orgoglio e con[5] aria di protezione, quelle vecchie casupole del[6] quartiere di San Michele, tane di miseria; quelle[7] anguste viuzze storte, sudice, affossate, piene tutte di quel tanfo che suol lasciare la spazzatura marcita; gli occhi gli sfavillavano. Più[8] che con gli uomini, se la intendeva per ora con le pietre corrose e annerite di quelle casupole, coi ciottoli mal connessi di quelle viuzze fetide e dirupate; parlava con esse in cuor suo; diceva loro: « *Bai bai!* ». Sopra tutto[9] per l'onore del paese, infatti, aveva[10] lottato e lottava, perché non si dicesse che Girgenti sola, quando tutta l'isola era in fermento, restava muta e come morta. Presto in quelle case, presto per quelle vie una nuova vita avrebbe tripudiato.

Era un gran dire però, che gli dovesse costar tanta fatica il persuadere agli altri di fare[11] il proprio bene; e che[12] tutti lo dovessero costringere ad affannarsi, a incalorirsi in quell'opera di persuasione così, che quasi quasi si poteva sospettare ci avesse qualche tornaconto!

Chi[13] glielo faceva fare? Oh bella! Era stato messo da parte, espulso[14] dalla società, reso nella sua stessa casa superfluo. Con le buone e con le cattive gli avevano detto e dimostrato che se ne poteva pure andare; che non si aveva più alcun bisogno di lui. Dopo averlo spremuto come un limone, avergli disonorato una figlia, o, come lui diceva, « inzaccherata di fango la canizie », averlo[1] calunniato e infamato, volevano buttarlo via? Ah, no! Queste cose al Pigna non si facevano. Non solo non era superfluo, ma anzi necessario, perdio, voleva essere: necessario, a dispetto di tutti! E presto[2] se ne sarebbero accorti gli ignoranti che non volevano riconoscerlo. Se altri lavorava per il suo mantenimento, egli non ne profittava[3] che per lavorare a sua volta per gli altri; con questo per giunta, che l'ajuto dato a lui era misero, in fondo, e per meschine, infime necessità, mentre l'ajuto ch'egli dava agli[4] altri, l'opera ch'egli metteva, era[5] grande e per necessità superiori. Facile, comoda, quest'opera? Ah, sì, tutta rose, difatti![6] Ma scalmanarsi da mane a sera, correr di qua e di là con quelle belle cianche[7] che Dio gli aveva date, perderci la voce, sprecarci il fiato, ognuno poteva immaginare che bel piacere dovesse essere!

Come una rocca assediata, che di tutto ciò che aveva dentro si fosse fatto arma e puntello per resistere agli[8] assalti di fuori, e dentro fosse rimasta vuota, Nocio Pigna aveva posto davanti[9] e dietro e tutt'intorno a sé ragioni e sentimenti, tutte le sue disgrazie, com'armi di difesa contro a quelli che lavoravano accanitamente per levargli ogni credito. Più[10] parlava e più le sue stesse parole accrescevano la sua persuasione e la sua passione. Ma[11] a furia di ripetere sempre le medesime cose, col medesimo giro, queste alla fine gli s'erano fissate in una forma che aveva perduto ogni efficacia; gli s'erano, per dir[12] così, impostate su le labbra, come bocche di fuoco che non mandavano[13] più fuori se non botto, fumo e stoppaccio. Dentro, non aveva più nulla. Era un uomo che parlava, e nient'altro.

Il Fascio, intanto, lo aveva messo sù. Che fosse proprio tutto di lavoratori, si poteva dubitare.[1] Neanch'egli, *Propaganda*, forse avrebbe avuto il coraggio d'affermare che quegli stessi non lavoratori iscritti fossero molti per ora. Ma il forte era cominciare; e così, a poco a poco, si comincia. Certo, una[2] bella retata, un'entratura solenne con qualche migliajo di socii raccolti in un sol[3] giorno sarebbe stata possibile a Porto Empedocle soltanto, tra[4] gli *uomini di mare*, i carrettieri, i mozzi delle spigonare, i giovani di magazzino, i pesatori e gli scaricatori. Ma a Porto Empedocle... Piano, per amor di Dio! non poteva più sentirlo nominare, Nocio Pigna: la memoria della baja che gli avevano data laggiù era come una piaga sempre aperta nel cuore di lui e, a toccargliela appena appena, non avrebbe finito più di strillare. Figli di cane, ributto d'ogni civiltà! avere il mare, signori miei, lì sempre davanti[5] agli occhi; che si scherza? il mare, l'immensità![6] aver posto le proprie case su la spiaggia in attesa delle navi di lontani paesi, cioè la propria vita alla mercé delle genti; e, sissignori, nessuno spirito di fratellanza umana! di tutto quel mare non sapevano veder altro che la spiaggia, anzi le immondizie soltanto della spiaggia, le loro fecce scorrenti lungo le fogne scoperte. Quel mare, ah quel mare avrebbe dovuto gonfiarsi d'ira, di sdegno, alzare un'ondata e sommergerlo, ingojarselo, quel paese di carognoni!

Qua, a Girgenti, bisognava lavorare come le formiche, pazienza! Aveva[7] cominciato a trattare con qualche presidente delle maestranze locali: ma quelle due mani afferrate, simbolo delle società di mutuo soccorso, mani tagliate, senza sangue, cioè senza colore politico, o mani col santo rosario e la rametta d'olivo di qualche circolo cattolico, stentavano a staccarsi, stentavano a tendersi fraternamente ai lavoratori d'altre arti e d'altri mestieri, come avevano fatto a Catania, a Palermo, per comporre un più ampio circolo, l'unione di tutte le forze proletarie, il Fascio dei Fasci, in somma. Luca[1] Lizio aveva già scritto a Roma a don Lando Laurentano (ch'era dei loro, vivaddio, principe e socialista!), perché désse lui la spinta a tutti i perplessi e i titubanti: una sola parola di lui, un cenno sarebbe bastato. Si aspettava di giorno in giorno la risposta, la quale forse tardava per il dispiacere che quel buffo matrimonio del padre doveva cagionare al giovine principe. Intanto[2] lui, Nocio Pigna, non perdeva tempo e non s'avviliva tra gli ostacoli. Comprendeva che sarebbe stata ingenuità far troppo assegnamento su quelle maestranze: in un paese morto come Girgenti, privo d'ogni industria, ove da anni non si fabbricavan più case e tutto deperiva in lento e silenzioso abbandono; ove non solo non si cercavano[3] mai svaghi costosi, ma ciascuno si sforzava di restringere i più modesti bisogni; muratori e fabbri-ferraj, sarti[4] e calzolaj dipendevano[5] troppo dai pochi così detti signori; e il segreto malcontento non avrebbe trovato certo in loro il coraggio d'affermarsi apertamente, all'occasione. Domani avrebbero votato tutti per quel farabutto di Capolino, a un cenno di don Flaminio Salvo. Ma pure, entrando, iscrivendosi al Partito, gli operaj potevano[6] servire d'esempio ai contadini; tirarseli dietro, ecco. Come le pecore – questi – poveretti! Pecore però, che sapevan la crudeltà delle mani rapaci che le tosavano e le mungevano; pecore che, se riuscivano ad acquistar coscienza dei[7] loro diritti, a compenetrarsi minimamente di quella famosa « virtù della loro forza », sarebbero diventate lupi in un punto. Parte[8] di essi, intanto, dimorava sparsa nelle campagne e non saliva alla città, alta sul colle, se non le domeniche e le feste. Quelli tra loro che si chiamavano *garzoni*, i meno imbecilliti[9] dalla miseria, perché riscotevano tutto l'anno un meschino[1] salario, temevan troppo i castaldi, o *curàtoli*, o[2] *soprastanti*, feroci aguzzini a servizio dei padroni. Restavano i braccianti a giornata, quelli che, dopo sedici ore di fatica (quando avevan la fortuna di trovar lavoro), si riducevano[3] la sera in città con la zappa in collo, la schiena[4] rotta e quindici soldi in tasca, sì e no. A questi mirava Nocio Pigna; erano i più; ma creta, creta, creta, su[5] cui Dio non aveva soffiato, o la miseria aveva da tempo spento quel soffio; creta indurita, che[6] destava pena e stupore se, guardando, moveva gli occhi e, parlando, le[7] labbra.

Aveva preso[8] in affitto il vasto magazzino d'un[9] pastificio abbandonato al Piano di Gamez, accanto alla sua casa: capace[10] di cinquecento e più socii. Umido e bujo, di giorno, senza l'ajuto di due o tre candele non ci si vedeva; ma con quelle candele accese e certi vecchi paramenti sacri di finto damasco appesi alle pareti, aveva l'aria d'un funerale. Quei paramenti avevano ornato un tempo, nelle feste solenni, la chiesa di San Pietro di cui Nocio Pigna era stato sagrestano; li aveva avuti in dono dal padre beneficiale d'allora, quando s'erano fatti i nuovi; e li aveva conservati con la canfora e col pepe in una vecchia cassapanca, tesoro ormai screditato. Ora, con le dieci tabelle sopra, cinque di qua e cinque di là, coi motti sacramentali del Partito, Luca Lizio poteva pur dire di no, ma agli occhi di Pigna facevano una magnifica figura. Del resto, per attirare i contadini, non vedeva male che il Fascio avesse quell'aria di chiesa; e su la tavola della presidenza aveva posto anche un Crocefisso. Dietro la tavola troneggiava lo stendardo rosso ricamato da sua figlia Rita, la *compagna* di Luca. E Luca stava lì, dalla mattina alla sera, a studiare Marx (*Marchis*, diceva il Pigna), a prendere appunti, a corrispondere coi presidenti degli altri *Fasci* della provincia e con quelli di tutta l'isola e con Milano e con Roma. Qualcuno, passando davanti al portone del Fascio, talvolta lo poteva credere magari intento a cavarsi qualche caccoletta dal naso; quand'uno è assorto e perduto nei suoi pensieri, un dito nel naso è niente, le maleducazioni a cui, senza saperlo, può lasciarsi andare, sono senza fine e imprevedibili; in quei momenti Luca non avvertiva neppur le strombettate dei cinque *fratelli* addetti alla fanfara; i quali, per dire la verità, erano un'ira di Dio. Ma non conveniva raffreddare l'entusiasmo giovanile. Cinque[1] tra gli studenti dell'Istituto Tecnico accorsi tra i primi a iscriversi al Partito: Rocco[2] Ventura, che aveva preso quell'anno il diploma di ragioniere, Mondino Micciché, Bernardo Raddusa, Totò Licasi[3] ed Emanuele Garofalo ajutavano[4] Luca nella corrispondenza. Avevan trovato un galoppino che s'era assunto l'ufficio della polizia segreta, un certo *Pìspisa*, che bazzicava tutto il giorno con quelli della[5] questura. I quaranta socii, che presto sarebbero diventati quattrocento, quattromila, avevano già[6] eletto i loro decurioni, ciascuno con la sua brava fascia rossa a tracolla. In previsione di qualche arresto del presidente, cioè di Luca Lizio, era stato eletto dal Consiglio presidente segreto Rocco Ventura. Perché[7] già, tanto lui, Pigna, quanto il Lizio erano stati chiamati insieme *ad audiendum verbum* dal cavalier Franco, commissario di polizia. Uh,[8] garbatissimo, biondo e sorridente, strizzando[9] i begli occhi languidi o[10] carezzandosi con le bianche mani di dama l'aurea barbetta[11] spartita sul mento, il cavalier Franco aveva tenuto loro un discorsetto che[12] Pigna non si stancava di ripetere a tutti, imitando i gesti e la voce. Il rosso, il rosso[13] del gonfalone e delle fasce aveva urtato soprattutto[14] il signor commissario. Eh già, come i tori, la sbirraglia davanti al rosso perdeva il lume degli occhi. Ma[15] non s'era mica infuriato il cavalier Franco:

tutt'altro; aveva voluto sapere[1] perché rosso, ecco, quando c'erano tant'altri bei colori. E un'altra[2] cosa aveva voluto sapere: perché proprio loro due, Lizio e Pigna, s'erano messi a quell'impresa. Che speravano? che se n'aspettavano? Un seggio[3] al Consiglio comunale, o anche più sù, al Parlamento? Niente di tutto questo? E allora perché? Per disinteressata carità di prossimo? Oh guarda! Ma erano poi certi di rendere al popolo un servizio rialzandolo dalle condizioni in cui si trovava? Chi[4] sta al bujo non spende per il lume; e il lume costa, e fa veder certe cose che prima non si vedevano; e più se ne vedono e più se ne vogliono. Ora, in[5] che consiste la vera ricchezza, la vera felicità? Nell'aver pochi bisogni. E dunque... e dunque... – In somma, uno squarcio di filosofia e[6] questa conclusione:

– Cari signori, io non vi faccio arrestare, neanche se voi voleste. Voi dite che l'urto avverrà per forza, se non migliora la sorte dei vostri protetti? Bene. Io vi prego di ricordarvi della brocca che tanto andò al pozzo... E non aggiungo altro!

Era rimasto un po' tra indispettito e sconcertato il cavalier Franco dal silenzio di Luca; parlando, s'era rivolto sempre a lui, e a stento aveva nascosto la stizza nel sentirsi invece rispondere dal Pigna. Ma avrebbe potuto dirgli, questi, la[7] ragione di quel silenzio? Povero[8] Luca, che supplizio! Sarebbe stato meno da compiangere, se cieco. Oratore nato, nato per arringar le folle, vero tipo dell'uomo pubblico, tutto per gli altri, niente per sé – bollato[9] nella lingua dal destino buffone! Scriveva, si sfogava a scrivere, e schizzava fuoco dalla penna, schegge d'inferno; poi s'arrabbiava, poveretto, si mangiava le mani, mugolava, quando sentiva leggere la roba sua senza il giusto tono, il giusto rilievo, la fiamma che ci aveva messo lui dentro, nello scriverla. Nessuno[1] lo contentava, neanche Celsina, quella tra le figliuole del Pigna, che sola s'era tutta accesa delle nuove idee. Anche[2] Rita, sì, un poco, prima che le nascesse il bambino... Ma che cos'era Rita a confronto di Celsina? Altra spina, questa, che[3] faceva sanguinare il cuore di Nocio Pigna: non poter mandare all'Università questa figliuola, che aveva preso la licenza d'onore all'Istituto Tecnico, sbalordendo tutti, preside, professori e condiscepoli. A tanti scemi, figli di ricchi signori, la via aperta e piana; a Celsina, troncata ogni via; condannata Celsina a funghir lì, in[4] quel paese marcio, d'ignoranti. Ecco la giustizia sociale! Intanto, quella[5] sera, vigilia delle elezioni, Celsina avrebbe[6] fatto la sua prima comparsa in pubblico: avrebbe tenuto una conferenza nella sede del Fascio. Era in giro dalla mattina, Nocio Pigna, per[7] questo solenne avvenimento.

Mancavano le seggiole.

Se ogni socio si fosse portata la sua con sé, e l'avesse poi lasciata lì... Per ora, egli non pretendeva neppure che pagassero con la dovuta puntualità la misera quota settimanale. Ma avessero almeno regalato una seggiola, santo Dio, da servire per loro stessi! Niente. Sì[8] e no, aveva potuto metterne insieme una ventina. Pensava a tutte le seggiole delle chiese; a quelle ch'erano sotto la sua custodia, un tempo, a San Pietro; pensava alle carrettate che ogni domenica sera se ne trasportavano all'emiciclo in fondo al viale della Passeggiata, ove sonava la banda militare. Seggiole d'avanzo, là per le bigotte, qua per le civette! e[9] nel Fascio, niente! Colpa dei socii, però, alla[10] fin fine; e dunque, peggio per loro! Sarebbero rimasti in piedi.

Stava per rincasare, quando da un vicoletto che sboccava nella piazza sentì chiamarsi piano da qualcuno in agguato lì ad aspettarlo, incappucciato.

– *Ps, ps...*

Un contadino! Il cuore gli diede un balzo in petto. Gli s'accostò premuroso.

– *Serv'a Voscenza.* Posso dirle una parolina?

– Come dici? – gli domandò Nocio Pigna, facendoglisi più presso, costernato dall'aria di sospetto e di mistero con cui quell'uomo gli stava davanti, parlando[1] dentro il cappuccio che[2] gli lasciava scoperti appena gli[3] occhi soltanto. – Vuoi parlare con me?

– Sissignore, – rispose quegli più col cenno che con la voce.

– Eccomi, figlio mio, – s'affrettò a dir Pigna. – Vieni qua... entriamo qua...

E gl'indicò il portone del *Fascio.*

Ma quegli negò col capo e subito si trasse più indietro nel vicoletto. Pigna lo seguì.

– Non aver paura. Non c'è nessuno. Che vuoi dirmi?

L'uomo incappucciato esitò ancora un po', prima di rispondere; volse intorno gli occhi sospettosi, poi[4] mormorò, sempre dentro il cappuccio:

– M'hanno parlato a quattr'occhi... Persona fidata... Dice che...

E s'interruppe di nuovo.

– Parla, parla, figlio[5] mio, – lo esortò il Pigna. – Siamo qua soli... Che t'hanno detto?

Gli occhi sospettosi[6] sotto il cappuccio espressero lo sforzo penoso che colui faceva su se stesso per vincere il ritegno di parlare. Alla fine, stringendosi più al muro e stendendo appena fuor del cappotto una mano sul braccio del Pigna, domandò a bassissima voce:

– È qua che si spartiscono le terre?

Nocio Pigna, mezzo imbalordito per tutto quel mistero, restò a guardarlo un pezzo di traverso, a bocca aperta.

– Le terre? – disse. – Le terre, no, figlio mio.

Quegli allora alzò il mento e chiuse gli occhi, per un cenno d'intesa. Sospirò:

– Ho capito. Mi[1] pareva assai! Mi hanno burlato.

E si mosse per andar via. Nocio Pigna lo trattenne.

– Perché burlato? No, figlio mio... Senti...

– Mi scusi *Voscenza*, – disse quegli, fermandosi per farsi dar passo. – È inutile. Ho capito. Mi lasci andare...

– E aspetta, caro mio, se non mi dài il tempo[2] di spiegarmi... – s'affrettò a soggiungere il Pigna. – Le terre, sissignore, verranno anche[3] quelle... Basta volere! Se noi vogliamo... Sta tutto qui!

Quegli seguitò a scuotere il capo con amara e cupa incredulità; poi disse:

– Ma che dobbiamo volere, noi poveretti? che possiamo volere?

Pigna si scrollò, urtato:

– E allora, scusa, tie', ti do le terre, è vero? Prima di tutto dev'esserci la volontà, in te e in tutti, senza paura, capisci? Non c'è bisogno di guerra, mettiti bene in mente questo! Noi vogliamo anzi cantare inni di pace, caro mio. Il Fascio è come una chiesa! E chi entra nel Fascio...

– *Voscenza* mi lasci andare...

– Aspetta, ti voglio dir questo soltanto: chi entra nel Fascio, entra a far parte d'una corporazione che abbraccia, puoi calcolare, i quattro quinti dell'umanità, capisci? i quattro quinti, non ti dico altro.

E agitò innanzi a quegli occhi le quattro dita d'una mano: poi[4] riprese:

– Unione, corpo di Dio, e siamo tutto, possiamo tutto! La legge la detteremo noi: debbono per forza venire a patti con noi. Chi lavora? chi zappa? chi semina? chi miete? O date tanto, o niente! Questo per il momento. Il nostro programma... Vieni, ti spiego tutto...

– *Voscenza* mi lasci andare... Non è per me...

– Come non è per te, pezzo d'asino? se[1] si tratta proprio di te, della tua vita, del tuo diritto? Pensaci, figlio! Guarda: il *Fascio* è qua.[2] Mi trovi sempre.

– Sissignore, bacio le mani.... Per carità, come se non le avessi detto niente...

E, voltate le spalle, se n'andò randa randa, guardingo. Nocio Pigna lo seguì per un[3] pezzo con gli occhi, scrollando il capo.

Trambusto, a[4] casa, più del solito. Si progrediva notevolmente, di giorno in giorno, verso la rivoluzione sociale. C'erano – e s'indovinava subito fin dalla strada – i cinque studenti, già condiscepoli di Celsina. C'era[5] anche, ma ingrugnato e tutto aggruppato in un angolo, Antonio Del Re, il nipote di donna Caterina Laurentano e di Roberto Auriti. Parlavano[6] tutti insieme a voce alta. Il gigante, cioè[7] Emanuele Garofalo, e quel piccolo Micciché che friggeva in ogni membro e scattava e schizzava come un saltamartino, e il recalmutese[8] atticciato e violento Bernardo Raddusa gridavano, non si capiva bene che cosa, attorno a sua figlia Mita, la maggiore delle sei rimaste in casa, quella che lavorava tutto il giorno e talvolta anche la notte insieme con Annicchia, ch'era la terza. Attorno[9] a questa strillavano le sorelle Tina e Lilla con Totò Licasi[10] e Rocco Ventura; Rita cercava di quietare il bimbo che piangeva, spaventato; Celsina, accesa di stizza, litigava con Antonio Del Re; e, come se tutto quel badanai fosse poco, *'Nzulu*, il vecchio barbone nero baffuto e mezzo cieco, acculato su una seggiola, levando alto il muso, si esercitava in lunghi e modulati guaiti di protesta.

Luca Lizio, appartato, si teneva il capo con tutt'e due le mani, quasi per paura che quegli strilli glielo portassero via.

– Signori miei, che cos'è? dove siamo? – gridò Nocio Pigna, entrando.

Tutti si voltarono, gli corsero incontro e, accalorati, presero a rispondergli a coro. Nocio Pigna si turò gli orecchi.

– Piano! Mi stordite! Parli uno!

– Mita e Annicchia, al solito! – strillò Tina.

– Smorfie! – aggiunse Lilla.

Ed Emanuele Garofalo, il gigante, scotendo le braccia levate, con voce da cannone:

– Tutti giù! tutti giù!

– S'imponga l'autorità paterna! – saltò a dire Mondino Micciché, facendo il mulinello in aria col bastoncino.

– Non capisco nulla! Zitti! – urlò Nocio Pigna.

Tacquero tutti; ma subito, nel silenzio sopravvenuto, sonò un: – Mammalucco! – rivolto da Celsina ad Antonio Del Re con tale espressione di rabbia concentrata, che le risa si levarono fragorose.

Celsina si fece avanti, snella[1] su i fianchi procaci, col seno colmo in sussulto, il bruno volto in fiamme e gli occhi sfavillanti. In mezzo a tutte quelle risa, l'espressione di fierissima stizza accennò in un baleno di scomporsi, le labbra di fuoco le si atteggiarono per un momento a un riso involontario, ma subito si[2] riprese e gridò imperiosamente e con sprezzo:

– Andiamo! andiamo! andiamo! Chi vuol sentire, senta! Chi non vuol sentire... me n'importa un corno!

– Insomma, – gemette Nocio Pigna, raggruppando le dita delle due mani e giungendole per le punte, – posso sapere che diavolo è avvenuto? – E subito aggiunse, sbarrando gli occhi: – Ma parli uno!

Parlò Rocco Ventura, piccolo e tondo, col naso a pallottola in sù e due baffetti spelati che gli cominciavano agli angoli della bocca e subito finivano lì, come due virgolette:

– Niente, – disse, – proponevamo semplicemente di scendere tutti giù, nella stanza a pianterreno, per assistere alla prova generale della conferenza di Celsina, ecco.

– E Mita e Annicchia, al solito... – aggiunse Tina, tutta scarmigliata.

– Smorfie! – ripeté Lilla.

– Non vogliono scendere? e[1] lasciatele stare! – disse Celsina, dalla soglia. – Loro sono le formiche, si sa, io la cicala. Andiamo, andiamo giù, e basta!

Pigna guardò le due figlie Mita e Annicchia rimaste sedute, tutt'e due vestite di nero, pallide in volto e[2] con gli occhi dolenti; poi guardò Antonio Del Re, rimasto anch'egli seduto, torbido in faccia, con[3] un gomito appoggiato sul ginocchio e le unghie tra i denti.

– Andate, andate, – disse a quelli che già si disponevano a scendere dietro Celsina nella stanza terrena. – Ora vengo... Debbo dire una parola[4] a don Nino Del Re.

– Nient'affatto! – gridò Celsina, risalendo gli scalini della scaletta di legno e ripresentandosi tutta vibrante su la soglia. – Te lo proibisco, papà! A Nino ho parlato io, e basta! Vieni giù!

– Va bene, va bene, – disse il Pigna. – Che furia! Debbo tenergli un altro discorsetto io... Piano piano...

Antonio Del Re si sgruppò, scattò in piedi per un improvviso ribollimento di sdegno; ma, subito pentito della risoluzione d'andarsene, restò lì, cercando soltanto con gli occhi, in giro per la stanza, il cappello.

– Uh, santo Dio, come fate presto a pigliar ombra

anche voi! Non vi precipitate! – esclamò Nocio Pigna.

– Ma no! ma lascialo andare, se vuole andarsene! – soggiunse aizzosa Celsina. – Mi fa un gran piacere, se va via; già[1] gliel'ho detto! Anzi, aspetta...

Corse nel camerino accanto, in cui dormiva; trasse da un cassetto del canterano una vecchia bambola, la sua ultima bambola di tant'anni fa, ritrovata[2] per caso alcuni giorni a dietro e a cui quel bestione di Emanuele Garofalo, senz'intendere la pena che le avrebbe cagionato, aveva fatto di nascosto con la penna un pajo di baffoni da brigadiere; e venne a posarla sul petto d'Antonio Del Re; gli tirò sù un braccio, perché se la tenesse lì stretta, dicendo:

– Tieni; questa è per te! questa tu puoi amare! – E[3] di corsa scomparve per la scaletta.

Antonio Del Re buttò la bambola nel grosso canestro da lavoro, che stava tra Mita e Annicchia. Nocio Pigna rimase un po' a guardarla, accigliato; si curvò a osservarla davvicino; domandò:

– Che sono, baffi?

Per tutta risposta, Nino riprese la bambola e se la ficcò in tasca a capo all'ingiù.[4] Le due gambette, una calzata e l'altra no, rimasero fuori.

– E così il sangue le andrà alla testa! – disse allora Nocio Pigna. – Calma, calma, don Ninì! Ragioniamo. Veramente sarebbe meglio che voi ve n'andaste. La vostra condizione, in questo momento, con vostro zio a Girgenti, in ballo... Noi qua dobbiamo lavorare. Si comincia adesso; poco possiamo fare; ma una voce almeno dobbiamo levarla, di protesta. Ora, io entro nel vostro cuore di nipote, e comprendo. Siete ancora ragazzo, figlio di famiglia: so come la pensate; certe cose non vi possono far piacere. Dovreste però entrare anche voi un poco nel mio cuore di padre, comprendere la mia responsabilità, mi spiego? e anche... Don Ninì, sono un uomo esposto, voi lo sapete; un pover'uomo lapidato di calunnie da tutte le parti: me ne rido; ma quanto[1] a voi e ai vostri parenti, anche per riguardo a... – come sarebbe di voi don Landino Laurentano? zio? cugino? zio, è vero? già... cugino carnale di vostra madre – anche per un riguardo a lui, dicevo, non vorrei che si sospettasse... Parlo bene, Mitina?

Mita alzò gli occhi appena appena dal lavoro e li riabbassò subito, seguitando a cucire. Antonio Del Re era andato presso la vetrata del balconcino e guardava fuori, nel Piano di Gamez deserto, seguitando a rodersi le unghie.

– Sentite, – riprese il Pigna. – È la verità sacrosanta: non ha fatto tanto male a sé, a tutta la sua famiglia e a voi, vostra nonna...

A questo punto il Del Re si voltò di scatto, gli venne incontro, scotendo le pugna, e gridò:

– Basta! basta! basta!

Nocio Pigna lo guardò un pezzo, sbalordito, poi disse:

– Ma sapete che mi sembrate pazzi tutti quanti, oggi, qua?[2] Sto dicendo che il più gran male lo fece al paese, lasciando tutto il ben di Dio che le spettava nelle mani di quel fratello che... Ma poi, ohè don Ninì, lasciamo svaporar le smanie e parliamoci chiaro! Di che colore siete? Così[3] non facciamo niente! Io non vi sforzo. Ma è tempo di risolvervi, caro[4] mio: o qua con[5] noi, dico col Partito, a viso scoperto; o ve ne state coi vostri. Se non sapete neanche voi stesso...

– Ma giusto lei? giusto lei? – proruppe Antonio Del Re, quasi piangendo dalla rabbia, facendoglisi di nuovo incontro, con le dita artigliate (alludeva a Celsina). – Perché lei? Non c'eravate voi? non c'erano quegli stupidi là, Raddusa o Garofalo?

– Che, lei? – fece il Pigna, stordito.

– La conferenza, – spiegò, a bassa voce, Annicchia.

– Ah, la conferenza? E che fa?... Ah, già... Ma scusate tanto, don Nino mio! A voi non brucia! Voi ora ve n'andate a Roma con vostro zio, a seguitare gli studii, nella bella città; andate a sedere a tavola a pappa scodellata; tasse, libri, tutto pagato... Ma pensate, Cristo di Dio, che anche mia figlia qua... Ve l'immaginate come le deve ribollire il sangue, povera figlia mia, pensando che ha fatto tanto, stentato tanto, per niente? che deve finire[1] così tutto il suo amore per lo studio, tutta la sua smania di riuscire? Lasciatela sfogare! Dovrebbe[2] dar fuoco a tutto il paese! Vorreste metterle la museruola, per giunta? E con quale diritto, scusate? Che potete[3] far voi per lei? Se non me ne vado, schiatto...

Scappò via, anche lui, infuriato, per la scaletta di legno.

Antonio Del Re era ritornato presso la vetrata a guardar fuori. Mita e Annicchia seguitarono a lavorare in silenzio, a testa bassa. In quel silenzio tutti e tre avvertirono l'affanno del proprio respiro, che palesava a loro stessi l'interno cordoglio, esasperato dal pensiero di non poter opporsi a quello stato di cose contrario alla loro natura, ai loro affetti, alle loro aspirazioni.

Il più combattuto era Antonio Del Re. Tutta la cupa amarezza della nonna gli s'era[4] trasfusa, sin dall'infanzia, nel sangue, e glielo aveva avvelenato; la tenerezza quasi morbosa, piena di palpiti e di sgomento, della madre gli dava pena e fastidio, un'angustia che lo avviliva; la remissione dello zio, sopraffatto dalle tristi vicende, rimasto indietro, pur avendo corso da giovinetto con tanta fiamma e tanto ardire, e che tuttavia non voleva parer vinto e sorrideva per mostrar fiducia ancora in un ideale che tanti torti, tanti errori, avevano offeso e offuscato, gli cagionava dispetto. Sentiva, sapeva[5] che quel sorriso avrebbe voluto nascondere un marcio insanabile, per una pietà mal intesa.[1] Ma perché, invece[2] di nasconderlo, non lo scopriva zio Roberto quel marcio, come la nonna, come qua in casa del Pigna, i suoi compagni, tutti i giovani? In un modo, però, questi lo scoprivano, che gli faceva nausea e stizza.[3] Quelli che avevano operato, combattuto e sofferto, quelli sì avrebbero dovuto gridar forte contro tante colpe e tante miserie e domandar giustizia e vendetta in nome dell'opera loro e del loro sangue e delle loro sofferenze; non[4] questi che nulla avevano fatto, che nulla dimostravano di saper fare, altro che chiacchiere per passatempo, e metter tutti in un fascio gli onesti e i disonesti, suo zio coi[5] mestatori e gl'intriganti, coi tanti patrioti per burla o per tornaconto!

Non questa ingiustizia soltanto, però, rendeva[6] avverso Antonio Del Re ai suoi compagni. Educato alla scuola di un[7] dolor cupo e fiero che[8] sdegnava di sfogarsi a parole, d'una rinunzia ancor più fiera che[9] sdegnava ogni bassa invidia, se egli si fosse gettato nella lotta, spezzando ogni legame ideale coi[10] suoi, non avrebbe né proferito una parola né[11] cercato compagni: a testa bassa, coi denti serrati e la mano armata, subito all'atto si sarebbe avventato. Quelli invece eran lì per ciarlare, lì per spassarsi con le figlie del Pigna.

Non avrebbe voluto riconoscere Antonio Del Re che la sua avversione e il suo sdegno erano in gran parte gelosia feroce.

Con lo stesso ardor chiuso con[12] cui si sarebbe lanciato a[13] un'azione violenta, s'era[14] innamorato perdutamente di Celsina fin[15] dal primo giorno che questa, ragazzetta allora con la vestina fino al ginocchio, s'era presentata alle scuole tecniche maschili. E Celsina, pure[16] corteggiata da tutti i compagni, aveva risposto all'amore di lui, prima in segreto, poi lasciandolo intravedere agli altri, dichiarandosi[1] infine apertamente e sfidando[2] la baja dei disillusi. Non s'era chiusa però nel suo amore, non s'era accostata e stretta a lui com'egli[3] avrebbe voluto: era rimasta lì, in mezzo a tutti, col cuore aperto, la mente qua e là, prodiga di parole, di sguardi e di sorrisi, inebriata dei suoi trionfi, della sua gloriola di ribelle a tutti i pregiudizii, conscia del suo valore e smaniosa di farsi notare, ammirare, applaudire.

Più ella gli appariva così, e più Antonio riconosceva che non avrebbe dovuto amarla, non solo perché così non era secondo il sentimento suo, ma anche perché, pensando alla madre e alla nonna, comprendeva che l'una ne avrebbe avuto orrore e l'altra[4] l'avrebbe stimata una fraschetta sciocca. Eppure, no: non era né cattiva né sciocca Celsina, egli lo sapeva bene; e anzi, se avesse dovuto ascoltar la voce più intima e profonda della sua coscienza, voce soffocata dal rispetto, dalla suggezione, dall'amore, anziché[5] la ribellione aperta di Celsina, avrebbe[6] condannato la fierezza troppo chiusa della nonna, la rassegnazione troppo ligia della madre.

– Don Ninì, – chiamò con dolce voce Mita. – Volete venire un po' qua?

Antonio si scosse, le s'accostò; ma nel vederle sollevare il capo di biancheria ch'ella stava a cucire come per prendergli una misura, si trasse subito indietro, urtato, scrollandosi tutto.

– No!... no, adesso...

– Caro don Ninì, – sospirò Mita. – Pazienza ci vuole! Bisogna far presto... Voi partite... Beato voi!

Mita stava ad allestirgli, insieme con la sorella, la biancheria che doveva portarsi a Roma.

Tutte le migliori famiglie della città, e anche la nonna e la madre d'Antonio, davan lavoro a quelle due povere sorelle, che si recavano spesso anche a giornata qua e là. La considerazione era per esse soltanto, anzi la pietà; ed esse lo comprendevano bene, e di giorno in giorno si facevano più[1] umili per meritarsela meglio, per dimostrar la loro gratitudine e non essere abbandonate. Capivano che a troppe cose si doveva passare sopra per ajutarle, a troppe cose che il padre e le sorelle, anziché attenuare, facevan di tutto perché avventassero di più, come se apposta[2] volessero concitarsi contro tutto il paese e stancare[3] la pazienza e la carità del prossimo. Ma[4] il danno poi non sarebbe stato anche loro? Che doveva dir la gente? Noi, estranei, dobbiamo aver considerazione per voi, dobbiamo ajutarvi, mentre il vostro sangue stesso, quelli che voi mantenete con l'ajuto nostro, debbono farci la guerra? Disordini, scandali, inimicizie!

Per scusare in certo qual modo[5] il padre, Mita e Annicchia si forzavano a credere[6] che veramente il cervello gli avesse dato di volta dopo la sciagura di Rosa, la sorella maggiore. Certo, da allora s'era aperto l'inferno in casa loro. Più che del padre, Mita e Annicchia si lagnavano, si crucciavano[7] in cuore delle[8] sorelle. Come mai non comprendevano, queste, che[9] solamente col silenzio, con la modestia più umile e più schiva si poteva, se non cancellare del tutto, render meno evidente il marchio d'infamia di cui[10] la loro casa era ormai segnata? Rita, quando il bambino le lasciava un po' le mani libere, e anche Tina e Lilla, sì, le ajutavano a cucire, a imbastire o a passare a macchina, nei giorni non frequenti che il lavoro abbondava; ma lavoravano senz'amore, svogliate, specialmente le due ultime, perché non rassegnate dopo quella sciagura alla[11] rinunzia di ogni speranza e di ogni desiderio. Nel vederle acconciarsi[12] e rabbellirsi ogni mattina, si sentivano stringere il cuore, intendendo che non si acconciavano, non si facevano belle per speranze e desiderii onesti: dovevano sapere anch'esse purtroppo che nessuno più, ormai, avrebbe voluto mettersi con loro. E[1] da un giorno all'altro s'aspettavano che Tina e Lilla, con tutti quei giovanotti lì sempre tra i piedi, avrebbero finito come Rita. Ma avessero trovato almeno un buon giovine, come[2] Luca! Poteva cader peggio Rita... Perché, in fondo, sì, sì, dovevano[3] riconoscere che Luca era buono. Solo[4] non potevano passargli l'ostinazione di non regolare davanti[5] alla legge e all'altare la sua[6] unione con Rita. Era così buono con tutti, e amava tanto il bambino e non pesava nulla in casa. Certo, se non si fosse fatti tanti nemici per quelle sue idee, e non fosse stato così disgraziato, avrebbe potuto recar molto ajuto alla famiglia, ché, quanto a lavorare, lavorava sempre e doveva esser dotto davvero, a giudicare dai tanti libri che aveva letti e leggeva!

Un po' di questo rispetto imposto dall'ingegno e dall'istruzione, Mita[7] e Annicchia lo estendevano anche a Celsina, perché[8] veramente pareva loro, per tante prove, fuori dell'ordinario, e riconoscevano col padre che, in altro luogo, in altre condizioni, ella avrebbe fatto davvero chi sa che spicco! La vedevano piena di sprezzo per gli uomini – e questo per un verso le rassicurava –. Ah, gli uomini ella era andata a sfidarli là, nelle loro stesse scuole; e tutti li aveva superati! Veramente, quella sfida non avevano saputo approvarla: con maggior profitto, se pur con minore soddisfazione, avrebbe[9] potuto frequentare le scuole femminili e diventar maestra. Così, invece, era rimasta senza professione. Ma non temevano per l'avvenire: qualche via, certo, Celsina se la sarebbe aperta, in paese o altrove. Quel povero don Ninì, intanto, che l'amava e ne era geloso... Tanto buono, poveretto! Ma non era per lui, Celsina. Guaj se lo avessero saputo i suoi parenti! Pareva loro mill'anni che partisse[10] per Roma.

Annicchia toccò pian piano un braccio a Mita per

mostrarle le due gambette della bambola, che uscivano dalla tasca di lui ancora lì, dietro la vetrata del balconcino. Mita rispose con un mesto sorriso al sorriso della[1] sorella; poi sovvenendosi[2] di una preghiera che dalla notte aveva in animo di rivolgere al giovine, si levò[3] in piedi, posando il lavoro nel canestro, e gli si accostò timidamente.

– Don Ninì, – gli disse piano, – prima di partire per Roma, dovreste farmi per l'ultima volta quella tal grazia, se...

– No, per carità, no, Mita, non me ne parlate! – la interruppe con violenza Antonio Del Re, premendosi le mani sulle[4] tempie e strizzando gli occhi.

– L'avete a disonore, è vero? – disse afflitta, con gli occhi bassi, Mita.

– No, non per questo! non per questo! – s'affrettò a soggiungere Antonio. – Ma ora, in questo[5] momento... non posso... non posso sentir parlare di nulla, Mita!

Una cosa atroce voleva da lui quella poveretta, un ricordo atroce gli ridestava proprio[6] in quel momento. La guardò, temendo che l'orrore che[7] trapariva attraverso il suo rifiuto avesse[8] potuto farle sorgere qualche sospetto. Ma le vide più che mai dolenti e umili i begli occhi, che tante lagrime versate avevano velati e quasi intorbidati per sempre. Quasi[9] ogni notte, infatti, ella piangeva col cuore sfranto per Rosa, la sorella sua disgraziata, la sorella sua perduta, caduta nell'ultimo fondo dell'ignominia. Più volte, non potendo andarla a trovare nel[10] luogo infame, dove ora stava chiusa, aveva pregato Antonio di andarci per lei. E Antonio, l'ultima volta che c'era andato, trovandola mezzo brilla, era stato attratto da lei e...

Un fracasso[11] di grida, d'applausi, misti agli[12] strilli del bambino e agli[13] abbajamenti del cane, giunse in quel punto dalla stanza a terreno; e poco dopo

'Nzulu, il vecchio barbone, cacciato via a pedate da giù, tutto tremante, piegato sulle[1] zampe di dietro come[2] se volesse col fiocchetto della coda convulsa spazzare il suolo, venne ad allungare il naso[3] baffuto su le ginocchia di Mita, che s'era rimessa a sedere. Le[4] due sorelle, nel veder la povera bestia implorante ajuto e riparo da loro, si misero a piangere. E allora Antonio Del Re, non sapendo più tenersi, si cacciò in capo[5] il cappello, aprì la vetrata del balconcino e, scavalcata la ringhiera di ferro, mentre Mita e Annicchia, spaventate, gridavano: – Oh, Dio, don Ninì... che fate? che fate? –, si calò giù, reggendosi prima con le mani a due bacchette della ringhiera, poi si lasciò cadere nella piazza sottostante.

S'udì il tonfo e quindi il rumore[6] di qualcosa andata in frantumi. Mita[7] accorse a guardare e lo vide, curvo, che[8] cercava con le braccia protese, come un cieco, il cappello che gli era cascato lì presso.

– Don Ninì, vi siete fatto male?

– Nulla... – rispose[9] egli di sotto. – Le lenti... Mi son cascate le lenti.

E, ghermito il cappello, scappò via.

– Impazzisce! – disse Mita. – Ma possibile?

E accennò con la mano la stanza giù, dove Celsina predicava.

Precipitandosi per la via di Gamez, Antonio Del Re, che senza lenti non vedeva di qui là, inciampò[10] in qualcuno all'imboccatura della via Atenea.

– Oh Nino!

Riconobbe[11] alla voce l'on. Corrado Selmi.

– Mi lasci andare! – gli gridò, scrollandosi rabbiosamente.

Corrado[12] Selmi aveva lasciato il Verònica all'albergo in compagnia dell'altro testimonio, e si recava ora in casa di Roberto Auriti che[1] l'ospitava.

Da quattro giorni, appena si mostrava per via, si vedeva tutti gli occhi addosso; parecchi[2] curiosi si fermavano anche a mirarlo a bocca aperta; altri sbucavano[3] dalle botteghe e si piantavan sulla soglia, addossati gli uni agli altri. Tanta[4] curiosità l'obbligava a darsi un certo contegno, contro il suo solito. Ma gli veniva da ridere. Non sapeva[5] più dove guardare, perché gli occhi naturalmente gaj e l'aria aperta e fresca del volto non déssero[6] di lui un falso concetto di petulanza. Era[7] davvero e si sentiva giovanissimo ancora, nel corpo e nell'anima, non ostanti l'età, le vicende fortunose e le tante lotte sostenute.[8] Non un pelo bianco, né per nulla ancora appassito il color biondo dei baffi e dei capelli. Vestiva con naturale eleganza e spirava[9] da tutta la persona, da ogni gesto, da ogni sguardo, una freschezza e una grazia che incantavano. Questa[10] persistente gioventù Corrado Selmi di Rosàbia la doveva al vivace, costante amore per la vita e, nello stesso tempo, al pochissimo peso che sempre le aveva dato.[11] Né di troppi ricordi, né di troppi studii, né di troppi scrupoli, né d'aspirazioni tenaci se l'era voluta mai gravare, come fanno tanti a cui per forza poi, sotto un tal fardello, debbono le gambe piegarsi e aggobbirsi le spalle. Viaggiatore senza bagaglio, soleva definirsi. E sempre s'era imbarcato così, spiccio[12] e leggero, per viaggi lunghi, avventurosi e difficili. Niente da perdere, e avanti! Fallita[13] l'insurrezione del 4 aprile, scampato per miracolo dal[14] convento della Gancia, aveva dapprima guerrigliato con le squadre attorno a Palermo; aveva poi fatto la campagna[15] del 1860 con Garibaldi fino al Volturno; ma come? senza munizioni e con un fucilaccio che non tirava, venuto da Malta per sei ducati. Alla Camera, tra[16] tanti colleghi dalla fronte gravida di pensieri e dalla[17] cartella gonfia di note e d'appunti, aveva fatto parte delle Commissioni più difficili, senza né un lapis né un taccuino. E sempre s'era dato da fare, comunque; senza mai sforzarsi; e tutto[1] gli era riuscito facile e agevole, non schivando mai, anzi sfidando e bravando i più gravi pericoli, le più difficili imprese, le avventure più intricate. Non ammetteva che ci potessero essere difficoltà per uno come[2] lui, sempre[3] pronto a tutto. Non andava incontro alla vita; si faceva innanzi, e passava. Passava, disarmando tutti con la sicurezza convinta e la gaja tranquillità: d'ogni retorica[4] ostentazione, la rigida virtù dei Catoni; d'ogni scrupolo di pudore, l'onestà delle donne. Né s'era mai fermato un momento in questa corsa della vita per giudicare fra sé se fosse bene o male ciò che aveva fatto pur dianzi. Non bisognava[5] dar tempo al giudizio, come né peso ai proprii atti. Oggi, male; bene, domani. Inutile richiamarlo indietro a considerare il mal fatto; scrollava le spalle, sorrideva, e avanti; avanti a ogni modo, per[6] ogni via, senza mai indugiarsi, lasciandosi purificare dall'attività incessante e dall'amore per la vita e rimanendo sempre alacre e schietto, largo di favori a tutti, con tutti alla mano. La vita era per lui piena di ganci che lo tiravano di qua e di là. Fermarlo, sospenderlo a uno solo per giudicarlo, sarebbe stata un'ingiustizia crudele.

Ora[7] Corrado Selmi temeva che la minaccia d'una tale ingiustizia gli stesse sopra: che lo si volesse cioè agganciare per i molti debiti ch'era[8] stato costretto a contrarre, per le molte cambiali che aveva in sofferenza presso una delle primarie banche, di cui già si cominciavano a denunziare le magagne. Forse all'apertutra della nuova Camera lo scandalo sarebbe scoppiato. Prevedeva lo spettacolo che avrebbero offerto tutti i gelosi irsuti guardiani dell'onestà, a cui il timore di commettere qualche atto men che corretto aveva sempre impedito di far qualche cosa oltre[1] alle insulse chiacchiere retoriche; egoisti meschini e miopi, diligenti coltivatori dell'arido giardinetto del loro senso morale, cinto tutt'intorno da un'irta siepe di scrupoli, la quale non aveva poi nulla da custodire, giacché quel loro giardinetto non aveva mai dato altro che frutti imbozzacchiti o inutili fiori pomposi. Debiti?[2] Cambiali? Oh bella! Aveva firmato sempre cambiali, lui, in vita sua. A diciott'anni, a[3] Palermo, nei primi mesi del 1860, il Comitato rivoluzionario non sapeva come fare: si sperava in Garibaldi, si sperava in Vittorio Emanuele e nel Piemonte, si sperava in Mazzini; ma i mezzi mancavano e le armi e le munizioni. Ebbene, chi aveva[4] proposto di prendere dalla Cassa di sconto del Banco di Sicilia seimila[5] ducati con le firme dei signori più facoltosi? Lui. E aveva firmato lui, capolista, per duecento ducati, lui che non aveva neppure un carlino in tasca. Il Governo provvisorio avrebbe poi pagato. Come s'era fatta l'insurrezione del 4 aprile? S'era fatta così! E come[6] aveva compiuto, lui solo, il bonificamento dei terreni paludosi che ammorbavano gran parte del suo collegio elettorale? Ma anche a furia di cambiali! Poi, il collegio s'era liberato della malaria, e i debiti, si sa, erano rimasti a lui, perché l'impresa della coltivazione, affidata a certi suoi parenti inesperti, era fallita, e i frutti dell'opera sua ora se[7] li godevano per la maggior parte tanti altri che gli davan solo le bucce come e quando volevano, ma che però gli facevano costantemente l'onore di eleggerlo deputato. Era[8] vero, sì: oltre ai denari attinti alle banche per questa impresa e per altre ugualmente vantaggiose a molti e solo disgraziate per lui, altri[9] e non pochi ne aveva presi per il suo mantenimento. Vivere doveva; e poveramente non sapeva, né voleva. Da giovane, aveva interrotto gli studii per[10] prender parte alla rivoluzione. Per undici anni, finché Roma non era stata presa, non s'era dato un momento di requie. Posate le armi, rimasto senza professione e senza alcuno stato, dopo[1] avere speso per gli altri i suoi anni migliori, che doveva fare? Impiccarsi? La fortuna non aveva voluto favorirlo nei negozii; gli aveva accordato altri favori, ma che gli eran costati cari, e qualcuno – il maggiore e il peggiore – non alla tasca soltanto.

Corrado Selmi vietava a se stesso ogni rimpianto. Pure, di tratto in tratto, quello dell'amore[2] di donna Giannetta D'Atri-Montalto gli assaltava e gli strizzava improvvisamente il cuore. Ma più che pena per l'amore perduto, era[3] rabbia per il cieco abbandono di sé nelle mani di quella donna che per più d'un anno lo aveva reso la favola di tutta[4] Roma, facendogli commettere vere e proprie pazzie. Pareva che colei avesse giurato a se stessa di compromettersi e di comprometterlo in tutti i modi, presa da una furia di scandalo. Più per lei che per sé, aveva cercato prima di frenarla; ma[5] s'era poi sfrenato anche lui per timore che i suoi ritegni la offendessero o che[6] la sua prudenza le paresse dappocaggine. I più[7] grossi debiti li aveva contratti allora, sebbene non figurassero sotto il suo nome per un riguardo alla donna che glieli faceva contrarre. Roberto Auriti s'era prestato con fraterna abnegazione a[8] prender denari per lui alla banca, dopo una segreta intesa però col governatore di essa. La[9] minacciata denunzia dei disordini di questa banca costernava pertanto Corrado Selmi, forse[10] più che per sé, per Roberto Auriti. Ma la grave costernazione gli era in parte ovviata dalla fiducia che il Governo aveva interesse, per tante ragioni, a impedire[11] che lo scandalo scoppiasse. Sapeva[12] bene che questo scandalo non avrebbe prodotto soltanto il fallimento d'una banca, ma anche il fallimento di tutto un ordine di cose. L'appoggio[13] del Governo alla sua rielezione, non ostante che Francesco[1] D'Atri fosse al potere, e l'appoggio alla candidatura di Roberto Auriti lo raffermavano in questa[2] fiducia. Prima di partire da Roma, aveva promesso a Roberto di venire a Girgenti a sostenerlo nella lotta; chiamato in fretta in furia dal telegramma del Verònica, era accorso, e subito s'era reso conto delle condizioni difficilissime in cui Roberto si trovava di fronte a gli avversarii, aggravate ora, per giunta, da quel duello. Avrebbe[3] fatto di tutto per liberar Roberto dalle tante angustie da cui[4] lo vedeva oppresso, per tirarlo sù a respirare un'altr'aria, per[5] innalzarlo a quel posto di cui lo sapeva meritevole per le doti della mente e del cuore, per tutto ciò che aveva fatto in gioventù; ma da che aveva posto il piede nella casa di lui a Girgenti e[6] conosciuto[7] la madre e la sorella, s'era sentito cascar le braccia; d'un tratto gli era[8] apparsa chiara la ragione per cui l'Auriti era nella vita uno sconfitto. Un reclusorio[9] gli era sembrata quella casa! Ma possibile che due creature umane si fossero adattate a trascinar l'esistenza in quella cupa ombra di tedio amaro e sdegnoso? che si fossero fatto un così tetro concetto della vita? Non aveva[10] saputo resistere alla tentazione di muoverne il discorso alla madre, con la speranza di scuoterla un po'.

– Ma se la vita è una piuma, donna Caterina! Un soffio, e via... Lei vuol dar peso a una piuma?

– Voglio, caro Selmi? – gli aveva risposto donna Caterina. – Non l'ho voluto io... Per voi la vita è una piuma; un soffio e via; per me, è diventata di piombo, caro mio.

– Appunto questo è il male! – aveva[11] subito rimbeccato lui. – Farla diventar di piombo, una piuma! Dovendo vivere, scusi, non le sembra che sia necessario mantenere l'anima nostra in uno stato... dirò così, di fusione continua? Perché fermare[12] questa fusione e far rapprendere l'anima, fissarla, irrigidirla in codesta forma triste, di piombo?

Donna Caterina aveva tentennato un po' il capo, con le labbra atteggiate d'amaro sorriso.

– La fusione... già! Ma per mantener l'anima, come voi dite, in codesto[1] stato di fusione, ci vuole il fuoco, caro amico! E quando, dentro di voi, il fornellino è spento?

– Non bisogna lasciarlo spegnere, perbacco!

– Eh, caro: quando il vento è troppo forte; quando la morte viene e ci soffia sù; quando[2] cercate attorno e non trovate più un fuscello per alimentarlo...[3]

– Ma dove lo cerca lei? qua? chiusa sempre fra queste quattro mura come in una carcere? La signora[4] Anna, scusi... possibile che la signora Anna... io non so...

S'era interrotto per[5] un subito imbarazzo, notando che la sorella di Roberto, nel vedersi tirata in ballo quando men se l'aspettava, s'era tutta invermigliata. Fin[6] dal primo vederla, Corrado Selmi era rimasto ammirato della pura e delicata bellezza di lei e istintivamente aveva sofferto nel veder quella bellezza così mortificata da quelle ostinate gramaglie e, più che trascurata, sprezzata. A quel[7] rossore improvviso, aveva temuto d'essersi spinto un po' troppo oltre; ma poi, vincendo il momentaneo imbarazzo, aveva soggiunto:

– Non ha un figliuolo, lei? E l'obbligo, dunque, di vivere per lui, di amar la vita per lui... no? Che so io... forse manifesto un po' troppo vivacemente quel che penso, vedendo qua tutta questa tetraggine che non mi par ragionevole, ecco! Che ne dice lei, signora Anna?

Ella s'era di nuovo invermigliata, s'era penosamente costretta a non abbassar gli occhi, e con la vista intorbidata e un sorriso nervoso sulle[8] labbra, stringendosi un po' nelle[1] spalle, aveva risposto, alludendo al figlio:

– È giovane, lui... La vita, se la farà da sé...[2]

– Ma lei, dunque... è vecchia, lei?

Con quest'ultima domanda, quasi involontaria, s'era chiusa quella prima conversazione.

Ora Corrado Selmi rientrava in casa di Roberto, esilarato di quanto aveva veduto nella[3] villa di Colimbètra. Tutti quei fantocci là con la divisa borbonica, che gli avevano presentato le armi! Roba da matti! Ma che splendore, quella villa! Il principe – no – non s'era fatto vedere. Che peccato! Avrebbe tanto desiderato di conoscerlo. Ecco là uno che s'era fissato anche lui, nei suoi[4] affetti, in un tempo oltrepassato... – ma che pur seguitava a vivere, fuori[5] del tempo, fuori della vita... in un modo curiosissimo, che bellezza! protendendo da quel suo tempo certe immagini di vita che[6] per forza, nella realtà dell'oggi, dovevano apparire inconsistenti, maschere, giocattoli: tutti quei fantocci là... che bellezza!

– Eppure quei fantocci là, caro[7] Selmi, che vi hanno fatto ridere, – gli disse donna Caterina, – nelle elezioni di domani, qua, vinceranno voi, il vostro amico Roberto, il signor Prefetto, il vostro Governo e tutti quanti... Ridete ancora, se vi riesce. Ombre? Ma siamo noi, le ombre!

– Io no, la prego, donna Caterina, – disse allora, ridendo e toccandosi, il Selmi. – Mi lasci almeno questa illusione! Guardi, il principe, innanzi a me, s'è dileguato lui come un'ombra... Avrei pagato non so che cosa per vedermelo venire incontro, anche per rifarmi... eh, Roberto lo sa... per rifarmi d'un certo incontro con suo figlio a Roma, in cui toccò a me, per forza, far la parte dell'ombra... Beh! pazienza... Ma sì, lei dice bene, donna Caterina; ci ostiniamo purtroppo a volere esser ombre noi, qua, in[1] Sicilia. O inetti o sfiduciati o servili. La colpa è un po' del sole. Il sole ci addormenta finanche le parole in bocca! Guardi, non[2] fo per dire: ho studiato bene la questione, io. La Sicilia è entrata nella grande famiglia italiana con un debito pubblico di appena ottantacinque milioni di capitale[3] e con un lieve bilancio di circa ventidue milioni. Vi recò inoltre tutto il tesoro dei suoi beni ecclesiastici e demaniali, accumulato da tanti secoli. Ma poi, povera d'opere pubbliche, senza vie, senza porti, senza bonifiche, di nessun genere. Sa come fu fatta[4] la vendita dei beni demaniali e la censuazione di quelli ecclesiastici? Doveva esser fatta a scopo sociale, a sollievo delle classi agricole. Ma sì! Fu fatta a scopo di lucro e di finanza. E abbiamo dovuto ricomprare le nostre terre chiesiastiche e demaniali e allibertar le altre proprietà immobiliari con la somma colossale di circa settecento milioni, sottratta naturalmente alla bonifica delle altre terre nostre. E il famoso quarto dei beni ecclesiastici attribuitoci dalla legge del 7 luglio 1866? Che irrisione! Già, prima di tutto, il valore di questi beni fu calcolato su le dichiarazioni vilissime del clero siciliano, per soddisfar la tassa di manomorta; e da questo valore nominale, noti bene, furon dedotte tutte le percentuali attribuite allo Stato e le tasse e le spese d'amministrazione. Poi però tutte queste deduzioni furon ragionate sul valore effettivo e furon sottratte inoltre le pensioni dovute ai membri degli enti soppressi. Cosicché nulla, quasi nulla, han percepito fin oggi i nostri Comuni. Ora, dopo tanti sacrificii fatti e accettati per patriottismo, non avrebbe il diritto l'isola nostra d'essere equiparata alle altre regioni d'Italia in tutti i beneficii, nei miglioramenti d'ogni genere che queste hanno già ottenuto? Non c'è stato mai[5] verso, per quanti sforzi io abbia fatto, di raccogliere in un fascio operoso tutta la deputazione siciliana. Via, via, non[1] ne parliamo, donna Caterina! Dovrei guastarmi il sangue. Io faccio quanto posso. Poi alzo le spalle e dico: « Vuol dire che questo ci meritiamo, noi ».[2]

Si voltò verso Roberto, per cambiar discorso, e aggiunse:

– Sai? Ho visto jeri, per via, la moglie del tuo avversario. Caro mio, tu devi perdere per forza. Ah che bella donnina! Scusatemi, signore mie, se parlo così; ma io non avrei proprio il coraggio di vincere, neanche nel nome santo della Patria e della Libertà, per non far piangere gli occhi di quella bella signora!

VII

Nicoletta[3] Capolino entrò nello studio del marito già abbigliata, con uno strano cappellone piumato di feltro su i[4] bellissimi capelli corvini. Florida, snella e procacissima, ardente[5] negli occhi e nelle labbra, spirava dalle segrete sapienti[6] cure della persona un profumo voluttuoso, inebriante. Era[7] quello un momento drammatico, d'intermezzo alla commedia che marito e moglie rappresentavano da due anni ogni giorno, anche nell'intimità delle pareti domestiche, l'una di fronte all'altro, compiacendosi reciprocamente della loro finezza e della loro bravura. Sapevano bene l'uno e l'altra che non sarebbero mai riusciti a ingannarsi e non[8] tentavan nemmeno. Che lo facessero per puro amore dell'arte, non si poteva dire, ché[9] odiavano entrambi in segreto la necessità di quelle loro finzioni. Ma se volevano vivere insieme, senza scandalo per gli altri, senza troppo disgusto per sé, riconoscevano di non poterne far di meno. Ed eccoli dunque premurosi a vestire, o meglio, a mascherare di garbata e graziosa menzogna quel loro odio; a trattar la menzogna come un mesto e caro esercizio di carità reciproca, che si manifestava in un impegno, in[1] una gara di compitezze ammirevoli, per cui alla fine marito e moglie avevano acquistato non solo una stima affettuosa del loro merito, ma anche una sincera gratitudine l'uno per l'altra. E quasi si amavano davvero.[2]

– Gnazio, non vado via tranquilla! – diss'ella, entrando, come imbronciata d'un supposto inganno che la addolorava e costernava.[3] – Giurami che non vai a batterti questa mattina.

– Oh Dio, Lellè, ma se t'ho detto che vado a Siculiana! – rispose Capolino, levando le mani per posargliele lievemente sulle braccia. – Dovevo[4] andarci jeri, lo sai. Sta' tranquilla, cara. Il duello è stato rimandato alla fine delle elezioni.

– Debbo crederci, proprio? – insistette lei, mentre stentava ad abbottonarsi[5] il guanto con l'altra mano già inguantata.

Capolino volentieri avrebbe risposto a quell'insistenza con uno sbuffo; invece, sorrise; si accostò premuroso; le prese la mano per abbottonarle lui quel guanto, e[6] vi s'indugiò, come un innamorato.

– Sapessi quanto mi secca d'andare a Valsanìa! – soggiunse lei allora, parlandogli quasi all'orecchio, con abbandono.

– Ma va'! – esclamò egli, guardandola[7] negli occhi, come per farle avvertire che quella nota tenera (molto cara e graziosa, del resto) era[8] per lo meno fuor di tempo e di luogo.

– Ti giuro! – replicò lei, ostinandosi, ma[9] pur rispondendo al sorriso.

Capolino scattò a ridere forte:

– Ma va'! ma va'! che ti divertirai[10] un mondo! Vedere quella foca di Adelaide davanti allo sposo... Sarà uno spettacolo impagabile! Dici sul serio, Lellè?

– Se[1] avessi il cuore tranquillo... – ripeté Nicoletta. – Jersera ti sei trattenuto qua, chi sa quanto... Non t'ho sentito venire a letto...

– Ma tutta questa corrispondenza elettorale, non vedi? – le disse egli, indicando la scrivania. – Zio Salesio, santo Dio, almeno in questo, potrebbe ajutarmi...

– Oh sì, zio Salesio! Fossero pasticcini...

– Basta. Non perder[2] tempo, va' va'... O aspetti la carrozza?

Nicoletta fece con gli occhi il gesto di chi si rassegna a credere non convinto, e sospirò:

– Se è vero che vai a Siculiana, al ritorno verso[3] sera, passando dallo stradone, non potresti venire a Valsanìa?

– Ah, potendo, figùrati! – rispose egli. – Ma se gli amici... Non ritornerò solo... Se potrò... dico, se potrò lasciarli...

Tese le labbra per baciarla. Ella ritrasse il capo, istintivamente, temendo di guastarsi l'acconciatura.

– Perché? – disse.

– Perché mi piaci, così... Non vuoi darmi un bacio?

– Piano, però...

Furono sorpresi dalla vecchia cameriera, la quale veniva ad annunziare che la carrozza del Salvo era arrivata. Nicoletta si staccò subito dal marito.

– Ecco, vengo, – disse alla serva; poi, tendendo la mano al marito: – E allora, a rivederci.[4]

– Divèrtiti, – le augurò Capolino.

Quella vettura, per una cittaduzza come Girgenti, era proprio di più; goffa ostentazione di lusso e di ricchezza che[5] soltanto al Salvo si poteva passare. Dal sobborgo Ràbato, ove Capolino abitava, al viale della Passeggiata, ove il Salvo da alcuni anni s'era fatto[6] costruire un'amenissima villa, si poteva andare a piedi in mezz'ora.

Nicoletta non aveva alcun dubbio che il marito andava a battersi quella mattina. Ma non doveva saperlo per[1] potersi divertire. Quante e quant'altre cose non doveva allo stesso modo sapere, per[2] poter essere così, gaja e amante della vita![3] Ci riusciva, spesso, a forza di volontà, non già a non saperle, che non le sarebbe stato possibile, ma a fare, proprio, come se non le sapesse. Di nascosto, quando ne aveva fino alla gola, uno sbuffo, e là! sollevava[4] l'anima sopra tutte le miserie che la avevano oppressa sempre, fin dalla nascita. Non[5] doveva sapere, ad esempio, che la madre le aveva fatto morire, se non proprio di veleno, come qualcuno in paese aveva malignato, certo però di crepacuore[6] il padre, per unirsi in seconde nozze con colui ch'ella chiamava zio Salesio, antico scritturale del banco Spoto. Aveva[7] appena cinque anni, quando il padre le era morto, eppure lo ricordava bene; tanto che la madre non aveva potuto mai persuaderla a chiamar babbo quel suo secondo marito molto[8] più giovine di lei. Non[9] era cattivo, no, zio Salesio; ma fatuo, e vano[10] come la stessa vanità. Appena marito della vedova di Baldassare Spoto, aveva creduto sul serio che da quel matrimonio gli fosse derivato quasi un titolo di nobiltà; e[11] i più strani fumi gli erano saliti al cervello; tutta l'anima anzi gli si era convertita[12] in fumo. Presto però la brace per quei fumi aveva cominciato a languire. Spese[13] pazze... E n'avesse almeno goduto! Che supplizio cinese dovevano essere per lui, tuttora, quelle scarpine di coppale, che lo costringevano ad andare a passetti di pernice, quasi[14] in punta di piedi! Le male lingue dicevano che sotto[15] il panciotto teneva il busto, come le donne. Il busto, no; una fascia di lana teneva, stretta e rigirata più volte attorno alla vita, anche a salvaguardia delle reni che gli[16] s'erano[17] ingommate. Non era poi tanto vecchio: aveva[18] appena qualche annetto più di Capolino: ma[1] lo sfacimento, ad onta di tutte le diligenze e delle più amorose e disperate cure, era cominciato in lui prestissimo. Pareva adesso un fantoccio automatico: tutto aggiustato, tutto congegnato, tutto finto: nei denti, nel roseo delle gote, nel nero dei baffetti incerati e del piccolo pappafico e delle esili sopracciglia e dei radi capelli; e camminava[2] e si moveva come per virtù di molle, giovanilmente.[3] Gli occhi, però, tra tanta chimica, quasi smarriti entro le borse gonfie e acquose delle[4] pàlpebre, esprimevano una pena infinita. Perché erano venuti i guaj, purtroppo, dopo la morte della moglie. Nicoletta avrebbe potuto sbarazzarsi di lui, ma[5] ne aveva avuto pietà; s'era presa lei però l'amministrazione di quel po' ch'era restato; e le apparenze, sì, aveva voluto salvarle, e zio Salesio (ormai quasi mummificato) aveva seguitato a mostrarsi per via come un milordino, prodigio d'eleganza, sempre in calze di seta e scarpine di coppale, in punta di piedi; ma, in casa, eh, in casa[6] la più stretta economia. Tanto che un giorno Nicoletta[7] se l'era visto arrivare con un involto di due polli arrosto finti, di cartone, sotto il braccio. Sicuro: due polli arrosto di cartone da figurare su la magra mensa sotto il paramosche[8] di rete metallica. Ogni giorno il povero vecchio se li metteva lì davanti, su la tavola, per illudersi: non poteva farne a meno! E quei due polli di cartone e un tozzo di pane (vero, ma duro per i suoi denti non veri) erano adesso per intere settimane tutto il suo pranzo giornaliero! Perché Capolino non aveva voluto prenderlo con sé, e zio Salesio Marullo, rimasto solo nella vecchia e triste casa che[9] Nicoletta gli aveva ceduto con quel po' ch'era riuscita a salvare dalla rovina, spesso, non sapendo limitarsi nelle spese, per comperarsi una bella cravatta o un bel bastoncino, restava digiuno – quando, beninteso, non si presentava in casa di Flaminio Salvo nell'ora[1] del desinare, sapendo che la figliastra era lì. E Nicoletta, che per l'onta segreta gli avrebbe strappato il pappafico o gli[2] occhi, doveva accoglierlo sorridente.

Sentiva[3] che avrebbe potuto esser buona, in fondo, e veramente buona le pareva d'essersi dimostrata in certi momenti della sua vita; ma[4] che intanto un perfido destino non aveva voluto permetterle d'esser tale. Cattiva per forza doveva essere! Tutto falso[5] in lei, dentro e fuori e intorno. E una lotta segreta, continua, per vincer l'afa del disgusto, per non sentir l'impiccio della maschera, quantunque già sul volto le fosse divenuta fina come la stessa pelle. Ma aveva su la fronte un cerro di capelli svoltato, ribelle, Nicoletta Capolino, e temeva in certe ore che[6] così l'anima qualche giorno le si sarebbe svoltata in petto, in un subito prorompimento contro la soffocazione di tanti e tanti anni.

Per ora, il marito andava a battersi? E lei a festa!

Per non vedere, per non esser veduta da troppa gente, ordinò al cocchiere di lasciar la via Atenea e di prendere per la strada esterna di Santa Lucia, sotto la città. Non si curava più da un pezzo di ciò che la gente pensava nel vederla nella carrozza del Salvo. Era ormai cosa risaputa. Del resto, anche qua, le apparenze in certo qual modo erano salvate dalla parentela che Capolino aveva avuto col Salvo e dall'ufficio ch'ella rappresentava presso la figlia di don Flaminio. L'audacia[7] aveva sfidato la malignità e, se non vinta del tutto, l'aveva[8] costretta a tacere e a far di cappello in pubblico; a spettegolare solo in privato, ed anche con una certa filosofica indulgenza. Perché la filosofia ha questo di buono: che alla fine dà sempre ragione a chi, comunque, riesca a imporsi.

Villa[9] Salvo era situata in alto, aerea, e dominava il viale tagliato su la collina dal lato meridionale.

Vi si saliva per ampie scalee, che superavano l'altezza con agevoli fughe. A ogni ripiano, su i pilastrini, eran quattro statue d'arcigna bruttezza, che certo non facevano buona accoglienza ai visitatori, né si congratulavano molto con essi della[1] branca superata. Si godeva però di lassù la vista incantevole dell'intera campagna tutta a pianure e convalli e del mare lontano.

Prima di salire al piano superiore della[2] villa, Nicoletta corse diviata allo studio del Salvo a pianterreno; ma si arrestò[3] d'un tratto su la soglia, vedendo ch'egli non era solo.

– Avanti, avanti, – disse, inchinandosi, Flaminio Salvo, che stava in piedi davanti alla scrivania, a cui era seduto un giovine, intento[4] a scrivere: Aurelio Costa.

– Domando scusa, se... – cominciò a dire Nicoletta, guardando il Costa che si levava da sedere.

– Ma non lo dica! – la interruppe il Salvo, lisciandosi le basette, con un sorriso freddo, a cui lo sguardo lento degli occhi sotto le grosse palpebre dava un'espressione di lieve ironia. – Venga avanti... stavo qui a chiacchierare col mio ingegnere.

Poi, notando l'impaccio di questo per la presenza della signora, aggiunse:

– Non vi conoscete?[5]

– Veramente, di nome sì, – rispose con una certa disinvoltura Nicoletta. – Credo però non ci sia mai stata presentazione[6] fra noi...

– Oh! e allora, – riprese il Salvo, – per la formalità: l'ingegnere Aurelio Costa, la signora Lellè[7] Capolino-Spoto.

Aurelio Costa, con gli occhi bassi, senza scostarsi dalla scrivania, chinò lievemente il capo. Era ben messo, senz'ombra di ricercatezza, composto e altero nella maschia bellezza, cui l'insolito abito cittadino, di fresca fattura, faceva forse apparire un po' rude.

– Sarà pronta Adelaide? – domandò Nicoletta al Salvo dopo[1] aver osservato il giovane[2] e risposto con un lieve sorriso all'inchino sostenuto di lui.

– Ecco, un momento, – rispose il Salvo. – Segga, segga, donna Lellè. Io vado e torno. Credo che Adelaide sia pronta.

E s'avviò per uscire.

– Ma sarà meglio che venga sù anch'io! – gli gridò dietro Nicoletta.

– No, perché? – disse il Salvo, voltandosi su la soglia. – Viene giù subito Adelaide.

E uscì.

Nicoletta non volle sedere; girò un po', dimenandosi capricciosamente per[3] l'ampia sala addobbata con sobria ricchezza. Aurelio, rimasto[4] in piedi, non sapeva se dovesse, o no, rimettersi[5] a sedere; temeva di commettere un atto indelicato; ma, d'altra parte, era urtato dal pensiero che, per il capriccio di colei, dovesse star lì come un servitore in attesa. E come una padrona veramente ella era lì: ma a qual prezzo? E dire che lui aveva sognato[6] tant'anni di farla sua, quella donna! Era anche lui lì al servizio[7] del Salvo, come lei, come Capolino, come tutti; ma se ella fosse stata sua moglie, il Salvo non avrebbe certamente osato neppur di pensare che[8] avrebbe potuto servirsene per i suoi[9] senili allettamenti. Là, tra due vecchi si trovava ella ora, con la sua florida bellezza voluttuosa, contaminata. Ne godeva? Ostentava di fronte a lui quella sfacciata padronanza?[10] Godeva di quel lusso? degli onori che le si rendevano per l'onore[11] perduto? Ma sì! Anche deputato sarebbe stato tra poco[12] suo marito... E lei, moglie[13] d'un deputato! Con lui, invece, che sarebbe stata, se pur fosse riuscita a vincere l'orrore – già, l'orrore! – [14] d'unirsi a[15] uno di così bassi natali?

L'onestà, la gioventù, l'amore puro e santo? Ma valevan di più per lei le piume ondeggianti e il velo dell'ampio cappello!

Stanco e sdegnato, sedette.

– Oh bravo, sì, – esclamò allora Nicoletta, voltandosi a guardarlo. – Mi scusi tanto, se non gliel'ho[1] detto... Distratta, pensavo...

Si appressò; venne a porsi innanzi alla scrivania, di fronte a lui, con una mossa repentina, risoluta e provocante della persona.

– Lei ora starà qui, ingegnere?

– Forse... Non so... – le rispose egli, guardandola a sua volta con fermezza. – Attendiamo per ora a tracciare un disegno... Se si attua...

– Rimarrà qui?

– Ci sarà bisogno d'un direttore...

Nicoletta rimase un po' a guardarlo, sopra pensiero; poi, rialzandosi lievemente con una mano i capelli su la fronte:

– Lei studiò a Parigi, è vero?

– Sì, – rispose lui, reciso, sentendo[2] il profumo inebbriante che ella esalava dalla procacissima persona.

– Parigi! – esclamò Nicoletta Capolino, levando il mento e socchiudendo gli occhi. – Ci sono stata, nel mio viaggio di nozze... e dica[3] un po', volendo, adesso, lei non potrebbe più ritornare ingegnere governativo?

Aurelio la guardò, stordito da questa subitanea diversione. Aggrottò le ciglia; rispose:

– Non so. Non credo. Ma non tenterei neppure. Ritornerei per mio conto in Sardegna. Sono qua per fare un piacere al signor Salvo. Non perderei nulla, andandomene.

– Oh lo so! – disse subito lei. – Coi suoi[4] meriti... Volevo dir questo appunto! E il signor Salvo certamente non se lo lascerà scappare, se ha in mente, come lei dice, un disegno.

Strizzò[1] un po' gli occhi, e portò un dito[2] alle labbra, stette un po' assorta e riprese con altro tono di voce:

– Eppure io mi ricordo bene di lei, sa? di quando lei era qua, ancora studente... giovanottino... sì! me ne ricordo benissimo ora...

Aurelio fece un violento sforzo su se stesso per resistere al turbamento, all'urto che[3] le parole di lei, dette con così calma improntitudine, gli cagionavano.[4] Che voleva da lui quella donna? Perché gli parlava così?

Era veramente difficile a indovinare; e per Aurelio, anzi, impossibile. L'improvviso,[5] inopinato[6] incontro con lui; l'impressione che ne aveva ricevuta; i pensieri che coi feminei sguardi furtivi gli aveva letti in fronte dopo il suo irrompere con tanta libertà nello studio del Salvo, e poi durante quell'attesa; l'avvilimento segreto per la sua condizione, che in fondo non poteva[7] non sentire davanti a quel giovine[8] che un giorno l'aveva[9] chiesta in moglie onestamente, per amore; il pensiero ch'egli ora sarebbe rimasto lì, nella casa del Sàlvo, e che Dianella lo amava in segreto, e che presto egli, con la vicinanza, avrebbe[10] potuto accorgersene; e che tra poco dunque – ostinandosi Dianella fino a vincere l'opposizione del padre – lei avrebbe[11] potuto soffrir l'onta d'assistere al fidanzamento di colui con la figlia del suo padrone, avevano messo in subbuglio l'anima di Nicoletta Capolino. Sarebbe toccato a lei, allora, di sorvegliare, di far la guardia ai fidanzati; e quel giovine[12] là, che si mostrava ancor tanto mortificato del rifiuto ch'ella sdegnosamente aveva opposto alla domanda di lui; quel giovine[13] là si sarebbe presa una tale rivincita su lei: sarebbe diventato domani suo padrone anche[14] lui, marito di quella Diana, da cui ella si sentiva sprezzata e odiata. Ed era pur bello, e forte, e fiero! E ancora (se n'era accorta bene!), ancora sotto il fascino di lei, per quanto offeso e sdegnato... Perché poi Flaminio Salvo, che sapeva tutto, se n'era subito uscito e l'aveva[1] lasciata lì, sola con lui?

Tornò a strizzar gli occhi, quasi per smorzare lo sfavillìo dei segreti pensieri; e aggiunse con un tono strano:

– Anche[2] lei forse si ricorderà...

Aurelio, sconvolto, levò gli occhi a guardarla con un'espressione fosca e dura.

– Non me ne voglia male, – disse allora ella con triste dolcezza, piegando[3] da un lato la testa. – Poiché lei rimarrà qui e noi avremo occasione di vederci spesso, cogliamo questa, intanto, per[4] togliere con franchezza un'ombra tra noi, che ci aduggerebbe. Io[5] passo per sventata; sarò tale, non nego; ma non posso soffrire le simulazioni, le dissimulazioni d'ogni sorta, per nessuna ragione, i pensieri coperti... Vogliamo essere buoni amici?

Gli tese, così dicendo, la bella mano inanellata; e, dopo la stretta, gliela lasciò[6] ancora un poco per aggiungere:

– Tanto, creda, non glielo dico per civetteria, né per avere un complimento; lei ancora ha la sua bella libertà; nessuna perdita e nessun rimpianto. Buoni amici?

E, sentendo l'ànsito affannoso e il fruscìo della veste di seta di donna Adelaide Salvo, tornò a stringergli la mano in fretta, apposta, come per dar senso e sapore d'un patto segreto a quella conversazione.

– Alla fiera! alla fiera! – esclamò donna Adelaide, entrando con le mani per aria, accaldata, sbuffante. – Guarda, Lellè, guarda, ingegnere, figlio mio, come mi hanno parata! Oh, Maria[7] Santissima, mi sembro io stessa una bella puledra stagionata, tutta infiocchettata, da condurre alla fiera... Ma con Flaminio non si può combattere, *picciotti* miei; bisogna fare: *Sù, bubbolino, salutami il re*; dir sempre di sì, dir sempre di sì. Ridete? ridete pure...

Ridevano, infatti, Nicoletta Capolino e Aurelio Costa, mentre donna Adelaide con le braccia aperte si girava intorno come una trottola; ridevano anche, irresistibilmente, per il piacere di sentire espressa con tanta disinvoltura e tanta comicità la loro segreta impressione, che essi[1] si sarebbero guardati bene, non che d'esprimere, ma anche di riflettere, con quella crudezza, su la propria coscienza. Appunto questo voleva donna Adelaide. La quale sentiva il ridicolo di quelle nozze strane e tardive, e poneva le mani avanti per disarmar l'altrui malignità. Dotata[2] di buon senso e d'un certo spirito, aveva stimato di poter senz'altro approfittare della sua privilegiata condizione e di quella dello[3] sposo, che mascheravano con pompa sdegnosa quanto vi era d'illegale in quelle nozze. Ma vi si prestava senza entusiasmo, quasi per fare un piacere al fratello più che a se stessa. Sapeva però che il principe era un bellissimo e garbatissimo uomo. Ella, già anziana, dopo l'entrata di quella simpatica Nicoletta in casa, che aveva preso tanto impero su Flaminio (e giustamente, veh! bella figliuola, sacrificata, poverina, da[4] quel cagliostro del marito!), ella s'era stancata della sua « terribile signorinaggine » come la chiamava, e aveva detto di sì:

– *Sù, bubbolino, salutami il re!*

Senza municipio; con la chiesa soltanto. Che[5] glien'importava? Vecchia, non avrebbe fatto figli di certo. L'assoluzione del prete, per lei, bastava, per i[6] parenti e gli amici bastava, e dunque avanti, alla fiera! allegramente! La musoneria, la[7] musoneria non poteva soffrire, donna Adelaide. Era impensierita soltanto di questo: che le avevano detto che il principe aveva la barba lunga. Un uomo con la barba lunga doveva essere molto serio per forza, o averne per lo meno l'impostatura. Sperava di fargliela accorciare. Bella Madre Santissima, non ci avrebbe avuto pazienza, lei, a lisciar peli lunghi come fiumi! Più corta, la barba, più corta... Chionza, popputa, quasi[1] senza collo, non era tuttavia brutta, donna Adelaide; aveva anzi bello il viso, ma[2] gli occhi troppo lucenti, d'una lucentezza cruda, quasi di smalto, e lucentissimi i denti che le si scoprivano tutti nelle sonore risate frequenti. Smaniava sempre, oppressa com'era e soffocata da quelle enormi poppe sotto il mento, « prepotenti escrescenze », com'ella le chiamava. E caldo, caldo, caldo; aveva sempre caldo, e voleva aria! aria! aria!

Non[3] se l'aspettava, intanto, il vecchio[4] cascinone di Valsanìa, nel desolato abbandono in cui da tanti anni viveva, tutti quei fronzoli e quei pennacchi, tutti quei paramenti sfarzosi che[5] i tappezzieri gli appendevano dalla mattina. Pareva[6] se li guardasse addosso, triste e un po' stupito, con gli occhi delle sue finestre. Oh! oh! gli avevano appeso anche un lungo festone[7] di lauro, come una collana; un'altra collana, più sù, di mortella, sotto le gronde, con certi rosoni di carta che[8] avevano spaventato i passeri del tetto. Povere care creaturine, a cui esso, buon vecchione ospitale, voleva tanto bene! Eccoli là, tutti scappati via, nascosti[9] tra le foglie degli alberi attorno. E[10] di là gli mandavano, sgomenti, certi acuti squittìi, che volevano dire:

« Oh Dio, che ti fanno, vecchione, che ti fanno? »

Mah! S'era da gran tempo addormentato, il vecchione, nella pace dei campi. Lontano dalla vita degli uomini e quasi abbandonato da essa, aveva da un pezzo cominciato a sentirsi, nel sogno, cosa della natura: le sue pietre, nel sogno, a risentire la montagna nativa da cui[1] erano state cavate e intagliate; e l'umidore della terra profonda era salito e s'era diffuso nei muri, come la linfa nei rami degli alberi; e qua[2] e là per le crepe erano spuntati ciuffi d'erba, e le tegole del tetto s'eran tutte vestite[3] di musco. Il vecchio cascinone, dormendo, godeva di sentirsi così riprendere dalla terra, di sentire in sé la vita della montagna e delle piante, per cui[4] ora intendeva meglio la voce dei venti, la voce del mare vicino, lo sfavillìo delle[5] stelle lontane e la blanda carezza lunare. Che bel[6] tappeto nuovo fiammante su la vecchia scala rustica, che aveva due[7] stanghe verdi per ringhiera! che scorta di lauri e di bambù sù per i gradini[8] e poi sul pianerottolo! e che drappi damascati ai davanzali delle finestre e al terrazzo di levante per nascondere la ringhiera arrugginita! che tappeto anche lì, su quel terrazzo, e sedie di giunco e tavolini e vasi di fiori... Ora vi rizzavano una tenda a padiglione. Il ricevimento e la presentazione degli sposi avrebbero avuto luogo lì, poiché non s'era potuta strappare a Mauro Mortara la chiave del *camerone*. Dall'alba egli era andato a rintanarsi, non si sapeva dove. Don[9] Cosmo, in maniche di camicia, sbuffava e smaniava per la camera in disordine, mentre donna Sara Alàimo, ancora spettinata, cercava dentro un'arca antica di faggio, stretta e lunga come una bara, un abito[10] decente, per farlo comparire nella solenne cerimonia. Spirava da quell'arca piena d'abiti vecchi un denso acutissimo odore di canfora.

– Mi tenga il coperchio, almeno, santo Dio! – gemeva soffocata, come da sotterra, la povera « casiera ». Già due volte il coperchio le era caduto addosso, su[11] le reni.

E don Cosmo:

– Gnornò! Siamo in campagna! Lasciatemi in pace!

– Ma[1] si lasci servire... – seguitava a gemere dentro l'arca donna Sara. – Verrà monsignor vescovo... verrà la sposa... Vuol comparire in giacchetta? Mi lasci cercare... So che c'è!

– E[2] io vi dico, invece, che non c'è più!

– Ma se l'ho vista io! C'è! C'è!

Cercava un'antica napoleona, che don Cosmo al tempo dei tempi aveva indossata una o due volte, e rimasta perciò nuova nuova, lì sepolta sotto la canfora, di foggia[3] antica, sì, ma « abito di tono » almeno...

– Eccola qua! – gridò alla fine, trionfante, donna Sara, rizzandosi su le reni indolenzite.

E tira e tira e tira... oh, Dio, così lunga?... e tira...

Le si allentarono le braccia, a donna Sara. Era una tonaca, quella. La tonaca da seminarista di don Cosmo Laurentano. Finì[4] di tirarla fuori tutta, mogia mogia, per ripiegarla a modo e riseppellirla coi debiti riguardi. Tentennò il capo; sospirò:

– Vero peccato! Chi sa[5] che, invece di monsignor Montoro, non sarebbe lei a quest'ora vescovo di Girgenti...

– Starebbe fresca la diocesi! – borbottò[6] don Cosmo. – Buttatela via, giù!

S'era turbato alla vista inaspettata di quella tonaca, spettro della sua antica fede giovanile. Vuota[7] e nera come quella tonaca era rimasta di poi l'anima sua! Che angosce, che torture gli resuscitava... Con[8] gli angoli della bocca in giù e gli occhi chiusi, don Cosmo s'immerse nelle memorie lontane e tuttavia dolenti della sua gioventù tormentata per anni dalla ragione in lotta[9] con la fede. E la ragione aveva vinto la fede, ma per naufragare poi in quella nera, fredda e profonda disperazione.[10]

– C'era o non c'era? – gli disse donna Sara alla fine, parandoglisi davanti con la napoleona su le braccia protese.

Don Cosmo fece appena in tempo a indossarla. Uno degli uomini di guardia (ne erano venuti otto, alla spicciolata, da Colimbètra, in gran tenuta) entrò di corsa ad annunziar l'arrivo di Monsignore. Don[1] Cosmo tornò a sbuffare; volle alzar le braccia per esprimere il fastidio che gli recava quell'annunzio; ma non poté; la napoleona...

– Giusta! attillata! dipinta! – lo prevenne donna Sara.

– Dipinta un corno! – gridò don Cosmo. – Mi sega le ascelle, mi strozza![2]

E scappò via.

Sperava che arrivasse per ultimo il vescovo e che non toccasse a lui d'accoglierlo e di tenergli compagnia fino all'arrivo degli altri ospiti. Gli seccavano anche questi, gli seccava enormemente tutta quella pagliacciata pomposa; ma più di tutto e di tutti la vista[3] di monsignor vescovo, di quell'alto rappresentante d'un mondo da cui egli s'era allontanato dopo tanto strazio, urtato specialmente dall'ipocrisia di tanti altri suoi compagni, i quali, pur assaliti in segreto dai suoi[4] stessi dubbii, vi erano rimasti. E monsignor Montoro era appunto fra questi. Ora si faceva baciar la mano, colui, e aveva la cura suprema delle anime di un'intera diocesi. Le illusioni incoscienti, le finzioni spontanee e necessarie dell'anima, don Cosmo, sì, le scusava e le commiserava e compativa; ma le finzioni coscienti, no, segnatamente in quell'ufficio supremo, in quel ministero della vita e della morte.

– Oh bello! oh bene! – diceva intanto Monsignore, molle molle, smontato dalla vettura e guardando la campagna intorno, tra Dianella Salvo e il suo segretario, giovane prete, smilzo e pallidissimo, dagli[5] occhi profondi e intelligenti. – Col mare vicino... oh bello!... oh bene!... e la valle... e la valle... e che...

S'interruppe, vedendo don Cosmo scender la scala della[1] vecchia villa infronzolata.

– Oh eccolo! Caro mio don Cosmo...

– Monsignore riveritissimo, –[2] disse questi, inchinandosi goffamente.[3]

– Caro... Caro... – ripeté Monsignore, quasi abbracciandolo e battendogli una mano sulla[4] spalla. – Da quanti mai anni non ci vediamo più... Vecchi... eh! vecchi... Tu... (ci daremo del tu, spero, come un tempo, noi due) tu devi avere, se non sbaglio, qualche annetto più di me...

– Forse... sì, – sospirò don Cosmo. – Ma chi li conta più, Montoro mio? So che n'ho molti dietro; pochi, davanti; e[5] quelli mi pesano, e questi mi pajono enormemente lunghi... Non so altro.[6]

Dianella Salvo, guardando don Cosmo, aveva atteggiato involontariamente il volto di riso nel vedergli addosso quell'antica napoleona che gli serrava le spalle e le braccia. Sorrideva sotto il naso anche il giovine e pallido prete; e gli otto uomini di guardia, postati e impalati a piè della scala, miravano il fratello del principe loro padrone, a quel solenne ricevimento, tra afflitti e mortificati. Donna Sara Alàimo s'era accomodati alla bell'e meglio i capelli sotto la cuffia ed era scesa a baciar la mano al vescovo, piegando un ginocchio fino a terra; erano scese con lei le due cameriere insieme col cuoco e il servitore, e s'era accostata anche la moglie del *curàtolo* Vanni di Ninfa coi tre marmocchi sbracati, dalle zampe a roncolo. Monsignore tendeva la mano al bacio e sorrideva a tutti, chinando il capo. Poi presentò il segretario a don Cosmo, e, salendo la scala della[7] villa, parlò della visita che aveva fatto testé, di passata, alla chiesuola della Seta, e della festa che gli avevano fatta tutti gli abitanti di quel casale.

– Che buona gente... che buona gente...

E domandò a Dianella e a donna Sara se la domenica andavano a messa lì, a quella chiesuola.

– So che ci viene apposta un sacerdote da Porto Empedocle, e che quei buoni borghigiani raccolgono l'obolo dai viandanti tutta la settimana, per lo stradone...

Entrando nella[1] villa si rivolse a Dianella e le domandò:

– La mamma?

Dianella gli rispose con un gesto sconsolato delle braccia, impallidendo e guardandolo negli occhi amaramente.

– Che pena! – sospirò Monsignore, andando a sedere nel terrazzo già addobbato. – Ma calma, eh, almeno è calma?

– Non[2] si sente! – esclamò donna Sara.

– E seguita a pregare, è vero? – aggiunse il vescovo.

– Sempre, – rispose Dianella.

– Consolante per voi, – osservò Monsignore, tentennando lievemente il capo, con gli occhi globulenti socchiusi, – che nel bujo della mente, soltanto il lume della fede le sia rimasto acceso... Divina misericordia...

– Perdere la ragione! – mormorò don Cosmo.

Monsignore si voltò a guardarlo, piccato. Ma don Cosmo, assorto, non lo vide: pensava per conto suo.

– Dico serbar la fede, pur avendo perduto la ragione, – spiegò Monsignore.

– Sì, sì! – sospirò don Cosmo, riscotendosi. – Ma difficile è il contrario, Monsignore mio!

– Credo che non sia prudente, è vero, farmi vedere da lei? – domandò il vescovo, rivolgendosi a Dianella, come se non avesse inteso le parole di don Cosmo. – Lasciamola, lasciamola tranquilla... Con te, – soggiunse poi, piano e con un benevolo sorriso a don Cosmo, – vorrei pur riprendere le fervide discussioni nostre d'un tempo, ma non ora e non qui... Se tu volessi venire a trovarmi...

– Discutere? Stolido perfetto! – esclamò don Cosmo. – Sono diventato stolido perfetto, caro Montoro mio... Non connetto più! Se uno mi dice che due e due fanno sei e un altro mi dice che fanno tre...

– Ecco il principe! – lo interruppe donna Sara, che guardava verso il viale dalla ringhiera del terrazzo.

Monsignore si alzò con Dianella e don Cosmo per vederlo arrivare. Questi accorse, per abbracciarlo appena smontato dalla vettura. Cavalcavano ai due lati capitan Sciaralla e un altro graduato, anch'essi in alta tenuta. Il rosso acceso dei calzoni[1] spiccava gajamente tra il verde degli alberi e sotto l'azzurro del cielo. La vettura era chiusa. Il segretario Lisi Prèola sedeva dirimpetto al principe.

Donna Sara si ritrasse dal terrazzo, ove rimasero soltanto Monsignore, Dianella Salvo e il segretario ad assistere dalla ringhiera all'abbraccio che i due fratelli si sarebbero scambiato.

Don[2] Ippolito Laurentano smontò dalla vettura con giovanile agilità. Vestiva da mattina e aveva in capo un cappello avana dalle ampie tese. Baciò il fratello e subito si trasse indietro a osservarlo.

– Cosmo, e come ti sei conciato? – gli domandò sorridendo. – Ma no! ma no! Vai subito a levarti[3] codesto monumento dalle[4] spalle...

Don Cosmo si guardò addosso la napoleona, di cui non si ricordava più, quantunque se ne sentisse segar le ascelle.

– Sì, difatti, – disse, – sento un certo odore...

– Odore? Ma tu appesti, caro! – esclamò don Ippolito. – Senti di canfora lontano un miglio!

E sorrise a Monsignore e si levò il cappello per salutare Dianella Salvo nel terrazzo; poi s'avviò per la scala.

– Vi do la consolante notizia che siete molto più stolida di me! ma molto! molto! – diceva poco dopo don Cosmo alla « casiera » avvilita e stizzita, punto persuasa che quell'« abito di tono » fosse fuor di luogo in un avvenimento come quello, con la presenza d'un monsignore. – E mi avete fatto girar la testa, – incalzava don Cosmo, – e mi avete ubriacato[1] con tutta la vostra canfora... Tirate, giù! tirate subito... Non mi posso scorticare da me! Datemi la mia solita giacca, adesso.

Quando ricomparve sul terrazzo, don Ippolito levò le braccia.

– Ah, sia lodato Dio! così va bene!

Monsignore e Dianella ridevano.

– Pensate di donna Sara! che vuoi farci? – sospirò don Cosmo, alzando le spalle. – Vi assicuro che è molto più stolida[2] di me.

– Questo poi! – disse il principe, ridendo. – E di' un po', Mauro dov'è?[3] non si fa vedere?

– Uhm! – fece don Cosmo. – Sparito! Non ne ho più nuova da tanti giorni, da che abbiamo l'onore...

– Io so dov'è, – disse Dianella, inchinando graziosamente il capo al complimento di don Cosmo, che volle interrompere. – Sotto un carubo[4] giù nel vallone... Ma, per carità, non deve saperlo nessuno! Noi abbiamo fatto amicizia...

– Ah sì? – domandò don Ippolito, ammirando con occhi ridenti la gentilezza e la grazia della fanciulla. – Con quell'orso?

– È un gran pazzo! – sentenziò gravemente don Cosmo.

– No, perché? – fece Dianella.

– E guardi poi chi lo dice, Monsignore! – esclamò il principe. – Non so che pagherei per assistere, non visto, alle[1] scene che debbono avvenire qua fra tutti e due, quando sono[2] soli.

Don Cosmo approvò col capo ed emise il suo solito riso di tre *oh! oh! oh!*

– Dev'essere uno spasso! – aggiunse don Ippolito.

Dianella guardava con piacere e indefinibile soddisfazione quel vecchio, a cui la virile bellezza, la composta vigoria, la sicura padronanza di sé davano una nobiltà così altera e così serena a un tempo; indovinava il tratto squisito che doveva[3] avere senza il minimo studio e però senz'ombra d'affettazione, e soffriva nel porgli accanto col pensiero sua zia Adelaide di così diversa, anzi opposta natura: scoppiante e sempliciona. Che[4] impressione ne avrebbe ricevuta[5] tra poco?

Si mossero tutti dal terrazzo e tutti, tranne Monsignore e il suo segretario che[6] rimasero sul pianerottolo innanzi alla porta, scesero a piè della scala, quando i sonaglioli d'argento annunziarono per il viale la vettura di Flaminio Salvo. Don[7] Ippolito si fece avanti per ajutar le signore a smontare, e sorprese la sposa nell'atto di sbuffare un *Eccoci qua!* con le braccia protese verso il cielo della carrozza, come[8] per spiccicarsele. Finse[9] di non accorgersi di quell'atto sguajato, facendo[10] più profondo l'inchino, poi[11] le baciò la mano; la baciò a donna Nicoletta Capolino, e strinse vigorosamente quella di Flaminio Salvo, mentre le due signore abbracciavano festosamente Dianella, e don Cosmo restava impacciato, non sapendo se e come farsi avanti. Capitan[12] Sciaralla su la giumenta bianca pareva una statua, a piè della scala, innanzi al plotone su l'attenti.

– Ah, i militari! lasciatemi vedere i militari! – esclamò donna Adelaide, accorrendo come una papera, senza accorgersi che dall'alto della scala, tra i cassoni di lauro[1] e di bambù, monsignor Montoro col volto atteggiato di benevolo condiscendente sorriso per[2] la terza volta si inchinava[3] invano.

Dianella, scorgendo alla fine l'imbarazzo di don Cosmo, troncò le espansioni d'affetto di Nicoletta Capolino, e[4] trattenne la zia per indicargli e presentargli il futuro cognato.

– Ah già, – fece donna Adelaide, ridendo e stringendogli forte la mano.[5] – Tanto piacere! Il romito di Valsanìa, è vero? Piacerone! E come[6] l'hanno parata bella la villa! Uh, guarda! guarda! ma c'è già Monsignore... E nessuno me lo diceva!

S'avviò in fretta per la scala; subito il principe accorse per offrirle il braccio; don Cosmo lo offrì a donna Nicoletta, e Dianella seguì col padre.

– Vestiti proprio bene codesti militari! – disse donna Adelaide al principe, tirandosi sù davanti con la mano libera la veste, per non incespicar nella salita. – Graziosi davvero! pajono pupi di zucchero!

Poi, prima[7] d'arrivare al pianerottolo in cima alla scala:

– Monsignore eccellentissimo! Credevo che Vostra Eccellenza dovesse arrivare col comodo suo, ed eccola qua invece... puntuale!

Il vescovo sorrise, tese la mano perché donna Adelaide baciasse l'anello, e le disse:

– Per aver la gioja di vedervi così, a braccio del principe, e darvi la benvenuta, donna Adelaide, nelle case dei Laurentano.

– Ma che degnazione, grazie, grazie, proprio gentile, Vostra Eccellenza! – rispose donna Adelaide, entrando nella[8] villa a un invito del principe.

Entrò Monsignore e poi donna Nicoletta e poi Dianella e il Salvo e il segretario del vescovo e anche don Cosmo: il principe volle entrare per ultimo. Quando si fece nel terrazzo, sorprese i dolci occhi di Dianella che lo aspettavano, indagatori. Istintivamente rispose a quello sguardo con un lievissimo sorriso.

– Bell'uomo, no? – disse piano a Dianella Nicoletta Capolino. – Non ci sarà punto bisogno d'accorciargli la barba, come dice Adelaide.

– Accorciargli la barba? – domandò Dianella.

– Sì, – riprese l'altra. – Ci ha fatto tanto ridere in carrozza, con la paura della barba lunga del principe!

– Che avete da dire voi due là? – saltò a domandare a questo punto donna Adelaide. – Ridete di noi? Ridono di me e di voi, caro principe. Ragazzacce! Ma non c'è che fare: siamo qua per questo; oggi è la nostra giornata... Come alla fiera! Flaminio, figlio mio, non mi mangiare con gli occhi. Fammi coraggio, piuttosto! Io ti dico di sì, sempre di sì... Ma lasciami stare allegra! Dico sciocchezze, perché sono commossa... Andiamo, Nicoletta! Con licenza vostra, principe, vado a salutare la mia povera cognata.

E andò, seguita dalla nipote e da Nicoletta.

Subito il Salvo, per rimediare all'impressione sgradevole di quella scappata della sorella nell'animo del principe, spiegò[1] con aria misteriosa che la signora Capolino ignorava affatto che il marito forse in quel momento stesso si batteva e che lo credeva invece a Siculiana per il giro elettorale.

– Preghiamo Iddio che avvenga bene! – sospirò Monsignore, afflittissimo, levando gli occhi al[2] cielo.

– Oh, non c'è da dubitarne! – sorrise[3] il Salvo. – Un avversario ridicolo, che le ha prese da tutti, sempre: corto, grassoccio e miope forte. Il nostro Capolino, invece...

– Ho visto da lontano, per lo stradone, appena uscito dalla[4] villa, – disse don Ippolito, – le due carrozze che venivano a Colimbètra.

– Eh già, – soggiunse il Salvo, – a quest'ora, certamente...

E s'interruppe. Tacquero tutti per[1] un istante, sopraffatti senza volerlo dalla[2] costernazione, e volarono col pensiero alla[3] villa lontana, dove in quel momento avveniva[4] lo scontro. Lì era una ben diversa realtà: due uomini a fronte, due sciabole nude, guizzanti nell'aria; qua, in mezzo al silenzio della campagna, gli addobbi sfarzosi, improvvisati per una festa, che ora, stranamente, appariva a tutti quasi fuor di luogo. C'era[5] veramente, fin dall'arrivo, in fondo a gli animi una certa freddezza impicciosa, che tanto il principe quanto il Salvo cercavano di dissimulare alla meglio. Tale freddezza proveniva dalla risposta di Landino, finalmente arrivata, alla[6] lettera del padre: solite congratulazioni, soliti augurii, espressioni ricercate di compiacimento per la buona e affettuosa compagnia che il padre avrebbe avuto; ma[7] nessun accenno alla sua venuta per assistere alle nozze. Don[8] Ippolito, partendo da Colimbètra, aveva divisato di mandare a Roma Mauro Mortara, perché facesse intendere a Landino quanto dispiacere gli[9] cagionasse la sua condotta, e lo inducesse a ritornare con sé in Sicilia. Sapeva che Landino fin dalla prima infanzia nutriva un affetto tenerissimo e profondo per il vecchio Mauro e una viva ammirazione per il carattere di lui, per la fedeltà fanatica alla memoria e alle idee del nonno, per l'atteggiamento quasi sdegnoso che aveva assunto fin da principio e manteneva tuttora di fronte al padre, cioè di fronte a lui don Ippolito, che pure era il suo padrone. Nessun ambasciatore forse sarebbe stato più efficace di lui. Perché quel vecchio selvaggio era[10] come radicato nel cuore della famiglia. Volle[11] approfittare di quel momento che le due signore s'erano assentate, per uscire sul pianerottolo della scala a ordinare a Sciaralla di mandar giù nel burrone Vanni di Ninfa in cerca di Mauro, a cui voleva parlare. Quando[12] ritornò sul terrazzo, vi ritrovò donna Adelaide, donna Nicoletta e Dianella. Le prime due s'erano tolti i cappelli. Donna Adelaide aveva gli occhi rossi di pianto e Dianella era più pallida e più fosco il Salvo.

– Io non v'ho chiesto, don Flaminio, – disse il principe, afflitto, – d'essere presentato alla vostra signora, perché so purtroppo...

– Oh, grazie, grazie, – lo interruppe il Salvo, stringendosi nel suo cordoglio e scrollando lievemente il capo, con gli occhi socchiusi, come per dire: « Tanto... è come se non ci fosse! ».

Donna Adelaide s'era accostata alla ringhiera del terrazzo e, con le spalle voltate, s'asciugava gli occhi, si soffiava forte il naso, dicendo a Nicoletta Capolino che la esortava a calmarsi:

– Sono un'asinaccia, lo so! Ma che ci posso fare? Quando la vedo.... quando le vedo quegli occhi... mi fa una pena! una pena!

A un tratto, facendo uno sforzo, alzò le braccia, si provò a sollevare e a scuotere il capo, come soffocata, sbuffò:

– Uff, e basta ora! – e si voltò sorridente.[1]

Vennero nel terrazzo due camerieri in livrea con vassoj[2] pieni di tazze e di paste. Dopo la colazione, monsignor Montoro prese la parola per dichiarare con un forbito sermoncino (che pur voleva aver l'aria d'essere improvvisato lì per lì, alla buona) la promessa formale delle prossime nozze, ed esaltò naturalmente i bei tempi, in cui alla società degli uomini bastava d'intendersi solamente con Dio per il vincolo matrimoniale, che soltanto la religione può render sacro e nobile, laddove la legge umana e così detta civile lo avvilisce e quasi lo abietta... Tutti[3] ascoltavano a occhi bassi, religiosamente, le parole dipinte del vescovo. Solo don Cosmo teneva le ciglia aggrottate e gli occhi serrati, come se in qualcuna di quelle parole volesse trovar l'appiglio per una discussione filosofica. Don Ippolito, nel vederlo in quell'atteggiamento, se ne impensierì sul serio. Flaminio Salvo, dal canto suo, con quella lettera da Roma attraverso all'anima, pensava che eran belle e buone, sì, quelle considerazioni del vescovo, ma che intanto il signor figlio del principe faceva orecchie da mercante, e che non si stava ai patti, e che la sorella senz'alcuna garanzia si lasciava andare a quella prima compromissione. Per donna Adelaide quell'orazioncina era come una funzione sacra, quasi[1] come sentir messa: una formalità, insomma. Tutta una commedia, invece, non molto divertente in quel punto era per Nicoletta Capolino, e nauseosa per[2] Dianella che guardava costei e chiaramente le leggeva in fronte ciò che pensava.

S'era levata una brezzolina dal mare, e la tenda a padiglione si gonfiava a tratti come un pallone, e un lembo del drappo damascato sbatteva insolentemente contro le bacchette della ringhiera nascosta. Questo[3] battìo distrasse alla fine l'attenzione non molto intensa che donna Adelaide prestava all'orazioncina oramai troppo lunga e, come una nuvola portata dal vento offuscò a un tratto il sole, ella si chinò alquanto a sbirciare il cielo di sotto la tenda e non poté tenersi dal mormorare:

– Purché non piova...

Queste tre parole, appena mormorate, ebbero un effetto disastroso, come se tutti irresistibilmente (tranne Monsignore, s'intende) scoprissero una relazione immediata tra la minaccia della pioggia e quel ponderoso e interminabile sermone. Don[4] Cosmo sbarrò gli occhi, stralunato; donna Nicoletta non poté frenare uno scatto di riso; don Flaminio si accigliò; Monsignore[5] s'interruppe, si smarrì, disse:

– Speriamo di no, – e subito soggiunse: – Conchiudo.

Conchiuse, naturalmente, con augurii e rallegramenti, e tutti si levarono con molto sollievo. Donna[1] Adelaide, sentendosi proprio soffocare sotto quel parato a padiglione, propose di scendere a passeggiare per il viale. Il principe tornò a offrirle il braccio, Nicoletta scese con Dianella, e Monsignore, il Salvo, don Cosmo e[2] il segretario tennero dietro.

Don Ippolito Laurentano si sentiva la lingua inaridita e legata, per la lotta crudele dentro di lui tra il sentimento cavalleresco che lo spingeva a mostrarsi premuroso e galante con[3] la dama, e il disinganno e la repulsione[4] invincibile che i modi di lei, il tratto, i gesti, la voce, il riso gli avevano subito ispirato; tra il bisogno istintivo, prepotente, irresistibile di liberarsene al più presto, mandando a monte senz'altro quel[5] disegno che ora, in atto, gli appariva così intollerabilmente minore dell'idea che se n'era formata, e il pensiero della difficoltà dopo[6] quella prima compromissione, e il puntiglio inoltre, segreto e acerbo, contro il figlio[7] lontano, a cui gli pareva di darla vinta, dopo che s'era abbassato fin quasi a chiedergli il permesso di quelle nozze. Gli bolliva dentro, infine, acerrima, la stizza contro Monsignore che così ingannevolmente gli aveva dipinto la sposa: – *briosetta, gran cuore, indole aperta, sincera, vivace, remissiva...* – Che dirle intanto? da che rifarsi a parlarle? Per[8] fortuna sopravvenne capitan Sciaralla ad annunziargli, su l'attenti, che il Mortara era venuto sù dal « vallone ».

– E dov'è? – domandò il principe aspramente. – Digli che venga qua.

– Mauro? – domandò don Cosmo. – Eh no, lascialo stare, poveretto... Sai com'è...

– Ah, quello che chiamano *il monaco*? – esclamò donna Adelaide. – Andiamo a vederlo, andiamo subito, principe, per favore!

– No, zia! – pregò Dianella, che si pentiva d'avere indicato il nascondiglio... – Lo faremmo soffrire...

– Ma è proprio così orso? – disse, stupita, donna Adelaide.

– Orsissimo! – confermò don Cosmo.

– Figuratevi, – soggiunse Flaminio Salvo, – che, dopo tanti giorni, non ho potuto ancora vederlo.[1]

E Nicoletta domandò:

– È vero che ha una pelle di capro in testa e va armato fino ai denti?

– Andiamo noi due soli, principe! – propose di nuovo donna Adelaide. – Vorrei proprio vederlo... non so resistere, andiamo!

Mauro se ne stava davanti alla porta della sua camera a terreno, e guardava torvo la vigna e il mare. Vedendo il principe con una signora, s'infoscò vieppiù, ma, come don Ippolito lo chiamò amorevolmente, s'accostò[2] e si curvò a baciarlo sul petto. Il bacio fu seguìto da una specie di singulto.

– Vecchio mio, – disse[3] don Ippolito, intenerito da quel bacio sul cuore, – sai[4] chi è questa signora?

– Me lo figuro; e Dio vi faccia contento! – rispose Mauro, guardando serio donna Adelaide che[5] lo mirava con gli occhi lucenti, sbarrati, e la bocca ridente.[6]

– Vorrei far contento anche te, – riprese il principe. – Vuoi andare a Roma?

– A Roma? io? – esclamò Mauro, stordito. – A Roma? E me lo domandate? Chi sa quante volte ci sarei andato a piedi, pellegrino, se le mie gambe...

– Bene, – lo interruppe il principe, – ci andrai col vapore e con la ferrovia. Ho da darti un incarico per Lando.[7] Vieni domani a Colimbètra... cioè, domani no... lasciami pensare! Manderò io a chiamarti in settimana.[8] Devo parlarti a lungo.

– E poi... presto a Roma? – domandò, titubante, Mauro.

– Prestissimo!

– Perché sono vecchio, – soggiunse Mauro. – Su la forca dei due 7... e morire senza veder Roma è stata sempre la spina mia!

– Ma ci andrete vestito così, a Roma? – gli domandò donna Adelaide.

– Nossignora, – le rispose Mauro. – Ci ho l'abito buono, di panno, e un bel cappello nero, come[1] codesto del vostro sposo.

– E codesta berretta lanosa, – tornò a domandargli donna Adelaide, – come potete sopportarla? Oh Dio, io soffro soltanto a vederla!

– Questa berretta... – cominciò a dir Mauro; ma un grido improvviso, dall'altra parte della cascina, lo interruppe.

Sopraggiunse, sconvolto, con passo concitato, Flaminio Salvo.

– Don Ippolito, venite! venite!... Il nostro Capolino...

– Che è stato? – gridò donna Adelaide.

– Ferito? – domandò il principe.

– Sì, pare gravemente... – rispose il Salvo. – Venite!

– Ma chi l'ha detto?

– È venuto di corsa uno dei vostri uomini da Colimbètra... L'hanno portato sù da voi ferito[2] al petto... non so ancora se di sciabola o di pistola... E la povera signora Nicoletta che[3] è qua con noi!

Quando salirono alla villa, Nicoletta[4] si dibatteva tra Monsignore e Dianella, gemendo di continuo:

– Il cuore me lo diceva! il cuore mi parlava! Il mio cappello... il mio cappello... Presto, la vettura... Infami, assassini... O Gnazio mio!

– La vettura è pronta! – venne ad annunziare capitan Sciaralla.

Nicoletta si lanciò senza salutar nessuno.

– Voi, principe? – disse il Salvo.

– Debbo andare[1] anch'io? – domandò don Ippolito.

E il Salvo:

– Sarebbe meglio. Tu, Adelaide, questa sera rimarrai qua. Andiamo. Andiamo.

La vettura con Nicoletta, il principe e il Salvo partì di galoppo.

– Oh bella Madre Santissima, che[2] jettatura! – rimase a[3] esclamare sul pianerottolo della scala donna Adelaide, battendo le mani. – Ma che c'entrava proprio oggi il duello, che c'entrava? Son cose giuste? Lasci star Dio, Monsignore! Mi faccia il piacere! Che ci prega?... Mi scusi Vostra Eccellenza, ma sono parti, queste, da fare a una povera donna come me?

VIII

Nella[4] casa di donna Caterina Auriti Laurentano, il giorno delle elezioni, erano raccolti intorno a Roberto i pochi amici rimasti fedeli, riveduti in quei[5] giorni, mutati come lui dal tempo e dalle vicende della vita. Per[6] un momento, negli occhi di ciascuno, abbracciando[7] l'amico, era guizzato lo sguardo della gioventù, di quei giorni lontani, ignari di ciò che la sorte riserbava; e, subito dopo, fra un lieve tentennìo del capo, quegli occhi s'eran velati di commozione mentre le labbra si schiudevano a uno squallido sorriso. « Chi[8] ci avrebbe detto, » esprimevano quello[9] sguardo velato e quel sorriso « chi ci avrebbe detto allora, che un giorno ci saremmo ritrovati così?[10] che tante cose avremmo perdute, che erano tutta la nostra vita allora, e[11] che ci sarebbe parso impossibile perdere? Eppure le abbiamo perdute; e la vita ci è rimasta così: questa! » Più[12] penosa ancora era la vista di qualcuno che non s'era accorto, o fingeva di non accorgersi tuttavia delle sue perdite, e lo mostrava nella cura della propria persona rinvecchignita, da cui spiravano, compassionevolmente affievolite, le arie e le maniere d'un'altra età. Ciascuno[1] s'era adattato alla meglio alla propria sorte, s'era fatto un covo, uno stato. Sebastiano Ceràulo, avvocato di scarsi studii, fervido[2] improvvisatore di poesie patriottiche negli anni della Rivoluzione, giovine[3] allora animoso, impetuoso, con una selva di capelli scarmigliati, era entrato per favore come segretario negli ufficii della Provincia, e si raffilava ora sul cranio con miserevole studio i quattro lunghi peli incerottati che gli erano rimasti; s'era ingrassato enormemente; aveva preso moglie; ne aveva avuto cinque figliole, ora tutte smaniose di trovar[4] marito. Un altro, Marco[5] Sala, condannato a morte dal governo borbonico, e pur non di meno tante volte dall'esilio venuto in Sicilia travestito da frate per diffondervi segretamente i proclami del Mazzini, s'era[6] dato prima al commercio dello zolfo; aveva avuto fortuna per alcuni anni; poi un tracollo; e per parecchio tempo aveva mantenuto col giuoco la famiglia; alla fine aveva avuto il posto di magazziniere dei tabacchi. Rosario[7] Trigóna, che nella giornata del 15 maggio del 1860, a[8] Girgenti, mentre Garibaldi combatteva a Calatafimi, era uscito solo, pazzescamente, con altri quattro compagni, la bandiera tricolore in una mano e uno sciabolone nell'altra, incontro[9] ai tre mila uomini del presidio borbonico, e[10] che, inseguito, tempestato di fucilate, era scampato per miracolo e aveva raggiunto a piedi Garibaldi vittorioso, correndo di giorno e di notte e sfuggendo all'esercito regio che s'internava nella Sicilia in cerca del Filibustiere, il quale era intanto a Gibilrossa sopra Palermo; Rosario[11] Trigóna, disfatto adesso dalla nefrite, gonfio, calvo, sdentato e quasi cieco, sovraccarico anch'esso di famiglia, vivucchiava miseramente col magro stipendio di vice-segretario alla Camera di Commercio. E Mattia[1] Gangi, che aveva buttato la tonaca alle ortiche per prender parte alla Rivoluzione, ora, asmatico, rabbioso, con la barba, i capelli e le foltissime sopracciglia ritinti d'un color rosso di carota, insegnava[2] nel ginnasio inferiore *alauda est laeta*, e « lieta un corno! » soggiungeva ai ragazzi con tanto d'occhi sbarrati: « ma che lieta! non ci credete, canta perché ha fame, canta per chiamare! lieta un corno! ». Contrastava[3] con questi Filippo Noto, alto, magro, appassito, ma ancora biondiccio e azzimato. Prima del '60 s'era battuto in duello con un ufficialetto borbonico per motivo di donne ed era stato perseguitato; quell'avventura amorosa era divenuta per lui un precedente patriottico; ma s'impacciava poco di politica: studiando[4] molto, era riuscito a tenersi a galla, a rinnovarsi coi tempi, pur[5] rimanendo *malva*, conservatore; passava per uno degli avvocati più dotti del foro siciliano, ed era spesso chiamato a difendere le più importanti cause civili anche a Palermo, a Messina, a Catania.

Questi cinque amici e il canonico Agrò si sforzavano di tener desta la conversazione, parlando di cose aliene, di avvenimenti lontani, ricordando aneddoti che promovevano qualche riso stentato; tanto per impedire che col silenzio il peso della sconfitta, quantunque prevista, gravasse[6] maggiormente su gli animi oppressi. Ma veramente, a poco a poco, dopo la prima scossa nel riveder l'amico e ora per la commozione crescente nel rievocare gli antichi ricordi della gioventù, cominciava a scomporsi in loro la coscienza presente, e con una specie di turbamento segreto che li inteneriva avvertivano in sé la sopravvivenza di loro stessi quali erano stati tanti e tanti anni addietro, con quegli stessi pensieri e sentimenti che già[7] da un lungo oblìo credevano oscurati, cancellati, spenti. Si dimostrava vivo in quel momento in ciascuno di loro un altro essere insospettato, quello che ognun d'essi era stato trent'anni fa, tal quale; ma così vivo, così presente che, nel guardarsi, provavano una strana impressione, triste e ridicola insieme, dei loro aspetti cangiati, che[1] quasi quasi a loro medesimi non sembravano veri. Di tratto[2] in tratto, però, entrava[3] nel salotto Antonio Del Re, che li vedeva vecchi com'erano, e[4] che, stando un pezzo a udire i loro discorsi, provava una tristezza indefinita, la[5] tristezza che si prova nel veder nei vecchi, che per un tratto si dimenticano[6] d'esser tali, ancora verdi certe passioni che hanno radici in un terreno oltrepassato, che noi ignoriamo.

– Ci eravamo[7] trattenuti a San Gerlando, – raccontava Marco Sala, – a giocare fin quasi a mezzanotte in casa[8] di Giacinto Lumìa, buon'anima.

– Povero Giacinto! – sospirò[9] il Trigóna, scrollando il capo.

– C'era con noi Vincenzo Guarnotta di Siculiana, – seguitò il Sala.

– Ah, Vincenzo! – disse Roberto Auriti. – Che ne è?

– Morto, – rispose il Sala.

– Anche lui?

– Eh, sarà nove o dieci anni!

Con quel suo sorriso perenne, più degli occhi che della bocca... occhi chiari, di mare, col nudo faccione di terracotta... « *Ah! sti cazzi! chi mi pigli pi fissa?* » – scomparso anche lui.

– Era venuto a Girgenti per affari, e alloggiava, come usava allora che non c'erano alberghi, nel convento di Sant'Anna. Adesso, neanche[10] il convento c'è più! Nottata[11] da lupi: vento, lampi, tuoni e acqua, acqua che il tetto pareva ne dovesse subissare. Tanto che Giacinto Lumìa alla fine propose a tutti di rimanere a dormire in casa sua. Ci saremmo accomodati alla meglio. Gli altri, scapoli, e il

Guarnotta, forestiere, accettarono l'invito; io, non ostanti le preghiere insistenti, volli andarmene per non tenere in pensiero mia madre, sant'anima, e mia moglie. Prima d'andarmene, il Guarnotta, sapendo che per arrivare a casa dovevo passare per lo stretto di Sant'Anna, mi pregò di bussare alla porta del convento per avvertire il frate portinajo ch'egli quella notte avrebbe dormito fuori. Glielo promisi e andai. Vi assicuro che, appena su la via, mi pentii di non avere accettato l'ospitalità del Lumìa. Che vento! portava via! frustava la pioggia, densa come piombo; e freddo[1] e bujo, un bujo che s'affettava, dopo gli sprazzi paurosi dei lampi. Tuttavia, passando per lo stretto di Sant'Anna, mi ricordai di quel che m'aveva detto il Guarnotta e mi fermai a picchiare alla porta del convento. Picchia e ripicchia: niente! non mi sentiva nessuno! Per miracolo non buttai la porta a terra. Stavo per andarmene, su le furie, quando sentii schiudere una finestra ferrata in alto; e un vocione: « *Chi è là?* ». « Sala, » dico, « Marco Sala! » « *Va bene!* » risponde allora il vocione di lassù; e subito dopo sento sbattere di nuovo e sprangare la finestra. Restai come un allocco. Non mi avevano dato il tempo di parlare, e andava bene? Mi scrollai dalla rabbia, pensando che per far piacere al Guarnotta che[2] se ne stava al coperto, io, col rischio di prendere un malanno, per giunta ero passato forse per matto o per ubriaco.[3] Chi poteva girare a quell'ora, con quel tempo? Fatti pochi passi, sento per lo Stretto un rintocco di campana, – *don* – lento, che mi fece sobbalzare; e il vento propagò il suono, lugubremente, nella notte; poi, di nuovo, *don*, *don*, altri rintocchi; saranno[4] stati quindici; non ci badai più. Arrivato a casa, mi strappai gli abiti, che mi s'erano incollati[5] addosso; mi asciugai ben bene; mi cacciai a letto, e buona notte. La mattina dopo, m'alzo[6] presto, com'è mia abitudine, vado per aprire la porta, e indovinate chi mi trovo davanti? I portantini col cataletto. Appena mi vedono, levano le braccia, dànno un balzo indietro; rimangono basiti: « Don Marco! Ma come? *Voscenza*[1] non è morto? ». « Figliacci di cane! » grido io levando il bastone. E quelli: « Sissignore... A Sant'Anna, stanotte, sono venuti ad avvertire che *Voscenza* era morto! ». Quella campana, capite? aveva sonato a morto per me. Ed ero andato io stesso ad annunziare la mia morte.

Benché la storiella non fosse allegra, le ultime parole del Sala furono accolte dalle risa degli amici.

– Ridete? – diss'egli. – Eppure chi[2] sa se non sono morto davvero, io, allora, cari miei! Ma sì! Posso dire che quella fu l'ultima nottata allegra della mia gioventù! Forse, ripensandoci, l'impressione di quei rintocchi mi s'è fissata, mal augurosa; ma mi sembra che proprio da allora la vita mi si sia chiusa tra un diluvio di guaj, sia divenuta per me come era lo stretto di Sant'Anna in quella notte da lupi, e che quei *don don* della campana a morto mi abbiano seguito per tutto il cammino...

Rientrò, in quel punto, Antonio Del Re con un nuovo telegramma. Ne erano già arrivati parecchi dalle varie sezioni elettorali del collegio. Il canonico Agrò lo aprì, lo lesse con gli occhi soltanto[3] e lo buttò in un canto, su la sedia presso al canapè. Né Roberto né gli altri si curarono di sapere da che sezione venisse, che esito recasse. Il gesto e il silenzio dell'Agrò avevano reso inutile ogni domanda. La sconfitta[4] del momento, che toccava all'Auriti, rendeva più evidente quella, ben più grave e irrimediabile, che[5] a ciascuno era toccata dal tempo e dalla vita. E questa sconfitta pareva avesse la propria immagine scolpita in donna Caterina Auriti Laurentano, taciturna[6] e scura. Di tratto[7] in tratto gli amici e Roberto le volgevano uno sguardo fuggevole, come a uno spettro del tempo, di cui essi erano i superstiti vani. Altre voci erano nel nuovo tempo, che non trovavano eco negli animi loro; altri pensieri che non entravano nelle loro menti; altre energie, altri ideali, innanzi a cui i loro animi si chiudevano ostili. E[1] la prova era patente e cruda in quel mucchio di telegrammi su[2] la sedia. Era[3] sorta improvvisamente, negli ultimi giorni, ma certo preparata in segreto da lunga mano, la candidatura d'un tale Zappalà di Grotte, perito minerario: candidatura esplicitamente dichiarata come di protesta e d'affermazione dei lavoratori delle zolfare e delle campagne della provincia, già raccolti in fasci. Roberto[4] Auriti era passato in terza linea. In quasi tutte le sezioni quello Zappalà aveva raccolto più voti di lui, mettendolo così fuori[5] di combattimento, d'un tratto spiccio e sprezzante, come si butterebbe da canto con un piede uno straccio inutile, ingombro più che inciampo. A[6] un certo punto, quando arrivò il telegramma da Grotte ch'era uno dei maggiori centri zolfiferi della provincia con[7] l'esito della votazione quasi unanime per lo Zappalà, parve che costui dovesse finanche contender seriamente la vittoria al Capolino ed entrare in ballottaggio, non ostante il suffragio entusiastico che il campione clericale aveva raccolto a Girgenti, in compenso della grave ferita riportata nel duello. Il[8] Trigóna, per coprire con pietoso inganno la verità, voleva attribuire principalmente la sconfitta all'esito di quel duello inconsulto, alle maniere troppo violente del Verònica, forestiere, e al contegno arrogante d'uno dei suoi[9] padrini, quel signor tale, spadaccino, che aveva urtato e indignato veramente la cittadinanza girgentana, non ostante che il Selmi, già partito per il suo collegio, avesse fatto di tutto per attenuare l'indignazione. Il[10] canonico Agrò approvò col capo, in silenzio. Non sapeva perdonare al Verònica di avergli mandato a monte, con quella indegna piazzata, il piano strategico meditato e disegnato da lui con astuzia così sottile. E quell'altro cavaliere Giovan Battista Mattina! Mandato a Grotte a sostenervi la candidatura dell'Auriti, aveva fatto la parte di Giuda, mettendosi d'accordo all'ultimo momento coi popolari.

– Ma chi è costui? – domandò col solito piglio feroce Mattia Gangi. – Chi rappresenta? come vive? che fa? da qual chiavica è scappato fuori? Lindo, attillato, con quell'aria di principe[1] regnante...

Il canonico Agrò scosse leggermente la testa con un sogghignetto su le labbra, poi disse:

– Aquiloni, cari amici, aquiloni! Lui, il Verònica e quanti altri mai! Aquiloni... Li vedete[2] in alto, ai sette cieli, rimanete a bocca aperta a mirarli; e chi sa intanto qual è la mano che dà loro il filo! Può esser quella di qualche mala femmina; o il filo può venire dalla Questura, o da qualche bisca notturna... Nessuno può saperlo! L'aquilone intanto è là, piglia il vento, lo segue e par che lo domini. Di tratto in tratto, uno svarione, una vertigine, l'accenno d'un crollo a capofitto. Ma la mano ignota, sotto, subito lo rialza con lievi scossettine sapienti o con larghe stratte energiche e lo rimette a vento e torna a dar filo e filo e filo. Gli aquiloni, cari miei... Quanti ce n'è! E hanno tutti la coda, *et in cauda venenum*...

Sei teste si scossero per approvare silenziosamente[3] e con profonda amarezza l'immaginoso paragone del canonico Agrò, che ne rimase egli stesso un pezzetto come abbagliato, e trasse un respiro di sollievo, quasi con esso si fosse scrollato dall'anima il peso della sconfitta.

Roberto Auriti soffriva maggiormente per quell'ostinato, cupo silenzio della madre. Ella aveva parlato molto prima, contro il suo solito, per dissuaderlo dall'impresa; e gravi erano state allora le sue[4] parole; più grave, adesso, era il suo silenzio. Voleva che soltanto i fatti parlassero ora, crudamente, a conferma di quanto aveva[1] detto. Se[2] ne irritò, e disse:

– Del resto, amici miei, aquiloni o serpi... lasciamoli andare! A parlarne, parrebbe che io, venendo, mi fossi fatta qualche illusione. Nessuna, lo[3] sapete. Mi ha mandato qua Uno, a cui non potevo dir di no: mi sarebbe parso di disertare.

– Povero Cristo! – esclamò Mattia Gangi. – Per farti mettere in croce sei venuto!

– In croce no, veramente, – sorrise Roberto. – Perché la mia offerta, col valore che poteva avere nella presente lotta, venisse respinta dai miei[4] concittadini; e questa risposta, data sul mio nome al Governo, facesse pensare che ormai basta, qua[5] si vuol altro!

– Zappalà, Zappalà si vuole! – sghignò allora Mattia Gangi. – Quanto mi piacerebbe che fosse eletto Zappalà!

– Mamma, – soggiunse piano Roberto, toccandole un braccio, con un sorriso d'amara rassegnazione, – asini vecchi...

La madre sporse il labbro e aggrottò le ciglia mentre[6] gli altri gridavano, approvando l'augurio di Mattia Gangi, che fosse eletto Zappalà. Un Zappalà[7] solo? No! Cinquecentootto Zappalà, uno per ogni collegio della penisola! Che sedute allora alla[8] Camera! Subito, abolizione di tutte le scuole! abolizione di tutte le tasse! abolizione dell'esercito e della polizia! della polizia e della pulizia! spianare i confini, e tutti fratelli! già, già, decapitare le montagne, ridurle tutte a colline d'uguale altezza! E Mattia Gangi, sorto in piedi, si mise a declamare:

Al ronzio di quella lira
Ci uniremo, gira gira,
Tutti in un gomitolo.

Varietà d'usi e di clima
Le son fisime di prima;
È mutata l'aria.
I deserti, i monti, i mari,
Son confini da lunari,
Sogni di geografi...
...E tu pur chétati, o Musa,
Che mi secchi con la scusa
Dell'amor di patria.
Son figliuol dell'universo,
E mi sembra tempo perso
Scriver per l'Italia.[1]

S'eran levati tutti in piedi, tranne Pompeo Agrò, e applaudivano calorosamente.

– Signori miei, signori miei, – disse allora Filippo Noto, tirandosi con le dita adunche i polsini di sotto le maniche, – siamo giusti, signori miei; non pigliamocela con loro, perché il torto è tutto nostro! di noi[2] cristianelli! Quando noi sentiamo dire: « *Vogliamo che a ciascuno si dia secondo le sue opere! Vogliamo che la personalità umana possa elevarsi sopra la vita materiale! Vogliamo che ciascuno trovi pane e lavoro!* » – noi borghesucci ignoranti, noi cristianelli pietosi, siamo[3] i primi ad applaudire...

– Sfido! – gridò il Ceràulo.[4] – Nei voti per la felicità universale, sfido! tutti gli animi onesti si trovano d'accordo.

– E i socialisti, ahm! aprono[5] la bocca, e voi ci cascate dentro, – rimbeccò pronto Filippo Noto. – Fanno intravedere un ideale d'umanità e di giustizia che[6] a nessuno può dispiacere, di cui tutti dovrebbero esser contenti; e[7] così fanno proseliti alla loro causa tra quanti non sanno distinguere le ragioni astratte da quelle pratiche della vita sociale, caro Ceràulo! Ingenui che non si domandano neppure[8] se i nuovi metodi non siano tali da render mille volte maggiori le ingiustizie e la tristezza della nostra valle di lacrime; dico bene, Monsignore?

Pompeo Agrò chinò più volte il capo in segno di approvazione.[1]

– Il pericolo vero, signori miei, è qua, – seguitò con più calore il Noto: – nella persuasione in cui siamo venuti noi cristianelli, che il movimento del così detto quarto stato sia inevitabile, irresistibile...

– È, è, è, purtroppo! – lo interruppe di nuovo il Ceràulo.

– Ma nient'affatto! nientissimo affatto! Fandonie! Fandonie! – gridò Filippo Noto. – Alla teoria dei socialisti manca l'appoggio della scienza, caro mio, della scienza, della logica, della morale e anche della civiltà, e non può reggersi, e cadrà per forza come un sogno pazzo, come uno sproloquio da ubriachi! Vorrei[2] dimostrartelo, vorrei dimostrarlo a tutti, e[3] prima a gli uomini di governo che ci fanno assistere allo spettacolo miserando dello Stato che si piega, dello Stato che si smarrisce e s'impaccia di cose di cui non dovrebbe impacciarsi!

Si calmò alquanto, protese le mani e riprese con altro tono di voce:

– Lasciatemi dire, in poche parole. Tutto il procedimento è sbagliato, dall'*a* alla *z*. Guardate! Il provvedere ai vecchi, alle donne, ai fanciulli abbandonati, agli infermi, può esser cosa, realmente, d'interesse pubblico.

– Interesse d'umanità, – disse il Trigóna.

– Benissimo! D'accordo! – approvò il Noto. – Ma dal soccorrere la miseria presente per mezzo d'asili, di dormitorii, di cucine economiche, è stato facile, inavvertito il passo, signori miei, a salvaguardare il proletariato...

– Il così detto proletariato, – masticò tra i denti il Gangi.

– ... dalla miseria anche possibile, – seguitò il Noto, – mercé le assicurazioni obbligatorie contro gl'infortunii del lavoro e contro la futura inabilità dell'operajo per età o per malattia. Ora non vi sembra facile, cari miei, dati questi primi passi, il darne altri che ci conducano sempre più verso quello Stato-Provvidenza tanto biasimato dai più illustri scrittori positivi? Perché, quando sia entrato nella coscienza pubblica il concetto che[1] la comunità deve occuparsi di coloro che per inabilità fisica non possono lavorare, è facile saltare il fosso che ci separa dalla regione vera del socialismo, estendendo il principio anche agli[2] uomini validi e disoccupati. E valga il vero! Se questi, non ostante la buona volontà, non[3] trovano lavoro, o se le loro fatiche non sono sufficientemente retribuite, sono forse meno da compiangere di coloro che, per un difetto fisico, non possono lavorare? L'effetto è il medesimo, signori miei: la fame non meritata! E con la proclamazione del diritto al lavoro, si può vedere da tutti dove si andrà a finire; si[4] è già veduto, del resto, in Francia, nel 1848...

Un'improvvisa esclamazione di sdegno del canonico Agrò interruppe a questo punto il discorso di Filippo Noto, che cominciava ad assumere proporzioni e tono di vera[5] concione.

Era arrivata da Comitini, paese nativo dell'Agrò, una lettera che denunziava un altro tradimento. Il figlio di Rosario Trigóna s'era venduto colà al partito Capolino, spargendo la voce che Roberto Auriti si ritirava[6] dalla lotta e pregava gli amici di votare per il candidato[7] clericale contro il socialista Zappalà. L'Agrò non si poté frenare: senz'alcuna[8] pietà per il povero padre mezzo cieco lì[9] presente, ebbe parole di fuoco per quel tristo che gli faceva patire un così grave smacco là, nella[10] sua stessa cittadella. Roberto[11] Auriti tentò più volte di interromperlo, s'affrettò poi a consolare l'amico, il quale dapprima s'era levato in piedi inorridito, lì per lì per lanciarsi[1] su quella lettera e su l'Agrò, poi s'era lasciato cader di peso su la seggiola, rompendo in singhiozzi, col volto tra le mani.

– Ma sarà una calunnia, Rosario... una[2] calunnia, vedrai! Tuo figlio avrà agito in buona fede, credendo di interpretare il mio pensiero... Difatti, tra i due, tra il Capolino e quello Zappalà, via! meglio che i voti siano andati al Capolino... Ha stimato insostenibile da parte mia la lotta... e...

– No... no... – muggiva tra i singhiozzi Rosario Trigóna, inconsolabile.[3] – Infame! Infame!

Per fortuna, sopravvenne Mauro Mortara, che da Valsanìa s'era recato a Colimbètra per accordarsi col principe circa alla sua andata a Roma. Non sapeva nulla delle elezioni. Accolto con festa da Marco Sala, dal Ceràulo, dal Gangi, i quali non lo vedevano da tanto tempo, scostò tutti con le braccia e quasi s'inginocchiò ai piedi di donna[4] Caterina, prendendole una mano e baciandogliela più e più volte; abbracciò poi Roberto e si chinò a baciarlo al suo solito in petto, sul cuore.

– A Roma! – disse. – Sapete? Vengo a Roma!

Ma il suo giubilo non trovò eco: tutti erano ancora sconcertati[5] e commossi dal pianto del Trigóna.

– Oh, don Rosario! – esclamò[6] Mauro. – E che avete? Perché piangete?

Guardò[7] tutti in giro e appuntò gli occhi sul canonico Agrò che appariva il più scuro e il più turbato.

– Niente, – disse subito Roberto. – Una notizia, senza dubbio, infondata. Signori miei, per carità! Soffro... soffro della vostra pena... molto più che per me. Volete farmi contento? Non parliamo più di nulla. Quel che è stato è stato. Basta! Voi sapete quanto mi siete cari e per qual ragione. Io non vi ringrazio di quel che avete fatto per me in[8] questa occasione, perché so che, se sono cangiati i tempi, non è cangiato il nostro cuore, e voi dunque non potevate non fare per me quel che avete fatto. Il torto è nostro, veramente, cari miei! E lo sappiamo tutti, da un pezzo, chi per un verso, chi per un altro. Dunque... dunque basta: perché lagnarci adesso? È stata un'altra prova, di cui io, per conto mio, non sentivo alcun bisogno... Basta!

Non ne poteva proprio più Roberto Auriti. La vista di quegli amici e il silenzio della madre, il pianto del Trigóna, la stizza acerba dell'Agrò, la frigida saccenteria del Noto gli eran divenuti insopportabili. Gli premeva di scrivere a Roma, di dar subito notizia della lotta perduta alla sua donna, a colei che da tanto tempo gli aveva addormentato aspirazioni e sdegni, e nella quale, affogato[1] ormai nell'incuria di tutto ciò che non si riferisse direttamente e minutamente alla sua persona, neghittoso e dimentico, saziava soltanto la fame bruta del senso. Di fronte[2] alla nobiltà della madre, alla purezza della[3] sorella, si sentiva quasi istintivamente costretto a nascondere anche a se stesso la sua schiavitù d'affetto per quella donna che conosceva tutte le sue miserie; e le scriveva di notte. Falsando i proprii sentimenti, per stare in pace con lei e averla docile e pronta alle sue voglie, non aveva osato confessarle prima di partire la vera ragione per cui s'esponeva a quella lotta: le aveva dato a intendere ch'era per migliorare la sua condizione, ponendosi da deputato più in vista.[4] E nelle prime lettere le aveva lasciato sperare non improbabile la vittoria; poi man mano l'aveva messa in[5] dubbio; le aveva scritto in fine che gli premeva ormai soltanto di ritornar presto a lei. Andava lui stesso a impostare quelle lettere, mentre per tutte le altre si serviva del nipote. Eppure sapeva che questi, il giorno appresso, sarebbe partito con lui per intraprendere a Roma gli studii universitarii e[1] avrebbe abitato in casa sua e veduto, dunque, e saputo tutto. Ma voleva, finché era lì, serbare il segreto. Quel giovanotto ispido e angoloso non era fatto certamente per attirar la confidenza d'alcuno. E Roberto soffriva al pensiero di condurlo con sé, di[2] fargli conoscere e di far quindi conoscere per mezzo di lui alla madre e alla[3] sorella la vita ch'egli viveva a Roma. Ma come esimersi?

Donna Caterina, intanto, domandava a Mauro notizie del fratello Cosmo, « di quel matto », e di donna Sara Alàimo.

– Non me ne parlate, per carità! – esclamò Mauro. – Vado a Roma, vi dico, e non so altro, non voglio saper altro in questo momento!

– Caro Mauro mio, – gli rispose allora donna Caterina, sorridendo amaramente, – se è così, chiudi gli occhi, tùrati bene gli orecchi e ritórnatene subito in campagna: segui il consiglio mio!

Quando[4] dalla Badia Grande gli amici scesero alla via Atenea, si trovarono presi in mezzo a una fiumana di popolo che esaltava la proclamazione d'Ignazio Capolino.

La carrozza del canonico Agrò si dovette fermare. Il[5] vecchio servo-cocchiere dalle zampe sbieche faceva schioccar la frusta: – *Ohi, favorì! Ohi, favorì!* –. Poteva mai figurarsi che si dovesse mancar di rispetto al suo padrone, o che questi dovesse aver paura? E, tra il clamore e la confusione, non udiva la voce del Canonico che gli gridava: – Indietro, Cola![6] indietro! Per la via del Purgatorio! –. Un[7] fischio, e due, e tre... Figli di cane! Ma Capolino era ancora a letto, convalescente nella[8] villa del principe di Laurentano a[9] Colimbètra, e la dimostrazione di giubilo, per darsi uno sfogo diretto, fu proprio tentata di cangiarsi lì per lì in dimostrazione di protesta contro il canonico Agrò. Per fortuna, i caporioni riuscirono a stornar la bufera che stava per rovesciarsi sulla[1] carrozza mal capitata, non per riguardo a Pompeo Agrò, che non ne meritava alcuno, ma all'abito che indossava[2] indegnamente. Qualche fischio sì, passando, non sarebbe stato sprecato; poi via, via, alla Passeggiata, sotto la villa di Flaminio Salvo.

– Viva Ignazio Capolinòòò!

– Vivààà!

– Viva il nostro deputatòòò![3]

– Vivààà!

Nel bujo della sera, sotto il pallore dei lampioni, per l'angusta via passò tumultuando quel torrente di popolo, che si lasciava trascinare senza il minimo entusiasmo, come un armento belante, dalla volontà di due o tre interessati. La[4] villa di Flaminio Salvo era illuminata tutta, splendidamente, perché si vedesse come segno di trionfo dalla lontana Colimbètra. Vi erano raccolti i maggiorenti del partito che[5] si affacciarono tutti al gran balcone dalla balaustrata di marmo, appena i clamori della dimostrazione si fecero sentire giù per il viale.

– Viva Flaminio Salvòòò!

– Vivààà!

– Viva Ignazio Capolinòòò!

– Vivààà!

Salì alla[6] villa una commissione di dimostranti, che fu accolta dal Salvo con quel solito sorriso freddo, a cui lo sguardo lento degli occhi sotto le grosse pàlpebre dava un'espressione di lieve ironia. E veramente quei quindici o sedici cittadini accaldati, usciti or ora dalla moltitudine anonima, che giù nel bujo del viale aveva tanta imponenza, assumendo lì ciascuno il proprio[7] nome, il proprio aspetto, timidi, impacciati, smarriti, ossequiosi, facevano una ben misera figura, tra gli splendori del magnifico salone. Flaminio[8] Salvo si dichiarò grato alla cittadinanza di quella spontanea affermazione[1] del sentimento popolare; diede notizie della salute dell'on. Capolino e, in presenza della commissione stessa, pregò l'ingegnere Aurelio Costa di recarsi sul momento alla[2] villa del principe, a Colimbètra, per darvi l'annunzio della proclamazione e di quella manifestazione di giubilo di tutto il popolo di Girgenti. Uno dei quindici, allora, s'affacciò[3] al balcone e, tra i lumi sorretti da due camerieri, arringò con impeto la folla.

Nessuno badò allo scompiglio delle povere nottole del viale che abbarbagliate piombavan dall'alto a strisciare sulle[4] teste dei dimostranti, quindi al[5] clamore, al battìo delle mani, si risollevavano disperatamente, lanciando acutissimi stridi, come per chiedere ajuto e vendetta alle[6] stelle che sfavillavano ilari in cielo. L'oratore improvvisato diceva che l'elezione di Capolino era un avvenimento dei più memorabili della storia italiana contemporanea; ma nessuno certamente avrà potuto levar dal capo a quelle nottole, che invece tutta la città, quella sera, si fosse raccolta soltanto per dare a loro una immeritatissima[7] guerra. Arringava[8] ancora quell'oratore, quando Aurelio Costa su un sauro del Salvo, sellato in fretta in furia, partì di galoppo per Colimbètra.

Giù, confuso tra la folla, era[9] il Pigna, arrivato in coda alla dimostrazione, espurgato smaltito evacuato da essa[10] con molta violenza di conati lungo tutto il percorso. Prepotenza! Sopraffazione! Andava per i fatti[11] suoi, stava a traversar la via Atenea, quando la folla gli era venuta addosso; non[12] aveva fatto in tempo a ritrarsi, e allora quelli che stavano alla fronte lo avevano strappato indietro per passare, e così la fiumana se l'era ingojato: sguizzare, con quelle cianche e[13] quel groppone, non gli era stato possibile; furibondo, urlando, s'era messo a tirare spinte da tutte le parti e pugni e calci e gomitate, per farsi un po' di largo e uscirne; ma quelli per il gusto di portarselo via con sé come in ostaggio gli[1] s'eran pigiati con furia addosso, gridando: – Ecco Pigna! c'è Pigna! viva Pigna! abbasso *Propaganda*! no, viva! giù, giù con noi! – e qualche lattone e qualche scapaccione era pur volato; più[2] che mai inferocito, come un cinghiale in mezzo a una muta di cani, aveva avventato anche morsi ai più vicini; più d'una volta, puntando i piedi e le spalle per svincolare un braccio e credendo che la folla dietro lo avrebbe parato, trovando invece un po' di largo fatto da qualcuno che voleva scansarlo, era stato per cadere; ma subito altri lo avevano scaraventato con un nuovo urtone alle[3] spalle di chi stava davanti, e lì, rinserrato, compresso, boccheggiante come un pesce, altri lattoni e scapaccioni e dileggi; e[4] tira e spingi, se l'erano sballottato così, malmenandolo in tutti i modi, fino a che, pesto, disfatto, non s'era lasciato andare alla corrente, ma con le proprie gambe no, no: là, così, trascinato...

– Selvaggi! Mascalzoni![5] Coscienze vendute! Che spettacolo! Oh Girgenti, disonore della Sicilia e dell'umanità! ludibrio, vituperio! Tutti in sagrestia domani, sì, sì, ad attaccar con le ostie della chiesa le mezze carte da cinque lire... Sì, viva Capolino e viva Salvo! viva Bacco e viva Mammone! – Così[6] esclamando, e guardando con aria di dispetto minaccioso la folla sotto la villa del Salvo, ora s'accomodava una spalla, ora soffiava o sbruffava, ora sorsava[7] col naso, e puh, feccia della umanità! puh, vili ignoranti!

– Domani, *Propaga'*, sta' zitto! – gli gridavano alcuni. – Domani c'inscriveremo tutti al Fascio! Ora, qua: *Viva Capolinòòò!* (Non ci credere, sai? è per minchionare). *Viva! Vivààà!*

Questa la conclusione d'una giornata campale, questo il rinfranco di tutte[8] le corse che s'era fatte fin dalla mattina da un seggio elettorale all'altro, per assegnar le parti ai compagni, per dare istruzioni, e qua regolare, e là persuadere, e incitare, e pregare, secondo i casi, che il suffragio di tutti i lavoratori fosse per un lavoratore, loro compagno, perdio! Angelo Zappalà, che li avrebbe difesi, che avrebbe perorato la loro causa in Parlamento!

Sì, dato che quella candidatura popolare doveva valer soltanto quale protesta, egli in fondo avrebbe potuto dichiararsi soddisfatto dell'esito: sì, ma[1] della votazione dei paeselli vicini! il cuore gli faceva sangue invece per la vergogna di Girgenti capoluogo, della sua città natale! Ludibrio, vituperio...

Quando, alla[2] fine, il Pigna, senza[3] più voce, cascante a pezzi dalla stanchezza, si ridusse a casa, al Piano di Gamez, per mandar giù un boccone di cena avvelenato dalla bile, salendo i primi gradini della scaletta di legno che[4] dalla stanza terrena conduceva a quella di sopra, vi trovò al bujo in fitto colloquio Celsina e Antonio Del Re.

– Ohè, voi qua?

– Va' sù; passa, papà! – gli disse Celsina, come a un cane. – Sto[5] a salutarlo. Parte domani.

– Ah, buona sera, allora, – disse il Pigna. – Cioè, buon viaggio... Partite subito, dunque? V'invidio, caro mio. Oh, vedrete certo a Roma... come viene a essere di voi don Landino Laurentano? già, zio, l'abbiamo detto: riveritelo tanto per me, ditegli che Girgenti ha bisogno di lui; sta disonorando l'isola, Girgenti...[6]

– Abbiamo inteso, papà, – lo interruppe Celsina infastidita.[7] – Lasciaci parlare adesso! Vattene!

– Paese di carogne! – brontolò il Pigna, tirando sù a stento le cianche per la scala. – Farabutti... ohi ohi... ignoranti...

E svoltò. Subito i due giovani si riabbracciarono.

Antonio non si reggeva più; ebro, perduto, non[1] poteva più staccarsi da lei; le cercò la bocca, com'arso di sete, per un altro bacio che le penetrasse nel fondo più fondo dell'anima; un altro bacio smanioso, cocente, infinito, col quale darle tutto se stesso e prendersela tutta, nello spasimo del più violento desiderio.

– Basta, – gemette ella, esausta, abbandonandogli il capo sul petto.

Ma egli la stringeva ancora, più ardente; più[2] tremante; voleva ancora la bocca.

– No, basta, Nino, – disse allora Celsina, riavendosi. – Basta... basta...

Gli prese le mani, gliele strinse; se le posò sul seno ansante, senza lasciargliele; riprese:

– Così!... Dunque, senti... tu vedrai, è vero? cercherai... Devi far di tutto...

– Sì...

– M'ascolti?

– Sì...

– Non m'ascolti! Basta, ora, Nino! T'ho detto, basta. Non m'ascolti...

– Sì... cercherò...

– Che cercherai? Lasciami, per carità!

– Non so... farò di tutto... figùrati! Dammi ancora un bacio...

– No! Dove cercherai?

– Ma per tutto, per tutto...

– Sì, un posticino qualunque... infimo anche... per cominciare, capisci?... Tu sai che posso... m'adatterò a fare ogni cosa! Debbo, debbo essere a Roma al[3] più presto, m'ascolti?

– Sì, amore... amore... amore mio! – alitò egli; poi, stringendole le braccia e smaniando: – Come faccio? oh Celsina mia... come faccio?

– Zitto![4] – gli intimò Celsina. – Non voglio che ti sentano sù.

– Allora vado... non posso...

– Sì, va' va'... è tardi! Mi chiamano. Scrivimi subito, sai?

– Sì...

– Addio, addio.

Ma egli non sapeva lasciarle ancora la mano; le accostò il volto al volto, le domandò:

– Che mi dài?

– Che vuoi?

– Te, tutta![1] Vieni con me, vieni con me!

– Potessi! Subito!

– Oh amore... Che mi dài? Qualcosa[2] tua...

– Non ho nulla, Nino mio...

– Eppure ho qualcosa di te, sai? che tu m'hai data.

– Io?

– Non m'hai dato niente tu? Neppure il cuore, un poco?

– Ah, quello...

– E un'altra cosa... Non ti ricordi?

– No...

– La bambola...

– Ah, – sorrise Celsina, – quella coi baffi?

– Non ridere, non ridere. Glieli ho cancellati, sai? Me la porto con me.

– Ragazzo...

– Sai? stanotte è stata con me, abbracciata con me, a letto. E sempre...

– Ma va'! Non sono io, quella, sai!

– Lo so; ma è tua, è stata tua... Non l'hai baciata tu?

– Tanto, da bambina...

– E dunque...

– Va', va', Nino. Mi richiamano. Addio. Ricòrdati, sai? Scrivimi! Addio.

Un altro lungo, lungo bacio sulla porta, e[3] Antonio andò via. Si fermò nel Piano di Gamez deserto; e[1] si guardò intorno, smarrito; guardò sù nel vano immoto dell'aria ed[2] ebbe un senso di stupore, come se, sveglio, fosse entrato in un sogno. Come sfavillavano le stelle! Sentì schiudere la vetrata del balconcino. Celsina s'affacciò.

– Addio. Ricòrdati.

– Sì. Addio!

Era già lontana; lontana la voce, lontana la figura; e quella casetta, sulla[3] cui facciata chiara in mezzo al Piano umido e nero si rifletteva la luna, e quel Piano stesso, il chioccolìo della fontanella, e quelle anguste viuzze storte, nere, tutto il paese silenzioso nella[4] notte, alto sul colle, sotto le stelle, ogni cosa gli parve come lontana ormai; gli parve come se egli da lontano, con tristezza infinita, con infinita angoscia contemplasse la propria vita che rimaneva lì, strappata da lui.

Quando[5] Aurelio Costa arrivò a Colimbètra, don Ippolito Laurentano sapeva già della proclamazione di Capolino; e ne parlava nel salone con don Salesio Marullo e con Ninì De Vincentis. Il primo, accorso subito da Girgenti appena conosciuto l'esito del duello; il secondo, dopo lo scontro a cui aveva assistito da testimonio, rimasto[6] a Colimbètra accanto al letto del ferito.

Zio Salesio ascoltava il principe con un'aria di degnazione contegnosa, come se Capolino lo avesse fatto elegger lui. Ma sì, via! non gli aveva dato in moglie la figliastra? Da[7] cinque giorni si sentiva proprio rinato, là tra[8] gli splendori di Colimbètra, nei quali s'invaniva e si ricreava, come se fossero suoi.[9] Camminava su gli spessi tappeti più che mai in punta di piedi; faceva il bocchino a tutte le cose belle e preziose che vedeva; a tavola per poco non sveniva dal piacere davanti[10] a quelle finissime stoviglie luccicanti, o quando Liborio in marsina e guanti bianchi gli[1] presentava i cibi prelibati. E[2] sul tramonto, non ostante che i piedi gli facessero male, scendeva su lo spiazzo e andava fino al cancello per il gusto di farsi salutare militarmente dall'uomo di guardia in calzoni rossi e cappotto turchino. L'uomo di guardia prendeva lo stesso gusto a salutare; e tutti e due, dopo il saluto, si guardavano e si sorridevano.

Ninì[3] De Vincentis pareva non si fosse rimesso ancora del tutto dallo spavento che s'era preso nel veder Capolino piegarsi sulle[4] gambe, ferito in petto dalla pistola del Verònica, al secondo colpo. Era stata, veramente, una terribile sorpresa per tutti, quella ferita. Le pistole, per tacita intesa fra i padrini, erano state caricate in modo da non produrre alcun effetto, volendosi che il vero duello avvenisse alla sciabola. E meno male che la palla, arrivata senza troppa violenza, aveva appena appena intaccato una costola ed era deviata dal cuore! Ma[5] non solo quello spavento teneva ancora il povero Ninì tanto abbattuto e sbalordito; Nicoletta Capolino gli aveva lasciato intendere chiaramente che[6] Dianella Salvo non era né sarebbe mai stata per[7] lui, quand'anche il padre non avesse opposto un[8] così reciso rifiuto alla domanda. Dopo[9] la prima notte vegliata accanto al letto del marito, non ostante l'assicurazione dei medici che[10] ogni pericolo per fortuna fosse scongiurato, Nicoletta si era persuasa che non era più il caso di rappresentar la parte della moglie disperata, come aveva fatto a Valsanìa all'annunzio della ferita toccata « a Gnazio suo ». E s'era messa ad alternar le cure amorose e diligenti al suo povero « paladino » ferito con[11] lo studio sapiente di rimaner lì a Colimbètra, nella memoria di don Ippolito Laurentano, ospite graditissima. Ah, se[12] al posto di quella foca di Adelaide Salvo fosse stata lei, là, tra poco, regina di quel piccolo regno! Era certa che tutte le parti buone, di cui si sentiva pur dotata e che la sorte[1] aveva voluto opprimere e soffocare in lei, si sarebbero ridestate liberamente e avrebbero preso alla fine in lei il sopravvento; certo che avrebbe saputo[2] render felici gli ultimi anni di quell'altero e bellissimo vecchio, ancora così vegeto e fresco! Indovinava in lui l'amaro disinganno[3] provato alla vista della futura sposa; ma intuiva che nessun'arte di seduzione sarebbe valsa su quell'uomo, il quale della fedeltà alla parola data s'era fatta quasi una religione. Neppur l'ombra della civetteria, dunque, in lei, ma una gara di cortesie e di compitezze con lui, in quei giorni, senza la minima affettazione. E che prediche a quattro occhi allo zio Salesio, il quale non voleva capire che non c'era più nessuna ragione, proprio,[4] perché si[5] trattenesse ancora a Colimbètra. Sapeva star bene a posto, sì – troppo bene, anzi – zio Salesio; ma... ma... ma... E del[6] suo sogno inattuabile, della nostalgia della bontà, dell'incubo che le cagionava la vista del patrigno così compìto e ridicolo, della nausea che in quel momento le dava la sua lunga odiosa finzione d'affetto per quel marito, per quel degno compagno della parte peggiore di sé, Nicoletta si vendicava tormentando Ninì De Vincentis, segnatamente la sera, su quel terrazzo aggettato su le colonne del vestibolo esterno. Gli parlava di Dianella. Lo straziava quasi con voluttà. Sapeva che nessun[7] dolore, nessuna ingiustizia, non solo non avrebbero fatto commettere alcunché di male a quel giovine incorruttibile, ma[8] non gli avrebbero neppure strappato una parola acerba dalle labbra, tanto era schiavo della propria bontà e rassegnato a essa! Gli[9] parlava misteriosamente, con frasi smozzicate, quasi per non farlo saziare in una volta sola del proprio dolore. Ninì[10] voleva sapere per qual ragione gli avesse detto che[11] Dianella Salvo non sarebbe stata mai per lui, nemmeno se il padre[12] avesse accondisceso.

– Perché? Eh, caro Ninì... C'è una ragione, una ragione che non è cattiva soltanto per voi!

– Che ragione?

– Non ve la posso dire.

– Cattiva[1] anche per chi?

– Anche per me, Ninì!

– Per lei? – domandava Ninì, stupito.

E lei, sorridendo:

– Sicuro. Voi non la vedete; ma c'è. C'è una[2] relazione tra me, voi e... lei. Che relazione? Che ci può esser di comune tra me e voi? Eppure c'è, Ninì. Io e voi siamo uniti da qualche cosa. Pare impossibile, no? Eppure!

Ninì[3] De Vincentis restava assorto ad almanaccare su quella ragione misteriosa e si struggeva dentro.

Quando Aurelio Costa, introdotto da Liborio, si presentò nel salone, Nicoletta era presso il marito; ma sopravvenne poco dopo e provò un gran piacere nel farsi veder da lui in[4] quella casa principesca, tra gli ossequii e il rispetto di tutti. Don Ippolito s'affrettò a riferirle la notizia della dimostrazione popolare.

– Ora riposa, – diss'ella. – Temo che si turberebbe troppo... Ma, se vogliono...

– No, no, – soggiunse subito il principe. – Si troverà modo d'annunziarglielo domani.[5]

– Ma sì, credo che don Flaminio, – aggiunse Aurelio Costa, – mi abbia mandato così di fretta a[6] quest'ora, per far sapere lì per lì agli[7] elettori che l'onorevole Capolino e il principe sarebbero stati subito informati della dimostrazione.[8]

– Mi dispiace tanto per lei, ingegnere, – disse allora Nicoletta, – che ha dovuto farsi codesta corsa...

– Ma non lo dica! – la interruppe subito il Costa. – L'ho fatta anzi con piacere.

– Anche perché, scommetto, – interloquì zio Salesio, – lei non era mai stato a[9] Colimbètra, eh? Meravigliosa dimora, caro ingegnere... meravigliosa! Vero paradiso in terra!

Il principe sorrise, chinando lievemente il capo, e invitò Aurelio Costa a rimanere a cena.

Per[1] quella serata Ninì De Vincentis fu lasciato in pace da Nicoletta; ma non gliene fu grato affatto. Aveva preso gusto alla tortura. Fu tutta per Aurelio Costa Nicoletta quella sera. E volle proprio inebriarlo; volle ch'egli[2] interpretasse segretamente tutte le premure e gli sguardi e i sorrisi di lei come un compenso all'incarico ingrato impostogli da Flaminio Salvo, di venire cioè là a Colimbètra ad annunziare il trionfo del marito; e volle che in quel compenso ch'ella gli dava, egli sentisse un sapor di vendetta contro il Salvo stesso, il quale, pur conoscendo i sentimenti di lui, lo aveva mandato lì come un servo. Considerava egli tutti come suoi schiavi venduti? Poteva anche darsi però che questi schiavi alla fine, così provocati, accettassero la sfida e s'intendessero tra loro! Non s'intendevano già? Non c'era già tra[3] loro un accordo, un patto segreto? E[4] gli occhi di Nicoletta Capolino fissi in quelli di lui ora sfolgoravano aizzosi e ardenti, ora s'illanguidivano velati e turbati, quasi nella promessa di un'intensa voluttà.[5] Schiavo, schiavo con lei! si sarebbero vendicati di tutti quei vecchi che volevano tenere schiavi[6] loro due giovani! Per lei, d'ora innanzi, egli avrebbe amata la sua schiavitù; e non avrebbe più pensato di diventar padrone anche[7] se Dianella Salvo gli avesse fatto intendere apertamente il suo amore. Schiavo, schiavo con lei!

Era veramente com'ebro Aurelio Costa, avvampato in volto da una gioja riconoscente verso quella donna, quando, a sera tarda, lasciò Colimbetra. Non[8] sapeva che pensare. Il sangue gli frizzava per le vene, le orecchie quasi gli rombavano. Era ella così, per abito o per natura, lusinghiera con tutti, o per lui unicamente aveva formato quei sorrisi e trovato quegli sguardi e quelle premure? Doveva dubitarne o esserne certo? E se certo, per qual ragione s'era indotta così d'improvviso a tentarlo, a provocarlo, dopo[1] avere opposto, anni fa, un così reciso e sdegnoso rifiuto all'onesta domanda di lui? Se n'era pentita? Stanca, nauseata della parte infame che le aveva assegnato il marito, voleva ribellarsi e vendicarsi, scegliendo per la vendetta chi onestamente un giorno aveva[2] voluto farla sua? Voleva[3] ora dargli questa rivincita sopra colui per il quale lo aveva[4] allora rifiutato? O voleva tendergli un'insidia? Questo[5] sospetto, per quanto gli paresse indegno in quel momento, gli s'era[6] pure insinuato tra le varie ondeggianti supposizioni. Non[7] poteva aver molta stima di lei. Ma[8] quale insidia? Innamorarlo, fargli perdere la testa, fino al punto di suscitar la gelosia di Flaminio Salvo, e farlo cacciar via da questo? Ma non le aveva egli detto che nessuna perdita sarebbe stata per lui, ormai, lasciare il Salvo? E poi, qual interesse[9] avrebbe avuto ad[10] allontanarlo? che ombra le dava? Le ricordava, nella miseria presente, il passato? Ma se lei stessa, stringendogli forte, segretamente la mano, aveva voluto[11] ricordare a lui invece quel[12] passato, per toglier l'ombra di esso fra loro due? E[13] gli era parsa sincera! Sì, franca e sincera! E com'era bella! Qual fascino si sprigionava da tutta la persona di lei! Oh, esserne amato...

Giunto alla[14] villa di Flaminio Salvo, ora silenziosa e[15] buja, Aurelio Costa lasciò nella scuderia il cavallo e salì nello studio, ove il Salvo lo aspettava. Questi[16] notò subito il turbamento, l'animazione insolita nel volto e nelle parole del giovine che[17] si scusava del ritardo per essere stato trattenuto a cena dal principe. Ascoltandolo, lo fissava con acuta investigazione; e, appena Aurelio chinava gli occhi, accentuava un po' più il solito sorriso, effuso in tutti i lineamenti del volto, che un po' di stanchezza, quella sera, faceva apparir più floscio.

– Me l'aspettavo, – gli disse, carezzandosi le basette.

– Credetti che... – si provò ad aggiungere Aurelio.

– Ma sì! hai fatto bene, – lo interruppe subito il Salvo. – Che buon'aria porti da fuori! Deve far bene una cavalcata a quest'ora in campagna... Bella[1] serata! Qua si soffoca... Quando sarai vecchio te[2] ne ricorderai...

– Io? – domandò Aurelio, indotto a sorridere dal tono amorevole con cui il Salvo gli parlava, quantunque le parole, dopo le riflessioni fatte nel venire, lo ponessero in sospetto. – Perché?

– Mah... dico, forse... – sospirò il Salvo, accompagnando un'alzata di spalle con un gesto vago della mano. – Veramente, tu[3] ci sei avvezzo... Di giorno, di notte, in giro... Vita mossa, la tua! Ma forse questa gita è stata speciale. Quando siamo vecchi, ci si accendono, così, a lampi, ricordi, visioni lontane di noi stessi quali fummo in certi momenti... e non sappiamo neppure perché quel momento e non[4] un altro ci sia rimasto impresso e, a un tratto, ci[5] si stacchi e guizzi sperduto nella memoria. Era forse un ricordo più ampio, di tutto un brano di vita. S'è[6] spezzato. Resta viva una sola scena, vivo un sol momento, un attimo... E ti rivedrai a cavallo, in una notte serena sotto[7] le stelle... e forse invano ti sforzerai di ricordarti quali pensieri avevi in quel punto in mente, quali sentimenti[8] nel cuore...

– Ma questo avviene anche senz'esser vecchi – osservò Aurelio.

– Non è lo stesso, – rispose il Salvo. – Te n'accorgerai.

E restò un pezzo con gli occhi immobili e fissi senza attenzione. C'era[9] veramente anche nel Salvo, quella sera, non so che di strano, e anche Aurelio lo notò, come se, durante la sua assenza, quegli, lì nello studio austero, se ne fosse stato immerso in pensieri che[1] gli avessero ingenerato una tristezza nuova. Quali pensieri? Certo, se n'era stato coi gomiti su la scrivania e la testa tra le mani, poiché sul capo, calvo su l'occipite, erano scomposti i pochi capelli grigi attorno alla fronte. Aurelio[2] sapeva ch'era profondamente triste il fondo di quell'anima torbida e imperiosa, e[3] che il tratto duro, i modi risentiti e irruenti eran come rigurgiti istantanei di quella tristezza inveterata, nascosta, compressa, inconsolabile. Ma perché si era tanto abbandonato ad essa proprio in quella sera che[4] doveva esser lieto della vittoria?

– Tutti bene laggiù? – domandò[5] il Salvo, riscotendosi. – Lui, lo hai visto?

– No, – rispose Aurelio, dissimulando l'impaccio e il turbamento che forse gli trasparivano sul[6] viso, col timore d'aver mancato a una cosa che doveva fare; e però aggiunse in iscusa, arrossendo: – Perché la signora disse che riposava.

– Su[7] gli allori, eh? – aggiunse il Salvo; quindi, levando il mento e sorridendo apertamente, domandò: – E... dimmi, contenta, lei... la signora?[8]

Aurelio aprì le braccia, e con l'aria di chi si fa nuovo di una cosa:

– Non mi parve, – rispose. – Perché?

– Dev'esser contenta. Va[9] a Roma...

– Già, col marito adesso...

– Deputato, deputato, – concluse il Salvo, dimenando il capo. – Era necessario! Deputato.

E si alzò.

– Vedi, caro mio, quali sono le nostre colpe imperdonabili? Poi ci lamentiamo! In un momento come questo, con un'impresa come quella che abbiamo in animo di tentare, che ci costa già tanti studii, che mi espone già a tanti rischi, ho fatto eleggere deputato Capolino. Proprio l'uomo che mi ci voleva, non ti pare? per parlar forte a Roma, domani, al Ministero dell'Industria e del Commercio... Ma era necessario. Vedrai che Ignazio starà benissimo a Roma: è il posto suo, quello. Qua m'ingombrava... Piazza pulita, piazza pulita... Caso mai, andrò io a parlare col signor Ministro, a Roma. Bisogna però che prima qua sottoscrivano tutti i produttori[1] di zolfo, grossi e piccini; li voglio tutti; e con questo, che limitino, occorrendo, l'estrazione del minerale e lo depositino tutto nei magazzini generali. Se no, niente. Arrischio i miei capitali per la salvezza dell'industria siciliana. Ho diritto di pretendere l'unione e l'accordo di tutti gl'interessati e qualche lieve sacrifizio, se occorre. Intanto, mentre qua si studia sul serio per portar rimedio a questa condizione di cose disperata per tutti, hai[2] sentito a Grotte? Vogliono imporsi col numero... Stupidi! Imporsi a chi, e perché? la rovina, oggi, è più per chi ha, che per chi non ha! Il numero... Che forza può avere il numero? Ti può dar l'urto bestiale; ma la valanga che atterra, si frantuma anch'essa nello stesso tempo. Ah che nausea! che nausea! A uno a uno, hanno paura, capisci? e si raccolgono in mille per dare un passo che[3] non saprebbero da soli; a uno a uno, non hanno un pensiero; e mille teste vuote, raccolte insieme, si figurano che l'avranno, e non s'accorgono che è quello del matto o dell'imbroglione che le guida. Questo, là. E qua? Qua un altro spettacolo, più nauseante. Io forse invecchio, Aurelio.

– Lei?

– Invecchio, sì; perdo[4] il gusto di comandare. Me lo fa perdere la servilità che scopro in tutti. Uomini, vorrei uomini! Mi vedo attorno automi, fantocci che[5] devo atteggiare così o così, e che mi restano davanti, quasi a farmi[6] dispetto, nell'atteggiamento che ho dato loro, finché non lo cambio con una manata. Soltanto di fuori però, capisci? si lasciano atteggiare![1] Dentro... eh, dentro, restano duri, coi loro pensieri coperti, nemici, vivi solamente per loro. Che puoi su questi? Docili di fuori, miti, malleabili, visi ridenti, schiene ossequiose, t'approvano, t'approvano[2] sempre. Ah, che sdegno! Vorrei sapere perché mi arrovello[3] così; perché e per chi lo faccio... Domani morrò. Ho comandato! Sì, ecco: ho assegnato la parte a questo e a quello, a tanti che non hanno[4] mai saputo veder altro in me che la parte che rappresento per loro.[5] E di tant'altra vita, vita d'affetti e di idee che[6] mi s'agita dentro, nessuno che abbia mai avuto il più lontano sospetto... Con chi vuoi parlarne? Sono fuori della parte che devo rappresentare... Certe volte, a qualcuno che viene qua a visitarmi, a incensarmi, mi diverto a rivolgere certi sguardi, certi sguardi che sfondano la parete, e[7] me lo vedo allora per[8] un attimo, restar davanti sospeso, impacciato, goffo; Dio[9] sa che forza devo far su me stesso per non scoppiargli a ridere in faccia. Mi crederebbe ammattito, per lo meno. E anche tu, caro mio, se vedessi con che occhi mi stai guardando in[10] questo momento...

– Io no! – disse subito Aurelio, riscotendosi.

Flaminio Salvo rise, scotendo il capo:

– Anche tu, anche tu... È così; per forza è così... Ti posso io dire quel che vorrei veramente da te? il piacere che mi faresti, se tu agissi com'io forse al tuo posto agirei?

– E perché no? – domandò Aurelio, levandosi. – Mi dica...

– Ma perché no, – negò subito il Salvo, stringendosi nelle[11] spalle, – perché non posso... Puoi dirmi tu quel che pensi, quel che senti, la vita che hai dentro in questo momento?... Non puoi... Sei davanti a me nelle relazioni che possono correre fra me e te: tu sei il mio ingegnere, il mio buon figliuolo che amo, a cui questa sera, davanti a una ventina di marionette, ho dato l'incarico di recarsi a Colimbètra, messaggero[1] di trionfo: e basta! Che altro potrei dirti? Questo soltanto, forse, per il tuo bene...

E Flaminio Salvo posò una mano sulla[2] spalla di Aurelio:

– Non ti tracciar vie da seguire, figliuolo mio; né abitudini, né doveri; va', va', muoviti[3] sempre; scròllati di tratto in tratto d'addosso ogni incrostatura di concetti; cerca il tuo piacere e non temere il giudizio degli altri e neanche il tuo, che puoi stimar giusto oggi e falso domani. Conosci don Cosmo Laurentano? Se sapessi quanta ragione ha quel matto! Va', va', è tardi; andiamo a dormire. Addio.

Sceso nel viale della Passeggiata, sotto gli alberi spioventi, nell'ampio silenzio della notte, Aurelio Costa ebbe l'impressione di non trovar[4] più se stesso in sé, e si fermò come[5] per cercarsi. I pensieri[6] che lo avevano agitato intorno al suo avvenire, per quel vasto disegno del Salvo; gli sguardi provocanti, le parole e le premure di Nicoletta Capolino, poc'anzi, a Colimbètra; e[7] qua, adesso, questo discorso triste, sinuoso e inatteso[8] del Salvo, gli avevano quasi disperso, sparpagliato lo spirito. Una parte era rimasta là a Colimbètra; l'altra qua nella villa. Frastornato, messo in sospetto, ripensava alle parole del Salvo. E dunque[9] sarebbe andata a Roma Nicoletta? E allora? Ma come? Il Salvo s'era voluto sbarazzare del Capolino? Sì, lo[10] aveva detto chiaramente: *Piazza pulita*. Aveva alluso fors'anche a lei? C'era una certa ironia nella domanda che[11] gli aveva rivolta: *Contenta, la signora?* Aveva voluto allontanare anche lei dalla sua casa? O forse ella gli si era ribellata? Era egli così triste, in un animo così insolito, per questo? E che voleva da lui? Che senso cavare dalle strane cose che gli aveva dette? *Ti posso io dire il piacere che mi faresti, se tu agissi com'io forse al tuo posto agirei?* Che piacere? che aveva inteso dire? Un desiderio segreto, inconfessabile? O aveva detto così, in genere? S'era lamentato d'aver attorno automi, fantocci... E quei consigli, in fine. Per quanto[1] si sforzasse, non riuscì a raccapezzarsi. E allora, quasi lasciando fuori, a vagar dove volevano, pensieri[2] e dubbii e sospetti, si restrinse nel guscio sicuro della sua coscienza, nel sentimento modesto, tranquillo e solido che aveva sempre avuto di sé. Per il caso[3] fortuito d'aver cavato, un giorno, quasi senza volerlo, dalle mani della morte il Salvo, era stato sollevato a una condizione invidiabile, di cui con le sue stesse doti naturali, e la buona volontà, aveva poi saputo rendersi degno.[4] Il favore stesso della fortuna, che tutti riconoscevano meritato, l'eco ingrandita degli onori a cui era venuto negli studii, nei concorsi, nella professione, gli avevano dato di poi un'importanza[5] che egli stesso riconosceva soverchia, e che lo metteva qualche volta in imbarazzo. Il modo con cui si vedeva accolto e trattato, quel che si diceva di lui, gli dimostravano di continuo ch'egli era per gli altri qualcosa di più che per se stesso; un altro[6] Aurelio Costa, ch'egli non conosceva bene, di cui non si rendeva ben conto; restava perciò sempre innanzi agli altri in[7] uno stato d'animo angustioso, in una strana apprensione confusa, di venir meno all'aspettativa altrui, di decadere dalla sua reputazione. Sapeva[8] star bene al suo posto, ma avrebbe voluto starci quieto e sicuro; invece gli pareva che gli altri, avendo egli preso a salire fin da ragazzo, gli indicassero ancora come a lui pertinente un[9] posto più alto, e lo spingessero e non lo lasciassero star tranquillo. Non era timidezza la sua; era un ritegno impiccioso, che spesso lo irritava contro gli altri o contro se stesso, una costernazione assidua che[10] si scoprisse in lui qualche manchevolezza, se appena appena si fosse allontanato dal campo delle sue conoscenze, ove si sentiva sicuro, dal posto, ove[1] poteva stare, ov'era arrivato da sé per suo merito effettivo. La irritazione[2] contro se stesso nasceva anche dal veder che tanti, da lui stesso stimati inferiori in tutto, sapevano[3] farsi avanti con disinvoltura ed erano lasciati passare; mentre lui, ritenuto da tutti superiore anche al concetto ch'egli aveva di se medesimo, lui si tirava indietro e, se spinto, si sentiva spesso impacciato nei movimenti, nel parlare, e arrossiva talvolta come una fanciulla.

Quella sera, Aurelio Costa avvertì più che mai quel senso di inesplicabile fastidio che gli cagionava sempre la propria ombra nell'allungarsi sperticatamente, assottigliandosi innanzi a lui, a mano a mano che si allontanava dai lampioni accesi. Dopo il frastuono della dimostrazione popolare, il silenzio della città addormentata, vegliata da quei lugubri lampioni, gl'incuteva ora una cupa ambascia.

A metà[4] della via Atenea deserta, scorse Roberto Auriti, solo; si voltò[5] a guardarlo con profonda pena e lo seguì con gli occhi finché[6] non lo vide svoltare per una delle erte viuzze a manca che[7] conducevano alla Badia Grande.

Tutta quella notte si vegliò in casa di donna[8] Caterina Laurentano, dovendo Roberto e il nipote partire a bujo, alle quattro del mattino. La vecchia casa era ancora illuminata a petrolio, e s'andava col lume in mano da una stanza all'altra.

Anna[9] Del Re s'indugiava amorosamente negli ultimi preparativi per il figliuolo. Che strazio, per lei, quella partenza! Tutto il suo mondo, tutta la sua vita, da anni e anni, erano raccolti nell'amore[10] e nelle cure per quel suo unico bene. Come avrebbe vissuto più ora senza[11] di lui? E piangeva silenziosamente.

Se l'era allevato, lo aveva custodito con l'anima e col fiato, non badando ai rimproveri della madre che[1] temeva lo avviziasse troppo. Ma no, no! che avviziare! Era tanto impensierita e tormentata, lei, nel vederlo crescere così freddo e arcigno, sempre e tutto chiuso in sé, e procurava con le sue maniere, con le cure sempre vigili, d'addolcirlo, ecco, di riscaldarlo con l'amore materno, di renderlo più espansivo e confidente.

Non sapeva che cosa egli covasse in fondo[2] al cuore, che lo allontanava anche dalla compagnia dei giovani della sua età. Studiare, studiava anche troppo, con nocumento finanche della salute; e quando[3] non studiava, stava acutamente assorto in certi pensieri che gli rendevano più irsute le ciglia, più duro e scontroso lo sguardo dietro le lenti da miope.

– Oh Dio, Ninuccio, se vedessi come ti fai brutto...

Egli le rispondeva con una spallata.

Forse soffriva, il suo Ninuccio, delle angustiose condizioni della famiglia, forse pensava che la nonna anche senza derogare affatto a se stessa, ai suoi sentimenti, avrebbe potuto essere ricca. Troppo, certo, l'infanzia di lui e la prima giovinezza erano state aduggiate dall'ombra cupa di tante sventure in quella vecchia e vasta casa sempre silenziosa, nella quale il sole, entrando, pareva non recasse mai né luce né calore. Che casa! Lo notava quella notte, presentendo[4] lo squallore in cui domani le sarebbe apparsa! Logorati i mobili, anneriti i soffitti, consunto il pavimento, inaridite e stinte le cornici delle imposte, sbiadita[5] in tutte le stanze la carta da parato. Pur curata[6] e pulita e rassettata sempre, pareva che anch'essa sentisse oscuramente la doglia della vita. Aveva ragione Corrado Selmi; aveva interpretato bene il segreto sentimento di lei... Già da tempo rassegnata, avrebbe[7] desiderato, se non per sé, almeno per quel figliuolo, che alla fine qualche sorriso di pace alleviasse un po' l'oppressione delle[1] memorie dolorose, quel cupo rancore contro la vita, la muta, disperata amaritudine della madre.

Calma, e non pace! Non poteva aver pace l'anima di donna Caterina Laurentano. Forse[2] perché non credeva più in nulla? Lei sì, Anna, credeva; credeva[3] fervidamente in Dio, pur senza seguire alcuna delle pratiche religiose. Le donne del vicinato non la vedevano mai andare a messa, come la madre; e tuttavia distinguevano tra l'una e l'altra, indovinavano che la *signora giovane* era religiosa e, nell'intravederla qualche volta da lontano, così bella e mite, sempre vestita di nero, se l'additavano come una santa.

Anna stava soprattutto[4] in pensiero per la nuova vita, in mezzo alla quale si sarebbe trovato fra poco il figlio nella[5] casa del fratello, a Roma. Non dubitava che Roberto avrebbe avuto le più diligenti cure[6] per il nipote; ma la donna ch'egli aveva con sé? i parenti, gli amici? quel Corrado[7] Selmi che, col suo fascino strano, era finanche riuscito a turbar lei? Chi sa quale impressione ne avrebbe ricevuto il suo Ninuccio, vissuto sempre qua, rinchioccito presso lei e la nonna! L'una[8] e l'altra avevano parlato spesso e a lungo, con amarezza, della vita mancata del loro Roberto, della falsa famiglia che s'era formata, su le notizie che ne aveva dato loro Giulio, l'altro fratello; notizie piuttosto vaghe, perché Giulio, cresciuto sempre a Roma, aveva perduto del tutto l'aria, il sentimento della famiglia, non pareva più affatto neanche siciliano; e forse scusava il fratello maggiore; certo non dava alcun peso, alcuna importanza a tante cose che[9] per poco a lei e alla madre non facevano orrore.

Era una maestra di canto, moglie d'un tenore che aveva perduto la voce, la compagna di Roberto. E Giulio aveva detto, ridendo, che questo tenore, buon uomo, sedeva ogni giorno alla tavola di Roberto e dormiva poi, la sera, presso un fratello della moglie che[1] teneva una specie di collegio, di conservatorio di musica privato, dove colei insegnava canto e il marito fungeva nientemeno che da censore. Roberto era come in pensione in quella casa, dove qualche volta, nelle annate di maggiore affluenza, alloggiava anche qualche convittore che non aveva trovato posto nel collegio del fratello. A contatto di tal gente si sarebbe trovato dunque, tra poco, il figliuolo. Parecchie[2] volte Anna aveva cercato di persuadere la madre di[3] proporre a Roberto il loro trasferimento a Roma. Avrebbero venduto quella casa, albergo di tante sventure, e si sarebbero accomodate a vivere alla meglio a Roma, magari sole dapprima, sole o con Giulio soltanto. Chi sa che, a poco a poco, col tempo, la madre non sarebbe poi riuscita a liberar Roberto da quella compagnia... Non sarebbe stato anche un risparmio, di tre case farne una sola? E tutta la famiglia raccolta insieme...

– Sogni! – le aveva detto la madre. E non aveva voluto neanche mettere in discussione la[4] proposta.

Sapeva che né Giulio avrebbe voluto perdere la propria libertà, né Roberto avrebbe saputo sciogliersi dalla schiavitù di quella donna. Anche lei, poi, all'età sua, non avrebbe potuto resistere a un cambiamento così radicale di vita e d'abitudini.

– Sogni! Quand'io[5] morrò, e Nino sarà cresciuto, tu andrai con lui... Ci penserà lui a farti una nuova vita.

– Ma intanto!... – sospirava Anna, e guardava nell'altra stanza il figlio, che[6] ascoltava i discorsi della nonna e dello zio, con una mano tra i capelli, un gomito su la tavola, sotto[7] la lampada che pendeva dal soffitto. Eccolo: non dimostrava né pena d'allontanarsi da lei per circa un anno, né gioja di recarsi a Roma. Sempre così! Una volta sola su[8] i primi dello scorso anno, infatuato d'una scoperta che credeva d'aver fatto, d'un suo speciale congegno per trarre – diceva – l'energia elettrica dalle onde del mare (era venuto, quell'anno, all'Istituto Tecnico un bravo professore di fisica, il quale era riuscito a infervorare per la sua scienza tutti gli scolari) le aveva[1] parlato con vero calore, per indurla a spingere la nonna a chiedere in prestito qualche migliajo di lire, – non allo *Zio Borbonico*, no! – ma allo zio Cosmo, magari: un migliajo di lire in prestito, per costruire alla meglio gli attrezzi necessarii agli esperimenti che si sarebbe recato a fare a Valsanìa, su la piaggia. Povero[2] figliuolo! Gli aveva fatto cascar le braccia, subito. La nonna? chieder denaro in prestito ai fratelli? E non la conosceva? S'era[3] subito rinchiuso nel suo ispido silenzio, e non[4] aveva voluto darle nemmeno una spiegazione su quella sua famosa scoperta. Chi sa quanto c'era di vero... Forse un'illusione[5] puerile! Ma pure, tutto quell'anno, aveva[6] seguitato a studiare accanitamente quella scienza, e ora, andando a Roma, si proponeva di dedicarsi a essa interamente. Altri[7] affetti – pur essendo così giovane – altre cure, altre voglie pareva non avesse.

– Ninuccio, – chiamò.

Aveva finito di preparare la valigia, e voleva l'ajuto di lui, per chiuderla. Egli accorse subito.

– Troppo piena? – gli domandò. – Hai voluto metterci tutti quei libri... Non sarebbe meglio levarli di qua e porli insieme con gli altri nella cassetta? Tanto, te la spediremo subito.

– Me la porto via con me, la cassetta, – diss'egli. – Non mi fido. Chi sa quando m'arriverebbe...

– Ma ti peserà troppo, figlio mio, che dici? Impossibile... Non dubitare, l'avrai subito. Ci penserò io...

– E allora qua nella valigia, lasciali qua, questi libri. Chiudo?

– Non ha detto nulla la nonna di là, a zio[1] Roberto? – domandò lei allora, alludendo a quella sua proposta.

– Nulla, – rispose il figlio.

– Capisco anch'io, – sospirò Anna, – che è quasi impossibile... L'avrei voluto per te... Mah! Ninuccio mio, mi raccomando: mi devi scrivere tutto, sempre... se hai bisogno di qualche cosa... come stai... se ti trovi bene... Tutto! Mi contento anche di poche righe... Ma[2] le prime lettere, no, sai? lunghe, le prime lettere... Voglio saper tutto! E bada, Ninuccio... un po' più d'ordine! Ti disporrai bene tutta la biancheria nei cassetti... Non fare al solito tuo! Zio Roberto è molto ordinato, lo sai... Ordinato anche tu! E non ti dico altro... So che farai il tuo dovere e che contenterai tua madre e la nonna, che restiamo qua... sole... Basta, basta... Presto sarà l'ora...

Entrarono nella sala da pranzo, dove la nonna e Roberto sedevano accanto sul canapè.

– Vedrai, – diceva donna Caterina. – Io vorrei prima finir di chiudere questi occhi. Ma[3] toccherà forse di vedere anche a me, per conchiudere bene, questo spettacolo qua. Ci sarà, non dico, chi[4] mette male apposta; ma alla mala semenza il terreno è preparato da anni. Voi state a Roma, e non sentite e non vedete nulla. Vorrei[5] ingannarmi! Ma non m'inganno.

Alzò il capo a guardar la figlia e il nipote, vide negli occhi di Anna le lagrime, ed esclamò, levando un braccio:

– Lascialo partire, lascialo andar via! Aria! Aria! Respirerà... Buca l'uovo, figliuolo mio; e lascia star qua nojaltri, ad aspettare la manna del cielo! Nel Sessanta, caro Roberto, sai che facemmo noi qua? sciogliemmo in tante tazzoline le animucce nostre, come pezzetti di sapone; il Governo ci mandò in regalo un cannellino per uno; e allora noi qua, poveri imbecilli, ci mettemmo tutti a soffiare nella nostra acqua saponata, e che bolle! che bolle! una più bella e più variopinta dell'altra! Ma poi il popolo cominciò a sbadigliare per fame, e con gli sbadigli, addio! fece scoppiare a una a una tutte quelle magnifiche bolle che[1] sono finite, figlio mio, con licenza parlando, in tanti sputi... Questa è la verità!

La serva venne ad annunziare che la carrozza era arrivata e che il vetturino, un po' in ritardo, faceva fretta. C'era circa mezz'ora di vettura da Girgenti alla stazione ferroviaria in Val Sollano.

Anna, con la candela in mano innanzi alla porta, presso la madre, rimase come sopraffatta, insaziata dell'ultimo abbraccio frettoloso al figlio, che correva accanto allo zio, giù per la ripida viuzza a scalini, nel bujo ancor fitto.

« Figlio mio! figlio mio! » gemeva tra sé.

– Tu, Ninuccio, lo rivedrai, – le disse piano la madre. – Io, Roberto... chi sa!

Udirono nel silenzio profondo il rotolìo della vettura che s'allontanava. E Anna levò gli occhi pieni di lagrime al cielo, dove le stelle, per lei, vegliavano religiosamente.

PARTE SECONDA

I

Seduto[1] innanzi all'ampia scrivania, su cui stavano schierati tutt'intorno prospetti e relazioni irti[2] di cifre, il segretario aspettava che S. E. il Ministro si ricordasse che[3] doveva riprendere a dettare. Già era la terza notte che il cav.[4] Cao... – ohè, lavorare, va bene; ma... ma... ma... – un'intera giornata a sgobbare al Ministero; poi la sera lì, al palazzo di Sua Eccellenza; di questo passo, non sarebbe venuta più a fine quella esposizione finanziaria. Eppure, tra pochi giorni, avrebbe dovuto esser letta alla Camera dei deputati. Non[5] ne poteva più! Ma veramente non era tanto la stanchezza, quanto[6] la sofferenza che da qualche tempo gli cagionava la vista di quell'uomo venerando, per cui sentiva ancora profondo e sincero affetto, se non più l'ammirazione di prima. Aveva già veduto tante cose il cav. Cao, prima da lontano, cert'altre ne vedeva adesso da vicino! Non si può vivere, è vero, settanta e più anni, commettendo sempre eroiche azioni. Per forza qualche sciocchezza, o piccola o grande, si deve pur commettere. E una oggi, una domani, tirando infine le somme... Si tirava, invece, così pensando, il[7] cav. Cao un ispido pelo dei baffi, inverosimilmente lungo. Perbacco! Fin sul capo, gli arrivava... Un pelo solo. Nero. Per[8] avvertir meno la stanchezza e la noja di quell'attesa, lavorava di fantasia. Un[9] pajo di lenti di Sua Eccellenza, lì su la scrivania, eran diventate[10] due laghetti gemelli; uno spazzolino da penne, un fitto boschetto di elci; il piano della scrivania, dov'era sgombro, una sterminata pianura, che forse primitive tribù migratrici attraversavano, sperdute. Sua[1] Eccellenza passeggiava per lo scrittojo, aggrondato, a capo chino, con le mani dietro la schiena. E il cav. Cao, alzando gli occhi a guardarlo, con l'immagine di quello spazzolino da penne nella retina, pensò che Sua Eccellenza aveva la schiena pelosa. Pelosa la schiena e peloso il petto. Lo aveva veduto un giorno nel bagno. Pareva un orso, pareva. Ah[2] quante cose, quante particolarità ridicole non aveva scoperto[3] nella persona di Sua Eccellenza, da che non lo ammirava più come prima! Quella nuca, per esempio, così grossa e liscia e lucente, e tutti quei nerellini che gli pinticchiavano il naso, e quelle sopracciglia... là *zì!* e *zì!* – come due virgolette. Finanche negli occhi, negli occhi che gli incutevano un tempo tanta suggezione, aveva scoperto certe macchioline curiose, che[4] pareva gli forassero la cornea verdastra. Proprio vero: *minuit praesentia famam!*[5] E si meravigliava il cav. Cao e si rattristava insieme di poter vedere ora così quell'uomo[6] che in altri tempi lo aveva addirittura abbagliato, acceso d'entusiasmo per le gesta eroiche che si raccontavano di lui garibaldino e poi per le memorabili lotte parlamentari « strenuamente combattute ». Mah![7] Ormai Francesco D'Atri non pensava che a sporcarsi timidamente, d'una tinta gialligna, canarina, i pochi capelli che gli erano rimasti attorno al capo e l'ampia barba che[8] sarebbe stata così bella, se bianca. Anche[9] lui, è vero, il cav. Cao, da circa un anno, poco poco... i baffi soltanto. Ma per non averli, ecco, un po' bianchi, un po' neri. Gli seccava. E poi del[10] resto, per lui quella tintura non avrebbe mai avuto le disastrose conseguenze che[11] aveva avuto per Sua Eccellenza. Quantunque infine non avesse ancora quaran... ah già, sì, quarant'anni, da tre giorni: ebbene, quaranta: non avrebbe mai preso moglie, lui. E

Francesco D'Atri, invece, sì l'aveva[1] presa, a sessan-ta-set-te anni sonati; e giovane per giunta l'aveva presa. Segno evidentissimo di rammollimento cerebrale. Bisognava[2] metterlo da parte – (la vita ha le sue leggi!) – da parte, senza considerazione e senza pietà. Pietà, tutt'al più, poteva averne lui, perché gli voleva bene, perché lo vedeva soffrire atrocemente, in[3] silenzio, dell'enorme sciocchezza commessa; ma provava anche sdegno, ecco, per[4] la remissione di cui gli vedeva dar prova di fronte a quella moglie che, quasi subito dopo le nozze, s'era messa a far pubblicamente strazio dell'onore di lui. Tutti, o[5] quasi tutti, ammogliati tardi e male, questi benedetti uomini della Rivoluzione. Da giovani, si sa, avevano[6] da pensare a ben altro! Amare, sì... *la bella Gigogin...* un bacio, e:

Addio, mia bella, addio;
l'armata se ne va...

In fondo, a voler dir proprio, non avevano potuto far nulla a tempo e bene, né studii, né altro. Nelle[7] congiure, nelle battaglie erano stati come nel loro elemento; in pace, erano ora come[8] pesci fuor d'acqua. In vista, e senza uno stato; anziani, e senza una famiglia attorno... Dovevan purtroppo commettere tardi e male tutte quelle corbellerie che non avevano avuto tempo di commettere da giovani, quando, per l'età, sarebbero stati più scusabili. E poi, anche...

Il cav. Cao, a questo punto, tornò a scuotersi come per un brivido alla schiena. Da alcuni giorni era veramente sbigottito della gravità e della tristezza del momento. Tutte[9] le sere, tutte le mattine, i rivenditori di giornali vociavano per le vie di Roma il nome di questo o di quel deputato al Parlamento nazionale, accompagnandolo con lo squarciato bando ora di una truffa ora di uno scrocco a danno di questa o di quella banca. In[1] certi momenti climaterici, ogni uomo cosciente che[2] sdegni di mettersi con gli altri a branco, che fa? si raccoglie; póndera; assume secondo i proprii convincimenti una parte, e la sostiene. Così[3] aveva fatto il cav. Cao. Aveva assunto la parte dell'indignato e la sosteneva. Non[4] poteva tuttavia negare a se stesso, che godeva in fondo dello scandalo enorme. Ne godeva sopra tutto perché, investito bene della sua parte, trovava in sé in quei giorni una facilità di parola che quasi lo inebriava, certe frasi che[5] gli parevano d'una efficacia meravigliosa e lo riempivano di stupore e d'ammirazione. Ma[6] sì, ma sì: dai cieli d'Italia, in quei giorni, pioveva fango, ecco, e a palle di fango si giocava; e il fango s'appiastrava da per tutto, su[7] le facce pallide e violente degli assaliti e degli assalitori, su le medaglie già guadagnate su i campi di battaglia (che avrebbero dovuto almeno[8] queste, perdio! esser sacre) e su le croci e le commende e su le marsine gallonate e su le insegne dei pubblici uffici e delle redazioni dei giornali. Diluviava[9] il fango; e pareva che tutte le cloache della città si fossero scaricate e che la nuova vita nazionale della terza Roma dovesse affogare in quella torbida fetida alluvione di melma, su cui svolazzavano stridendo, neri uccellacci, il sospetto e la calunnia. Sotto[10] il cielo cinereo, nell'aria densa e fumicosa, mentre come scialbe lune all'umida tetra luce crepuscolare si accendevano ronzando le lampade elettriche, e nell'agitazione degli ombrelli, tra l'incessante spruzzolìo di una acquerugiola[11] lenta, la folla spiaccicava tutt'intorno, il cav. Cao vedeva in quei giorni ogni piazza diventare una gogna; esecutore, ogni giornalajo cretoso, che[12] brandiva come un'arma il sudicio foglio sfognato dalle officine del ricatto, e vomitava oscenamente le più laide accuse. E nessuna guardia s'attentava a turargli[1] la bocca! Ma già, più oscenamente i fatti stessi urlavano da sé. Uomo[2] d'ordine, il cav. Cao avrebbe voluto difendere a ogni costo il Governo contro la denunzia delle vergognose complicità tra i Ministeri e le Banche e la Borsa attraverso le gazzette e il Parlamento. Non voleva credere che le banche avessero largheggiato verso il Governo per fini elettorali, per altri più loschi fini coperti; e che, favore per favore, il Governo avesse proposto leggi che per le banche erano privilegi, e difeso i prevaricatori, proponendoli agli onori della commenda e del Senato. Ma non poteva negare che fosse stato aperto il credito a certi uomini politici carezzati, che in Parlamento e per mezzo della stampa avevano combattuto a profitto delle banche falsarie, tradendo la buona fede del paese; e che questi gaudenti avessero voluto occultare ciò che da tempo si sapeva o si poteva sapere; e che, ora che le colpe avventavano, si volesse percuotere, ma con la speranza che la percossa ai più deboli salvasse i più forti. Certo, lo sdegno del paese nel veder così bruttati di fango alcuni uomini pubblici che nei begli anni dell'eroico riscatto avevano prestato il braccio alla patria, si rivoltava acerrimo, adesso, anche contro la gloria della Rivoluzione, scopriva fango pur lì; e il cav. Cao si sentiva propriamente sanguinare il cuore. Era la bancarotta del patriottismo, perdio! E[3] fremeva sotto certi nembi d'ingiurie che s'avventavano in quei giorni da tutta Italia contro Roma, rappresentata[4] come una putrida carogna. In[5] un giornale di Napoli aveva letto che tutte le forze s'erano infiacchite al contatto del Cadavere immane; sbolliti gli entusiasmi; e tutte le virtù, corrotte. Meglio, meglio quand'essa[6] viveva d'indulgenze e di giubilei, affittando camere ai pellegrini, vendendo corone e immagini benedette ai divoti! Ne fremeva il cav. Cao, perché i clericali naturalmente, ne tripudiavano. Accompagnando[1] talvolta Sua Eccellenza a Montecitorio, vedeva per i corridoi e le sale[2] tutti i deputati, giovani e vecchi, novellini e anziani, amici o avversarii del Ministero, come avvolti in una nebbia di diffidenza e di sospetto. Gli pareva che tutti si sentissero spiati, scrutati; che alcuni ridessero per ostentazione, e altri, costernati del colore del loro volto, fingessero[3] di sprofondarsi con tutto il capo in letture assorbenti. Per certuni, non ostante il freddo della stagione, i caloriferi erano mal regolati: troppo caldo! troppo caldo! Chi[4] sa in quante coscienze era il terrore che da un momento all'altro gli[5] occhi d'un[6] giudice istruttore penetrassero in esse a indagare, a frugare, armati di crudelissime lenti. Al[7] cav. Cao era sembrato, il giorno avanti, che[8] alcuni deputati, i quali discutevano accalorati in[9] una sala, avessero troncato a un tratto la discussione vedendo[10] passare Sua Eccellenza D'Atri. S'era fermato un po' a guardare, accigliato, e da uno di quei deputati, che aveva subito voltato le spalle, aveva sentito ripetere chiaramente più volte, sottovoce ma con accento vibrato e impeto di sdegno, il nome di Corrado Selmi che in quei giorni correva sulla bocca di tutti. Il[11] cav. Cao sapeva bene che nessuno avrebbe osato mettere[12] in dubbio l'illibatezza di Francesco D'Atri; ma poteva darsi che, per via della moglie, fosse coinvolto anche lui nella rovina del Selmi che pareva ormai a tutti irreparabile.

Eppure, eccolo[13] lì: passeggiando per lo scrittojo e non ricordandosi più evidentemente né di chi stava ad aspettarlo né dell'esposizione finanziaria, Sua Eccellenza pareva soltanto impensierito d'un pianto infantile angoscioso che, nel silenzio della casa, arrivava fin lì, da una camera remota, non ostanti gli usci chiusi. Già una volta si era recato di là a vedere che cosa avesse la figliuola. Il[14] cav. Cao non seppe frenar più oltre la stizza – (perché, santo Dio, tutta Roma sapeva che quella bambina... quella bambina...) – si alzò come[1] sospinto da una susta, soffiando per le nari uno sbuffo.

Sua Eccellenza si fermò e si volse a guardarlo. Subito[2] il cav. Cao contrasse la faccia, come per un fitto spasimo improvviso, e disse, sorridendo[3] e stropicciandosi con una mano la gamba:

– Crampo, eccellenza...

– Già... lei aspettava... Scusi tanto, cavaliere. M'ero[4] distratto... Basta per questa sera, eh? Lei sarà stanco; io non mi sento disposto. Saranno le undici, è vero?

– Mezzanotte, eccellenza! Ecco qua: le dodici e dieci...

– Ah sì? E... e questo teatro, dunque, quando finisce?

– Che teatro, eccellenza?

– Ma, non so; il *Costanzi*, credo.[5] Dico per... per quella bambina... Sente come strilla? Non si vuol quietare. Forse, se ci fosse la mamma...

– Vuole che passi dal *Costanzi*, ad avvertire?

– No, no, grazie... Tanto, adesso, poco potrà tardare. Piuttosto, guardi: avrei bisogno urgente di parlare con l'Auriti.

– Col cav. Giulio?

– Sì. È con mia moglie. Può darsi che non venga sù, alla fine del teatro. Mi farebbe un gran piacere, se lo avvertisse.

– Di venir sù? Vado subito, eccellenza.

– Grazie. Buona notte, cavaliere. A domani.

Il cav. Cao s'inchinò profondamente, tirando per il naso aria aria aria; appena varcata la soglia, la buttò fuori con un versaccio di rabbia, che mutò subito però in un sorriso grazioso alla vista del cameriere in livrea che gli si faceva incontro.

Rimasto[1] solo, Francesco D'Atri si premé forte le mani[2] sul volto. Il lucido cranio gli s'infiammò sotto le lampadine elettriche della lumiera che pendeva dal soffitto. Si trattenne ancora un pezzo nello scrittojo a[3] passeggiare col viso disfatto dalla stanchezza e alterato dai foschi pensieri in cui era assorto. Con la piccola mano grinzosa e indurita dagli anni si lisciava quella[4] lunga barba canarina in contrasto così penoso e ridicolo con tutta l'aria del volto e la gravità della persona. Come mai non s'accorgeva[5] egli stesso, che[6] quella barba, così mal dipinta, nelle[7] circostanze presenti, era una smorfia orrenda? Non[8] se n'accorgeva, perché da un pezzo ormai Francesco D'Atri non aveva più la guida di sé, né più lui soltanto comandava in sé a se stesso. Non eran più suoi gli occhi con cui si guardava; eran d'un altro Francesco D'Atri che[9] dallo specchio gli si faceva incontro ogni mattina con aria rabbuffata e di sdegnoso avvilimento nel vedergli gonfie e ammaccate le borse delle pàlpebre, e tutte quelle rughe e quel bianco attorno alla faccia. Né questo era il solo Francesco D'Atri che si rifacesse vivo in lui nella[10] senile disgregazione della coscienza, e[11] lo tirasse a pensare, a sentire, a muoversi, com'egli adesso non poteva, non poteva più, con quelle membra e il cervello e il cuore imbecilliti dall'età. Era ormai un povero vecchio che[12] volentieri si sarebbe rannicchiato in un cantuccio per non muoversene[13] più; ma tanti altri *lui* spietati che[14] gli sopravvivevano dentro, approfittando di quel suo smarrimento, non volevano lasciarlo in pace; se lo disputavano, se lo giocavano, gli proibivano di lamentarsi e di dirsi stanco, di dichiarare che non si ricordava più di nulla; e lo costringevano a mentire senza bisogno, a sorridere quando non ne aveva voglia, a pararsi, a[15] far tante cose che gli parevano[16] di più. E uno, ecco, gli tingeva in quel modo ridicolo la barba; un altro gli aveva fatto prender moglie, quando sapeva bene[1] che non era più tempo; un altro ancora gli faceva tener tuttavia quel posto supremo, pur riconoscendolo di tanto[2] superiore alle sue forze; un altro poi lo persuadeva ad amare con infinita pena quella bambina, che anch'egli sapeva non sua, adducendo una ragione quanto mai speciosa, che cioè, avendo egli avuto da giovine una figliuola a[3] cui altri aveva dato e nome[4] e amore e cure e sostanze, in compenso e in espiazione toccasse a lui ora di dare a questa il proprio nome e amore e cure e sostanze, come se questa fosse veramente quella sua povera piccina d'allora. Cedendo[5] però a questo sentimento, riconoscendo davanti agli altri come sua la figliuola, « eh »[6] lo avvertiva quello della[7] barba, armato di pennello e di tintura « bisogna pure che tu, caro, per esser creduto padre, con codesta moglie[8] giovine accanto, dia una mano di giallo a tutta la tua canutiglia! »; consiglio sciocco, a cui avrebbe voluto opporsi, per non profanare, non solo la sua figura veneranda, ma anche, in fondo, il suo vero sentimento verso quella bambina. Non sapeva però opporsi più, se non timidamente. E questa timidità penosa e ridicola si rispecchiava appunto nella tintura della barba. Preso[9] in mezzo, tenuto lì come fra[10] tanti, che ognuno pareva facesse per sé e lui non ci fosse per nulla, non sapeva dove voltarsi prima; niente gli piaceva; ma, a muoversi per un verso o per l'altro, temeva di far dispiacere a questo o a quello dei suoi crudeli padroni; e ogni risoluzione, anche lieve, gli costava pena e fatica. Vedeva[11] purtroppo in qual ginepraio si fosse cacciato, contro ogni sua voglia; e non trovava più modo a uscirne. Tutto[12] a soqquadro, tutto! Qua a Roma, l'abbaruffio osceno d'una enorme frode scellerata; in Sicilia, un fermento di rivolta. Tra gli urli delle passioni più abiette, scatenatesi nello sfacelo della coscienza nazionale, non s'era quasi[1] avvertito un rombo di fucilate lontane, prima scarica d'una terribile tempesta che s'addensava con spaventosa rapidità. Una sola voce s'era[2] levata nel Parlamento a porre avanti al Governo[3] lo spettro sanguinoso di alcuni contadini massacrati in Sicilia, a Caltavutùro; ad agitare innanzi a tutti con fiera minaccia il pericolo, non si radicasse nel paese la credenza perniciosa che si potessero impunemente colpire i miseri e salvare i barattieri[4] rifugiati a Montecitorio. Sì, aveva[5] esposto la verità dei fatti quel deputato siciliano: quei contadini di Sicilia, trovando nella rabbia per l'ingiustizia altrui il coraggio d'affermare[6] con violenza un loro diritto, s'erano[7] recati a zappare le terre demaniali usurpate dai maggiorenti del paese, amministratori ladri dei beni patrimoniali del Comune: intimoriti dall'intervento dei soldati, avevano sospeso[8] il lavoro ed erano accorsi a reclamare al Municipio la divisione di quelle terre; assente il capo, s'era[9] affacciato al balcone un subalterno che, per allontanare il tumulto, li aveva consigliati di ritornar pure a zappare; ma per via la folla aveva trovato il passo ingombro dalla milizia rinforzata; accennando di voler resistere, s'era veduta prima assaltare alla bajonetta; poi, a fucilate, per avere agitato in aria le zappe a intimorir gli assalitori. Dodici, i morti; più di cinquanta, i feriti: tra questi, alcuni bambini, uno dei quali[10] crivellato da ben sette bajonettate. Questo[11] particolare orrendo s'era rappresentato agli occhi[12] di Francesco D'Atri così vivo, che da tre giorni pur tra tante cure e tanto tumulto di pensieri, di tratto in tratto, riaffacciandosi, gli dava raccapriccio. Perché[13] la ferocia di quel soldato, accanita sul corpo d'un bambino innocente, gli pareva l'espressione più precisa del tempo: la vedeva in tutti, quella stessa ferocia, e n'era sbalordito. Non più rispetto, né carità per le cose più sacre; una furia cieca, una rabbia d'odio, una selvaggia[1] voluttà di basse vendette. S'aspettava d'esser preso per il petto da un forsennato qualunque, per[2] dar conto di tutti i suoi errori, antichi[3] e nuovi. Errori? E chi non ne aveva commessi? Ma era un momento, quello, che anche i più lievi, quelli a cui in altro tempo s'era[4] soliti di passar sopra, saltavano a gli occhi di tutti, pigliavan dalla sinistra luce di quei giorni un certo ispido rilievo, un certo color misterioso, che subito aizzavano la[5] smania di frugar sotto, per la soddisfazione atroce o la feroce consolazione di scoprire altre più gravi magagne nascoste. Il coraggio più difficile, quello della[6] pubblica accusa, legato e persuaso con tanti argomenti a non rompere i freni della prudenza, ora che tutti si trovavan d'accordo, s'era svincolato, sferrato da tutti i ritegni e riguardi[7] sociali; era diventato tracotanza inaudita; e nessuna coscienza poteva più sentirsi tranquilla e sicura. Quelle[8] sue nozze tardive con[9] una giovine; l'illusione che[10] il prestigio del suo passato e degli altissimi onori a cui era venuto sarebbe[11] valso a compensare, nella stima e nel cuore di lei, quanto di fervor giovanile doveva di necessità mancare al suo affetto grato e profondo; il lusso avventato; la relazione scandalosa della moglie col Selmi, quella[12] bambina... potevano da un momento all'altro diventar pretesto d'accusa e di maligne insinuazioni, cagione di[13] chi sa quali sospetti oltraggiosi. Tra[14] i fantasmi dell'incertezza, in quella vuota, oscura realtà in cui gli pareva d'esser[15] avviluppato, Francesco D'Atri sentiva di punto in punto crescere in sé la costernazione, ora che le grida rinfuriavano per il salvataggio violento, da parte del Governo, di[16] alcuni parlamentari più in vista e più compromessi. Tra questi era il Selmi, che pure fino a quel giorno s'era[17] lasciato esposto allo scandalo. Non glien'avevano detto nulla i suoi colleghi del Gabinetto; ma s'era[1] accorto dalle loro arie che gli si voleva darc a intendere che[2] il Selmi si salvava per lui. Non era vero! Non per lui, se mai; ma perché egli era con loro; e, in quel momento, la sua caduta avrebbe potuto determinare il crollo di tutti. Non era intanto peggiore del male quel rimedio? Non aveva saputo opporsi. Come proferir[3] quel nome? Mondo d'ogni colpa, integro, per una sola debolezza, per quella illusione così presto perduta, si vedeva trascinato dalla moglie giù nel fango della piazza, ove una canea[4] famelica di scandalo lo aspettava per[5] farne strazio, accozzando in uno sconcio impasto il suo corpo e quello della[6] moglie e del Selmi. Ora, con una nuova violenza si vedeva strappato dalla piazza, ma insieme col Selmi, aggrappato a lui e alla moglie, insieme con tutta la canaglia aggrappata al Selmi. Gli pareva che glielo rimettessero in casa, là, con tutta la folla urlante, beffarda e ingiuriosa. Tutti, ora, tutti avrebbero[7] creduto che lo salvava lui il Selmi, non per generosità, ma per paura. E[8] fors'anche il Selmi stesso... Ma qual paura, in fondo, poteva aver lui? Per generosità, se mai, avrebbe potuto farlo, perché lo ricordava prode e nobile, un giorno, sprezzante della vita tra i pericoli e tutto acceso dell'ideale santo della patria. Ma no, no, neanche per questa generosità lo avrebbe fatto: troppo, oltre all'odio e allo sdegno per il tradimento (quantunque ne facesse più carico alla moglie), troppo gli coceva il sospetto in lui di quella paura. Intanto, sottratte[9] tutte le carte che avrebbero potuto perdere il Selmi, era rimasto esposto, senza difesa, e compromesso, un innocente: Roberto Auriti. S'era trovato a carico di lui un debito di circa quarantamila lire; e, quel ch'era peggio, più d'un biglietto laconico e misterioso, in cui si faceva allusione a un *amico* che[10] assicurava il governatore della banca, o prometteva che[11] avrebbe fatto o parlato o scritto secondo le istruzioni ricevute. Questi biglietti erano già in mano dell'autorità giudiziaria, e di questo egli doveva informare tra poco Giulio Auriti, fratello di Roberto.

S'era già abituato all'orrore della situazione; ne aveva acquistato il sentimento quasi d'una necessità fatale; e il suo sbalordimento era pieno d'uggia, di[1] ribrezzo e greve d'una[2] stanchezza dolorosa. Nessun conforto dalle memorie del passato: a richiamarle per un momento, non sarebbero valse ad altro che ad accrescere la vergogna e la miseria del presente. E in quell'uggia, la vista di tutte le cose, anche dei ninnoli della stanza, acquistava agli[3] occhi suoi una insopportabile gravezza. Ah, il bujo, il bujo, un luogo di riposo: la morte, sì! Tutta quella guerra faceva vincere volentieri il ribrezzo della morte. Che crudeltà! Egli era uno che doveva presto morire... Serbargli quella feccia per gli ultimi giorni, da ingojare nel bicchiere della staffa...

Francesco D'Atri si fermò, con gli occhi immobili e vani. Immaginò[4] il tempo dopo la sua fine: il tempo per gli altri... Ecco tornata la calma... per gli altri! rabbonite quelle onde, squarciato l'orrore di quella tempesta; e nessuna pietà, nessun rimpianto, nessuna memoria di chi s'era trovato in quei frangenti e vi era perito.

A un tratto, su[5] la mensola, a cui teneva[6] fissi gli occhi, gli s'avvistò una piccola bertuccia di porcellana, che gli rideva in faccia sguajatamente. Gli venne quasi la tentazione di romperla; voltò le spalle; avvertì di nuovo il pianto angoscioso della bambina e s'avviò a quella camera remota.

Era[7] la camera della bàlia. Un lumino da notte, riparato da una ventola litofana, sul cassettone, la rischiarava a mala pena. La vecchia governante, magra e linda, passeggiava con la bimba in braccio che, convulsa dagli spasimi, pareva volesse sguizzarle dalle mani; procurava di tenersela adagiata sul seno e:

– *Nooo... nooo...* – le ripeteva, come in risposta ai vagiti angosciosi, dimenandosi in ritmo con tutta la persona e battendole di continuo, lievemente, una mano alle spalle.[1]

La bàlia, con un'enorme mammella tirata fuori del busto, piangeva anche lei: piangeva in silenzio e giurava alla cameriera che le sedeva accanto di non aver mangiato nulla che avesse potuto cagionare quella colica alla bambina.

Francesco[2] D'Atri si fermò un pezzo a guardarla con occhi assenti: e i tratti del volto espressero lo sforzo quasi istintivo ch'egli, col cervello altrove, faceva per intendere ciò che essa stava a dire tra le lagrime[3] copiose. Intanto guardava nauseato quella sconcia mammella dal[4] cui capezzolo paonazzo pendeva una goccia di latte. La cameriera pensò bene di tirar sù il corpetto della bàlia per nascondere quella vista. E allora[5] Francesco D'Atri si volse a guardar la governante. Stordito[6] dai vagiti della bimba trangosciata, strizzò gli occhi; poi si recò a prendere dal tavolino da notte un campanello e si mise a farlo tintinnire pian piano innanzi a gli occhi della piccina, per distrarla, andando dietro alla governante che seguitava a passeggiare, dondolandosi.

Così lo trovò, poco dopo, donna Giannetta di ritorno dal teatro, tutta[7] frusciante di seta. Alzò le ciglia e schiuse appena le labbra a un impercettibile sorriso canzonatorio dinanzi a quel notturno commovente[8] quadro familiare, credendo che Sua Eccellenza si compiacesse, sotto gli occhi delle serve, di mostrare la sua ridicola tenerezza paterna dopo le gravi cure dello Stato. Ma la cameriera, accorsa a prendere il velo nero tutto luccicante di dischetti d'argento ch'ella si levava dal capo e[9] a slacciarle la mantiglia, le spiegò, piano, che cosa era accaduto.

– Ah sì? Poverina... – disse, ostentando indifferenza, ma con una voce calda, melodiosa, e si accostò alla governante, così tutta fragrante di profumo e di cipria e ampiamente scollata. Ma[1] il D'Atri le fe' cenno di tacere. La bambina si era finalmente quietata. Donna[2] Giannetta allora con un lieve sbuffo di stanchezza s'avviò per la sua camera. Su la soglia si volse e disse al marito, quasi cantando:

– Oh, Giulio[3] Auriti è di là.

Francesco D'Atri chinò il capo; le si avvicinò e le disse a voce bassa e grave, senza guardarla:

– Aspettami. Ho da parlarti.

– Discorso lungo? – domandò ella. – Non potresti[4] domani? Temo d'esser troppo stanca e d'aver sonno. Mi sono orribilmente annojata.

– Mi farai il piacere d'aspettarmi, – insistette[5] egli.

E andò allo scrittojo, ove lo attendeva l'Auriti.

Ah, come volentieri, adesso, avrebbe fatto a meno di veder quel giovine a cui[6] doveva dare una tremenda notizia! Se n'era già dimenticato... Si moveva, in quei giorni, dava ordini, istruzioni, imponeva a sè stesso atti, parole, risoluzioni, di cui subito dopo non riusciva più a veder bene la ragione, l'opportunità, lo scopo. Chiuse gli occhi e sospirò profondamente, con le ciglia gravate da un'oppressione tenebrosa. Aveva or ora detto alla moglie che lo aspettasse perché[7] doveva parlarle. Ma di che? a che scopo? E lui stesso, poc'anzi, aveva pregato il suo segretario d'avvertir l'Auriti, all'uscita dal teatro, che venisse sù da lui, perché[8] aveva urgente bisogno di vederlo. Era[9] necessario, sì, che quel povero giovine avesse al più presto notizia dell'orrenda[10] sciagura che gli stava sopra. Non poteva comunicargliela altri che lui. Sollevata[11] la tenda dell'uscio e vedendolo, provò intanto un certo rancore per la pietà e la commozione che colui già gli suscitava.[1]

Giulio Auriti non somigliava punto al fratello: alto, smilzo, elegantissimo, spirava dalla temprata agilità del corpo una energia vigorosa, che gli occhi, d'un bel grigio d'acciajo, attenuavano con un certo sguardo d'orgoglio svogliato. Si cangiò tutto, d'un subito, alla vista del vecchio Ministro che gli si faceva innanzi così scombujato. Uno[2] dei guanti, che teneva in mano, gli cadde sul tappeto.

– Ebbene? – domandò.

Francesco D'Atri socchiuse gli occhi per sottrarsi alla pena dell'ansia smaniosa che[3] gli leggeva nel viso. Aprì le mani e mormorò scotendo il capo:

– Non s'è[4] trovata.

– Ah, no! – scattò allora l'Auriti con una nuova subitanea alterazione del viso, che esprimeva sdegno, rabbia e[5] insieme risoluzione fierissima di ribellarsi a un'iniquità, senza[6] alcun riguardo più per nessuno. – Ah, no, mi perdoni, eccellenza: la carta[7] c'è, e si deve trovare! Lei sa che mio fratello Roberto...

– So, so... – cercò d'interromperlo, con durezza, il D'Atri.

– Ma dunque! – incalzò l'Auriti. – Quella sola dichiarazione può salvarlo, e non deve sparire! O via anche tutto ciò che può compromettere Roberto!

Il D'Atri sedette, tornò a premersi forte le mani sul volto e si lasciò cader dalle labbra:

– Il guajo è questo: che l'autorità giudiziaria...[8]

– Ma no, eccellenza! – insorse di nuovo[9] l'Auriti. – L'autorità giudiziaria ha in potere soltanto ciò che il Governo le ha voluto lasciare. Lo sanno tutti ormai!

Il D'Atri lo guardò come se egli, intanto, non lo

sapesse: si[1] rizzò su la vita e, facendo viso fermo, parve lo ammonisse che non poteva permettere si desse corso, in sua presenza, a una voce così piena di scandalo. Ma[2] l'Auriti, smaniando, torcendosi le mani, aggiunse:

– E io... io che riposavo tranquillo.... Ma come, eccellenza? Io riposavo tranquillo perché c'era lei![3]

Il D'Atri s'accasciò; ma subito, come se qualcosa dentro gli facesse impeto nello spirito, tornò a rizzarsi e gridò con rabbia, guardando odiosamente il giovine:

– Che c'entro io? che posso io?

– Come! – esclamò l'Auriti.[4] – Il Selmi...

– Il Selmi... – ruggì Francesco D'Atri, serrando le pugna, come se avesse voluto averlo fra le unghie.

– Ma sì, lo salvino pure! – esclamò Giulio Auriti. – Per salvarlo però...

– Già! ti figuri anche tu che lo salvi io... – disse lentamente il D'Atri, scrollando il capo con amarissimo sdegno.

– Ma il Selmi stesso, eccellenza, – ripigliò subito, con diverso sdegno l'Auriti, – vedrà che il Selmi stesso non tollererà d'esser salvato a costo dell'assassinio morale di mio fratello. E poi, eccellenza, se non parla lui, se tacerà Roberto, griderò io! C'è mia madre di mezzo, eccellenza! L'arresto di Roberto? Mia madre ne morrebbe! E il nostro[5] nome?

A questo grido, il volto di Francesco D'Atri si scompose.

– Tua madre... sì... tua madre... – mormorò; e, curvo, si portò di nuovo le mani sul volto; stette un pezzo così, finché non cominciò a sussultare violentemente come per un impeto di singhiozzi soffocati. Aveva conosciuto a Torino, giovane, donna Caterina Laurentano e Stefano Auriti che[6] quel figliuolo gli[7] ricordava in tutto; pensò a quegli anni lontani; vide se stesso com'era allora; vide Roberto ragazzo; pensò a una notte sul mare, con quel ragazzo su le ginocchia, un'ora[1] dopo la partenza da Quarto... ah, da quella notte a questa, che baratro!

Giulio Auriti, vedendo sussultare le spalle poderose del vecchio Ministro, allibì.

Questi alla fine scoprì il volto e, rimanendo curvo, guardando verso terra, scotendo le mani a ogni parola:

– Che gridi? che[2] gridi? – gli disse. – La vergogna di tutti? Tutti impeciati! Vuoi dirmi che sai perché il Selmi prese quel denaro sotto il nome di tuo fratello? E griderai anche la mia vergogna!

– No, eccellenza! – negò subito con sbalordimento d'orrore, l'Auriti.[3]

– Ma sì! – rispose Francesco D'Atri, levandosi. – Tutti impeciati, ti dico! Tutti... tutti... Muojo di schifo... Il fango, fino qua!

E s'afferrò con le mani la gola.

– M'affoga! Questo... dovevo veder questo! I più bei nomi... Tu vedi soltanto tuo fratello! Niente, sì, non glien'è venuto niente in mano; ma ha tenuto di mano a quello lì... E non è vergogna, questa? come lo[4] scusi? che gridi? Tuo fratello promette, il tuo signor fratello assicura, in quei biglietti là, i laidi ufficii dell'amico...

– E non lo nomina! – disse coi denti stretti, ridendo d'ira, d'onta, di dispetto, Giulio Auriti. – Ecco perché non sono stati sottratti!

– Ma quando la paura ha preso possesso! – venne a gridargli in faccia, con voce soffocata, Francesco D'Atri. – Zuffa di ladri che[5] rubano di notte con mani tremanti e come ciechi; rimestano, arraffano, ficcano dentro; e intanto di qua, di là, dal sacco, dalle tasche, il furto scappa via; e nella ressa, tra i piedi, c'è chi ruba ai ladri, chi ghermisce questa o[1] quella carta caduta e[2] corre a far bottega su la vergogna: « Ecco, signori, i più bei nomi d'Italia! Ecco l'onore! ecco le glorie della patria! ». Non mi far parlare... So a chi parlo! Ma ormai... tanto, n'ho fino alla gola... Non è umano, capisco che non è umano pretendere da Roberto il silenzio: per sé, per sua madre, per te, per il nome che portate...

– Roberto? – fece l'Auriti. – Ma Roberto, Vostra Eccellenza lo conosce, sarà anche capace di tacere. Il Selmi stesso...

– Se Roberto tacerà? – domandò il D'Atri, come se ne dubitasse.

– Ma io no, eccellenza! – s'affrettò allora a ripetere l'Auriti. – Glielo dico avanti: io no, per mia madre![3]

– Aspetta! – riprese il D'Atri, quasi imponendogli di tacere. – Se ho voluto vederti, è segno[4] che ho da dirti qualche cosa.

Giulio Auriti lo guardò ansiosamente negli occhi. Ma il D'Atri non sostenne quello sguardo; n'ebbe fastidio, anzi dispetto; scorse[5] per terra il guanto caduto fin da principio dalle mani del giovine e[6] riebbe fortissima l'impressione di gravezza insopportabile, che in quei giorni gli faceva la vista di tutto. Ne[7] distrasse gli occhi e disse, cupamente:

– Tu intendi che in tutta questa faccenda... io non posso cacciar le mani...[8]

Si guardò le mani e le ritirò con atto di schifo.

– Pure, – seguitò, – per Roberto, ho parlato... questa sera stessa; ho detto... ho... ricordato... ricordato le sue benemerenze... Forse – ascolta bene – quei biglietti compromettenti, per cui è già spiccato il mandato di cattura... sì! Ma – ascolta bene – quei biglietti...

Non volle dire: significò con un rapido gesto espressivo della mano: via!

– Però, – riprese subito, – tu sai che i giornali hanno già pubblicato il nome di tuo fratello. Bisognerà, per togliere ogni sospetto di compromissione losca c per non lasciare nessuna[1] traccia, nessuno strascico...

– Pagare? – domandò, smorendo, l'Auriti. – E dove... come?

Il D'Atri si strinse rabbiosamente nelle[2] spalle.

– Sono quarantamila lire, eccellenza...[3]

– Io non posso dartele... Procura... E presto! Tu intendi, è l'unico mezzo...

– Un denaro preso da altri... – gemette l'Auriti.

– Ma come preso? – domandò con ira il D'Atri. – Questo devi vedere!

– Per altri! – protestò Giulio.

– Sei un ragazzo?

– No, eccellenza: è la difficoltà... Dove lo trovo? come lo trovo?

– Cerca... tu hai parenti ricchi... tuo cugino...

– Lando?

– O i tuoi zii...

Giulio Auriti rimase pensieroso, a considerare quale, quanta probabilità di riuscita gli offrisse quella via indicata tra[4] gli ostacoli che già gli si paravano davanti: per Lando, l'ombra odiosa del Selmi; per gli zii, la fierezza incrollabile della madre. Come si sarebbe piegata questa a chiedere ajuto di danaro, per[5] quel debito non netto del figlio, a quel fratello? A piegarla, si sarebbe certo spezzata! Decise senz'altro di tentar lui presso Lando: lui, a costo di tutto, per risparmiare quel sacrifizio estremo della[6] madre.

– Che tempo? – domandò.

– Presto... – ripeté il D'Atri. – Vedi tu... cinque, sei[7] giorni...

Giulio Auriti, perduta lì per lì la nozione dell'ora, compreso già della parte che doveva sostenere, si licenziò e s'avviò in fretta, accigliato, come se dovesse subito correre a casa[8] del[9] cugino.

Francesco D'Atri lo seguì con gli occhi fino alla

soglia dell'uscio; poi rimase perplesso, aggrondato, a stropicciarsi con una mano il dorso dell'altra, quasi cercasse[1] nella memoria ciò che ancora gli[2] restava da fare. A un tratto, scorse di nuovo per terra, sul rosso del tappeto, il guanto bianco, caduto di mano all'Auriti. Quel guanto, lasciato lì, gli parve il segno che[3] egli ormai non avrebbe potuto più allontanare del tutto da sé le cose, la gente, i pensieri da[4] cui si sentiva soffocare; sempre una traccia, sempre un'orma, un vestigio, ne sarebbero rimasti, risorgenti o incancellabili, come nell'incubo d'un sogno. E[5] come se in quel guanto si potesse scorgere una sua compromissione, Francesco D'Atri si chinò guardingo a raccattarlo con ribrezzo e se lo cacciò in tasca, furtivamente.

Donna Giannetta, in[6] accappatojo, con una graziosa cuffia di trine e di nastri in capo, aspettava intanto nella sua camera su un'ampia e bassa poltrona massiccia di cuojo grigio; una gamba su l'altra, tormentandosi[7] il labbro inferiore con le dita irrequiete. Teneva gli occhi fissi acutamente alla punta della babbuccia di velluto rosso, che compariva e spariva dall'orlo[8] della veste al lieve dondolìo della gamba accavalciata.

Era la prima volta che il marito con quell'aria e quel[9] tono le annunziava di voler parlare con lei. Non le aveva detto mai nulla, prima, quando avrebbe avuto ragione di parlare. Che poteva più dirle, ora?

Aveva notato che, da alcuni mesi, era[10] più cupo e più oppresso del solito; ma, certo, non per lei; forse, per difficoltà parlamentari. Non aveva mai voluto saper di politica, lei: aveva[11] sempre proibito assolutamente a gli amici che ne parlassero davanti a lei; non leggeva giornali e[12] si gloriava della sua ignoranza, si compiaceva delle risate con cui erano accolte certe sue confessioni, come ad esempio quella di non sapere chi fossero i colleghi del marito. Che ora egli volesse annunziarle, come aveva già fatto una volta, dopo il primo anno di matrimonio, che aveva in animo di lasciare il «potere»? Oh, non[1] le avrebbe fatto più né caldo né freddo, ormai.

Ma[2] eccolo... Subito donna Giannetta si sgruppò, si abbandonò con gli occhi chiusi su la spalliera della poltrona, volendo fingere di dormire; come però il D'Atri aprì l'uscio, riaprì[3] gli occhi con molle stanchezza, quasi veramente avesse dormito.

– Domani, no? – gli domandò di nuovo, con grazia languida. – Ho proprio sonno, Francesco! Temo di perdere il filo del discorso.

– Non[4] lo perderai, – diss'egli aggrondato, lisciandosi la barba con la mano tremolante. – Del resto, se vuoi, il mio discorso potrà anche essere[5] breve.

– Ti dimetti? – domandò lei, placidamente.[6]

Francesco D'Atri la guardò, stordito.

– No... – disse. – Perché?

– Credevo... – sbadigliò donna Giannetta, portandosi una mano alla[7] bocca.

– No, qui, qui, di cose nostre, della casa, devo parlarti, – riprese egli. – Abbi un po' di pazienza. Sono anch'io tanto stanco! Se vuoi del resto che[8] il mio discorso sia breve, non offenderti.

Donna Giannetta sgranò gli occhi:

– Offendermi? perché?

– Ma perché, se dev'esser breve, sarà pure per conseguenza un po' rude, senza[9] frasi, – rispose egli. – Mi lascerai dire; poi farai, spero, quel che ti dirò io, e basterà così. Dunque, senti.

– Sento, –[10] sospirò ella, richiudendo gli occhi.

Francesco D'Atri agitò più volte con stento due dita:

– Due sciagure ti sono capitate, – cominciò.[11]

Donna Giannetta tornò a scuotersi:

– Due? a me?

– Una, l'hai proprio voluta, – seguitò egli. – Vecchia sciagura. Sono io.

– Oh, – sclamò ella, abbandonandosi di nuovo su la poltrona. – Mi hai spaventata!

Sorridendo e intrecciando le mani sul capo, soggiunse:

– Ma no.... perché?

Le larghe maniche dell'accappatojo scivolarono e le scoprirono le braccia bellissime.

– Finora, no, – riprese egli. – Non te ne sei accorta bene, perché al fastidio che ho potuto recarti di quando in quando...

– Francesco, ho tanto sonno, – gemette lei.[1]

– Permetti... permetti... permetti... – diss'egli con stizza. – Voglio dirti, che al fastidio hai trovato un compenso assai largo nella mia... nella mia... dirò, filosofia...[2]

– Dimmi subito l'altra sciagura, ti prego! – sospirò quasi nel sonno donna Giannetta.

Francesco D'Atri si mise a sedere. Veniva adesso il difficile del discorso, e voleva[3] esprimersi quanto meno crudamente gli fosse possibile. Poggiò i gomiti su i ginocchi, si prese la testa tra le mani per[4] concentrarsi meglio, e parlò, guardando verso terra.

– Eccomi. Aspetta. Io ho dovuto... ho dovuto scontare... Ma già tu, in questo, non hai nessuna colpa. Era[5] naturale che, tra i diritti della tua gioventù e i tuoi doveri di moglie, tu seguissi piuttosto quelli che questi. Avrei potuto farti osservare da un pezzo che[6] tu stessa, accettando spontaneamente, anzi con... con giubilo, un giorno, questi[7] doveri verso un vecchio, avevi implicitamente rinunciato[8] a quei diritti; ma neanche di ciò ti fo colpa perché[9] forse anche tu, allora, ti facesti l'illusione che...

A questo punto Francesco D'Atri sollevò il capo

e s'interruppe. Donna[1] Giannetta dormiva, con un braccio ancora sul capo e l'altro proteso verso di lui, come per implorar misericordia.

– Gianna! – chiamò, ma[2] non tanto forte, frenando la stizza e lo sdegno, come se al suo amor proprio dolesse che ella, destandosi a quel richiamo, dovesse riconoscere d'aver ceduto così presto al sonno mentr'egli[3] le parlava di cosa tanto grave. Riabbassò il capo e terminò a voce alta il discorso rimasto sospeso:

– Ti facesti l'illusione che... sì, che avresti potuto facilmente adempiere ai tuoi doveri.

Donna Giannetta non si destò; anzi, pian piano l'altro braccio le scivolò dal capo, le cadde in grembo con pesante abbandono. Allora Francesco D'Atri sorse in piedi, fremente; fu lì lì per afferrarle quel braccio nudo proteso e scoterglielo[4] con estrema violenza, gridandole in faccia le ingiurie più crude. Ma la calma incosciente del sonno di lei, per quanto gli paresse spudorata e quasi una sfida, lo trattenne. Sembrava che così[5] giacente nel sonno, gli dicesse: « Guardami come son giovane[6] e come son bella! Che pretendi, tu vecchio, da me? ».

Ah, che pretendeva! Ma di quella sua bellezza che ne aveva fatto? e[7] che ne stava facendo della sua gioventù? Scempio vergognoso! Sì, dandosi a lui, a un vecchio, dapprima! Ma egli almeno, quei tesori li avrebbe adorati con animo tremante e traboccante di gratitudine, come un premio divino! Ella, invece, con obbrobrioso disprezzo, con incosciente crudeltà, li aveva violati! E nulla più poteva ormai rifar sacre quella bellezza e quella gioventù così indegnamente profanate!

Scosse il capo e[8] uscì pian piano dalla camera.

Subito donna Giannetta balzò in piedi, sbuffando.

Auff! sul serio, a quell'ora, una spiegazione? E perché? Quando avrebbe dovuto parlare, zitto; ora che lei s'annojava soltanto, mortalmente, pretendeva una spiegazione? Eh via! Troppo tardi. Se lui stesso, del resto, col[1] suo contegno, tra le inevitabili relazioni della nuova vita in cui l'aveva messa, di fronte alle tentazioni a cui questa vita la esponeva, agli[2] esempii che di continuo le[3] poneva sotto gli occhi, l'aveva indotta, certo senza volerlo, a stimar[4] troppo ingenuo, puerile e tale da attirar l'altrui derisione il bel sogno da lei accarezzato, sposandolo?

Con la massima sincerità aveva sognato di rallegrare col[5] riso della sua giovinezza gli ultimi anni della vita eroica di Francesco D'Atri, vecchio amico e fratello d'armi del padre.[6]

Gli era forse sembrato che con troppa avventatezza ella avesse preso[7] la risoluzione di sposarlo, quella sera ormai lontana, in cui, discorrendosi in casa del padre di donne, di vecchi, di matrimonii, a una domanda di lei egli[8] aveva risposto per ischerzo, sorridendo malinconicamente: – Eh, bellina mia, se[9] mi sposi tu... –?

Ma fors'anche aveva[10] sospettato in lei l'ambizione di diventar moglie d'un ministro! Per il parentado, per le condizioni della sua nascita, era[11] quasi povera.

Avrebbe dovuto saper bene però che[12] in casa di lei, sempre, le risoluzioni più serie erano state prese così; e che la precipitazione nel prenderle non[13] era stata mai a scàpito della fermezza nel mantenerle. Suo padre, Emanuele Montalto, giovine, nella[14] compagnia spensierata e gioconda di tant'altri giovani dell'aristocrazia palermitana, quasi per una picca da un giorno all'altro s'era ribellato alla famiglia devota ai Borboni; e non solo per quella ribellione aveva sofferto[15] persecuzioni, prigionia, esilio dal governo oppressore, ma era stato anche diseredato dal padre a beneficio[16] del fratello maggiore e della[17] sorella Teresa, moglie di don Ippolito Laurentano e madre di Lando. E[18] anche lei, già una volta, proprio per una picca, da un giorno all'altro s'era guastata col cugino Lando, il quale, vivendo a Palermo in casa dello zio principe di Montalto, veniva di furto ad amoreggiar con lei, cuginetta *eretica*, figlia dello zio *eretico*, a cui quello (il principe) come per un'elemosina della quale si dovesse vergognare, faceva passar sotto mano un assegno[1] appena appena decente. Da un giorno all'altro, tutto finito, per sempre: non aveva più voluto sapere del cugino e aveva indotto il padre a lasciar Palermo per Roma, con la speranza che, allontanando il padre dall'isola, in una[2] più larga cerchia e meno oppressa da pregiudizii, egli avesse alla fine condisceso a lasciarle prendere la via per cui il sangue materno la chiamava. Sua madre era stata un'attrice piemontese, la Berio, conosciuta[3] dal padre a Torino, durante l'esilio, e sposata colà. Il sangue, proprio il sangue, non l'esempio la chiamava, perché la mamma lei non l'aveva nemmeno conosciuta: morta nel darla alla luce; e tutti, a Palermo, e più di tutti il padre, s'erano sempre guardati dal farle sapere ciò che la madre era stata. Ma una Montalto sul palcoscenico? Orrore![4] E anche lei, sì, doveva riconoscerlo, provava tra sé e sé un certo segreto ribrezzo. Tuttavia, per[5] lanciare una sfida al cugino Lando e far onta a quello zio che[6] si vergognava finanche di mantenerli di nascosto, oh, non solo questo ribrezzo avrebbe[7] saputo vincere facilmente, ma qualunque altro! Lando, poco[8] dopo, era venuto anche lui a stabilirsi a Roma, e insieme col padre aveva cercato di ammansarla, di rabbonirla. No, no e no. Già s'era[9] innamorata di quel suo sogno per Francesco D'Atri, che, fin dal primo vederla, era rimasto come abbagliato di lei. Perché poi non l'aveva ritenuta capace Francesco D'Atri di serbarsi[10] fedele a quel sogno? come non aveva compreso[11] che un tal dubbio, un tal timore, manifestati con certi sguardi pietosi, con certi mezzi sorrisi afflitti, l'avrebbero[1] offesa acerbamente, al pari della libertà concessa, anzi quasi imposta, non ostanti quel dubbio e quel timore? Dunque per lui una sua caduta era inevitabile e[2] ci si rassegnava? E se lui non[3] credeva, qual merito, qual premio, a non cadere? Per se stessa? Ah sì, per se stessa! Le era morto il padre, da poco. Addolorata, amareggiata profondamente, eppur costretta a far buon viso a tutti, s'era veduta, pure in quei giorni di lutto, vigilata[4] da Lando con occhi freddamente sdegnosi. In un momento d'angoscia, di esasperazione, in un momento di vera pazzia, perché lo sdegno di quegli occhi si ritorcesse anche contro di lui, gli s'era offerta. Probo, intemerato, incorruttibile, Lando l'aveva respinta. Oh, e allora, più per vendicarsi di lui che della triste e muta sconfidenza del vecchio marito, s'era[5] buttata in braccio di Corrado Selmi, e giù, giù, giù... orribilmente, sì... come un'ubriaca, come una pazza aveva sguazzato un anno nello scandalo.

Ma via! Non le aveva detto anche or ora il vecchio, che non trovava nulla da ridire? Perché dunque avrebbe dovuto farsene un rimorso? Oh, non si era davvero divertita in quell'anno della sua relazione col Selmi. Che voleva da lei, ora, il marito?

Donna[6] Giannetta scrollò le spalle, e subito vide quel suo gesto, come se l'avesse fatto un'altra davanti a lei.[7] Aveva spiccatissima la facoltà strana di osservarsi così, quasi da fuori, anche nei momenti[8] di maggior concitazione, di vedersi muovere, di sentirsi parlare o ridere; e ne aveva quasi sgomento, talvolta, e[9] spesso fastidio; temeva che i suoi atteggiamenti, i suoi gesti, il suono della sua voce, gli scatti dei suoi[10] sorrisi potessero apparire studiati; soffriva di quel raggelarsi improvviso dei moti più spontanei e men pensati del suo essere, sorpresi in sul nascere da lei stessa in sé. Si[11] passò parecchie volte la mano su la fronte e cercò d'affondarsi in un pensiero che le togliesse la visione di sé, così[1] costernata. Ecco. L'altra sciagura... Quale poteva essere l'altra sciagura di cui[2] il marito avrebbe voluto parlarle? Il volto le si fece scuro. Davanti a gli occhi[3] le sorse l'immagine del Selmi, che, o sbigottito, per romper quella furia di scandalo, o per timore di perderla, cominciando ella a essere stufa, o[4] con la speranza di legarla a sé maggiormente, o forse anche per vendetta, non aveva saputo impedire che divenisse[5] madre. Sì, non c'era dubbio: l'altra sciagura, a cui il vecchio alludeva, era la figlia, quella bambina...

– *Due sciagure ti sono capitate... Una, l'hai proprio voluta.*

L'altra, dunque, no. E aveva ragione: quest'altra sciagura, non l'aveva[6] proprio voluta.

Ma se egli sapeva tutto, e sapeva che lei non[7] poteva sentire alcun affetto per quella creatura che[8] le ricordava l'amante odiato, perché poc'anzi s'era fatto trovare presso[9] quella bambina piangente, con un campanello in mano? Perché tanta ostentazione di tenerezza per quella creatura? Perché aveva voluto accomunarla a sé, come per mettersi con essa di fronte a lei, dicendo che entrambi – lui e la bambina – rappresentavano per lei due sciagure? Che[10] voleva concludere?

Donna Giannetta si pentì d'aver finto di dormire. Rimase ancora un pezzo a riflettere; poi[11] uscì dalla camera in punta di piedi e, al bujo, trattenendo il respiro, si recò[12] fino all'uscio della camera del marito. Origliò, poi si chinò a guardare attraverso il buco della serratura.

Francesco D'Atri, seduto lì nella sua camera, come dianzi nella camera di lei, coi gomiti sui ginocchi e la testa tra le mani, piangeva.

Donna Giannetta si sentì fendere la schiena da un

brivido e si ritrasse sconvolta, in preda a uno stupore che era anche sgomento.

– Piange...

Restò lì, tremante, senza[1] riuscire a formare un pensiero. Poi, improvvisamente, temendo ch'egli aprisse l'uscio e la scoprisse lì in agguato, si mosse per rientrare nella sua camera. Ma, passando come una ladra davanti all'uscio[2] della camera ove dormiva la bambina, si fermò.[3]

Anche la bambina, qua, piangeva! Tutt'e due...

Inconsciamente, quasi per trovare un rifugio che la nascondesse a se medesima in quel momento, schiuse quell'uscio, entrò.

La bàlia, seduta in mezzo al letto, smaniava, disperata. La bambina, dopo un breve sonno inquieto, aveva ripreso a contorcersi per le doglie e a vagire così.

Donna Giannetta non intese bene dapprima ciò[4] che la bàlia diceva; allungò una mano su la bambina trangosciata e subito la ritrasse, quasi per ribrezzo. Com'era fredda! Ma bisognava farla tacere... Quel pianto era insopportabile... Non voleva latte? Era fasciata forse troppo stretta? Volle sfasciarla lei, con le sue mani. Oh che gambette misere, paonazze... e come tremavano, contratte dallo spasimo... Si provò a tenergliele; ma erano gelate! Era tutta gelata, quella povera piccina... Fosse stato almeno un maschio; ma no, ecco, femminuccia... Con che[5] ravvolgerla? Ecco là, la copertina della culla... Sù, sù. Donna[6] Giannetta se la prese in braccio, se la strinse contro il seno, forte e delicatamente, e si mise a passeggiare per la camera, cullando la figlioletta col dondolìo della persona, come non aveva mai fatto. E stupì di saperlo fare. Sentiva sul seno le contrazioni del piccolo ventre addogliato e quasi il gorgoglio del pianto dentro quel corpicciolo tenero e freddo. Quasi senza volerlo, allora, si mise a piangere anche lei, non per pietà della piccina, no... o fors'anche, sì, perché la vedeva soffrire... ma piangeva anche perché... perché non lo sapeva neppur lei.

A poco a poco la piccina, come se sentisse il calore dell'amor materno che per la prima volta la confortava, si quietò di nuovo. Donna Giannetta era già stanca, tanto stanca, e pur non di meno seguitò ancora un pezzo a passeggiare e a batter lievemente, a ogni passo, una mano sulle spallucce della[1] piccina. Poi si fermò; con la massima cautela, per non farla svegliare, se la tolse dal seno; si mise a sedere e se la adagiò su le ginocchia; fe' cenno alla bàlia di rimanersene a letto e, al lume del lampadino da notte, si diede a contemplare la figliuola. Vide quella creaturina, tranquilla ora per opera sua, lì in grembo a lei, come non l'aveva mai veduta. Forse perché non aveva mai fatto nulla per lei, povera piccina, cresciuta finora senz'affetto, senza cure... E che colpa aveva lei? Strizzò[2] gli occhi, come per ricacciare indietro un sentimento odioso... Ma no! Che colpa aveva la piccina d'esser nata?

E a un tratto, guardando così la figlia, comprese quel che il marito voleva dirle. Egli era e si sentiva vecchio, e sapeva di non poter riempire la vita di lei; ma ella aveva una figlia, ora; e una figlia può e deve riempir la vita d'una madre. Egli poteva fare uno scandalo, e non l'aveva fatto; non solo, ma aveva dato anzi a quella bambina, che non era sua, il prestigio del nome, del grado, e anche... sì, anche la sua tenerezza. Orbene, lei, madre, poteva[3] dar bene alla propria figlia l'affetto, le cure, l'esempio d'una condotta illibata.

Ecco, sì, questo, questo senza dubbio, egli voleva dirle. E lei aveva[4] fatto finta di dormire...

A lungo donna Giannetta rimase lì quella notte a[5] pensare, con la bambina in grembo. Pensò con amarissimo rimpianto al suo sogno giovanile; e, con nausea, a quel che gli uomini le avevano offerto in cambio di quel sogno...[1] Stupide finzioni, volgarità schifose... Poi, a poco a poco, cedette al sonno.

Prima dell'alba, Francesco D'Atri, attraversando il corridojo per recarsi allo studio, vide aperto l'uscio della camera della bàlia e sporse il capo a guardare. Rimase stupito nel trovare la moglie lì addormentata[2] su una poltrona, con la bambina in braccio. Le s'accostò[3] pian piano per contemplarla e sentì lo stupore sciogliersi, con un tremore[4] per le vene, in una tenerezza infinita. Si chinò e le sfiorò con un bacio la fronte.

Donna Giannetta si destò; provò anche lei stupore, dapprima, nel[5] ritrovarsi lì, con la piccina su le ginocchia; poi sorrise – vide quel suo sorriso – e, tendendo una mano al marito e guardandolo con gli occhi pieni d'una gioja nuova, gli domandò:

– Va bene così?

II

Da[6] una ventina di giorni, tutti, anche quelli che andavano[7] per via frettolosi e sopra pensiero, si voltavano, si fermavano a mirare un vecchiotto nodoso e ferrigno, con un piccolo zàino alle[8] spalle, quattro medaglie al petto[9] e un cappellaccio nero, da cui scappava un arruffio di peli, i gialli cernecchi confusi col barbone lanoso, abbatuffolato. Camminava quel vecchiotto come in sogno, gli occhi[10] lustri, ilari e lagrimosi, senz'alcun sospetto della sua straordinaria apparizione per le vie e le piazze di Roma, in quella comica acconciatura e con quella goffa aria di selvaggio intenerito. Ma, lasciati[11] a Valsanìa il berretto villoso, gli scarponi imbullettati e il fucile, indossato[12] il vestito nuovo di panno turchino e, sotto alla ruvida camicia d'albagio violacea, un'altra camicia di tela che[13] gli sovrabbondava bianca e floscia dal collo e dalle maniche; con[1] quel cappellaccio nero e le scarpe pulite, Mauro Mortara era sicuro d'essersi acconciato da compìto cittadino. La giacca, sì, aveva su i fianchi certi rigonfii... ma[2] le pistole, eh quelle aveva fatto voto di non lasciarle mai. Le quattro medaglie poi che[3] gli s'intravedevano appese alla camicia d'albagio, sul petto, se le era portate (chiestane licenza al Generale) unicamente per dimostrare ch'era degno di passare per Roma, che s'era meritata la grazia e guadagnato l'onore di vederla. Tutti i documenti erano dentro lo zainetto.

Come[4] avrebbe potuto supporre che quelle medaglie, a Roma, attufata d'odio e tutta imbrattata di fango in quei lividi giorni, dovessero chiamare su le labbra un ghigno di scherno, diventata quasi titolo d'infamia la qualifica di « vecchio patriota »? Senza il più lontano sospetto che ridessero di lui, Mauro Mortara rideva a tutti coloro che gli ridevano in faccia, credendo che partecipassero[5] alla sua gioja, a quella sua gioja rigata di lagrime che, quasi grillandogli attorno come una luce, gli abbagliava ogni cosa. Non[6] vedeva altro di Roma, che questa sua gioja di esserci; e[7] tutto in quella fiamma d'allucinazione gli si presentava magico e vaporoso; e non sentiva la terra sotto i piedi. Tre, quattro volte, nell'allungare il passo, gli era venuto meno il marciapiedi, e per poco non era ruzzolato. Andava[8] com'ebro, senza mèta, smarrito, annegato nella sua beatitudine; e appena gli fantasmeggiava davanti un aspetto grandioso, giù[9] altre lagrime dagli occhi gonfii di commozione.

Lando[10] Laurentano avrebbe voluto dargli una guida; ma che guida! non voleva saper nulla; non voleva[11] che gli si precisasse nulla; temeva istintivamente che ogni notizia, ogn'indicazione, ogni conoscenza anche sommaria gli rimpiccolisse[12] quella smisurata, fluttuante immagine di grandezza, che il sentimento gli creava. Roma doveva rimanere per lui, come il mare, sconfinata. E[1] ritornando la sera, stanco e non sazio, al villino di via Sommacampagna dove Lando abitava, alle domande se[2] avesse veduto il Colosseo, il Foro, il Campidoglio:

– Ho visto, ho visto! – rispondeva in fretta. – Non mi dite niente... Ho visto!

– Anche San Pietro?

– Oh Marasantissima![3] Vi dico che ho visto. Non voglio saper niente! Questo... quello... che me n'importa? È tutto Roma!

Che gl'importava di sapere chi fosse quel cavaliere con le gambe nude e la corona in capo sul gran cavallo di bronzo in quell'alta piazza vegliata da statue in capo alla salita, dominata da una torre e porticata[4] a destra e a sinistra? Era a Roma? E dunque era un grande, certo, un eroe dell'antichità, un vittorioso, un padrone del mondo. E quella statua lì, rossa, seduta sopra la fontana, con una palla in mano? Roma: quella era Roma, col mondo in pugno, e basta. Se[5] per quella piazza non fosse passata di continuo tanta gente, si sarebbe chinato a baciar l'orlo di quella fontana, accostato a baciare il piedestallo[6] di quel cavaliere con le gambe nude. E perché s'affaccendava lassù tutta quella gente? Ma perché lavorava a far più grande Roma: ecco perché! Si[7] davano tutti da fare per questo. E Roma, Roma... eccola là: di nuovo, tra poco, tutto il mondo in pugno avrebbe tenuto, così![8]

Era lui davvero, Mauro Mortara, a Roma? respirava proprio lui lassù quell'aria di Roma? toccava proprio lui coi piedi il suolo di Roma? vedeva lui tutte quelle grandezze? o era sogno? Ah, si potevano chiudere ora gli occhi suoi, dopo tanta grazia? Veduta Roma, avevano veduto tutto. Posta la sua firma nel registro del Pantheon, alla tomba del Re,[9] poteva morire: aveva dato atto di presenza nella vita, risposto all'appello della storia. Che stupore! Se le era trovate davanti all'improvviso, quelle[1] colonne scure e maestose. Nel dubbio che fosse una chiesa, s'era tenuto in prima d'entrare[2] per il cancello semichiuso della ringhiera, come vedeva fare a tanti. Venendo a Roma, aveva stabilito che, dalle chiese, alla larga! Rispettare[3] Dio, sì, ma in cielo... E non era entrato difatti neanche[4] in San Pietro. In mano ai preti, lui? Maramèo! Con occhi torvi aveva guatato il Vaticano, premendo[5] coi gomiti su i fianchi il calcio delle due pistole. Era[6] dunque una chiesa anche quella? Stava per domandarlo, quando gli s'era accostato un venditore di vedute di Roma: – Il Pantheon... la tomba del Re...

– Là dentro?

E subito allora era entrato. Quell'occhio tondo aperto nella cupola, da cui si vedeva il cielo, l'altare di fronte lo avevano un po' sconcertato. Dov'era la tomba del Re? Eccola là, a[7] destra, in alto, di bronzo... E s'era avvicinato, timoroso; aveva veduto sotto la tomba i due veterani di guardia, con le medaglie al petto, il registro per le firme dei visitatori e, con gli occhi ridenti e invetrati di lagrime, aveva sollevato un po' la giacca per far vedere a quelli che[8] aveva il diritto, lui, di firmare. Quei[9] due veterani non avevano[10] compreso bene, forse, ciò che avesse voluto dire e, vedendolo ridere e piangere insieme, lo avevano[11] preso fors'anche per matto. Uno dei due, infatti, come a rassicurarsi, gli aveva domandato con un gesto della mano: firmare? Sì, aveva[12] risposto lui, col capo: or ora, dopo tutti gli altri; ché, un po' per la mano poco avvezza, un po' per gli occhi e soprattutto[13] poi per la commozione, chi sa quanto tempo ci avrebbe messo! Alla[14] fine, rimasto solo davanti ai veterani, dopo aver raspato alla meglio sul registro, a lettera a lettera, nome, cognome e luogo di nascita:

– Ah, da Girgenti... siciliano? – s'era[1] sentito domandare da uno di quelli, che con gli occhi aveva tenuto dietro alla penna. – Avete fatto la campagna del Sessanta?

– Eccole qua! – gli aveva risposto, gongolante, mostrando le medaglie. – E questa, del Quarantotto!

– Ah, reduce del Quarantotto... E siete *danneggiato*?

– Come, danneggiato? Che vuol dire?

– Se avete la pensione dei danneggiati politici...

Ma che pensione! Lui? Perché la pensione? Non aveva niente, lui. Non[2] sapeva neppure che ci fosse, quella pensione; e se l'avesse saputo, non l'avrebbe mai chiesta. Prender danaro per quel che aveva fatto? Ma gli dovevano prima cascar le mani!

Quelli, ch'eran due piemontesi, s'erano[3] messi a ridere, guardandosi negli occhi. Lo[4] avevano approvato – credeva lui – sicuramente. Sì, come lo approvavano, nel villino, ogni sera, Raffaele il cameriere e Torello il servitorino, dopo[5] la severa riprensione del padrone che li aveva sorpresi in un momento che se lo pigliavano a godere proprio di gusto. Alle[6] esclamazioni di gioja, di meraviglia, di entusiasmo, di soddisfazione, alle ingenue considerazioni di Mauro sulla[7] grandezza della patria, Lando Laurentano, benché pieno in quei giorni di sdegno e di nausea, non aveva mai replicato; aveva trattenuto il sorriso anche quando il suo caro vecchio, una di quelle sere, era entrato ad annunziargli ancor tutto esultante:

– Ho visto il Re![8] ho visto il Re! Oh, povero figlio mio, come avrei potuto mai crederlo? tutto[9] bianco... bianco come me... Chi sa quanto gli costa sedere lassù! quanti pensieri! Eh, il palo è lui! c'è poco da dire: il palo che regge tutto... E sapete? M'ha salutato! se la carrozza andava più piano, mi buttavo in ginocchio, com'è vero Dio!

« Sentirsi in petto per un momento quel cuore! » aveva pensato con tenerezza e con invidia Lando

Laurentano. « Potere[1] con quella stessa fede, con quella stessa purezza d'intenti, nutrire un sogno, un più vasto sogno; affrontare[2] per esso più aspre lotte e vincere, per goder poi una gioja più pura e più grande di quella! »

Come per ritemprarsi e lavarsi lo spirito[3] di tutte le sozzure sbomicanti in quei giorni dalla vita nazionale, s'era immerso nei discorsi[4] di quel vecchio, strambi, sì, ma vero lavacro di purezza e di fede. La[5] sua vista, la sua presenza a Roma, in quei giorni, gli facevano apparir più sozzi, più turpi tutti coloro che della fortuna insigne d'esser nati in un momento supremo e glorioso s'erano[6] avvantaggiati come ingordi mercanti e ladri speculatori. Che[7] ne sapeva, che poteva saperne quel vecchio, il quale, dopo aver dato il meglio della sua forte e ingenua natura alla patria, s'era ritratto in solitudine a fantasticare[8] sul frutto che l'opera sua avrebbe certamente recato, sicuro che tutti gli altri avevano fatto come lui? Egli non pensava: sentiva soltanto: fiamma accesa, che si beava nel suo lume e nel suo calore, e tutto avvivava intorno a sé di questo lume. E, certo, come[9] ora qua non avvertiva la tempesta di fango in mezzo alla quale passava raggiante di gioja e d'entusiasmo, da trent'anni in Sicilia non aveva mai avvertito gli orrori delle tante ingiustizie, la desolazione dell'abbandono, il crollo delle[10] illusioni, il grido e le minacce della miseria. Impensierito dalle[11] notizie di giorno in giorno più gravi che gli arrivavano di laggiù, Lando avrebbe voluto qualche ragguaglio da lui, almeno intorno alla provincia di Girgenti; ma non glien'aveva neppur fatto cenno, sicuro che gli avrebbe oscurato d'un tratto tutta la festa col fargli sapere ch'egli, il nipote del Generale, era per quelli che egli in buona fede doveva stimar nemici della patria, e dunque un nemico della patria anche lui. Gli[1] aveva domandato invece notizie del padre.

– Giù, dovete venire giù con me! – gli aveva risposto Mauro recisamente. – Voi siete il ladro; io, il carabiniere. E ringraziate Dio che ha mandato me! Poteva mandarvi un plotone di quei suoi terribili pagliacci, con Sciaralla il capitano.

Lando aveva schiuso le labbra a un sorriso afflitto. E allora Mauro, picchiandosi la fronte con una mano:

– Testa! Che volete farci? Me li manda anche lì, a Valsanìa, vestiti a quel modo, nella casa di suo Padre! Il cuore mi si volta in petto e vedo rosso, vi giuro, certe volte! Basta, che[2] dicevamo? Ah... anche questa vi pare che sia da meno? andare a sposar di nuovo, alla sua età, e una di quella razza! Santo e santissimo non so chi e non so come, il padre di quello, vi dico, quando vostro nonno fu mandato in esilio, andò in chiesa a cantare il *Te Deum*. E lui, lui, questo[3] don Flaminio Salvo... Corpo di Dio, sapete che ho dovuto sopportarmelo per un mese a Valsanìa? Ah, che bracalone quel vostro zio don Cosmo! « Come! » doveva dire. « Flaminio Salvo a Valsanìa? » E invece, niente! Padronissimo.[4] E sapete come sono stato io per un mese? Come una bestia che va cercando tutti i buchi e i bucherelli per nascondersi. Se lo vedevo... sangue di... per qua lo afferravo, vi dico, per la gola, e là, suona che ti suono, cazzotti dove coglievo coglievo! Sapete che quando mi piglia quel momentaccio, bestiale come sono... Lasciamo andare! Questo don Flaminio Salvo, al quarantotto, che fece? ve lo dico io che fece, andò[5] dritto filato a denunziare alla sbirraglia borbonica il luogo dove s'era nascosto don Stefano Auriti con vostra zia donna Caterina. Storia! E ora, a Girgenti, porta tutti i preti in pianta[6] di mano! Ma Dio, ah Dio l'ha castigato! La moglie, pazza! Peccato che la figlia... quella, no: buona, la figlia;

buona e bella... Ma non vi venisse in mente, oh, di pigliarvela in moglie! Voi, caro mio, portate il nome di vostro nonno, ricordatevelo! E il nome di Gerlando Laurentano dev'essere per voi... che dico? no, caro mio, non ridete... di queste cose non dovete ridere davanti a me!

– Rido, – gli aveva risposto Lando, – perché ha mandato un buon ambasciatore mio padre per persuadermi ad assistere alle sue nozze!

E Mauro, mettendo le mani avanti:

– Ah no, che c'entra?[1] io le cose le dico papali in faccia, anche a lui. E, tanto, se non le dico, mi si leggono in fronte lo stesso... Ciascuno col sentimento suo. Ma voi dovete venire con me, perché il padre è padrone, caro mio. Non andate di vostra volontà. Lui, com'ha cominciato, deve finire. Se s'è[2] messo per quella via, che volete farci? Ve ne verrete per un po' di giorni a Valsanìa, a ristorarvi; vi arrabbierete un po' con quello stolido di vostro zio don Cosmo; ma poi ci sono io, c'è il camerone del Generale, intatto, tal quale... Entrando là, il petto... ah! vi s'allarga e il cuore vi si fa tanto... Voi, non so, mi parete... Con permesso, lasciatemi sentir l'orologio.

Gli s'era accostato, gli aveva posato un orecchio sul petto, dalla parte del cuore e, ridendo furbescamente, aveva concluso:

– Ho capito! L'ora delle femmine.

Calmo e freddo[3] in apparenza, Lando Laurentano covava in segreto un dispetto amaro e cocente del tempo[4] in cui gli era toccato in sorte di vivere; dispetto che non si sfogava mai in invettive o in rampogne, conoscendo che, quand'anche avessero trovato eco negli altri, come ne trovavano[5] difatti quelle dei tanti malcontenti in buona o in mala fede, non avrebbero approdato a nulla.

Era, quel suo dispetto, come[1] il fermento d'un mosto inforzato, in[2] una botte che già sapeva di secco.

La vigna era stata vendemmiata. Tutti i pampini ormai erano ingialliti; s'accartocciavano aridi; cadevano; i tralci nudi si storcevano nella nebbia autunnale, come chi si stiri in un lungo e sordo spasimo di noja; nella grigia distesa dei campi, tra la caligine umida, non rimaneva più altro che un accennar muto e lieve e lento di pàlmiti vagabondi.

Aveva dato il suo frutto, il tempo. E lui era[3] venuto a vendemmia già fatta. Il mosto generoso e grosso, raccolto in Sicilia con gioja impetuosa, mescolato con l'asciutto e brusco del Piemonte, poi col frizzante e aspretto di Toscana, ora col passante, raccolto tardi e quasi di furto nella vigna del Signore, mal governato in tre tini e nelle botti, mal conciato ora con tiglio or con allume, s'era irrimediabilmente inacidito.

Età sterile, per forza, la sua, come tutte quelle che succedono a un tempo di straordinario rigoglio. Bisognava assistere, tristi e inerti, allo spettacolo di tutti coloro che avevan dato mano all'opera e volevano ora esser soli a darle assetto; alcuni tuttavia sovreccitati e quasi farneticanti, altri già lassi e crogiolantisi con senile sorriso di sufficienza nella soddisfazione d'un'ardua fatica comunque terminata, di cui non volevano vedere i difetti, né che altri li vedesse.

Ah, in verità, sorte miserabile quella dell'eroe che non muore, dell'eroe che sopravvive a se stesso! Già[4] l'eroe, veramente, muore sempre, col momento: sopravvive l'uomo e[5] resta male. Guaj se non scoppia l'anima con veemenza, investita[6] da quel vento propulsore che la gonfia, la sforza e le fa assumere a un tratto una terribile maschera di grandezza! Dopo quello sforzo, caduto il vento, l'anima violentata non sa, non può più ricomporsi nelle sue naturali proporzioni, non[1] trova più il suo equilibrio: qua ancora abbottata e intumidita, là floscia, ammaccata, casca da tutte le parti e, come un pallone in cui si sia consumato lo stoppaccio, incespica e si straccia in tutti gli sterpi della via dianzi sorvolata.

Lando Laurentano non sfogava il dispetto, perché, non avendo potuto prima per l'età, non potendo più ora per l'inerzia dei tempi far nulla, sdegnava[2] come troppo facile dir che gli altri avevano fatto male. Fare... ecco, poter fare, senza punte parole! Avevano fatto gli altri. Ora era il tempo delle parole. Ne facevano tante gli altri inutilmente, ch'egli poteva bene risparmiar le sue. Vedeva[3] che coloro, a cui era stato dato di fare, s'erano dibattuti a lungo tra due concezioni, una vacua e l'altra servile: quella di un'Italia classica e quella di un'Italia romantica: una fantasima in toga e un manichino da vestire con la livrea e[4] il beneplacito altrui: un'Italia retorica, fatta di ricordi di scuola, quella stessa forse vagheggiata dal Petrarca e suggerita a Cola di Rienzo, repubblicana; e un'Italia forestiera, o inforestierata tutta nell'anima e negli ordini. Purtroppo, le necessità storiche dovevano effettuar questa. E, in fondo, non si era fatto altro che sostituire una retorica a un'altra; alla scolastica imitazione degli antichi, la spropositata imitazione degli stranieri. Imitare, sempre. « Oh Italiani, » aveva gridato dalle *Murate* di Firenze il Guerrazzi, « scimmie e non uomini! »[5]

Soffocati dalle così dette ragioni di Stato gl'impeti più generosi, la nazione era stata messa sù per accomodamenti e compromissioni, per incidenze e coincidenze. Un solo[6] fuoco, una sola fiamma avrebbe dovuto correre da un capo all'altro d'Italia per fondere e saldare le varie membra di essa in un sol corpo vivo. La fusione era mancata per colpa di coloro che avevano stimato pericolosa la fiamma e più adatto il freddo lume dei loro[1] intelletti accorti e calcolatori. Ma, se[2] la fiamma s'era lasciata soffocare, non era pur segno che non aveva in sé quella forza e quel calore che avrebbe dovuto avere? Che nembo di fuoco allegro e violento dalla Sicilia sù sù fino a Napoli! Ancora da laggiù, più tardi, la fiamma s'era spiccata per arrivare[3] fino a Roma... Dovunque era stata costretta ad arrestarsi, ad Aspromonte o su le balze del Trentino, era rimasto un vuoto sordo, una smembratura.

Non poteva l'Italia farsi in altro modo? Segno che non erano ancora ben maturi gli eventi, o che eran mancati in alcuni l'energia e l'ardire per secondarli. Troppi calcoli e riflessioni ombrose e tentennamenti e scrupoli e ritegni e soggezioni avevano mortificato la creazione della patria.

Che fare, adesso? Per chi vuole, sì, è sempre tempo di far bene. Ma un bene modesto, umile, paziente, Lando[4] Laurentano sentiva che non era per lui. Gli avevano offerto, nelle ultime elezioni generali, la candidatura in uno dei collegi di Palermo: né preghiere, né pressioni, né richiami alla disciplina del partito erano valsi a farlo recedere dal rifiuto. Lui, a Montecitorio, in quel momento? Meglio affogarsi in una fogna!

Fin[5] da giovinetto s'era nutrito di forti e severi studii, non tanto per bisogno di coltura o per passione, quanto per poter pensare e giudicare a suo modo, e serbare così, conversando con gli altri, l'indipendenza del proprio spirito. Aveva[6] qua, nel villino solitario di via Sommacampagna, una ricca biblioteca, ove soleva passare parecchie ore del giorno. Ma, leggendo, era tratto irresistibilmente a tradurre in azione, in realtà viva quanto leggeva; e, se aveva per le mani un libro di storia, provava un sentimento indefinibile di pena angustiosa nel veder ridotta lì in parole quella che un giorno era stata vita, ridotto in dieci o venti righe di stampa, tutte allo stesso modo interlineate con ordine preciso, quello[1] ch'era stato movimento scomposto, rimescolìo, tumulto. Buttava via il libro, con uno scatto di sdegno, e si metteva a passeggiare per la sala. Che[2] strana impressione gli facevano allora tutti quei libri nella prigione degli alti e ampii scaffali che[3] coprivano da un capo all'altro le quattro pareti! Dalle due finestre basse, che davano sul giardino, entrava il passerajo fitto, assiduo, assordante degl'innumerevoli uccelletti che ogni giorno si davan[4] convegno sul pino là, palpitante più d'ali che di foglie. Paragonava quel fremito continuo, instancabile, quell'ebro tumulto di voci vive, con[5] le parole racchiuse in quei libri muti, e gliene cresceva lo sdegno. Composizioni artificiose, vita fissata, rappresa in forme immutabili, costruzioni logiche, architetture mentali, induzioni, deduzioni – via! via! via!

Muoversi, vivere, non pensare!

Che angoscia, che smanie talvolta, se s'affondava[6] nel pensiero che anch'egli, inevitabilmente, coi concetti e le opinioni[7] che cercava di formarsi su uomini e cose, con le finzioni che si creava, con gli affetti, coi desiderii che gli sorgevano, fermava, fissava[8] in sé e tutt'intorno a sé in forme determinate il flusso continuo della vita! Ma se già egli stesso, con quel suo corpo, era una forma determinata, una forma che si moveva, che poteva seguire fino a un certo punto questo flusso della vita, fino a tanto che, man mano irrigidendosi sempre più, il movimento già a poco a poco rallentato non sarebbe cessato del tutto! Ebbene, certi giorni, arrivava a sentire per il suo stesso corpo, così alto e smilzo, per[9] il suo volto bruno pallido, dalla fronte troppo ampia, dalla barba nera, quadra, dal naso imperioso in contrasto con gli occhi da arabo sonnolento e voluttuoso, una strana antipatia. Se li guardava nello specchio come se fossero d'un estraneo. Dentro quel suo stesso corpo, intanto, in ciò che egli chiamava anima, il flusso continuava indistinto, sotto[1] gli argini, oltre i limiti ch'egli imponeva per comporsi una coscienza, per costruirsi una personalità. Ma potevano anche tutte[2] quelle forme fittizie, investite dal flusso in un momento di tempesta, crollare, e[3] anche quella parte del flusso che non scorreva ignota sotto gli argini e oltre i limiti, ma che si scopriva a lui distinta, e ch'egli[4] aveva con cura incanalato nei suoi[5] affetti, nei doveri che si era imposti, nelle abitudini che si era tracciate, poteva in un momento di piena straripare e sconvolger tutto.[6]

Ecco: a uno di questi momenti di piena egli anelava! Si era perciò immerso tutto nello studio delle nuove questioni sociali, nella critica di coloro che, armati di poderosi argomenti, tendevano ad abbattere dalle fondamenta una costituzione di cose comoda per alcuni, iniqua per la maggioranza degli uomini, e a destare nello stesso tempo in questa maggioranza una volontà e un sentimento che facessero impeto a scalzare, a distruggere, a disperdere tutte quelle forme imposte da secoli, in cui la vita s'era ponderosamente irrigidita. Sarebbero sorti nelle maggioranze quella volontà e quel sentimento così forti da[7] promuover subito il crollo? Mancava in esse ancora la coscienza e l'educazione necessarie. Renderle coscienti, educarle, prepararle: ecco un ideale! Ma a quando l'attuazione? Opera lenta, lunga e paziente anche questa, purtroppo.

Nei suoi[8] vasti possedimenti in Sicilia, nella provincia di Palermo, ereditati dalla madre, aveva[9] già accordato ai contadini la più equa mezzadria, proibendo assolutamente al suo amministratore di gravare anche d'un minimo interesse le anticipazioni concesse con liberalità per la semente e per tutte le altre spese necessarie alla coltura dei campi; vi aveva fondato e manteneva a sue spese parecchie scuole rurali; più volte, a ogni richiesta, aveva contribuito largamente ai fondi di riserva per la resistenza dei contadini e dei solfaraj nelle lotte contro i proprietari[1] di terre e i produttori di zolfo; pagava le spese di stampa d'un giornale del partito: *La Nuova Età*, che si pubblicava ogni domenica a Palermo. L'amministratore[2] Rosario Piro protestava da laggiù, mese per mese, con[3] lunghissime lettere piene di buon senso e di spropositi di lingua: protestava e si lavava le mani. Povero Piro! Chi sa come se l'era ridotte, quelle mani, a furia di lavarsele! Lando, forse[4] senza neppure accorgersene, o credendo fors'anche di viver sobriamente, spendeva molto per sé. L'esperienza di quanto vacua e insulsa fosse la vita di tutti coloro che per professione facevano[5] bella figura nel così detto bel mondo, nei circoli, nei saloni dei grandi alberghi, nelle sale da giuoco, nelle piste delle corse, nelle cacce a cavallo, se l'era pagata, non per voglia che n'avesse, ma per non apparir singolare dagli altri in una cosa di così poco valore per lui e che in fondo non gli costava alcun sacrificio, date le sue abitudini signorili e le sue relazioni sociali; seguitava ancora a pagarsela di tratto in tratto, e pur cara, nei momenti in cui più forte sentiva il bisogno d'afferrarsi al solido fondamento della bestialità umana per sottrarsi o resistere a certi impulsi strani, a certi capricci dell'immaginazione, alle smaniose incertezze dell'intelletto. Si abbandonava allora a esercizii violenti con una freddezza che[6] a lui stesso talvolta incuteva raccapriccio, o a piaceri sensuali, la cui profumata e luccicante squisitezza esteriore non riusciva a nascondergli la trista volgarità. Ma[7] nell'inerzia si sentiva rodere; tra le smanie della forzata inazione, soffocare, tanto più in quanto si[8] costringeva a respingere quelle[9] smanie per non dare alcuno[10] spettacolo di sé, mai. E mentre sorrideva, ascoltando al circolo o in qualche altro ritrovo le baggianate dei suoi[1] conoscenti, dondolando un piede o carezzandosi la barba, immaginava freddamente qualche scoppio improvviso che mettesse in iscompiglio ridicolo a un tempo e spaventoso tutto quel mondo fatuo, fittizio, di cui gli pareva incredibile che gli altri sul serio potessero vivere e[2] appagarsi. Gli altri? E lui? Di che viveva lui? Non se ne appagava, è vero; ma che ci guadagnava a non appagarsene? Ecco, quelle smanie. Non cupidigie effimere, non[3] appetiti da soddisfare vi trovavano i suoi sensi: ritrarsene, non gli sarebbe costato alcuno sforzo di volontà; anzi doveva sforzarsi per rimanervi, come se fosse per lui esercizio di un[4] dovere increscioso, condanna. D'altro[5] canto, non sarebbe impazzito a restar solo con se stesso? Tanta era la mala contentezza della propria esistenza arida, senza germogli di desiderii vivi. Certe notti, rincasando oppresso dalla più cupa noja, aveva così forte l'impressione d'andare a ritrovar nella solitudine del suo villino il proprio spirito che non se n'era mosso e che lo avrebbe accolto dallo specchio con atteggiamento di scherno e gli avrebbe domandato se fuori faceva bel tempo, se c'era la luna, se qualche lampada elettrica non si fosse per caso stizzita lungo la via, o se San Paolo, stanco di stare in piedi, non si fosse messo a sedere su la colonna Antonina; così forte aveva questa impressione, che tornava indietro, per lasciar fuori la propria persona e non presentarla a quella derisione. Eccola, eccola lì, la sua bella persona, ben curata, ben lisciata, azzimata... chi se la voleva prendere a quell'ora di notte? Si fermava un po' per[6] sentire intorno a sé il silenzio notturno; gli pareva che questo silenzio si profondasse nel tempo, nel passato di Roma, e diventasse terribile. Un brivido lo scoteva. Gravava quella notte su una città di mille e mille anni, per cui egli passava, ombra vana, minima, che un lieve soffio avrebbe spazzata via.

Da questi momenti non rari lo richiamava in sé ogni volta, accorrendo da Palermo senza invito e sempre in punto un amico, forse il solo che avesse[1] sincero: Lino Apes, direttore della *Nuova Età*: *Socrate*, com'egli lo chiamava. E di Socrate veramente Lino Apes aveva l'umore e la bruttezza: alto, tutto collo e senza spalle, con le braccia scimmiesche che[2] gli scivolavano fin quasi ai ginocchi, la fronte sfuggente, il naso schiacciato, e certi occhi ilari e acuti, che ridendo gli lagrimavano, quasi nascosti dalle folte sopracciglia spioventi. Poverissimo, con[3] incredibili stenti superati allegramente, s'era mantenuto da sé agli[4] studii, fino a laurearsi in lettere e filosofia; senza ambizioni di sorta, s'adattava[5] a insegnare a suo modo in un ginnasio inferiore, con molto godimento dei ragazzi, con molto struggimento del direttore che[6] non osava muovergli[7] alcuna riprensione. Passava il resto della giornata sperperando nella conversazione l'inesauribile ricchezza delle idee che, dopo un lungo giro, gli ritornavano appena appena riconoscibili, ciascuna col marchio della sciocchezza o della vanità di chi se l'era appropriata. Era[8] il suo discorso una fonte perenne di speciosissimi argomenti, da cui sprazzava a un tratto una luce nuova e strana che, inaspettatamente, rendeva tutto semplice e chiaro. Lino[9] Apes aveva più volte dimostrato a Lando Laurentano che, dicendosi socialista, mentiva[10] con la più ingenua sincerità; si vedeva non qual era, ma quale avrebbe voluto essere. Il che, sosteneva lui, avviene a tutti, ed è la sorgente prima del ridicolo. Socialista, un[11] indisciplinato? socialista, un nemico, non di questo o quell'ordine, ma dell'ordine in genere, d'ogni forma determinata? Socialista era per il momento: per quel tal momento di piena, a cui anelava. Ma la maggior parte dei socialisti, del resto, erano come lui e perciò poteva[1] consolarsi, o piuttosto, provarne dispetto. A ogni modo, una specialità l'avrebbe sempre avuta: quella di esser[2] ricco tra tanti consimili poveri e di farsi cavar sangue da tutti e da lui, Lino Apes, direttore della *Nuova Età* e privato ispettore delle scuole rurali dipendenti da S. E. il giovane principe di Laurentano.

Lando lo ascoltava con piacere. Tutto quello che gli altri dicevano lo lasciava scontento e insoddisfatto, come tutto quello che diceva lui stesso, pur[3] riconoscendo che, sì, era spesso sensato. Riconosceva anche che tanti e tanti parlavano meglio di lui; ma che valevano poi tutte quelle parole, tutti quei ragionamenti, tutte quelle idee giuste, tutte quelle cose sensate? Dentro di lui scattava, esasperata, una protesta: « No, no, non è questo! » senza che poi egli stesso sapesse dire che cosa dovesse essere in cambio. Ma tutto il resto, i guizzi, i lampi che gli s'accendevano nello spirito non erano esprimibili: sarebbe sembrato pazzo, se li avesse espressi. Ebbene, Lino Apes, *Socrate*, aveva questo: che sapeva esprimerli, ed era stimato saggio.

Riceveva da lui in quei giorni lettere su lettere, e ognuna con agro stile lo pressava ad accorrere in Sicilia. Tutti i galli nelle aje bruciate non avevano avuto mai così rossa e così irta[4] la cresta, né mai più spavaldo avevan lanciato nei campi il loro grido a salutare il nuovo sole che, per la prima volta dopo[5] una notte di secoli, sbadigliava nelle coscienze dei lavoratori. Coscienze? Per modo di dire. Alla chiesa avevano sostituito il Fascio; e aspettavan da questo tutti i miracoli impetrati invano da quella. Ma il fanatismo era al colmo: e dunque possibili i miracoli e facile il cómpito[6] dei taumaturghi. La piena stava per irrompere, e in un momento avrebbe potuto travolgere « le impure sedi del dominio borghese » ora senza presidio di soldatesche. Bisognava accorrere e agire prima che la Sicilia fosse invasa militarmente e la reazione cominciasse.

Lando fremeva, ma non sapeva staccarsi da Roma in quel momento. Lo scandalo bancario era come una voragine di fuoco aperta davanti[1] al Parlamento nazionale: a una a una, uscendo di là, le putride carcasse del *vecchio patriottismo* vi sarebbero precipitate; e quel fuoco, divorandole, avrebbe purificato la patria. Lo spettacolo era allegro nella sua oscena terribilità. Ma forse non sarebbe stato tale per Lando, se in quella voragine non avesse aspettato con ansia feroce uno: Corrado Selmi.

Ah finalmente! Già lo vedeva come un albero mezzo sfrondato all'appressarsi della lava: fors'anche prima d'esser toccato dal liquido fuoco vorace, sarebbe sparito in una stridula vampata. E Lando sperava che il suo spirito si sarebbe rischiarato a quella vampata.[2] Ah, per un momento almeno! Il male che quell'uomo gli aveva fatto non era più rimediabile: gli aveva per sempre ottenebrato la vita, tolto per sempre la speranza di volgersi, di riaccostarsi a colei che nella prima giovinezza gli aveva fatto intendere l'eternità in un attimo di luce: luce sfavillante da due occhi neri e da un vanente sorriso, una sera di maggio, lungo la marina di Palermo illuminata, tra il fragor delle vetture, l'odore delle alghe che veniva dal mare, il profumo delle zagare che veniva dai giardini. Per il divino ricordo incancellabile di quest'attimo si[3] sarebbe certamente riaccostato alla cugina, appena senza rimorso, senza profanazione almeno dal suo canto, morto il vecchio marito, avrebbe potuto farla sua di nuovo. Ben per questo l'aveva respinta, quand'ella, in un momento di follia, aveva voluto con rabbiosa disperazione aggrapparsi a lui. E quell'uomo vigliaccamente ne aveva profittato.

No, non poteva allontanarsi da Roma in quel momento.

Ora, chiamato con tanta premura da ben altre ragioni in Sicilia, quella per cui Mauro Mortara era venuto non poteva non sembrargli una[1] grottesca irrisione. Pensò che non certo per il piacere di vederlo lo si voleva presente a quel festino di nozze, ma per una diffidenza del Salvo, che l'offendeva. E, per sbarazzarsene, decise di scrivere a costui una lettera che[2] lo rassicurasse pienamente e per cui quel matrimonio potesse aver luogo senza il suo intervento. A[3] Lino Apes rispose che, prima di muoversi, avrebbe voluto consultare tutti quei compagni che[4] tra pochi giorni dovevano passare per Roma diretti al Congresso di Reggio Emilia. Si sarebbe tenuta un'adunanza in casa sua, alla quale anche lui, *Socrate*, doveva prender parte. A suo carico le spese di viaggio, tanto sue quanto[5] quelle dei rappresentanti dei maggiori Fasci, di cui voleva un preciso ragguaglio delle condizioni in cui[6] si sarebbe impegnata la lotta; e se queste veramente erano favorevoli, non avrebbe esitato un momento a cimentarsi, ad arrischiar tutto, là e addio! Due[7] giorni dopo la spedizione di questa lettera, gli arrivò all'orecchio la notizia del salvataggio scandaloso del Selmi tentato[8] dal Governo. Sentì rompersene lo stomaco, e in un furioso ribollimento di sdegno decise di partir subito per dar fuoco alle polveri preparate in Sicilia. La mattina dopo, mentre parlava con Mauro Mortara della partenza imminente, gli fu annunziata la visita del cugino Giulio Auriti.

Mauro era andato due volte a casa di Roberto in via delle Colonnette, e non l'aveva trovato. Prima di partire, avrebbe voluto almeno salutarlo. Non conosceva Giulio, avendolo veduto due o tre volte soltanto da ragazzo; diede un balzo, appena[9] lo vide entrare nella stanza:

– Don Stefano! – esclamò. – Oh figlio mio! Don Stefano nelle forme... Tutto, tutto lui! La stessa faccia... lo stesso corpo...

Ma, notando che il giovine, nell'esagitazione a cui era in preda, gli restava dinanzi con fredda e accigliata perplessità:

– Non sapete chi sono io? – aggiunse. – Sono Mauro Mortara. Morì qua, tra queste braccia, vostro padre, con una palla in petto, qua sotto la gola. Aveva al collo il fazzoletto, e una cocca gli era entrata nella ferita: non poteva parlare; con codesti vostri occhi, nell'agonia, mentre lo sorreggevo, mi raccomandò il figliuolo, vostro fratello, che io scostavo col gomito, coprendo con tutta la persona il corpo di vostro padre caduto, per non farglielo vedere...

Giulio Auriti si premé forte le mani sul volto e scoppiò in singhiozzi.

Lando, conoscendo la rigida tempra del cugino, il dominio freddo che aveva[1] di se stesso, si voltò a guardarlo, turbato e costernato. Gli s'accostò; gli posò una mano su la spalla:

– Giulio!

– Avreste fatto meglio a lasciarglielo vedere! – disse allora questi, rivolto a Mauro, riavendosi d'un tratto, al[2] richiamo. – Gli sarebbe rimasto più impresso. Era troppo piccolo! E piccolo è rimasto. Piccolo e cieco. Ho da parlarti, – aggiunse poi, rivolgendosi a Lando, e con la mano si strinse gli occhi, quasi per portarne via ogni traccia di pianto.

Mauro non intese, non comprese nulla: con gli occhi fissi nella lontana visione della battaglia, scosse il capo a lungo, sospirò:

– Bella morte! Bella morte! Può piangerla un figlio; ma a pensarci, è una festa. Una festa era per noi morire! Che morte faremo adesso? Vecchi, sporcheremo il letto... Basta; me ne vado. È in casa don Roberto? Voglio andare a salutarlo. Ho visto Roma, però, e anche in un canto, mangiato dalle mosche, posso morir contento...

Fece con la mano un gesto di noncuranza e se ne andò.

Tutta[1] la notte, dopo il colloquio con Francesco D'Atri, Giulio Auriti invece di pensare a ciò che avrebbe dovuto dire al cugino per ottener l'ajuto che doveva chiedergli, prevedendolo[2] nemico, per farsi animo all'impresa aveva[3] richiamato, tra un continuo incalzar di smanie rabbiose, pensieri e ragioni che non avrebbe potuto manifestargli; s'era compiaciuto nel dire a se stesso ciò che non avrebbe potuto dire a lui; aveva voluto vedere in sé quasi un diritto a quell'ajuto. E[4] s'era accorto che soltanto in apparenza era stata finora cordiale la sua relazione con lui. Quanta invidia ignorata e qual rancore non gli aveva sommosso dal fondo segreto dell'anima, in quella notte, il bisogno! Finora[5] aveva pensato che la meschinità della condizione sua d'impiegato in un Ministero, nascosta con tanti sacrifizii sotto vesti signorili, non poteva avvilirlo di fronte al cugino ricco e titolato, perché Lando doveva sapere che essa[6] era conseguenza dell'altera e sdegnosa rinunzia della madre; e che, quanto alla nobiltà, non era da meno la sua, per ciò che il padre era stato. Ma ora? Compromesso indegnamente Roberto in quel turpe scandalo bancario, e costretto lui a chieder soccorso, crollavano miseramente le ragioni della sua alterezza, e con esse, a un tratto, anche quelle della cordialità verso il cugino. E s'era preparato a quel colloquio con lui come a un assalto contro un nemico. Nemico, sì, perché Lando certamente avrebbe negato l'ajuto, sapendo che quel denaro era stato preso dal Selmi. Avrebbe dovuto per forza confessarglielo. Ma[7] Lando doveva anche pensare, perdìo, che né Roberto si sarebbe ridotto a prestar come un cieco di quei favori al Selmi, in ricambio d'altri favori; né lui a chiedergli ora quell'ajuto, se la madre non avesse rinunziato all'eredità paterna! Il danaro che gli avrebbe chiesto, rappresentava in fondo una minima parte di quello lasciato sdegnosamente dalla[1] madre al fratello maggiore; ed egli avrebbe potuto chiederlo a titolo di restituzione, data quell'orribile necessità. Il sacrificio suo nel chiederlo non sarebbe stato minore di quello di Lando nel darlo.

Ora, uscito Mauro Mortara, che gli aveva cagionato quella improvvisa commozione col ricordo della morte eroica del padre, egli, di fronte al cugino che lo guardava turbato, in attesa ansiosa e benigna, restò per un pezzo come smarrito, in preda a un orgasmo crudele. Contrasse tutto il volto nella rabbia del cordoglio, e stringendo le mani intrecciate fin quasi a spezzarsi le dita:

– Ho bisogno di te, Lando, – disse. – È per me un momento terribile, da cui solamente tu puoi liberarmi, ma... te ne prevengo, con un grande sacrifizio anche da parte tua, morale e materiale.

Lando, confuso, perplesso, soffrendo alla vista del cugino così agitato e presentendo[2] anche dalle parole di lui la gravità di ciò che gli avrebbe chiesto, mormorò, aprendo le braccia:

– Parla... tutto quello che posso...

– Ah, no! – troncò subito Giulio, urtato dalla frase comune. – È difficile, è difficile, tanto per me, quanto per te, sai![3] Ma devi pensare che la mia vita, Lando, la vita di mia madre, l'onore nostro, sono... sono nelle tue mani, ecco! Pensa a questo, e allora forse... spero... troverai la forza di compiere il sacrifizio che ti domando.

– Tu mi spaventi! – esclamò Lando. – Parla; che ti è accaduto?

Giulio tornò a stringersi le mani, convulsamente;

se le batté più volte, così strette, su la bocca, tenendo gli occhi serrati. Le vene gonfie, nella fronte contratta, mostravano lo sforzo atroce che faceva su se stesso.

– Se dico[1] tutto, – scattò, smaniando, – mi darai ajuto?

– Ma perché no? – domandò Lando, con pena. – Che c'è? Se non so di che si tratta![2]

– Di me, – rispose pronto Giulio. – Pensa che si tratta di me soltanto, o, piuttosto, di[3] mia madre. Tieni presente mia madre e tutte tutte le[4] sciagure della mia famiglia. Tu hai rispetto e affezione per mia madre, non è vero?

– Ma[5] sì, lo sai! – affermò Lando, con sincero interessamento. – Non mi tener così sospeso, per carità!

– Aspetta... aspetta... – scongiurò l'Auriti; come[6] se non sapesse staccarsi da quel rivo di tenerezza, nell'amaritudine in cui affogava. – Per noi, per me è tutto; l'orgoglio suo, il suo sentimento... per cui, senza lagnarci mai, ci siamo ridotti... così... Non so, non so proprio come debba dirti; ma noi non abbiamo altro, non abbiamo mai avuto altro che questo orgoglio... e ora... ora...

– Càlmati, Giulio! – lo esortò di nuovo Lando, con un moto d'impazienza. – Non comprendo... Hai bisogno di me. Di'... Tua[7] madre...

– Debbo impedire che ne muoja! – gridò Giulio. – A qualunque costo! E tu devi ajutarmi, Lando; e per ajutarmi devi fare il sacrifizio di vincere ogni risentimento, ogni ragione d'odio verso un uomo che è la causa di tutta questa rovina e che io detesto e maledico come te e vorrei morto con la stessa tortura che infligge ora a noi![8]

Lando s'irrigidì a un tratto, aggrottò le ciglia.

– Il[9] Selmi? – domandò. – Roberto... col Selmi?

Giulio crollò più volte il capo; poi, in breve, concitatamente, espose la situazione del fratello e quel che si doveva fare per salvarlo, tacendo del colloquio avuto la sera avanti con S. E. il ministro D'Atri.

Ma Lando, già prevenuto, col pensiero fisso in un sol punto, dalle parole affannose del cugino non comprese altro, in prima, che[1] salvare così Roberto voleva dire salvare anche il Selmi, e che la salvezza di questo poteva ancor dipendere da quella del cugino. Guardò Giulio negli occhi, quasi ora soltanto lo vedesse davanti[2] a sé:

– E come? – esclamò, stupito. – Tu vieni da me, Giulio, per questo? proprio da me?

Sopraffatto da questa domanda piena di tanto stupore, Giulio si perdette per un momento e, come se l'orgasmo gli si sciogliesse dentro in un'agrezza velenosa:

– A chi... a chi altro...? – balbettò. – Tu sai che la mia famiglia... E poi... ricòrdati, t'ho chiesto, entrando, un sacrifizio...

– Ma che sacrifizio! No! – gridò Lando. – Non è umano! Vieni da me per questo? Ma come! Non sai che cosa rappresenta per me quell'uomo?

– T'ho detto perciò... – si provò a soggiungere Giulio.

– Che m'hai detto? No! – scattò di nuovo Lando. – Tu vieni a dirmi, Giulio, così: « Eccoti l'arma, l'unica arma con cui puoi uccidere il nemico che sta per sfuggire alla tua vendetta; ma no! quest'arma, tu non devi usarla; tu devi anzi ajutarmi a nasconderla, a levarla di mezzo, per salvarlo! ». Questo vieni a dirmi!

– Perché vedi il Selmi, ecco, vedi il Selmi e non sai veder altro! – smaniò, esasperato, l'Auriti. – Lo sapevo! Quando ti dirò tutto, mi darai più ajuto?

– Ma che ajuto? – ribatté ancora una volta Lando. – Lo chiami ajuto, codesto? Questa[3] è, da parte mia, complicità! Mi vuoi complice nel salvataggio del Selmi?

– E dàlli! – gridò Giulio. – Roberto! Io voglio salvare[1] Roberto! Mia madre! Che m'importa del Selmi? L'odio, ti ho detto, lo detesto più di te! Ma[2] devo salvar Roberto...

Lando con un violento sforzo su se stesso si costrinse alla calma di[3] fronte a quella cieca, disperata ostinazione del cugino. Volle provarsi a ragionare con lui.

– Scusa, – disse. – Guarda... guarda, Giulio, rispondi a me. È colpevole Roberto? lo credi tu colpevole?

– Colpevole o non colpevole, – rispose Giulio, scrollandosi, – non si tratta di questo! è compromesso!

– Ma può difendersi, perdìo! – ribatté subito Lando.

– Grazie! Lo so. Ma io devo impedire che sia accusato, che sia tratto in arresto, non capisci? – spiegò l'Auriti. – Lo so che può difendersi! E se non vorrà difendersi lui...

– Ecco, ecco... benissimo! – approvò Lando. – Anch'io con te...

– Ma no! grazie! – ricusò di nuovo, con sdegno, Giulio.[4] – Ajuto di parole, grazie! Basto io solo. Non c'era bisogno che venissi da te.

– Scusa, – disse Lando, risentito. – L'ajuto onesto... la difesa vera, onorevole, è soltanto questa. Pagare è complicità. Roberto deve parlare; non rendersi complice del Selmi, tacendo e pagando per lui.

– E tu vuoi dunque, – domandò Giulio, – ch'egli subisca l'ignominia dell'arresto e del carcere, quand'io posso ancora risparmiargliela?

– Col denaro?

– Col denaro, col denaro, – ripeté Giulio. – Onestà, disonestà... che vuoi che m'importi adesso?

Basta a me saperlo onesto! Chi[1] lo crederebbe più tale, domani, se oggi fosse arrestato? Chi crede più alle difese di chi è stato in carcere? Lando, per carità, stiamo all'esperienza. Guarda soltanto a Roberto! Tu, bada bene, ora[2] mi neghi l'ajuto, non per altro, ma perché vuoi[3] far Roberto strumento della tua vendetta!

– No, questo no! – negò energicamente Lando. – Ma non posso farmi, io, strumento della salvezza del Selmi, lo capisci? Tu m'infliggi un supplizio disumano! Io non posso, non devo subirlo! Per Roberto, tutto! Ma se Roberto è coinvolto col Selmi, e il mio ajuto può giovare a costui, no, io non posso dartelo, né tu puoi chiedermelo!

Giulio Auriti rimase un pezzo in silenzio, assorto cupamente.

– Dunque, no? – disse poi, levando il capo e guardando negli occhi il cugino.

A questa domanda categorica, Lando, compreso di profonda pietà, non seppe rispondere con un nuovo reciso rifiuto. Giunse le mani, s'accostò[4] all'Auriti, disse:

– Ma, a parte[5] ogni ragione mia propria, Giulio, pensa... pensa alle relazioni mie, al mio modo di sentire, alle idee per cui combatto... Io non potrei più domani trovarmi coi miei[6] compagni in quest'opera d'epurazione che abbiamo intrapresa...

S'accorse subito che non doveva dire[7] così, e tuttavia non seppe frenarsi, pur[8] notando quasi con sgomento l'alterazione del volto del cugino a ogni parola che proferiva.[9] Lo vide alla fine scattare in piedi, scontraffatto.

– Voi epurate, già! – esclamò[10] Giulio Auriti, con un ghigno orribile. – Tu puoi epurare! Siete i puri, vojaltri! Noi, io, Roberto, anche mio padre, se vivesse...[11]

– Giulio... Giulio! – cercò di richiamarlo Lando, addolorato.

Ma l'Auriti, fuori di sé, seguitò:

– Tutti quanti sporcati, nojaltri. E conierei moneta falsa, sì, e ruberei per aver queste quarantamila lire, che tu hai e ch'io non[1] ho. E perché non le ho, sono uno sporcato! Tu le hai, e sei puro! Ma pensa che mia madre, intanto, non volle averle, perché le parvero sporche!

Lando si drizzò su la persona, e, fermo in mezzo alla stanza, squadrò il cugino con fredda altezza:

– Il denaro mio, – disse, – tu lo sai, è quello soltanto di *mia* madre.

Ma anche dopo aver proferite queste parole si pentì subito, e atteggiò il volto di schifo per la crudezza triviale, a cui la discussione trascendeva. Pensò in un attimo che, per un'iniqua disposizione, anche nella famiglia materna uno aveva scontato con la povertà la ribellione generosa; pensò che tra le tante ragioni, per cui nel fervore giovanile aveva voluto far sua Giannetta Montalto, egli aveva posto anche questa, di ridarle cioè almeno una parte di quanto era stato tolto al padre di lei, diseredato. Previde[2] che il cugino avrebbe risposto a quella sua altera e inconsulta affermazione, trascinando ancor più in basso la contesa vergognosa. E difatti[3] Giulio Auriti, scontorcendo il torbido volto, cozzando tra loro le pugna serrate e poi aprendole innanzi agli occhi sfavillanti di un lustro di scherno, ghignò:

– Ma[4] anche il denaro di tua madre, via!

E Lando, di fronte alla provocazione, ancora una volta non seppe frenarsi.

– Il denaro di mia madre? – domandò, facendoglisi avanti a petto.[5]

Giulio Auriti si passò una mano su la fronte

ghiaccia di sudore, si nascose gli occhi, s'accasciò dolorosamente.

– Non mi far dire altro!

Lando rimase a guardarlo, o piuttosto, a guardargli dentro; poi disse con cruda freddezza, piano, tra i denti, quasi sillabando:

– E anche ammesso ciò che tu pensi, vuoi che paghi io un debito contratto dal Selmi per lo spasso d'una donna, che potrebbe aver da ridire sul denaro di mia madre? Va', va', va',... per carità, vàttene! – proruppe poi, nascondendosi anche lui gli occhi. – Non posso più guardarti in faccia!

Udì andar via il cugino, stette ancora a lungo con le mani sul volto, per il ribrezzo che sentiva d'aver[1] toccato il fondo lurido d'una[2] realtà, a cui non si sarebbe mai aspettato di poter discendere, e della quale sempre gli sarebbe rimasta nell'anima l'impressione orrenda. Ora, risorgendo da quel fondo, nel quale per un momento era scivolato, non gli sarebbe sembrato falso e vacuo e lercio tutto intorno?[3] In ogni suo sentimento, in ogni idea, in ogni atto, in ogni parola, non sarebbe rimasto un segno, l'impronta di quel fango toccato?

Con gli occhi strizzati, i denti serrati e le labbra schiuse, aride e amare, si stropicciò forte le mani. Poi aprì gli occhi, guardò la stanza; si sentì soffocare, e andò a una finestra che dava sul giardino.

Ah, tutto, tutto così!... Tutto era vergogna in quel momento! La peste era nell'aria. La carcassa sociale si sfaceva tutta, e anche la sua anima, ogni suo pensiero, ogni suo sentimento... tutto era insozzato...

Tre[4] giorni dopo, nella sala[5] della biblioteca erano adunati i compagni che dovevano recarsi al Congresso socialista di Reggio Emilia; i rappresentanti dei *Fasci* più numerosi dell'isola, invitati da

Lando; alcuni deputati amici, quattro milanesi del *Partito italiano dei lavoratori* e Lino Apes.

Spiccava tra tanti uomini una giovinetta in giacchettino rosso e berretto nero a barca, con[1] una penna di gallo ritta spavaldamente da un lato: Celsina Pigna, venuta invece di Luca Lizio a rappresentare il *Fascio* di Girgenti. Nessuno[2] voleva far le viste di meravigliarsene; ma ella s'accorgeva bene dei rapidi sguardi furtivi che tutti le lanciavano, in ispecie i meno giovani; e[3] notava, ridendo dentro[4] di sé, che quei pochi, i quali ostinatamente si vietavano di guardarla, prendevano per lei arie languide o fiere impostature e, per lei, parlando, davan certe modulazioni alla voce, chi flebili e chi vivaci, le quali tradivano tutte[5] quel tale orgasmo che la presenza d'una donna suscita di solito. Notava[6] anche in più d'uno un'altra ostentazione: quella di una disinvoltura quasi sprezzante, che tradiva il disagio segreto di trovarsi in una casa ricca e ben messa.

Lando Laurentano non c'era ancora. Lino Apes, a nome di lui, aveva pregato gli amici d'avere un po' di pazienza, che presto sarebbe venuto. Nell'attesa s'erano[7] formati alcuni crocchi: due presso le finestre che davano sul giardino, uno presso la tavola preparata in capo alla sala per chi doveva presiedere all'adunanza. Alcuni passeggiavano cogitabondi, altri leggevano sul dorso delle rilegature i titoli dei libri negli[8] scaffali, tendendo gli orecchi, senza parere, a ciò che si diceva in questo e in quel crocchio. Parecchi spiavano obliquamente uno dei deputati che, passeggiando per la sala con le dita inserte nei taschini del panciotto, alzava di tratto in tratto le spalle, protendeva il collo e in segno di meraviglia e di commiserazione stirava la bocca sotto i ruvidi baffi rossastri già mezzo scoloriti. Era[9] il deputato repubblicano Spiridione Covazza che[10] in quei giorni aveva scritto male, su una rassegna francese, dell'organamento delle forze proletarie in Sicilia. Vedendosi sfuggito da tutti, con quel gesto pareva dicesse: « Incredibile! ». Ma pur doveva sapere che il suo torto era quello di veder tante cose che gli altri non vedevano, e[1] di dare ad esse quel peso che gli altri ancora non sentivano, perché nel calore della passione ogni cosa par che si sollevi con chi la porta in sé. Illusioni: bolle[2] di sapone, che possono a un tratto diventar palle di piombo. Lo sapevano bene quei[3] poveri contadini massacrati a Caltavutùro. Aveva[4] scritto su quella rassegna francese ciò che in coscienza credeva la verità; al solito suo, rudemente e crudamente. Ma volevano dire ch'egli provasse un acre piacere nel mettere avanti così, fuor di tempo e di luogo, le verità più spiacevoli, nello[5] spegnere col gelo delle sue argomentazioni ogni entusiasmo, ogni fiamma d'idealità, a cui pur tuttavia era tratto irresistibilmente ad accostarsi. Scarafaggio[6] con ali di falena – lo aveva definito su la *Nuova Età* Lino Apes: – accostatosi alla fiamma, spariva la falena, restava lo scarafaggio. Calunnia[7] e ingratitudine! Egli stimava dover suo, invece, serbarsi così frigido in mezzo a tante fiamme giovanili; che se queste non eran fuochi di paglia, alla fine si sarebbe scaldato anche lui; e se erano, faceva il bene di tutti, spegnendoli. Forse[8] la sua stessa figura, grassa e pure ispida, quegli occhi vitrei, aguzzi[9] dietro gli occhiali a staffa, quel naso di civetta, il suono[10] della voce, suscitavano in tutti una repulsione tanto più irritante, in quanto ciascuno poi era costretto a riconoscere che quasi sempre il tempo e gli avvenimenti gli avevano dato ragione, a pregiarne la dottrina[11] vasta e profonda, la dirittura della mente e della coscienza, la onestà degli intenti e ad avere stima e anche ammirazione di quella sua franchezza rude e dispettosa[12] e del coraggio con cui sfidava l'impopolarità. Quell'accoglienza[1] ostile, intanto, Spiridione Covazza sapeva di doverla soprattutto[2] a tre giovani siciliani, che erano nella sala circondati in quel momento dalla fervida simpatia di tutti: Bixio[3] Bruno, Cataldo Sclàfani e Nicasio Ingrao, i quali più degli altri s'eran sentiti ferire dalla sua critica. Stava[4] ciascun d'essi in mezzo ai tre crocchi che si erano formati nella sala. Bixio Bruno, svelto, dal volto[5] olivastro animoso e i capelli[6] crespi gremiti da negro, spiegava[7] con fluida e colorita loquela, storcendo in un mezzo sorriso di soddisfazione la bocca rossa e carnuta, come[8] in poco tempo fosse riuscito a raccogliere a Palermo in un sol fascio i ventisei sodalizii operai, le maestranze discordi, le cui bandiere smesse erano adesso conservate in una sala, quali[9] trofei di vittoria. Appariva pieno di fiducia e sicuro del trionfo. Si aspettava, credeva anzi imminente la reazione da parte del Governo: scioglimento dei *Fasci*, arresti, invasione militare. Ma il buon seme era sparso! Ogni sopraffazione, ogni persecuzione avrebbe reso più grande la vittoria. Potevano esser tratti in arresto trecentomila uomini? No. I capi soltanto, qualche dozzina di soci, se mai. Bene, eran già pronti i capi segreti, ignorati ancora dalla polizia; e[10] la propaganda avrebbe seguitato più efficace che mai. Cataldo[11] Sclàfani, tarchiato, con gli occhi un po' strabi e un barbone[12] che pareva un fascio di pruni, parlava nell'altro crocchio, profeticamente[13] ispirato; diceva con sorridente commozione che là dove[14] prima era spuntata l'alba dell'unità della patria, era fatale spuntasse ora quella più rossa e più fulgida della rivendicazione degli oppressi. Sapeva, sì, che già prima nelle Romagne, nel Modenese, nelle province di[15] Reggio Emilia e di Parma, nel Cremonese, nel Mantovano, nel Polesine, era sorto a far le prime armi il socialismo italiano; ma tutt'altra cosa era adesso in

Sicilia! Rivelazione improvvisa, prodigiosa! Lino[1] Apes, ascoltandolo, si tirava i baffi fino a strapparseli, per[2] tenere a freno il sorriso. Nelle[3] sue lettere a Lando, chiamava Cataldo Sclàfani il *Messia dei Fasci*. Nel[4] terzo crocchio Nicasio Ingrao, tozzo, rude, con un'atra voglia di sangue che gli prendeva mezza faccia, parlava[5] coi deputati, arrotondando alla meglio il dialetto nativo, e[6] balzando con strana mimica da una sconcia bestemmia a una ingenua invocazione infantile; parlava della crisi dell'industria zolfifera in Sicilia e della spaventevole miseria dei solfaraj già da alcuni mesi in isciopero forzato. Un[7] compagno, direttore del *Fascio* di Comitini, si provò a far sapere a quei deputati quanto l'Ingrao, proprietario di terre e di case in Aragona, avesse fatto e facesse per[8] quei solfaraj, per impedire che trascendessero a rapine, incendii e tumulti sanguinosi; ma l'Ingrao gli saltò addosso e gli turò la bocca, minacciando di attondarlo con[9] un pugno, se seguitava. Celsina[10] Pigna, dal posto in cui si teneva appartata, scoppiò a ridere, a[11] quel violento gesto burlesco, e l'Ingrao le domandò, ridendo anche lui:

– Lo attondo, signorina?

Nei tre crocchi tutti gli altri isolani, giovinotti dai venti ai trent'anni, sentendo parlare quei tre capi più in vista, gonfiavano[12] d'orgoglio, s'intenerivano[13] fin quasi alle lagrime. Erano[14] certi, nella loro sincera fatuità giovanile, di rappresentare una parte nuova nella storia, pur lì a Roma. Avevano veduto davanti a[15] quei tre duci del Comitato centrale migliaja di donne, migliaja di contadini, intere popolazioni dell'isola in delirio, gettar fiori, prosternarsi con la faccia a terra, piangere e gridare, come prima davanti alle immagini dei loro santi.

Tutti[16] si volsero a un tratto e si mossero verso Lando Laurentano che entrava di fretta. Chiedendo scusa del ritardo, strinse[1] la mano ai primi che gli si fecero innanzi; pregò tutti di prender posto, e appena[2] fu fatto silenzio, disse:

– Ho perduto tempo, signori, per una ragione forse non estranea agli interessi nostri, agli interessi specialmente di tanti nostri compagni che più degli altri, credo, hanno bisogno[3] in questo momento di ajuto, giù[4] in Sicilia.

– I solfaraj! – gridò l'Ingrao, balzando in piedi, come se egli ne fosse il più legittimo difensore. – Ho capito! – aggiunse. – Vuoi dire che c'è qua l'ingegnere Aurelio Costa? Ho capito. Eh, ha viaggiato con me questo signore! Abbiamo discorso a lungo e...

Lando con un gesto lo pregò di tacere:

– L'ingegnere Aurelio Costa, appunto, – riprese, – direttore delle zolfare del Salvo, che credo sia uno dei più ricchi proprietarii di miniere della provincia di Girgenti, è venuto a Roma per interessare[5] la deputazione siciliana a un disegno...[6]

– Permesso? – interruppe di nuovo l'Ingrao. – Non perdiamo tempo, signori miei! Vi spiego io il fatto com'è. Il signor Salvo sta per imparentarsi, per via d'una sorella, col[7] principe di Laurentano...

Un mormorio di protesta si levò per il tratto ruvido dell'Ingrao verso Lando, a cui tutti gli occhi si volsero a chiedere[8] scusa dello sgarbo. Ma Lando, sorridendo, s'affrettò a dire:

– Non con me, vi prego! non con me!

E l'Ingrao allora, scrollandosi irosamente, gridò:

– Madonna santissima, per chi mi prendete? Se dico il principe! Avrei chiamato principe il nostro amico riverito, ospite e compagno amatissimo? Non per cosa oh! ma egli sa di non salire, se lo chiamiamo principe, e sa che noi non vogliamo abbassarlo chiamandolo semplicemente Laurentano. Io alludo al principe suo padre; e Lando Laurentano non può offendersi delle parole mie. Se si offende, è uno sciocco! Parlo[1] io invece di lui, perché egli sta a Roma, io[2] sto in mezzo alle zolfare, e so che il progetto del signor Salvo non tende ad altro che ad ingraziarsi il figlio del principe, facendogli vedere che gli stanno a cuore le sorti degli operaj delle zolfare. Bubbole! Panzane! Polvere negli occhi! Sa meglio di me il signor Salvo che il suo progetto è una coglionatura! Sissignori, io parlo nudo, così.[3] Se veramente vuol fare qualche cosa, tolga il signor Salvo dalle zolfare di sua proprietà le così dette *botteghe*, dove gli operaj sono costretti a provvedersi con l'usura del cento per cento dei generi di prima necessità: vino, che è aceto; pane, che è pietra!

Spiridione Covazza domandò allora di parlare, e tutti si voltarono con viso ostile a guardarlo.

– Volete adesso difendere le *botteghe*? – lo apostrofò l'Ingrao.

Il Covazza non si voltò nemmeno.

– Vorrei sapere – disse piano – le idee generali di questo disegno.[4]

– Vi dico che è una coglionatura! – tornò a gridare l'Ingrao.

Il Covazza tese una mano, senza scomporsi.

– Prego, – disse, – urlare non è ragionare. Sono stato anch'io nelle zolfare: ho[5] studiato attentamente le condizioni dell'industria zolfifera, le ragioni complesse della sua crisi; e vi so dire che, se nelle condizioni presenti quelli che hanno da sperar meno sono i solfaraj, picconieri e carusi, non meno tristi sono però le sorti dei coltivatori delle miniere e dei proprietarii; e se questo disegno...[6]

Non poté seguitare. Tutti i rappresentanti dei *Fasci* scattarono in piedi protestando. Lando s'interpose, cercò di calmarli, ammonì che si avesse rispetto per le opinioni altrui, e[7] propose che uno fosse subito chiamato a dirigere la discussione.

– Bruno! Bruno! Bixio Bruno! – si gridò da varie parti.

E Bixio Bruno, avvezzo ormai a vedersi designato a quell'ufficio, in due salti fu alla tavola preparata in capo alla sala.

– Signori, – disse. – Di straforo, incidentalmente, siamo entrati nel pieno della discussione. L'on. Covazza, in un suo scritto recente...

– Pubblicato all'estero! – interruppe uno in fondo alla sala.

– All'estero, o in Italia, sciocchezze! – ribatté il Bruno. – Le nostre idee, il nostro partito non riconoscono confini di nazionalità. In questo scritto l'on. Covazza ha criticato l'opera mia e dei miei[1] compagni.

Spiridione Covazza, con le braccia incrociate sul petto, negò più volte col capo.

– No? – domandò il Bruno. – Come no? Non ha ella detto che la nostra propaganda è fatta di miraggi?

– Io ho detto, – rispose il Covazza, levandosi in piedi, – che le vostre dimostrazioni oneste d'una libertà che dia intero realmente il diritto[2] di soddisfare ai bisogni della vita, le[3] spiegazioni che voi date della lotta di classe, sfruttati contro sfruttatori, e del programma della scuola marxista in genere e di quello minimo che vi siete tracciato, si traducono, inevitabilmente e sciaguratamente, in miraggi, per la ignoranza di coloro a cui sono rivolte. Questo ho detto! E ho soggiunto...

Nuove proteste confuse si levarono nella sala. Il Bruno batté il pugno sulla tavola e impose silenzio.

– Lasciatelo parlare!

– Ho soggiunto, – riprese il Covazza, – che voi, abbagliati, nel fervore della vostra sincera fede giovanile, credete che le vostre dimostrazioni e spiegazioni siano veramente comprese.

– Sono! sono! sono! – gridarono molti a coro.

– Non sono! Non possono essere! – negò energicamente il Covazza. – Come volete che siano, se non le comprendete bene neanche voi stessi?[1]

Una tempesta di urli si scatenò a questa affermazione. Il Bruno, Lando Laurentano, Lino Apes, i colleghi deputati stentarono un pezzo a domarla. Spiridione Covazza aspettò a capo chino, con gli occhi chiusi, che fosse domata; a un certo punto, giunse le mani e, tenendole alte, piegò di più il capo[2] tra esse, curvò con fatica l'obesa persona; poi, aprendole in un ampio gesto e risollevandosi, pregò quasi piangente:

– Non mi costringete, signori, per falsi riguardi al vostro malinteso amor proprio, non mi costringete ad attenuare d'un punto la verità, con concessioni che[3] farebbero a me e a voi stessi vergogna, e[4] che potrebbero essere perniciose in questo momento! Quanti tra voi conoscono veramente Marx? Quattro, cinque, non più! Siate franchi! Tutti gli altri non hanno coscienza vera di quel che si vuole: sì, sì, proprio così! né dei mezzi congrui per conseguirlo, infatuati d'un socialismo sentimentale, che[5] s'inghirlanda delle magiche promesse di giustizia e d'uguaglianza. Ma sapete voi che cosa vuol dire *giustizia* per i contadini e i solfaraj siciliani? Vuol dire violenza! sangue, vuol dire! vuol dire strage! Perché alla giustizia legale, alla giustizia fondata sul diritto e sulla ragione essi non hanno mai creduto, vedendola sempre a loro danno conculcata! Li conosco io, molto meglio di voi, i contadini e i solfaraj siciliani... sì, sì, purtroppo, molto meglio di voi! Voi vi illudete! Voi dite loro collettivismo? ed essi traducono: divisione delle terre, tanto io e tanto tu! Dite loro abolizione del salario? ed essi traducono: padroni tutti, fuori le borse, contiamo il denaro, e tanto io tanto tu.

– Non è vero! Non è vero! – gridarono alcuni.

– Lasciatemi finire! – esclamò stanco, anelante, il Covazza. – L'altra illusione, che voi vi fate, è[1] sul numero degli iscritti ai vostri *Fasci*: tremila qua, quattromila là, ottocento, mille, diecimila... Dove, come li contate? Son ombre vane, signori, filze di nomi e nient'altro! Sì, lo so anch'io: appena si aprono le iscrizioni, come le pecore: una dà l'esempio, tutte le altre dietro! Ma volete sul serio dar peso, fondarvi su questo, ch'è frutto d'un inevitabile contagio psichico? Quanti, sbollito il primo entusiasmo, restano effettivamente nei vostri[2] *Fasci*? Basta ad allontanare il maggior numero la prima richiesta della misera quota settimanale! E quanti *Fasci*, sorti oggi, non si sciolgono domani?[3] Lasciatevelo dire da uno che non s'inganna e che non vi inganna, signori! So[4] che voi oggi qua volete stabilire se si debba, o no, secondare la tendenza delle moltitudini a un'azione immediata. So che parecchi tra voi sono contrarii, e io li stimo saggi e li approvo. Un movimento serio come voi l'intendete, non è possibile ancora in Sicilia! Se credete che già ci sia per opera vostra, v'ingannate![5] Per me non è altro che febbre passeggera, delirio di incoscienti!

Spiridione Covazza sedette, asciugandosi il sudore dal volto congestionato, mentre dieci, quindici, tutt'insieme, si levavano a domandar la parola.

Parlò Cataldo Sclàfani con voce tonante e col volto atteggiato più di dolore che di sdegno, giacché non l'accusa per se stessa poteva offenderlo, ma che uno potesse accusarlo e accusar con lui i suoi compagni.

– Non mi difendo, – disse, – espongo!

Quanti erano i *Fasci*? Eran presenti i capi dei più importanti, e ciascuno poteva dire all'on. Covazza come erano[6] contati i socii e quanti fossero. I *Fasci*, secondo gli ultimi dati del Comitato centrale, erano centosessantatré fermamente costituiti, trentacinque in via di formazione. C'era dunque davvero un grande esercito di lavoratori in Sicilia, nel quale non si sapeva se ammirar più il fervore, la coscienza, o la disciplina con cui obbediva a un cenno del Comitato centrale. Il capo d'ogni *Fascio* passava la parola d'ordine ai singoli capi di sezione, e questi a lor volta ai capi dei rioni e delle strade: in un batter d'occhio, sia di giorno, sia di notte, tutti i socii dei *Fasci* potevano ricevere un avviso. E se domani i lavoratori si fossero mossi, tutta la gente siciliana sarebbe stata travolta come da una corrente di fuoco. Perché già da lunghi anni covava il fuoco in Sicilia, da che essa cioè, nel mare, si[1] era veduta come una pietra a cui[2] lo stivale d'Italia allungava un calcio in premio di quanto aveva fatto per la così detta unità e indipendenza della patria. Perché[3] dire che solo da un anno si parlava di socialismo in Sicilia? Non vi era già, diciott'anni addietro, una sezione dell'Internazionale? E da allora non vi si eran sempre pubblicati giornali del partito; e circoli, gruppi, nuclei non si erano formati qua e là, sicché appena sorta la prima idea dei *Fasci*, era stato un subito accorrere e un subito riaggregarsi di antichi compagni di fede? Non[4] era vero dunque che la rapidissima formazione dei *Fasci* era dovuta solo all'assidua e vigorosa propaganda dei giovani: il terreno era già da lunga mano preparato; mancava l'unione, un indirizzo; e ai giovani era bastato soltanto dare una voce e indicar la via, la stessa via che da anni batteva il proletariato di altri paesi. I contadini e gli operaj di Sicilia erano accorsi ai giovani con le braccia tese, gridando: – *Voi, voi siete i veri amici!* – e si erano mossi a seguirli con la gioja nel cuore, con la piena coscienza di ciò che si disponevano a fare. E, a provar[5] questa coscienza, Cataldo Sclàfani parlò, commosso, dei discorsi tenuti nell'ultimo congresso di Palermo da alcune donne di Piana dei Greci e di Corleone; discorsi che dimostravano, nel modo più lampante, come non il lume artificiale d'una coltura accademica, né teorie di scuola bisognavano a destar quella coscienza, ma la pratica quotidiana del dolore e dell'ingiustizia, e l'indicazione più semplice e più spontanea del rimedio a tanti mali: l'unione! Socialismo[1] sentimentale? Ma la forza che crea è appunto il sentimento, non la fredda ragione, armata di dottrina! Che importava la nozione astratta d'un diritto, quando c'era il sentimento immediato e prepotente di un bisogno? Sentire il proprio diritto con la forza stessa con cui si sente la fame valeva mille volte più d'ogni precisa dimostrazione teorica di esso. Per altro, ora questo sentimento era già divenuto coscienza lucida e ferma, e si dimostrava in tutti i modi. Un vero spirito fraterno s'era[2] diffuso tra i contadini e gli operaj, per cui nei numerosi arresti recenti s'eran[3] veduti i compagni liberi mantenere i carcerati e le loro famiglie; nella disgrazia di qualcuno, il pronto soccorso di tutti e l'assistenza e la sorveglianza amorosa. Ecco la ronda dei decurioni, la sera, per[4] le strade e le osterie delle città e delle campagne, perché i fratelli non trascendessero ad atti violenti, eccitati dal vino.

– Questi sono gli arruffapopoli, on. Covazza! – esclamò a questo punto, concludendo, Cataldo Sclàfani con gli occhi lustri d'ebrezza e commozione. – Vergognatevi[5] delle vostre accuse! Siamo qua[6] oggi, a Roma, di fronte, due generazioni. Guardate allo spettacolo che dànno i vecchi, e[7] guardate a noi giovani! Domani da qui il Governo, che protegge tutti coloro che dell'amor di patria affagottato e tolto in braccio si fecero scudo per tanti anni ai sassi del popolo censore, manderà in Sicilia l'esercito e l'armata per soffocare con la violenza questo gran palpito di vita nuova che[8] noi giovani vi abbiamo destato! Fin oggi la maggioranza del Comitato centrale, di cui fo parte, è contraria a un'azione immediata. Ma presto verrà il giorno, lo prevedo, che le smanie dell'impazienza da tanto tempo represse scoppieranno, e noi capi non potremo più frenare il popolo senza immolare[1] noi stessi.

Lando Laurentano, seduto accanto a Lino Apes, ascoltò il lungo discorso dello Sclàfani a capo chino, stirandosi qua e là con le dita nervose la barba e lanciando occhiate a destra e a sinistra. Quell'adunanza[2] in casa sua gli pareva la prova generale di una rappresentazione. Tutti quei giovani si erano anche loro assegnate le parti, e gli pareva che, a furia di ripeterle, se le fossero cacciate a memoria e le recitassero con artificioso calore. Mancava il coro innumerevole, che era[3] in Sicilia. Oh sì, parlava bene, con bella enfasi apostolica, Cataldo Sclàfani; meritava[4] in qualche punto l'applauso caldo e scrosciante, le lodi del coro, se fosse stato presente. Innamorato della sua parte, l'avrebbe[5] rappresentata con perfetta coerenza anche davanti ai fucili dei soldati, in piazza; e, se tratto in arresto, davanti ai giudici, in una corte di giustizia. Perché[6] lui solo non riusciva ancora a comporsi una parte? perché ancora, ancora dentro, esasperatamente, gli scattava la protesta: « No, non è questo »? Che[7] volevano in fatti tutti quei suoi compagni? Ben poco, per il momento, in Sicilia. Volevano che, per l'unione e la resistenza dei lavoratori, venissero a patti più umani i proprietarii di terre e di zolfare, e[8] cessasse il salario della fame, cessassero l'usura, lo sfruttamento, le vessazioni delle inique tasse comunali, per modo che a quelli fosse assicurato, non già il benessere, ma almeno tanto da provvedere ai bisogni primi della vita. Volevano, adattandosi modestamente alle condizioni locali, l'impianto di cooperative di consumo e di lavoro e la conquista dei pubblici poteri; fra qualche anno trionfare nelle elezioni comunali e provinciali dell'isola; riuscir vittoriosi in qualche collegio politico, per aver controlli e banditori delle più urgenti necessità dei miseri nei Consigli comunali e provinciali e nella Camera dei deputati. Questo[1] volevano. Ed era giusto. Degne d'ammirazione la fede e la costanza con cui seguitavano quest'opera[2] di protezione e di rivendicazione. Che altro voleva lui? Non c'era altro da volere, altro da fare, per ora.[3] E tanta esaltazione, dunque, e tanto fermento per ottenere ciò che forse nessuno, fuori dell'isola, avrebbe mai creduto che già non ci fosse: che[4] in ogni casolare sparso nella campagna[5] la lucernetta a[6] olio non mostrasse più ai padri che ritornavano disfatti dal lavoro[7] lo squallido sonno dei figliuoli digiuni e il focolare spento; che[8] fossero posti in grado di divenire e di sentirsi uomini, tanti cui la miseria rendeva peggio che bruti. Una buona[9] legge agraria, una lieve riforma dei patti colonici, un lieve miglioramento dei magri salarii, la mezzadria a[10] oneste condizioni, come quelle della[11] Toscana e della Lombardia, come quelle accordate da lui nei suoi possedimenti, sarebbero bastati a soddisfare e a quietare quei miseri, senza tanto fragor di minacce, senza bisogno d'assumere quelle arie d'apostoli, di profeti, di paladini. Oneste, modeste[12] aspirazioni, quasi evangelicamente disciplinate, da raggiungere grado grado, col tempo e con la chiara coscienza del diritto negato! Poteva egli pascersi di esse, e non pensare ad altro? No, no: troppo[13] poco per lui! Se fosse bastato, magari avrebbe dato tutto il suo denaro, e chi sa, forse allora, da povero, avrebbe trovato in quelle aspirazioni un pascolo per l'anima irrequieta. Ma così, no, non potevano bastargli! All'improvviso, voltandosi[14] a guardar Lino Apes, si sentì sonar dentro, come una feroce irrisione, i versi del Leopardi nella canzone all'Italia:

L'armi, qua l'armi: io solo
Combatterò, procomberò sol io![1]

E scattò in piedi agli[2] applausi che in quel punto stesso scoppiavano nella sala a coronar l'eloquente discorso di Cataldo Sclàfani, e anche lui con tutti gli altri, senza volerlo, si recò a stringere[3] la mano all'oratore.

Ma Lino Apes, dal suo posto, col socratico sorriso su le labbra e negli occhi, domandò allora a gran voce:

– Signori miei, e che si conclude?

Pareva tutto finito; assolto il còmpito; e ciascuno si sentiva come sollevato e liberato da un gran peso. Al richiamo dell'Apes tutti si guardarono negli occhi, sorpresi, con pena, e ritornarono mogi mogi ai loro posti.

– La natura, signori miei, – seguitò Lino Apes, appena li vide seduti, – la natura, nella sua eternità, può non concludere, anzi non può concludere, perché se conclude, è finita. Ma l'uomo no, deve concludere; ha bisogno di concludere; o almeno di credere che abbia concluso qualche cosa, l'uomo! Ebbene, signori[4] miei, che concluderemo noi? Siamo uomini, e venuti qua per questo. Ma vi leggo negli occhi. Voi non avete nessuna voglia di concludere, pur non essendo eterni! Voi avete[5] viaggiato. Molti tra voi seguiteranno il viaggio fino[6] a Reggio Emilia. Qua a Roma, chi ci viene per la prima volta, ha[7] da veder tante cose; e il tempo stringe. Scusatemi, se parlo così: sapete che io vedo per minuto, e parlo come vedo. Ho poca fiducia nelle conclusioni degli uomini, i quali tutti, a un certo punto, guardandosi dietro, considerando le opere e i giorni loro, scuotono[8] amaramente il capo e riconoscono: « Sì, ci siamo arricchiti », oppure: « Sì, abbiamo fatto questo o[9] quest'altro, – ma che abbiamo in fine concluso? ». Veramente, a dir proprio, non si conclude mai nulla, perché siamo tutti nella natura eterna. Ma ciò non toglie che[1] noi oggi qua, dato il momento, non dobbiamo venire a una qualsiasi, magari illusoria, conclusione.[2] Io vi dico che questa s'impone, perché altrimenti ci verranno da sé, senza la vostra guida illuminata e il vostro consenso, gli operaj delle città, delle campagne, delle zolfare. E sarà cieco scompiglio, tumulto feroce, quello che potrebbe essere invece movimento[3] ordinato, premeditato, sicuro. Le conseguenze? Signori, usa prevederle chi non è nato a fare. Credete voi che ci sia ragione d'agire? Avvisiamo ai modi e ai mezzi. Tutta la Sicilia è ora senza milizie. Tre, quattro compagnie di fantaccini vi fan la comparsa dei gendarmi offenbachiani, oggi qua, domani là, dove il bisogno li chiama. È contro ad essi, come voi dite, un intero, compatto esercito di lavoratori. Non c'è neanche bisogno d'armarlo; basterà disarmar quei pochi e si resta padroni del campo. No? Dite di no? Aspettate! Lasciatemi dire... santo Dio, concludere!

Ma non poté più dire. Come i ranocchi quatti a musare all'orlo d'un pantano, se uno se ne spicca e dà un tonfo, tutti gli altri a due, a tre, tuffandosi, vi fanno un crepitìo via via più fitto; gli[4] ascoltatori, incantati dapprima dall'arguto dire dell'Apes, cominciarono alla fine dietro un primo interruttore a interromperlo a due, a tre insieme, e quasi d'un subito, tra fautori e avversarii, schizzò da ogni parte violenta[5] la contesa.

Di qua Lando Laurentano quasi pregava:

– Sì, ecco, se c'è da fare qualche cosa, amici...

Di là Bixio Bruno e Cataldo Sclàfani gridavano:

– No! no! Sarebbe una pazzia! Ma che! La rovina!

E sfide, invettive, proposte, s'abbaruffarono[6] per un pezzo nella sala. Alcuni, e tra questi il Covazza, scapparono via, indignati. A un certo punto, uno, tutto spaurito, si cacciò zittendo e con le braccia levate nel crocchio dove più[1] ferveva la contesa e annunziò:

– Signori miei, siamo spiati!

Tutti gli occhi si volsero alle due finestre.

Dietro la ringhiera del giardino due uomini stavano di fatti a spiare, cercando[2] di farsi riparo delle piante. Celsina Pigna guardò alla finestra[3] anche lei e, appena scorse quei due, diventò in volto di bragia.

– Ma no! – saltò a dire irresistibilmente. – Li conosco io... Aspettano me.

Innanzi al vermiglio sorriso e agli occhi sfavillanti di lei, la contesa cadde, come se a nessuno paresse più possibile seguitarla, quando quel fior di giovinetta, a cui s'era fatto le viste di non badare, si faceva avanti d'un tratto, quasi[4] ad ammonire: « Ci sono io, finitela: sono aspettata! ».

Poco dopo, come tutti, tranne Lino Apes, furono andati via, Celsina si accostò a Lando Laurentano e gli domandò, alludendo a uno di quei due che stavano[5] dietro la ringhiera ad aspettarla:

– Non lo conosce? È suo nipote...

– Mio nipote? – disse con meraviglia Lando che[6] ignorava affatto d'averne uno.

– Ma sì, Antonio Del Re, – affermò Celsina. – Figlio di sua cugina Anna, sorella del signor Roberto Auriti.

– Ah! – sclamò Lando. – E perché non è entrato?

Celsina notò sul volto del Laurentano un improvviso turbamento subito dopo la domanda, e lo interpretò a suo modo, che egli cioè, sospettando qualche intrigo fra lei e il nipote, si fosse pentito della domanda inopportuna, e si affrettò a rispondere:

– Non è dei nostri, sa! Sta qui a Roma in casa del signor Roberto, all'Università... Ma[7] temo che...

S'interruppe, accorgendosi che il Laurentano, astratto, assorto, non le badava; e subito riprese:

– Le[1] reco i saluti del Lizio, presidente del *Fascio* di Girgenti, e i saluti di mio padre. Anch'io credo, se posso esprimere il mio parere, che[2] non sia tempo d'agire. Abbiamo nel *Fascio* di Girgenti circa ottocento iscritti... Ma sono nomi[3] soltanto: pochi vengono, pochi pagano...

– Ma sì, ma sì, ma sì... – le disse allora, graziosamente ridendo con tutto il volto bruttissimo, Lino Apes, quasi per farle intendere che[4] egli aveva parlato a quel modo col solo intento di cacciar via tutti. – Agire? Ma sarebbe una pazzia! L'ho detto per celia, signorina!

Gli occhi[5] di Celsina schizzarono fiamme. Lo avrebbe schiaffeggiato. Gli sorrise. Tese la mano a Lando Laurentano e:

– Mi permettano – disse. – Li lascio in libertà.

Il *quondam* tenore Olindo Passalacqua, marito[6] onorario della maestra di canto signora Lalla Passalacqua-Bonomè, nonché censore effettivo del *Privato Conservatorio Bonomè*, da circa due ore cercava in tutti i modi di tenere a freno la muta rabbiosa impazienza di Antonio Del Re. Parlava sottovoce, e ogni tanto, di nascosto, se Antonio Del Re sbuffando[7] guardava altrove, cavava fuori lesto lesto l'orologino della moglie e « Poveretto, ha ragione! » diceva prima con la mimica degli occhi, delle ciglia, della bocca, e subito dopo, con altra[8] mimica: « Qua sono: avanti; seguitiamo! ». E seguitava a parlare, a parlare quasi per commissione; ma in una particolar maniera comicissima e quasi incomprensibile, perché a voli[9] a salti a precipizii per sottintesi che si riferivano a lontane e bizzarre[10] vicende della sua scompigliata esistenza. E a ogni salto, a ogni volo, eran subitanee[11] alterazioni di viso e di voce, esclamazioni e ghigni e gesti o di rabbia o di gioja o di minaccia o di commiserazione o di sdegno, che facevano[1] restare intronato, a bocca aperta[2] chi, ignorando quelle vicende, riuscisse per un po', senza ridere, a prestargli ascolto. Olindo Passalacqua, di fronte a questo intronamento, restava soddisfatto; era[3] per lui la misura dell'effetto; e con le mani aperte a ventaglio si tirava sù, sù, sù, da ogni parte i lunghi grigi capelli[4] riccioluti per modo che gli nascondessero la radura sul cocuzzolo, e quindi coi due indici tesi si toccava gli aghi incerati dei baffetti ritinti, quasi[5] per mettere il punto a quel gesto abituale o per accertarsi che nella foga del parlare, non gli fossero cascati.

– Una[6] miseria, basterebbe una miseria! – diceva. – Guarda, che sono due lirette al giorno, che sono? E vorrei[7] dire anche meno! Una miseria... Sciagurato! Quanti ne butta via con quei farabutti là che[8] gl'insudiciano il come si chiama... sicuro... lo stemma avito! Porci! E mio suocero per l'Italia rovina l'impresa del *Carolino*[9] a Palermo... Tesori! Bastava la semplice *Jone*... povero Petrella!...[10] mio cavallo di battaglia... Là, tutto a catafascio... per questi porci qua! Senti come strillano? Ed è principe, sissignore... Vergognosi... Dico io, due lirette al giorno per un'opera meritoria... Dio dei cieli, una fortuna come questa! Tutto gratis... E tu che ne sai? Certi patti infernali... schiavitù per tutta la vita... Io, io, per più di dieci anni, trionfatore e schiavo... Qua, invece, solo ch'egli dicesse di sì... M'impegnerei io, Nino, m'impegnerei io di portarla in meno d'un anno su i primari palcoscenici d'Italia. Tu mi conosci; mi spezzo, non mi... non mi... *frangar*... come si dice? lo sapevo pure in latino, mannaggia! La parola... se do la parola! E che mi resta? Unico patrimonio. Bisognerà nutrirla un tantino meglio nei primi tempi: questo sì! Ma se ne viene... se ne viene... oh se se ne viene... E la bastarda musica[1] moderna...

Aveva scoperto, Olindo Passalacqua, una portentosa voce di soprano nella gola di Celsina Pigna, subito, appena l'aveva sentita parlare.

– E con quella figurina là, che scherzi? Furore, m'impegno io: farà furore! Basterebbe a mio cognato, per rispetto a Roberto e a te, un misero assegnino, anche di una lira e cinquanta al giorno, per le spese del vitto... Nutrirla bene... e in meno di un anno... dici di no?

Antonio Del Re tornava a scrollarsi tutto, rabbiosamente, appena una parola del Passalacqua riusciva a cacciarsi tra il tumulto dei pensieri violenti a cui era in preda. Il[2] giorno avanti, Celsina gli s'era presentata all'improvviso in casa dello zio Roberto, durante il desinare. Frastornato, stordito dalla vita rumorosa[3] della grande città, dagli aspetti nuovi, dalle nuove e strane abitudini, non aveva potuto attendere in alcun modo alla promessa che le aveva fatto prima di partire, di trovarle subito, cioè, un collocamento a Roma. Le aveva scritto tuttavia che presto, appena un po' rassettato, si sarebbe messo a cercare; con la certezza però, dentro[4] di sé, che non solo non sarebbe riuscito, ma che non avrebbe avuto né animo né modo di provarcisi, sospeso come si sentiva, e[5] come per un pezzo avrebbe seguitato a sentirsi, in[6] uno smarrimento che quasi gli toglieva il respiro e gli faceva apparir tutto intorno vacillante e inconsistente. Questo[7] smarrimento, difatti, non solo gli era durato, ma gli era via via cresciuto, in[8] mezzo a quella precarietà d'esistenza eccentrica, scombussolata, in casa dello zio. Come mai aveva potuto questi adattarsi a vivere così, comporsi in un certo suo ordine meticoloso, in[9] mezzo a tanto disordine, trovarvi un po' di terra da gettarvi le radici? Capiva[10] Olindo

Passalacqua, la signora Lalla (*Nanna*, come la chiamavano) e il fratello di lei, Pilade Bonomè: zingari; il primo, chi sa donde venuto; gli altri due, figli d'un impresario teatrale, capitato[1] prima del 1860 a Palermo e[2] travolto nella corrente liberale dai giovani signori dell'aristocrazia palermitana, frequentatori assidui del palcoscenico del teatro *Carolino*. Fallita dopo alcuni anni l'impresa, poveri, *vittime della rivoluzione*, come diceva ancora Olindo Passalacqua, il quale, subito[3] dopo avere[4] sposato la figlia dell'impresario, aveva[5] perduto la voce; erano venuti a Roma, poco dopo il '70, e s'erano[6] rovesciati addosso a zio Roberto, raccomandati da un amico di Palermo. Avventurarsi[7] nel bujo della sorte, gettarsi alle più stravaganti imprese, prendere da un momento all'altro le più strampalate risoluzioni, era[8] per essi come bere un bicchier d'acqua. Oggi qua, domani là; oggi[9] abbondanza, domani carestia; bastava[10] loro ogni giorno arrivare alla sera, comunque, senza indietreggiare di fronte a tutti i possibili ostacoli, ai sacrifizii più duri, buttando in mare le cose più care e più sacre pur[11] di salvar la barca, barca senza più né bussola, né àncora, né timone, assaltata dalle onde incessanti in quella perpetua bufera ch'era stata la loro vita. Ma tuttavia questo era in essi meraviglioso e pietoso e comico a un tempo, che pur avendo fatto getto di tutto senza alcun ritegno, eran rimasti nell'anima schietti, d'una ingenuità vivida e tutta alata di palpiti gentili, eran rimasti affettuosi, generosi, pronti sempre a spendersi per gli altri, a confortare, a soccorrere, ad accendersi d'entusiasmo per ogni nobile azione. Quel che di scorretto, di male, di vergognoso era nella loro vita, forse stimavano sinceramente non imputabile a[12] essi. Necessità su[13] cui bisognava chiudere un occhio, e se uno non bastava, tutt'e due. Con quanta dignità, per esempio, Olindo Passalacqua, dopo aver mangiato alla tavola di zio Roberto e aver raccomandato a questo di non dimenticarsi di far prendere a *Nanna* le gocce per il mal di cuore o di far toglier subito dalla tavola il trionfino delle frutta per paura che, toccando inavvertitamente la buccia di qualche pesca, non le si avesse a rompere, Dio liberi, il sangue del naso come[1] tante volte le soleva avvenire; lasciava[2] a lui il letto maritale e, augurando alla moglie la buona notte, felicissimi sogni a tutti; anche[3] ai canarini e al merlo nelle gabbie, al pappagallo *Cocò* sul trespolo; a *Titì*, la scimmietta tisica, su l'anello; a *Ragnetta*, la gattina in colletto e cravatta; ai due vecchi cani *Bobbi* e *Piccinì*, invalidi[4] entrambi in una cesta, quello cieco e questo con la groppa impeciata; se n'andava[5] coi due indici su le punte dei baffi, impalato già nella rigida severità di censore inflessibile, a dormire nel *Privato Conservatorio* del cognato Bonomè in via dei Pontefici! E che barca di matti quella tavola, a[6] cui sedevano ogni sera quattro o[7] cinque estranei, invitati lì per lì, o che venivano a[8] invitarsi da sé, deputati amici di zio Roberto e di Corrado Selmi, maestri di musica chiomati, cantanti d'ambo i sessi! Che discorsi[9] vi si tenevano, a quali scherzi spesso si trascendeva! E che pena vedere zio[10] Roberto lì in mezzo, zio Roberto ch'egli da lontano s'era immaginato con le stesse idee e gli stessi[11] sentimenti della nonna e della mamma (e non a torto, ché ogni giorno poi glieli dimostrava con le più squisite attenzioni e le cure[12] paterne), che pena vederlo lì in mezzo, partecipare a quei discorsi, a quegli scherzi, e di tratto in tratto sorprendergli nel volto uno sguardo, un sorriso afflitto, di mortificazione, se incontrava gli occhi suoi che lo osservavano stupiti e addolorati! Qual[13] guida più poteva dargli quello zio? Avrebbe[14] potuto permettersi tutto, sicuro di non potere aver da lui[1] né un richiamo, né un rimprovero. S'era[2] iscritto alla facoltà di scienze; ma come studiare in quella casa che[3] cinfolava, gargarizzava, guagnolava dalla mattina alla sera di trilli e scivoli e solfeggi e vocalizzi? Del resto, l'Università così lontana, i numerosi studenti gaj e spensierati, gli avevano destato fin dal primo giorno un'avversione invincibile, uggia, scoramento, sdegno, dispetto; e, pigliando scusa da ogni cosa, non era più andato. S'era figurato, e subito aveva ritenuto per certo, che[4] a qualcuno di quei ragazzacci potesse venire la cattiva ispirazione di farsi beffe di lui così serio e diverso: e che sarebbe allora accaduto? Solo a pensarci, gli s'artigliavano le mani. Un incentivo qualunque, in quel punto, una favilla, e il furore, represso con tanto sforzo, sarebbe[5] divampato terribile. Aveva l'impressione che la vita gli si fosse come ingorgata dentro e gli ribollisse, fomentata dal rimorso di quell'ozio e dal bisogno prepotente di darsi comunque uno sfogo. Ma come sottrarsi a quell'ozio, se aveva ormai acquistato la certezza di non poter più far nulla, poiché tutto gli si era come intralciato e confuso nel cervello? e dove trovar lo sfogo? Aveva corso Roma da un capo all'altro, come un matto, quasi[6] senza veder nulla, tutto assorto in sé, in quella cupa scontentezza di tutto e di tutti, in quel ribollimento continuo di pensieri impetuosi che, prima di precisarsi, gli svaporavano dentro, lasciandolo vuoto e come stordito, coi lineamenti del volto alterati, le pugna[7] serrate, le unghie affondate nel palmo della mano.

Infine, dalla sorda rabbia che lo divorava, da quell'agra inerzia fosca, un'idea[8] truce, mostruosa, aveva[9] cominciato a germinargli nel cervello, la quale[10] subito aveva preso a nutrirsi voracemente di tutto il rancore contro la vita, fin dall'infanzia accolto e[11] covato. L'idea[12] gli era balenata, sentendo una sera a tavola discorrere del modello delle bombe recate da Francesco Crispi in Sicilia alla vigilia della Rivoluzione del 1860 e della preparazione di esse. Corrado[1] Selmi aveva detto che ne aveva preparate alcune anche lui, di notte, nel[2] magazzino preso in affitto da Francesco Riso presso il convento della Gancia. Forte delle sue nozioni di chimica moderna, s'era[3] messo a ridere e aveva dimostrato quanto fosse puerile quella preparazione, e[4] come adesso si sarebbero potuti ottenere effetti più micidiali con ordigni di molto più piccolo volume.

– Ecco! – aveva esclamato allora Corrado Selmi. – Per fare un po' di festa, bisognerebbe buttare dalle tribune uno di questi giocattolini nell'aula del Parlamento!

D'improvviso s'era sentito prendere e predominar tutto da quest'idea. Gli urli[5] d'indignazione della piazza per la frode scoperta delle banche, e prima il sospetto e poi la certezza che anche zio Roberto col Selmi era coinvolto nello scandalo di quella frode, le notizie sempre più gravi che arrivavano dalla Sicilia, lo avevano deciso a cercare i mezzi e il modo d'attuare al più presto quell'idea. Tanto, ormai, era finita per lui! Se zio Giulio, partito a precipizio per Girgenti, non riusciva a[6] ottenere dal fratello della nonna il denaro, zio Roberto sarebbe stato arrestato; e allora[7] il crollo, il baratro... Ah, ma prima! Sì, sì, questa sarebbe la giusta[8] vendetta, questo lo sfogo di tutte le amarezze, che[9] avevano attossicato la sua vita e quella dei suoi; e[10] a quei suoi compagni là, di Sicilia, cianciatori, avrebbe dimostrato che lui solo sapeva far[11] quello che loro tutti insieme non avrebbero mai saputo.

Ebbene, proprio in quel momento, era capitata Celsina a Roma. Nel vedersela comparir dinanzi[12] tutta accesa in volto e ridente nell'imbarazzo, aveva provato un fierissimo dispetto. Gli pareva ormai che nulla più potesse accadere, nulla[1] più muoversi senza una sua spinta; che tutti dovessero stare al loro posto, immobili e come sospesi nell'attesa dell'atto grandioso e terribile ch'egli doveva compiere. Donde, come era venuta Celsina, se egli non aveva fatto nulla per farla venire? I denari di Lando... già! quei denari negati a zio Roberto... Il *Fascio* di Girgenti... Buffonate! E che rabbia nel veder Celsina accolta con tanta festa da quei Passalacqua, per i quali[2] era la cosa più naturale del mondo che una ragazza si avventurasse sola fino a Roma con[3] un pretesto come quello, e si presentasse lì in cerca dell'innamorato, ferma nel proposito di non ritornar più in Sicilia. S'era fatto di tutti i colori nel vedersi[4] guardato da quelli con certi occhi ridenti di malizia e di indulgenza, che gli dicevano chiaramente: « Via, che c'è di male? abbiamo capito! Non ti vergognare! ». E anche zio Roberto era rimasto lì, col suo solito sorriso afflitto, sotto al quale voleva nascondere il fastidio che gli recava ogni novità: soltanto il fastidio. Anche per lui nulla di male che[5] una ragazza fosse venuta a trovare il nipote in casa sua, in un momento come quello, col baratro aperto in cui[6] stavano per precipitare tutti. Per quei Passalacqua quel[7] baratro era niente: una delle tante difficoltà della vita da superare; e per superarla fidavano ciecamente[8] in Corrado Selmi. Bastava poi a tranquillarli la calma che zio Roberto s'imponeva per non agitar la sua *Nanna* malata di cuore. Via, via[9] quel *signor Antonio* e quel *lei*, con cui Celsina s'era[10] messa a parlargli! a chi voleva darla a intendere? ma si dessero pure del tu! Oh, cara... Ma sì, brava, ridere... Se non si rideva di cuore a quell'età, e con quegli occhi e con quel musino... Uh, che voce! ma senti?... un campanello! Non s'era mai provata la voce? Non aveva mai cantato, neanche così per ischerzo?[1] mai mai? Ma bisognava provare, subito subito... Impossibile che non ci fosse la voce, con quelle inflessioni, con quelle modulazioni... Via, sù, una canzoncina qualunque, là, nel salottino, subito subito... Ecco il terno! Nulla meglio di questo espediente per non ritornar più in Sicilia! I mezzi per studiare? Ma c'era lei, la signora Lalla, e il *Privato Conservatorio Bonomè*. Lezioni gratis, carte e pianoforte gratis: soltanto un piccolo assegno per il vitto. E Olindo Passalacqua, saputo che Celsina era compagna di fede socialista di Lando Laurentano, subito aveva suggerito di chiedere a lui quell'assegno. No? perché no? Opera meritoria! Maledetti certi scrupoli, certi pudori che[2] impediscono alla coscienza di fare il bene! Si sarebbe potuto[3] proporre al Laurentano la restituzione di quel piccolo assegno coi primi guadagni; ma, nossignori, queste cose le fanno gli sfruttatori, gli strozzini, ragion per cui un gentiluomo deve astenersi dal farle... Stupidaggini![4] Miserie! S'era[5] contorto su la seggiola, Antonio, udendo questi discorsi. Avrebbe voluto strappare per un braccio Celsina e gridarle sul volto: « Va', tórnatene donde sei venuta! Costoro son pazzi che danzano su l'abisso. Va'! va'! L'abisso lo spalancherò io! Non c'è più nulla; io stesso non sono più: tutto è finito! ». Ma[6] pure, eccolo lì, aveva col Passalacqua accompagnato Celsina fino al villino di Lando, e[7] ora stava ad aspettare che l'adunanza si sciogliesse ed ella[8] ne uscisse. Celsina gli aveva promesso in confidenza che non avrebbe neppur fatto cenno al Laurentano di quella ridicola proposta dell'assegno; solo lo avrebbe pregato d'interessarsi in qualche modo per farle trovare, con le sue tante aderenze, un posticino[9] a Roma. L'assegno, Celsina[10] si era proposto di domandarlo invece per lui, per

Antonio. Egli le aveva confidato la sera avanti la terribile condizione in cui si trovava lo zio.

– E tu? – gli aveva domandato lei.[1]

Non aveva avuto altra risposta che un gesto furioso, di disperazione. Le era balenato il sospetto ch'egli covasse un proposito violento, ma contro sé; e[2] aveva cercato di scuoterlo, di rincorarlo. Era venuta con l'animo tutto acceso di sogni[3] e di speranze, piena di fiducia in sé, e pronta[4] e preparata a vincere tutti gli ostacoli. Ebbene, sarebbero stati in due, ora, a dividerli e ad affrontarli; ella lo avrebbe trascinato nella sua foga. Possibile ch'egli, col suo parentado, perisse? E non c'era poi l'altro zio? Via, via! Le difficoltà sarebbero state per lei. Ma ecco, ne[5] rideva!

Uscì dal villino, su le furie.

– Niente! Buffoni... Andiamo! andiamo! – disse, spingendo i due compagni.

– Non ha parlato? – domandò, sospeso e afflitto, il Passalacqua.

– Ma che parlare! – si scrollò Celsina. – Sono[6] tanti pazzi, scemi, stupidi, imbecilli... Chiacchiere, chiacchiere, declamazioni[7] o ciance insipide che vorrebbero parere[8] spiritose... Via, via, via! Ma ci ho guadagnato questo almeno, che sono qua, a Roma! Nino, per carità, Nino, non mi far quella faccia! Vattene... sì, sì... è meglio che te ne vada, se mi devi affliggere così!

Olindo[9] Passalacqua corse dietro ad Antonio che, gonfio di rabbia, tutto rabbuffato, aveva allungato il passo; lo trattenne, invitò con la mano Celsina ad avvicinarsi subito, raccomandando con cenni calma e prudenza.[10] Ma Celsina, sorridendo e avvicinandosi pian piano, gli accennò col capo che lo lasciasse pure andare.

– Ma pazzie, scusate... calma, ragazzi! Così v'accecate... E il rimedio? il rimedio così, accecandovi con le furie, non lo trovate più. Il rimedio[1] c'è sempre, cari amici; a tutto c'è rimedio; più[2] o meno duro, più o meno radicale...[3] ma c'è! Non bisogna spaventarsi... In prima, come! dice, questo? Questo no! questo mai!... Poi... eh, cari miei, l'avrei a sapere! Questo e altro!... Però, però, però... dico, intendiamoci, rispettando sempre le leggi del... del... della... Siamo gentiluomini! Nino, tu lo sai, mi spezzo, non mi... non mi...

– Che fai? che vuoi? che ti stilli così? – domandò Celsina a Nino, rimasto ansante in[4] atteggiamento truce. – Finiscila! Sono[5] proprio furie sprecate... Io mi sento così tranquilla e contenta! Sù, sù, per dove si prende, signor Olindo? Tu... tu guardami... no, no, guardami bene negli occhi... qua, dentro gli occhi... Prima di partire, ti ricordi?

Nino contrasse tutto il volto, nel tremendo orgasmo, e singultò nel naso, premendosi forte un pugno su la bocca.

– Via! basta, ora! Andiamo! – riprese Celsina. – Lei, signor Olindo, mi deve dir questo soltanto, ma me lo deve dire proprio in coscienza: – Ho la voce?

Olindo Passalacqua si tirò un passo indietro, con le due mani sul petto:

– Ma io ho cantato con la Pasta, sa lei? con la Lucca ho cantato; io[6] ho cantato con le due Brambilla...[7]

– Va bene, va bene, – lo interruppe Celsina. – E lei è certo dunque che io abbia la voce?

– Ma d'oro! – esclamò il Passalacqua. – D'oro, d'oro, d'oro, glielo dico io! E in meno d'un anno lei...

– Va bene, – tornò a interromperlo Celsina. – E allora senta... un altro favore! A procurarmi l'assegnino, come dice lei, ci penso io. Son capace di presentarmi in tutte le botteghe che vedo, in tutti gli alberghi, ufficii, banche, caffè, se han bisogno d'una contabile, giovane di negozio, interprete, quel[1] che diavolo sia! Ho il diploma in ragioneria, licenza d'onore; possiedo due lingue, inglese e francese... Ma anche per sarta mi metto, per modista... Non so neppur tenere l'ago in mano; imparerò!... Maestra, governante, istitutrice... Lasci fare a me! Lei ora se ne vada! Mi lasci sola con questo bel tomo! A rivederla.

E, preso Antonio sotto il braccio, scappò via.

– Fammi veder Roma!

Ma che vedere! Non poteva veder nulla, col[2] cervello in subbuglio. Parlava, parlava, e gli occhi le sfavillavano ardenti, sotto quel cappellino dalla piuma spavalda; le labbra[3] accese le fremevano, e rideva senz'ombra di malizia a tutti quelli che si voltavano a mirarla.

– Nino, senti, – gli disse a un certo punto, piano, in un orecchio. – Portami lontano... in un punto solitario... lontano... voglio cantare!... Ho bisogno di sentire come canto... Se fosse vero! Tu ci pensi? Ah, se fosse vero, Nino mio! Andiamo, andiamo...

Seguitò[4] a cinguettare per tutta la via. Gli disse che per forza lei, prima di diventare un soprano, un contralto celebre, per forza doveva trovar marito, dato quel brutto cognome che l'affliggeva.

– Celsa, va bene; ma Pigna! ti pare possibile? Vediamo un po', mettiamo... Celsa... come? Celsa Del Re? Oh Dio, no! Le mie[5] opinioni politiche... Del re? Impossibile, Nino! non posso diventare tua moglie, è fatale![6] Ma tu del resto non mi vuoi... Ahi, ahi no! mi hai fatto un livido nel braccio... Mi vuoi? E allora Celsina Del Re, e non se ne parli più! Celsina di Sua Maestà, è buffo, sai? di Sua Maestà Antonio I.

Arrivarono, ch'era già il tramonto, di là dal recinto militare, in prossimità del Poligono, su la sponda destra del Tevere. Monte Mario drizzava il suo cimiero di cipressi nel cielo purpureo e vaporoso, e la vasta pianura, che[1] serve da campo di esercitazione alle milizie, e le sponde erbose del fiume, nell'ombra soffusa di viola, parevano[2] smaltate. Nel silenzio quasi attonito, più che la voce si sentiva il movimento delle acque dense, d'un verde morto, tinte dai riflessi rosei del cielo e qua e là macchiate[3] da qualche cuora nera.

– Bello! – sospirò Celsina, guardandosi intorno. E con l'impressione che la vita vera se ne fosse come andata via di là, e ne fosse rimasta quasi una larva, nel ricordo o nel sogno, dolce e malinconica, aggiunse piano:

– Dove siamo qua?

Poi, volgendosi[4] ad Antonio, che si era seduto su un masso e guardava verso terra, curvo, con le mani strette tra le gambe:

– Ma che fai?[5] – gli domandò. – Ma tu non vedi, tu non senti più nulla? Alza il capo, guarda, senti... questo silenzio qua... il fiume... e là Roma... e io che sono[6] qua con te!

Gli s'accostò, gli posò una mano sui capelli, si[7] chinò a guardarlo in faccia, e:

– Tu non hai ancora vent'anni! – gli disse. – E[8] io ne ho diciotto...

Antonio si scrollò rabbiosamente, per respingerla, e allora ella, sdegnata, alzò una spalla e si allontanò.

Poco dopo, da lontano, giunse ad Antonio il suono della voce di lei che cantava, in quel silenzio, limpida e fervida.

Disperato, serrando le pugna nella furia della gelosia, la vide parata da attrice, in un vasto teatro, davanti ai lumi della ribalta. Si alzò, fremente; andò[9] a raggiungerla.

– Andiamo! andiamo! andiamo!

– Che te ne pare? – gli domandò lei, con[10] un fresco sorriso di beatitudine.

Antonio le strinse un braccio e, guardandola odiosamente negli occhi:

– Tu ti perderai! – le gridò tra i denti.

Celsina scoppiò a ridere.

– Io? – disse. – Ma se tu non mi vuoi, si perderanno quelli che mi verranno appresso, caro mio! Io ho le ali... le ali... Volerò!

III

L'on. Ignazio[1] Capolino non capiva nei panni dalla gioja. Migliaja d'operaj, nel suo collegio, inferociti dalla fame per la chiusura delle zolfare del Salvo, minacciavano tumulti, rapina, incendii, strage; Aurelio Costa, esposto all'ira di quelli per le promesse fatte a nome del Salvo, fremeva d'indignazione alle lepide ciance di S. E. il Sottosegretario di Stato al Ministero d'agricoltura; e lui gongolava[2] beato dell'insperata affabilità, del tratto confidenziale, da vecchio amico, con cui quella sotto-eccellenza lo aveva accolto.

Chiedendo per il Costa quell'udienza, aveva temuto che l'ostentato prestigio, la vantata amicizia personale coi membri del Governo, messi alla prova, avrebbero sofferto la più affliggente mortificazione; e invece... Ma sì, ma sì, matti da legare, benissimo! nemici dell'ordine sociale, quei solfaraj[3] là! gente facinorosa, ma sì! esaltata[4] da quattro impostori degni della forca! Misure estreme? di estremo[5] rigore? ma sì! benissimo! Non ci voleva altro... Viso fermo, già! polso[6] duro! Umanità... ah sicuro...[7] fin dov'era possibile... Già, già, oh caro... ma come no? ma come no?

E accennava, con[8] timidezza mal dissimulata, d'allungare[9] una mano per batterla o su la gamba o dietro le spalle del Sottosegretario di Stato, come un cagnolino che, dopo essersi storcignato per far le feste al padrone che teme severo, s'arrischia a levare[1] uno zampino per far la prova d'averlo placato.

Quanto a quel disegno d'un consorzio obbligatorio tra tutti i produttori di zolfo della Sicilia, studiato dall'amico ingegnere lì presente... – oh, valorosissimo e tanto modesto, già del corpo minerario governativo, sì, e uscito dall'*École des Mines* di Parigi – quanto a quel disegno, ecco, se almeno S. E. il Ministro avesse voluto degnarlo d'uno sguardo... No, eh? impossibile, è vero? il momento... già! già! non era il momento quello! nuova[2] esca al fuoco, sicuro! ci voleva altro... ma sì! bravissimo! oh caro... come no? come no?

Uscì[3] dal palazzo del Ministero, tronfio e congestionato come un tacchino, mentre Aurelio Costa, per sottrarsi alla tentazione di schiaffeggiarlo o sputargli in faccia, pallido e muto allungava il passo e lo lasciava indietro.

– Ingegnere![4]

Il Costa, senza voltarsi, gli rispose con un gesto rabbioso della mano.

– Ingegnere! – lo richiamò Capolino, raggiungendolo, fieramente accigliato. – Ma scusi, è pazzo lei? o che pretendeva di più?

– Mi lasci[5] andare! per carità, mi lasci andare, – gli rispose Aurelio Costa, convulso. – Corro al telegrafo. Venga qua lui, don Flaminio! Io me ne riparto domani.

– Ma si calmi! Dice sul serio? – riprese, con tono tra arrogante e derisorio, Capolino.[6] – Che voleva lei da un Sottosegretario di Stato? che le buttasse[7] le braccia al collo? Io non so... Meglio di così? Non m'aspettavo io stesso una simile accoglienza...

– Eh, sfido! – ghignò, fremente, il Costa.[8] – Se lei...

– Io che cosa? – rimbeccò pronto Capolino. – Voleva promesse vaghe? fumo? Mi ha trattato, mi ha parlato da amico, da vero amico! E metta ch'io sono deputato d'opposizione; che sono stato combattuto dal Governo, accanitamente, nelle[1] elezioni. Lei lo sa bene!

– Non so nulla io! – sbuffò il Costa. – So questo soltanto: che avevo l'ordine, ordine positivo, che[2] il disegno[3] almeno fosse preso subito in considerazione dal Governo. E lei non ha speso una parola; lei non ha fatto che approvare...

Capolino lo arrestò, squadrandolo da capo a piedi.

– Parlo con un uomo, o parlo con un ragazzino? Dove[4] vive lei? Può credere sul serio che in un momento come questo, in mezzo a questo pandemonio, si possa attendere all'esame del suo disegno? L'ordine! Abbia pazienza! Quando[5] ricevette lei quest'ordine da Flaminio Salvo? Prima di partire, è vero? Ma scusi, ormai... ecco qua!

E Capolino con furioso gesto di sdegno trasse fuori dal fascio di carte che teneva sotto il braccio la partecipazione delle speciose nozze di S. E. il principe don Ippolito Laurentano con donna Adelaide Salvo.

– L'avrà ricevuta anche lei! – disse. – Si stia zitto, e non pensi più né a ordini né a progetti!

– Ah, dunque, un[6] giuoco? – esclamò Aurelio Costa. – Con la pelle degli altri?

– Ma che pelle! – fece Capolino, con una spallata.

– Con la mia pelle! con la mia pelle, sissignore! – raffermò il Costa infiammato d'ira. – Con la mia pelle, perché dovrò tornarci[7] io laggiù, ad Aragona, tra i solfaraj! E sa lei come li ritroverò, dopo sette mesi di sciopero forzato? Tante jene! Ma perché dunque mi ha fatto promettere a tutti... anche qua, anche qua adesso a[8] Nicasio Ingrao, al figlio del principe? E tutti gli studii fatti?

– Caro ingegnere, scusi, – disse pacatamente Capolino, con gli occhi socchiusi, trattenendo il sorriso, – lei pratica con Flaminio da tanti anni, e ancora non s'è accorto che Flaminio non è soltanto[1] uomo d'affari, ma anche uomo politico. Ora la politica, sa? bisogna viverci un po' in mezzo; la politica, signor mio, che cos'è in gran parte? giuoco di promesse, via! E lei, scusi, va[2] a cacciarsi in mezzo proprio in questo momento...

– Io? – proruppe Aurelio Costa, portandosi le mani al petto. – Io, in mezzo?[3]

– Ma sì, ma sì, – affermò con forza Capolino. – Come un cieco, scusi! E non dico soltanto per questa faccenda qua, del progetto. Lei non vede nulla, lei non capisce... non capisce tante cose! Dia ascolto a me, ingegnere: non s'impicci più di nulla! se ne torni al suo posto... Mi duole, creda, sinceramente, veder fare a un uomo come lei, per cui ho tanta stima, una figura... non bella, via! non bella...

Aurelio Costa restò dapprima, a queste parole, a bocca aperta, trasecolato; poi si fece pallido e abbassò[4] gli occhi per un momento; in fine, non riuscendo a frenar l'impeto della stizza:

– A me, – balbettò, – a me dice così? a me?... Ma io... Quando mai io... a quali cose io mi son cacciato in mezzo, di mia volontà? Vi sono stato sempre trascinato, io, tirato per i capelli, e sono stufo, sa? stufo, stufo di queste imprese, di questi intrighi, e bizze, e scandali...[5]

– Scandali, poi! – fece Capolino.

– Sissignori, scandali! – seguitò Aurelio, senza più freno. – Scandali qua, laggiù... e se non li vede lei, li vedo io! Basta! basta! Io non ho voluto mai nulla! non ho aspirato mai a nulla, per sua norma, altro che di stare in pace con la mia coscienza, e tranquillo, facendo ciò che so fare. E basta! Venga qua lui, ora, e pensi, dopo le promesse fatte, ad aggiustar bene le cose, perché laggiù, ripeto, debbo tornarci io, e la pelle non ce la voglio lasciare. La riverisco.

Ignazio Capolino lo seguì un tratto con gli occhi; poi si scosse con un altro ghigno muto, e tentennò a lungo il capo. Se[1] avesse saputo che la vera ragione, per[2] cui Aurelio Costa voleva che Flaminio Salvo venisse a Roma, era[3] quella stessa appunto per cui egli voleva che non venisse: sua moglie! Il[4] calore con cui difendeva quel disegno, studiato[5] veramente con tutto lo zelo scrupoloso che metteva[6] in ogni sua opera, e la stizza nel vederlo mandato a monte, buttato lì, senz'alcuna[7] considerazione e quasi deriso, provenivano in fondo dal calore d'un'altra passione, dalla stizza per un altro smacco, di cui egli, per non mortificare innanzi a se stesso il suo amor proprio, non si voleva accorgere. Allontanato[8] da Flaminio Salvo da Girgenti con la scusa di quel disegno, proprio[9] nel momento in cui la figlia sapeva che Nicoletta Capolino era a Roma col marito, era[10] accorso come un assetato alla fonte. Aveva creduto di ritrovar qui Nicoletta come la aveva veduta l'ultima volta a Colimbètra, piena di lusinghe per lui, ardente e aizzosa. E invece... per miracolo non s'era messa a ridere nel leggergli nello sguardo profondo il ricordo di quella sera[11] indimenticabile!

Capolino, che aveva tanto da ridire su la condotta della moglie in quei giorni, se ne sarebbe potuto accorgere; ma da che, a Colimbètra, ancora col petto fasciato per la ferita, aveva sentito il bisogno d'un pajo d'occhiali, non riusciva a veder più nulla con l'antica chiarezza, Capolino, né in sé né attorno a sé. Lo scherzo[12] di quella palla, scappata fuori con inopinata violenza dalla pistola del Verònica, gli aveva turbato profondamente la concezione della vita. Fino[13] a quel punto, aveva creduto di farlo lui agli altri, lo scherzo, uno scherzo che gli era riuscito sempre bene; ora, all'improvviso e sul più bello, s'era accorto che, ad onta di tutte le diligenze e contro ogni previsione, ridendosi d'ogni arte e d'ogni riparo, il caso, nella sua cecità, può e sa scherzare anche lui, facendone[1] passare agli altri la voglia. E Capolino era diventato seriissimo. Già, subito, o per la[2] violenta emozione o per il sangue perduto, gli s'era indebolita la vista. Il principe don Ippolito, graziosamente, aveva[3] voluto regalargli lui gli occhiali, un bel pajo d'occhiali serii, con staffe, cerchietti e sellino di tartaruga. E la vita veduta con quegli occhiali, e da deputato, gli aveva fatto d'improvviso un[4] curioso effetto: le sue mani, tutte le cose intorno, sua moglie, il suo passato, il suo avvenire, gli s'erano presentati con linee, luci e colori nuovi, innanzi a cui egli si era veduto quasi costretto ad assumer subito un certo cipiglio tra freddo e grave, che aveva fatto rompere, la prima volta, in una risata sua moglie:

– Oh povero Gnazio mio!

Ed ecco, segnatamente sua moglie non aveva più saputo vedersi d'attorno, Capolino: sua moglie che gli cercava gli occhi dietro quei nuovi occhiali, e non poteva in alcun modo prenderlo sul serio.

Venuta a Roma con lui per quindici o venti giorni, per un mese al più, Lellè vi si tratteneva da più di tre mesi[5] e non accennava ancora, neppur lontanamente, di volersene partire. O ch'era matta? Tripudiava, Lellè. Aveva[6] trovato finalmente il suo elemento. Dai Vella, parenti di Flaminio Salvo, e un po' anche del marito per via della prima moglie, era diventata subito di casa. A Francesco Vella piaceva il fasto, donna Rosa Vella era tal quale la sorella minore donna Adelaide, sbuffante e sempliciona, e i loro[7] due figli, Ciccino e Lillina, se Nicoletta fosse andata a ordinarseli apposta, non avrebbe potuto trovarli più di suo gusto. Che amore quella Lillina! Rimasta nubile, ormai spighita nella simpatica bruttezza tutta pepe, era la compagna inseparabile del fratello Ciccino: più scaltra, più ardita, più vivace di lui, lo ajutava, lo difendeva, lo guidava, a parte di tutti i suoi segreti[1] più intimi. Fratello e sorella non avevano mai pensato ad altro che a darsi buon tempo; e Nicoletta, con[2] loro, in pochi giorni era diventata una cavallerizza perfetta; era già andata tre volte alla caccia della volpe; e teatri e feste e gite: una cuccagna! Lillina sapeva sempre con precisione quando doveva farsi venire un po' di emicrania o qualche altro dolorino, per lasciare in libertà Ciccino e la nuova amica Lellè.[3]

Ora Capolino, per quanto Roma fosse grande, da deputato e con gli occhiali serii, non vi si vedeva minimo, e[4] temeva che quello sbrigliamento della moglie potesse dare all'occhio. Del resto, non poteva soffrirlo, non tanto per quello che potevano pensarne gli altri quanto[5] per sé. Da deputato e con gli occhiali, voleva che anche sua moglie, ormai, diventasse[6] più seria. A Roma e con quei Vella attorno e con la libertà in cui era costretto a lasciarla, non gli pareva possibile. Flaminio Salvo, ora che donna Adelaide era andata a nozze, certamente avrebbe avuto bisogno di lei, a Girgenti. Per la figliuola, s'intende; per quella[7] cara Dianella senza mamma. Se non oggi, domani, avrebbe scritto per pregarla di ritornare. Non gli pareva l'ora all'onorevole Ignazio Capolino! Ma ecco, adesso, quell'imbecille del Costa che veniva a guastargli le uova[8] nel paniere! La pelle...[9] Temeva per la pelle... Pezzo d'asino! Ma già, se non era stato buono in tanti anni neanche d'accorgersi che Dianella lo amava, che aveva sotto mano la fortuna, una simile fortuna! come avrebbe riconosciuto ora, che[10] meglio di così un deputato d'opposizione non poteva essere accolto da un Sottosegretario di Stato? E aveva osato rimproverargli le approvazioni... Ma sicuro! per far piacere a lui doveva difendere i solfaraj, quasi che, nelle ultime elezioni, egli fosse andato sù anche col suffragio di quei galantuomini! Messo tra il Governo e i socialisti, poteva un deputato conservatore, d'opposizione, esitare[1] nella scelta? Ma andate a ragionare di queste cose con uno, a cui la fortuna dava il pane perché lo sapeva senza denti! Intanto[2] Flaminio Salvo, per seguitare da un canto la commedia di quel progetto e aver modo dall'altro d'abboccarsi con Lando Laurentano, che non aveva voluto assistere alle nozze del padre, senza dubbio sarebbe[3] accorso alla chiamata; e certo avrebbe condotto con sé Dianella, che non poteva restar sola a Girgenti. E sarebbe[4] forse rimasta a Roma per un pezzo, Dianella, presso gli zii, per divagarsi e... chi sa! – gli occhi di Flaminio Salvo vedevano molto lontano – Lando andava qualche volta in casa Vella, e... chi sa! Rimanendo Dianella a Roma, addio ritorno di Lellè a Girgenti. Così[5] pensando, Capolino sbuffava, e gli occhiali serii, con staffe, cerchietti e sellino di tartaruga, gli s'appannavano.

Non passò[6] neanche una settimana, che Flaminio Salvo fu a Roma insieme con Dianella, come Capolino aveva preveduto.[7]

Dianella arrivò come una morta; Flaminio Salvo, al solito, sicuro di sé, con quel sorriso freddo su le labbra, a cui lo sguardo lento degli occhi sotto le grosse pàlpebre dava un'espressione di lieve ironia. Furono[8] ospitati dai Vella, che insieme coi coniugi Capolino e il Costa si recarono ad accoglierli alla[9] stazione. Donna Rosa, Ciccino e Lillina non conoscevano ancora Dianella.

– Figlia mia, o che[10] mangi lucertole? – le domandò in prima la zia Rosa, nel vederle il volto come di cera e con gli occhi[11] dolenti e smarriti. – Ma capisco, sai? con un uomo insulso come tuo padre, difficile[1] passarsela bene. Ah, io gliele dico, sai? Non sono come tua zia Adelaide che[2] cala a tutto la testa. Sono più grande di lui, e mi deve rispettare.

– Io ti bacio sempre la mano, – disse don Flaminio, inchinandosi.

– Sicuro! Ecco qua: bacia, bacia![3] – riprese donna Rosa, stendendo la mano tozza, paffuta. – Sicuro che me la devi baciare! Sta' un po' con noi qua a Roma, figlia mia, e vedrai che ti farò ritornare in Sicilia bella grossa come[4] una madre badessa. Vedi questa signora? – aggiunse, indicando Nicoletta Capolino. – Come ti pare? Brutta è, bisogna dirglielo; ma da che Ciccino e Lillina le hanno fatto far la cura di trotto a cavallo, vedi l'occhio? più vivo! Lascia fare ai tuoi cugini, cara mia. Andiamo, andiamo! Ridere, ridere... Cosa da ridere, la vita, te lo dico io.

A casa, don Flaminio narrò mirabilia alla[5] sorella, al cognato, ai nipoti, agli amici, degli sponsali del principe con donna Adelaide, celebrati da monsignor Montoro nella[6] cappella di Colimbètra, tra il fior fiore della cittadinanza girgentana. S. A. R. il Conte di Caserta aveva avuto la degnazione di mandare dalla Costa Azzurra una lettera autografa d'augurii e rallegramenti agli sposi.

– E[7] chi è? – domandò donna Rosa, guardando tutti in giro; poi, picchiandosi la fronte: – Ah[8] già, ho capito, il fratello di Cecco Bomba... Ho[9] un cognato borbonico, coi militari... Me l'ha scritto Adelaide! Ora è mai possibile che stia allegra codesta povera figliuola con tale razza di Altezze[10] Reali che scrivono lettere autografe per le nozze di sua zia? Va' avanti, va' avanti... Ah se ci fossi stata io! Codesto tuo[11] principe di Laurentano...

Seguitando, don Flaminio si dichiarò particolarmente grato della presenza di don Cosmo, fratello dello sposo, alla magnifica festa, e del dono prezioso mandato[1] da Lando alla matrigna.

– L'ho visto! – disse Ciccino.

– L'ha comperato[2] con noi! – aggiunse Lillina.

– Ah, dunque lo conoscete bene? – domandò[3], contento, don Flaminio.

E volle sapere dai nipoti in che intrinsechezza fossero con lui, e che aspetto e che umore avesse, chiamando a parte la figliuola, con vivaci esclamazioni, della sua meraviglia e del suo compiacimento per le risposte che quelli gli davano. Ma[4] Dianella si turbò in viso così manifestamente e mostrò negli occhi un così strano sbigottimento, ch'egli cangiò a un tratto aria e tono, e finse di meravigliarsi, perché la gravità delle cose che avvenivano in quei giorni in Sicilia, e nelle quali il giovane principe, a quanto si diceva, doveva essere più d'un po' immischiato, gli pareva non comportasse in lui quell'umor gajo, che i nipoti dicevano. E prese a raccontare, con atteggiamento di grave costernazione, i fatti avvenuti di recente in Sicilia, a Serradifalco, a Catenanuova, ad Alcamo, a Casale Floresta, i quali provavano come in tutta l'isola covasse un gran fuoco, che presto sarebbe divampato; e a rappresentar la Sicilia come una catasta immane di legna, d'alberi morti per siccità, e da anni e anni abbattuti senza misericordia dall'accetta, poiché la pioggia dei benefizii s'era riversata tutta su l'Italia settentrionale, e mai una goccia ne era caduta su le arse terre dell'isola. Ora i giovincelli s'erano[5] divertiti ad accendere sotto la catasta i fasci di paglia delle loro predicazioni socialistiche, ed ecco che i vecchi ceppi cominciavano a prender fuoco. Erano per adesso piccoli scoppii striduli, crepitìi qua e là; scappava fuori ora da una parte ora dall'altra qualche lingua di fiamma minacciosa; ma già s'addensava nell'aria come una fumicaja soffocante. E il peggio era questo: che il Governo, invece d'accorrere a gettar acqua, mandava soldati a suscitare altro fuoco col fuoco delle armi. Ma avesse almeno avuto soldati abbastanza, da fronteggiare l'impeto delle popolazioni irritate! Gli scarsi presidii, bestialmente incitati a sparare su le folle inermi, si vedevano costretti, subito dopo, a rinserrarsi nelle caserme; e allora la folla, inselvaggita dagli eccidii, restava padrona del campo e assaltava furibonda i municipii e vi appiccava il fuoco. Lo sgomento intanto si propagava per tutta l'isola; sindaci e prefetti e commissarii di polizia perdevano la testa; e dove si sarebbe andati[1] a finire?

Queste cose disse, rivolto specialmente al cognato Francesco Vella, al Capolino e ad Aurelio Costa: volle[2] dedicare alle signore il racconto d'una recente prodezza compiuta da cinquecento donne in un villaggio dell'interno della Sicilia, chiamato Milocca. Per la speciosa denuncia di un mucchio di concime sparso non già fuori, ma[3] nelle terre medesime d'un proprietario che[4] non aveva voluto arrendersi ai nuovi patti colonici dei contadini del *Fascio*, la forza pubblica aveva tratto in arresto iniquamente e sottoposto a processo per associazione a delinquere il presidente e i quattro consiglieri del *Fascio* stesso. E allora le donne del villaggio, in numero di cinquecento, indignate dell'ingiustizia e della prepotenza, s'erano scagliate come tante furie contro la caserma dei carabinieri, ne avevano sfondato la porta e tratto fuori i cinque arrestati; poi, ebbre di gioja per la liberazione dei prigionieri, avevano[5] condotto in trionfo sulle[6] braccia, per le vie del paese, uno dei carabinieri e le armi strappate loro dalle mani.

Donna Rosa, Nicoletta Capolino e Lillina approvarono festosamente la vittoria di quelle donne gagliarde; ma don Flaminio parò le mani gridando:

– Piano, piano! Aspettate! L'allegrezza è stata

breve... I milocchesi, dico gli uomini, che non s'erano affatto immischiati in questa rivolta delle loro donne, saputo che il prefetto della provincia mandava un rinforzo di soldati e delegati e giudici a Milocca, cavalcarono le mule e, armati di fucile, presero il largo. Sono ancora sparsi per le campagne, decisi a vender cara la loro libertà. Ma i signori giudici, a Milocca, hanno arrestato trentadue donne, di cui alcune gestanti, altre coi bambini lattanti in collo, e le hanno tradotte ammanettate nelle carceri di Mussomeli.

– Valorosi! valorosi! – esclamò allora donna Rosa. – Ma come? E voi, Gnazio, deputato siciliano, non levate la voce in Parlamento neanche contro l'arresto delle donne gravide e delle mamme coi bambini in[1] collo?

Don Flaminio sorrise e, lisciandosi le basette:

– Non gli conviene, – disse. – Sono gestanti e mamme socialiste. Lui è conservatore. Quantunque laggiù, sai? don Ippolito Laurentano vorrebbe che il partito clericale secondasse il movimento proletario e se n'avvalesse, stabilendo anche con esso qualche accordo segreto. Ma monsignor Montoro, confòrtati, è contrario; forse perché il canonico Pompeo Agrò è da un mese a Comitini a far propaganda, non so quanto evangelica, contro me, tra i solfaraj. Basta. Vedremo di stare tra il padre e il figlio. Domani mi recherò dal giovane principe socialista a lasciargli un biglietto[2] da visita.

Capolino accompagnò Flaminio Salvo in quella gita al villino di via Sommacampagna, tanto nell'andata quanto[3] nel ritorno. La strana impressione, quasi di sgomento, che gli aveva fatta[4] la vista di Dianella, all'arrivo, si raffermò al discorso che gli tenne il Salvo lungo la via.

Fu al solito un discorso sinuoso, pieno di sottintesi e di velate allusioni, da cui parve a Capolino di poter desumere questo: che il Salvo era davvero fortemente impensierito non dalle condizioni politiche della Sicilia, ma dalle condizioni di spirito[1] della figliuola, le quali tanto più dovevano dar da pensare, in quanto che la madre era pazza; ch'egli intendeva perciò di contentarla, se[2] quel viaggio a Roma non riusciva agli effetti che se ne riprometteva; contentarla, anche[3] perché, uscita ormai di casa la[4] sorella, egli, non avendo più alcuno che stésse attorno alla figliuola[5] bisognosa di cure, d'affettuosa compagnia, di distrazioni, avrebbe dovuto sacrificare troppo gli affari, e non poteva (qui parve a Capolino di dover notare un grave rimprovero per sua moglie, che[6] aveva osato lasciar[7] sola anche donna Adelaide nell'avvenimento delle nozze); contentarla, in fine, anche per dare ad[8] Aurelio Costa (che presto, fra due o tre giorni, sarebbe tornato[9] in Sicilia) un premio degno, se riusciva a ridurre a ragione gli operaj delle zolfare.

Queste[10] deduzioni così chiare del lungo discorso a mezz'aria del Salvo costarono a Capolino un così intenso sforzo, che[11] uno dei cristalli degli occhiali, continuamente appannati dagli sbuffi, gli s'infranse tra le dita nervose, a furia di ripulirlo. Fortuna che le scagliette del cristallo s'infissero soltanto nel fazzoletto, senza ferirgli le dita. Ma la sera dovette parlare, e seriamente, alla moglie, senza occhiali.

Nicoletta sapeva che l'improvviso arrivo di Flaminio Salvo e di Dianella a Roma era dovuto al Costa. Più[12] perspicace del marito, aveva subito preveduto che questo arrivo avrebbe segnato la fine della sua cuccagna, ed era perciò così gonfia d'odio contro quello che[13] lo avrebbe ucciso senza esitare, se le avessero assicurato l'impunità. Già aveva veduto il primo effetto dell'arrivo: Ciccino e Lillina Vella se n'erano andati in giro per Roma con la cuginetta pallida e smarrita, mettendo lei da parte[1] fin dal primo giorno. Scelto[2] male, dunque, il momento per un discorso serio!

– Debbo partire? – domandò subito, per[3] tagliar corto. – Parto anche domani. Senza chiacchiere. Ma sola, no!

– E con chi? – fece Capolino. – Io...

– Tu hai le sorti d'Italia su le braccia, lo so![4] – esclamò Nicoletta. – Come potrebbe sedere la Camera, domani, se tu mancassi?

– Ti prego, – fece[5] Capolino, con un gesto delle mani, che significava freno, prudenza, da un canto, e dall'altro, sdegno di avviare il discorso, senza scopo, per una china facile, per quanto sdrucciolevole. – Io sono qui[6] per fare il mio dovere.

– Anch'io! – rimbeccò, pronta, Nicoletta. – Non ti pare? Tu, di deputato; io, di moglie. Lo dice anche il sindaco: la moglie deve[7] seguire il marito. Caro mio, se la pigli così!... Lascia stare i doveri, non mi far ridere! Te l'ho detto: tu, caro mio, hai perduto da un pezzo in qua la bussola! Parliamoci[8] come prima, o piuttosto, intendiamoci come prima, senza parlare affatto, per il tuo e per il mio meglio! Bada, Gnazio, tu sei stufo, ma io più che più, e capace... non so, capace[9] in questo momento di commettere qualunque pazzia. Te n'avverto!

– Santo Dio, ma perché? – gemette Capolino con le mani giunte.

– Ah, perché? – gridò Nicoletta, andandogli incontro, vampante d'ira e di sprezzo. – Mi domandi perché? Mi dici di partire, di ritornarmene laggiù, e mi domandi perché?

– Prego, prego... – cercò d'interromperla Capolino, protendendo adesso le mani, per arrestare anche col gesto quella furia. – Nel nostro... nel tuo stesso interesse, scusa! Se non mi lasci parlare...

– Ma che[1] vuoi dire! Lascia stare! – esclamò Nicoletta.

– So come debbo dire, non dubitare, – riprese Capolino con molta gravità, abbassando gli occhi. – Tu ignori il discorso che mi ha tenuto Flaminio questa mattina. T'ho detto nulla, finora, del tuo[2] prolungato soggiorno a Roma? Nulla... E tu stessa ti sei rimproverata di non esser partita per assistere Adelaide nel giorno delle nozze. Ora la tua assenza da Girgenti sai qual effetto ha prodotto? Questo, semplicemente: che Flaminio Salvo, lasciato solo e stanco, ha deciso di contentar finalmente la figliuola.

Nicoletta restò a questa notizia.

– Ah sì? – disse; e[3] si morse il labbro, fissando nel vuoto gli occhi, odiosamente.

– Capisci? – seguitò Capolino. – Teme che le dia di volta il cervello, come alla madre. E mi pare che il timore non sia infondato.[4] L'hai veduta? Fa pietà...

– Schifo! – scattò[5] Nicoletta. – Se ne dovrebbe vergognare!

– L'amore... – sospirò Capolino, alzando le spalle, socchiudendo gli occhi. – E Flaminio fors'anche pensa che, con l'ombra della pazzia della madre, un degno partito per la figlia non sarebbe facile trovarlo. Ha messo[6] poi in gravissimi imbarazzi il Costa laggiù, tra i solfaraj, e pensa di premiar la devozione, l'abnegazione...

– Quanti pensieri!... quante dolcezze!... – disse Nicoletta. – E io dovrei sguazzarci[7] in mezzo, è vero? come un'ape nel miele...

– Tu? perché? – domandò Capolino.

– Ma la custode della figlia non sono io? – inveì[8] Nicoletta. – Non toccherà a me allora covar[9] con gli occhi la coppia innamorata? assistere alle loro carezze, ai loro colloquii? accogliere in seno le confidenze della timida colombella risanata?

Capolino si strinse nelle[1] spalle, come per dire: « Dopo tutto, che male?... ».

– Ah, no, caro mio! – riprese con impeto la moglie. – Non me ne importerebbe nulla se, per il mio interesse, come tu dici, non mi vedessi costretta a far questa parte... E tu dimentichi un'altra cosa! Che codesto signor ingegnere chiese un giorno la mia mano, e che io[2] la rifiutai, perché non mi parve degno di me! Bella vendetta, adesso, per lui, diventare sotto gli occhi miei il fidanzato della figlia di Flaminio Salvo!

– Ma questo, se mai, di fronte a te che l'hai rifiutato, – le fece osservar Capolino, – potrà esser ragione d'avvilimento per la figlia[3] di Flaminio Salvo...

– Già! – esclamò Nicoletta, levandosi. – Perché io adesso sono la moglie dell'onorevole deputato[4] Ignazio Capolino!

– Che vale molto di più, ti prego di credere! – gridò questi, dando un pugno sulla tavola e levandosi in piedi anche lui, fiero.

Nicoletta lo squadrò, calma, di sotto in sù; poi[5] disse:

– Uh, quanto a meriti, non oserei metterlo in dubbio! Però... però io debbo partire, ecco, sempre[6] per il mio interesse, come tu dici... Che vuoi? i meriti, caro, non hanno spesso fortuna.

– Fa rabbia anche a me, – disse allora Capolino, – che uno stupido, un imbecille di quella fatta debba salire così, tirato sù dal favore della sorte, cacciato a spintoni, come una bestia bendata e restìa... Perché egli, sai? l'ha detto a me: non vorrebbe nulla... Questo è il bello. Non s'accorge[7] di nulla,[8] non capisce nulla, e la fortuna lo ajuta! Domani, genero di Flaminio Salvo!

– Ah no! – scattò Nicoletta. – Questo matrimonio non si farà! Te l'assicuro io: non-si-fa-rà!

Capolino tornò a stringersi nelle[1] spalle e a socchiudere[2] gli occhi:

– Se Flaminio vuole... come potresti impedirlo?

– Come? – rispose Nicoletta. – Come... non so! Ma a ogni costo... ah, a ogni[3] costo! puoi esserne certo!

Capolino insistette:

– Ma via, tu credi che il Costa sia capace di sentir la vendetta che tu dici, per il tuo rifiuto? No, sai! Non è capace neanche di questo! Io l'ho studiato: è con te riguardoso, ossequioso... anzi, tutto impacciato in tua presenza... non[4] ci penserà mai! E se tu... se tu saprai vincer lo sdegno, e[5] trattarlo... dico, trattarlo con una certa... disinvoltura cortese...

Sotto gli occhi di Nicoletta, che lo fissavano con freddo e calmo sprezzo, smorì, si[6] scompose il sorriso con cui aveva accompagnato le ultime parole.

– Come, del resto, lo hai trattato finora, – soggiunse dignitosamente. Poi, cangiando discorso: – Oh, volevo[7] proporti d'uscire... Ceneremo fuori... Ti va?

Di ritorno a casa a tarda notte, Nicoletta, nel mettersi a letto, domandò al marito:

– Non deve ripartire fra due o tre giorni l'ingegnere Costa per la Sicilia?

– Sì, – rispose Capolino. – Me l'ha detto Flaminio stamattina.

– E tu a Flaminio potresti dire, – seguitò Nicoletta, raccogliendosi sotto le coperte, – che sono pronta anch'io a partire; ma non sola. Poiché parte l'ingegnere...

– Ah, già! – esclamò Capolino. – Benissimo! Potresti accompagnarti[8] con lui.

– Buona notte, caro!
– Buona notte.

Fermamente convinto d'aver sempre[1] avuto contraria la sorte, fin dalla nascita, Flaminio Salvo credeva che soltanto con l'assidua difesa d'una volontà sempre vigile e incrollabile, e opponendosi con atti che egli stesso[2] stimava duri, contro tutti coloro che s'eran fatti e si facevano strumenti ciechi di essa, avesse[3] potuto vincerla finora. Ma[4] l'avversione della sorte, non potendo[5] su lui, s'era rivolta con ferocia su i suoi, su la moglie, sul figlio: ora anche, con quella passione invincibile, su la figlia. In queste sciagure sentiva[6] veramente come una vendetta vile e crudele; e questo[7] sentimento non solo gli toglieva il rimorso di tutto il male che sapeva d'aver commesso, ma gl'ispirava anzi vergogna di qualche debolezza passeggera, e quasi lo abilitava a commettere altro male, sia per vendicarsi a sua volta della sorte, sia per non essere egli stesso sopraffatto. Non si poneva[8] neppur lontanamente il dubbio che[9] potesse in fondo non essere un male quella passione della figliuola per Aurelio Costa. Era per lui sicuramente un male; e non già per la disparità della nascita o della condizione sociale (fisime!); ma[10] perché essa aveva origine da una sua debolezza, dalla gratitudine per tanti anni dimostrata al suo piccolo salvatore. Da un bene non poteva venirgli altro che un male.[11] Domma, questo, per lui. E nessun filosofo avrebbe potuto indurlo a riconoscere che il suo ragionamento, fondato su un pregiudizio, era vizioso. La logica! Che logica contro l'esperienza di tutta una vita? E poi, se per un solo caso si fosse indotto a riconoscere il vizio del suo ragionamento, addio scusa[12] di tutto il male in tanti altri casi coscientemente commesso! Ogni qual volta un negozio, una faccenda[1] qualsiasi accennava fin da principio di volgergli a seconda, egli, anziché rallegrarsene, s'adombrava, sospettava subito una insidia e si parava[2] in difesa.

Accolse male perciò, da un canto, la notizia e la proposta di Capolino, che cioè Nicoletta era pronta a partire il giorno appresso e che avrebbe[3] voluto accompagnarsi nel viaggio col Costa; dall'altro, l'annunzio recato da Ciccino e Lillina, che[4] Lando Laurentano, il quale tutta quella mattina[5] era stato in giro con essi e con Dianella, sarebbe venuto quella sera stessa a salutarlo. Lo avevano incontrato per caso, e quantunque avesse detto loro in prima d'esser fortemente irritato per una certa pubblicazione in un giornale del mattino, s'era poi dimostrato gajo in loro compagnia e gratissimo della distrazione procuratagli. Flaminio[6] Salvo era nella stanza da[7] studio di Francesco Vella e dava ad Aurelio Costa le ultime istruzioni circa il ritorno[8] di questo in Sicilia, fissato per la mattina seguente, quando i due nipoti gli recarono quest'annunzio, irrompendo rumorosamente e tirandosi dietro Dianella. Egli notò subito nel viso della figlia un'alterazione molto diversa dalle solite alla vista di Aurelio, e rimase per un attimo quasi stordito, allorché, parlando i due cugini della graziosa affabilità del Laurentano verso di loro, ella con voce vibrante, che non pareva più la sua, e con un'aria di sfida, confermò:[9]

– Sì, gentilissimo! proprio gentilissimo!

– Piacere... – rispose freddamente, guardandola di su gli occhiali.[10] – Ma, vi prego, io ora qua...

E accennò il[11] Costa con un gesto che significava: « Ho da pensare a ben altro per il momento... ».

Era vero, del resto. Si[12] trattava d'esporre a un rischio di morte quel giovane dabbene, ignaro affatto della parte, che stava a[13] rappresentare; si trattava di gettarlo in preda alla[14] rabbia d'un intero paese affamato e disilluso. Nell'anima[1] del Salvo si svolse allora uno strano giuoco di finzioni coscienti. Il piacere di quell'annunzio doveva mutarsi in lui in dispiacere, la speranza in diffidenza; e[2] però non solo non doveva[3] tener conto di quella fortunata combinazione dell'incontro del Laurentano e della buona impressione che[4] la figlia pareva ne avesse avuto, ma[5] considerarla anzi come una vera e propria contrarietà, nel momento ch'egli, per contentare appunto la figliuola, faceva[6] intravvedere a quel buon giovane[7] del Costa il premio della pericolosissima impresa a cui lo gettava.[8] E seguitò in quella finzione cosciente, acceso[9] di stizza contro la figliuola, la quale, dopo[10] averlo costretto a piegarsi fino a tanto, eccola lì, veniva ora a fargli intendere, con aria nuova, che il giovane[11] principe Laurentano[12] non le era punto dispiaciuto! Né[13] s'arrestava qui il giuoco delle finzioni nell'anima del Salvo. Fingeva[14] di non comprendere ancora quell'aria nuova[15] della figlia, che pure aveva già compreso bene; era sicuro infatti che Dianella, facendo quella lode del Laurentano in presenza di Aurelio, s'era intesa di vendicarsi di questo, e ora di là certo piangeva[16] e si straziava in segreto. La stizza finta per quel premio ch'egli doveva far balenare al Costa, era dunque in fondo stizza vera, tanto[17] che, per non avvertire il rimorso di quello strazio che cagionava alla figlia, seguitò a fingere di credere sul serio, che veramente, sì, veramente, se il Costa fosse riuscito a ridurre a ragione gli operaj delle zolfare in Sicilia, gli avrebbe dato in premio Dianella. Intanto, lo faceva partire il giorno appresso in compagnia di Nicoletta Capolino.

La sera, fu[18] compìto, ma con una certa sostenutezza, verso[19] Lando Laurentano, accolto con molta festa dai Vella, specialmente da Ciccino e Lillina.

Dianella[1] era pallidissima, e si teneva sù per continui sforzi a scatti, che facevano pena e paura. I dolci occhi[2] ora le s'accendevano come in un confuso spavento, ora le smorivano[3] quasi in una torba opacità. Nicoletta Capolino, invitata a tavola dai Vella quell'ultimo giorno, le aveva fatto sapere che la mattina appresso sarebbe partita col Costa; e adesso, ecco, era lì e parlava senza[4] vezzi affettati, ma con la vivace[5] disinvoltura consueta al giovane[6] principe di Laurentano della cortesia squisita di don Ippolito, là a Colimbètra, nella disgraziata congiuntura del duello del marito.

Questi entrò, poco dopo, nel ricco salone insieme con l'ingegnere Aurelio Costa, che veniva a licenziarsi dai Vella.

Fu per Dianella e per Nicoletta un momento d'angosciosa sospensione. Quanto[7] composto e grave e costernato l'onorevole Ignazio Capolino con quei funebri occhiali di tartaruga, tanto appariva stordito, acceso, abbagliato, Aurelio[8] Costa. Gli si leggeva chiaramente in viso l'emozione profonda, che la notizia della sua prossima partenza con Nicoletta gli aveva suscitato. Non sentiva più la terra sotto i piedi; non riusciva ad articolar parola. Nel[9] vederlo entrare, Nicoletta ne ebbe quasi sgomento: sentì, senza guardarlo, che egli la cercava con gli occhi, senza più badare a nessuno. Respirò nel sentirlo poco dopo discutere animatamente col Laurentano su i moti dei *Fasci* in Sicilia. Ogni[10] costernazione gli era svanita, svanita ogni considerazione per quei solfaraj affamati d'Aragona, svanito il dispetto per quel suo disegno d'un consorzio obbligatorio mandato a monte: avrebbe ora affrontato col frustino in mano tutti quei ribelli laggiù.[11] Flaminio Salvo, per prudenza di fronte al Laurentano, lo richiamò sorridendo a più miti propositi.

– Perché le diano fuoco alle zolfare? – gli domandò tutto infervorato[1] il Costa. – Li conosco io, quei bruti! Guaj a mostrare di temerli! Con la verga si riducono a ragione! Lasci fare a me... Abbandonato da tutti, senza neanche la soddisfazione di veder degnato d'uno sguardo il mio progetto, andrò solo, laggiù... e ci guarderemo in faccia...

Nell'esaltazione, non avvertiva la stonatura di quella sua apostrofe bellicosa; né si mortificò affatto nell'accorgersi alla fine che nessuno gli badava più; si lasciò condurre da Capolino nell'ampio balcone della sala, mentre Flaminio Salvo, Francesco Vella e Lando Laurentano seguitavano a conversare tra loro pacatamente, e Ciccino prometteva a Nicoletta che presto sarebbe venuto a trovarla a Girgenti, e donna Rosa e Lillina davano consigli a Dianella che si regolasse così e così, se[2] voleva presto recuperare[3] la salute e la gajezza. Chiamato dal Salvo, Capolino rientrò poco dopo, e Aurelio Costa restò solo nel balcone.

Quanto vi restò? Guardava le stelle, guardava come in un sogno il chiaror della luna che si rifletteva su i vetri di lontane finestre dirimpetto, nella piazza; stretto da un'ansia smaniosa e dolce; senza più pensare al luogo ove si trovava; con una sola immagine davanti[4] agli occhi, quella di lei che[5] ora, tra poco, senza dubbio sarebbe venuta a trovarlo là[6] per dirgli: *A domani! Per sempre!* « A domani, per sempre, » si ripeteva, serrando le pugna, con gli occhi socchiusi voluttuosamente.

Aveva già parlato con lei la mattina. S'erano già accordati. Tutto, tutto ella avrebbe lasciato, per seguir lui! Sì, anche laggiù, nel pericolo, da cui egli non avrebbe potuto in quel momento ritrarsi. Del resto, per[7] forza, doveva andar laggiù; lì era la sua casa, lì il suo lavoro, che avrebbe ora messo a disposizione di altri, lasciando il Salvo. Che gl'importava? Di qual premio gli aveva ella parlato? Un grosso premio ch'egli[1] avrebbe perduto lasciando[2] il Salvo... Che gl'importava? Qual premio maggiore della felicità che ella gli avrebbe data, amandolo? Così[3] farneticava Aurelio nel balcone, in attesa, tornando a ripetere di tratto in tratto, smaniosamente: « A domani! per sempre! ».

Nel salone, intanto, Ignazio Capolino parlava con aria afflitta del subbuglio, in cui la pubblicazione d'una denunzia in un giornale del mattino aveva messo tutto quel giorno i corridoj della Camera. Si trattava delle quarantamila lire, di cui appariva debitore verso la Banca Romana Roberto[4] Auriti, « notoriamente prestanome » diceva il giornale « d'un deputato meridionale molto conosciuto e nelle grazie, fino a poco tempo fa, se non proprio del Governo, di qualche membro (*hic et haec*) di esso ». E quel giornale, seguitando, parlava delle carte sottratte per salvare questo deputato meridionale. Ma nella fretta, all'ultimo momento, qualche biglietto era rimasto fuori e caduto in mano all'autorità giudiziaria, qualche biglietto appunto dell'Auriti, ora in ricerca affannosa di quelle quarantamila lire, per salvare[5] sé e l'amico.

Capolino diceva che parecchi deputati dell'Estrema Sinistra avrebbero portato la denunzia alla Camera, e prevedeva imminente l'arresto dell'Auriti.

Lando Laurentano era su le spine. Tutto il pomeriggio di quel giorno aveva cercato d'appurare donde quella notizia fosse pervenuta al giornale del mattino: pareva riferita da qualcuno che[6] fosse stato a origliare all'uscio della stanza, in cui Giulio Auriti aveva implorato ajuto da lui; e temeva che questi potesse ora sospettarlo autore della denunzia.

Il Salvo, il Vella e il Capolino, notando il turbamento del giovane[7] principe, si misero a compiangere Roberto Auriti, come una vittima, e il Salvo lasciò intendere chiaramente che egli sarebbe stato disposto ad approntare quella somma per salvarlo; ma il Capolino disse che ormai era troppo tardi. Non restava che[1] di prendere una tazza di tè, che[2] Lillina aveva già preparato.

Le prime due tazze, recate da Ciccino, erano andate a donna Rosa e a Dianella. Nicoletta ne porgeva ora una tazza a Lando[3] Laurentano.

– Latte?

– Sì, grazie. Poco.

E Dianella, sorbendo la sua, aspettava che Nicoletta si recasse al balcone con l'ultima tazza per Aurelio. Ma Nicoletta, vedendosi spiata, finse in prima di dimenticarsene, e tenne la tazza per sé.

– Uh, e per il mio cavaliere? – esclamò poi, come sovvenendosi all'improvviso.

E andò al balcone.

Appena Aurelio la vide comparire, si ritrasse istintivamente nell'ombra quanto più poté, per attirarla. Ma ella varcò appena la soglia del balcone e, porgendogli la tazza, disse piano, rigida:

– Rientri, per carità: lei si fa notare. Non faccia ragazzate!

– Ma mi dica soltanto... – scongiurò egli.

– Sì, questo; e[4] se lo imprima bene in mente, – soggiunse lei, subito: – che[5] ho fatto di tutto per impedir la sua e la mia rovina. Non mi accusi, domani; perché l'ha voluta anche lei. Basta!

E rientrò nel salone.

IV

Corrado[6] Selmi uscì dalla Camera dei deputati livido, stravolto, con un tremor convulso per tutto il corpo. Appena[7] su la piazza, nel sole, fece uno sforzo disperato su se stesso per riaversi, per riafferrare in sé e rimettere sotto il suo dominio la vita che gli sfuggiva in un tremendo scompiglio; ma restò, avvertendo che non aveva neanche la forza di trarre il respiro, quasi avesse il petto, il ventre squarciati.

Un sentimento[1] nuovo gli sorse allora improvviso: la paura. Non degli altri; ma di sé.

Or ora[2] gli altri li aveva sfidati e assaliti, nell'aula del Parlamento, con estrema[3] violenza. Ancora ne tremava tutto. Nessuno, là, aveva osato fiatare. Ma quel silenzio... ah, quel silenzio era stato per lui peggiore di ogni invettiva, d'ogni tumultuoso insorgere di tutta l'assemblea.

Quel silenzio[4] lo aveva ucciso.

Aveva ancora negli orecchi il suono dei suoi passi[5] nell'uscire dall'aula. Nel silenzio[6] formidabile, quei passi avevano sonato come colpi[7] di martello su una cassa da morto.

Sentiva una grande arsione; e le gambe, come... come se gli si fossero stroncate sotto.

Schiacciato[8] dall'accusa, aveva voluto rilevarsene con tutto[9] l'impeto delle energie vitali, ancora possenti in lui; ma appena aveva finito di parlare, quel silenzio. Nessun[10] dubbio che[11] l'assemblea, subito dopo la sua uscita dall'aula, avesse votato l'autorizzazione[12] a procedere contro di lui.

Eppure tutti lo sapevano povero; sapevano che il denaro preso alle banche non poteva essere rinfacciato a lui come a tanti altri.

Dall'avere affrontato[13] la morte, quando più bella suol essere per tutti la vita, non gli veniva il diritto[14] di vivere? Nella losca complicazione di tante oblique vicende la semplicità di questo diritto appariva quasi ingenua e tale, che tutti, ridendo, dovessero negarglielo.

Morto; non solo, ma anche svergognato lo volevano! Doveva[15] morire allora, e sarebbe stato un eroe per tutti questi vivi d'oggi che gli rinfacciavano come un delitto[1] l'aver vissuto.

Ma non tanto l'accusa, in fondo, gli sembrava ingiusta, quanto ingiusti gli accusatori; e, più che ingiusti, ingrati e vili: vili perché, dopo aver[2] per tanti anni compreso che egli[3] aveva pure questo[4] diritto di vivere, si levavano ora a dimostrargliene con ischerno l'ingenuità; dopo avere per tanti anni[5] compreso il suo bisogno, si levavano ora a rinfacciarglielo come un'onta.

Né si sarebbero arrestati qui! Ora, il processo, la condanna, il carcere.

Corrado Selmi rise, e avvertì ancora lo sforzo che gli costava[6] lo scomporre la truce espressione del volto in quel riso orribile. Il sorriso schietto e lieve, che aveva accompagnato sempre tutti[7] gli atti della sua vita, anche i più gravi e i più rischiosi, s'era tramutato in quella triste smorfia dura e amara? Ebbe[8] di nuovo paura di sé: paura di assumere[9] coscienza precisa di un certo che oscuro e orrendo che[10] gli s'era cacciato all'improvviso nel fondo dell'essere e glielo scompaginava, dandogli[11] quell'impressione d'esser come squarciato dentro, irrimediabilmente. E[12] per ricomporre comunque la compagine del suo essere, per vincere il ribrezzo e l'orrore di quell'impressione, si guardò attorno, quasi chiedendo sostegno e conforto ai noti aspetti delle cose. Gli parvero anche questi cangiati e come evanescenti. Sentì con[13] terrore che non gli era più possibile ristabilire una relazione qual si fosse tra sé[14] e tutto ciò che lo circondava. Sì, poteva guardare; ma che vedeva? poteva parlare; ma che dire? poteva muoversi; ma dove andare?

Parlò, tanto per udire il suono della sua voce, e[15] gli parve anch'esso cangiato. Disse:

– Che faccio?

Sapeva bene quel che gli restava da fare. Ma nello

schiacciar con la lingua contro il palato le due *c* di *faccio*, non avvertì altro che l'annodatura della lingua e l'amarezza[1] aspra della bocca; e rimase col viso disgustato e arcigno.

– No, – soggiunse. – Prima... che altro?

Qualunque altra cosa gli apparve inutile, vana. Poteva[2] soltanto, ancor per poco, per passarsi la voglia e darsi così fuor fuori uno sfogo, dire e fare sciocchezze. Pensare seriamente, agire seriamente non avrebbe potuto se[3] non a costo di cedere al proposito oscuro e violento che[4] stava a distruggergli dentro tutti gli elementi della vita. Baloccarsi poteva coi frantumi di essa che[5] dal tumulto interno balzavano a galla della sua coscienza squarciata: baloccarsi un poco... Sì, in[6] casa di Roberto Auriti! Doveva vederlo, dirgli che per lui, per coprirlo, si era messo da sé sotto accusa. Ecco[7] che aveva ancora dove andare.

Chiamò una vettura, per non avvertire il tremore e la debolezza delle gambe, e diede al vetturino l'indirizzo: via delle Colonnette.

Appena montato, se ne pentì, prevedendo, in compenso di quanto aveva fatto, una scenata. Ma no: a ogni costo avrebbe saputo impedirla. Più che doveroso, il suo atto gli appariva generoso verso Roberto Auriti. E, in quel momento, non poteva sentir che disprezzo della sua stessa generosità. S'era spogliato d'ogni prestigio, d'ogni prerogativa, per subir la stessa sorte d'uno sconfitto, che delle sue doti, dei suoi[8] meriti non aveva saputo avvalersi[9] per farsi uno stato, per imporsi, come avrebbe potuto, alla considerazione altrui. Non pietà, ma dispetto, poteva[10] ispirare Roberto Auriti. Che se pure egli, navigando alla ventura, lo aveva gittato con sé in quei frangenti, non meritava certo quel naufrago che Corrado Selmi, già quasi scampato, si ributtasse in mare per perire con lui: non lo meritava, perché non aveva saputo mai vivere, quell'uomo, mai disimpacciarsi da ostacoli anche lievi: era già per se stesso un annegato, a cui tante e tante volte egli aveva gettato una corda[1] per ajutarlo a trarsi in salvo. L'unica volta che quest'uomo s'era messo a dar lui ajuto, ecco, con la stessa mano che gli aveva teso, lo tirava con sé[2] nel baratro, giù, giù, costringendolo[3] a rinunziare al salvataggio altrui. E quel suo fratello corso in Sicilia per salvare entrambi: ma sì! tutti dovevano stare ad aspettare che andasse e ritornasse col denaro! a comodo! senza fretta! e dopo avere[4] svelato tutto a Lando Laurentano! imbecille! Ecco: per questo solo fatto, egli[5] avrebbe potuto fare a meno d'esporsi per coprire un inetto. Ma ormai...

Arrivato in via delle Colonnette, salendo la scala semibuja, incontrò Olindo Passalacqua che[6] scendeva gli scalini a quattro a quattro.

– Ah! giusto lei, onorevole! Correvo in cerca di lei... Dica, che c'è? che c'è?

– Vento, – rispose Corrado Selmi, placidamente.

Olindo Passalacqua restò come un ceppo.

– Vento? Che dice? Quella denunzia infame? Ma come? chi è stato? roba da sputargli in faccia! Andate[7] a far l'Italia per questa canaglia!

Corrado Selmi gli prese il mento fra[8] due dita:

– Bravo, Olindo! *Nobili sensi, invero*... Sù, andiamo![9]

– Aspetti, onorevole, – pregò il Passalacqua, trattenendolo. – La prevengo! *Nanna* mia non sa ancora nulla. Non sapevamo nulla neanche noi. Per combinazione a mio cognato Pilade càpita[10] tra le mani il giornale di due giorni fa... apre e vede... ce lo manda sù, segnato... Roberto stava ad annaffiare i fiori in terrazzo... legge, casca dalle nuvole... Ma ci si crede? un uomo, un uomo come lui, non leggere i giornali, in un momento come questo? Capisce? come quell'uccello... qual è? che caccia la testa nella rena... E gliene compro tre, sa? ogni sera: tre giornali! Ne leggesse uno! Appena lo apre, si mette a pisolare; e poi dice che li ha letti tutti e tre e che[1] dorme poco!

– Lo struzzo, – disse Corrado Selmi. – Permetti? E alzò le mani per aggiustare[2] sotto la gola a Olindo Passalacqua la cravatta rossa sgargiante, annodata a farfalla.

– Lo struzzo, – ripeté. – Quell'uccello che dicevi... Così[3] va bene!

Olindo Passalacqua restò di nuovo a bocca aperta.

– Grazie, – disse. – Ma dunque... dunque possiamo star tranquilli?

Corrado Selmi lo guardò negli occhi, serio; gli posò le mani sugli omeri, e:

– Non sei censore tu? – gli domandò.

– Censore... già, – rispose[4] perplesso, quasi non ne fosse ben sicuro, il Passalacqua.

– E dunque lascia[5] crollare il mondo! – esclamò il Selmi con un gesto di noncuranza sdegnosa. – Censore, te ne impipi. Sù, sù, vieni sù con me.

Trovarono Roberto abbattuto su una poltrona, con la faccia rivolta al soffitto, le braccia abbandonate, l'annaffiatojo accanto. Appena vide il Selmi, fece per balzare in piedi, e, arrangolando in una irrompente convulsione, andò[6] a buttarglisi sul petto.

– Per carità! per carità! – scongiurò Olindo Passalacqua, correndo a chiudere l'uscio e accennando con le mani di far piano, che *Nanna* non sentisse di là.

Attraverso l'uscio chiuso, all'arrangolìo di Roberto[7] sul petto di Corrado Selmi rispondeva di là il vocalizzo miagolante di una studentessa di canto. Corrado[8] Selmi, gravato dal[9] peso di Roberto, stette un po' a guardare i cenni del Passalacqua, che seguitava a implorar carità per il cuore malato della sua povera moglie, carità per Roberto così perduto, carità per la casa che sarebbe andata a soqquadro; e scattò alla fine, scrollandosi, in[1] una risata pazzesca:

– Ma da' qui! – disse, ghermendo l'annaffiatojo e avviandosi di furia al terrazzo. – Ma che facciamo sul serio? Annaffiavi? E seguitiamo ad annaffiare! Qua... qua... così! così! Pioggia, Olindo! pioggia! pioggia!

E una vera pioggia furiosa si rovesciò dalla mela dell'annaffiatojo addosso a Olindo Passalacqua, che prese a fuggire per il terrazzo, gridando e riparandosi con le mani la testa, inseguito dal Selmi che seguitava a ridere, dicendo:

– Io passo l'acqua, tu passi l'acqua, egli passa l'acqua, tutti passiamo l'acqua!

– Oh Dio! per carità... no! caro... nòooo... ma che fa? basta... per carità... non è scherzo! basta... uuuh... basta!...

Alle[2] grida, sopravvennero *Nanna*, la studentessa di canto, Antonio Del Re e Celsina. Subito[3] Corrado Selmi, ansante, corse[4] a stringere la mano alla signora Lalla che[5] rideva, guardando[6] il marito che si scrollava come un pulcino bagnato. Ridevano anche le due giovinette.

– La pianta, *Nanna* mia, – gridò il Selmi, – quale è[7] la pianta più utile?[8] Il riso! Coltiviamo il riso e annacquiamo[9] Olindo che fa ridere!

– Ma io piango, invece... – gemette il Passalacqua.

– E appunto perché piangi, fai ridere! – ribatté il Selmi.

– Chi fa ridere, invece... – brontolò Antonio Del Re, serrando le pugna.

– Fa piangere, è vero? – compì la frase il Selmi. – Bravo, giovanotto![10] Sempre serio! Tu le tue sciocchezze le farai sempre sode, bene[11] azzampate e con tanto di grugno. Noi, le nostre... qua, censore... ballando, ballando... Sù, di là, *Nanna*, di là... al pianoforte! Lei suona, e noi balliamo! Roberto si metterà i calzoncini con lo spacco di dietro e la falda della camicina fuori; prenderà[12] la sciaboletta e il cavalluccio di legno, quelli con cui giocò alla guerra, al Sessanta; gli faremo l'elmo di carta, e si metterà a girare attorno... *arri! ...arri!...* mentre io e Olindo balleremo al suono dell'inno di Garibaldi...[1] *Va' fuori d'Italia... va' fuori d'Italia... va' fuori d'Italia... va' fuori, o stranier!*

Non aveva finito l'ultima battuta, che su la soglia del terrazzo si presentò, con gli occhi ilari e lagrimosi, raggiante di commossa beatitudine, Mauro Mortara, con le medaglie sul petto e lo zainetto dietro le spalle. Appena[2] lo vide, Corrado Selmi fece un gesto d'orrore e scappò via per l'altro finestrone che[3] dava sul terrazzo, gridando:

– Ah perdio, no! Questo poi è troppo!

Roberto Auriti gli corse dietro per trattenerlo:

– Corrado![4] Corrado!

Mauro Mortara, a quella fuga, restò come smarrito davanti[5] allo stupore della signora Lalla, del Passalacqua e della studentessa di canto, alla meraviglia sorridente di Celsina e a quella ingrugnita[6] di Antonio Del Re.

– Vengo, se non c'è offesa, – disse, – a salutare don Roberto. Parto domani.

– Ma chi siete? – gli[7] domandò la signora Lalla, come se avesse davanti[8] un abitante della luna, piovuto dal cielo.

– Sono... – prese a rispondere Mauro Mortara; ma s'interruppe riconoscendo[9] Antonio Del Re. – Non siete il nipote di donna Caterina, voi?

E, pronunziando questo nome, si levò il cappello.

– Diteglielo voi, – soggiunse, – chi sono io. Sono[10] venuto due altre volte; non mi hanno fatto salire, perché don Roberto non era in casa.

Il Passalacqua, tutto bagnato, gli s'accostò, gli sbirciò le medaglie sul petto, e:

– Patriota siciliano? – domandò. – Ai patrioti siciliani, perdio, statue d'oro! sta... statu... statue...

Uno starnuto, tardo[1] a scoppiare, lo tenne un tratto a bocca aperta, le nari frementi, le mani tese come a pararlo; finalmente scoppiò e:

– D'oro! – ripeté il Passalacqua. – Mannaggia il[2] Selmi che m'ha fatto raffreddare! Ma perché è scappato? Che è pazzo?... Guardate come mi... mi ha... ma dove è andato?

– Roberto! – strillò a questo punto la signora Lalla, accorrendo dal terrazzo nella stanza, attraverso la quale il Selmi era poc'anzi fuggito.

Rientrarono tutti, spaventati, dietro a lei.

Un estraneo, col cappello in mano e gli occhi bassi, stava rigido su la soglia di quella camera, mentre Roberto, col viso terreo, chiazzato qua e là, si guardava[3] attorno, convulso, indeciso. Al grido di lei, protese le mani, ma come per impedire il prorompere della sua più che dell'altrui commozione.

– Vi prego, vi[4] prego, – disse, – senza chiasso... Nulla... Una... una chiamata in questura...[5]

– Lo arrestano! – fischiò allora tra i denti Antonio Del Re, col volto scontraffatto e tutto vibrante.

Nanna cacciò uno strillo e cadde in convulsione tra le braccia del marito.

– Lo arrestano? – domandò Mauro Mortara, facendosi innanzi, mentre Roberto Auriti cercava nella camera gli abiti da indossare e con le mani accennava a tutti di non gridare, di non far confusione.

– Come? – seguitò Mauro, guardando Antonio Del Re.

Non ottenendo risposta da nessuno, andò incontro a quell'estraneo e, levando un braccio, lo apostrofò:

– Voi! voi siete venuto qua ad arrestare[6] don Roberto Auriti?

– Mauro! – lo interruppe questi.[7] – Per carità, Mauro... lascia!

– Ma come? – ripeté Mauro Mortara, rivolgendosi a Roberto. – Arrestano voi? Perché?

Roberto accorse a dare una mano al Passalacqua, alla studentessa di canto, a Celsina, che non riuscivano a sorreggere la signora Lalla, la quale si dibatteva e si scontorceva, tra urli, singhiozzi, gemiti e risa convulse.

– Di là, per carità, di là, portatela di là! – scongiurò.

Ma non fu possibile. Il Passalacqua, invece di avvalersi dell'ajuto di Roberto, pensò bene di buttargli le braccia al collo, rompendo in singhiozzi ed[1] esclamando:

– Cireneo! Cireneo! Cireneo!

Roberto si divincolò, quasi con schifo, e si turò gli orecchi, mentre il Passalacqua, rivolto a Mauro Mortara, seguitava:

– Patriota, vedete? così l'Italia compensa i suoi martiri! così!

– Il figlio di Stefano Auriti! – diceva tra sé Mauro Mortara, con gli occhi sbarrati, battendosi una mano sul petto. – Il figlio di donna Caterina Laurentano!... E dovevo veder questo a Roma? Ma che avete fatto? – corse[2] a domandare a Roberto, afferrandolo per le braccia e[3] scotendolo. – Ditemi che siete sempre lo stesso! Sì? E allora...[4]

Si afferrò con una mano le medaglie sul petto; se le strappò; le scagliò[5] a terra; vi andò sopra col piede e le calpestò; poi, rivolgendosi al delegato:

– Ditelo al vostro Governo! – gridò. – Ditegli che un vecchio campagnuolo, venuto a veder Roma con[6] le sue medaglie garibaldine, vedendo arrestare il figlio d'un eroe che gli morì tra le braccia nella battaglia di Milazzo, si strappò dal petto le medaglie e le calpestò! così!

Tornò[7] a Roberto, lo abbracciò, e sentendolo singhiozzare su la sua spalla:

– Figlio mio! figlio mio! – si mise a dirgli, battendogli dietro una mano.

A questo punto, Antonio Del Re scappò via dalla camera, mugolando e rovesciando[1] nella furia una seggiola. Celsina, che lo spiava, gli corse dietro, sgomenta, chiamandolo[2] per nome. Mauro Mortara si voltò felinamente, come se a quell'uscita precipitosa gli fosse balenato in mente che[3] si volesse impedire[4] comunque l'arresto; e si mostrò[5] pronto a qualunque violenza. Sciolto dall'abbraccio di lui, Roberto Auriti si fece innanzi al delegato:

– Eccomi.[6]

– No! – gridò Mauro, riafferrandolo per un braccio. – Don Roberto! Così vi consegnate?

– Ti prego, lasciami... – disse Roberto Auriti; e, rivolgendosi al delegato: – Lei[7] scusi...

Con la mano chiamò *Nanna*, che fiatava ora a stento, con ambo le mani sul cuore, e la baciò in fronte, dicendole:

– Coraggio...

– E che dirò a vostra madre? – esclamò allora Mauro agitando[8] le mani in aria.

Roberto Auriti si gonfiò, si portò le mani sul volto per[9] far argine all'impeto della commozione e andò via, seguito dal delegato, mentre la signora Lalla, sostenuta dal marito e dalla studentessa di canto, riprendeva più a gemere che a gridare:

– Roberto! Roberto! Roberto!

Mauro Mortara restò a guatare, come[10] annichilito. Quando il Passalacqua lo ragguagliò di tutto, e, fresco della recente lettura del giornale, gli espose tutta la miseria e la vergogna del momento:

– Questa, – disse, – questa è l'Italia?

E, nel crollo del suo gran sogno, non pensò più a Roberto Auriti, all'arresto di lui, non sentì, non vide più nulla. Le sue medaglie rimasero lì[11] per terra, calpestate.[12]

Uscendo[1] dalla casa di Roberto, Corrado Selmi s'imbatté per le scale nel delegato e nelle guardie che salivano ad arrestar l'innocente. Si fermò un istante, indeciso; ma subito si sentì occupare il cervello da una densa oscurità, e in quella tenebra d'ira e d'angoscia udì una voce che dal fondo della coscienza lo ammoniva ch'egli[2] non poteva in alcun modo sul momento impedire quell'atroce ingiustizia. Seguitò a scendere la scala; rimontò in vettura e provò quasi stupore alla domanda del vetturino, ove dovesse condurlo. Ma a casa; c'era bisogno di dirlo? dove poteva più andare? che più gli restava da fare?

– Via San Niccolò[3] da Tolentino.

E, come se già vi fosse, si vide per le scale della sua casa: ecco, entrava in camera; si recava all'angolo, ov'era uno stipetto a muro, di lacca verde; lo apriva; ne traeva una boccetta, e... Istintivamente, s'era cacciata una mano nel taschino del panciotto, ov'era la chiave di quello stipetto. Cosa strana: pensava ora allo specchio, a un piccolo specchio ovale, appeso accanto a quello stipetto, al quale egli non avrebbe dovuto volger lo sguardo, per non vedersi. Ma pure, ecco, si vedeva: sì, in quello specchio, con la boccetta in mano: vedeva l'espressione dei suoi occhi, ridente, quasi non credessero ch'egli avrebbe fatto *quella cosa*. No! Prima doveva scrivere e suggellare una dichiarazione per l'Auriti: poche righe, esplicite. Non meritavano gli accusatori un suo ultimo sfogo. Due righe soltanto, per salvar l'amico, già in carcere.

I nemici... – ma quali? quanti erano? Tutti! Possibile? Tutti gli amici di jeri. Tutti e nessuno, a prenderli a uno a uno.[4] Ché nulla egli aveva fatto a nessuno di loro perché[5] le liete accoglienze di jeri si convertissero così d'un tratto in tanta alienazione d'animi, in tanta ostilità. Ma era il momento, la furia cieca del momento, che s'abbatteva su lui, che in lui trovava la preda, e lo abbrancava, ecco, e lo sbranava in un attimo.

Ah come andava lenta quella vettura! Parve a Corrado Selmi ch'essa gli prolungasse con feroce dispetto l'agonìa.[1]

– Non sono in casa per nessuno, – disse a Pietro, il vecchio servo che stava da tanti anni con lui.

E il primo suo moto, entrando in camera, fu verso quello stipetto. Si trattenne. Pensò alla dichiarazione da scrivere. Ma pur volle prendere prima la boccetta e, senza guardarla, la recò con sé alla scrivania dello studio. Restò un pezzo lì in piedi, come sospeso in cerca di qualche cosa che[2] s'era proposto di fare e a cui non pensava più. Istintivamente, pian piano, rientrò nella camera; gli occhi gli andarono al piccolo specchio ovale, appeso alla parete presso lo stipetto. Aveva dimenticato di guardarsi lì. Scrollò le spalle e tornò indietro, alla scrivania; sedette; trasse dalla[3] cartella un foglio e una busta; guardò se su la scrivania ci fosse il cannello di ceralacca e il sigillo; si alzò di nuovo e rientrò nella camera per prendere dal tavolino da notte la bugia con la candela.

La dichiarazione gli venne men breve di quanto aveva divisato, poiché a maggior salvaguardia dell'innocenza dell'Auriti pensò di chiamare in testimonio lo stesso governatore della banca, già anche lui tratto in arresto, col quale, prima di contrarre sott'altro nome quel debito, si era segretamente accordato. Finito[4] di scrivere, guardò su la scrivania la boccetta, e sentì mancarsi a un tratto la voglia di rileggere quanto aveva scritto. Gli parvero enormi tutte[5] le piccole cose che gli restavano ancora da fare: piegare in quattro quel foglio; chiuderlo nella busta; accendere la candela; bruciarvi il cannello di ceralacca; apporre i sigilli...[6] Si diede a far tutto con esasperazione. Ansava; le dita, senza più tatto, gli ballavano. Stava per chiudere la busta, quando giù dalla via scattò stridulo, sguajato, il suono d'un organetto. Parve[1] al Selmi che quel suono, in quel punto, gli spaccasse il cranio: si turò gli orecchi, balzò in piedi, contrasse tutto il volto come per uno strazio insopportabile, fu per avventarsi alla finestra a scagliare ingiurie a quel sonatore ambulante. Ah[2] no, perdio! così, no! al suono d'una canzonetta napoletana, no, no, no. Si sentì[3] avvilito da tutta quella furia. O che era un ladro davvero? Piano, piano, senza tremor di mani, senza quell'aridezza in bocca; dopo[4] aver sedato i nervi, e sorridente, egli doveva uccidersi, come a lui si conveniva. Prese[5] la busta con la dichiarazione e la cacciò dentro la cartella; si pose in tasca la boccetta del veleno. Voleva uscir di nuovo, per un'ultima passeggiata, per salutar la vita, scevro ormai d'ogni cura, esente d'ogni peso, libero d'ogni passione, con occhi limpidi e[6] animo sereno; salutar la vita, col suo lieve[7] antico sorriso; bearsi per l'ultima volta delle cose che restavano, liete in quel giorno di sole, ignare in mezzo al torbido fluttuare di tante vicende che[8] presto il tempo avrebbe travolte con sé. Ridiscese in istrada, fe' cenno a un vetturino d'accostarsi e si fece[9] condurre al Gianicolo. Dapprima, come in preda a quello stordimento rombante cagionato da un improvviso otturarsi degli orecchi, non poté avvertire, né vedere, né pensar nulla; solo quando passò con la vettura per la via della Lungara, innanzi le carceri di Regina Coeli, pensò che forse a quell'ora Roberto Auriti vi era rinchiuso; ma non volle affliggersene più. Tra poco, con quella sua dichiarazione, ne sarebbe uscito, per seguitare la sua incerta e penosa esistenza[10] tra quella sua signora Lalla e il Passalacqua e il Bonomè, mentre egli, invece – ah! si sarebbe liberato!

Giunto in cima al colle, gli[11] parve davvero una liberazione quell'altezza, da cui poté contemplare Roma luminosa[1] nel sole, sotto l'azzurro intenso del cielo; liberazione da tutte le piccole miserie acerbe che laggiù lo avevano offeso e soffocato; dall'urto di tutte le meschine volgarità quotidiane; dalle fastidiose risse dei piccoli uomini che[2] volevano contendergli il passo e il respiro. Si sentì lassù libero e solo, libero e sereno, sopra tutti gli odii, sopra tutte le passioni, sopra e oltre il tempo, inalzato, assunto a quella altezza dal suo grande amore per la vita ch'egli[3] difendeva, uccidendosi. E in esso e con esso si sentì puro, in un attimo, per sempre. Nell'eternità di quell'attimo si cancellarono, sparvero assolte le sue debolezze, i suoi trascorsi, le sue colpe, già che egli era pure stato un uomo e soggetto a contrarie necessità. Ora, con la morte, le avrebbe vinte tutte. Restava solo, in quel punto, luminoso indefettibile immortale il suo amore per la vita, l'amore per la sua terra, per la sua patria, per cui aveva combattuto e vinto. Sì, come i tanti che avevano avuto lassù, in difesa di Roma, una bella morte, troncati nel frenetico ardore della gioventù e resi immuni di tutte le miserie, liberi di tutti gli ostacoli che[4] forse nel tempo li avrebbero deformati e avviliti. Ora in quel momento anch'egli, spogliandosi di tutte le miserie, liberandosi di tutti gli ostacoli, acceso e vibrante dell'ardore antico, con negli occhi l'oro dell'ultimo sole su le case della grande città quadrata, si foggiava com'essi una bella morte, una morte che lo inalzava a se stesso, senza[5] invidia per quelli effigiati e composti lassù per la gloria in un mezzo busto di marmo. Pensò[6] che aveva con sé la boccetta del veleno; ma no! a casa! a casa! tranquillamente, sul suo letto: senza dare spettacolo! E ridiscese alla città.

Ridisceso, gli[7] parve di aver lasciato la propria anima lassù, nel sole. Qua, nell'ombra, era il corpo ancor[8] vivo, per poco. Si guardò le mani, le gambe, e provò subito un brivido d'orrore. Ma, come se di lassù una voce severamente lo richiamasse, egli si riprese e a quella voce rispose che sì, quel suo corpo, egli lo avrebbe tra poco ucciso, senza esitare.

Passato il ponte di ferro, udì strillare da alcuni giornalaj[1] un'edizione straordinaria del foglio più diffuso di Roma. Pensò che fosse per lui, e fece fermar la vettura; comprò[2] quel foglio. Difatti, in prima pagina era il resoconto della seduta parlamentare, e nella sesta colonna spiccava in cima il suo nome

CORRADO SELMI

come titolo dell'articolo del giorno. Prese a leggerlo; ma presto n'ebbe un fastidio strano: avvertì che quello era già per lui un linguaggio vuoto e vano, che non aveva più alcun potere di muovere in lui alcun sentimento, quasi fatto di parole senza significato. Gli parve che lo scrittore di quell'articolo non avesse altra mira che quella di dimostrare che egli era vivo, ben vivo, e che, come tale, poteva e sapeva giocare[3] con le parole, perché gli altri vivi, i lettori, potessero dire: « Guarda com'è bravo! guarda come scrive bene! ». Quel foglio, così[4] leggero, gli parve a un tratto, con quel suo nome stampato lì in cima, una lapide, la sua lapide, ch'egli stesso per uno strano caso si portasse in carrozza, diretto alla fossa; strana lapide, in cui, anziché le solite lodi menzognere, fossero incise accuse e ingiurie. Ma che importavano più a lui? Era morto.

Voltò la pagina del giornale. Subito[5] gli occhi gli andarono su un'intestazione a grossi caratteri, che prendeva cinque colonne di quella[6] seconda pagina:

L'ECCIDIO D'ARAGONA IN SICILIA

e sotto, a caratteri più piccoli: *Gli operaj delle zolfare in rivolta – L'assalto alla vettura dell'ingegnere minerario*

Costa – Scene selvagge – Lo uccidono con la moglie del deputato Capolino e bruciano i cadaveri.

Corrado Selmi restò, oppresso d'orrore e di ribrezzo, con gli occhi fissi su quelle notizie. Comprese che per esse e non per lui era uscita quell'edizione straordinaria del giornale. La moglie del deputato Capolino? Egli l'aveva veduta a Girgenti, quando vi si era recato per sostenere la candidatura di Roberto Auriti e assistere il Verònica nel duello col marito di lei. Bellissima donna...[1] Uccisa? E come si trovava in[2] vettura, ad Aragona, con quell'ingegnere? Ah, partita da Roma con lui... Una fuga?... Era l'ingegnere del Salvo... Gli operaj delle zolfare si recavano in colonna dal paese alla stazione, risoluti a non farlo entrare, se da Roma non portava l'assicurazione che le promesse sarebbero state mantenute... Oh, guarda... quel Prèola... Marco Prèola, quel miserabile che Roberto Auriti aveva scaraventato contro l'uscio a vetri della[3] redazione del giornalucolo clericale... capitanava lui, adesso, quella turba selvaggia di facinorosi... li incitava all'assalto della vettura, al macello. Ah, vili! colpire una donna... Il Costa sparava... e allora...

Il Selmi non poté leggere più oltre; restò, nel raccapriccio, col giornale aperto tra le mani, come soffocato da quella strage; gli parve di sentirsi investito dal feroce affanno di tutto un popolo inselvaggito. Appallottò[4] in un impeto di schifo il foglio e lo scagliò dalla vettura. Domani, o la sera di quello stesso giorno, in una nuova edizione straordinaria esso avrebbe annunziato con quei grossi caratteri il suicidio di lui.

Rientrando in casa, da Pietro, il vecchio servo, fu avvertito che c'era in salotto il nipote dell'Auriti, Antonio Del Re.

– Sta bene, – disse. – Lo farai entrare nello studio, appena sonerò.

Forse Pietro si aspettava una riprensione per aver fatto entrare quel giovanotto, e aveva pronta la risposta, che questi cioè s'era introdotto di prepotenza in casa, non ostante che lui già una prima volta gli avesse detto che il padrone non c'era e avesse fatto poi di tutto per impedirgli il passo. Aprì le braccia e s'inchinò al reciso ordine del Selmi; ma, come questi s'avviò per la sua camera, rimase perplesso, se non lo dovesse prevenire circa al contegno minaccioso e all'aspetto stravolto di quel giovanotto. Socchiuse gli occhi, si strinse nelle[1] spalle, come per dire: « L'ordine è questo! » e si recò nel salotto per tener d'occhio quell'insolente visitatore.

– Ecco – gli disse, indicando con una mossa del volto l'uscio di fronte. – Adesso, appena suona...

Antonio Del Re non stava più alle mosse; friggeva. Il viso, nello spasimo dell'attesa terribile, gli si scomponeva. Teneva una mano irrequieta in tasca. E il vecchio servo gli guatava quella mano che, dentro[2] la giacca, pareva brancicasse un'arma. Il suono[3] del campanello, intanto, tardava; e più tardava, più cresceva l'ansito, invano dissimulato, del giovine e l'irrequietezza di quella mano. Il vecchio servo, ormai al colmo della costernazione, si accostò all'uscio, vi si parò davanti, appena a tempo, ché allo squillo del campanello Antonio Del Re s'avventò all'uscio come una belva con un pugnale brandito, trascinandosi dietro nella furia il vecchio che lo teneva abbrancato.

Corrado Selmi, pallidissimo, seduto innanzi alla scrivania, col bicchiere ancora in mano, da cui aveva bevuto or ora il veleno della boccetta rovesciata presso la cartella, si volse e arrestò d'un tratto con uno sguardo gelido e un sorriso appena sdegnoso, tremulo su le labbra, la violenza del giovine.

– Non t'incomodare! – gli disse. – Vedi? Ho fatto

da me[1]... Lascialo! – ordinò al servo. – E ti proibisco di gridare o di correre a soccorsi.

Prese dalla scrivania la busta sigillata e la mostrò al giovine che ansimava e mirava, ora, allibito.

– Tu butti male, ragazzo, – gli disse. – Hai una trista faccia... Ma sta' tranquillo: questa busta è per tuo zio. Sarà liberato. Lasciala stare qua.

Posò di nuovo la busta su la scrivania; strizzò gli occhi; serrò i denti; s'interì, mentre nel pallore cadaverico il viso gli si chiazzava di lividi. Fece per alzarsi; il servo accorse a sostenerlo.

– Accompagnami... al letto...

Si voltò al Del Re, con gli occhi già un po' vagellanti. Quasi l'ombra d'un sorriso gli tremò ancora nella[2] faccia spenta. E disse con strana voce:

– Impara a ridere, giovanotto... Va' fuori: oggi è una bellissima giornata.

E scomparve dall'uscio, sostenuto dal servo.

Come[3] da via delle Colonnette, all'arresto di Roberto Auriti, Antonio Del Re era scappato alla casa del Selmi, così, ma con altro animo, Mauro Mortara era corso[4] in cerca di Lando Laurentano. Al villino di via Sommacampagna, Raffaele il cameriere gli aveva detto che il padrone, letta nel giornale la notizia di quell'eccidio avvenuto in Sicilia, dalle parti di Girgenti, era saltato in vettura, diretto alla casa dei Vella.

– E dov'è? Come faccio a trovar la via?

– Se volete, in vettura vi ci accompagno io.

In vettura, vedendolo affannato e smanioso d'arrivare, gli aveva chiesto se[5] conosceva quella signora e quell'ingegnere.

– Che signora? che ingegnere?[6]

– Come? Non avete inteso? Non sapete nulla? Li hanno assassinati ad Aragona...

– Ad Aragona?

– I solfaraj.

– Ma dunque...

E s'era interrotto, con un balzo, per guardar prima fiso in faccia, con occhi stralunati, il cameriere, poi dalla vettura la gente che passava per via, quasi tutt'a un tratto assaltato dal dubbio che una gran catastrofe fosse accaduta, senza ch'egli ne sapesse nulla.

– Ma dunque, che succede? Tutto sottosopra? Là ammazzano! Qua arrestano! Sapete che hanno arrestato don Roberto Auriti?

– Il cugino del padrone?

– Il cugino! il cugino! E lui se ne va dai Vella! Gli arrestano il cugino, don Roberto Auriti, uno dei Mille, che al Sessanta aveva dodici anni, e combatteva! E suo padre mi morì fra[1] le braccia, a Milazzo... Arrestato! Sotto gli occhi miei! A questo, a questo mi dovevo ritrovare!

S'era messo a gridare in vettura e a gesticolare e a pianger forte; e tutta la gente, a voltarsi, a fermarsi, a commentare, nel vederlo così stranamente parato, con quello zainetto dietro le spalle, in fuga su quella vettura e vociferante.

– Statevi zitto! statevi zitto!

Ma che zitto! Voleva giustizia e vendetta Mauro Mortara di quell'arresto; e come Raffaele, per farlo tacere, gli parlò della visita che, alcuni giorni addietro, forse per questo don[2] Giulio, il fratello di don Roberto, aveva fatto al padrone:

– Ma sicuro! – gridò, sovvenendosi. – C'ero io! c'ero io! E l'ho visto piangere. Per questo, dunque, piangeva quel povero figliuolo? Voleva ajuto... E dunque... e dunque don Landino gliel'ha negato? possibile?

– Forse perché la somma era troppo forte...

– Ma che troppo forte mi andate dicendo! Quando si tratta dell'onore d'un patriota! E lui è ricco! E sua zia non ebbe nulla dei tesori del padre, ché si prese tutto il fratello maggiore... Oh Dio! Dio! Donna

Caterina... l'unica degna figlia di suo padre... Ora donna Caterina ne morrà di crepacuore... Ma se è vero questo, per la Madonna, che gli ha negato ajuto, non lo guardo più in faccia, com'è vero Dio! Non ci credo! non ci voglio credere!

Arrivato in casa Vella, però, vi trovò tale scompiglio, che non poté più pensare a domandar conto a Lando dell'arresto di Roberto Auriti. Dianella Salvo, la sua amicuccia donna Dianella, la sua colomba, che in quel mese passato a Valsanìa aveva saputo avvincerlo e intenerirlo con la grazia soave degli sguardi e della voce, nel vederlo entrare aggrondato e smarrito nel salone, gli si precipitò subito incontro quasi con un nitrito di polledra spaurita, e gli s'aggrappò al petto, tutta tremante, affondandogli la testa scarmigliata entro la camicia d'albagio, quasi volesse nascondersi dentro di lui, e gridando, con una mano protesa indietro, verso il padre:

– Il lupo!... Il lupo!

Mauro Mortara, così soprappreso, frugato nel petto da quella fanciulla in quello stato, levò il capo, sbalordito, a cercar negli occhi degli astanti una spiegazione: mirò visi sbigottiti, afflitti, piangenti, mani alzate in gesti di timore, di riparo, di pena e di maraviglia. Non comprese che la fanciulla fosse impazzita. Le prese il capo tra le mani e provò[1] di scostarselo dal petto per guardarla negli occhi:

– Figlia mia! – disse. – Che vi hanno fatto? che vi hanno fatto? Ditelo a me! Assassini... Il cuore... hanno strappato il cuore... il cuore anche a me!

Ma, come poté vederle gli occhi e la faccia disfatta, stravolta, aperta ora a[2] uno squallido riso, con un filo di sangue tra i denti, inorridì: guatò di nuovo tutti in giro e, riponendosi sul petto il capo di lei e lasciandovi sui capelli scarmigliati la mano in atto di protezione e di pietà:

– Come la madre? – disse in un brivido, e addietrò spinto dalla fanciulla che, seguitando sul petto di lui quell'orribile riso come un nitrito, con ansia frenetica lo incitava:

– Da Aurelio... da Aurelio...

Accorse, col volto inondato di lagrime, la cugina Lillina, mentre in fondo al salone Lando Laurentano e don Francesco Vella cercavano di far coraggio a Flaminio Salvo che, a quella scena, s'era nascosto il volto con le mani, imprecando.

– Sì, Dianella, sii buona! sii buona! Ora lui ti porterà... ti porterà dove tu vuoi... sii buona, cara, sii buona! da Aurelio!

Ma[1] Dianella, sentendo la voce del padre, invasa di nuovo dal terrore, aveva ripreso ad affondar la testa sul petto di Mauro e a riaggrapparsi a lui più freneticamente, urlando:

– Il lupo!... il lupo!...

– Ci sono qua io! Dov'è il lupo? – le gridò allora Mauro, ricingendola con le braccia. – Non abbiate paura! Ci sono io, qua!

– Vedi? c'è lui, ora! c'è lui! – le ripeteva Lillina.

E anche Ciccino e la zia Rosa le si fecero attorno a ripetere:

– C'è lui! Vedi che è venuto per te? per difenderti, cara...

Levò, felice e tremante, il volto, appena appena, la poverina, a mostrare un sorriso di riconoscenza, e seguitò a spinger Mauro verso la porta:

– Sì... sì... da Aurelio... da Aurelio...

Strozzato dalla commozione Mauro, così respinto indietro, tra quella gente che non conosceva e gli si stringeva attorno, domandò con rabbia:

– Ma insomma, che è? com'è stato? che dice? dice Aurelio? Chi è? Il figlio di don Leonardo Costa? Ah, è lui... quello che hanno assassinato?

Con gli occhi, con le mani, tutti gli facevano cenno

di tacere, e qualcuno gli rispondeva chinando il capo.

– Lo amava? Oh figlia...

Lando Laurentano e don Francesco Vella si portarono via di là Flaminio Salvo.

– Ditemi, ditemi che vi hanno fatto, – seguitò Mauro rivolto a Dianella, con tenerezza quasi rabbiosa. – Ora andiamo da Aurelio... Ma ditemi che vi hanno fatto! Chi è il lupo, che lo ammazzo? Chi è il lupo? – domandò agli altri con viso fermo.

Ma[1] nessuno sapeva con certezza che cosa fosse accaduto, a chi veramente alludesse Dianella con quel suo grido. Pareva al padre, ma[2] poi, chi sa? Forse lo scambiava per un altro. Era stato lì, durante la loro assenza, Ignazio Capolino. Dianella era rimasta in casa, lei sola, perché si sentiva poco bene; e certo sopra di lei Capolino, senza misericordia, forsennato per l'orrenda sciagura, aveva dovuto rovesciar la furia della sua disperazione. Ciccino e Lillina, che erano stati i primi a rincasare, gli avevano sentito gridare:

– Tuo padre! tuo padre, capisci?

Ma al loro entrare, quegli era scappato via, furibondo, lasciando questa poveretta come insensata, come intronata da tanti colpi spietati alla testa, e, subito dopo, dando[3] segni di terrore, s'era messa a urlare: – Il lupo!... il lupo!...

Che le aveva detto Capolino?

Uno solo poteva saperlo, così bene come se fosse stato presente alla scena: Flaminio Salvo, che di là, tra Lando Laurentano e il cognato Francesco Vella, sentiva prepotente il bisogno di confessare il suo rimorso, ma che tuttavia, senza che potesse impedirlo, si scusava accusandosi.

Francesco Vella gli aveva domandato, se si fosse mai accorto che la figliuola amava il Costa.

– Se tu non lo sapevi!

– Io lo sapevo. Ma potevo io, io padre, profferire la mia figliuola a un mio dipendente? Quel disgraziato, lui, non se n'era mai accorto, per[1] la modestia della mia figliuola, e perché a lui stesso non poteva passare per il capo una tal cosa; tanto più che, da un pezzo, era invescato nella passione per quell'altra disgraziata... Ma il torto è mio, il torto è mio: io non ho scuse! Nessuno meglio di me può sapere che il torto è mio! Avevo beneficato quel povero giovine, come[2] avevo beneficato tutti coloro che laggiù lo hanno assassinato! Qual altro frutto poteva recare il beneficio? Il Costa era cresciuto a casa mia, come un figliuolo; e quella mia povera ragazza... Ma sì, certo! E io, io vedevo bene la necessità che il male da me fatto in principio, beneficando, si dovesse compiere con un matrimonio; però, lo confesso, mi ripugnava, e cercavo d'allontanarlo quanto più mi fosse possibile. Ma, vedete: intanto, avevo richiamato quel figliuolo dalla Sardegna, e lo avevo assunto alla direzione delle zolfare d'Aragona; e ora, qua a Roma, avevo detto al Capolino, che se il Costa fosse riuscito a domare quei bruti laggiù, io gli avrei dato in premio la mia figliuola. Notate questo: che dunque Capolino sapeva e, per conseguenza, sapeva anche la moglie, che questo era il mio disegno. Sì, è vero, sotto, avevo altre intenzioni, o piuttosto, una speranza... Signori miei, io potevo bene per la mia figliuola aspirare a ben altro... (e, così dicendo, fissò negli occhi Lando Laurentano). L'avevo[3] perciò condotta a Roma e mi proponevo di lasciarla qua in casa di mia sorella, con la speranza che si distraesse da quella sua puerile ostinazione. Ebbene, la signora Capolino volle profittare di questa mia speranza per render vano quel mio disegno: volle partire col Costa per toglierlo per sempre alla mia figliuola. E il signor Capolino forse sperava che, sposo Aurelio, domani, di mia figlia e già amante di sua moglie, egli potesse seguitare a tenere un posto in casa mia. E ora, ora che tutto gli è crollato così d'un tratto, ha gridato a mia figlia, come mie, le sue macchinazioni! Ma io vi giuro, signori, che lo[1] schiaccerò, lo schiaccerò... Seppure... ormai... ormai...

Scrollò le spalle, scartò con le mani quella sua minaccia come se ogni proposito gli désse ora un'invincibile nausea. E andò a buttarsi su una poltrona, come atterrito[2] a mano a mano dal vuoto arido, orrido, che dopo quel lungo sfogo gli s'era fatto dentro.

Nulla: non sentiva più nulla: nessuna pietà, né affetto per nessuno. Un fastidio enorme, anzi afa, afa sentiva ormai di tutto, e specialmente della parte che doveva rappresentare, di padre inconsolabile per quella sciagura della figliuola, che invece non gli moveva altro che irritazione, ecco, e dispetto, e quasi vergogna, sì, vergogna. Quella smania folle della[3] figliuola per l'innamorato lo rivoltava come alcunché di vergognoso. E si domandava, con bieca crudezza, se avesse[4] mai amato veramente, di cuore, quella sua figliuola. No. Come per dovere l'aveva amata. E ora che questo dovere gli si rendeva così grave e penoso, non poteva provarne altro che uggia e nausea. Ma sì, perché era anche fatalmente condannata quella sua figliuola! Non era pazza la madre? E ormai, tutto quello che poteva accadergli, ecco, gli era accaduto. La misura era colma, e basta ormai! Lo sterminio della sorte su la sua esistenza era compiuto; in quel[5] vuoto arido, orrido, restava padrone, senza più nulla da temere. La morte non la temeva. E guardò[6] il brillìo della grossa pietra preziosa dell'anello nel tozzo mignolo della sua mano pelosa, posata su la gamba. Quel brillìo, chi sa perché, gli richiamò un lembo delle carni di Nicoletta Capolino che[7] laggiù quei bruti avevano arse. Sollevò il capo, con le nari arricciate. Ah come volentieri[8] avrebbe fumato un sigaro! Ma pensò che non poteva fumare, perché in quel momento sarebbe sembrato scandaloso. Sentì che Francesco Vella diceva a Lando Laurentano:

– Ma sì, è certo: erano fuggiti! Partiti da quattro giorni, arrivavano allora appena ad Aragona... Dove erano stati in questi quattro giorni?

E interloquì, con altra voce, con altro aspetto, come se non fosse più quello di prima:

– Non c'è luogo a dubbio, – disse. – Già l'altro jeri da Napoli m'era arrivata una lettera del Costa, con la quale si licenziava[1] da me. È andato dunque a morire per conto suo laggiù: e anche di questo, dunque, posso non aver rimorsi.

Entrò a questo punto Ciccino come[2] sospeso e smarrito nell'ambascia della notizia che recava.

– Lando[3] – disse esitante, – bisogna che ti avverta... Quel vecchio...

– Mauro?

– Ecco, sì... era venuto qua col tuo domestico a cercarti per... dice che... dice che hanno arrestato Roberto Auriti.

Lando impallidì, poi arrossì, aggrottando le ciglia come per un pensiero che, contro la sua volontà, gli si fosse imposto; si mostrò imbarazzato lì tra gente che aveva per sé una sciagura ben più grave.

– Vada, vada, – s'affrettò a dirgli Flaminio Salvo, tendendogli una mano e posandogli l'altra su una spalla per[4] accompagnarlo.

– Le auguro, – gli disse allora Lando, – che sia un turbamento passeggero[5] questo della sua figliuola.

Flaminio Salvo socchiuse gli occhi e negò col capo:

– Non mi faccio illusioni.

E rientrarono nel salone, così, con le mani afferrate.

Mauro Mortara, già da un pezzo esasperato, soffocato, ancora con la povera fanciulla demente aggrappata al petto, non seppe trattenersi a quello spettacolo: si scrollò con[1] un muggito nella gola, e gridò alle due donne che gli stavano attorno:

– Tenetela... prendetevela... Gli dà la mano... Non posso vederlo... Sapete come si chiama? Ha il nome di suo nonno: Gerlando Laurentano!

E, strappandosi dalle braccia di Dianella, scappò via.

Flaminio Salvo schiuse le labbra a un sorriso amaro, più di commiserazione derisoria che[2] di sdegno: e, alle scuse che gli porgeva Lando Laurentano, rispose:

– Contagio... Niente, principe... La pazzia purtroppo è[3] contagiosa...

V

A Girgenti, tutto[4] il popolo si accalcava nel vasto piano fuori Porta di Ponte, all'entrata della città, in attesa che dalla stazione, giù in Val Sollano, arrivassero con le vetture di quella corsa i resti (che[5] si dicevano raccolti in una sola cassa) di[6] Nicoletta Capolino e di Aurelio Costa.

Sbalordimento, angoscia, ribrezzo erano[7] dipinti su tutti i volti per quell'efferato delitto, che da due giorni teneva in subbuglio la città e tutta la provincia intorno. Era in tutti quegli occhi un'attenzione intensa e dolorosa, un'ansietà guardinga di raccoglier nuove notizie di più precisi particolari e di non lasciarsi nulla sfuggire; perché nessuno era pago di quanto sapeva, e tutti volevano vedere e quasi toccare con gli occhi, in quella cassa che si aspettava, la prova che[8] ciò che era avvenuto lontano, e che pareva per la sua ferocia incredibile, era vero. Non avendo potuto assistere allo spettacolo di quella ferocia, volevano vedere almeno, per quanto or ora sarebbe possibile, i miserandi effetti di essa.

Antiche ragioni, per una almeno delle vittime;

altre nuove che[1] ora si divulgavano e accrescevano, tra lo stupore e la pietà, il tragico dell'avvenimento, se trattenevano il rimpianto, non potevano impedir la commiserazione per l'atrocità di quella morte, l'indignazione per l'infamia che si riversava per essa su l'intera provincia.

Viva ancora davanti agli[2] occhi di tutti era l'immagine della bellissima donna, quando, altera, squisitamente abbigliata, passava nella vettura del Salvo e chinava appena il capo per rispondere ai saluti con un sorriso quasi di mesta compiacenza. Tutti vedevano entro di sé, con una strana nitidezza di percezione, qualche particolarità viva del corpo o dell'espressione di lei, il bianco dei denti appena trasparente tra il roseo delle labbra, in quel sorriso; il brillare degli occhi tra le ciglia nere; e si domandavano, con[3] una indefinibile inquietudine, chi avrebbe potuto immaginare, allora, che dovesse esser questa la sua fine. Per[4] lasciare, così d'un tratto, gli agi e gli onori a cui, col Salvo amico e col marito deputato, era salita, e prender la fuga con uno, al quale prima aveva[5] ricusato d'unirsi in matrimonio, via, certo il cervello doveva averle dato di volta. Ma forse per astio, ecco, per astio contro Dianella Salvo che amava segretamente il Costa... Forse? E non si sapeva già che[6] quella poverina, appena avuta la notizia della fuga e di quel macello, era impazzita come la madre? Dunque, dal[7] tradimento quei due, da un'avventura che forse per uno solo di essi era d'amore, e che già di per sé avrebbe suscitato tanto scandalo in paese, erano balzati a quella morte. Ma come, perché si erano diretti ad Aragona dov'egli[8] doveva sapersi aspettato da quelle jene fameliche da tanti mesi per la chiusura delle zolfare del Salvo? Ma perché alla volta di Girgenti, così fuggiti insieme, non potevano avviarsi. Quella fuga, più che in onta al marito, era in onta al Salvo, e perciò là appunto s'era volta, dove tutti erano contro il Salvo. Forse egli, il Costa, credeva, o almeno sperava che, annunziando subito all'arrivo che anche lui si era ribellato al Salvo, quelli dovessero accoglierlo come uno dei loro e non tenerlo più responsabile delle mancate promesse. E poi, lì, ad Aragona, aveva la casa; forse vi andava soltanto per prendere la roba, gli strumenti del suo lavoro, i libri, col proposito di ripartirsene subito, di ritornarsene in Sardegna al posto di prima. Sì; ma con la donna? doveva andar lì, tra nemici, con la donna? Poteva almeno lasciar questa, prima, in qualche posto! Eh, ma forse lei, lei stessa[1] aveva voluto affrontare insieme il pericolo. Aveva animo fiero, quella donna, e aveva saputo mostrarlo di fronte a quell'orda di selvaggi, levandosi in piedi su la carrozza, a fare scudo del suo corpo ad Aurelio Costa, e gridando che questi per loro s'era licenziato dal Salvo, per le promesse non mantenute! Ma quel ribaldo di Marco Prèola aveva levato la voce:

– Morte alla sgualdrina!

E l'orda dei selvaggi, rimasta dapprima come sbigottita dalla temerità superba di quella signora, aveva avuto un fremito. Forse Nicoletta Capolino sarebbe riuscita a dominarla, a farsi ascoltare, se inconsultamente a quel grido di morte, a quell'ingiuria volgare, Aurelio Costa non fosse balzato in difesa di lei, con l'arma in pugno. Allora la carrozza era stata assaltata da ogni parte, e l'uno e l'altra, tempestati prima di coltellate, di martellate, erano stramazzati, poi sbranati addirittura, come da una canea inferocita; anche la carrozza, anche la carrozza era stata sconquassata, ridotta in pezzi; e, quando su la catasta formata dai razzi delle ruote, dagli sportelli, dai sedili, erano stati gettati i miserandi resti irriconoscibili dei due corpi, s'era visto uno versare su di essi,[2] da un grosso lume d'ottone a spera, trafugato dalla vicina stazione ferroviaria, il petrolio, e tanti e tanti con cupida ansia affannosa appiccare il fuoco, come per toglier subito ai loro stessi occhi l'atroce vista di quello scempio.

Così, i particolari della strage erano per minuto e quasi con voluttà d'orrore descritti e rappresentati, come se tutti vi avessero assistito e la avessero ancora davanti agli[1] occhi. Vedevano tutti quel bruto insanguinato, che versava il petrolio da quella lampa d'ottone su le membra oscenamente squarciate e ammucchiate su la catasta, e quegli altri chini e ansanti a suscitare il fuoco.

Si sapeva che molti, più di sessanta, erano gli arrestati insieme con Marco Prèola, aborto di natura; prima, lancia spezzata dei clericali; poi, presidente di quel *fascio* di solfaraj ad Aragona. Tra breve, dunque, forse quel giorno stesso, un nuovo avvenimento spettacoloso: il trasporto di tutti quei manigoldi, in catena, a due a due, dalla stazione al carcere di San Vito, tra[2] una scorta solenne di guardie, di carabinieri a cavallo e di soldati.

– Ecco, ecco[3] intanto le carrozze! – Là, eccola! – Dov'era la cassa? – Uh, come piccola! – Eccola là! – Su la terza carrozza, là, su quella che aveva in serpe un maresciallo! – Uh, capiva tutta sul sedile davanti! – Quella, quella cassetta là! quella cassettina di latta! – Quella? che nell'altro sedile c'era il commissario di polizia? – Sì, sì! – E chi era quell'altro accanto? Ah, Leonardo Costa! il padre! il padre! – Ah, povero padre, con quella cassetta là davanti![4]

Un urlo di pietà, di raccapriccio si levò da tutta la folla alla vista del padre che[5] pareva impietrato in una espressione di rabbia, ma come stupefatta nell'orrore; con gli occhi fissi su quella cassetta, quasi chiedesse come poteva esser là il suo figliuolo, la sua colonna! Ma che poteva dunque esser restato, del suo figliuolo, se due corpi, due, erano là, due? Le teste sole? Forse, spiccate, sì, e qualche membro, arsicchiato. Oh Dio! oh Dio!

E quasi tutti piangevano, e tanti singhiozzavano forte.

Udendo quegli urli, quei singhiozzi, Leonardo Costa, passando, levò un urlo anche lui, esalò la ferocia del suo cordoglio in un ruglio che[1] non aveva più nulla di umano; poi s'abbatté, si contorse, tra le braccia del commissario di polizia.

La carrozza si fermò[2] alla voltata della piazza, dove sorge il palazzo della Prefettura, sede anche del commissariato di polizia. Due guardie presero la cassetta; il cavalier Franco ajutò Leonardo Costa a smontare. Il povero vecchio, per quanto massiccio, non si reggeva più su le gambe; un'orecchia gli sanguinava, perché alla stazione, in un impeto di rabbia, s'era strappato uno dei cerchietti d'oro. Altre guardie si schierarono davanti[3] al portone, per impedire alla[4] folla d'invadere l'atrio del palazzo.

E la folla restò lì davanti, irritata, delusa, insoddisfatta. Che sarebbe avvenuto adesso? Era tutto finito così? Sarebbe rimasta lì, nel commissariato, quella cassetta? Non si farebbe il trasporto al camposanto di Bonamorone? C'era lì la gentilizia della famiglia Spoto. Ormai più nessuno restava di quella famiglia. Per Aurelio Costa c'era il padre; per Nicoletta Capolino, nessuno: non poteva esserci il marito; avrebbe potuto esserci il patrigno, don Salesio Marullo; ma si sapeva che il poverino, abbandonato da tutti, era andato a cercar rifugio per carità a Colimbètra, e si trovava lì da qualche mese, ammalato. Forse Leonardo Costa reclamava per sé i resti del suo figliuolo, per trasportarli al camposanto di Porto Empedocle; e ragioni giudiziarie si opponevano a questo suo desiderio.

La folla, a poco a poco, cominciò a sbandarsi tra infiniti commenti.

Leonardo Costa voleva proprio ciò che la folla aveva immaginato. Il commissario, cav. Franco, cercava di persuaderlo ad avere un po' di pazienza, che prima tutte le pratiche giudiziarie fossero, come egli diceva, esperite, là in ufficio... Ma sì, in giornata; dopo[1] la visita del giudice istruttore. Il Costa, come se non capisse, insisteva, ripetendo ostinatamente, con le stesse parole, la richiesta pietosa. E il cavalier Franco, quantunque compreso di pietà per quel povero padre, sbuffava, non ne poteva più. Erano momenti terribili, per lui, e non sapeva da qual parte voltarsi prima, giacché da ogni canto della provincia, da tutta la Sicilia, giungevano notizie di giorno in giorno più gravi; pareva che da un istante all'altro dovesse scoppiare una generale sommossa, e il presidio delle milizie era scarso, e più scarso ancora quello di polizia.

Ma che voleva, che altro voleva adesso quel benedett'uomo? Voleva... voleva che i resti di suo figlio – quali che fossero – non rimanessero mescolati là con quelli della donna, di quella donna esecrata! Perché, perché così insieme li avevano raccolti?

– Perché?[2] – gli gridò. – Ma che vi figurate che ci sia più là[3] dentro?

E indicò la cassetta, deposta su una tavola.

– Oh figlio!

– Tutto quello che si è potuto raccogliere, tra le fiamme. Niente! quasi niente!

– Oh figlio!

– Che volete più scartare, distinguere? Si arrivò troppo tardi. Alla stazione non[4] c'erano guardie. Prima che arrivasse il delegato d'Aragona, il fuoco... Niente, vi dico... qualche residuo d'ossa...

– Oh figlio!

– Non si conosce più nulla... Sì, sì, pover'uomo, sì, piangete, piangete, che è meglio... Povero Costa, sì... sì... È una cosa che... oh Dio, oh Dio, che cosa... sì, fa rinnegare l'umanità! Ma voi pensate, per levarvi almeno questa spina dal cuore, pensate che lì non c'è... vostro figlio lì non c'è: non c'è più niente lì... E del resto, poverino, pensate che quella donna, se voi la odiate, egli la amò; e forse non gli dispiace adesso, che ciò che di lui ci può essere[1] là dentro, sia insieme, mescolato, coi resti di lei... Povera donna! Avrà avuto i suoi torti, ma via, che sorte anche la sua!

– No... no... lei... non posso... non posso parlare... lei... a perdizione... mio figlio... lei! Ma non sapete, signor commissario, che mio figlio era amato dalla figlia del principale? Si sa sicuro... sicuro, questo... è impazzita quella povera figlia mia, come la mamma! È stata... è stata tutta una macchina... Costei e quell'assassino del padre... che se la intendevano tra loro... per rovinare questo figlio mio... per toglierlo all'amore di quella santa creatura... Oh, signor commissario, legatemi, legatemi le braccia; signor commissario, chiudetemi, chiudetemi in prigione, perché se[2] io lo vedo, quell'assassino che mi ha fatto morire il figlio così, io lo ammazzo, signor commissario, io non rispondo di me, lo ammazzo! lo ammazzo!

Il cavalier Franco intrecciò le mani, le strinse, le scosse[3] più volte in aria:

– Ma vi pare, – gli gridò poi, con gli occhi sbarrati – vi pare, scusate, che io debba sentire simili spropositi? Vi[4] compatisco, siete arrabbiato dal dolore e non sapete più quel che vi dite. Ma perdio, vostro figlio, vostro figlio... in un momento come questo, che basta un niente... una favilla, a mandare in fiamme tutta la Sicilia... non si contenta di prender la fuga come un ragazzino con[1] la moglie d'un deputato... ma va a cacciarsi da sé, là, come a dire: « Eccoci qua, fateci a pezzi! Cercate l'esca? Eccola qua! Ci siamo noi! » – Perdio, bisogna esser pazzi, ciechi... io non so! Con chi ve la prendete? E noi siamo qua a[2] dover rispondere di tutto... anche d'una pazzia come questa! E per giunta, mi tocca di sentire anche voi: « *ammazzo!*[3] *ammazzo! ammazzo!* ». Chi ammazzate? Credete che il Salvo, se pur è vero tutto quel che[4] voi farneticate, ha bisogno della vostra punizione? Gli basta la pazzia della figlia!

Il Costa, dopo questa sfuriata, non ebbe più ardire di parlar forte; lo guardò con gli occhi invetrati di lagrime; e si morse[5] un dito; mormorò:

– Se fosse capace di rimorso, signor commissario! Ma non è!

Il cavalier Franco si scrollò; uscì dalla stanza.

– Andate, andate... – gli disse dietro, il Costa; poi cauto, s'appressò alla cassetta deposta su la tavola, e si provò ad alzarla.

Un groppo di singulti muti, fitti, nella gola e nel naso, gli scrollarono in convulsione la[6] testa.

Non pesava, non pesava niente, quella cassetta!

S'inginocchiò davanti alla tavola, appoggiò[7] la fronte al freddo di quella latta, e si mise a gemere:

– Figlio!... figlio!... figlio!...

Due[8] giorni dopo, arrivò a Girgenti, inatteso, funebre, l'on. Ignazio Capolino.

La condizione, in cui lo aveva messo non tanto forse la sciagura improvvisa quanto[9] lo scatto violento per[10] cui Dianella Salvo aveva perduto la ragione, era così difficile e incerta, che egli aveva bisogno di raccogliere a consulto, lì sul posto, tutte le sue forze per trovare una via da uscirne in qualche modo, al più presto. Lo[1] scandalo della fuga della moglie era soffocato nell'orrore della morte; il tragico, che spirava da questa morte, lo rendeva immune dal ridicolo che[2] poteva venirgli da quella fuga. Bastava dunque presentarsi ai[3] suoi concittadini compunto nell'aspetto, ma[4] nello stesso tempo austeramente riservato, per trarre profitto della commozione generale, senza tuttavia parteciparvi, giacché dalla moglie era stato offeso. La simpatia degli altri doveva venirgli come giusto e meritato compenso a questa offesa. E dovevano[5] tutti vedere che egli soffriva, schiantato dall'atrocissimo[6] fatto, e che lui più di tutti meritava compianto, poiché finanche dalle due vittime tanto commiserate era stato offeso, così da non poter piangere, neanche piangere ora la sua sciagura!

Eppure... come mai? Rientrando in casa, in quella casa che le squisite e sapienti cure della moglie avevano reso così bene adatta alla commedia di garbate e graziose menzogne, alla gara di compitezze ammirevoli, nella quale entrambi avevano preso tanto gusto a esercitarsi perché la loro vita non fosse troppo di scandalo agli altri, troppo disgustosa a loro stessi; e sentendo nel silenzio cupo delle stanze, rimaste con tutti i mobili come in attesa, il vuoto, il vuoto in cui dal primo momento della sciagura si vedeva perduto... – come mai? – nell'aprir la camera da letto e nell'avvertirvi affievolito, ma pur presente ancora, il voluttuoso[7] profumo di *lei*, ecco, per un irresistibile impeto che[8] lo stordì per la sua incoerenza, ma che pur gli piacque come un ristoro insperato di accorata[9] tenerezza – pianse, sì, pianse per il ricordo di lei, pianse per la prima volta dopo l'annunzio di quella morte, pianse come non aveva mai pianto in vita sua, sentendo in quel pianto quasi un dolore non suo, ma delle sue lagrime stesse che gli sgorgavano dagli occhi senza[1] ch'egli le volesse, ma, appunto[2] perché non le voleva, con tanto sapor di dolcezza e di refrigerio!

Non doveva però, no, no, non doveva... perché... Si fermò un momento a considerare perché non avrebbe dovuto piangerla. Non era stata forse la compagna sua necessaria[3] e insurrogabile? la compagna preziosa dei[4] suoi sottili e complicati accorgimenti, la quale, correndo – più per sé, forse, quella volta, che per lui – a un riparo a cui anch'egli però l'aveva spinta – era caduta? Sì, e così orribilmente, così orribilmente caduta! Eppure, no; apparentemente, ecco, almeno apparentemente non doveva piangerla... Così in segreto sì, anche[5] perché quel pianto gli faceva bene, ora. Era restato solo; e da sé solo, ora, doveva ajutarsi, difendersi; e non sapeva ancora, non vedeva come.

Piangendo, no,[6] intanto, di certo!

E Capolino sorse in piedi; si portò via, prima con le mani, poi a lungo, col fazzoletto, accuratamente, le lagrime dagli occhi, dalle guance; si rimise le lenti cerchiate di tartaruga, e si presentò, fosco, severo, aggrondato, allo specchio dell'armadio.

Dio, come il suo viso era sbattuto, invecchiato in pochi giorni!

Il dolore? Che dolore? Non[7] poteva riconoscere d'aver provato dolore... se non forse or ora, un poco. Ma no, anche prima, in fondo, aveva certo dovuto provarne uno e ben grande, se[8] a Roma, all'annunzio della sciagura, era stato accecato da quella rabbia che[9] lo aveva scagliato su Dianella Salvo.

Doveva pentirsi di quello scatto?

Si era con esso attirato per sempre l'odio, la nimicizia mortale del Salvo. Ma[10] se pur fosse riuscito a reprimersi in quel primo momento, a vietarsi la soddisfazione feroce di quella vendetta, che avrebbe ottenuto? A lui, restato solo, senza più la moglie, avrebbe forse Flaminio Salvo seguitato a dare ajuto e sostegno, per il rimorso e la complicità segreta nel sacrifizio di quella? Forse la figlia, già inferma, sarebbe impazzita anche senza quel suo scatto, al solo annunzio della morte del Costa. E allora? Flaminio Salvo avrebbe creduto di pagare già abbastanza con la pazzia della figliuola; e per lui non avrebbe avuto più alcuna considerazione; anzi lo avrebbe respinto da sé, come lo spettro del suo rimorso. Caso pensato. Se poi Dianella non fosse impazzita e si fosse a poco a poco quietata, era uomo Flaminio Salvo, avendo raggiunto lo scopo, da restar grato alla memoria di chi gliel'aveva fatto raggiungere, a costo della propria vita; e, per essa, al marito, rimasto vedovo? Ma se già, subito, per scrollarsi d'addosso ogni responsabilità, subito aveva gridato ai quattro venti che Nicoletta Capolino e Aurelio Costa avevano preso la fuga e che il Costa s'era licenziato ed era andato dunque a morire per conto suo, ad Aragona, insieme con l'amante! Sì: fuggita[1] col Costa, sua moglie; ma chi l'aveva spinta a commettere questa pazzia? Chi aveva spedito a Roma il Costa con la scusa di quel disegno da presentare al Ministero? Chi aveva aizzato la gelosia, o piuttosto, il puntiglio di lei, facendole balenare prossimo il matrimonio della figlia col Costa? Ed egli, Capolino, egli, il marito, aveva dovuto prestarsi a tutte queste perfide manovre che[2] dovevano condurre a una tale tragedia; così, è vero? per restar poi abbandonato, senza più alcuna ragione d'ajuto, raccolto il frutto di tante scellerate perfidie! Ah, no, perdio![3] Di quel suo scatto non doveva pentirsi. Se egli aveva perduto la moglie, e lui la figlia! Pari, e di fronte l'uno all'altro. Ora il Salvo gli avrebbe soppresso ogni assegno. Toccava a lui, dunque, di provvedere subito anche ai bisogni più immediati. E ogni credito presso gli altri, con l'amicizia del Salvo, gli veniva meno. Che fare? Come fare?[1]

Così pensando, Capolino brancicava con le dita irrequiete la medaglietta da deputato appesa alla catena dell'orologio. Aveva per sé, ancora, il prestigio che gli veniva da quella medaglietta. Per ora, il Salvo non poteva strappargliela dalla catena dell'orologio. E con essa, per[2] uno che valeva, se non più, certo non meno del Salvo in paese, egli era ancora il deputato. Don Ippolito Laurentano non avrebbe permesso, che colui che rappresentava alla Camera il paladino della sua fede, si dibattesse tra meschine difficoltà materiali.

Ecco: subito, prima che Flaminio Salvo arrivasse a Girgenti e si recasse a Colimbètra a preoccupare l'animo del principe contro di lui, egli vi correrebbe e parlerebbe aperto a don Ippolito della perfidia di colui. Dopo tanti mesi di convivenza con donna Adelaide, non doveva il principe essere in animo da tenere più tanto dalla parte del cognato; oltreché, in favor suo, egli avrebbe in quel momento la commiserazione[3] per la sua sciagura. Poteva, sì, contro a questa, il Salvo porre in bilancia quella della[4] propria figliuola; ma appunto su ciò egli andrebbe a prevenire il principe, dimostrandogli che non lui, con quel suo scatto naturale e legittimo, nella rabbia del cordoglio, era stato cagione di quella pazzia; ma il padre, il padre stesso che[5] con tanta violenza aveva voluto impedire che la figlia sposasse il Costa, sacrificando costui e distruggendolo insieme con la moglie. Ora, per sgabellarsi d'ogni rimorso, voleva gettar la colpa addosso a lui, e anche di lui sbarazzarsi, come già del Costa e della moglie.

Ecco il piano! Ma né quel giorno, né il giorno appresso, Capolino ebbe tempo di recarsi a Colimbètra ad attuarlo. Una processione ininterrotta di visite lo trattenne in casa, con molta sua soddisfazione, quantunque sapesse e vedesse chiaramente che[1] più per curiosità che per pietà di lui si fosse mossa tutta quella gente, la quale certo, domani, a un cenno del Salvo, gli avrebbe voltato le spalle. A ogni modo, andando dal principe, avrebbe potuto parlare di questo solenne attestato di condoglianza e di simpatia dell'intera cittadinanza; oltreché, in tanti animi che, per la commozione del tragico avvenimento, eran come un terreno ben rimosso e preparato, poteva intanto seminar odio per il Salvo, così senza parere.

– Non me ne parlate, per carità! – protestava, alterandosi in viso al minimo accenno. – Dovrei dir cose, cose che... no, niente; per carità, non mi fate parlare...

E se qualcuno, esitante, insisteva:

– Quella povera figliuola...

– La figliuola? – scattava. – Ah, sì, povera, povera vittima anche lei! Non sopra tutte le altre, però, certo...[2] Per carità, non mi fate parlare...

Il salotto era pieno zeppo di gente quando entrò il D'Ambrosio, quello che gli aveva fatto da testimonio nel duello col Verònica e che era lontano parente di Nicoletta Spoto. Avvenne allora una scena[3] che, neanche se Capolino l'avesse preparata apposta, gli sarebbe riuscita più favorevole.[4]

Il D'Ambrosio entrò tutto gonfio di commozione, e con[5] le braccia protese. In piedi, tutti e due si abbracciarono in mezzo alla stanza, si tennero stretti un pezzo piangendo forte. Forte, con la sua abituale irruenza, parlò il D'Ambrosio, staccandosi dall'abbraccio:

– Dicono tutti, qua, che Nicoletta mia cugina era la ganza di quell'imbecille del Costa: è vero? Tu puoi dirlo meglio di tutti: è vero?

Sbigottiti, gli astanti si volsero a guatare il Capolino.

Questi cadde a sedere, come trafitto, su la poltrona, con le braccia abbandonate su le gambe, e scosse amaramente il capo. Poi, facendo un atto appena appena con le mani, parlò:

– Troppe... troppe cose dovrei dire, che non posso... Anche la pietà, capirete... sì, sì... anche queste lacrime, amici, mi bruciano! Perché anche da quei due che[1] le meritano per la loro sorte, ma da voi, cari, da voi; non da me... anche da quei due io ebbi male; ma sopra tutto da chi li guidò a quel passo; da chi li teneva in pugno, e...

– Il Salvo! – proruppe il D'Ambrosio. – Hanno arrestato ad Aragona Marco Prèola; ma lui, il Salvo, per la Madonna, debbono arrestare! lui affamò là tutto il paese! lui è il vero assassino! E giustamente Dio l'ha punito, con la pazzia della figlia! Così, tra due pazze, se ne starà ora con tutte le sue ricchezze!

Capolino, allora, scattò in piedi, sublime.

– Ma per carità! no! no! Non posso permettere che si dicano di queste cose alla mia presenza! Vuoi difendere quegli assassini? Via! Sappiamo tutti che il Salvo era nel suo diritto, chiudendo là le zolfare! Ognuno provvede, come sa e crede, ai[2] proprii interessi. E, del resto, non si è forse adoperato in tanti modi qua, al risorgimento dell'industria? No, no! Signori miei, vedete? parlo io, io, in questo momento, e arrivo fino a dirvi che egli, dal suo canto, anche[3] come padre, ha creduto di agire per il bene della figliuola! Voi tutti non avete alcuna ragione per non riconoscer questo; potrei non riconoscerlo io, io solo, perché i mezzi di cui[4] si è servito mi hanno distrutto la casa, spezzato la vita! Ma egli mirava, là, al bene di tutti quei bruti; e qua, al bene della sua figliuola!

Dieci, quindici, venti mani si tesero a Capolino, in un prorompimento d'ammirazione per così magnanima generosità; e Capolino si sentì levato d'un cubito sopra se stesso.

– Forse mi vedrò costretto, – soggiunse con triste gravità, – a restituirvi il mandato, di cui avete voluto onorarmi.

– No! no! che c'entra questo? E perché? – protestarono alcuni.

Capolino, sorridendo mestamente, levò le mani ad arrestare quell'affettuosa protesta:

– La condizione mia, – disse. – Considerate. Potrei più aver rapporti, non dico di parentela o d'amicizia, ma pur soltanto d'interessi, con[1] Flaminio Salvo? No, certo. E allora? Devo provvedere a me stesso, signori miei, mentre il mandato che ho da voi esige un'assoluta indipendenza, quella appunto che avevo per i miei ufficii nel banco del Salvo. Ora... ora bisognerà che mi raccolga a pensar seriamente ai miei casi.[2] Non son cose da decidere così su due piedi e in questo momento.

– Ma sì! ma sì! – ripresero quelli a confortarlo a coro. – Questi sono affari privati! La rappresentanza politica...

– Eh eh...

– Ma che! non c'entra...

– Altra cosa...

– E poi, per ora...

– Per ora, – disse, – mi basta, miei cari, di avervi dimostrato questo: che sono pronto a tutto, e che guardo le cose e la mia stessa sciagura con animo equo e, per quanto mi è possibile, sereno. Grazie, intanto, a tutti, amici miei.

Più tardi, recatosi al Vescovado a visitar Monsignore, ebbe da questo tali notizie su don Ippolito Laurentano e donna Adelaide, che stimò da abbandonare senz'altro il piano dapprima architettato, e che anzi gli convenisse aspettare il ritorno di Flaminio Salvo da Roma, per recarsi a Colimbètra a tentarne un altro, che già gli balenava, audacissimo.

Flaminio[1] Salvo non volle lasciare a Roma Dianella in qualche « casa di salute », come i medici e la sorella e il cognato gli consigliavano; disse che, se mai, l'avrebbe[2] lasciata in una di queste case a Palermo, per averla più vicina e poterla più spesso visitare; ma la sua casa ormai – soggiunse – poteva pur trasformarsi in uno di questi privati ospizii della pazzia, sotto il governo d'uno o più medici e con l'assistenza d'altre infermiere adatte: vi restava egli solo provvisto di ragione; ma sperava che presto, con l'esempio e un po' di buona volontà, la perderebbe anche lui.

Quando fu sul punto di partire, però, si vide costretto a ricorrere a Lando Laurentano, perché gli désse a compagno di viaggio Mauro Mortara, da cui Dianella non avrebbe voluto più staccarsi, e[3] che forse era il solo che avrebbe potuto indurla a uscire da uno stanzino bujo ove[4] s'era rintanata, e a partire. Lando Laurentano, che si preparava in gran fretta anche lui, chiamato a Palermo dai compagni del Comitato centrale del partito, rispose al Salvo, che[5] avrebbero potuto fare insieme il viaggio, e che la mattina seguente sarebbe venuto con Mauro a prenderlo in casa Vella. Flaminio[6] Salvo notò nell'aspetto, nella voce, nei gesti del giovane principe una strana agitazione febbrile, e fu più volte sul punto di domandargliene premurosamente il motivo; ma se n'astenne. Lando[7] Laurentano era in quell'animo per una ragione, a cui il Salvo non avrebbe potuto neppur lontanamente pensare in quel momento: cioè, l'enorme impressione prodotta in tutta Roma dal suicidio di Corrado Selmi. Se n'era[8] divulgata la notizia la sera stessa, che egli usciva con Mauro da casa Vella. Il grido d'un giornalajo glien'aveva dato l'annunzio. Aveva fatto fermar la vettura per comperare il giornale. Ma, anziché dargli gioja, quell'annunzio improvviso lo aveva in prima stordito. Aveva ordinato al vetturino d'accostarsi a un fanale, per leggere, non ostante l'impazienza di Mauro; aveva saltato il lungo commento necrologico premesso alle notizie sul suicidio, ed era corso con gli occhi a queste. Dal racconto del cameriere del Selmi aveva saputo, prima, l'aggressione a mano armata del nipote di Roberto Auriti, quando già il Selmi aveva ingojato il veleno; poi... ah poi!... una visita, che il giornalista diceva drammaticissima, al Selmi appena spirato, « d'una dama velata » di cui, per degni rispetti, non si faceva il nome, « accorsa », seguitava il cronista, « ignara del suicidio, forse per dare ajuto e conforto all'amico, dopo la sfida da lui lanciata, la mattina, all'intera assemblea ».

Lando Laurentano non aveva avuto alcun dubbio, che quella dama velata fosse donna Giannetta D'Atri, sua cugina; e aveva strappato il giornale, con schifo e con rabbia, gridando al vetturino di correre a casa. Qua aveva trovato in smaniosa ambascia Celsina Pigna e Olindo Passalacqua, che cercavano disperatamente Antonio Del Re, scomparso dalla mattina. Eran sembrate così inopportune a Lando in quel momento la vista buffa di quell'uomo, le smaniette di quella ragazza, tutta quell'ansia attorno a lui per la ricerca d'un giovane ch'egli[1] non conosceva e ch'era tanto lontano dai suoi pensieri, che aveva avuto contro il suo solito un[2] violento scatto d'ira. Aveva chiamato Raffaele, il cameriere, per ordinargli di mettersi a disposizione di quei due, ed era rimasto solo con Mauro. Questi, interpretando quello scatto come un segno di sprezzante noncuranza per l'arresto del cugino, non s'era potuto trattenere; gli s'era fatto innanzi tutto acceso di sdegno, gridando:

– Me[1] ne voglio andare, subito! ora stesso! Non voglio più guardarvi in faccia!

– Mauro! Mauro! Mauro! – aveva esclamato Lando, scotendo in aria le mani afferrate.

Mauro allora s'era cacciato una mano in tasca, per trarne fuori le medaglie:

– Guardate! Dal petto me l'ero strappate, davanti al delegato, quando ho visto arrestare vostro cugino! Ora quella ragazza è venuta a riportarmele... Che sangue[2] avete voi nelle vene? È questa la gioventù d'oggi? è questa?

– La gioventù... – s'era messo a rispondere con veemenza Lando; ma s'era subito frenato, premendosi[3] forte le pugna serrate su la bocca e andando a sedere, coi gomiti su le ginocchia e la testa tra le mani.

La gioventù? Che poteva la gioventù, se l'avara paurosa prepotente gelosia dei vecchi la schiacciava così, col peso della più vile prudenza e di tante umiliazioni e vergogne? Se toccava a lei l'espiazione rabbiosa, nel silenzio, di tutti gli errori e le transazioni indegne, la macerazione d'ogni orgoglio e lo spettacolo di tante brutture? Ecco come l'opera dei vecchi qua, ora, nel bel mezzo d'Italia, a Roma, sprofondava in una cloaca; mentre sù, nel settentrione, s'irretiva in una coalizione spudorata di loschi interessi; e giù, nella bassa Italia, nelle isole, vaneggiava apposta sospesa, perché vi durassero l'inerzia, la miseria e l'ignoranza e ne venisse al Parlamento il branco dei deputati a formar le maggioranze anonime e supine! Soltanto, in Sicilia forse, or ora, la gioventù sacrificata potrebbe dare un crollo a questa oltracotante oppressione dei vecchi, e prendersi finalmente uno sfogo, e affermarsi vittoriosa![4]

Lando era balzato in piedi per gridare questa sua speranza a Mauro Mortara; ma s'era trattenuto[5] per carità, alla vista di lui che piangeva, con[1] quelle sue pietose medaglie in mano.

Il giorno appresso Antonio Del Re era stato ritrovato. Olindo Passalacqua era venuto a mostrare a Lando due telegrammi e un vaglia spediti d'urgenza da Girgenti per far subito partire il giovine; ma aveva soggiunto che il Del Re si ricusava ostinatamente di ritornare in Sicilia. Lando allora aveva pregato Mauro di recarsi a prendere il giovine[2] per invitarlo a partire con loro il giorno appresso e Mauro[3] a questa preghiera si era arreso di buon grado. Ma[4] come proporgli adesso di viaggiare insieme con Flaminio Salvo?

La mattina per tempo venne al villino di via Sommacampagna Ciccino Vella per concertare il modo di spinger fuori dal nascondiglio Dianella e farla partire. Guaj, se vedeva il padre! Durante tutto il viaggio non doveva vederlo. Zio Flaminio e Lando dovevano viaggiare in un altro scompartimento della vettura, senza mai farsi scorgere. C'era anche quel giovanotto, il Del Re? Bene: tutti e tre, appartati, nascosti. Mauro e Dianella sarebbero stati soli, nello scompartimento attiguo: tutt'intera una vettura sarebbe stata a loro disposizione.

Fu men difficile, a tali condizioni, persuadere Mauro a render questo servizio al Salvo. Quando seppe che[5] né ora, a casa Vella, né poi, durante tutto il tragitto, lo avrebbe veduto, e che non si trattava tanto di rendere un servizio a lui quanto un'opera di carità a quella povera fanciulla demente, si arrese aggrondato, e andò avanti con Raffaele in casa Vella.

Non ci fu bisogno né di preghiere né di esortazioni: appena Dianella rivide Mauro, balzò dal nascondiglio e tornò a riaggrapparsi a lui, incitandolo a fuggire insieme. Si dovette all'incontro stentare a trattenerla un po' per rassettarla alla meglio, ravviarle i capelli scarmigliati, metterle un cappello in capo, perché almeno non desse tanto spettacolo alla gente, in compagnia di quel vecchio che già per suo conto attirava la curiosità di tutti.

Quando l'uno e l'altra, tenendosi per mano, quello col viso tutto scombujato, lo zainetto alle spalle, questa con gli occhi e la bocca spalancati a un'ilarità squallida e vana, i capelli cascanti, scompigliati sotto il cappello assettato male sul capo, attraversarono il salone per andarsene, chi li vide non se ne poté più levar l'immagine dalla memoria.

Che discorsi[1] tennero tra loro, nel viaggio?

Dietro l'usciolino dello scompartimento, il Salvo e il Laurentano, ora l'uno ora l'altro, li intesero[2] conversar tra loro, a lungo, e s'illusero dapprima che tra loro il vecchio e la fanciulla s'intendessero. Ma sì, a maraviglia s'intendevano, perché[3] l'uno e l'altra, ciascuno per sé, non parlavano se non[4] con la propria follia. E le due follie sedevano accanto e si tenevano per mano.

– Una donna... vergogna!... Non si dice Aurelio... *Signor Aurelio... Signor Aurelio!...* Ma com'è possibile che l'abbia dimenticato?... Una così grossa ferita al dito... Vieni, vieni qua, al bujo... nell'andito... Te lo succhio io, il sangue dal dito... Una donna? Vergogna... *Signor Aurelio...*

– Questi... sono questi, i figli! La nuova gioventù... Per veder questo, oh assassini, abbiamo tanto combattuto, sacrificato la vita nostra...[5] per veder questo, donna Dianella! E che ci vado più ad appendere, adesso, sotto la lettera del Generale nel camerone? che ci vado più ad appendere, dopo tutto quello che ho visto?

– Eh, ma chi lo sa l'anno che viene? Il gelso, a marzo, coglie sangue di nuovo... E allora, quand'è in amore, per gettare, è molle, molle come una pasta, e se ne fa quello che se ne vuole... Chi lo sa l'anno che viene?

– Incerto il bene, ma certe le pene, figlia mia! Incerto il bene, ma certe le pene!

Così conversavano di là, quei due.

Né Lando né Flaminio Salvo badavano intanto a un altro, di qua con loro, che non diceva nulla, ma che pure non meno di quei due vaneggiava col cervello. Non vedeva, non[1] sentiva, non pensava più nulla, Antonio Del Re. La furia della disperazione, con la quale s'era avventato sopra il Selmi, gli aveva come folgorato lo spirito. Uscito dalla casa del Selmi, era rimasto vuoto, sospeso in una tetraggine attonita, spaventevole; e non ricordava più nulla, dove fosse andato, che avesse fatto, come e dove avesse passato la notte, se proprio la notte, una notte fosse passata. Non rispondeva a nessuna domanda; forse non udiva. Vedere, vedeva; stava per lo meno a guardare; ma la ragione non vedeva più, la ragione degli aspetti delle cose e degli atti degli uomini. Non[2] si era già opposto al suo ritorno in Sicilia; ma a muoversi da sé dal luogo ove i piedi lo avevano condotto e la stanchezza accasciato. Si era mosso, allorché Mauro lo aveva strappato per il petto; ma senza udir nulla di quanto quegli gli aveva detto della nonna e della mamma. Il Passalacqua e Celsina lo avevano accompagnato, la mattina, al villino di Lando; prima di partire aveva veduto Celsina sorridere a Ciccino Vella, accettarne il braccio, montare in carrozza con lui e col Passalacqua: tutto questo aveva veduto, e più là, col pensiero; e nulla, più nulla gli s'era rimosso dentro.

Quando, passato lo stretto di Messina, Lando Laurentano scese dal treno per proseguire su un altro alla volta di Palermo, Flaminio Salvo provò una certa costernazione al pensiero di restar solo nella vettura per un'intera giornata fino a Girgenti con[3] quel giovane a lui ignoto, che due giorni avanti aveva levato il pugnale per uccidere il Selmi, e che ora gli teneva gli occhi addosso con tanta fissità di sguardo, tra il torvo e l'insensato.

Ecco, con tre pazzi egli viaggiava; e forse non meno pazzo[1] di questi tre era quello or ora sceso dal treno con l'intenzione di mettere a soqquadro tutta l'isola! Lui solo, dunque, per terribile condanna, doveva serbare intatto il privilegio di non aver minimamente velata, offuscata, né per rimorso, né per pietà, né più da alcun affetto, né più da alcuna speranza, né più da alcun desiderio, quella lucida, crudele limpidità di spirito? Lui solo.

E, come per assaporare lo scherno della sua sorte, si accostò ancora una volta all'usciolino dello scompartimento, con l'orecchio allo spiraglio, ad ascoltare i discorsi vani del vecchio e della figliuola.

Appena[2] Mauro Mortara, arrivato a Girgenti, poté strapparsi dalle braccia di Dianella Salvo, corse di furia alla casa di donna Caterina Laurentano. Vi trovò Antonio Del Re ancora tra le braccia della madre che invano, stringendolo, scotendolo, smaniando, cercava di spetrarlo.

Come Anna vide entrar Mauro, gli corse incontro, lasciando il figlio:

– Che ha? Che ha? Ditemi voi che ha! Che gli hanno fatto?

Ma[3] il Mortara le scostò le braccia e gridò più forte di lei:

– Vostra madre? Dov'è vostra madre?

Sopravvenne Giulio, in pochi giorni invecchiato di dieci anni. Negli occhi, nelle braccia protese aveva la speranza di aver da Mauro qualche notizia precisa sull'arresto di Roberto, sul suicidio del Selmi, se questi veramente avesse lasciato qualche dichiarazione in favore del fratello, come dicevano i giornali. Dal nipote non aveva potuto saper nulla, per quanto, tra le braccia della madre, lo avesse furiosamente scrollato per farlo parlare.

Ma il Mortara scostò anche lui, ripetendo, testardo e violento:

– Vostra madre? Non so nulla! So che l'hanno arrestato sotto i miei occhi! Non voglio veder nessuno! Voglio vedere lei sola!

Giulio restò perplesso, se permettergli d'entrare nella camera della madre, così all'improvviso.

Dal giorno che egli, sotto l'urgenza della necessità, vincendo ogni riluttanza, dapprima con circospezione, poi risolutamente, con crudezza, le aveva detto che bisognava si recasse dal fratello Ippolito per salvare il figlio, era caduta, di schianto, in un attonimento quasi di apatia, come se la vista di tutte le cose intorno le si fosse a un tratto vuotata d'ogni senso.[1] Non un gesto, non una parola. Più niente. E quella immobilità e quel silenzio avevano avuto fin da principio un che di così assoluto e invincibile, che né un gesto, né una parola eran più stati possibili agli altri per scuoterla o esortarla. Giulio sapeva che[2] avrebbe ucciso la madre, parlando. E difatti, ecco, subito, parlando, l'aveva uccisa. Ella[3] non poteva andare dal fratello per salvare il figlio: sarebbe stata la sua morte. Ed ecco, era morta.

Tanto egli quanto Anna avevano sperato, dapprima, che *non volesse* più muoversi né parlare; non che, veramente, *non potesse*. Ma ben presto s'erano accorti che[4] non poteva. Pure, una lieve contrazione rimasta su la fronte, tra ciglio e ciglio, diceva chiaramente che, anche potendo, non avrebbe voluto. La[5] avevano sollevata di peso dalla seggiola e adagiata sul letto. Erano di morte la immobilità e il silenzio; soltanto, ancora, non era fredda. E per impedire che anche quel freddo le sopravvenisse, si erano affrettati a coprirla bene sul letto, con mani amorose, piangendo. L'ultima[6] crudeltà doveva compiersi così sopra di lei, e, perché fosse più iniqua, per mano stessa dei figli. Ora, vegliandola e piangendo, i figli le dimostravano, o piuttosto dimostravano a se stessi, che non erano stati loro a compierla. Se ella, per tutto ciò che aveva fatto, non poteva pagare per il figlio, bisognava che pagasse così, ora. Giulio lo sapeva; e, pur sapendolo, non aveva potuto impedirlo. Doveva parlare, spingerla a quella morte, darle il crollo. L'aveva poi raccolta su le braccia, e ora le rincalzava le coperte e le stringeva attorno alle braccia lo scialle nero di lana, per ripararla dall'ultimo freddo, e andava in punta di piedi, perché nessun rumore arrivasse più a quel silenzio. Anche il volo d'una mosca sarebbe stato di più, ora, oltre a quello che egli aveva fatto, perché doveva. Un[1] pensiero, se non fosse anche di più la sua vita, il suo respiro, dopo quello che aveva fatto, gli era anche passato per la mente. Fuori[2] di quella madre, fuori della Sicilia, egli, fin da giovinetto, aveva preso mondo. Era vissuto senza né ricordi, né affetti, né aspirazioni, quasi giorno per giorno: freddo, svogliato, ironico, sdegnoso. D'improvviso, quando[3] men se l'aspettava, il destino della sua famiglia aveva allungato una spira a involgerlo, a invilupparlo, e lo aveva attratto a sé e piombato là, a rinsertarsi, a riaffiggersi alla radice, da cui s'era strappato; a sentire tutto ciò che non aveva voluto mai sentire, a ricordarsi di tutto ciò di cui non aveva voluto mai ricordarsi. La[4] fine di colei, che aveva sempre e tutto sentito, e di tutto e sempre si era ricordata, schiantata ora dall'urto con cui egli era tornato a inviscerarsi in lei, non doveva essere adesso anche la sua fine? Schiantato il tronco, schiantati i rami. Nel[5] tetro squallore della casa, era rimasto inorridito del suo apparire a se stesso coi sentimenti e i ricordi tutti di quella madre. Ma gli era apparsa anche Anna, la sorella: il ramo che non s'era mai staccato da quel tronco; che miseramente una volta sola, per poco, era fiorito, per dare il frutto ispido e attossicato di quel figlio, in cui neanche l'amore della madre riusciva a penetrare. E fratello e sorella si erano stretti, allora, fusi in un abbraccio d'infinita tenerezza, d'infinita angoscia, all'ombra della tetra casa, assaporando la dolcezza del pianto che[1] li univa per la prima volta e che pur rompeva loro il cuore. Egli doveva vivere per quella sorella e per quel ragazzo. La[2] notizia dell'arresto di Roberto, ormai inevitabile, attesa da un momento all'altro, era finalmente arrivata insieme con quella del suicidio di Corrado Selmi, ma vaga, ristretta in poche righe nei giornali siciliani, come una notizia a cui i lettori non avrebbero dato importanza, presi com'erano tutti, allora, dalla morbosa curiosità di conoscere fin nei minimi particolari l'eccidio d'Aragona.

La trepidazione di Anna per il figlio solo a Roma, il pensiero dell'ajuto da portare a Roberto avevano spinto dapprima Giulio a ritornar subito alla Capitale. Ma come abbandonar la madre in quello stato, sola lì con Anna che s'aggirava per le stanze chiamando[3] il figlio, quasi forsennata? E che ajuto avrebbe potuto portare a Roberto? L'unico ajuto possibile sarebbe stato il denaro, il rimborso alla banca di quelle quarantamila lire, così che tutti potessero credere che queste fossero state prese da lui, per bisogni suoi. Il suicidio del Selmi, ora, avrebbe forse aperta[4] la porta del carcere a Roberto, ma gli sarebbe rimasta, incancellabile, dopo la denunzia e l'arresto, la macchia d'una losca complicità. Quanti avrebbero creduto, domani, che disinteressatamente egli si fosse prestato a contrarre il debito, sotto il suo nome, per conto d'un altro? La dichiarazione del Selmi, se davvero esisteva come[5] i giornali asserivano, non sarebbe valsa a cancellare del tutto quella macchia.

Di là, nella camera della madre, c'era il canonico Pompeo Agrò, che da tanti giorni, per ore e ore, non si staccava dalla poltrona a pie' del letto, fissi gli occhi nella faccia spenta della giacente, forse con la speranza di scoprirvi un indizio che ella – non avendo più nulla da dire agli uomini – desiderasse per suo mezzo comunicare con[1] Dio. Più d'una volta con profonda voce l'aveva[2] chiamata per nome, a più riprese, senza ottener risposta.

Giulio disse a Mauro di attendere un poco: voleva consigliarsi con l'Agrò, se questi désse più peso alla sua speranza o al suo timore che[3] la vista o la voce del Mortara, scotendo la madre da quel torpore di morte, potessero farle bene o male.

– Credo, – gli rispose l'Agrò, – che non ci sia più né da sperare né da temere. Non avvertirà nulla. Provare. Tanto, se dura così, è la morte lo stesso.

Mauro entrò come un cieco nella camera quasi al bujo, chiamando forte, con affanno di commozione:

– Donna Caterina... donna Caterina...

Restò, davanti al letto, alla vista di quella faccia volta al soffitto, sui guanciali ammontati, cadaverica, con gli occhi che s'immaginavano torbidi e densi di disperata angoscia sotto la chiusura perpetua delle gravi pàlpebre annerite, con una ostinata, assoluta volontà di morte negli zigomi tesi, nelle tempie affossate, nelle pinne stirate del naso aguzzo, nelle livide, sottili labbra, non solo serrate, ma anche in qualche punto attaccate dall'essiccamento degli umori.

– Oh figlia... oh figlia... – esclamò. – Donna Caterina... sono io... Mauro... il cane guardiano di vostro padre... Guardatemi... aprite gli occhi... da voi voglio essere guardato... Aprite gli occhi, donna Caterina; guardando me, guardate la vostra stessa pena... Sentitemi: debbo dirvi una cosa... torno da Roma...

Urtando contro la rigida impassibilità funerea della morente, la commozione di Mauro Mortara si spezzò a un tratto in striduli singhiozzi, molto[1] simili a una risata. L'Agrò[2] e Giulio, anch'essi piangenti, se lo presero in mezzo, e, sorreggendolo per le braccia, lo trassero fuori della camera.

La morente, rimasta sola nell'ombra, immobile[3] su i guanciali ammontati, udì tardi la voce, come se questa avesse dovuto far molto cammino per raggiungerla nelle profonde lontananze misteriose, ove già il suo spirito s'era inoltrato. E da queste lontananze, in risposta a quella voce, tardi venne alle sue pàlpebre chiuse una lagrima, ultima, che nessuno vide. Sgorgò da un occhio; scorse su la gota; cadde e scomparve tra le rughe del collo.

Quando Pompeo Agrò tornò a sedere su la poltrona a pie' del letto, né più nell'occhio, né più su la gota ve n'era traccia.

Donna Caterina era morta.

VI

Per donna[4] Adelaide e don Ippolito Laurentano era cominciato, fin dalla prima sera che eran rimasti soli nella[5] villa di Colimbètra, un supplizio previsto da entrambi difficilissimo da sopportare, per quanta buona volontà l'uno e l'altra ci avrebbero messo.

Appena andati via gl'invitati alla cerimonia nuziale, don Ippolito, con molto garbo prendendole[6] una mano, ma pur senza guardargliela per non avvertire quanto fosse diversa da quella tenuta un tempo tra le sue (pallida e lunga mano, morbida, tenera e lieve!), aveva cercato di farle intendere il bene che da lei si riprometteva in quella solitudine d'esilio, di cui supponeva le dovessero esser note le ragioni, se non tutte, almeno in parte. Il discorso[7] tenuto sul terrazzo, davanti[8] alla campagna silenziosa, già invasa dal bujo della notte, era stato, in verità, un po' troppo lungo e un tantino anche faticoso. La povera[1] donna Adelaide, oppressa dalla violenza di tanti sentimenti nuovi durante quella giornata, e ora da tutta quell'ombra e da quel silenzio che le vaneggiavano intorno e le rendevano più che mai soffocante l'ambascia per ciò che misteriosamente incombeva ancora su la sua « terribile signorinaggine », a un certo punto, per quanto si fosse sforzata, non aveva potuto udir più nulla di quel pacato interminabile discorso. Aveva avuto l'impressione che esso, proprio fuor di tempo, la volesse trarre per forza quasi in una cima di monte altissima e nebbiosa, dalla quale le sarebbe stato difficile, se non addirittura impossibile, ridiscendere ancora in grado di resistere ad altre sorprese, ad altre emozioni che[2] quella notte certamente le apparecchiava. Non[3] per cattiva volontà, ma per l'aria, ecco, per l'aria che, a un certo punto, cominciava a sentirsi mancare, non le era stato mai possibile prestare[4] ascolto a lunghi discorsi. Oh, buon[5] Dio, e perché poi prendere di questi giri così alla lontana, se alla fine pur[6] sempre bisognava ridursi a fare, sù per giù, le stesse cose, quelle che la natura comanda? Che brutto vizio, buon Dio! E senz'altro effetto che[7] la stanchezza e la stizza. Anche la stizza, sì. Perché le cose da fare sono[8] semplici, e da contarsi tutte su le dita d'una mano; cosicché, alla fine, ciascuno deve riconoscere che[9] tutto quel girare attorno a[10] esse, non solo è inutile, ma anche sciocco e dannoso, in quanto che poi, per[11] la stanchezza appunto e con la stizza di questo riconoscimento, si fanno tardi e si fanno male. Dapprima[12] s'era messa a guardare, con occhi tra imploranti e spaventati, il principe, o piuttosto, quella sua lunga, lunghissima barba. Poi, nell'intronamento, aveva sentito un prepotente bisogno di ritirare la mano e di soffiare, di soffiare un poco almeno, non[1] potendo sbuffare, non potendo gridare per dare uno sfogo alla soffocazione e alle smanie. Alla fine, era riuscita a vincere l'intronamento: gli orecchi le si erano rifatti vivi un istante, ma per fuggire lontano, per afferrarsi a un qualche filo di suono, nell'oscurità della notte, che le avesse dato sollievo, distrazione. Veniva[2] dalla riviera, laggiù laggiù, invisibile, un sordo borboglìo continuo. E tutt'a un tratto, proprio nel punto che il discorso del principe s'era fatto più patetico, donna Adelaide era uscita a domandargli:

– Ma che è, il mare? Si sente così forte, ogni[3] notte?

Don Ippolito, dapprima stordito (– il mare? che mare? –) si era poi sentito cascar le braccia:

– Ah sì... è il mare, è il mare...

E le aveva lasciato la mano e si era scostato.

Donna Adelaide, imbarazzata, non sapendo come rimediare all'evidente mortificazione del principe per quella domanda inopportuna, era rimasta come appesa balordamente alla sua domanda.

La risposta[4] s'era fatta aspettare un po'; alla fine era arrivata da lontano, grave:

– Grida così, quand'è scirocco...

Quella[5] remota voce del mare era a lui cara e pur triste. Tante volte, nella pace profonda delle notti, gli aveva dato angoscia e compagnia. Abbandonato su la sedia a sdrajo, s'era lasciato cullare da quel cupo fremito continuo delle acque che[6] gli parlavano di terre lontane, d'una vita diversa e tumultuosa ch'egli non avrebbe mai conosciuta.[7] S'era sentito ripiombare tutt'a un tratto da quel richiamo nella profondità della sua antica solitudine.

Come più riprendere il discorso, adesso? E, d'altra parte, come rimaner così in silenzio, lasciar lì discosta nel terrazzo quella donna che[8] ora gli apparteneva per sempre e che s'era affidata alla sua cortesia, in quella solitudine per lei nuova e certo non gradita? Bisognava farsi forza, vincere la ripugnanza e[1] riaccostarsi. Ma certo, ormai, di non potere entrare con lei in altra intimità che[2] di corpo, don Ippolito s'era domandato amaramente qual[3] altro effetto questa intimità avrebbe potuto avere, se non lo scàpito irreparabile della sua considerazione.

E difatti, quella notte...

Ah, la povera donna Adelaide non avrebbe potuto mai immaginare un simile spettacolo, di pietà a un tempo e di paura! Le veniva di farsi ancora la croce con tutt'e due le mani. Ah, Bella Madre Santissima! Un uomo con tanto di barba... un uomo serio... Dio! Dio! Lo aveva veduto, a un certo punto, scappar via, avvilito e inselvaggito. Forse era andato a rintanarsi di notte tempo nelle[4] sale del *Museo*, a pianterreno. E lei era[5] rimasta a passare il resto della notte, semivestita, dietro una finestra, a sentire i singhiozzi d'un chiù innamorato, forse nel bosco della Civita, forse in quello più là, di Torre-che-parla.

Meno male che, la mattina dopo, la[6] vista della campagna e dello squisito arredo della[7] villa l'aveva[8] un po' racconsolata e rimessa anche in parte nelle consuete disposizioni di spirito, per cui volentieri, ove non avesse temuto di far peggio, si sarebbe lei per prima riaccostata al principe a dirgli, così[9] alla buona, senza stare a pesar le parole, che, via, non si désse pensiero né afflizione di nulla, perché lei... lei era contenta, proprio contenta, così...

Le aveva fatto pena quel viso rabbujato! Pover'uomo, non aveva saputo neanche alzar gli occhi a guardarla, quando a colazione si era rimesso a parlarle. Ma sì, ma sì, certo: era una condizione insolita, la loro: trovarsi[10] così, a essere[11] marito e moglie, quasi senza conoscersi. A poco a poco, certo, sarebbe nata tra loro la confidenza, e... ma sì! ma sì! certo!

S'era accorta però che, dicendo così, le smanie del principe erano[1] cresciute, s'erano[2] anzi più che più esacerbate; e con vero terrore aveva veduto riapprossimarsi la notte. Per parecchie notti di fila s'era[3] rinnovato questo terrore; alla fine aveva ottenuto in grazia d'esser lasciata in pace, a dormir sola, in una camera a parte. Se[4] non che, il giorno dopo, era sceso a Colimbètra monsignor Montoro a farle a quattr'occhi un certo sermoncino. E allora lei, di nuovo: – Oh Bella Madre Santissima! Ma che!... no... Ah, come?... che?... che doveva far lei?... Gesù! Gesù!... Alla sua età, smorfie, moine? Ah! questo mai! no no! no no! questo mai! Non erano della sua natura, ecco. E, del resto, perché? Non si poteva restar così? Non chiedeva di meglio, lei. Che[5] faccia aveva fatto Monsignore! E[6] la povera donna Adelaide, da quel momento in poi, non aveva saputo più in che mondo si fosse o, com'ella diceva, aveva cominciato a sentirsi « presa dai turchi ». Ma come? il torto era suo?

Il principe, tutto il giorno tappato nel *Museo*, non s'era più fatto vedere, se non a pranzo e a cena, rigido aggrondato taciturno. Aria! aria! aria! Sì, ce n'era tanta, lì: ma per donna Adelaide non era più respirabile. E il bello era questo: che della soffocazione, avvertita da lei, le era parso che dovessero soffrire tutte le cose, gli alberi segnatamente! Sul principio dei[7] tre ripiani fioriti innanzi alla[8] villa c'era da più che cent'anni un olivo saraceno, il cui tronco robusto, pieno di groppi e di nodi, per contrarietà dei venti o del suolo, era cresciuto di traverso e pareva sopportasse con pena infinita i molti rami sorti da una sola parte, ritti, per conto loro. Nessuno[9] aveva potuto levar dal capo a donna Adelaide che quell'albero, così pendente e gravato da tutti quei rami, soffrisse.

– Oh Dio, ma non vedete? soffre! ve lo dico io che soffre! poverino!

E lo aveva fatto atterrare. Atterrato, guardando il posto dove prima sorgeva:

– Ah! – aveva rifiatato. – Così va bene! L'ho[1] liberato.

Né s'era fermata qui. Altre prove di buon cuore aveva dato, le sere senza luna, durante la cena, verso le bestioline alate che[2] il lume del lampadario attirava nella sala da pranzo. Un[3] certo *Pertichino*, ragazzotto di circa tredici anni, figlio del sergente delle guardie, era incaricato di star dietro la sedia di donna Adelaide e di dar subito la caccia a quelle bestioline, appena entravano. Se non che, *Pertichino* spesso si distraeva nella contemplazione dei grossi guanti bianchi di filo, in cui gli avevano insaccato le mani; e donna Adelaide, ogni volta, doveva strapparlo a quella contemplazione con strilli e sobbalzi per lo springare di qualche grillo o per il ronzare di qualche parpaglione.

– Niente! Farfalletta... Non si spaventi! Eccola qua, farfalletta...

– Povera bestiola, non farla patire: staccale[4] subito la testa; se no, rientra... Fatto?

– Fatto, eccellenza. Eccola qua.

– No, no, che fai? non me la mostrare, poverina! Farfalletta[5] era? proprio farfalletta? Povera bestiolina... Ma chi gliel'aveva detto[6] d'entrare? Con tanta bella campagna fuori... Ah, avessi io le ali, avessi io le ali!

Come dire che, senza pensarci due volte, se ne sarebbe volata via.[7]

Don Ippolito, per quanto urtato e disgustato, la aveva lasciata[8] fare e dire. Ma una sera, finalmente, non s'era più potuto tenere. Erano[9] tutti e due seduti discosti sul terrazzo. Egli aspettava che su dalle chiome dense degli olivi, sorgenti sul pendìo della collina dietro la ripa, spuntasse[1] la luna piena, per rinnovare in sé una cara, antica impressione. Gli pareva, ogni volta, che la luna piena, affacciandosi dalle chiome di quegli olivi allo spettacolo della vasta campagna sottostante e del mare lontano, ancora dopo tanti secoli restasse[2] compresa di sgomento e di stupore, mirando giù piani deserti e silenziosi dove[3] prima sorgeva una delle più splendide e fastose città del mondo. Ora la luna stava per sorgere, s'intravvedeva già di tra il brulichìo dei cimoli argentei degli olivi, e don Ippolito disponeva la sua malinconia attonita e ansiosa a ricevere l'antica impressione insieme con tutta la campagna, ove era un sommesso e misterioso scampanellìo di grilli e gemeva a tratti un assiolo, quando, all'improvviso, dalla casermuccia sul greppo dello Sperone, era scoppiato a rompere, a fracassare quell'incanto, il suono stridulo e sguajato del fischietto di canna di capitan Sciaralla.[4] Donna Adelaide s'era messa a battere le mani, festante.

– Oh bello! Oh bravo il capitano che ci fa la sonatina!

Don Ippolito era balzato in piedi, fremente d'ira e di sdegno, s'era turati gli orecchi, gridando esasperato:

– Maledetti! maledetti! maledetti!

E, afferrando per le spalle *Pertichino* e scrollandolo furiosamente, gli aveva ingiunto di correre a gridare a quella canaglia dal ciglio del burrone dirimpetto, che smettesse subito.

– E poi, fuori di qua! fuori dai piedi! Non voglio più vederti! Chi ha qua fastidio delle mosche se le cacci da sé! zitta, da sé! Sono stanco, sono stufo di tutte queste volgarità che mi tolgono il respiro! Basta! basta! basta!

Ed era scappato via dal terrazzo, con gli occhi strizzati e le mani su le tempie.

Fortuna[1] che, pochi giorni dopo, s'era presentato alla[2] villa don Salesio Marullo, con un viso sparuto e quasi affumicato, guardingo e sgomento, a chiedere ajuto e ospitalità. Era diventato, fin dal primo giorno, cavaliere di compagnia di donna Adelaide, la quale credette che gliel'avesse mandato Iddio.

– Don Salesio, per carità, mangiate! Per carità, don Salesio, rimettetevi subito! Subito, *Pertichino*, due altri ovetti a don Salesio!

S'era messa a ingozzarlo come un pollo d'India prima di Natale. Il povero gentiluomo, ridotto una larva, non aveva saputo opporre alcuna resistenza; aveva ingollato, ingollato, ingollato tutto ciò che gli era stato messo davanti, e[3] quasi in bocca, a manate; poi... eh, poi l'aveva scontato con tremende coliche e disturbi viscerali d'ogni genere, per cui, nel bel mezzo d'uno svago o d'un passatempo concertato con capitan Sciaralla per distrarre la principessa, si faceva in volto di tanti colori[4] e alla fine doveva scappare, non è a dire con quanta sofferenza della sua dignità, per quanto ormai intisichita.

Ma donna Adelaide ne gongolava. Non potendo nulla contro quella del principe suo marito, per vendetta s'era gettata a fare strazio d'ogni dignità mascolina che[5] le si parasse davanti: anche di quella di Sciaralla il capitano. Aveva trovato per caso tra le carte della scrivania, nella stanza del segretario Lisi Prèola, una vecchia poesia manoscritta contro il capitano, dove tra l'altro era detto:

Oppur vai, don Chisciottino,
all'assalto d'un molino?
od a caccia di lumache
t'avventuri col mattino,
così rosso nelle brache,
nel giubbon così turchino,
Sciarallino, Sciarallino?

E[1] un giorno, ch'era piovuto a dirotto, appena cessata la pioggia, era scesa nello spiazzo sotto il corpo di guardia dove « i militari » facevano le esercitazioni, e chiamando misteriosamente in disparte capitan Sciaralla, gli aveva ordinato di mandare i suoi uomini, con la zappetta in una mano e un corbellino nell'altra, in cerca di *babbaluceddi*, ossia delle lumachelle[2] che dopo quell'acquata dovevano essere schiumate dalla terra.

Il povero capitano, a quell'ordine, era rimasto basito.

Come dare militarmente un siffatto comando ai[3] suoi uomini? Perché donna Adelaide, per metterlo alla prova, aveva preteso che quella cerca di lumache avesse tutta l'aria d'una spedizione militare.

– Eccellenza, e come faccio?

– Perché?

– Se perdiamo il prestigio, eccellenza...

– Che prestigio?

– Ma... capirà, io debbo comandare... e in momenti come questi...

– Io voglio i *babbaluceddi*.

– Sì, eccellenza... più tardi, quando rompo le file...

– Quando rompete... che cosa?

– Le file, eccellenza.

– No no! E allora finisce il bello, che c'entra! Io voglio i *babbaluceddi* militari!

E non c'era stato verso di farla recedere da quella tirannia capricciosa. Con quali effetti per la disciplina, Sciaralla il giorno dopo lo aveva lasciato considerare amaramente a don Salesio Marullo, già da un pezzo messo a parte della sua costernazione per le notizie che arrivavano da tutta la Sicilia, del gran fermento dei *Fasci*, a cui pareva non potessero più tener testa né la polizia, né la milizia, « quella vera ».

– Capissero almeno che qua siamo anche noi contro il governo... Ma no, caro sì-don Salesio: perché sono una lega, non tanto contro il governo, quanto contro la proprietà, capisce?

– Capisco, capisco...

– Vogliono le terre! E se, cacciati dalle città, si buttano nelle campagne? Quattro gatti siamo... E più diamo all'occhio, perché figuriamo in assetto di guerra, capisce?[1]

– Capisco, capisco.

– Qua, così armati, diciamo quasi noi stessi che c'è pericolo; sfidiamo l'assalto; siamo come un piccolo stato, a cui si può fare benissimo una guerra a parte, mi spiego? E domani il prefetto un'offesa a noi sa come la prenderebbe? come una giusta retribuzione. Guarderà gli altri, e per noi dirà: « Ah, S. E. il principe di Laurentano, vuol fare il re, con la sua milizia? Bene, e ora si difenda da sé! ». Ma con che ci difendiamo noi? Me lo dica lei... Che roba è questa?

– Piano... eh, con le armi...

– Armi? Non mi faccia ridere! Armi, queste? Ma quando si vuol[2] tener gente così... e vestita, dico, lei mi vede... coraggio ci vuole, creda, coraggio a indossare in tempi come questi un abito che strilla così... e io mi sento scolorir la faccia, quando mi guardo addosso il rosso di questi calzoni.[3] Dico, sì-don Salesio, che scherziamo? Quando, dico, si sta sul puntiglio di non volersi abbassare a nessuno...

– Forse, – suggeriva, esitante, don Salesio, – sarebbe prudente raccogliere...

– Altra gente? E chi? Sarebbe questo il mio piano! Ma chi? I contadini? E se sono anch'essi della lega? I nemici in casa?

– Già... già...

– Ma che! L'unica, sa quale sarebbe?...[4]

A voce, non lo disse: con due dita si prese sul petto la giubba; guardingo, la scosse un poco; poi, quasi di furto, fece altri due gesti[1] che significavano: ripiegarla e riporla; e subito domandò:

– Che? No? Lei dice di no?

Don Salesio si strinse nelle[2] spalle:

– Dico che il principe... forse...

– Eh già, perché non deve portarla lui! Sì-don Salesio, il cielo s'incaverna, s'incaverna sempre più da ogni parte; e i primi fulmini li attireremo noi qua, con questi ferracci in mano; vedrà se sbaglio!

Scoppiò difatti il fulmine e terribile, pochi giorni dopo, e fu la notizia dell'eccidio d'Aragona. Parve che scoppiasse proprio su Colimbètra, poiché lì, per combinazione, sotto lo stesso tetto si[3] trovarono il padre dell'autore principale dell'eccidio, cioè il segretario Lisi Prèola, e il patrigno della vittima, il povero don Salesio. E lo sbigottimento e l'orrore crebbero ancor più, allorché da Roma, come il rimbombo di quel fulmine caduto così da presso, giunse l'altra notizia dell'impazzimento di Dianella.

Donna Adelaide, colpita ora direttamente dalla sciagura, lasciò d'accoppare con la sua fragorosa e affannosa carità don Salesio, e si mise a strillare per conto suo che, con Dianella impazzita a causa di quell'eccidio, non era più possibile che rimanesse lì a Colimbètra il[4] padre dell'assassino! E il principe, per farla tacere, quantunque stimasse ingiusto incrudelire su quel vecchio già atterrato dalla colpa nefanda del figlio, si vide costretto a mandarlo via dalla[5] villa, con un assegno. Prima d'andare, il Prèola, strascicandosi a stento, col grosso capo venoso e inteschiato ciondoloni, volle[6] baciar la mano anche alla signora principessa e le disse che volentieri[7] offriva ai suoi padroni, per[8] il delitto del figlio, la penitenza di lasciare dopo trentatré anni il servizio in quella casa, compiuto con tanto amore e tanta devozione. Donna Adelaide, commossa e pentita, cominciò a dare in ismanie e chiamò innanzi a Dio responsabile il principe del suo rimorso per l'ingiusta punizione di quel povero vecchio; sì, il principe, sì, per l'orgasmo continuo in cui la teneva, così che ella non sapeva più quel che si volesse e, pur di darsi uno sfogo, diceva e faceva cose contrarie alla sua natura. Le[1] sue smanie divennero più furiose che mai, come seppe ch'erano ritornati da Roma suo fratello Flaminio e Dianella. A monsignor Montoro, sceso a Colimbètra in visita di condoglianza per la morte di donna Caterina, domandò con gli occhi gonfi dal pianto, se[2] gli pareva umano che le si proibisse d'andare a vedere e assistere[3] la nipote, a cui aveva fatto da madre!

Don Ippolito, in quel momento, non[4] era in villa. S'era recato al camposanto di Bonamorone, poco discosto da Colimbètra, a pregare su la fossa della[5] sorella. Quando entrò, scuro, nel salone, finse di non vedere il pianto della moglie, e al vescovo che gli si fece innanzi compunto e con[6] le mani tese, disse:

– È morta disperata, Monsignore. Disperata. Il figlio in carcere, compromesso con[7] tanti altri di questi *patrioti*, nella frode delle banche. E quel Selmi, venuto qua padrino avversario del Capolino, ha saputo? s'è[8] ucciso. Scontano tutti le loro belle imprese! È lo sfacelo, Monsignore! Dio abbia pietà dei morti. Io mi sento il cuore così arso di sdegno, che non m'è stato possibile pregare. Un fremito[9] ai ginocchi m'ha fatto levare dalla fossa della mia povera sorella, e mi sono domandato se[10] questo era il momento di pregare e di piangere, o non piuttosto d'agire, Monsignore! Ma dobbiamo proprio rimanere inerti, mentre[11] tutto si sfascia e le popolazioni insorgono? Ha sentito, ha letto nei giornali? Le folle hanno un bell'essere incitate da predicazioni anarchiche; scendendo in piazza a gridare contro la gravezza delle tasse, recano ancora con sé il Crocefisso[1] e le immagini dei Santi!

– Anche quelle, però, del re e della regina, don Ippolito, – gli fece osservare amaramente Monsignore.

– Per disarmare i soldati, queste! – rispose pronto don Ippolito. – Il segno che l'animo del popolo è ancora con noi è[2] in quelle! è chiaro in quelle! Sa che mio figlio è in Sicilia?

Monsignore chinò il capo più volte con[3] mesta gravità, credendo che il principe gli avesse fatto quella domanda per chiamarlo a parte d'un dispiacere.

– Ha viaggiato insieme con don Flaminio, – aggiunse con un sospiro, – e con la povera figliuola.

Donna Adelaide ruppe in nuovi e più forti singhiozzi. Don Ippolito pestò un piede rabbiosamente.

– Bisogna vincere i proprii dolori, – disse con fierezza – e guardar oltre! Saper vivere per qualche cosa che stia sopra alle nostre miserie quotidiane e a tutte le afflizioni che ci procaccia la vita! Io ho scritto a mio figlio, Monsignore, e ho fatto anche chiamare il Capolino per proporgli d'andare ad abboccarsi con lui, se fosse possibile venire a qualche intesa...

– Ma come, don Ippolito? – esclamò, con stupore e afflizione, Monsignore. – Con quelli che gli hanno or ora assassinato barbaramente la moglie?

Don Ippolito tornò a pestare un piede sul tappeto, strinse e scosse le pugna, e col volto levato e atteggiato di sdegno, fremette:

– Schiavitù! schiavitù! schiavitù! Ah se io non fossi inchiodato qui!

– Ma che siamo sbanditi? davvero sbanditi? – domandò allora, tra le lagrime, donna Adelaide, rivolta al vescovo. – Chi ci proibisce d'uscire di qui, d'andare dove ci pare, Monsignore?

– Chi? – gridò don Ippolito, volgendosi di scatto, col volto scolorito dall'ira. – Non lo sapete ancora? Monsignore, non ha posto lei chiaramente i patti di queste mie nuove nozze sciagurate? Come non sa ancora costei chi ci proibisce d'uscire di qui?

– Ma in un caso come questo! – gemette donna Adelaide. – Vado io sola! Egli può restare! Santo Dio, ci vuole anche un po' di cuore, ci vuole![1]

Monsignor Montoro la supplicò con le mani di tacere, d'usar prudenza. Don Ippolito si portò e si premette forte le mani sul volto, a lungo; poi mostrando un'aria al tutto cangiata, di profonda amarezza, di profondo avvilimento, disse:

– Monsignore, procuri[2] d'indurre mio cognato a portar qui la figliuola, presso la zia. Forse la quiete, la novità del luogo le potranno far bene.

– Ah, qui? davvero qui? Ah se viene qui... – proruppe allora con furia di giubilo donna Adelaide, dimenandosi, quasi ballando sulla[3] seggiola. – Sì, sì, sì, Monsignore mio. Sente? lo dice lui! La faccia venire qui, Monsignore, subito subito, qui, la mia povera figliuola![4]

Lieto della concessione, Monsignore parò le candide mani paffute ad arrestare[5] quella furia:

– Aspettate... permettete? Ecco... vi devo dire... oh, una cosa che mi ha tanto, tanto intenerito... Qua, sì... ma aspettate... vedrete che è meglio lasciare per ora a Girgenti la povera figliuola... Forse abbiamo[6] un mezzo per guarirla. Sì, ecco, l'altro jeri sera, sapete[7] chi è venuto a trovarmi al vescovado? Il De Vincentis, quel povero Ninì De Vincentis, innamorato da lungo tempo della ragazza, lo sapete. Caro giovine! Oh se l'aveste veduto! In uno stato, vi assicuro, che faceva pietà. Si mise a piangere, a piangere perdutamente, e mi pregò, mi scongiurò di dire a don Flaminio che si fidasse di lui e lo mettesse accanto alla ragazza, ché egli col suo amore, con la sua calda pietà insistente sperava di scuoterla, di richiamarla alla ragione, alla vita. Ebbene, che ne dite?

– Magari! – esclamò donna Adelaide. – E Flaminio? Flaminio?

– Ho fatto subito, jeri mattina, l'ambasciata, – rispose Monsignore. – E don Flaminio, che conosce il cuore, la gentilezza e l'onestà illibata del giovine, ha accettato la proposta, promettendo al De Vincentis che la figliuola sarà sua se[1] farà il miracolo di guarirla. Ora il giovine è lì, presso la povera figliuola. Lasciamola stare, donna Adelaide, e preghiamo Iddio insieme, che il miracolo si compia.

Con questa esortazione, monsignor Montoro tolse commiato. Per le scale disse a don Ippolito che[2] aveva in animo di mandare una pastorale ai fedeli della diocesi, e che fra qualche giorno sarebbe venuto a fargliela sentire, prima di mandarla. Don Ippolito aprì le braccia e, appena il vescovo partì con la vettura, andò a rinchiudersi nelle sale del *Museo*.

Donna Adelaide rimase a piangere, prima di tenerezza per quell'atto del povero Ninì, poi per disperazione, poiché sapeva purtroppo in che conto la nipote tenesse un tempo quel giovine. Forse, se anche lei avesse potuto esserle accanto, a persuaderla... chi sa! E[3] cominciò a fremere di nuovo e a struggersi tra le smanie e a sentirsi divorata dalla rabbia per quella barbarie del principe, che la costringeva a star lì. E perché poi? che cosa rappresentava, che cosa stava a far lì, lei? No, no, no; voleva andar via, scappare, fuggire, o sarebbe anch'essa impazzita! Decise[4] di scrivere al fratello, scongiurandolo di venir subito a riprendersela, a liberarla da quella galera, o con le buone o con le cattive.

Lieto[5] della chiamata del principe di Laurentano, Ignazio Capolino si disponeva a scendere a Colimbètra, quando nella saletta d'ingresso udì la vecchia serva respingere sgarbatamente qualcuno, che chiedeva di lui. Si[1] fece avanti, sporse il capo a guardare, vide due donne vestite di nero, con uno scialle pur nero in capo, stretto attorno al viso pallido e smunto. Erano[2] le due figliuole del Pigna, Mita e Annicchia.

Capolino, come intese il nome, le fece entrare nel salotto e, dopo averle costrette a sedere, domandò loro che cosa desiderassero. Per[3] pudore della loro miseria e per[4] sostenere con dignità il cordoglio, resistevano entrambe alla commozione irrompente. Lo sforzo che facevano per non piangere, intanto, e la suggezione, impedivano la voce.[5] E tutte e due stropicciavano forte, sotto lo scialle nero, il pollice della mano sinistra sulla costa dell'ultima falange dell'indice, ottusa, incallita, annerita e bucherata dall'assiduo passaggio dell'ago e del filo, quasi che soltanto nella sensibilità perduta di quel dito potessero trovar la forza e il coraggio di parlare. Alla[6] fine, Mita, levando appena gli occhi offuscati, riuscì a dire:

– Signor deputato, siamo venute a pregarla...

E l'altra subito suggerì, corresse:

– Le diamo l'incomodo... col dolore che deve avere in sé...[7]

– Dite, dite pure, – le esortò Capolino. – Sono qua ad ascoltarvi.

– Sissignore, ecco... Vossignoria saprà, – riprese Mita, facendosi improvvisamente rossa in viso, – che nostro padre e il Lizio, che è...

– Marito d'una nostra sorella, – tornò a suggerire Annicchia.

Mita le rivolse con gli occhi un pietoso rimprovero.

– Sono stati arrestati, signor deputato!

– Innocenti, signor deputato, innocenti!

– Siamo testimonie noi, che non sapevano nulla, proprio nulla del fatto...

Capolino, confuso tra l'ansia affannosa e incalzante con cui le due sorelle ora parlavano, domandò:

– Di qual fatto?

– Come! – fece Mita. – Del fatto, che vossignoria, purtroppo...

– Oh Signore! – esclamò Annicchia. – Ce ne trema ancora il cuore.

E Mita riprese:

– Sono stati arrestati anch'essi, innocenti[1] come Cristo... Siamo testimonie noi, che sono rimasti sbalorditi e senza fiato, quando se ne sparse la notizia; non sapevano nulla di nulla...

– E vossignoria[2] può credere, – aggiunse Annicchia, – che non avremmo avuto il coraggio di venire qua a parlarne a vossignoria, se non fossimo più che sicure che[3] sono innocenti...

E Mita, con gli occhi bassi, tremante:

– La sua signora, – disse, – noi l'abbiamo servita e sappiamo quant'era buona... signora affabile... e bella, oh quant'era bella... che pena!

Capolino strizzò gli occhi, si torse un po' sulla[4] seggiola, e domandò con voce grossa:

– Avete avuto una perquisizione in casa?

– Sissignore, – risposero a una voce le due sorelle. Seguitò Mita: – Guardie, delegati, giudici... come tanti diavoli... hanno messo tutto sossopra...

– E che hanno trovato?

– Niente!

– Oh Maria, proprio niente... Qualche lettera... giornali... l'elenco dei socii.

– Socii per modo di dire... non veniva nessuno...

– Libri... carte... Si son portato via tutto... anche un capo di biancheria, signor deputato, con una goccia di sangue che[5] m'ero fatto io, qua al dito, cucendo...

Capolino si strinse la bocca con una mano sotto

il naso, e rimase un pezzo accigliato, a pensare; poi[1] disse:

– Se non verrà fuori qualche compromissione...

– Ah, nossignore! – esclamò subito Mita. – Col fatto per[2] cui sono stati arrestati, nessuna; certo nessuna! Vossignoria può crederlo...

– Non saremmo venute da vossignoria... – ripeté Annicchia.

Capolino tese le mani per fermarle; si[3] raccolse di nuovo a pensare.

– Sapete, – poi domandò, – che io non sono benvisto dall'autorità? Sapete che, per scusare trenta e più anni di malgoverno, si vuol far credere che tutti questi torbidi in Sicilia siano suscitati sotto sotto dal partito clericale, a cui io appartengo?

– Vossignoria... ma come! – disse Annicchia, con le mani giunte. – Se vossignoria ha avuto... se a vossignoria...

– Tanto più! Tanto più! – troncò Capolino. – Diranno: « Ecco, vedete che c'è l'accordo? Il cuore è una cosa; la politica, un'altra! Viene lui, lui stesso, a intercedere per gli arrestati ». Così diranno!

Le due sorelle restarono smarrite, oppresse.

– E come si può credere una tal cosa?... – domandò Mita.

– Ma non la credono affatto! – rispose con un sorriso di sdegno Capolino. – Fingono di credere! È la loro scusa. E io, andando, voi lo capite, farei il loro gioco, senza ottenere[4] nulla per voi. È proprio così! Anche nel 1866, che voi altre non eravate neppur nate, la sommossa popolare a[5] causa delle iniquità politiche e amministrative, fu addebitata a questo capro espiatorio del partito clericale. È la scusa più comoda, per i governanti, e di sicuro effetto!

Le due sorelle rimasero un pezzo in silenzio, assorte, quasi a veder la speranza che le aveva condotte lì, rintanarsi nella pena, cacciata da una ragione inattesa che[1] non riuscivano a intendere chiaramente.

– C'eravamo figurate, – disse poi Mita, – che se vossignoria avesse detto una parola... non solo di fronte all'autorità... ma anche per il paese... Viviamo del lavoro che[2] facciamo noi due, io e questa mia sorella... Nessuno ce ne vuol più dare adesso, perché[3] tutti, per quest'arresto, credono che nostro padre e nostro cognato siano complici nel fatto che giustamente ha indignato tutto il paese... Ora, se vossignoria, che è stato più di tutti offeso, dice una parola... l'innocenza...

– E c'è anche questo, signor deputato! – proruppe Annicchia, non riuscendo più a trattenere le lagrime, – che nostra sorella, signor deputato, quando sono venute le guardie ad arrestare il marito e nostro padre, aveva il bambinello attaccato al petto. Le si è attossicato il latte, signor deputato; e ora il bambino sta morendo, e non sappiamo come curarlo; e nostra sorella pare impazzita per il figlio[4] che le muore, col padre in carcere! Siamo rimaste cinque sorelle in casa; ci volgiamo da tutte le parti e non sappiamo che ajuto darle... Per questo siamo venute qua, a supplicarla, signor deputato!

Capolino s'alzò, come sospinto dalla commozione.

– Vedrò... vedrò di fare qualche cosa... – disse. – Datemi[5] un po' di tempo... Bisogna che veda... per la mia... dico, per la mia responsabilità politica... Il cuore, ve l'ho detto, è una cosa; la politica, un'altra... Ma vedrò... non m'impegno... Quietatevi, quietatevi... e coraggio, figliuole mie... È[6] un momento orribile per tutti, credete... e nessuno riesce a vederci uno scampo...

Le[7] accompagnò, così dicendo, fino alla saletta d'ingresso; non volle scuse né ringraziamenti; richiuse pian piano la porta alle loro spalle.

Pur senz'alcuna fiducia in quella vaga promessa d'ajuto, le due sorelle, appena uscite su la via, provarono un certo sollievo per il passo che avevano fatto, quasi un'ebbrezza d'aver saputo parlare, per cui si sentirono alquanto riconfortate. Ma presto, pensando al luogo ove erano avviate, ricaddero nell'avvilimento d'una vergogna scottante. Si recavano[1] alla Posta a riscuotere un po' di denaro che Celsina aveva mandato da Roma, e[2] di cui non sapevano che pensare... E altro danaro, in quei giorni, poco, oh poco, e frutto d'un'altra[3] vergogna ben nota, veniva dalla sorella maggiore, da Rosa, a quelle loro povere mani[4] logorate dal lavoro e ora forzate dall'ozio, forzate[5] ad accogliere il tristo peso di quei soccorsi non chiesti.

Che[6] agli occhi altrui figurasse d'andare a Colimbètra non di sua volontà, ma chiamato, piaceva molto a Capolino. Era[7] là, adesso, appesa al ramo una pera, rimasta un tempo acerba alla sua brama; ma che ora, a quanto poteva congetturare da notizie recenti, doveva esser più che matura, lì lì per cadere, a una scrollatina cauta e ardita della sua mano. Sarebbe stato[8] questo, il perfetto compimento della sua vendetta! E tutto pareva meravigliosamente preordinato perché si compisse presto e bene. Adelaide[9] Salvo figurava nubile tuttora davanti allo stato civile.[10] L'avrebbe spinta a fuggire[11] con lui a Roma, a riparare in casa della[12] sorella Rosa. Prudentemente, per raffermar bene il suo diritto di salvatore, si sarebbe prima trattenuto alcuni giorni a Napoli con lei che, poverina, doveva aver tanto bisogno di quegli svaghi che[13] solamente una città come Napoli poteva offrirle. A Roma, si poteva senza chiasso contrar le nozze civili. Francesco Vella avrebbe trovato modo di farlo entrare in qualità d'avvocato consulente nell'amministrazione delle ferrovie; e non era detto che non dovesse piacergli che[14] egli, divenuto di nuovo suo cognato, restasse con quella medaglietta ciondolante sul panciotto. Col tempo anche[1] Flaminio Salvo, per intercessione di don Francesco e di donna Rosa, si sarebbe forse placato e non gli avrebbe attraversato la via. Il[2] vero punto, adesso, era persuadere Adelaide d'affrontar lo scandalo della fuga, in quel momento sciagurato della pazzia della nipote. Ma monsignor Montoro gli aveva detto che[3] il principe proibiva assolutamente alla moglie di recarsi a Girgenti anche per una visita in[4] casa del fratello. Un'altra congiuntura maravigliosamente propizia era nell'opera pietosa offerta da quel caro Ninì De Vincentis alla povera ragazza. Che se Dianella fosse stata portata a Colimbètra presso la zia come[5] il principe aveva proposto, altro che pensare alla fuga, egli non avrebbe potuto più neanche mettervi il piede! Ma poteva bastare ad Adelaide questa vaga speranza, questa magra consolazione da lontano, di sapere inginocchiato innanzi alla nipote demente quel povero San Luigi? In fondo tutto quell'ardore, per quanto sincero, di visitare la nipote, doveva essere un pretesto per uscir da Colimbètra. Le ragioni delle sue smanie perduravano tutte, esacerbate per giunta da quella proibizione. Né Flaminio Salvo si sarebbe mai indotto a persuadere il principe di concedere alla[6] sorella quell'uscita. Bisognava insistere su questo punto, dimostrare ad Adelaide che il fratello non era uomo da venir meno ai patti stabiliti col principe per[7] nessuna considerazione; cosicché ella, perduta ogni speranza nell'ajuto del fratello e vedendosi condannata a struggersi lì nel dispetto e nella noja, non vedesse più altro scampo che in lui, e trovasse nella disperazione il coraggio della fuga.

Questi pensieri e ricordi e propositi rivolgeva in sé Capolino, scendendo da Girgenti a Colimbètra in vettura. Ma non gli suscitavano dentro né ansia, né calore. Avvertiva anzi una frigidità nauseosa, come se la vita gli si fosse rassegata; sentiva che quella sua vendetta era per cose che restavano indietro nel tempo, irrevocabili, e già morte nel cuore, e che però non ne avrebbe avuto né gioja, né promessa di bene per l'avvenire. Vendicava uno che, un giorno, era stato respinto da Adelaide Salvo; ma era più ormai quell'uno? Tante[1] cose non avrebbero dovuto accadere, che purtroppo erano accadute, e di cui sentiva in sé, nel cuore, il peso morto, perché avesse[2] ora qualche gioja della sua vendetta. E appunto tutte queste cose morte gliela rendevano così facile. Ecco perché sentiva quella frigidità nauseosa. In Nicoletta Spoto aveva potuto trovare un certo compenso, un rinfranco alla nausea della sua abiezione; per quella e con quella, valeva quasi la pena d'esser vile... Ma suscitare adesso un nuovo scandalo, fare un affronto a un uomo come don Ippolito Laurentano, per Adelaide Salvo... Forse però, in[3] fin dei conti, sarebbe stato anche un[4] sollievo per don Ippolito portargli via quella moglie! Sul momento, l'amor proprio ne avrebbe un po' sofferto; ma non era male che a lui così[5] favorito sempre dalla sorte, bello, nobile, ricco, che aveva potuto prendersi il gusto e la soddisfazione di tener sempre alta la fronte, la sorte[6] stessa, ora, all'ultimo, con la mano di lui Capolino, allungasse uno scappellotto, così di passata.

Ancora[7] un'altra agevolazione, e questa davvero inaspettata, e tale da fargli quasi cader le braccia, trovò, appena arrivato alla villa. Don Ippolito, sdegnato[8] da un canto dalla sfiducia del vescovo, dall'altra[9] al tutto disilluso dalla risposta di Lando, arrivatagli la sera avanti da Palermo, circa alla possibilità di venire a un accordo col partito clericale, s'era rifugiato, come in tante altre occasioni bisognoso[10] di conforto, nel culto delle antiche memorie, nell'opera da lungo tempo intrapresa sulla topografia akragantina.

Come per l'acropoli, così per l'emporio d'Akragante, s'era[1] messo contro tutti i topografi vecchi e nuovi, che lo designavano alla foce dell'Hypsas. Quivi egli invece sosteneva che fosse soltanto un approdo, e che l'emporio, il vero emporio, Akragante, come altre antiche città greche non[2] poste propriamente sul mare, lo avesse lontano, in qualche insenatura che[3] potesse offrire sicuro ricovero alle navi: Atene, al Pireo; Megara attica, al Niseo; Megara sicula, allo Xiphonio. Ora, qual era[4] l'insenatura più vicina ad Akragante? Era la così detta Cala della Junca, tra Punta Bianca e Punta del Piliere. Ebbene là, dunque, nella Cala della Junca, doveva essere l'emporio akragantino.

A questa conclusione era arrivato con la scorta d'un antico leggendario di Santa Agrippina. Ed era lieto e soddisfatto di una pagina che[5] aveva trovato modo d'inserire nell'arida discussione topografica, per descrivere il viaggio delle tre vergini Bassa, Paola e Agatonica, che avevano recato per mare da Roma il corpo della santa martire dell'imperatore[6] Valeriano. Non era dubbio che le tre vergini fossero approdate col corpo della santa alla spiaggia agrigentina, in un luogo detto *Lithos* in greco e *Petra* in latino, quello stesso oggi chiamato Petra Patella, o Punta Bianca. Orbene, nell'antico agiografo si leggeva che al[7] momento dell'approdo delle tre vergini un[8] monaco che usciva dal monastero di Santo Stefano nel villaggio di Tyro presso[9] l'emporio, avviato ad Agrigento, s'era fermato, attratto dal soave odore che[10] emanava dal corpo della santa, ed era poi corso alla città ad annunziare quel prodigio al vescovo San Gregorio. Se, come volevano i vecchi e nuovi topografi, l'emporio era alla foce dell'Hypsas, e dunque pur lì il *vicus* di Tyro e il monastero di Santo Stefano, come mai quel monaco, avviato ad Agrigento, s'era potuto imbattere a Punta Bianca nelle tre vergini che approdavano col corpo della santa martire? Era del tutto inammissibile. Il monastero di Santo Stefano di Tyro doveva esser lì, presso Punta Bianca, e dunque pur lì l'emporio. E la prova più convincente era nel nome di quel villaggio, uguale a quello della grande città fenicia: Tyro. Questo nome probabilmente lo[1] avevano dato i Cartaginesi al tempo del loro attivo commercio con gli Akragantini, e tale per qualche monte che[2] doveva sorgere presso il villaggio: *tur*, difatti, in fenicio significa monte.[3] Ne sorgeva forse qualcuno presso la foce dell'Hypsas? No; il monte, designato anzi come per antonomasia il[4] Monte Grande, sorge là appunto, presso Punta Bianca, e domina la Cala della Junca.

Don Ippolito, quella mattina per[5] tempissimo, s'era recato a cavallo, con la scorta di Sciaralla e di altri quattro uomini, a visitare[6] più attentamente quei luoghi, e in ispecie la costa di quel Monte Grande, nella contrada detta Litrasi, ove sono certi loculi creduti[7] da alcuni topografi tombe fenicie, ma che a lui parevano molto più recenti e disposti e scavati in uno stile uso in Sicilia al tempo del basso impero, sicché potevano risalire agli anni del vescovado di San Gregorio, cioè al tempo che colà erano sbarcate le tre fedeli vergini Bassa, Paola e Agatonica con la salma odorosa della santa martire Agrippina.

Di ritorno, benché da ogni parte gli si stendessero amenissimi allo sguardo nel tepore quasi primaverile immensi[8] tappeti vellutati di verzura, qua dorati dal sole, là vaporosi di violente ombre violacee, sotto il turchino intenso e ardente del cielo, don Ippolito, guardando le sue mani appoggiate su l'arcione della sella, non aveva pensato più ad altro che[9] alla morte, alla sua scomparsa da quei luoghi, che ormai non doveva essere[10] lontana. Ma contemplata così, sotto quel sole, in mezzo a tutto quel verde, mentre il corpo si dondolava ai movimenti uguali della placida cavalcatura, la morte non gli aveva ispirato orrore, bensì un'alta serenità soffusa[1] di rammarico e insieme di compiacenza, per la gentilezza e la nobiltà dei pensieri e delle cure, di cui aveva sempre intessuto la sua vita in quei luoghi cari, a cui tra poco avrebbe dato l'ultimo addio. E s'era immerso a lungo in quel sentimento nuovo di serenità, come per mondarsi del terrore angoscioso ch'essa, la morte, gli aveva cagionato finora, e a cui[2] doveva quelle indegne sue seconde nozze che avevano profanato il decoro della sua vecchiezza, l'austerità del suo esilio.

Poco dopo mezzogiorno, rientrando a Colimbètra, stanco della lunga cavalcata, sorprese nel salone Capolino e donna Adelaide in fitto colloquio: questa, accesa e in lacrime; quello, pallido e in fervida agitazione. Si fermò[3] su la soglia, con un piglio più di nausea che di sdegno.

– Oh, principe... – fece subito Capolino, levandosi in piedi, smarrito.

– State, state... – disse don Ippolito, protendendo una mano, più per impedirgli d'accostarsi, che per fargli cenno di restar seduto. – Non vi chiedo scusa del ritardo, perché la signora, vedo... mi avrà dipinto anche a voi per un così barbaro uomo, che non vi sarete doluto se[4] vi è mancata finora la mia compagnia...

– No... la... la principessa... veramente... – barbugliò Capolino.

Don Ippolito s'impostò fieramente e disse con accigliata[5] freddezza:

– Può andare, se vuole. Ma sappia che[6] ciò che oggi le impedisce di uscire dal cancello della[7] mia villa, le impedirà domani di rientrarvi. E ora seguitate pure la vostra conversazione.

Si mosse per uscire dal salone. Capolino tentò di sostenere, innanzi alla donna, la sua dignità maschile, e gli disse dietro, quasi con aria di sfida, ma che poteva anche parer di scusa:

– Voi, principe, mi avete fatto chiamare...

Don Ippolito, già arrivato all'uscio, si voltò appena, tenendo scostata con la mano la portiera:

– Oh, per una cosa da nulla, – disse. – Ormai... ubbie! ubbie!

E passò, lasciando ricadere la portiera.

– La risposta... la risposta... – proruppe subito donna Adelaide, alzandosi soffocata e con[1] gli occhi tumidi e insanguati dal pianto, – aspetto fino a domani la risposta, o che venga lui qua a dirmi se debbo proprio crepare e farmi[2] pestar la faccia così...

– Ma certo! ma certo! ma certo! – ribatté Capolino, andandole dietro. – Come vuoi che Flaminio ti dica...

– Me lo deve dire! – lo interruppe lei, frenetica, mostrando[3] i denti e le pugna. – Questo mi deve dire, con la sua bocca; e allora sì, allora sì, subito! faccio lo sproposito! sono pronta! faccio lo sproposito!

Entrò in quel punto Liborio, il cameriere favorito del principe, in preda a un'ansia spaventata, e restò un momento perplesso alla vista del pianto e dell'agitazione della signora.

– Eccellenza... Eccellenza... – disse, – il signor don Salesio...

– Che cos'è? – domandò con rabbia donna Adelaide. – Che vuole?

– Niente, eccellenza... pare che...

E Liborio alzò una mano a un gesto vago, di benedizione.

– Ah, – fece allora donna Adelaide, piantando duramente gli occhi in faccia a Capolino e restando un tratto a guardarlo accigliata e a bocca aperta, come per saper da lui se fosse bene o male, che giusto in quel punto quel poveretto morisse. – Meglio... meglio così! – esclamò poi, – meglio così, pover'uomo... Andiamo, Gnazio, andiamo a vederlo...

E corse dietro a Liborio, seguita da Capolino, frastornato e turbato.

– L'ho tenuto qua con me... – gli diceva, andando, – l'ho trattato... l'ho curato... Bella gente siete stati vojaltri, ad abbandonarlo così... povero vecchio... Meglio, meglio... si leva di patire... Anch'io l'ho trascurato in questi ultimi giorni... Assassini! Gli hanno dato il colpo di grazia... Ma anche lui però, bisogna dirlo, mangiava troppo... troppi dolci...

– Eh sì, eccellenza, – sospirò Liborio, – glielo dicevo anch'io... troppi...

– Piglia, piglia, Gnazio... m'è caduto il fazzoletto. Oh Bella Madre Santissima, che puzzo qui!

E si turò il naso con una mano, restando davanti[1] alla soglia della cameretta in cui il povero vecchio moriva, sostenuto sul letto dal cuoco, accorso alla chiamata di Liborio. Trattenuti[2] dall'orrore istintivo della morte, ma forse più dal ribrezzo per l'estrema magrezza di quel volto cartilaginoso, dai peli stinti, dai globi degli occhi già induriti sotto le pàlpebre semichiuse, donna Adelaide e Capolino stavano a guardare, ancora lì su la soglia, allorché videro la bocca del moribondo aprirsi, aprirsi sempre più, spalancarsi smisuratamente, come forzata con violenza crudele da una molla interna.

– Oh Dio! – gemette donna Adelaide. – Perché fa così?

Non aveva finito di dirlo, che da quella bocca springò fuori, di scatto, qualcosa, orribilmente. Donna[3] Adelaide gettò[4] un grido di raccapriccio e levò le mani quasi a riparo del volto. Liborio[5] andò a guardare sul letto e, scorgendovi una dentiera aperta:

– Niente, eccellenza! – disse con un sorriso pietoso. – Ha finito di mangiare...

Il cuoco intanto adagiava sul cuscino il capo esanime del povero vecchio.

VII

Nella[1] vasta sala sonora dell'antica cancelleria nel palazzo vescovile, dal tetro soffitto affrescato e coperto di polvere, dalle alte pareti dall'intonaco ingiallito, ingombre di vecchi ritratti di prelati, coperti anch'essi di polvere e di muffa, appesi qua e là senz'ordine sopra[2] armarii e scansìe stinte e tarlate,[3] si levò un brusìo d'approvazioni appena monsignor Montoro, con la sua bella voce dalle inflessioni misurate quasi[4] soffuse di pura autorità protettrice, finì di leggere al capitolo della cattedrale e a molti altri canonici e beneficiali, lì[5] apposta radunati, la pastorale ai reverendi parroci della diocesi su i luttuosi avvenimenti che[6] funestavano la Sicilia e contristavano ogni cuor cristiano. Da[7] un versetto di San Matteo, Monsignore aveva intitolato quella sua pastorale: *Semper pauperes habetis vobiscum*...[8]

Era una giornataccia rigida e ventosa di gennajo; e più volte durante la lettura il vescovo e anche gli ascoltatori avevano rivolto gli occhi ai vetri dei finestroni che pareva volessero cedere alla[9] furia urlante della libecciata. Tutta la lettura calma di quella mansueta omelìa aveva avuto l'accompagnamento sinistro di sibili acuti e veementi, di cupi, lunghi mugolìi che spesso avevano[10] distratto più d'uno, diffondendo nella vasta sala vegliata da quei ritratti antichi impolverati e ammuffiti uno sbigottito rammarico della vanità di quella interminabile esercitazione oratoria.

Parecchi[11] se n'erano stati a guardare attraverso uno di quei finestroni il[12] terrazzino d'una vecchia casa dirimpetto, sul quale un povero matto pareva provasse chi sa che voluttà, forse[13] quella del volo, esposto lì al vento furioso che[14] gli faceva svolazzare attorno al corpo la coperta del letto, di lana gialla, posta su le spalle: rideva con[15] tutto il viso squallido, e aveva negli occhi acuti, spiritati, come un lustro di lagrime, mentre gli scappavan via di qua e di là, come fiamme, le lunghe ciocche dei capelli rossigni.[1] Quel poverino era il giovane fratello del canonico Batà, il quale si trovava anche lui nella sala, attentissimo in vista alla lettura del vescovo, ma dentro di sé assorto di certo in pensieri estranei che più volte lo avevano fatto[2] gestire comicamente.

Terminata la lettura, quelli tra i più vecchi canonici che[3] conoscevano meglio il debole del loro eccellentissimo vescovo s'affrettarono[4] a circondar la tavola, innanzi alla quale egli stava seduto, per farsi ripetere chi una frase e chi un'altra fra[5] le tante, di cui Monsignore, dal modo con cui le aveva proferite, era parso loro dovesse essere più contento e soddisfatto.

– Quella, quella dell'esercito di Satana, eccellenza, come dice?

– Allude alla massoneria, non è vero, Vostra Eccellenza? come dice?

E Monsignore, dentro gongolante, ma fuori con un'aria di stanca condiscendenza, abbassando su i chiari occhi ovati quelle sue pàlpebre lievi come veli di cipolla,[6] e crollando il capo in segno di affermazione, e facendo cenno con la mano d'aspettare, cercava nel foglio e ripeteva:

– Malvagia e ria setta... malvagia e ria setta, che a suo architetto ha scelto il demonio, a gerofante il giudeo...

– Ah, ecco! A gerofante il giudeo! – esclamavano quelli. – Stupenda espressione, eccellenza! stupenda...

– Gagliarda... gagliarda...

– Ma che ventaccio, buon Dio! – riprendeva a lamentarsi il vescovo, afflitto, come d'un ingiusto compenso al merito di quella sua fatica.

I più giovani canonici, intanto, che più di tutti avevano[7] prestato ascolto alla lettura, si scambiavano tra loro occhiate di disgusto per quei vecchi e sciocchi piaggiatori, o di dolorosa rassegnazione per l'accoglienza che il popolo avrebbe fatto a quel vaniloquio che[1] s'aggirava tutto quanto attorno a una non più ingenua che crudele domanda che[2] i reverendi parroci avrebbero dovuto rivolgere ai poveri della diocesi: perché mai la miseria, che sempre era stata e sempre sarebbe stata, solamente ora perturbasse così gli animi e gli ordini e prorompesse in così deplorabili eccessi. Pareva[3] ad alcuni di quei giovani prelati, che Monsignore avrebbe potuto almeno parafrasare per gli avvenimenti dell'isola l'enciclica recente di S. S. Leone XIII, *De conditione opificum*, nella quale era pur detto che i proprietarii dovessero cessare dall'usura aperta o palliata, e dal tener gli operaj in conto di schiavi, e dal trafficare sul bisogno dei miseri, invece di mostrarsi così avverso a coloro che « osavano attentare all'antica rigidità del diritto quiritario ».[4] Tanto[5] più s'affliggevano del tono di quella pastorale del loro vescovo, in quanto che, proprio il giorno avanti, in difesa dei poveri Pompeo Agrò aveva pubblicato un fiero opuscolo, nel quale, dopo aver paragonato le condizioni della Sicilia a quelle dell'Irlanda, e messo in rilievo il linguaggio e l'atteggiamento assunti da illustri prelati cattolici, inglesi e americani, nelle questioni economiche e sociali del momento, aveva – quasi per sfida – citato l'insolente risposta del reverendo Mac Glynn, curato cattolico di New York, all'invito del suo vescovo di[6] moderare la propaganda rivoluzionaria: « Ho sempre insegnato, Monsignore, e sempre insegnerò, fino all'ultimo respiro, che la terra è di diritto proprietà comune del popolo, e che il diritto di proprietà individuale sul suolo è opposto alla giustizia naturale, quantunque sancito dalle leggi civili e religiose! ». Era[7] quell'opuscolo dell'Agrò tutto un'acerba requisitoria contro l'ignoranza e l'accidia del clero siciliano. Ed ecco che, a un giorno di distanza, quella pastorale del loro vescovo veniva a darne la prova più schiacciante. Altri[1] in crocchio si consigliavano, se non fosse prudente mandare più tardi, in segreto, qualcuno dei vecchi più accetti a Monsignore, per fargli notare a quattr'occhi anche l'inopportunità di quella pastorale, ora che in paese correva la voce che, per l'imperversare ovunque della bufera, fosse imminente se non di già avvenuta la[2] proclamazione dello stato d'assedio in tutta la Sicilia. Si faceva anzi il nome d'un generale dell'esercito, nominato commissario straordinario con pieni poteri; quello stesso che, da alcuni giorni, era sbarcato a Palermo con un intero corpo d'armata. Si diceva che per prima cosa costui aveva fatto arrestare i membri del Comitato centrale dei *Fasci*, i quali la sera avanti avevano[3] lanciato un proclama rivoluzionario ai lavoratori dell'isola.

– Sì, sì, eccolo... l'ho qua in tasca... è vero! è vero! – disse uno, misteriosamente. – Or ora, fuori, lo leggeremo...

Ma a frastornare e ad accrescere la curiosità ansiosa di quel crocchio, sopraggiunse in quel punto nella sala, più pallido del solito e anelante, il giovane segretario del vescovo, che recava evidentemente la conferma di quelle gravissime notizie. Si[4] affollarono tutti attorno alla tavola.

– Proclamato?

– Sì, sì, lo stato d'assedio, proclamato; e ordinato il disarmo della popolazione.

– Anche il disarmo? Oh bene... bene...

– E arrestati i membri del Comitato centrale dei *Fasci*, in Palermo.

– Tutti?

– Non tutti; alcuni sono riusciti a fuggire. Tra questi, si dice, anche il figlio del principe di Laurentano.

– Oh Dio, che sento! – gemette il vescovo. – Già... c'era anche lui!... Fuggito? Fuggito?

La notizia non era certa: molti asserivano che anche il Laurentano era stato arrestato. Subito, del resto, tutta la Sicilia sarebbe occupata militarmente, fin nelle più piccole borgate, cosicché anche quei fuggiaschi sarebbero presi e tratti in arresto.

– Oh Dio, che sento! oh Dio, che sento! – riprese a esclamare Monsignore. – Ma dunque... siamo davvero a questo?

Di nascosto, dalla tasca di quel giovine prelato venne fuori il proclama del Comitato, diffuso in gran copia su fogli volanti per tutte le città dell'isola; passò dall'uno all'altro attorno alla tavola; ma molti non sapevano che fosse, e ognuno, saputolo, si ricusava d'aprirlo e ne faceva passaggio al più presto, come se quella carta ripiegata e brancicata bruciasse o insudiciasse le mani, finché arrivò a quelle del giovine segretario che la spiegò e cominciò a leggerla forte alla presenza del vescovo, tra lo stupore e lo sgomento d'alcuni e i vivaci commenti o di derisione o d'indignazione degli altri.

Trattando come da potenza a potenza col Governo, il Comitato, in tono solenne, domandava a nome dei lavoratori della Sicilia: *l'abolizione del dazio delle farine* (– Eh, fin qui! –); *un'inchiesta su le pubbliche amministrazioni, col concorso dei Fasci* (– Oh bravi! Eh, scaltri... già! –); *la sanzione legale dei patti colonici e minerarii deliberati nei congressi del partito socialista* (– Come come? Sanzione legale? Eh già, legale! Il bollo governativo! –); *la costituzione di collettività agricole e industriali, mediante i beni incolti dei privati o i beni comunali dello Stato e dell'asse ecclesiastico non ancora venduti* (e qui si scatenò una furia di proteste, una confusione di gridi, tra cui predominavano: – La spoliazione!... Briganti!... Roba di nessuno! – mentre il giovane segretario con la mano faceva cenno di tacere, ché c'era dell'altro, di meglio, di meglio, e ripeteva, leggendo nella carta: – Nonché... nonché... –);

nonché l'espropriazione forzata dei latifondi, con la concessione temporanea agli espropriati di una lieve rendita annua (– Oh, troppo buoni! – Troppa grazia! – Che generosità! – Che degnazione! –); *leggi sociali per il miglioramento economico e morale dei proletarii*, e infine la bomba: *stanziamento nel bilancio dello Stato della somma di venti milioni di lire per provvedere alle spese necessarie all'esecuzione di queste domande, per l'acquisto degli strumenti da lavoro tanto per le collettività agricole quanto per quelle industriali, e per anticipare alimenti ai socii e porre le collettività in grado d'agire utilmente.*

– Ma sono pazzi! ma sono pazzi! – proruppe, tra il baccano generale, Monsignore, levandosi in piedi. – Oh Signore Iddio, che tracotanza! Ma è certo, eh? è certo l'arrivo di questo corpo d'armata? è certo, eh? Qua non si scherza! Oh Dio! oh Dio!

Il giovine segretario s'affrettò a rassicurarlo, poi terminò la lettura del proclama che, concludendo, raccomandava la calma, *perché coi moti isolati e convulsionarii non si sarebbero raggiunti benefizii duraturi*, e ammoniva che *dalle decisioni del governo si sarebbe tratta la norma della condotta da tenere.*

Ma Monsignore, scartando con ambo le mani come superflue quelle raccomandazioni e quegli ammonimenti, ordinò al segretario subito di mandare a stampa[1] la sua pastorale che certo sonerebbe gradita a quel Generale comandante il corpo d'armata; e sciolse la riunione per recarsi in fretta a Colimbètra a confortare il principe di Laurentano. Con[2] lungo e strepitoso svolazzìo di tonache e di tabarri quella frotta di canonici, investita dal vento, discese dalle alture di San Gerlando a mescolarsi al subbuglio della città. Il matto, sul terrazzino, gridava, felice, agitando la coperta gialla, come per rispondere allo svolazzare di tutti quei tabarri neri.

Correndo[1] a Colimbètra, monsignor Montoro non supponeva di certo che[2] sentimenti molto simili a quelli espressi da lui con tanta untuosità letteraria nella sua pastorale agitavano[3] l'animo d'uno di coloro ch'egli aveva poc'anzi chiamato pazzi. Al[4] primo contatto diretto con quei[5] così detti compagni, alle ripercussioni più vicine e più frequenti degli episodii sanguinosi di quella sollevazione popolare, Lando[6] Laurentano s'era veduto chiamato dagli amici in Sicilia a rispondere, se non d'un vero delitto, poiché non poteva diffidare della loro buona fede, certo d'una enorme pazzia. Sempre per quella infatuazione, dovuta forse in gran parte, quasi un abbagliamento, al calore stesso della terra che dava[7] tanta teatralità di voce e di gesti alla vita dei suoi compaesani, e di cui egli – volontariamente rigido – aveva avuto sempre un così aspro dispetto! Come[8] avevano potuto illudersi i suoi amici d'essere[9] riusciti in pochi mesi, con le loro prediche, a rompere quella dura scorza secolare di stupidità armata di diffidenza e d'astuzie animalesche, che incrostava la mente dei contadini e dei solfaraj di Sicilia? Come avevano potuto credere possibile una lotta di classe, dove mancava ogni connessione e saldezza di principii, di sentimenti e di propositi, non solo, ma la più rudimentale cultura, ogni coscienza? Tutta, da[10] cima a fondo, la tattica era sbagliata. Non una lotta di classe, impossibile in quelle condizioni, ma una cooperazione delle classi era[11] da tentare, poiché in tutti gli ordini sociali in Sicilia era vivo e profondo il malcontento contro il governo italiano, per l'incuria sprezzante verso l'isola fin dal 1860. Da una parte[12] il costume feudale, l'uso di trattar come bestie i contadini, e l'avarizia e l'usura; dall'altra[13] l'odio inveterato e feroce contro i signori e la sconfidenza assoluta nella giustizia, si paravano come ostacoli insormontabili a ogni tentativo per quella cooperazione. Ma se disperata poteva apparire l'impresa, forse non meno disperata si scopriva[1] adesso quella che i suoi amici avevano voluto tentare, agevolati sul principio, inconsciamente e sciaguratamente, dall'inerzia del Governo che[2] incoraggiava tutti a osare? Sprofondato in quel momento a Roma fino alla gola nel pantano dello scandalo bancario e fiducioso[3] qua in Sicilia nella sua polizia o inetta o arrogante e soverchiatrice, il Governo, senza[4] darsi cura dei mali che da tanti anni affliggevano l'isola, senza rispetto né per la legge né per le pubbliche libertà, con l'inerzia o con le provocazioni aveva favorito e[5] stimolato il rapido formarsi di quelle associazioni proletarie che, se avessero subito ottenuto qualche miglioramento anche lieve dei[6] patti colonici e minerarii, e[7] se non fossero state sanguinosamente aizzate, presto, senz'alcun dubbio, si sarebbero sciolte da sé, prive com'erano d'ogni sentimento solidale e senz'alcun lievito di coscienza o ombra d'idealità. Questo, Lando[8] Laurentano aveva compreso ora, troppo tardi, sul luogo; e l'animo esacerbato con[9] cui era accorso all'invito gli[10] era rimasto oppresso da uno stupore pieno di tetra ambascia, come se i suoi amici gli avessero empito di stoppa la bocca arsa di sete.

Scosso dall'urgenza di correre a qualche riparo sotto la minaccia incombente d'una violenta, schiacciante repressione da parte del Governo, s'era opposto con indignazione ai consigli di prudenza dei[11] suoi amici, smarriti e sbigottiti dalla gravità estrema del momento. Prudenza? Ora che, a distanza di pochi giorni, nei piccoli paesi dell'interno, a Giardinello, di appena ottocento abitanti, a Lercara, a Pietraperzìa, a[12] Gibellina, a Marinèo, uscivano e si raccoglievano in piazza mandre di gente senz'alcuna[13] intesa, senz'altra bandiera che i ritratti del re e della regina, senz'altra arma che una croce imbracciata da qualche donna lacera e infuriata in capo alla processione, e s'avviavano cieche incontro ai fucili d'una ventina di soldati, a cui più che altro la paura di vedersi sopraffatti consigliava all'improvviso di far fuoco, senza neppure aspettarne[1] il comando? Sì, nessuno aveva suggerito loro quelle processioni che finivano in eccidii; ma di esse e di tutti gli atti inconsulti e del sangue di quei macellati si doveva ora rispondere, appunto perché quelle mandre cieche s'eran credute atte e mature ad accogliere la dimostrazione dei loro diritti. Come tirarsi più indietro, ora, e consigliar prudenza? No, non c'era più altro scampo, ormai, che nell'ultimo prorompimento di quella pazzia: bisognava immolarsi insieme con quelle vittime. E Lando[2] Laurentano aveva sdegnosamente rifiutato di apporre la firma a quel manifesto del Comitato centrale ai lavoratori dell'isola, che nella solennità del tono perentorio gli era sembrato anche ridicolo, non tanto per i patti e le condizioni che poneva al Governo, ma in quanto mancava ogni realtà di coscienza e di forza in coloro nel[3] cui nome li poneva. Di reale, non c'era altro che la disperazione di tanti infelici, condannati dall'ignoranza a una perpetua miseria; e il sangue, il sangue di[4] quelle vittime.

A viva forza, appena proclamato lo stato d'assedio, s'era fatto trascinare da Lino Apes alla fuga. Era fuggito, non per le ragioni che l'Apes nella concitazione del momento gli aveva gridate, ma per l'invincibile repugnanza di far la figura dell'apostolo o dell'eroe o del martire, esposto nella gabbia d'un tribunale militare alla curiosità e all'ammirazione delle dame dell'aristocrazia palermitana a lui ben note. A[5] compagni nella fuga, oltre l'Apes, aveva avuto il Bruno, l'Ingrao e Cataldo Sclàfani, tutti e tre travestiti.

Che riso, misto di sdegno e di compassione, che avvilimento insieme e che ribrezzo, gli aveva destato la vista irriconoscibile di quest'ultimo, senza più quel fascio di pruni che gli copriva le guance e il mento! Pareva che gli occhi e la voce ancora non lo sapessero, e producevano un ridicolissimo effetto di smarrimento nelle loro espressioni, di cui già tanta parte era quella barba che[1] adesso mancava. Ma quel travestimento non tradiva, in verità, alcuna paura in nessuno dei tre; era come imposto dalla parte che[2] la necessità della fuga assegnava loro in quel momento; ed entrava in esso anche, e non per poco, il fatuo puntiglio della scaltrezza isolana, di fuggire alla sopraffazione della forza pubblica.

S'erano internati nell'isola, correndo innanzi alle milizie che[3] da Palermo si disponevano a invadere le altre provincie. Se fossero riusciti a traversarla tutta, si sarebbero rifugiati a Valsanìa, e di là si sarebbero imbarcati per Malta o[4] per Tunisi. Sarebbe piaciuto a Lando di spatriare a Malta, luogo d'esilio di suo nonno, non perché ardisse di comparar la sua sorte a quella di lui, ma perché da un pezzo aveva in animo di recarsi a Bùrmula a rintracciarne, se gli fosse possibile, i resti mortali, con le indicazioni di Mauro Mortara, non ben sicure veramente, poiché[5] il seppellimento era avvenuto nella confusione della gran morìa a Malta nel 1852. Invano[6] Lino Apes, pigliando pretesto dagli incidenti e dai disagi della fuga precipitosa, ora a piedi, ora su carretti senza molle, ora su vetturette sgangherate, sù[7] per monti, giù per vallate, in cerca di cibo e di ricovero, aveva tentato di dimostrare agli amici che, dopo tutto, quello che facevano non era cosa[8] tanto seria, di cui, volendo, non si potesse anche ridere. Era, per esempio, lo strappo alle loro illusioni una ragione sufficiente perché[9] non si désse alcuna importanza a quello che egli s'era fatto ai calzoni, scendendo da un carretto? Più vecchie di Tiberio Gracco, quelle illusioni; e i suoi calzoni erano nuovi! Dove aveva lasciato Cataldo Sclàfani il pacco della sua magnifica barba? Niente meglio che un pelo di quella barba – pensando filosoficamente – avrebbe potuto rammendare i suoi calzoni! Lo squallido aspetto dei luoghi, nella desolazione invernale, la costernazione per il cammino incerto e faticoso, l'ansia di apprendere notizie qua e là di[1] quanto era accaduto dal momento della loro fuga, avevano[2] lasciato senz'eco di riso le arguzie di Lino Apes.

Dalle impressioni a mano a mano raccolte, internandosi sempre più, su quelle misure eccezionali adottate all'improvviso dal Governo, era sorto nell'animo di Lando più fermo il convincimento dello sbaglio commesso dai[3] suoi amici. L'antico, profondo malcontento dei Siciliani era d'un tratto diventato ovunque fierissima indignazione: per quanto i più alti ordini sociali fossero spaventati dalle agitazioni popolari, ora, di fronte a quella sopraffazione militare, a quell'aria di nemico invasore della milizia che aboliva per tutti ogni legge e sopprimeva ogni garanzia costituzionale, si sentivano inclinati, se non ad affratellarsi con gli infimi, se non a scusarli, almeno a riconoscere che in fine questi, finora, nei conflitti, avevano avuto sempre la peggio, né mai s'erano sollevati a mano armata, e che, se a qualche eccesso erano trascesi, vi erano stati crudelmente e balordamente aizzati dagli eccidii. La nativa fierezza, comune a tutti gli isolani, si ribellava a questa nuova onta che il governo italiano infliggeva alla Sicilia, invece di un tardo riparo ai vecchi mali; e per tutto era un fremito di odio alle notizie che giungevano, di paesi circondati da reggimenti di fanteria, da squadroni di cavalleria, per trarre in arresto a centinaja, senz'alcun discernimento e con furia selvaggia, ricchi e poveri, studenti e operaj, e qua consiglieri e là maestri e segretarii comunali, e donne e vecchi e finanche fanciulli: soppressa la stampa; sottoposta a censura anche la corrispondenza privata; tutta l'isola tagliata fuori dal consorzio civile e resa legata e disarmata all'arbitrio d'una dittatura militare.

Come un cavallo riottoso, cacciato contro sua voglia lontano dagli ostacoli che avrebbe dovuto superare, a un tratto, investito da una raffica turbinosa, aombra e s'impenna e recalcitra, fremendo in tutti i muscoli, Lando Laurentano, investito dalla veemenza di quell'indignazione generale, a un certo punto s'era impuntato, sentendosi[1] soffocare dall'avvilimento della sua fuga. Era proprio il momento di fuggire, quello? di lasciare il campo? Il terreno scottava sotto i piedi; l'aria era tutta una fiamma. Possibile che l'isola, da un capo all'altro fremente, si lasciasse schiacciare, pestare così, senza insorgere con l'esasperazione dell'odio sì lungamente represso e ora sì brutalmente provocato? Forse bastava un grido! Forse bastava che uno si facesse avanti! Giunti[2] a Imera, alla notizia che in un paese lì presso, a Santa Caterina Villarmosa, il popolo era insorto, Lando non poté più stare alle mosse; e, non ostante che gli amici facessero di tutto per trattenerlo, gridandogli che non c'era più nulla da tentare, da sperare[3] e che andrebbe a cacciarsi da sé balordamente tra le grinfie della forza pubblica, volle andare. Solo[4] Lino Apes lo seguì, ma con la speranza di raffreddarlo e d'arrestarlo a mezza via, assumendo per l'occasione, come meglio poté, la parte di Sancio, perché l'amico, che sapeva sensibile al ridicolo, si scoprisse[5] accanto a lui Don Chisciotte. E difatti, presto, i giganti che Lando nell'esaltazione s'era figurato di vedere in quei popolani di Santa Caterina Villarmosa, insorgenti a sfida della proclamazione dello stato d'assedio, gli si scoprirono molini a vento. Nei[6] pressi del paese, seppero che colà non si sapeva ancor nulla di quella proclamazione: un manifesto era stato attaccato ai muri, ma il popolino lo ignorava; e, ignorandolo, al solito, come altrove, coi ritratti del re e della regina, un[1] crocefisso in capo alla processione, gridando: – *Viva il re! abbasso le tasse!* – s'era messo a percorrere le vie del paese, finché, uscendo dalla piazza e imboccando una strada angusta che[2] la fronteggiava, vi aveva trovato otto soldati e quattro carabinieri appostati. L'ufficiale che li comandava (non per niente si chiamava Colleoni) aveva preso questo partito con strategia sopraffina, perché la folla inerme, lì calcata e pigiata, alle intimazioni di sbandarsi non[3] si potesse più muovere; e lì non una, ma più volte, aveva ordinato contro di essa il fuoco. Undici morti, innumerevoli feriti, tra cui donne, vecchi, bambini. Ora, tutto era calmo, come in un cimitero. Solo, qua e là, il grido dei parenti che[4] piangevano gli uccisi, e i gemiti dei feriti.

– Ti basta? – domandò Lino Apes a Lando.

Questi si volse al vecchio contadino che[5] aveva dato quei ragguagli e che, paragonando il paese a un cimitero, aveva indicato una collina lì presso su[6] cui sorgevano alcuni cipressi, e gli domandò:

– Sono lì?

Il vecchio contadino, con gli occhi aguzzi d'odio e intensi di pietà, crollò più volte il capo; poi tese le dita delle due mani deformi e terrose, per significare prima dieci e poi uno; e con lo sguardo e col silenzio, che seguì a quel muto parlare, espresse chiaramente ch'egli li aveva veduti. Lando[7] si mosse verso la collina.

– Ho capito! – sospirò Lino Apes. – Ora divento Orazio... Seconda rappresentazione: Amleto al cimitero.

Nel piccolo, squallido camposanto su la collina, tranne il custode freddoloso, con un leggero scialle di lana appeso alle spalle, non c'era nessuno. Seduto su uno sgabelletto, a sinistra dell'entrata, quegli stava a guardare apaticamente, nel silenzio desolato, le casse schierate per terra innanzi a sé, come un pastore la sua mandra. Aspettava la visita e le disposizioni dell'autorità giudiziaria, per il seppellimento. Vedendo entrare quei due, si voltò, poi subito s'alzò e si tolse il berretto, credendo che fossero il giudice e il commissario di polizia. Lino Apes gli si diede a conoscere per giornalista, insieme col compagno, e Lando lo pregò di fargli vedere qualcuno di quei cadaveri.

Il custode allora si chinò su una delle casse, più grande delle altre, tinta di grigio, con due fasce nere in croce, e tolse una grossa pietra che stava sul coperchio.

Due cadaveri in quella cassa, uno su l'altro: uno con la faccia sotto i piedi dell'altro.

Quello di sopra era d'un ragazzo. Divaricate, le gambe; la testa, affondata[1] tra i piedi del compagno. A guardarlo così capovolto, pareva dicesse, in quell'atteggiamento: « *No! No!* » con tutto il visino smunto, dagli occhi appena socchiusi, contratti ancora dall'angoscia dell'agonia. No, quella morte; no, quell'orrore; no, quella cassa per due, attufata da quel lezzo crudo e acre di carneficina. Ma[2] più raccapricciante era la vista dell'altro, di tra le scarpe logore del ragazzo, coi grandi occhi neri ancora sbarrati[3] e un po' di barba fulva sotto il mento. Era d'un contadino nel pieno vigore delle forze. Con quei terribili occhi sbarrati al cielo, dal corpo supino, chiedeva vendetta di quell'ultima atrocità, del peso di quell'altra vittima sopra di sé.

« Vedete, Signore, » pareva dicesse, « vedete che hanno fatto! »

Non una parola poté uscire dalle labbra di Lando e dell'Apes; e il custode richiuse il coperchio e di nuovo vi impose la grossa pietra.

Dopo altre e altre casse di[4] nudo abete, misere, una ve n'era, foderata di chiara stoffa celeste, piccola, così piccola, che a Lando sorse, nel dubbio, la speranza che almeno quella non fosse della strage. Guardò il custode che[1] vi si era affisato, e dal modo con cui la mirava comprese che, sì, anche quella... anche quella... Glielo domandò e[2] il custode, dopo avere un po' tentennato il capo, rispose:

– Una *'nnuccenti*... (Una fanciullina).

– Si può vederla?

Lino Apes, rivoltato e su le spine, si ribellò:

– No, lascia, via, Lando! Non vedi? La cassa è inchiodata...

– Oh, per questo... – fece il custode, togliendo di tasca un ferruzzo. – Devo schiodarla per il giudice istruttore. Ci vuol poco...

E si chinò a schiodare il lieve coperchio, con cura per la gentilezza di quella stoffa celeste. I chiodi si staccavano docili dal legno molle, a ogni spinta. Scoperchiata[3] la piccola bara, vi apparve dentro la fanciullina non ancora irrigidita dalla morte, ancora rosea in viso, con la testina ricciuta, un po' volta da un lato, e le braccia distese lungo i fianchi. Ma la boccuccia rossa era coperta di bava e dal nasino le colava una schiuma sanguigna, gorgogliante ancora, a intervalli che pareva avessero la regolarità del respiro.

– Ma è viva! – esclamò Lando, con raccapriccio.

Il custode sorrise amaramente:

– Viva? – e ripose il coperchio.

La avrebbe fatta andar via ancora viva quella mamma che[4] così l'aveva pettinata e acconciata, che con tanto amore aveva adornato di quella chiara stoffa celeste la piccola bara?

– Questo hanno fatto... – mormorò Lando.

E Lino Apes e il custode credettero ch'egli alludesse ai soldati, che avevano ucciso quella povera bimba. Lando[5] Laurentano, invece, alludeva ai[6] suoi compagni, e aveva innanzi alla mente non più l'immagine di quella piccina, la quale almeno aveva avuto le cure della gentile pietà materna, ma l'immagine atroce di quell'altra vittima grande, con su la faccia le scarpe dell'altro cadavere, e gli occhi sbarrati, pieni di smisurata angoscia, rivolti al cielo.

Nell'antico[1] palazzo dei De Vincentis, fuori annerito dal tempo e tutto screpolato come una rovina, dai balconi e dalla vasta terrazza vellutati di muschio, con le ringhiere a gabbia arrugginite, ma dentro, negli ampii cameroni, pieno di luce e di pace, con quei santi e fiori di cera nelle campane di cristallo che[2] pareva diffondessero per tutto un odor di badìa, il silenzio stampato sui mattoni coi rettangoli di sole delle invetriate che[3] s'allungavano lentissimamente sempre più, seguiti dal fervor lento e lieve del pulviscolo, era rotto da un cupo romore cadenzato di passi. Da[4] una settimana Vincente De Vincentis, dimentico dei codici arabi della biblioteca di Itria,[5] se ne stava in una camera, avvolto in un vecchio pastrano stinto, col bavero alzato, a passeggiare dalla mattina alla sera, con le mani adunche, afferrate dietro il dorso, il capo ciondoloni e gli occhi tra i peli, quasi ciechi, poiché in casa non portava mai gli occhiali.

Nella stanza accanto, presso la vetrata del balcone, stava seduta a far la calza, con uno scialle grigio di lana addosso e un fazzoletto nero in capo di lana, anch'esso annodato[6] sotto il mento, boffice e placida come una balla, donna Fana, la vecchia casiera. Per metà dentro al rettangolo di sole, quasi vaporava nella luce, e la calugine dello[7] scialle di lana, accesa, brillava con gli atomi volteggianti del pulviscolo.

Donna Fana aveva composto con le sue mani nelle bare prima il padrone, morto giovane, poi la padrona, di cui, più che la serva, era stata l'amica e la consigliera, e aveva veduto nascere e crescere tra le sue braccia i due padroncini, ora affidati del tutto alle sue cure. Da giovane, era stata conversa nel monastero di San Vincenzo, ed era rimasta « senza mondo », com'ella diceva, cioè vergine e quasi monaca[1] di casa. Traeva a quando a quando, come nel monastero, certi sospiri ardenti, seguiti dall'immancabile esclamazione:

– Se fossi là!

Ma non c'era più nessuno che le domandasse, come usava tra le monache: – Dove, sorella mia? – perché ella potesse rispondere in un altro sospiro:

– Con[2] gli angeletti!

Ma nella pace degli angeli, veramente, era stata sempre, in quella casa. La padrona: una vera santa, ingenua fino a grande come una bambina, incapace di pensare il male, e tutta dedita alla religione e alle opere di misericordia; quei due figliuoli: anch'essi uno più buono dell'altro, costumati e timorati di Dio.

Ora, poteva mai il Signore abbandonare quella casa e lasciarla andare in rovina?

Donna Fana pareva fosse a parte di tutti i voleri di Dio; e parlava del Paradiso, come se già vi fosse e seguitasse a farvi la calza sotto gli occhi del Padre Eterno, di cui sapeva dire dove e come stava seduto, insieme con Gesù Nostro Salvatore e la Bella Madre. Da tempo aveva preparato i capi di biancheria e la veste e le pianelle di panno e il fazzoletto di seta per comparire al Giudizio Universale, sicurissima che il Giudice Supremo l'avrebbe chiamata tra gli eletti, così tutta bella pulita e rassettata; e ogni sera faceva una speciale orazione a Santa Brigida, che doveva annunziarle in sogno, tre giorni prima, l'ora precisa della morte, perché fosse pronta e in regola coi sagramenti. Non[3] si angustiava dunque di nulla; e per lei tutta quella costernazione di Vincente (ch'ella chiamava don Tinuzzo) era una fanciullaggine. La raffermava in questa opinione, non solo la fiducia in Dio, ma anche la fede incrollabile che[4] la ricchezza di quel casato non potesse aver mai fine. E seguitava a governare con l'antica abbondanza, per modo che tutte le poverelle del vicinato venissero a fin di tavola a spartirsi il superfluo e i resti del desinare, come al solito per tanti anni; e a tener provvista la dispensa d'ogni ben di Dio, e a preparare con le sue mani ai padroncini i rosolii e i dolci tradizionali, imparati alla badìa, il *cùscusu* di riso e pistacchi, i pesci dolci di pasta di mandorla, le pignoccate, e tutte le conserve e le cotognate e i frutti in giulebbe.

Forse, sì, qualche cosa raspava, sotto sotto, don Jaco Pàcia, l'amministratore.

– Ma che? – domandava a Ninì, dopo qualche sfuriata del fratello maggiore. – Mollichelle, figlio mio, mollichelle!

Uomo di chiesa anche lui, don Jaco Pàcia, era mai possibile che rubasse come e quanto diceva don Tinuzzo? Ma se a lei don Jaco seguitava a dare per l'andamento di casa quello stesso che aveva dato sempre, senza far mai la più piccola osservazione? Tutto il maneggio dei denari lo aveva lui; via! bisognava chiudere un occhio, se qualcosina gli restava attaccata alle dita. Donna[1] Fana lo difendeva, in coscienza, perché della onestà dei pensieri e delle azioni del Pàcia credeva d'avere una prova nel fatto che, l'anno che don Jaco era andato a Roma, le aveva portato di là una corona benedetta e una tabacchiera col ritratto del Santo Padre. Se[2] avesse saputo che, quel giorno stesso, don Jaco, per far denari, oltre la cessione delle terre di *Milione* a don Flaminio Salvo, sarebbe venuto a proporre un'ipoteca su quel palazzo, ov'ella stava così tranquillamente a far la calza! Quest'ultima[3] bomba, veramente, non se l'aspettava neanche Vincente. Oltre quella delle terre da cedere egli aveva, sì, un'altra grave preoccupazione, che non gli dava requie da due giorni, ma d'indole affatto diversa. Aveva[4] scoperto nell'angolo d'uno stanzone, ov'era affastellata la roba fuori d'uso, un fucilaccio antico, di quelli a pietra focaja, tutto incrostato di ruggine e di polvere. Proclamato lo stato d'assedio e il disarmo in tutta la Sicilia, non era egli in obbligo di consegnare quell'arnese là? Ninì[1] e donna Fana dicevano di no; Ninì anzi sosteneva che sarebbe sembrata, più che una impertinenza, uno scherno oltraggioso all'autorità la consegna d'un'arma come quella. Ma che ne sapevano essi? Come lo dicevano? Così, di testa loro! L'ordine di consegnare tutte quante le armi, senza eccezioni, era positivo e perentorio. Era un'arma, quella, sì o no? Poteva essere antica, anzi era antica e mangiata dalla ruggine, ma sempre arma era! E fors'anche carica e pronta a sparare... Si vedeva la pietra focaja; e l'acciarino, eccolo lì, pendeva da una catenella...

– Ebbene, prendila e va' a consegnarla! – gli aveva gridato, Ninì, scrollandosi, il giorno avanti. Aveva ben altro da pensare, lui, in quei[2] momenti, nelle rare comparse che faceva in casa, tutto stravolto e impaziente di ritornare al suo supplizio, presso Dianella.

Vincente avrebbe[3] preteso che Ninì perdesse una mezza giornata, nelle condizioni d'animo in cui si trovava, per chiedere informazioni su quell'arma. Una parola, prenderla! E se scoppiava? Consegnarla poi a chi, dove? Alla prefettura? al municipio? al commissariato di polizia? Egli non ne sapeva niente; e ad andare a domandarlo così, fingendo[4] d'averne curiosità, dopo due giorni, c'era il rischio di far nascere qualche sospetto e d'attirarsi una perquisizione in casa.

Lo stato d'assedio aveva messo e teneva Vincente De Vincentis in tale orgasmo, da fargli vedere ovunque minacce e pericoli terribili. S'era proposto di non uscir più di casa, fintanto che fosse durato. Ma se, per il maledetto vizio di donna Fana di chiamare a parte tutto il vicinato d'ogni minimo incidente in famiglia, la polizia fosse venuta a sapere di quel- l'arma?

All'improvviso, la vecchia casiera lo vide uscire, frenetico, dalla camera in cui stava chiuso, con le braccia in aria e gridando:

– Scoppii! m'ammazzi! non me n'importa niente! Vado a prenderlo, vado a prenderlo io!

– Per carità, lasci, don Tinuzzo! – esclamò donna Fana, correndogli dietro. – Non sia mai, Dio, con questa furia... Vede come trema tutto? Lasci fare! Chiamerò qualcuno dal balcone...

– Chi chiamate? Non v'arrischiate... – s'era messo a urlare, paonazzo in volto, Vincente, quando dalla porta, sempre aperta di giorno, comparve don Jaco Pàcia con la sua solita aria di santo, caduto dal cielo in un mondo di guaj e d'imbrogli. Era[1] lungo e secco, come di legno, con la faccia squallida, segnata con trista durezza dalle sopracciglia nere ad accento circonflesso, in contrasto col largo sorriso scemo, beato, sotto gl'ispidi baffi bianchi. Gli occhi, dalle pàlpebre stirate come quelle dei giapponesi, non scoprivano il bianco e restavano opachi e come estranei alla durezza di quegli accenti circonflessi e alla scema beatitudine dell'eterno sorriso. Con le braccia raccolte sempre sul petto e le grosse mani slavate e nocchierute prendeva atteggiamenti di umiltà rassegnata.

Udito di che si trattava, prese sopra di sé l'affare di quel fucile, e disse che aveva, non una, ma cento ragioni don Tinuzzo di costernarsi così. Sicuro, era un'arma! E, Dio liberi, in un momento come quello... Momento terribile per tutta la Sicilia! Ma c'era lui, c'era lui, lì, per quei due bravi giovanotti e, con l'ajuto di Dio, niente paura, da questa parte! I guaj, guaj grossi, erano invece da un'altra. E[2] cominciò a rappresentare tutte le sue fatiche per rintracciare gl'incartamenti delle terre di *Milione*, prima all'archivio notarile, poi nella cancelleria del tribunale e in quella del Vescovado per tutti i piccoli e grossi censi che gravavano su quelle terre. Ora gl'incartamenti erano pronti e in ordine dal notajo; ma don Flaminio Salvo non voleva pagar le spese dell'atto di vendita, e forse dal[1] suo canto aveva ragione, perché, dopo tutto, faceva un gran favore... lui banchiere...

– Ah sì, un gran favore? un gran favore? – scattò furibondo Vincente, – come per *Primosole*, è vero? un gran favore!

Don Jaco lo lasciò sfogare, in uno dei soliti atteggiamenti di santo martire; poi disse:

– Ma abbiate pazienza, don Tinuzzo mio! Che forse don Flaminio ha altri figliuoli, oltre quella già fidanzata a vostro fratello Ninì? Non vedete che è tutta una finta, santo Dio? Domani si fa lo sposalizio e, gira e volta, alla fine tutto ritornerà qui!

– Tutto, eh? Bello... facile... liscio come l'olio... – prese a dire Vincente, con furiosi inchini. – Lo sposalizio dei matti! Ma se è così, perché don Flaminio si ricusa di pagar le spese dell'atto? Segno che non ci crede! Chi vi dice che questo matrimonio si farà? chi vi dice che...

– Don Tinuzzo! – lo interruppe quello. – Vostro fratello don Ninì è entrato, sì o no, in casa del Salvo? o me l'invento io? Santo nome di Dio benedetto! Sono ormai parecchi giorni? Dunque, che vuol dire? Vuol dire che la ragazza ci sta! Ora volete che la paglia accanto al fuoco... Del resto, oh! ecco qua don Ninì in persona... Nessuno meglio di lui ve lo potrà confermare.[2]

Vincente corse innanzi al fratello che[3] entrava; gli s'accostò a petto, fremente; gli afferrò con le mani adunche le braccia, e alzò da un lato la faccia congestionata per sbirciarlo bene in volto, davvicino, con gli occhi miopi.

– Sì! guardatelo! – poi sghignò, allontanandosi e mostrandolo. – Vedete che faccia ha! Pare un morto, lo sposo!

Ninì, così soprappreso, restò in mezzo alla stanza a guardare il fratello e don Jaco e donna Fana, come insensato.

Aveva veramente dipinta una torbida angoscia nel volto che di solito esprimeva la bontà mite e gentile dell'animo; e i begli[1] occhi neri, vellutati, erano intensi di tetro cordoglio, eppur quasi smemorati. Come[2] seppe che cosa si voleva da lui e per qual fine, s'adontò fieramente, agitando le braccia, col volto atteggiato di schifo.[3] Don Jaco da una parte, donna Fana dall'altra, cercarono di calmarlo, d'interrogarlo con garbo; ma invano: si storceva, scotendo il capo, con un grido soffocato in gola.

– Ma dite almeno se c'è qualche speranza, per tranquillare vostro fratello! – gli gridò alla fine don Jaco a mani giunte.

Ninì lo guatò con un lampo strano negli occhi. Ma se non ci fosse più alcuna speranza di richiamare Dianella alla ragione, che sarebbe[4] più importato a lui della rovina della casa, della miseria, di tutto? Era mai possibile che qualcuno potesse sperar la salvezza di Dianella soltanto[5] per questo, per salvar dalla rovina la casa? che tutto il suo impegno, il suo supplizio dovessero per quella gente servire a questo scopo? Ecco, lo costringevano a gettare la sua speranza come un'offa per placar la paura di quella miseria! Ebbene, sì, c'era una speranza, c'era, c'era...

E Ninì, coprendosi il volto, ruppe in uno stridulo pianto convulso.

Flaminio[6] Salvo aveva stentato molto a decifrare la lettera della[7] sorella Adelaide, la cui scrittura, non soltanto per gli spropositi d'ortografia quasi[8] sempre illeggibile, pareva quella volta più che mai una furiosa raspatura di gallina. Tutta[1] un grido d'ajuto e di minaccia, quella lettera, tra imprecazioni ed esclamazioni disperate. Le aveva risposto brevemente e pacatamente, che presto sarebbe venuto a visitarla a Colimbètra e[2] che intanto stésse tranquilla, come si conveniva a una donna della sua età e della sua condizione. Un[3] sorriso frigido gli era venuto alle labbra, sogguardando dopo la lettura quel foglietto di carta che[4] avrebbe voluto recargli ancora un dispiacere. Pian piano lo aveva ripiegato e s'era messo a lacerarlo lentamente, per lungo e per largo, in pezzetti sempre più piccoli, senza più badare a quello che faceva, caduto in un attonimento grave, d'uggia aggrondata; alla fine, aveva guardato sul piano della scrivania l'opera delle sue dita: tutto quel mucchietto di minuzzoli di carta. Chi sa se non aveva fatto soffrire anche quel foglietto, a lacerarlo e ridurlo così, in tutti quei minuzzoli! Gli era[5] rimasto un bruciorino ai polpastrelli dell'indice e del pollice, che s'erano accaniti in quell'opera di distruzione, senza ch'egli la volesse; da sé, per il gusto di distruggere. Ah, poter ridurre in minuzzoli così, senza[6] pensarci, la vita, tutta quanta: ripiegarla in quattro, come un foglio sporco di spropositi, e strapparla per lungo e per largo, dieci, venti, trenta volte, pezzo per pezzo, lentamente![7]

Con uno sbuffo aveva sparpagliato su la scrivania e per terra tutti quei minuzzoli, e s'era alzato. Guardando[8] dai vetri del balcone la distesa ben nota, sempre uguale, delle campagne; le due scogliere lontane di Porto Empedocle, protese nel mare laggiù a[9] occidente, come due braccia; le macchie scure dei piroscafi ancorati, e immaginando il traffico di tanta gente lì a' suoi servizii per l'imbarco dello zolfo delle sue miniere accatastato[10] su la spiaggia, s'era sentito soffocare[11] da tutte le noje, da tutti i pensieri che da anni e anni gli venivano da quel traffico per lui ormai superfluo, necessario a tanti che[1] ne traevano i mezzi per provvedere ai meschini bisogni quotidiani e affrontar le miserie, i dolori, di cui è intessuta la loro vita e quella di tutti. E s'era messo a pensare che, lui sazio e stanco, con la nausea della sazietà e l'abbandono della stanchezza, restava lì come disteso a[2] farsi mangiare da tanti irrequieti affamati di[3] cui non gl'importava nulla. Ma avrebbe potuto forse impedirlo? L'opera sua, di tutta la sua vita, aveva preso corpo fuori di lui, e stava lì per gli altri. Poteva forse quella distesa di campagne impedire che tanti uomini vi affondassero le zappe e gli aratri, vi piantassero gli alberi e ne raccogliessero i frutti? Così era ormai di lui. E, come la terra, egli non sentiva alcuna gioja del lavoro che gli altri facevano sopra di lui per raccogliere il frutto; né questi altri, quantunque gli camminassero sopra, potevano dargli compagnia, penetrare, rompere la sua solitudine che[4] aveva ormai l'insensibilità della pietra. Sentiva[5] solamente un enorme fastidio di tutto, che gli schiacciava la volontà di liberarsene, e solo gli moveva ancora inconsciamente le[6] dita, come dianzi, a far del male a un foglietto di carta. Ma tutte le cose ormai per lui avevano[7] il valore di quel foglietto di carta; e bisognava pur lasciare che le dita, almeno le dita, facessero qualche cosa, da sé, poiché il fastidio le moveva. Se si fossero rivoltate e accanite anche contro di lui, le avrebbe lasciate fare, allo stesso modo.

Davvero? O non[8] fingeva l'incoscienza delle sue dita nel lacerar la lettera della[9] sorella, per poter dire a se stesso che, anche *allo stesso modo*, aveva lacerato, dopo il suo ritorno a Girgenti, certe altre lettere appena[10] intraviste nei cassetti della scrivania o nel palchetto a casellario che[11] gli stava davanti? Certe lettere con la firma di Nicoletta Capolino?

Veramente, no: le immagini di Aurelio Costa e di Nicoletta Capolino non erano[1] mai venute a piantarglisi di fronte, cosicché egli potesse respingerle con un *logico* sorriso, dando le sue ragioni e facendo loro notare che a essi mancavano per perseguitarlo coi rimorsi. La persecuzione loro era più d'ogni altra irritante, perché non appariva. Non appariva, per questa ragione certissima e solida e pesante come una pietra di sepoltura: che erano stati anch'essi, l'uno per il suo proprio accecamento, l'altra per un suo motivo particolarissimo, a volere quella loro morte.

Eppure... Eppure, sotto questa ragione che li seppelliva e glieli[2] rendeva invisibili, essi, in un modo ch'egli non avrebbe saputo definire, gli erano... non presenti, no, mai; anzi costantemente assenti: ma con questa loro assenza intanto lo[3] perseguitavano. Erano tutti e due di là, con Dianella, nell'assenza della sua ragione. Egli non li vedeva, ma pur li sentiva nelle parole vuote di senso, negli sguardi e nei sorrisi vani della figliuola. E allora, anche a lui irresistibilmente, come[4] dal fondo delle viscere contratte dall'esasperazione, venivano alle labbra parole vuote di senso, del tutto impensate; strane, vaghe parole che[5] gli atteggiavano il viso a seconda delle diverse espressioni che contenevano[6] in sé, per conto loro, fuori assolutamente della sua coscienza e senz'alcuna relazione col suo stato presente. Ed[7] ecco che, quel giorno, per seguitar la finzione della sua incoscienza, dopo aver lacerato la lettera della[8] sorella, si era anche messo a dire, *allo stesso modo*, parole impensate:

– Quello che serve... quello che serve...

Se non che, alla fine, aveva mutato in ragionamento la finzione, apparsa a lui stesso troppo evidente:

« Quello che serve... sì. Devo accendere un sigaro? Mi serve un fiammifero. Ecco il sigaro... ecco il fiammifero: per sé, due cose; ma fatte per il mio bisogno di fumare. Prima l'uno, poi l'altro, li accendo e li distruggo... Quanti fiammiferi ho accesi! Troppi... E tutta l'opera mia è andata in fumo! Male, perché non sono riuscito allo scopo... ma io volevo maritar bene la mia figliuola, perché avessero almeno una bella corona... già! una corona principesca... tutte le mie fatiche e le mie lotte. Una corona principesca!... Fumo? Vanità? Eh, ma almeno questo compenso alla morte del mio bambino! Vanità, per forza, se la sorte volle togliermi ogni ragione di attendere a cose più serie, e mi lasciò una povera figliuola con l'ombra intorno della pazzia materna. E ormai... ormai... se servo io, per il bisogno che[1] qualcuno abbia di fumare... »

Ma sì, ecco: non aveva lasciato entrare in casa quello stupido buon figliuolo del De Vincentis? E gli aveva messo davanti[2] la figliuola: là! per l'esperimento! E se l'avesse[3] guarita, con quei suoi begli occhi a mandorla vellutati, con[4] quelle sue dolci manierine di dama, ecco che don Jaco Pàcia, seduto lì davanti a[5] quella scrivania, maestro e donno, in pochi anni si sarebbe fumati a uno a uno tutti i suoi biglietti di banca e le sue cartelle di rendita e le zolfare e le campagne e le case e gli opificii.

« Quello che serve... quello che serve... »

Questa seccatura della[6] sorella Adelaide, intanto, no, era proprio di più.[7] Che voleva da lui? Non stava comoda al suo posto? C'erano spine? Oh cara! E voleva le rose da lui? Con tutti quei « militari » che le facevano scorta; con quei ritratti dei Re Borboni che[8] la proteggevano, via, poteva esser lieta e contenta... Fosse stato lui al posto di lei!

Fallito ogni scopo, il solo pensiero di rivedere don Ippolito e di parlargli, era per lui ora un'oppressione intollerabile. Come[9] resistere, con l'arida nudità del suo animo desolato, senza più uno straccio d'illusione, alla vista di quell'uomo tutto quanto composto e addobbato e parato di nobile decoro? Gli pareva ora incredibile che[1] avesse potuto prendere sul serio quella via per arrivare al suo scopo... Povera Adelaide! C'era andata di mezzo lei... Ma, dopo tutto, via! la villa era sontuosa e il posto ameno; con un po' di pazienza e di buona volontà, poteva sopportar la noja di quell'uomo non fatto propriamente per lei.

In tale disposizione d'animo, scese due giorni dopo, in vettura, a Colimbètra. Il sorriso, venutogli[2] alle labbra, su l'entrare, al saluto degli uomini di guardia parati, sì, ancora[3] militarmente, ma senza più armi, non gli andò via[4] per tutto il tempo che durò la visita. Sorridendo[5] ascoltò sotto le colonne del vestibolo esterno la risposta di capitan Sciaralla impostato[6] su l'attenti, che le armi, nossignore, non erano state consegnate all'autorità, ma si tenevano riposte per prudenza; sorridendo accolse l'invito di Liborio d'accomodarsi nel salone, e, poco dopo, l'irrompere come una bufera della[7] sorella Adelaide e le prime domande affannose, tra il pianto, intorno a Dianella.

– Mah... fa cura d'amore, – le rispose.

E sorrise allo sbalordimento quasi feroce della[8] sorella, per la sua placida risposta.

– Ridi?... Dunque può guarire?

– Guarire... Speriamo! La cura è buona...

Sorrise di più alle improperie che[9] donna Adelaide gli scagliò in un impeto aggressivo, e poi alla rappresentazione di tutte le ambasce, di tutte le sofferenze e dei maltrattamenti, ch'ella chiamava « pestate di faccia », da parte del marito.

– Bada, Flaminio! – proruppe a un certo punto la sorella, vedendolo sorridere a quel modo. – Bada! Finisce ch'io la faccio davvero, la pazzia!

Egli[10] la guardò un poco, e poi, aprendo le braccia:

– Ma perché? Scusa, se hai una bellissima cera!

A questa uscita, la sorella scappò via come per porre a effetto, subito subito, la minaccia.

E allora, attendendo che entrasse il principe per la seconda scena, sorrise ai ritratti dei due re di Napoli e Sicilia che[1] lo guardavano con molta serietà dall'alto della parete.

Don Ippolito, scuro in viso e, dentro, in gran pensiero per la sorte del figliuolo di[2] cui non aveva più notizie, entrò nel salone, maldisposto anche lui a quell'incontro, dal quale l'unico bene che potesse ripromettersi sarebbe[3] stato certamente a costo d'uno scandalo, dopo la nauseante amarezza di volgari spiegazioni. Ma si rischiarò alla vista di quel sorriso sulle[4] labbra del cognato. Lo interpretò nel senso che due uomini, com'essi erano, non potessero e non dovessero dare alcuna importanza alle lagrimucce facili, alle smaniette passeggere d'una donna, che la loro generosità maschile poteva e doveva senza stento compatire.

Sorrise allora anche lui, ma con mestizia, don Ippolito, stringendo la mano al cognato; e, seguitando a sorridere, gli parlò pacatamente e in quel tono di superiorità maschile del[5] suo dispiacere per i dissapori sorti tra lui e la moglie, perché tardava ancora... eh, tardava purtroppo a stabilirsi l'accordo tra i loro sentimenti e i loro pensieri, non volendo ella intendere le ragioni per cui...

– Ma via, principe! – cercò d'interromperlo il Salvo.

– No no, – s'ostinò a dire don Ippolito. – Perché io apprezzo moltissimo il sentimento da cui ella è mossa a chiedermi quel che non posso accordarle. Io partecipo, credetemi, con tutto il cuore, alla vostra sciagura, e...

– Ma se sarebbe, tra l'altro, inutile la sua presenza! – disse, per troncare il discorso, il Salvo.

E con gran sollievo d'entrambi presero[1] a parlar d'altro, cioè dei gravi avvenimenti del giorno. Se non che, allora, il principe restò sconcertato nel notare la permanenza di quel sorriso su le labbra del cognato, mentr'egli manifestava con tanto calore la sua indignazione, sia per le misure oltraggiose del governo, sia per la tracotanza popolare. Quale sarebbe stato il suo stupore se, interrompendosi all'improvviso e domandando a Flaminio Salvo perché seguitasse a sorridere a quel modo, questi gli avesse risposto:

« Perché?... Ah... Perché in questo momento sto pensando che Colimbètra ha, tra l'altro, la bella comodità d'esser[2] molto vicina al cimitero, sicché voi tra poco, morendo, avrete l'insigne vantaggio d'esser seppellito a due passi da qui, senza attraversare[3] la città, neanche da morto. »

Ma gli sovvenne che il principe s'era fatto edificare nella stessa tenuta, e[4] propriamente nel boschetto d'aranci e melograni[5] attorno al bacino d'acqua che le dava il nome, un tumulo uguale a quello di Terone, e gli sorse una viva curiosità di andarlo a vedere.[6] Appena poté, interruppe anche quel discorso e propose al cognato una giratina in quel boschetto.

Donna Adelaide approfittò di quel momento per spedire *Pertichino* di corsa a Girgenti a consegnare un biglietto all'onorevole deputato Ignazio Capolino: *S.P.M.* (*sue pregiatissime mani*).

Quando, sul far della sera, Flaminio Salvo rientrò in casa, nell'aprir l'uscio della stanza ove[7] di solito stava Dianella, guardata dalla vecchia governante e da una infermiera, ebbe la sorpresa di trovar la figliuola appesa al collo di Ninì De Vincentis, con gli occhi che le si scoprivano appena di su la spalla del giovine, ilari, sfavillanti[8] di felicità, sotto i capelli scarmigliati, e le due mani aggrovigliate nella stretta.

– Dianella... Dianella... – la chiamò, con l'ansia nella voce, di saperla guarita.

Ma Ninì De Vincentis, piegando a stento il capo e mostrando il volto congestionato da un orgasmo atroce, gli rispose disperatamente:

– Mi chiama Aurelio...

VIII

Reduce[1] da quel suo pellegrinaggio a Roma, da cui tanta gioja e tanta luce di sogni gloriosi s'era promesso di riportare a Valsanìa per i suoi ultimi giorni, Mauro Mortara, dopo la visita a donna Caterina Laurentano morente, a testa bassa, senza arrischiar neppure un'occhiata intorno, quasi avesse temuto d'esser deriso dagli alberi ai[2] quali per tanti anni aveva parlato delle sue avventure, della grandezza e della potenza derivate alla patria dall'opera dei vecchi suoi compagni di cospirazione, d'esilio, di guerra, era andato a cacciarsi nella sua stanza a terreno, come nel suo covo una fiera ferita a morte. Invano[3] don Cosmo, per circa una settimana, aveva cercato di scuoterlo, di farlo parlare, compreso di quella sua pietà sconsolata per tutti coloro che giustamente rifuggivano dal rimedio ch'egli[4] aveva trovato per guarire d'ogni male. Alle sue insistenze, che almeno salisse alla villa per il desinare e la cena, Mauro[5] aveva risposto, scrollandosi:

– Corpo di Dio, lasciatemi stare!

– E che mangi?

– Le mani, mi mangio! Andàtevene!

In un modo più spiccio e più brusco, il giorno dopo il suo arrivo, aveva risposto ai colombi, che durante la sua assenza erano stati governati due volte al giorno, all'ora solita, dal *curàtolo* Vanni di Ninfa: bum! bum! due schioppettate in aria; e li aveva dispersi con fragoroso scompiglio. Né migliore accoglienza aveva fatto alla festa dei tre mastini, quasi impazziti dalla gioja di rivederlo. La[1] placida immobilità dei vecchi oggetti della stanza, impregnati tutti da un lezzo quasi ferino, i quali parevano in attesa ch'egli riprendesse tra loro la vita consueta, gli aveva suscitato una fierissima irritazione: avrebbe preso a due mani lo strapunto di paglia abballinato in un angolo e[2] lo avrebbe scagliato fuori con le tavole e i trespoli che lo sorreggevano, e fuori quel torchio guasto delle ulive, fuori seggiole e casse e capestri e bardelle e bisacce. Solo gli era piaciuto riveder nel muro l'impronta degli sputi gialli di tabacco masticato che, stando a giacer sul letto, era solito scaraventare alla faccia dei nemici della patria, sanfedisti e borbonici.

Più volte, la lusinga degli antichi ricordi aveva cercato di riaffascinarlo; più volte, dalla porta aperta, i lunghi filari della vigna, con gli alberetti già verzicanti sparsi qua e là nel[3] silenzio attonito di certe ore piene di smemorato abbandono, gli avevano per un momento ricomposto la visione quasi lontana di quel mondo, per cui fino a poco tempo addietro vagava[4] nei dì sereni, gonfio d'orgoglio, da padreterno, lisciandosi la barba. D'improvviso, ogni volta, l'anima che già s'avviava affascinata da quella[5] visione, s'era ritratta all'aspro e fosco ronzare di qualche calabrone che, entrando nella stanza, lo richiamava con violenza al presente e rompeva il fascino e sconvolgeva la visione.

Che fare? che fare? come vedersi più in quei luoghi testimonii della sua passata esaltazione? come più attendere alle cure pacifiche della campagna, mentre sapeva che tutta la Sicilia era sossopra e tanti vili rinnegati si levavano ad abbattere e scompigliare l'opera dei vecchi? Da[6] anni e anni, tutti i suoi pensieri, tutti i suoi sentimenti, tutti i suoi sogni consistevano dei ricordi e della soddisfazione di quest'opera compiuta. Come aver più requie al pensiero ch'essa[1] era minacciata e stava per essere abbattuta? Contro ogni seduzione[2] delle antiche, tranquille abitudini, si vedeva costretto dalla sua logica ingenua a riconoscere ch'era[3] debito d'onore, per[4] quanti come lui portavano al petto le medaglie in[5] premio di quell'opera, accorrere ora in difesa di essa.

« La vecchia guardia nazionale! la vecchia guardia! Tutti i veterani a raccolta! »

E alla fine, in un momento di più intensa esaltazione, era corso come un cieco, per rifugio e per consiglio, al *camerone* del Generale, ove finora non gli era bastato l'animo di rimetter piede. Appena[6] entrato, era scoppiato in singhiozzi, e senza osare di riaprir gli scuri delle finestre e dei balconi, serrati con cura amorosa prima di partire, era rimasto al bujo, a lungo, con le mani sul volto, a piangere su l'antico divano sgangherato e polveroso. A poco a poco, i fremiti, le ansie degli antichi leoni congiurati del Quarantotto che si riunivano lì in quel camerone attorno[7] al vecchio Generale, s'erano ridestati in lui a farlo vergognare del suo pianto; le ombre di quei leoni, terribilmente sdegnate, gli eran sorte intorno e gli avevan gridato d'accorrere, sì, sì, d'accorrere, pur così vecchio com'era, a impedire[8] con gli altri vecchi superstiti la distruzione della patria. Nel[9] bujo, da un canto di quel camerone, il malinconico leopardo imbalsamato, privo d'un occhio, non gli aveva potuto mostrare quanti ragnateli lo tenevano alla parete, quanta polvere fosse caduta sul suo pelo maculato ormai anche qua e là da[10] molte gromme di muffa! E Mauro Mortara era riuscito con occhi atroci, gonfii e rossi dal pianto, e per poco non era saltato addosso a don Cosmo che, passeggiando per il corridojo, s'era fermato stupito, dapprima, a mirarlo in quello stato, e aveva poi cercato di trattenerlo e di calmarlo.

– Se non sapessi che vostra madre fu una santa, direi che siete un bastardo! – gli aveva gridato, quasi con le mani in faccia.

Don Cosmo non s'era scomposto, se non per sorridere mestamente, tentennando il capo, in segno di commiserazione; e gli aveva domandato dove volesse andare, contro chi combattere alla sua età. Mauro[1] se n'era scappato, senza dargli risposta. E veramente, giù, nella sua stanza a terreno, aveva cominciato a darsi attorno per la partenza. Alla sua età? Sangue della Madonna, che età? Si parlava d'età, a lui! Dove voleva andare? Non lo sapeva. Armato, pronto a qualunque cimento, sarebbe salito a Girgenti, a consigliarsi e accordarsi con gli altri veterani, con Marco Sala, col Ceràulo, col Trigóna, con Mattia Gangi che[2] certo come lui, se avevano ancora sangue nelle vene, dovevano sentire il bisogno d'armarsi e correre in difesa dell'opera comune. Se i nemici s'erano uniti, raccolti in fasci, perché non potevano unirsi, raccogliersi in fascio anche loro, della vecchia guardia? I soldati non bastavano; bisognava dar loro man forte; sciogliere con la forza quei *fasci*, cacciarne via tutti quei cani a fucilate, se occorreva. Certo c'erano i preti, sotto, che fomentavano; e anche la Francia, anche la Francia dicevano che mandava denari, sottomano, per smembrare l'Italia e rimettere in trono, a Roma, il papa. E chi sa che, scoppiata[3] la rivoluzione, non volesse sbarcar da Tunisi in Sicilia? Come rimaner lì con le mani in mano, senza nemmeno tentare una difesa, senza nemmeno farsi vedere dagli antichi compagni e dir loro: « Son qua »? Bisognava partire, partir subito! Se[4] non che, a poco a poco, quella sua furia s'era trovata impigliata, come in una ragna, dalle tante reliquie della sua vita avventurosa, esumate da vecchie casse e cassette e sacche logore e rattoppate e involti di carta ingiallita, strettamente legati con lo spago. Avrebbe voluto farne uno scarto e portarsene addosso quante più poteva tra le più care. Confuso, stordito, frastornato dai ricordi risorgenti da ognuna, a un certo punto s'era sentito fumar la testa e aveva dovuto smettere. No, non era possibile liberarsi con tanta precipitazione da tutti quei legami. E aveva rimandato la partenza al giorno dopo. Tutta[1] la notte era stato fuori, per la campagna, farneticando. La voce del mare era quella del Generale; le ombre degli alberi erano quelle degli antichi congiurati di Valsanìa; e quella e queste seguitavano a incitarlo a partire. Sì, domani, domani: sarebbe andato incontro a quegli assassini; lo avrebbero sopraffatto e ucciso; ma sì, questo voleva, se la distruzione doveva compiersi! Che valore avrebbero più avuto, altrimenti, le sue medaglie? Bisognava morire per esse e con esse! E se le sarebbe appese al petto, domani, correndo incontro ai nuovi nemici della patria. Perché la Sicilia non doveva essere disonorata, no, no, non doveva essere disonorata di fronte alle altre regioni d'Italia che[2] si erano unite a farla grande e gloriosa! Il giorno dopo, con[3] l'enorme berretto villoso in capo, tutto affagottato e imbottito di carte e di reliquie, le quattro medaglie al petto, lo zàino dietro le spalle e armato fino ai denti, s'era presentato a don Cosmo per licenziarsi. E sarebbe partito senza dubbio, se insieme con don Cosmo non si fosse adoperato in tutti i modi a trattenerlo Leonardo Costa, sopravvenuto da Porto Empedocle. Licenziatosi[4] dal Salvo, dopo la morte del figlio, e ricaduto nella misera e incerta condizione di sorvegliante alle stadere, Leonardo Costa aveva accettato, più per non vedersi solo che[5] per altro, l'offerta pietosa di don Cosmo, di venire ogni sera da Porto Empedocle a cenare e a dormire a Valsanìa. Il cammino non era breve né facile al bujo, le sere senza luna, per quella stradella ferroviaria ingombra[1] e irta di brecce. Dopo la sciagura, una stanchezza mortale gli aveva reso le gambe gravi, come di piombo. Più volte s'era veduto venire incontro minaccioso il treno; più volte aveva avuto la tentazione di buttarcisi sotto e finirla. Quando giù alla marina non trovava lavoro, se ne risaliva presto alla campagna, e per suo mezzo, da un po' di tempo, le notizie a Valsanìa arrivavano senza ritardo. Se, quel[2] giorno, non avesse recato quella dello[3] sbarco a Palermo del corpo d'armata che[4] in un batter d'occhio avrebbe certamente domato e spazzato la rivolta, né lui né don Cosmo sarebbero riusciti a trattenere Mauro con la forza. A[5] calmarlo ancor più, era poi venuta la notizia della proclamazione dello stato d'assedio e del disarmo. Nemmen per ombra gli era passato il dubbio, che l'ordine di consegnare le armi potesse riferirsi anche a lui, o che potesse correre il rischio d'esser tratto in arresto, se fosse salito alla città armato.[6] Le sue armi erano come quelle dei soldati; il permesso di portarle gli veniva dalle sue medaglie.

Le notizie recate dopo dal Costa avevano[7] fatto su l'anima di lui quel che su una macchia già arruffata dalla tempesta suol fare una rapida vicenda di sole e di nuvole. S'era schiarito un poco, sapendo che a Roma Roberto Auriti era stato scarcerato, quantunque soltanto per la concessione della libertà provvisoria, e che il fratello Giulio aveva condotto con sé a Roma la sorella e il nipote; e scombujato alla rivelazione inattesa che[8] Landino, il nipote del Generale, colui che ne portava il nome, era tra i caporioni della sommossa, e che era fuggito da Palermo, dopo la proclamazione dello stato d'assedio, per sottrarsi all'arresto. Dopo[9] questa notizia s'era messo a guardare con cipiglio feroce Leonardo Costa, appena lo vedeva arrivare stanco e affannato da Porto Empedocle. L'ansia[1] di sapere era fieramente combattuta in lui dal timore rabbioso che, a cuor leggero, quell'uomo lo costringesse[2] ad armarsi e a partire da Valsanìa. Dacché era stato sul punto di farlo, conosceva per prova quel che gli sarebbe costato staccarsi da quella terra, strapparsi da tutti i ricordi che ve lo legavano, abbandonar la custodia del *camerone*, la sua vigna, i suoi colombi, gli alberi, che per tanto tempo avevano ascoltato i suoi discorsi.

Ma Leonardo Costa, dopo le furie dell'altra volta, sapeva ormai quali notizie erano per lui, quali per don Cosmo e per donna Sara Alàimo. Si era lasciata scappar quella intorno al figlio del principe, perché supponeva che Mauro già lo sapesse socialista e dovesse aver piacere conoscendo ch'era riuscito a fuggire.

L'ultima notizia che il Costa recò, nuova nuova, fu tra i lampi, il vento e la pioggia d'una serataccia infernale.

Mauro aveva apparecchiato da cena, in vece di donna Sara da due giorni a letto per una forte costipazione, e ora stava con don Cosmo nella sala da pranzo in attesa dell'ospite che, forse a causa del cattivo tempo, tardava a venire. Quell'attesa lo irritava, non tanto perché avesse voglia di mangiare, quanto perché temeva andasse a male la cena apparecchiata. Aveva fatto sempre ogni cosa con impegno, e tra i tanti ricordi che gli davano soddisfazione c'era anche quello d'aver fatto « leccar le dita » agli Inglesi, quand'era stato cuoco, prima a bordo e poi a Costantinopoli. Una delle ragioni del suo odio per donna Sara era appunto la gioja maligna manifestata più volte da questa per la pessima riuscita di qualche lezione di culinaria che[3] aveva voluto impartirle. Fuori d'esercizio e con l'animo sconvolto e distratto da tanti pensieri, si cimentava da due giorni con coraggio imperterrito nella confezione dei[1] più complicati intingoli, e avvelenava l'ospite e il povero don Cosmo.

– Come vi pare?

– Ah, un miele, – rispondeva questi, invariabilmente. – Forse, però, ho poco appetito.

– Al senso mio, – arrischiava il Costa, – mi pare che ci manchi un tantino di sale.

– O Marasantissima, – prorompeva Mauro, – eccovi qua la[2] saliera!

Donna Sara era da due giorni digiuna.

Tra gli urli del vento, i boati spaventosi del mare, lo scroscio della pioggia, si udivano i suoi scoppii di tosse, e lamenti e preghiere recitate[3] ad alta voce. In preda, certo, a un assalto furioso di mania religiosa, s'era asserragliata nella sua cameretta e rifiutava ogni cibo e ogni cura. Di[4] tanto in tanto don Cosmo, sentendola tossire più forte e più a lungo, si recava premuroso a chiamarla dietro l'uscio e a domandarle se volesse qualche cosa. Per[5] tutta risposta donna Sara gli gridava, appena poteva, con voce soffocata:

– Pentìtevi, diavolacci!

E riprendeva a gridare avemarie e paternostri.

Finalmente arrivò Leonardo Costa, in uno stato miserando, tutto scompigliato dal vento, con l'acqua che gli colava a ruscelli dal cappotto e con tre dita di fango attaccato[6] agli scarponi. Non tirava più fiato e non poteva più tener ritta la testa, dalla stanchezza. Mauro, per ricetta, gli fece subito trangugiare un bicchierone di vino, opponendo alla resistenza la solita esclamazione:

– Oh Marasantissima, lasciatevi servire!

Don Cosmo s'affrettò a condurselo in camera e lo ajutò a cangiarsi d'abito, facendogliene indossare uno suo che[7] gli andava molto stretto, ma almeno non era bagnato. Intanto Mauro aveva portato in tavola e gridava dalla sala da pranzo:

– Santo diavolone, venite o non venite?

Quando vide comparire l'uno e l'altro con due visi stralunati, si mise[1] in apprensione e domandò aggrondato:

– Che altro c'è?

Nessuno dei due gli rispose. Don Cosmo, invece, domandò al Costa:

– E Ippolito? Ippolito?

– Dormiva, – rispose quello. – Alle tre di notte! Dormiva. Ma dice che, quando l'uomo di guardia, costretto ad aprire il cancello, corse alla villa ad avvertire...

– Parlate di don Landino? – lo interruppe a questo punto Mauro, cacciandosi tra i due furiosamente. – Ditemi che cos'è!

– No, che don Landino! – gli rispose il Costa, mostrando sul volto una trista gajezza. – Gli hanno fatto l'ultima a quel degno galantuomo che[2] è stato qua un mese a pestarvi la faccia! So che voi lo amate quanto me!

– Il Salvo?

– Già!

E il Costa alzò un piede come per darlo sul collo del caduto. Seguitò:

– Sua sorella, la moglie del principe, ha preso la fuga, questa notte, col deputato Capolino...

– La fuga? Come, la fuga?

– Come, eh? Ci vuol poco... Quello è venuto a pigliarsela con la carrozza, e son partiti di nottetempo, con[3] la corsa delle tre, per Palermo. Certo s'erano accordati avanti...

Don Cosmo, ancora stralunato, mormorava tra sé in disparte:

– Povero Ippolito... povero Ippolito...

– Gli sta bene! – corse a gridargli Mauro in faccia.

– Mescolarsi con una tal razza di gente, – aggiunse il Costa con una smorfia di schifo. – Del resto, sa, sì-don Cosmo? una certa mortificazione, forse, non dico di no... Lo scandalo è grosso: non si parla d'altro a Girgenti e alla marina... Ma, dopo tutto... già non la trattava nemmeno da moglie... dice che dormivano divisi e che... a sentir le male lingue... quel cagliostro, dice, se la piglia com'era prima del matrimonio... Quando l'uomo di guardia corse alla villa ad annunziare la fuga e il cameriere andò a svegliare il principe, dice che egli non alzò neanche la testa dal cuscino e rispose al cameriere: « Ah sì? Buon viaggio! Penserò domani ad averne dispiacere, quando mi sarò levato... ».

Don Cosmo negò più volte energicamente col capo e aggiunse:

– Non[1] sono parole d'Ippolito, codeste!

– Per conto mio, – riprese il Costa, sedendo con gli altri a tavola e cominciando a cenare, – che vuole che le dica? Mi dispiace per il principe; ma ci ho gusto, un gran gusto per l'onta che n'avrà il fratello... Ah, sì-don Cosmo, non so davvero perché vivo! Vorrei salvarmi l'anima, glielo giuro; vorrei darle tempo di superar la pena, perché almeno in punto di morte potesse[2] perdonare e salirsene a Dio... Ma no, sì-don Cosmo: la pena è più forte e si mangia l'anima; l'odio mi cresce e si fa più rabbioso di giorno in giorno; e allora dico: perché? non sarebbe meglio ammazzar prima lui e poi me, e farla finita?

– Forse, – mormorò don Cosmo, – gli fareste un regalo...

– Ecco ciò che mi tiene! – esclamò il Costa. – Perché sarebbe un regalo anche per me!

– Mangiate e non piangete! – gli gridò Mauro.

– Abbiate pazienza, don Mauro, – gli disse allora il Costa, forzandosi a sorridere. – Nei vostri piatti, per il palato mio, ci manca sempre un tantino di sale. Qualche lagrimuccia è condimento.

Don Cosmo, intanto, assorto, mirando attentamente un pezzetto di carne infilzato nella forchetta sospesa, diceva tra sé:

« Come due ragazzini... »

E tra i colpi di tosse donna Sara seguitava a gridar di là:

– Pentìtevi, diavolacci! pentìtevi!

All'improvviso, mentre[1] i tre seduti a tavola finivano di cenare, da fuori, ove[2] il vento e la pioggia infuriavano, tra il fragorìo continuo degli alberi e del mare, s'intesero i furibondi latrati dei mastini che[3] ogni sera, su i gradini della scala, stavano ad aspettar l'uscita del padrone dopo la cena. Mauro, accigliato, si[4] rizzò sul busto e tese l'orecchio. Quei latrati avvisavano che[5] qualcuno era presso la villa. E chi poteva essere a quell'ora, con quel tempo da lupi? Si udirono grida confuse. Mauro balzò in piedi, corse a prendere il fucile appoggiato a un angolo della sala, e s'avviò alla porta. Prima d'aprire, applicò l'orecchio al battente e subito, intendendo che giù, innanzi a la villa, i cani cercavano d'impedire il passo a parecchi che[6] se ne difendevano gridando, spense il lume, spalancò la porta e, tra lo scroscio violento della pioggia, nella tenebra sconvolta, spianando il fucile, urlò dal pianerottolo:

– Chi è là?

Un palpito di luce sinistra mostrò per un attimo, in confuso, la scena. Mauro credette d'intravedere[7] quattro o cinque che, minacciando disperatamente, indietreggiavano all'assalto dei mastini.

– Mauro, perdio! Questi cani! Ne ammazzo qualcuno! Ti chiamo da tre ore!

– Don Landino?

E Mauro, fremente, si precipitò dalla scala, tra il vento, sotto la pioggia furiosa.

– Dove siete? dove siete?

Alla voce del padrone i cani desistettero dall'assalto, pur seguitando ad abbajare.

– Mauro!

– Voi qua? – gridò questi, cercando, invece dei cani, d'impedir lui ora il passo. – Avete[1] il coraggio di rifugiarvi qua coi vostri compagni d'infamia? Non vi ricevo! Andatevene! Questa è la casa di vostro Nonno! Non vi ricevo!

– Mauro, sei pazzo?

– In nome di Gerlando Laurentano, via! Andatevene! Là, da vostro padre è il rifugio per voi e pei vostri compagni, non qua! Non vi ricevo!

– Sei pazzo? Lasciami! – gridò Lando, strappandosi dalla mano di Mauro, che lo teneva afferrato per un braccio.

Sprazzò sul pianerottolo della scala un lume, che subito il vento spense. E don Cosmo, accorso col Costa, chiamò di là:

– Landino! Landino!

Questi rispose:

– Zio Cosmo! – e, rivolto ai compagni: – Sù, sù, andiamo sù!

– Don Landino! – gl'intimò allora Mauro con voce squarciata dall'esasperazione. – Non salite alla villa di vostro Nonno! Se voi salite, io me ne vado per sempre! Ringraziate Iddio che[2] vi chiamate Gerlando Laurentano! Questo solo mi tiene dal farvi fare una vampa, a voi e a codeste carogne, sacchi di merda, che avete accanto! Ah sì? salite? Un fulmine, Dio, che la dirocchi e vi schiacci tutti quanti! Aspettate, ecco qua, tenete, compite la vostra prodezza! Vi consegno la chiave!

E la grossa chiave del *camerone* venne a sbattere contro la porta che si richiudeva.

– È pazzo! è pazzo! – ripetevano al bujo Lando, don Cosmo, il Costa cercando[1] in tasca i fiammiferi per riaccendere il lume, mentre i compagni di Lando, storditi da quell'accoglienza nel ricovero tanto sospirato e ora finalmente raggiunto, domandavano ansimanti e perplessi:

– Ma chi è?

– Pazzo davvero?

– O perché?[2]

Riacceso il lume, i cinque fuggiaschi, Lando, Lino Apes, Bixio Bruno, Cataldo Sclàfani e l'Ingrao, apparvero come ripescati da una fiumara di fango. Cataldo Sclàfani, dalla faccia spiritata, già ispida su le gote, sul labbro e sul mento della barba che gli rispuntava, era più di tutti compassionevole: pareva un convalescente atterrito, scappato[3] di notte da un ospedale schiantato dalla tempesta.

Fu per un momento uno scoppiettìo di brevi domande e di risposte affannose, tra esclamazioni, sospiri e sbuffi di stanchezza; e chi si scrollava, e chi pestava i piedi, e chi cercava una sedia per buttarcisi di peso.

– Inseguiti? – No, no... – Scoperti?... – Forse!... – Ma che! no... – Sì... – Forse Lando... – A piedi! E come?... – Da tre giorni! – Diluvio! diluvio!... – Ma come, dico io, senz'avvertire? senz'avvertire?

Quest'ultima esclamazione era – s'intende – di don Cosmo. L'andava ripetendo all'uno e all'altro, sforzandosi di concentrarsi nella gran confusione che[4] gli faceva grattar la barba su le gote con ambo le mani.

– Dico... dico... Ma come?... senz'avvertire?...

E chi sa fino a quando l'avrebbe ripetuto, se finalmente non gli fosse balenata l'idea che[5] bisognava dare ajuto in qualche modo a quei giovanotti. Che ajuto?

– Ecco, venite, venite qua! – prese a dire, afferrando per le braccia ora l'uno ora l'altro. – Spogliatevi, subito... Ho roba... roba per tutti... qua, qua in camera mia... nella cassapanca, venite con me!

Bixio Bruno e l'Ingrao, meno storditi e meno stanchi degli altri, s'opposero energicamente a quella strana insistenza.

– Ma no! Ma lasci! – gridò il primo. – Non c'è da perder tempo... È distante molto Porto Empedocle da qua?

– Ecco, sì, – esclamò Lando, rivolto allo zio. – Qualcuno... un contadino fidato, da spedire a Porto Empedocle subito, per noleggiare una barca... qualche grossa barca da pesca...

– Prima che spunti il giorno, per carità! – raccomandò lo Sclàfani, facendosi avanti con la sua aria spiritata. – Dovremmo essere in mare prima che spunti il giorno! Forse siamo stati scoperti...

– E dàlli! Ti dico di no, – gli gridò l'Ingrao.

– E io ti dico invece di sì – ribatté lo Sclàfani. – Alla stazione di Girgenti, Lando, potrei giurare, è stato riconosciuto...

Leonardo Costa fece osservare che[1] il noleggio di una barca, in un frangente come quello, non era incarico da affidare a un contadino.

– Posso andare io, se volete! Anzi, andrò io, ora stesso!

– Con questo tempo? – domandò angustiato don Cosmo. – Signori miei, non precipitate così le cose... Spogliatevi, date ascolto a me: prenderete un malanno... Vedete... ecco qua... quest'amico mio... vedete... l'ho[2] fatto cambiare io, or ora... C'è roba... roba per tutti... nella cassapanca, venite a vedere!

Il Costa con un gesto d'impazienza, domandò ai giovani:

– Vorreste che venisse qua sotto[3] Valsanìa, la barca?

– Sì, sì, qua! – rispose Lando. – No, zio, per carità, mi lasci stare!

– Spògliati, ti dico...

– Non è prudente, – seguitò Lando, rivolto al Costa, mentre lo zio gli strappava per forza il soprabito, – non è prudente mostrarci a Porto Empedocle. A quest'ora a tutti i porti di mare sarà certo venuto da Palermo l'ordine della nostra cattura.

– Ma sarà difficile, – fece notare allora il Costa, – che approdi qua sotto, di notte, una tartana, con questo mare grosso... Basta; non mi tiro indietro... Si potrà tentare...

E corse a prendere in sala l'ampio mantello a cappuccio, ancora zuppo di pioggia.

– Amici! – gridò l'Ingrao, – non sarebbe meglio seguire questo signore, ora che è notte e nessuno ci vede? Ci terremo[1] nascosti in prossimità del paese, fintanto che egli non avrà noleggiato la barca!

Il consiglio non fu accettato per una savia considerazione di Lino Apes:

– Ma che dite? Credete che una tartana si noleggi in[2] quattro e quattr'otto, di nottetempo[3] e con questo tempo? Bisognerà trovare il padrone...

– Lo conosco! – interruppe il Costa. – Ne conosco uno io, mio amico, fidatissimo.

– E i marinaj? – domandò l'Apes. – Il padrone solo non basta.

– Certo! Bisognerà trovare anche i marinaj, – riconobbe il Costa, – e allestir la barca... Prima di giorno non si farà a tempo.

– E allora, no! – gridò subito lo Sclàfani, rifacendosi avanti impetuosamente. – A Porto Empedocle, no, di giorno! Converrà imbarcarci qua!

– Intanto, io vado! – disse Leonardo Costa, che s'era già incappucciato.

– Povero amico! – gemette don Cosmo. – Ma proprio?...

Il Costa non volle sentir commiserazioni né ringraziamenti e s'avventurò nella tenebra tempestosa.

Allorché Lando seppe che costui era il padre di Aurelio Costa, barbaramente assassinato insieme con la moglie del deputato Capolino dai solfaraj del *Fascio* d'Aragona, guardò cupamente l'Ingrao e gli altri compagni. Interpretando male quello sguardo, il Bruno manifestò, sebbene esitante, il sospetto non[1] si fosse quegli recato a Porto Empedocle per vendicarsi, denunziandoli. Don Cosmo allora, accomodando la bocca, emise il suo solito riso di tre *oh! oh! oh!*

– Quello? – disse; e spiegò il sentimento e la devozione del suo povero amico, il quale, facendo carico della morte del figliuolo soltanto a Flaminio Salvo, non pensava neppur lontanamente ai socii del *Fascio* d'Aragona.

– Oh, a proposito! – disse poi, colpito dal nome del Salvo, venutogli così per caso alle labbra. E si chiamò Lando in disparte per annunziargli la fuga di donna Adelaide.

– Come una ragazzina, capisci? Alle tre di notte!

Nel trambusto, era rimasta finora inavvertita la voce di donna Sara Alàimo che, credendo forse a una vera invasione di demonii in quella notte di tempesta, ripeteva più arrabbiata che mai dalla[2] sua remota cameretta in fondo al corridojo:

– Pentìtevi, diavolacci![3]

Il grido strano giunse spiccatissimo in quel momento di silenzio, e tutti, tranne don Cosmo, ne rimasero sbalorditi; anche Lando, già sbalordito per conto suo dalla notizia che gli aveva dato lo zio.

– Chi è?

– Ah, niente, donna Sara! – rispose quegli, come se Lando e i compagni conoscessero da un pezzo la vecchia casiera di Valsanìa. – Mi sta facendo impazzire, parola d'onore... S'è chiusa da due giorni in camera, e grida così... È malata, poverina. Anche di...

E si picchiò con un dito la fronte.

I quattro compagni di Lando si guardarono l'un l'altro negli occhi. Dov'erano venuti a cacciarsi dopo tre giorni di fuga disperata? Pazzo era stato dichiarato il vecchio, che aveva fatto loro in principio quella bella accoglienza; pazza era dichiarata ora anche quest'altra vecchia; e che fosse perfettamente in sensi chi dichiarava pazzi con tanta sicurezza quegli altri due, non appariva loro, in verità, molto evidente. Finora quello zio di Lando, tranne che per i loro abiti bagnati e inzaccherati, non aveva mostrato altra costernazione.

– State ancora così? – esclamò, difatti, meravigliato, don Cosmo, dopo aver dato quel ragguaglio sul grido di donna Sara; e corse ad aprir la cassapanca, ov'eran riposti i suoi abiti smessi. – Qua, qua... prendete... vi dico che c'è roba per tutti!

I quattro giovani non poterono più tenersi dal ridere, e presero ad ajutarsi a vicenda per spiccicarsi d'addosso gli abiti inzuppati di pioggia.

– L'importante, v'assicuro io, – diceva don Cosmo, – è questo soltanto, per ora: di non prendere un raffreddore. Minchionatemi pure, ma cambiatevi.

Che ci fosse roba per tutti, intanto, era soverchia presunzione. Lino Apes, non trovando più nella cassapanca nessun capo di vestiario per sé, gli si fece innanzi con la tonaca da seminarista distesa su le braccia come una bambina da portare al battesimo:

– Posso prender questa?

– E perché no? Ah, che cos'è, la tonaca? Eh... se v'andrà...

E sorrise alle risa di quei quattro che[1] si paravano goffamente degli altri abiti, esalanti tutti un acutissimo odore[2] di canfora. Cataldo Sclàfani s'era acconciato con la napoleona e, poiché gli faceva male il capo, s'era annodato alla carrettiera un[3] bel fazzolettone giallo, di cotone, a quadri rossi.

La gioventù a poco a poco riprendeva il sopravvento. Nessuno pensò più alla disfatta, all'incertezza dell'avvenire. Tra gli spintoni e la baja dei compagni, Lino Apes, stremenzito in quella tonaca di seminarista, corse in cucina a riaccendere il fuoco. Avevano fame! avevano sete! Ma qua don Cosmo sentì cascarsi l'asino: sapeva appena dove fosse la dispensa; e la chiave forse l'aveva Mauro con sé.

– La chiave? – gridò l'Ingrao. – L'ho trovata! E corse a raccattare dal pianerottolo della scala quella che Mauro aveva scagliata contro la porta, rimasta là fuori.

– Eccola qua! eccola qua!

Don Cosmo stette un pezzo a osservarla.

– Questa? – disse. – No... Oh che cos'è? questa è la chiave del *camerone*! Dove l'avete presa?

Nella confusione non aveva inteso l'ultimo grido di Mauro; e, come gli fu detto che quella chiave era stata scagliata contro Lando, subito s'impensierì e, volgendosi a questo:

– Ma allora vedrai che... oh per Dio! – esclamò, – se ti ha buttato la chiave, vedrai che se ne va davvero... Forse se n'è già andato!

– Andato? dove? – domandò Lando, costernato anche lui e addolorato.

– E chi lo sa? – sospirò don Cosmo. E narrò in breve come già a stento fosse riuscito una prima volta a trattenerlo; poi, siccome gli altri quattro giovani ridevano dei pazzi propositi e del sentimento di quello strano vecchio, gli bisognò dir loro chi fosse, che avesse fatto, che cosa fosse per lui quel camerone e che contenesse.

– Ah sì? Anche un leopardo imbalsamato?

E, incuriositi, Lino Apes, l'Ingrao, il Bruno, lo Sclàfani, appena don Cosmo e Lando si recarono a cercar di Mauro, ripresa quella chiave, entrarono nel *camerone*.

Sott'esso appunto era la stanza di Mauro Mortara.

Don Cosmo e Lando, con una candela in mano, erano entrati in uno stanzino segreto, ov'era una botola che conduceva al pianterreno della[1] villa; senza far rumore avevano sollevato da terra la caditoja ed erano scesi per la ripida scala di legno non ben sicura alla[2] cantina; di qua eran passati nel palmento; avevano poi attraversato due ampii magazzini vuoti, uno sgabuzzino pieno di vecchi arnesi rurali affastellati, ed erano arrivati a un uscio interno della stanza di Mauro. Chinandosi a guardare, Lando s'accorse, dalla[3] soglia, che c'era lume.

– Mauro! – chiamò allora don Cosmo. – Mauro!

Nessuna risposta.

Lando tornò a chinarsi per guardare attraverso il buco della serratura.

Veniva, di sù, il frastuono di quei quattro, che rincorrevano per il *camerone* Lino Apes vestito da seminarista, e gridavano, e[4] ridevano.

Mauro Mortara, seduto davanti[5] a una cassa, tratta da sotto il letto, stava con le braccia appoggiate su l'orlo del coperchio sollevato, e il viso affondato tra le braccia.

– C'è? che fa? – domandò don Cosmo.

Lando levò rabbiosamente un pugno verso il soffitto, donde veniva il fracasso dei compagni. Sentiva, tra il dispetto acerbo contro questi e contro se stesso, un vivo rimorso della fiera offesa recata al sentimento di quel suo caro vecchio, e un angoscioso cordoglio di non potere in quel momento unire il suo richiamo affettuoso a quello dello zio.

– Che fa? – ridomandò questi, più piano.

Che cosa facesse Mauro, col viso così nascosto tra le braccia, lo dicevano chiaramente le medaglie che, appese al petto e ciondolanti per la positura in cui stava, traballavano a tratti. Piangeva... sì... ecco...

piangeva... e aveva alle[1] spalle quel suo comico[2] zainetto che[3] già gli aveva veduto a Roma.

– Mauro! – chiamò di nuovo don Cosmo.

A questo nuovo richiamo, Lando, ancora con l'occhio al buco della serratura, gli vide sollevar la faccia e tenerla un po' sospesa, senza tuttavia voltarla verso l'uscio; lo vide poi alzarsi e accostarsi di furia al tavolino.

– Ha spento il lume, – disse allo zio, rizzandosi.

Stettero entrambi un pezzo in ascolto, perplessi nell'attesa di sentirgli aprir la porta. Si videro lì, allora, come imprigionati; non avevan le chiavi né dei magazzini, né del palmento, né della cantina, e dovevano[4] dunque ritornar sù, se volevano impedirgli d'andare; bisognava far presto, per non dargli tempo d'allontanarsi troppo. Ma nessun rumore veniva più dalla stanza.

Don Cosmo fe' cenno al nipote di risalire, in silenzio. Quando furono nel primo dei[5] due magazzini, si fermò e disse sottovoce:

– Tanto, se vuole andare, né tu né io potremmo trattenerlo con la forza. Forse ritornerà, quando voi sarete partiti e gli sarà sbollita la collera.

Lando guardò quel suo vecchio zio, da lui appena conosciuto, in quel vasto magazzino, in cui il lume della candela projettava mostruosamente ingrandite le ombre dei loro corpi, ed ebbe l'impressione che una strana realtà impensata gli s'avventasse agli[6] occhi all'improvviso, con la stramba inconseguenza d'un sogno. Da un pezzo non vedeva più la ragione dei suoi atti che[7] gli lasciavan tutti uno strascico di rincrescimento, un amaro sapore d'avvilimento; ma ora, più che mai, di fronte alla realtà così stranamente spiccata di quel suo zio fuori della vita, in quell'antica solitaria campagna, lì davanti a lui, in quel magazzino vuoto, con quella candela in mano. Fu tentato di spegnerla, come[8] dianzi Mauro aveva spento il lume nella sua stanza di là.[1] Udì la voce del vento, i boati del mare: fuori era il bujo tempestoso; anche quello della sorte che[2] lo aspettava. Bisognava che in quel bujo, a ogni costo, assolutamente, trovasse una ragione d'agire, in cui tutte le sue smanie si quietassero, tutte le incertezze del suo intelletto cessassero dal tormentarlo. Ma quale? ma quando? ma dove?

– Passerà, – diceva poco dopo don Cosmo, con gli angoli della bocca contratti in giù, la fronte increspata come da onde di pensieri ricacciati indietro dal riflusso della sua sconsolata saggezza, e con quegli occhi che[3] pareva allontanassero e disperdessero nella vanità del tempo tutte le contingenze amare e fastidiose della vita. – Passerà, cari miei... passerà...

I quattro giovani avevano[4] trovato da sé la dispensa e, poiché era aperta, avevan portato di là in tavola quanto poteva servire al loro bisogno; ora, dopo il pasto e saziata la sete, facevano sforzi disperati per resistere alla stanchezza aggravatasi su le loro pàlpebre all'improvviso.

Quell'esclamazione di don Cosmo era in risposta alla rievocazione ch'essi avevano fatta, alcuni con cupa amarezza, altri con rabbioso rammarico e Lino Apes con la sua solita arguzia, degli ultimi avvenimenti tumultuosi. Guardandoli come già lontanissimi nel tempo, don Cosmo non riusciva a scorgerne più il senso né lo scopo. Dal suo aspetto, agli occhi di Lando, spirava quello stesso sentimento che spira dalle cose che assistono impassibili alla fugacità delle vicende umane.

– Avete visto il leopardo?

– Sì, bello... bello – brontolò l'Ingrao, cacciando il volto, deturpato dall'atra voglia di sangue, tra le braccia appoggiate su la tavola.

– Quello era un leopardo vivo!

Lino Apes spalancò gli occhi e domandò, quasi con spavento:

– Mangiava?

– Lo dico, – riprese don Cosmo, – perché ora, cari miei, è pieno di stoppa e non mangia più. E[1] quella lettera di mio padre? L'avete letta? Un foglietto di carta sbiadito... E la scrisse una mano viva, come questa mia, guardate... Che[2] cos'è ora? Quel povero pazzo l'ha messa in cornice... Luigi Napoleone... il colpo di Stato... gli avvenimenti della Francia...

Raccolse le dita delle mani a pigna e le scosse in aria, come a dire: « Che ce n'è più? che senso hanno? ».

– Realtà d'un momento... minchionerie...

Si alzò; s'appressò ai vetri del balcone che[3] da un pezzo non facevano più rumore, e si voltò al nipote:

– Senti che silenzio? – disse. – Ti do la consolante notizia che il vento è cessato...

– Cessato? – domandò Cataldo Sclàfani, levando di scatto dalle braccia, che teneva anche lui appoggiate alla tavola, la faccia spiritata, da convalescente, col fazzoletto giallo tirato fin su le ciglia. – Bene bene... C'imbarcheremo qua... Buona notte!

E si ricompose a dormire.

– Così tutte le cose... – sospirò don Cosmo, mettendosi a passeggiare per la sala; e seguitò, fermandosi di tratto in tratto: – Una sola cosa è triste, cari miei: aver capito il giuoco! Dico il giuoco di questo demoniaccio beffardo che[4] ciascuno di noi ha dentro e che si spassa a rappresentarci di fuori, come realtà, ciò che poco dopo egli[5] stesso ci scopre come una nostra illusione, deridendoci degli affanni che per essa ci siamo dati, e deridendoci anche, come avviene a me, del non averci saputo illudere, poiché fuori di queste illusioni non c'è più altra realtà... E dunque, non vi lagnate! Affannatevi e tormentatevi, senza pensare che tutto questo non conclude. Se non conclude, è segno che non deve concludere, e che è vano dunque cercare una conclusione. Bisogna vivere, cioè illudersi; lasciar giocare in noi il demoniaccio beffardo, finché non si sarà stancato; e pensare che tutto questo passerà... passerà...[1]

Guardò in giro alla tavola e mostrò a Lando i suoi compagni già addormentati.

– Anzi, vedi? è già passato...

E lo lasciò lì solo, innanzi alla tavola.

Lando mirò i penosi atteggiamenti sguajati, le comiche acconciature, le facce disfatte dalla stanchezza de' suoi amici, e invidiò il loro sonno e ne provò sdegno allo stesso tempo. Avevano[2] potuto scherzare; ora potevano[3] dormire, dimentichi che dei[4] disordini provocati dalle loro predicazioni a una gente oppressa da tante iniquità ma[5] ancor sorda e cieca, s'avvaleva ora il Governo per calpestare ancora una volta quella terra, che sola, senza patti, con impeto generoso s'era data all'Italia e in premio non ne aveva avuto altro che[6] la miseria e l'abbandono. Potevano dormire, quei suoi amici, dimentichi del sangue di tante vittime, dimentichi dei compagni caduti in mano della polizia, i quali certo, domani, sarebbero[7] stati condannati dai tribunali militari...

Si alzò anche lui; si recò alla sala d'ingresso, desideroso d'uscire all'aperto, a trarre una boccata d'aria, per liberarsi dell'angoscia che l'opprimeva, ora che il vento e la pioggia erano cessati. Ma innanzi alla porta si fermò, vinto dall'odore di antica vita che covava in quella villa ove[8] suo nonno era vissuto, ove con quel desolato sentimento di precarietà lasciava invano passare i suoi tristi giorni quel suo zio, ove Mauro Mortara... Subito si scosse al ricordo del suo vecchio snidato da lui crudelmente negli ultimi giorni da quella dimora che il culto di tante memorie gli rendeva sacra; più[9] che per tutto il resto sentì dispetto e onta dell'opera sua e dei[10] suoi compagni per quest'ultima conseguenza ch'essa cagionava: di cacciar via da Valsanìa il suo vecchio custode, colui che gli appariva da un pezzo come la più schietta incarnazione dell'antica anima isolana; e corse per tentar di placarlo, per gridargli il suo pentimento e forzarlo a rimanere. La[1] porta della stanza di Mauro era aperta; la stanza era al bujo e vuota.

Su la soglia stavano incerti e come smarriti i tre mastini. Non abbajarono. Anzi, gli si fecero attorno ansiosi, drizzando le aguzze orecchie, scotendo la breve coda, quasi gli chiedessero perché il loro padrone, seguito da essi come ogni notte, a un certo punto si fosse voltato a cacciarli, a rimandarli indietro rudemente: perché?

Da un balcone in fondo venne la voce di don Cosmo:

– Se n'è andato?

– Sì, – rispose Lando.

Don Cosmo non disse più nulla. Nella tetraggine, solenne e come sospesa, della notte ancora inquieta, rimase a udire il fragore del mare sotto le frane di Valsanìa e l'abbajare più o men remoto dei cani; poi, con una mano sul capo calvo, si affisò ad alcune stelle, chiodi del mistero com'egli le chiamava, apparse in una cala di cielo, tra le nuvole squarciate.

Senza[2] curarsi del fango della strada, dove i suoi stivaloni ferrati affondavano e spiaccicavano; con gli occhi aggrottati sotto le ciglia e quasi chiusi; tutto il viso contratto dallo sdegno; un agro bruciore al petto e la mente occupata da una tenebra più cupa di quella che gli era intorno, Mauro Mortara era, intanto, più d'un miglio lontano da Valsanìa. Andava[3] nella notte ancora agitata dagli ultimi fremiti della tempesta, investito di tratto in tratto da raffiche gelate che[4] gli spruzzavano in faccia la pioggia stillante dagli alberi, di qua e di là dalle muricce, lungo lo stradone. Andava curvo, a testa bassa, il fucile appeso a una spalla, le due pistole ai fianchi, un pugnale col fodero di cuojo alla cintola, lo zàino alle spalle, il[1] berretto villoso in capo e le medaglie al petto. Saliva[2] verso Girgenti; ma voleva andare più lontano; lasciare a un certo punto lo stradone e mettersi per la linea ferroviaria; attraversare una breve galleria, sboccare in Val Sollano, e di lì, nei pressi della stazione, avviarsi per un altro stradone al paese di Favara, ove, in un poderetto di là dall'abitato, viveva un suo nipote contadino, figlio d'una sorella morta da tanti anni, il quale più volte gli aveva offerto tetto e cure nel caso che, infermo, avesse voluto ritirarsi da Valsanìa. Andava[3] lì, da quel suo nipote; ma non ci voleva pensare. La[4] testa, il cuore gli erano rimasti come pestati, schiacciati e macerati dallo stropiccìo dei passi di quei giovani, che per supremo oltraggio s'erano introdotti a profanare il *camerone* del Generale, mentr'egli nella sua stanza, sotto, s'apparecchiava a partire. Non voleva più pensare né sentir nulla; nulla immaginare dei giorni che gli restavano. Tuttavia, il[5] cuore calpestato, a poco a poco, sotto l'assillo del pensiero che, forse, quel suo nipote contadino gli aveva offerto ricetto perché s'aspettava da lui chi sa quali tesori, cominciò a rimuoverglisi dentro, a riallargarglisi in émpiti d'orgoglio. Soltanto[6] da giovane e dalle mani del Generale, fino alla partenza per l'esilio a Malta, egli aveva avuto un salario. Ritornato a Valsanìa, dopo le vicende fortunose della sua vita errabonda, per mare, in Turchia, nell'Asia Minore, in Africa, e dopo la campagna del Sessanta, aveva prestato sempre la sua opera, colà, disinteressatamente. E ora, ecco, a settantotto anni, se ne partiva povero, senza[7] neppure un soldo in tasca, con la sola ricchezza di quelle sue medaglie al petto. Ma[8] appunto perché questa sola ricchezza aveva cavato dall'opera di tutta la sua vita,

« Sciocco, » poteva dire a quel suo nipote, « tu sei padrone di tre palmi di terra; e se te ne scosti d'un passo, non sei più nel tuo; io, invece, sono qua, sempre nel mio ovunque[1] posi il piede, per tutta la Sicilia! Perché io[2] la corsi da un capo all'altro per liberarla dal padrone che[3] la teneva schiava! ».

Preso così l'aire, la sua esaltazione crebbe di punto in punto, fomentata per un verso dal cordoglio d'essersi strappato per sempre da Valsanìa, e per l'altro dal bisogno di riempire con la rievocazione di tutti i ricordi che[4] potevano dargli conforto il[5] vuoto che si vedeva davanti.

Rideva e parlava forte e gestiva, senza badare alla via: rideva al binario della linea ferroviaria, ai pali del telegrafo, frutti della Rivoluzione, e si picchiava forte il petto e diceva:

– Che me n'importa? Io... io... la Sicilia... oh Marasantissima... vi dico la Sicilia... Se non era per la Sicilia... Se la Sicilia non voleva... La Sicilia si mosse e disse all'Italia: eccomi qua! vengo a te! Muoviti tu dal Piemonte col tuo Re, io vengo di qua con Garibaldi, e tutti e due ci uniremo a Roma! Oh[6] Marasantissima, lo so: Aspromonte, ragione di Stato, lo so! Ma la Sicilia voleva far prima, di qua... sempre la Sicilia... E ora quattro canaglie hanno voluto disonorarla... Ma la Sicilia è qua, qua, qua con me... la Sicilia, che non si lascia disonorare, è qua con me!

Si trovò tutt'a un tratto davanti[7] alla breve galleria che sbocca in Val Sollano, e stupì d'esservi giunto così presto, senza saper come; prima d'entrarvi, guardò in cielo per conoscere dalle stelle che ora fosse. Potevano essere le tre del mattino. Forse all'alba sarebbe alla Favara. Attraversata[8] la galleria e giunto nei pressi della stazione di Girgenti, al punto in cui s'imbocca lo stradone che conduce a quel grosso borgo tra le zolfare, dovette però fermarsi davanti[9] alla sfilata di due compagnie di soldati che, muti, ansanti, a passo accelerato, si recavano di notte colà. Dal cantoniere di guardia ebbe notizia che, nonostante[1] la proclamazione dello stato d'assedio, alla Favara tutti i socii del *Fascio* disciolto, nelle prime ore della sera, s'erano dati convegno nella piazza e avevano assaltato e incendiato il municipio, il casino dei nobili, i casotti del dazio, e che gl'incendii e la sommossa duravano ancora[2] e già c'erano parecchi morti e molti feriti.

– Ah sì? Ah sì? – fremette Mauro. – Ancora?

E si svincolò dalle braccia di quel cantoniere che[3] voleva trattenerlo, vedendolo così armato, per salvarlo dal rischio a cui si esponeva d'esser catturato da quei soldati.

– Io, dai soldati d'Italia?

E corse per unirsi a loro.

Una gioja impetuosa, frenetica, gli ristorò le forze che[4] già cominciavano a mancargli; ridiede l'antico vigore alle sue vecchie gambe garibaldine; l'esaltazione diventò delirio; sentì veramente in quel punto d'esser la Sicilia, la vecchia Sicilia che s'univa ai soldati d'Italia per[5] la difesa comune, contro i nuovi nemici.

Divorò la via, tenendosi a pochi passi da quelle due compagnie che a un certo punto, per l'avviso di alcuni messi incontrati lungo lo stradone, s'eran lanciate di corsa.

Quando, alla prima luce dell'alba, tutto inzaccherato da capo a piedi, trafelato, ebbro della corsa, stordito dalla stanchezza, si cacciò coi soldati nel paese, non ebbe tempo di veder nulla, di pensare a nulla: travolto, tra una fitta sassajola, in uno scompiglio furibondo, ebbe come un guazzabuglio di impressioni così rapide e violente da[6] non poter nulla avvertire, altro che lo strappo spaventoso d'una fuga compatta che[1] si precipitava urlante; un rimbombo tremendo; uno stramazzo e...

La piazza, come schiantata e in fuga anch'essa dietro gli urli del popolo che la disertava, appena il fumo dei fucili si diradò nel livido smortume dell'alba, parve agli occhi dei soldati come trattenuta dal peso di cinque corpi inerti, sparsi qua e là.

Un bisogno strano, invincibile, obbligò il capitano a dare subito ai suoi soldati un comando qualunque, pur che fosse. Quei[2] cinque corpi rimasti là, traboccati sconciamente, in una orrenda immobilità, su la motriglia della piazza striata dall'impeto della fuga, erano alla vista d'una gravezza insopportabile. E un furiere e un caporale, al comando del capitano, si mossero sbigottiti per la piazza e si accostarono al primo di quei cinque cadaveri.

Il furiere si chinò e vide ch'esso, caduto con la faccia a terra, era armato come un brigante. Gli tolse il fucile dalla spalla e, levando il braccio, lo mostrò al capitano; poi diede quel fucile al caporale, e si chinò di nuovo sul cadavere per prendergli dalla cintola prima una e poi l'altra pistola, che mostrò ugualmente al capitano. Allora questi, incuriosito, sebbene avesse ancora un forte tremito a una gamba e temesse che i soldati se ne potessero accorgere, si appressò anche lui a quel cadavere, e ordinò che lo rimovessero un poco per vederlo in faccia. Rimosso, quel cadavere mostrò sul petto insanguinato quattro medaglie.

I tre, allora, rimasero a guardarsi negli occhi, stupiti e sgomenti.

Chi avevano ucciso?

QUADERNI DI
SERAFINO GUBBIO OPERATORE

QUADERNO PRIMO

I

Studio la gente nelle sue più ordinarie occupazioni, se mi riesca[1] di scoprire negli altri quello che manca a me per ogni cosa ch'io faccia: la certezza che capiscano[2] ciò che fanno.

In prima, sì, mi[3] sembra che molti l'abbiano, dal modo[4] come tra loro si guardano e si salutano, correndo di qua, di là, dietro alle loro faccende o ai loro capricci. Ma poi, se[5] mi fermo a guardarli un po' addentro negli occhi con questi miei occhi intenti e silenziosi, ecco che subito s'aombrano. Taluni anzi si smarriscono in una[6] perplessità così inquieta, che se per poco io seguitassi a scrutarli, m'ingiurierebbero o m'aggredirebbero.

No, via, tranquilli. Mi basta[7] questo: sapere, signori, che non è chiaro né certo neanche a voi neppur quel poco che vi viene a mano a mano determinato dalle consuetissime condizioni in cui vivete. C'è un *oltre* in tutto. Voi non volete o non sapete vederlo. Ma appena appena quest'oltre baleni negli occhi d'un ozioso come me, che si metta a osservarvi, ecco, vi smarrite, vi turbate o irritate.

Conosco anch'io il congegno esterno, vorrei dir meccanico della vita che fragorosamente e vertiginosamente ci affaccenda senza requie. Oggi, così e così; questo e quest'altro da fare; correre qua, con l'orologio alla mano, per essere in tempo là. – No, caro, grazie: non posso! – Ah sì, davvero? Beato te! Debbo scappare... – Alle undici, la colazione. – Il giornale, la borsa, l'ufficio, la scuola... – Bel tempo, peccato! Ma gli affari... – Chi passa? Ah, un carro funebre... Un saluto, di corsa, a chi se n'è andato. – La bottega, la fabbrica, il tribunale...

Nessuno ha tempo o modo d'arrestarsi un momento a considerare, se quel che vede fare agli altri, quel che lui stesso fa, sia veramente ciò che sopra tutto gli convenga, ciò che gli possa dare quella certezza vera, nella quale solamente potrebbe trovar riposo. Il riposo che ci è dato dopo tanto fragore e tanta vertigine è gravato da tale stanchezza, intronato da tanto stordimento, che non ci è più possibile raccoglierci un minuto a pensare. Con una mano ci teniamo la testa, con l'altra facciamo un gesto da ubriachi.[1]

– Svaghiamoci!

Sì. Più faticosi e complicati del lavoro troviamo gli svaghi che ci si offrono; sicché dal riposo non otteniamo altro che un accrescimento di stanchezza.

Guardo per via le donne, come vestono, come camminano, i cappelli che portano in capo; gli uomini, le arie che hanno o che si dànno; ne ascolto i discorsi, i propositi; e in certi momenti mi sembra così impossibile credere alla realtà di quanto vedo e sento, che non potendo d'altra parte credere che tutti facciano per ischerzo, mi domando se veramente tutto questo fragoroso e vertiginoso meccanismo della vita, che di giorno in giorno sempre più si còmplica e s'accèlera, non abbia ridotto l'umanità in tale stato di follìa, che presto proromperà frenetica a sconvolgere e a distruggere tutto. Sarebbe forse, in fin de' conti, tanto di guadagnato. Non per altro, badiamo: per fare una volta tanto punto[2] e daccapo.

Qua da noi non siamo ancora arrivati ad assistere allo spettacolo, che dicono frequente in America, di uomini che a mezzo d'una qualche faccenda, fra il[3] tumulto della vita, traboccano giù, fulminati. Ma forse, Dio ajutando, ci arriveremo presto. So che tante cose si preparano. Ah, si lavora! E io – modestamente – sono uno degli impiegati a questi lavori *per lo svago*.

Sono operatore. Ma veramente, essere operatore, nel mondo in cui vivo e di cui vivo, non vuol mica dire operare.

Io non opero nulla.

Ecco qua. Colloco sul treppiedi a gambe rientranti la mia macchinetta. Uno o due apparatori, secondo le mie indicazioni, tracciano sul tappeto o su la piattaforma con una lunga pertica e un lapis turchino i limiti entro i quali gli attori debbono muoversi per tenere in fuoco la scena.

Questo si chiama *segnare il campo*.

Lo segnano gli altri; non io: io non faccio altro che prestare i miei occhi alla macchinetta perché possa indicare fin dove arriva *a prendere*.

Apparecchiata la scena, il direttore vi dispone gli attori e suggerisce loro l'azione da svolgere.

Io domando al direttore:

– Quanti metri?

Il direttore, secondo la lunghezza della scena, mi dice approssimativamente il numero dei metri di pellicola che abbisognano, poi[1] grida agli attori:

– Attenti, si gira!

E io mi metto a girar la manovella.

Potrei farmi l'illusione che, girando la manovella, faccia muover io quegli attori, press'a poco come un sonatore d'organetto fa la sonata girando il manubrio. Ma non mi faccio né questa né altra illusione, e séguito a girare finché la scena non è compiuta; poi guardo nella macchinetta e annunzio al direttore:

– Diciotto metri, – oppure: – trentacinque.

E tutto è qui.

Un signore, venuto a curiosare, una volta mi domandò:

– Scusi, non si è trovato ancor modo di far girare la macchinetta da sé?

Vedo ancora la faccia di questo signore: gracile, pallida, con radi capelli biondi; occhi cilestri, arguti; barbetta[1] a punta, gialliccia, sotto la quale[2] si nascondeva un sorrisetto, che voleva parer timido e cortese, ma era malizioso. Perché con quella domanda voleva dirmi:

« Siete proprio necessario voi? Che cosa siete voi? *Una mano che gira la manovella.* Non si potrebbe fare a meno di questa mano? Non potreste esser soppresso, sostituito da un qualche meccanismo? »

Sorrisi e risposi:

– Forse col tempo, signore. A dir vero, la qualità precipua che si richiede in uno che faccia la mia professione è l'*impassibilità* di fronte all'azione che si svolge davanti[3] alla macchina. Un meccanismo, per questo riguardo, sarebbe senza dubbio più adatto e da preferire a un uomo. Ma la difficoltà più grave, per ora, è questa: trovare un meccanismo, che possa regolare il movimento secondo l'azione che si svolge davanti[4] alla macchina. Giacché io, caro signore, non giro sempre allo stesso modo la manovella, ma ora più presto ora più piano, secondo il bisogno. Non dubito però, che col tempo – sissignore – si arriverà a sopprimermi. La macchinetta – anche questa macchinetta, come tante altre macchinette – girerà da sé. Ma che cosa poi farà l'uomo quando tutte le macchinette gireranno da sé, questo, caro signore, resta ancora da vedere.

II

Soddisfo, scrivendo, a un bisogno di sfogo, prepotente. Scarico la mia professionale impassibilità e mi vendico, anche; e con me vendico tanti, condannati come me a non esser altro, che *una mano che gira una manovella.*

Questo doveva avvenire, e questo è finalmente avvenuto!

L'uomo che prima, poeta, deificava i suoi sentimenti e li adorava, buttati via i sentimenti, ingombro non solo inutile ma anche dannoso, e divenuto[1] saggio e industre, s'è messo a fabbricar di ferro, d'acciajo le sue nuove divinità ed è diventato servo[2] e schiavo di esse.

Viva la Macchina che meccanizza la vita!

Vi resta ancora, o signori, un po' d'anima, un po' di cuore e di mente? Date, date qua alle macchine voraci, che aspettano! Vedrete e sentirete, che prodotto di deliziose stupidità ne sapranno cavare.

Per la loro fame, nella fretta incalzante di saziarle, che pasto potete estrarre da voi ogni giorno, ogni ora, ogni minuto?

È per forza il trionfo della stupidità, dopo tanto ingegno e tanto studio spesi per la creazione di questi mostri, che dovevano rimanere strumenti e sono divenuti invece, per forza, i nostri padroni.[3]

La macchina è fatta per[4] agire, per muoversi, ha bisogno di ingojarsi la nostra anima, di divorar la nostra vita. E come volete che ce le ridiano, l'anima e la vita, in produzione centuplicata e continua, le macchine? Ecco qua: in pezzetti e bocconcini, tutti d'uno stampo, stupidi e precisi, da farne, a metterli sù, uno su l'altro, una piramide che potrebbe arrivare alle[5] stelle. Ma che stelle, no, signori! Non ci credete. Neppure all'altezza d'un palo telegrafico. Un soffio li abbatte e li ròtola giù, e[6] tal altro ingombro, non più dentro ma fuori, ce ne fa, che – Dio, vedete quante scatole, scatolette, scatolone, scatoline? – non sappiamo più dove mettere i piedi, come muovere un passo. Ecco le produzioni dell'anima nostra, le scatolette della nostra vita!

Che volete farci? Io sono qua. Servo la mia macchinetta, in quanto la giro perché possa mangiare. Ma l'anima, a me, non mi serve. Mi serve la mano; cioè serve alla macchina. L'anima in pasto, in pasto la vita, dovete dargliela voi signori, alla macchinetta ch'io giro. Mi divertirò a vedere, se permettete, il prodotto che ne verrà fuori. Un bel prodotto e un bel divertimento, ve lo dico io.

Già i miei occhi, e anche le mie orecchie, per la lunga abitudine, cominciano a vedere e a sentir tutto sotto la specie di questa rapida tremula ticchettante riproduzione meccanica.

Non dico di no: l'apparenza è lieve e vivace. Si va, si vola. E il[1] vento della corsa dà un'ansia vigile ilare acuta, e si porta via tutti i pensieri. Avanti! Avanti perché[2] non s'abbia tempo né modo d'avvertire il peso della tristezza, l'avvilimento della vergogna, che restano dentro, in fondo. Fuori, è un balenìo continuo, uno sbarbàglio incessante: tutto guizza e scompare.

Che cos'è? Niente, è passato! Era forse una cosa triste; ma niente, ora è passata.

C'è una molestia, però, che non passa. La sentite? Un calabrone che ronza sempre, cupo, fosco, brusco, sotto sotto, sempre. Che è? Il ronzìo dei pali telegrafici? lo strisciò continuo della carrucola lungo[3] il filo dei tram elettrici? il fremito incalzante di tante macchine, vicine, lontane? quello del motore dell'automobile? quello dell'apparecchio cinematografico? Il bàttito del cuore non s'avverte, non s'avverte[4] il pulsar delle arterie. Guaj, se s'avvertisse! Ma questo ronzìo, questo ticchettìo perpetuo, sì, e dice che non è naturale tutta questa furia turbinosa, tutto questo guizzare e scomparire d'immagini; ma che c'è sotto un meccanismo, il quale pare lo insegua, stridendo precipitosamente.

Si spezzerà?

Ah, non bisogna fissarci l'udito. Darebbe una smania di punto in punto crescente, un'esasperazione a lungo insopportabile; farebbe impazzire.

In nulla, più[1] in nulla, in mezzo a questo tramenìo vertiginoso, che investe e travolge, bisognerebbe fissarsi. Cogliere, attimo per attimo, questo rapido passaggio d'aspetti e di casi, e via, fino al punto che il ronzìo per ciascuno di noi non cesserà.

III

Non posso levarmi dalla mente l'uomo incontrato un anno fa, la sera stessa che arrivai a Roma.

Di novembre, sera rigidissima. M'aggiravo in cerca d'un modesto alloggio, non tanto per me, uso a passar le notti all'aperto, amico delle nottole e delle[2] stelle, quanto per la mia valigetta, ch'era tutta la mia casa, lasciata in deposito alla stazione; allorché m'imbattei per caso in un mio amico di Sassari, da molto tempo perduto di vista: Simone Pau, uomo di costumi singolarissimi e spregiudicati. Udite le mie misere condizioni, egli mi propose d'andare a dormire per quella sera nel suo albergo. Accettai, e ci avviammo a piedi per le vie quasi deserte. Cammin facendo, gli parlavo delle mie molte disgrazie e delle scarse speranze che m'avevano condotto a Roma. Simone Pau alzava di tratto in tratto la testa scoperta, su cui i lunghi capelli grigi, lisci, sono spartiti in mezzo da una scriminatura alla nazzarena, ma[3] a zig-zag, perché fatta con le dita, in mancanza di pettine. Questi capelli, poi, tirati di qua e di là dietro gli orecchi, gli formano una curiosa zazzeretta rada, ineguale. Cacciava via una grossa boccata di fumo e restava un pezzo, ascoltandomi, con l'enorme bocca tumida aperta, come quella di un'antica maschera comica. Gli occhi sorcigni, furbi, vivi vivi, gli guizzavano intanto qua e là come presi in trappola nella faccia larga, rude, massiccia, da villano feroce e ingenuo. Credevo rimanesse in quell'atteggiamento, con la bocca aperta, per ridere di me, delle mie disgrazie e delle mie speranze. Ma, a un certo punto, lo vidi fermare in mezzo alla via vegliata lugubremente dai fanali e gli sentii dir forte nel silenzio della notte:

– Scusa, e come[1] so io del monte, dell'albero, del mare? Il monte è monte, perché io dico: *Quello è un monte*. Il che significa: *io sono il monte*. Che siamo noi? Siamo quello di cui a volta a volta ci accorgiamo. Io sono il monte, io l'albero, io il mare. Io sono anche la stella, che ignora se stessa!

Restai sbalordito. Ma per poco. Ho anch'io – inestirpabilmente radicata nel più profondo del mio essere – la stessa malattia dell'amico mio.

La quale, a mio credere, dimostra nel modo più chiaro, che tutto quello che avviene, forse avviene perché la terra non è fatta tanto per gli uomini, quanto per le bestie. Perché le bestie hanno in sé da natura solo quel tanto che loro basta ed è necessario per vivere nelle condizioni, a cui furono, ciascuna secondo la propria specie, ordinate; laddove[2] gli uomini hanno in sé un superfluo, che di continuo inutilmente li tormenta, non facendoli mai paghi di nessuna condizione e sempre lasciandoli incerti del loro destino. Superfluo inesplicabile, chi per darsi uno sfogo crea nella natura un mondo fittizio, che ha senso e valore soltanto per essi, ma di cui pur essi medesimi non sanno e non possono mai contentarsi, cosicché senza posa smaniosamente lo mutano e rimutano, come quello che, essendo da loro stessi costruito per il bisogno di spiegare e sfogare un'attività di cui non si vede né il fine né la ragione, accresce e complica sempre più il loro tormento, allontanandoli da quelle semplici condizioni poste da natura alla vita su la terra, alle quali soltanto i bruti sanno restar fedeli e obbedienti.

L'amico Simone Pau è convinto in buona fede di valere molto più d'un bruto, perché il bruto *non sa* e si contenta di ripeter sempre le stesse operazioni.

Sono anch'io convinto ch'egli valga molto più d'un bruto, ma non per queste ragioni. Che giova all'uomo non[1] contentarsi di ripeter sempre le stesse operazioni? Già, quelle che sono fondamentali e indispensabili alla vita, deve[2] pur compierle e ripeterle anch'egli quotidianamente, come i bruti, se non vuol morire. Tutte le altre, mutate e rimutate di continuo smaniosamente, è assai difficile non gli si scoprano, presto o tardi, illusioni o vanità, frutto come sono di quel tal superfluo, di cui non si vede su la terra né il fine né la ragione. E chi ha detto al mio amico Simone Pau, che il bruto *non sa*? Sa quello che gli è necessario e non s'impaccia d'altro, perché il bruto non ha in sé alcun superfluo. L'uomo che l'ha, appunto perché l'ha, si pone il tormento di certi problemi, destinati su la terra a rimanere insolubili. Ed ecco in che consiste la sua superiorità! Forse quel tormento è segno e prova (speriamo, non anche caparra!) di un'altra vita oltre la terrena; ma, stando così le cose su la terra, mi par proprio d'aver ragione quando dico ch'essa è fatta più pe' bruti che per gli uomini.

Non vorrei esser frainteso. Intendo dire, che su la terra l'uomo è destinato a star male, perché ha in sé più di quanto basta per starci bene, cioè in pace e pago. E che sia veramente un di più, *per la terra*, questo che l'uomo ha in sé (e per cui è uomo e non bruto), lo dimostra il fatto, ch'esso – questo di più – non riesce a quietarsi mai in nulla, né di nulla ad appagarsi quaggiù, tanto che cerca e chiede altrove, oltre la vita terrena, il perché e il compenso del suo tormento. Tanto peggio poi l'uomo vi sta, quanto più vuole impiegare su la terra stessa in smaniose costruzioni e complicazioni il suo superfluo.

Lo so io, che giro una manovella.

Quanto al mio amico Simone Pau, il bello è questo: che crede d'essersi liberato d'ogni superfluo, riducendo al minimo tutti i suoi bisogni, privandosi di tutte le comodità e vivendo come un lumacone ignudo. E non s'accorge che, proprio all'opposto, egli, così riducendosi, s'è annegato tutto nel superfluo e più non vive d'altro.

Quella sera, appena giunto a Roma, io ancora non lo sapevo. Lo conoscevo, ripeto, di costumi singolarissimi e spregiudicati, ma non avrei potuto mai immaginare, che la singolarità sua e la sua spregiudicatezza arrivassero fino al punto che dirò.

IV

Pervenuti in fondo al Corso Vittorio Emanuele, passammo il ponte. Ricordo che mirai quasi con religioso sgomento la fosca mole rotonda di Castel Sant'Angelo, alta e solenne sotto lo sfavillìo delle stelle. Le grandi architetture umane, nella notte, e le costellazioni del cielo pare che s'intendano tra loro. Nella frescura umida di quell'immenso sfondo notturno, sentii quel mio sgomento sobbalzare, guizzare come per tanti brividi, che forse mi venivano dai riflessi serpentini dei lumi degli altri ponti e delle dighe, nell'acqua nera, misteriosa, del fiume. Ma Simone Pau mi strappò a quell'ammirazione, volgendo[1] prima verso San Pietro, poi scantonando per il Vicolo del Villano. Incerto della via, incerto di tutto, nel vuoto orrore delle vie deserte, piene di strane ombre vacillanti nei radi rivèrberi rossastri dei fanali, a ogni soffio d'aria, sui muri delle vecchie case, pensavo con terrore[2] e con nausea alla gente che dormiva sicura in quelle case e non sapeva com'esse apparissero di fuori a chi errava sperduto per la notte, senza che per lui ce ne fosse una, ove potesse entrare. Di tratto in tratto, Simone Pau crollava il testone e si picchiava il petto con due dita. Oh sì! Il monte era lui, l'albero era lui, il mare era lui; ma l'albergo dov'era? Là, a Borgo Pio? Sì, là vicino: al Vicolo del Falco. Alzai gli occhi; vidi a destra di quel vicolo un casamento tetro, con una lanterna sospesa davanti[1] al portone: una grossa lanterna, ove la fiammella del becco sbadigliava a traverso i vetri sudici. Mi fermai davanti[2] a quel portone mezzo chiuso e mezzo aperto, e lessi[3] su l'arco:

OSPIZIO DI MENDICITÀ

– Tu dormi qua?

– E ci mangio anche. Ciotole di minestre squisite. In ottima compagnia. Vieni: sono di casa.

Difatti, il vecchio portinajo e due altri addetti alla sorveglianza dell'ospizio, raccolti e curvi tutti e tre attorno a un braciere di rame lo accolsero come un ospite consueto, salutandolo coi gesti e con la voce dalla bacheca dell'androne rintronante:

– Buona sera, signor Professore.

Simone Pau mi prevenne, cupo, con molta serietà, che non mi facessi illusioni, perché in quell'albergo non avrei potuto dormire per oltre sei notti di seguito.[4] Mi spiegò, che ogni sei notti bisognava che ne passassi fuori[5] per lo meno una all'aperto, per poi ripigliare la serie.

Io, dormire là?

Innanzi a quei tre sorveglianti, ascoltai la spiegazione con un sorriso afflitto, che pur mi nuotava lieve lieve su le labbra, come per tenermi l'anima a galla e impedirle di sprofondare nella vergogna di quel basso fondo.

Quantunque in misere condizioni e con poche lire in tasca, ero vestito bene, coi guanti alle mani, le ghette ai piedi. Volevo prendere l'avventura, con quel sorriso, come un capriccio bislacco del mio strano amico. Ma Simone Pau se n'irritò:

– Non ti par serio?

– No, caro, veramente non mi par serio.

– Hai ragione, – disse Simone Pau. – Serio, veramente serio, sai chi è? è il dottore senza collo, vestito di nero, con grossa barba nera e occhiali a staffa, che nelle piazze addormenta la sonnambula. Io non sono ancora serio fino a questo punto. Puoi ridere, amico Serafino.

E seguitò a spiegarmi, che – tutto gratis, lì. D'inverno, nella branda, due lenzuola di bucato, solide e fresche come vele di barca, e due grosse coperte di lana; d'estate, le sole lenzuola, e una lucchesina per chi la vuole; poi, un accappatojo e un pajo di pantofole di tela, con suola di corda, lavabili.

– Bada bene, lavabili.

– E perché?

– Ti spiego. Con quelle pantofole e con quell'accappatojo[1] ti dànno una tessera; tu entri in quello spogliatojo là – quella porta là, a destra – ti spogli e consegni gli abiti, scarpe comprese, per la disinfezione, che si fa nei forni, di là. Quindi... ecco, vieni qua, guarda... Vedi questa bella piscina?

Sprofondai gli occhi e guardai.

Piscina? Era un antro mùffido, angusto e profondo, una specie di cava da ricettarvi majali, tagliata nella pietra viva per lungo, a cui si scendeva per cinque o sei gradini e da cui esalava un puzzo ardente di lavatojo.[2] Un tubo di latta, tutto a forellini gialli di ruggine, vi correva sopra, in mezzo, da un capo all'altro.

– Ebbene?

– Ti spogli di là; consegni gli abiti...

– ...scarpe comprese...

– ...scarpe comprese, per la disinfezione, e t'introduci nudo qua dentro.

– Nudo?

– Nudo, in compagnia d'altri sei o sette nudi. Uno di questi cari amici qua della bacheca apre la chiavetta dell'acqua, e tu, sotto il tubo, *zifff...* ti prendi gratis, in piedi, una bellissima doccia. Poi t'asciughi magnificamente con l'accappatojo, ti calzi le pantofole di tela, te ne sali zitto zitto in processione con gli altri incappati per la scala; eccola qua; là c'è la porta del dormitorio, e buona notte.

– Imprescindibile?

– Che? La doccia? Ah, perché tu hai i guanti e le ghette, amico Serafino? Ma te le puoi levare senza vergogna.[1] Ciascuno qua si leva le proprie vergogne d'addosso, e si presenta nudo al battesimo di questa piscina! Non hai il coraggio di scendere fino a queste nudità?

Non ce ne fu bisogno. La doccia è obbligatoria solo per i mendicanti sporchi. Simone Pau non l'aveva mai presa.

Egli è lì, veramente, professore. Sono annessi a quell'asilo notturno una cucina economica e un ricovero per i ragazzi senza tetto, d'ambo i sessi, figli di mendicanti, figli di carcerati, figli di tutte le colpe. Sono sotto la custodia di alcune suore di carità, che han trovato modo d'istituire per essi anche una scoletta. Simone Pau, quantunque per professione nimicissimo dell'umanità e di qualsiasi insegnamento, dà lezione con molto piacere a quei ragazzi, per due ore al giorno, la mattina per tempo; e i ragazzi gli vogliono un gran bene. Egli ha lì, in compenso, alloggio e vitto: cioè una cameretta, tutta per lui, comoda e decente, e un servizio di cucina particolare, insieme con quattro altri insegnanti, che sono un povero vecchietto pensionato dal Governo pontificio e tre zitellone maestre, amiche delle suore e lì ricoverate. Ma Simone Pau lascia il vitto particolare, perché a mezzogiorno non è mai all'ospizio, e soltanto la sera, quando gli va, prende qualche ciotola di minestra dalla cucina comune; tiene la cameretta, ma non ne approfitta mai, perché va a dormire nel dormitorio dell'asilo notturno, per la compagnia che vi trova, e a cui ha preso gusto, di esseri obliqui e randagi. Tolte quelle due ore di lezione, passa tutto il tempo nelle biblioteche e nei caffè; ogni tanto, stampa su qualche rassegna di filosofia uno studio che stordisce tutti per la bizzarra novità delle vedute, la stranezza delle argomentazioni e la copia della dottrina; e si rimpannuccia.

Io, allora, ripeto, non[1] sapevo tutto questo. Credevo, e forse in parte era vero, ch'egli mi avesse condotto lì per il piacere di sbalordirmi; e poiché non c'è miglior mezzo di sconcertare chi voglia sbalordirvi con paradossi sbardellati o con le più strane e bislacche proposte, che fingere d'accettar quei paradossi come fossero le verità più ovvie e quelle proposte come naturalissime e del caso; così feci io quella sera, per sconcertare il mio amico Simone Pau. Il quale, capito il mio proposito, mi guardò negli occhi e, vedendomeli perfettamente impassibili, esclamò sorridendo:

– Come sei imbecille!

Mi profferse la sua cameretta; credetti in principio che scherzasse; ma quando m'assicurò che aveva lì veramente una cameretta per sé non[2] volli accettare e andai con lui nel dormitorio dell'asilo. Non me ne pento, perché al disagio e al ribrezzo che provai in quell'orrido luogo, ebbi due compensi:

1° quello di trovare il posto, che occupo al presente, o meglio, l'occasione di entrare come operatore nella grande Casa di cinematografia *La Kosmograph*;

2° quello di conoscere l'uomo, che per me è rimasto il simbolo della sorte miserabile, a cui il continuo progresso condanna l'umanità.

Ecco, prima, l'uomo.

V

Me lo mostrò Simone Pau, la mattina appresso, quando ci levammo dalla branda.

Non descriverò quello stanzone del dormitorio, appestato da tanti fiati, nella squallida luce dell'alba, né l'esodo di quei ricoverati, che scendevano irti e rabbuffati dal sonno nei lunghi càmici bianchi, con le pantofole di tela ai piedi e la tèssera in mano, giù allo spogliatojo, per ritirare a turno i loro panni.

Uno era in mezzo a questi, che fra gli sgonfii del bianco accappatojo teneva stretto sotto il braccio un violino, chiuso nella fodera di panno verde, logora, sudicia, stinta, e se n'andava inarcocchiato e tenebroso, come assorto a guardarsi i peli spioventi delle foltissime sopracciglia aggrottate.

– Amico! amico! – lo chiamò Simone Pau. Quegli si fece[1] avanti, tenendo il capo chino e sospeso, come se gli pesasse enormemente il naso rosso e carnuto; e pareva dicesse, avanzandosi:

« Fate largo! fate largo! Vedete come la vita può ridurre il naso d'un uomo? »

Simone Pau gli s'accostò; amorevolmente con una mano gli sollevò il mento; gli batté l'altra su la spalla, per rinfrancarlo, e ripeté:

– Amico mio!

Poi, rivolgendosi a me:

– Serafino, – disse, – ti presento un grande artista. Gli hanno appiccicato un nomignolo schifoso; ma non importa: è un grande artista. Ammìralo: qua, col suo Dio sotto il braccio! Potrebbe essere una scopa: è un violino.

Mi voltai a osservar l'effetto delle parole di Simone

Pau sul viso dello sconosciuto. Impassibile. E Simone Pau seguitò:

– Un violino, per davvero.[1] E non lo lascia mai. Anche i custodi qua gli concedono di portarselo a letto, a patto che non suoni di notte e non disturbi gli altri ricoverati. Ma non c'è pericolo. Càvalo fuori, amico mio, e mostralo a questo signore, che ti saprà compatire.

Quegli mi spiò[2] prima con diffidenza; poi, a un nuovo invito di Simone Pau, trasse dalla[3] custodia il vecchio violino, un violino veramente prezioso, e lo mostrò, come[4] un monco vergognoso può mostrare il suo moncherino.

Simone Pau riprese, rivolto a me:

– Vedi? Te lo mostra. Grande concessione, di cui devi ringraziarlo! Suo padre, molti anni or sono, lo lasciò padrone a Perugia di una tipografia ricca di macchine e di caratteri e bene avviata. Di' tu, amico mio, che ne facesti, per consacrarti al culto[5] del tuo Dio?

L'uomo rimase a guardare Simone Pau, come se non avesse compreso la domanda.

Simone Pau gliela chiarì:

– Che ne facesti, della tua tipografia?

Quegli allora scattò in un gesto di noncuranza sdegnosa.

– La trascurò, – disse, per spiegare quel gesto, Simone Pau. – La trascurò fino al punto di ridursi al lastrico. E allora, col suo violino sotto il braccio, se ne venne a Roma. Ora non suona più da un pezzo, perché crede di non poter più sonare, dopo quanto gli è accaduto. Ma fino a qualche tempo fa, sonava nelle osterie. Nelle osterie si beve; e lui prima sonava, poi beveva. Sonava divinamente; più divinamente sonava, e più beveva; così che spesso era costretto a mettere in pegno il suo Dio, il suo violino. E allora si presentava in qualche tipografia per trovar lavoro: metteva insieme a poco a poco quel tanto che gli bisognava per spegnare il violino, e ritornava a sonare nelle osterie. Ma senti che cosa gli capitò una volta, per cui... capisci? gli si è un po' alterata la... la... non diciamo ragione, per carità, diciamo concezione della vita. Insacca, insacca, amico mio, il tuo strumento: so che ti fa male, se io lo dico, mentre tu hai il tuo violino scoperto.

L'uomo accennò più volte di sì, gravemente, col capo arruffato, e rinfoderò il violino.

– Gli capitò questo, – seguitò Simone Pau. – Si presenta in una grande officina tipografica, nella quale è proto uno che, da ragazzotto, lavorava nella sua tipografia a Perugia. « Non c'è posto; mi dispiace, » gli dice costui. E l'amico mio fa per andarsene, avvilito, quando si sente richiamare. « Aspetta, » dice. « Se ti adatti, ci sarebbe da fare un servizio... Non sarebbe per te; ma, se tu hai bisogno... » Il mio amico si stringe nelle spalle, e segue il proto. È introdotto in un reparto speciale, silenzioso; e lì il proto gli mostra una macchina nuova: un pachiderma piatto, nero, basso; una bestiaccia mostruosa, che mangia piombo e caca libri. È una *monotype* perfezionata, senza complicazioni d'assi, di ruote, di pulegge, senza il ballo strepitoso della *matrice*. Ti dico una vera bestia, un pachiderma, che si rùguma quieto quieto il suo lungo nastro di carta traforata. « Fa tutto da sé » dice il proto al mio amico. « Tu non hai che a darle da mangiare di tanto in tanto i suoi pani di piombo, e starla a guardare. » Il mio amico si sente cascare il fiato e le braccia. Ridursi a un tale ufficio, un uomo, un artista! Peggio d'un mozzo di stalla... Stare a guardia di quella bestiaccia nera, che fa tutto da sé, e che non vuol da lui altro servizio, che d'aver messo in bocca, di tanto in tanto, il suo cibo, quei pani di piombo! Ma questo è niente, Serafino! Avvilito, mortificato, oppresso di vergogna e avvelenato di bile, il mio amico dura una settimana in quella servitù indegna e, porgendo alla bestia quei pani di piombo, sogna la sua liberazione, il suo violino, la sua arte; giura e promette di non ritornare più a sonare nelle osterie, dov'è forte, veramente forte per lui la tentazione di bere, e vuol trovare altri luoghi più degni per l'esercizio della sua arte, per il culto della sua divinità. Sissignori! Appena spegnato il violino, legge negli avvisi d'un giornale, tra le offerte d'impiego, quella d'un cinematografo, in via tale, numero tale, che ha bisogno d'un violino e d'un clarinetto per la sua orchestrina esterna. Subito il mio amico accorre; si presenta, felice, esultante, col suo violino sotto il braccio. Ebbene: si trova davanti un'altra macchina, un pianoforte automatico, un cosidetto piano-melodico. Gli dicono: « Tu col tuo violino devi accompagnare quello strumento lì! ». Capisci? Un violino, nelle mani d'un uomo, accompagnare un rotolo di carta traforata introdotto nella pancia di quell'altra macchina lì! L'anima, che muove e guida le mani di quest'uomo, e che or s'abbandona nelle cavate dell'archetto, or freme nelle dita che premono le corde, costretta a seguire il registro di quello strumento automatico! Il mio amico diede in tali escandescenze, che dovettero accorrere le guardie, e fu tratto in arresto e condannato per oltraggio alla[1] forza pubblica a quindici giorni di carcere.

Ne è uscito, come lo vedi.

Beve, e non suona più.

VI

Tutte le considerazioni da me fatte in principio sulla mia sorte miserabile e su quella[2] di tanti altri condannati come me a non esser altro che una mano che gira una manovella, hanno per punto di partenza quest'uomo, incontrato la prima sera del mio arrivo a Roma. Certamente ho potuto farle, perché anch'io mi sono ridotto a quest'ufficio di servitore d'una macchina; ma son venute dopo.

Lo dico, perché quest'uomo, presentato qui, dopo quelle considerazioni, potrebbe parere a qualcuno una mia grottesca invenzione. Ma si badi ch'io forse non avrei mai pensato di fare quelle considerazioni, se in parte non me le avesse suggerite Simone Pau nel presentarmi quel disgraziato; e che, del resto, grottesca è tutta la mia prima avventura, e tale perché grottesco è, e vuol essere, quasi per professione, Simone Pau, il quale, per darmene un saggio fin dalla prima sera, volle condurmi a dormire in un ospizio di mendicità.

Io non feci allora nessunissima considerazione; prima, perché non potevo pensare neppur lontanamente che mi sarei ridotto a quest'ufficio; poi, perché me l'avrebbe impedito un gran tramestìo sù per la scala del dormitorio e un irrompere confuso e festante di tutti quei ricoverati già scesi allo spogliatojo per ritirare i loro panni.

Che era accaduto?

Ritornavano sù, insaccati di nuovo nei bianchi accappatoj, e con le pantofole ai piedi.

Tra loro, e insieme coi custodi e le suore di carità addette al ricovero e alla cucina economica, eran parecchi signori e qualche signora, tutti ben vestiti e sorridenti, con[1] un'aria curiosa e nuova. Due di quei signori avevano in mano una macchinetta, che ora conosco bene, avvolta in una coperta nera, e sotto il braccio il treppiedi a gambe rientranti. Erano attori e operatori d'una Casa cinematografica, e venivano per un *film* a cogliere dal vero una scena d'asilo notturno.

La Casa cinematografica, che mandava quegli attori, era la *Kosmograph*, nella quale io da otto mesi ho il posto d'operatore; e il direttore di scena, che li guidava, era Nicola Polacco, o, come tutti lo chiamano, Cocò Polacco, mio amico d'infanzia e compagno di studii a Napoli nella prima giovinezza. Debbo a lui il posto e alla fortunata congiuntura[1] d'essermi trovato quella notte con Simone Pau in quell'asilo notturno.

Ma né a me, ripeto, venne in mente, quella mattina, che mi sarei ridotto a collocar sul treppiedi una macchina di presa, come vedevo fare a quei due signori, né a[2] Cocò Polacco di propormi un tale ufficio. Egli, da quel buon figliuolo che è, non stentò molto a riconoscermi, quantunque io – riconosciutolo subito – facessi di tutto per non essere scorto da lui in quel luogo miserabile, vedendolo raggiante d'eleganza parigina e con un'aria e un'impostatura di condottiero invincibile, tra quegli attori, quelle attrici e tutte quelle reclute della miseria, che non capivano più nei loro bianchi càmici dalla gioja d'un guadagno insperato. Si mostrò sorpreso di trovarmi là, ma soltanto *per l'ora mattutina*, e mi domandò come avessi saputo ch'egli con la sua compagnia dovesse venire quella mattina nell'asilo per *un interno dal vero*. Lo lasciai nell'inganno, che mi trovassi lì per caso, come un curioso; gli presentai Simone Pau (l'uomo dal violino, nella confusione, era sgattajolato via); e rimasi ad assistere disgustato alla sconcia contaminazione di quella triste realtà, di cui avevo nella notte assaporato l'orrore, con la stupida finzione che il Polacco era venuto a iscenarvi.

Ma il disgusto, forse, lo sento adesso. Quella mattina, dovevo avere più che altro curiosità d'assistere per la prima volta all'iscenatura d'una cinematografia. Pure la curiosità, a un certo punto, mi fu distratta da una di quelle attrici, la quale, appena intravista, me ne suscitò un'altra assai più viva.

La Nestoroff... Possibile? Mi pareva lei e non mi pareva. Quei capelli d'uno strano color fulvo, quasi cupreo, il modo di vestire, sobrio, quasi rigido, non erano suoi. Ma l'incesso dell'esile elegantissima persona, con un che di felino nella mossa dei fianchi; il capo alto, un po' inclinato da una parte, e quel sorriso dolcissimo su le labbra fresche come due foglie di rosa, appena qualcuno le rivolgeva la parola; quegli occhi stranamente aperti, glauchi, fissi e vani a un tempo, e freddi nell'ombra delle lunghissime ciglia, erano suoi, ben suoi, con quella sicurezza tutta sua, che ciascuno, qualunque cosa ella fosse per dire o per chiedere, le avrebbe risposto di sì.

Varia Nestoroff... Possibile? Attrice d'una Casa di cinematografia?

Mi balenarono in mente Capri, la Colonia russa, Napoli, tanti[1] rumorosi convegni di giovani artisti, pittori, scultori, in strani ridotti eccentrici, pieni di sole e di colore, e una casa, una dolce casa di campagna, presso Sorrento, dove[2] quella donna aveva portato lo scompiglio e la morte.

Quando, ripetuta per due volte la scena per cui la compagnia era venuta in quell'asilo, Cocò Polacco m'invitò ad andarlo a trovare alla *Kosmograph*, io, ancora in dubbio, gli domandai se quell'attrice fosse proprio[3] la Nestoroff.

– Sì, caro, – mi rispose, sbuffando. – Ne sai forse la storia?

Gli accennai di sì col capo.

– Ah, ma non puoi saperne il seguito! – riprese il Polacco. – Vieni, vieni a trovarmi alla *Kosmograph*; te ne dirò di belle. Gubbio, pagherei non so che cosa per levarmi dai piedi questa donna. Ma, guarda, è più facile che...

– Polacco! Polacco! – chiamò a questo punto colei.

E dalla premura con cui Cocò Polacco accorse alla chiamata, compresi bene qual potere ella avesse nella Casa, ov'era scritturata quale prima attrice con uno dei più lauti stipendii.

Alcuni giorni dopo mi recai alla *Kosmograph*, non per altro, per conoscere il seguito della storia, purtroppo a me nota, di quella donna.

QUADERNO SECONDO

I

Dolce casa di campagna, *Casa dei nonni*, piena del sapore ineffabile dei più antichi ricordi familiari, ove tutti i mobili di vecchio stile, animati da questi ricordi, non erano più cose, ma quasi intime parti di coloro che v'abitavano, perché in essi toccavano e sentivano la realtà cara, tranquilla, sicura della loro esistenza.

Covava davvero in quelle stanze un alito particolare, che a me pare di sentire ancora, mentre scrivo: alito d'antica vita, che aveva dato un odore a tutte le cose che vi erano custodite.[1]

Rivedo la sala, un po' tetra veramente, dalle pareti stuccate, a riquadri che volevan sembrare di marmo antico: uno rosso, uno verde; e ogni riquadro aveva la sua brava cornice, anch'essa di stucco, a fogliami; se non che, col tempo, quei finti marmi antichi s'erano stancati della loro ingenua finzione, s'erano un po' gonfiati qua e là, e si vedeva qualche piccola crepacchiatura. La quale mi diceva benignamente:

– Tu sei povero; hai l'abito sdrucito; ma vedi bene che pure nelle case dei signori...

Eh sì! Bastava[2] mi voltassi a guardare quelle mensole curiose, che pareva avessero schifo di toccare la terra con le loro zampe dorate, di ragno... Il piano di marmo era un po' ingiallito, e nello specchio inclinato si rivedevano precisi nell'immobilità i due cestelli posati sul piano: cestelli di frutta, anch'esse di marmo, colorate: fichi, pesche, cedri, a riscontro, di qua e di là, proprio precise, nel riflesso, come se fossero quattro e non due.

In quella immobilità di lucido riflesso era tutta la calma limpida, che regnava in quella casa. Pareva che nulla vi potesse accadere. E lo diceva anche l'orologetto di bronzo, tra i due cestelli, di cui nello specchio si vedeva il dietro soltanto. Figurava una fontanella, e aveva un cristallo di rocca a spirale, che girava e girava col moto della macchina. Quant'acqua aveva versato quella fontanella? Ma la conchetta non s'era riempita mai.

Ed ecco[1] la sala, da cui si scende nel giardino. (Da una stanza all'altra si passa a traverso uscioli bassi, che pajon compresi del loro ufficio, e ciascuno sappia le cose che ha in custodia nella stanza.) Questa, da cui si scende nel giardino, è la preferita, in tutte le stagioni. Ha il pavimento di mattoni larghi, quadrati, di terracotta, un po' logorati dall'uso. La carta da parato, a roselline, è un po' sbiadita, come le tende di velo, pure a roselline, della finestra e della porta a vetri, da cui si scorge il pianerottolo della breve scala di legno, a collo, e la ringhierina verde e il pergolato del giardinetto incantato di luce e di silenzio.

La luce filtra verde e fervida a traverso le stecche della piccola persiana della finestra, e non si soffonde nella stanza, che rimane in una fresca, deliziosa penombra, imbalsamata dalle fragranze del giardino.

Che felicità, che bagno di purezza per l'anima, a stare un po' distesi su quel divano antico, dalle testate alte, coi rulli di stoffa verde, anch'essa un po' scolorita.

– Giorgio! Giorgio!

Chi chiama dal giardino? È nonna Rosa, che non arriva a cogliere neppure con l'ajuto della sua cannuccia i gelsomini di bella notte, or che la pianta, crescendo, s'è rampicata alta sù sù per il muretto.

Piacciono tanto a nonna Rosa quei gelsomini di bella notte! Ha sù, nell'armadio a muro, una cassettina piena di spighe a ombrello di rizòmolo, seccate; ne prende una ogni mattina, prima di scendere in giardino; e quando ha raccolto i gelsomini con la sua cannuccia, siede all'ombra del pergolato, inforca gli occhiali e infilza a uno a uno quei gelsomini negli esili gambi di quella spiga a ombrello, finché non ne forma una bella rosa bianca, piena, dal profumo intenso e soave, che va a deporre religiosamente in un vasetto sul piano del cassettone nella sua camera, innanzi all'immagine del suo unico figliuolo, morto da tant'anni.

È così intima e raccolta, quella casetta, e paga della vita che racchiude in sé, e senz'alcun desiderio di quella che si svolge rumorosa fuori, lontano! Sta lì, come rannicchiata dietro il poggio verde, e non ha voluto neanche la vista del mare e del golfo meraviglioso. Voleva rimanere appartata, ignorata da tutti, quasi nascosta lì in quel cantuccio verde e solitario, fuori e lontana dalle vicende del mondo.

C'era una volta sul pilastrino del cancello una targhetta di marmo, che recava il nome del proprietario: *Carlo Mirelli*. Nonno Carlo pensò di levarla, quando la morte trovò la via, la prima volta, per entrare in quella schiva casetta perduta in campagna, e si portò via il figliuolo di appena trent'anni, già padre a sua volta di due piccini.

Credette forse nonno Carlo che, tolta dal pilastrino la targhetta, la morte non avrebbe trovato più la via per ritornare?

Nonno Carlo era di quei vecchi, che portavano la papalina di velluto col fiocco di seta, ma sapevano leggere Orazio. Sapeva dunque che la morte, *aequo pede*,[1] picchia a tutte le porte, abbiano o non abbiano il nome inciso su la[2] targhetta.

Se non che, ciascuno, accecato da quelle che stima

ingiustizie della sorte, prova il bisogno irragionevole di rovesciar le furie del proprio cordoglio su qualcuno o su qualche cosa. Le furie di nonno Carlo, quella volta, s'abbatterono su l'innocente targhetta del pilastrino.

Se la morte si lasciasse afferrare, io la avrei afferrata per un braccio e condotta davanti a quello specchio, ove con tanta limpida precisione si riflettevano nell'immobilità i due cestelli di frutta e il dietro dell'orologetto di bronzo, e le avrei detto:

– Vedi? Vàttene ora! Qua deve restar tutto così com'è!

Ma la morte[1] non si lascia afferrare.

Abbattendo quella targhetta, forse nonno Carlo volle significare che – morto il figliuolo – lì, di vivi, non restava più nessuno!

La morte ritornò poco dopo.

C'era una viva, che perdutamente ogni notte la invocava: la nuora vedova, che, appena morto il marito, si sentì come staccata dalla famiglia, straniera nella casa.

Così, i due piccini orfani: Lidia, la maggiore di appena cinque anni, e Giorgetto di tre, restarono del tutto affidati ai due nonni non ancora tanto vecchi.

Riprendere daccapo la vita, quando già comincia a mancare, e ritrovare in sé le prime maraviglie dell'infanzia; ricomporre attorno a due rosei bimbi gli affetti più ingenui, i sogni più adatti, e ricacciare come importuna e fastidiosa l'esperienza, che di tratto in tratto sporge il viso di vecchia appassita per dire, ammiccando dietro gli occhiali: *avverrà questo*, *avverrà quest'altro*, quando ancora non è avvenuto niente, ed è così bello che non sia avvenuto niente; e fare e pensare e dire, come se veramente non si sapesse altro, fuor di quello che per ora sanno i due piccini che non sanno nulla: fare come se le cose non fossero riviste in un ritorno, ma con gli occhi di chi va innanzi per la prima volta e per la prima volta vede e sente: questo miracolo operarono nonno Carlo e nonna Rosa; fecero cioè per i due piccini assai più di quel che avrebbero fatto il padre e la madre, i quali, se fossero vissuti, giovani com'erano entrambi, avrebbero pur voluto godersi la vita ancora un po' per sé. Né il non averne più da godere per loro rese più facile il cómpito ai due vecchi, perché ai vecchi si sa che è grave il peso d'ogni cosa, che non abbia più né senso né valore per essi.

I due nonni accettarono quel senso e quel valore, che i due nipotini a mano a mano, crescendo, cominciarono a dare alle cose, e tutto il mondo si ricolorì di giovinezza per loro e la vita riebbe candore e freschezza d'ingenuità. Ma che potevano sapere del mondo tanto grande, della vita tanto diversa, che s'agitava fuori, lontano, quei due giovinetti[1] nati e cresciuti nella casa di campagna? I vecchi, quel mondo e quella vita, li avevano dimenticati, tutto per essi era ridiventato nuovo, il cielo, la[2] campagna, il canto degli uccelli, il sapor delle vivande. Di là dal cancello, non c'era più vita. La vita[3] partiva di qua e nuova s'irraggiava tutt'intorno; e niente s'immaginavano i vecchi che potesse venirne da fuori; e anche la morte, anche la morte avevano quasi dimenticata, che pure già due volte era venuta.

Ebbene, pazienza, la morte, a cui nessuna casa, per quanto lontana e nascosta, può restare ignota! Ma come mai, partita da mille e mille miglia lontano, sospinta, o trascinata, sbattuta qua e là dal turbine di tante vicende misteriose, poté trovar la via di quella casetta schiva, lì rannicchiata dietro il poggio verde, una donna, a cui la pace e gli affetti, che quivi regnavano, dovevano essere, nonché incomprensibili, ma[4] neppur concepibili?

Io non ho le tracce, né forse le ha nessuno, del

cammino seguìto da questa donna per arrivare alla dolce casetta di campagna, presso Sorrento.

Lì, proprio lì, davanti al pilastrino del cancello, da cui nonno Carlo da gran tempo aveva fatto strappare la targhetta, ella non arrivò da sé, veramente; non alzò lei la mano, la prima volta, a sonare la campanella per farsi aprire il cancello. Ma non molto lontano di lì ella si fermò ad aspettare, che un giovanetto, fin allora custodito con l'anima e col fiato da due vecchi nonni, bello, ingenuo, fervido, con l'anima tutta alata di sogni, da quel cancello uscisse fiducioso verso la vita.

O nonna Rosa, e voi lo chiamate ancora dal giardinetto, perché egli vi ajuti a cogliere con la cannuccia i vostri gelsomini di bella notte?

– Giorgio! Giorgio!

Ho ancora negli orecchi, nonna Rosa, la vostra voce. E provo una dolcezza accorata, che non so dire, nell'immaginarvi ancora lì, nella vostra casetta, che rivedo come se vi fossi tuttora e tuttora ne respirassi l'alito che vi cova, d'antica vita; nell'immaginarvi ignara di quanto è accaduto, com'eravate prima, quand'io, nelle vacanze estive, venivo da Sorrento ogni mattina a preparare per gli esami d'ottobre il vostro nipote Giorgio, che non voleva sapere né di latino né di greco, e imbrattava invece tutti i pezzi di carta che gli capitavano sotto mano, i margini dei libri, il piano del tavolino da studio, di schizzi a penna e a matita, di caricature. Ci dev'essere anche la mia, ancora, sul piano di quel tavolino tutto scombiccherato.

– Eh, signor Serafino, – sospirate voi, nonna Rosa, porgendomi in una tazza antica il solito caffè con l'essenza di cannella, come quello che offrono le zie monache nelle badìe, – eh, signor Serafino, Giorgio ha comprato i colori; ci vuol lasciare; vuol farsi pittore...

E dietro le vostre spalle sgrana i dolci, limpidi occhi cilestri e si fa rossa rossa Lidiuccia, la vostra nipote; Duccella, come voi la chiamate. Perché?

Ah, perché... È venuto già tre volte da Napoli un signorino, un bel signorino tutto profumato, col panciotto di velluto, i guanti canarini scamosciati, la caramella all'occhio destro e lo stemma baronale nel fazzoletto e nel portafogli. L'ha mandato il nonno, barone Nuti, amico di nonno Carlo, amico da fratello, prima che nonno Carlo, stanco del mondo, si ritirasse da Napoli, qua, nella villetta sorrentina. Voi lo sapete, nonna Rosa. Ma non sapete che il signorino di Napoli incoraggia fervorosamente Giorgio a darsi all'arte e ad andarsene a Napoli con lui. Lo sa Duccella, perché il signorino Aldo Nuti (che stranezza!), parlando con tanto fervore dell'arte, non guarda mica Giorgio, guarda lei, negli occhi, come se dovesse incoraggiare lei e non Giorgio; sì, sì, lei, a[1] venirsene a Napoli per star sempre sempre accanto a lui.

Ecco perché Duccella si fa rossa rossa, dietro le vostre spalle, nonna Rosa, appena vi sente dire che Giorgio vuol fare il pittore.

Anche lui, il signorino di Napoli, se il nonno permettesse... No, pittore no... Vorrebbe darsi al teatro, lui, far l'attore. Quanto gli piacerebbe! Ma il nonno non vuole...

Scommettiamo, nonna Rosa, che non vuole neanche Duccella?

II

I fatti che seguirono a questa tenue, ingenua vita d'idillio, circa quattr'anni dopo, io li conosco sommariamente.

Facevo a Giorgio Mirelli da ripetitore, ma ero anch'io studente, un povero studente invecchiato nell'attesa di proseguir gli studii, e a cui i sacrifizii durati dai parenti per mantenerlo alle scuole avevano spontaneamente persuaso il massimo zelo, la massima diligenza, una timida umiltà accorata, una suggezione che tuttavia non si stancava, benché quell'attesa si prolungasse ormai da molti e molti anni.

Ma forse non fu tempo perduto. Studiai da me e meditai, in quell'attesa, molto più e con profitto di gran lunga maggiore, che non avessi fatto negli anni di scuola; e[1] da me imparai il latino e il greco, per tentare il passaggio dagli studii tecnici, a cui ero stato avviato, ai classici, con la speranza che mi fosse più facile entrare per questa via all'Università.

Certo, questo genere di studii si confaceva assai più alla mia intelligenza. M'affondai in essi con passione così intensa e viva, che, a ventisei anni, quando per una insperata, modestissima eredità di uno zio prete (morto nelle Puglie e da un pezzo quasi dimenticato dalla mia famiglia) potei finalmente entrare all'Università, rimasi a lungo perplesso, se non mi convenisse lasciar lì nel cassetto, ove da tant'anni dormiva, il diploma di licenza dall'istituto tecnico, e di procurarmi quella dal liceo, per iscrivermi nella facoltà di filosofia e lettere.

Prevalsero i consigli dei parenti, e partii per Liegi, dove, con questo baco in corpo della filosofia, feci intima e tormentosa conoscenza con tutte le macchine inventate dall'uomo per la sua felicità.

Ne ho cavato, come si vede, un gran profitto. Mi sono allontanato con orrore istintivo dalla realtà, quale gli altri la vedono e la toccano, senza tuttavia poterne affermare una mia, dentro e attorno a me, poiché i miei sentimenti distratti e fuorviati non riescono a dare né valore né senso a questa mia vita incerta e senz'amore. Guardo ormai tutto, e anche me stesso, come da lontano; e da nessuna cosa mai mi viene un cenno amoroso ad accostarmi con fiducia o con speranza d'averne qualche conforto. Cenni, sì, pietosi, mi sembra di scorgere negli occhi di tanta gente, negli aspetti di tanti luoghi che mi spingono non a ricevere né a dare conforto, ché non può darne chi non può riceverne; ma pietà. Eh, pietà, sì... Ma so che la pietà, a dare e a ricevere, è così difficile.

Per[1] parecchi anni, ritornato a Napoli, non trovai da far nulla; feci vita da scapigliato con giovani artisti, finché durarono gli ultimi resti di quella piccola eredità. Devo al caso, com'ho detto, e all'amicizia d'un mio antico compagno di studii il posto che occupo. Lo tengo – diciamolo, sì – con onore, e del[2] mio lavoro sono ben remunerato. Oh, mi stimano tutti, qua, un ottimo operatore: vigile, preciso e d'una *perfetta impassibilità*. Se debbo esser grato al Polacco, anche Polacco dev'esser grato a me della benemerenza che s'è acquistata presso il commendator Borgalli, direttore generale e consigliere delegato della *Kosmograph*, per l'acquisto che la Casa ha fatto d'un operatore come me. Il signor Gubbio non è addetto propriamente a nessuna delle quattro compagnie del reparto artistico, ma è chiamato or qua or là da tutte, per la confezione dei *films* di più lungo metraggio e più difficili.[3] Il signor Gubbio lavora molto di più degli altri cinque operatori della Casa; ma per ogni *film* ben riuscito ha un ricco dono e frequenti gratificazioni. Dovrei esser lieto e soddisfatto. Rimpiango invece il tempo della magrezza e delle follie a Napoli tra i giovani artisti.

Appena ritornato da Liegi, rividi Giorgio Mirelli, già colà da due anni. Aveva di recente esposto in una mostra d'arte due strani quadri, che avevano suscitato nella critica e nel pubblico lunghe e violente discussioni. Conservava l'ingenuità e il fervore dei sedici anni; non aveva occhi per vedere la trascuratezza del suo vestire, i suoi capelli arruffati, i primi peli radi che gli s'arricciavano lunghi sul mento e su le gote magre, come a un malato: e malato era d'una divina malattia; in preda a un'ansia continua, che non gli faceva né scorgere né toccare quella che per gli altri era la realtà della vita; sempre sul punto di lanciarsi con impeto a qualche richiamo misterioso, lontano, che lui solo intendeva.

Gli domandai de' suoi. Mi disse che nonno Carlo era morto da poco. Lo guardai maravigliato del modo con cui mi dava quella notizia; pareva non avesse provato alcuna pena di quella morte. Ma, richiamato da quel mio sguardo al suo dolore, disse: – *Povero nonno*... – con tanto rimpianto e con un tal sorriso, che subito mi ricredetti e compresi ch'egli, nel tumulto di tanta vita che gli ferveva dentro, non aveva né modo né tempo[1] di pensare a' suoi dolori.

E nonna Rosa? Nonna Rosa stava bene... sì, benino... come poteva, povera[2] vecchietta, dopo quella morte. Due spighe di rizòmolo, adesso, da riempir di gelsomini, ogni mattina, una per il morto recente, l'altra per il morto lontano.

E Duccella, Duccella?

Ah come risero gli occhi del fratello alla mia domanda!

– Vermiglia! vermiglia!

E mi[3] disse che già da un anno era fidanzata al baronello Aldo Nuti. Le nozze si sarebbero dovute celebrare tra poco; erano state rimandate per la morte di nonno Carlo.

Ma non si mostrò lieto di quelle nozze; mi disse anzi che Aldo Nuti non gli pareva un compagno adatto per Duccella; e, agitando in aria le dita delle due mani, uscì in quell'esclamazione di nausea, che soleva usare quand'io m'affannavo a fargli capire le regole e le partizioni della seconda declinazione greca:

– Complicato! complicato! complicato!

Non era più possibile tenerlo fermo, dopo questa

esclamazione. E come scappava allora dal tavolino da studio, mi scappò davanti quella volta. Lo perdetti di vista per più d'un anno. Seppi da' suoi compagni d'arte, che se n'era andato a Capri, a dipingere.

Trovò lì Varia Nestoroff.

III

Conosco bene adesso questa donna, o almeno quanto è possibile conoscerla, e mi spiego tante cose rimaste lungo tempo per me incomprensibili. Se non che, la spiegazione ch'io ora me ne faccio, rischierà forse di parere incomprensibile agli altri. Ma io me la faccio per me e non per gli altri; e non intendo minimamente di scusare con essa la Nestoroff.

Scusarla davanti a chi?

Io mi guardo dalla gente di professione perbene, come dalla peste.

Sembra impossibile che non debba godere della propria malvagità chi per calcolo e con freddezza la eserciti. Ma se questa infelicità (e dev'esser tremenda) esiste, dico di non poter godere della propria malvagità, lo sprezzo per questi malvagi, come per tanti altri infelici, forse può esser vinto, o almeno attenuato, da una certa pietà. Parlo, per non offendere, quasi come una persona discretamente perbene.

Ma dovremmo, buon Dio, riconoscere questo: che siamo tutti – chi più, chi meno – malvagi; ma che non ne godiamo, e siamo infelici.

È possibile?

Tutti riconosciamo volentieri la nostra infelicità; nessuno, la propria malvagità; e quella vogliamo vedere senz'alcuna ragione o colpa nostra; mentre cento ragioni, cento scuse e giustificazioni ci affanniamo a trovare per ogni piccolo atto malvagio da noi compiuto, che ci sia messo innanzi dagli altri o dalla nostra stessa coscienza.

Volete vedere come subito ci ribelliamo e neghiamo sdegnati un atto di malvagità, pure innegabile, e del quale pure innegabilmente abbiamo goduto?

Sono avvenuti questi due fatti. (Non divago, perché la Nestoroff è stata paragonata da qualcuno alla bella tigre comperata, qualche giorno fa, dalla *Kosmograph.*) Sono avvenuti, dunque, questi due fatti.

Uno stormo d'uccelli di passo – beccacce e beccaccini – sono calati per riposarsi un po' dal lungo volo e rifocillarsi, su la campagna romana. Hanno scelto male il posto. Un beccaccino, più ardito degli altri, dice ai compagni:

– Voi state qua, riparati in questa fratta. Io andrò a esplorare intorno e, se trovo di meglio, vi chiamerò.

Un vostro amico ingegnere, d'animo avventuroso, membro della Società Geografica, ha accettato l'incarico di recarsi in Africa, non so bene (perché bene non lo sapete neppur voi) per quale esplorazione scientifica. Egli è ancora lontano dalla mèta; avete ricevuto da lui qualche notizia; l'ultima v'ha lasciato in una certa costernazione,[1] perché il vostro amico v'esponeva i rischi, a cui sarebbe andato incontro, accingendosi a traversare non so che remote plaghe selvagge e deserte.

Oggi è domenica. Voi vi alzate presto per andare a caccia. Avete fatto i preparativi jeri sera, riprometendovi un gran piacere. Scendete dal treno, àlacre e lieto; vi allontanate per la campagna fresca, verde, un po' nebbiosa, in cerca d'un buon posto per gli uccelli di passo. State all'aspetto mezz'ora, un'ora; cominciate a stancarvi e togliete di tasca il giornale comperato prima di partire, alla stazione. A un certo punto, avvertite come un frullo d'ali fra l'intrico dei rami nella macchia; lasciate il giornale; vi avvicinate cheto e chinato; prendete la mira; sparate. Oh gioja! Un beccaccino!

Sì, proprio un beccaccino. Proprio quel beccaccino esploratore, che aveva lasciato i compagni nella fratta.

So che voi non mangiate la caccia: la regalate agli amici: per voi tutto è qui, nel piacere d'uccidere quella che chiamate selvaggina.

La giornata non promette bene. Ma voi, come tutti i cacciatori, siete un po' superstizioso: credete che la lettura del giornale vi abbia portato fortuna, e ritornate a leggere il giornale al posto di prima. Nella seconda pagina trovate la notizia, che il vostro amico ingegnere, andato in Africa per conto della Società Geografica, attraversando quelle tali plaghe selvagge e deserte, è morto sciaguratamente: assaltato, sbranato e divorato da una belva.

Leggendo con raccapriccio la narrazione del giornale, non vi passa neanche lontanamente per il capo di porre il paragone tra la belva, che ha ucciso il vostro amico, e voi, che avete ucciso il beccaccino, esploratore come lui.

Eppure, starebbe perfettamente nei termini, e temo anzi con qualche vantaggio per la belva, perché voi avete ucciso per piacere e senz'alcun rischio per voi d'essere ucciso; mentre la belva, per fame, cioè per bisogno, e col rischio d'essere uccisa dal vostro amico, che certamente era armato.

Retorica, è vero? Eh sì, caro; non vi sdegnate troppo; lo riconosco anch'io: retorica, perché noi, per grazia di Dio, siamo uomini e non beccaccini.

Il beccaccino, lui, senza timore di far della retorica, potrebbe sì porre il paragone e chiedere che almeno gli uomini che vanno per piacere a caccia, non chiamino feroci le bestie.

Noi, no. Noi non possiamo ammettere il paragone, perché qua abbiamo un uomo che ha ucciso una bestia, e là una bestia che ha ucciso un uomo.

Tutt'al più, caro beccaccino, per farti qualche concessione, possiamo dire, che tu eri una povera bestiolina innocua, ecco! Ti basta? Ma tu da questo non inferire, che la nostra malvagità sia perciò appunto maggiore; e, sopra tutto, non dire che, chiamandoti bestiolina[1] innocua e uccidendoti, non abbiamo più il diritto di chiamar feroce la bestia che ha ucciso per fame e non per piacere un uomo.

Ma quando poi[2] un uomo, tu dici, si riduce peggio d'una bestia?

Ecco, sì; bisogna stare attenti, veramente, alle conseguenze della logica. Tante volte si sdrucciola, e non si sa più dove si vada a parare.

IV

Il caso di vedere gli uomini ridursi peggio d'una bestia, è dovuto accadere molto di frequente a Varia Nestoroff.

Eppure ella non li ha uccisi. Cacciatrice, come voi siete cacciatore. Il beccaccino voi lo avete ucciso. Ella non ne ha ucciso nessuno. Uno solo, per lei, si è ucciso, con le sue mani: Giorgio Mirelli; ma non per lei solamente.

La belva, intanto, che fa male per un bisogno della sua natura, non è – che si sappia – infelice.

La Nestoroff, come per tanti segni si può argomentare, è infelicissima.[3] Non gode della sua malvagità, pure con tanto calcolo e con tanta freddezza esercitata.

Se dicessi apertamente questo ch'io penso di lei a' miei compagni operatori, agli attori, alle attrici della Casa, tutti sospetterebbero subito che mi sia anch'io innamorato della Nestoroff.

Non mi curo di questo sospetto.

La Nestoroff[4] ha per me, come tutti i suoi compagni d'arte, un'avversione quasi istintiva. Non la ricambio affatto perché con lei io non vivo, se non quando[5] sono a servizio della mia macchinetta, e allora, girando la manovella, io sono quale debbo essere, cioè perfettamente *impassibile*. Non posso né odiare né amare la Nestoroff, come non posso odiare né amare nessuno. Sono *una mano che gira la manovella*. Quando poi, alla[1] fine, sono reintegrato, cioè quando per me il supplizio d'esser *soltanto una mano* finisce, e posso riacquistare tutto il mio corpo, e meravigliarmi d'avere ancora su le spalle una testa, e riabbandonarmi a quello sciagurato *superfluo* che è pure in me e di cui per quasi tutto il giorno la mia professione mi condanna a esser privo; allora... eh, allora gli affetti, i ricordi che mi si ridestano dentro, non sono tali certo, che possano persuadermi ad amare questa donna. Fui amico di Giorgio Mirelli e tra le più care rimembranze della mia vita è la dolce casa di campagna presso Sorrento, ove ancor vivono e soffrono nonna Rosa e la povera Duccella.

Io studio. Séguito a studiare, perché questa è forse la mia più forte passione: nutrì nella miseria e sostenne i miei sogni, ed è il solo conforto che io mi abbia, ora che essi sono finiti così miseramente.

Studio, dunque, senza passione, ma intentamente questa donna, che se pur mostra di capire quello che fa e il perché lo fa, non ha però in sé affatto quella « sistemazione » tranquilla di concetti, d'affetti, di diritti e di doveri, d'opinioni e d'abitudini, ch'io odio negli altri.

Ella non sa di certo, che il male che può fare agli altri; e lo fa, ripeto, per calcolo e con freddezza.

Questo, nella stima degli altri, di tutti i « sistemati », la esclude da ogni scusa. Ma credo che non sappia darsene alcuna, ella[2] medesima, del male che pur sa d'aver fatto.

Ha in sé qualche cosa, questa donna, che gli altri non riescono a comprendere, perché bene non lo comprende neppure lei stessa. Si indovina però dalle violente espressioni che assume, senza volerlo, senza saperlo, nelle parti che le sono assegnate.

Ella sola le prende sul serio, e tanto più quanto più sono illogiche e strampalate, grottescamente eroiche e contraddittorie. E non c'è verso di tenerla in freno, di farle attenuare la violenza di quelle espressioni. Manda a monte ella sola più pellicole, che non tutti gli altri attori delle quattro compagnie presi insieme. Già esce dal *campo* ogni volta; quando per caso non ne esce, è così scomposta la sua azione, così stranamente alterata e contraffatta la sua figura, che nella sala di prova quasi tutte le scene a cui ella ha preso parte, resultano[1] inaccettabili e da rifare. Qualunque altra attrice, che non avesse goduto e non godesse come lei la benevolenza del magnanimo commendator Borgalli, sarebbe stata già da un pezzo licenziata.

– Là là là... – esclama invece il magnanimo commendatore, senza inquietarsi, vedendo sfilar su lo schermo della sala di prova quelle immagini da ossessa, – là là là... ma via... ma no... ma com'è possibile?... oh Dio, che orrore... via via via...

E se la piglia con Polacco e, in generale, con tutti i direttori di scena, i quali si tengono per sé gli *scenarii*, contentandosi di suggerire volta per volta agli attori l'azione da svolgere in ogni singola scena, spesso saltuariamente, perché non tutte le scene possono eseguirsi con ordine, una dopo l'altra, in un teatro di posa. Ne viene, che quelli spesso non sanno neppure che parte stieno a rappresentare nell'insieme, e che si senta qualche attore domandare a un certo punto:

– Ma scusi, Polacco, io sono il marito o l'amante?

Invano Polacco protesta d'avere spiegato bene alla Nestoroff tutta intera la parte. Il commendator Borgalli sa che la colpa non è del Polacco; tant'è vero, che gli ha dato un'altra prima attrice, la Sgrelli, per non fargli andare a monte tutti i *films* affidati alla sua compagnia. Ma la Nestoroff protesta dal canto suo, se Polacco si serve soltanto della Sgrelli o più della Sgrelli che di lei, vera *prima attrice* della compagnia. I maligni dicono che lo fa per rovinare il Polacco, e il Polacco stesso crede così e lo va dicendo. Non è vero: non c'è altra rovina, qua, che di pellicole; e la Nestoroff è veramente disperata di ciò che le avviene; ripeto, senza volerlo e senza saperlo. Resta ella stessa sbalordita e quasi atterrita delle apparizioni della propria immagine su lo schermo, così alterata e scomposta. Vede lì[1] una, che è lei, ma che ella non conosce. Vorrebbe non riconoscersi in quella; ma almeno conoscerla.

Forse da anni e anni e anni, a traverso tutte le avventure misteriose della sua vita, ella va inseguendo questa ossessa che è in lei e che le sfugge, per trattenerla, per domandarle che cosa voglia, perché soffra, che cosa ella dovrebbe fare per ammansarla, per placarla, per darle pace.

Nessuno, che non abbia gli occhi velati da una passione contraria e l'abbia vista uscire dalla sala di prova dopo l'apparizione di quelle sue immagini, può aver più dubbii su ciò. Ella è veramente tragica: spaventata e rapita, con negli occhi quello stupor tenebroso che si scorge negli agonizzanti, e a stento riesce a frenare il fremito convulso di tutta la persona.

So la risposta che mi si darebbe, se lo facessi notare a qualcuno:

« Ma è la rabbia! freme di rabbia! »

È la[2] rabbia, sì; ma non quella che tutti suppongono, cioè per un *film* andato a male. Una rabbia fredda, più fredda d'una lama, è veramente l'arma di questa donna contro tutti i suoi nemici. Ora, Cocò Polacco non è per lei un nemico. Se fosse, ella non fremerebbe così: freddissimamente si vendicherebbe di lui.

Nemici per lei diventano tutti gli uomini, a cui ella s'accosta, perché la ajutino ad arrestare ciò che di lei le sfugge: lei stessa, sì, ma quale vive e soffre, per così dire, *di là da se stessa*.

Ebbene, nessuno si è mai curato di questo, che a lei più di tutto preme; tutti, invece, rimangono abbagliati dal suo corpo elegantissimo, e non vogliono aver altro, né saper altro di lei. E allora ella li punisce con fredda rabbia, là dove s'appuntano le loro brame; ed esaspera prima queste brame[1] con la più perfida arte, perché più grande sia poi la sua vendetta. Si vendica, facendo getto, improvvisamente e freddamente, del suo corpo a chi meno essi si aspetterebbero: così, là, per mostrar loro in quanto dispregio tenga ciò che essi sopra tutto pregiano di lei.[2]

Non credo che possano spiegarsi in altro modo certi subitanei cangiamenti nelle sue relazioni amorose, che appajono a tutti, a prima giunta, inesplicabili, perché nessuno può negare ch'ella con essi non abbia fatto il suo danno.

Se non che gli altri, ripensandoci e considerando da una parte la qualità di coloro con cui ella prima s'era messa, e dall'altra quella di coloro a cui d'improvviso s'è gettata, dicono che questo dipende perché ella coi primi non poteva stare, *non poteva respirare*; mentre a questi altri[3] si sentiva attratta da un'affinità «canagliesca»; e quel getto di sé improvviso e inopinato lo spiegano come lo sbalzo di chi, a lungo soffocato, voglia prendere alfine, *dove può*, una boccata d'aria.

E se fosse proprio il contrario? Se *per respirare*, per aver quell'ajuto ch'io ho detto più sù, ella si fosse accostata ai primi, e invece d'averne quel *respiro*, quell'ajuto che sperava, nessun respiro e nessun ajuto avesse avuto da loro, ma anzi un dispetto e una nausea più forti, perché accresciuti ed esacerbati dal disinganno, e anche da quel certo sprezzo che sente per i bisogni dell'anima altrui chi non vede e non cura se non la propria ANIMA, così, tutta in lettere majuscole? Nessuno lo sa; ma di queste « canagliate » possono essere ben capaci coloro che più si stimano da sé e son dagli altri stimati *superiori*. E allora... allora meglio la canaglia che si dà per tale, che se ti attrista, non ti delude; e che può avere, come[1] spesso ha, qualche lato buono e, di tratto in tratto, certe ingenuità, che tanto più ti rallegrano e ti rinfrescano, quanto meno in loro te le aspetti.[2]

Il fatto è, che da più d'un anno la Nestoroff è con l'attore siciliano Carlo Ferro, anch'esso qui scritturato alla *Kosmograph*: ne è dominata e innamoratissima. Sa quello che da un tale uomo ella si può aspettare, e non gli chiede altro. Ma pare che abbia da lui assai più di quanto gli altri possano figurarsi.

Ragion per cui, da qualche tempo in qua, mi sono messo a studiare con molto interesse anche lui, Carlo Ferro.

V

Problema per me assai più difficile da risolvere è questo: come mai Giorgio Mirelli, che rifuggiva con tanta insofferenza da ogni complicazione, si sia perduto appresso a questa donna, fino al punto da lasciarci la vita.

Mi mancano quasi tutti i dati per risolvere questo problema, e ho già detto che del dramma ho appena una notizia sommaria.

So da varie fonti che la Nestoroff, a Capri, quando

Giorgio Mirelli la vide per la prima volta, era assai malvista e trattata con molta diffidenza dalla piccola colonia russa, che da parecchi anni ha preso stanza in quell'isola.

Finanche c'era chi la sospettava spia,[1] forse perché ella, poco accortamente, s'era presentata come vedova d'un vecchio cospiratore, morto alcuni anni prima del suo arrivo a Capri, fuggiasco a Berlino. Pare che qualcuno abbia domandato notizie tanto a Berlino, quanto a Pietroburgo sul conto di lei e di questo vecchio cospiratore sconosciuto, e che si sia venuti a sapere, che[2] un certo Nicola Nestoroff veramente era stato per alcuni anni spatriato a Berlino, e vi era morto, ma senza che a nessuno mai avesse dato a conoscersi come spatriato per compromissioni politiche. Pare anche si sia saputo, che questo Nicola Nestoroff avesse tolto costei, ragazza, dalla strada, in uno dei quartieri più popolari e malfamati di Pietroburgo e, fattala educare, l'avesse[3] sposata; poi, ridotto per i suoi vizii quasi alla miseria, sfruttata, mandandola a cantare in caffè-concerti d'infimo ordine, finché, ricercato dalla polizia, non era scappato via, solo, in Germania. Ma la Nestoroff, per quello che io ne so, nega sdegnosamente tutto questo. Che si sia lagnata con qualcuno in segreto dei maltrattamenti anzi[4] delle sevizie patite fin da ragazza da quel vecchio, è possibile; ma non dice che egli l'abbia sfruttata; dice anzi che lei, spontaneamente, per seguire la sua passione e un po' anche per sopperire ai bisogni della vita, vincendo l'opposizione di lui, s'era data a recitare in provincia, re-ci-ta-re, in teatri di prosa; e che poi, fuggito dalla Russia il marito per compromissioni politiche e riparato a Berlino, ella, sapendolo infermo e bisognoso di cure, impietosita, lo aveva raggiunto colà e assistito fino alla morte. Che cosa poi abbia fatto a Berlino, da vedova, e quindi a Parigi e a Vienna, di cui spesso parla, dimostrando di conoscerne a fondo la vita e i costumi, né ella dice, né alcuno certo s'arrischia a domandarle.[1]

Per certuni, vorrei dire per moltissimi che[2] non sanno vedere se non se stessi, amare l'umanità, spesso, anzi quasi sempre, non significa altro, che esser contenti di sé.

Molto contento di sé, della sua arte, de' suoi studii di paese, dovette essere in quei giorni a Capri, senza dubbio, Giorgio Mirelli.

Veramente[3] – e già mi pare d'averlo detto – il suo stato d'animo abituale era il rapimento e la meraviglia. Dato un tale stato d'animo, è facile immaginare che questa donna egli non vide qual'era, coi bisogni che aveva, offesa, fustigata, invelenita dalla diffidenza e dalle dicerie maligne attorno a lei; ma nella figurazione fantastica, ch'egli subito se ne fece, e illuminata dalla luce che le diede. Per lui i sentimenti dovevano esser colori, e forse, preso tutto dalla sua arte, non aveva più altro sentimento, che dei colori.[4] Tutte le impressioni che ebbe di lei, forse derivarono solamente da quella luce di cui la illuminava: impressioni, dunque, solamente per lui. Ella non dovette – perché non poteva – parteciparne. Ora, nulla irrita più, che il restare esclusi da una gioja, viva e presente davanti a noi, attorno a noi, di cui non si scopra né s'indovini la ragione. Ma se pur Giorgio Mirelli gliel'avesse dichiarata, non avrebbe potuto comunicargliela. Era una gioja soltanto per lui e dimostrava che anch'egli, in fondo, non pregiava e non voleva altro di lei, che il corpo; non come gli altri, è vero, per un basso intento; ma[5] questo anzi, a lungo andare – se ben si consideri – non poteva che irritare di più quella donna. Perché, se il non vedersi ajutata nelle smaniose incertezze dello spirito da quanti non vedevano e non volevano altro di lei che il corpo, per saziar su esso la fame bruta del senso, le faceva dispetto e nausea; il dispetto per uno, che voleva anch'esso il corpo e nient'altro; il corpo, ma solo per trarne una gioja ideale e assolutamente per sé, doveva esser tanto più forte, in quanto mancava appunto ogni motivo di nausea, e più difficile, anzi vana addirittura rendeva quella vendetta, ch'ella almeno soleva prendersi contro gli altri. Un angelo per una donna è sempre più irritante d'una bestia.[1]

So da tutti i compagni d'arte di Giorgio Mirelli a Napoli, ch'egli era castissimo, non perché non sapesse farsi valere su le donne, ché timido non era affatto, ma perché istintivamente rifuggiva da ogni distrazione volgare.

Per spiegarci il suo suicidio, senz'alcun dubbio dipeso in gran parte dalla Nestoroff, dobbiamo supporre ch'ella, non curata, non ajutata e irritatissima, per potersi vendicare, dovette con le arti più fini e più accorte far sì[2] che il suo corpo a mano a mano davanti[3] a lui cominciasse a vivere, non per la delizia degli occhi soltanto; e che, quando lo vide come tant'altri vinto e schiavo, gli vietò, per meglio assaporare la vendetta, che da lei prendesse altra gioja, che non fosse quella di cui finora s'era contentato, come unica ambita, perché unica degna di lui.[4]

Dico *dobbiamo* supporre questo, ma a volere esser maligni. La Nestoroff potrebbe dire, e forse dice, ch'ella non fece nulla per alterare quella relazione di pura amicizia, che s'era stabilita tra lei e il Mirelli: tanto vero che, quand'egli, non più pago di quella pura amicizia, più che mai corrivo per le severe repulse da lei opposte, pur d'ottenere l'intento, le si profferse marito, ella lottò a lungo – e questo è vero; io l'ho saputo – per dissuaderlo, e volle partire da Capri, sparire; e[5] alla fine non si arrese, se non per la violenta disperazione di lui.

Ma è vero che, a volere esser maligni, si può anche pensare, che tanto le repulse, quanto la lotta e la minaccia e il tentativo di partire, di sparire, forse furono tante arti ben meditate e attuate per ridurre alla disperazione quel giovine, dopo averlo sedotto, e ottenerne tante e tante cose, ch'egli altrimenti forse non le avrebbe mai accordate. Prima fra queste, che fosse presentata come promessa sposa nella villetta di Sorrento a quella cara nonna, a quella dolce sorellina, di cui egli le aveva parlato, e al fidanzato di lei.[1]

Pare che questi, Aldo Nuti, più che le due donne, si sia opposto fieramente a tale pretesa. Autorità e potere da contrastargli e impedirgli quelle nozze non aveva, giacché Giorgio era ormai padrone di sé, delle sue azioni e credeva di non doverne più dar conto a nessuno; ma che conducesse lì quella donna e la ponesse a contatto con la sorella e obbligasse questa ad accoglierla e a trattarla da sorella, a questo sì, perdio, poteva e doveva opporsi e s'opponeva con tutte le forze. Ma sapevano esse, nonna Rosa e Duccella, che razza di donna fosse quella che Giorgio voleva condurre lì e sposare? Un'avventuriera russa, un'attrice, se non qualcosa di peggio! Come permetterlo, come non opporsi con tutte le forze?

Ancora con tutte le forze... Eh sì, chi sa quanto dovettero combattere nonna Rosa e Duccella per vincere a poco a poco, con dolce e mesta persuasione, tutte quelle forze[2] di Aldo Nuti. Se avessero[3] potuto immaginare, che cosa dovevano diventare queste forze al cospetto di Varia Nestoroff, appena entrata, timida, aerea e sorridente nella cara villetta di Sorrento!

Forse Giorgio, per scusare l'indugio che nonna Rosa e Duccella mettevano a rispondere, avrà detto alla Nestoroff, che quell'indugio dipendeva dall'opposizione *con tutte le forze* del fidanzato della sorella; dimodoché la Nestoroff si sentì tentata a misurarsi con queste forze, subito, appena entrata nella villetta. Non so nulla! So che Aldo Nuti fu attratto come in un gorgo e subito travolto come un fuscellino di paglia nella passione per questa donna.

Io non lo conosco. Lo vidi da ragazzo una volta sola, quando facevo da ripetitore a Giorgio; e mi parve fatuo. Tale mia impressione non s'accorda con ciò che mi disse di lui, al mio ritorno da Liegi, il Mirelli, ch'egli fosse cioè *complicato*. Ma anche ciò che da altri ho saputo sul suo conto non risponde affatto a quella mia prima impressione, la quale pure irresistibilmente m'ha tratto a parlar di lui, secondo l'idea che per essa me ne sono fatta. Dev'essere, realmente, sbagliata. Duccella poté amarlo! E questo, per me, prova più che altro il mio errore. Ma alle impressioni non si comanda. Sarà, come mi dicono, un giovane serio, per quanto di temperamento ardentissimo; per me, finché non lo rivedo, rimane quel ragazzo fatuo, con lo stemma baronale nei fazzoletti e nel portafogli, il signorino a cui[1] *sarebbe tanto piaciuto di far l'attore drammatico.*

Lo fece, e non per finta, con la Nestoroff, a spese di Giorgio Mirelli. Il dramma si svolse a Napoli, poco dopo la presentazione e il breve soggiorno della Nestoroff là a Sorrento. Pare che il Nuti se ne fosse tornato a Napoli coi due fidanzati, dopo quel breve soggiorno, per ajutar Giorgio inesperto e lei non ancor pratica della città, a metter sù casa, prima delle nozze.[2]

Forse il dramma non sarebbe avvenuto o avrebbe avuto una catastrofe diversa, se non ci fosse stata la complicazione del fidanzamento, o meglio, dell'amore di Duccella per il Nuti. Per questo Giorgio Mirelli dovette ritorcere contro se stesso la violenza dell'orrore insostenibile, che gli s'avventò addosso dall'improvvisa scoperta del tradimento.

Aldo Nuti scappò da Napoli come un forsennato,

prima che da Sorrento sopravvenissero alla notizia del suicidio di Giorgio nonna Rosa e Duccella.

Povera Duccella, povera nonna Rosa! La donna, che da mille e mille miglia lontano venne a portare lo scompiglio e la morte nella vostra casetta, ove[1] insieme con quei gelsomini di bella notte sbocciava il più ingenuo degli idillii, io la ho qua, adesso, sotto la mia macchinetta, ogni giorno; e, se sono vere le notizie datemi dal Polacco, avrò tra poco anche lui, qua, Aldo Nuti, il quale pare abbia saputo che la Nestoroff è prima attrice alla *Kosmograph*.

Non so perché, mi dice il cuore che, girando la manovella di questa macchinetta di presa, io sono destinato a fare anche la vostra vendetta e del vostro povero Giorgio, cara Duccella, cara nonna Rosa!

QUADERNO TERZO

I

Un lieve sterzo. C'è una carrozzella che corre davanti.

– *Pò, pòpòòò, pòòò.*

Che? La tromba dell'automobile la tira indietro? Ma sì! Ecco pare che la faccia proprio andare indietro, comicamente.

Le tre signore dell'automobile ridono, si voltano, alzano le braccia a salutare con molta vivacità, tra un confuso e gajo svolazzìo di veli variopinti; e la povera carrozzella, avvolta in una nuvola alida, nauseante, di fumo e di polvere, per quanto il cavalluccio sfiancato si sforzi di tirarla col[1] suo trotterello stracco, séguita a dare indietro, indietro, con le case, gli alberi, i rari passanti, finché non scompare in fondo al lungo viale fuor di porta. Scompare? No: che! È scomparsa l'automobile. La carrozzella, invece, eccola qua, che va avanti ancora, pian piano, col trotterello stracco, uguale, del suo cavalluccio sfiancato. E tutto il viale par che rivenga avanti, pian piano, con essa.

Avete inventato le macchine? E ora godetevi questa e consimili sensazioni di leggiadra vertigine.

Le tre signore dell'automobile sono tre attrici della *Kosmograph*, e hanno salutato con tanta vivacità la carrozzella strappata indietro dalla loro corsa meccanica non perché nella carrozzella ci sia qualcuno molto caro a loro; ma perché l'automobile, il meccanismo le inebria e suscita in loro una così sfrenata vivacità. La hanno a disposizione: servizio gratis; paga la *Kosmograph*. Nella carrozzella ci sono io. M'han veduto scomparire in un attimo, dando indietro comicamente, in fondo al viale; hanno riso di me; a quest'ora sono già arrivate. Ma ecco che io rivengo avanti, care mie. Pian pianino, sì; ma che avete veduto voi? una carrozzella dare indietro, come tirata da un filo, e tutto il viale assaettarsi avanti in uno striscio lungo confuso violento vertiginoso. Io, invece, ecco qua, posso consolarmi della lentezza ammirando a uno a uno, riposatamente, questi grandi platani verdi del viale, non strappati dalla vostra furia, ma ben piantati qua, che volgono a un soffio d'aria nell'oro del sole tra i bigi rami un fresco d'ombra violacea: giganti della strada, in fila, tanti, aprono e reggono con poderose braccia le immense corone palpitanti al cielo.

Caccia, sì, ma[1] non forte, vetturino! È così stanco codesto tuo vecchio cavalluccio sfiancato. Tutti[2] gli passano avanti: automobili, biciclette, tram elettrici; e la furia di tanto moto per le strade sospinge anche lui, senza ch'esso lo sappia o lo voglia, gli sforza irresistibilmente le povere gambe anchilosate, affaticate nel trasporto, da un punto all'altro della grande città, di tanta gente afflitta, oppressa e smaniosa, per bisogni, miserie, faccende, aspirazioni, ch'esso non può capire! E forse più di tutti lo stancano quei pochi che montano su la carrozzella con la voglia di divertirsi, e non sanno dove né come. Povero cavalluccio, la testa gli s'abbassa di mano in mano, e non la rialza più, neanche se tu lo frusti a sangue, vetturino!

– Ecco, a destra... volta a destra!

La *Kosmograph* è qua, in questa traversa remota, fuor di porta.

II

Affossata, polverosa, appena tracciata in principio, ha l'aria e la mala grazia di chi, aspettandosi di star tranquillo, si veda, al contrario, seccato di continuo.

Ma se non ha diritto a qualche fresco cespuglietto d'erba, a tutti quei fili di suono sottili vaganti, con cui il silenzio nelle solitudini tesse la pace, al *quacquà* di qualche raganella quando[1] piove e le pozze d'acqua piovana rispecchiano nella notte rasserenata le stelle; insomma a tutte le delizie della natura aperta e deserta, una strada di campagna, parecchi chilometri fuor di porta, non so chi l'abbia, veramente.

Invece: automobili, carrozze, carri, biciclette, e tutto il giorno un trànsito ininterrotto d'attori, d'operatori, di macchinisti, d'operaj, di comparse, di fattorini, e frastuono di martelli, di seghe, di pialle, e polverone e puzzo di benzina.

Gli edificii, alti e bassi, della grande Casa cinematografica si levano in fondo alla strada, da una parte e dall'altra; ne sorgono alcuni più là, senz'ordine, entro il vastissimo recinto, che si estende[2] e spazia nella campagna: uno, più alto di tutti, è sovrastato come da una torre vetrata, di vetri opachi, che sfólgorano al sole; e nel muro in vista dalla strada e dal viale, su la bianchezza abbarbagliante della[3] calce, a lettere nere, cubitali, sta scritto:

LA « KOSMOGRAPH »

L'entrata è a sinistra, da una porticina accanto al cancello, che s'apre di rado.[4] Dirimpetto è un'osteria di campagna, battezzata pomposamente *Trattoria della Kosmograph*, con una bella pergola su l'incannucciata, che ingabbia tutto il così detto giardino e vi fa dentro un'aria verde. Cinque o sei tavole rustiche, dentro, non molto ferme su i quattro piedi, e seggiole e panchette. Parecchi attori, truccati e parati di strani costumi, vi seggono e discutono animatamente; uno[5] grida più forte di tutti, battendosi con furia una mano su la coscia:

– E io vi dico che bisogna prenderla qua, qua, qua!

E le manate, su i calzoni di pelle, pajono spari.

Parlano certo della tigre, comperata or è poco dalla *Kosmograph*; del modo come dev'essere uccisa; del punto preciso in cui dev'essere colpita. Se ne son fatta una fissazione. A sentirli, pare che siano tutti di professione cacciatori di bestie feroci.

Affollati innanzi all'entrata, stanno ad ascoltarli con visi ridenti gli *chauffeurs* delle vetturette automobili, logore, impolverate; i vetturini delle carrozzelle in attesa, là in fondo, ove la traversa è chiusa da una siepe di stecchi e spuntoni; e tant'altra povera gente, la più miserabile ch'io mi conosca, sebbene vestita con una certa decenza. Sono (chiedo scusa, ma qui tutto ha nome francese o inglese) sono i *cachets* avventizii, coloro cioè che vengono a profferirsi, a un bisogno, per comparse. La loro petulanza è insoffribile, peggio di quella dei mendicanti; perché qua si viene a esibire una miseria, che non chiede la carità d'un soldo, ma cinque lire, per mascherarsi spesso grottescamente. Bisogna vedere che ressa, certi giorni, nel magazzino-vestiario per ghermire e indossar subito qualche straccio vistoso, e con quali arie se lo portano a spasso per le piattaforme e gli sterrati, sapendo bene che, quando riescano a *vestirsi*, anche se non *posano*, tiran la mezza paga.

Due, tre attori vengono fuori dalla trattoria, facendosi largo tra la ressa. Sono coperti[1] d'una maglia color zafferano, col[2] viso e le braccia impiastricciati di giallo sporco e una specie di cresta di penne colorate in capo. Indiani. Mi salutano:

– Ciao, Gubbio.

– Ciao, *Si gira*...

Si gira è il mio nomignolo. Già!

Càpita a una pacifica tartaruga d'acquattarsi proprio là, dove un ragazzaccio maleducato si china per fare un suo bisogno. Poco dopo, la povera bestiola ignara riprende pacificamente il suo tardo andare con su la scaglia il bisogno di quel ragazzaccio, torre inopinata.

Intoppi della vita!

Voi ci avete perduto un occhio, e il caso è stato grave. Ma siamo tutti, chi più chi meno, segnati, e non ce n'accorgiamo. La vita ci segna; e a chi attacca un vezzo, a chi una smorfia.

No? Ma scusate, voi, proprio voi che dite di no... ecco, *magnificamente*... non inzeppate di continuo tutti i vostri discorsi di questo avverbio in *-mente*?

« Andai magnificamente dove m'indicarono: lo vidi e gli dissi magnificamente: Ma come, tu, magnificamente... »

Abbiate pazienza! Nessuno ancora vi chiama *Signor*[1] *Magnificamente*... Serafino Gubbio (*Si gira*...) è stato più disgraziato. Senza accorgermene, mi sarà avvenuto forse qualche volta, o più volte di seguito, di ripetere, dopo il direttore di scena, la frase sacramentale: – *Si gira*... –; l'avrò ripetuta con la faccia composta a quell'aria che mi è propria, di professionale impassibilità, ed è bastato questo, perché tutti ora qua, per suggerimento di Fantappiè, mi chiamino *Si gira*...

Tutti i pubblici d'Italia conoscono Fantappiè, l'attore comico della *Kosmograph*, che s'è specializzato nella caricatura della vita militare: *Fantappiè consegnato in caserma* e *Fantappiè al campo di tiro*; *Fantappiè alle grandi manovre* e *Fantappiè areostiere*; *Fantappiè di sentinella* e *Fantappiè soldato coloniale*...

Egli se l'è appiccicato da sé, il nomignolo: un nomignolo che quadra bene alla sua specialità. Allo stato civile si chiama Roberto Chismicò.

– Cicchetto, te ne sei avuto[2] a male, che t'ho messo *Si gira*? – mi domandò, tempo fa.

– No, caro – gli risposi sorridendo. – M'hai bollato.

– Mi son bollato anch'io, va' là!

Tutti bollati, sì. E più[1] di tutti, quelli che meno se ne accorgono, caro Fantappiè.

III

Entro nel vestibolo a sinistra, e riesco nella rampa del cancello, inghiajata e incassata tra i fabbricati del secondo reparto, il *Reparto Fotografico* o *del Positivo*.

In qualità d'operatore ho il privilegio d'aver un piede in questo reparto e l'altro nel *Reparto Artistico* o *del Negativo*. E tutte le meraviglie della complicazione industriale e così detta artistica mi sono familiari.

Qua si compie misteriosamente l'opera delle macchine.

Quanto di vita le macchine han mangiato con la voracità delle bestie afflitte da un verme solitario, si rovescia qua, nelle ampie stanze sotterranee, stenebrate appena da cupe lanterne rosse, che alluciano sinistramente d'una lieve tinta sanguigna le enormi bacinelle preparate per il bagno.

La vita ingojata dalle macchine è lì, in quei vermi solitarii, dico nelle pellicole già avvolte nei telaj. Bisogna fissare questa vita, che non è più vita, perché un'altra macchina possa ridarle il movimento qui in tanti attimi sospeso.

Siamo come in un ventre, nel quale si stia sviluppando e formando una mostruosa gestazione meccanica.

E quante mani nell'ombra vi lavorano! C'è qui un intero esercito d'uomini e di donne: operatori, tecnici, custodi, addetti alle dinamo e agli altri macchinarii, ai prosciugatoj, all'imbibizione, ai viraggi, alla coloritura, alla perforatura della pellicola, alla legatura dei pezzi.

Basta ch'io entri qui, in quest'oscurità appestata dal fiato delle macchine, dalle esalazioni delle sostanze chimiche, perché tutto il mio *superfluo* svapori.

Mani, non vedo altro che mani, in queste camere oscure; mani affaccendate su le bacinelle; mani, cui il tetro lucore delle lanterne rosse dà un'apparenza spettrale. Penso che queste mani appartengono ad uomini che non sono più; che qui sono condannati ad esser mani soltanto: queste mani, strumenti. Hanno un cuore? A che serve? Qua non serve. Solo come strumento anch'esso di macchina, può servire, per muovere queste mani. E così la testa: solo per pensare ciò che a queste mani può servire. E a poco a poco m'invade tutto l'orrore della necessità che mi s'impone, di diventare anch'io una mano e nient'altro.

Vado dal magazziniere a provvedermi di pellicola vergine, e preparo per il pasto la mia macchinetta.

Assumo subito, con essa in mano, la mia maschera d'impassibilità. Anzi, ecco: non sono più. Cammina *lei*, adesso, con le mie gambe. Da capo a piedi, son cosa sua: faccio parte del suo congegno. La mia testa è qua, nella macchinetta, e me la porto in mano.

Fuori, alla luce, per tutto il vastissimo recinto, è l'animazione gaja delle imprese che prosperano e compensano puntualmente e lautamente ogni lavoro; quello scorrer facile dell'opera nella sicurezza che non ci saranno intoppi e che ogni difficoltà, per la gran copia dei mezzi, sarà agevolmente superata; una febbre anzi di porsi, quasi per sfida, le difficoltà più strane e insolite, senza badare a spese, con la certezza che il danaro, speso adesso senza contarlo, ritornerà tra poco centuplicato.

Scenografi, macchinisti, apparatori, falegnami, muratori e stuccatori, elettricisti, sarti e sarte, modiste, fioraj, tant'altri operaj addetti alla calzoleria, alla cappelleria, all'armeria, ai magazzini della mobilia antica e moderna, al guardaroba, son tutti affaccendati, ma non sul serio e neppure per giuoco.

Solo i fanciulli han la divina fortuna di prendere sul serio i loro giuochi. La meraviglia è in loro; la rovesciano su le cose con cui giuocano, e se ne lasciano ingannare. Non è più un giuoco; è una realtà meravigliosa.

Qui è tutto il contrario.

Non si lavora per giuoco, perché nessuno ha voglia di giocare. Ma come prendere sul serio un lavoro, che altro scopo non ha, se non d'ingannare – non se stessi – ma gli altri? E ingannare, mettendo sù le più stupide finzioni, a cui la macchina è incaricata di dare la realtà meravigliosa?

Ne vien fuori, per forza e senza possibilità d'inganno, un ibrido giuoco. Ibrido, perché[1] in esso la stupidità della finzione tanto più si scopre e avventa, in quanto si vede attuata appunto col mezzo che meno si presta all'inganno: la riproduzione fotografica. Si dovrebbe capire, che il fantastico non può acquistare realtà, se non per mezzo dell'arte, e che quella realtà, che può dargli una macchina, lo uccide, per il solo fatto che gli è data da una macchina, cioè con un mezzo che ne scopre e dimostra la finzione per il fatto stesso che lo dà e presenta come reale. Ma se è meccanismo, come può esser vita, come può esser arte? È quasi come entrare in uno di quei musei di statue viventi, di cera, vestite e dipinte. Non si prova altro che la sorpresa (che qui può essere anche ribrezzo) del movimento, dove non è possibile l'illusione d'una realtà materiale.

E nessuno crede sul serio di poterla creare, quest'illusione. Si fa alla meglio per dar *roba da prendere* alla macchina, qua nei cantieri, là nei quattro teatri di posa o nelle piattaforme. Il pubblico, come la macchina, prende tutto. Si fan denari a palate, e migliaja e migliaja di lire si possono spendere allegramente per la costruzione d'una scena, che su lo schermo non durerà più di due minuti.

Apparatori, macchinisti, attori si dànno tutti l'aria d'ingannare la macchina, che darà apparenza di realtà a tutte le loro finzioni.

Che sono io per essi, io che con molta serietà assisto impassibile, girando la manovella, a quel loro stupido giuoco?

IV

Permettete un momento. Vado a vedere la tigre. Dirò, seguiterò a dire, riprenderò il filo del discorso più tardi, non dubitate. Bisogna che vada, per ora, a vedere la tigre.

Dacché l'hanno comperata, sono andato ogni giorno a visitarla, prima di mettermi all'opera. Due giorni soli non ho potuto, perché non me n'hanno dato il tempo.

Abbiamo avuto qua altre bestie feroci, sebbene molto immalinconite: due orsi bianchi, che passavano le giornate, ritti su le zampe di dietro, a picchiarsi il petto, come trinitarii in penitenza: tre leoncini freddolosi, ammucchiati sempre in un canto della gabbia, l'uno su l'altro; anche altre bestie, non propriamente feroci: un povero struzzo spaventato d'ogni rumore come un pulcino, e sempre incerto di posare il piede: parecchie scimmie indiavolate. La *Kosmograph* è fornita di tutto, e anche d'un serraglio, per quanto gl'inquilini vi durino poco.

Nessuna bestia *m'ha parlato* come questa tigre.

Quando noi l'abbiamo avuta, era arrivata da poco, dono di non so quale illustre personaggio straniero, al Giardino Zoologico di Roma. Al Giardino Zoologico non han potuto tenerla, perché assolutamente irriducibile, non dico a farle soffiare il naso col fazzoletto, ma neanche a rispettare le regole più elementari della vita sociale. Tre, quattro volte minacciò di saltare il fosso, si provò anzi a saltarlo, per lanciarsi sui visitatori del Giardino, che stavano pacificamente ad ammirarla da lontano.

Ma qual altro pensiero più spontaneo di questo poteva sorgere in mente a una tigre (se non volete in mente, diciamo nelle zampe), che quel fosso cioè fosse fatto appunto perché essa si provasse a saltarlo, e che quei signori si fermassero lì davanti per essere divorati da lei, se riusciva a saltare?

È certo un pregio sapere stare allo scherzo; ma sappiamo che non tutti l'hanno. Parecchi[1] non sanno neppure tollerare che altri pensi di poter scherzare con loro. Parlo di uomini, i quali pure, in astratto, possono riconoscer tutti che[2] talvolta sia cosa lecita scherzare.

La tigre, voi dite, non sta esposta in giardino zoologico per ischerzo. Lo credo. Ma non vi sembra uno scherzo pensare, ch'essa possa supporre che la teniate lì esposta per dare al popolo una « nozione vivente » di storia naturale?

Eccoci al punto di prima. Questa – non essendo noi propriamente tigri ma[3] uomini – è retorica.

Possiamo aver compatimento per un uomo che non sappia stare allo scherzo; non dobbiamo averne per una bestia; tanto più se questo scherzo a cui l'abbiamo esposta, dico della « nozione vivente », può avere conseguenze funeste: cioè per i visitatori del Giardino Zoologico, una nozione troppo sperimentale della ferocia di essa.

Questa tigre fu dunque saggiamente condannata a morte. La Società della *Kosmograph* riuscì a saperlo in tempo e la comperò. Ora è qui, in una gabbia del nostro serraglio. Dacché è qui, è saggissima. Come si spiega? Il nostro trattamento, senza dubbio, le sembra molto più logico. Qui[4] non le è data libertà di provarsi a saltare alcun fosso, nessuna illusione di *color locale*, come nel Giardino Zoologico. Qui ha davanti le sbarre della gabbia, che le dicono di continuo: – *Tu non puoi scappare; sei prigioniera;* – e sta quasi tutto il giorno sdrajata e rassegnata a guardare di tra queste sbarre, in un'attesa tranquilla e attonita.

Ahimè, povera bestia, non sa che qui le toccherà ben altro, che quello scherzo della « nozione vivente »!

Già è pronto lo scenario, di soggetto indiano, nel quale essa è destinata a rappresentare una delle parti principali. Scenario spettacoloso, per cui si spenderà qualche centinaio di migliaja di lire; ma quanto di più stupido e di più volgare si possa immaginare. Basterà darne il titolo: *La donna e la tigre*. La solita donna più tigre della tigre. Mi par d'avere inteso, che sarà una *miss* inglese in viaggio nelle Indie con un codazzo di corteggiatori.

L'India sarà finta, la *jungla* sarà finta, il viaggio sarà finto, finta la *miss* e finti i corteggiatori: solo la morte di questa povera bestia non sarà finta. Ci pensate? E non vi sentite torcer le viscere dall'indignazione?

Ucciderla, per propria difesa o per difesa dell'incolumità altrui, passi! Quantunque non da sé, per suo gusto, la belva sia venuta qua a esporsi in mezzo agli uomini, ma gli uomini stessi, per loro piacere, siano andati a catturarla, a strapparla dal suo covo selvaggio. Ma ucciderla così, in un bosco finto, in una caccia finta, per una stupida finzione, è vera nequizia che passa[1] la parte! Uno dei corteggiatori, a un certo punto, sparerà contro un rivale a bruciapelo. Voi vedrete questo rivale traboccar giù, morto. Sissignori. Finita la scena, eccolo qua che si rialza, scotendosi dall'abito la polvere della piattaforma. Ma non si rialzerà più questa povera bestia, quando le avranno sparato. Porteranno via il bosco finto e anche, come un ingombro, il cadavere di lei. In mezzo[1] a una finzione generale soltanto la sua morte sarà vera.

E fosse almeno una finzione che con la sua bellezza e la sua nobiltà potesse in qualche modo compensare il sacrifizio di questa bestia. No.[2] Stupidissima. L'attore che la ucciderà, non saprà forse nemmeno perché l'avrà uccisa. La scena durerà un minuto, due minuti su lo schermo in projezione, e passerà senza lasciare un ricordo duraturo negli spettatori, che usciranno dalla sala sbadigliando:

– Oh Dio, che stupidaggine!

Questo, o bella belva, t'aspetta. Tu non lo sai, e guardi di tra le sbarre della gabbia con codesti occhi spaventevoli, ove la pupilla a spicchio or si restringe or si dilata. Vedo quasi vaporare da tutto il tuo corpo, com'alito di bragia, la tua ferinità, e segnato nelle nere striature del tuo pelame l'impeto elastico degli slanci irrefrenabili. Chiunque t'osservi da vicino, gode della gabbia che t'imprigiona e che arresta anche in lui l'istinto feroce, che la tua vista gli rimuove irresistibilmente nel sangue.

Tu qua non puoi stare altrimenti. O così imprigionata, o bisogna che tu sia uccisa; perché la tua ferocia – lo intendiamo – è innocente: la natura l'ha messa in te, e tu, adoprandola, ubbidisci a lei e non puoi aver rimorsi. Noi non possiamo tollerare che tu, dopo un pasto sanguinoso, possa dormir tranquillamente. La tua stessa innocenza fa innocenti noi della tua uccisione, quand'è per nostra difesa. Possiamo ucciderti, e poi, come te, dormir tranquillamente. Ma là, nelle terre selvagge, ove tu non ammetti che altri passi; non qua, non qua, ove tu non sei venuta da te, per tuo piacere. La bella innocenza ingenua della tua ferocia rende qua nauseosa l'iniquità della nostra. Vogliamo difenderci da te, dopo averti portata qua, per nostro piacere, e ti teniamo in prigione: questa non è più la tua ferocia; quest'è ferocia perfida! Ma sappiamo, non dubitare, sappiamo anche andare più in là, far di meglio: t'uccideremo per giuoco, stupidamente. Un cacciatore finto, in una caccia finta, tra alberi finti... Saremo degni in tutto, veramente, dello scenario inventato. Tigri, più tigri d'una tigre. E dire che il sentimento che questo *film* in preparazione vorrà destare negli spettatori, è il disprezzo della ferocia umana. Noi la metteremo in opra, questa ferocia per giuoco, e contiamo anche di guadagnarci, se ci riesce bene, una bella somma.

Guardi? Che guardi, bella belva innocente? È proprio così. Non sei qua per altro. E io, che t'amo e t'ammiro, quando t'uccideranno, girerò *impassibile* la manovella di questa graziosa macchinetta qua, la vedi? L'hanno inventata. Bisogna che agisca; bisogna che mangi. Mangia tutto, qualunque stupidità le mettano davanti. Mangerà anche te; mangia tutto, ti dico! E io la servo. Verrò a collocartela più da presso, quando tu, colpita a morte, darai gli ultimi tratti. Ah, non dubitare, ricaverà dalla tua morte tutto il profitto possibile! Non le accade mica di gustar tutti i giorni un pasto simile. Puoi aver questa consolazione. E, se vuoi, anche un'altra.

Viene ogni giorno, come me, qua davanti[1] alla tua gabbia, una donna a studiare come tu ti muovi, come volti la testa, come guardi. La Nestoroff. Ti par poco? T'ha eletto a sua maestra. Fortune come questa, non càpitano a tutte le tigri.

Al solito, ella prende sul serio la sua parte. Ma ho sentito dire, che la parte della *miss* « più tigre della tigre » non sarà assegnata a lei. Forse ella ancora non lo sa; crede che le spetti; e viene qui a studiare.

Me l'hanno detto, ridendone. Ma io stesso l'altro

giorno l'ho sorpresa, mentre veniva, e ho parlato con lei un buon pezzo.

V

Non si sta invano, capirete, per una mezz'ora a guardare e a considerare una tigre, a vedere in essa un'espressione della terra, ingenua, di là dal bene e dal male, incomparabilmente bella e innocente nella sua potenza feroce. Prima che da questa « originarietà » si scenda e s'arrivi a poter vedere innanzi a noi uno, o una che sia, dei giorni nostri, e a poter riconoscerla e considerarla come un'abitante della stessa terra – almeno per me; non so se anche per voi – ci vuole un bel po'.

Rimasi dunque per un pezzo a guardare la signora Nestoroff senza riuscire a intendere ciò che mi diceva.

Ma la colpa, in verità, non era soltanto mia e della tigre. Il fatto ch'ella mi rivolgesse la parola, era insolito; e facilmente, se ci parli di sorpresa qualcuno con cui non abbiamo avuto[1] relazioni di sorta, stentiamo in prima a cogliere il senso, talvolta anche il suono delle parole più comuni e domandiamo:

– Scusi, com'ha detto?

In poco più d'otto mesi, che son qui, tra me e lei, oltre i saluti, ci sarà stato lo scambio d'appena una ventina di parole.

Poi, ella – sì, ci fu anche questo – appressandosi, cominciò a parlarmi con molta volubilità, come si suol fare quando vogliamo distrarre l'attenzione di qualcuno che ci sorprenda in qualche atto o pensiero che vorremmo tener nascosto. (La Nestoroff parla con meravigliosa facilità e con perfetto accento la nostra lingua, come se fosse in Italia da molti anni: ma salta subito a parlar francese, appena appena, anche momentaneamente, si alteri o si riscaldi.) Voleva saper da me, se mi paresse che la professione dell'attore fosse tale, che una qualsiasi bestia (anche non metaforicamente) si potesse credere atta, senz'altro, a esercitarla.

– Dove? – le domandai.

Non intese la domanda.

– Ecco, – le spiegai, – se si tratta d'esercitarla qui, dove non c'è bisogno della parola, forse anche una bestia, perché no?, può esser capace.

La vidi infoscarsi in volto.

– Sarà per questo, – disse misteriosamente.

Mi parve dapprima d'indovinare, ch'ella (come tutti gli attori di professione, scritturati qui) parlasse per dispetto di certuni, i quali, senz'averne bisogno, ma pur non sdegnando un guadagno facile, o per vanità, o per diletto, o per altro, trovano modo di farsi accettare dalla Casa e di prender posto tra gli attori, senza molta difficoltà, tolta di mezzo quella, che sarebbe più arduo per loro e forse impossibile superare senza un lungo tirocinio e una vera attitudine, voglio dire la recitazione. Ne abbiamo alla *Kosmograph* parecchi, che sono veri signori, tutti giovani tra i venti e i trent'anni, o amici di qualche forte caratista nell'Amministrazione della Casa, o caratisti essi stessi, che si dan l'aria d'assumere in qualche *film* questa o quella parte, che loro piaccia, solo per diporto; e la disimpegnano molto signorilmente, e qualcuno anche in maniera da far invidia a un vero attore.

Ma, riflettendo poi sul tono misterioso con cui ella, infoscata all'improvviso, proferì quelle parole: – *Sarà per questo*, – il dubbio mi sorse, che forse le fosse arrivata la notizia che Aldo Nuti, non so ancora da qual parte, stia cercando la via per entrar qui.

Questo dubbio mi turbò non poco.

Perché veniva ella a domandare proprio a me, avendo in mente Aldo Nuti, se la professione dell'attore mi paresse tale, che ogni bestia potesse senz'altro credersi atta a esercitarla? Sapeva dunque della mia amicizia per Giorgio Mirelli?

Non avevo ancora, e non ho tuttora, alcun motivo di crederlo. Dalle domande che accortamente le rivolsi per chiarirmene, non ho potuto almeno acquistarne la certezza.

Non so perché, mi dispiacerebbe molto se ella sapesse che fui amico di Giorgio Mirelli, nella prima giovinezza di lui, e che mi fu familiare la villetta di Sorrento, ov'ella portò lo scompiglio e la morte.

Non so perché – ho detto: ma non è vero; il perché lo so, e n'ho già fatto anche cenno altrove. Non ho amore, ripeto qua, né potrei averne, per questa donna; ma odio, neppure. Qua tutti[1] la odiano; e già questa per me sarebbe ragione fortissima di non odiarla io. Sempre, nel giudicare gli altri, mi sono sforzato di superare il cerchio de' miei affetti, di cogliere nel frastuono della vita, fatto più di pianti che di risa, quante più note mi sia stato possibile fuori dell'accordo de' miei sentimenti. Ho conosciuto Giorgio Mirelli, ma come? ma quale? Qual egli era nelle relazioni che aveva con me. Tale, per me, ch'io l'amavo. Ma chi era egli e com'era nelle relazioni con questa donna? Tale, ch'ella potesse amarlo? Io non lo so! Certo, non era, non poteva essere uno – lo stesso – per me e per lei. E come potrei io dunque giudicare da lui questa donna? Abbiamo tutti un falso concetto dell'unità individuale. Ogni unità è nelle relazioni degli elementi tra loro; il che significa che, variando anche minimamente le relazioni, varia per forza l'unità. Si spiega così, come uno, che a ragione sia amato da me, possa con ragione essere odiato da un altro. Io che amo e quell'altro che odia, siamo due: non solo; ma l'uno, ch'io amo, e l'uno che quell'altro odia, non son punto gli stessi; sono uno e uno: sono anche due. E noi stessi non possiamo mai sapere, quale realtà ci sia data dagli altri; chi siamo per questo e per quello.

Ora, se la Nestoroff venisse a sapere ch'io fui molto amico di Giorgio Mirelli, forse sospetterebbe in me un odio per lei ch'io non sento: e basterebbe questo sospetto a farla diventare subito un'altra per me, pur rimanendo io nella medesima disposizione d'animo per lei; si vestirebbe per me d'una parte che me ne nasconderebbe tante altre; e non potrei più studiarla, com'ora la studio, intera.

Le parlai della tigre, dei sentimenti che la presenza di essa in questo luogo e la sua sorte destano in me; ma mi accorsi subito ch'ella non era in grado d'intenderli, non forse per incapacità, ma perché le relazioni, che tra lei e la belva si sono stabilite, non le consentono né pietà per essa, né sdegno per l'azione che qui sarà compiuta.

Mi disse, acutamente:

– Finzione, sì; anche stupida, se volete; ma quando sarà sollevato lo sportello della gabbia e questa bestia sarà fatta entrare nell'altra gabbia più grande che figurerà[1] un pezzo di bosco, con le sbarre nascoste da fronde, il cacciatore, per quanto finto come il bosco, avrà pur diritto[2] di difendersi da essa, appunto perché essa, come voi dite, non è una bestia finta, ma una bestia vera.

– Ma il male è appunto questo, – esclamai: – servirsi d'una bestia vera dove tutto sarà finto.

– Chi ve lo dice? – rimbeccò pronta.[3] – Sarà finta la parte del cacciatore; ma di fronte a questa bestia *vera* sarà pure un uomo *vero*! E v'assicuro che[4] se egli non la ucciderà al primo colpo, o non la ferirà in modo d'atterrarla, essa, senza tener conto che il cacciatore sarà finto e finta la caccia, gli salterà addosso e sbranerà *per davvero* un uomo *vero*.

Sorrisi dell'arguzia della sua logica e dissi:

– Ma chi l'avrà voluto? Guardatela com'essa è

qua! Non sa nulla, questa bella bestia, senza colpa della sua ferocia.

Mi[1] guardò con occhi strani, come in sospetto che volessi burlarmi di lei; ma poi sorrise anch'ella, alzò appena appena le spalle e soggiunse:

– Vi sta tanto a cuore? Ammaestratela! Fatene una tigre[2] attrice, che sappia fingere di cader morta al finto sparo d'un cacciatore finto, e tutto allora sarà accomodato.

A seguitare, non[3] ci saremmo mai intesi; perché se a me stava a cuore la tigre, a lei il cacciatore.

Difatti il cacciatore designato a ucciderla è Carlo Ferro. La Nestoroff ne dev'essere molto costernata; e forse non viene qua, come vogliono i maligni, per studiare[4] la sua parte, ma per misurare il pericolo che il suo amante affronterà.

Il quale, anche lui, per quanto ostenti una sprezzante indifferenza, dev'esserne, in fondo, in apprensione. So che, parlando[5] col direttore generale, commendator Borgalli, e anche sù negli uffici d'amministrazione, ha messo avanti molte pretese: un'assicurazione su la vita di almeno centomila lire, da dare a' suoi parenti che vivono in Sicilia, in caso di morte, che non sia mai; un'altra assicurazione, più modesta, nel caso d'inabilità al lavoro per qualche eventuale ferita, che non sia mai neppure questa; una grossa gratificazione, se tutto, com'è da augurarsi, andrà bene, e poi – pretesa curiosa, non suggerita certo, come le precedenti, da un avvocato – la pelle della tigre uccisa.

La pelle della tigre sarà senza dubbio per la Nestoroff; per i piedini di lei; tappeto[6] prezioso. Oh, ella avrà certo sconsigliato all'amante, pregando, scongiurando, d'assumere quella parte così pericolosa; ma poi, vedendolo deciso e impegnato, avrà suggerito lei, proprio lei, al Ferro, di pretendere *almeno* la pelle della tigre. Come « almeno »? Ma sì! Ch'ella gli abbia detto « almeno », mi sembra proprio indubitabile. *Almeno*, cioè in compenso dell'ansia angosciosa che le costerà la prova, a cui egli s'esporrà. Non è possibile che sia venuta in mente a lui, a Carlo Ferro, l'idea d'aver la pelle della belva uccisa per metterla sotto i piedini della sua amante. Non è capace, Carlo Ferro, di tali idee. Basta guardarlo per convincersene: guardare quel suo nero testone villoso e burbanzoso di caprone.

Egli sopravvenne, l'altro giorno, a interrompere la mia conversazione con la Nestoroff innanzi alla gabbia. Non si curò nemmeno di sapere di che cosa noi stessimo a parlare, come se per lui non potesse avere alcuna importanza una conversazione con me. Mi guardò appena, accostò appena la cannuccia di bambù al cappello per un cenno di saluto, guardò con la solita sprezzante indifferenza la tigre nella gabbia, dicendo all'amante:

– Andiamo: Polacco è pronto; ci aspetta.

E voltò le spalle, sicuro d'esser seguito dalla Nestoroff, come un tiranno dalla sua schiava.

Nessuno più di lui sente e dimostra quell'istintiva antipatia, ch'io ho detto comune a quasi tutti gli attori per me, e che si spiega, o almeno, io mi spiego come un effetto, a loro stessi non chiaro, della mia professione.

Carlo Ferro la sente più di tutti, perché, tra tante altre fortune, ha quella di credersi sul serio un grande attore.

VI

Non è tanto per me – Gubbio – l'antipatia, quanto per la mia macchinetta. Si ritorce su me, perché io sono quello che la gira.

Essi non se ne rendono conto chiaramente, ma io,

con la manovella in mano, sono in realtà per loro una specie d'esecutore.

Ciascun d'essi – parlo, s'intende, dei veri attori, cioè di quelli che amano veramente la loro arte, qualunque sia il loro valore – è qui di mala voglia, è qui perché pagato meglio, e per un lavoro che, se pur gli costa qualche fatica, non gli richiede sforzi d'intelligenza. Spesso, ripeto, non[1] sanno neppure che parte stiano a rappresentare.

La macchina, con gli enormi guadagni che produce, se li assolda, può compensarli molto meglio che[2] qualunque impresario o direttore proprietario di compagnia drammatica. Non solo; ma essa, con le sue riproduzioni meccaniche, potendo offrire a buon mercato al gran pubblico uno spettacolo sempre nuovo, riempie le sale dei cinematografi e lascia vuoti i teatri, sicché tutte, o quasi, le compagnie drammatiche fanno ormai meschini affari; e gli attori, per non languire, si vedono costretti a picchiare alle porte delle Case di cinematografia. Ma non odiano la macchina soltanto per l'avvilimento del lavoro stupido e muto a cui essa li condanna; la odiano sopra tutto perché si vedono allontanati, si sentono strappati dalla comunione diretta col pubblico, da cui prima traevano il miglior compenso e la maggior soddisfazione: quella di vedere, di sentire dal palcoscenico, in un teatro, una moltitudine intenta e sospesa seguire la loro azione *viva*, commuoversi, fremere, ridere, accendersi, prorompere in applausi.

Qua si sentono come in esilio. In esilio, non soltanto dal palcoscenico, ma quasi anche da se stessi. Perché la loro azione, l'azione *viva* del loro corpo *vivo*, là, su la tela dei cinematografi, non c'è più: c'è *la loro immagine* soltanto, colta in un momento, in un gesto, in una espressione, che guizza e scompare. Avvertono confusamente, con un senso smanioso, indefinibile di vuoto, anzi di vôtamento, che il loro corpo è quasi sottratto, soppresso, privato della sua realtà, del suo respiro, della sua voce, del rumore ch'esso produce movendosi, per diventare soltanto un'immagine muta, che trèmola per un momento su lo schermo e scompare in silenzio, d'un tratto, come un'ombra inconsistente, giuoco d'illusione su uno squallido pezzo di tela.

Si sentono schiavi anch'essi di questa macchinetta stridula, che pare sul treppiedi a gambe rientranti un grosso ragno in agguato, un ragno che succhia e assorbe la loro realtà viva per renderla parvenza evanescente, momentanea, giuoco d'illusione meccanica davanti[1] al pubblico. E colui che li spoglia della loro realtà e la dà a mangiare alla macchinetta; che riduce ombra il loro corpo, chi è? Sono io, Gubbio.

Essi[2] restano qua, come su un palcoscenico di giorno, quando provano. La sera della rappresentazione per essi non viene mai. Il pubblico non lo vedono più. Pensa la macchinetta alla rappresentazione davanti al pubblico, con le loro ombre; ed essi debbono contentarsi di rappresentare solo davanti a lei.[3] Quando hanno rappresentato, la loro rappresentazione è pellicola.

Mi possono[4] voler bene?

Un certo rinfranco all'avvilimento lo hanno nel non vedersi essi soli mortificati al servizio di questa macchinetta, che muove, agita, attrae tanto mondo attorno a sé. Scrittori illustri, commediografi, poeti, romanzieri, vengono qua, tutti al solito dignitosamente proponendo la « rigenerazione artistica » dell'industria. E a tutti il commendator Borgalli parla d'un modo, e Cocò Polacco d'un altro: quello, coi guanti da direttore[5] generale; questo, sbottonato, da direttore di scena. Ascolta paziente tutte le proposte di scenarii, Cocò Polacco; ma a un certo punto alza una mano, dice:

– Oh no, quest'è un po' crudo. Dobbiamo sempre aver l'occhio agl'Inglesi, caro mio!

Trovata[1] genialissima, questa degli Inglesi. Veramente la maggior parte delle pellicole prodotte dalla *Kosmograph* va in Inghilterra. Bisogna dunque per la scelta degli argomenti adattarsi al gusto inglese. E quante cose allora non vogliono gl'Inglesi nelle pellicole, secondo Cocò Polacco!

– La *pruderie* inglese, tu capisci! Basta che dicano *shocking*, e addio ogni cosa!

Se[2] le pellicole andassero direttamente al giudizio del pubblico, forse forse tante cose passerebbero; ma no: per l'importazione delle pellicole in Inghilterra ci sono gli agenti, c'è lo scoglio, c'è la piaga degli agenti. Decidono loro, gli agenti, inappellabilmente: questo va, questo non va. E per ogni *film* che non vada, sono centinaja di migliaja di lire perdute o che vengono meno.

Oppure Cocò Polacco esclama:

– Bellissimo! Ma questo, caro mio, è un dramma, un dramma perfetto! Successone sicuro! Vuoi farne una pellicola? Non te lo permetterò mai! Come pellicola non va: te l'ho detto, caro, troppo fino, troppo fino. Qua[3] ci vuol altro! Tu sei troppo intelligente, e lo intendi.

In fondo, Cocò[4] Polacco, se rifiuta loro i soggetti, fa pure un elogio: dice loro che non sono stupidi abbastanza per scrivere per il cinematografo. Da un canto, perciò, essi vorrebbero capire, si rassegnerebbero a capire; ma, dall'altro, vorrebbero anche accettati i soggetti. Cento, duecento cinquanta, trecento[5] lire, in certi momenti... Il dubbio, che l'elogio della loro intelligenza e il disprezzo del cinematografo quale strumento d'arte siano messi avanti per rifiutare con un certo garbo i soggetti balena[6] a qualcuno di loro; ma la dignità è salva e se ne possono andar via a testa alta. Da lontano gli attori li salutano come compagni di sventura.

– Tutti bisogna che passino di qua! – pensano tra loro con gioja maligna. – Anche le teste coronate! Tutti di qua, stampati per un momento su un lenzuolo!

Giorni sono, ero con Fantappiè nel cortile ov'è la *Sala di prova* e l'ufficio della *Direzione artistica*, quando scorgemmo un vecchietto[1] zazzeruto, in cappello a stajo, dal naso enorme, dagli occhi loschi dietro gli occhiali d'oro, la barbetta a collana, che pareva tutto ristretto in sé per paura dei grandi manifesti illustrati incollati al muro, rossi, gialli, azzurri, sgargianti, terribili, dei *films* che più hanno fatto onore alla Casa.

– Illustre senatore! – esclamò Fantappiè con un balzo, accorrendo e poi piantandosi su l'attenti con la mano levata comicamente al saluto militare. – È venuto per la prova?

– Già... sì... mi avevano detto per le dieci, – rispose l'illustre senatore, sforzandosi di discernere con chi parlava.

– Per le dieci? Chi gliel'ha detto? Polacco?

– Non capisco...

– Il direttore Polacco?

– No, un italiano... uno che chiamano l'ingegnere...

– Ah, capito: Bertini! Le aveva detto per le dieci? Non dubiti. Sono le dieci e mezzo. Per le undici certo sarà qui.

Era il venerando Professor Zeme, l'insigne[2] astronomo, direttore dell'Osservatorio e senatore del Regno, accademico dei Lincei, insignito di non so quante onorificenze italiane e straniere, invitato a tutti i pranzi di Corte.

– E... scusi, senatore, – riprese quel burlone di Fantappiè. – Una domanda: non potrebbe farmi andare nella Luna?

– Io? nella Luna?

– Sì, dico... cinematograficamente, si capisce... *Fantappiè nella Luna*: sarebbe delizioso! In ricognizione, con otto soldati. Ci pensi un po', senatore. Concerterei[1] la scenetta... No? Dice di no?

Il senator Zeme disse di no, con la mano, se non proprio sdegnosamente, certo con molta austerità. Uno scienziato pari suo non poteva prestarsi a mettere a servizio d'una buffonata la sua scienza. Si è prestato, sì, a farsi *prendere* in tutti gli atteggiamenti nel suo Osservatorio; ha voluto anche projettato su lo schermo il registro delle firme dei più illustri visitatori dell'Osservatorio, perché il pubblico vi leggesse le firme delle LL. MM. il Re e la Regina e delle LL. AA. RR. il Principe Ereditario e le Principessine e di S. M. il Re di Spagna e di altri[2] re e ministri di Stato e ambasciatori; ma tutto questo a maggior gloria della sua scienza e per dare al popolo una qualche immagine delle *Meraviglie dei cieli* (titolo della pellicola) e delle formidabili grandezze, in mezzo alle quali lui, il senator Zeme, pur così piccoletto[3] com'è, vive e lavora.

– *Martuf!* – esclamò sotto sotto Fantappiè, da buon piemontese, con una delle sue solite smorfie, andando via con me.

Ma ritornammo indietro, poco dopo, attirati da un gran clamore di voci, che s'era levato nel cortile. Attori, attrici, operatori, direttori di scena, macchinisti erano usciti dai camerini e dalla *Sala di prova* e stavano attorno al senator Zeme alle prese con Simone Pau, che suol venire di tanto in tanto a trovarmi alla *Kosmograph*.

– Ma che educazione del popolo! – urlava Simone Pau. – Mi faccia il piacere! Mandi Fantappiè nella Luna! Lo faccia giocare alle bocce con le stelle! O crede forse che siano sue, le stelle? Qua, le consegni qua alla divina Sciocchezza degli uomini, che ha tutto il diritto d'appropriarsene e di giocarci alle bocce! Del resto... del resto, scusi, che fa lei? che crede d'esser lei? Lei non vede che l'oggetto! Lei non ha coscienza che dell'oggetto! Dunque, religione. E il suo Dio è il cannocchiale! Lei crede che sia il suo strumento? Non è vero! Quello è il suo Dio, e lei lo venera! Lei è come Gubbio, qua, con la sua macchinetta! Il servitore... non voglio offenderla, dirò il sacerdote, il pontefice massimo, le basta? di quel suo Dio, e giura nel domma della sua infallibilità. Dov'è Gubbio? Viva Gubbio! viva Gubbio! Aspetti, non se ne vada, Senatore! Io sono venuto qua, questa mattina, per consolare un infelice. Gli ho dato convegno qua: già dovrebbe esser qua! Un infelice, mio compagno avventore dell'albergo del Falco... Non c'è miglior mezzo per consolare un infelice, che mostrargli e fargli toccar con mano, che non è solo. E l'ho invitato qua, tra questi bravi amici artisti. È un artista anche lui! Eccolo qua! eccolo qua!

E l'uomo dal violino, lungo lungo, inarcocchiato e tenebroso, ch'io vidi or è più di un anno nell'ospizio di mendicità, si fece avanti, come assorto, al solito, a guardarsi i peli spioventi delle foltissime sopracciglia aggrottate.

Tutti fecero largo. Nel silenzio sopravvenuto, crepitò qualche scoppio di risa, qua e là. Ma lo stupore e un certo senso di ribrezzo teneva la maggior parte nel vedere quell'uomo avanzarsi a capo chino con gli occhi a quel modo assorti ai peli delle sopracciglia, quasi non volesse vedersi il naso carnuto e rosso, peso enorme e castigo della sua intemperanza. Più che mai, adesso, avanzandosi, pareva dicesse: « Silenzio! Fate largo! Vedete come la vita può ridurre il naso d'un uomo? ».

Simone Pau lo presentò al senator Zeme, che scappò via, indignato; risero tutti; ma Simone Pau, serio, riprese a far la presentazione alle attrici, agli attori, ai direttori di scena, narrando a scatti un po' all'uno un po' all'altro, la storia del suo amico, e come e perché dopo quell'ultimo famoso intoppo non avesse più sonato. Alla fine, tutto acceso, gridò:

– Ma egli oggi sonerà, signori! Sonerà! Romperà l'incanto malefico! Mi ha promesso che sonerà! Ma non a voi, signori! Voi vi terrete discosti. M'ha promesso[1] che sonerà alla tigre! Sì, sì, alla[2] tigre! alla tigre! Bisogna rispettare questa sua idea! Certo avrà le sue buone ragioni! Andiamo, sù, andiamo tutti... Ci terremo discosti... Egli si farà, solo, innanzi alla gabbia, e sonerà!

Tra gridi, risa, applausi, sospinti tutti da una vivissima curiosità per la bizzarra avventura, seguimmo Simone Pau, che aveva preso sotto braccio il suo uomo, e lo spingeva avanti seguendo le indicazioni che gli si gridavano dietro, su la via da tenere per andare al serraglio. In vista delle gabbie, ci arrestò tutti, raccomandando silenzio, e mandò avanti, solo, quell'uomo col suo violino.

Al rumore, dai cantieri, dai magazzini, operaj, macchinisti, apparatori, accorsero in gran numero per assistere dietro di noi alla scena: una folla.

La belva s'era ritratta d'un balzo in fondo alla gabbia; inarcata, a testa bassa, i denti digrignanti, le zampe artigliate, pronta all'assalto: terribile!

L'uomo la guatò, sbigottito; si voltò perplesso a cercare con gli occhi tra noi Simone Pau.

– Suona! – gli gridò questi. – Non temere! Suona! Ti comprenderà!

E allora quello, come liberandosi con un tremendo sforzo da un incubo, levò finalmente la testa, scrollandola, buttò a terra il cappellaccio sformato, si passò una mano sui lunghi capelli arruffati, trasse il violino dalla vecchia fodera di panno verde, e buttò via anche questa, sul cappello.

Qualche lazzo partì dagli operaj affollati dietro a

noi, seguito da risa e da commenti, mentr'egli accordava il violino; ma un gran silenzio si fece subito appena egli prese a sonare, dapprima un po' incerto, esitante, come se si sentisse ferire dal suono del suo strumento non più udito da gran tempo; poi, d'un tratto, vincendo l'incertezza, e forse i fremiti dolorosi, con alcuni[1] strappi energici. Seguì a questi strappi come un affanno a mano a mano crescente, incalzante, di strane note aspre e sorde, un groviglio fitto, da cui ogni tanto una nota accennava ad allungarsi, come chi tenti di trarre un sospiro tra i singhiozzi. Alla fine questa nota si distese, si sviluppò, s'abbandonò, liberata dall'affanno, in una linea melodica, limpida, dolcissima e intensa, vibrante d'infinito spasimo: e una profonda commozione allora invase noi tutti, che in Simone Pau si rigò di lagrime. Con le braccia levate egli faceva cenno di star zitti, di non manifestare in alcun modo la nostra ammirazione, perché nel silenzio quel bislacco straccione meraviglioso potesse ascoltare la sua anima.

Non durò a lungo. Abbassò le mani, come esausto, col violino e l'archetto, e si rivolse a noi col volto trasfigurato, bagnato di pianto, dicendo:

– Ecco...[2]

Scoppiarono applausi fragorosi. Fu preso, portato in trionfo. Poi, condotto alla prossima trattoria, non ostanti[3] le preghiere e le minacce di Simone Pau, bevve e s'ubriacò.[4]

Polacco s'è morso un dito dalla rabbia, per non aver pensato di mandarmi subito a prendere la macchinetta per fissare quella scena della sonata alla tigre.

Come capisce bene tutto, sempre, Cocò Polacco! Io non potei rispondergli perché pensavo agli occhi della signora Nestoroff, che aveva assistito alla scena, come in un'estasi piena di sgomento.

QUADERNO QUARTO[1]

I

Non ho più il minimo dubbio: ella sa della mia[2] amicizia per Giorgio Mirelli, e sa che Aldo Nuti tra poco sarà qui.

Le due notizie le sono venute, certamente, da Carlo Ferro.

Ma come avviene, che qua non si voglia ricordare ciò ch'è accaduto tra i due, e non si siano[3] troncate subito le pratiche col Nuti? A favorire queste pratiche s'è adoperato con molto impegno, sotto mano, il Polacco, amico del Nuti, e a cui il Nuti fin da principio s'è rivolto. Pare che il Polacco abbia ottenuto da uno dei giovanotti[4] che sono qua « dilettanti », il Fleccia, la vendita a ottime condizioni dei dieci carati che costui possedeva. Da alcuni giorni, infatti, il Fleccia va dicendo che s'è annojato di stare a Roma e che andrà a Parigi.

Si sa che, di questi giovanotti, i più, oltre che per tutto il resto, bazzicano qui per l'amicizia contratta, o che vorrebbero contrarre, con qualche giovane attrice; e che tanti se ne vanno, quando non sono riusciti a contrarla, o se ne sono stancati. Diciamo amicizia: per fortuna, le parole non arrossiscono.

Ecco qua: una giovane attrice, in costume di « divette » o di ballerina, va correndo col torso ignudo per le piattaforme e gli sterrati; si ferma qua e là a conversare, col seno imbandito sotto gli occhi di tutti; ebbene, il giovanotto suo amico le vien dietro con la scatola e il piumino della cipria in mano, e ogni tanto glielo ripassa su la pelle, su le braccia, su[1] la nuca, sotto la gola, orgoglioso che un siffatto ufficio spetti a lui. Quante volte, dacché sono entrato alla *Kosmograph*, non ho visto Gigetto Fleccia correr così dietro alla piccola Sgrelli? Ma ora egli, da circa un mese, s'è guastato con lei. Il tirocinio è fatto: andrà a Parigi.

Nulla di straordinario, dunque, per nessuno, che il Nuti, ricco signore anche lui e dilettante attore, venga a prenderne il posto. Non è forse noto[2] abbastanza, o è già dimenticato il dramma della sua prima avventura con la Nestoroff.

Io sono pur ingenuo talvolta! Chi si ricorda di qualche cosa a distanza d'un anno? C'è più tempo da stimare[3] in città, fra tanto turbinìo di vita, che qualche cosa – uomo, opera, fatto – meriti il ricordo d'un anno? Voi, nella solitudine della campagna, Duccella e nonna Rosa, potete ricordare! Qua, se pure qualcuno ricorda, ebbene, c'è stato un dramma? tanti[4] ne avvengono, e per nessuno questo turbinìo di vita s'arresta un momento. Non sembrerà cosa in cui gli altri, da estranei, debbano immischiarsi, per impedir le conseguenze di una ripresa. Che conseguenze? Un urto con Carlo Ferro? Ma è così inviso a tutti, costui, non solo per la sua burbanza, ma appunto perché amante della Nestoroff! Se quest'urto avverrà e nascerà qualche disordine, sarà per gli estranei uno spettacolo di più da godere: e quanto a coloro cui[5] deve premere che nessun disordine nasca, sperano forse di trovarvi un pretesto per licenziare con Carlo Ferro la Nestoroff, la quale, se è ben protetta dal commendator Borgalli, è qua di peso a tutti gli altri. O forse si spera che la Nestoroff stessa, per sfuggire al Nuti, si[6] licenzii da sé?

Certo il Polacco s'è adoperato con tanto impegno alla venuta del Nuti unicamente per questo; e fin da principio, nascostamente, ha voluto che il Nuti, contro[7] la protezione che il commendator Borgalli potrebbe far valere, fosse premunito con l'acquisto a caro prezzo dei carati di Gigetto Fleccia e col diritto di surrogar costui anche nelle parti di attore.

Che ragione, poi, hanno tutti costoro di costernarsi dell'animo con cui il Nuti verrà? Prevedono, se mai, solamente l'urto con Carlo Ferro, perché Carlo Ferro è qui, davanti[1] a loro; lo vedono, lo toccano; e non immaginano che tra la Nestoroff e il Nuti ci possa esser di mezzo qualche altro.

« Tu? » mi domanderebbero, se io mi mettessi a parlare con loro di queste cose.

Io, cari? Eh, voi avete voglia di scherzare. Uno, che voi non vedete; uno, che non potete toccare. Uno spettro, come nelle favole.

Appena[2] l'uno tenterà di riaccostarsi all'altra, per forza questo spettro sorgerà tra loro. Subito dopo il suicidio, sorse; e li fece[3] fuggire, inorriditi, l'uno dall'altra. Bellissimo effetto cinematografico, per voi! Ma non per Aldo Nuti. Come mai può egli, adesso, pensare e tentare di riaccostarsi a questa donna? Non è possibile che – lui almeno – abbia dimenticato lo spettro. Ma avrà saputo che la Nestoroff è qua con un altr'uomo. E quest'uomo gli dà certo, ora, il coraggio di riaccostarsi a lei. Forse spera che quest'uomo, con la solidità del suo corpo, gli nasconderà quello spettro, gl'impedirà di scorgerlo, impegnandolo in una lotta *tangibile*, in una lotta, cioè, non contro uno spettro, ma di corpo a corpo. E fors'anche fingerà di credere che verrà a impegnarsi in questa lotta per *lui*, a vendetta di *lui*. Perché certo la Nestoroff, ponendosi quest'altro uomo accanto, ha mostrato d'essersi dimenticata del « povero morto ».

Non è vero. La Nestoroff non l'ha dimenticato. Me l'han detto chiaramente i suoi occhi, il modo com'ella mi guarda da due giorni, cioè da quando Carlo Ferro, per informazioni avute, le deve aver fatto conoscere che fui amico di Giorgio Mirelli.

Sdegno, anzi sprezzo, evidentissima avversione: ecco quello che noto da due giorni negli occhi della Nestoroff, appena per qualche attimo si posano su me. E ne son lieto. Perché sono certo ormai, che quanto ho immaginato e supposto di lei, studiandola, è giusto e risponde alla realtà, come se ella medesima, in una sincera effusione di tutti i suoi più segreti sentimenti, m'avesse aperto la sua anima offesa e tormentata.

Da due giorni ostenta innanzi a me devota e sommessa affezione per il Ferro: si[1] stringe a lui, pende da lui, pur lasciando intendere a chi ben la osservi, ch'ella come tutti gli altri, più di tutti gli altri, sa e vede l'angustia mentale, la rozzezza delle maniere, insomma la bestialità di quest'uomo. La sa e la vede. Ma gli altri – intelligenti e garbati – lo disprezzano e lo sfuggono? Ebbene, ella lo pregia e s'attacca a lui appunto per questo; appunto perché egli non è né intelligente, né garbato.

Miglior prova di questa non potrei avere. Eppure, oltre questo fierissimo sdegno, qualcos'altro deve agitarsi in questo momento nel cuore di lei! Certo, ella medita qualche cosa. Certo, Carlo Ferro per lei non è altro che un aspro, amarissimo rimedio, a cui, stringendo i denti, facendo un'enorme violenza a se stessa, s'è sottoposta per curare in sé un male disperato. E ora, più che mai, si tiene stretta a questo rimedio, balenandole la minaccia, con la venuta del Nuti, di ricadere nel suo male. Non perché, io credo, Aldo Nuti abbia su lei un tal potere. Subito, come un fantoccio, allora, ella lo prese, lo spezzò, lo buttò via. Ma la venuta di lui, ora, non ha certo altro scopo che di toglierla, strapparla al suo rimedio, riponendole davanti[2] lo spettro di Giorgio Mirelli, in cui ella forse vede il suo male: lo smanioso tormento del suo spirito strano, del quale nessuno tra gli uomini, a cui s'è accostata, ha saputo e voluto prendersi cura.

Ella non vuole più il suo male; ne vuole a ogni costo guarire. Sa che, se Carlo Ferro la stringe tra le braccia, può temere d'esserne spezzata. E questo timore le piace.

« Ma che ti vale » vorrei gridarle « che ti vale che Aldo Nuti non venga a riportelo davanti, il tuo male, se tu lo hai ancora in te, soffocato a forza e non vinto? Tu non vuoi vedere la tua anima: è possibile? T'insegue, t'insegue sempre, t'insegue come una pazza! Per sfuggirle, t'aggrappi, ti ripari tra le braccia d'un uomo, che sai senz'anima e capace d'ucciderti, se la tua, per caso, oggi o domani, s'impadronirà novamente di te per ridarti l'antico tormento! Ah, meglio essere uccisa? meglio essere uccisa, che ricadere in questo tormento, di risentirsi un'anima dentro, un'anima che soffre e non sa di che? »

Ebbene, questa mattina, mentre giravo la macchinetta, ho avuto tutt'a un tratto il terribile sospetto, ch'ella – rappresentando, al solito, come una forsennata, la sua parte – volesse uccidersi: sì, sì, proprio uccidersi, davanti[1] a me. Non so com'io abbia fatto[2] a conservare la mia impassibilità; a dire a me stesso:

« Tu sei una mano, gira! Ella ti guarda, ti guarda fiso, non guarda che te, per farti intendere qualche cosa; ma tu non sai nulla, tu non devi intender nulla; gira! »

S'è cominciato a iscenare il *film* della tigre, che sarà lunghissimo e a cui prenderanno parte tutt'e quattro le compagnie. Non mi curerò minimamente di cercare il bandolo di quest'arruffata matassa di volgari, stupidissime scene. So che la Nestoroff non vi prenderà parte, non avendo ottenuto che le fosse assegnata quella della protagonista. Solo questa mattina, per[3] una particolare concessione al Bertini, ha *posato* per una breve scena di « colore », in una particina secondaria, ma non facile, di giovane indiana, selvaggia e fanatica che s'uccide[1] eseguendo « la danza dei pugnali ».

Segnato il campo nello sterrato, Bertini ha disposto in semicerchio una ventina di comparse, camuffate da selvaggi indiani. S'è fatta avanti la Nestoroff quasi tutta nuda, con una sola fascia sui fianchi a righe gialle verdi rosse turchine. Ma la nudità meravigliosa del saldo corpo esile e pieno era quasi coperta dalla sdegnosa noncuranza di esso, con cui ella si è presentata in mezzo a tutti quegli uomini, a testa alta, giù le braccia coi due pugnali affilatissimi, uno per pugno.

Bertini ha spiegato brevemente l'azione:

– Ella danza. È come un rito. Tutti stanno ad assistere religiosamente. A un tratto, a un mio grido, in mezzo alla danza, ella si trafigge il seno coi due pugnali e stramazza. Tutti accorrono e le si fanno sopra, stupiti e sgomenti. Sù, sù, attenti, attenti al campo! Voi di là, avete capito? state prima, serii, a guardare; appena la signora stramazza, accorrete tutti! Attenti, attenti al campo per ora!

La Nestoroff, facendosi in mezzo al semicerchio coi due pugnali branditi, ha preso a guardarmi con una così acuta e dura fissità, ch'io, dietro al mio grosso ragno nero in agguato sul treppiedi, mi sono[2] sentito vagellar gli occhi e intorbidare la vista. Per miracolo ho potuto obbedire al comando di Bertini:

– Si gira!

E mi son messo, come un automa, a girar la manovella.

Tra i penosi contorcimenti di quella sua strana danza màcabra, tra il luccichìo sinistro dei due[3] pugnali, ella non staccò un minuto gli occhi da' miei, che la seguivano, affascinati. Le vidi sul seno anelante il sudore rigar di solchi la manteca giallastra, di cui era tutto impiastricciato. Senza darsi alcun pensiero della sua nudità, ella si dimenava come frenetica, ansava, e pian piano, con voce affannosa, sempre con gli occhi fissi ne' miei, domandava ogni tanto:

– *Bien comme ça? bien comme ça?*

Come se volesse saperlo da me; e gli occhi erano quelli d'una pazza. Certo, ne' miei leggevano, oltre la maraviglia, uno sgomento prossimo a cangiarsi in terrore nell'attesa trepidante del grido del Bertini. Quando il grido uscì ed ella si ritorse contro il seno la punta de' due pugnali e stramazzò a terra, io ebbi veramente per un attimo l'impressione che si fosse trafitta, e fui per accorrere anch'io, lasciando la manovella, allorché Bertini su le furie incitò le comparse.

– A vojaltri, perdio! accorrete! fatemi la controparte!... Così... così... basta!

Ero sfinito; la mano m'era diventata come di piombo, seguitando da sé, meccanicamente, a girar la manovella.

Ho visto Carlo Ferro accorrer fosco, pieno di collera e di tenerezza, con un lungo mantello violaceo, ajutar la donna a rialzarsi, avvolgerla in quel mantello e portarsela via, quasi di peso, nel camerino.

Ho guardato nella macchinetta, e mi sono trovata in gola una curiosa voce sonnolenta per annunziare al Bertini:

– Ventidue metri.

II

Aspettavamo, oggi, sotto il pergolato dell'osteria, che arrivasse una certa « signorina di buona famiglia », raccomandata dal Bertini, la quale doveva sostenere una particina in un *film* rimasto da qualche mese in tronco e che ora si vuol terminare.

Da più d'un'ora un ragazzo era stato spedito in bicicletta alla casa di questa signorina, e ancora non si vedeva nessuno, neppure il ragazzo di ritorno.

Polacco stava seduto con me a un tavolino, la Nestoroff e Carlo Ferro sedevano a un altro. Tutt'e quattro, insieme con quell'avventizia, si doveva andare in automobile, per un *esterno dal vero* al Bosco Sacro.

L'afa del pomeriggio, il fastidio delle mosche innumerevoli dell'osteria, il silenzio forzato fra noi quattro, costretti a stare insieme non ostante l'avversione dichiarata, e del resto patente, di quei due per Polacco e anche per me, accrescevano e rendevano a mano a mano insopportabile la noja dell'attesa.

Ostinatamente la Nestoroff si vietava di volger gli occhi verso di noi. Ma certo sentiva ch'io la guardavo, così, apparentemente senza attenzione; e più d'una volta aveva dato segno d'esserne seccata. Carlo Ferro se n'era accorto e aveva aggrottato le ciglia, guatandola; e allora ella aveva finto davanti a lui di provar fastidio, non già[1] di me che la guardavo, ma del sole che, di tra i pampini del pergolato, la feriva in viso. Era vero; e mirabile su quel viso era il gioco dell'ombra violacea, vaga e rigata da fili d'oro di sole, che or le accendevano una pinna del naso e un po' del labbro superiore, ora il lobo dell'orecchio e un tratto del collo.

Mi vedo talvolta assaltato con tanta violenza dagli aspetti esterni, che la nitidezza precisa, spiccata, delle mie percezioni mi fa quasi sgomento. Diventa talmente mio quello che vedo con così nitida percezione, che mi sgomenta il pensare, come mai un dato aspetto – cosa o persona – possa non essere qual io lo vorrei. L'avversione della Nestoroff in quel momento di così intensa lucidità percettiva mi era intollerabile. Come mai non intendeva, ch'io non le ero nemico?

A un tratto, dopo avere spiato un pezzo di tra

l'incannicciata, ella s'alzò e la vedemmo avviarsi fuori, a una carrozza d'affitto, anch'essa da un'ora lì ferma davanti l'entrata[1] della *Kosmograph* ad aspettare sotto il sole cocente. Avevo veduto anch'io quella carrozza; ma il fogliame della vite m'impediva di scorgere chi vi fosse ad aspettare. Aspettava da tanto tempo, che non potevo credere vi fosse sù qualcuno. Polacco s'alzò; m'alzai anch'io, e guardammo.

Una giovinetta, vestita d'un abitino azzurro, di tela svizzera, lieve lieve, sotto[2] un cappellone di paglia, guarnito di nastri di velluto nero, stava in quella carrozza ad aspettare. Con in grembo una vecchia cagnetta pelosa, bianca e nera, guardava timida e afflitta il tassametro della vettura, che di tratto in tratto scattava e già doveva segnare una cifra non lieve. La Nestoroff le s'accostò con molta grazia e la invitò a smontare per togliersi dalla sferza del sole. Non era meglio aspettare sotto la pergola dell'osteria?

– Molte mosche, sa? ma almeno si sta all'ombra.

La cagnetta[3] pelosa aveva preso a ringhiare contro la Nestoroff, digrignando i denti in difesa della padroncina. Questa, improvvisamente invermigliata in volto, forse per il piacere inopinato di vedere quella bella signora prendersi cura di lei con tanta grazia; fors'anche per la stizza, che la sua vecchia, stupida bestiola le cagionava, rispondendo così male alla premura gentile di quella, ringraziò[4] e, confusa, accettò l'invito e smontò con la cagnetta in braccio. Ebbi l'impressione che smontasse sopra tutto per riparare alla cattiva accoglienza della vecchia cagnetta alla signora. Difatti, le diede forte con la mano sul muso, sgridando:

– Zitta, *Piccinì*!

E poi, volgendosi alla Nestoroff:

– Scusi, non capisce nulla...

Ed entrò con lei sotto il pergolato. Guardai la vecchia cagnetta, che spiava corrucciata la padroncina da sotto in sù, con occhi umani. Pareva le domandasse: « E che capisci tu? ».

Il Polacco, intanto, le si era fatto avanti, con[1] galanteria.

– La signorina Luisetta?

Ella tornò a invermigliarsi tutta, come sospesa in una penosa meraviglia, d'esser conosciuta da uno a lei sconosciuto; sorrise; disse di sì col capo, e tutti i nastri di velluto nero del cappellone di paglia dissero di sì con lei.

Polacco tornò a domandarle:

– Papà è qua?

Sì, di nuovo, col[2] capo, come se tra il rossore e la confusione non trovasse la voce per rispondere. Infine, con uno sforzo, la trovò, timida:

– È entrato da un pezzo: disse[3] che si sarebbe sbrigato subito, e intanto...

Alzò gli occhi a guardare la Nestoroff e le sorrise, come se le dispiacesse che quel signore con le sue domande la avesse distratta da lei, che le si era mostrata così gentile pur senza conoscerla. Polacco allora fece la presentazione:

– La signorina Luisetta Cavalena; la signora Nestoroff.

Poi si volse ad accennare Carlo Ferro, che subito sorse in piedi e s'inchinò rudemente.

– L'attore Carlo Ferro.

Infine, presentò me:

– Gubbio.

Mi parve che, tra tutti, io fossi quello che meno la impacciasse.

Conoscevo per fama Cavalena, suo padre, notissimo alla *Kosmograph* sotto il nomignolo di *Suicida*. Pare che il pover'uomo sia terribilmente oppresso da una moglie gelosa. Per la gelosia della moglie, a quanto si dice, dovette prima lasciar la milizia, da tenente medico, e non so quante condotte vantaggiose; poi anche l'esercizio della professione libera, e il giornalismo, in cui aveva trovato modo d'entrare, e alla fine anche l'insegnamento, a cui per disperazione s'era appigliato, nei licei, come incaricato di fisica e storia naturale. Ora, non potendo (sempre a causa della moglie) dedicarsi al teatro, per il quale crede da un pezzo d'avere spiccatissime attitudini, s'è acconciato alla confezione di scenarii cinematografici, con molto sdegno, *obtorto collo*, per sopperire[1] ai bisogni della famiglia, non bastando al mantenimento di essa la sola dote della moglie e quel che ricava dall'affitto di due stanze mobigliate. Se non che, nell'inferno della sua casa, abituato ormai a vedere il mondo come una galera, pare che, per quanto si sforzi, non riesca a comporre una trama di *film*, senza che a un certo punto non ci scappi un suicidio. Ragion per cui finora Polacco gli ha sempre rifiutato tutti gli scenarii, visto e considerato che gli Inglesi – assolutamente – non vogliono nelle pellicole il suicidio.

– Che sia venuto a cercar me? – domandò il Polacco alla signorina Luisetta.

La signorina Luisetta balbettò, confusa:

– No... disse... non so... mi sembra, Bertini...

– Ah, birbante! S'è rivolto al Bertini? E, dica, signorina... è entrato solo?

Nuova e più viva confusione della signorina Luisetta.

– Con la mamma...

Polacco alzò le mani, aperte, e le agitò un po' in aria, allungando il viso e ammiccando.

– Speriamo che non avvengano guaj!

La signorina Luisetta si sforzò di sorridere; ripeté:

– Speriamo...

E mi fece tanta pena vederla sorridere a quel modo,

col visino in fiamme! Avrei voluto gridare al Polacco:

« E smetti di tormentarla con codesto interrogatorio! Non vedi che è sulle spine? »

Ma Polacco, all'improvviso, ebbe un'idea; batté le mani:

– E se ci portassimo la signorina Luisetta? Ma sì, perbacco; siamo qui da un'ora ad aspettare! Sì, sì; senz'altro... Signorina cara, lei ci leverà d'impaccio, e vedrà che la faremo divertire. In mezz'oretta sarà tutto fatto... Avvertirò l'usciere, che, appena verranno fuori il papà e la mamma, dica loro che lei è venuta per una mezz'oretta con me e con questi signori. Sono tanto amico di suo papà, che posso prendermi questa licenza. Le farò rappresentare una particina, è contenta?

La signorina Luisetta ha avuto certo una gran paura di parer timida, impacciata, sciocchina; e, quanto a venire con noi, ha detto, perché no?, ma che, quanto a recitare, non poteva, non sapeva... e poi, così?... ma che!... non s'era mai provata... si vergognava... e poi...

Polacco le spiegò che non ci voleva nulla: non doveva aprir bocca, né salire su un palcoscenico, né presentarsi al pubblico. Nulla. In campagna. Davanti agli alberi. Senza parlare.

– Starà su un sedile, accanto a questo signore, – e indicò il Ferro. – Questo signore fingerà di parlarle d'amore. Lei, naturalmente, non ci crede, e ne ride... Ecco... così, benissimo! Ride e scrolla la testolina, sfogliando un fiore. Sopravviene di furia un'automobile. Questo signore si scuote, aggrotta le ciglia, guarda, presentendo una minaccia, un pericolo. Lei smette di sfogliare il fiore e resta come sospesa in un dubbio, smarrita. Subito questa signora – (e indicò la Nestoroff) [1] – balza giù dall'automobile, cava dal manicotto una rivoltella e le spara...

La signorina Luisetta spalancò tanto d'occhi in faccia alla Nestoroff, sbigottita.

– Per finta! Non abbia paura! – seguitò Polacco, sorridendo. – Il signore s'avventa, disarma la signora; intanto lei s'è abbandonata prima sul sedile, ferita a morte; dal sedile trabocca giù a terra – senza farsi male, per carità! – e tutto è finito... Sù, sù, non perdiamo altro tempo! Faremo una prova sul posto; vedrà che andrà bene... e che bel regalino le farà poi la *Kosmograph*!

– Ma se papà...

– Lo avvertiremo!

– E *Piccinì*?

– La porteremo con noi; la terrò in braccio io... Vedrà che la *Kosmograph* farà un bel regalino anche a *Piccinì*... Sù, sù, via!

Salendo in automobile (ancora, certo, per non parer timida e sciocchina), ella che non aveva più badato a me, mi guardò, incerta.

Perché andavo anch'io? che rappresentavo io?

Nessuno mi aveva rivolto la parola; ero stato appena appena presentato, come si farebbe d'un cane; non avevo aperto bocca; seguitavo a star muto...

M'accorsi che questa mia presenza muta, di cui ella non vedeva la necessità, ma che pur le s'imponeva come misteriosamente necessaria, cominciava a turbarla. Nessuno si curava di dargliene la spiegazione; non potevo dargliela io. Le ero sembrato *uno come gli altri*; anzi forse, a prima giunta, uno *più vicino* a lei degli altri. Ora cominciava ad avvertire che per questi altri ed anche per lei (in confuso) non ero propriamente *uno*. Cominciava ad avvertire, che la mia persona non era necessaria; ma che la mia presenza lì aveva la necessità d'una *cosa*, ch'ella ancora non comprendeva; e che stavo così muto per questo. Potevano parlare – sì, essi, tutt'e quattro – perché erano persone, rappresentavano ciascuno una persona, la propria; io, no: ero una cosa: ecco, forse quella che mi stava su le ginocchia, avviluppata in una tela nera.

Eppure, avevo anch'io una bocca per parlare, occhi per guardare; e questi occhi, ecco, mi brillavano contemplandola; e certo entro di me sentivo...[1]

Oh signorina Luisetta, se sapeste che gioja ritraeva dal proprio sentimento la persona – *non necessaria* come tale, ma come cosa – che vi stava davanti! Pensaste voi, che io – pur standovi così davanti come una cosa – potessi entro di me sentire? Forse sì. Ma che cosa sentissi, sotto la mia maschera d'impassibilità, non poteste certo immaginare.

Sentimenti *non necessarii*, signorina Luisetta! Voi non sapete che cosa siano e quali inebrianti gioje possano dare! Questa macchinetta qua, ecco: vi sembra che abbia necessità di sentire? Non può averne! Se potesse sentire, che sentimenti sarebbero? Non necessarii, certo. Un lusso per lei. Cose inverosimili...

Ebbene, fra voi quattro, quest'oggi, io – due gambe, un busto e, sopra, una macchinetta – ho sentito *inverosimilmente*.

Voi, signorina Luisetta, eravate con tutte le cose che v'erano attorno, dentro il sentimento mio, il quale godeva della vostra ingenuità, del piacere che vi cagionava il vento della corsa, la vista dell'aperta campagna, la vicinanza della bella signora. Vi sembra[2] strano, che foste così, con tutte le cose attorno, dentro il sentimento mio? Ma anche un mendico a un canto di strada non vede forse la strada e tutta la gente che vi passa, dentro a quel sentimento di pietà, ch'egli vorrebbe destare? Voi, più sensibile degli altri, passando, avvertite d'entrare in questo suo sentimento e vi fermate a fargli la carità d'un soldo. Molti altri non c'entrano, e il mendico non pensa ch'essi siano fuori dal suo sentimento, dentro un altro lor proprio, in cui anch'egli è incluso come un'ombra molesta; il mendico[1] pensa che sono spietati. Che cosa ero io per voi, nel vostro sentimento, signorina Luisetta? Un uomo misterioso? Sì, avete ragione. Misterioso. Se sapeste come sento, in certi momenti, *il mio silenzio di cosa*! E mi compiaccio del mistero che spira da questo silenzio a chi sia capace d'avvertirlo. Vorrei non parlar mai; accoglier tutto e tutti in questo mio silenzio, ogni pianto, ogni sorriso; non per fare, io, eco al sorriso; non potrei; non per consolare, io, il pianto; non saprei; ma perché tutti dentro di me trovassero, non solo dei loro dolori, ma anche e più delle loro gioje, una tenera pietà che li affratellasse almeno per un momento.

Ho tanto goduto del bene che avete fatto con la freschezza della vostra ingenuità timida sorridente alla signora che vi stava accanto! Hanno talvolta, quando la pioggia manca, le piante arse ristoro da un'auretta leggera.[2] E quest'auretta siete stata voi, per un momento, nell'arsura dei sentimenti di colei che vi stava accanto; arsura che non conosce il refrigerio delle lagrime.

A un certo punto ella, guardandovi quasi con trepida ammirazione, vi ha preso una mano e ve l'ha carezzata. Chi sa[3] che invidia accorata di voi le angosciava il cuore in quell'istante!

Avete veduto come, subito dopo, s'è tutta scurita in viso?

Una nuvola è passata... Che nuvola?

III

Parentesi. Un'altra, sì. Quello che mi tocca fare tutto il giorno, non lo dico; le bestialità che mi tocca dare da mangiare, tutto il giorno, a questo ragno nero sul treppiedi, che non si sazia mai, non le dico; bestialità incarnata da questi attori, da queste attrici, da tanta gente che per bisogno si presta a dare in pasto a questa macchinetta il proprio pudore, la propria dignità; non le dico; ma bisogna pure ch'io mi prenda un po' di respiro, di tanto in tanto, assolutamente, una boccata d'aria per il mio *superfluo*; o muojo. Mi interesso alla storia di questa donna, dico della Nestoroff; riempio di lei molte di queste mie note; ma non voglio infine lasciarmi prendere la mano da questa storia; voglio che lei, questa donna, mi resti davanti la macchinetta, o, meglio, ch'io resti davanti a lei quello che per lei sono, operatore, e basta.

Quando il mio amico Simone Pau trascura per parecchi giorni di venire a trovarmi alla *Kosmograph*, vado io la sera a trovarlo a Borgo Pio, nel suo Albergo del Falco.

La ragione per cui di questi giorni non è venuto, è quanto mai triste. Muore l'uomo del violino.

Ho trovato a veglia nella cameretta riservata al Pau nell'ospizio, lui Pau, il vecchietto suo collega pensionato dal governo pontificio e le tre maestre zitellone, amiche delle suore di carità. Sul letto di Simone Pau, con una compressa di ghiaccio sul capo, giaceva l'uomo del violino, colpito tre sere fa da apoplessia.

– Si libera, – mi ha detto Simone Pau, con un gesto della mano, consolante. – Siedi qua, Serafino. La scienza gli ha messo in capo quel berretto là di ghiaccio, che non serve a nulla. Noi lo facciamo passare tra sereni discorsi filosofici, in compenso del dono prezioso ch'egli ci lascia in eredità: il suo violino. Siedi, siedi qua. Lo hanno lavato bene, tutto; lo hanno messo in regola coi sagramenti; lo hanno unto. Ora aspettiamo la sua fine, che non può tardare. Ti ricordi quando sonò davanti alla tigre? Gli fece male. Ma forse, meglio così: si libera!

Come sorrideva benigno, a queste parole, il vecchietto tutto raso, fino fino, pulito pulito, con la papalina in capo e in mano la tabacchiera d'osso col ritratto del Santo Padre sul coperchio!

– Prosegua, – riprese Simone Pau, rivolto al vecchietto, – prosegua, signor Cesarino, il suo elogio dei lumi a olio a tre beccucci, la prego.

– Ma che elogio! – esclamò il signor Cesarino. – S'ostina lei a ripetere che ne faccio l'elogio! Io dico che sono di quella generazione là, e addio.

– E non è un elogio questo?

– Ma no, dico che tutto si compensa alla fine: è una mia idea: tante cose nel bujo vedevo io con quei lumi là, che loro forse non vedono più con la lampadina elettrica, ora; ma in compenso, ecco, con queste lampadine qua altre ne vedono loro, che non riesco a vedere io; perché quattro generazioni di lumi, quattro, caro professore, olio, petrolio, gas e luce elettrica, nel giro di sessant'anni, eh... eh... eh... sono troppe, sa? e ci si guasta la vista, e anche la testa; eh, anche la testa, un poco.

Le tre zitellone, che si tenevano in grembo tutte e tre quietamente le mani coi mezzi guanti di filo, approvarono in silenzio, col capo: sì, sì, sì.

– Luce, bella luce, non dico di no! Eh, lo so io, – sospirò il vecchietto, – che mi ricordo s'andava nelle tenebre con un lanternino in mano per non rompersi l'osso del collo! Ma luce per fuori, ecco... Che ci ajuti a veder dentro, no.

Le tre[1] zitellone quiete, sempre con in grembo le mani coi mezzi guanti di filo tutt'e tre, dissero in silenzio col capo: no, no, no.

Il vecchietto si alzò e andò a offrire in premio a quelle mani quiete e pure, un pizzichetto di tabacco.

Simone Pau tese due dita.

– Anche lei? – domandò il vecchietto.

– Anche io, anche io, – rispose, un po' irritato della domanda, Simone Pau. – E anche tu, Serafino.

Ti dico, prendi! Non vedi che è come un rito?

Il vecchietto, con la presina tra le dita, strizzò un occhio maliziosamente:

– Tabacco proibito, – disse piano. – Viene di là...

E col pollice dell'altra mano fece, come di nascosto, un cenno per dire: San Pietro, Vaticano.

– Capisci? – disse allora Simone Pau, rivolto a me, mettendomi sotto gli occhi la sua presa. – Ti libera dell'Italia! Ti pare niente? La fiuti, e non ci senti puzza di regno!

– Via, non dica così... – pregò il vecchietto afflitto, che voleva godersi in pace i benefizii della tolleranza, tollerando.

– Lo dico io, non lo dice lei, – gli rispose Simone Pau. – Lo dico io che posso dirlo. Se lo dicesse lei, la pregherei di non dirlo in mia presenza, va bene? Ma lei è saggio, signor Cesarino! Séguiti, séguiti, la prego, a commemorarci col suo buon garbo antico i buoni lumi a olio, a tre beccucci, di tanti anni fa... Ne vidi uno, sa? nella casa di Beethoven, a Bonn sul Reno, al tempo del mio viaggio in Germania. Ecco: bisogna questa sera richiamare la memoria di tutte le buone cose antiche attorno a questo povero violino, che si spezzò davanti a un pianoforte automatico. Confesso che vedo male qua dentro, in questo momento, il mio amico. Sì, te, Serafino. Il mio amico, signori – ve lo presento: Serafino Gubbio – è operatore: gira, disgraziato, la macchinetta d'un cinematografo.

– Ah, – fece il vecchietto, con piacere.

E le tre zitellone mi guardarono ammirate.

– Vedi? – mi disse Simone Pau. – Tu guasti tutto, qua dentro.[1] Scommetto che lei adesso, signor Cesarino, e anche loro, signorine, hanno una gran voglia di sapere dal mio amico come gira la macchinetta e come si mette sù una cinematografia. Per carità!

E con la mano indicò il morente, che ronfava nel

coma profondo, sotto la compressa di ghiaccio.

– Tu sai che io... – mi provai a dire, piano.

– Lo so! – m'interruppe. – Tu non sei nella tua professione, ma ciò non vuol dire, caro mio, che la tua professione non sia in te! Leva dal capo a questi miei signori colleghi ch'io non sia professore. Sono il professore, per loro: un po' strambo, ma professore! Noi possiamo benissimo non ritrovarci in quello che facciamo; ma quello che facciamo, caro mio, è, resta fatto: fatto che ti circoscrive, ti dà comunque una forma e t'imprigiona in essa. Vuoi ribellarti? Non puoi. Prima di tutto, non siamo liberi di fare quello che vorremmo: il tempo, il costume degli altri, la fortuna, le condizioni dell'esistenza, tant'altre ragioni fuori e dentro di noi, ci costringono spesso a fare quello che non vorremmo; e poi lo spirito non è senza carne; e la carne, hai un bel sorvegliarla, vuole la sua parte. E a che si riduce l'intelligenza, se non compatisce la bestia che è in noi? Non dico scusarla. L'intelligenza che scusi la bestia, s'imbestialisce anch'essa. Ma averne pietà è un'altra cosa![1] Lo predicò Gesù, dico bene, signor Cesarino? Dunque tu sei prigioniero di quello che hai fatto, della forma che quel fatto ti ha dato. Doveri, responsabilità, una sequela di conseguenze, spire, tentacoli che t'avviluppano e non ti lasciano più respirare. Non far più niente, o il meno possibile, come me, per restar liberi il più possibile? Eh sì! La vita stessa è un fatto! Quando tuo padre t'ha messo al mondo, caro, il fatto è fatto. Non te ne liberi più finché non finisci di morire. E anche dopo morto, qua c'è il signor Cesarino che dice di no, è vero? Non se ne libera più, è vero? neanche dopo morto. Stai fresco, caro mio. Andrai a girare la macchinetta anche di là! Ma sì, ma sì, perché non dell'essere, di cui non hai colpa, ma dei fatti e delle conseguenze dei fatti tu devi rispondere, è vero, sì o no, signor Cesarino?

– Verissimo, sì; ma non è mica peccato, professore, girare una macchinetta di cinematografo! – osservò il signor Cesarino.

– Non è peccato? Lo domandi a lui! – disse Pau.

Il vecchietto e le tre zitellone mi guardarono stupiti e afflitti ch'io approvassi col capo, sorridendo, il giudizio di Simone Pau.

Sorridevo perché m'immaginavo al cospetto di Dio Creatore, al cospetto degli Angeli e delle anime sante del Paradiso, dietro il mio grosso ragno nero sul treppiedi a gambe rientranti, condannato a girar la manovella, anche lassù, dopo morto.

– Eh, certo, – sospirò il vecchietto, – quando il cinematografo mette sù certe sconcezze, certe stupidaggini...

Le tre zitellone, con gli occhi bassi, fecero con le mani un atto di schifiltà.

– Ma non ne sarà responsabile il signore, – aggiunse subito il signor Cesarino, garbato e sempre benigno.

S'udì per la scala uno sbattimento di panni grevi e di grossi grani di rosario col crocifisso ciondolante. Apparve sotto le ampie ali bianche della cornetta una suora di carità. Chi l'aveva chiamata? Il fatto è che, appena ella si presentò su la soglia, l'agonizzante finì di rantolare. Ed ella[1] si trovò pronta a compiere il suo ultimo ufficio. Gli levò dal capo la compressa di ghiaccio; si volse a guardarci, muta, con un semplice, rapidissimo cenno degli occhi al cielo; poi si chinò a comporre sul letto il cadavere e s'inginocchiò. Le tre zitellone e il signor Cesarino seguirono l'esempio. Simone Pau mi chiamò fuori della cameretta.

– Conta, – mi ordinò, cominciando a scendere la scala, indicandomi gli scalini. – Uno, due, tre, quattro, cinque, sei, sette, otto e nove. Scalini di una scala; di questa scala, che dà su questo corridojo tetro... Mani che li intagliarono e li disposero qua in sesto... Morte. Mani che levarono questo casamento... Morte. Come altre mani, che levarono tant'altre case di questo borgo... Roma; che ne pensì? Grande... Pensa nei cieli questa terra piccola... Vedi? che è?... Un uomo è morto... io, tu... non importa: un uomo... E cinque, di là, gli si sono inginocchiati intorno a pregare qualcuno, qualche cosa, che credono fuori e sopra di tutto e di tutti, e non in loro stessi, un sentimento loro che si libera del giudizio e invoca quella stessa pietà che sperano per loro, e n'hanno conforto e pace. Ebbene, bisogna fare così. Io e tu, che non possiamo farlo, siamo due scemi. Perché, dicendo queste bestialità che sto dicendo io, lo stiamo facendo lo stesso, in piedi, scomodi, con questo bel guadagno, che non ne abbiamo né conforto né pace. E scemi come noi sono tutti coloro che cercano Dio dentro e lo sdegnano fuori, che non sanno cioè vedere il valore degli atti, di tutti gli atti, anche i più meschini, che l'uomo compie da che mondo è mondo, sempre gli stessi, per quanto ci pajano diversi. Ma che diversi? Diversi perché attribuiamo loro un altro valore che, comunque, è arbitrario. Di certo, non sappiamo niente. E non c'è niente da sapere fuori di quello che, comunque, si rappresenta fuori, in atti. Il dentro è tormento e seccatura. Va', va' a girar la macchinetta, Serafino! Credi che la tua è una professione invidiabile! E non stimare più stupidi degli altri gli atti che ti combinano davanti, da prendere con la tua macchinetta. Sono tutti stupidi allo stesso modo, sempre: la vita è tutta una stupidaggine, sempre, perché non conclude mai e non può concludere.[1] Va', caro, va' a girare la tua macchinetta e lasciami andare a dormire con la sapienza che, dormendo sempre, dimostrano i cani. Buona notte.

Uscii dall'ospizio, confortato. La filosofia è come la religione: conforta sempre, anche quando è disperata, perché nasce dal bisogno di superare un tormento, e anche quando non lo superi, il pòrselo davanti, questo tormento, è già un sollievo per il fatto che, almeno per un poco, non ce lo sentiamo più dentro. Il conforto dalle parole di Simone Pau m'era venuto però sopra tutto per ciò che si riferiva alla mia professione.

Invidiabile, sì, forse; ma se fosse applicata solamente a cogliere, senz'alcuna stupida invenzione o costruzione immaginaria di scene e di fatti, la vita, così come vien viene, senza scelta e senz'alcun proposito; gli atti della vita come si fanno impensatamente quando si vive e non si sa che una macchinetta di nascosto li stia a sorprendere. Chi sa come ci sembrerebbero buffi! più di tutti, i nostri stessi. Non ci riconosceremmo, in prima; esclameremmo, stupiti, mortificati, offesi: « Ma come? Io, così?[1] io, questo? cammino così? rido così? io, quest'atto? io, questa faccia? ». Eh no, caro, non tu: la tua fretta, la tua voglia di fare questa o quella cosa, la tua impazienza, la tua smania, la tua ira, la tua gioja, il tuo dolore... Come puoi saper tu, che le hai dentro, in qual maniera tutte queste cose si rappresentano fuori![2] Chi vive, quando vive, non si vede: vive... Veder come si vive sarebbe uno spettacolo ben buffo!

Ah se fosse destinata a questo solamente la mia professione! Al solo intento di presentare agli uomini il buffo spettacolo dei loro atti impensati, la vista immediata delle loro passioni, della loro vita così com'è. Di questa vita, senza requie, che non conclude.[3]

IV

– Signor Gubbio, scusi: voglio dirle una cosa.

Era[1] già bujo: andavo di fretta sotto i grandi platani del viale. Sapevo che egli – Carlo Ferro – mi veniva dietro, affannato, per sorpassarmi e poi forse volgersi, fingendo di ricordarsi tutt'a un tratto, che aveva da dirmi qualche cosa. Volevo levargli il piacere di questa finzione, e acceleravo sempre più il passo, aspettandomi di mano in mano, che – stanco alla fine – si desse per vinto e mi chiamasse. Difatti... Mi voltai, come sorpreso. Egli mi raggiunse e con mal dissimulato dispetto mi domandò:

– Permette?

– Dica pure.

– Va[2] a casa?

– Sì.

– Abita lontano?

– Parecchio.

– Voglio dirle una cosa, – ripeté, e si fermò a guardarmi con un bieco lustro negli occhi. – Lei dovrebbe sapere che, grazie a Dio, posso sputare su la scrittura che ho qua con la *Kosmograph*. Un'altra, come questa, meglio di questa, la trovo subito, appena voglio, dovunque, per me e per la mia signora. Lo sa, o non lo sa?

Sorrisi; mi strinsi nelle spalle:

– Posso crederlo, se le fa piacere.

– Può crederlo, perché è così! – ribatté forte, in tono di provocazione e di sfida.

Tornai a sorridere; dissi:

– Sarà pure così; ma non vedo perché venga a dirlo a me, e con codesto tono.

– Ecco perché, – riprese. – Io rimango, caro signore, alla *Kosmograph*.

– Rimane? Guardi: non sapevo nemmeno che avesse in animo di andarsene.

– Altri lo aveva in animo, – ripigliò Carlo Ferro, pigiando con la voce su *altri*. – Ma io le dico che rimango: ha capito?

– Ho capito.

– E rimango, non[1] perché m'importi della scrittura, che non me n'importa un corno; ma perché io non sono mai fuggito di fronte a nessuno!

Così dicendo, mi[2] prese la giacca sul petto, con due dita, e me la scosse un po'.

– Permette? – dissi io, a mia volta, con calma, levandogli quella mano; e presi dalla tasca una scatola di fiammiferi: ne accesi uno per la sigaretta che avevo già cavato dall'astuccio e tenevo in bocca; trassi due boccate di fumo; rimasi ancora un po' col fiammifero acceso tra le dita, per fargli vedere che le sue parole, il tono minaccioso, il fare aggressivo non mi cagionavano il minimo turbamento; poi risposi, piano: – Potrei anche aver capito a che cosa ella voglia alludere; ma, ripeto, non intendo perché viene a dire proprio a me codeste cose.

– Non è vero! – gridò allora Carlo Ferro. – Lei finge di non intendere!

Pacatamente, ma con voce ferma, risposi:

– Non ne vedo la ragione. Se lei, caro signore, vuol provocarmi, sbaglia; non solo perché senza motivo, ma anche perché, precisamente come lei, io non soglio fuggire di fronte a nessuno.

– Come no? – sghignò egli allora. – Ho dovuto correr tanto per raggiungerla!

Scoppiai in una franca risata:

– Oh, ma guarda! ha creduto davvero ch'io fuggissi? S'inganna, caro signore, e gliene do subito la prova. Lei forse sospetta ch'io abbia avuto qualche parte nella prossima venuta di qualcuno che le dà ombra?

– Nessuna[3] ombra!

– Tanto meglio. Per codesto sospetto, ha potuto credere ch'io fuggissi?

– So che lei è stato amico d'un certo pittore che s'uccise a Napoli.

– Sì.[1] Ebbene?

– Ebbene, lei che s'è trovato in mezzo a questa faccenda...

– Io? Ma nient'affatto! chi gliel'ha detto? io ne so quanto lei; forse meno di lei.

– Ma[2] conoscerà questo signor Nuti!

– Nient'affatto! Lo vidi, parecchi anni fa, giovanotto, una o due volte, non più. Non ho mai parlato con lui.

– Cosicché...[3]

– Cosicché, caro signore, non conoscendo questo signor Nuti, e seccato di vedermi da alcuni giorni guardato male da lei per il sospetto ch'io mi sia immischiato o voglia immischiarmi in codesta faccenda; poco fa, non volevo che lei mi raggiungesse e ho accelerato il passo. Eccole spiegata « la mia fuga ». È contento?

Con subitaneo cangiamento Carlo Ferro mi tese la mano, commosso:

– Posso aver l'onore e il piacere d'essere suo amico?

Gli strinsi la mano e risposi:

– Lei sa bene, che sono di fronte a lei così poca cosa, che l'onore sarà mio.

Carlo Ferro si scrollò come un orso:

– Non dica! Non dica![4] Lei è uno che sa il fatto suo, a preferenza di tutti gli altri; sa, vede e non parla... Che mondaccio, signor Gubbio, che mondaccio è questo! che schifo! Ma pajono tutti...[5] che so! Ma perché si dev'essere così? Mascherati! Mascherati! Mascherati! Me lo dica lei! Perché, appena insieme, l'uno di fronte all'altro, diventiamo tutti tanti pagliacci? Scusi, no, anch'io, anch'io;

mi ci metto anch'io; tutti! Mascherati! Questo, un'aria così; quello, un'aria cosà... E dentro siamo diversi! Abbiamo il cuore, dentro, come... come un bambino rincantucciato, offeso, che piange e si vergogna! Sissignore, creda: il cuore si vergogna! Io smanio, smanio, signor Gubbio, per un poco di sincerità... d'essere con gli altri come sono tante volte con me stesso, dentro di me; una creatura, glielo giuro, una creaturina che piagnucola perché la mamma santa, sgridandola, le ha detto che non le vuole più bene! Sempre io, sempre, quando mi sento salire il sangue agli occhi, penso a quella mia vecchierella, laggiù in Sicilia, sa? Ma guaj se mi metto a piangere! Quelle che sono lagrime per i miei occhi, se qualcuno non le capisce e crede che siano per paura, possono diventar subito sangue nelle mie mani; io lo so, e perciò ho una gran paura, quando mi sento pungere il pianto negli occhi! Le dita, guardi, mi diventano così!

Nell'oscurità del grande viale deserto, mi vidi porre davanti[1] agli occhi due manacce poderose, ferocemente contratte e artigliate.

Dissimulando con molto sforzo il turbamento che questa[2] inattesa effusione di sincerità mi suscitava, per non esacerbargli il dolore segreto al quale[3] senza dubbio era in preda e che, certamente suo malgrado, aveva trovato in quell'effusione uno sfogo di cui già si pentiva; trattenni la voce, finché non mi parve di poter parlare in modo ch'egli, pur intendendo la mia simpatia per la sua sincerità, fosse tratto più a pensare che a sentire: e dissi:

– Ha ragione; è proprio così, signor Ferro! Ma inevitabilmente, veda, noi *ci costruiamo*, vivendo in società... Già, la società per se stessa non è più il mondo naturale. È mondo[4] costruito, anche materialmente! La natura non ha altra casa, che la tana o la grotta.

– Allude[1] a me?

– Come, a lei? No.

– Sono[2] della tana o della grotta?

– Ma no! Volevo spiegarle perché, a mio modo di vedere, si mentisce inevitabilmente. E dico che mentre la natura non conosce altra casa che la tana o la grotta, la società *costruisce* le case; e l'uomo, quando esce da una casa *costruita*, dove già non vive più naturalmente, entrando in relazione co' suoi simili, *si costruisce* anch'esso, ecco; si[3] presenta, non qual è, ma come crede di dover essere o di poter essere, cioè in una costruzione adatta ai rapporti, che ciascuno crede di poter contrarre con l'altro. In fondo, poi, cioè dentro queste nostre costruzioni, messe così di fronte, restano ben nascosti, dietro le gelosie e le imposte, i nostri pensieri più intimi, i nostri più segreti sentimenti.[4] Ma ogni tanto, ecco, ci sentiamo soffocare; ci vince il bisogno prepotente di spalancare gelosie e imposte per gridar fuori, in faccia a tutti, i nostri pensieri, i nostri sentimenti tenuti per tanto tempo nascosti e segreti.

– Già... già... già... – approvò parecchie volte Carlo Ferro, ridivenuto fosco. – Ma c'è chi s'apposta anche, e si tiene in agguato dietro codeste costruzioni che dice lei, come un vigliacco manigoldo a un canto[5] di strada, per assalire alle spalle, per aggredire a tradimento. Io ne conosco uno, qua alla *Kosmograph*, e lo conosce anche lei.

Alludeva sicuramente al Polacco. Compresi subito, ch'egli in quel momento non poteva esser tratto a pensare: sentiva troppo.

– Signor Gubbio, – riprese risolutamente, – vedo che lei è un uomo, e sento che con lei posso parlare aperto. A questo signore *costruito*, che tutti e due conosciamo, dica lei una parolina come va detta. Io non posso parlare con lui; conosco la mia naturaccia: se mi metto a parlare con lui, so come comincio, non so dove vado a finire. Perché i pensieri coperti, e tutti coloro che agiscono copertamente, che si *costruiscono* come dice lei, io non li posso soffrire. Mi pajono[1] serpi, a cui schiaccerei la testa, guardi, così... così...

E due volte pestò il calcagno in terra, con rabbia. Riprese:

– Che gli ho fatto io? che gli ha fatto la mia signora, perché egli con tanto accanimento ci avversi di nascosto? Non dica di no, la prego... la prego... lei dev'essere sincero, perdio, con me!... Non vuole?

– Ma sì...

– Vede che io le parlo sincero? La prego, dunque! Guardi: è stato lui, sapendo che io per puntiglio non mi sarei mai tirato indietro, è stato lui a designare me, presso il signor commendatore Borgalli, per l'uccisione della tigre... Fino a tal punto, capisce? Fino alla perfidia di pigliarmi per puntiglio e sopprimermi! Dice di no? Ma questa è l'idea! l'intenzione è questa, questa: glielo dico io, e lei deve credermi! Perché non ci vuol mica coraggio, lei lo capisce, per sparare a una tigre dentro una gabbia: ci vuole calma, freddezza ci vuole: braccio fermo, occhio sicuro. Ebbene, designa[2] me! mette avanti me, perché sa che io posso, se mai, essere una belva di fronte a un uomo; ma come uomo di fronte a una belva non valgo niente! Io ho l'impeto, non ho la calma! Vedendomi una belva davanti, io ho l'istinto di lanciarmi; non ho la freddezza di star lì fermo a prender bene la mira per colpirla dove va colpita. Non so[3] sparare; non so imbracciare il fucile; sono capace di gettarlo via, di sentirmene ingombre le mani, capisce? E questo, lui, lo sa! lo sa bene! Dunque ha voluto proprio espormi al pericolo d'essere sbranato da quella belva. E con[4] qual fine? Ma guardi, guardi fin dove arriva la perfidia di quest'uomo! Fa venire il Nuti;

gli fa da mezzano; gli sgombra la via, togliendomi di mezzo! « Sì, caro, vieni! » gli avrà scritto, « ti servo io! te lo levo io dai piedi! vieni pure tranquillo! » Lei dice di no?

Era così aggressiva e perentoria, la domanda, che[1] ad oppormi recisamente, avrei acceso ancor più le sue furie. Tornai a stringermi nelle[2] spalle, risposi:

– Che vuole che le dica? Lei, in questo momento, lo riconoscerà, è molto eccitato.

– Ma posso esser calmo?

– Ah, capisco...

– Ne ho ragione, mi sembra!

– Sì, senza dubbio! Ma in tale stato, caro Ferro, è anche molto facile esagerare.

– Ah, io[3] esagero? Già, già, sì... perché quelli che sono freddi, quelli che ragionano, quando commettono sotto sotto un delitto, lo *costruiscono* in modo, che per forza, se uno lo scopra, deve parere esagerato. Sfido! Lo hanno costruito[4] in silenzio con tanta sapienza, piano piano, coi guanti, già... per non sporcarsi le mani! Di nascosto, sì, proprio, di nascosto anche a loro stessi! Ah, lui[5] non lo sa mica, che sta commettendo un delitto! Che! Inorridirebbe, se qualcuno glielo facesse notare. « Io, un delitto? Eh via! Che esagerazione! » Ma come esagerazione, perdio! Ragioni anche lei, come ragiono io! Si piglia un uomo e si fa entrare in una gabbia, dove sarà introdotta una tigre, e gli si dice: « Stai calmo, sai? prendi bene la mira e spara. Bada oh, d'atterrarla al primo colpo, colpendola al punto giusto; se no, anche ferita, ti salta addosso e ti sbrana! ». Tutto questo, lo so, se si sceglie un uomo calmo, freddo, esperto tiratore, non è niente, non è delitto. Ma se si sceglie apposta uno come me? Badi, uno come me! Vada a dirglielo: casca dalle nuvole: « Ma come? il Ferro? Ma se io l'ho scelto apposta perché lo so tanto coraggioso! ». Ecco la perfidia! ecco dove s'annida il delitto: in questo *sapermi coraggioso*! nell'approfittare del mio coraggio, del mio puntiglio, capisce! Lui lo sa bene, che lì non ci vuole coraggio! Finge di crederlo! Ecco il delitto! E vada a domandargli perché contemporaneamente si muova sotto mano per facilitare l'entrata a un amico che vorrebbe riprendersi la donna, la donna che ora[1] sta proprio con quell'uomo da lui designato a entrare nella gabbia. Cascherà dalle nuvole una seconda volta! Come, che nesso tra le due cose? Oh, ma guarda! anche questo sospetto? Che e-sa-ge-ra-zio-ne! – Ecco, ha detto anche lei ch'io esagero... Ma rifletta bene; penetri fino in fondo; scopra[2] ciò ch'egli stesso non vuol vedere e nasconde sotto una così composta apparenza di ragione; gli strappi i guanti, a questo signore, e vedrà che ha le mani sporche di sangue!

Tante volte avevo pensato anch'io, che ognuno – per quanto probo e onesto si tenga, considerando le proprie azioni astrattamente, cioè fuori delle incidenze e coincidenze che dànno ad esse peso e valore – può commettere un delitto *di nascosto anche a se stesso*; che stupii nel sentirmelo dire con tanta chiarezza e tanta efficacia dialettica e, per giunta, da uno, cui finora avevo ritenuto di mente angusta e di animo volgare.

Ero, non per tanto, sicurissimo che il Polacco non agiva *realmente* con la coscienza di commettere un delitto, e non favoriva il Nuti per il fine sospettato da Carlo Ferro. Ma poteva anche, questo fine, essere incluso *a insaputa di lui*, tanto nella designazione del Ferro per l'uccisione della tigre, quanto nel facilitare la venuta del Nuti: azioni solo apparentemente per lui senza nesso. Certo, non potendo *in altro modo* levarsi dai piedi la Nestoroff, che costei divenisse di nuovo amante del Nuti, suo amico, poteva essere una sua segreta aspirazione, un desiderio non peranco palese. Amante d'un suo amico, la Nestoroff non gli sarebbe stata più così nemica; non solo, ma fors'anche il Nuti, ottenuto l'intento, ricco com'era, non avrebbe più permesso che la Nestoroff seguitasse a far l'attrice, e se la sarebbe portata via con sé.

– Ma lei, – dissi, – è ancora in tempo, caro Ferro, se crede...

– Nossignore! – m'interruppe aspramente. – Già codesto signor Nuti, per opera del Polacco, s'è comperato il diritto d'entrare alla *Kosmograph*.

– No, scusi, io dico, ancora in tempo di rifiutare la parte, che le è stata assegnata. Nessuno, conoscendola, può credere che lei lo faccia per paura.

– Tutti lo crederebbero! – gridò Carlo Ferro. – E io per il primo! Sissignore... Perché il coraggio posso averlo, e l'ho, di fronte a un uomo, ma di fronte a una belva, se non ho la calma, non posso aver coraggio; chi non ha calma deve aver paura. E io avrei paura, sissignore! Paura, non per me, m'intenda bene! Paura per chi mi vuol bene... Ho voluto che mia madre fosse assicurata; ma se domani le daranno un danaro macchiato di sangue, mia madre ne morrà! che vuole[1] che se ne faccia del danaro? Veda in quale vergogna m'ha messo quel cagliostro! nella vergogna di dire queste cose, che pajono suggerite da una tremenda, e-sa-ge-ra-tis-si-ma paura! Già, perché tutto ciò che faccio, sento e dico, è condannato a parere a tutti esagerato! S'uccidono, Dio mio, tante bestie feroci in tutte le case cinematografiche, e mai nessun attore ne è morto, mai[2] nessuno ha dato tanto peso alla cosa. Ma io glielo do, perché qua, adesso, mi vedo giocato, mi vedo insidiato, designato apposta con l'unico[3] intento di farmi perdere la calma! Sono sicuro che non accadrà nulla; che sarà affare d'un minuto e ucciderò la tigre senza nessun pericolo.[1] Ma è la rabbia per l'insidia che m'è stata tesa, con la speranza che m'accada qualche guajo, per cui il signor Nuti, ecco qua, si troverà pronto, con la via aperta e libera. Ecco, questo, questo... mi... mi...

S'interruppe bruscamente; aggrovigliò le mani e se le storse, digrignando i denti. Fu per me un lampo: sentii d'un subito in quell'uomo tutte le furie della gelosia. Ecco perché m'aveva chiamato! ecco perché aveva tanto parlato! ecco perché era così!

Dunque Carlo Ferro non è sicuro della Nestoroff. Lo guatai al lume d'uno dei rari fanali del viale: aveva il volto scontraffatto, gli occhi feroci.

– Caro Ferro, – gli dissi premurosamente, – se lei crede ch'io possa in qualche modo esserle utile, per tutto quello che posso...

– Grazie! — mi rispose con durezza. – Non... non può... lei non può...

Forse in prima voleva dire: « Non mi serve nulla! » – poté contenersi; seguitò:

– Non può essermi utile, se non in questo, ecco: di dire a codesto signor Polacco, che con me si scherza male, perché[2] la vita o la donna, io non son uomo da farmele strappare così facilmente come lui crede! Questo gli dica! E che se qui accadrà qualche cosa – che accadrà di certo – guaj a lui: parola di Carlo Ferro! Gli dica questo, e la riverisco.

Accennando appena con la mano un saluto sprezzante, allungò il passo, scappò via.

E la profferta d'amicizia?

Quanto mi piacque quest'improvviso ritorno allo sprezzo! Carlo Ferro può per un momento pensare d'essermi amico; non può sentire amicizia per me. E certo, domani, m'odierà di più, per avermi questa sera trattato da amico.

V

Penso che mi farebbe comodo avere un'altra mente e un altro cuore.

Chi me li cambia?

Data l'intenzione, in cui mi vado sempre più raffermando, di rimanere uno spettatore impassibile, questa mente, questo cuore mi servono male. Ho ragione di credere (e già più d'una volta me ne sono compiaciuto) che la realtà ch'io do agli altri corrisponda perfettamente a quella che questi altri dànno a se medesimi, perché m'industrio di sentirli in me come essi in sé si sentono, di volerli per me com'essi per sé si vogliono: una realtà, dunque, al tutto « disinteressata ». Ma vedo intanto che, senza volerlo, mi lascio prendere da questa realtà, la quale, così com'è, mi dovrebbe restar fuori: materia, a cui do forma, non per me, ma per se stessa; da contemplare.

Senza dubbio, c'è un inganno sotto, un beffardo inganno in tutto questo. Mi vedo preso. Tanto che non riesco più neanche a sorridere, se accanto o sotto a una complicazione di casi o[1] di passioni, che si fa a mano a mano più aspra e forte, vedo scappar fuori qualche altro caso o qualche altra passione, che mi potrebbero esilarar lo spirito. Il caso della signorina Luisetta Cavalena, per esempio.

L'altro giorno Polacco ebbe l'ispirazione di far venire questa signorina al Bosco Sacro e di farle rappresentare una particina. So che per impegnarla a prender parte alle altre scene del *film*, ha mandato al padre un biglietto da cinquecento lire[2] e, secondo la promessa, il regalo d'un grazioso ombrellino a lei e un collarino con molti sonaglioli d'argento per la vecchia cagnetta *Piccinì*.

Non l'avesse mai fatto!

A quanto pare, Cavalena aveva dato a intendere

alla moglie, che – venendo a portare i suoi scenarii alla *Kosmograph* tutti col loro bravo suicidio immancabile e tutti perciò costantemente rifiutati – non vedesse nessuno, tranne Cocò Polacco: Cocò Polacco e basta. E chi sa come le aveva descritto l'interno della *Kosmograph*: forse un austero romitorio, da cui tutte le donne fossero tenute lontane, come demonii. Se non che, l'altro giorno, la moglie feroce, venuta in sospetto, volle accompagnare il marito. Non so che cos'abbia veduto; ma me l'immagino facilmente. Il fatto è, che questa mattina, mentre stavo per entrare alla *Kosmograph*, ho veduto arrivare in una carrozzella tutt'e quattro i Cavalena: marito, moglie, figliuola e cagnolina: la signorina Luisetta, pallida e convulsa; *Piccinì*, più che mai rabbuffata; Cavalena, con la solita faccia di limone ammuffito, tra i riccioli della parrucca sotto il cappellaccio a larghe tese; la moglie, come una bufera a stento contenuta, col cappellino andatole di traverso nello smontare dalla vettura.

Sotto il braccio, Cavalena aveva il lungo pacco dell'ombrellino regalato da Polacco alla figliuola e in mano la scatola del collarino di *Piccinì*. Veniva a restituirli.

La signorina Luisetta m'ha subito riconosciuto. Mi sono affrettato ad avvicinarmi per salutarla; ella ha voluto presentarmi alla mamma e al babbo; ma non ricordava più il mio nome. L'ho tratta d'impaccio, presentandomi da me.

– Operatore, quello che gira, capisci, Nene? – ha spiegato subito, con timida premura, Cavalena alla moglie, sorridendo, come per implorare un po' di degnazione.

Dio, che faccia la signora Nene! Faccia di vecchia bambola scolorita. Un casco compatto di capelli già quasi tutti grigi le opprime la fronte bassa e dura, in cui le sopracciglia giunte, corte, ispide e dritte, sembrano una sbarra fortemente segnata a dar carattere di stupida tenacia agli occhi chiari e lucenti d'una rigidezza di vetro. Sembra apatica; ma, a guardarla attentamente, le si scorgono a fior di pelle certi strani formicolìi nervosi, certe repentine alterazioni di colore, a chiazze, che subito scompajono. Ha poi, di tratto in tratto, rapidi gesti inaspettati, curiosissimi. L'ho sorpresa, per esempio, a un certo punto, che rispondeva a un supplice sguardo della figliuola, accomodando la bocca ad O e ponendovi in mezzo il dito. Evidentemente, questo gesto significava:

« Sciocca! perché mi guardi così? »

Ma la guardano sempre, almeno di sfuggita, il marito e la figliuola, perplessi e ansiosi nella paura, che da un momento all'altro non dia in qualche furiosa escandescenza. E certo, guardandola così, la irritano di più. Ma chi sa che vita è la loro, poveretti!

Già Polacco me n'ha dato qualche ragguaglio. Non ha forse pensato mai d'esser madre, quella donna! Ha trovato quel pover'uomo, il quale, tra le grinfie, dopo tant'anni, le si è ridotto come peggio non si potrebbe; non importa: se lo difende; séguita a difenderselo ferocemente. Polacco m'ha detto che, assalita dalle furie della gelosia, perde ogni ritegno di pudore; e innanzi a tutti, senza badar più neanche alla figliuola che sta a sentire, a guardare, sculaccia nude (nude, come in quelle furie le balenano davanti[1] agli occhi) le pretese colpe del marito: colpe inverosimili. Certo, in questo laido svergognamento, la signorina Luisetta non può non vedere ridicolo il padre, che pure, come si nota dagli sguardi che gli rivolge, deve farle tanta pietà! Ridicolo, per il modo con cui, denudato, sculacciato, il pover'uomo cerca di tirar sù da ogni parte, per ricoprirsi frettolosamente alla meglio, la sua dignità ridotta a brani. Me n'ha dette parecchie Cocò Polacco delle frasi che, sbalordito dagli assalti selvaggi improvvisi, rivolge alla moglie, in quei momenti: più sciocche, più ingenue, più puerili, non si potrebbero immaginare! E per ciò[1] solo credo, che Cocò Polacco non se le sia inventate lui.

– Nene, per carità, ho compito quarantacinque anni...

– Nene, sono stato ufficiale...

– Nene, santo Dio, quand'uno è stato ufficiale e dà la sua parola d'onore...

Ma pure, ogni tanto – oh, alla fin fine, la pazienza ha un limite! – ferito con raffinata crudeltà nei più gelosi sentimenti, barbaramente fustigato dove più la piaga duole – ogni tanto, dice, pare[2] che Cavalena scappi di casa, evada dall'ergastolo. Come un pazzo, da un momento all'altro, si ritrova in mezzo alla strada, senza un soldo in tasca, deciso a riprendere comunque « la sua vita »; va di qua, di là, in cerca degli amici; e gli amici, in prima, lo accolgono festosamente nei caffè, nelle redazioni dei giornali, perché se lo pigliano a godere; ma la festa subito s'intepidisce, appena egli manifesta il bisogno urgente di trovar posto di nuovo in mezzo a loro, di darsi attorno per provvedere a se stesso, in qualche modo, al più presto. Eh sì! perché non ha nemmeno da pagarsi il caffè, un boccone di cena, l'alloggio in un albergo per la notte. Chi gli presta, per il momento, una ventina di lire? Fa appello, coi giornalisti, allo spirito d'antica colleganza. Porterà domani un articolo al suo antico giornale. Che? Sì, di letteratura o di varietà scientifica. Ha tanta materia accumulata dentro... cose nuove, sì... Per esempio? Oh Dio, per esempio, questa...

Non ha finito d'enunziarla, che tutti quei buoni amici gli sbruffano a ridere in faccia. Cose nuove? Nell'arca, Noè, ai suoi figliuoli, per ingannare gli ozii della navigazione su le onde del diluvio universale...

Ah, li conosco bene anch'io, questi buoni amici del caffè! Parlano tutti così, con uno stile burlesco sforzato, e ciascuno s'eccita alle altrui esagerazioni verbali e prende coraggio a dirne qualcuna più grossa, che non passi però la misura, non esca di tono, per non essere accolta da un'urlata generale; si deridono a vicenda, fanno strazio delle loro vanità più carezzate, se le buttano in faccia con gaja ferocia, e nessuno in apparenza se n'offende; ma la stizza, dentro, s'accende, la bile fermenta; lo sforzo per tenere ancora la conversazione su quel tono burlesco, che suscita[1] le risa, perché nelle risa comuni l'ingiuria si stemperi e perda il fiele, diviene a mano a mano più penoso e difficile; poi, del lungo sforzo durato resta in ciascuno una stanchezza di noja e di nausea; ciascuno sente con aspro rammarico d'aver fatto violenza ai proprii pensieri, ai proprii sentimenti; più che rimorso, fastidio della sincerità offesa; disagio interno, quasi che l'animo gonfiato e illividito non aderisca più al proprio intimo essere; e tutti sbuffano per cacciarsi via d'attorno l'afa del proprio disgusto; ma, il giorno appresso, tutti ricascano in quell'afa e daccapo ci si scaldano, cicale tristi, condannate a segar frenetiche la loro noja.

Guaj a chi càpita nuovo, o dopo qualche tempo, in mezzo[2] a loro! Ma Cavalena forse non s'offende, non si lagna dello strazio che i suoi buoni amici fanno di lui, cruciato com'è in cuore dal riconoscimento ch'egli ha perduto nella sua reclusione « il contatto[3] con la vita ». Dall'ultima sua evasione dall'ergastolo son passati, poniamo, diciotto mesi? bene: come se fossero passati diciotto secoli! Tutti, a risentir da lui certe parole di gergo, vive vive allora, ch'egli ha custodito come gemme preziose nello scrigno della memoria, storcono la bocca e lo guardano, come si guarda in trattoria una pietanza riscaldata, che sappia di strutto ràncido, lontano un miglio! Oh povero Cavalena, ma sentitelo! sentitelo! s'è fermato nell'ammirazione di colui che, diciotto mesi fa, era il più grand'uomo del secolo XX. Ma chi era? Ah, senti... Il Tal dei Tali... quell'imbecille! quel seccatore! quella cariatide! Ma come, è ancora vivo? Oh vah! proprio vivo? Sissignori, Cavalena giura d'averlo visto, ancora vivo, una settimana fa; anzi, ecco... credendo che... – (no, per essere vivo, è vivo) – ma, se non è più un grand'uomo... ecco, voleva fare un articolo su lui... non lo farà più!

Avvilito, con la faccia verde di bile, ma qua e là chiazzata, come se gli amici mortificandolo si fossero divertiti a dargli tanti pizzichi su la fronte, su le guance, sul naso,[1] Cavalena si divora dentro, intanto, la moglie, come un cannibale digiuno da tre giorni: la moglie, che l'ha reso, così, lo zimbello di tutti. Giura a se stesso di non ricadere più tra le grinfie di lei; ma, a poco a poco, ahimè, l'ansia di riprender « la vita » comincia a cangiarglisi in una smania che in prima[2] non sa definire, ma che gli si esaspera dentro sempre più. Da anni e anni ha esercitato tutte le facoltà mentali per difendere contro gl'iniqui sospetti della moglie la propria dignità. Ora esse, distratte improvvisamente da quest'assidua, accanita difesa, non son più atte, stentano a volgersi e a dedicarsi ad altri ufficii. Ma la dignità, così a lungo e strenuamente difesa, gli s'è ormai imposta addosso, come il calco d'una statua, irremovibile. Cavalena si sente vuoto dentro, ma tutto incrostato di fuori. È diventato il calco ambulante di quella statua. Non se lo può più scrostare d'addosso. Per sempre, ormai, inesorabilmente, egli è l'uomo più dignitoso del mondo. E questa sua dignità ha una sensibilità così squisita, che s'aombra, si turba al più piccolo cenno che le baleni, d'una[3] minima trasgressione ai doveri di cittadino, di marito, di padre di famiglia. Tante volte ha giurato alla moglie di non esser venuto meno, mai, neppure[1] col pensiero, a questi doveri, che veramente ormai non può più neppur pensare di trasgredirli, e soffre, e si fa di mille colori nel veder gli altri, così a cuor leggero, trasgredirli. Gli amici lo deridono e gli dànno dell'ipocrita. Là, in mezzo a loro, così tutto incrostato, tra il fracasso e l'impetuosa volubilità d'una vita senza più ritegni né di fede né d'affetti, Cavalena si sente violentato, comincia a credersi in serio pericolo; ha l'impressione d'avere i piedi di vetro in mezzo a un tumulto di pazzi che s'arrabattino con scarpe di ferro. La vita immaginata nel reclusorio come piena d'attrattive e a lui indispensabile gli si scopre vacua, stupida, insulsa. Com'ha potuto soffrir tanto per la privazione della compagnia di quegli amici? dello spettacolo di tante fatuità, di tanti miserabili disordini?

Povero Cavalena! La verità è forse un'altra![2] La verità è che nel suo ispido reclusorio, senza volerlo, egli[3] s'è purtroppo abituato a conversar con se stesso, cioè col peggior nemico che ciascuno di noi possa avere; e ha avuto così nette percezioni dell'inutilità di tutto, e s'è visto così perduto, così solo, circondato da tenebre e schiacciato dal mistero suo stesso e di tutte le cose... Illusioni? speranze? A che servono? Vanità... E il suo essere, prosternato, annullato per sé, a poco a poco è risorto come pietosa coscienza degli altri, che non sanno e s'illudono, che non sanno e operano e amano e soffrono. Che colpa[4] ha la moglie, quella sua povera Nene, se è così gelosa? Egli è medico e sa che questa gelosia feroce è una vera e propria malattia mentale, una forma di pazzia ragionante.[5] Tipica, tipica forma di paranoja, anche coi delirii della persecuzione. Lo va dicendo a tutti. Tipica, tipica! Arriva finanche a sospettare, la sua povera Nene, ch'egli voglia ucciderla per appropriarsi, insieme con la figliuola, del denaro di lei!

Ah che vita beata, allora, senza di lei... Libertà, libertà: una gamba qua, una gamba là! Dice così, povera Nene, perché lei stessa s'accorge che la vita, così com'ella la fa a se stessa e agli altri, non è possibile; è la soppressione della vita; si sopprime da sé, povera[1] Nene, con la sua follia, e crede naturalmente che vogliano sopprimerla gli altri: col[2] coltello, no, ché si scoprirebbe! a furia di dispetti! E non s'accorge che i dispetti se li fa lei, da sé; se li fa fare da tutte le ombre della sua follia, a cui dà corpo. Ma non è medico lui? E se egli, da medico, capisce tutto questo, non ne segue che dovrebbe trattar la sua povera Nene come un'inferma, irresponsabile del male che gli ha fatto e séguita a fargli? Perché si ribella? contro chi si ribella? Egli deve compatirla e averne pietà, starle attorno amoroso, sopportarne paziente e rassegnato l'inevitabile sevizia. E poi c'è la povera Luisetta, lasciata sola in quell'inferno, a tu per tu con la mamma che non ragiona... Ah, via, via, bisogna subito ritornare a casa! subito. Forse, sotto sotto, mascherato[3] di questa pietà per la moglie e la figliuola, c'è il bisogno di sottrarsi a quella vita precaria e incerta, che non è più per lui. Del resto, non ha pur diritto d'avere anche pietà di sé? Chi l'ha ridotto in quelle condizioni? Può all'età sua riprendere la vita, dopo averne reciso tutte le fila, dopo essersi privato di tutti i mezzi, per contentare la moglie? E, in fin de' conti, va a rinchiudersi in galera!

Ha così dipinta, il pover'uomo, in tutto l'aspetto la grande sciagura ond'è oppresso, la dà tanto a vedere con l'impaccio d'ogni passo, d'ogni sguardo, quand'ha[4] accanto la moglie, per la costernazione assidua, ch'ella in quel passo, in quel gesto, in quello sguardo non abbia a trovar pretesto per una scenata, che non si può fare a meno, pur commiserandolo, di ridere di lui.

E forse ne avrei riso anch'io, questa mattina, se non ci fosse stata lì la signorina Luisetta. Chi sa quanto soffre dell'inevitabile ridicolaggine del padre, quella povera figliuola![1]

Un uomo di quarantacinque anni, ridotto in quello stato, di cui la moglie sia ancora così ferocemente gelosa, non può non essere enormemente ridicolo! Tanto più poi, in quanto per un'altra sciagura nascosta, un'oscena calvizie precoce, dovuta a un'infezione tifoidea, di cui poté salvarsi per miracolo, il pover'uomo è costretto a portar quella parrucca artistica sotto un cappellaccio capace di sostenerla. La spavalderia di questo cappellaccio e di tutti quei cernecchi arricciolati, contrasta[2] così violentemente con l'aria spaurita, scontrosa e circospetta del viso, che è veramente una rovina per la sua serietà, e anche, certo, un continuo crepacuore per la figliuola.

– No, ecco, veda, caro signor... com'ha detto, scusi?

– Gubbio.

– Gubbio, grazie. Io, Cavalena; a servirla.

– Cavalena, grazie, lo so.

– Fabrizio Cavalena: a Roma sono piuttosto conosciuto...[3]

– Sfido, un buffone!

Cavalena si voltò pallidissimo, a bocca aperta, a guardare la moglie.

– Buffone, buffone, buffone, – raffibbiò questa, tre volte.

– Nene, perdio, rispetta... – cominciò minacciosamente Cavalena; ma tutt'a un tratto s'interruppe: strizzò gli occhi, contrasse il volto, strinse le pugna, come assalito da un fitto spasimo di ventre, improvviso... – niente! era lo sforzo tremendo, che ogni volta suol fare su se stesso per contenersi, per spremere dalla sua bestialità adirata la coscienza d'esser medico e di dovere perciò trattare e compatire la moglie come una povera inferma.

– Permette?

E m'introdusse un braccio sotto il braccio, per allontanarsi con me di qualche passo.

– Tipica, sa? Poveretta... Ah, ci vuole un vero eroismo, creda, un grande eroismo da parte mia a sopportarla. Non lo avrei, forse, se non[1] ci fosse quella mia povera piccina. Basta! Le dicevo... questo Polacco, questo Polacco, benedetto Iddio... questo Polacco! Ma scusi, che sono parti da fare a un amico, conoscendo la mia sciagura? Mi conduce la figliuola a *posare*... con una donnaccia... con un attore che, notoriamente... Si figuri quel che è successo a casa mia! E mi manda poi questi regali... anche un collarino per la bestia... e cinquecento lire![2]

Mi provai a dimostrargli che, almeno quanto ai regali e alle cinquecento lire, non[3] mi pareva ci fosse poi tutto quel male ch'egli voleva[4] vederci. Egli? Ma egli non ce ne vedeva nessuno! che male? egli era contentissimo, felicissimo di quanto era accaduto! gratissimo in cuor suo al Polacco d'aver fatto rappresentare quella particina alla figliuola! Doveva fingersi così indignato per placare la moglie. Me n'accorsi subito, appena mi misi a parlare. Gongolava alla dimostrazione ch'io gli facevo, che in fondo non c'era stato nulla di male. Mi prese per il braccio, mi trascinò impetuosamente davanti alla moglie.

– Senti? senti?... io non so!... questo signore dice... La prego, dica, dica lei... Io non voglio metterci bocca... Sono venuto qua coi regali e le cinquecento lire, va bene?[5] per restituire ogni cosa. Ma se si tratta, come dice questo signore... io non so... di fare un'offesa gratuita... di rispondere con una villanìa[6] a chi non ha inteso minimamente di offenderci, di farci male, perché crede... io non so, io non so... che non ci sia... La prego, santo Dio, dica lei, caro signore, parli lei... ripeta alla mia signora ciò che ha avuto la bontà di dire a me!

Ma la sua signora[1] non me ne diede il tempo: m'aggredì, con gli occhi vitrei, fosforescenti, di gatta inferocita.

– Non dia ascolto a codesto buffone, ipocrita, commediante! Non è per la figlia, non è per la cattiva figura! Lui, lui vuole bazzicare qua, perché qua si troverebbe come nel suo giardinetto, tra le donnette che gli piacciono, artiste come lui, smorfiose e compiacenti! E non[2] si fa scrupolo, farabutto, di mettere avanti la figliuola, di ripararsi dietro la figliuola, anche a costo di comprometterla e di perderla, assassino! Avrebbe la scusa d'accompagnare qua la figliuola, capisce? Verrebbe per la figliuola...

– Ma verresti anche tu! – gridò, esasperato, Fabrizio Cavalena. – Non sei qua anche tu? con me?

– Io? – ruggì la moglie. – Io, qua?

– Perché? – seguitò senza sbigottirsi Cavalena; e, rivolgendosi a me: – Dica, dica lei, non ci viene anche Zeme qua?

– Zeme? – domandò la moglie stordita, aggrottando le ciglia. – Chi è Zeme?

– Zeme, il senatore! – esclamò Cavalena. – Senatore del Regno, scienziato di fama mondiale!

– Sarà più pulcinella di te!

– Zeme, che va al Quirinale? invitato[3] a tutti i pranzi di Corte? Il venerando senatore Zeme, gloria d'Italia! direttore dell'Osservatorio astronomico! Ma vergógnati, perdio! Rispetta, se non me, un'illustrazione della patria! È venuto qua, è vero? Ma parli, caro signore, dica per carità, la prego! Zeme è venuto qua, s'è prestato a fare un *film* anche lui, è vero? *Le meraviglie dei cieli*, capisci? Lui, il senatore Zeme! E se ci viene Zeme, qua, se si presta Zeme, scienziato mondiale, dico... posso venirci anch'io, posso prestarmi anch'io...[4] Ma non me n'importa niente! Non verrò più! Parlo adesso per dimostrare a costei, che non è luogo d'infamia questo, dove io per sozzi fini voglia condurre alla perdizione la mia figliuola! Lei capirà, caro signore, e perdonerà: parlo per questo! mi brucia sentirmi dire davanti alla mia figliuola, ch'io la voglio compromettere, perdere, conducendola in un luogo d'infamia... Sù, sù, mi faccia il piacere: m'introduca subito da Polacco, perché possa restituirgli questi regali e il danaro, ringraziandolo.[1] Quando uno ha la disgrazia d'avere una moglie come costei, bisogna che si seppellisca, e la faccia[2] finita una volta e per sempre! M'introduca da Polacco!

Non mancò, neanche questa volta, per me; ma, aprendo sbadatamente, senza picchiare, l'uscio della *Direzione artistica*, ov'era il Polacco, intravidi nella stanza tal cosa, per cui d'improvviso mutò la disposizione dell'animo mio e non potei più né pensare ai Cavalena né quasi vedere nulla.

Curvo su la seggiola davanti la scrivania del Polacco, un uomo era lì, che piangeva, con le mani sul volto, perdutamente.

Subito il Polacco, vedendo aprir l'uscio, levò di scatto il viso e mi fe' cenno iroso di richiudere.

Obbedii. Quell'uomo[3] che piangeva di là, era certo Aldo Nuti. Cavalena, la moglie, la figliuola mi guardarono perplessi, stupiti.

– Che c'è? – fece Cavalena.

Trovai appena il fiato per rispondere:

– C'è... c'è gente...

Poco dopo, venne fuori dalla *Direzione artistica* Polacco, sconvolto. Vide[4] Cavalena e gli fece segno d'aspettare:

– Bravo, sì. Ho da parlarti.

E, senza neppur pensare di salutare le signore, prese me per un braccio, mi trasse un po' discosto.

– È venuto! Non bisogna assolutamente lasciarlo

solo! Gli ho parlato di te. Si ricorda benissimo. Dov'hai tu alloggio? Aspetta! Mi piacerebbe...

Si voltò a chiamar Cavalena.

– Tu affitti due stanze, è vero? Le hai libere in questo momento?

– Eh sfido! – sospirò Cavalena. – Da più di tre mesi...

– Gubbio, – mi disse Polacco, – bisogna che tu lasci subito il tuo alloggio; paga quel che devi pagare, un mese, due mesi, tre mesi; prendi in affitto una di queste due stanze di Cavalena. L'altra sarà per lui.

– Felicissimo! – esclamò Cavalena raggiante, porgendomi tutt'e due le mani.

– Sù, sù, – seguitò Polacco. – Andate, andate! Tu, a preparare le stanze; tu a prender la tua roba e a trasportarla subito da Cavalena. Poi torna qua! Siamo intesi!

Aprii le braccia, rassegnato.

Polacco rientrò nella sua stanza. E io m'avviai coi Cavalena, storditi e ansiosissimi d'aver da me la spiegazione di tutto quel mistero.

QUADERNO QUINTO

I

Esco ora dalla[1] stanza di Aldo Nuti. È quasi il tocco.

La casa – dove passo la prima notte – dorme. Ha per me un alito nuovo, non ancor grato al mio respiro; aspetto di cose, sapor di vita, disposizione d'usi particolari, tracce d'abitudini ignote.

Nel corridojo, appena richiuso l'uscio della stanza del Nuti, tenendo un fiammifero acceso tra le dita, ho visto davanti a me, vicinissima, enorme nell'altra parete, la mia ombra. Smarrito nel silenzio della casa, mi sentivo l'anima così piccola, che quella mia ombra al muro, così grande, m'è sembrata[2] l'immagine della paura.

In fondo al corridojo, un uscio; davanti a quell'uscio, su[3] la guida, un pajo di scarpette: quelle della signorina Luisetta. Mi son fermato un momento a guardar la mia ombra mostruosa, che s'allungava verso quell'uscio, e m'è sembrato che quelle scarpette fossero là per tener lontana la mia ombra. A un tratto, dietro quell'uscio, la vecchia cagnetta *Piccinì*, forse già con le orecchie tese, in guardia fin dal primo rumore dell'uscio schiuso, ha emesso due ròchi latrati. Al rumore non ha abbajato; ma ha sentito ch'io mi son fermato un momento; ha sentito arrivare il mio pensiero alla cameretta della sua padroncina, e ha abbajato.

Eccomi nella mia nuova stanza. Ma non doveva esser questa. Quando sono venuto a portare le mie robe, Cavalena, davvero lietissimo d'avermi in casa, non solo per la viva simpatia e la grande confidenza che gli ho subito ispirato, ma forse anche perché spera più facile per mio mezzo l'entratura alla *Kosmograph*, m'aveva assegnato l'altra stanza, più larga, più comoda, meglio addobbata.

Certo, né lui né la signora Nene han voluto e disposto il cambiamento. L'avrà voluto la signorina Luisetta, che con tanta attenzione e tanto sbigottimento questa mattina, andando via dalla *Kosmograph*, ascoltò in vettura il mio sommario ragguaglio sui casi del Nuti. Sì, è stata lei, senza dubbio. Me l'hanno or ora confermato quelle sue scarpette davanti[1] all'uscio, su la guida del corridojo.

Ne provo dispiacere, non per altro, ma per questo: che io stesso, se questa mattina mi avessero fatto vedere tutt'e due le stanze, avrei lasciato quella per il Nuti, e avrei scelta questa per me. La signorina Luisetta l'ha indovinato così bene, che senza dirmene nulla ha tolto di là le mie robe e le ha passate qui. Certamente, se ella non l'avesse fatto, avrei provato dispiacere vedendo alloggiato qui, in questa stanza più piccola e meno comoda, il Nuti. Ma debbo pensare che ella ha voluto risparmiarmi questo dispiacere? Non posso. L'aver fatto lei, senza dirmene nulla, quel che avrei fatto io, m'offende, pur riconoscendo che doveva farsi così, anzi appunto perché riconosco che doveva farsi così.

Ah, che effetto prodigioso fanno alle donne le lagrime negli occhi d'un uomo, massime se lagrime d'amore! Ma voglio esser giusto: l'hanno fatto anche a me.

Mi ha tenuto di là circa quattro ore. Voleva seguitare a dire e a piangere: gliel'ho impedito, per pietà de' suoi occhi specialmente. Non ho mai veduto due occhi ridursi, per il troppo piangere, così.

Dico male. Non per il troppo piangere. Forse poche lagrime (n'ha versate senza fine), ma forse poche soltanto sarebbero bastate a ridurgli ugualmente gli occhi in quello stato.

Eppure, è strano! Pare che non pianga lui. Per quel che dice, per quel che si propone di fare, non ha ragione né, certo, voglia di piangere. Le lagrime gli bruciano gli occhi, le gote, e perciò sa che piange; ma *non sente* il suo pianto. I suoi occhi piangono quasi per un dolore non suo, per un dolore quasi delle lagrime stesse. Il suo dolore è feroce e non vuole e sdegna quelle lagrime.

Ma più strano ancora m'è sembrato questo: che quando invece a un certo punto, parlando, il suo sentimento s'è accostato – per così dire – alle lagrime, queste[1] d'un tratto gli son venute meno. Mentre la voce gli s'inteneriva e gli tremava, gli occhi, al contrario – quegli occhi insanguati e disfatti poc'anzi dal pianto – gli sono diventati arsi e duri: feroci.

Quel ch'egli dice e i suoi occhi non possono dunque andar d'accordo.

Ma è lì, in quegli occhi, e non in quel che dice, il suo cuore. E perciò di quegli occhi specialmente ho avuto pietà. Non dica e pianga; pianga e senta il suo pianto: è il meglio che possa fare.

Mi giunge, a traverso la parete, il rumore de' suoi passi. Gli ho consigliato d'andare a letto, di provarsi a dormire. Dice che non può; che ha perduto il sonno, da tempo. Chi gliel'ha fatto perdere? Non il rimorso certamente, a stare a quel che dice.

È tra i tanti fenomeni dell'anima umana uno de' più comuni e insieme de' più strani da studiare, questo della lotta accanita, rabbiosa, che ogni uomo, per quanto distrutto dalle sue colpe, vinto e disfatto nel suo cordoglio, s'ostina a durare contro la propria coscienza, per non riconoscere quelle colpe e non farsene un rimorso. Che le riconoscano gli altri e lo puniscano per esse, lo imprigionino, gl'infliggano i più crudeli supplizii e lo uccidano, non gl'importa; purché non le riconosca lui, contro la propria coscienza che pur gliele grida!

Chi è lui? Ah, se[1] ognuno di noi potesse per un momento staccar da sé quella metafora di se stesso, che inevitabilmente dalle nostre finzioni innumerevoli, coscienti e incoscienti, dalle interpretazioni fittizie dei nostri atti e dei nostri sentimenti siamo indotti a formarci; si accorgerebbe subito che questo *lui* è *un altro*, un altro che non ha nulla o ben poco da vedere con lui; e che il vero *lui* è quello che grida, dentro, la colpa: l'intimo essere, condannato spesso per tutta intera la vita a restarci ignoto! Vogliamo a ogni costo salvare, tener ritta in piedi quella metafora di noi stessi, nostro orgoglio e nostro amore. E per questa metafora soffriamo il martirio e ci perdiamo, quando sarebbe così dolce abbandonarci vinti, arrenderci al nostro intimo essere, che è un dio terribile, se ci opponiamo ad esso; ma che diventa subito pietoso d'ogni nostra colpa, appena riconosciuta, e prodigo[2] di tenerezze insperate. Ma questo sembra un *negarsi*, e cosa indegna d'un uomo; e sarà sempre così, finché crederemo che la nostra umanità consista in quella metafora di noi stessi.

La versione che Aldo Nuti dà degli avvenimenti da cui è stato travolto – pare impossibile! – tende sopra tutto a salvare questa metafora, la sua vanità maschile, la quale, pur ridotta davanti a me in quello stato miserando, non vuole tuttavia rassegnarsi[3] a confessare d'essere stata un giocattolo sciocco in mano a una donna: un giocattolo, un pagliaccetto, che la Nestoroff, dopo essersi divertita un po' a fargli aprire e chiudere in atto supplice le braccia, premendo con un dito la troppo appariscente molla a mantice sul petto, buttò via in un canto, fracassandolo.

S'è rimesso sù, il pagliaccetto fracassato; la faccina, le manine di porcellana, ridotte una pietà: le[4] manine senza dita, la faccina senza naso, tutta crepe, scheggiata; la molla a mantice del petto ha forato il giubbetto di lana[1] rossa ed è scattata fuori, rotta; eppure, no, ecco: il pagliaccetto grida di no, che non è vero che quella donna gli ha fatto aprire e chiudere in atto supplice le braccia per riderne, e che, dopo averne riso, l'ha fracassato così. Non è vero![2]

D'accordo con Duccella, d'accordo con nonna Rosa egli seguì dalla villetta di Sorrento a Napoli i due fidanzati, per salvare il povero Giorgio, troppo ingenuo e accecato dal fascino di quella donna. Non ci voleva mica molto a salvarlo! Bastava dimostrargli e fargli toccar con mano, che quella donna ch'egli voleva far sua sposandola, poteva esser sua, com'era stata d'altri, come sarebbe stata di chiunque, senza bisogno di sposarla. Ed ecco che, sfidato dal povero Giorgio, s'impegnò di fargli subito questa prova.[3] Il povero Giorgio la credeva impossibile, perché, al solito, per la tattica comunissima a tutte codeste donne, la Nestoroff a lui non aveva mai voluto concedere neanche il minimo favore, e a Capri la aveva veduta così sdegnosa di tutti, appartata e altera! Fu un tradimento orribile. Non già il suo, ma quello di Giorgio Mirelli! Aveva promesso che, avuta la prova, si sarebbe allontanato subito da quella donna: invece, s'uccise.[4]

Questa è la versione che Aldo Nuti vuol dare del dramma.

Ma come, dunque? Il giuoco l'ha fatto lui, il pagliaccetto?[5] e perché s'è fracassato così? se era un giuoco così facile?

Via queste domande, e via ogni meraviglia. Qua[6] bisogna far vista di credere. Non deve affatto scemare, ma anzi crescere la pietà per il prepotente bisogno di mentire di questo povero pagliaccetto, che è la vanità di Aldo Nuti: la faccina senza naso, le manine senza dita, la molla del petto rotta, scattata fuori del giubbetto stracciato, lasciamolo[7] mentire!

Tanto, ecco, la menzogna gli serve per piangere di più.

Non sono lagrime buone, perché egli non vuol sentirvi il suo dolore. Non le vuole e le sdegna. Vuol far altro che piangere, e bisognerà tenerlo d'occhio. Perché è venuto qua? Non ha da vendicarsi di nessuno, se il tradimento l'ha fatto Giorgio Mirelli, uccidendosi e gettando il suo cadavere tra la sorella e il fidanzato. Così gli ho detto.

– Lo so, – m'ha risposto. – Ma è pur lei, questa donna, la causa di tutto! Se lei non fosse venuta a turbare la giovinezza di Giorgio, ad adescarlo, a irretirlo con certe arti che veramente solo per un inesperto possono esser perfide, non perché non siano perfide in sé, ma perché uno come me, come lei, subito le riconosce per quel che sono: vipere, che si rendono innocue, strappando i denti noti del veleno; ora io non mi troverei così: non mi troverei così![1] Ella vide subito in me il nemico, capisce? E mi volle mordere di furto. Fin da principio, io, apposta, le lasciai credere che le sarebbe stato facilissimo mordermi. Volevo che addentasse, appunto per strapparle quei denti. E ci riuscii. Ma Giorgio, Giorgio, Giorgio era avvelenato per sempre! Avrebbe dovuto farmi capire ch'era inutile ch'io mi provassi ormai a strappare i denti a quella vipera...

– Ma che vipera, scusi! – non ho potuto tenermi dal fargli notare. – Troppa ingenuità per una vipera, scusi! Rivolgere a lei i denti così presto, così facilmente... Tranne che non l'abbia[2] fatto per cagionare la morte di Giorgio Mirelli.

– Forse!

– E perché? Se già era riuscita nell'intento di farsi sposare? E non s'è subito arresa al suo giuoco? non s'è fatti strappare i denti prima d'ottenere lo scopo?

– Ma non lo sospettava!

– E che vipera, allora, via! Vuole che una vipera

non sospetti? Avrebbe morso dopo, una vipera, non prima! Se ha morso prima, vuol dire che... o non era una vipera, o per Giorgio ha voluto perdere i denti.[1] Scusi... no, aspetti... per carità, mi stia ad ascoltare... Le dico questo, perché... son d'accordo con lei, guardi... ella ha voluto vendicarsi, ma prima, soltanto in principio, di Giorgio. Questo lo credo; l'ho pensato sempre.[2]

– Vendicarsi di che?

– Forse d'un affronto, che nessuna donna sopporta facilmente.

– Ma che donna, colei!

– E via, una donna, signor Nuti! Lei che le conosce bene, sa che sono tutte le stesse, specialmente su questo punto.

– Che affronto? Non capisco.

– Guardi: Giorgio[3] era tutto preso dalla sua arte, è vero?

– Sì.

– Trovò a Capri questa donna, che si prestò a essere oggetto di contemplazione per lui, per la sua arte.

– Apposta, sì.

– E non vide, non[4] volle vedere in lei altro che il corpo, ma solo per carezzarlo su una tela co' suoi pennelli, col giuoco delle luci e dei colori. E allora ella, offesa e indispettita, per vendicarsi, lo sedusse: sono d'accordo con lei! e, sedottolo, per vendicarsi ancora, per vendicarsi meglio, gli resistette, è vero? finché Giorgio, accecato, pur d'averla, le propose il matrimonio, la condusse a Sorrento dalla nonna, dalla sorella.

– No! Lo volle lei! lo impose lei!

– Va bene, sì; e potrei dire: affronto per affronto; ma no, io ora voglio stare a ciò che ha detto lei, signor Nuti! E ciò che ha detto lei mi fa pensare, ch'ella abbia imposto a Giorgio d'esser condotta lì in casa della nonna e della sorella, aspettandosi che Giorgio si ribellasse a questa imposizione perché ella vi trovasse[1] il pretesto di sciogliersi dall'impegno di sposarlo.

– Sciogliersi? Perché?

– Ma perché già aveva ottenuto lo scopo! La vendetta era raggiunta: Giorgio, vinto, accecato, preso di lei, del suo corpo, fino a volerla sposare! Questo le bastava, e non voleva più altro! Tutto il resto, le nozze, la convivenza con lui che certamente subito dopo si sarebbe pentito, sarebbero state l'infelicità per lei e per lui, una catena. E forse ella non ha pensato soltanto a sé; ha avuto anche pietà di lui!

– Dunque lei crede?

– Ma me lo fa creder lei, me lo fa pensar lei, che ritiene perfida questa donna! A stare a ciò che dice lei, signor Nuti, per una perfida non è logico ciò che ha fatto. Una perfida che vuole[2] le nozze e prima delle nozze si dà a lei così facilmente...

– Si dà a me? – ha gridato a questo punto, scattando, Aldo Nuti, messo dalla mia logica con le spalle al muro. – Chi le ha detto che si sia data a me? Io non l'ho avuta, non l'ho avuta... Crede ch'io abbia potuto pensare d'averla? Io dovevo avere soltanto la prova, che non sarebbe mancato per lei... una prova da mostrare a Giorgio![3]

Sono rimasto per un momento sbalordito a mirarlo in bocca.

– E quella vipera gliel'ha data subito? E lei ha potuto averla facilmente, questa prova? Ma dunque, ma dunque, scusi...

Ho creduto che finalmente la mia logica avesse in pugno la vittoria così, che non sarebbe stato più possibile strappargliela. Devo ancora imparare, che proprio nel momento in cui la logica, combattendo con la passione, crede d'avere acciuffata la vittoria, la passione con una manata improvvisa gliela ristrappa, e poi a urtoni, a pedate, la caccia via con tutta la scorta delle sue codate conseguenze.

Se quest'infelice, evidentissimamente raggirato da quella donna, per un fine che mi par d'aver indovinato, non poté neanche farla sua, e gli è rimasta perciò anche questa rabbia in corpo, dopo tutto quello che gli è toccato soffrire, perché quel pagliaccetto sciocco della sua vanità credette forse davvero in principio di poter facilmente giocare con una donna come la Nestoroff; che volete più ragionare? possibile indurlo ad andarsene? costringerlo a riconoscere che non avrebbe nessun motivo di cimentare un altr'uomo, di aggredire una donna che non vuol saperne di lui?

Eppure... eppure ho cercato d'indurlo a partire, e gli ho domandato che voleva, infine, e che sperava da quella donna.

– Non lo so, non lo so, – m'ha gridato. – Deve stare con me, deve soffrire con me. Io non posso più farne a meno, io non posso più star solo, così. Ho cercato[1] finora, ho fatto di tutto per vincere Duccella; ho messo tanti amici di mezzo; ma capisco che non è possibile. Non credono al mio strazio, alla mia disperazione.[2] E ora io ho bisogno, bisogno d'aggrapparmi a qualcuno, di non essere più così solo. Lei[3] lo capisce: impazzisco! impazzisco! So che non val nulla quella donna; ma le dà prezzo ora tutto quello che ho sofferto e soffro per lei. Non è amore, è odio, è il sangue che s'è versato per lei! E poiché s'è voluto affogare in questo sangue per sempre la mia vita, bisogna ora che vi stiamo tuffati tutti e due insieme, aggrappati, io e lei, non io solo! Non posso più star solo così![4]

Sono uscito dalla sua stanza, senza neanche il piacere d'avergli offerto uno sfogo che potesse alleggerirgli un po' il cuore. Ed ecco che io ora posso aprire la finestra e mettermi a contemplare il cielo, mentr'egli di là si strazia le mani e piange, divorato dalla rabbia e dal cordoglio.[1] Se rientrassi di là, nella sua stanza, e gli dicessi con gioja: « Signor Nuti, sa? ci sono le stelle! Lei certo se n'è dimenticato; ma ci sono le stelle! », che avverrebbe? A quanti uomini, presi[2] nel gorgo d'una passione, oppure oppressi, schiacciati dalla tristezza, dalla miseria, farebbe bene pensare che c'è, sopra il soffitto, il cielo, e che nel cielo ci sono le stelle. Anche se l'esserci delle[3] stelle non ispirasse loro un conforto religioso. Contemplandole, s'inabissa la nostra inferma piccolezza, sparisce nella vacuità degli spazii, e non può non sembrarci misera e vana ogni ragione di tormento. Ma bisognerebbe avere in sé, nel momento della passione, la possibilità di pensare alle stelle. Può averla uno come me, che da un pezzo guarda tutto e anche se stesso come da lontano. Se entrassi di là a dire al signor Nuti che nel cielo ci sono le stelle, mi griderebbe forse di salutargliele cacciandomi via, a modo di un cane.

Ma posso io ora, come vorrebbe Polacco, costituirmi suo guardiano? M'immagino come tra poco mi guarderà Carlo Ferro, vedendomi alla *Kosmograph* con lui accanto. E Dio[4] sa, che non ho alcuna ragione d'esser più amico dell'uno che dell'altro.

Io vorrei seguitare a fare, con la consueta impassibilità, l'operatore. Non m'affaccerò alla finestra. Ahimè, da che è venuto alla *Kosmograph* quel maledetto Zeme, vedo anche nel cielo una *meraviglia* da cinematografo.

II

– È dunque un affar serio? – è venuto a chiedermi in camera Cavalena, misteriosamente, questa mattina.

Il pover'uomo teneva in mano tre fazzoletti. A

un certo punto, dopo molte commiserazioni per quel caro « barone » (cioè il Nuti) e molte considerazioni su le innumerevoli infelicità umane, come in prova di queste infelicità, mi ha sciorinato davanti quei tre fazzoletti, prima uno, poi l'altro e poi l'altro, esclamando:

– Guardi!

Erano tutti e tre sforacchiati, come rosicchiati dai topi.

Li ho guardati con pietà e con meraviglia; poi ho guardato lui, mostrando chiaramente che non capivo nulla. Cavalena starnutì, o piuttosto, mi parve che starnutisse. No. Aveva detto:

– *Piccinì.*

Vedendosi guardato da me con quell'aria stordita, mi mostrò di nuovo i fazzoletti e ripeté:

– *Piccinì.*

– La cagnetta?

Socchiuse gli occhi e tentennò il capo con tragica solennità.

– Lavora bene, a quanto pare, – dissi io.

– E non posso dirle niente! – esclamò Cavalena. – Perché è l'unico essere, qua, in casa mia, da cui mia moglie si senta amata e da cui non tema inimicizie. Ah, signor Gubbio, creda, la natura è infame assai. Nessuna disgrazia può essere maggiore e peggiore della mia. Avere una moglie che si sente amata soltanto da una cagna! E non è vero, sa? Quella bestiaccia non ama nessuno! La ama lei, mia moglie, e sa perché? perché con quella bestia solamente ella può sperimentare d'avere un cuore riboccante di carità. E vedesse come se ne consola![1] Tiranna con tutti, questa donna diventa la schiava d'una vecchia, brutta bestia, che... l'ha veduta?... brutta, le zampe a róncolo, gli occhi cisposi... E tanto più la ama, quanto più s'accorge che tra essa e me s'è stabilita ormai da un pezzo un'antipatia, signor Gubbio, invincibile! invincibile! Questa brutta bestia, sicura che io, sapendola così protetta dalla padrona, non le allungherò mai quel calcio che la sventrerebbe, che la ridurrebbe – le giuro, signor Gubbio – una poltiglia, mi fa con la più irritante placidità tutti i dispetti possibili e immaginabili, veri soprusi: mi sporca costantemente il tappeto dello studio; si trattiene apposta di far per istrada i suoi bisogni, per venirmeli a fare sul tappeto dello studio, e mica piccoli, sa? grandi e piccoli; si sdraja su le poltrone, sul canapè dello studio; rifiuta i cibi e mi rosicchia tutti i panni sporchi: ecco qua, tre fazzoletti, jeri, e poi camìce,[1] tovaglioli, asciugamani, foderette; e bisogna ammirarla e ringraziarla, perché questo rosicchiamento sa che significa per mia moglie? Affezione! Sicuro. Significa che la cagnetta sente l'odore dei padroni. – Ma come? E se lo mangia? – Non sa quello che fa: così le risponderebbe mia moglie. S'è rosicchiato più di mezzo corredo. Devo star zitto, abbozzare, abbozzare, perché subito altrimenti mia moglie troverebbe l'appiglio per dimostrarmi ancora una volta, quattro e quattr'otto, la mia brutalità. Proprio così! Fortuna, signor Gubbio, sempre dico, fortuna che son medico! Ho l'obbligo da medico, di[2] capire che questo sviscerato amore per una bestia è anch'esso un sintomo del male! Tipico, sa?

Stette a guardarmi un po', indeciso, perplesso: poi, indicandomi una sedia, domandò:

– Permette?

– Ma si figuri! – gli dissi.

Sedette; riguardò uno dei fazzoletti, scrollando il capo; poi, con un sorriso squallido, quasi supplice:

– Non l'annojo, è vero? non la disturbo?

Lo assicurai calorosamente che non mi disturbava affatto.

– So, vedo che lei è un uomo di cuore... mi lasci

dire! un uomo tranquillo, ma che sa comprendere e compatire. E io...

S'interruppe, turbato in volto, tese l'orecchio, s'alzò precipitosamente:

– Mi pare che Luisetta m'abbia chiamato...

Tesi anch'io l'orecchio, dissi:

– No, non mi pare.

Dolorosamente[1] si portò le mani su la parrucca e se la calcò sul capo.

– Sa che m'ha detto jersera Luisetta? « *Babbo, non ricominciare.* » Io sono, signor Gubbio, un uomo esasperato! Per forẓa. Imprigionato qua in casa, dalla mattina alla sera, senza veder mai nessuno, escluso dalla vita, non posso sfogare la rabbia per l'iniquità della mia sorte! E Luisetta dice che faccio scappare tutti gl'inquilini!

– Oh, ma[2] io... – feci per protestare.

– No, è vero, sa? è vero! – m'interruppe Cavalena. – E lei, che è così buono, mi deve promettere fin d'ora che, appena io la stanco, appena io l'annojo, mi prenderà per le spalle e mi butterà fuori dell'uscio! Me lo prometta, per carità. Qua, qua: mi deve dar la mano, che farà così.

Gli diedi[3] la mano, sorridendo:

– Ecco... come vuol lei... per contentarla.

– Grazie! Così sono più tranquillo. Io sono cosciente, signor Gubbio, non creda! Ma cosciente, sa di che? Di non essere più io! Quando s'arriva a toccare questo fondo, cioè a perdere il pudore della propria sciagura, l'uomo è finito! Ma io non l'avrei perduto, questo pudore! Ero così geloso della mia dignità! Me l'ha fatto perdere questa donna, gridando la sua follia. La mia sciagura è nota a tutti, oramai! Ed è[4] oscena, oscena, oscena.

– Ma no... perché?

– Oscena! – gridò Cavalena. – Vuol vederla? Guardi! Eccola qua!

E, in così dire, s'acciuffò con due dita la parrucca e se la tirò sù dal capo. Restai, quasi atterrito, a mirare quel cranio nudo, pallido, di capro scorticato, mentre Cavalena, con le lagrime agli occhi, seguitava:

– Può non essere oscena, dica lei, la sciagura d'un uomo ridotto così e di cui la moglie sia ancora gelosa?

– Ma se lei è medico! se lei sa che è una malattia! – m'affrettai a dirgli, afflitto, alzando le mani quasi per ajutarlo subito a ricalcarsi sul capo quella parrucca.

Se la ricalcò, e disse:

– Ma appunto perché sono medico e so che è una malattia, signor Gubbio! Questa è la sciagura! che sono medico! Se potessi non sapere ch'ella lo fa per pazzia, io la caccerei fuori di casa, vede? mi separerei da lei, difenderei ad ogni costo la mia dignità. Ma sono medico! so che è pazza! e so dunque che tocca a me d'aver ragione per due, per me e per lei che non l'ha[1] più! Ma avere ragione, per una pazza, quando[2] la pazzia è così supremamente ridicola, signor Gubbio, che significa? significa coprirsi di ridicolo, per forza! significa rassegnarsi a sopportare lo strazio che questa pazza fa della mia dignità, davanti alla figlia, davanti alle serve, davanti a tutti, pubblicamente; ed[3] ecco perduto il pudore della propria sciagura!

– Papà!

Ah, questa volta sì, chiamò davvero la signorina Luisetta.

Cavalena subito si ricompose, si rassettò bene la parrucca sul capo, si raschiò la gola per cangiar voce, e ne trovò una fina fina, carezzevole e sorridente, per rispondere:

– Eccomi, Sesè.

E accorse, facendomi[4] segno, con un dito, di tacere.

Uscii anch'io, poco dopo, dalla mia stanza per vedere il Nuti. Origliai un po' dietro l'uscio della stanza. Silenzio. Forse dormiva. Restai un po' perplesso, guardai l'orologio: era già l'ora di recarmi alla *Kosmograph*; solo non avrei voluto lasciarlo, tanto più che Polacco mi aveva raccomandato espressamente di condurlo con me. A un tratto, mi parve di sentire come un sospiro forte, d'angoscia. Picchiai all'uscio. Il Nuti, dal letto, rispose:

– Avanti.

Entrai. La camera era al bujo. M'accostai al letto. Il Nuti disse:

– Credo... credo d'aver la febbre...

Mi chinai su lui; gli toccai una mano. Scottava.

– Ma sì! – esclamai. – Ha la febbre, e forte. Aspetti. Chiamo il signor Cavalena. Il nostro padrone di casa è medico.

– No, lasci... passerà! – diss'egli. – È lo strapazzo.

– Certo, – risposi. – Ma perché non vuole che chiami Cavalena? Le passerà più presto. Permette[1] che apra un po' gli scuri?

Lo guardai alla luce: mi fece spavento. La faccia color mattone, dura, tetra, stirata; il bianco degli occhi, jeri insanguato, divenuto quasi nero, tra le borse orribilmente enfiate; i baffi scomposti, appiccicati su le labbra arse, tumide, aperte.[2]

– Lei deve star male davvero.

– Sì, male...[3] – disse. – La testa...

E levò una mano dalle coperte per posarsela a pugno chiuso su la fronte.

Andai a chiamar Cavalena che parlava ancora con la figliuola in fondo al corridojo. La signorina Luisetta, vedendomi appressare, mi guardò con accigliata freddezza.

Certo ha supposto che il padre m'ha già fatto un primo sfogo. Ahimè, mi vedo condannato ingiustamente a scontare così la troppa confidenza che il padre m'accorda.

La signorina Luisetta m'è già nemica. Ma non solo per la troppa confidenza del padre, bensì anche per la presenza dell'altro ospite in casa. Il sentimento destato in lei da quest'altro ospite fin dal primo istante, esclude l'amicizia per me. L'ho subito avvertito. È vano ragionarci sopra. Sono quei moti segreti, istintivi, onde si determinano le disposizioni dell'animo e per cui da un momento all'altro, senza un perché apparente, si àlterano i rapporti tra due persone. Certo, ora, la nimicizia sarà cresciuta per il tono di voce e la maniera con cui io – avendo avvertito questo – quasi senza volerlo, annunziai che Aldo Nuti stava a letto, in camera sua, con la febbre. Si fece pallida pallida, in prima; poi, rossa rossa. Forse in quel punto stesso ella assunse coscienza del sentimento ancora indeterminato d'avversione per me.

Cavalena accorse subito alla camera del Nuti; ella s'arrestò davanti[1] all'uscio, quasi non volesse farmi entrare; tanto che fui costretto a dirle:

– Scusi, permette?

Ma, poco dopo, cioè quando il padre le ordinò d'andare a prendere il termometro per misurare la febbre, entrò nella camera anche lei. Non le staccai un momento gli occhi dal viso, e vidi che ella, sentendosi guardata da me, si sforzava violentemente di dissimulare la pietà e insieme lo sgomento che la vista del Nuti le cagionavano.[2]

L'esame è durato a lungo. Ma, tranne la febbre altissima e il male alla testa, Cavalena non ha potuto accertar altro. Usciti però dalla camera, dopo aver richiuso gli scuri della finestra, perché l'infermo non può soffrire la luce, Cavalena s'è mostrato costernatissimo. Teme che sia un'infiammazione cerebrale.

– Bisogna chiamar subito un altro medico, signor Gubbio! Io, anche perché padrone di casa, capirà, non posso assumermi la responsabilità d'un male che stimo grave.

M'ha[1] dato un biglietto per quest'altro medico suo amico, che ha recàpito alla prossima farmacia, e io sono andato a lasciare il biglietto, e poi, già in ritardo, sono corso alla *Kosmograph*.

Ho trovato il Polacco su le spine, pentitissimo d'avere agevolato il Nuti in questa folle impresa. Dice che non si sarebbe mai e poi mai immaginato di vederlo nello stato in cui gli è apparso d'improvviso, inopinatamente, perché dalle lettere di lui, prima dalla Russia, poi dalla Germania, poi dalla Svizzera, non c'era da argomentarlo. Voleva mostrarmele, per sua giustificazione; ma poi, tutt'a un tratto se n'è dimenticato. L'annunzio della malattia l'ha quasi rallegrato o, per lo meno, sollevato da un gran peso, per il momento.

– Infiammazione cerebrale? Oh senti, Gubbio, se morisse... Perdio, quando un uomo si riduce a questi estremi, quando diventa pericoloso a sé e agli altri, la morte... quasi quasi... Ma speriamo di no; speriamo che invece sia una crisi salutare. Tante volte, chi sa! Mi dispiace tanto per te, povero[2] Gubbio, e anche per quel povero Cavalena... Questa tegola... Verrò, verrò stasera a trovarvi. Ma è provvidenziale, sai? Qua finora, tranne te, non lo ha veduto nessuno; nessuno sa che è arrivato. Silenzio con tutti, eh? M'hai detto che sarebbe prudente togliere al Ferro la parte nel *film* della tigre.

– Ma[3] senza fargli capire...

– Bambino! Parli con me. Ho pensato a tutto. Guarda: jersera, poco dopo che siete andati via vojaltri, è venuta da me la Nestoroff.

– Ah sì? Qua?

– Deve aver fiutato in aria che il Nuti è arrivato.

Caro mio, ha una gran paura! Paura del Ferro, non del Nuti. È venuta a domandarmi... così, come se nulla fosse, se era proprio necessario che ella seguitasse a venire alla *Kosmograph*, e anche a stare a Roma, dal momento che, tra poco, tutt'e quattro le compagnie saranno impegnate nel *film* della tigre, a cui ella non prenderà parte. Capisci? Io ho colto la palla al balzo. Le ho risposto che il commendator Borgalli ha ordinato che, prima che tutt'e quattro le compagnie siano impegnate, si finisca d'iscenare quei tre o quattro *films* rimasti in sospeso per alcuni esterni dal vero, per cui bisognerà andar lontano. C'è quello dei marinaj d'Otranto, di cui ha dato il soggetto Bertini. « Ma io non ci ho parte », ha detto la Nestoroff. « Lo so », le ho risposto, « ma ci ha parte il Ferro, la parte principale, e forse sarebbe meglio, più conveniente per noi, disimpegnarlo da quella che si è assunta nel *film* della tigre, e mandarlo laggiù col Bertini. Ma forse non vorrà accettare. Ecco, se lo persuadesse lei, signora Nestoroff. » Mi guardò negli occhi un pezzo... sai, come suol fare... poi disse: « Potrei... ». E infine, dopo aver pensato un po': « In questo caso, andrebbe lui solo laggiù; io resterei qua, in sua vece, per qualche parte, anche secondaria, nel *film* della tigre... ».

– Ah, e allora no! – non ho potuto tenermi di dire a questo punto al Polacco. – Solo, laggiù, Carlo Ferro non andrà, puoi esserne sicuro!

Polacco s'è messo a ridere.

– Bambino! Se colei vuole davvero, sta' certo che andrà! Anche all'inferno andrà!

– Non capisco. E perché lei vuol rimanere qua?

– Ma non è vero! Lo dice... Non capisci che finge, per non darmi a vedere che teme del Nuti? Andrà anche lei, vedrai. O forse... o forse... chi sa! Vorrà davvero rimanere per incontrarsi qua, da sola, liberamente, col Nuti e fargli passar la voglia di tutto. È capace di questo e d'altro; capace di tutto. Ah, che[1] guaio! Andiamo, andiamo intanto a lavorare. Oh, dimmi un po': la[2] signorina Luisetta? Bisogna che venga assolutamente per gli altri quadri del *film*.

Gli dissi delle furie della signora Nene, e che Cavalena il giorno avanti era venuto per restituire (sebbene a malincuore, dal canto suo) il danaro e i regalucci. Polacco ripeté che sarebbe venuto, la sera, in casa del Cavalena per indurlo insieme con la signora Nene[3] a far tornare la signorina Luisetta alla *Kosmograph*. Eravamo già all'entrata del reparto del Positivo: finii d'esser Gubbio e diventai una mano.

III

Ho interrotto per parecchi giorni queste mie note.

Sono stati giorni d'angoscia e di trepidazione. Non sono ancora del tutto passati; ma ormai la tempesta, scoppiata terribile nell'anima di quest'infelice che tutti qua a gara abbiamo assistito pietosamente e con tanta[4] maggior sollecitudine, in quanto che a tutti era poco meno che ignoto e quel[5] che di lui si sapeva e il suo aspetto e l'aria che recava con sé del suo destino persuadevano alla commiserazione e a un vivo interessamento al suo tristissimo caso; questa tempesta, dico, par che accenni di calmarsi a poco a poco. Se pure non è una breve tregua. Lo temo. Spesso, nel forte d'un uragano, lo scoppio formidabile d'un tuono riesce ad allargare un po' il cielo; ma, poco dopo, la nuvolaglia, squarciata per un momento, torna a ragglomerarsi lenta lenta e più fosca, e l'uragano ingrossato si scatena di nuovo, più furioso di prima. La calma, infatti, in cui pare si raccolga a poco a poco l'anima del Nuti, dopo le furie deliranti e l'orribile frenesia di tanti giorni, è tremendamente cupa, proprio come quella di un cielo che si rincaverni.

Nessuno se n'accorge, o mostra d'accorgersene, forse per il bisogno che è in tutti di trarre momentaneamente un respiro di sollievo dicendo che, a ogni modo, il forte è passato. Dobbiamo, vogliamo rassettare un po', alla meglio, noi stessi, e anche tutte le cose che ci stanno attorno, investite dal turbine della pazzia; perché è rimasto non solo in tutti noi, ma pur nella stanza, negli oggetti stessi della stanza, quasi un attonimento di stupore, un'incertezza strana nell'apparenza delle cose, come un'aria di alienazione, sospesa e diffusa.

Invano non s'assiste allo scoppio di un'anima che dal più profondo scagli sfranti e scompigliati i pensieri più reconditi, non confessati mai neppure a se stessa, i sentimenti più segreti e spaventosi, le sensazioni più strane che vôtano d'ogni senso consueto le cose, per darne loro subito un altro impensato, con una verità che avventa e si impone, sconcerta e atterrisce. Il terrore sorge dal riconoscere con un'evidenza spasimosa, che la pazzia s'annida e cova dentro a ciascuno di noi e che un nonnulla potrebbe scatenarla: l'allentarsi per poco di questa maglia elastica della coscienza presente: ed ecco che tutte le immagini in tanti anni accumulate e ora vaganti sconnesse; i frammenti d'una vita rimasta occulta, perché non potemmo o non volemmo rifletterla in noi al lume della ragione; atti ambigui, menzogne vergognose, cupi livori, delitti meditati all'ombra di noi stessi fino agli ultimi particolari, e ricordi obliati e desiderii inconfessati, irrompono in tumulto, con furia diabolica, ruggendo come belve. Più d'una volta noi tutti ci guardammo con la pazzia negli occhi, bastando il terrore dello spettacolo di quel pazzo, perché anche in noi si allentasse un poco questa maglia elastica della coscienza. E anche ora guatiamo obliquamente e andiamo a toccare con un senso di sgomento qualche oggetto della stanza, che fu per poco illuminato sinistramente d'un aspetto nuovo, pauroso, dall'allucinazione dell'infermo; e, andando nella nostra stanza, ci accorgiamo con stupore e con raccapriccio che... sì, veramente, anche noi siamo stati sopraffatti dalla pazzia, anche da lontano, anche soli: troviamo qua e là, segni evidenti, tanti oggetti, tante cose stranamente fuor di posto.

Dobbiamo, vogliamo rassettarci, abbiamo bisogno di credere che l'infermo ora stia così, in questa calma cupa, perché ancora stordito dalla violenza degli ultimi accessi e ormai spossato, sfinito.

Basta a sostenere quest'inganno un lievissimo sorriso di gratitudine ch'egli accenni appena appena con le labbra o con gli occhi alla signorina Luisetta: fiato, larva di luce impercettibile, che non spira, a mio credere, dall'infermo, ma è piuttosto soffuso sul volto di lui dalla dolce infermiera, appena s'accosti e si chini[1] sul letto.

Ahimè, com'è ridotta anche lei, la dolce infermiera! Ma nessuno se ne dà pensiero; meno di tutti, lei stessa. Eppure la medesima tempesta ha schiantato e travolto quest'innocente!

È stato uno strazio, di cui ancora forse neppur lei sa rendersi conto, perché ancora forse ella non ha con sé, dentro di sé la propria anima. L'ha data a lui, come cosa non sua, come una cosa ch'egli nel delirio si potesse appropriare per averne refrigerio e conforto.

Io ho assistito a questo strazio. Non ho fatto nulla, né forse avrei potuto far nulla per impedirlo. Ma vedo e confesso che ne sono rivoltato.[2] Il che vuol dire che il mio sentimento è compromesso. Temo infatti che, presto, dovrò[3] fare a me stesso un'altra confessione dolorosa.

È avvenuto questo: che il Nuti, nel delirio, ha[1] scambiato la signorina Luisetta per Duccella, e, dapprima, ha inveito furibondo contro di lei, gridandole in faccia ch'era iniqua la sua durezza, la sua crudeltà per lui, non avendo egli nessuna colpa nell'uccisione[2] del fratello, il quale da sé, come uno stupido, come un pazzo, s'era ucciso per quella donna; poi, appena ella, vinto il primo terrore, intendendo a volo l'allucinazione dell'infermo, gli s'è accostata pietosa, non ha più voluto lasciarla un momento, se l'è tenuta stretta a sé, singhiozzandole perdutamente e mormorandole le parole più cocenti e più tènere d'amore, e carezzandola o baciandole le mani, i capelli, la fronte.

Ed ella ha lasciato fare. E tutti gli altri han lasciato fare. Perché[3] quelle parole, quelle carezze, quegli abbracci, quei baci, non erano mica per lei: erano per un'allucinazione, nella quale il delirio di lui si placava. E dunque bisognava lasciarlo fare. Ella, la signorina Luisetta, faceva pietosa e amorosa la sua anima per conto d'un'altra; e quest'anima, fatta[4] così pietosa e amorosa, la dava a lui, come cosa non sua, ma di quell'altra, di Duccella. E mentr'egli s'appropriava quest'anima, ella non poteva, non doveva appropriarsi quelle parole, quelle carezze, quei baci... Ma ne ha tremato in tutte le fibre del corpo, la povera piccina, già disposta fin dal primo momento ad avere tanta pietà per quest'uomo che tanto soffriva a causa dell'altra donna! E non già per sé, che ne aveva veramente pietà, le è toccato d'esser pietosa, ma per quell'altra, ch'ella[5] naturalmente ritiene dura e crudele. Ebbene, ha dato a costei la sua pietà, perché la rivolgesse a lui e da lui – attraverso il corpo di lei – si facesse amare e carezzare. Ma l'amore, l'amore, chi lo dava? Doveva darlo lei, l'amore, per forza, insieme con quella pietà. E la povera piccina l'ha dato. Sa, sente d'averlo dato lei, con tutta l'anima, con tutto il cuore; e invece deve credere d'averlo dato per quell'altra.

N'è seguito[1] questo: che mentr'egli, ora, rientra a poco a poco in sé e si riprende e si richiude fosco nella sua sciagura; ella resta come vuota e smarrita, come sospesa, senza più sguardo, quasi alienata d'ogni senso, una larva, quella larva che è stata nell'allucinazione di lui. Per lui la larva è scomparsa, e con la larva, l'amore. Ma questa povera piccina, che s'è vôtata per riempire quella larva di sé, del suo amore, della sua pietà, è rimasta lei, ora, una larva; e lui non se n'accorge! Le sorride appena, per gratitudine. Il rimedio ha giovato: l'allucinazione è svanita: basta, ora, eh?

Non me ne dorrei tanto, se per tutti questi giorni non mi fossi veduto costretto a dare anch'io la mia pietà, a spendermi, a correre di qua e di là, a vegliare parecchie notti di seguito, non per un sentimento mio vero e proprio, che mi fosse cioè ispirato dal Nuti, come avrei voluto; ma per un altro sentimento, pure di pietà, ma di pietà interessata, tanto interessata, che mi faceva e mi fa tuttora apparire falsa e odiosa quella che dimostravo e dimostro tuttora al Nuti.

Sento che, assistendo allo strazio, certo involontario, ch'egli ha fatto del cuore della signorina Luisetta, io, volendo obbedire al vero sentimento mio, avrei dovuto ritrarre la mia pietà da lui. L'ho ritratta veramente, dentro di me, per rivolgerla tutta a quel povero coricino straziato, ma ho seguitato a dimostrarla a lui perché non potevo farne a meno, obbligato dal sacrifizio di lei, ch'era il maggiore. Se ella infatti si prestava a soffrire quello strazio *per pietà* di lui, potevo io, potevano gli altri tirarsi indietro da premure, da fatiche, da attestazioni di carità molto minori? Tirarmi indietro voleva dire riconoscere e dare a vedere ch'ella non soffriva quello strazio *per pietà* soltanto, ma anche *per amore* di lui, anzi sopra tutto *per amore*. E questo non si poteva, non si doveva. Io ho dovuto fingere, perché ella doveva credere di dare a lui il suo amore per quell'altra. E ho finto, pur disprezzandomi, meravigliosamente. Così soltanto ho potuto modificare le sue disposizioni d'animo per me; rifarmela amica. Ma pure, mostrandomi per lei così pietoso verso il Nuti, ho perduto forse l'unico mezzo che mi restasse per richiamarla in sé: dimostrarle, cioè, che Duccella, per conto della quale ella crede d'amarlo, non ha nessuna ragione d'esser pietosa per lui. Dando a Duccella la sua realtà vera, la larva di lei, quella larva amorosa e pietosa, in cui ella, la signorina Luisetta, s'è tramutata, dovrebbe scomparire, e restar lei, la signorina Luisetta, col suo amore *ingiustificato* e non richiesto da lui: perché egli da quella, e non da lei, l'ha richiesto, e lei per quella e non per sé gliel'ha dato, così, davanti a tutti.

Sì, ma se io so ch'ella veramente gliel'ha dato, sotto questa pietosa finzione, che vado adesso sofisticando?

Come Aldo Nuti crede dura e crudele Duccella, ella crederebbe duro e crudele me, se le strappassi questa finzione pietosa. Ella è una Duccella finta, appunto perché ama; e sa che la Duccella vera non ha nessuna ragione d'amare; lo sa per il fatto stesso che Aldo Nuti, ora che l'allucinazione gli è svanita, non vede più in lei l'amore, e squallidamente la ringrazia appena appena della pietà.

Forse, a costo di soffrire un po' più, ella potrebbe riaversi, solo a patto che Duccella diventasse lei, veramente, pietosa, sapendo in quali condizioni s'è ridotto l'antico fidanzato, e si presentasse qua, davanti al letto ov'egli giace, per ridargli il suo amore e salvarlo.

Ma Duccella non verrà. E la signorina[1] Luisetta seguiterà a credere davanti a tutti e anche davanti a se stessa, in[2] buona fede, di amare per conto di lei Aldo. Nuti.

IV

Come sono sciocchi tutti coloro che dichiarano la vita un mistero, infelici che vogliono con la ragione spiegarsi quello che con la ragione non si spiega!

Porsi davanti la vita[3] come un oggetto da studiare, è assurdo, perché la vita, posta davanti così, perde[4] per forza ogni consistenza reale e diventa[5] un'astrazione vuota di senso e di valore. E com'è più possibile spiegarsela? L'avete uccisa. Potete, tutt'al più, farne l'anatomia.

La vita non si spiega; si vive.

La ragione è nella vita; non può esserne fuori. E la vita non bisogna porsela davanti, ma[6] sentirsela dentro, e viverla. Quanti, usciti da una passione, come si esce da un sogno, non si domandano:

« Io? com'ho potuto esser così? far questo? »

Non se lo sanno più spiegare; come non sanno spiegarsi che altri possa dare senso e valore a certe cose che per essi non ne hanno più nessuno o non ne hanno ancora. La ragione, che è in quelle cose, la cercano fuori. Possono trovarla? Fuori della vita non c'è nulla. Avvertire questo nulla, con la ragione che si astrae dalla vita, è ancora vivere, è ancora *un nulla* nella vita: un sentimento di mistero: la religione. Può essere disperato, se senza illusioni; può placarsi rituffandosi nella vita, non più di qua, ma di là, in quel *nulla*, che diventa subito *tutto*.

Com'ho capito bene queste cose in pochi giorni, da che sento veramente! Dico, da che sento *anche me*, perché gli altri li ho sentiti sempre in me, e m'è stato facile perciò spiegarmeli e compatirli.

Ma il sentimento che ho di me, in questo momento, è amarissimo.

Per causa vostra, signorina Luisetta, che pur siete tanto pietosa! Ma appunto perché siete così pietosa. Non[1] ve lo posso dire, non ve lo posso far capire. Non vorrei dirmelo, non vorrei capirlo neanche io. Ma no, io non sono più *una cosa*, e questo mio silenzio non è più *silenzio di cosa*. Volevo farlo avvertire agli altri, questo silenzio, ma ora *lo soffro* io, tanto!

Séguito, pur non di meno, ad accogliervi dentro tutti. Sento però che ora mi fanno male tutti quelli che vi entrano, come in un luogo di sicura ospitalità. Il mio silenzio vorrebbe chiudersi sempre di più attorno a me.

Ecco qua, intanto, Cavalena[2] che ci s'è allogato, pover'uomo, come a casa sua. Viene, appena può, a riparlarmi con sempre nuovi argomenti, o per futilissimi pretesti, della sua sciagura. Mi dice che non è possibile, a causa della moglie, tenere ancora alloggiato qua il Nuti, e che bisognerà trovargli posto altrove, appena rimesso. Due drammi, uno accanto all'altro, non è possibile tenerli. Specialmente perché il dramma del Nuti è un dramma di passione, di donne... Cavalena ha bisogno d'inquilini giudiziosi e composti. Pagherebbe, perché tutti gli uomini fossero serii, dignitosi, intemerati e godessero un'incontrastata fama d'illibatezza, sotto cui schiacciare il mal'animo della moglie accanito contro tutto il genere mascolino. Gli tocca ogni sera pagar la pena – il fio, dice lui – di tutte le malefatte degli uomini, registrate nella cronaca dei giornali, come se fosse lui l'autore o il complice necessario d'ogni seduzione, d'ogni adulterio.

– Vedi? – gli grida la moglie, con l'indice appuntato sul fatto di cronaca: – Vedi di che cosa siete capaci *vojaltri*?[1]

E invano il poveretto si prova a farle osservare che, in ogni caso d'adulterio, per ogni uomo malvagio che tradisca la moglie, bisogna pure che ci sia una donna malvagia complice del tradimento. Crede d'aver trovato un argomento vittorioso, Cavalena, e invece si vede davanti la bocca della signora Nene accomodata ad O col dito dentro, nel solito gesto che significa:

« Sciocco! »

Bella logica! Si sa! E non odia difatti la signora Nene anche tutto il genere femminino?

Trascinato dalle argomentazioni fitte, incalzanti di quella terribile pazzia ragionante che non s'arresta di fronte ad alcuna deduzione, egli si trova sempre, alla fine, smarrito o sbalordito, in una situazione falsa, da cui non sa più come uscire. Ma per forza! Se è costretto ad alterare, a complicare le cose più ovvie e naturali, a nascondere gli atti più semplici e più comuni: una conoscenza, una presentazione, un incontro fortuito, uno sguardo, un sorriso, una parola, nei quali la moglie sospetterebbe chi sa quali segrete intese e tranelli; per forza, anche discutendo con lei astrattamente, debbono venir fuori incidenti, contraddizioni, che a un tratto, inopinatamente, lo scoprono e lo rappresentano, con tutta l'apparenza della verità, bugiardo[2] e impostore. Scoperto, preso nel suo stesso inganno innocente, ma che egli medesimo ormai vede che non può parer più tale agli occhi della moglie; esasperato, con le spalle al muro, contro l'evidenza stessa, s'ostina tuttavia a negare, ed ecco che, tante volte, per nulla, avvengono liti, scenate, e Cavalena scappa di casa e sta fuori quindici o venti giorni, finché non gli ritorna la coscienza d'esser medico e il pensiero della figliuola abbandonata, « povera cara animuccia bella », com'egli la chiama.

È per me un gran piacere, quand'egli si mette a parlarmi di lei; ma appunto per questo non faccio mai nulla per provocarne il discorso: mi parrebbe d'approfittare vilmente della debolezza del padre, per penetrare, attraverso le confidenze di lui, nell'intimità di quella « povera cara animuccia bella ». No, no! Tante volte sono anche sul punto d'impedirgli di seguitare.

Pare mill'anni a Cavalena che la sua *Sesè* sposi, abbia la sua vita fuori dell'inferno di questa casa! La mamma, invece, non fa altro che gridarle tutti i giorni:

– Non sposare, bada! Non sposare, sciocca! Non commettere questa pazzia!

« E Sesè? Sesè? » mi vien voglia di domandargli; ma, al solito, mi sto zitto.

La povera Sesè, forse, non sa neppur lei che cosa vorrebbe. Forse, certi[1] giorni, insieme col padre, vorrebbe che fosse domani; cert'altri giorni proverà il più acerbo dispetto nel sentirne fare qualche accenno velato ai genitori. Perché certo questi, con le loro indegne scenate, debbono averle strappate tutte le illusioni, tutte, tutte, a una a una, mostrandole attraverso gli strappi le crudezze più nauseose della vita coniugale.

Le hanno impedito, intanto, di procurarsi altrimenti la libertà, i mezzi di bastare fin da ora a se stessa, da potersene andare lontano da questa casa, per conto suo. Le avranno detto che, grazie a Dio, non ne ha bisogno, lei: figlia unica, avrà per sé domani la dote[2] della mamma. Perché avvilirsi a far la maestra o attendere[3] a qualche altro ufficio? Può leggere, studiare quel che le piace, sonare il pianoforte, ricamare, libera in casa sua.

Bella libertà!

L'altra sera, sul tardi, quando tutti abbiamo lasciato la camera del Nuti già addormentato, l'ho vista seduta nel balconcino. Stiamo nell'ultima casa di via Veneto, e abbiamo davanti l'aperto di Villa Borghese. Quattro balconcini all'ultimo piano, sul cornicione della casa. Cavalena stava seduto a un altro balconcino, e pareva assorto a guardare le stelle.

A un tratto, con una voce che arrivò come da lontano, quasi dal cielo, soffusa[1] d'un accoramento infinito, gli ho sentito dire:

– Sesè, vedi le Plejadi?

Ella ha finto di guardare: forse aveva gli occhi pieni di lagrime.

E il padre:

– Eccole là... sul tuo capo... quel gruppetto di stelle... le vedi?

Gli fe' cenno di sì, che le vedeva.

– Belle, no, Sesè? E vedi là Capella, come arde? Le stelle... Povero papà! bella distrazione... E con una mano s'aggiustava, si carezzava su le tempie i cernecchi arricciolati della parrucca artistica, mentre con l'altra mano... che? ma sì... aveva sulle ginocchia *Piccinì*, la sua nemica, e le carezzava la testina... Povero papà! Doveva essere in uno dei suoi momenti più tragici e patetici!

Veniva[2] dalla Villa un fruscìo di foglie lungo lento lieve; dalla via[3] deserta qualche suono di passi e il rapido fragorìo scalpitante di qualche vettura frettolosa. Il tintinnìo del campanello e il protratto[4] ronzìo della carrùcola scorrente[5] lungo il filo elettrico delle linee tramviarie pareva strappasse e si strascinasse[6] dietro con violenza la via, con le case e gli alberi. Poi[7] taceva tutto, e nella calma stanca riassommava un suono remoto di pianoforte chi sa[8] da quale casa. Era un suono lene, come velato, malinconico, che attirava l'anima, la fissava in un punto, quasi per darle modo d'avvertire quanto fosse grave la tristezza sospesa da per tutto.

Ah, sì – forse pensava la signorina Luisetta – sposare... S'immaginava, forse, che sonava lei, in una casa ignota, remota, quel pianoforte, per addormentar la pena dei tristi ricordi lontani, che le hanno avvelenato per sempre la vita.

Le sarà possibile illudersi? potrà far che non cadano avvizzite, come fiori, all'aria muta, diaccia d'una sconfidenza ormai forse invincibile tutte le grazie ingenue, che di tanto in tanto le sorgono dall'anima?

Noto ch'ella si guasta, volontariamente; si fa talvolta dura, ispida, per non parer tenera e credula. Forse vorrebbe esser gaja, vispa, come più d'una volta, in qualche momento lieto d'oblio, appena levata di letto, le suggeriscono gli occhi, dallo specchio: quei suoi occhi, che riderebbero tanto volentieri, brillanti e acuti, e che ella condanna a parere invece assenti, o schivi e scontrosi. Poveri occhi belli! Quante volte sotto le ciglia aggrottate non li fissa nel vuoto, mentre per le nari trae un lungo sospiro silenzioso, quasi non volesse farlo sentire a se stessa! E come le si velano e le cangiano di colore, ogni qual volta trae uno di questi sospiri silenziosi!

Certo, deve avere imparato da un pezzo a diffidare delle sue impressioni, per il timore forse non le si attacchi a poco a poco la stessa malattia della madre. Lo dimostra chiaramente l'improvviso scomporsi delle espressioni in lei, certi subitanei pallori dopo un subitaneo invermigliarsi di tutto il viso, un sorridente rasserenarsi del volto dopo un atteggiamento fosco repentino. Chi sa quante volte, andando per via col padre e la madre, non si sentirà ferire d'ogni suono di risa, e quante volte non proverà la strana impressione che pur quell'abitino azzurro, di seta svizzera, lieve lieve, le pesi addosso come una casacca di reclusa e che il cappello di paglia le schiacci la testa; e la tentazione di stracciare quella seta azzurra, di strapparsi dal capo quella paglia e sbertucciarla con ambo le mani furiosamente e scaraventarla... in faccia alla mamma? no... in faccia al babbo, allora? no..., per terra, per terra, pestando i piedi. Perché sì, le parrà una buffonata, una farsa sconcia, andare così parata, da personcina per bene, da signorina che s'illuda di far la sua figura, o che magari dia a vedere d'aver qualche bel sogno per la mente, quando poi in casa e anche per via, quanto c'è di più làido, di più brutale, di più selvaggio nella vita debba scoprirsi e saltar fuori, in quelle scenate quasi cotidiane tra i suoi genitori, ad affogarla di tristezza e d'onta e di schifo.

Di questo, sopra tutto, mi pare[1] che sia ormai profondamente compenetrata: che nel mondo, così come se lo creano e glielo creano attorno i suoi genitori col loro comico aspetto, con la grottesca ridicolaggine di quella furiosa gelosia, col disordine della loro vita, non ci può esser posto, aria e luce per la sua grazia. Come[2] potrebbe la grazia farsi avanti, respirare, avvivarsi di un qualche tenue color gajo e arioso, in mezzo a quel ridicolo che la trattiene e la soffoca e l'oscura?

È come una farfalla fissata crudelmente con uno spillo, ancora viva. Non osa batter le ali, non solo perché non spera di liberarsi, ma anche e più per non farsi scorgere troppo.[3]

V

Sono capitato proprio in un terreno vulcanico. Eruzioni e terremoti senza fine. Vulcano grosso, in apparenza vestito di neve, ma dentro in perfetta ebullizione, la signora Nene. Si sapeva. Ma si è scoperto ora, inaspettatamente, e ha avuto la prima eruzione, un vulcanino, nel cui grembo il fuoco covava nascosto e minaccioso, per quanto acceso da pochi giorni soltanto.

Ha suscitato il cataclisma una visita di Polacco, questa mattina. Venuto per insistere nella sua opera di persuasione sul Nuti, perché vada via da Roma e se ne ritorni[1] a Napoli a raffermare la convalescenza e perché poi magari[2] riprenda a viaggiare per distrarsi e guarire del tutto; ha avuto l'ingrata sorpresa di trovare il Nuti in piedi, cadaverico, coi baffi già rasi a dimostrare la ferma intenzione di mettersi subito, fin da oggi, a far l'attore alla *Kosmograph*.

Se li è rasi da sé, appena levato di letto. È stata anche per tutti noi una sorpresa, perché fino a jersera il medico gli ha raccomandato calma assoluta, riposo, e di non lasciare il letto, se non per qualche oretta, la mattina; e jersera egli aveva risposto di sì, che avrebbe obbedito a queste prescrizioni.

Siamo rimasti a bocca aperta nel vedercelo davanti così raso, svisato, con quella faccia da morto, non ben sicuro ancora su le gambe, elegantissimamente vestito.[3]

S'era ferito un po', radendosi, all'angolo sinistro della bocca; e i grumetti di sangue, nerastri su la[4] ferita, spiccavano nel torbido pallore del volto. Gli occhi, ch'ora sembravano enormi, con[5] le pàlpebre inferiori quasi stirate dalla magrezza, così che mostrano il bianco del globo sotto il cerchio della cornea, avevano di fronte al nostro stupore doloroso un'espressione atroce, quasi malvagia, di dispetto cupo, d'odio.

– Ma come! – esclamò Polacco.

Contrasse il volto, quasi digrignando, e alzò le mani, con un fremito nervoso in tutte le dita; poi, a bassissima voce, anzi quasi senza voce, disse:

– Lasciami, lasciami fare!

– Ma[1] se non ti reggi in piedi! – gli gridò Polacco.

Si voltò a guardarlo biecamente:

– Posso. Non mi seccare. Ho bisogno... bisogno d'uscire... d'un po' d'aria.

– Forse[2] è un po' troppo presto, ecco... – si provò a fargli notare Cavalena – se... se mi permette di...

– Ma se dico che mi sento d'uscire! – lo interruppe[3] il Nuti, attenuando appena con una smorfia di sorriso l'irritazione che traspariva dalla voce.

Questa irritazione nasce in lui dalla volontà di staccarsi dalle cure che finora ci siamo prese di lui e che ci han potuto dare (non a me, veramente) l'illusione ch'egli in certo qual modo ormai ci appartenga, sia un po' nostro. Avverte che questa volontà è trattenuta dai riguardi per il debito di gratitudine contratto con noi, e non vede altro mezzo di spezzar questo legame di riguardi, che mostrando dispetto e disprezzo per la sua salute e la sua salvezza, di modo che sorga in noi lo sdegno per le cure che ce ne siamo date, e questo sdegno, allontanandolo subito da noi, lo assolva da quel debito di gratitudine. Chi sia in quest'animo, non ardisce di guardare in faccia. E difatti egli, questa mattina, non ha potuto guardar bene in faccia nessuno di noi.

Polacco, di fronte a una così decisa risoluzione, non ha più veduto altro scampo che mettergli attorno a custodirlo e, occorrendo, a[4] pararlo, quanti più di noi era possibile, e segnatamente una che[5] più di tutti gli s'è mostrata pietosa e a cui[6] egli perciò deve un maggior riguardo; e, prima d'andar via con lui, pregò insistentemente Cavalena di raggiungerlo subito alla *Kosmograph* con la signorina Luisetta e con me. Disse che la signorina Luisetta non poteva più lasciare a mezzo quel *film*, a cui per combinazione s'era trovata a prender parte, e che del resto sarebbe stato un vero peccato, perché a giudizio di tutti in quella breve e non facile particina aveva dimostrato una meravigliosa attitudine che poteva fruttarle, per suo mezzo, una scrittura alla *Kosmograph*, un guadagno facile, sicuro, dignitosissimo, sotto[1] la scorta del padre.

Vedendo Cavalena approvare con entusiasmo la proposta, fui più volte sul punto d'accostarmigli per tirargli sotto sotto la giacca.

Quel che temevo, difatti, è avvenuto.

La signora Nene ha creduto che fosse tutta una combinazione del marito la visita mattutina di Polacco, la risoluzione improvvisa del Nuti, la proposta di scrittura alla figliuola, per andare a coccolarsi in mezzo alle giovani attrici della *Kosmograph*. E appena andato via il Polacco col Nuti, il vulcano ha avuto una tremenda eruzione.

Cavalena, dapprima, s'è provato a tenerle testa, mettendo avanti la costernazione per il Nuti che evidentemente – come non capirlo, Dio mio? – aveva suggerito a Polacco quella proposta di scrittura. Che? non le importava un corno del Nuti? Ma non gliel'importava un corno neanche a lui! Andasse pure a rompersi il collo il Nuti cento volte, se una non bastava! Bisognava acciuffar la fortuna di quella proposta di scrittura per Luisetta! Compromissione? Che compromissione, sotto gli occhi del padre?

Ma presto, da parte della signora Nene, finirono le ragioni e cominciarono[2] le ingiurie, i vituperii, con tale violenza, che Cavalena, alla fine, indignato, esasperato, furibondo, è scappato via di casa.

Gli son corso dietro per le scale, per via, cercando in tutti i modi d'arrestarlo, ripetendogli non so più quante volte:

– Ma lei è medico! ma lei è medico!

Che medico e medico! In questo momento[3] era una bestia che fuggiva infuriata.[4] E ho dovuto lasciarlo fuggire, perché non seguitasse a gridare per istrada.

Ritornerà quando si sarà stancato di correre, quando di nuovo l'ombra del suo tragicomico destino, o piuttosto della coscienza, gli[1] si parerà davanti con la pergamena scartocciata della vecchia laurea di medicina.

Intanto, respirerà un poco, fuori.

Rientrando in casa, vi ho trovato, con mia grande e dolorosa sorpresa, in eruzione il vulcanino; in un'eruzione così violenta, che il vulcano grosso n'era quasi sbigottito.

Non pareva più lei, la signorina Luisetta! Tutto lo sdegno accumulato in tanti anni, fin dall'infanzia trascorsa senza mai un sorriso in mezzo alle liti e allo scandalo; tutte le vergogne, a cui l'avevano fatta assistere, buttava in faccia alla madre e alle spalle del padre che fuggiva. Ah, si dava pensiero adesso la madre della compromissione di lei? Quando[2] per tanti anni con quella stupida, vergognosa pazzia, le aveva distrutto l'esistenza, irreparabilmente! Affogata nella nausea, nello schifo d'una famiglia, a cui[3] nessuno poteva accostarsi senza scherno! Non era compromissione forse, tenerla legata a quella vergogna?[4] Non udiva le risa che tutti facevano di lei e di quel padre? Basta! basta! basta! Non voleva più lo strazio di quelle risa; voleva sciogliersi da quella vergogna, e[5] scapparsene per la via che le s'apriva davanti, non cercata, dove nulla le sarebbe potuto capitare di peggio! Via, via! via!

Si volse a me, tutta accesa e vibrante:

– M'accompagni[6] lei, signor Gubbio! Vado di là a mettermi il cappello, e andiamo, andiamo via subito!

Corse alla sua stanza. Io mi voltai a guardare la madre. Rimasta come basita davanti alla figliuola che insorgeva alla fine a schiacciarla con una condanna che[7] all'improvviso ella sentiva tanto più meritata, in quanto sapeva che il pensiero della compromissione della figlia non era altro, in fondo, che una scusa messa avanti per impedire[1] al marito di accompagnarla alla *Kosmograph*; ora, davanti a me, col capo abbandonato, le mani sul seno, si provava con affanno mugolante a sciogliere il pianto dalle viscere sospese e contratte.

Mi fece pena.

A un tratto, prima che la figliuola sopravvenisse, si tolse quelle mani dal seno e le congiunse in preghiera, senza poter parlare, con tutto il volto contratto in attesa del pianto che ancora non riusciva a tirar sù. Così, con quelle mani mi disse ciò che con la bocca, certo, non mi avrebbe detto. Poi se le portò al volto e si mosse al sopravvenire della figliuola.

Io indicai a questa, pietosamente, la mamma che s'avviava singhiozzando alla sua stanza.

– Vuole che vada via sola? – minacciò con rabbia la signorina Luisetta.

– Vorrei, – le risposi, dolente, – che almeno si calmasse, prima, un poco.

– Mi calmerò per via, – disse. – Andiamo, andiamo!

E, poco[2] dopo, montati in vettura in capo a via Veneto, soggiunse:

– Vedrà, del resto, che troveremo certamente papà alla *Kosmograph*.

Perché volle aggiungere questa considerazione? Per liberarmi[3] del pensiero della responsabilità che mi faceva[4] assumere, obbligandomi ad accompagnarla? Dunque non è ben sicura d'esser libera d'agire a suo talento. Difatti, subito[5] riprese:

– Le pare una vita possibile?

– Ma se è una manìa! – le feci notare. – Se è, come dice suo papà, una forma tipica di paranoja?

– Va bene, sì, ma appunto per questo! È possibile[6] vivere così? Quando si hanno di queste disgrazie, non ci può esser più casa; non c'è più famiglia; più nulla. È una[1] continua violenza, una disperazione, creda! Non se ne può più! Che c'è da fare? che c'è da impedire? Chi scappa di qua, chi di là. Tutti vedono, tutti sanno. La nostra casa è aperta. Non c'è[2] più nulla da custodire! Siamo come in piazza. È una[3] vergogna! una vergogna! Del resto, chi sa! forse così, opponendo violenza a violenza, ella si scoterà[4] da questa manìa che sta facendo impazzire tutti! Per lo meno, farò qualche cosa... vedrò, mi muoverò... mi scoterò anch'io da quest'avvilimento, da questa disperazione!

Ma se[5] per tanti anni l'ha sopportata, questa disperazione, come mai, ora tutt'a un tratto, – mi veniva di domandarle, – una così fiera ribellione?

Se subito dopo quella particina rappresentata al Bosco Sacro, Polacco le avesse proposto di scritturarla alla *Kosmograph*, non si sarebbe tirata indietro, quasi con orrore? Ma sì, certo! Pur essendo la sua famiglia nelle medesime condizioni.

Ora, invece, eccola[6] qua che corre con me alla *Kosmograph*! Per disperazione? Sì, ma non a causa di quella sua mamma senza pace.

Come[7] s'è fatta pallida, come s'è sentita mancar tutta, appena il babbo, il povero Cavalena, come uno spiritato ci s'è fatto innanzi su l'entrata della *Kosmograph* ad annunziarci che « lui », Aldo Nuti, non c'era, e che Polacco aveva telefonato alla Direzione, che per quel giorno non sarebbe venuto, dimodoché non restava più da far altro che[8] tornare indietro.

– Io, no, purtroppo, – dissi a Cavalena. – Bisogna che resti, io; sono già in gran ritardo. Accompagnerà lei a casa la signorina.

– No no no no, – gridò precipitosamente Cavalena. – La terrò con me tutto il giorno; ma poi la riporterò qua, e mi farà il piacere di riaccompagnarla lei a casa, signor Gubbio, o andrà sola. Io, niente; io non metterò più piede a casa mia! Basta ormai! basta! basta!

E se[1] n'andò, accompagnando la protesta con un gesto espressivo del capo e delle mani. La signorina Luisetta seguì il padre, mostrando chiaramente negli occhi di non vedere più la ragione di quanto aveva fatto. Com'era fredda la manina che mi porse, e come assente lo sguardo e vuota la voce, quando si volse per salutarmi e per dirmi:

– A più tardi...

QUADERNO SESTO

I

Dolce e fredda, la polpa delle pere d'inverno, ma[1] spesso, qua e là, s'indurisce in qualche nodo aspro. I denti van per mordere, trovano quel duro e allegano. Così è della situazione nostra, che potrebbe esser dolce e fredda, almeno per due di noi, se non ci sentissimo l'intoppo d'un che di aspro e duro.

Andiamo insieme, da tre giorni, ogni mattina, la signorina Luisetta, Aldo Nuti e io, alla *Kosmograph*.

Tra me e il Nuti, la signora Nene, affida a me, non[2] certo al Nuti, la figliuola. Ma questa, tra il Nuti e me, ha certo più l'aria di andare col Nuti, che di venire con me.

Intanto:

io vedo la signorina Luisetta, e non vedo il Nuti;

la signorina Luisetta vede il Nuti e non vede me;

il[3] Nuti non vede né me, né la signorina Luisetta.

Così andiamo, tutti e tre accanto, ma senza vederci l'uno con l'altro.

La fiducia della signora Nene dovrebbe irritarmi, dovrebbe... – che altro? Niente. Dovrebbe irritarmi, dovrebbe avvilirmi: invece, non mi irrita, non mi avvilisce. Mi commuove, invece. Quasi per farmi maggior dispetto.

Ecco, la ragiono questa fiducia, per cercare di vincere la dispettosa commozione.

È certo uno straordinario attestato d'incapacità, per un verso; di capacità, per un altro. Questo – dico l'attestato di capacità – potrebbe, in certo qual modo, lusingarmi; ma quello è sicuro che dalla stessa signora Nene non mi è dato senza una lieve punta di commiserazione derisoria.

Un uomo, incapace di far male, per lei, non può essere un uomo. Non sarà dunque neppure da uomo quell'altra mia capacità.

Pare che non si possa fare a meno di commettere il male, per essere stimati uomini. Per conto mio, io so bene, benissimo, d'essere uomo: male, n'ho commesso, e tanto! Ma sembra che gli altri non se ne vogliano accorgere. E questo mi fa rabbia. Mi fa rabbia perché, costretto a prendermi quella patente d'incapacità – che è, che non è – mi trovo addosso talvolta, imposta dalla soperchieria altrui, una bellissima cappa d'ipocrisia. E quante volte sbuffo sotto questa cappa! Non mai tante volte, certo, come di questi giorni. Quasi quasi mi verrebbe voglia di mettermi a guardare la signora Nene negli occhi in un certo modo, che... No, no, via, povera donna! S'è così[1] ammansita, tutt'a un tratto, così imbalordita anzi, dopo quella sfuriata della figliuola e questa risoluzione improvvisa di mettersi a far l'attrice di cinematografia! Bisogna vederla quando, poco prima d'andar via, ogni mattina, mi s'accosta e, dietro le spalle della figliuola, levando appena appena le mani, furtivamente, con occhi pietosi:

– Gliela raccomando, – mi bisbiglia.

La situazione, appena arrivati alla *Kosmograph*, cangia e si fa molto seria, non ostante che su l'entrata, ogni mattina, troviamo – puntualissimo e tutto sospeso in un'ansia trepida – Cavalena. Gli ho già detto, l'altro jeri e anche jeri, del cambiamento della moglie; ma Cavalena non accenna ancora di ridiventar medico. Che! che! L'altro jeri e jeri, m'è quasi svanito davanti in un'aria distratta, come per non lasciarsi prendere da quel che gli dicevo:

– Ah, sì? Bene, bene... – ha detto. – Ma io, per ora... Come dice? No, scusi, credevo... Contento, sa? Ma se torno, è tutto finito. Dio liberi! Qua ora bisogna assodare, assodare la posizione di Luisetta e la mia.

Eh sì, assodare: sono[1] come per aria il papà e la figliuola. Penso che la loro vita potrebbe esser facile e comoda e svolgersi in una dolce pace serena. C'è la dote della mamma; Cavalena, brav'uomo, potrebbe attendere tranquillamente alla sua professione; non avrebbero bisogno d'estranei per casa, e la signorina Luisetta sul davanzale della finestra d'una quieta casetta al sole potrebbe graziosamente coltivare come fiori i più bei sogni[2] di giovinetta. Nossignori! Questa che dovrebbe essere la realtà, come tutti la vedono, perché tutti riconoscono che la signora Nene non ha proprio nessunissima ragione di tormentare il marito, questa che dovrebbe essere la realtà, dicevo, è un sogno. La realtà, invece, deve essere un'altra, lontanissima da questo sogno. La realtà è la follia della signora Nene. E nella realtà di questa follia – che è per forza disordine angoscioso, esasperato – ecco qua[3] sbalzati fuor di casa, smarriti, incerti, questo pover'uomo e questa povera figliuola. Si vogliono assodare, l'uno e l'altra, in questa realtà di follia, ed eccoli, vagano da due giorni qua, l'uno accanto all'altra, muti e tristi, per le piattaforme e gli sterrati.

Cocò Polacco, a cui insieme col Nuti si rivolgono appena entrati, dice loro che non c'è niente da fare per il momento. Ma la scrittura è in corso; la paga corre. Da avventizia, per ora, perché la signorina Luisetta s'incomoda a venire; se non *posa*, non manca per lei.

Ma questa mattina, finalmente, l'hanno fatta *posare*. Polacco l'ha affidata al suo collega direttore di scena Bongarzoni per una particina in un *film* a colori, di costume settecentesco.

Lavoro, di questi giorni, col Bongarzoni. Appena

arrivato alla *Kosmograph* consegno la signorina Luisetta al padre, entro nel reparto del *Positivo* a prender la mia macchina e spesso m'avviene di non veder più per ore e ore né la signorina Luisetta, né il Nuti, né il Polacco, né il Cavalena. Non sapevo dunque che il Polacco avesse data al Bongarzoni la signorina Luisetta per quella particina. Sono rimasto, quando me la son veduta comparire davanti come staccata da un quadretto del Watteau.

Era con la Sgrelli, che aveva finito or ora d'acconciarla con cura e con amore nella guardaroba dei costumi antichi, e le premeva con un dito sulla guancia un neo di seta che non le si voleva ancor bene attaccare. Il Bongarzoni le ha fatto molti complimenti e la povera piccina si sforzava di sorridere senza scuoter troppo la testa, per timore non le crollasse l'enorme acconciatura. Non sapeva più muovere le gambe entro quell'abito di seta a sbuffi.

Ecco concertata la scenetta. Una gradinata esterna, che discende a un angolo di parco. La damina esce da una loggia chiusa da vetri: scende due gradini; si sporge dalla ringhiera a pilastrini a spiar lontano, nel parco, timida, perplessa, in un'ansia paurosa: poi scende in fretta gli altri gradini e nasconde un biglietto, che ha in mano, sotto la pianta d'alloro, nel vaso in capo alla ringhiera.

– Attenti, si gira!

Non ho mai girato con tanta delicatezza la manovella della mia macchinetta. Questo grosso ragno nero sul treppiedi già l'ha avuta in pasto due volte. Ma la prima volta, là al Bosco Sacro, la mia mano, nel girare per dargliela a mangiare, ancora *non sentiva*. Questa volta, invece...

Eh, son rovinato, se la mia mano si mette a sentire! No, signorina Luisetta, no: bisogna che voi non facciate più codesto mestieraccio. Tanto, so[1] perché lo fate! Vi dicono tutti, anche il Bongarzoni questa mattina, che avete una non comune disposizione naturale all'arte scenica; e ve lo dico anch'io, sì; non per la prova di stamani, però. Oh, la avete disimpegnata come meglio non si poteva; ma io so bene, so bene perché avete saputo così meravigliosamente fingere l'ansia paurosa, allorché, scesi i due primi gradini, vi siete sporta dalla ringhiera a guardar lontano. Tanto bene lo so, che quasi quasi, a momenti, mi voltavo anch'io a guardare dove voi guardavate, per vedere se non fosse per caso arrivata in quel momento la Nestoroff.

Da tre giorni, qua, voi vivete in quest'ansia paurosa. Non voi sola; sebbene, forse, nessuno più di voi. Da un momento all'altro, veramente, la Nestoroff può arrivare. Non si vede da nove giorni. Ma è a Roma; non è partita. È partito solo Carlo Ferro, con altri cinque o sei attori e il Bertini, per Taranto.

Il giorno che Carlo Ferro partì (son già quasi due settimane), Polacco venne a trovarmi raggiante e come se si fosse levato un macigno dal petto.

– Te l'avevo detto, bambino? Anche all'inferno va, se lei vuole!

– Purché, – gli risposi, – non ce lo vediamo arrivare all'improvviso, come una bomba.

Ma[1] è già un gran fatto, veramente, e per me ancora inesplicabile, ch'egli sia partito. Mi risuonano ancora nell'orecchio le sue parole:

– Posso essere una belva di fronte a un uomo, ma come uomo di fronte a una belva non valgo nulla!

Eppure, con la coscienza di non valer nulla, per puntiglio, non s'è tirato indietro, non s'è rifiutato d'affrontare la belva; ora, di fronte a un uomo, è fuggito. Perché è certo che la sua partenza, il giorno dopo l'arrivo del Nuti, ha tutta l'aria d'una fuga.

Non voglio negare che la Nestoroff abbia su lui il potere di costringerlo a fare ciò ch'ella vuole. Ma io ho sentito ruggire in lui, e proprio per questa venuta del Nuti, le furie della gelosia. La rabbia, che il Polacco lo abbia designato per l'uccisione della tigre, non gli è sorta per il solo sospetto che egli, il Polacco, si volesse con questo mezzo sbarazzare di lui, ma anche e più per il sospetto che abbia fatto venire apposta nello stesso tempo il Nuti, perché costui si potesse liberamente ripigliare la Nestoroff. E m'è apparso manifesto che non è sicuro di lei. Come dunque è partito?

No, no: c'è qui sotto, senza dubbio, un accordo; questa partenza deve nascondere un'insidia. La Nestoroff non avrebbe potuto indurlo a partire, mostrando d'aver paura di perderlo, comunque, lasciandolo qui ad aspettare uno, che certamente veniva col deliberato proposito di cimentarlo. Per questa paura egli non sarebbe partito. O, se mai, ella lo avrebbe accompagnato. Se ella è rimasta qui ed egli è partito, lasciando libero il campo al Nuti, vuol dire che un accordo dev'essersi stabilito tra loro, ordita una rete così saldamente e sicuramente ch'egli stesso ha potuto comprimere sott'essa e tenere in freno la gelosia. Nessuna paura ella ha dovuto mettere avanti; e, stabilito l'accordo, avrà preteso da lui questa prova di fiducia, che fosse lasciata qui sola di fronte al Nuti. Difatti, per parecchi giorni dopo la partenza di Carlo Ferro, ella venne alla *Kosmograph*, preparata evidentemente[1] a incontrarsi con lui. Non poteva venire per altro, libera com'è adesso d'ogni impegno professionale. Non venne più, quando seppe che il Nuti era gravemente infermo.

Ma ora, da un momento all'altro, può tornare. Che avverrà?

Polacco è di nuovo su le spine. Non si stacca dal fianco il Nuti; se per poco deve lasciarlo, volge prima di nascosto un'occhiata d'intelligenza a Cavalena.

Ma il Nuti, quantunque di tanto in tanto per qualche lieve contrarietà abbia certi scatti che dànno a vedere in lui un'esasperazione violentemente compressa, è piuttosto calmo; sembra[1] anche uscito da quella cupezza dei primi giorni della convalescenza; si lascia condurre qua e là da Polacco e da Cavalena; mostra una certa curiosità di conoscere da vicino[2] questo mondo del cinematografo e ha visitato attentamente, con l'aria d'un severo ispettore, i due reparti.

Polacco, per distrarlo, gli ha proposto due volte di provarsi a sostenere qualche parte. S'è ricusato, dicendo che prima vuole abituarsi un po' a vedere come fanno gli altri.

– È una pena, – ha osservato jeri davanti a me, dopo avere assistito alla iscenatura d'un quadro, – e dev'essere anche uno sforzo che guasta, altera ed esagera le espressioni, la mimica senza la parola. Parlando, il gesto sorge spontaneo; ma senza parlare...

– Si parla[3] dentro, – gli ha risposto con una serietà meravigliosa la piccola Sgrelli (*la Sgrellina*, come qua la chiamano tutti). – Si parla dentro, per non sforzare il gesto...

– Ecco, – ha fatto il Nuti, come prevenuto in ciò che stava per dire.

La Sgrellina allora s'è appuntato l'indice su la fronte e ha guardato tutti in giro con una finta aria di scema, che chiedeva con graziosissima malizia:

« Sono intelligente, sì o no? »

Abbiamo riso tutti e anche il Nuti. Polacco per poco non se l'è baciata. Forse spera che ella, essendo qua il Nuti al posto di Gigetto Fleccia, pensi ch'egli debba sostituire costui anche nell'amore di lei e riesca a fare il miracolo di distorlo dalla Nestoroff. Per abbondare e dar largo pascolo a questa speranza lo ha presentato anche a tutte le giovani attrici delle quattro compagnie; ma pare che il Nuti, pur mostrandosi garbato con tutte, non dia il minimo segno di volersi distrarre. Del resto, tutte le altre, anche se non fossero già, più o meno, impegnate per conto loro, si guarderebbero bene dal fare un torto alla Sgrellina. E quanto alla Sgrellina scommetto che s'è già accorta che farebbe ingiuria, a sua volta, a una certa signorina, che viene da tre giorni alla *Kosmograph* col Nuti e con *Si gira*.

Chi non se n'accorge? Il Nuti solo! Eppure ho il sospetto che anche lui se ne sia accorto. Ma strano è questo, e vorrei trovar modo di farlo notare alla signorina Luisetta: che l'accorgersi del sentimento di lei provochi in lui un effetto contrario a quello cui[1] ella aspira: lo respinge da lei e lo fa tendere con maggiore spasimo verso la Nestoroff. Perché certo ora il Nuti ricorda d'aver veduto in lei, nel delirio, Duccella; e siccome sa che questa non può e non vuole più amarlo, l'amore che scorge in lei gli deve sembrare per forza una finzione, ormai non più pietosa, passato com'è il delirio; ma anzi spietata: un[2] ricordo bruciante, che gl'inasprisce la piaga.

È impossibile far capire questo alla signorina Luisetta.

Attaccato col sangue tenace d'una vittima all'amore per due donne diverse, che lo respingono entrambe, il Nuti non può avere occhi per lei; può vedere in lei l'inganno, quella Duccella finta, che per un momento gli apparve nel delirio; ma ora il delirio è passato, quel che fu inganno pietoso è divenuto per lui ricordo crudele, tanto più, quanto più vede sussistere in lei l'ombra di quell'inganno.

E così, invece di trattenerlo, la signorina Luisetta con quest'ombra di Duccella lo caccia, lo spinge più cieco verso la Nestoroff.

Per lei, prima di tutto; poi per lui, e infine – perché no? – anche per me, non vedo altro rimedio, che in un tentativo estremo, quasi disperato: partire per Sorrento, riapparire dopo tanti anni nella casa antica dei nonni, per ridestare in Duccella il primo ricordo del suo amore e, se è possibile, rimuoverla e far che venga lei a dar corpo a quest'ombra, che un'altra qua per conto di lei disperatamente sostiene con la sua pietà e col suo amore.

II

Un biglietto della Nestoroff, questa mattina alle otto (inatteso e misterioso invito a recarmi da lei insieme con la signorina Luisetta prima d'andare alla *Kosmograph*) m'ha fatto rimandare la partenza.

Sono rimasto un pezzo col biglietto in mano, non sapendo che pensarne. La signorina Luisetta, già pronta per uscire, è passata per il corridojo davanti all'uscio della mia camera; l'ho chiamata.

– Guardi. Legga.

Corse con gli occhi alla firma; si fece, al solito, rossa rossa, poi pallida pallida; finito di leggere, fissò gli occhi con uno sguardo ostile e una contrazione di dubbio e di timore nella fronte, e domandò con voce smorta:

– Che vorrà?

Aprii le mani, non tanto per non saper che rispondere, quanto per conoscere prima che cosa ne pensasse lei.

– Io non vado, – disse, scombujandosi. – Che può[1] volere da me?

– Avrà saputo, – le risposi, – che egli... il signor Nuti è alloggiato qui, e...

– E...?

– Vorrà forse dire qualcosa, non so... per lui...

– A me?

– M'immagino... anche a lei, se la prega d'accompagnarsi con me...

Represse un fremito nella persona; non riuscì a reprimerlo nella voce:

– E che c'entro io?

– Non so; non c'entro neanche io, – le feci notare. – Ci vuole tutti e due...

– E che può avere da dire a me... per il signor Nuti?

Mi strinsi nelle spalle e la guardai con fredda fermezza per richiamarla in sé e significarle che lei, per quanto si riferiva propriamente alla sua persona – lei come signorina Luisetta – non avrebbe dovuto aver nessuna ragione di sentire quell'avversione, quel ribrezzo per una signora, della cui simpatia s'era prima tanto compiaciuta.

Comprese; si turbò maggiormente.

– Suppongo, – soggiunsi, – che se vuol parlare anche con lei, sarà a fin di bene; anzi certamente sarà così. Lei[1] s'aombra...

– Perché... perché non riesco a... a immaginare... – si buttò a dire, prima esitante, poi con impeto, facendosi in volto di bragia, – che cosa possa avere da dire a me, anche così, come lei suppone, a fin di bene. Io...

– Estranea, come me, al caso, è vero? – attaccai subito, ostentando una maggiore freddezza. – Ebbene, forse[2] ella crede, che lei possa giovare in qualche modo...

– No, no; estranea, va bene, – s'affrettò a rispondere, urtata. – Voglio restare estranea e non aver nessuna relazione, per ciò che si riferisce al signor Nuti, con codesta signora.

– Faccia come crede – dissi. – Andrò io solo. Non c'è bisogno che la avverta, che sarà prudente non far parola al Nuti di questo invito.

– Oh, certo! – fece.

E si ritirò.

Sono rimasto a lungo a riflettere, col biglietto in mano, su l'atteggiamento da me preso, senza volerlo, in questo breve dialogo con la signorina Luisetta.

Le benigne intenzioni da me attribuite alla Nestoroff non avevano altra ragione, che il reciso rifiuto della signorina Luisetta d'accompagnarsi con me in una manovra segreta, ch'ella istintivamente ha sentito diretta contro il Nuti. Io ho difeso la Nestoroff per il solo fatto che questa, invitando la signorina Luisetta ad andare in casa sua insieme con me, mi è parso intendesse staccarla dal Nuti, e farla compagna a me, supponendola mia amica.

Ora ecco, invece di staccarsi dal Nuti, la signorina Luisetta si staccava da me e mi faceva andar solo dalla Nestoroff. Neanche per un momento s'era fermata a considerare ch'era stata invitata insieme con me; l'idea d'essermi compagna non le era apparsa affatto; non aveva visto che il Nuti, non aveva pensato che a lui; e le mie parole certamente non le avevano prodotto altro effetto che quello di mettermi dalla parte della Nestoroff contro il Nuti e, per conseguenza, anche contro lei.

Se non che, mancato adesso lo scopo per cui avevo attribuito a quella le intenzioni benigne, ecco, ricadevo nella perplessità di prima e per giunta in preda a una sorda irritazione e mi sentivo diffidentissimo anch'io contro la Nestoroff. L'irritazione era per la signorina Luisetta, perché, mancato lo scopo, mi vedevo costretto a riconoscere ch'ella in fondo aveva ragione di diffidare. Insomma, m'appariva a un tratto evidente, che mi bastava aver compagna la signorina Luisetta per vincere ogni diffidenza. Senza di lei, la diffidenza ora riprendeva anche me, ed era quella di chi sa di potere da un passo all'altro esser colto a un laccio preparato con sottilissima astuzia.

Con quest'animo sono andato dalla Nestoroff, io solo. Ma pur mi spingeva una curiosità ansiosa di ciò che m'avrebbe detto e il desiderio di vederla da vicino, in[1] casa, benché non m'aspettassi né da lei né dalla casa alcuna rivelazione d'intimità.

Sono entrato in molte case, dacché ho perduto la mia, e in quasi tutte, aspettando che si presentasse il padrone o la padrona di casa, ho provato uno strano senso di fastidio e di pena insieme, alla vista dei mobili più o meno ricchi, disposti con arte, come in attesa d'una rappresentazione. Questa pena, questo fastidio io li sento più degli altri, forse, perché m'è rimasto inconsolabile in fondo all'anima il rimpianto della mia casetta all'antica, dove tutto spirava l'intimità, dove i mobilucci vecchi, amorosamente curati, invitavano alla schietta confidenza familiare e parevano contenti di serbar le impronte dell'uso che ne avevamo fatto, perché[2] in quelle impronte, se pure li avevano un po' logorati, un po' gualciti, erano i ricordi della vita vissuta con essi, a cui essi avevano partecipato. Ma veramente non riesco a comprendere come non debbano dare, se non proprio pena, fastidio certi mobili coi quali non osiamo prenderci nessuna confidenza, perché[3] ci sembra stieno lì ad ammonire con la loro rigida gracilità elegante, che la nostra noja, il nostro dolore, la nostra gioja non debbano né lasciarsi andare, né smaniare o dibattersi, né sussultare, ma esser contenuti nelle regole della buona creanza. Case fatte per gli altri, in vista della parte che vogliamo rappresentare in società; case d'apparenza, dove i mobili attorno possono anche farci vergognare, se per caso in un momento ci sorprendiamo in costume o in atteggiamento non confacenti a quest'apparenza e fuori della parte che dobbiamo rappresentare.

Sapevo che la Nestoroff abitava in un ricco quartierino ammobiliato[4] in via Mecenate. Fui introdotto dalla cameriera (senza dubbio preavvisata della mia visita) nel salotto; ma il preavviso aveva un po' sconcertato la cameriera, che s'aspettava di vedermi insieme con una signorina. Voi, per la gente che non vi conosce, che è tanta, non avete altra realtà che quella dei vostri calzoni chiari o del vostro soprabito marrone o dei vostri baffi all'inglese. Io per la cameriera ero uno che doveva venire insieme con una signorina. Senza la signorina potevo essere un altro. Ragion per cui dapprima fui lasciato davanti[1] alla porta.

– Solo? E la vostra amicuccia? – domandò la Nestoroff poco dopo nel salotto. Ma la domanda, arrivata a metà, tra *vostra* e *amicuccia* cadde, o piuttosto, smorì in una impreveduta alterazione di sentimento. L'*amicuccia* non fu quasi proferita.

Quest'impreveduta alterazione di sentimento le fu cagionata dal pallore del mio volto sbalordito, dallo sguardo de' miei occhi sbarrati in uno stupore quasi truce.

Guardandomi, ella comprese subito il perché del mio pallore e del mio sbalordimento, e subito diventò pallidissima anche lei; gli occhi le s'intorbidarono stranamente, le mancò la voce e tutto il suo corpo mi tremolò davanti quasi una larva.[2]

L'assunzione di quel suo corpo a una vita prodigiosa, in una luce da cui ella neppure in sogno avrebbe potuto immaginare di essere illuminata e riscaldata, in un trasparente, trionfale accordo con una natura attorno, di cui certo gli occhi suoi non avevano mai veduto il tripudio dei colori, era sei volte ripetuta, per miracolo d'arte e d'amore, in quel salotto, in sei tele di Giorgio Mirelli.

Fissata lì per sempre, in quella realtà divina ch'egli le aveva data, in quella divina luce, in quella divina fusione di colori, la donna che mi stava davanti che cos'era più ormai? in che laido smortume, in che miseria di realtà era ormai caduta? E aveva potuto osare di tingersi di quello strano color cùpreo i capelli, che lì nelle sei tele davano col loro colore naturale tanta schiettezza d'espressione al suo volto intento, dal sorriso vago, dallo sguardo perduto nella malìa d'un sogno triste lontano?

Ella si fece umile, si restrinse come per vergogna in sé, sotto il mio sguardo che certo esprimeva uno sdegno penoso. Dal modo con cui mi guardò, dalla contrazione dolorosa delle ciglia e delle labbra, da tutto l'atteggiamento della persona compresi ch'ella non solo sentiva di meritarsi il mio sdegno, ma lo accettava e me n'era grata, perché in questo sdegno, da lei condiviso, assaporava il castigo del suo delitto e della sua caduta. S'era guastata, s'era ritinti i capelli, s'era ridotta in quella realtà miserabile, conviveva con un uomo grossolano e violento, per fare strazio di sé: ecco, era chiaro; e voleva che nessuno ormai le s'accostasse per rimuoverla da quel disprezzo di sé, a cui s'era condannata, in cui riponeva il suo orgoglio, perché solo in questa ferma e fiera intenzione di disprezzarsi si sentiva ancor degna del sogno luminoso, nel quale per un momento aveva respirato e di cui le restava la testimonianza viva e perenne nel prodigio di quelle sei tele.

Non gli altri, non il Nuti, ma lei, lei sola, da sé, facendo una disumana violenza a se stessa, s'era strappata da quel sogno, n'era precipitata. Perché? Ah, la ragione, forse, era da cercare lontano, altrove. Chi sa le vie dell'anima? I tormenti, gli oscuramenti, le improvvise, funeste risoluzioni? La ragione, forse, si doveva cercare nel male che gli uomini le avevano fatto fin da bambina, nei vizii in cui s'era perduta durante la prima giovinezza randagia, e che nel suo stesso concetto le avevano offeso il cuore fino a non sentirselo più degno che[1] un giovinetto col suo amore lo riscattasse e lo nobilitasse.

Di fronte a questa donna così caduta, certo infelicissima e dalla infelicità sua resa nemica a tutti, e, più, a se medesima, che avvilimento, che nausea m'assalì d'improvviso della volgare meschinità dei casi in cui mi vedevo mescolato, della gente con cui m'ero messo a trattare, dell'importanza che avevo data e davo a loro, alle loro azioni, ai loro sentimenti! Come m'apparve stupido quel Nuti e grottesco nella sua tragica fatuità di figurino di moda tutto gualcito e brancicato nell'inamidatura imbrattata di sangue! Stupidi e grotteschi quei due Cavalena, marito e moglie! Stupido il Polacco, con quelle arie di condottiero invincibile! E stupida sopra tutto la parte mia, la parte che m'ero assunta di consolatore da un canto, di guardiano dall'altro e, in fondo all'anima, di salvatore per forza d'una povera piccina, a cui il triste e buffo disordine della sua famiglia aveva anche fatto assumere una parte quasi identica alla mia: cioè di salvatrice in ombra d'un giovine che non voleva esser salvato!

Mi sentii d'un tratto da questa nausea alienato da tutti, da tutto, anche da me stesso, liberato e come vôtato d'ogni interessamento per tutto e per tutti, ricomposto nel mio ufficio di manovratore impassibile d'una macchinetta di presa, ridominato soltanto dal mio primo sentimento, che cioè tutto questo fragoroso e vertiginoso meccanismo della vita, non può produrre ormai altro che stupidità. Stupidità affannose e grottesche! Che uomini, che intrecci, che passioni, che vita, in un tempo come questo? La follia, il delitto, o la stupidità. Vita da cinematografo! Ecco qua: questa donna che mi stava davanti, coi capelli di rame. Là, nelle sei tele, l'arte, il sogno luminoso d'un giovinetto che non poteva vivere in un tempo come questo. E qua, la donna, caduta da quel sogno; caduta dall'arte nel cinematografo.

Sù, dunque, una macchinetta da girare! Ci sarà un dramma qui? Ecco la protagonista.

– Attenti, si gira!

III

La donna, come aveva compreso in prima dall'espressione del mio volto lo sdegno, comprese l'avvilimento, la nausea in me, e il moto dell'animo che n'era seguito.

Quello – lo sdegno – le era piaciuto, forse perché intendeva valersene per il suo fine segreto, soggiacendo ad esso sotto i miei occhi con aria d'accorata umiltà. L'avvilimento, la nausea non le erano dispiaciuti, ché forse e più di me li provava anche lei. Le dispiacque la mia freddezza improvvisa, il vedermi d'un tratto ricomposto nell'abito della mia professionale impassibilità. E anche lei s'interì; mi guardò[1] freddamente; disse:

– Speravo di vedervi insieme con la signorina Cavalena.

– Le ho[2] dato da leggere il biglietto, – risposi. – Era già pronta per recarsi alla *Kosmograph*. L'ho pregata di venire...

– Non ha voluto?

– Non ha creduto. Forse per la sua qualità di ospite...

– Ah, – fece, buttando indietro il capo. – Ma anzi, – soggiunse, – io l'avevo invitata appunto per questo, per la sua qualità di ospite.

– Gliel'ho[3] fatto notare, – dissi.

– E non ha creduto che le convenisse venire?

Aprii le braccia.

Ella rimase un po' assorta a pensare; poi, quasi in un sospiro, disse:

– Ho sbagliato. Quel[4] giorno, ricordate? che andammo insieme al Bosco Sacro, mi parve gentile, e anche[1] contenta di stare accanto a me... Capisco che non era ancora ospite. Ma scusate, non siete[2] ospite anche voi?

Sorrise, per ferirmi, rivolgendomi quasi a tradimento questa domanda. E in verità, non ostante il mio proponimento di rimanere estraneo a tutto e a tutti, mi sentii ferire. Tanto che risposi:

– Ma tra due ospiti, lei sa bene, si può fare più conto dell'uno che dell'altro.

– Credevo il contrario, – disse. – Non vi fa piacere?

– Né piacere, né dispiacere, signora.

– Proprio vero? Scusate, non ho diritto di pretendere alla vostra sincerità. Ma io mi proponevo d'esser sincera con voi, oggi.

– E io[3] sono venuto...

– Perché la signorina Cavalena, come voi dite, ha voluto dimostrare di far più conto dell'altro ospite?

– No, signora. La signorina Cavalena ha detto di voler restare estranea.

– E anche voi?

– Io sono venuto.

– E io vi ringrazio moltissimo. Ma solo siete venuto! E questo – forse sbaglio ancora – non m'affida, non perché ritenga, badate, che anche voi, come la signorina Cavalena, facciate più conto dell'altro ospite; anzi, al contrario...

– Come sarebbe?

– Che di quell'altro ospite non v'importi niente: non solo, ma che vi farebbe anzi piacere che gli accadesse qualche male, anche per il fatto che la signorina Cavalena, non volendo venire con voi, ha dimostrato di tenere più a lui che a voi. Mi spiego?

– Ah, no, signora! S'inganna! – esclamai recisamente.

– Non vi contraria?

– Per nulla. Cioè... ecco, sinceramente... mi contraria, ma non più per me, ormai. Io veramente mi sento estraneo.[1]

– Ecco, vedete? – esclamò ella a questo punto, interrompendomi. – Questo ho temuto, vedendovi entrar solo. Confessate che voi non vi sentireste ora così estraneo, se la signorina fosse venuta con voi...

– Ma se io sono venuto lo stesso!

– Da estraneo.

– No, signora.[2] Guardi, io ho fatto più di quanto ella non creda. Ho parlato a lungo con quel disgraziato e ho cercato di dimostrargli in tutti i modi che non ha nulla da pretendere, dopo[3] quanto è accaduto, almeno secondo quello ch'egli stesso dice.

– Che[4] v'ha detto? – domandò la Nestoroff, impuntandosi e infoscandosi.

– Molte stupidaggini, signora, – risposi. – Farnetica. Ed è da temere, creda, tanto più, in quanto è incapace, secondo me, di qualunque sentimento veramente serio e profondo. Lo dimostra, già, il fatto che sia venuto qua con certi propositi...

– Di vendetta?

– Non propriamente di vendetta.[5] Non lo sa neppur lui! È un po' il rimorso... un rimorso che non vorrebbe avere; di cui avverte solo superficialmente il pungolo irritante, perché, ripeto, è incapace anche d'un pentimento vero, d'un pentimento sincero, che potrebbe maturarlo, farlo rinsavire. È[6] dunque un po' l'irritazione di questo rimorso, intollerabile; un po' la rabbia, o piuttosto (la rabbia sarebbe troppo forte per lui) diciamo la stizza, una stizza acerba, non confessata, di essere stato abbindolato...

– Da me?

– No. Non vuole confessarlo!

– Ma voi lo credete?

– Io credo, signora, che ella non lo abbia mai preso sul serio e si sia servita di lui per[7] staccarsi da...

Non volli proferire il nome: alzai la mano verso le sei tele. La Nestoroff corrugò le ciglia, abbassò il capo. Stetti un po' a mirarla e, deciso d'andare fino in fondo, insistetti:

– Egli parla di tradimento. Del[1] tradimento del Mirelli, che s'uccise per la prova che lui volle fargli d'esser facile ottenere da lei (scusi) ciò che il Mirelli non aveva potuto ottenere.

– Ah, dice[2] così? – domandò, scattando, la Nestoroff.

– Dice così, ma confessa di non avere ottenuto nulla da lei. Farnetica. Vuole aggrapparsi a lei, perché a star così – dice –[3] impazzirebbe.

La Nestoroff mi guardò quasi con sgomento.

– Voi lo disprezzate? – mi domandò.

Risposi:

– Non lo pregio di certo. Può farmi sdegno; può farmi anche compassione.

Balzò in piedi, come sospinta da un impeto irrefrenabile:

– Io sdegno, – disse, – quelli che sentono compassione.

Risposi con calma:

– Comprendo benissimo in lei[4] codesto sentimento.

– E mi disprezzate?

– No, signora, tutt'altro!

Si voltò a guardarmi; sorrise con amaro dispetto:

– Mi ammirate, allora?

– Ammiro in lei, – risposi, – ciò che in altri forse provoca lo sdegno; quello sdegno, del resto, che lei stessa vuole suscitare negli altri, per non provocarne la compassione.

Tornò a guardarmi più fissamente; mi s'appressò quasi a petto e mi domandò:

– E non volete dire con questo, in un certo senso, che avete anche compassione di me?

– No, signora. Ammirazione. Perché lei sa punirsi.

– Ah sì? Voi comprendete questo? – disse, alterandosi in volto e con un fremito, come se l'avesse colta un brivido improvviso.

– Da un pezzo, signora.

– Contro il disprezzo di tutti?

– Forse appunto a causa del disprezzo di tutti.

– Me ne sono accorta anch'io da un pezzo, – disse, tendendomi la mano e stringendo forte la mia. – Grazie. Ma so anche punire, credete! – soggiunse subito, minacciosa, ritraendo la mano e levandola in aria con l'indice teso. – So anche punire, senza compassione, perché non ne ho voluta mai per me e non ne voglio!

Si mise a passeggiare per la stanza, ripetendo:

– Senza compassione... senza compassione...

Poi, fermandosi:

– Vedete? – mi disse con occhi cattivi. – Io non ammiro voi, per esempio, che sapete vincere lo sdegno con la compassione.

– In questo caso, non dovrebbe ammirare neanche se stessa, – dissi sorridendo. – Pensi un po' e dica perché mi ha invitato a venire da lei questa mattina?

– Credete per compassione di quel... disgraziato, come voi avete detto?

– O di lui, o di qualche altro, o di lei stessa.

– Nient'affatto! –[1] negò con impeto. – No! No! Voi v'ingannate! Nessuna compassione, per nessuno! Io voglio esser questa; io voglio restare così. Io v'ho invitato a venire perché gli facciate intendere che non ho compassione di lui e non ne avrò mai!

– Ma, intanto, non vuole fargli del male.

– Voglio[2] fargli del male, appunto, lasciandolo dov'è e com'è.

– Ma se lei è così senza compassione, non gli

farebbe maggior male, accostandolo a sé? Lei vuole invece allontanarlo...

– Ma perché voglio io, io, restare così! Farei maggior male a lui, sì; ma farei un bene a me, perché mi vendicherei sopra di lui, anziché sopra di me. E che male credete che potrebbe venirmi da uno come lui? Non lo voglio io, capite? Non perché abbia compassione di lui, ma perché mi piace di non averne di me. Non m'importa del suo male, né m'importa di dargliene uno maggiore. Gli basta quello che ha. Vada a piangere lontano! Io non voglio piangere.

– Temo, – dissi, – che non abbia più voglia di piangere neanche lui.

– E che vuol fare?

– Mah! Non essendo, come le ho detto, capace di nulla; nell'animo in cui si trova, potrebbe essere purtroppo capace di tutto.

– Non lo temo, non lo temo! Vedete? è questo! Vi ho[1] invitato a venire da me per dirvi questo, per farvi intender questo e perché voi, a vostra volta, glielo facciate intendere. Non temo mi possa[2] venire da lui nessun male, neppure se m'uccidesse, neppure se, per causa sua, dovessi andare a finire in prigione! Corro anche questo rischio, sapete! Deliberatamente, mi sono esposta anche a questo rischio. Perché so con chi ho da fare. E non temo. Mi sono illusa di sentire un po' di timore: mi sono adoperata, in[3] questa illusione, ad allontanare di qua uno che minacciava violenze su me, su tutti. Non è vero. Ho[4] agito freddamente, non per timore! Qualunque male, anche questo, sarebbe minore per me. Un altro delitto, la prigione, la morte stessa, sarebbero[5] per me mali minori di quello che soffro adesso e nel quale voglio restare. Guaj a lui se tenta di suscitarmi un po' di compassione per me stessa o per lui. Non ne ho! Se voi ne avete per lui, voi che ne avete tanta per tutti, fate, fate che se ne vada! Ecco quello che desidero da voi, appunto perché io non temo di nulla!

Questo mi disse, mostrando in tutta la persona la smania disperata di non sentire veramente ciò che avrebbe voluto sentire.

Restai un tratto in una perplessità piena di sgomento, d'angoscia e d'ammirazione anche; poi tornai ad aprir le braccia e, per non promettere invano, le dissi del mio proposito di recarmi alla villetta di Sorrento.

Ella stette ad ascoltarmi, ristretta in sé, forse per attutire il bruciore che il ricordo di quella villetta e delle due donne sconsolate le cagionava; chiuse gli occhi dolorosamente; negò col capo; disse:

– Non otterrete nulla.

– Chi[1] sa! – sospirai. – Almeno per provare.

Mi[2] strinse forte la mano:

– Forse, – disse, – farò anch'io qualche cosa per voi.

La[3] guardai negli occhi, più costernato che curioso:

– Per me? E che cosa?

Alzò le spalle; sorrise con pena.

– Dico, forse... Qualche cosa. Vedrete.

– Io la ringrazio, – soggiunsi. – Ma non vedo proprio che cosa ella possa fare per me. Ho chiesto sempre così poco alla vita, e meno che mai intendo di chiederle ora. Non le chiedo anzi, proprio, più nulla, signora.

La salutai e andai via con l'animo sospeso da questa promessa misteriosa.

Che vorrà fare? Freddamente, come avevo supposto, ella ha fatto andar via Carlo Ferro, pur prevedendo senz'alcun timore, né per sé né per lui né per gli altri, ch'egli[4] da un momento all'altro possa piombar qui a commettere anche un delitto. E può, in questa previsione, pensar di fare qualche cosa per me? Che cosa? Come c'entro io in tutto questo tristo groviglio? Intende d'avvilupparmi in qualche modo in esso? e per che modo? Di me non ha potuto scorger altro, che l'amicizia lontana per Giorgio Mirelli e ora un sentimento vano per la signorina Luisetta. Non può prendermi né per quell'amicizia con uno già morto, né per questo sentimento che ora muore in me.

Eppure, chi sa? Non riesco a tranquillarmi.

IV

La villetta.

Era[1] quella? Possibile che fosse quella?

Eppure, di mutato, non c'era nulla, o ben poco. Solo quel cancello un po' più alto, quei due pilastri un po' più alti, in luogo dei pilastrini d'un tempo, da uno dei quali nonno Càrlo aveva fatto strappare la targhetta di marmo col suo nome.

Ma poteva quel cancello nuovo aver mutato così tutta l'aria della villetta antica?

Riconoscevo ch'era quella, e mi pareva impossibile che fosse; riconoscevo ch'era rimasta tal quale, e perché dunque mi sembrava un'altra?

Che tristezza! Il ricordo[2] che cerca di rifarsi vita e non si ritrova più nei luoghi che sembrano cangiati, che sembrano altri, perché il sentimento è cangiato, il sentimento è un altro. Eppure credevo d'essere accorso a quella villetta col mio sentimento d'allora, col mio cuore d'un tempo!

Ecco. Sapendo[3] bene che i luoghi non hanno altra vita, altra realtà fuori di quella che noi diamo a loro, io mi vedevo costretto a riconoscere con sgomento, con accoramento infinito: « Come sono cangiato! ». La realtà ora è questa. Un'altra.

Sonai[4] il campanello. Un altro suono. Ma ormai

non sapevo più se dipendesse da me o perché il campanello era un altro. Che tristezza!

Si presentò[1] un vecchio giardiniere, senza giacca, le maniche rimboccate fino al gomito, con l'annaffiatojo in mano e in capo un cappelluccio[2] senza falde, calcato sul cocuzzolo come uno zucchetto da prete.

– Donna Rosa Mirelli?

– Chi?

– È morta?

– Ma chi dite?

– Donna Rosa...

– Ah, se è morta? E chi lo sa?

– Non sta più qui?

– Ma io non so di che donna Rosa mi andate parlando. Qui[3] non ci sta. Qui ci sta Pèrsico, don Filippo, il cavaliere.[4]

– Ha moglie? Donna Duccella?

– Nossignore. È vedovo. Sta in città.

– Qui allora non c'è nessuno?

– Ci sono io, Nicola Tavuso, il giardiniere.

I fiori delle due siepi lungo il vialetto d'entrata, rossi, gialli, bianchi, erano immobili[5] e come smaltati nell'aria limpida silenziosa, stillanti ancora della recente annaffiatura. Fiori nati[6] jeri, ma su quelle siepi antiche. Li guardai: mi sconfortarono; dicevano che veramente c'era Tavuso lì adesso, per[7] loro, che li annaffiava bene ogni mattina, e glien'erano grati: freschi, senza odore, ridenti di tutte quelle stille d'acqua.

Per fortuna, sopravvenne una vecchia contadina, popputa ventruta fiancuta, enorme sotto una grossa cesta d'erbaggi, con un occhio chiuso gravato dalla pàlpebra gonfia e rossa, e l'altro vivo vivo, limpido, cilestre, invetrato di lagrime.

– Donna Rosa? Vih! la padrona antica... Tant'anni che non ci sta più... Viva, sissignore, poverella, come no?[1] Vecchierella... con la nipote, sissignore... donna Duccella, sissignore... Buona gente! tutta di Dio... Non ha voluto mondo, niente... Qui la casa l'hanno venduta, sissignore, da tant'anni a don Filippo *'u sùrice*...

– Pèrsico, il cavaliere.

– Andate, don Nicò, che don Filippo è conosciuto! Ne', signo', voi venite con me, che vi ci porto io da donna Rosa, accosto alla Chiesa Nuova.[2]

Prima d'andare, guardai un'ultima volta la villetta. Non era più niente; d'un tratto più niente; come se la vista mi si fosse all'improvviso snebbiata. Eccola là: meschina meschina, vecchia, vuota... più niente! E allora, forse... nonna Rosa, Duccella... Niente più, neppur esse? ombre di sogno, ombre mie dolci, ombre mie care, e niente altro?

Sentii freddo. Una durezza nuda, sorda, gelida. Le parole[3] di quella contadina grassa: – *Buona gente! Tutta di Dio... Non ha voluto mondo...* –. Ci sentii la chiesa: dura nuda gelida. Tra quel verde che non rideva più... Ma dunque?

Mi lasciai guidare. Non so che discorso lungo su quel don Filippo, a cui stava bene *sùrice*, perché... – un perché che non finiva mai... il governo passato... lui no, suo padre... uomo di Dio anche lui, ma... il suo, almeno per quello che si diceva... –. E con la stanchezza, nella stanchezza, andando, tante impressioni di realtà sgradevole, dura, nuda, gelida..., un asino[4] pieno di mosche che non voleva andare, la strada sudicia, un muro screpolato, il sudor fetido di quella donna grassa... Ah, che tentazione di svoltare per la stazione e riprendere il treno! Due, tre volte fui lì lì; mi trattenni; dissi: – Vediamo!

Una scaletta angusta, lercia, umida, quasi buja; e la vecchia che mi gridava da sotto:

– Diritto, andate diritto... Sù, al secondo piano...

Il campanello è rotto, signo'... Picchiate forte; è sorda; picchiate forte.

Come se fossi sordo io... « Qua? » dicevo tra me, salendo. « Come si sono ridotte qua? Cadute in miseria? Forse, due donne sole... Quel don Filippo... »

Al pianerottolo del secondo piano, due vecchie porte, basse, ritinte di fresco. Da una pendeva il cordoncino frusto del campanello. L'altra non ne aveva. Questa o quella? Picchiai prima a questa, forte, con la mano, una, due, tre volte. Mi[1] provai a tirare il campanello dell'altra: non sonava. Qua, allora? E picchiai qua, forte, tre volte, quattro volte... Niente! Ma come? sorda anche Duccella? o non era in casa con la nonna? Ripicchiai più forte. Stavo per andarmene, quando sentii per la scala le pedate grevi e l'ànsito di qualcuno che saliva faticosamente. Una donna tozza, vestita d'uno di quegli abiti che si portano per voto, col cordoncino della penitenza: abito color caffè, voto alla Madonna del Carmelo. In capo e su le spalle, la *spagnoletta* di merletto nero; in mano, un grosso libro di preghiere e la chiave di casa.

S'arrestò sul pianerottolo e mi guardò con gli occhi chiari, spenti nella faccia bianca, grassa, dalla bazza floscia: sul labbro, di qua e di là, agli angoli della bocca, alcuni peluzzi. Duccella.

Mi bastava; avrei voluto scapparmene! Ah, fosse almeno rimasta con quell'aria apatica, da ebete, con cui mi si piantò davanti, ancora un po' ansimante, sul pianerottolo! Ma no: volle farmi festa, volle esser graziosa, – lei, ora, così – con quegli occhi che non erano più i suoi, con quella faccia grassa e smorta di monaca, con quel corpo tozzo, obeso, e una voce, una voce e certi sorrisi che non riconoscevo più: festa, complimenti, cerimonie, come per una gran degnazione ch'io le facessi; e volle a ogni costo ch'entrassi a vedere la nonna che avrebbe avuto tanto piacere dell'onore... ma sì, ma sì...

– *Trasite*, prego, *trasite*...[1]

Per levarmela davanti le avrei dato uno spintone, anche a rischio di farle ruzzolare la scala! Che strazio molle! che cosa! Quella vecchia sorda, istolidita, senza più un dente in bocca, col mento aguzzo che le sbalzava orribilmente fin sotto il naso, biasciando a vuoto, e la lingua pallida che spuntava tra le labbra flaccide grinzose, e quegli occhiali grandi, che le ingrandivano mostruosamente gli occhi vani, operati di cateratta, tra le rade ciglia lunghe come antenne d'insetto![2]

– Vi siete fatta la posizione (*con la zeta dolce napoletana*) – la posi-zzi-o-ne.

Non mi seppe dir altro.

Scappai via, senza che mi passasse neppur per ombra, un momento, il pensiero di muovere il discorso per cui ero venuto. Che dire? che fare? perché chieder notizie del loro stato? se erano davvero cadute in miseria, come dall'aspetto della casa si poteva argomentare? Consolatissime di tutto, stolide e beate con Dio! Ah! che orrore, la fede! Duccella, il fiore vermiglio... nonna Rosa, il giardino della villetta coi gelsomini di bella notte...

In treno, mi parve di correre verso la follia, nella notte. In che mondo[3] ero? Quel mio compagno di viaggio, uomo di mezza età, nero, con gli occhi ovati, come di smalto, i capelli lucidi di pomata, era sì lui di questo mondo; fermo[4] e ben posato nel sentimento della sua tranquilla e ben curata bestialità, ci capiva tutto a meraviglia, senza[5] inquietarsi di nulla; sapeva bene tutto ciò che gli importava di sapere, dove andava, perché viaggiava, la casa ove sarebbe sceso, la cena che lo aspettava. Ma io?[6] Dello stesso mondo? Il viaggio suo e il mio... la sua notte e la mia... No, io non avevo tempo, né mondo, né nulla. Il treno[7] era suo; ci viaggiava lui. Come mai ci viaggiavo[1] anch'io? com'ero anch'io nel mondo dove stava lui? Come, in che era mia quella notte, se non avevo come viverla, nulla da farci? La sua notte e tutto il tempo l'aveva lui, quell'uomo di mezza età, che ora rigirava un po' infastidito il collo nel bianchissimo solino inamidato. No, né mondo, né tempo, né nulla: io ero fuori di tutto, assente da me stesso e dalla vita; e non sapevo più dove fossi né perché ci fossi. Immagini avevo dentro di me, non mie, di cose, di persone; immagini, aspetti, figure, ricordi di persone, di cose che non erano mai state nella realtà, fuori di me, nel mondo che quel signore si vedeva attorno e toccava. Avevo creduto di vederle anch'io, di toccarle anch'io, ma che![2] non era vero niente! Non le avevo trovate più, perché non c'erano state mai: ombre, sogno... Ma come avevano potuto venirmi in mente? donde? perché? C'ero anch'io, forse, allora? c'era un io che ora non c'era più? Ma no: quel signore di mezza età mi diceva di no: che c'erano gli altri, ciascuno a suo modo e col suo mondo e col suo tempo: io no, non c'ero; sebbene, non essendoci, non[3] avrei saputo dire dove fossi veramente e che cosa fossi, così senza tempo e senza mondo.

Non capivo più nulla. E nulla capii, quando, arrivato a Roma e giunto a casa, verso le dieci della sera, trovai nella sala da pranzo, lieti, come se nulla fosse stato, come se una nuova vita fosse incominciata durante la mia assenza, Fabrizio Cavalena, ritornato medico e rientrato in famiglia, Aldo Nuti, la signorina Luisetta e la signora Nene, raccolti a cena.

Come? perché? Che era avvenuto?

Non potei vincere l'impressione, che fossero così lieti e riconciliati tra loro per farmi dileggio, per ricompensarmi con lo spettacolo di quella loro letizia della pena che m'ero dato per essi; non solo, ma che, sapendo in quale animo dovessi trovarmi al ritorno di quella gita, si fossero accordati per finire di sconvolgermi totalmente, facendomi trovare anche qua una realtà quale non mi sarei mai aspettata.

Più di tutti lei, la signorina Luisetta, mi faceva dispetto, la signorina Luisetta che faceva la Duccella amorosa, quella Duccella, fiore vermiglio, di cui le avevo tanto parlato! Avrei voluto gridarle in faccia come l'avevo ora ritrovata laggiù, quella Duccella, e che smettesse, perdio, quella commedia, ch'era un'indegna e grottesca contaminazione! E anche a lui, al signorino, che pareva per prodigio ritornato quello di tant'anni fa, avrei voluto gridare in faccia, come e dove avevo ritrovate Duccella e nonna Rosa.

Ma bravi tutti! Laggiù, quelle due poverette, beate con Dio, e beati voi qua col diavolo! Caro Cavalena, ma sì, ritornato non solo medico, ma anche bambino, sposino, accanto alla sposina! No, tante grazie: non c'è[1] posto per me, tra voi: state comodi; non vi disturbate: non ho voglia né di mangiare, né di bere! Posso[2] fare a meno di tutto, io. Ho sprecato per voi un po' di quello che non mi serve affatto; voi lo sapete; un po' di quel cuore che non mi serve affatto; perché a me serve soltanto la mano: nessun obbligo dunque di ringraziarmi! Anzi, scusate se vi ho disturbato. Il torto è mio, che ho voluto immischiarmi. State comodi, state comodi, e buona notte.[3]

QUADERNO SETTIMO

I

Ho capito, ora.

Turbarsi? Ma no, via, perché? Tanta vita è passata; e morto è là, lontano, il passato. Ora la vita è qua, questa: un'altra. Sterrati, attorno, e[1] piattaforme; gli edificii fuorimano, quasi in campagna, tra il verde e l'azzurro, d'una Casa di cinematografia. E lei, qua, attrice ora... Attore anche lui? oh guarda! dunque colleghi? Ma bene; piacere...

Tutto bene, tutto liscio come l'olio. La vita. Questo fruscìo della gonna di seta turchina, ora, con questa bizzarra tunica di merletto bianco, e questo cappellino alato, come il casco del dio del commercio, sui capelli color di rame... già! La vita. Un po' di ghiaja rimossa con la punta dell'ombrellino; e un breve silenzio, con gli occhi invagati, fissi alla punta di quell'ombrellino che rimuove quel po' di ghiaja là.

– Come?[2] Ah, sì, caro: una gran noja.

Sarà, senza[3] dubbio, avvenuto questo, jeri, durante la mia assenza. La Nestoroff, con quegli occhi invagati, stranamente aperti, sarà andata alla *Kosmograph* apposta, per incontrarsi con lui; gli si sarà fatta innanzi con l'aria di niente, come si va innanzi a un amico, a un conoscente che si ritrovi per caso dopo tant'anni; e il farfallino, senza sospetto della ragna, s'è messo a battervi le ali sù, tutto esultante.

Ma come mai la signorina Luisetta non s'è accorta di nulla?

Ecco: questa soddisfazione alla signora Nestoroff

sarà mancata. Jeri, la signorina Luisetta, per festeggiare il ritorno in casa del babbo non è andata col signor Nuti alla *Kosmograph*. E la signora Nestoroff, così, non ha potuto avere il piacere di mostrare a quella signorina sdegnosetta che il giorno avanti non aveva voluto accettare l'invito, come subito ella, appena voglia, può staccare dal fianco di qualunque signorina sdegnosetta e riprendersi tutti i signorini matti che minacciano tragedie, pst! così, con un cenno del dito, e ammansarli subito subito, ubriacarli col solo fruscìo d'una gonna di seta e un po' di ghiaja rimossa con la punta dell'ombrellino. Noja, sì, una gran noja, certo, perché a questo piacere che le è mancato, ci teneva molto la[1] signora Nestoroff.

La sera, ignara di tutto, la signorina Luisetta ha veduto rientrare in casa il signorino con un'altr'aria, trasfigurato, festoso. Come avrebbe pensato che quella trasfigurazione, quella festosità potessero derivargli dall'incontro con la Nestoroff, se ogni qual volta con terrore ella pensa a quest'incontro, vede rosso, nero, uno scompiglio, la follìa, la tragedia? Dunque, così cangiato, così festoso, per il ritorno di papà in casa, anche lui? Ecco: che glien'importi poi molto, a lui, del ritorno di papà in casa, la signorina Luisetta non può credere, no; ma che ne provi piacere e voglia accordarsi alla festa degli altri, via, perché no? Come si spiegherebbe allora quella festosità? E c'è da essergliene grati; c'è da esserne lieti, perché questa festosità dimostra a ogni modo che l'animo di lui s'è fatto più lieve, più aperto, tanto da potervi accogliere facilmente la gioja degli altri.

Certo avrà pensato così la signorina Luisetta. Jeri; non oggi.

Oggi è venuta alla *Kosmograph* con me, tutta scurita in viso. S'è trovato, con molta sorpresa, che il signor Nuti era già uscito di casa pertempissimo, ancora a bujo. Non voleva mostrarmi, cammin facendo, il malumore e la costernazione, dopo lo spettacolo offertomi jersera della sua letizia; e m'ha domandato dov'ero stato io jeri e che avevo fatto. – Io? Mah! Una piccola gita di piacere... – E m'ero divertito? – Oh, molto! Almeno in principio. Poi... – cose che succedono! Disponiamo tutto bene per una gita di piacere; crediamo d'aver pensato a tutto, provveduto a tutto perché riesca serena, senza incidenti che ce la guastino; ma purtroppo c'è sempre qualche cosa, tra tante, a cui non pensiamo; una cosa ci sfugge... – ecco, per esempio, se è una famigliuola con molti bambini che voglia andare a merendare in campagna con la bella giornata, il pajo di scarpette del secondo bambino, dove c'è un chiodo, una cosa da niente, un chiodino, dentro, spuntato[1] sul calcagno, che bisognerebbe ribattere. La mammina ci ha pensato, appena levata di letto; ma poi, come si fa? tra tante cose da preparare per la scampagnata, non ci ha pensato più. E quel pajo di scarpette, con le due linguette sù, come le orecchie tese d'un coniglietto arguto, allineato in mezzo alle altre paja, lustrate tutte a dovere e pronte per essere calzate dai bimbi, resta là e par che goda in silenzio del dispetto che farà alla mammina che se n'è dimenticata e che ora, all'ultimo momento, ecco, s'affaccenda più che mai, in gran confusione, perché il babbo è giù a piè della scala e grida di far presto e anche tutti i bimbi le gridano attorno di far presto, impazienti. Quel pajo di scarpette, mentre la mammina lo piglia per calzarlo in fretta in furia al bambino, sogghigna:

« Eh sì, cara mammina; ma a me, vedi? non hai[2] pensato; e vedrai che io ti guasterò tutto: a mezza strada comincerò a pungere col chiodino il piede del tuo piccolo e lo farò piangere e zoppicare. »

Ebbene, anche[3] a me era accaduto qualcosa di

simile. No, nessun chiodino nelle scarpe da ribattere. Un'altra cosa m'era sfuggita... – Che cosa? – Niente: un'altra cosa... Non glielo volli dire. Un'altra cosa, signorina Luisetta, che forse da un gran pezzo dentro di me s'è guastata.

Che[1] la signorina Luisetta mi prestasse molta attenzione, non potrei dire. E, cammin facendo, mentre lasciavo parlar le labbra, pensavo: « Ah, tu non ti curi, cara piccina, di ciò che ti sto dicendo? La disavventura mia ti lascia indifferente? E tu vedrai con quale aria d'indifferenza io, a mia volta, per ripagarti con la stessa moneta, accoglierò il dispiacere che t'aspetta or ora, entrando alla *Kosmograph* con me: vedrai! ».

Difatti, dopo neanche cinque passi su lo spiazzo alberato davanti al primo edificio della *Kosmograph*, ecco là accanto, come due dolcissimi amici, il signor Nuti e la signora Nestoroff: questa, con l'ombrellino aperto, appoggiato e girante su una spalla.

Con che occhi[2] si voltò a guardarmi la signorina Luisetta! E allora io:

– Vede?[3] Passeggiano tranquilli. Fa[4] girar l'ombrellino, lei.

Così[5] pallida, però, così pallida era diventata la povera piccina, che temetti non mi cadesse a terra, svenuta: istintivamente protesi una mano a sorreggerla per un braccio; con ira ritrasse quel braccio e mi fissò gli occhi negli occhi. Certo le balenò il sospetto fosse opera mia, mia manovra (chi sa? d'accordo forse col Polacco), quella tranquilla e dolce riconciliazione[6] del Nuti con la signora Nestoroff, frutto della visita da me fatta a questa signora due giorni avanti e forse anche del mio misterioso allontanamento di jeri. Scherno vigliacco dovette sembrarle tutta questa macchinazione segreta, da lei immaginata in un lampo. Farle temere come imminente per tanti e tanti giorni una tragedia, se quei due si fossero incontrati; fargliene concepire tanto terrore; farle soffrire tanto strazio per placare le furie di colui con un inganno pietoso, che tanto le era costato, perché? per offrirle in premio alla fine quel delizioso quadretto della placida passeggiatina mattinale di quei due sotto gli alberi dello spiazzo? Oh vigliaccheria! per questo? per il gusto di deridere una povera piccina che aveva preso tutto sul serio, cacciata in mezzo a quell'intrigo laido e volgare? Non s'aspettava nulla di bene, lei, nelle buffe e tristi condizioni della sua vita; ma perché questo poi? perché anche lo scherno? Era vile!

Così mi dissero gli occhi della povera piccina. Potevo io lì per lì dimostrarle che il sospetto era ingiusto, che la vita è questa, oggi più che mai, fatta per offrire di questi spettacoli; e che io non ci avevo nessuna colpa?

M'ero indurito; mi piaceva che l'ingiustizia del sospetto ella scontasse soffrendo per quello spettacolo là, per quella gente là, a cui tanto io che lei, non richiesti, avevamo dato qualche cosa di noi, che ora dentro ci doleva, offesa, ferita. Ma ce lo meritavamo! E ora, averla[1] in questo compagna mi piaceva, mentre quei due passeggiavano di là, senza neppur vederci. « Indifferenza, indifferenza, signorina Luisetta, sù! Con permesso, » mi veniva di dirle, « scappo a prendere la mia macchinetta per impostarmi subito qua com'è mio obbligo, impassibile. »

E avevo su le labbra un sorriso strano, ch'era quasi il verso d'un cane, quando tra sé pensando digrigna. Guardavo intanto verso il portone[2] dell'edificio in fondo, da cui venivano fuori, incontro a noi, Polacco, il Bertini e Fantappiè. Improvvisamente[3] avvenne quello che in verità era da aspettarsi, e che dava ragione alla signorina Luisetta di tremare così, e torto[4] a me di volermi serbare indifferente. La mia maschera d'indifferenza fu costretta a scomporsi d'un tratto, alla minaccia d'un pericolo che parve a tutti davvero imminente e terribile. Lo vidi dapprima balenare nell'aspetto del Polacco, che ci si era fatto vicino col Bertini e Fantappiè. Parlavano tra loro, certo di quei due che seguitavano a passeggiare sotto gli alberi, e tutti e tre ridevano per qualche frizzo scappato di bocca a Fantappiè, quando d'improvviso ci s'arrestarono davanti coi visi sbiancati, gli occhi sbarrati, tutti e tre. Ma sopra tutto nell'aspetto del Polacco vidi il terrore. Mi voltai a guardare indietro: – Carlo Ferro!

Sopravveniva alle nostre spalle, ancora col berretto da viaggio in capo, com'era sceso or ora dal treno. E quei due, intanto, seguitavano a passeggiare di là, insieme, senz'alcun sospetto, sotto gli alberi. Li vide? Io non so. Fantappiè ebbe la presenza di spirito di gridar forte:

– Oh, Carlo Ferro!

La Nestoroff si voltò, piantò lì il compagno, e allora si vide – gratis – lo spettacolo commovente d'una domatrice che tra il terrore degli spettatori s'avanza incontro a una belva infuriata. Placida s'avanzò, senza fretta, ancora con l'ombrellino aperto su la spalla. E un[1] sorriso aveva su le labbra, che diceva a noi, pur senza degnarci d'uno sguardo: « Ma che paura, imbecilli! se ci sono qua io! ». E uno sguardo negli occhi, che non potrò mai dimenticare, proprio di chi sa che tutti debbano vedere che nessun timore può albergare in sé chi guardi e si faccia avanti[2] così. L'effetto di quello sguardo su la faccia feroce, sul corpo rabbuffato, sui passi concitati di Carlo Ferro fu mirabile. Non vedemmo la faccia, vedemmo quel corpo quasi afflosciarsi e i passi rallentarsi man mano che il fascino più da vicino[3] operava. Unico segno, che qualche agitazione doveva pur essere in lei, questo: che si mise a parlargli in francese.

Nessuno di noi guardò laggiù, dove Aldo Nuti era rimasto solo, piantato tra[1] gli alberi. Ma a un tratto m'accorsi che una tra noi, lei, la signorina Luisetta, guardava là, guardava lui, e non[2] aveva forse guardato altro, come se per lei il terrore fosse là e non in quei due a cui noi altri guardavamo, sospesi e sgomenti.

Ma non fu nulla, per il momento. A rompere la tempesta, facendo molto strepito, piombò su lo spiazzo, proprio in tempo, come un tuono provvidenziale, il commendator Borgalli insieme con parecchi socii della Casa e impiegati addetti all'amministrazione. Furono investiti il Bertini e il Polacco, ch'eran con noi; ma le fiere riprensioni del direttore generale si riferivano anche agli altri due direttori artistici assenti. – I lavori andavano a rilento! Nessun criterio direttivo; una gran confusione; babilonia, babilonia! Quindici, venti soggetti lasciati in asso: le compagnie sbandate qua e là, mentre già da un pezzo s'era detto che tutte dovevano trovarsi raccolte e pronte per il *film* della tigre, per cui migliaja e migliaja di lire erano state spese! Chi[3] in montagna, chi al mare; una cuccagna! Perché tenere ancora lì quella tigre? Mancava ancora tutta la parte dell'attore che doveva ucciderla? E dov'era quest'attore? Ah, arrivato adesso? E come? dov'era stato?

Attori, comparse, attrezzisti, una folla era sbucata fuori da ogni parte alle grida del commendator Borgalli, ch'ebbe la soddisfazione di misurar così, quanto grande fosse la sua autorità e quanto temuta e rispettata, dal silenzio in cui tutta quella gente si tenne e poi si sparpagliò, quand'egli concluse la sua concione ordinando:

– Al lavoro! sù, al lavoro!

Sparì dallo spiazzo, come sommerso prima da quell'affluire di gente, poi portato via dal rifluire di essa, ogni vestigio della – diciamo – drammatica situazione di poc'anzi; là, della Nestoroff e di Carlo Ferro; più là, del Nuti, solo, discosto, sotto gli alberi. Lo spiazzo ci restò davanti vuoto. Sentii la signorina Luisetta che mi gemeva accanto:

– Oh Dio, oh Dio, – e si storceva le manine. – Oh Dio, e adesso? che avverrà adesso?

La guardai con stizza, ma pure mi provai a confortarla:

– Ma che vuole che avvenga? stia tranquilla! Non ha veduto? Tutto combinato... Io ho almeno questa impressione. Ma sì, stia tranquilla! Questo ritorno di sorpresa del Ferro... Scommetto che lei lo sapeva; se pure lei stessa jeri non gli ha telegrafato di venire; sì, apposta, per farsi trovare lì in amichevole colloquio con lui, col signor Nuti. Creda pure che è così.

– Ma lui? lui?

– Chi lui? il Nuti?

– Se è tutto un giuoco di quei due...

– Teme che se n'accorga?

– Ma sì! ma sì!

E la povera piccina tornò a storcersi le manine.

– Ebbene? e se se n'accorge?[1] – dissi io. – Stia tranquilla, che non farà nulla. Creda che anche questo è calcolato.

– Da chi? da lei? da quella donna?

– Da quella donna. Si sarà prima accertata bene, parlando con lui, che quell'altro poteva sopravvenire a tempo, senza pericolo per nessuno; stia tranquilla! Se no, il Ferro non sarebbe sopravvenuto.

Ricatto. Questa mia asserzione racchiudeva una profonda disistima del Nuti; se la signorina Luisetta voleva tranquillarsi, doveva accettarla. Avrebbe tanto desiderato di tranquillarsi la signorina Luisetta; ma a questo patto no, non volle. Scosse il capo violentemente: no, no.

E allora, niente! Ma in verità, per quanta fiducia

avessi nell'accortezza fredda, nel potere della Nestoroff, ricordandomi ora delle furie disperate del Nuti, non mi sentivo neanch'io ben sicuro, che non ci fosse proprio da stare in pensiero per lui. Ma questo pensiero mi faceva crescer la stizza, già mossa per lo spettacolo di quella povera piccina spaventata. Contro la risoluzione di porre e tenere tutta quella gente là davanti alla mia macchinetta come pasto da darle a mangiare girando impassibile la manovella, mi vedevo anche io costretto a interessarmi ad essa ancora, a darmi ancora pensiero de' loro casi. Anche mi sovvennero le minacce, le fiere proteste della Nestoroff, che niente ella temeva da nessuno, perché qualunque altro male – un nuovo delitto, la prigione, la morte stessa – stimava per sé mali[1] minori di quello che soffriva in segreto e nel quale voleva durare. S'era forse tutt'a un tratto stancata di durarvi? Si doveva a questo la risoluzione da lei presa jeri, durante la mia assenza, d'andare verso il Nuti, contrariamente a quanto il giorno avanti mi aveva detto?

– Nessuna compassione, – mi aveva detto, – né per me né per lui!

Ha avuto improvvisamente compassione di sé? Di lui, no, certo! Ma compassione di sé, per lei vuol dire levarsi comunque, anche a costo d'un delitto, dalla punizione che si è data convivendo con Carlo Ferro. Risolutamente, all'improvviso, è[2] andata verso il Nuti e ha fatto venire Carlo Ferro. Che vuole? Che avverrà?

È avvenuto[3] questo, intanto, a mezzogiorno sotto il pergolato dell'osteria, dove – parte camuffati da indiani e parte da *turisti* inglesi – s'erano affollati moltissimi attori e attrici delle quattro compagnie. Erano tutti, o fingevano di essere adirati e in subbuglio per la sfuriata della mattina del commendator Borgalli, e cimentavano da un pezzo Carlo Ferro, facendogli intendere chiaramente che quella sfuriata la dovevano a lui, per aver egli messo avanti dapprima tante sciocche pretese e cercato poi di sottrarsi alla parte assegnatagli nel *film* della tigre, partendo, come se davvero ci fosse un gran rischio a uccidere una bestia mortificata da tanti mesi di prigionia: assicurazione di cento mila lire, patti, condizioni, ecc. Carlo[1] Ferro se ne stava seduto a un tavolino, in disparte, con la Nestoroff. Era giallo; appariva chiaramente che faceva sforzi enormi per contenersi; ci aspettavamo tutti che da un momento all'altro scattasse, insorgesse. Restammo perciò in prima sbalorditi, quando, invece di lui, un altro, a cui nessuno badava, scattò d'improvviso e insorse, facendosi innanzi al tavolino, a cui stavano il Ferro e la Nestoroff. Lui, il Nuti, pallidissimo. Nel silenzio pieno d'attesa violenta, un piccolo grido di spavento s'udì, a cui subito rispose un gesto di là, imperioso, della mano di Varia Nestoroff sul braccio di Carlo Ferro.

Il Nuti disse, guardando il Ferro fermamente[2] negli occhi:

– Vuol cedere a me il suo posto e la sua parte? M'impegno davanti a tutti d'assumerla senza patti e senza condizioni.

Non[3] balzò in piedi Carlo Ferro né s'avventò contro il provocatore. Con stupore di tutti s'abbassò invece, si distese sguajatamente su la seggiola; piegò il capo da una parte, come a guardare da sotto in sù, e prima alzò un poco il braccio su cui quella mano premeva, dicendo alla Nestoroff:

– La prego...

Poi, rivolgendosi al Nuti:

– Lei? la mia parte? Ma felicissimo, caro signore! Perché io sono un gran vigliacco... ho una paura, io, che lei non si può credere. Felicissimo, felicissimo, caro[4] signore!

E rise, come non ho veduto mai ridere nessuno.

Provocò un brivido in tutti quella risata, e tra questo brivido generale e sotto la sferza di quella risata restò il Nuti come smarrito, certo con l'animo vacillante nell'impeto che lo aveva spinto contro il rivale e che ora cadeva così, di fronte a quell'accoglienza sguajata e beffardamente remissiva. Si guardò attorno, e allora, all'improvviso, nel vedergli quella faccia pallida smarrita, tutti scoppiarono a ridere forte, a ridere forte di lui, irrefrenabilmente. La tensione angosciosa si scioglieva così, in quest'enorme risata di sollievo, alle spalle del provocatore. Esclamazioni di dileggio scattavano qua e là, come zampilli in mezzo al fragore della risata: – Ci ha fatto questa bella figura! – Preso in trappola! – Sorcetto!

Avrebbe fatto meglio il Nuti a mettersi a ridere anche lui con gli altri; ma, infelicissimamente, volle sostenersi in quella parte ridicola, cercando con gli occhi qualcuno a cui afferrarsi per tenersi ancora a galla in mezzo a quella tempesta d'ilarità, e balbettava:

– Dunque... dunque, accettato?... Farò io... Accettato!

Ma[1] anch'io, quantunque mi facesse pena, distolsi subito lo sguardo da lui per volgermi a guardare la Nestoroff che aveva negli occhi dilatati un riso di luce malvagio.[2]

II

Preso in trappola. Ecco tutto. Ha voluto questo e nient'altro la Nestoroff – che nella gabbia c'entrasse lui.

Per qual fine? Mi sembra facile intenderlo, dal modo con cui ha disposto le cose: che cioè tutti, prima, disprezzando Carlo Ferro ch'ella aveva persuaso o costretto ad allontanarsi, dicessero che nessun rischio si correva a entrare in quella gabbia, così che più ridicola poi, da parte del Nuti, apparisse la bravata d'entrarci, e dalle risa con cui questa bravata è stata accolta uscisse, se non proprio salvo, quanto meno mortificato fosse possibile, l'amor proprio di quello; e no, niente anzi mortificato, giacché per la soddisfazione maligna che si suol provare nel veder cadere un povero uccello nella pània, che quella pània non fosse una cosa gradevole ora tutti riconoscono; e bravo dunque il Ferro che se n'è saputo, a spese di quel passerotto, disimpacciare. Insomma, questo ha voluto, mi par chiaro: gabbare il Nuti, dimostrandogli che a lei stava a cuore di risparmiare al Ferro anche un fastidio da nulla e fin l'ombra d'un pericolo lontanissimo, com'è quello d'entrare in una gabbia a sparare a una bestia che tutti hanno detto mortificata da tanti mesi di prigionia. Ecco: lo ha preso pulitamente per il naso e tra le risa di tutti lo ha introdotto in quella gabbia.

Anche i più morali moralisti, senza volerlo, tra le righe delle loro favole lasciano scorgere un vivo compiacimento per le astuzie della volpe a danno del lupo o del coniglio o della gallina: e Dio sa che cosa rappresenta la volpe in quelle favole! La morale da cavarne è sempre questa: che il danno e le beffe restano agli sciocchi, ai timidi, ai semplici, e che sopra tutto da pregiare è dunque l'astuzia, anche quando non arriva all'uva e dice che ancora non è matura. Bella morale! Ma questo tiro giuoca sempre la volpe ai moralisti, che, per far[1] che facciano, non riescono mai a farle fare una cattiva figura. Avete voi riso della favola della volpe e dell'uva? Io no, mai. Perché[2] nessuna saggezza m'è apparsa più saggia di questa, che insegna a guarir d'ogni voglia, disprezzandola.

Questo ora – beninteso – lo dico per me, che vorrei

esser volpe e non sono. Non so dire uva acerba, io, alla signorina Luisetta. E questa povera piccina, al cui cuore non son potuto arrivare, ecco, fa di tutto perché io perda appresso a lei la ragione, la calma impassibile, la bella saggezza che mi sono più volte proposto di seguire, insomma quel mio tanto vantato *silenzio di cosa*. Vorrei disprezzarla, io, la signorina Luisetta, nel vederla così perduta dietro a quello sciocco; non posso. La povera piccina non dorme più, e me lo viene a dire in camera ogni mattina, con certi occhi che le cangiano di colore, ora azzurri intensi, ora verdi pallidi, con la pupilla che or si dilata per lo sgomento, or si restringe in un puntino in cui pare infitto lo spasimo più acuto.

Le domando: – Non dorme? Perché? –, spinto da una voglia cattiva, che vorrei e non so ricacciare indietro, di farla stizzire. La sua bella età, la stagione dovrebbero pure invitarla a dormire. No? Perché? Un bel gusto provo a costringerla a dirmelo, che non dorme per lui, perché teme che lui... Ah sì? E allora: – Ma no, dorma pure, che tutto va bene, benissimo. Vedesse con che impegno[1] lui s'è messo a rappresentare la parte nel *film* della tigre! Proprio bene, perché da giovanotto, lui, lo diceva, che se il nonno glielo avesse permesso, attore drammatico si sarebbe fatto; e non avrebbe mica sbagliato! Ottima disposizione naturale; vera eleganza signorile; perfetta compostezza da *gentleman* inglese al seguito della perfida *Miss* in viaggio nelle Indie! E bisogna vedere con quale garbata arrendevolezza accetta i consigli degli attori di professione, dei direttori Bertini e Polacco, e come si compiace delle loro lodi! Niente paura, dunque, signorina. Tranquillissimo... – Come si spiega? – Ma si spiega forse così, che non avendo fatto mai nulla, beato lui, in vita sua, ora che, per combinazione, s'è messo[2] a fare una cosa e proprio quella che un tempo gli sarebbe piaciuto di fare, ecco, ci ha preso gusto, ci si distrae, invanito.

No?[1] La signorina Luisetta dice di no, s'ostina a dire di no, di no, di no; che non le pare possibile; che non ci sa credere; che qualche violento proposito egli stia a covare, senza darlo a vedere.

Nulla più facile, quando un sospetto di questo genere si sia fissato, che scorgere in ogni minimo atto un segno rivelatore. E ne scorge tanti la signorina Luisetta! E me li viene a dire in camera ogni mattina: – scrive – è accigliato – non guarda – s'è scordato di salutare...

– Sì, signorina: e guardi, oggi s'è soffiato il naso con la mano sinistra, invece che con la mano destra!

Non ride la signorina Luisetta: mi guarda accigliata, per vedere s'io dico sul serio: poi se ne va sdegnata e mi manda in camera Cavalena suo padre, il quale – lo vedo – fa di tutto, pover'uomo, per superare in mia presenza la costernazione che la figliuola è riuscita a comunicargli fortissima, tentando d'assorgere a considerazioni astratte.

– La donna! – mi dice, scotendo le mani. – Lei, per sua fortuna (e così sempre sia, gliel'auguro di tutto cuore, signor Gubbio!) non l'ha incontrata, lei, su la sua via, la Nemica. Ma guardi me! Che sciocchi tutti coloro che, sentendo definir la donna « la nemica », vi rinfacciano subito: « Ma vostra madre? le vostre sorelle? le vostre figliuole? » come se per l'uomo, che in questo caso è figlio, fratello, padre, quelle fossero donne! Che donne? Nostra madre?[2] Bisogna che mettiamo nostra madre di fronte a nostro padre, come le nostre sorelle o le nostre figliuole di fronte[3] ai loro mariti; allora sì la donna, la nemica verrà fuori! C'è più per me di quella mia cara povera piccina? Ma io non ho la minima difficoltà ad ammettere, signor Gubbio, che anche lei, sicuro, la mia Sesè possa diventare, come tutte le altre donne di fronte all'uomo, la nemica. E non c'è bontà, non c'è remissione che tenga, creda! Quando, a uno svolto di strada, lei incontra proprio quella, quella che dico io, la nemica: ecco qua, tra due sta: o lei la ammazza, o lei si riduce come me! Ma quanti sono capaci di ridursi come me? Mi lasci almeno questa magra soddisfazione di dire[1] pochissimi, signor Gubbio, pochissimi!

Io gli rispondo che sono pienamente d'accordo.

– D'accordo? – mi domanda allora Cavalena, con sorpresa che s'affretta a dissimulare, per il timore ch'io possa per questa sorpresa indovinare il suo giuoco. – D'accordo?

E mi guarda timidamente negli occhi, come a sorprendere il momento di scivolare, senza guastar quest'accordo, dalla considerazione astratta al caso concreto. Ma qua l'arresto subito.

– Oh Dio, ma perché, – gli domando, – vuol credere per forza in un così fiero impegno della signora Nestoroff d'essere la nemica del signor Nuti?

– Come come? scusi? non le sembra? ma è! è la nemica! – esclama Cavalena. – Questo mi sembra indubitabile!

– E perché? – torno a domandargli. – Indubitabile a me sembra invece ch'ella non voglia essere per lui né amica, né nemica, né niente.

– Ma appunto per questo! – incalza Cavalena. – Scusi, o che forse la donna bisogna[2] considerarla in sé e per sé? Sempre di fronte a un uomo, signor Gubbio! Tanto più nemica, in certi casi, quanto più indifferente! E in questo caso poi, l'indifferenza, scusi, adesso? dopo tutto il male che gli ha fatto? E non basta; anche il dileggio? Ma scusi!

Sto a guardarlo un poco e mi rifaccio con un sospiro a domandargli daccapo:

– Benissimo. Ma perché ora vuol credere per forza che al signor Nuti l'indifferenza e il dileggio della signora Nestoroff abbiano provocato, non so, ira, sdegno, propositi violenti di vendetta? Da che cosa l'argomenta? Non li dà affatto a vedere! Si mostra calmissimo, attende con piacere evidente alla sua parte di *gentleman* inglese...

– Non è naturale! non è naturale! – protesta Cavalena, scrollando le spalle. – Creda, signor Gubbio, non è naturale! Mia figlia ha ragione. Lo vedessi piangere d'ira o di dolore, smaniare, torcersi, macerarsi, *amen*, direi: « Ecco, pende verso l'uno o verso l'altro dei due partiti ».

– Cioè?

– Dei due partiti che si possono prendere quando si ha di fronte la nemica. Mi spiego? Ma questa calma, no, non è naturale! L'abbiamo veduto pazzo qua, per questa donna, pazzo da catena; e ora... ma che! non è naturale! non è naturale!

Io faccio allora un segno con un dito, che il povero Cavalena in prima non intende.

– Che vuol dire? – mi domanda.

Gli rifaccio[1] il segno; poi, placido placido:

– Più sù, ecco, più sù...

– Più sù... che cosa?

– Un gradino più sù, signor Fabrizio; salga un gradino più sù di codeste considerazioni astratte, di cui ha voluto darmi un saggio in principio. Creda che, se vuol confortarsi, è l'unica. Ed è anche di moda, oggi.[2]

– Come sarebbe? – mi domanda, stordito, Cavalena.

E io:

– Evadere, signor Fabrizio, evadere; sfuggire al dramma! È una bella cosa, e anche di moda, le ripeto. E-va-po-rar-si in dilatazioni, diciamo così, liriche, sopra le necessità brutali della vita, a contrattempo e fuori di luogo e senza logica; sù, un gradino più sù di ogni realtà che accenni a precisarcisi piccola e cruda davanti[1] agli occhi. Imitare, insomma, gli uccellini in gabbia, signor Fabrizio, che fanno sì, qua e là, saltellando, le loro porcheriole, ma poi ci svolazzano sopra: ecco, prosa e poesia; è di moda. Appena le cose si mettono male, appena due, poniamo, vengono alle mani o ai coltelli, via, sù, guardare in sù, che tempo fa, le rondini che volano, o magari i pipistrelli, se[2] qualche nuvola passa; in che fase è la luna e se le stelle pajono d'oro o d'argento. Si passa per originali e si fa la figura di comprendere più vastamente la vita.

Cavalena mi guarda con tanto d'occhi: forse gli sembro impazzito.

– Eh, – poi dice. – Poterlo fare!

– Facilissimo, signor Fabrizio! Che ci vuole? Appena un dramma le si delinea davanti, appena le cose accennano di prendere un po' di consistenza e stanno per balzarle davanti[3] solide, concrete, minacciose, cavi fuori da lei il pazzo, il poeta crucciato, armato di una pompettina aspirante; si metta a pompare dalla prosa di quella realtà meschina, volgare, un po' d'amara poesia, ed ecco fatto!

– Ma il cuore? – mi domanda Cavalena.

– Che cuore?

– Perdio, il cuore! Non bisognerebbe averne!

– Ma che cuore, signor Fabrizio! Niente. Sciocchezze. Che vuole che importi al mio cuore se Tizio piange o se Cajo si sposa, se Sempronio ammazza Filano, e via dicendo? Io evado, sfuggo al dramma, mi dilato, ecco, mi dilato!

Dilata invece sempre più gli occhi il povero Cavalena. Io sorgo in piedi e gli dico per concludere:

– Insomma, alla sua costernazione e a quella della sua figliuola, signor Fabrizio, io rispondo così: che non voglio più saperne di nulla; mi sono seccato di tutto, e vorrei mandare a gambe in aria ogni cosa. Signor Fabrizio, lo dica alla sua figliuola: io faccio l'operatore, ecco!

E me ne vado alla *Kosmograph*.

III

Siamo, se Dio vuole, alla fine. Non manca più, ormai, che l'ultimo quadro dell'uccisione della tigre.

La tigre: ecco, preferisco, se mai, costernarmi di lei; e vado a farle una visita, l'ultima, dinanzi[1] alla gabbia.

S'è abituata a vedermi, la bella belva, e non si smuove. Solo aggrotta un po' le ciglia, per fastidio; ma sopporta la mia vista insieme col peso di questo silenzio di sole, grave, attorno, che qua nella gabbia s'impregna di forte lezzo ferino. Il sole entra nella gabbia ed essa socchiude gli occhi forse per sognare, forse per non vedersi addosso le liste d'ombra projettate dalle sbarre di ferro. Ah, dev'essere tremendamente seccata anche lei; seccata anche di questa mia pietà; e credo che, per farla cessare con un giusto compenso, volentieri mi divorerebbe. Questo desiderio, ch'essa riconosce per via di quelle sbarre inattuabile, la fa sospirare profondamente; e poiché se ne sta lunga sdrajata, col capo languido abbandonato su una zampa, vedo al sospiro levarsi una nuvoletta di polvere dal tavolato della gabbia. Mi fa proprio pena questo sospiro, pure intendendo perché essa lo ha emesso: c'è il riconoscimento doloroso della privazione a cui l'hanno condannata del suo diritto naturale di divorarsi l'uomo, ch'essa ha tutta la ragione di considerare suo nemico.

– Domani, – le dico. – Domattina, cara, codesto supplizio finirà. È vero che codesto supplizio è ancora una cosa per te, e che, quando sarà finito, per te non sarà più niente. Ma tra codesto supplizio e niente, forse meglio niente! Così, lontana dai tuoi selvaggi luoghi, senza poter sbranare né far più paura a nessuno, che tigre sei tu? Senti, senti... Preparano di là la gabbia grande... Tu sei già avvezza a sentire queste martellate, e non ci fai più caso. Vedi, in questo sei più fortunata dell'uomo: l'uomo può pensare, udendo le martellate: « Ecco sono per me; sono quelle del fabbro che mi sta apparecchiando la cassa ». Tu già ci sei, nella cassa, e non lo sai: sarà una gabbia molto più grande di questa; e avrai la consolazione d'un po' di colore locale anche qui: figurerà un pezzo di bosco. La gabbia, ove ora stai, sarà trasportata di là e accostata fino a farla combaciare con quella. Un macchinista salirà qua, sul[1] cielo di questa, e ne tirerà sù lo sportello, mentre un altro macchinista tirerà lo sportello dell'altra; e tu allora di fra i tronchi degli alberi t'introdurrai guardinga e meravigliata. Ma avvertirai subito un ticchettìo curioso. Niente! Sarò io, che girerò sul treppiedi la macchinetta; sì, dentro la gabbia anch'io, con te; ma tu non badare a me! vedi? appostato un po' innanzi a me c'è un altro, un altro che prende la mira e ti spara, ah! eccoti giù, pesante, fulminata nello slancio... Mi accosterò; farò[2] cogliere senza più pericolo alla macchinetta i tuoi ultimi tratti, e addio!

Se finirà così...

Questa sera, uscendo dal *Reparto del Positivo*, ove, per la premura che fa il Borgalli, ho dato una mano anch'io per lo sviluppo e la legatura dei pezzi di questo *film* mostruoso, mi son veduto venire incontro Aldo Nuti per accompagnarsi insolitamente con me fino a casa. Ho notato subito che si studiava, o meglio, si sforzava di non dare a vedere che aveva qualche cosa da dirmi.

– Va a casa?

– Sì.

– Anch'io.

A un certo punto mi domandò:

– È stato oggi alla *Sala di prova*?

– No. Ho lavorato giù, al Reparto.

Silenzio per un tratto. Poi ha tentato con pena un sorriso, che voleva parere di compiacimento:

– Si sono provati i miei pezzi. Hanno[1] fatto buona impressione a tutti. Non[2] avrei immaginato che potessero riuscire così bene. Uno specialmente.[3] Avrei voluto che lei lo vedesse.

– Quale?

– Quello che mi presenta solo, per un tratto, staccato dal quadro, ingrandito, con un dito così su la bocca, in atto di pensare. Forse dura un po' troppo... viene troppo avanti la figura... con quegli occhi... Si possono contare i peli delle ciglia. Non[4] mi pareva l'ora che sparisse dallo schermo.

Mi[5] voltai a guardarlo; ma mi sfuggì subito in un'ovvia considerazione:

– Già! – disse. – È curioso l'effetto che ci fa la nostra immagine riprodotta fotograficamente, anche in un semplice ritratto, quando ci facciamo a guardarla la prima volta. Perché?

– Forse, – gli risposi, – perché ci sentiamo lì fissati in un momento, che già non è più in noi; che resterà, e che si farà man mano sempre più lontano.

– Forse! – sospirò. – Sempre più lontano per noi...

– No, – soggiunsi, – anche per l'immagine. L'immagine invecchia anch'essa, tal quale come invecchiamo noi a mano a mano. Invecchia, pure fissata lì sempre in quel momento; invecchia giovane, se siamo giovani, perché quel giovane lì diviene d'anno in anno sempre più vecchio con noi, in noi.

– Non capisco.

– È facile intenderlo, se ci pensa un poco. Guardi: il tempo, da lì, da quel ritratto, non procede più innanzi, non s'allontana sempre più d'ora in ora con noi verso l'avvenire; pare che resti lì fissato, ma s'allontana anch'esso, in senso inverso; si sprofonda sempre più nel passato, il tempo. Per conseguenza l'immagine, lì, è una cosa morta che col tempo s'allontana man mano anch'essa sempre più nel passato: e più è giovane e più diviene vecchia e lontana.

– Ah già, così... Sì, sì, – disse. – Ma c'è qualche cosa di più triste. Un'immagine invecchiata giovane a vuoto.

– Come, a vuoto?

– L'immagine di qualcuno morto[1] giovane.

Mi voltai di nuovo a guardarlo; ma egli soggiunse subito:

– Ho un ritratto di mio padre, morto giovanissimo, circa all'età mia; tanto che io non l'ho conosciuto. L'ho custodita con reverenza, quest'immagine, benché non mi dica nulla. S'è invecchiata anch'essa, sì, profondandosi, come lei dice, nel passato. Ma il tempo che ha invecchiato l'immagine, non ha invecchiato mio padre; mio padre non l'ha vissuto questo tempo. E si presenta a me, a vuoto, dal vuoto di tutta questa vita che per lui non è stata; si presenta a me con la sua vecchia immagine di giovane che non mi dice nulla, che non può dirmi nulla, perché non sa neppure ch'io ci sia. E difatti è un ritratto[2] ch'egli si fece prima di sposare; ritratto, dunque, di quando non era mio padre. Io in lui, lì, non ci sono, come tutta la mia vita è stata senza di lui.

– È triste...

– Triste, sì. Ma in ogni famiglia, nei vecchi album di fotografie, sui tavolinetti davanti al canapè dei salotti provinciali, pensi quante immagini ingiallite di gente che non dice più nulla, che non si sa più chi sia stata, che abbia fatto, come sia morta...

D'improvviso cambiò discorso per domandarmi, accigliato:

– Quanto può durare una pellicola?

Non si rivolgeva più a me, come a uno con cui avesse piacere d conversare; ma a me come operatore. E il tono della voce era così diverso, così cangiata l'espressione del volto, ch'io sentii di nuovo, a un tratto, sommuoversi dentro di me il dispetto che covo in fondo da un pezzo contro tutto e contro tutti. Perché voleva sapere quanto può durare una pellicola? S'era accompagnato con me per informarsi di questo? o per il gusto di farmi spavento, lasciandomi trapelare che intendeva di compiere qualche sproposito il giorno appresso, così che di quella passeggiata dovesse restarmi un tragico ricordo o un rimorso?

Mi sorse la tentazione di piantarmi su due piedi e di gridargli in faccia:

« Oh sai, caro? Con me la puoi smettere, perché di te non me n'importa proprio nulla! Tu puoi far tutte le pazzie che ti parrà e piacerà, questa sera, domani: io non mi commuovo! Mi domandi forse quanto può durare una pellicola per farmi pensare che tu lasci di te quella tua immagine col dito su la bocca? E credi forse di dover riempire e spaventare tutto il mondo con quella tua immagine ingrandita, nella quale *si possono contare i peli delle ciglia*? Ma che vuoi che duri una pellicola? »

Scrollai le spalle e gli risposi:

– Secondo l'uso che se ne fa.

Anche lui dal tono della mia voce, cangiato, comprese certo cangiata la disposizione del mio animo verso di lui, e mi guardò allora in un modo che mi fece pena.

Ecco: egli era qua ancora su la terra un piccolo

essere. Inutile, quasi nullo; ma era, e m'era accanto, e soffriva. Pure lui soffriva, come tutti gli altri, della vita che è il vero male di tutti. Per non degne ragioni ne soffriva sì lui; ma di chi la colpa se così piccolo era nato? Anche così piccolo soffriva e la sua sofferenza era grande per lui, comunque[1] indegna... Era della vita! per uno dei tanti casi della vita, che s'era abbattuto su lui per togliergli tutto quel poco che aveva in sé e schiantarlo e distruggerlo! Ora era qua, ancora accanto a me, in una sera di giugno, di cui non poteva respirare la dolcezza; domani forse, poiché la vita gli s'era così voltata dentro, non sarebbe stato più: quelle sue gambe non le avrebbe più mosse per camminare; non lo avrebbe più veduto quel viale per cui andavamo; e non se le sarebbe più calzate al piede da sé quelle belle scarpette verniciate e quei calzini di seta, e né più si sarebbe, anche in mezzo alla disperazione, compiaciuto ogni mattina, davanti[2] allo specchio dell'armadio, dell'eleganza del suo abito inappuntabile su la bella persona svelta ch'io potevo toccare, ecco, ancora viva, sensibile, accanto a me.

« Fratello... »

No: non gli dissi questa parola. Si sentono certe parole, in un momento fuggevole: non si dicono. Gesù poté dirle, che non vestiva come me e non faceva come me l'operatore. In una umanità che prende diletto d'uno spettacolo cinematografico e ammette in sé un mestiere come il mio, certe parole, certi moti dell'animo diventano ridicoli.

« Se dicessi fratello a questo signor Nuti, » pensai, « egli se n'offenderebbe; perché... sì, avrò potuto fargli un po' di filosofia su le immagini che invecchiano, ma che sono io per lui? Un operatore: una mano che gira una manovella. »

Egli è un « signore », con la follia forse già dentro la scatoletta del cranio, con la disperazione in cuore, ma un ricco « signore titolato » che si ricorda bene d'avermi conosciuto studentello povero, umile ripetitore di Giorgio Mirelli nella villetta di Sorrento. Vuol tenere la distanza tra me e lui, e mi obbliga a tenerla anch'io, ora, tra lui e me: quella che il tempo e la professione mia hanno stabilito. Tra lui e me, la macchinetta.

– Scusi, – mi domandò, poco prima d'arrivare a casa, – domani come farà lei a prendere la scena dell'uccisione della tigre?

– È facile, – risposi. – Starò dietro di lei.[1]

– Ma non ci saranno i ferri della gabbia? l'ingombro delle piante?

– Per me, no. Starò[2] dentro la gabbia con lei.

Si fermò a guardarmi, sorpreso:

– Dentro la gabbia anche lei?

– Certo, – risposi placidamente.

– E se... se io fallissi il colpo?

– So che lei è un tiratore provetto. Ma, del resto, poco male! Tutti gli attori, domani, staranno attorno alla gabbia ad assistere alla scena. Parecchi saranno armati e pronti a sparare anch'essi.

Stette un po' aggrondato a pensare, come se questa notizia lo contrariasse.

– Non spareranno mica prima di me, – poi disse.

– No, certo. Spareranno, se ce ne sarà bisogno.

– Ma[3] allora, – domandò, – perché quel signore là... quel signor Ferro aveva messo avanti tutte quelle pretese, se non c'è veramente nessun pericolo?

– Perché col Ferro questi altri, fuori della gabbia, armati, forse non ci sarebbero stati.

– Ah, dunque ci sono per me? Hanno preso questa misura di precauzione per me? È ridicolo! Chi l'ha presa? L'ha forse presa lei?[4]

– Io no. Che c'entro io?

– Come lo sa, allora?

– L'ha detto Polacco.

– L'ha[1] detto a lei? Dunque, l'ha presa Polacco? Ah, domani mattina mi sentirà! Io non voglio, ha capito? io non voglio!

– Lo dice a me?

– Anche a lei!

– Caro signore, creda pure che a me non fa né caldo né freddo: colpisca o fallisca il colpo; faccia dentro la gabbia tutte le pazzie che vuole: io[2] non mi commuovo, stia sicuro. Qualunque cosa accada, seguiterò impassibile a girar la macchinetta. Se lo tenga bene in mente!

IV

Girare, ho girato. Ho mantenuto la parola: fino all'ultimo. Ma la vendetta che ho voluto compiere dell'obbligo che m'è fatto, come servitore d'una macchina, di dare in pasto a questa macchina la vita, sul più bello la vita ha voluto ritorcerla contro me. Sta bene. Nessuno intanto potrà negare ch'io non abbia ora raggiunto la mia perfezione.

Come operatore, io sono ora, veramente, perfetto.[3]

Dopo circa un mese dal fatto atrocissimo, di cui ancora si parla da per tutto, conchiudo queste mie note.

Una penna e un pezzo di carta: non mi resta più altro mezzo per comunicare con gli uomini. Ho perduto la voce; sono rimasto[4] muto per sempre. In una parte di queste mie note sta scritto: « Soffro di questo mio silenzio, in cui tutti entrano come in un luogo di sicura ospitalità. *Vorrei ora che il mio silenzio si chiudesse del tutto intorno*[5] *a me* ». Ecco, s'è chiuso. Non potrei meglio di così impostarmi servitore d'una macchina.

Ma ecco tutta la scena, come s'è svolta.

Quello sciagurato, la mattina appresso, si recò dal Borgalli a protestare fieramente contro il Polacco per la figura ridicola a cui questi a suo credere intendeva esporlo con quella misura di precauzione. Pretese[1] a ogni costo che fosse revocata, dando un saggio a tutti, se occorreva, della sua ben nota valentia di tiratore. Il Polacco si scusò davanti al Borgalli dicendo d'aver preso quella misura non per poca fiducia nel coraggio o nell'occhio del Nuti, ma per prudenza, conoscendo il Nuti molto nervoso, come del resto ne dava or ora la prova con quella protesta così concitata, in luogo del doveroso, amichevole ringraziamento ch'egli s'aspettava.

– Poi, – soggiunse infelicemente, indicando me, – ecco, commendatore, c'è anche Gubbio qua, che deve entrar nella gabbia...

Mi guardò con tale disprezzo quel disgraziato, che subito io scattai, rivolto a Polacco:

– Ma no, caro! Non dire per me, ti prego! Tu sai bene ch'io starò a girare tranquillo, anche se vedo questo signore in bocca e tra le zampe della bestia!

Risero gli attori accorsi ad assistere alla scena; e allora Polacco si strinse nelle spalle e si rimise, o piuttosto, finse di rimettersi. Per mia fortuna, com'ho saputo dopo, pregò segretamente Fantappiè e un altro di tenersi di nascosto armati e pronti al bisogno. Il Nuti andò nel suo camerino a vestirsi da cacciatore; io andai nel *Reparto del Negativo* a preparare per il pasto la macchinetta. Per fortuna della Casa, tolsi là di pellicola vergine molto più che non bisognasse, a giudicare approssimativamente della durata della scena. Quando ritornai su lo spiazzo ingombro, in mezzo del gabbione enorme iscenato da bosco, l'altra gabbia, con la tigre dentro, era già stata trasportata e accostata per modo che le due gabbie s'inserivano l'una nell'altra. Non c'era che da tirar sù lo sportello della gabbia più piccola.

Moltissimi attori delle quattro compagnie s'erano disposti di qua e di là, da presso, per poter vedere dentro la gabbia di fra i tronchi e le fronde che nascondevano le sbarre. Sperai per un momento che la Nestoroff, ottenuto l'intento che s'era proposto, avesse avuto almeno la prudenza di non venire. Ma eccola là, purtroppo.

Si teneva fuori della ressa, discosta, in disparte, con Carlo Ferro, vestita di verde gajo, e sorrideva chinando frequentemente il capo alle parole che il Ferro le diceva, benché dall'atteggiamento fosco con cui il Ferro le stava accanto apparisse chiaro che a quelle parole ella non avrebbe dovuto rispondere con quel sorriso. Ma era per gli altri, quel sorriso, per tutti coloro che stavano a guardarla, e fu anche per me, più vivo, quando la fissai; e mi disse ancora una volta che non temeva di nulla, perché quale fosse per lei il maggior male io lo sapevo: ella lo aveva accanto – eccolo là – il Ferro; era la sua condanna, e fino all'ultimo con quel sorriso voleva assaporarlo nelle parole villane, ch'egli forse in quel punto le diceva.

Distogliendo gli occhi da lei, cercai quelli del Nuti. Erano torbidi. Evidentemente anche lui aveva scorto la Nestoroff là in distanza; ma volle finger di no. Tutto il viso gli s'era come stirato. Si sforzava di sorridere, ma sorrideva con le sole labbra, appena, nervosamente, alle parole che qualcuno gli rivolgeva. Il berretto di velluto nero in capo, dalla lunga visiera, la giubba rossa, una tromba da caccia, d'ottone, a tracolla, i calzoni bianchi, di pelle, aderenti alle cosce, gli stivali con gli sproni, il fucile in mano: ecco, era pronto.

Fu sollevato di qua lo sportello del gabbione, per cui dovevamo introdurci io e lui; a facilitarci la salita, due apparatori accostarono uno sgabello a due gradi. S'introdusse prima lui, poi io. Mentre disponevo la macchina sul treppiedi, che m'era stato porto attraverso lo sportello, notai che il Nuti prima s'inginocchiò nel punto segnato per il suo appostamento, poi si alzò e andò a scostare un po' in una parte del gabbione le fronde, come per aprirvi uno spiraglio. Io solo avrei potuto domandargli:

« Perché? »

Ma la disposizione d'animo stabilitasi tra noi non ammetteva che ci scambiassimo in quel punto neppure una parola. Quell'atto poi poteva essere da me interpretato in più modi, che m'avrebbero tenuto incerto in un momento che la certezza più sicura e precisa m'era necessaria. E allora fu per me come se il Nuti non si fosse proprio mosso; non solo non pensai più a quel suo atto, ma fu proprio come se io non lo avessi affatto notato.

Egli si riappostò al punto segnato, imbracciando il fucile; io dissi:

– Pronti.

S'udì dall'altra gabbia il rumore dello sportello che s'alzava. Polacco, forse vedendo la belva muoversi per entrare attraverso lo sportello alzato, gridò nel silenzio:

– Attenti, si gira!

E io mi misi a girare la manovella, con gli occhi ai tronchi in fondo, da cui già spuntava la testa della belva, bassa, come protesa a spiare in agguato; vidi quella testa piano ritrarsi indietro, le due zampe davanti restar ferme, unite, e quelle di dietro a poco a poco silenziosamente raccogliersi e la schiena tendersi ad arco per spiccare il salto. La mia mano obbediva impassibile alla misura che io imponevo al movimento, più presto, più piano, pianissimo, come se la volontà mi fosse scesa – ferma, lucida, inflessibile – nel polso, e da qui governasse lei sola, lasciandomi libero il cervello di pensare, il cuore di sentire; così che seguitò la mano a obbedire anche quando con terrore io vidi il Nuti distrarre dalla belva la mira e volgere lentamente la punta del fucile là dove poc'anzi aveva aperto tra le frondi lo spiraglio, e sparare, e la tigre subito dopo lanciarsi su lui e con lui mescolarsi, sotto gli occhi miei, in un orribile groviglio. Più forti delle grida altissime levate da tutti gli attori fuori della gabbia accorrenti istintivamente verso la Nestoroff caduta al colpo, più forti degli urli di Carlo Ferro, io udivo qua nella gabbia il sordo ruglio della belva e l'affanno orrendo dell'uomo che s'era abbandonato alle zanne, agli artigli di quella, che gli squarciavano la gola e il petto; udivo, udivo, seguitavo a udire su quel ruglio, su quell'affanno là, il ticchettìo continuo della macchinetta, di cui la mia mano, sola, da sé, ancora, seguitava a girare la manovella; e m'aspettavo che la belva ora si sarebbe lanciata addosso a me, atterrato quello; e gli attimi di quell'attesa mi parevano eterni e mi pareva che per l'eternità io li scandissi girando, girando ancora la manovella, senza poterne fare a meno, quando un braccio alla fine s'introdusse tra le sbarre armato di rivoltella e tirò un colpo a bruciapelo in un'orecchia della tigre sul Nuti già sbranato; e io fui tratto indietro, strappato dalla gabbia con la manovella della macchinetta così serrata nel pugno, che non fu possibile in prima strapparmela.[1] Non gemevo, non gridavo: la voce, dal terrore, mi s'era spenta in gola, per sempre.

Ecco. Ho reso alla Casa un servizio che frutterà tesori. Appena ho potuto, alla gente che mi stava attorno atterrita, ho prima significato con cenni, poi per iscritto, che fosse ben custodita la macchina, che a stento m'era stata strappata dalla mano: aveva in corpo quella macchina la vita d'un uomo; gliel'avevo data da mangiare fino all'ultimo, fino al punto che quel braccio s'era proteso a uccidere la tigre. Tesori si sarebbero cavati da quel *film*, col chiasso enorme e la curiosità morbosa, che la volgare atrocità del dramma di quei due uccisi avrebbe suscitato da per tutto.

Ah, che dovesse toccarmi di dare in pasto anche materialmente la vita d'un uomo a una delle tante macchine dall'uomo inventate per sua delizia, non avrei supposto. La vita, che questa macchina s'è divorata, era naturalmente quale poteva essere in un tempo come questo, tempo di macchine; produzione stupida da un canto, pazza dall'altro, per forza, e quella più e questa un po' meno bollate da un marchio di volgarità.

Io mi salvo, io solo, nel mio silenzio, col mio silenzio, che m'ha reso così – come il tempo vuole – perfetto. Non vuole intenderlo il mio amico Simone Pau, che sempre più s'ostina ad annegarsi nel *superfluo*, inquilino perpetuo d'un ospizio di mendicità. Io ho già conquistato l'agiatezza con la retribuzione che la Casa m'ha dato per il servizio che le ho reso, e sarò ricco domani con le percentuali che mi sono state assegnate sui noli del *film* mostruoso. È vero che non saprò che farmi di questa ricchezza; ma non lo darò a vedere a nessuno; meno che a tutti, a Simone Pau che viene ogni giorno a scrollarmi, a ingiuriarmi per smuovermi da questo mio silenzio di cosa, ormai[1] assoluto, che lo rende furente. Vorrebbe ch'io ne piangessi, ch'io almeno con gli occhi me ne mostrassi afflitto o adirato; che gli facessi capire per segni che sono con lui, che credo anch'io che la vita è là, in quel suo *superfluo*. Non batto ciglio; resto a guardarlo rigido, immobile, e lo faccio scappar via su le furie. Il povero Cavalena da un altro canto studia per me trattati di patologia nervosa, mi propone punture e scosse elettriche, mi sta attorno per persuadermi a un'operazione chirurgica sulle corde vocali; e la signorina Luisetta, pentita, addolorata per la mia sciagura, nella quale vuol sentire per forza un sapor d'eroismo, timidamente mi dà ora a vedere che avrebbe caro m'uscisse, se non più dalle labbra, almeno dal cuore un sì per lei.

No, grazie. Grazie a tutti. Ora basta. Voglio restare così. Il tempo è questo; la vita è questa; e nel senso che do alla mia professione, voglio seguitare così – solo, muto e impassibile – a far l'operatore.

La scena[1] è pronta?

– Attenti, si gira...

UNO, NESSUNO E CENTOMILA

LIBRO PRIMO

I
Mia moglie e il mio naso

– Che fai? – mia moglie mi domandò, vedendomi insolitamente indugiare davanti allo specchio.

– Niente, – le risposi, – mi guardo qua, dentro il naso, in questa narice. Premendo, avverto un certo dolorino.

Mia moglie sorrise e disse:

– Credevo ti guardassi da che parte ti pende.

Mi voltai come un cane a cui qualcuno avesse pestato la coda:

– Mi pende? A me? Il naso?

E mia moglie, placidamente:

– Ma sì, caro. Guàrdatelo bene: ti pende verso destra.

Avevo ventotto anni e sempre fin allora ritenuto il mio naso, se non proprio bello, almeno molto decente, come insieme tutte le altre parti della mia persona. Per cui m'era stato facile ammettere e sostenere quel che di solito ammettono e sostengono tutti coloro che non hanno avuto la sciagura di sortire un corpo deforme: che cioè sia da sciocchi invanire per le proprie fattezze. La scoperta improvvisa e inattesa di quel difetto perciò mi stizzì come un immeritato castigo.

Vide forse mia moglie molto più addentro di me in quella mia stizza e aggiunse subito che, se riposavo nella certezza d'essere in tutto senza mende, me ne levassi pure, perché, come il naso mi pendeva verso destra, così...

– Che altro?

Eh, altro! altro! Le mie sopracciglia parevano sugli occhi due accenti circonflessi, ^ ^, le mie orecchie erano attaccate male, una più sporgente dell'altra; e altri difetti...

– Ancora?

Eh sì, ancora: nelle mani, al dito mignolo; e nelle gambe (no, storte no!), la destra, un pochino più arcuata dell'altra: verso il ginocchio, un pochino.

Dopo un attento esame dovetti riconoscere veri[1] tutti questi difetti. E solo allora, scambiando certo per dolore e avvilimento la maraviglia che ne provai subito dopo la stizza, mia moglie per consolarmi m'esortò a non affliggermene poi tanto, ché anche con essi, tutto sommato, rimanevo un bell'uomo.

Sfido a non irritarsi, ricevendo come generosa concessione ciò che come diritto ci è stato prima negato. Schizzai un velenosissimo «grazie» e, sicuro di non aver motivo né d'addolorarmi né d'avvilirmi, non diedi alcuna importanza a quei lievi difetti, ma una grandissima e straordinaria al fatto che tant'anni ero vissuto senza mai cambiar di naso, sempre con quello, e con quelle sopracciglia e quelle orecchie, quelle mani e quelle gambe; e dovevo aspettare di prender moglie per aver conto che li avevo difettosi.

– Uh che maraviglia! E non si sa, le mogli? Fatte apposta per scoprire i difetti del marito.

Ecco, già – le mogli, non nego. Ma anch'io, se permettete, di quei tempi ero fatto per sprofondare, a ogni parola che mi fosse detta, o mosca che vedessi volare, in abissi di riflessioni e considerazioni che mi scavavano dentro e bucheravano giù per torto e sù per traverso lo spirito, come una tana di talpa; senza che di fuori ne paresse nulla.[2]

– Si vede, – voi dite, – che avevate molto tempo da perdere.

No, ecco. Per l'animo in cui mi trovavo. Ma del

resto sì, anche per l'ozio, non nego. Ricco, due fidati amici, Sebastiano Quantorzo e Stefano Firbo, badavano ai miei affari dopo la morte di mio padre; il quale, per quanto ci si fosse adoperato con le buone e con le cattive, non era riuscito a farmi concludere mai nulla; tranne di prender moglie, questo sì, giovanissimo; forse con la speranza che almeno avessi presto un figliuolo che non mi somigliasse punto; e, pover'uomo, neppur questo aveva potuto ottenere da me.

Non già, badiamo, ch'io opponessi volontà a prendere la via per cui mio padre m'incamminava. Tutte le prendevo. Ma camminarci, non ci camminavo. Mi fermavo a ogni passo; mi mettevo prima alla lontana, poi sempre più da vicino a girare attorno a ogni sassolino che incontravo, e mi maravigliavo assai che gli altri potessero passarmi avanti senza fare alcun caso di quel sassolino che per me intanto aveva assunto le proporzioni d'una montagna insormontabile, anzi d'un mondo in cui avrei potuto senz'altro[1] domiciliarmi.

Ero rimasto così, fermo ai primi passi di tante vie, con lo spirito pieno di mondi, o di sassolini, che fa lo stesso. Ma non mi pareva affatto che quelli che m'erano passati avanti e avevano percorso tutta la via, ne sapessero in sostanza più di me. M'erano passati avanti, non si mette in dubbio, e tutti braveggiando come tanti cavallini; ma poi, in fondo alla via, avevano trovato un carro: il loro carro; vi erano stati attaccati con molta pazienza, e ora se lo tiravano dietro. Non tiravo nessun carro, io; e non avevo perciò né briglie né paraocchi; vedevo certamente più di loro; ma andare, non sapevo dove andare.[2]

Ora, ritornando alla scoperta di quei lievi difetti, sprofondai tutto, subito, nella riflessione che dunque – possibile? – non conoscevo bene neppure il mio stesso corpo, le cose mie che più intimamente m'appartenevano: il naso, le orecchie, le mani, le gambe. E tornavo a guardarmele per rifarne l'esame.

Cominciò da questo il mio male. Quel male che doveva ridurmi in breve in condizioni di spirito e di corpo così misere e disperate che certo ne sarei morto o impazzito, ove in esso medesimo non avessi trovato (come dirò) il rimedio che doveva guarirmene.

II
E il vostro naso?

Già subito mi figurai che tutti, avendone fatta mia moglie la scoperta, dovessero accorgersi di quei miei difetti corporali e altro non notare in me.

– Mi guardi il naso? – domandai tutt'a un tratto quel giorno stesso a un amico che mi s'era accostato per parlarmi di non so che affare che forse gli stava a cuore.

– No, perché? – mi disse quello.

E io, sorridendo nervosamente:

– Mi pende verso destra, non vedi?

E glielo imposi a una ferma e attenta osservazione, come se quel difetto del mio naso fosse un irreparabile guasto sopravvenuto al congegno dell'universo.

L'amico mi guardò in prima un po' stordito; poi, certo sospettando che avessi così all'improvviso e fuor di luogo cacciato fuori il discorso del mio naso perché non stimavo degno né d'attenzione né di risposta l'affare di cui mi parlava, diede una spallata e si mosse per lasciarmi in asso. Lo acchiappai per un braccio, e:

– No, sai, – gli dissi, – sono disposto a trattare con te codest'affare. Ma in questo momento tu devi scusarmi.

– Pensi al tuo naso?

– Non m'ero mai accorto che mi pendesse verso

destra. Me n'ha fatto accorgere, questa mattina, mia moglie.

– Ah, davvero? – mi domandò allora l'amico; e gli occhi gli risero d'una incredulità ch'era anche derisione.

Restai a guardarlo come già mia moglie la mattina, cioè con un misto d'avvilimento, di stizza e di maraviglia. Anche lui dunque da un pezzo se n'era accorto? E chi sa quant'altri con lui! E io non lo sapevo e, non sapendolo, credevo d'essere per tutti un Moscarda col naso dritto, mentr'ero invece per tutti un Moscarda col naso storto; e chi sa quante volte m'era avvenuto di parlare, senz'alcun sospetto, del naso difettoso di Tizio o di Cajo e quante volte perciò non avevo fatto ridere di me e pensare:

« Ma guarda un po' questo pover'uomo che parla dei difetti del naso altrui! »

Avrei potuto, è vero, consolarmi con la riflessione che, alla fin fine, era ovvio e comune il mio caso, il quale provava ancora una volta un fatto risaputissimo, cioè che notiamo facilmente i difetti altrui e non ci accorgiamo dei nostri. Ma il primo germe del male aveva cominciato a metter radice nel mio spirito e non potei consolarmi con questa riflessione.

Mi si fissò invece il pensiero ch'io non ero per gli altri quel che finora, dentro di me, m'ero figurato d'essere.

Per il momento pensai al corpo soltanto e, siccome quel mio amico seguitava a starmi davanti con quell'aria d'incredulità derisoria, per vendicarmi gli domandai se egli, dal canto suo, sapesse d'aver nel mento una fossetta che glielo divideva in due parti non del tutto eguali: una più rilevata di qua, una più scempia di là.

– Io? Ma che! – esclamò l'amico. – Ci ho la fossetta, lo so, ma non come tu dici.

– Entriamo là da quel barbiere, e vedrai, – gli proposi subito.

Quando l'amico, entrato dal barbiere, s'accorse con maraviglia del difetto e riconobbe ch'era vero, non volle mostrarne stizza; disse che, in fin dei conti, era una piccolezza.

Eh sì, senza dubbio, una piccolezza; vidi però, seguendolo da lontano, che si fermò una prima volta a una vetrina di bottega, e poi una seconda volta, più là, davanti a un'altra; e più là ancora e più a lungo, una terza volta, allo specchio d'uno sporto per osservarsi il mento; e son sicuro che, appena rincasato, sarà corso all'armadio per far con più agio a quell'altro specchio la nuova conoscenza di sé con quel difetto. E non ho il minimo dubbio che, per vendicarsi a sua volta, o per seguitare uno scherzo che gli parve meritasse una larga diffusione in paese, dopo aver domandato a qualche suo amico (come già io a lui) se mai avesse notato quel suo difetto al mento, qualche altro difetto avrà scoperto lui o nella fronte o nella bocca di questo suo amico, il quale, a sua volta... – ma sì! ma sì! – potrei giurare che per parecchi giorni di fila nella nobile città di Richieri io vidi (se non fu proprio tutta mia immaginazione) un numero considerevolissimo di miei concittadini passare da una[1] vetrina di bottega all'altra e fermarsi davanti a ciascuna a osservarsi nella faccia chi uno zigomo e chi la coda d'un occhio, chi un lobo d'orecchio e chi una pinna di naso. E ancora dopo una settimana un certo tale mi s'accostò con aria smarrita per domandarmi se era vero che, ogni qual volta si metteva a parlare, contraeva inavvertitamente la pàlpebra dell'occhio sinistro.

– Sì, caro, – gli dissi a precipizio. – E io, vedi? il naso mi pende verso destra; ma lo so da me; non c'è bisogno che me lo dica tu; e le sopracciglia? ad accento circonflesso! le orecchie, qua, guarda, una più sporgente dell'altra; e qua, le mani: piatte, eh? e la giuntura storpia di questo mignolo; e le gambe? qua, questa qua, ti pare che sia come quest'altra? no, eh? Ma lo so da me e non c'è bisogno che me lo dica tu. Statti bene.

Lo piantai lì, e via. Fatti pochi passi, mi sentii richiamare.

– Ps!

Placido placido, col dito, colui m'attirava a sé per domandarmi:

– Scusa, dopo di te, tua madre non partorì altri figliuoli?

– No: né prima né dopo, – gli risposi. – Figlio unico. Perché?

– Perché, – mi disse, – se tua madre avesse partorito un'altra volta, avrebbe avuto di certo un altro maschio.

– Ah sì? Come lo sai?

– Ecco: dicono le donne del popolo che quando a un nato i capelli terminano sulla nuca in un codiniccio come codesto che tu hai costì, sarà maschio il nato appresso.

Mi portai una mano alla nuca e con un sogghignetto frigido gli domandai:

– Ah, ci ho un... com'hai detto?

E lui:

– Codiniccio, caro, lo chiamano a Richieri.

– Oh, ma quest'è niente! – esclamai. – Me lo posso far tagliare.

Negò prima col dito, poi disse:

– Ti resta sempre il segno, caro, anche se te lo fai radere.

E questa volta mi piantò lui.

III
Bel modo d'esser soli!

Desiderai da quel giorno ardentissimamente d'esser solo, almeno per un'ora. Ma veramente, più che desiderio, era bisogno: bisogno acuto urgente smanioso, che la presenza o la vicinanza di mia moglie esasperavano fino alla rabbia.

– Hai sentito, Gengè*, che ha detto jeri Michelina? Quantorzo ha da parlarti d'urgenza.

– Guarda, Gengè, se a tenermi così la veste mi pajono le gambe.

– S'è fermata la pèndola, Gengè.

– Gengè, e la cagnolina non la porti più fuori? Poi ti sporca i tappeti e la sgridi. Ma dovrà pure, povera bestiolina... dico... non pretenderai che... Non esce da jersera.

– Non temi, Gengè, che Anna Rosa possa[1] esser malata? Non si fa più vedere da tre giorni, e l'ultima volta le faceva male la gola.

– È venuto il signor Firbo, Gengè. Dice che ritornerà più tardi. Non potresti vederlo fuori? Dio, che nojoso!

Oppure la sentivo cantare:

E se mi dici di no,
caro il mio bene, doman non verrò;
doman non verrò...
doman non verrò...

Ma perché non vi chiudevate in camera, magari con due turaccioli negli orecchi?

Signori, vuol dire che non capite come volevo esser solo.

* Mia moglie, da Vitangelo che purtroppo è il mio nome, aveva tratto questo nomignolo, e mi chiamava così; non senza ragione, come si vedrà.

Chiudermi potevo soltanto nel mio scrittojo, ma anche lì senza poterci mettere il paletto, per non far nascere tristi sospetti in mia moglie ch'era, non dirò trista, ma sospettosissima. E se, aprendo l'uscio all'improvviso, m'avesse scoperto?

No. E poi, sarebbe stato inutile. Nel mio scrittojo non c'erano specchi. Io avevo bisogno d'uno specchio. D'altra parte, il solo pensiero che mia moglie era in casa bastava a tenermi presente a me stesso, e proprio questo io non volevo.

Per voi, esser soli, che vuol dire?

Restare in compagnia di voi stessi, senza alcun estraneo attorno.

Ah sì, v'assicuro ch'è un bel modo, codesto, d'esser soli. Vi s'apre nella memoria una cara finestretta, da cui s'affaccia sorridente, tra un vaso di garofani e un altro di gelsomini, la Titti che lavora all'uncinetto una fascia rossa di lana, oh Dio, come quella che ha al collo quel vecchio insopportabile signor Giacomino, a cui ancora non avete fatto il biglietto di raccomandazione per il presidente della Congregazione di carità, vostro buon amico, ma seccantissimo anche lui, specie se si mette a parlare delle marachelle del suo segretario particolare, il quale jeri... no, quando fu? l'altro jeri che pioveva e pareva un lago la piazza con tutto quel brillìo di stille a un allegro sprazzo di sole, e nella corsa, Dio che guazzabuglio[1] di cose, la vasca, quel chiosco da giornali, il tram che infilava lo scambio e strideva spietatamente alla girata, quel cane che scappava: basta, vi ficcaste in una sala[2] di bigliardo, dove c'era lui, il segretario del presidente della Congregazione di carità; e che risatine si faceva sotto i baffoni peposi per la vostra disdetta allorché[3] vi siete messo a giocare con l'amico Carlino detto *Quintadecima*. E poi? Che avvenne poi, uscendo dalla sala del bigliardo? Sotto[4] un languido fanale, nella via umida deserta, un[1] povero ubriaco malinconico tentava di cantare una vecchia canzonetta di Napoli, che tant'anni fa, quasi tutte le sere udivate cantare in quel borgo montano tra i castagni, ov'eravate andato a villeggiare per star vicino a quella cara Mimì, che[2] poi sposò il vecchio commendator Della Venera, e morì un anno dopo. Oh, cara Mimì! Eccola, eccola a un'altra[3] finestra che vi s'apre nella memoria...

Sì, sì, cari miei, v'assicuro che è un bel modo d'esser soli, codesto!

IV
Com'io volevo esser solo

Io volevo esser solo in un modo affatto insolito, nuovo. Tutt'al contrario[4] di quel che pensate voi: cioè *senza me* e appunto *con un estraneo attorno*.

Vi sembra già questo un primo segno di pazzia? Forse perché non riflettete bene.

Poteva già essere in me la pazzia, non nego; ma vi prego di credere che[5] l'unico modo d'esser soli veramente è questo che vi dico io.

La solitudine non è mai con voi; è sempre senza di voi, e soltanto possibile con un estraneo attorno: luogo o persona che sia, che del tutto vi ignorino, che del tutto voi ignoriate, così che la vostra volontà e il vostro sentimento restino sospesi e smarriti in un'incertezza angosciosa e, cessando ogni affermazione di voi, cessi l'intimità stessa della vostra coscienza. La vera solitudine è in un luogo che vive per sé e che per voi non ha traccia né voce, e dove dunque l'estraneo siete voi.

Così volevo io esser solo. Senza me. Voglio dire senza quel me ch'io già conoscevo, o che credevo di conoscere. Solo con un certo estraneo, che già sentivo oscuramente di non poter più levarmi di torno e ch'ero[1] io stesso: *l'estraneo inseparabile da me.*

Ne avvertivo uno solo, allora! E già quest'uno, o[2] il bisogno che sentivo di restar solo con esso, di mettermelo davanti per conoscerlo bene e conversare[3] un po' con lui, mi turbava tanto, con un senso tra di ribrezzo e di sgomento.[4]

Se per gli altri non ero quel che finora avevo creduto d'essere per me, chi ero io?

Vivendo, non avevo mai pensato alla forma del mio naso; al taglio, se piccolo o grande, o al colore dei miei occhi; all'angustia[5] o all'ampiezza della mia fronte, e via dicendo. Quello era il mio naso, quelli i miei occhi, quella la mia fronte: cose inseparabili da me, a cui, dedito ai miei affari, preso dalle mie idee, abbandonato ai miei sentimenti, non potevo[6] pensare.

Ma ora pensavo:

« E gli altri? Gli altri non sono mica dentro di me. Per gli altri che guardano da fuori, le mie idee, i miei sentimenti hanno un naso. Il mio[7] naso. E hanno un pajo d'occhi, i miei occhi, ch'io non vedo e ch'essi vedono. Che relazione c'è tra le mie idee e il mio naso? Per me, nessuna. Io non penso col naso, né bado al mio naso, pensando. Ma gli altri? gli altri che non possono vedere dentro di me le mie idee e vedono da fuori il mio[8] naso? Per gli altri le mie idee e il mio naso hanno tanta relazione, che se quelle, poniamo, fossero molto serie e questo per la sua forma molto buffo, si metterebbero a ridere. »

Così, seguitando, sprofondai in quest'altra ambascia: che non potevo, vivendo, rappresentarmi a me stesso negli atti della mia vita; vedermi come gli altri mi vedevano; pormi davanti il mio[9] corpo e vederlo vivere come quello d'un altro. Quando mi ponevo davanti[10] a uno specchio, avveniva come un arresto in me; ogni spontaneità era finita, ogni mio gesto appariva[1] a me stesso fittizio o rifatto.

Io non potevo vedermi vivere.

Potei[2] averne la prova nell'impressione dalla quale fui per così dire assaltato, allorché, alcuni giorni dopo, camminando e parlando col mio amico Stefano Firbo, mi accadde di sorprendermi all'improvviso in uno specchio per via, di cui non m'ero prima accorto. Non poté durare più d'un attimo quell'impressione, ché subito seguì quel tale arresto e finì la spontaneità e cominciò lo studio. Non riconobbi in prima me stesso. Ebbi[3] l'impressione d'un estraneo che passasse per via conversando. Mi fermai. Dovevo esser molto pallido. Firbo[4] mi domandò:

– Che hai?

– Niente, – dissi. E tra me, invaso da uno strano sgomento ch'era insieme ribrezzo,[5] pensavo:

« Era proprio la mia quell'immagine intravista in un lampo? Sono proprio così, io, di fuori, quando – vivendo – non mi penso? Dunque per gli altri sono[6] quell'estraneo sorpreso nello specchio: quello, e non[7] già io quale mi conosco: quell'uno lì che io stesso in prima, scorgendolo, non ho riconosciuto. Sono[8] quell'estraneo che non posso veder vivere se non così, in un attimo impensato. Un estraneo[9] che possono vedere e conoscere solamente gli altri, e io no. »

E mi fissai d'allora in poi in questo proposito disperato: d'andare inseguendo[10] quell'estraneo ch'era in me e che mi sfuggiva; che non potevo fermare davanti a uno specchio perché subito diventava me quale io[11] mi conoscevo; quell'uno che viveva per gli altri e che io non potevo conoscere; che gli altri vedevano vivere e io no. Lo volevo vedere e conoscere anch'io così come gli altri lo vedevano e conoscevano.[12]

Ripeto, credevo ancora che fosse uno solo questo

estraneo: uno solo per tutti, come uno solo credevo d'esser[1] io per me. Ma presto l'atroce mio dramma si complicò: con la scoperta dei centomila Moscarda ch'io ero non solo per gli altri ma anche per me, tutti con questo solo nome di[2] Moscarda, brutto fino alla crudeltà, tutti dentro questo mio povero corpo ch'era uno anch'esso, uno e nessuno ahimè, se me lo mettevo davanti allo specchio e me lo guardavo fisso e immobile negli occhi, abolendo in esso[3] ogni sentimento e ogni volontà.[4]

Quando così il mio dramma si complicò, cominciarono le mie incredibili pazzie.

V
Inseguimento dell'estraneo

Dirò per ora[5] di quelle piccole che cominciai a fare in forma di pantomime, nella vispa infanzia della mia follia, davanti a tutti gli specchi di casa, guardandomi davanti e dietro per non essere scorto da mia moglie, nell'attesa smaniosa ch'ella, uscendo per qualche visita o compera, mi lasciasse solo finalmente per[6] un buon pezzo.

Non volevo già come un commediante studiar le mie mosse, compormi la faccia all'espressione dei[7] varii sentimenti e moti dell'animo; al contrario: volevo sorprendermi nella naturalezza dei miei atti, nelle subitanee alterazioni del volto, per ogni moto dell'animo; per un'improvvisa maraviglia, ad esempio (e sbalzavo per ogni nonnulla le sopracciglia fino all'attaccatura dei capelli e spalancavo gli occhi e la bocca, allungando il volto come se un filo interno me lo tirasse); per un profondo cordoglio (e aggrottavo la fronte, immaginando la morte di mia moglie, e socchiudevo cupamente le pàlpebre quasi a covar quel cordoglio); per una rabbia feroce (e digrignavo i denti, pensando che qualcuno m'avesse schiaffeggiato, e arricciavo il naso, stirando la mandibola e fulminando con lo sguardo).

Ma, prima di tutto, quella maraviglia, quel cordoglio, quella rabbia erano finte, e non potevano esser vere, perché, se vere, non avrei potuto vederle, ché subito sarebbero cessate per il solo fatto ch'io le vedevo; in secondo luogo, le maraviglie da cui potevo esser preso erano tante e diversissime, e imprevedibili anche le espressioni, senza fine variabili anche secondo i momenti e le condizioni del mio animo; e[1] così per tutti i cordogli e così per tutte le rabbie. E infine, anche ammesso che per una sola e determinata maraviglia, per un solo e determinato cordoglio, per una sola e determinata rabbia io avessi veramente assunto quelle espressioni, esse erano come le vedevo io, non già come le avrebbero vedute gli altri. L'espressione di quella mia rabbia, ad esempio, non sarebbe stata la stessa per uno che l'avesse temuta, per un altro disposto a scusarla, per un terzo disposto a riderne, e così via.

Ah! tanto bel senno avevo ancora per intendere tutto questo, e non poté servirmi a tirare dalla riconosciuta inattuabilità di quel[2] mio folle proposito la conseguenza naturale di rinunciare[3] all'impresa disperata e starmi contento a vivere per me, senza vedermi e senza darmi pensiero degli altri.[4]

L'idea che gli altri vedevano in me uno che non ero io quale mi conoscevo; uno che essi soltanto potevano conoscere guardandomi da fuori con occhi che non erano i miei e che mi davano un aspetto destinato a restarmi sempre estraneo, pur essendo in me, pur essendo il mio per loro (un « mio » dunque che non era per me!); una vita nella quale, pur essendo la mia per loro, io non potevo penetrare, quest'idea[5] non mi diede più requie.

Come sopportare in me quest'estraneo? quest'estraneo che ero io stesso per me? come non vederlo?

come non conoscerlo? come restare per sempre condannato a portarmelo con me, in me, alla vista degli altri e fuori intanto della mia?

VI
Finalmente!

– Sai che ti dico, Gengè? Sono passati altri quattro giorni. Non c'è più dubbio: Anna Rosa dev'esser malata.[1] Andrò io a vederla.

– Dida mia, che fai? Ma ti pare! Con questo tempaccio? Manda Diego; manda Nina a domandar notizie. Vuoi rischiare di prendere un malanno? Non voglio, non voglio assolutamente.

Quando voi non volete assolutamente una cosa, che fa vostra moglie?

Dida, mia moglie, si piantò il cappellino in capo. Poi mi porse la pelliccia perché gliela reggessi.

Gongolai.[2] Ma Dida scorse nello specchio il mio sorriso.

– Ah, ridi?

– Cara, mi vedo obbedito così...

E allora la pregai che, almeno, non si trattenesse tanto dalla sua[3] amichetta, se davvero era ammalata di gola:

– Un quarto[4] d'ora, non più. Te ne scongiuro.

M'assicurai così che fino a sera non sarebbe rincasata.

Appena uscita, mi girai dalla gioja su un calcagno, stropicciandomi le mani.

« Finalmente! »

VII
Filo d'aria

Prima[5] volli ricompormi, aspettare che mi scomparisse dal volto ogni traccia d'ansia e di gioja e che, dentro, mi s'arrestasse ogni moto di sentimento e di pensiero, così che potessi condurre davanti[1] allo specchio il mio corpo come estraneo a me e, come tale, pormelo davanti.

– Sù, – dissi, – andiamo!

Andai, con gli occhi chiusi, le mani avanti, a tentoni. Quando toccai la lastra dell'armadio, ristetti ad aspettare, ancora con gli occhi chiusi, la più assoluta calma interiore, la più assoluta indifferenza.

Ma una maledetta voce mi diceva dentro, che era là anche lui, l'*estraneo*, di fronte a me, nello specchio. In attesa come me, con gli occhi chiusi.

C'era, e io non lo vedevo.

Non mi vedeva neanche lui, perché aveva, come me, gli occhi chiusi. Ma in attesa di che, lui? Di vedermi? No. *Egli poteva esser veduto, non vedermi.* Era per me quel che io ero per gli altri, che potevo esser veduto e non vedermi. Aprendo gli occhi però, *lo* avrei veduto[2] così come un altro?

Qui era il punto.

M'era accaduto tante volte d'infrontar gli occhi per caso nello specchio con qualcuno che stava a guardarmi nello specchio[3] stesso. Io nello specchio non mi vedevo ed ero veduto; così l'altro, non si vedeva, ma vedeva il mio viso e si vedeva guardato da me. Se mi fossi sporto a vedermi anch'io nello specchio, avrei forse potuto esser visto ancora dall'altro, ma io no, non avrei più potuto vederlo. Non si può a un tempo vedersi e vedere che un altro sta a guardarci nello stesso specchio.

Stando a pensare così, sempre[4] con gli occhi chiusi, mi domandai:

« È diverso ora il mio caso, o[5] è lo stesso? Finché tengo gli occhi chiusi, siamo due: io qua e lui nello specchio. Debbo impedire che, aprendo gli occhi, egli diventi me e io lui. Io debbo vederlo e non essere veduto.[6] È possibile? Subito com'io lo vedrò, egli mi vedrà, e ci riconosceremo. Ma grazie tante!

Io non voglio riconoscermi; io voglio conoscere lui fuori[1] di me. È possibile? Il mio sforzo supremo deve consistere in questo: di non vedermi *in me*, ma d'essere veduto *da me*, con gli occhi miei stessi ma come se fossi un altro: quell'altro che tutti vedono e io no. Sù, dunque, calma, arresto d'ogni vita e attenzione! »

Aprii gli occhi. Che vidi?

Niente. *Mi* vidi. Ero io, là, aggrondato, carico del mio stesso pensiero, con un viso molto disgustato.

M'assalì una fierissima stizza e mi sorse la tentazione di tirarmi uno sputo in faccia. Mi trattenni. Spianai le rughe; cercai di smorzare l'acume[2] dello sguardo; ed ecco, a mano a mano che lo smorzavo, la mia immagine smoriva e quasi s'allontanava da me; ma smorivo anch'io di qua e quasi cascavo; e sentii che, seguitando, mi sarei addormentato. Mi tenni con gli occhi. Cercai d'impedire che mi sentissi anch'io tenuto da quegli occhi che mi stavano di fronte; che quegli occhi, cioè, entrassero nei miei. Non vi riuscii. Io *mi sentivo* quegli occhi. Me li vedevo di fronte, ma li sentivo anche di qua, in me; li sentivo miei; non già fissi su me, ma in se stessi. E se per poco riuscivo a non sentirmeli, non li vedevo più. Ahimè, era proprio così: io potevo vedermeli, non già vederli.

Ed ecco: come compreso di questa verità che riduceva a un giuoco il mio esperimento, a un tratto il mio volto tentò nello specchio uno squallido sorriso.

– Sta' serio, imbecille! – gli gridai allora.[3] – Non c'è niente da ridere!

Fu così istantaneo, per la spontaneità della stizza, il cangiamento dell'espressione nella mia immagine, e così subito seguì[4] a questo cambiamento un'attonita apatia in essa, ch'io riuscii a vedere staccato dal mio spirito imperioso il mio corpo, là, davanti[5] a me, nello specchio.

Ah, finalmente! Eccolo là!

Chi era?

Niente era. Nessuno. Un povero corpo mortificato, in attesa che qualcuno se lo prendesse.

– *Moscarda...* – mormorai, dopo un lungo silenzio.

Non si mosse; rimase a guardarmi attonito.

Poteva anche chiamarsi altrimenti.

Era là, come un cane sperduto, senza padrone e senza nome, che uno poteva chiamar *Flik*, e un altro *Flok*, a piacere. Non conosceva nulla, né si conosceva; viveva per vivere, e non sapeva di vivere; gli batteva il cuore, e non lo sapeva; respirava, e non lo sapeva; moveva le pàlpebre, e non se n'accorgeva.

Gli guardai i capelli rossigni; la fronte immobile, dura, pallida; quelle sopracciglia ad accento circonflesso; gli occhi verdastri, quasi forati qua e là nella còrnea da macchioline giallognole; attoniti, senza sguardo; quel naso che pendeva verso destra, ma di bel taglio aquilino; i baffi rossicci che nascondevano la bocca; il mento solido, un po' rilevato.

Ecco: era così: lo avevano fatto così, di quel pelame; non dipendeva da lui essere altrimenti, avere un'altra statura; poteva sì alterare in parte il suo aspetto: radersi quei baffi, per esempio; ma adesso era così; col tempo sarebbe stato calvo o canuto, rugoso e floscio, sdentato; qualche sciagura avrebbe potuto anche svisarlo, fargli un occhio di vetro o una gamba di legno; ma adesso era così.

Chi era? Ero io? Ma poteva anche essere un altro! Chiunque poteva essere, quello lì. Poteva avere quei capelli rossigni, quelle sopracciglia ad accento circonflesso e quel naso che pendeva verso destra, non soltanto per me, ma anche per un altro che non fossi io. Perché dovevo esser io, questo, così?

Vivendo, io non rappresentavo a me stesso nessuna immagine di me. Perché dovevo dunque vedermi in quel corpo lì come in un'immagine di me necessaria?

Mi stava lì davanti, quasi inesistente, come[1] un'apparizione di sogno, quell'immagine. E io potevo benissimo non conoscermi così. Se non mi fossi mai veduto in uno specchio, per esempio? Non avrei forse per questo seguitato ad avere dentro quella testa lì sconosciuta i miei stessi pensieri? Ma sì, e tant'altri. Che avevano da[2] vedere i miei pensieri con quei capelli, di quel colore, i quali avrebbero potuto non esserci più o essere bianchi o neri o biondi; e con quegli occhi lì verdastri, che avrebbero potuto anche essere neri[3] o azzurri; e con quel naso che avrebbe potuto essere diritto[4] o camuso? Potevo benissimo sentire anche una profonda antipatia per quel corpo lì; e la sentivo.

Eppure, io ero per tutti, sommariamente, quei capelli rossigni, quegli occhi verdastri e quel naso; tutto quel corpo lì che per me era niente; eccolo: niente! Ciascuno se lo poteva prendere, quel corpo lì, per farsene quel Moscarda che gli pareva e piaceva, oggi in un modo e domani in un altro, secondo i casi e gli umori. E anch'io...[5] Ma sì! Lo conoscevo io forse? Che potevo conoscere di lui? Il momento in cui lo fissavo, e basta. Se non mi volevo o non[6] mi sentivo così come mi vedevo, colui era anche per me un estraneo, che aveva quelle fattezze, ma avrebbe potuto averne anche altre.[7] Passato il momento in cui lo fissavo, egli era già un altro; tanto vero che non era più qual era stato da ragazzo, e non era ancora quale sarebbe stato da vecchio; e io oggi cercavo di riconoscerlo in quello di jeri, e così via. E in quella testa lì, immobile e dura, potevo mettere tutti i pensieri che volevo, accendere le più svariate visioni: ecco: d'un bosco che nereggiava placido e misterioso sotto il lume delle stelle; di una rada solitaria, malata di nebbia, da cui salpava lenta spettrale una nave all'alba; d'una via cittadina brulicante di vita sotto un nembo sfolgorante di sole che accendeva di riflessi purpurei i volti e faceva guizzar di luci variopinte i vetri delle finestre, gli specchi, i cristalli delle botteghe. Spengevo a un tratto la visione, e quella testa restava lì di nuovo immobile e dura, nell'apatico attonimento.

Chi era colui? Nessuno. Un povero corpo, senza nome, in attesa che qualcuno se lo prendesse.

Ma, all'improvviso, mentre così pensavo, avvenne tal cosa che mi riempì di spavento più[1] che di stupore.

Vidi davanti a me, non per mia volontà, l'apatica attonita faccia di quel povero corpo mortificato scomporsi pietosamente, arricciare il naso, arrovesciare gli occhi all'indietro, contrarre le labbra in sù e provarsi ad aggrottar le ciglia, come per piangere; restare così un attimo sospeso[2] e poi crollar due volte a scatto per lo scoppio d'una coppia di starnuti.

S'era commosso da sé, per[3] conto suo, a un filo d'aria entrato chi sa donde, quel povero corpo mortificato, senza dirmene nulla e fuori della mia volontà.

– Salute! – gli dissi.

E guardai nello specchio il mio primo riso da matto.

VIII
E dunque?

Dunque, niente: questo. Se vi par poco! Ecco una prima lista delle[4] riflessioni rovinose e delle terribili conclusioni derivate dall'innocente momentaneo piacere che Dida mia moglie aveva voluto prendersi. Dico, di farmi notare che il naso mi pendeva verso destra.

RIFLESSIONI:[1]

1ª – *che io non ero per gli altri quel che finora avevo creduto d'essere per me;*

2ª – *che non potevo vedermi vivere;*

3ª – *che non potendo vedermi vivere, restavo estraneo a me stesso, cioè uno che gli altri potevano vedere e conoscere; ciascuno a suo modo; e io no;*

4ª – *che era impossibile pormi davanti questo estraneo per vederlo e conoscerlo; io potevo vedermi, non già vederlo;*

5ª – *che il mio corpo, se lo consideravo da fuori, era per me come un'apparizione di sogno; una cosa*[2] *che non sapeva di vivere e che restava lì, in attesa che qualcuno se la prendesse;*

6ª – *che, come me lo prendevo io, questo mio corpo, per essere a volta a volta quale mi volevo e mi sentivo, così se lo poteva prendere qualunque altro per dargli una realtà a modo suo;*

7ª – *che infine quel corpo per se stesso era tanto niente e tanto nessuno, che un filo d'aria poteva farlo starnutire, oggi, e domani portarselo via.*

CONCLUSIONI:

Queste due per[3] il momento:

1ª – *che cominciai finalmente a capire perché Dida mia moglie mi chiamava Gengè;*

2ª – *che mi proposi di scoprire chi ero io almeno per quelli che mi stavano più vicini, così detti conoscenti, e di spassarmi a scomporre dispettosamente quell'io che ero per loro.*

LIBRO SECONDO

I
Ci sono io e ci siete voi

Mi si può[1] opporre:

« Ma come mai non ti venne in mente, povero Moscarda, che a tutti gli altri avveniva come a te, di non vedersi vivere; e che se tu non eri per gli altri quale finora t'eri creduto, allo stesso modo gli altri potevano non essere quali tu li vedevi, ecc. ecc.? »

Rispondo:

Mi venne in mente. Ma scusate, è[2] proprio vero che sia venuto in mente anche a voi?

Ho voluto[3] supporlo, ma non ci credo. Io credo anzi che se in realtà un tal pensiero vi venisse in mente e vi si radicasse come si radicò[4] in me, ciascuno di voi commetterebbe le stesse pazzie che commisi io.

Siate sinceri: a[5] voi non è mai passato per il capo di volervi veder vivere. Attendete a vivere per voi, e fate bene, senza darvi pensiero di ciò che intanto[6] possiate essere per gli altri; non già perché dell'altrui giudizio non v'importi nulla, ché anzi ve ne importa moltissimo; ma perché siete nella beata illusione che gli altri, da fuori, vi debbano rappresentare in sé come voi a voi stessi[7] vi rappresentate.

Che se poi qualcuno vi fa notare[8] che il naso vi pende un pochino verso destra... no? che jeri avete detto una bugia... nemmeno? piccola piccola, via, senza conseguenze... Insomma, se[9] qualche volta[10] appena appena avvertite di non essere per gli altri quello stesso che per voi; che fate? (Siate sinceri.) Nulla fate, o ben poco. Ritenete al più al più, con bella e intera sicurezza di voi stessi, che gli altri vi hanno mal compreso, mal giudicato; e basta. Se vi preme, cercherete magari di raddrizzare quel giudizio, dando schiarimenti, spiegazioni; se non vi preme, lascerete correre; scrollerete le spalle esclamando: « Oh infine, ho la mia coscienza e mi basta ».

Non è così?

Signori miei, scusate.[1] Poiché vi è venuta in bocca una così grossa parola, permettete ch'io vi faccia entrare in mente un magro magro pensiero. Questo: che la vostra coscienza, qua, non[2] ci ha che vedere. Non dirò che non val nulla, se per voi è proprio tutto; dirò, per[3] farvi piacere, che allo stesso modo ho anch'io la mia e so che non val nulla. Sapete perché? Perché so che c'è anche la vostra. Ma sì. Tanto diversa dalla mia.

Scusatemi se parlo un momento a modo dei filosofi. Ma è forse la coscienza qualcosa d'assoluto[4] che possa bastare a se stessa? Se fossimo soli, forse sì. Ma allora, belli miei, non ci sarebbe coscienza. Purtroppo, ci sono io, e ci siete voi. Purtroppo.

E che vuol dunque dire che avete la vostra coscienza e che vi basta? Che gli altri possono pensare di voi e giudicarvi come piace a loro, cioè ingiustamente, ché voi siete intanto sicuro e confortato di non aver fatto male?

Oh di grazia, e se non sono gli altri, chi ve la dà codesta sicurezza? codesto conforto chi ve lo dà? Voi stesso? E come?

Ah, io lo so, come: ostinandovi a credere[5] che se gli altri fossero stati al vostro posto e fosse loro capitato il vostro stesso caso, tutti avrebbero agito come voi, né più né meno.

Bravo! Ma su che lo affermate?

Eh, so anche questo: su certi principii[6] astratti e generali, in cui, astrattamente e generalmente, vuol dire[7] fuori dei casi concreti e particolari della vita, si può essere tutti d'accordo (costa poco).

Ma come va che tutti intanto vi condannano o non vi approvano o anche vi deridono? È chiaro[1] che non sanno riconoscere, come voi, quei principii generali nel caso particolare che[2] v'è capitato, e se stessi nell'azione che avete[3] commessa.

O a che vi basta dunque la coscienza? A sentirvi[4] solo? No, perdio. La solitudine vi spaventa. E che fate allora? V'immaginate tante teste. Tutte come la vostra. Tante teste che sono anzi la vostra stessa. Le quali a un dato cenno, tirate[5] da voi come per un filo invisibile, vi dicono sì e no, e no e sì; come[6] volete voi. E questo vi conforta e vi fa sicuri.

Andate là che[7] è un giuoco magnifico, codesto della vostra coscienza che vi basta.[8]

II
E allora?

Sapete[9] invece su che poggia tutto? Ve lo dico io. Su una presunzione che Dio vi conservi sempre. La presunzione che la realtà, qual'è per voi, debba essere e sia ugualmente per tutti gli altri.

Ci vivete dentro; ci camminate fuori, sicuri. La vedete, la toccate; e dentro anche, se vi piace, ci fumate un sigaro (la pipa? la pipa), e beatamente[10] state a guardare le spire di fumo a poco a poco vanire nell'aria. Senza il minimo sospetto che tutta la realtà che vi sta attorno non ha per gli altri maggiore consistenza[11] di quel fumo.

Dite di no? Guardate. Io abitavo con mia moglie la casa che mio padre s'era fatta costruire dopo la morte immatura di mia madre, per levarsi da quella dov'era vissuto con lei, piena di cocentissimi ricordi. Ero allora ragazzo, e soltanto più tardi potei rendermi conto che proprio all'ultimo quella casa era stata lasciata da mio padre non finita e quasi aperta a chiunque volesse entrarvi.

Quell'arco di porta senza la porta che supera di tutta la cèntina da una parte e dall'altra i muri di cinta della vasta corte davanti, non finiti; con la soglia sotto distrutta e scortecciati agli spigoli i pilastri; mi fa[1] ora pensare che mio padre lo lasciò così quasi in aria e vuoto, forse perché pensò che la casa, dopo la sua morte, doveva restare a me, vale a dire a tutti e a nessuno; e che le fosse inutile perciò il riparo d'una porta.[2]

Finché visse mio padre, nessuno s'attentò a entrare in quella corte. Erano rimaste[3] per terra tante pietre intagliate; e chi passava, vedendole, poté dapprima pensare che la fabbrica, per poco interrotta, sarebbe stata presto ripresa. Ma appena l'erba cominciò a crescere tra i ciottoli e lungo i muri, quelle pietre inutili sembrarono subito come crollate e vecchie. Col tempo, morto mio padre, divennero i sedili delle comari del vicinato, le quali, titubanti in principio, ora l'una ora l'altra, s'arrischiarono a varcare la soglia, come in cerca d'un posto riparato dove ci si potesse mettere seduti bene all'ombra e in silenzio; e poi, visto che nessuno diceva nulla, lasciarono alle loro galline la titubanza ancora per poco, e presero a considerare quella corte come loro, come loro l'acqua della cisterna che vi sorgeva in mezzo; e vi lavavano e vi stendevano i panni ad asciugare; e infine, col sole che abbarbagliava allegro da tutto quel bianco di lenzuoli e di camìce svolazzanti dai cordini tesi, si scioglievano sulle spalle i capelli lustri d'olio per « cercarsi » in capo, come fanno le scimmie tra loro.[4]

Non diedi mai a divedere né fastidio né piacere di quella loro invasione, benché m'irritasse specialmente la vista d'una vecchina sempre pigolante, dagli occhi risecchi e la gobba dietro ben segnata da un giubbino verde scolorito, e mi désse allo stomaco una lezzona grassa squarciata, con un'orrenda cioccia sempre fuori del busto e in grembo un bimbo sudicio dalla testa grossa schifosamente piena di croste di lattime tra la peluria rossiccia. Mia moglie aveva forse il suo tornaconto a lasciarle lì, perché se ne serviva a un bisogno, dando poi loro in compenso o gli avanzi di cucina o qualche abito smesso.

Acciottolata come la strada, questa corte è tutta in pendìo. Mi rivedo ragazzo, uscito per le vacanze dal collegio, affacciato di sera tardi a uno dei balconi della casa allora nuova. Che pena infinita mi dava il vasto biancore illividito di tutti quei ciottoli in pendìo con quella grande cisterna in mezzo, misteriosamente sonora! La ruggine s'era quasi mangiata fin d'allora la vernice rossigna del gambo di ferro che in cima regge la carrucola dove scorre la fune della secchia; e come mi sembrava triste quello sbiadito color di vernice su quel gambo di ferro che ne pareva malato! Malato fors'anche per la malinconia dei cigolìi della carrucola quando il vento, di notte, moveva la fune; e su la corte deserta era la chiarità del cielo stellato ma velato, che in quella chiarità vana, di polvere, sembrava fissato là sopra, per sempre.[1]

Dopo la morte di mio padre, Quantorzo, incaricato di badare ai miei affari, pensò di chiudere con un tramezzo le stanze che mio padre s'era riservate per sua abitazione e di farne un quartierino da affittare. Mia moglie non s'era opposta. E in quel quartierino era venuto, poco dopo, ad abitare un vecchio silenziosissimo pensionato, sempre vestito bene, di pulita semplicità, piccolino ma con un che di marziale nell'esile personcina impettorita e anche nella faccina energica, sebbene un po' sciupata, da colonnello a riposo. Di qua e di là, come scritti calligraficamente, aveva due esemplari occhi di pesce, e tutte segnate le guance d'una fitta trama di venuzze violette.

Non avevo mai badato a lui, né m'ero curato di sapere chi fosse, come vivesse. Parecchie volte lo avevo incontrato per le scale, e sentendomi dire con molto garbo: « Buon giorno » o « Buona sera », senz'altro m'ero fatta l'idea che quel mio vicino di casa fosse molto garbato.

Nessun sospetto mi aveva destato un suo lamento per le zanzare che lo molestavano la notte e che, a suo credere, provenivano dai grandi magazzini a destra della casa ridotti da Quantorzo, sempre dopo la morte di mio padre, a sudice rimesse d'affitto.

– Ah, già! – avevo esclamato, quella volta, in risposta al suo lamento.

Ma ricordo perfettamente che in quella mia esclamazione c'era il dispiacere, non già delle zanzare che molestavano il mio inquilino, ma di quegli ariosi puliti magazzini[1] che da ragazzo avevo veduto costruire e dove correvo, stranamente esaltato dalla bianchezza abbarbagliante dell'intonaco e come ubriacato dall'umido della fabbrica fresca, sul mattonato rintronante, ancora tutto spruzzato di calce. Al sole ch'entrava dalle grandi finestre ferrate, bisognava chiudere gli occhi da come quei muri accecavano.

Tuttavia, quelle rimesse con quei vecchi landò d'affitto, con l'attacco a tre, per quanto impregnati di tutto il lezzo delle lettiere marcite e del nero delle risciacquature che stagnava lì davanti, mi facevano anche pensare all'allegria delle corse in carrozza, da ragazzo, quando si andava in villeggiatura, per lo stradone, tra le campagne aperte che mi parevano fatte per accogliere e diffondere la festività delle sonagliere.[2] E in grazia di quel ricordo mi pareva si potesse sopportare la vicinanza delle rimesse; tanto più che, anche senza questa vicinanza, era noto a tutti che a Richieri si soffriva il fastidio delle zanzare, da cui comunemente in ogni casa ci si difendeva con l'uso delle zanzariere.

Chi sa che impressione dovette fare al mio vicino di casa la vista d'un sorriso sulle mie labbra, quando egli con la faccina fiera mi gridò che non aveva mai potuto sopportare le zanzariere, perché se ne sentiva soffocare. Quel mio sorriso esprimeva di certo maraviglia e compatimento. Non poter sopportare la zanzariera, ch'io avrei seguitato sempre a usare anche se tutte le zanzare fossero sparite da Richieri, per la delizia che mi dava, tenuta alta di cielo com'io la tenevo e drizzata tutt'intorno al letto senza una piega. La camera che si vede e non si vede traverso a quella miriade di forellini del tulle lieve; il letto isolato; l'impressione d'esser come avvolto in una bianca nuvola.

Non mi feci caso di ciò che egli potesse pensare di me dopo quell'incontro. Seguitai a vederlo per le scale, e sentendomi dire come prima – Buon giorno – o – Buona sera –, rimasi con l'idea ch'egli fosse molto garbato.

Vi assicuro invece ch'egli, nello stesso momento che fuori garbatamente mi diceva per le scale – Buon giorno – o – Buona sera –, dentro di sé mi faceva vivere come un perfetto imbecille perché là nella corte tolleravo quell'invasione di comari e quel puzzo ardente di lavatojo[1] e le zanzare.

Chiaro che non avrei più pensato: « Oh Dio com'è garbato il mio vicino di casa », se avessi potuto vedermi dentro di lui che, viceversa, mi vedeva com'io non avrei potuto vedermi mai, voglio dire da fuori, per me, ma dentro la visione che anche lui aveva poi per suo conto delle cose e degli uomini, e nella quale mi faceva vivere a suo modo: da perfetto imbecille. Non lo sapevo e seguitavo a pensare: « Oh Dio com'è garbato il mio vicino di casa ».

III
Con permesso

Picchio all'uscio della vostra stanza.

State, state pure sdrajato comodamente su la vostra greppina. Io seggo qua. Dite di no?

– Perché?

Ah, è la[1] poltrona su cui, tant'anni or sono, morì la vostra povera mamma. Scusate, non avrei dato un soldo per essa, mentre voi non la vendereste per tutto l'oro del mondo; lo credo bene. Chi la vede, intanto, nella vostra stanza così ben mobigliata, certo, non sapendo, si domanda con maraviglia come la possiate tenere qua, vecchia scolorita e strappata com'è.

Queste sono le vostre seggiole. E questo è un tavolino, che più tavolino di così non potrebbe essere. Quella è una finestra che dà sul giardino. E là fuori, quei pini, quei cipressi.

Lo so. Ore deliziose passate in questa stanza che[2] vi par tanto bella, con quei cipressi che si vedono là. Ma per essa intanto vi siete guastato con l'amico che prima veniva a visitarvi quasi ogni giorno e ora non solo non viene più ma va dicendo a tutti che siete pazzo, proprio pazzo ad abitare[3] in una casa come questa.

– Con tutti quei cipressi lì davanti in fila, – va dicendo. – Signori miei, più di venti cipressi, che pare un camposanto.

Non se ne sa dar pace.

Voi socchiudete gli occhi; vi stringete nelle spalle; sospirate:

– Gusti!

Perché[4] vi pare che sia propriamente questione di gusti, o d'opinioni, o d'abitudine; e non dubitate minimamente della realtà delle care cose, quale[5] con piacere ora la vedete e la toccate.

Andate via da codesta casa; ripassate[1] fra tre o quattr'anni[2] a rivederla con un altro animo da questo d'oggi; vedrete[3] che ne sarà più di codesta cara realtà.

– Uh guarda, questa la stanza? questo il giardino?

E speriamo per amor di Dio, che non vi sia morto qualche altro parente[4] prossimo, perché vediate anche voi come un camposanto tutti quei cari cipressi là.

Ora dite che questo si sa, che l'animo muta e che ciascuno può sbagliare.

Già storia vecchia, difatti.

Ma io non ho la pretesa di dirvi niente di nuovo. Solo vi domando:

– E perché[5] allora, santo Dio, fate come se non si sapesse? Perché seguitate a credere che la sola realtà sia la vostra, questa d'oggi, e vi maravigliate, vi stizzite, gridate che sbaglia il vostro amico, il quale, per quanto faccia, non potrà mai avere in sé, poverino, lo stesso animo vostro?

IV
Scusate ancora

Lasciatemi dire un'altra cosa, e poi basta.

Non voglio offendervi. La vostra coscienza, voi dite. Non volete che sia messa in dubbio. Me n'ero scordato, scusate. Ma riconosco, riconosco che per voi stesso, dentro di voi, non siete quale io, di fuori, vi vedo. Non per cattiva volontà. Vorrei che foste almeno persuaso di questo. Voi vi conoscete, vi sentite, vi volete in un modo che non è il mio, ma il vostro; e credete ancora una volta che il vostro sia giusto e il mio sbagliato. Sarà, non nego. Ma può il vostro modo essere il mio e viceversa?

Ecco che torniamo daccapo!

Io posso credere a tutto ciò che voi mi dite. Ci

credo. Vi offro una sedia: sedete; e vediamo di metterci d'accordo.

Dopo una buona oretta di conversazione, ci siamo intesi perfettamente.

Domani mi venite con le mani in faccia, gridando:

– Ma come? Che avete inteso? Non mi avevate detto così e così?

Così e così, perfettamente. Ma il guajo[1] è che voi, caro, non saprete mai, né io vi potrò mai comunicare come si traduca in me quello che voi mi dite. Non avete parlato turco, no. Abbiamo usato, io e voi la stessa lingua, le[2] stesse parole. Ma che colpa abbiamo, io e voi, se le parole, per sé, sono vuote? Vuote, caro mio. E voi le riempite del senso vostro, nel dirmele; e io nell'accoglierle, inevitabilmente, le riempio del senso mio. Abbiamo creduto d'intenderci; non[3] ci siamo intesi affatto.

Eh, storia vecchia anche questa, si sa. E io non pretendo dir niente di nuovo. Solo[4] torno a domandarvi:

– Ma perché allora, santo Dio, seguitate a fare come se non si sapesse? A parlarmi di voi, se sapete che per essere per me[5] quale siete per voi stesso, e io per voi quale sono per me, ci vorrebbe che io, dentro di me, vi déssi quella stessa realtà che voi vi date, e viceversa; e questo non è possibile?

Ahimè, caro, per quanto facciate, voi mi darete sempre una realtà a modo vostro, anche credendo in buona fede che sia a modo mio; e sarà, non dico; magari sarà; ma a un « modo mio » che io non so né potrò mai sapere; che saprete soltanto voi che mi vedete da fuori: dunque un « modo mio » per voi, non un « modo mio » per me.

Ci fosse fuori di noi, per voi e per me, ci fosse una signora realtà mia e una signora realtà vostra, dico per se stesse, e uguali, immutabili. Non c'è. C'è in me e per me una realtà mia: quella che io mi dò; una realtà vostra in voi e per voi: quella che voi vi date; le quali non saranno mai le stesse né per voi né per me.

E allora?

Allora, amico mio, bisogna consolarci con questo: che non è più vera la mia che la vostra, e che durano un momento così la vostra come la mia.

Vi gira un po' il capo? Dunque dunque... concludiamo.

V
Fissazioni

Ecco, dunque, volevo[1] venire a questo, che non dovete dirlo più, non lo dovete dire che avete la vostra coscienza e che vi[2] basta.

Quando avete agito così? Jeri, oggi, un minuto fa? E ora? Ah, ora voi stesso siete disposto ad ammettere che forse avreste agito altrimenti. E perché? Oh Dio, voi impallidite. Riconoscete forse anche voi ora, che un minuto fa *voi eravate un altro*?

Ma sì, ma sì, mio caro, pensateci[3] bene: un minuto fa, prima che vi capitasse questo caso, voi[4] eravate un altro; non solo, ma voi eravate anche cento altri, centomila altri. E non c'è da farne, credete a me, nessuna maraviglia. Vedete piuttosto se vi sembra di poter essere così sicuro che di qui a domani sarete quel che assumete di essere oggi.

Caro mio, la verità è questa: che sono tutte fissazioni. Oggi vi[5] fissate in un modo e domani in un altro.

Vi dirò poi come e perché.

VI
Anzi ve lo dico adesso

Avete[6] mai veduto costruire una casa? Io, tante, qua a Richieri. E ho pensato:

« Ma guarda un po' l'uomo, che è capace di fare!

Mutila[1] la montagna; ne cava pietre; le squadra; le dispone le une sulle altre e, che è che non è, quello che era un pezzo di montagna è diventato una casa. »

– Io – dice la montagna – sono montagna e non mi muovo.

Non ti muovi, cara? E guarda là quei carri tirati da buoi. Sono carichi di te, di pietre tue. Ti portano in carretta, cara mia! Credi di startene costì? E già mezza sei due miglia lontano, nella pianura. Dove? Ma in quelle case là, non ti vedi? una gialla, una rossa, una bianca; a due, a[2] tre, a quattro piani.

E i tuoi faggi, i tuoi noci, i tuoi abeti?

Eccoli qua, a casa mia. Vedi come li abbiamo lavorati bene? Chi li riconoscerebbe più in queste sedie, in questi armadii, in questi scaffali?

Tu montagna, sei tanto più grande dell'uomo; anche tu faggio, e tu noce e tu abete; ma l'uomo è una bestiolina piccola, sì, che ha però in sé[3] qualche cosa che voi non avete.

A star sempre in piedi, vale a dire ritta su due zampe soltanto, si stancava; a[4] sdrajarsi per terra come le altre bestie non stava comoda e si faceva male, anche perché, perduto il pelo, la pelle eh! la pelle le è diventata più fina. Vide allora l'albero e pensò che se ne poteva trar fuori qualche cosa[5] per sedere più comodamente. E poi sentì che non era comodo neppure il legno[6] nudo e lo imbottì; scorticò le bestie soggette, altre ne tosò e vestì il legno di cuojo e tra il cuojo e il legno mise la lana; ci si sdrajò sopra, beato:

– Ah, come[7] si sta bene così!

Il cardellino canta nella gabbietta sospesa[8] tra le tende al palchetto della finestra. Sente forse la primavera che s'approssima? Ahimè, forse la sente anch'esso l'antico ramo del noce da cui fu tratta la mia[9] seggiola, che al canto del cardellino ora scrìcchiola.

Forse s'intendono, con quel canto e con questo scricchiolìo, l'uccello imprigionato e il noce ridotto seggiola.[1]

VII
Che c'entra la casa?

Pare[2] a voi che non c'entri questo discorso della casa, perché adesso la vedete come è, la vostra casa, tra le altre che formano la città. Vi vedete attorno i vostri mobili, che sono quali voi secondo il vostro gusto e i vostri mezzi li avete voluti per i comodi vostri. Ed essi[3] vi spirano attorno il dolce conforto familiare, animati come sono da tutti i vostri ricordi; non più cose, ma quasi intime parti di voi stessi, nelle quali potete toccarla e sentirla quella che vi sembra la realtà sicura della vostra esistenza.

Siano di faggio o di noce o d'abete, i vostri mobili sono, come i ricordi della vostra intimità domestica, insaporati di[4] quel particolare alito che cova in ogni casa e che dà alla nostra vita quasi un odore che più s'avverte quando ci vien meno, appena cioè, entrando[5] in un'altra casa, vi avvertiamo un alito diverso. E vi secca, lo vedo, ch'io v'abbia richiamato ai faggi, ai noci, agli abeti della montagna.

Come se già cominciaste a compenetrarvi un poco della mia pazzia, subito, d'ogni cosa che vi dico, vi adombrate; domandate:

– Perché? Che c'entra questo?

VIII
Fuori all'aperto

No, via, non[6] abbiate paura che vi guasti i mobili, la pace, l'amore della casa.

Aria! Aria! Lasciamo la casa, lasciamo la città. Non[7] dico che possiate fidarvi molto di me; ma, via, non temete. Fin dove la strada con quelle case sbocca[1] nella campagna potete seguirmi.

Sì, strada, questa. Temete sul serio che possa dirvi di no? Strada strada. Strada brecciata; e attenti alle scaglie. E quelli sono fanali. Venite avanti sicuri.

Ah, quei monti azzurri lontani! Dico « azzurri »; anche voi dite « azzurri », non è vero? D'accordo. E questo qua vicino, col bosco di castagni: castagni, no? vedete, vedete come c'intendiamo? della famiglia delle cupulifere, d'alto fusto. Castagno marrone. Che vasta pianura[2] davanti (« verde » eh? per voi e per me « verde »: diciamo così, che c'intendiamo a maraviglia); e in quei prati là, guardate guardate che bruciare di rossi papaveri al sole! – Ah, come? cappottini rossi di bimbi? – Già, che cieco! Cappottini di lana rossa, avete ragione. M'eran sembrati papaveri. E codesta[3] vostra cravatta pure rossa... Che gioja in questa vana frescura, azzurra e verde, d'aria chiara di sole! Vi levate il cappellaccio grigio di feltro? Siete già sudato? Eh, bello grasso, voi, Dio vi benedica! Se vedeste i quadratini bianchi e neri dei calzoni sul vostro deretano... Giù, giù la giacca! Pare troppo.

La campagna! Che altra[4] pace, eh? Vi sentite sciogliere. Sì; ma[5] se mi sapeste dire dov'è? Dico la pace. No, non temete, non temete! Vi sembra propriamente che ci sia pace qua? Intendiamoci, per carità! Non rompiamo il nostro perfetto accordo. Io qua vedo soltanto, con licenza vostra, ciò che avverto in me in questo momento, un'immensa stupidità, che rende la vostra faccia, e certo anche[6] la mia, di beati idioti; ma che noi pure attribuiamo alla terra e alle piante, le quali ci sembra che vivano per vivere, così soltanto come in questa stupidità possono vivere.

Diciamo dunque che è in noi ciò che chiamiamo pace. Non vi pare? E sapete da che proviene? Dal semplicissimo fatto che siamo usciti or ora dalla città; cioè, sì, da un mondo *costruito*: case, vie, chiese, piazze; non per questo soltanto, però, *costruito*, ma anche perché non ci si vive più così per vivere, come queste piante, senza saper di vivere; bensì per qualche cosa[1] che non c'è e che vi mettiamo noi; per qualche cosa che dia senso e valore alla vita: un senso, un valore che qua, almeno in parte, riuscite a perdere, o di cui riconoscete l'affliggente vanità. E vi vien languore, ecco, e malinconia. Capisco, capisco. Rilascio di nervi. Accorato[2] bisogno d'abbandonarvi. Vi sentite sciogliere, vi abbandonate.[3]

IX
Nuvole e vento

Ah, non[4] aver più coscienza d'essere, come una pietra, come una pianta! Non ricordarsi più neanche del proprio nome! Sdrajati qua sull'erba, con le mani intrecciate alla nuca, guardare nel cielo azzurro le bianche nuvole abbarbaglianti che veleggiano gonfie di sole; udire il vento che fa lassù, tra i castagni del bosco, come un fragor di mare.

Nuvole e vento.

Che avete detto? Ahimè, ahimè. Nuvole? Vento? E non vi sembra già tutto, avvertire e riconoscere che quelle che veleggiano luminose per la sterminata azzurra vacuità sono nuvole? Sa forse d'essere la nuvola? Né sanno di lei l'albero e la pietra, che ignorano anche se stessi; e sono soli.

Avvertendo e riconoscendo la nuvola, voi potete, cari miei, pensare anche alla vicenda dell'acqua (e perché no?) che divien nuvola per divenir[5] poi acqua di nuovo. Bella cosa, sì. E basta a spiegarvi questa vicenda un povero professoruccio di fisica. Ma a spiegarvi il perché del perché?[1]

X
L'uccellino

Sentite, sentite: sù[2] nel bosco dei castagni, picchi d'accetta. Giù nella cava, picchi di piccone.

Mutilare la montagna, atterrare alberi per costruire case. Là, nella[3] vecchia città, altre case. Stenti, affanni, fatiche d'ogni sorta; perché? Ma per arrivare a un comignolo, signori miei; e per fare[4] uscir poi da questo comignolo un po' di fumo, subito disperso nella vanità dello spazio.

E come quel fumo, ogni pensiero, ogni memoria degli uomini.

Siamo in campagna qua; il languore ci ha sciolto le membra; è naturale che illusioni e disinganni, dolori e gioje, speranze e desiderii ci appajano vani e transitorii, di fronte al sentimento che spira dalle cose che restano e sopravanzano ad essi, impassibili. Basta guardare là quelle alte montagne oltre valle, lontane lontane, sfumanti all'orizzonte, lievi nel tramonto, entro rosei vapori.

Ecco: sdrajato, voi buttate all'aria il cappellaccio di feltro; diventate quasi tragico; esclamate:

– Oh ambizioni degli uomini!

Già. Per esempio, che grida di vittoria perché l'uomo, come quel vostro cappellaccio, s'è messo a volare, a far l'uccellino! Ecco intanto qua un vero uccellino come vola. L'avete visto? La facilità[5] più schietta e lieve, che s'accompagna spontanea a un trillo di gioja. Pensare adesso al goffo apparecchio rombante e allo sgomento, all'ansia, all'angoscia mortale dell'uomo che vuol fare l'uccellino! Qua un frullo e un trillo; là un motore strepitoso e puzzolente, e la morte davanti. Il motore si guasta; il motore s'arresta; addio uccellino!

– Uomo, – dite voi, sdrajati qua sull'erba, –[1] lascia di volare! Perché vuoi volare? E quando hai volato?

Bravi. Lo dite qua, per ora, questo; perché siete in campagna, sdrajati sull'erba. Alzatevi, rientrate in città e, appena rientrati, lo intenderete subito perché l'uomo voglia volare.

Qua, cari miei, avete veduto l'uccellino vero, che vola davvero, e avete smarrito il senso e il valore delle ali finte e del volo meccanico. Lo riacquisterete subito là, dove tutto è finto e meccanico, riduzione e costruzione: un altro mondo nel mondo: mondo manifatturato, combinato, congegnato; mondo d'artificio, di stortura, d'adattamento, di finzione, di vanità; mondo che ha senso e valore soltanto per l'uomo che ne è l'artefice.[2]

Via, via, aspettate che vi dia una mano per tirarvi sù. Siete grasso, voi. Aspettate: su la schiena v'è rimasto[3] qualche filo d'erba... Ecco, andiamo via.

XI
Rientrando in città

Guardatemi[4] ora questi alberi che scortano di qua e di là, in fila lungo i marciapiedi, questo nostro Corso di Porta Vecchia, che aria smarrita, poveri alberi cittadini, tosati e pettinati!

Probabilmente non pensano, gli alberi; le bestie, probabilmente, non ragionano. Ma se gli alberi pensassero, Dio mio, e potessero parlare, chi sa che direbbero questi poverelli che, per farci ombra, facciamo crescere in mezzo alla città! Pare che chiedano, nel vedersi così specchiati in queste vetrine di botteghe, che[1] stiano a farci qua, tra tanta gente affaccendata, in mezzo al fragoroso tramestìo della vita cittadina. Piantati da tanti anni, sono rimasti miseri e squallidi alberelli.[2] Orecchi, non mostrano d'averne. Ma chi sa, forse gli alberi, per crescere, hanno bisogno di silenzio.

Siete mai stati nella piazzetta dell'Olivella, fuori le mura? al conventino antico dei Trinitarii bianchi? Che aria di sogno e d'abbandono, quella piazzetta, e che silenzio strano, quando dalle tegole nere e muschiose di quel convento vecchio, s'affaccia bambino, azzurro azzurro, il riso della mattina!

Ebbene, ogni anno la terra, lì, nella sua stupida materna ingenuità, cerca d'approfittare di quel silenzio. Forse crede che lì[3] non sia più città; che gli uomini abbiano disertato quella piazzetta; e tenta di riprendersela, allungando zitta zitta, pian pianino, di tra il selciato, tanti fili d'erba. Nulla è più fresco e tenero di quegli esili timidi fili d'erba di cui verzica in breve tutta la piazzetta. Ma ahimè[4] non durano più d'un mese. È città lì; e non è permesso ai fili d'erba di spuntare. Vengono ogni anno quattro o cinque spazzini; s'accosciano in terra e con certi loro ferruzzi li strappano via.

Io vidi l'altr'anno, lì, due uccellini che, udendo lo stridore di quei ferruzzi sui grigi scabri quadratini del selciato, volavano[5] dalla siepe alla grondaja del convento, di qua alla siepe di nuovo, e scotevano il capino e guardavano di traverso, quasi chiedessero, angosciati, che cosa stéssero a fare quegli uomini là.

– E non lo vedete, uccellini? – io dissi loro. – Non lo vedete che fanno? Fanno la barba a questo vecchio selciato.[6]

Scapparono via inorriditi quei due uccellini.

Beati loro che hanno le ali e possono scappare! Quant'altre bestie non possono, e sono prese e imprigionate e addomesticate in città e anche nelle campagne; e com'è triste la loro forzata obbedienza agli strani bisogni degli uomini! Che ne capiscono? Tirano il carro, tirano l'aratro.

Ma forse anch'esse, le bestie, le piante[1] e tutte le cose, hanno poi un senso e un valore per sé, che l'uomo non può intendere, chiuso com'è in quelli che egli per conto suo dà alle une e alle altre, e che la natura spesso, dal canto suo, mostra di non riconoscere e d'ignorare.

Ci vorrebbe un po' più d'intesa tra l'uomo e la natura. Troppo spesso la natura si diverte a buttare all'aria tutte le nostre ingegnose costruzioni.[2] Cicloni, terremoti... Ma l'uomo non si dà per vinto. Ricostruisce, ricostruisce, bestiolina pervicace. E tutto è per lui materia di ricostruzione. Perché ha in sé quella tal cosa che non si sa che sia, per cui deve per forza costruire, trasformare a suo modo la materia che gli offre la natura ignara, forse e, almeno quando vuole, paziente.[3] Ma si contentasse soltanto delle cose, di cui, fino a prova contraria, non si conosce che abbiano in sé facoltà di sentire lo strazio[4] a causa dei nostri adattamenti e delle nostre costruzioni! Nossignori. L'uomo piglia a materia anche se stesso, e si costruisce, sissignori, come una casa.

Voi credete[5] di conoscervi se non vi costruite in qualche modo? E ch'io possa conoscervi, se non vi costruisco a modo mio? E voi me, se non mi costruite a modo vostro? Possiamo conoscere soltanto quello a cui riusciamo a dar forma. Ma che conoscenza può essere? È forse questa[6] forma la cosa stessa? Sì, tanto per me, quanto per voi; ma non così per me come per voi: tanto vero che io non mi riconosco nella forma che mi date voi, né voi in quella che vi do io; e la stessa cosa non è uguale per tutti e anche per ciascuno di noi può di continuo cangiare, e difatti cangia di continuo.[7]

Eppure, non c'è altra realtà fuori di questa, se

non cioè nella forma momentanea che riusciamo[1] a dare a noi stessi, agli altri, alle cose. La realtà che ho io per voi è nella forma che voi mi date; ma è realtà per voi e non per me; la realtà che voi avete per me è nella forma che io vi do; ma è realtà per me e non per voi; e per me stesso io non ho altra realtà se non nella forma che riesco a darmi. E come? Ma costruendomi, appunto.

Ah, voi credete che si costruiscano soltanto le case? Io mi costruisco di continuo e vi costruisco, e voi fate altrettanto. E la costruzione[2] dura finché non si sgretoli il materiale dei nostri sentimenti e finché duri il cemento della nostra volontà. E perché credete che vi si raccomandi tanto la fermezza della volontà e la costanza dei sentimenti? Basta che quella vacilli un poco, e che questi si alterino d'un punto o cangino minimamente, e addio realtà nostra! Ci accorgiamo subito che non era altro che una nostra illusione.

Fermezza di volontà, dunque. Costanza nei sentimenti. Tenetevi[3] forte, tenetevi forte per non dare di questi tuffi nel vuoto, per non andare incontro a queste ingrate sorprese.

Ma che belle costruzioni vengono fuori!

XII
Quel caro Gengè

– No[4] no, bello mio, statti zitto! Vuoi che non sappia quel che ti piace e quel che non ti piace? Conosco bene i tuoi gusti, io, e come tu la pensi.

Quante[5] volte non m'aveva detto così Dida mia moglie? E io, imbecille, non ci avevo fatto mai caso.

Ma sfido ch'ella conosceva quel suo Gengè più che non lo conoscessi io! Se l'era costruito lei! E non era mica un fantoccio. Se mai, il fantoccio ero io.

Sopraffazione? Sostituzione?

Ma che!

Per sopraffare uno, bisogna che questo uno esista; e per sostituirlo, bisogna che esista ugualmente e che si possa prendere per le spalle e strappare indietro, per mettere un altro al suo posto.

Dida mia moglie non m'aveva né sopraffatto né sostituito. Sarebbe sembrata a lei, al contrario, una sopraffazione e una sostituzione, se io, ribellandomi e affermando comunque una volontà d'essere a mio modo, mi fossi[1] tolto dai piedi quel suo Gengè.

Perché quel suo Gengè esisteva, mentre io[2] per lei non esistevo affatto, non ero mai esistito.

La realtà mia era per lei in quel suo Gengè ch'ella s'era foggiato, che aveva pensieri e sentimenti e gusti che non erano i miei[3] e che io non avrei potuto minimamente alterare, senza correre il rischio di diventar subito un altro[4] ch'ella non avrebbe più riconosciuto, un estraneo che ella non avrebbe più potuto né comprendere né amare.

Purtroppo non avevo mai saputo dare una qualche forma alla mia vita; non mi ero[5] mai voluto fermamente in un modo mio proprio e particolare, sia per non avere mai incontrato ostacoli che suscitassero in me la volontà di resistere e di affermarmi comunque davanti[6] agli altri e a me stesso, sia per questo mio animo disposto a pensare e a sentire anche il contrario di ciò che poc'anzi pensava e sentiva, cioè a scomporre e a disgregare in me con assidue e spesso opposte riflessioni ogni formazione mentale e sentimentale; sia infine per la mia natura così inchinevole a cedere, ad abbandonarsi alla discrezione altrui, non tanto per debolezza, quanto per noncuranza e anticipata rassegnazione ai dispiaceri che[7] me ne potessero venire.

Ed ecco, intanto, che me n'era venuto! Non mi conoscevo affatto, non avevo per me alcuna realtà mia propria, ero in uno stato come di fusione continua, quasi fluido, malleabile; mi conoscevano gli altri, ciascuno a suo modo, secondo la realtà che m'avevano[1] data; cioè vedevano in me ciascuno un Moscarda che non ero io, non essendo io propriamente nessuno per me; tanti Moscarda quanti essi erano, e tutti più reali di me che non avevo per me stesso, ripeto, nessuna realtà.[2]

Gengè, sì, l'aveva, per mia moglie Dida. Ma[3] non potevo in nessun modo consolarmene perché v'assicuro che difficilmente potrebbe immaginarsi una creatura più sciocca di questo[4] caro Gengè di mia moglie Dida.

E il bello, intanto, era questo: che non era mica senza difetti per lei quel suo Gengè. Ma ella glieli compativa tutti! Tante cose di lui non le piacevano, perché[5] non se l'era costruito in tutto a suo modo, secondo il suo gusto e il suo capriccio: no.

Ma a modo di chi allora?

Non[6] certo a modo mio, perché io, ripeto, non riuscivo davvero a riconoscere per miei i pensieri, i sentimenti, i gusti ch'ella attribuiva al suo Gengè. Si vede[7] dunque chiaramente che glieli[8] attribuiva perché, secondo lei, Gengè aveva quei gusti e pensava e sentiva così, a modo *suo*, c'è poco da dire, propriamente *suo*, secondo[9] la *sua* realtà che non era affatto la *mia*.

La vedevo piangere qualche volta per certe amarezze ch'egli, Gengè, le cagionava. Egli, sissignori! E se le domandavo:

– Ma perché, cara?

Mi rispondeva:

– Ah, me lo domandi? Ah, non ti basta quello che m'hai detto or ora?

– Io?

– Tu, tu, sì!

– Ma quando mai? Che cosa?

Trasecolavo.

Era manifesto che il senso che io[1] davo alle mie parole era un senso per me; quello che poi esse assumevano per lei, quali parole di Gengè, era tutt'altro. Certe parole che, dette da me o da un altro, non le avrebbero dato dolore, dette da Gengè, la facevano piangere, perché in bocca di Gengè assumevano chi sa quale altro valore; e la facevano piangere, sissignori.

Io dunque parlavo per me solo. Ella parlava col suo Gengè. E questi le rispondeva per bocca mia in un modo che a me restava al tutto ignoto. E non è credibile, come diventassero sciocche, false, senza costrutto tutte le cose ch'io le dicevo e ch'ella[2] mi ripeteva.

– Ma come? – le domandavo. – Io ho detto così?

– Sì, Gengè mio, proprio così!

Ecco: erano di Gengè suo quelle sciocchezze; ma non erano sciocchezze: tutt'altro! Era il modo di pensare di Gengè, quello.

E io, ah come lo avrei schiaffeggiato, bastonato, sbranato! Ma non lo potevo toccare. Perché, non ostanti i dispiaceri che le cagionava, le sciocchezze[3] che diceva, Gengè era molto amato da mia moglie Dida; rispondeva per lei, così com'era, all'ideale del buon marito, a cui qualche lieve difetto si perdona in grazia di tant'altre buone qualità.

Se io non volevo che Dida mia moglie andasse a cercare in un altro il suo ideale, non dovevo toccare quel suo Gengè.

In principio pensavo che forse i miei sentimenti erano troppo complicati; i miei pensieri, troppo astrusi; i miei gusti, troppo insoliti; e che[4] perciò mia moglie, spesso, non intendendoli, li travisava. Pensavo, insomma, che le mie idee e i miei sentimenti non potessero capire, se non così ridotti e rimpiccoliti, nel cervellino[5] e nel coricino di lei; e che i miei gusti non si potessero accordare con la sua semplicità.

Ma che! ma che! Non li travisava lei, non li rimpicciolivà lei i miei pensieri e i miei sentimenti. No, no. Così travisati, così rimpiccoliti come le arrivavano dalla bocca di Gengè, mia moglie Dida li stimava sciocchi; anche[1] lei, capite?

E chi dunque li travisava e li rimpicciolivа così? Ma la realtà di Gengè, signori miei! Gengè, quale[2] ella se l'era foggiato, non poteva avere se non di quei pensieri, di quei sentimenti, di quei gusti. Sciocchino ma carino. Ah sì, tanto[3] carino per lei! Lo amava così: carino sciocchino. E lo amava davvero.

Potrei recar tante prove. Basterà quest'una: la prima[4] che mi viene a mente.

Dida, da ragazza, si pettinava in un certo modo che piaceva non soltanto a lei, ma anche a me, moltissimo. Appena sposata, cangiò pettinatura. Per[5] lasciarla fare a suo modo io non le dissi che questa nuova pettinatura non mi piaceva affatto. Quand'ecco, una mattina, m'apparve all'improvviso, in accappatojo, col pettine ancora in mano, acconciata al modo antico e tutt'accesa in volto.

– Gengè! – mi gridò, spalancando l'uscio, mostrandosi[6] e rompendo in una risata.

Io restai ammirato, quasi abbagliato.

– Oh, – esclamai, – finalmente!

Ma subito ella si cacciò le mani nei capelli, ne[7] trasse le forcinelle e disfece in un attimo la pettinatura.

– Va' là! – mi disse. – Ho voluto farti uno scherzo. So bene, signorino, che[8] non ti piaccio pettinata così!

Protestai, di scatto:

– Ma chi te l'ha detto, Dida mia? Io ti giuro, anzi, che...

Mi tappò la bocca con la mano.

– Va' là! – ripeté. – Tu me lo dici per farmi piacere. Ma io non debbo piacere a me, caro mio. Vuoi che non sappia come piaccio meglio al mio Gengè?[1]

E scappò via.

Capite? Era[2] certa certissima che al suo Gengè piaceva meglio pettinata in quell'altro modo, e si pettinava in quell'altro modo che non piaceva né a lei né a me. Ma piaceva al suo Gengè; e lei si[3] sacrificava. Vi par poco? Non sono veri e proprii sacrifici, questi, per una donna?

Tanto lo amava!

E io – ora che tutto alla fine mi s'era chiarito – cominciai[4] a divenire terribilmente geloso – non di me stesso, vi prego di credere: voi avete voglia di ridere! – non di me stesso, signori, ma di uno che non ero io, di un imbecille che s'era cacciato tra me e mia moglie; non come un'ombra vana, no, – vi prego[5] di credere – perché egli anzi rendeva me ombra vana, me, me, appropriandosi[6] del mio corpo per farsi amare da lei.

Considerate bene. Non baciava forse mia moglie, su le mie labbra, uno che non ero io? Su le mie labbra? No! Che mie! In quanto erano *mie*, propriamente[7] *mie* le labbra ch'ella baciava? Aveva ella forse tra le braccia il mio corpo? Ma in quanto *realmente* poteva esser[8] mio, quel corpo, in quanto *realmente* appartenere a me, se non ero io colui ch'ella abbracciava e amava?

Considerate bene. Non vi sentireste traditi[9] da vostra moglie con la più raffinata delle perfidie, se poteste conoscere che ella, stringendovi tra le braccia, assapora e si gode per mezzo del vostro corpo l'amplesso d'un altro che lei ha in mente e nel cuore?

Ebbene, in che era diverso dal mio questo caso? Il mio caso era anche peggiore! Perché, in quello, vostra moglie – scusate – nel vostro amplesso si finge soltanto[10] l'amplesso d'un altro; mentre, nel mio caso, mia moglie si stringeva tra le braccia la realtà di uno che non ero io!

Ed era tanto realtà quest'uno, che quando io alla fine, esasperato, lo volli distruggere imponendo, invece della sua, una mia realtà, mia moglie, che non era stata mai mia moglie ma la moglie di colui, si ritrovò subito, inorridita, come in braccio a un estraneo, a uno sconosciuto; e dichiarò di non potermi più amare, di non poter più convivere[1] con me neanche un minuto e scappò via.

Sissignori, come vedrete, scappò via.[2]

LIBRO TERZO

I
Pazzie per forza

Ma voglio dirvi prima, almeno in succinto, le pazzie che cominciai a fare per scoprire tutti quegli altri Moscarda che vivevano nei miei più vicini conoscenti, e distruggerli a uno a uno.

Pazzie per forza. Perché, non avendo mai pensato finora a costruire di me stesso un Moscarda che consistesse a' miei occhi e per mio conto in un modo d'essere che mi paresse da distinguere come a me proprio e particolare, s'intende che non mi era possibile agire con una qualche logica coerenza. Dovevo a volta a volta dimostrarmi il contrario di quel che ero o supponevo d'essere in questo e in quello dei miei conoscenti, dopo essermi sforzato di comprendere la realtà che m'avevano data: meschina, per forza, labile, volubile e quasi inconsistente.

Però ecco: un certo aspetto, un certo senso, un certo valore dovevo pur averlo per gli altri, oltre che per le mie fattezze fuori della veduta mia e della mia estimativa, anche per tante cose a cui finora non avevo mai pensato.

Pensarci e sentire un impeto di feroce ribellione fu tutt'uno.

II
Scoperte

Il nome, sia: brutto fino alla crudeltà. *Moscarda*. La mosca, e il dispetto del suo aspro fastidio ronzante.

Non aveva mica un nome per sé il mio spirito, né uno stato civile: aveva tutto un suo mondo dentro; e io non bollavo ogni volta di quel mio nome, a cui non pensavo affatto, tutte le cose che mi vedevo dentro e intorno. Ebbene, ma per gli altri io non ero quel mondo che portavo dentro di me senza nome, tutto intero, indiviso e pur vario. Ero invece, fuori, nel loro mondo, *uno* – staccato – che si chiamava Moscarda, un piccolo e determinato aspetto di realtà non mia, incluso fuori di me nella realtà degli altri e chiamato *Moscarda*.

Parlavo con un amico: niente di strano: mi rispondeva; lo vedevo gestire; aveva la sua solita voce, riconoscevo i suoi soliti gesti; e anch'egli, standomi a sentire se gli parlavo, riconosceva la mia voce e i miei gesti. Nulla di strano, sì; ma finché io non pensavo che il tono che aveva per me la voce del mio amico non era affatto lo stesso di quella ch'egli si conosceva, perché forse il tono della sua voce egli non se lo conosceva nemmeno, essendo quella, per lui, la sua voce; e[1] che il suo aspetto era quale io lo vedevo, cioè quello che gli davo io, guardandolo da fuori, mentre lui, parlando, non aveva davanti alla mente, certo, nessuna[2] immagine di se stesso, neppur quella che si dava e si riconosceva guardandosi allo specchio.

Oh Dio, e che avveniva allora di me? avveniva lo stesso della mia voce? del mio aspetto? Io non ero più un indistinto *io* che[3] parlava e guardava gli altri, ma uno che gli altri invece guardavano, fuori di loro, e che[4] aveva un tono di voce e un aspetto ch'io non mi conoscevo. Ero per il mio amico quello che egli era per me: un corpo impenetrabile che gli stava davanti e ch'egli si rappresentava con lineamenti a lui ben noti, i quali per me non significavano nulla; tanto vero che non ci pensavo nemmeno, parlando, né potevo[5] vedermeli né saper come fossero; mentre per lui erano tutto, in quanto gli rappresentavano me quale ero per lui, uno tra tanti:

Moscarda. Possibile? E *Moscarda* era tutto ciò che esso diceva e faceva in quel mondo a me ignoto; *Moscarda* era anche la mia ombra; *Moscarda*, se lo vedevano mangiare; *Moscarda*, se lo vedevano fumare; *Moscarda*, se andava a spasso; *Moscarda*, se si soffiava il naso.

Non lo sapevo, non ci pensavo, ma nel mio aspetto, cioè in quello che essi mi davano, in ogni mia parola che sonava per loro con una voce ch'io non potevo sapere, in ogni mio atto interpretato da ciascuno a suo modo, sempre c'erano per gli altri[1] impliciti il mio nome e il mio corpo.

Se non che, ormai, per quanto potesse parermi stupido e odioso essere bollato così per sempre e non potermi dare un altro nome, tanti altri a piacere, che s'accordassero a volta a volta col vario atteggiarsi de' miei sentimenti e delle mie azioni; pure ormai, ripeto, abituato com'ero a portar quello fin dalla nascita, potevo non farne gran caso, e pensare che io infine non ero quel nome; che quel nome era per gli altri un modo di chiamarmi, non bello ma che avrebbe potuto tuttavia essere anche più brutto. Non c'era forse un Sardo a Richieri che si chiamava Porcu? Sì.

– Signor Porcu...

E non rispondeva mica con un grugnito.

– Eccomi, a servirla...

Pulito pulito e sorridente rispondeva. Tanto che uno quasi si vergognava di doverlo chiamare così.

Lasciamo dunque il nome, e lasciamo anche le fattezze, benché pure – ora che davanti allo specchio mi s'era duramente chiarita la necessità di non poter dare a me stesso un'immagine di me diversa da quella con cui mi rappresentavo – anche queste fattezze sentivo estranee alla mia volontà e contrarie dispettosamente a qualunque desiderio potesse nascermi d'averne altre, che non fossero queste, cioè questi capelli così, di questo colore, questi occhi così, verdastri, e questo naso e questa bocca; lasciamo, dico, anche le fattezze, perché alla fin fine dovevo riconoscere che avrebbero potuto essere anche mostruose e avrei dovuto tenermele e rassegnarmi a esse, volendo vivere; non erano, e dunque via, dopo tutto, potevo anche accontentarmene.

Ma le condizioni? dico le condizioni mie che non dipendevano da me? le condizioni che mi determinavano, fuori di me, fuori d'ogni mia volontà? le condizioni della mia nascita, della mia famiglia? Non me l'ero mai poste davanti, io, per valutarle come potevano valutarle gli altri, ciascuno a suo modo, s'intende, con una sua particolar bilancia, a peso d'invidia, a peso d'odio o di sdegno o che so io.

M'ero creduto finora un uomo nella vita. Un uomo, così, e basta. Nella vita. Come se in tutto mi fossi fatto da me. Ma come quel corpo non me l'ero fatto io, come non me l'ero dato io quel nome, e nella vita ero stato messo da altri senza mia volontà; così, senza mia volontà, tant'altre cose m'erano venute sopra dentro intorno, da altri; tant'altre cose m'erano state fatte, date da altri, a cui effettivamente io non avevo mai pensato, mai dato immagine, l'immagine strana, nemica, con cui mi s'avventavano adesso.

La storia della mia famiglia! La storia della mia famiglia nel mio paese: non ci pensavo; ma era in me, questa storia, per gli altri; io ero[1] uno, l'ultimo di questa famiglia; e ne avevo in me, nel corpo, lo stampo e chi sa in quante abitudini d'atti e di pensieri, a cui non avevo mai riflettuto, ma che gli altri riconoscevano chiaramente in me, nel mio modo di camminare, di ridere, di salutare. Mi credevo un uomo nella vita, un uomo qualunque, che vivesse così alla giornata una scioperata vita in fondo, benché piena di curiosi pensieri vagabondi; e no, e no: potevo essere per me uno qualunque, ma[1] per gli altri no; per gli altri avevo tante sommarie determinazioni, ch'io non m'ero date né fatte e a cui non avevo mai badato; e quel mio poter credermi un uomo qualunque, voglio dire quel mio stesso ozio, che credevo proprio mio, non era neanche mio per gli altri: m'era stato dato da mio padre, dipendeva dalla ricchezza di mio padre; ed era un ozio feroce, perché mio padre...

Ah, che scoperta! Mio padre... La vita di mio padre...

III
Le radici

M'appare.[2] Alto, grasso, calvo. E nei limpidi quasi vitrei occhi azzurrini[3] il solito sorriso gli brillava per me, d'una strana tenerezza, ch'era un po' compatimento, un po' derisione anche, ma affettuosa, come se in fondo gli piacesse ch'io fossi tale da meritarmela, quella sua derisione, considerandomi quasi un lusso di bontà che impunemente egli si potesse permettere.

Se non che, questo sorriso, nella barba folta, così rossa e così fortemente radicata che gli scoloriva le gote, questo sorriso sotto i grossi baffi un po' ingialliti nel mezzo, era a tradimento, ora, una specie di ghigno muto e frigido, lì nascosto; a cui non avevo mai badato. E quella tenerezza per me, affiorando e brillando negli occhi da quel ghigno nascosto, m'appariva ora orribilmente maliziosa: tante cose mi svelava a un tratto che mi fendevano di brividi la schiena. Ed ecco, lo sguardo di quegli occhi vitrei mi teneva, mi teneva affascinato per impedirmi di pensare a queste cose, di cui pure era fatta la sua tenerezza per me, ma che pure erano orribili.

« Ma se tu eri e sei ancora uno sciocco... sì, un povero ingenuo sventato, che te ne vai appresso ai tuoi pensieri, senza mai fermarne uno per fermarti;

e mai un proposito non ti sorge, che tu non ti ci metta a girare attorno, e tanto te lo guardi che infine ti ci addormenti, e il giorno appresso apri gli occhi, te lo vedi davanti e non sai più come ti sia potuto sorgere se jeri c'era quest'aria e questo sole; per forza, vedi, io ti dovevo voler bene così. Le mani? che mi guardi? ah, questi peli rossi qua, anche sul dorso delle dita? gli anelli... troppi? e questa grossa spilla alla cravatta, e anche la catena dell'orologio... Troppo oro? che mi guardi? »

Vedevo stranamente la mia angoscia distrarsi con sforzo da quegli occhi, da tutto quell'oro e affiggersi in certe venicciuole azzurrognole che gli trasparivano serpeggianti sù sù per la pallida fronte con pena, sul lucido cranio contornato dai capelli rossi, rossi come i miei – cioè, i miei come i suoi – e che miei dunque, se così chiaramente m'erano venuti da lui? E quel lucido cranio a poco a poco, ecco, mi svaniva davanti come ingojato nel vano dell'aria.

Mio padre!

Nel vano, ora, un silenzio esterrefatto, grave di tutte le cose insensate e informi, che stanno nell'inerzia mute e impenetrabili allo spirito.

Fu un attimo, ma l'eternità. Vi sentii dentro tutto lo sgomento delle necessità cieche, delle cose che non si possono mutare: la prigione del tempo; il nascere ora, e non prima e non poi; il nome e il corpo che ci è dato; la catena delle cause; il seme gettato da quell'uomo: mio padre senza volerlo; il mio venire al mondo, da quel seme; involontario frutto di quell'uomo; legato a quel ramo; espresso da quelle radici.

IV
Il seme

Vidi[1] allora per la prima volta mio padre come non lo avevo mai veduto: fuori, nella sua vita; ma non com'era per sé, come in sé si sentiva, ch'io non potevo saperlo; ma come estraneo a me del tutto, nella realtà che, tal quale egli ora m'appariva, potevo supporre gli dessero gli altri.

A tutti i figli sarà forse avvenuto. Notare com'alcunché d'osceno che ci mortifica, laddove è il padre per noi che si rispetta. Notare, dico, che gli altri non dànno e non possono dare a questo padre quella stessa realtà che noi gli diamo. Scoprire com'egli vive ed è uomo fuori di noi, per sé, nelle sue relazioni con gli altri, se questi altri, parlando con lui o spingendolo a parlare, a[1] ridere, a guardare, per un momento si dimentichino che noi siamo presenti, e così ci lascino intravedere l'uomo ch'essi conoscono in lui, l'uomo ch'egli è per loro. Un altro. E come? Non si può sapere. Subito nostro padre ha fatto un cenno, con la mano o con gli occhi, che ci siamo noi. E quel piccolo cenno furtivo, ecco, ci ha scavato in un attimo un abisso dentro. Quello che ci stava tanto vicino, eccolo balzato lontano e intravisto là come un estraneo. E sentiamo la nostra vita come lacerata tutta, meno che in un punto per cui resta attaccata ancora a quell'uomo. E questo punto è vergognoso. La nostra nascita staccata, recisa[2] da lui, come un caso comune, forse previsto, ma involontario nella vita di quell'estraneo, prova d'un gesto, frutto d'un atto, alcunché insomma che ora, sì, ci fa vergogna, ci suscita sdegno e quasi odio. E se non propriamente odio, un certo acuto dispetto notiamo anche negli occhi di nostro padre, che in quell'attimo si sono scontrati nei nostri. Siamo per lui, lì ritti in piedi, e con due vigili occhi ostili, ciò che egli dallo sfogo d'un suo momentaneo bisogno o piacere, non si aspettava: quel seme gettato ch'egli non sapeva, ritto ora in piedi e con due occhi fuoruscenti di lumaca che guardano a tentoni e giudicano e gl'impediscono d'essere ancora in tutto a piacer suo, libero, *un altro* anche rispetto a noi.

V
Traduzione d'un titolo

Non[1] l'avevo mai finora staccato così da me mio padre. Sempre l'avevo pensato, ricordato come padre, qual era per me; ben poco veramente, ché morta giovanissima mia madre, fui messo in un collegio lontano da Richieri, e poi in un altro, e poi in un terzo ove rimasi fino ai diciott'anni, e andai poi all'università e v passai per sei anni da un ordine di studii all'altro, senza cavare un pratico profitto da nessuno; ragion per cui[2] alla fine fui richiamato a Richieri e subito, non so se in premio o per castigo, ammogliato. Due anni dopo mio padre morì senza lasciarmi di sé, del suo affetto altro ricordo più vivo che quel sorriso di tenerezza, ch'era – com'ho detto – un po' compatimento, un po' derisione.

Ma ciò[3] ch'era stato per sé? Moriva ora, mio padre, del tutto. Ciò ch'era stato per gli altri... E così poco per me! E gli veniva anche dagli altri, certo, dalla realtà che gli altri gli davano e ch'egli sospettava, quel sorriso per me... Ora l'intendevo e ne intendevo il perché, orribilmente.

– Che cos'è tuo padre? – mi avevano tante volte domandato in collegio i miei compagni.

E io:

– Banchiere.

Perché mio padre, *per me*, era banchiere.

Se[4] vostro padre fosse boja, come si tradurrebbe nella vostra famiglia questo titolo per accordarlo con l'amore che voi avete per lui e ch'egli ha per voi? oh, egli tanto tanto buono per voi, oh, io lo so, non c'è[5] bisogno che me lo diciate; me lo immagino perfettamente l'amore d'un tal padre per il suo figliuolo, la tremante delicatezza delle sue grosse mani nell'abbottonargli la camicina bianca attorno al collo. E poi, feroci domani, all'alba, quelle[1] sue mani, sul palco. Perché anche un *banchiere*, me[2] lo immagino perfettamente, passa dal dieci al venti e dal venti al quaranta per cento, man mano che cresce in paese con la disistima altrui la fama della sua usura, la quale peserà domani come un'onta sul suo figliuolo che ora non sa e si svaga dietro a strani pensieri, povero lusso di bontà, che davvero se lo meritava, ve lo dico io, quel sorriso di tenerezza, mezzo compatimento e mezzo derisione.

VI
Il buon figliuolo feroce

Con[3] gli occhi pieni dell'orrore di questa scoperta, ma velato l'orrore da un avvilimento, da una tristezza che pur mi atteggiavano le labbra a un sorriso vano, nel sospetto che nessuno potesse crederli e ammetterli in me davvero, io allora mi presentai davanti a Dida mia moglie.

Se ne stava – ricordo – in una stanza luminosa, vestita di bianco e tutta avvolta entro un fulgore di sole, a disporre nel grande armadio laccato bianco e dorato a tre luci i suoi nuovi abiti primaverili.

Facendo[4] uno sforzo, acre d'onta segreta, per trovarmi in gola una voce che non paresse troppo strana, le domandai:

– Tu lo sai, eh Dida, qual'è la mia professione?

Dida, con una gruccia in mano da cui pendeva un abito di velo color isabella, si voltò a guardarmi dapprima, come se non mi riconoscesse. Stordita, ripeté:

– La tua professione?

E dovetti riassaporar l'agro di quell'onta per riprendere, quasi da un dilaceramento del mio spirito, la domanda che ne pendeva. Ma questa volta mi si sfece in bocca:

– Già – dissi – che cosa faccio io?

Dida, allora, stette un poco a mirarmi, poi scoppiò in una gran risata:

– Ma che dici, Gengè?

Si fracassò d'un tratto allo scoppio di quella risata[1] il mio orrore, l'incubo di quelle necessità cieche in cui il mio spirito, nella profondità delle sue indagini, s'era urtato poc'anzi, rabbrividendo.

Ah, ecco – un usurajo, per gli altri; uno stupido qua, per Dida mia moglie. Gengè io ero; uno qua, nell'animo e davanti agli occhi di mia moglie; e chi sa quant'altri Gengè, fuori, nell'animo o solamente negli occhi della gente di Richieri. Non si trattava del mio spirito, che si sentiva dentro di me libero e immune, nella sua intimità originaria, di tutte quelle considerazioni delle cose che m'erano venute, che mi erano state fatte e date dagli altri, e principalmente di questa del denaro e della professione di mio padre.

No? E di chi si trattava[2] dunque? Se potevo non riconoscer mia questa realtà spregevole che mi davano gli altri, ahimè dovevo pur riconoscere che se anche me ne fossi data una, io, per me, questa non sarebbe stata più vera, *come realtà*, di quella che mi davano gli altri, di quella in cui gli altri mi facevano consistere con quel corpo che ora, davanti[3] a mia moglie, non poteva neanch'esso parermi *mio*, giacché se l'era appropriato quel Gengè *suo*, che or ora aveva detto una nuova sciocchezza per cui tanto ella aveva riso. Voler sapere la sua professione! E che non si sapeva?

– Lusso di bontà... – feci, quasi tra me, staccando la voce da un silenzio che mi parve fuori della vita, perché, ombra davanti a mia moglie, non sapevo più donde io – io come io – le parlassi.[4]

– Che dici? – ripeté lei, dalla solidità certa della sua vita, con quell'abito color isabella sul braccio.

E com'io non risposi, mi venne avanti, mi prese per le braccia e mi soffiò sugli occhi, come a cancellarvi uno sguardo che non era[1] più di Gengè, di quel Gengè il quale ella sapeva che al pari di lei doveva fingere di non conoscere come in paese si traducesse il nome della professione di mio padre.

Ma non ero peggio di mio padre, io? Ah! Mio padre almeno *lavorava*... Ma io! Che facevo io? Il buon figliuolo feroce. Il buon figliuolo che parlava di cose aliene (bizzarre anche): della scoperta del naso che mi pendeva verso destra: oppure dell'altra faccia della luna; mentre la così detta banca di mio padre, per opera dei due fidati amici Firbo e Quantorzo, seguitava a *lavorare*, prosperava. C'erano anche socii minori, nella banca, e anche i due fidati amici vi erano – come si dice – cointeressati, e tutto andava a gonfie vele senza ch'io me n'impicciassi punto, voluto bene da tutti quei consocii, da Quantorzo, come un figliuolo, da Firbo come un fratello; i quali tutti sapevano che con me era inutile parlar d'affari e che bastava di tanto in tanto chiamarmi a firmare; firmavo e quest'era tutto. Non tutto, perché anche di tanto in tanto qualcuno veniva a pregarmi d'accompagnarlo a Firbo o a Quantorzo con un bigliettino di raccomandazione; già! e io allora gli scoprivo sul mento una fossetta che glielo divideva in due parti non perfettamente uguali, una più rilevata di qua, una più scempia di là.

Come non m'avevano finora accoppato? Eh, non m'accoppavano, signori, perché, com'io non m'ero finora staccato da me per vedermi, e vivevo come un cieco nelle condizioni in cui[2] ero stato messo, senza considerare quali fossero, perché in esse ero nato e cresciuto e m'erano perciò naturali; così anche per gli altri era naturale ch'io fossi così; mi conoscevano così; non potevano pensarmi altrimenti, e tutti potevano ormai guardarmi quasi senz'odio e anche sorridere[1] a questo *buon figliuolo feroce*.

Tutti?[2]

Mi sentii a un tratto confitti nell'anima due paja d'occhi come quattro pugnali avvelenati: gli occhi di Marco di Dio[3] e di sua moglie Diamante, che incontravo ogni giorno sulla[4] mia strada, rincasando.

VII
Parentesi necessaria, una per tutti

Marco di Dio[5] e sua moglie Diamante ebbero la ventura d'essere (se ben ricordo) le prime mie vittime. Voglio dire, le prime designate all'esperimento della distruzione d'un Moscarda.

Ma con qual diritto ne parlo? con qual diritto do qui aspetto e voce ad altri fuori di me? Che ne so io? Come posso parlarne? Li vedo da fuori, e naturalmente quali sono per me, cioè in una forma nella quale certo essi non si riconoscerebbero. E non faccio dunque agli altri lo stesso torto di cui tanto mi lamento io?

Sì, certo; ma con la piccola differenza delle fissazioni, di cui ho già parlato in principio; di quel certo modo in cui ciascuno si vuole, costruendosi così o così, secondo come si vede e sinceramente crede di essere, non solo per sé, ma anche per gli altri. Presunzione, comunque, di cui bisogna pagar la pena.

Ma voi, lo so, non vi volete ancora arrendere ed esclamate:

– E i fatti? Oh, perdio, e non ci sono i dati di fatto?

– Sì, che ci sono.

Nascere è un fatto. Nascere in un tempo anziché in un altro, ve l'ho già detto; e da questo o da quel padre, e in questa o quella condizione; nascere maschio o femmina; in Lapponia o nel centro dell'Africa; e bello o brutto; con la gobba o senza gobba: *fatti.* E anche se perdete un occhio, è un fatto; e potete anche perderli tutti e due, e se siete pittore è il peggior fatto che vi possa capitare.

Tempo, spazio: necessità.[1] Sorte, fortuna, casi: trappole tutte della vita. Volete essere? C'è questo. In astratto non si è.[2] Bisogna che s'intrappoli l'essere in una forma, e per alcun tempo si finisca in essa, qua o là, così o così. E ogni cosa, finché dura, porta con sé la pena della sua forma, la pena d'esser così e di non poter più essere altrimenti. Quello sbiobbo là, pare una burla, uno scherzo compatibile sì e no per un minuto solo e poi basta; poi dritto, sù, svelto, agile, alto..., ma che! sempre così, per tutta la vita che è una sola; e bisogna che si rassegni a passarla tutta tutta così.

E come le forme, gli atti.

Quando un atto è compiuto, è quello; non si cangia più. Quando uno, comunque, abbia agito, anche senza che poi si senta e si ritrovi negli atti compiuti, ciò che ha fatto, resta: come una prigione per lui. Se avete preso moglie, o anche materialmente, se avete rubato e siete stato scoperto; se avete ucciso, come spire e tentacoli vi avviluppano le conseguenze delle vostre azioni; e vi grava sopra, attorno, come un'aria densa, irrespirabile, la responsabilità che per quelle azioni e le conseguenze di esse, non volute o non previste, vi siete assunta. E come potete più liberarvi?

Già. Ma che intendete dire con questo? Che gli atti come le forme determinano la realtà mia o la vostra? E come? perché? Che siano una prigione, nessuno può negare. Ma se volete affermar questo soltanto, state in guardia che non affermate nulla contro di me, perché io dico appunto e sostengo anzi questo, che sono una prigione e la più ingiusta che si possa immaginare.

Mi pareva, santo Dio, d'avervelo dimostrato! Conosco Tizio. Secondo la conoscenza che ne ho, gli do una realtà: per me. Ma Tizio lo conoscete anche voi, e certo quello che conoscete voi non è quello stesso che conosco io, perché ciascuno di noi lo conosce a suo modo e gli dà a suo modo una realtà. Ora anche per se stesso Tizio ha tante realtà per quanti di noi conosce, perché in un modo si conosce con me e in un altro con voi e con un terzo, con un quarto e via dicendo. Il che vuol dire che Tizio è realmente uno con me, uno con voi, un altro con un terzo, un altro con un quarto e via dicendo, pur avendo l'illusione anche lui, anzi lui specialmente, d'esser uno per tutti. Il guajo è questo; o lo scherzo, se vi piace meglio chiamarlo così. Compiamo un atto. Crediamo in buona fede d'esser tutti in quell'atto. Ci accorgiamo purtroppo che non è così, e che l'atto è invece sempre e solamente dell'uno dei tanti che siamo o che possiamo essere, quando, per un caso sciaguratissimo, all'improvviso vi restiamo come agganciati e sospesi: ci accorgiamo, voglio dire, di non essere tutti in quell'atto, e che dunque un'atroce ingiustizia sarebbe giudicarci da quello solo, tenerci agganciati e sospesi a esso, alla gogna, per un'intera esistenza, come se questa fosse tutta assommata in quell'atto solo.[1]

– Ma io sono anche questo, e quest'altro, e poi quest'altro! – ci mettiamo a gridare.

Tanti, eh già; tanti ch'erano fuori dell'atto di quell'uno, e che non avevano nulla[2] o ben poco da vedere con esso. Non solo; ma quell'uno stesso, cioè quella realtà che in un momento ci siamo data e che in quel momento ha compiuto l'atto, spesso poco dopo è sparito del tutto; tanto vero che il ricordo dell'atto resta in noi, se pure resta, come un sogno angoscioso, inesplicabile. Un altro, dieci altri, tutti quegli altri che noi siamo o possiamo essere, sorgono a uno a uno in noi a domandarci come abbiamo potuto far questo; e non ce lo sappiamo più spiegare.

Realtà passate.

Se i fatti non sono tanto gravi, queste realtà passate le chiamiamo disinganni. Sì, va bene; perché veramente ogni realtà è un inganno. Proprio quell'inganno per cui ora dico a voi che n'avete un altro davanti.

– Voi[1] sbagliate!

Siamo molto superficiali, io e voi. Non andiamo ben addentro allo scherzo, che è più profondo e radicale, cari miei. E consiste in questo: che l'essere agisce necessariamente per forme, che sono le apparenze ch'esso si crea, e a cui noi diamo valore di realtà. Un valore che cangia, naturalmente, secondo l'essere in quella forma e in quell'atto ci appare.

E ci deve sembrare per forza[2] che gli altri hanno sbagliato; che una data forma, un dato atto non è questo e non è così. Ma inevitabilmente, poco dopo, se ci spostiamo d'un punto, ci accorgiamo che abbiamo sbagliato anche noi, e che non è questo e non è così; sicché alla fine siamo costretti a riconoscere che non sarà mai né questo né così in nessun modo stabile e sicuro; ma ora in un modo ora in un altro, che tutti a un certo punto ci parranno sbagliati, o tutti veri, che è lo stesso; perché una realtà non ci fu data e non c'è, ma dobbiamo farcela noi, se vogliamo essere: e non sarà mai una per tutti, una per sempre, ma di continuo e infinitamente mutabile. La facoltà d'illuderci che la realtà d'oggi sia la sola vera, se da un canto ci sostiene, dall'altro ci precipita in un vuoto senza fine, perché la realtà d'oggi è destinata a scoprircisi illusione domani.[3] E la vita non conclude. Non può concludere. Se domani conclude, è finita.[4]

VIII
Caliamo un poco

Vi pare che l'abbia presa troppo alta? E caliamo un poco. La palla è elastica; ma per rimbalzare bisogna che tocchi terra. Tocchiamo terra e facciamola rivenire alla mano.

Di quali fatti volete parlare? Del fatto ch'io sono nato, anno tale, mese tale, giorno tale, nella nobile città di Richieri, nella casa in via tale, numero tale, dal signor Tal dei Tali e dalla signora Tal dei Tali; battezzato nella chiesa madre di giorni sei; mandato a scuola d'anni sei; ammogliato d'anni ventitré; alto di statura un metro e sessantotto; rosso di pelo, ecc. ecc.?

Sono i miei connotati. Dati di fatto, dite voi. E vorreste desumerne la mia realtà? Ma questi stessi dati che per sé non dicono nulla, credete che importino una valutazione uguale per tutti? E quand'anche mi rappresentassero intero e preciso, dove mi rappresenterebbero? in quale realtà?

Nella vostra, che non è quella d'un altro; e poi d'un altro; e poi d'un altro. C'è forse una realtà sola, una per tutti? Ma se abbiamo visto che non ce n'è una neanche per ciascuno di noi, poiché in noi stessi la nostra cangia di continuo! E allora?

Ecco qua, terra terra. Siete in cinque? Venite con me.

Questa è la casa in cui sono nato, anno tale, mese tale, giorno tale. Ebbene, dal fatto che topograficamente e per l'altezza e la lunghezza e il numero delle finestre poste qua sul davanti questa casa è la stessa per tutti; dal fatto che io per tutti voi cinque vi sono nato, anno tale, mese tale, giorno tale, rosso di pelo e alto ora un metro e sessantotto, segue forse che voi tutti e cinque diate la stessa realtà a questa casa e a me? A voi che abitate una catapecchia, questa casa sembra un bel palazzo; a voi che avete un certo gusto artistico, sembra una volgarissima casa; voi che passate malvolentieri per la via dov'essa sorge perché vi ricorda un triste episodio della vostra vita, la guardate in cagnesco; voi, invece, con occhio affettuoso perché – lo so – qua dirimpetto abitava la vostra povera mamma che fu buona amica della mia.

E io che vi sono nato? Oh Dio! Quand'anche per tutt'e cinque vojaltri in questa casa, che è una e cinque, fosse nato l'anno tale, il mese tale, il giorno tale un imbecille, credete che sia lo stesso imbecille per tutti? Sarò per l'uno imbecille perché lascio Quantorzo direttore della banca e Firbo consulente legale, cioè proprio per la ragione per cui mi stima avvedutissimo l'altro, che crede invece di veder lampante la mia imbecillità nel fatto che conduco a spasso ogni giorno la cagnolina di mia moglie, e così via. Cinque imbecilli. Uno in ciascuno. Cinque imbecilli che vi stanno davanti, come li vedete da fuori, in me che sono uno e cinque come la casa, tutti con questo nome di Moscarda, niente per sé, neanche uno, se serve a disegnar cinque differenti imbecilli che, sì, tutt'e cinque si volteranno se chiamate: – *Moscarda!* – ma ciascuno con quell'aspetto che voi gli date; cinque aspetti; se rido, cinque sorrisi, e via dicendo.

E non sarà per voi, ogni atto[1] ch'io compia, l'atto d'uno di questi cinque? E potrà essere lo stesso, quest'atto, se[2] i cinque sono differenti? Ciascuno di voi lo interpreterà, gli darà senso e valore[3] a seconda della realtà che m'ha data.

Uno dirà:

– Moscarda ha fatto questo.

L'altro dirà:

– Ma che questo! Ha fatto ben altro!

E il terzo:

– Per me ha fatto benissimo. Doveva fare così!

Il quarto:

– Ma che così e così! Ha fatto malissimo. Doveva fare invece...

E il quinto:

– Che doveva fare? Ma se non ha fatto niente!

E sarete capaci d'azzuffarvi per ciò che Moscarda ha fatto o non ha fatto, per ciò che doveva o non doveva fare, senza voler capire che il Moscarda dell'uno non è il Moscarda dell'altro; credendo di parlare d'un Moscarda solo, che è proprio uno, sì, quello che vi sta davanti così e così, come voi lo vedete, come voi lo toccate; mentre parlate di cinque Moscarda; perché anche gli altri quattro ne hanno uno davanti, uno per ciascuno, che è quello solo, così e così, come ciascuno lo vede e lo tocca. Cinque; e sei, se il povero Moscarda si vede e si tocca uno anche per sé; uno e nessuno, ahimè, come egli si vede e si tocca, se gli altri cinque lo vedono e lo toccano altrimenti.

IX
Chiudiamo la parentesi

Tuttavia mi sforzerò di darvi, non dubitate, quella realtà che voi credete d'avere; cioè[1] a dire, di volervi in me come voi vi volete. Non è possibile, ormai lo sappiamo bene, giacché, per quanti sforzi io faccia di rappresentarvi a modo vostro, sarà sempre « un modo vostro » soltanto per me, non « un modo vostro » per voi e per gli altri.

Ma scusate: se per voi io non ho altra realtà fuori di quella che voi mi date, e sono pronto a riconoscere e ad ammettere ch'essa non è meno vera di quella che potrei darmi io; che essa anzi per voi è la sola vera (e Dio sa che cos'è codesta realtà che voi mi date!); vorreste lamentarvi adesso di quella che vi darò io, con tutta la buona volontà di rappresentarvi quanto più mi sarà possibile a modo vostro?

Non presumo che siate come vi rappresento io. Ho affermato già che non siete neppure quell'uno che vi rappresentate a voi stesso, ma tanti a un tempo, secondo tutte le vostre possibilità d'essere, e i casi, le relazioni e le circostanze. E dunque, che torto vi fo io? Me lo fate voi il torto, credendo ch'io non abbia o non possa avere altra realtà fuori di codesta che mi date voi; la quale è vostra soltanto, credete: una vostra[1] idea, quella che vi siete fatta di me, una possibilità d'essere come voi la sentite, come a voi pare, come la riconoscete in voi possibile; giacché[2] di ciò che possa essere io per me, non solo non potete saper nulla voi, ma nulla neppure io stesso.

X
Due visite

E sono contento che or ora, mentre stavate a leggere questo mio libretto col sorriso un po' canzonatorio che fin da principio ha accompagnato la vostra lettura, due visite, una dentro l'altra, siano venute improvvisamente a dimostrarvi quant'era sciocco quel vostro sorriso.

Siete ancora sconcertato – vi vedo – irritato, mortificato della pessima figura che avete fatto col vostro vecchio amico, mandato via poco dopo sopravvenuto il nuovo, con una scusa meschina, perché non resistevate più a vedervelo davanti, a sentirlo parlare e ridere in presenza di quell'altro. Ma come? mandarlo via così, se poco prima che quest'altro arrivasse, vi compiacevate tanto a parlare e ridere con lui?

Mandato via. Chi? Il vostro amico? Credete sul serio d'aver mandato via lui?

Rifletteteci un poco.

Il vostro vecchio amico, in sé e per sé, non aveva nessuna ragione d'esser mandato via, sopravvenendo il nuovo. I due, tra loro, non si conoscevano affatto; li avete presentati voi l'uno all'altro; e potevano insieme trattenersi una mezz'oretta nel vostro salotto a chiacchierare del più e del meno. Nessun imbarazzo né per l'uno né per l'altro.

L'imbarazzo l'avete provato voi, e tanto più vivo e intollerabile, quanto più, anzi, vedevate quei due a poco a poco acconciarsi tra loro a fare accordo insieme. L'avete subito rotto, quell'accordo. Perché? Ma perché voi (non volete ancora capirlo?) voi, all'improvviso, cioè all'arrivo del vostro nuovo amico, vi siete[1] scoperto due, uno così dall'altro diverso, che per forza a un certo punto, non resistendo più, avete dovuto mandarne via uno. Non il vostro vecchio amico, no; avete mandato via voi stesso, quell'uno che siete per il vostro vecchio amico, perché lo avete sentito tutt'altro da quello che siete, o volete essere, per il nuovo.

Incompatibili non erano tra loro quei due, estranei l'uno all'altro, garbatissimi entrambi e fatti fors'anche per intendersi a maraviglia; ma i due *voi* che all'improvviso avete scoperto in voi stesso. Non avete potuto tollerare che le cose dell'uno fossero mescolate con quelle dell'altro, non avendo esse propriamente nulla di comune tra loro. Nulla, nulla, giacché voi per il vostro vecchio amico avete una realtà e un'altra per il nuovo, così diverse in tutto da avvertire voi stesso che, rivolgendovi all'uno, l'altro sarebbe rimasto a guardarvi sbalordito; non vi avrebbe più riconosciuto; avrebbe esclamato tra sé:

« Ma come? è questo? è così? »

E nell'imbarazzo insostenibile di trovarvi, così, due, contemporaneamente, avete[2] cercato una scusa meschina per liberarvi, non d'uno di loro, ma d'uno dei due che quei due vi costringevano a essere a un tempo.

Sù sù, tornate a leggere questo mio libretto, senza più sorridere come avete fatto finora.

Credete pure che, se qualche dispiacere ha potuto recarvi l'esperienza or ora fatta, quest'è niente, mio caro, perché voi non siete due soltanto, ma chi sa quanti, senza saperlo, e credendovi sempre uno.

Andiamo avanti.[1]

LIBRO QUARTO

I
Com'erano per me Marco di Dio e sua moglie Diamante

Dico « erano »; ma forse sono in vita ancora. Dove? Qua ancora, forse, che[1] potrei vederli domani. Ma qua, dove? Non ho più mondo per me; nulla posso sapere del loro, dov'essi si fingono d'essere. So di certo che vanno per via, se domani li incontro per via. Potrei domandare a lui:

– Tu sei Marco di Dio?

E lui mi risponderebbe:

– Sì. Marco di Dio.

– E cammini per questa via?

– Sì. Per questa via.

– E codesta è tua moglie Diamante?

– Sì. Mia moglie Diamante.

– E questa via si chiama così e così?

– Così e così. E ha tante case, tante traverse, tanti lampioni, ecc. ecc.

Come in una grammatica d'Orlendorf.

Ebbene, questo mi bastava allora, come adesso a voi, per stabilire la realtà di Marco di Dio e di sua moglie Diamante e della via per cui potrei ancora incontrarli, come allora li incontravo. Quando? Oh, non molti anni fa. Che bella precisione di spazio e di tempo! La via, cinque anni fa.

L'eternità s'è sprofondata per me, non tra questi cinque anni solamente, ma tra un minuto e l'altro. E il mondo in cui vivevo allora mi pare più lontano della più lontana stella del cielo.

Marco di Dio e sua moglie Diamante mi sembravano due sciagurati, a cui però la miseria, se da un canto pareva avesse persuaso essere inutile ormai che si lavassero la faccia ogni mattina, certo dall'altro poi persuadeva ancora di non lasciare nessun mezzo intentato, non già per guadagnare quel poco ogni giorno che bastasse almeno a sfamarli, ma per diventare dall'oggi al domani milionarii: *mi-lio-na-ri-i* come diceva lui, sillabando, con gli occhi truci, sbarrati.

Ridevo allora, e tutti con me ridevano nel sentirgli dire così. Ora ne provo raccapriccio, considerando che potevo riderne solo perché non m'era ancora avvenuto di dubitare di quella corroborante provvidenzialissima cosa che si chiama la regolarità delle esperienze; per cui potevo stimare un sogno buffo che si potesse diventare milionarii[1] dall'oggi al domani. Ma se questo, ch'è stato già dimostrato un sottilissimo filo, voglio dire della regolarità delle esperienze, si fosse spezzato in me? se per[2] il ripetersi di due o tre volte avesse acquistato invece *regolarità* per me questo sogno buffo? Anche a me allora sarebbe riuscito impossibile dubitare che realmente si possa da un giorno all'altro diventare milionarii.[3] Quanti conservano la beata regolarità delle esperienze non possono immaginare quali cose possono essere reali o verosimili per chi viva fuori d'ogni regola, come appunto quell'uomo lì.[4]

Si credeva inventore.

E un inventore, signori miei, un bel giorno, apre gli occhi, inventa una cosa, e là: diventa milionario![5]

Tanti ancora lo ricordano come un selvaggio, appena venuto dalla campagna a Richieri. Ricordano che fu accolto allora nello studio d'uno dei nostri più reputati artisti, ora morto; e che in poco tempo vi aveva imparato a[6] lavorare con molta perizia il marmo. Se non che il maestro, un giorno, volle prenderlo a modello per un suo gruppo che, esposto in gesso in una mostra d'arte, divenne famoso sotto il titolo *Satiro e fanciullo*.

Aveva potuto l'artista tradurre senza danno nella creta una visione fantastica, non certo castigata ma bellissima, e compiacersene e averne lode.

Il delitto era nella creta.

Non sospettò il maestro che in quel suo scolaro potesse sorgere la tentazione di tradurre a sua volta quella visione fantastica, dalla creta ov'era lodevolmente fissata per sempre, in un movimento momentaneo e non più lodevole, mentre, oppresso dall'afa d'un pomeriggio estivo, sudava nello studio a sbozzare nel marmo quel gruppo.

Il fanciullo vero non volle avere la sorridente docilità che il finto dava a vedere nella creta; gridò ajuto; accorse gente; e Marco di Dio fu sorpreso in un atto ch'era della bestia sorta in lui d'improvviso in quel momento d'afa.

Ora, siamo giusti: bestia, sì, schifosissima, in quell'atto; ma per tanti altri atti onestamente attestati, non era più forse Marco di Dio anche quel buon giovine che il suo maestro dichiarò d'aver sempre conosciuto nel suo sbozzatore?

So che offendo con questa domanda la vostra moralità. Difatti mi rispondete che se in Marco di Dio poté sorgere una tale tentazione è segno evidente ch'egli non era quel buon giovine che il suo maestro diceva. Potrei farvi osservare intanto, che di simili tentazioni (e anche di più turpi) sono pur piene le vite dei santi. I santi le attribuivano *alle demonia* e, con l'ajuto di Dio, potevano vincerle. Così anche i freni che abitualmente imponete a voi stessi impediscono di solito a quelle tentazioni di nascere in voi, o che in voi scappi fuori all'improvviso il ladro o l'assassino. L'oppressione dell'afa d'un pomeriggio estivo non è mai riuscita a liquefare la crosta della vostra abituale probità né ad accendere in voi momentaneamente la bestia originaria. Potete condannare.

Ma se io ora mi metto a parlarvi di Giulio Cesare, la cui gloria imperiale vi riempie di tanta ammirazione?

– Volgarità! – esclamate. – Non era più, allora, Giulio Cesare. Lo ammiriamo là dove Giulio Cesare era veramente *lui*.

Benissimo. Lui. Ma vedete? Se Giulio Cesare era *lui* soltanto là dove voi l'ammirate, quando non era più là, dov'era? chi era? nessuno? uno qualunque? e chi?

Bisognerà domandarlo a Calpurnia sua moglie, o a Nicomede re di Bitinia.

Batti e batti, alla fine v'è entrato in[1] mente anche questo: che Giulio Cesare, uno, non esisteva. Esisteva, sì, un Giulio Cesare qual egli, in tanta parte della sua vita, si rappresentava; e questo aveva senza dubbio un valore incomparabilmente più grande degli altri; non però quanto[2] a realtà, vi prego di credere, perché non meno reale di questo Giulio Cesare imperiale era quel lezioso fastidioso tutto[3] raso e discinto e infedelissimo di sua moglie Calpurnia: o quello impudicissimo di Nicomede re di Bitinia.

Il guajo è questo, sempre, signori: che[4] dovevano tutti quanti esser chiamati con quel nome solo di Giulio Cesare, e che in un solo corpo di sesso maschile dovevano coabitare tanti[5] e anche una femmina; la quale, volendo esser femmina e non trovandone il modo in quel corpo maschile, dove e come poté, innaturalmente lo fu, e[6] impudicissima e anche più volte recidiva.

Il satiro in quel povero Marco di Dio scappò fuori, a buon conto, una volta sola e tentato da quel gruppo del suo maestro. Sorpreso in quell'atto d'un momento, fu condannato per sempre. Non trovò nessuno che volesse avere considerazione di lui; e, uscito dal carcere, si diede ad almanaccare[7] i più bislacchi disegni per sollevarsi dall'ignominiosa miseria in cui era caduto, a braccetto con una donna, la quale[1] un bel giorno era venuta a lui, nessuno sapeva come né da che parte.

Diceva da una decina d'anni che sarebbe[2] partito per l'Inghilterra la settimana ventura. Ma erano forse passati per lui questi dieci anni? Erano passati per coloro che[3] glielo sentivano dire. Egli era sempre deciso a partire per l'Inghilterra la settimana ventura. E studiava l'inglese. O almeno, da anni teneva sotto il braccio una grammatica inglese, aperta e ripiegata sempre allo stesso punto, sicché quelle due pagine dell'apertura con lo strusciare del braccio e il sudicio della giacca erano ridotte ormai illeggibili, mentre[4] le seguenti erano rimaste incredibilmente pulite. Ma fin dove era il sudicio egli sapeva. E di tratto in tratto, andando per via, rivolgeva di sorpresa, aggrondato, qualche domanda alla moglie, come a saggiarne la prontezza e la maturità:

– *Is Jane a happy child?*

E la moglie rispondeva pronta e seria:

– *Yes, Jane is a happy child.*

Perché anche la moglie la settimana ventura sarebbe partita per l'Inghilterra con lui.

Era uno sgomento, e insieme una pietà, questo spettacolo d'una donna, com'egli[5] fosse riuscito ad attirarla, e farla[6] vivere da cagna fedele in quel suo[7] sogno buffo, di diventar milionario dall'oggi[8] al domani con un'invenzione, per esempio, di « *cessi inodori per paesi senz'acqua nelle case* ». Ridete? La loro serietà era così truce per questo; dico, perché tutti ne ridevano. Era anzi feroce. E tanto[9] più feroce diventava quanto più crescevano, attorno ad essa, le risa.[10]

E ormai erano arrivati a tal punto, che se qualcuno per caso si fermava ad ascoltare[11] i loro disegni senza riderne, essi, anziché compiacersene, gli lanciavano oblique occhiatacce, non pur di sospetto, anche d'odio. Perché la derisione degli altri era ormai l'aria in cui quel loro sogno respirava.[1] Tolta la derisione, rischiavano di soffocare.

Mi spiego perciò come per loro il peggior nemico fosse stato mio[2] padre.

Non si permetteva infatti solamente[3] con me mio padre quel lusso di bontà di cui ho parlato più sù. Si compiaceva anche d'agevolare, con munificenza che non si stancava, e ridendo di quel suo particolar sorriso, le stolide illusioni di certuni che, come Marco di Dio, venivano a piangere davanti[4] a lui la loro infelicità di non aver tanto da ridurre a effetto i loro disegni, il loro sogno: la ricchezza!

– Quanto? – domandava mio padre.

Oh, poco. Perché era sempre poco ciò che bastava a[5] costoro per diventar ricchi: mi-lio-na-ri-i. E mio padre dava.

– Ma come! dicevi che ci voleva così poco...

– Già. Non avevo calcolato bene. Ma adesso, proprio...

– Quanto?

– Oh, poco!

E mio padre dava, dava. Ma poi, a un certo punto, basta. E quelli allora, com'è facile intendere, non gli restavano grati del non aver voluto godere beffardamente fin all'ultimo della[6] loro totale disillusione e del potere attribuire a lui invece, senza[7] rimorso, il fallimento, sul meglio, delle loro illusioni. E nessuno con più accanimento di costoro si vendicava chiamando mio[8] padre usurajo.

Il più accanito di tutti era[9] stato questo Marco di Dio. Il quale ora, morto mio padre, rovesciava su me, e non senza ragione, il suo odio feroce. Non senza ragione, perché anch'io, quasi a mia insaputa, seguitavo[10] a beneficarlo. Lo tenevo alloggiato in una catapecchia di mia proprietà, di cui né Firbo né Quantorzo gli avevano mai richiesto la pigione.

Ora[1] questa catapecchia appunto mi diede il mezzo di tentare su lui il mio[2] primo esperimento.

II
Ma fu totale

Totale, perché[3] bastò muovere in me appena appena, così per giuoco, la volontà di rappresentarmi diverso a uno[4] dei centomila in cui vivevo, perché s'alterassero in centomila modi diversi tutte le altre mie realtà.

E per forza questo giuoco, se considerate bene, doveva fruttarmi la pazzia. O per dir meglio, quest'orrore: la[5] coscienza della pazzia, fresca e chiara, signori, fresca e chiara come una mattinata d'aprile, e lucida e precisa come uno specchio.

Perché, incamminandomi[6] verso quel primo esperimento, andavo[7] a porre graziosamente la mia volontà fuori di me, come[8] un fazzoletto che mi cavassi di tasca. Volevo compiere un atto[9] che non doveva esser mio, ma di quell'ombra di me che viveva realtà in un altro; così solida[10] e vera che avrei potuto togliermi il cappello e salutarla, se per dannata necessità non avessi dovuto incontrarla e salutarla viva, non propriamente in me, ma nel mio stesso corpo, il quale, non essendo per sé nessuno, poteva esser mio ed era mio in quanto rappresentava me a me stesso, ma poteva anche essere ed era di quell'ombra, di quelle centomila ombre che mi rappresentavano in centomila modi vivo e diverso ai centomila altri.

Difatti, non andavo forse incontro al signor Vitangelo Moscarda per giocargli[11] un brutto tiro? Eh! signori, sì, un[12] brutto tiro (scusatemi tutti questi ammiccamenti; ma ho bisogno di ammiccare, d'ammiccare così, perché, non potendo sapere come v'appajo in questo momento, tiro anche, con questi ammiccamenti, a indovinare) cioè, a fargli[1] compiere un atto del tutto contrario a lui e incoerente: un atto che, distruggendo di colpo la logica[2] della sua realtà, lo annientasse così agli occhi di Marco di Dio come di tanti altri?

Senza intendere, sciagurato! che[3] la conseguenza d'un simile atto non poteva esser quella che m'immaginavo: di presentarmi cioè a domandare a tutti, dopo:

– Vedete adesso, signori, che non è vero niente che io sia quell'usurajo[4] che voi volete vedere in me?

Ma quest'altra, invece: che tutti dovessero esclamare, sbigottiti:

– O oh! sapete? l'usurajo Moscarda è impazzito!

Perché l'usurajo Moscarda poteva sì impazzire, ma non si poteva distruggere così[5] d'un colpo, con un atto contrario a lui e incoerente. Non era un'ombra da giocarci e da pigliare a gabbo, l'usurajo[6] Moscarda: un signore era da trattare coi dovuti riguardi, alto[7] un metro e sessantotto, rosso di pelo come papà, il fondatore della banca, con le sopracciglia, sì, ad accento circonflesso e quel naso che gli pendeva verso[8] destra come a quel caro stupido Gengè di mia moglie Dida: un signore, insomma, che[9] Dio liberi, impazzendo, rischiava di trascinarsi al manicomio con sé tutti gli altri Moscarda ch'io ero per gli altri e anche, oh Dio, quel povero innocuo Gengè di mia moglie Dida; e, se permettete, anche[10] me che, leggero e sorridente, ci avevo giocato.

Rischiai, cioè, rischiammo tutti quanti, come vedrete, il manicomio, questa prima volta; e non ci bastò. Dovevamo anche rischiar la vita, perché io mi riprendessi e trovassi alla fine (uno, nessuno[11] e centomila) la via della salute.

Ma non anticipiamo.

III
Atto notarile

Mi[1] recai dapprima nello studio del notaro Stampa, in Via del Crocefisso, numero 24. Perché (eh, questi sono sicurissimi dati di fatto) a dì... dell'anno..., regnando Vittorio Emanuele III per grazia di Dio e volontà della nazione re d'Italia, nella nobile città di Richieri, in Via del Crocefisso, al numero civico 24, teneva studio di regio notaro il signor Stampa cav. Elpidio, d'anni 52 o 53.

– Ci sta ancora? Al numero 24?[2] Lo conoscete tutti il notaro Stampa?

Oh, e allora possiamo essere sicuri di non sbagliare. Quel notaro Stampa là, che conosciamo tutti. Va bene? Ma io ero, entrando nello studio, in uno stato d'animo, che voi non vi potete immaginare. Come[3] potreste immaginarvelo, scusate, se vi pare ancora la cosa più naturale del mondo entrare nello studio d'un notaro per stendere un atto qualsiasi, e se dite che lo conoscete tutti questo notaro Stampa?

Vi dico[4] che io ci andavo, quel giorno, per il mio primo esperimento. E insomma, lo volete fare anche voi, sì o no, questo esperimento con me, una buona volta? dico, di penetrare[5] lo scherzo spaventoso che sta sotto alla pacifica naturalezza delle relazioni quotidiane, di quelle che vi pajono le più consuete e normali, e sotto la quieta apparenza della così detta realtà delle cose? Lo scherzo, santo Dio, per cui pure v'accade d'arrabbiarvi ogni cinque minuti e di gridare all'amico che vi sta accanto:

– Ma scusa! ma come non vedi questo? sei cieco?[6]

E quello no, non lo vede, perché[7] vede un'altra cosa lui, quando voi credete che debba vedere la vostra, come pare a voi. La vede invece come pare a lui, e per lui dunque il cieco siete voi.

Questo scherzo, io dico; com'io già lo avevo penetrato.

Ora entravo[1] in quello studio, carico di tutte le riflessioni e considerazioni covate così lungamente; e me[2] le sentivo come friggere dentro, insieme, in gran subbuglio; e mi volevo intanto tenere così, in una lucida fissità, in una quasi immobile frigidezza, mentre[3] figuratevi in quale risata fragorosa mi veniva di prorompere nel vedermelo davanti serio serio, poverino, quel signor notaro Stampa, senza il minimo sospetto ch'io potessi per me non essere quale mi vedeva lui, e sicurissimo d'esser lui per me quello stesso che ogni giorno nell'annodarsi la cravattina nera davanti allo specchio si vedeva, con[4] tutte le sue cose attorno.

Capite, adesso? Mi veniva d'ammiccare, d'ammiccare anche a lui, per significargli furbescamente « *Bada sotto! Bada sotto!* ». Mi veniva anche, Dio mio, di cacciar fuori all'improvviso la lingua, di[5] smuovere il naso con una subitanea smusatina per alterargli a un tratto, così per gioco e senza malizia, quell'immagine[6] di me ch'egli credeva vera. Ma serio eh? Serio, sù, serio. Dovevo far l'esperimento.

– Dunque, signor notaro, eccomi qua. Ma[7] scusi, lei sta sempre sprofondato in questo silenzio?

Si voltò brusco a[8] squadrarmi. Disse:

– Silenzio? Dove?

Per Via del Crocefisso era difatti in quel momento un continuo transito di gente e di vetture.

– Già; non[9] nella via, certo. Ma ci sono qua tutte queste carte, signor notaro, dietro i vetri impolverati di questi scaffali. Non sente?

Tra turbato e stordito, tornò a squadrarmi; poi[10] tese l'orecchio:

– Che sento?

– Ma questo raspìo! Ah, le zampine, scusi, le zampine lì del suo canarino; scusi scusi. Sono unghiute quelle zampine, e raspando su lo[1] zinco della gabbia...[2]

– Già. Sì. Ma che vuol dire?

– Oh, niente. Non le dà ai nervi, a lei, lo zinco, signor notaro?

– Lo zinco? Ma chi ci bada? Non l'avverto...

– Eppure, lo zinco, pensi! in una gabbia, sotto le gracili zampine d'un canarino, nello studio d'un notaro... Ci scommetto che non canta, questo canarino.

– Nossignore, non canta.

Cominciava a guardarmi in un certo modo il signor notaro, che stimai prudente lasciar lì il canarino per non compromettere l'esperimento; il quale, almeno in principio, e segnatamente lì, alla[3] presenza del notaro, aveva bisogno che nessun dubbio sorgesse sulle[4] mie facoltà mentali. E domandai al signor notaro se sapesse d'una certa casa, sita in via tale, numero tale, di pertinenza d'un certo tale signor Moscarda Vitangelo, figlio del fu Francesco Antonio Moscarda...

– E non è lei?

– Già, io sì. Sarei io...

Era così bello, peccato! in quello studio di notaro, tra tutti quegli incartamenti ingialliti in quei vecchi scaffali polverosi, parlare così, come a una distanza di secoli, d'una certa casa di pertinenza d'un certo tal Moscarda Vitangelo... Tanto più che, sì, ero io lì; presente e stipulante, in quello studio di notaro, ma chi sa come e dove se lo vedeva lui, il signor notaro, quel suo studio; che odore ci sentiva diverso da quello che ci sentivo io; e chi sa come e dov'era, nel mondo del signor notaro, quella certa casa di cui gli parlavo con voce lontana; e io, io, nel mondo del signor notaro, chi sa come curioso...

Ah, il piacere[5] della storia, signori! Nulla più riposante della storia. Tutto nella vita vi cangia[6] continuamente sotto gli occhi; nulla di certo; e quest'ansia senza requie di sapere come si determineranno i casi, di vedere come si stabiliranno i fatti che vi tengono in tanta ambascia e in tanta agitazione! Tutto determinato, tutto stabilito, all'incontro, nella storia: per quanto dolorose le vicende e tristi i casi, eccoli lì, ordinati, almeno, fissati in trenta, quaranta paginette di libro: quelli, e lì; che non cangeranno mai più almeno[1] fino a tanto che un malvagio spirito critico non avrà la mala contentezza di buttare all'aria[2] quella costruzione ideale, ove tutti gli elementi si tenevano a vicenda così bene congegnati, e voi vi riposavate ammirando come ogni effetto seguiva obbediente alla[3] sua causa con perfetta logica e ogni avvenimento si svolgeva preciso e coerente in ogni suo particolare, col signor duca di Nevers, che il giorno tale, anno tale, ecc. ecc.[4]

Per non guastare tutto, dovetti[5] ricondurmi alla sospesa, temporanea e costernata realtà del signor notaro Stampa.

– Io, già, – m'affrettai a dirgli. – Sarei io, signor notaro. E la casa, lei non ha difficoltà, è vero? ad ammettere che è mia, come tutta l'eredità del fu Francesco Antonio Moscarda mio padre. Già! E che è sfitta adesso questa casa, signor notaro. Oh piccola, sa... Saranno cinque o sei stanze, con due corpi bassi – si dice così? – Belli, i corpi bassi... Sfitta dunque, signor notaro; da poterne disporre a piacer mio. Ora[6] dunque, lei...

E qui mi chinai e a bassa voce, con molta serietà, confidai al signor notaro l'atto che intendevo fare e che qui, per ora, non posso riferire, perché – gli dissi:

– Deve restare tra me e lei, signor notaro, sotto il segreto professionale, fintanto che parrà a me. Siamo intesi?

Intesi. Ma il signor notaro mi avvertì che[7] per

fare quell'atto gli bisognavano alcuni dati e documenti per cui mi toccava andare al banco, da Quantorzo. Mi sentii contrariato; tuttavia m'alzai. Come mi mossi, una maledetta voglia mi sorse di domandare al signor notaro:

« Come cammino? Scusi: mi sappia dire almeno come mi vede camminare. »

Mi trattenni a stento. Ma non potei fare a meno di voltarmi, nell'aprir l'uscio a vetri, e di dirgli con un sorriso di compassione:

– Già, col mio passo, grazie!

– Come dice? – domandò, stordito, il signor notaro.

– Ah, niente, dico che me ne vado col mio passo, signor notaro. Ma sa che una volta io ho veduto ridere un cavallo? Sissignore, mentre[1] il cavallo camminava. Lei ora va a guardare il muso a un cavallo per vederlo ridere, e poi viene a dirmi che non l'ha visto ridere. Ma che muso! I cavalli non ridono mica col muso! Sa con che cosa ridono i cavalli, signor notaro? Con le natiche. Le assicuro che il cavallo camminando ride con le natiche, sì, alle volte, di certe cose che vede o che gli passano per il capo. Se lei vuol vederlo ridere il cavallo, gli guardi le natiche e si stia bene![2]

Capisco che non c'entrava dirgli così.[3] Capisco tutto io. Ma se mi rimetto nelle condizioni d'animo in cui mi trovavo allora, che a vedermi addosso gli occhi della gente mi pareva di sottostare a un'orribile sopraffazione pensando che tutti quegli occhi mi davano un'immagine che non era certo quella che io mi conoscevo ma un'altra ch'io non potevo né conoscere né impedire; altro che dirle, mi veniva di farle, di farle, le pazzie, come rotolarmi per le strade o sorvolarle a passo di ballo, ammiccando di qua, cacciando fuori la lingua e facendo sberleffi di là... E invece andavo così serio, così serio, io, per via. E anche voi, che bellezza, andate tutti così serii...

IV
La strada maestra

Mi[1] toccò dunque andare al banco per quelle carte della casa di cui aveva bisogno il signor notaro.

Erano mie quelle carte, senza dubbio, poiché mia era la casa, e potevo disporne. Ma se ci pensate bene, quelle carte, benché mie, non avrei potuto averle se non di furto o strappandole di mano con violenza pazzesca a un altro che agli occhi di tutti n'era il legittimo proprietario: voglio dire al signor usurajo Vitangelo Moscarda.

Per me, questo, era evidente, perché io lo vedevo bene fuori, vivo negli altri e non in me, quel signor usurajo Vitangelo Moscarda. Ma[2] per gli altri che in me non vedevano invece se non quell'usurajo, per gli altri io, là al banco, andavo a rubarle a me stesso quelle carte o a strapparmele di mano pazzescamente.

Potevo dir forse che non ero io? o che io ero un altro? Né era in nessun modo da ragionare un atto che agli occhi di tutti voleva appunto apparire contrario a me stesso e incoerente.

Seguitavo a camminare, come vedete, con perfetta coscienza su la strada maestra della pazzia, ch'era la strada appunto della mia realtà, quale mi s'era ormai lucidissimamente aperta davanti, con[3] tutte le immagini di me, vive, specchiate e procedenti meco.

Ma io ero pazzo perché ne avevo appunto questa precisa e specchiante coscienza; voi che pur camminate per questa medesima strada[4] senza volervene accorgere, voi siete savii, e tanto più quanto più forte gridate a chi vi cammina accanto:

– Io, questo? io, così? Tu sei cieco! tu sei pazzo!

V
Sopraffazione

Il furto, intanto, non[1] era possibile, almeno lì per lì. Non sapevo dove stessero quelle carte. L'ultimo dei subalterni di Quantorzo o di Firbo era in quella banca più[2] padrone di me. Quando vi entravo, invitato per la firma, gl'impiegati non alzavano nemmeno gli occhi dai loro registri, e se qualcuno mi guardava, chiarissimamente con lo sguardo dimostrava di non tenermi in nessun conto.

Eppure lì lavoravano tutti con[3] tanto zelo per me, per ribadire sempre più con quel loro assiduo lavoro il tristo concetto che in paese si aveva di me, ch'io[4] fossi un usurajo. E a nessuno passava per il capo ch'io potessi di quel loro zelo, non che esser grato e disposto a compiacerli della mia lode, sentirmi[5] offeso.

Ah che rigido e attediato squallore in quella banca! Tutti quei tramezzi vetrati che correvano lungo i tre stanzoni in fila, tramezzi di vetro diacciato, con cinque sportellini gialli in ciascuno, come gialla era la cornice e gialla l'intelajatura delle ampie lastre; e qua e là macchie d'inchiostro; qua e là qualche striscia di carta incollata sulla rottura d'una lastra; e il pavimento di vecchi mattoni di terracotta, strusciato in mezzo, lungo la fila dei tre stanzoni; strusciato davanti a ogni sportellino: triste corridojo, con quei vetri dei tramezzi di qua e i vetri delle due ampie finestre di là, per ogni stanzone, impolverati; e quelle filze di cifre nei muri, a penna, a lapis, sopra i tavolini sporchi d'inchiostro, tra una finestra e l'altra, sotto le cornici scrostate di certe telacce affumicate qua e là gonfie e polverose, appese[6] lì; e un tanfo di vecchio da per tutto, misto con quello acre della carta dei registri e con quell'alido esalante da un forno giù a pianterreno. E la malinconia disperata di quelle poche seggiole d'antica foggia, presso i tavolini, su cui nessuno sedeva, che tutti scostavano e lasciavano lì, fuori di posto, dove e come per quelle povere seggiole inutili era certo un'offesa e una pena esser[1] lasciate.

Tante volte, entrando, m'era venuto di far notare: « Ma perché queste seggiole? Che condanna è la loro, di stare qua, se nessuno se ne serve? »

Me n'ero trattenuto, non già perché avessi avvertito a tempo che in un luogo come quello la pietà per le seggiole avrebbe fatto strabiliare tutti[2] e rischiato fors'anche d'apparir cinica: me n'ero trattenuto, avvertendo invece che avrei fatto ridere di me[3] per quel badare a una cosa che certamente sarebbe sembrata stravagante a chi sapeva quanto poco badassi agli affari.

Quel giorno, entrando, trovai i commessi affollati nell'ultimo stanzone, che si squaccheravano di tanto in tanto in risate[4] assistendo a un diverbio tra Stefano Firbo e un certo Turolla, burlato da tutti anche per il modo con cui si vestiva.

Una giacca lunga, diceva quel povero Turolla, a lui così corto, lo avrebbe fatto sembrare più corto. E diceva bene. Ma non s'accorgeva intanto, così tracagnotto e serio serio, con quei mustacchioni da brigadiere, come gli stava ridicola di dietro la giacchettina accorciata, che gli scopriva le[5] natiche sode.[6]

Ora lì lì per piangere, avvilito, congestionato, frustato dalle risate dei colleghi, alzava un braccino e badava a dire a Firbo:

– Oh Dio, come le piglia lei le parole!

Firbo gli era sopra e gli gridava in faccia, scrollandolo furiosamente per quel braccio[7] levato:

– Ma che conosci? che conosci? tu neanche l'*o* conosci; eppure[8] ti somiglia!

Come venni a sapere che si trattava di un tale[9] che aveva chiesto un prestito alla banca, presentato appunto dal Turolla che diceva di conoscerlo per un brav'uomo, mentre Firbo sosteneva il contrario, mi sentii stravolgere da un impeto di ribellione. Ignorando la tortura segreta del mio spirito, nessuno poté intenderne la ragione, e tutti restarono quasi basiti quand'io, strappando indietro due o tre di quei commessi:

– E tu?[1] – gridai a Firbo, – che conosci tu? con qual diritto vuoi importi così a un altro?

Firbo si voltò sbalordito a guardarmi e, quasi non credendo a se stesso nel vedermi così addosso, gridò:

– Sei[2] pazzo?

Mi venne, non so come, di buttargli in faccia una risposta ingiuriosa, che agghiacciò tutti:

– Sì; come tua moglie, che ti conviene tener chiusa al manicomio!

Mi si parò davanti pallido e convulso:

– Com'hai detto? Mi conviene?

Diedi una spallata e seccato dello sgomento che teneva tutti e, nello stesso tempo, entro di me come improvvisamente assordito dalla coscienza dell'inopportunità di quella mia intromissione, gli[3] risposi piano, per troncare:

– Ma sì, lo sai bene.

E non potei udire, come se dopo queste parole fossi diventato subito, non so, di pietra, ciò che Firbo mi gridò tra i denti prima di scappar via sulle furie. So che sorridevo mentre Quantorzo, sopravvenuto all'alterco, mi trascinava via con sé nella stanzetta della direzione. Sorridevo per dimostrare che di quella violenza non c'era più bisogno e che tutto era finito, quantunque sentissi bene in me, che in quel momento, pur mentre sorridevo, avrei[4] potuto uccidere qualcuno, tanto la concitata severità di Quantorzo mi irritava.[5] Nella stanzetta della direzione mi misi a guardare intorno, stupito io stesso[6] che lo strano stordimento in cui ero così di colpo caduto non m'impedisse di percepire lucidamente e precisamente le cose, fin quasi[1] ad avere la tentazione di riderne, uscendo apposta, tra quella fiera riprensione che Quantorzo mi dava, in qualche domanda di curiosità infantile su questo o quell'oggetto della stanza. E intanto, non so, quasi automaticamente pensavo che a Stefano Firbo, da piccolo, avevano dato i bottoni alla schiena e che sebbene la gobba non gli si vedesse, tutta[2] la cassa del corpo era però da gobbo: eh[3] sì, su quelle esili e lunghe zampe da uccello: ma elegante; sì sì: un falso gobbo elegante; ben riuscito.

E, così[4] pensando, mi parve chiaro tutt'a un tratto ch'egli dovesse valersi della sua non comune intelligenza per vendicarsi contro tutti coloro che, da piccoli, non avevano avuto come lui i bottoni alla schiena.

Pensavo queste cose, ripeto, come se le pensasse un altro in me, quello che d'improvviso era diventato così stranamente freddo e svagato, non tanto per opporre a difesa, se occorresse, quella freddezza, quanto per rappresentare una parte, dietro la[5] quale mi conveniva tenere ancora nascosto ciò che della spaventosa verità, che già mi s'era chiarita, m'avveniva sempre più di scoprire:

« Ma sì! è qui tutto, » pensavo, « in questa sopraffazione. Ciascuno vuole imporre agli altri quel mondo che ha dentro, come se fosse fuori, e che tutti debbano vederlo a suo modo, e che gli altri non possano esservi se non come li vede lui. »

Mi ritornavano davanti agli occhi le stupide facce di tutti quei commessi, e seguitavo a pensare:

« Ma sì! Ma sì! Che realtà può essere quella che la maggioranza degli uomini riesce a costituire in sé? Misera, labile, incerta. E i sopraffattori, ecco, ne[6] approfittano! O piuttosto, s'illudono di poterne profittare, facendo subire o accettare quel senso e quel valore ch'essi dànno a se stessi, agli altri, alle cose, per modo che tutti vedano e sentano, pensino e parlino a modo loro. »

Mi levai da sedere; m'avvicinai alla finestra con[1] un gran refrigerio; poi mi voltai verso Quantorzo che, interrotto nel meglio del suo discorso, stava a guardarmi con tanto d'occhi; e, seguitando il pensiero che mi torturava, dissi:

– Ma che! ma che! s'illudono!

– Chi s'illude?

– Quelli che vogliono sopraffare![2] Il signor Firbo, per esempio! S'illudono perché in verità poi, caro mio, non riescono a imporre altro che[3] parole. Parole, capisci? parole che ciascuno intende e ripete a suo modo. Eh, ma si formano pure così le così dette opinioni correnti! E guaj a chi un bel giorno si trovi bollato da una di queste parole che tutti ripetono. Per esempio: *usurajo*! Per esempio: *pazzo*! Ma[4] di' un po': come si può star quieti a pensare che c'è uno che s'affanna a persuadere agli altri che tu sei come ti vede lui, e a fissarti nella stima degli altri secondo il giudizio che ha fatto di te e ad impedire che gli altri ti vedano e ti giudichino altrimenti?

Ebbi appena il tempo di notare lo sbalordimento di Quantorzo, che mi rividi davanti Stefano Firbo. Gli scorsi subito negli occhi che m'era diventato in pochi istanti nemico. E nemico subito anch'io, allora; nemico, perché[5] non capiva che, se crude erano state le mie parole, il sentimento che poc'anzi aveva fatto impeto in me, non era contro di lui direttamente; tanto vero che di quelle parole ero pronto a chiedergli scusa. Già come ubriaco, feci di più. Com'egli, venendomi a petto, torbido e minaccioso, mi disse:

– Voglio che tu mi[6] renda conto di ciò che hai detto per mia moglie!

M'inginocchiai.

– Ma sì! Guarda! – gli gridai, – così!

E toccai con la fronte il pavimento.

Ebbi subito orrore del mio atto, o meglio, ch'egli potesse credere con Quantorzo che mi fossi inginocchiato per lui. Li guardai ridendo, e tónfete, tónfete, ancora due volte a terra, la fronte.

– Tu, non io, capisci? davanti a tua moglie, capisci? dovresti star così! E io, e lui, e tutti quanti, davanti ai così detti pazzi, così!

Balzai in piedi,[1] friggendo. I due si guardarono negli occhi, spaventati. L'uno domandò all'altro:

– Ma che dice?

– Parole nuove! – gridai. – Volete[2] ascoltarle? Andate, andate là, dove li tenete chiusi: andate, andate a sentirli parlare! Li tenete chiusi perché così vi conviene!

Afferrai[3] Firbo per il bavero della giacca e lo scrollai, ridendo:

– Capisci, Stefano? Non ce l'ho mica soltanto con te! Tu ti sei offeso. No, caro mio! Che diceva di te[4] tua moglie? Che sei un libertino, un ladro, un falsario, un impostore, e che non fai altro che dire bugie! Non è vero. Nessuno[5] può crederlo. Ma prima che tu la chiudessi, eh? stavamo tutti ad ascoltarla, spaventati. Vorrei sapere perché!

Firbo mi guardò appena, si voltò a Quantorzo come a chiedergli consiglio con scimunita[6] angustia e disse:

– Oh[7] bella! Ma appunto perché nessuno poteva crederlo![8]

– Ah no, caro! – gli gridai. – Guardami bene negli occhi!

– Che intendi[9] dire?

– Guardami negli occhi! – gli ripetei. – Non dico che sia vero! Stai tranquillo.

Si sforzò a guardarmi, smorendo.

– Lo vedi? – gli gridai allora, – lo vedi?[1] tu stesso! lo hai anche tu, ora, lo spavento negli occhi!

– Ma perché mi stai sembrando pazzo! – mi urlò in faccia, esasperato.

Scoppiai a ridere, e risi a lungo, a lungo, senza potermi frenare, notando[2] la paura, lo scompiglio che quella mia risata cagionava a tutt'e due.

M'arrestai[3] d'un tratto, spaventato a mia volta dagli occhi con cui mi guardavano. Quel che avevo fatto, quel che dicevo non aveva certo né ragione né senso per loro. Per ripigliarmi, dissi bruscamente:

– Alle corte. Ero[4] venuto qua, oggi, per domandarvi conto d'un certo Marco di Dio. Vorrei sapere com'è che costui da anni non paga più la pigione, e ancora non gli si fanno gli atti per cacciarlo via.

Non m'aspettavo di vederli cascare, a questa domanda, in un più grande stupore. Si guardarono come per trovare ciascuno nella vista dell'altro un sostegno che li ajutasse a sorreggere l'impressione che ricevevano di me, o piuttosto, d'un essere sconosciuto che insospettatamente scoprivano in me all'improvviso.

– Ma che dici? che discorsi fai? – domandò Quantorzo.

– Non vi raccapezzate? Marco di Dio.[5] Paga o non paga la pigione?

Seguitarono a guardarsi a bocca aperta. Scoppiai di nuovo a ridere; poi d'un tratto mi feci serio e dissi come a un altro che mi stésse di fronte, spuntato lì per lì davanti[6] a loro:

– Quando mai tu ti sei occupato di codeste cose?

Più che mai stupiti, quasi atterriti, rivolsero gli occhi a cercare[7] in me chi aveva proferito le parole ch'essi avevano pensato e che stavano per dirmi. Ma come! Le avevo dette io?

– Sì – seguitai, serio. – Tu sai bene che tuo padre lo lasciò lì per tanti anni senza molestarlo, questo

Marco di Dio. Come t'è venuto in mente, adesso?

Posai[1] una mano su la spalla di Quantorzo e con un'altr'aria, non meno seria, ma gravata d'un'angosciosa stanchezza, soggiunsi:

– T'avverto, caro mio, che non sono mio padre.

Poi mi voltai a Firbo e, posandogli l'altra mano su la spalla:

– Voglio che tu gli faccia subito gli atti. Lo sfratto immediato. Il padrone sono io, e comando io. Voglio poi l'elenco delle mie case con gl'incartamenti di ciascuna. Dove sono?

Parole chiare. Domande precise. Marco di Dio. Lo sfratto. L'elenco delle case. Gl'incartamenti. Ebbene, non mi capivano. Mi guardavano come due insensati. E dovetti ripetere più volte quel che volevo e farmi condurre allo scaffale dove si trovava l'incartamento di quella casa che bisognava al notaro Stampa. Quando fui nello stanzino ov'era quello scaffale, presi per le braccia Firbo e Quantorzo, che mi avevano condotto lì come due automi, e li misi fuori, richiudendo l'uscio alle loro spalle.

Sono sicuro che dietro quell'uscio rimasero ancora un pezzo a guardarsi negli occhi, istupiditi, e che poi uno disse all'altro:

– Dev'essersi impazzito!

VI
Il furto

Quello[2] scaffale, appena fui solo, mi occupò subito, come un incubo. Proprio[3] come viva per sé ne avvertii la presenza ingombrante, d'antico inviolato custode di tutti gli incartamenti di cui era gravido, così vecchio, pesante e tarlato.

Lo guardai, e subito mi guardai attorno, con gli occhi bassi.

La finestra; una vecchia seggiola impagliata; un

tavolino ancora più vecchio, nudo, nero e coperto di polvere; non c'era altro lì dentro.

E la luce filtrava squallida dai vetri così intonacati di ruggine e polverosi, che lasciavano trasparire appena le sbarre dell'inferriata e i primi tegoli sanguigni d'un tetto, su cui la finestra guardava.

I tegoli di quel tetto, il legno verniciato di quelle imposte di finestra, quei vetri per quanto sudici: immobile calma delle cose inanimate.

E pensai all'improvviso che le mani di mio padre s'erano levate cariche d'anelli lì dentro a prendere[1] gl'incartamenti dai palchetti di quello scaffale; e le vidi, come di cera, bianche, grasse, con tutti quegli anelli e i peli rossi sul dorso delle dita; e vidi gli occhi di lui, come di vetro, azzurri[2] e maliziosi, intenti a cercare in quei fascicoli.

Allora, con raccapriccio, a cancellare lo spettro di quelle mani, emerse ai miei occhi e s'impose[3] lì, solido, il volụme del mio corpo vestito di nero; sentii il respiro affrettato di questo corpo entrato lì per rubare; e la vista delle mie mani che aprivano gli sportelli di quello scaffale mi diede un brivido alla schiena. Serrai i denti; mi scrollai; pensai con rabbia:

« Dove sarà, tra tanti incartamenti, quello che mi serve? »

E tanto[4] per far subito qualche cosa, cominciai a tirar giù a bracciate i fascicoli[5] e a buttarli sul tavolino. A un certo punto le braccia mi s'indolenzirono, e non seppi se dovessi piangerne o riderne. Non era uno scherzo quel rubare a me stesso?

Tornai a guardarmi intorno, perché improvvisamente non mi sentii più, là dentro, sicuro di me. Stavo per compiere un atto. Ma ero io? Mi riassalì l'idea che fossero entrati lì tutti gli *estranei* inseparabili da me, e che stéssi a commettere quel furto con mani non mie.

Me le guardai.

Sì: erano quelle che io mi conoscevo. Ma appartenevano forse soltanto a me?

Me le nascosi subito dietro la schiena; e poi, come se non bastasse, serrai gli occhi.

Mi sentii in quel bujo una volontà che si smarriva fuori d'ogni precisa consistenza; e n'ebbi un tale orrore, che fui per venir meno anche col corpo; protesi istintivamente una mano per sorreggermi al tavolino; sbarrai gli occhi:

– Ma sì! ma sì! – dissi. – Senza nessuna logica! senza nessuna logica! così!

E mi diedi a cercare tra quelle carte.

Quanto cercai? Non so. So che quella rabbia di nuovo cedette a un certo punto, e che una più disperata stanchezza mi vinse, ritrovandomi seduto sulla seggiola davanti a quel tavolino, tutto ormai ingombro di carte ammonticchiate, e con un'altra pila di carte io stesso qua sulle ginocchia, che mi schiacciava. Vi abbandonai[1] la testa e desiderai, desiderai proprio di morire, se questa disperazione era entrata in me di non poter più lasciare di condurre a fine quell'impresa inaudita.

E ricordo che lì, con la testa appoggiata sulle carte, tenendo gli occhi chiusi forse a frenar le lagrime, udivo come da una infinita lontananza, nel vento che doveva essersi levato fuori, il lamentoso chioccolare d'una gallina che aveva fatto l'uovo, e che quel chioccolìo mi richiamò a una mia campagna, dove non ero più stato fin dall'infanzia; se non che, vicino, di tratto in tratto, m'irritava lo scricchiolìo dell'imposta della finestra urtata dal vento. Finché due picchi all'uscio, inattesi, non mi fecero sobbalzare. Gridai[2] con furore:

– Non mi seccate!

E subito mi ridiedi a cercare accanitamente.

Quando alla fine trovai il fascicolo con tutti gl'incartamenti di quella casa, mi sentii come liberato; balzai in piedi esultante, ma subito dopo mi voltai a guardar[1] l'uscio. Fu così rapido questo cangiamento dall'esultanza al sospetto, che *mi vidi* – e n'ebbi un brivido. Ladro![2] Rubavo. Rubavo *veramente*. Andavo a mettermi con le spalle contro quell'uscio; mi sbottonavo il panciotto; mi sbottonavo il petto della camicia e vi cacciavo dentro quel fascicolo[3] ch'era abbastanza voluminoso.

Uno scarafaggio non ben sicuro sulle zampe sbucò in quel punto di sotto lo scaffale, diretto verso la finestra. Gli fui subito sopra col piede e lo schiacciai.

Col volto strizzato dallo schifo, rimisi alla rinfusa tutti gli altri incartamenti dentro lo scaffale, e uscii dallo stanzino.

Per fortuna Quantorzo, Firbo e tutti i commessi erano già andati via; c'era solo il vecchio custode, che non poteva sospettare di nulla.

Provai nondimeno il bisogno di dirgli qualche cosa:

– Pulite per terra là dentro: ho schiacciato uno scarafaggio.

E corsi in Via del Crocefisso, allo studio del notaro Stampa.

VII
Lo scoppio

Ho[4] ancora negli orecchi lo scroscio dell'acqua che cade da una grondaja presso[5] il fanale non ancora acceso, davanti alla catapecchia di Marco di Dio, nel vicolo già bujo prima del tramonto; e vedo lì ferma lungo i muri, per ripararsi dalla pioggia, la gente che assiste allo sfratto e altra gente che, sotto gli ombrelli, s'arresta per curiosità vedendo quella ressa e il mucchio delle misere suppellettili sgomberate a forza ed esposte alla pioggia lì davanti alla porta, tra le strida della signora Diamante che, di tratto in tratto, scarmigliata, viene anche alla finestra a scagliare certe sue strane imprecazioni accolte con fischi e altri rumori sguajati dai monellacci scalzi i quali, senza curarsi della pioggia, ballano attorno a quel mucchio di miseria, facendo schizzar l'acqua delle pozze addosso ai più curiosi, che ne bestemmiano. E i commenti:

– Più schifoso del padre!

– Sotto la pioggia, signori miei! Non ha voluto aspettare neanche domani!

– Accanirsi così contro un povero pazzo!

– Usurajo! usurajo!

Perché io sono lì, presente, apposta, allo sfratto, protetto da un delegato e da due guardie.[1]

– Usurajo! usurajo!

E ne sorrido. Forse, sì, un po' pallido. Ma pure con una voluttà che mi tiene sospese le viscere e mi[2] solletica l'ugola e mi fa inghiottire. Solo che, di tanto in tanto, sento il bisogno d'attaccarmi con gli occhi a qualche cosa, e guardo quasi con indolenza smemorata l'architrave della porta di quella catapecchia, per isolarmi un po' in quella vista, sicuro che a nessuno, in un momento come quello, potrebbe venire in mente d'alzar gli occhi per il piacere[3] d'accertarsi che quello è un malinconico architrave, a cui non importa proprio nulla dei rumori della strada: grigio intonaco scrostato, con qualche sforacchiatura[4] qua e là, che non prova come me il bisogno d'arrossire quasi per un'offesa al pudore per conto d'un vecchio orinale sgomberato con gli altri oggetti dalla catapecchia ed esposto lì alla vista di tutti, su un comodino, in mezzo[5] alla via.

Ma per poco[6] non mi costò caro questo piacere di alienarmi. Finito lo sgombero forzato, Marco di Dio, uscendo con sua moglie Diamante dalla catapecchia e scorgendomi nel vicolo tra il delegato e le due guardie, non poté tenersi, e mentre stavo a fissar quell'architrave, mi scagliò contro il suo vecchio mazzuolo di sbozzatore. M'avrebbe certo accoppato, se il delegato non fosse stato pronto a tirarmi[1] a sé. Tra le grida e la confusione, le due guardie si lanciarono per trarre in arresto quello sciagurato messo in furore dalla mia vista; ma la folla cresciuta lo proteggeva e stava per rivoltarsi contro me, allorché un nero omiciattolo, malandato ma d'aspetto feroce, giovine di studio del notaro Stampa, montato su di un tavolino là tra il mucchio delle suppellettili sgomberate in mezzo al vicolo, quasi saltando e con furiosi gesticolamenti, si mise a urlare:

– Fermi![2] Fermi! State a sentire! Vengo a nome del notaro Stampa! State a sentire! Marco di Dio! Dov'è Marco di Dio? Vengo a nome del notaro Stampa ad avvertirlo che c'è una donazione per lui! Quest'usurajo Moscarda...

Ero, non saprei dir come, tutto un fremito, in attesa del miracolo: la mia trasfigurazione, da un istante all'altro, agli occhi di tutti. Ma all'improvviso quel mio fremito fu come tagliuzzato in mille parti e tutto il mio essere come scaraventato e disperso di qua e di là a un'esplosione di fischi acutissimi, misti a urla incomposte e a ingiurie di tutta quella folla al mio nome, non potendosi capire che la donazione l'avessi fatta io, dopo la feroce crudeltà dello sgombero forzato.

– Morte! Abbasso! – urlava la folla. – Usurajo! Usurajo!

Istintivamente, avevo alzato le braccia per far segno d'aspettare; ma mi vidi come in un atto d'implorazione e le riabbassai subito, mentre quel giovine di studio sul tavolino, sbracciandosi per imporre silenzio, seguitava a gridare:

– No! No! State a sentire! L'ha fatta lui, l'ha

fatta lui, presso il notaro Stampa, la donazione! La donazione d'una casa a Marco di Dio!

Tutta la folla, allora, trasecolò. Ma io ero quasi lontano, disilluso, avvilito. Quel silenzio della folla, nondimeno, m'attrasse. Come quando[1] s'appicca il fuoco a un mucchio di legna, che per un momento non si vede e non si ode nulla, e poi qua un tùtolo, là una stipa scattano, schizzano, e infine tutta la fascina crèpita lingueggiando di fiamme tra il fumo:

– Lui? – Una casa? – Come? – Che casa? – Silenzio! – Che dice? – Queste e altrettali[2] domande cominciarono a scattar dalla folla, propagando rapidamente un vocìo sempre più fitto e confuso, mentre[3] quel giovane di studio confermava:

– Sì, sì, una casa! la sua casa in Via dei Santi[4] 15. E non basta! Anche la donazione di diecimila lire per l'impianto e gli attrezzi d'un laboratorio!

Non potei vedere quel che seguì; mi[5] tolsi di goderne, perché mi premeva in quel momento di correre altrove. Ma seppi di lì a poco qual godimento avrei avuto, se fossi rimasto.

M'ero nascosto nell'àndito di quella casa in Via dei Santi, in attesa che Marco di Dio venisse a pigliarne possesso.[6] Arrivava appena, in quell'àndito, il lume della scala. Quando, seguìto ancora da tutta la folla, egli aprì la porta di strada con la chiave consegnatagli dal notaro, e mi scorse lì addossato al muro come uno spettro, per un attimo si contraffece, arretrando; mi lanciò con gli occhi atroci uno sguardo, che non dimenticherò mai più; poi, con un arrangolìo da bestia, che pareva fatto insieme di singhiozzi e di risa, mi saltò addosso, frenetico, e prese a gridarmi, non so se per esaltarmi o per uccidermi, sbattendomi contro al muro:

– Pazzo! Pazzo! Pazzo!

Era lo stesso grido di tutta la folla lì davanti la porta:

– Pazzo! Pazzo! Pazzo!

Perché avevo voluto dimostrare, che[1] potevo, anche per gli altri, non essere quello[2] che mi si credeva.

LIBRO QUINTO

I
Con la coda fra le gambe

Mi valse, per[1] fortuna, almeno lì per lì, la considerazione di Quantorzo, che anche mio padre ai suoi tempi s'era dati « lussi di bontà » come questo mio, commisti d'una certa allegra ferocia; e che, a lui Quantorzo, non era mai passato per il capo di poter proporre che mio padre fosse[2] da chiudere in un manicomio o almeno almeno da interdire come[3] ora Firbo sosteneva a spada tratta si dovesse fare per me, se si voleva salvare il credito della banca, seriamente compromesso da quel mio atto pazzesco.

Oh mio Dio, ma non sapevano tutti[4] in paese che negli affari della banca io non m'ero mai immischiato né punto né poco? Come e perché la minaccia di quel discredito ora? Che aveva da vedere con quel mio atto la banca?

Già. Ma allora cadeva la considerazione di Quantorzo, intesa a ripararmi dietro le spalle di mio padre.[5] Che se pur di tanto in tanto aveva avuto di quegli estri, mio padre; poi nella trattazione degli affari aveva saputo[6] dimostrare così bene d'aver la[7] testa a segno, che certo a nessuno poteva venire in mente di chiuderlo in un manicomio o d'interdirlo; mentre la mia dichiarata insipienza[8] e quel mio disinteressamento mi scoprivano invece pazzo da legare e nient'altro, buono soltanto a distruggere scandalosamente ciò che mio padre aveva con nascosta accortezza edificato.[9]

Ah, non c'è che dire, stava tutta dalla parte di Firbo, la logica. Ma non stava meno, se vogliamo, dalla parte di Quantorzo, allorché questi (non ne ho[1] il minimo dubbio) gli dovette far notare a quattr'occhi che, essendo io il padrone della banca, quel mio disinteressamento dagli affari e la mia insipienza non erano da assumere come armi contro di me, perché, grazie ad essi appunto, i veri padroni là dentro erano divenuti loro due; e che dunque, via, era meglio non toccare questo[2] tasto e star zitti, almeno fin tanto ch'io non déssi altro segno di voler commettere nuove pazzie.

Altro, segretamente, dal canto mio, avrei potuto far notare a Firbo, se – schiacciato com'ero in quel momento dalla prova or ora fatta – non mi fosse convenuto di starmi con la coda tra le gambe, mentre tra lui e Quantorzo pendeva quella lite, o meglio, mentre ancora rimaneva incerto se ai miei danni dovesse prevalere la brama dell'uno di vendicarsi dell'affronto che gli avevo fatto davanti ai commessi, o non piuttosto l'interessata indulgenza dell'altro.

II
Il riso di Dida

M'ero, mogio mogio, rinchioccito tra le gonnelle di Dida, dentro la[3] sorda tranquilla e oziosa stupidità del suo Gengè, perché apparisse chiaro non pure a lei ma a tutti che, se si voleva proprio tenere in conto di pazzia l'atto da me commesso, fosse ritenuto come una pazzia di quel Gengè là, vale a dire piuttosto un vaporoso e momentaneo capriccio da innocuo sciocco.

E intanto alle sgridate ch'ella gli dava, a quel suo Gengè, io mi sentivo ora finir lo stomaco da un avvilimento che non so ridire, ora crepare[4] in corpo da certe risate[5] che non sapevo come trattenere, per l'aspetto che pur dovevo conservare a lui, non già compunto, Dio liberi! ma anzi da cocciuto che non si voleva dare al tutto per vinto, anche riconoscendo che, sì, l'aveva fatta un po' troppo grossa. E la paura, nello stesso tempo, che all'improvviso, non più contenuta, s'affacciasse da quegli occhi a spiarla di[1] traverso, o prorompesse da quella bocca in qualche orribile grido l'atroce disperazione della mia angoscia segreta e inconfessabile.[2]

Ah, inconfessabile, inconfessabile, perché solo del mio spirito, quell'angoscia, fuori d'ogni forma che potessi fingermi e riconoscere per mia oltre questa qua, per esempio, che mia moglie dava, vera e tangibile in me, a quel suo Gengè che le stava davanti e che non ero io; anche se[3] non potevo più dire chi fossi io allora, e di chi e dove, fuori di lui, quell'angoscia atroce che mi soffocava.

E tanto ormai, fisso in questo tormento, m'ero alienato da me stesso, che come un cieco davo il mio corpo in mano agli altri, perché[4] ciascuno si prendesse di tutti quegli estranei inseparabili che portavo in me quell'uno che ero per lui e, se voleva, lo bastonasse; se voleva, se lo baciasse; o anche andasse a chiuderlo in un manicomio.

– Qua, Gengè.[5] Siedi qua. Qua, così. Guardami bene negli occhi. Come no? Non vuoi guardarmi?

Ah che tentazione di prenderle il viso[6] tra le mani per costringerla a guardare nell'abisso di due occhi ben altri da quelli da cui voleva essere guardata!

Era lì davanti a me; m'acciuffava con una mano i capelli; mi si metteva a sedere sulle ginocchia; sentivo[7] il peso del suo corpo.

Chi era?

Nessun dubbio in lei ch'io lo sapessi, chi era.

E io[8] avevo intanto orrore dei suoi occhi che mi guardavano ridenti e sicuri; orrore di quelle sue fresche mani[9] che mi toccavano certe ch'io fossi come quei suoi occhi mi vedevano; orrore di tutto quel suo corpo che mi pesava sulle ginocchia, fiducioso nell'abbandono che mi faceva di sé, senza il più lontano sospetto che non si désse realmente a me, quel suo corpo, e che io, stringendomelo tra le braccia, non mi stringessi con quel suo corpo una che m'apparteneva totalmente, e non un'estranea, alla quale non potevo[1] dire in alcun modo com'era, perché era per me qual'io appunto la vedevo e la toccavo: questa – così – con questi capelli – e questi occhi – e questa bocca, come nel fuoco del mio amore gliela baciavo; mentre lei[2] la mia, nel suo fuoco così diverso dal mio e incommensurabilmente lontano, se tutto per lei, sesso, natura, immagine e senso delle cose, pensieri e affetti che le componevano lo spirito, ricordi, gusti e il contatto stesso della mia ruvida guancia sulla sua delicata, tutto, tutto era diverso; due estranei, stretti così – orrore – estranei, non solo[3] l'uno per l'altra, ma ciascuno a se stesso, in quel corpo che l'altro si stringeva.

Voi non lo avete mai provato, quest'orrore, lo so; perché avete sempre e soltanto stretto fra le braccia tutto il vostro mondo nella donna vostra, senza il minimo avvertimento ch'ella intanto si stringe in voi il suo, che è un altro, impenetrabile. Eppure basterebbe, per sentirlo, quest'orrore, che voi pensaste un momento, che so! a un'inezia qualunque, a una cosa che a voi piace e a lei no: un colore, un sapore, un giudizio su una tal cosa; che non vi facessero soltanto pensare superficialmente a una diversità di gusti, di sensazioni o d'opinioni; che gli occhi[4] di lei, mentre voi la guardate, non vedono in voi, e come i vostri, le cose quali voi le vedete, e che il mondo, la vita, la realtà delle cose qual'è per voi, come voi la toccate, non sono per lei che vede e tocca un'altra realtà nelle stesse cose e in voi stesso e in sé, senza che vi possa dire come sia, perché per lei è quella e non può figurarsi che possa essere un'altra per voi.[5]

Mi costò molto dissimulare la freddezza d'un rancore che mi s'induriva nell'animo sempre più, vedendo che Dida, in fondo, per quanto si sforzasse di far viso fermo, rideva di quello spasso brutale che il suo Gengè s'era preso, evidentemente senza riflettere che non tutti come lei avrebbero compreso ch'egli aveva voluto fare una burla e niente più.

– Ma guarda un po', se sono scherzi da fare! Lo sfratto sotto la pioggia; e assistervi, provocando l'indignazione di tutti, scioccone! A momenti t'accoppavano!

Così mi diceva, e voltava la faccia per nascondere il riso che intanto le provocava la vista di quel mio rancore, il quale naturalmente nell'aspetto del suo Gengè,[1] come se lo vedeva ora davanti e come s'immaginava che dovesse essere in quel momento dello sfratto tra l'indignazione di tutti, le appariva dispetto, nient'altro che un buffo dispetto di quel suo «scioccone» a causa della burla mancata e mal compresa.

– Ma che ti figuravi? Ti figuravi che dovessero ridere delle furie di quel pazzo mentre tu gli facevi buttare in mezzo alla strada i suoi cenci sotto[2] la pioggia? E intanto lui – guardàtelo là – si teneva in corpo la sorpresa della donazione! Oh bada che ha ragione il signor Firbo, sai! Cosa da manicomio, uno scherzo di così cattivo genere, pagarlo a un così caro prezzo. Va' là, va' là! Pigliati qua Bibì, e pòrtala[3] un po' fuori.

Mi vedevo mettere in mano il laccetto rosso della cagnolina; vedevo ch'ella si chinava, con la facilità con cui sulle loro anche[4] si chinano le donne, per aggiustare al musetto di Bibì la museruola senza farle male, e restavo lì come un insensato.

– Che fai? Non vai?

– Vado...

Chiusa[1] la porta alle mie spalle, m'appoggiavo al muro del pianerottolo con una voglia di mettermi a sedere sul primo scalino, per[2] non rialzarmene mai più.

III
Parlo con Bibì

E[3] mi vedo, rasente ai muri, per via, che non so più come né dove[4] guardare,[5] con quella cagnolina dietro, che pare me lo faccia apposta di dare a vedere che, com'io non vorrei andare, così non vorrebbe venire con me neanche lei, e si fa tirare pontando le[6] zampine, finché stizzito non le do uno strattone, a rischio di spezzare quel laccetto rosso.

Vado a nascondermi a pochi passi da casa, dentro il recinto d'un terreno venduto per una casa che vi doveva sorgere, grande e chi sa come brutta, a giudicare dalle altre vicine. Il terreno è scavato in parte per le fondamenta; ma i mucchi di terra non sono stati portati via; e qua e là sono sparse tra l'erba ricresciuta folta, le pietre per la fabbrica, come crollate e vecchie prima d'essere usate.

Seggo su una di queste pietre; guardo il muro che para, alto, bianco, stagliato nell'azzurro, della casa accanto. Rimasto scoperto, senza una finestra, tutto così bianco e liscio, quel muro, col sole che ci batte sopra,[7] acceca. Abbasso gli occhi qua nell'ombra di quest'erba vana, che respira grassa e calda nel silenzio immobile, tra un brusìo d'insetti minuti; c'è un moscone fosco che mi dà addosso, ronzando, irritato dalla mia presenza; vedo Bibì che mi s'è acculata davanti con le orecchie ritte, delusa e sorpresa, come per domandarmi perché siamo venuti qua, in un luogo che non s'aspettava, ove tra l'altro... ma sì, di notte, qualcuno, passando...

– Sì, Bibì, – le dico. – Questo puzzo... Lo sento.[8] Ma mi pare il meno, sai? che possa ormai venirmi dagli uomini. È di corpo. Peggio, quello che esala dai bisogni dell'anima, Bibì. E veramente sei da invidiare, tu[1] che non puoi averne sentore.

La tiro a me per le due zampine davanti, e seguito a parlare[2] così:

– Vuoi sapere perché sia venuto a nascondermi qua? Eh, Bibì, perché la gente mi guarda.[3] Ha questo vizio, la gente, e non se lo può levare. Ci dovremmo allora levare tutti quello di portarci per via, a spasso, un corpo soggetto a essere guardato. Ah, Bibì, Bibì, come faccio? Io non posso più vedermi guardato. Neanche da te. Ho paura anche di come ora mi guardi tu. Nessuno[4] dubita di quel che vede, e va ciascuno tra le cose, sicuro ch'esse appajano agli altri quali sono per lui; figuriamoci poi se c'è chi pensa che ci siete anche voi bestie che guardate[5] uomini e cose con codesti occhi silenziosi, e chi sa come li vedete, e che ve ne pare. Io ho perduto, perduto[6] per sempre la realtà mia e quella di tutte le cose negli occhi degli altri, Bibì! Appena mi tocco, mi manco. Perché sotto il mio stesso tatto suppongo la realtà che gli altri mi dànno[7] e ch'io non so né potrò mai sapere. Cosicché, vedi? io – questo che ora ti parla – questo che ora ti tiene così sollevate da terra queste due zampine – le parole che ti dico, non so, non so proprio, Bibì, chi te le dica.

Ebbe a questo punto un soprassalto improvviso, la povera bestiolina, e volle sguizzarmi dalle mani che le reggevano le due zampine. Senza indugiarmi a riflettere se quel soprassalto fosse per lo spavento di quel che le avevo detto, per non spezzargliele, gliele lasciai, e subito allora essa si sfogò abbajando contro un gatto bianco intravisto tra l'erba in fondo al recinto: se non che il laccetto rosso trascinato tra i piedi in corsa a un tratto le s'impigliò in uno sterpo e le diede un tale strappo, che la fece arrovesciare all'indietro e rotolare come un batuffolo.

Friggendo[1] di rabbia si raddrizzò, ma restò lì, puntata su le quattro zampe, non sapendo più dove avventare la sua furia interrotta: guardò di qua, di là: il gatto non c'era più.

Starnutò.

Io[2] potei ridere di quella sua corsa, prima, poi di quel capitombolo all'indietro, e ora di vederla restar così; tentennai il capo e la richiamai a me. Se ne venne leggera leggera, quasi ballando sulle esili zampine; quando mi fu davanti, levò da sé le due anteriori per appoggiarsi a un mio ginocchio, quasi volesse seguitare il discorso rimasto a mezzo, che invece le piaceva. Eh sì, perché, parlando, io le grattavo la testa dietro le orecchie.

– No no, basta, Bibì – le dissi. – Chiudiamo gli occhi piuttosto.

E le presi tra le mani la testina. Ma la bestiola si scrollò, per liberarsi; e la lasciai.

Poco dopo, sdrajata ai miei piedi, col musino allungato sulle[3] due zampette davanti, la udii sospirare forte, come se non ne potesse più dalla stanchezza e dalla noja, che pesavano tanto anche sulla sua vita di povera cagnetta bellina e vezzeggiata.

IV
La vista degli altri

Perché, quand'uno[4] pensa d'uccidersi, s'immagina morto, non più per sé, ma[5] per gli altri?

Tumido e livido, come il cadavere d'un annegato, rivenne a galla il mio tormento con questa domanda, dopo essermi sprofondato per più d'un'ora nella meditazione, là in quel recinto, se non sarebbe stato quello il momento di farla finita, non tanto per liberarmi di esso tormento, quanto per fare una bella sorpresa all'invidia che molti mi portavano o anche per dare una prova dell'imbecillità che molti altri m'attribuivano.

E allora, tra le diverse immagini della mia morte violenta, come potevo supporre balzassero improvvise, tra la[1] costernazione e lo sbalordimento, in mia moglie, in Quantorzo, in Firbo, in tanti e tanti altri miei conoscenti; costringendomi a rispondere a quella domanda, mi sentii più che mai mancare, perché dovetti riconoscere che nei miei occhi non c'era veramente una vista per me, da poter dire in qualche modo come[2] mi vedevo senza la vista degli altri, per il mio stesso corpo e per ogni altra cosa come potevo figurarmi che dovessero vederli; e che dunque i miei occhi, per sé, fuori di questa vista degli altri, non avrebbero più saputo veramente quello che vedevano.

Mi corse per la schiena il brivido d'un ricordo lontano: di quand'ero ragazzo, che andando sopra pensiero per la campagna m'ero visto a un tratto smarrito, fuori di ogni traccia, in una remota solitudine tetra di sole e attonita; lo sgomento che ne avevo avuto e che allora non avevo saputo chiarirmi. Era[3] questo: l'orrore di qualche cosa che da un momento all'altro potesse scoprirsi a me[4] solo, fuori della vista degli altri.

Sempre[5] che ci avvenga di scoprire qualcosa[6] che gli altri supponiamo non abbiano mai veduta, non corriamo a chiamare qualcuno[7] perché subito la veda con noi?

– Oh Dio, che è?

Ove la vista degli altri non ci soccorra a costituire comunque in noi la realtà di ciò che vediamo, i nostri occhi non sanno più quello che vedono; la nostra coscienza si smarrisce; perché questa che crediamo la cosa più intima nostra, la coscienza, vuol dire *gli altri in noi*; e non[8] possiamo sentirci soli.

Balzai in piedi, esterrefatto. Sapevo, sapevo la mia

solitudine; ma ora soltanto ne sentivo e toccavo veramente l'orrore, davanti a me stesso, per ogni cosa che vedevo; se alzavo una mano e me la guardavo. Perché[1] la vista degli altri non è e non può essere nei nostri occhi se non per un'illusione a cui non potevo più credere; e, in un totale smarrimento, parendomi di vedere quel mio stesso orrore negli occhi della cagnetta che s'era levata anche lei di scatto e mi guardava, per togliermelo davanti, quell'orrore, le allungai[2] un calcio; ma subito ai guaìti laceranti della bestiola, mi presi disperatamente la testa tra le mani, gridando:

– Impazzisco! impazzisco!

Se non che, non[3] so come, in quel gesto di disperazione tornai a vedermi, e allora il pianto che stava per prorompermi dal petto mi si mutò d'improvviso in uno scoppio di riso, e chiamai quella povera Bibì ch'era mezza azzoppata, e mi misi[4] a zoppicare anch'io per burla, e tutto in preda a una gaja smania feroce, le dissi che avevo giocato, giocato, e che volevo seguitare a giocare. La bestiolina starnutiva, come[5] per dirmi:

« Rifiuto! rifiuto! »

– Ah sì? Rifiuti, Bibì, rifiuti?

E allora mi misi a starnutire anch'io per rifarle il verso, ripetendo a ogni starnuto:

– Rifiuto! rifiuto![6]

V
Il bel giuoco

Un calcio? io? a quella povera bestiolina?

Ma no! Che io! Gliel'aveva appioppato in campagna un certo ragazzaccio smarrito, per non so che strano sgomento da cui era stato invaso, di tutto e di niente: d'un niente che poteva d'improvviso diventare *qualche cosa* che sarebbe toccato allora di vedere a lui solo.

Qua in città, ora, per via, non c'era più questo pericolo. Diamine! Ognuno, bello, dentro l'illusione dell'altro; da poter essere sicuri che tutti gli altri sbagliavano se dicevano di no, che cioè ciascuno non era come l'altro lo vedeva.

E mi veniva di gridarlo a tutti quanti:

– Ma sì! Eh eh! Giochiamo, giochiamo!

E anche di farne segno a chi stava per caso a guardare dai vetri di qualche finestra. Ma sì! Eh eh! Anche aprendo quella finestra per buttarsi di sotto.

– Bel giuoco! E chi sa poi che graziose sorprese, caro signore, cara signora, se, dopo esservi buttati fuori così d'ogni illusione per voi, poteste ritornare per un momentino, da morti, a vedere nell'illusione degli altri ancora vivi quel mondo in cui vi figuraste di vivere! Eh eh!

Il guajo era che ancora da vivo stavo a vederlo io, questo giuoco, tra gli altri ancora vivi: benché non lo potessi penetrare. E quest'impossibilità di penetrarlo, pur sapendo ch'era lì negli occhi di tutti, esasperava fino alla ferocia quella mia smania gaja.

Il calcio poc'anzi sparato alla povera bestiolina perché mi guardava, Dio me lo perdoni, mi veniva di spararlo a tutti quanti.

VI
Moltiplicazione e sottrazione

Rientrando in casa, vi trovai Quantorzo in seria confabulazione con mia moglie Dida.

Com'erano a posto, sicuri, seduti tutt'e due nel salottino chiaro in penombra; l'uno grasso e nero, affondato nel divano verde; l'altra esile e bianca nella sua veste tutta a falbalà, in punta in punta e di tre quarti sulla poltrona accanto, con una freccia di sole sulla nuca. Parlavano certo di me, perché, come mi videro entrare, esclamarono a un tempo:

– Oh, eccolo qua!

E poiché erano due a vedermi entrare, mi venne la tentazione di voltarmi a cercare *l'altro* che entrava con me, pur sapendo bene che il « caro Vitangelo » del mio paterno Quantorzo non solo era anch'esso in me come il « Gengè » di mia moglie Dida, ma che io tutto quanto, per Quantorzo, altri non ero che il suo « caro Vitangelo », proprio come per Dida altri che il suo « Gengè ». Due, dunque, non agli occhi loro, ma soltanto per me che mi sapevo per quei due *uno* e *uno*; il che per me, non faceva un *più* ma un *meno*, in quanto voleva dire che ai loro occhi, io come io, non ero nessuno.

Ai loro occhi soltanto? Anche per me, anche per la solitudine del mio spirito che, in quel momento, fuori d'ogni consistenza apparente, concepiva l'orrore di vedere il proprio corpo per sé come quello di nessuno nella diversa incoercibile realtà che intanto gli davano quei due.

Mia moglie, nel vedermi voltare, domandò:

– Chi cerchi?

M'affrettai a risponderle, sorridendo:

– Ah, nessuno, cara, nessuno. Eccoci qua!

Non compresero, naturalmente, che cosa intendessi dire con quel « nessuno » cercato accanto a me; e credettero che con quell'« eccoci » mi riferissi anche a loro due, sicurissimi che lì dentro quel salotto fossimo ora in tre e non in nove; o piuttosto, in otto, visto che io – per me stesso – ormai non contavo più.

Voglio dire:

1. Dida, com'era per sé;
2. Dida, com'era per me;
3. Dida, com'era per Quantorzo;

4. Quantorzo, com'era per sé;
5. Quantorzo, com'era per Dida;
6. Quantorzo, com'era per me;
7. il caro Gengè di Dida;
8. il caro Vitangelo di Quantorzo.

S'apparecchiava in quel salotto, fra quegli otto che si credevano tre, una bella conversazione.

VII
Ma io intanto dicevo tra me:

(Oh Dio mio, e non sentiranno ora venir meno a un tratto la loro bella sicurezza, vedendosi guardati da questi miei occhi che *non sanno quello che vedono*?

Fermarsi per un poco a guardare uno che stia facendo anche la cosa più ovvia e consueta della vita; guardarlo in modo da fargli sorgere il dubbio che a noi non sia chiaro ciò che egli stia facendo e che possa anche non esser chiaro a lui stesso: basta[1] questo perché quella sicurezza s'aombri e vacilli. Nulla turba e sconcerta più di due occhi vani che dimostrino di non vederci, o di non vedere ciò che noi vediamo.[2]

– Perché guardi così?

E nessuno pensa che tutti dovremmo guardare sempre[3] così, ciascuno con gli occhi pieni dell'orrore della propria solitudine senza scampo.)

VIII
Il punto vivo

Quantorzo, difatti, cominciò presto a turbarsi, non appena i suoi occhi s'infrontarono coi miei; a smarrirsi, parlando; tanto che senza volerlo accennava di tratto in tratto di levare una mano, come per dire: « No, aspetta ».

Ma non tardai a scoprire l'inganno.[1]

Si smarriva così, non già perché il mio sguardo gli facesse vacillare la sicurezza di sé, ma perché gli era parso di leggermi negli occhi che io avessi già compreso la ragione riposta per cui era venuto a farmi quella visita: che era di legarmi mani e piedi, d'intesa con Firbo, protestando che non avrebbe potuto più fare il direttore della banca, se io intendevo d'arrogarmi il diritto di compiere altri atti improvvisi e arbitrarii, di cui[2] né lui né Firbo avrebbero potuto assumersi la responsabilità.

Allora, certo di questo, mi proposi di sconcertarlo, non però subitaneamente come[3] avevo fatto l'altra volta parlando e gestendo come un pazzo davanti a lui e a Firbo, ma al contrario; per il gusto di vedere come se ne sarebbe andato via, dopo essere venuto così fermo in quel proposito; il gusto, dico, che poteva darmi quella sua guerriera fermezza di dimostrarmi ancora una volta, senza che n'avessi più bisogno, come un nonnulla sarebbe bastato a fargliela crollare: una parola che avrei detta, il tono con cui l'avrei detta; tale da frastornarlo e da fargli cangiar l'animo, e con l'animo, per forza, tutta quella sua solidissima realtà, come ora dentro di sé se la sentiva, e fuori se la vedeva e se la toccava.

Appena mi disse che Firbo specialmente non si poteva dar pace di quanto avevo fatto, gli domandai con un sorriso fatuo, per farlo stizzire:

– Ancora?

Difatti si stizzì:

– Ancora? Eh, caro mio! Gli hai fatto trovare tutti gl'incartamenti dello scaffale in tale scompiglio, che gli ci vorranno a dir poco due mesi per rimetterli in ordine.

Mi feci allora molto serio e, rivolto a Dida:

– Vedi, cara, tu che credevi una burla?

Dida mi guardò subito incerta; poi guardò Quantorzo; poi di nuovo me; e infine domandò, con apprensione:

– Ma insomma, che hai fatto?

Con la mano le feci segno d'aspettare. Ancora più serio, mi rivolsi a Quantorzo e gli dissi:

– Ha trovato lo scompiglio nello scaffale il signor Firbo? E perché non ti provi ora a domandare, tu a me, che cosa vi ho trovato io?

Ed ecco che Quantorzo s'agitò sul divano e una ventina di volte batté le pàlpebre come per richiamarsi istintivamente all'attenzione dallo sbalordimento in cui cadeva, più che per la domanda, per il tono di sfida con cui l'avevo proferita.

– Che... che vi hai trovato? – balbettò.

Risposi subito, accompagnando le parole col gesto:

– Un palmo di polvere: così!

Si guardarono negli occhi, storditi; perché quel tono escludeva che per sciocchezza avessi detto quella cosa in sé sciocca; e nello stordimento Quantorzo ripeté:

– Un palmo di polvere? che significa?

– Significa, oh bella, che dormivano tutti quegli incartamenti. Da anni! Un palmo, dico[1] un palmo di polvere. E difatti, una casa sfitta; e di quell'altra là, chi sa da quanto tempo non si riscoteva più la pigione!

Quantorzo – non me l'aspettavo – finse lui questa volta di trasecolare più che mai:

– Ah, – fece, – e tu allora le svegli così, le case: regalandole?

– No, caro mio, – gli gridai subito, riscaldandomi, un po', sì, ad arte, ma anche sul serio un po'. – No, caro mio! Per dimostrarvi che v'ingannate di molto, ma di molto sul conto mio, tu e Firbo e tutti quanti siete! Parlo, parlo, dico sciocchezze, faccio lo svagato; ma non è vero, sai? perché osservo tutto io, invece; osservo tutto!

Quantorzo – questa volta sì, come m'aspettavo – tentò di reagire ed esclamò:

– Ma che osservi? Ma fa' il piacere! La polvere dello scaffale osservi!

– E le mie mani, – mi venne d'aggiungere subito, non so perché, presentandole: con un tal tono di voce che destò all'improvviso in me stesso un brivido, rivedendomi col pensiero in quello stanzino dello scaffale nell'atto di sollevar le mani per rubare a me stesso l'incartamento, dopo[1] avere immaginato là dentro quelle di mio padre, bianche, grasse, piene di anelli e coi peli rossi sul dorso delle dita.

– Vengo alla banca, – seguitai, stanco tutt'a un tratto e nauseato, tra il crescente sbalordimento dell'una e dell'altro, – vengo alla banca solo quando mi chiamate a firmare; ma state attenti che non ho neanche bisogno di venirci, io, alla banca, per sapere tutto ciò che vi si fa.

Guardai di traverso Quantorzo; mi parve pallidissimo. (Ma oh, badiamo, dico sempre quello mio; perché forse il Quantorzo di Dida, no; che seppure anche a Dida sarà parso che il suo impallidisse, avrà forse creduto per isdegno e non per paura, com'io del mio avrei potuto giurare.) A ogni modo, le mani se le portò subito al petto per davvero; e gli occhi, tanto d'occhi sgranò nel domandarmi:

– Ah, ci tieni dunque le spie? Ah dunque tu diffidi di noi?

– Non diffido, non diffido; non tengo spie, – m'affrettai a rassicurarlo. – Osservo, fuori, gli effetti delle vostre operazioni; e mi basta. Rispondi a me: tu e Firbo, è vero? seguite nel trattare gli affari le norme di mio padre?

– Punto per punto!

– Non ne dubito. Ma siete riparati, voi, dico per la vostra parte, dall'ufficio che tenete: l'uno di direttore, l'altro di consulente legale. Mio padre, per disgrazia, non c'è più. Vorrei sapere chi risponde degli atti della banca davanti al paese.

– Come, chi risponde? – fece Quantorzo. – Ma noi, noi! E appunto perché ne rispondiamo noi, vorremmo essere sicuri[1] che tu non abbia ancora a immischiartene, intervenendo con certi atti; senti, dico[2] inconsulti per non dire altro!

Negai prima col dito; poi dissi, placido:

– Non è vero. Voi no; se seguite punto per punto le norme di mio padre. Davanti a me, tutt'al più, potreste risponderne voi, se non le seguiste e io ve ne domandassi conto e ragione. Ora dico davanti al paese: chi ne risponde? Ne rispondo io che firmo i vostri atti: io! io! E mi devo veder questa: che voi la mia firma sì, la volete sotto tutti gli atti che fate voi; e mi negate poi la vostra per quell'uno che faccio io.

Doveva essersi impaurito ben bene, perché a questo punto gli vidi dare tre allegri balzi sul divano, esclamando:

– Oh bella! oh bella! oh bella! Ma perché noi, i nostri, sono quelli normali della banca! Mentre il tuo, scusa, me lo fai dire tu, è stato proprio da pazzo! da pazzo!

Scattai in piedi; gli appuntai l'indice d'una mano contro il petto, come un'arma.

– E tu mi credi pazzo?

– Ma no! – fece, smorendo subito sotto la minaccia di quel dito.

– No, eh? – gli gridai tenendolo fermo con gli occhi. – Resta intanto assodato questo tra noi, bada!

Quantorzo, allora, rimasto come a mezz'aria, vagellò; non già perché gli nascesse lì per lì di nuovo il dubbio ch'io potessi anche esser pazzo per davvero, no; ma perché, non comprendendo la ragione per cui mi premeva d'assodare ch'egli non m'aveva per tale, nell'incertezza, temendo un'insidia da parte mia, quasi quasi si pentiva d'aver detto di no così in prima, e tentò di disdirsi con un mezzo sorriso.

– No, aspetta... ma devi convenire...

Che bella cosa! ah che bella cosa! Ora Dida, seguitando a guardare accigliata un po' me e un po' Quantorzo, dava a vedere chiaramente che non sapeva più che pensare così di lui come di me. Quel mio scatto, quella mia domanda a bruciapelo, che per lei – s'intende – erano stati uno scatto e una domanda del suo Gengè; e del[1] tutto incomprensibili come di lui, se non a patto che Quantorzo lì presente e il signor Firbo avessero commesso qualche mancanza così enorme da renderlo ora, Dio mio, proprio irriconoscibile il suo Gengè, di fronte[2] al momentaneo smarrimento di Quantorzo; quello scatto, dico, e quella domanda avevano avuto l'effetto di farla dubitare più che mai della posata assennatezza di quel suo rispettabile Quantorzo. E così palesemente esprimeva con gli occhi questo dubbio, che Quantorzo, appena pensò di rivolgersi anche a lei, in quel tentativo di disdirsi col suo mezzo sorriso, più che più si smarrì, avvertendo subito che gli mancava accanto una certezza di consenso, su cui finora aveva creduto di potersi fidare.

Scoppiai a ridere; ma né l'uno né l'altra ne indovinarono la ragione; fui tentato di gridargliela in faccia, scrollandoli: « Ma vedete? vedete? E come potete essere allora così sicuri se da un minuto all'altro una minima impressione basta a farvi dubitare di voi stessi e degli altri? ».

– Lascia andare! – troncai con un atto di sdegno, per significargli che la stima che poteva essersi fatta di me, della mia sanità mentale, non aveva più, almeno per il momento, alcuna importanza. – Rispondi a me. Ho visto alla banca bilance e bilancine. Vi servono per pesare i pegni, è vero? Ma tu, dimmi un po': tu, tu, sulla tua coscienza, li hai mai pesati, tu, col peso che possono avere per gli altri, codesti che chiami gli atti normali della banca?

A questa domanda Quantorzo si guardò di nuovo attorno, quasi che da altri, oltre che da me, si sentisse ancora, proditoriamente, tirare fuor[1] di strada.

– Come, sulla mia coscienza?

– Credi che non c'entri? – ribattei subito. – Eh, lo so! E forse credi che non c'entri neppure la mia, perché ve l'ho lasciata per tanti anni alla banca, con tutto l'altro patrimonio, ad amministrare secondo le norme di mio padre.

– Ma la banca... – si provò a obiettare[2] Quantorzo.

Scattai di nuovo:

– La banca... la banca... Non sai veder altro che la banca, tu. Ma tocca a me poi, fuori, a sentirmi dare dell'usurajo!

A questa uscita inattesa Quantorzo balzò in piedi a sua volta, come se avessi detto la più fiera delle bestemmie o la più madornale delle bestialità; e, fingendo di scapparsene: – Uh, Dio benedetto! – esclamò con le braccia levate; e, di nuovo: – Uh, Dio benedetto! – ritornando indietro, con la testa tra le mani e guardando mia moglie, come per dirle: « Ma sente, ma sente che bambinate? E io che supponevo che avesse da dirmi una cosa seria! ». M'afferrò per le braccia, forse per scuotermi dallo sbalordimento che a mia volta m'aveva cagionato istintivamente quella sua mimica furiosa e mi gridò:

– Ma ti dài sul serio pensiero di questo? Eh via! eh via!

E per prendersi la rivincita m'additò in prova a mia moglie che rideva, ah rideva, si buttava via dalle risa, certo per quello che avevo detto, ma fors'anche per l'effetto di quelle mie parole su Quantorzo, nonché per lo sbalordimento che n'era seguito in me e che senza dubbio ridestava in lei finalmente la più lampante immagine della nota e cara sciocchezza del suo Gengè.

Ebbene, da quella risata mi sentii ferire all'improvviso come non mi sarei mai aspettato che potesse accadermi in quel momento, nell'animo con cui un po' m'ero messo e un po' lasciato andare a quella discussione: ferire addentro in un punto vivo di me che non avrei saputo dire né che né dove fosse; tanto finora m'era apparso chiaro ch'io alla presenza di quei due, io come io, non ci fossi e ci fossero invece il « Gengè » dell'una e il « caro Vitangelo » dell'altro; nei quali non potevo sentirmi vivo.

Fuori d'ogni immagine in cui potessi rappresentarmi vivo a me stesso, come qualcuno anche per me, fuori[1] d'ogni immagine di me quale mi figuravo potesse essere per gli altri; un « punto vivo » in me s'era sentito ferire così addentro, che perdetti il lume degli occhi.

– Finiscila di ridere! – gridai, ma con tal voce, a mia moglie, che questa, guardandomi (e chi sa che viso dovette vedermi) d'un tratto ammutolì, scontraffacendosi tutta.

– E tu stai bene[2] attento a quello che ti dico, – soggiunsi subito, rivolto a Quantorzo. – Voglio che la banca sia chiusa questa[3] sera stessa.

– Chiusa? Che dici?

– Chiusa! chiusa! – ribattei, facendomegli addosso. – Voglio che sia chiusa! Sono il padrone, sì o no?

– No, caro! Che padrone! – insorse. – Non sei mica tu solo il padrone!

– E chi altri? tu? il signor Firbo?

– Ma tuo suocero! ma tanti altri!

– Però la banca porta soltanto il mio nome!

– No, di tuo padre che la fondò!

– Ebbene, voglio che sia levato!

– Ma che levato! Non è possibile!

– Oh guarda un po'! Non sono padrone del mio nome? del nome di mio padre?

– No, perché è negli atti di costituzione della banca, quel nome; è il[1] nome della banca: creatura di tuo padre, tal quale come te! E ne porta il nome con lo stesso stessissimo tuo diritto!

– Ah è così?

– Così, così!

– E il danaro? Quello che mio padre ci mise, di suo? Lo lasciò alla banca o a me, il danaro, mio padre?

– A te, ma investito nelle operazioni della banca.[2]

– E se io non voglio più? Se[3] voglio ritirarlo per investirlo altrimenti, a piacer mio, non sono padrone?

– Ma tu così butti all'aria la banca!

– E che vuoi che me n'importi? Non voglio più saperne, ti dico!

– Ma importa agli altri, se permetti! Tu rovini gli interessi degli altri, i tuoi stessi, quelli di tua moglie, di tuo suocero!

– Nient'affatto! Gli altri facciano quello che vogliono: séguitino a tenerci il loro: io ritiro il mio.

– Vorresti mettere dunque in liquidazione la banca?

– So un corno io di queste cose! So che voglio, « voglio » capisci? voglio ritirare i miei denari, e basta così!

Vedo bene adesso che questi violenti diverbii, così a botta e risposta, sono veri e proprii pugilati tra due avverse volontà che cercano d'accopparsi a vicenda, colpendo, parando, ribattendo, sicura ciascuna che il colpo assestato debba atterrare l'altra; fin tanto che all'una e all'altra non venga dalla resistente durezza d'ogni ribattuta avversaria la prova sempre più convincente che inutile è insistere poiché l'altra non cede. E la più ridicola figura l'hanno fatta intanto i pugni veri levandosi istintivamente ad accompagnare irosi quelli parlati, o meglio, urlati, proprio[1] fino all'altezza del grugno avversario ma senza toccarlo, e i denti che si serrano e i nasi che s'arricciano e le ciglia che s'aggrottano e tutta la persona che freme.

Con l'ultima scarica di quei tre « voglio », « voglio », « voglio » dovevo aver bene ammaccata la resistenza di Quantorzo. Gli vidi congiungere le mani in atto di preghiera:

– Ma si può sapere almeno perché? Così da[2] un momento all'altro?

Ebbi, vedendolo in quell'atto, come una vertigine. D'improvviso[3] avvertii che spiegare lì per lì a lui e a mia moglie che pendevano da me, l'uno supplichevole e l'altra ansiosa e spaventata, i motivi di quella mia testarda risoluzione, di tanta gravità per tutti, non mi sarebbe stato possibile. Quei motivi, che pur sentivo in me aggrovigliati in quel momento e sottili e contorti dai lunghi spasimi delle mie tante meditazioni, non erano più chiari del resto neanche a me stesso, strappato dalla concitazione dell'ira a quella terribile fissità di luce che folgorava tetra da quanto avevo così solitariamente scoperto: tenebra per tutti gli altri che vivevano ciechi e sicuri nella pienezza abituale dei loro sentimenti. Avvertii subito che, a svelarne appena appena uno solo, sarei parso irremissibilmente pazzo all'uno e all'altra: che, per esempio, *non m'ero mai veduto* fino a poco tempo addietro com'essi mi avevano sempre veduto, cioè uno che vivesse tranquillo e svagato sull'usura di quella banca, pur senza doverla riconoscere apertamente. L'avevo appena appena riconosciuto in loro presenza, ed ecco che all'uno e all'altra era sembrata un'ingenuità così inverosimile da suscitare nell'uno quella comica furiosa mimica e nell'altra quell'interminabile risata. E come dunque dir loro che su questa « ingenuità » appunto, ai loro occhi quasi incredibile, io fondavo tutto il peso di quella risoluzione? Ma se usurajo ero sempre stato, sempre, da prima ancora che nascessi? Non m'ero visto io stesso sulla strada maestra della pazzia incamminato a compiere un atto che agli occhi di tutti doveva apparire appunto contrario a me stesso e incoerente, ponendo fuori di me la mia volontà, come un fazzoletto che mi cavassi di tasca? Non avevo io stesso riconosciuto che il signor usurajo Vitangelo Moscarda poteva sì impazzire, ma non si poteva in alcun modo distruggere?

Ebbene, ma questo, proprio questo, era il « punto vivo » ferito in me, che m'accecava e mi toglieva in quel momento la comprensione di tutto: che usurajo no, quell'usurajo che non ero mai stato per me, ora non volevo più essere neanche per gli altri e non sarei più stato, anche a costo della rovina di tutte le condizioni della mia vita. Ed era finalmente in me un sentimento, questo, ben cementato dalla volontà che mi dava (benché[1] lo avvertissi fin d'allora con una certa apprensione e diffidenza) la stessa consistente solidità degli altri, sorda e chiusa in sé come una pietra. Sicché bastò che mia moglie, approfittando del mio improvviso smarrimento, scattasse, imponendo al suo Gengè di finirla una buona volta con quella ridicola aria di comando che voleva darsi, e mi venisse, così dicendo, quasi con le mani in faccia, bastò questo perché io perdessi di nuovo il lume degli occhi e le afferrassi i polsi e scrollandola e respingendola indietro la[2] ributtassi a sedere sulla poltrona:

– Finiscila tu, col tuo Gengè che non sono io, non sono io, non sono io! Basta con codesta marionetta! Voglio quello che voglio; e come voglio sarà fatto!

Mi voltai a Quantorzo.

– Hai capito?

E uscii, furioso, dal salotto.

LIBRO SESTO

I
A tu per tu

Poco dopo, chiuso in camera come una bestia in gabbia, sbuffavo per quella violenza su mia moglie (la prima) senza potermela levare dagli occhi, nel bianco vagellare della lieve persona che pareva si sfaldasse tutta agli scrolli con cui la respingevo indietro, afferrata per i polsi, e la ributtavo a sedere sulla poltrona.

Ah come lieve, con tutti quei falbalà intorno all'abito di neve, all'urto brutale della mia violenza!

Rotta ormai, come una fragile bambola, là ributtata con tanta furia sulla poltrona, non l'avrei di certo raccapezzata più. E tutta la mia vita, qual'era stata finora con lei, il giuoco di quella bambola: spezzato, finito, forse per sempre.

L'orrore della mia violenza mi fremeva vivo nelle mani ancora tremanti. Ma avvertivo che non era tanto della violenza quell'orrore, quanto del cieco insorgere in me d'un sentimento e d'una volontà che alla fine mi avevano *dato corpo*: un bestiale corpo che aveva incusso spavento e rese violente le mie mani.

Diventavo « uno ».

Io.

Io che ora mi volevo così.

Io che ora mi sentivo così.

Finalmente!

Non più usurajo (basta con quella banca!): e non più Gengè (basta con quella marionetta!).

Ma il cuore seguitava a tumultuarmi in petto. Mi toglieva il respiro. Aprivo e chiudevo le mani, affondandomi le unghie nella carne. E appena, senza saperlo, mi grattavo con una mano il palmo dell'altra, raggirandomi ancora per la stanza, gangheggiavo come un cavallo che non soffra il morso. Farneticavo.

« Ma io, uno, chi? chi? »

Se non avevo più occhi per vedermi da me come uno anche per me? Gli occhi, gli occhi di tutti gli altri seguitavo a vedermeli addosso, ma ugualmente senza poter sapere come ora m'avrebbero veduto in questa mia neonata volontà, se io stesso non sapevo ancora come sarei consistito per me.

Non più Gengè.

Un altro.

Avevo proprio voluto questo.

Ma che altro avevo io dentro, se non questo tormento che mi scopriva nessuno e centomila?

Questa mia nuova volontà, questo mio nuovo sentimento potevano insorgere ciechi per la ferita in un punto vivo di me che non sapevo; ma subito cadevano, cadevano sotto la terribile fissità di quella luce che folgorava tetra da quanto avevo scoperto.

Volevo tuttavia intravedere, per raccapezzarmi, che cosa avrei potuto mettere sù col po' di sangue di quella ferita, con quel po' di sentimento, lacerato, macerato, su lo sgangherato scheletro di quel po' di volontà: oh, un povero omicello sparuto, sempre spaventato dagli occhi degli altri; col[1] sacchetto in pugno dei danari ricavati dalla liquidazione della banca. E come avrei potuto tenermeli più ormai, quei danari?

Li avevo forse guadagnati io col mio lavoro? Averli ora ritirati dalla banca perché non fruttassero altra usura, bastava forse a mondarli di quella da cui erano venuti? E allora, che? buttarli via? E come avrei vissuto? Di che lavoro ero capace? E Dida?

Era anche lei – lo sentivo bene, ora che non la

avevo più in casa – era anche lei un *punto vivo* in me. Io l'amavo, non ostante lo strazio che mi veniva dalla perfetta coscienza di non appartenermi nel mio stesso corpo come oggetto del suo amore. Ma pur la dolcezza che a questo corpo veniva dal suo amore, la assaporavo io, cieco nella voluttà dell'abbraccio; anche se talvolta ero quasi tentato di strozzarla vedendole, tra le umide labbra convulse, come una smania di sorriso o di sospiro, tremare uno stupido nome: *Gengè*.

II
Nel vuoto

L'immobilità sospesa di tutti gli oggetti del salotto, in cui rientrai come attratto dal silenzio che vi si era fatto: quella poltrona dov'ella dianzi stava seduta; quel canapè dove dianzi stava affondato Quantorzo; quel tavolinetto di lacca chiara filettato d'oro e le altre seggiole e le tende, mi diedero una così orribile impressione di vuoto che mi voltai a guardare i servi, Diego e Nina, i quali mi avevano annunziato che la padrona era andata via col signor Quantorzo lasciando l'ordine che tutte le sue robe fossero raccolte, chiuse nei bauli e mandate a casa del padre; e ora stavano a mirarmi con lo sbalordimento nelle bocche aperte e negli occhi vani.

La loro vista m'irritò. Gridai:

– E sta bene, eseguite l'ordine.

Un ordine da eseguire era già, in quel vuoto, qualche cosa almeno per gli altri. E anche per me, se mi levava dai piedi quei due per il momento.

Come fui solo, stranamente quasi ilare d'improvviso, pensai: « Sono libero! Se n'è andata via! ». Ma non mi pareva vero. Avevo l'impressione curiosissima che se ne fosse andata via per farmi la prova della giustezza della mia scoperta, la quale assumeva per me un'importanza così grande e assoluta, che a confronto ogni altra cosa non poteva averne se non una molto minore e relativa: anche se mi faceva perdere la moglie; anzi proprio per questo.

« Ecco se è vero! »

Nient'altro che la prova era terribile. Tutto il resto – ma sì, via! – poteva parere anche ridicolo: quell'andarsene così su due piedi con Quantorzo, come quel mio insorgere per quella stupidaggine là, della gente che mi credeva usurajo.

Ma come, allora? ero già ridotto a questo? di non poter più prendere nulla sul serio? E la mia ferita di poc'anzi, per cui avevo avuto quello scatto violento?

Già. Ma dove la ferita? In me?

A toccarmi, a strizzarmi le mani, sì, dicevo « io »; ma a chi lo dicevo? e per chi? Ero solo. In tutto il mondo, solo. Per me stesso, solo. E nell'attimo del brivido, che ora mi faceva fremere alle radici i capelli, sentivo l'eternità e il gelo di questa infinita solitudine.

A chi dire « io »? Che valeva dire « io », se per gli altri aveva un senso e un valore che non potevano mai essere i miei; e per me, così fuori degli altri, l'assumerne uno diventa subito l'orrore di questo vuoto e di questa solitudine?

III
Seguito a compromettermi

Venne a trovarmi, la mattina dopo, mio suocero.

Dovrei dir prima (ma non dirò) fin dov'ero arrivato con l'immaginazione, farneticando per gran parte della notte, a furia di trar conseguenze dalle condizioni in cui m'ero messo di fronte agli altri, non solo, ma anche rispetto a me stesso.

M'ero sottratto affannato a un breve sonno di

piombo, con la sensazione dell'ostile gravezza di tutte le cose, anche dell'acqua raccolta nel cavo delle mani, per lavarmi, anche dell'asciugamani di cui dopo m'ero servito; quando, all'annunzio della visita, improvvisamente mi sentii tutto alleggerire da un pronto risveglio di quell'estro gajo che per fortuna come un benefico vento m'arieggia ancora a tratti lo spirito.

Feci volar l'asciugamani e dissi a Nina:

– Bene bene. Fallo accomodare nel salotto, e digli che vengo subito.

Mi guardai allo specchio dell'armadio con irresistibile confidenza, fino a strizzare un occhio per significare a quel Moscarda là che noi due intanto c'intendevamo a maraviglia. E anche lui, per dire la verità, subito mi strizzò l'occhio, a confermare l'intesa.

(Voi mi direte, lo so, che questo dipendeva perché quel Moscarda là nello specchio ero io; e ancora una volta dimostrerete di non aver capito niente. Non ero io, ve lo posso assicurare. Tant'è vero che, un istante dopo, prima d'uscire, appena voltai un po'[1] la testa per riguardarlo in quello specchio, era già un altro, anche per me, con un sorriso diabolico negli occhi aguzzi e lucidissimi. Voi ve ne sareste spaventati; io no; perché già lo sapevo; e lo salutai con la mano. Mi salutò con la mano anche lui, per dire la verità.)

Tutto questo, per cominciare. La commedia seguitò poi nel salotto con mio suocero.

In quattro?

No.

Vedrete in quanti svariati Moscarda, dacché c'ero, mi spassai a produrmi quella mattina.

IV

Medico? Avvocato? Professore? Deputato?

Senza dubbio era mio suocero la cagione dell'insperato risveglio del mio estro, per quella (sì, Dio mio) forse irrispettosa realtà che io finora gli avevo dato, di stupidissimo uomo sempre soddisfatto di sé.

Molto curato, non pur nei panni, anche nell'acconciatura dei capelli e dei baffi fino all'ultimo pelo; biondo biondo, e d'aspetto, non dirò volgare, ma comune a ogni modo; tutte quelle cure avrebbe potuto risparmiarsele, perché gli abiti addosso a lui, di fattura inappuntabile, restavano come non suoi, del sarto che glieli aveva cuciti; e anche quella sua testa così ben ravviata e quelle sue mani così tornite e levigate, anziché attaccate vive e di carne al suo solino e alle sue maniche, potevano figurare senza alcuno scàpito esposte mozze e di cera nelle vetrine d'un parrucchiere e d'un guantajo. Sentirlo parlare, vedergli socchiudere gli occhi cilestri smaltati nella beatitudine d'un perenne sorriso per tutto ciò che gli usciva dalle labbra coralline; vedergli poi riaprire quegli occhi e la pàlpebra del destro restargli un po' tirata e appiccicata, quasi non riuscisse a distaccarsi così presto dal prelibato sapore di un'intima soddisfazione che nessuno avrebbe mai supposto in lui; non poteva non fare una stranissima impressione, tanto pareva finto, ripeto: fantoccio da sarto e testa da vetrina di barbiere.

Ora, mentre me l'aspettavo così, la sorpresa di trovarmelo davanti tutto scomposto e agitato servì soltanto a stuzzicare in me d'improvviso il desiderio di provare quel rischio squisito con cui uno muove inerme e sorridente contro un nemico che lo minacci armato, dopo avergli intimato di non muoversi d'un passo.

L'estro riacceso in me m'imponeva difatti sulle labbra un sorriso di sfida e sulla fronte un'aria di smemorataggine per il giuoco che voleva seguitare, pericolosissimo, mentre erano in ballo così gravi interessi e per quell'uomo là e per tanti altri: le sorti della banca; le sorti[1] della mia famiglia: avere altre prove di quella terribile cosa che già sapevo: cioè, che sarei inevitabilmente sembrato pazzo, ancora e più di prima, coi discorsi che mi disponevo a fare, giù a rotta di collo per la china di quell'incredibile e inverosimile *ingenuità* che aveva fatto strabiliare Quantorzo e buttar via dalle risa mia moglie.

Difatti, anche per me ormai, se consideravo bene a fondo le cose, non poteva esser valida scusa la coscienza a cui volevo appigliarmi. Potevo sentirmi rimordere sul serio di quell'usura che non m'ero mai inteso di esercitare? Avevo sì firmato per formalità gli atti di quella banca; ero vissuto fino a quel momento dei guadagni di essa, senza mai pensarci; ma ora che finalmente me ne rendevo conto, avrei ritirato i danari dalla banca, e presto, per mettermi del tutto a posto, me ne sarei liberato come che fosse, istituendo o un'opera di carità o qualcosa di simile.

– Come! E ti par niente tutto questo? Ma Dio mio, ma dunque è vero?

– Vero, che cosa?

– Che ti sei impazzito! E di[2] mia figlia, che vorresti farne? Come vorresti vivere? di che?

– Ecco, questo sì: questo mi pare importante. Da studiare.

– Rovinare per sempre la tua posizione? Ciascuno ha sempre fatto i suoi affari, da che mondo è mondo.

– Benissimo. E dunque, d'ora in poi, anch'io i miei.

– Ma come, i tuoi, se butti via i danari guadagnati da tuo padre in tanti anni di lavoro?

– Ho sei anni d'Università.

– Ah! Vorresti tornare all'Università?

– Potrei.

Accennò d'alzarsi. Lo trattenni, domandandogli:

– Scusi: prima di venire alla liquidazione della banca, ci sarà tempo, non è vero?

S'alzò furente, con le braccia per aria.

– Ma che liquidazione! che liquidazione! che liquidazione!

– Se non vuol lasciarmi dire...

Si voltò di scatto.

– Ma che vuoi dire! Tu farnetichi!

– Sono calmissimo, – gli feci notare. – Le volevo dire che ho tante materie di studio già a buon punto e lasciate lì.

Mi guardò stordito.

– Materie di studio? Che significa?

– Che potrei, anche presto, prendere una laurea di medico, per esempio, o di dottore in lettere e filosofia.

– Tu?[1]

– Non crede? Sì. M'ero messo anche per medico. Tre anni. E mi piaceva. Domandi, domandi a Dida come vedrebbe meglio il suo Gengè. Se medico o professore. Ho la parola facile: potrei anche, volendo, far l'avvocato.

Si scrollò violentemente.

– Ma se non hai voluto fare mai niente!

– Già. Ma non per leggerezza, veda. Anzi, al contrario! Mi ci affondavo troppo. E non si riesce a nulla, creda, affondandosi troppo in qualsiasi cosa. Si vengono a fare certe[2] scoperte! Leggermente però, le assicuro che il medico, l'avvocato, o, se Dida preferisce, il professore, potrei farlo benissimo. Basta che mi ci metta.

Paonazzo dalla violenza che faceva su se stesso

per starmi a sentire, a questo punto scappò via. O schiattava. Gli corsi dietro, gridando:

– Ma no, ma senta, ma dando via i danari di mio padre, ma sa che popolarità! Mi potrebbero anche eleggere deputato: ci pensi! Se a Dida piacesse, e anche a lei: il genero deputato... Non mi ci vede? non mi ci vede?

Se n'era già scappato via, urlando a ogni mia parola:

– Pazzo! Pazzo! Pazzo!

V
Io dico, poi perché?

Il tono era di scherzo, non nego, per via[1] di quel maledetto estro. E poteva anche parere ch'io parlassi con molta fatuità: lo riconosco. Ma le proposte di un Gengè medico o avvocato o professore e perfino deputato, se potevano far ridere me, avrebbero potuto imporre a lui, io dico, almeno quella considerazione e quel rispetto che di solito si hanno in provincia per queste nobili professioni così comunemente esercitate anche da tanti mediocri coi quali, poi poi, non[2] mi sarebbe stato difficile competere.

La ragione era un'altra, lo so bene. *Non mi ci vedeva* neanche lui, mio suocero. Per motivi ben altri dai miei.

Non poteva ammettere, lui, ch'io gli levassi il genero (quel suo Gengè ch'egli vedeva in me, chi sa come) dalle condizioni in cui se n'era stato finora, cioè da quella comoda consistenza di marionetta che lui da un canto e la figlia dall'altro, e dal canto loro tutti i socii della banca gli avevano dato.

Dovevo lasciarlo così com'era, quel buon figliuolo feroce di Gengè, a vivere senza pensarci dell'usura di quella banca non amministrata da lui.

E io vi giuro che l'avrei lasciato lì, per non turbare quella mia povera bambola, il cui amore mi era pur così caro, e per[1] non cagionare un così grave scompiglio a tanta brava gente che mi voleva bene, se, lasciandolo lì per gli altri, io poi per mio conto me ne fossi potuto andare altrove con un altro corpo e un altro nome.

VI
Vincendo il riso

Sapevo altresì che a mettermi in nuove condizioni di vita, a rappresentarmi agli altri domani da medico, poniamo, o da avvocato o da professore, non mi sarei ugualmente ritrovato né uno per tutti né io stesso mai nella veste e negli atti di nessuna di quelle professioni.

Troppo ero già compreso dall'orrore di chiudermi nella prigione d'una forma qualunque.

Pur non di meno quelle stesse proposte, fatte per ridere a mio suocero, io le avevo fatte sul serio a me stesso durante la notte, vincendo il riso che mi provocavano le immagini di me avvocato o medico o professore. Avevo insomma pensato che una di quelle professioni, o un'altra qual si fosse, avrei dovuto prenderla e accettarla come una necessità se Dida, ritornando a me com'io volevo, me n'avesse fatto l'obbligo per provvedere del mio meglio alla sua nuova vita con un nuovo Gengè.

Ma dalla furia con cui mio suocero se n'era scappato potevo argomentare che, anche per Dida, nessun nuovo Gengè poteva nascere dal vecchio. Tanto questo vecchio le dava a vedere d'essersi impazzito senza rimedio, se così *per niente* voleva togliersi da un momento all'altro dalle condizioni di vita in cui era vissuto finora felicemente.

E davvero pazzo volevo esser io a pretendere che una bambola come quella impazzisse insieme con me, così *per niente*.

LIBRO SETTIMO

I
Complicazione

Fui invitato la mattina dopo con un bigliettino recato a mano ad andar subito in casa di Anna Rosa, l'amichetta di mia moglie che ho nominato una o due volte in principio, così di passata.

M'aspettavo che qualcuno cercasse di mettersi di mezzo per tentare la riconciliazione tra me e Dida; ma questo qualcuno nelle mie supposizioni doveva venire da parte di mio suocero e degli altri socii della banca, non direttamente da parte di mia moglie; già che l'unico ostacolo da rimuovere era la mia intenzione di liquidare la banca. Tra me e mia moglie non era avvenuto quasi nulla. Bastava ch'io dicessi ad Anna Rosa d'esser pentito sinceramente dello sgarbo fatto a Dida scrollandola e buttandola a sedere sulla poltrona del salotto, e la riconciliazione sarebbe avvenuta senz'altro.

Che Anna Rosa si fosse preso l'incarico di farmi recedere da quella intenzione, ponendolo come patto per il ritorno di mia moglie in casa, non mi parve in alcun modo ammissibile.

Sapevo da Dida che la sua amichetta aveva rifiutato parecchi matrimonii così detti vantaggiosi per disprezzo del danaro, attirandosi la riprovazione della gente assennata e anche di Dida che certo, sposando me (voglio dire il figlio d'un usurajo), aveva dovuto lasciare intendere alle sue amiche che lo faceva perché alla fin fine era un matrimonio « vantaggioso ».

Per questo « vantaggio » da salvare Anna Rosa non poteva esser dunque l'avvocato più adatto.

Era da ammettere piuttosto il contrario: che Dida avesse ricorso a lei per ajuto, cioè per farmi sapere che il padre, d'accordo con gli altri socii, la tratteneva in casa e le impediva di ritornare a me se io non recedevo dall'intenzione di liquidare la banca. Ma conoscendo bene mia moglie, non mi parve ammissibile neppur questo.

Andai pertanto a quell'invito con una grande curiosità. Non riuscivo a indovinarne la ragione.

II
Primo avvertimento

Conoscevo poco Anna Rosa. L'avevo[1] veduta parecchie volte in casa mia, ma essendomi sempre tenuto lontano, più per istinto che di proposito, dalle amiche di mia moglie, avevo scambiato con lei pochissime parole. Certi mezzi sorrisi, per caso sorpresi sulle sue labbra mentre mi guardava di sfuggita, mi erano sembrati[2] così chiaramente rivolti a quella sciocca immagine di me che il Gengè di mia moglie Dida le aveva dovuto far nascere nella mente, che nessun desiderio m'era mai sorto d'intrattenermi a parlare con lei.

Non ero mai stato a casa sua.

Orfana di padre e di madre, abitava con una vecchia zia in quella casa che pare schiacciata dalle mura altissime della Badìa Grande: mura d'antico castello, dalle finestre con le grate inginocchiate da cui sul tramonto s'affacciano ancora le poche vecchie suore che vi sono rimaste. Una di quelle suore, la meno vecchia, era zia anch'essa di Anna Rosa, sorella del padre; ed era, dicono, mezza matta. Ma ci vuol poco a fare ammattire una donna, chiudendola in un monastero. Da mia moglie, che fu per tre anni educanda nel convento di San Vincenzo, so che tutte le suore, così le vecchie come le[1] giovani, erano, chi per un verso e chi per un altro, mezze matte.

Non trovai in casa Anna Rosa. La vecchia serva che m'aveva recato il bigliettino, parlandomi misteriosamente dalla spia della porta senza aprirla, mi disse che la padroncina era sù alla Badìa, dalla zia monaca, e che andassi pure a trovarla là, chiedendo alla suora portinaja d'essere introdotto nel parlatorietto di Suor Celestina.

Tutto questo mistero mi stupì. E sul principio, anziché accrescere la mia curiosità, mi trattenne d'andare. Per quanto mi fosse possibile in quello stupore, avvertii il bisogno di riflettere prima sulla stranezza di quel convegno lassù alla Badìa in un parlatorietto di suora.

Ogni nesso tra la mia futile disavventura coniugale e quell'invito mi parve rotto, e subito rimasi apprensionito come per un'imprevista complicazione che avrebbe recato chi sa quali conseguenze alla mia vita.

Come tutti sanno a Richieri, poco mancò non mi recasse la morte. Ma qui mi piace ripetere ciò che già dissi davanti ai giudici, perché per sempre sia cancellato dall'animo di tutti il sospetto che allora la mia deposizione fosse fatta per salvare e mandare assolta d'ogni colpa Anna Rosa. Nessuna colpa da parte sua. Fui io, o piuttosto ciò che finora è stato materia di queste mie tormentose considerazioni, se l'improvvisa e inopinata avventura a cui quasi senza volerlo mi lasciai andare per un ultimo disperatissimo esperimento, rischiò d'avere una tal fine.

III
La rivoltella tra i fiori

Per una delle straducole a sdrucciolo della vecchia Richieri durante il giorno appestate dal lezzo della spazzatura marcita, andai sù alla Badìa.

Quando si sia fatta l'abitudine di vivere in un certo modo, andare in qualche luogo insolito e nel silenzio avvertire come un sospetto che ci sia qualcosa di misterioso a noi, da cui, pur lì presente, il nostro spirito è condannato a restar lontano, è un'angoscia indefinita, perché si pensa che, se potessimo entrarci, forse la nostra vita si aprirebbe in chi sa quali sensazioni nuove, tanto da parerci di vivere in un altro mondo.

Quella Badìa, già castello feudale dei[1] Chiaramonte, con quel portone basso tutto tarlato, e la vasta corte con la cisterna in mezzo, e quello scalone consunto, cupo e rintronante, che aveva il rigido delle grotte, e quel largo e lungo corridojo con tanti usci da una parte e dall'altra e i mattoni rosi del pavimento avvallato che lustravano alla luce del finestrone in fondo aperto al silenzio del cielo, tante vicende di casi e aspetti di vita aveva accolto in sé e veduto passare, che ora, nella lenta agonia di quelle poche suore che vi vagavano dentro sperdute, pareva non sapesse più nulla di sé. Tutto là dentro pareva ormai smemorato, nella lunghissima attesa della morte di quelle ultime suore, a una a una; perduta da gran tempo la ragione per cui, castello baronale, era stato dapprima costruito, divenuto poi per tanti secoli badìa.

La suora portinaja aprì uno di quegli usci nel corridojo e m'introdusse nel parlatorietto. Una campanella malinconica già era stata sonata da basso, forse per chiamare Suor Celestina.

Il parlatorietto era bujo, tanto che in prima non potei discernervi altro che la grata in fondo, appena intravista alla poca luce entrata dall'uscio nell'aprirlo. Rimasi in piedi, in attesa; e chi sa quanto ci sarei rimasto se alla fine una fievole voce dalla grata non m'avesse invitato ad accomodarmi, ché presto Anna Rosa sarebbe venuta sù dall'orto.

Non mi proverò a esprimere l'impressione che mi fece quella voce inattesa nel bujo, di là dalla grata. Mi folgorò in quel bujo il sole che doveva esserci in quell'orto della badìa, che non sapevo dove fosse, ma che certo doveva essere verdissimo; e d'improvviso mi s'illuminò in mezzo a quel verde la figura d'Anna Rosa come non l'avevo mai veduta, tutta un fremito di grazia e di malizia. Fu un baleno. Ritornò il bujo. O piuttosto, non il bujo, perché ora potevo discernere la grata, e davanti a quella grata un tavolino e due seggiole. In quella grata, il silenzio. Vi cercai la voce che mi aveva parlato, fievole ma fresca, quasi giovanile. Non c'era più nessuno. Eppure doveva essere stata la voce d'una vecchia. Anna Rosa, quella voce, quel parlatorietto, il sole in quel bujo, il verde dell'orto: mi prese come una vertigine.

Poco dopo, Anna Rosa aprì di furia l'uscio e mi chiamò fuori del parlatorietto nel corridojo. Era tutta accesa in volto, coi capelli in disordine, gli occhi sfavillanti, la camicetta bianca di lana a maglia sbottonata sul petto come per caldo, e aveva tra le braccia tanti fiori e un tralcio d'edera che le passava sopra una spalla e le tentennava lungo, dietro. Corse, invitandomi a seguirla, in fondo al corridojo, salì sullo scalino sotto al finestrone, ma nel salire, forse per riparare con una mano una parte dei fiori che stava per sfuggirle, si lasciò invece cadere dall'altra la borsetta, e subito il fragore d'una detonazione seguito da un altissimo grido fece rintronare tutto il corridojo.

Feci appena in tempo a sorreggere Anna Rosa che mi s'abbatteva addosso. Nello sbalordimento, prima che riuscissi a rendermi conto di ciò che era avvenuto, mi vidi attorno sette vecchie suore pigolanti spaventate, le quali, pur essendo accorse per quello sparo nel corridojo e pur[1] vedendomi tra le braccia Anna Rosa ferita, erano tuttavia in preda a un'altra costernazione ch'io in prima non potei intendere, tanto mi pareva impossibile che non si dovesse aver quella per cui a gran voce io chiedevo loro un letto, dove[1] adagiare la ferita; mi rispondevano – Monsignore –; che stava per arrivare Monsignore. A sua volta, Anna Rosa[2] mi gridava tra le braccia: – La rivoltella! la rivoltella! –, cioè che rivoleva da me la rivoltella ch'era dentro la borsetta, perché era un ricordo del padre.

Che in quella borsetta caduta dovesse esserci una rivoltella la quale, esplodendo, l'aveva ferita a un piede, m'era apparso subito evidente; ma non così la ragione per cui la portava con sé, e proprio quella mattina che mi aveva dato convegno alla Badìa. Mi parve stranissimo; ma non mi passò neppur lontanamente per il capo in quel momento che l'avesse portata per me.

Più che mai stordito, vedendo che nessuno mi dava ajuto per soccorrere la ferita, me la tolsi di peso sulle braccia e la portai fuori della Badìa, giù per la straducola, a casa.

Mi toccò, poco dopo, risalire alla Badìa per riprendere dal corridojo sotto al finestrone quella rivoltella, che doveva poi servire per me.

IV
La spiegazione

La notizia di quello strano accidente alla Badìa Grande e di me che ne uscivo a precipizio reggendo sulle braccia Anna Rosa ferita, si propagò per Richieri in un baleno, dando subito pretesto a malignazioni che per la loro assurdità mi parvero in prima perfino ridicole. Tanto ero lontano dal supporre che potessero non solo parer verosimili, ma addirittura essere tenute per vere; e non già da coloro a cui tornava conto metterle in giro e fomentarle, ma finanche da colei che reggevo ferita sulle braccia.

Proprio così.

Perché Gengè, signori miei, quello stupidissimo Gengè di mia moglie Dida, covava, senza ch'io ne sapessi nulla, una bruciante simpatia per Anna Rosa. Se l'era messo in testa Dida; Dida che se n'era accorta. Non ne aveva detto mai nulla a Gengè; ma lo aveva confidato, sorridendone, alla sua amichetta, per farle piacere e fors'anche per spiegarle che c'era il suo motivo, se Gengè la schivava, quand'ella veniva in visita; la paura d'innamorarsene.

Non mi riconosco nessun diritto di smentire codesta simpatia di Gengè per Anna Rosa. Potrei al più sostenere che non era vera per me; ma non sarebbe giusto neppure questo, perché effettivamente non m'ero mai curato di sapere se sentissi antipatia o simpatia per quell'amichetta di mia moglie.

Mi pare d'aver dimostrato a sufficienza che la realtà di Gengè non apparteneva a me, ma a mia moglie Dida che gliel'aveva data.

Se Dida dunque attribuiva quella segreta simpatia al suo Gengè, importa poco ch'essa non fosse vera per me: era tanto vera per Dida, che vi trovava la ragione per cui mi tenevo lontano da Anna Rosa; e tanto vera anche per Anna, che le occhiate[1] che qualche volta io le avevo rivolte di sfuggita erano state anzi interpretate da lei come qualche cosa di più, per cui io non ero quel carino sciocchino Gengè che mia moglie Dida si figurava, ma un infelicissimo Signor Gengè che doveva soffrire chi sa che strazii in corpo a essere stimato e amato così dalla propria moglie.

Perché, se ci pensate bene, questo è il meno che possa seguire dalle tante realtà insospettate che gli altri ci dànno. Superficialmente, noi sogliamo chiamarle false supposizioni, erronei giudizii, gratuite attribuzioni. Ma tutto ciò che di noi si può immaginare è realmente possibile, ancorché non sia vero per noi. Che per noi non sia vero, gli altri se ne ridono. È vero per loro. Tanto vero, che può anche capitare che gli altri, se non vi tenete forte alla realtà che per vostro conto vi siete data, possono indurvi a riconoscere che più vera della vostra stessa realtà è quella che vi dànno loro. Nessuno più di me ha potuto farne esperienza.

Io mi trovai dunque, senza che ne sapessi nulla, innamoratissimo di Anna Rosa, e per questa ragione impigliato nell'accidente di quello sparo nella Badìa come non mi sarei mai e poi mai immaginato.

Assistendo Anna Rosa, dopo averla trasportata a casa sulle braccia e adagiata sul suo letto, corso per un medico, per un'infermiera, e prestato le prime cure del caso, sentii subito anch'io più che possibile, vero, ciò che ella aveva immaginato di me in seguito alle confidenze di Dida; la mia simpatia per lei. E potei avere dalla sua bocca, stando a sedere a piè del letto nell'intimità color di rosa della sua cameretta offesa dal cattivo odore dei medicinali, tutte le spiegazioni. E, prima, quella della rivoltella nella borsetta, causa[1] dell'accidente.

Come rise di cuore immaginando che qualcuno potesse supporre ch'ella l'avesse portata per me nel darmi convegno alla Badìa!

La portava sempre con sé, nella borsetta, quella rivoltella, dacché l'aveva trovata nel taschino d'un panciotto del padre, morto improvvisamente da sei anni. Piccolissima, con l'impugnatura di madreperla e tutta lucida e viva, le era parsa un gingillo, tanto più carino in quanto nel suo grazioso congegno racchiudeva il potere di dare la morte. E più d'una volta, mi confidò, in qualche non raro momento che il mondo tutt'intorno, per certi strani sgomenti dell'anima, le si faceva come attonito e vano, aveva avuto la tentazione di farne la prova, giocando con essa, provando nelle dita sul liscio lucido dell'acciajo e della madreperla la delizia del tatto. Ora, che essa, invece che alla tempia o nel cuore per volontà di lei, avesse potuto per caso *morderla* a un piede, e anche col rischio – come si temeva – di farla restar zoppa, le cagionava uno stranissimo dispiacere. Credeva d'essersela appropriata tanto, che non dovesse avere più per sé quel potere. La vedeva *cattiva*, adesso. La traeva dal cassetto del comodino accanto al letto, la mirava e le diceva:

– Cattiva!

Ma quel convegno sù alla Badìa, nel parlatorietto della zia monaca, perché? E quelle sette suore che, invece di darsi pensiero di lei ferita, mi parlavano, quasi oppresse, della visita di non so qual Monsignore?

Ebbi la spiegazione anche di questo mistero.

Ella sapeva che quella mattina monsignor Partanna, vescovo di Richieri, sarebbe andato a far visita alle vecchie suore della Badìa Grande, come soleva ogni mese. Per quelle vecchie suore quella visita era come un'anticipazione della beatitudine celeste: rischiare d'averla guastata da quell'accidente era stato perciò per loro la costernazione più grave. Mi aveva fatto venire sù alla Badìa perché voleva ch'io parlassi subito, quella mattina stessa, col vescovo.

– Io, col vescovo?[1] E perché?

Per ovviare a tempo ciò che si stava tramando contro di me.

Mi volevano proprio interdire, denunziandomi come alterato di mente. Dida le aveva annunziato che già erano state raccolte e ordinate tutte le prove, da Firbo, da Quantorzo, da suo padre e da lei stessa, per dimostrare la mia lampante alterazione mentale. Tanti erano pronti a farne testimonianza; finanche quel Turolla che avevo difeso contro Firbo e tutti i commessi della banca; finanche Marco di Dio a cui avevo fatto donazione d'una casa.

– Ma la perderà, – non potei tenermi dal fare osservare ad Anna Rosa. – Se sono dichiarato alterato di mente, l'atto della donazione diventerà nullo!

Anna Rosa scoppiò a ridermi in faccia per la mia ingenuità. A Marco di Dio dovevano aver promesso che, se testimoniava come volevano loro, non avrebbe perduto la casa. E del resto, poteva, anche secondo coscienza, testimoniarlo.

Guardai[1] sospeso Anna Rosa che rideva. Ella se n'accorse e si mise a gridare:

– Ma sì, pazzie! tutte pazzie! tutte pazzie!

Se non che, lei ne godeva, le approvava, e più che più se con esse volevo arrivare veramente a quella più grande di tutte: cioè di buttare all'aria la banca e d'allontanare da me una donna che m'era stata sempre nemica.

– Dida?

– Non crede?

– Nemica, sì, adesso.

– No, sempre! sempre!

E m'informò che da tempo cercava di fare intendere a mia moglie ch'io non ero quello sciocco che lei s'immaginava, in lunghe discussioni che le erano costate una fatica infinita per frenare il dispetto che le cagionava l'ostinazione di quella donna a voler vedere in tanti miei atti o parole una sciocchezza che non c'era o un male che soltanto un animo deliberatamente nemico vi poteva vedere.

Strabiliai. D'un tratto, per quelle confidenze d'Anna Rosa, vidi una Dida così diversa dalla mia e pur così ugualmente vera, che provai – in quel punto, più che mai – tutto l'orrore della mia scoperta. Una Dida che parlava di me come assolutamente non mi sarei mai immaginato ch'ella ne potesse parlare, nemica anche della mia carne. Tutti i ricordi della nostra intimità comune, separati e traditi così indegnamente che, per riconoscerli, dovevo superarne con dispetto il ridicolo che prima non avevo avvertito, riparare una vergogna che prima, in segreto, non m'era parso di dover sentire. Come se a tradimento, dopo avermi indotto confidente a denudarmi, spalancata la porta, m'avesse esposto alla derisione di chiunque avesse voluto entrare a vedermi così nudo e senza riparo. E apprezzamenti sulla mia famiglia e giudizii sulle mie più naturali abitudini, che non mi sarei mai aspettati da lei. Insomma, un'altra Dida; una Dida veramente nemica.

Eppure, sono certo certissimo che col suo Gengè ella non fingeva: era col suo Gengè quale poteva essere per lui, perfettamente intera e sincera. Fuori poi della vita che poteva avere con lui, diventava un'altra: quell'altra che ora le conveniva o le piaceva o veramente sentiva di essere per Anna Rosa.

Ma di che mi maravigliavo? Non potevo io lasciarle intero il suo Gengè, così com'ella se l'era foggiato, ed essere poi un altro per conto mio?

Così era di me, come di tutti.

Non dovevo rivelare il segreto della mia scoperta ad Anna Rosa. Fui tentato da lei stessa, per ciò che ella mi fece sapere, così improvvisamente, di mia moglie. E non mi sarei mai immaginato che la rivelazione le avrebbe prodotto nello spirito il turbamento che le produsse, fino a farle commettere la follia che commise.

Ma dirò prima della mia visita a Monsignore, a cui ella stessa mi spinse con gran premura, come a cosa che non comportasse più altro indugio.

V
Il Dio di dentro e il Dio di fuori

Al tempo che conducevo a spasso Bibì, la cagnolina di mia moglie, le chiese di Richieri erano la mia disperazione.

Bibì a tutti i costi ci voleva entrare.

Alle mie sgridate, s'acculava, alzava e scoteva una delle due zampine davanti, sternutiva, poi con una orecchia sù e l'altra giù stava a guardarmi, proprio con l'aria di credere che non era possibile, non era possibile che a una cagnolina bellina come lei non fosse lecito entrare in una chiesa. Se non ci stava nessuno!

– Nessuno? Ma come nessuno, Bibì? – le dicevo io. – Ci sta il più rispettabile dei sentimenti umani.[1] Tu non puoi intendere queste cose, perché sei per tua fortuna una cagnolina e non un uomo. Gli uomini, vedi? hanno bisogno di fabbricare una casa anche ai loro sentimenti. Non basta loro averli dentro, nel cuore, i sentimenti: se li vogliono vedere anche fuori, toccarli; e costruiscono[2] loro una casa.[3]

A me era sempre bastato finora averlo dentro, a mio modo, il sentimento di Dio. Per rispetto a quello che ne avevano gli altri, avevo sempre impedito a Bibì di entrare in una chiesa; ma non c'entravo nemmeno io. Mi tenevo il mio sentimento e cercavo di seguirlo stando in piedi, anziché andarmi a inginocchiare nella casa che gli altri gli avevano costruito.

Quel *punto vivo* che s'era sentito ferire in me quando mia moglie aveva riso nel sentirmi dire che non volevo più mi si tenesse in conto d'usurajo a Richieri, era Dio senza alcun dubbio: Dio che s'era sentito ferire in me, Dio che in me non poteva più tollerare che gli altri a Richieri mi tenessero in conto d'usurajo.

Ma se fossi andato a dire così a Quantorzo o a

Firbo e agli altri socii della banca, avrei dato loro certamente un'altra prova della mia pazzia.

Bisognava invece che il Dio di dentro, questo Dio che in me sarebbe a tutti ormai apparso pazzo, andasse quanto più contritamente gli fosse possibile a far visita e a chiedere ajuto e protezione al saggissimo Dio di fuori, a quello che aveva la casa e i suoi fedelissimi e zelantissimi servitori e tutti i suoi poteri sapientemente e magnificamente costituiti nel mondo per farsi amare e temere.

A questo Dio non c'era pericolo che Firbo o Quantorzo s'attentassero a dare del pazzo.

VI
Un vescovo non comodo

Andai dunque a trovare al Vescovado monsignor Partanna.

Dicevano a Richieri che era stato eletto vescovo per istanze e mali ufficii di potenti prelati a Roma. Il fatto è che, pur essendo da alcuni anni a capo della diocesi, non era ancora riuscito a cattivarsi la simpatia, a conciliarsi la confidenza di nessuno.

A Richieri si era avvezzi al fasto, alle maniere gioconde e cordiali, alla copiosa munificenza del suo predecessore, il defunto Eccell.mo Monsignor Vivaldi; e tutti perciò si erano sentiti stringere il cuore allorché avevano veduto per la prima volta scendere a piedi dal Palazzo Vescovile lo scheletro intabarrato di questo vescovo nuovo, tra i due segretarii che lo accompagnavano.[1]

Un vescovo a piedi?

Dacché il Vescovado sedeva come una tetra fortezza in cima alla città, tutti i vescovi erano sempre scesi in una bella carrozza con l'attacco a due, gale rosse e pennacchi.

Ma all'atto stesso della sua insediatura monsignor

Partanna aveva detto che vescovado è nome d'opera e non d'onore. E aveva licenziato servi e cuoco, cocchiere e famigli, smesso la carrozza e inaugurato la più stretta economia, con tutto che la diocesi di Richieri fosse tra le più ricche d'Italia.[1] Per le visite pastorali nella diocesi, molto trascurate dal suo predecessore e da lui invece osservate con la massima vigilanza ai tempi voluti dai Canoni, non ostanti le gravi difficoltà delle vie e la mancanza di comunicazioni, si serviva di carrozze d'affitto o anche d'asini o di muli.

Sapevo poi da Anna Rosa che tutte le suore dei cinque monasteri della città, tranne quelle ormai decrepite della Badìa Grande, lo odiavano per le crudeli disposizioni emanate contro di loro appena insediatosi vescovo, cioè che non dovessero più né preparare né vendere dolci o rosolii, quei buoni dolci di miele e di pasta reale infiocchettati e avvolti in fili d'argento, quei buoni rosolii che sapevano d'anice e di cannella! e non più ricamare, neanche arredi e paramenti sacri, ma far soltanto la calza; e infine che non dovessero più avere un confessore particolare, ma servirsi tutte, senza distinzione, del Padre della comunità. Disposizioni anche più gravi aveva poi dato per i canonici e beneficiali di tutte le chiese, e insomma per la più rigida osservanza d'ogni dovere da parte di tutti gli ecclesiastici.

Un vescovo così non è comodo per tutti coloro che han voluto mettere fuori di sé il sentimento di Dio costruendogli una casa fuori, tanto[2] più bella quanto maggiore il bisogno di farsi perdonare. Ma era per me il meglio che mi potessi augurare. Il suo predecessore, l'Eccell.mo Monsignor Vivaldi, benviso a tutti, con tutti alla mano,[3] avrebbe senza dubbio cercato il modo e la maniera d'accomodare ogni cosa, salvando banca e coscienza, per accontentare me, ma anche Firbo e Quantorzo e tutti gli altri.

Ora io sentivo che non potevo più accomodarmi né con me né con nessuno.

VII
Un colloquio con Monsignore

Monsignor Partanna mi ricevette nella vasta sala dell'antica cancelleria nel Palazzo Vescovile.

Sento ancora nelle narici l'odore di quella sala dal tetro soffitto affrescato, ma così coperto di polvere che quasi non vi si scorgeva più nulla. Le alte pareti dall'intonaco ingiallito erano ingombre di vecchi ritratti di prelati, anch'essi bruttati dalla polvere e qualcuno anche dalla muffa, appesi qua e là senz'ordine, sopra armadii e scansìe stinte e tarlate.[1]

In fondo alla sala s'aprivano due finestroni, i cui vetri, d'una tristezza infinita sulla vanità del cielo velato, erano scossi continuamente dal vento che s'era levato d'improvviso, fortissimo: il terribile vento di Richieri che mette l'angoscia in tutte le case.

Pareva a momenti che quei vetri dovessero cedere alla furia urlante del libeccio. Tutto il colloquio tra me e Monsignore ebbe l'accompagnamento sinistro di sibili acuti e veementi, di cupi, lunghi mugolìi che, distraendomi spesso dalle parole di Monsignore, mi fecero sentire con un indefinibile sbigottimento, come non l'avevo sentito mai, il rammarico della vanità del tempo e della vita.

Ricordo che da uno di quei finestroni si scorgeva il terrazzino d'una vecchia casa dirimpetto. Su quel terrazzino apparve a un tratto un uomo, che doveva essere scappato dal letto con la folle idea di provare la voluttà del volo.

Esposto lì al vento furioso, si faceva svolazzare attorno al corpo magro, d'una magrezza che incuteva ribrezzo, la coperta del letto: una coperta di lana rossa, appesa e sorretta con le due braccia in croce, su le spalle. E rideva, rideva con un lustro di lagrime negli occhi spiritati, mentre gli volavano di qua e di là, linguеggiando come fiamme, le lunghe ciocche dei capelli rossicci.[1]

Quell'apparizione mi stupì tanto, che a un certo punto non potei più tenermi di farne cenno a Monsignore, interrompendo un discorso molto serio sugli scrupoli della coscienza a cui egli da un pezzo s'era lasciato andare con evidente compiacimento del suo eloquio.

Monsignore si voltò appena a guardare; e, con uno di quei sorrisi che fanno benissimo le veci d'un sospiro, disse:

– Ah, sì: è un povero pazzo che sta lì.

Con tal tono d'indifferenza lo disse, come per cosa da tanto tempo divenuta ai suoi occhi abituale, che mi sorse lì per lì la tentazione di farlo sobbalzare, annunziandogli:

« No, sa: non sta lì. Sta qui, Monsignore. Quel pazzo che vuol volare sono io. »

Mi contenni, e non lo dissi. Anzi, con la stess'aria d'indifferenza gli domandai:

– E non c'è pericolo che si butti giù dal terrazzino?

– No, è così, da tant'anni, – mi rispose Monsignore. – Innocuo, innocuo.

Spontaneamente, proprio senza volerlo, mi scappò detto allora:

– Come me.

E Monsignore non poté fare a meno di sobbalzare. Ma io gli mostrai subito una faccia così placida e sorridente, che d'un tratto lo rimise a posto. M'affrettai a spiegargli che intendevo innocuo anch'io nel concetto del signor Firbo e del signor Quantorzo, di mio suocero e di mia moglie, e insomma di tutti coloro che mi volevano interdire.

Monsignore, rasserenato, riprese il discorso sugli

scrupoli della coscienza, che a lui pareva il più proprio al mio caso, e l'unico a ogni modo da far valere con l'autorità e il prestigio del suo potere spirituale sulle intenzioni e le mene di quei miei nemici.

Potevo fargli intendere che il mio non era propriamente un caso di coscienza com'egli s'immaginava?

Se mi fossi arrischiato a farglielo intendere, sarei d'un tratto diventato pazzo anche ai suoi occhi.

Il Dio che in me voleva riavere il danaro della banca perché io non fossi più chiamato usurajo, era un Dio nemico di tutte le costruzioni.

Il Dio, invece, a cui ero venuto a ricorrere per ajuto e protezione, era appunto quello che costruiva. Mi avrebbe dato, sì, una mano per farmi riavere il danaro, ma a patto ch'esso servisse alla costruzione di almeno una casa a un altro dei più rispettabili sentimenti umani: voglio dire, la carità.

Monsignore, al termine del nostro colloquio, mi domandò con aria solenne se non volevo questo.

Dovetti rispondergli che volevo questo.

E allora egli sonò un vecchio annerito e insordito campanellino d'argento che stava timido timido sulla tavola. Apparve un giovane chierico biondo e molto pallido. Monsignore gli ordinò di far venire Don Antonio Sclepis, canonico della Cattedrale e direttore del Collegio degli Oblati, ch'era in anticamera. L'uomo che ci voleva per me.

Conoscevo più di fama che di persona questo prete. Ero andato una volta per incarico di mio padre a consegnargli una lettera sù al Collegio degli Oblati, che sorge non lontano dal Palazzo Vescovile, nel punto più alto della città, ed è un vasto, antichissimo edificio quadrato e fosco esternamente, roso tutto dal tempo e dalle intemperie, ma tutto bianco, arioso e luminoso, dentro. Vi sono accolti i poveri orfani e i bastardelli di tutta la provincia, dai sei ai diciannove anni, i quali vi imparano le varie arti e i varii mestieri. La disciplina vi è così dura, che quando quei poveri Oblati alla mattina e al vespro cantano al suono dell'organo nella chiesa del Collegio le loro preghiere, a udirle da giù, quelle preghiere accorano come un lamento di carcerati.

A giudicarne dall'aspetto, non pareva che il canonico Sclepis dovesse avere in sé tanta forza di dominio e così dura energia. Era un prete lungo e magro, quasi diafano, come se tutta l'aria e la luce dell'altura dove viveva lo avessero non solo scolorito ma anche rarefatto, e gli avessero reso le mani d'una gracilità tremula quasi trasparenti e su gli occhi chiari ovati le pàlpebre più esili d'un velo di cipolla.[1] Tremula e scolorita aveva anche la voce e vani i sorrisi su le lunghe labbra bianche, tra le quali spesso filava qualche grumetto di biascia.

Appena entrato e informato da Monsignore dei miei scrupoli di coscienza e delle mie intenzioni, si mise a parlare con me in gran fretta, con grande confidenza, battendomi una mano su la spalla e dandomi del tu:

– Bene bene, figliuolo! Un gran dolore, mi piace. Ringraziane Dio. Il dolore ti salva, figliuolo. Bisogna esser duri con tutti gli sciocchi che non vogliono soffrire. Ma tu per tua ventura hai molto, molto da soffrire, pensando a tuo padre che, poveretto, eh... fece tanto tanto male! Sia il tuo cilizio il pensiero di tuo padre![2] il tuo cilizio! E lascia combattere a me col signor Firbo e il signor Quantorzo! Ti vogliono interdire? Te li accomodo io, non dubitare!

Uscii dal Palazzo Vescovile con la certezza che l'avrei avuta vinta su coloro che mi volevano interdire; ma questa certezza e gl'impegni che ne derivavano, contratti ora col vescovo e con lo Sclepis, mi gettavano in un mare d'incertezze senza fine su ciò che sarebbe stato di me, spogliato di tutto, senza più né stato, né famiglia.

VIII
Aspettando

Non mi restava per il momento che Anna Rosa, la compagnia ch'ella voleva le tenessi durante la sua infermità.

Se ne stava a letto, col piede fasciato; e diceva che non se ne sarebbe alzata più, se, come ancora i medici temevano, fosse rimasta zoppa.

Il pallore e il languore della lunga degenza le avevano conferito una grazia nuova, in contrasto con quella di prima. La luce degli occhi le si era fatta più intensa, quasi cupa. Diceva di non poter dormire. L'odore dei suoi capelli densi, neri, un po' ricciuti e aridi, quando la mattina se li trovava sciolti e arruffati sul guanciale, la soffocava.[1] Se non era per il ribrezzo delle mani d'un parrucchiere sul suo capo, se li sarebbe fatti tagliare. Mi domandò, una mattina, se io non avrei saputo tagliarglieli. Rise del mio imbarazzo nel risponderle, poi si tirò sul viso la rimboccatura del lenzuolo e rimase così un gran pezzo col viso nascosto, in silenzio.

Sotto le coperte s'indovinavano procaci le formosità del suo corpo di vergine matura. Sapevo da Dida che ella aveva già venticinque anni. Certo, standosene così col viso nascosto, pensava ch'io non avrei potuto fare a meno di guardare il suo corpo come si disegnava sotto le coperte. Mi tentava. Nella penombra della cameretta rosea in disordine, il silenzio pareva consapevole dell'attesa vana d'una vita che i desiderii momentanei di quella bizzarra creatura non avrebbero potuto mai far nascere né consistere in qualche modo.

Avevo indovinato in lei l'insofferenza assoluta d'ogni cosa che accennasse a durare e stabilirsi. Tutto ciò che faceva, ogni desiderio o pensiero che le sorgevano per un momento, un momento dopo erano già come lontanissimi da[1] lei; e se le avveniva di sentirsene ancora trattenuta, erano smanie rabbiose, scatti d'ira e perfino scomposte escandescenze.

Solo del suo corpo pareva si compiacesse sempre, per quanto a volte non se ne mostrasse per nulla contenta, anzi dicesse di odiarselo. Ma se lo stava a mirare continuamente allo specchio, in ogni parte o tratto; a provarne tutti gli atteggiamenti, tutte le espressioni di cui i suoi occhi così intensi lucidi e vivaci, le sue narici frementi, la sua bocca rossa sdegnosa, la mandibola mobilissima, potevano essere capaci. Così, come per un gusto d'attrice; non perché pensasse che per sé, nella vita, potessero servirle se non per giuoco: per un giuoco momentaneo di civetteria o provocazione.

Una mattina le vidi provare e studiare a lungo nello specchietto a mano che teneva con sé sul letto un sorriso pietoso e tenero, pur con un brillìo negli occhi di malizia quasi puerile. Vedermelo poi rifare tal quale, quel sorriso, vivo, proprio come se le nascesse or ora spontaneo per me, mi provocò un moto di ribellione.

Le dissi che non ero il suo specchio.

Ma non s'offese. Mi domandò se quel sorriso, come ora gliel'avevo visto, era quello stesso che lei s'era veduto e studiato nello specchio dianzi.

Le risposi, seccato di quell'insistenza:

– Che vuole che ne sappia io? Non posso mica sapere come lei se l'è veduto. Si faccia fare una fotografia con quel sorriso.

– Ce l'ho, – mi disse. – Una, grande. Là nel cassetto di sotto dell'armadio. Me la prenda, per favore.

Quel cassetto era pieno di sue fotografie. Me ne mostrò tante, di antiche e di recenti.

– Tutte morte, – le dissi.

Si voltò di scatto a guardarmi.

– Morte?

– Per quanto vogliano parer vive.

– Anche questa col sorriso?

– E codesta, pensierosa; e codesta, con gli occhi bassi.

– Ma come morta, se sono qua viva?

– Ah, lei sì; perché ora non si vede. Ma quando sta davanti allo specchio, nell'attimo che si rimira, lei non è più viva.

– E perché?

– Perché bisogna che lei fermi un attimo in sé la vita, per vedersi. Come davanti a una macchina fotografica. Lei s'atteggia. E atteggiarsi è come diventare statua per un momento. La vita si muove di continuo, e non può mai veramente vedere se stessa.

– E allora io, viva, non mi sono mai veduta?

– Mai, come posso vederla io. Ma io vedo un'immagine di lei che è mia soltanto; non è certo la sua. Lei la sua, viva, avrà forse potuto intravederla appena in qualche fotografia istantanea che le avranno fatta. Ma ne avrà certo provato un'ingrata sorpresa. Avrà fors'anche stentato a riconoscersi, lì scomposta, in movimento.

– È vero.

– Lei non può conoscersi che atteggiata: statua: non viva. Quando uno vive, vive e non si vede. Conoscersi è morire. Lei sta tanto a mirarsi in codesto specchio, in tutti gli specchi, perché non vive; non sa, non può o non vuol vivere. Vuole troppo conoscersi, e non vive.

– Ma nient'affatto! Non riesco anzi a tenermi mai ferma un momento, io.

– Ma vuole vedersi sempre. In ogni atto della sua vita. È come se avesse davanti, sempre, l'immagine di sé, in ogni atto, in ogni mossa. E la sua insofferenza proviene forse da questo. Lei non vuole che il suo sentimento sia cieco. Lo obbliga ad aprir gli occhi e a vedersi in uno specchio che gli mette sempre davanti. E il sentimento, subito come si vede, le si gela. Non si può vivere davanti a uno specchio. Procuri di non vedersi mai. Perché, tanto, non riuscirà mai a conoscersi per come la vedono gli altri. E allora che vale che si conosca solo per sé? Le può avvenire di non comprendere più perché lei debba avere quell'immagine che lo specchio le ridà.

Rimase a lungo con gli occhi fissi a pensare.

Sono certo che anche a lei, come a me, dopo quel discorso e dopo quanto le avevo già detto di tutto il tormento del mio spirito, s'aprì davanti in quel momento sconfinata, e tanto più spaventosa quanto più lucida, la visione dell'irrimediabile nostra solitudine. L'apparenza d'ogni oggetto vi s'isolava paurosamente. E forse ella non vide più la ragione di portare la sua faccia, se in quella solitudine neanche lei avrebbe potuto vedersela viva, mentre gli altri da fuori, isolandola, chi sa come gliela vedevano.

Cadeva ogni orgoglio.

Vedere le cose con occhi che non potevano sapere come gli altri occhi intanto le vedevano.

Parlare per non intendersi.

Non valeva più nulla essere per sé qualche cosa.

E nulla più era vero, se nessuna cosa per sé era vera. Ciascuno per suo conto l'assumeva come tale e se ne appropriava per riempire comunque la sua solitudine e far consistere in qualche modo, giorno per giorno, la sua vita.

Ai piedi del suo letto, con un aspetto a me ignoto, e a lei impenetrabile, io stavo lì, naufrago nella sua solitudine; e lei nella mia, là davanti a me, sul suo letto, con quegli occhi immobili e lontanissimi, pallida, un gomito puntato sul guanciale e il capo arruffato sorretto dalla mano.

Sentiva verso tutto ciò ch'io le dicevo un'invincibile attrazione e insieme una specie di ribrezzo; a volte, quasi odio: glielo vedevo lampeggiare negli occhi, mentre con la più avida attenzione ascoltava le mie parole.

Voleva tuttavia che seguitassi a parlare, a dirle tutto quello che mi passava per la mente: immagini, pensieri. E io parlavo quasi senza pensare; o piuttosto, il mio pensiero parlava da sé, come per un bisogno di rilasciare la sua spasimosa tensione.

– Lei s'affaccia a una finestra; guarda il mondo; crede che sia come le sembra. Vede giù per via passare la gente, piccola nella sua visione ch'è grande, così dall'alto della finestra a cui è affacciata. Non può non sentirla in sé questa grandezza, perché se un amico ora passa giù per la via e lei lo riconosce, guardato così dall'alto, non le sembra più grande d'un suo dito. Ah, se le venisse in mente di chiamarlo e di domandargli: « Mi dica un po', come le sembro io, affacciata qua a questa finestra? ». Non le viene in mente, perché non pensa all'immagine che quelli che passano per via hanno intanto della finestra e di lei che vi sta affacciata a guardare. Dovrebbe fare lo sforzo di staccare da sé le condizioni che pone alla realtà degli altri che passano giù e che vivono per un momento nella sua vasta visione, piccoli transitanti per una via. Non lo fa questo sforzo, perché non le sorge nessun sospetto dell'immagine che essi hanno di lei e della sua finestra, una tra tante, piccola, così alta, e di lei piccola piccola là affacciata con quel braccino che si muove in aria.

Si vedeva nella mia descrizione, piccola piccola a una finestra alta, col braccino che si moveva in aria, e rideva.

Erano lampi, guizzi; poi nella cameretta si rifaceva il silenzio. Ogni tanto compariva, come un'ombra, la vecchia zia con cui Anna Rosa abitava: grassa, apatica, con gli enormi occhi biavi orribilmente strabi. Stava un po' sulla soglia, nella penombra liquida della cameretta, con le mani gonfie e pallide sul ventre; pareva un mostro d'acquario; non diceva nulla e se n'andava.

Con quella zia ella non scambiava che pochissime parole durante tutto il giorno. Viveva con sé, di sé; leggeva, fantasticava, ma sempre insofferente, così delle letture come delle sue stesse fantasticherie; usciva a far compere, a trovar questa o quella amica; ma le sembravano tutte sciocche e vane; provava piacere a sbalordirle; poi, rincasando, si sentiva stanca e seccata di tutto. Certi[1] invincibili disgusti, che si potevano indovinare in lei da uno scatto o da un verso improvviso per qualche allusione, forse li doveva alla lettura di libri di medicina trovati nella biblioteca del padre, ch'era stato medico. Diceva che non avrebbe mai preso marito.

Io non posso sapere che idea si fosse fatta di me. Mi considerava certo con uno straordinario interesse, smarrito come in quei giorni le apparivo nei miei stessi pensieri e nell'incertezza di tutto.

Quest'incertezza che in me rifuggiva da ogni limite, da ogni sostegno, e ormai quasi istintivamente si ritraeva da ogni forma consistente come il mare si ritrae dalla riva; quest'incertezza, vaneggiandomi negli occhi, senza dubbio la attraeva, ma a volte, guardandola, avevo pure la strana impressione che le paresse un po' divertente; una cosa infine un po' anche da ridere, avere lì ai piedi del letto un uomo in quelle incredibili condizioni di spirito, così tutto scisso e che non sapeva come avrebbe fatto a vivere domani, quando, riavuto per mezzo dello Sclepis il danaro della banca, si sarebbe spogliato e liberato di tutto.

Perché ella era certa che io sarei ormai arrivato alle ultime conseguenze, come un perfettissimo pazzo. E questo la divertiva enormemente, con un certo orgoglio, anche, d'avere indovinato, nelle discussioni con mia moglie, non propriamente questo, ma ch'io fossi ad ogni modo un uomo non comune, singolare dall'altra gente; da cui[1] ci si poteva aspettare, un giorno o l'altro, qualcosa di straordinario. Come per dare subito agli altri, e specialmente a mia moglie, la prova ch'ella aveva avuto ragione nel pensare così di me, s'era affrettata a chiamarmi, a informarmi delle intenzioni che si avevano contro di me, a spingermi ad andare da Monsignore; e adesso era di me contentissima, vedendomi là ai piedi del suo letto, come mi vedeva, fermo e placido in attesa di quanto doveva necessariamente avvenire, senza più cura di nulla né di nessuno.

Eppure fu proprio lei a volermi uccidere, e proprio quando da questa soddisfazione ch'io le davo, e che la faceva un po' ridere, passò a una grande pietà di me, per rispondere, come affascinata, a quella che, certo, io dovevo avere negli occhi, mentre la guardavo come dall'infinita lontananza d'un tempo che avesse perduto ogni età.

Non so precisamente come avvenne. Quand'io, guardandola da quella lontananza, le dissi parole che più non ricordo, parole in cui ella dovette sentire la brama che mi struggeva di donare tutta la vita ch'era in me, tutto quello che io potevo essere, per diventare uno come lei avrebbe potuto volermi e per me veramente nessuno, nessuno. So che dal letto mi tese le braccia; so che m'attrasse a sé.

Da quel letto[2] poco dopo rotolai, cieco, ferito al petto mortalmente dalla piccola rivoltella ch'ella teneva sotto il guanciale.

Devono esser vere le ragioni ch'ella poi disse in sua discolpa: cioè che fu spinta ad uccidermi dall'orrore istintivo, improvviso, dell'atto a cui stava per sentirsi trascinata dal fascino strano di tutto quanto in quei giorni io le avevo detto.

LIBRO OTTAVO

I

Il giudice vuole il suo tempo

Di solito, alle normali operazioni della giustizia non è da rimproverare la fretta.

Il giudice incaricato d'istruire il processo contro Anna Rosa, onesto per natura e per principio, volle essere scrupolosissimo e perdere mesi e mesi di tempo prima di venire al così detto accertamento dei fatti, dopo aver raccolto, s'intende, dati e testimonianze.

Ma non era stato possibile avere da me una qualunque risposta al primo interrogatorio che avrebbero voluto farmi, subito dopo trasportato dalla cameretta d'Anna Rosa all'ospedale. Quando poi i medici mi permisero d'aprir bocca, la prima risposta che diedi, anziché mettere nell'imbarazzo chi m'interrogava, mise nell'imbarazzo me.

Ecco: così fulmineo era stato in Anna Rosa il trapasso da quella pietà, per cui mi aveva teso le braccia dal letto, all'impulso istintivo che l'aveva spinta a compiere su me quell'atto violento, ch'io, già cieco nel sentirmi accosto il calore della sua procacissima persona, veramente non avevo avuto né il tempo né il modo d'accorgermi di come avesse fatto a cavare improvvisamente la rivoltella di sotto al guanciale per tirarmi. Cosicché, non parendomi allora ammissibile ch'ella, dopo avermi attratto a sé, avesse poi voluto uccidermi, con la più schietta sincerità diedi, a chi m'interrogava, quella spiegazione del caso che mi sembrava più probabile, cioè che il ferimento, anche quel mio ferimento come già il suo al piede, fosse stato accidentale, dovuto al fatto, certo riprovevole, di quella rivoltella che si trovava sotto il guanciale e che certo io stesso dovevo avere urtato e fatto esplodere nello sforzo di sollevare l'inferma che m'aveva domandato d'essere messa a sedere sul letto.

Per me la bugia (bugia doverosa) era soltanto in quest'ultima parte della risposta; a chi m'interrogava apparve invece tutta quanta così sfacciata, che ne fui aspramente rimbrottato. Mi si fece sapere che la giustizia si trovava già, per fortuna, in possesso della confessione esplicita della feritrice. Io allora, per un bisogno irresistibile di dimostrare la mia sincerità, fui così ingenuo da dare a vedere, nello sbalordimento, la più viva curiosità di conoscere qual mai ragione avesse potuto dare la feritrice del suo atto violento contro di me.

La risposta a questa domanda fu una fragorosissima sbruffata che quasi mi lavò la faccia.

– Ah, lei voleva soltanto metterla a sedere sul letto?

Restai basito.

La giustizia doveva già anche trovarsi in possesso d'una prima deposizione di mia moglie, la quale, ora più che mai con quella prova di fatto, aveva certo potuto testimoniare in perfettissima coscienza dell'antica data del mio innamoramento per Anna Rosa.

Così sarebbe rimasto, senza dubbio, acquisito alla giustizia che Anna Rosa aveva tentato d'uccidermi per difendersi da una mia brutale aggressione, se Anna Rosa stessa non avesse assicurato con giuramento il giudice che non c'era stata veramente nessuna aggressione da parte mia, ma solo quel tale fascino involontariamente esercitato su lei con le mie curiosissime considerazioni[1] sulla vita: fascino da cui ella s'era lasciata prendere così fortemente, da ridursi a commettere quella pazzia.

Il giudice scrupoloso, non soddisfatto del sommario ragguaglio che Anna Rosa aveva potuto dargli di quelle mie considerazioni, stimò suo dovere averne una più precisa e particolare informazione, e volle venire di persona a parlare con me.

II
La coperta di lana verde

Ero stato ricondotto dall'ospedale a casa in barella; e, già[1] entrato in convalescenza, avevo lasciato il letto e me ne stavo in quei giorni adagiato beatamente su una poltrona vicino alla finestra, con una coperta di lana verde sulle gambe.

Mi sentivo come inebriato vaneggiare in un vuoto tranquillo, soave, di sogno. Era ritornata la primavera, e i primi tepori del sole mi davano un languore d'ineffabile delizia. Avevo quasi timore di sentirmi ferire dalla tenerezza dell'aria limpida e nuova ch'entrava dalla finestra semichiusa, e me ne tenevo riparato; ma alzavo di tanto in tanto gli occhi a mirare quell'azzurro vivace di marzo corso da allegre nuvole luminose. Poi mi guardavo le mani che ancora mi tremavano esangui; le abbassavo sulle gambe e con la punta delle dita carezzavo lievemente la peluria verde di quella coperta di lana. Ci vedevo la campagna: come se fosse tutta una sterminata distesa di grano; e, carezzandola, me ne beavo, sentendomici davvero, in mezzo a tutto quel grano, con un senso di così smemorata lontananza, che quasi ne avevo angoscia, una dolcissima angoscia.[2]

Ah, perdersi là, distendersi e abbandonarsi, così tra l'erba, al silenzio dei cieli; empirsi l'anima di tutta quella vana azzurrità, facendovi naufragare ogni pensiero, ogni memoria!

Poteva, domando io, capitare più inopportuno quel giudice?

Mi duole, a ripensarci, se egli quel giorno se n'andò da casa mia con l'impressione ch'io volessi burlarmi di lui. Aveva della talpa, con quelle due manine sempre alzate vicino alla bocca, e i piccoli occhi plumbei quasi senza vista, socchiusi; scontorto in tutta la magra personcina mal vestita, con una spalla più alta dell'altra. Per via, andava di traverso, come i cani; benché poi tutti dicessero che, moralmente, nessuno sapeva rigare più diritto di lui.[1]

Le mie considerazioni sulla vita?

– Ah signor giudice, – gli dissi, – non è possibile, creda, ch'io gliele ripeta. Guardi qua! Guardi qua!

E gli mostrai la coperta di lana verde, passandoci sopra delicatamente la mano.

– Lei ha l'ufficio di raccogliere e preparare gli elementi di cui la giustizia domani si servirà per emanare le sue sentenze? E viene a domandare a me le mie considerazioni sulla vita, quelle che per l'imputata sono state la cagione d'uccidermi? Ma se io gliele ripetessi, signor giudice, ho gran paura che lei non ucciderebbe più me, ma se stesso, per il rimorso d'avere per tanti anni esercitato codesto suo ufficio. No, no: io non gliele dirò, signor giudice! È bene che lei anzi si turi gli orecchi[2] per non udire il terribile fragore d'una certa rapina sotto gli argini, oltre i limiti che lei, da buon giudice, s'è tracciati e imposti per comporre la sua scrupolosissima coscienza. Possono crollare, sa? in un momento di tempesta come quello che ha avuto la signorina Anna Rosa. Che rapina? Eh, quella della gran fiumana, signor giudice! Lei l'ha incanalata bene nei suoi affetti, nei doveri che s'è imposti, nelle abitudini che s'è tracciate; ma poi vengono i momenti di piena, signor giudice, e la fiumana straripa, straripa e sconvolge tutto.[3] Io lo so. Tutto sommerso, per me, signor giudice! Mi ci sono buttato e ora ci nuoto, ci nuoto. E sono, se sapesse, già tanto lontano! Quasi non la vedo più. Si stia bene, signor giudice, si stia bene!

Restò lì, stordito, a guardarmi come si guarda un

malato incurabile. Sperando[1] di scomporlo da quel penoso atteggiamento, gli sorrisi; sollevai dalle gambe con tutt'e due le mani la coperta e gliela mostrai ancora una volta, domandandogli con grazia:

– Ma davvero, scusi, non le sembra bella, così verde, questa coperta di lana?

III
Remissione

Mi consolavo con la riflessione che tutto questo avrebbe facilitato l'assoluzione d'Anna Rosa. Ma d'altra parte c'era lo Sclepis che più volte con un gran tremore di tutte le sue cartilagini era accorso a dirmi ch'io gli avevo reso e seguitavo a rendergli più che mai difficile il cómpito della mia salvazione.

Possibile che non mi rendessi conto dello scandalo enorme suscitato con quella mia avventura, proprio nel momento che avrei dovuto dar prova d'avere più di tutti la testa a segno? E non avevo, invece, dimostrato che aveva avuto ragione mia moglie a scapparsene in casa del padre per l'indegnità del mio comportamento verso di lei? Io la tradivo; e solo per farmi bello agli occhi di quella ragazza esaltata avevo protestato di non volere più che in paese mi si chiamasse usurajo! E tanto era il mio accecamento per quella passione colpevole, che avevo voluto e m'ostinavo a voler rovinare me e gli altri, con tutto che per poco non m'era costata la vita, questa colpevole passione!

Ormai allo Sclepis, di fronte alla sollevazione di tutti, non restava che riconoscere le mie deplorevoli colpe, e per salvarmi non vedeva più altro scampo che nella confessione aperta di esse da parte mia. Bisognava però, perché questa confessione non fosse pericolosa, che io dimostrassi nello stesso tempo così viva e urgente per la mia anima la necessità d'un eroico ravvedimento, da ridare a lui l'animo e la forza di chiedere agli altri il sagrifizio dei proprii interessi.

Io non facevo che dir di sì col capo a tutto quello che lui mi diceva, senza forzarmi a scrutare quanto e fin dove quella che era soltanto argomentazione dialettica, prendendo a mano a mano calore, diventasse in lui realmente sincera convinzione. Certo appariva sempre più soddisfatto; ma dentro di sé, forse, un po' perplesso, se quella sua soddisfazione fosse per vero sentimento di carità o per l'accorgimento del suo intelletto.

Si venne alla decisione che io avrei dato un esemplare e solennissimo esempio di pentimento e d'abnegazione, facendo dono di tutto, anche della casa e d'ogni altro mio avere, per[1] fondare con quanto mi sarebbe toccato dalla liquidazione della banca un ospizio di mendicità con annessa cucina economica aperta tutto l'anno, non solo a beneficio dei ricoverati, ma anche di tutti i poveri che potessero averne bisogno; e annesso anche un vestiario per ambo i sessi e per ogni età, di tanti capi all'anno; e che io stesso vi avrei preso stanza, dormendo senz'alcuna distinzione, come ogni altro mendico, in una branda, mangiando come tutti gli altri la minestra in una ciotola di legno, e indossando l'abito della comunità destinato a uno della mia età e del mio sesso.

Quel che più mi coceva era che questa mia totale remissione fosse interpretata come vero pentimento, mentre io davo tutto, non m'opponevo a nulla, perché remotissimo ormai da ogni cosa che potesse avere un qualche senso o valore per gli altri, e non solo alienato assolutamente da me stesso e da ogni cosa mia, ma con l'orrore di rimanere comunque *qualcuno*, in possesso di qualche cosa.

Non volendo più nulla, sapevo di non poter più parlare. E stavo zitto, guardando e ammirando quel vecchio diafano prelato che sapeva voler tanto e la volontà esercitare con arte così fina, e non per un utile suo particolare, né tanto forse per fare un bene agli altri, quanto per il merito che ne sarebbe venuto a quella casa di Dio, di cui era fedelissimo e zelantissimo servitore.

Ecco: per sé, nessuno.

Era questa, forse, la via che conduceva a diventare uno per tutti.

Ma c'era in quel prete troppo orgoglio del suo potere e del suo sapere. Pur vivendo per gli altri, voleva ancora essere uno per sé, da distinguere bene dagli altri per la sua sapienza e la sua potenza, e anche per la più provata fedeltà e il maggior zelo.

Ragion per cui, guardandolo – sì, seguitavo ad ammirarlo – ma mi faceva anche pena.

IV
Non conclude

Anna Rosa doveva essere assolta; ma io credo che in parte la sua assoluzione fu anche dovuta all'ilarità che si diffuse in tutta la sala del tribunale, allorché, chiamato a fare la mia deposizione, mi videro comparire col berretto, gli zoccoli e il camiciotto turchino dell'ospizio.

Non mi sono più guardato in uno specchio, e non mi passa neppure per il capo di voler sapere che cosa sia avvenuto della mia faccia e di tutto il mio aspetto. Quello che avevo per gli altri dovette apparir molto mutato e in un modo assai buffo, a giudicare dalla maraviglia e dalle risate con cui fui accolto. Eppure mi vollero tutti chiamare ancora Moscarda, benché il dire Moscarda avesse ormai certo per ciascuno un significato così diverso da quello di prima, che avrebbero potuto risparmiare a quel povero svanito là, barbuto e sorridente, con gli zoccoli e il camiciotto turchino, la pena d'obbligarlo a voltarsi ancora a quel nome, come se realmente gli appartenesse.

Nessun nome. Nessun ricordo[1] oggi del nome di jeri; del nome d'oggi, domani. Se il nome è la cosa; se un nome è in noi il concetto d'ogni cosa posta fuori di noi; e senza nome non si ha il concetto, e la cosa resta in noi come cieca, non distinta e non definita; ebbene, questo che portai tra gli uomini ciascuno lo incida, epigrafe funeraria, sulla fronte di quella immagine con cui gli apparvi, e la lasci in pace e non ne parli più. Non è altro che questo, epigrafe funeraria, un nome. Conviene ai morti. A chi ha concluso. Io sono vivo e non concludo. La vita non conclude.[2] E non sa di nomi, la vita. Quest'albero, respiro trèmulo di foglie nuove. Sono quest'albero. Albero, nuvola; domani libro o vento: il libro che leggo, il vento che bevo. Tutto fuori, vagabondo.

L'ospizio sorge in campagna, in un luogo amenissimo. Io esco ogni mattina, all'alba, perché ora voglio serbare lo spirito così, fresco d'alba, con tutte le cose come appena si scoprono, che sanno ancora del crudo della notte, prima che il sole ne secchi il respiro umido e le abbagli. Quelle nubi d'acqua là pese plumbee ammassate sui monti lividi, che fanno parere più larga e chiara, nella grana d'ombra ancora notturna, quella verde plaga di cielo. E qua questi fili d'erba, teneri d'acqua anch'essi, freschezza viva delle prode. E quell'asinello rimasto al sereno tutta la notte, che ora guarda con occhi appannati e sbruffa in questo silenzio che gli è tanto vicino e a mano a mano pare gli s'allontani cominciando, ma senza stupore, a schiarirglisi attorno, con la luce che dilaga appena sulle campagne deserte e attonite. E queste carraje qua, tra siepi nere e muricce screpolate, che su lo strazio dei loro solchi ancora stanno e non vanno. E l'aria è nuova. E tutto, attimo per attimo, è com'è, che s'avviva per apparire. Volto subito gli occhi per non vedere più nulla fermarsi nella sua apparenza e morire. Così soltanto io posso vivere, ormai. Rinascere attimo per attimo. Impedire che il pensiero si metta in me di nuovo a lavorare, e dentro mi rifaccia il vuoto delle vane costruzioni.

La città è lontana. Me ne giunge, a volte, nella calma del vespro, il suono delle campane. Ma ora quelle campane le odo non più dentro di me, ma fuori, per sé sonare, che forse ne fremono di gioja nella loro cavità ronzante, in un bel cielo azzurro pieno di sole caldo tra lo stridìo delle rondini o nel vento nuvoloso, pesanti e così alte sui campanili aerei. Pensare alla morte, pregare. C'è pure chi ha ancora questo bisogno, e se ne fanno voce le campane. Io non l'ho più questo bisogno, perché muojo ogni attimo, io, e rinasco nuovo e senza ricordi: vivo e intero, non più in me, ma in ogni cosa fuori.

NOTE AI TESTI E VARIANTI

a cura di Mario Costanzo

I VECCHI E I GIOVANI

La prima parte di *I vecchi e i giovani* (circa 1906-8) e la seconda parte fino al primo paragrafo del capitolo IV (fin.: « Vide solo le sue medaglie lì per terra calpestate. »; e nella lezione definitiva: « Le sue medaglie rimasero lì per terra, calpestate. ») furono pubblicate a puntate nella « Rassegna contemporanea » tra il gennaio e il novembre del 1909 (a. II, dal n. 1 del gennaio al n. 11 del novembre 1909). Per intero e in due volumi, con la dedica: « Ai miei figli, / giovani oggi, / vecchi domani » (si tratta, com'è noto, di Stefano, Rosalia – chiamata familiarmente Lietta – e Fausto, nati rispettivamente nel 1895, nel '97 e nel '99) e con i vari paragrafi d'ogni capitolo distinti da un sottotitolo, il romanzo fu pubblicato quattro anni dopo (Fratelli Treves, Milano 1913): inedita l'ultima sezione – dal secondo paragrafo del capitolo IV della seconda parte alla fine – e assai rimaneggiate le sezioni già prima apparse nella « Rassegna contemporanea ». A tale edizione seguì quella definitiva, « completamente riveduta e rielaborata dall'Autore »: Mondadori, Milano 1931 (in essa la divisione dei capitoli in paragrafi è segnata soltanto da spazi tipografici bianchi; e in qualche caso, come si rileverà dalle note che seguono, è diversa o è soppressa).

Tutte le successive edizioni e ristampe Mondadori* riproducono più o meno correttamente quella del 1931; e ad essa ci siamo attenuti per la presente edizione, rispettandone anche le oscillazioni grafiche tra una e altra forma e, beninteso, la punteggiatura.

I seguenti errori materiali della Mondadori 1931 erano già stati corretti in altre stampe più recenti:

Parte I: cap. VII, p. 206 « prorompimento » (lezione confermata dall'edizione Treves 1913 e dal senso) e non « proponimento »; p. 211 « stringergli » (Treves 1913 e il senso) e non « stringerli »; cap. VIII, p. 233 « impressione, triste e ridicola »

* Oltre a quella, citata, del 1931, si rammentino le Mondadori 1941 (Luigi Pirandello, *Tutti i romanzi*, vol. unico, Collezione « Omnibus »); 1949 (Luigi Pirandello, *Tutti i romanzi*, 2 voll., Collezione « Omnibus », vol. II); 1953 (« Biblioteca Moderna Mondadori »); 1957 (Luigi Pirandello, *Tutti i romanzi*, Collezione « I classici contemporanei italiani »); 1967 (Collezione « Gli Oscar »).

(Treves 1913 e il senso) e non « impressione, trista e ridicola »; parte II: cap. II, p. 305 « fiamma accesa, che si beava nel suo lume e nel suo calore, e tutto avvivava intorno a sé di questo lume » (Treves 1913) e non « fiamma accesa, che si beava intorno a sé di questo lume »; cap. VIII, p. 491 « Ceràulo » (Treves 1913 e Mondadori 1931, in altri luoghi) e non « Celàuro ».

Il confronto delle edizioni Treves 1913 e Mondadori 1931 ha consigliato il ritorno alla lezione di quest'ultima in alcuni casi in cui le stampe più recenti se ne erano discostate; e tali emendamenti al testo oggi comunemente noto si registrano qui perché al lettore non appaiano casuali o arbitrari:

Parte I: cap. I, p. 19 « sclamò »; p. 24 « non ha gambe, non ha bocca »; p. 29 « in grazia della banchina è stato »; cap. III, p. 74 « Giacché, per lo meno, abbiamo »; *ibid.* « e gli secca il Prefetto, e par »; p. 85 « s'era perduto »; p. 87 « Ma, morto »; p. 88 « ideali per cui »; cap. IV, p. 101 « dell'Akragas: tranquillo piano »; p. 107 « Intanto, subito, lo faccio »; p. 110 « il De Vincentis le intravvide a tempo »; cap. V, p. 131 « impazzita. / Aveva undici anni, lei, allora. / E più »; p. 133 « egli stesso la avesse »; p. 158 « con altri se non »; cap. VI, p. 174 « in lento e silenzioso »; p. 186 « a guardar fuori. Mita »; p. 187 « i suoi compagni, tutti i giovani »; p. 192 « Mi son cascate »; p. 197 « di lui a Girgenti e »; cap. VII, p. 208 « servirsene per i suoi »; cap. VIII, p. 230 « riveduti in quei »; p. 243 « e nella quale, affogato ormai »; p. 256 « un così reciso e sdegnoso »; parte II: cap. I, p. 273 « avrebbero dovuto almeno queste, perdio! »; *ibid.* « di una acquerugiola »; p. 285 « gli occhi, d'un bel »; p. 291 « domandò lei, placidamente. / Francesco D'Atri la guardò, stordito. / – No... »; p. 292 « sclamò »; p. 295 « al cugino Lando e far onta »; p. 299 « rimase lì quella notte a »; cap. II, p. 313 « i proprietari »; p. 319 « il giovine, nell'esagitazione »; p. 330 « dozzine di soci, se mai »; p. 332 « al principe suo padre; e Lando Laurentano »; p. 337 « con la gioja nel cuore, con la piena coscienza »; p. 342 « gli ascoltatori, incantati »; cap. V, p. 421 « assistenza d'altre »; cap. VI, p. 444 « è ancora con noi è in quelle »; p. 445 « l'altro jeri sera, sapete »; p. 446 « che il miracolo si compia. »; p. 449 « tese le mani per fermarle; si raccolse »; p. 453 « da Palermo, circa alla possibilità »; p. 455 « uomini, a visitare più attentamente »; cap. VIII, p. 494 « quand'era stato cuoco, prima »; p. 495 « – eccovi qua la saliera »; p. 501 « con la sua aria spiritata. – Dovremmo »; p. 502 « Costa, che s'era »; p. 504 « Eh... se v'andrà »; p. 512 « col fodero di cuojo ».

Di tutte le varianti delle stampe 1909 e 1913 rispetto alla

lezione definitiva del 1931 si è dato conto nelle note che seguono, secondo i criteri precisati nell'« Avvertenza » che precede le note ai testi nel volume I della presente edizione.

Alcuni brani del romanzo, infine, vanno confrontati con altre pagine dello stesso Pirandello, che saranno citate secondo il testo e con le eventuali varianti anteriori alle edizioni di *I vecchi e i giovani* in cui per la prima volta figuri il riferimento ad esse. Anche di talune pagine posteriori alle stampe del romanzo si darà conto, in casi analoghi, con il solo rinvio bibliografico e sempre con i criteri indicati più su.

SIGLE

RC	prima pubblicazione di *I vecchi e i giovani* (fino al primo paragrafo del capitolo IV della seconda parte): in « Rassegna contemporanea », gennaio-novembre 1909
T	prima edizione integrale in due volumi: Fratelli Treves, Milano 1913
M 1931	nuova edizione in volume « completamente riveduta e rielaborata dall'Autore »: Mondadori, Milano 1931

p. 6

1. RC [Il romanzo ha il seguente inizio:] CAPITOLO PRIMO. / I. / Il lungo stradone, tutto a volte e risvolte, quasi in cerca di men faticose erte, di pendii meno ripidi tra la scabra ineguaglianza della vasta campagna solitaria, solcato e corroso dal continuo transito dei carri, s'era ridotto, per la pioggia a diluvio della notte scorsa, impraticabile. Piovigginava ancora a scosse, nell'alba livida, tra il vento che spirava gelido, a raffiche da ponente. / La vecchia, ossuta giumenta bianca di Placido Sciaralla sfangava, sbruffando a ora a ora, esortata amorevolmente dal padrone avvilito, con le mani paonazze, gronchie dal freddo, tutto ristretto in sé contro il vento e la pioggia, nella vivace uniforme di soldato borbonico: calzoni rossi, cappotto turchino chiaro: / – Coraggio, Titina! / E il fiocco del berretto a barca, di bassa tenuta, pendulo sul davanti, andava in qua e in là, quasi battendo la solfa al trotto stracco della povera giumenta. / Dei rari passanti a piedi o su pigri asinelli qualcuno che ignorava come qualmente il principe don Ippolito Laurentano, fiero e pervicace nella fedeltà al passato governo delle Due Sicilie, tenesse nel suo feudo di Colimbètra (dove fin dal 1860 si era per onta e per dispetto segregato) una guardia di venticinque uomini con la divisa borbonica, si voltava stupito e si fermava un pezzo a mirar quel fantasma

emerso su la giumenta bianca dall'umido barlume del crepuscolo e non sapeva che pensarne. T [Il brano è così rielaborato:] CAPITOLO PRIMO. / PARLA BENE MONSIGNORE... / La pioggia, caduta a diluvio la notte scorsa, aveva reso impraticabile il lungo stradone, tutto a volte e risvolte, quasi in cerca di men faticose erte, di pendii meno ripidi, tra la scabra ineguaglianza della vasta campagna solitaria. / Il guasto dell'intemperie appariva tanto più triste, in quanto, qua e là, già era evidente il disprezzo e quasi il dispetto della cura di chi aveva tracciato e costruito la via per facilitare agli altri il cammino tra le asperità dei luoghi, con quei gomiti e quelle giravolte, con le opere or di sostegno, or di riparo. I sostegni eran crollati, i ripari abbattuti, per dar passo a dirupate scorciatoje. / Piovigginava ancora a scosse, nell'alba livida, tra il vento che spirava gelido, a raffiche, da ponente. E a ogni raffica, su quel lembo di paese emergente or ora, appena, cruccioso, dalle fosche ombre umide della notte tempestosa, pareva scorresse un lungo brivido, dalla città, fitta di case gialligne, alta e velata sul colle, a le vallate, ai poggi, ai piani irti ancora di stoppie annerite, fino al mare laggiù, torbido e rabbuffato. / Pioggia e vento parevano un'ostinata crudeltà del cielo sopra la desolazione di quelle piagge estreme della Sicilia, su le quali Girgenti, nei resti miserevoli della sua antichissima vita raccolti lassù, si levava silenziosa e attonita superstite nel vuoto d'un tempo senza vicende, nell'abbandono d'una miseria senza riparo. / Le folte siepi di fichidindia, o di rovi secchi, o di agavi, e le muricce qua e là screpolate erano di tratto in tratto interrotte da qualche pilastro cadente, che reggeva un cancello scontorto e arrugginito, o da rozzi e squallidi tabernacoli, i quali, nella solitudine immobile, guardati dagl'ispidi rami degli alberi gocciolanti, anziché conforto ispiravano un certo sgomento, posti com'eran lì a ricordare la fede a viandanti – per la maggior parte campagnuoli e carrettieri – che troppo spesso, con aperta o nascosta ferocia, dimostravano di non ricordarsene. Qualche triste uccelletto sperduto veniva, col timido volo raccolto delle penne bagnate, a posarsi su essi; spiava, e non ardiva di mettere neppure un piccolo lamento in mezzo a tanto squallore. / Da un pezzo per quello stradone sfangava, sbruffando a ora a ora, la vecchia giumenta bianca di Placido Sciaralla, esortata amorevolmente dal padrone avvilito, con le mani paonazze, gronchie dal freddo, tutto ristretto in sé contro il vento e la pioggia, nella vivace uniforme di soldato borbonico: calzoni rossi, cappotto turchino. / – Coraggio, Titina! / E il fiocco del berretto a barca, di bassa tenuta, pendulo sul davanti, andava in qua e in là, quasi battendo la solfa al trotto stracco della povera giumenta. / Dei rari passanti a piedi o su pigri asinelli, qualcuno che ignorava come qualmente il principe don Ippolito Laurentano, fiero e pervicace nella fedeltà al passato governo delle Due Sicilie, tenesse nel suo fèudo di Colimbètra (dove fin dal 1860 si era per onta e per dispetto relegato) una guardia di venticinque uomini con la divisa borbonica, si voltava stupito e si fermava un pezzo a mirare quel buffo fantasma emerso dall'umido barlume del crepuscolo, e non sapeva che pensarne.

p. 7
1. RC, T ignoranti, Sciaralla, capitano 2. RC, T su la vita, assumeva 3. RC marziale e, chinando 4. RC alla giumenta 5. RC, T rispondere con poco decoro. 6. RC, T di raro. 7. RC se n'indignavano: / – il Papa, in Vaticano T se n'indignavano. / – Il Papa, in Vaticano 8. RC venticinque uomini, e bisognava 9. RC, T E poi... Ma scusate, tutti 10. RC in divisa? Veramente, dichiararsi T in divisa? Veramente, ecco, dichiararsi

p. 8
1. RC ginnastica: tuttavia a questo espediente era ricorso, talvolta, a malincuore, per non essere qualificato peggio. 2. RC, T Campiere, sì... campiere capo. 3. RC Allora ammettete che 4. RC, T ne le spalle, socchiudeva gli occhi, sospirava: – Un'uniforme 5. RC come un'altra... Capriccio del signor Principe, che volete farci? / Coi più creduli, non men beffardi però, egli tal'altra si lasciava 6. RC Sciaralla; il quale allora pensava quanto 7. [Cfr. p. 12, nota 3.] 8. T È pane, signori miei! Dite sul serio? / Invano. Gli volevano amareggiare il sangue per forza, fingendo di non comprendere che egli poi, in fondo, non era tutto nell'abito che indossava; che sotto quell'abito c'era un uomo, un pover'uomo come tutti gli altri [Cfr. *Il fu Mattia Pascal*, cap. XI, vol. I, p. 466.]

p. 9
1. T un certo atto... 2. T ne la 3. T a

p. 10
1. T de la 2. T e con favore. 3. T Il Principe – s'intende – ne dava colpa al governo usurpatore, che prima aveva gabbato e poi affamato le popolazioni dell'isola con imposte e manomissioni inique e spudorate; gli altri 4. T Il male, il vero male, il più gran male fatto

p. 11

1. T e sopportarle? Trionfi il numero allora, e prorompa l'istinto 2. T Insieme con Monsignore 3. T dal capo un sant'uomo, un vecchierello mendico, venuto un giorno innanzi al cancello de la villa col rosario in mano, il quale, stando ad aspettar la limosina e sentendo un lungo brontolìo nel suo stomaco, gli aveva fatto notare, con un mesto sorriso: / – Senti? Non lo dico io; lo dice lui

p. 12

1. T averne una prova confortante nel triste 2. T e quello stradone. / CORAGGIO, TITINA! / Aveva 3. RC [Cfr. p. 8, nota 7: il brano tra le due note manca in RC, dove il testo era:] entro i confini di Colimbètra; mentre lui e i suoi subalterni... / – Basta: è pane! Si paga... / Aveva attraversato la Porta Aurea, quel tratto dello stradone incassato 4. RC sorgono maestosi 5. RC akragantini. Ora ranchettava T akragantini, e dove un tempo si apriva la Porta Aurea dell'antichissima città scomparsa. Ora ranchettava 6. RC che mena a la 7. RC l'Ipsas 8. RC rena. / Da quella 9. RC febbricitanti, spirava nello squallore dell'alba gelida quasi un'angosciosa oppressione, dalla quale parevano compenetrati anche gli alberi: quei centenarii stravolti olivi, quei mandorli ischeletriti dalle T febbricitanti, pareva spirasse nello squallore dell'alba gelida un'angosciosa oppressione, di cui anche gli alberi fossero compenetrati: quei centenarii olivi stravolti, quei mandorli ischeletriti dalle

p. 13

1. RC Non a caso, quel giorno, metteva innanzi T Non a caso però, quel giorno, metteva innanzi 2. RC, T ad 3. RC, T miglia da Colimbètra. / Sciaralla 4. RC a l'altro 5. RC potuto aspettare fino all'alba e andar di nascosto, senza T potuto aspettar l'alba e andare di nascosto, senza 6. RC ov'egli si riduceva T ove si riduceva 7. RC a Valsanìa, dove gli toccava d'affrontar paziente l'odio aperto e dichiarato di quel vecchio Mauro Mortara che vi stava da vero padrone, approfittando della dabbenaggine di don Cosmo, a cui i libracci avevano sconcertato il cervello. / – Coraggio, coraggio, Titina! T a Valsanìa. Qua gli toccava ogni volta d'affrontar paziente [Segue, poi, come in M 1931.] 8. RC sospirava egli, ogni

p. 14

1. RC di quel vecchio, di quell'energumeno, terrore di tutte le contrade circonvicine: basso 2. RC, T con una pesante,

ruvida 3. [Cfr. *Pier Gudrò*, str. III (Voghera, Roma 1894).] 4. RC con quelle due grosse 5. RC poich'egli si buttava 6. RC famiglia, anche da don Ippolito, ch'è 7. RC E specialmente a un'avventura, tra tante e tante, si fermava 8. RC Sciaralla; a quella cioè che 9. RC di vendetta e ora fervente promotore di libertà, si radunavano di nascosto i caporioni T di vendetta e ora fervente promotore di libertà, si radunavano di nascosto, venendo da Girgenti, i caporioni 10. RC, T de la

p. 15
1. RC, T Il Mortara lo prese subito, senz'altro, per una spia: lo afferrò, lo 2. RC, T il 3. RC, T non poté riaversene 4. [Cfr. *Pier Gudrò*, cit., 1894, str. IV sgg.] 5. RC si mostrava, qual'egli amava di crederlo, feroce, ma T si mostrava, come a lui piaceva di crederlo, feroce, ma 6. RC non si curava di nulla mai, fuori di que' suoi T non si curava di nulla mai, fuori di quei suoi 7. RC Cosmo; che differenza poi fra entrambi questi fratelli e la sorella donna Caterina Auriti, che viveva – vedova – in Girgenti! / Da anni e anni tutti e tre erano in rotta fra loro. T Cosmo! che differenza poi fra entrambi questi fratelli e la sorella donna Caterina Auriti, che viveva – vedova e povera – a Girgenti! / Da anni e anni tutti e tre erano in rotta tra loro. 8. RC dodici anni. Figurarsi dunque se T dodici anni, il più piccolo dei Mille. / Figurarsi, dunque, se

p. 16
1. RC, T con questa sorella! 2. RC Ma con don Cosmo, intanto, perché 3. RC almeno apertamente, non 4. RC prima d'esser liberale, era stato borbonico: che meraviglia 5. RC Sissignori: sono 6. RC opinioni! / – Coraggio, Titina! / Un toffo T opinioni! / – Coraggio, Titina! / OHÈ! / Un toffo 7. RC, T a le 8. RC sghignazzata. Il capitano diè un balzo su la T sghignazzata. / Il capitano diè un balzo su la 9. RC furente; e allora qualcuno, nascosto dietro la siepe sul ciglio della via, si mise a declamare, a lento, con tono derisorio: / *Sciarallino, Sciarallino, / sei scappato dalla storia? / dove vai con tanta boria / sul ventoso tuo ronzino?* / Capitan T furente. Non vide nessuno. Da una siepe sopra l'arginello venne fuori, invece, questa strofetta, declamata con tono derisorio, lento lento: / *Sciarallino, Sciarallino, / sei scappato dalla storia? / dove vai con tanta boria / sul ventoso tuo ronzino?* / Capitan 10. RC alla voce Biagio Prèola, il figlio [Di qui, RC ha sempre *Biagio* Prèola e non *Marco* Préola, come avranno invece T, M 1931 e tutte le stampe successive. Basti averlo segnalato in questo

luogo.] 11. RC rimescolarsi il sangue; ma, subito 12. RC, T il Prèola [T Préola] apparve in tale stato, che le ciglia aggrottate del capitano balzarono fino al berretto, e la bocca serrata dall'ira, s'aprì

p. 17

1. RC stupore. Non pareva un uomo! Un porco, pareva: un porco propriamente, fuori del brago: cretaceo e arruffato... Con le gambe aperte, buttato indietro come gli ubriachi, il Prèola seguitò di lassù a declamare con ampi e stracchi gesti: / *Dimmi, corri, Sciarallino, / all'assalto d'un molino? / od a caccia di lumache / vai così di buon mattino, / con codeste rosse brache, / e il giubbon chiaro turchino, / Sciarallino, Sciarallino?* / – Quanto sei caro! – gli disse Sciaralla, allungando T stupore. / Non pareva più un uomo, colui: salvo il santo battesimo, un porco pareva, fuori del brago, cretaceo e arruffato. Con le gambe aperte, buttato indietro su le reni a modo degli ubbriachi, il Préola seguitò da lassù a declamare con ampii e stracchi gesti: / *Dimmi, corri, Sciarallino, / all'assalto d'un molino? / od a caccia di lumache / vai così di buon mattino, / con codeste rosse brache / e il giubbon chiaro turchino, / Sciarallino, Sciarallino?* / – Quanto sei caro! – gli disse Sciaralla, allungando 2. RC Biagio Prèola scese dal ciglio e, forbendosi la mano infangata sul fondo dei pantaloni, gli 3. RC, T – Caro? – disse. – No: mi vendo 4. RC a buon mercato, anche per boja. Bella, no? E séguita, sai? 5. RC di commiserazione. Sapeva 6. RC, T faccia per terra 7. RC Colmo 8. RC Gli vide la faccia squallida, gonfia, deturpata da una livida, lunga cicatrice su la gota destra, con pochi peli ispidi, biondicci, sul labbro T Gli vide la faccia gonfia, deturpata da una livida, lunga cicatrice su la gota destra, con pochi peli ispidi, biondicci sul labbro 9. RC cappelluccio stinto, che 10. RC notò ch'era calvo anche di ciglia. Ma 11. RC, T parea

p. 18

1. RC, T a le 2. RC, T l'abito addosso, e 3. RC e con un ghigno frigido rispose: / – Niente. Mi sono un po'... imporchettato. / Fece un gesto con le mani, per significare che s'era voltolato per terra, e aggiunse: / – Un insultino... / Con un altro gesto di noncuranza, riprese: / – Passato! Stavo ad aspettarti, pascolando la Musa: *Sciarallino, Sciarallino...* / – E le manine? – lo interruppe Sciaralla. – Ti prudono? – T'ho medagliato alle spalle, ah, ah... – sghignò il Prèola. – Coraggioso di spalle, Capitan Sciaralla, tant'anni... / Sciaralla sghignò anche lui nel naso, allungò il volto, socchiuse gli occhi e tentennò il capo sospirando: / – Caro mio! / Con quella mi-

mica e con quel sospiro intendeva dirgli che, se gliel'avesse fatta un altro quella villania... Ma poteva mettersi con lui? – Paura? Che paura... Prudenza, se mai! Si sa; quand'uno è perduto, allo sbaraglio, e va proprio cercando col lanternino chi lo mandi per grazia all'altro mondo o gli offra la via per tornarsene a pensione in galera, la prudenza altrui la stima paura. Ma facile, facile il coraggio, quando la vita ce la siamo svergognata così da non aver più prezzo. E tutti allora possiamo anche cacciarci, come aveva fatto colui pochi mesi addietro, inerme, tra un fitto di malviventi che s'accoltellavano e agguantarne due pe' polsi, tra i più accaniti; o, come aveva fatto un'altra volta, a testa sotto, tra le fiamme d'un incendio, al Ràbato. Chi glien'era rimasto grato? L'aveva fatto, perché poteva farlo. Capace di tutto! / – Di', dove ti meni, – ripigliò con la solita enfasi a freddo il Prèola, – dove ti diporti, così di buon mattino? / – Vado a Valsania. / – Parla pulito! Rechi un messaggio? / Gli si fece più presso e, subito, cangiando aria e tono, ghermendogli un braccio: / – Qua la lettera! – gli gridò. – So che l'hai. / – Sei matto? – fece Sciaralla, tirandosi indietro. / – Fa' vedere, ti dico! – ribatté il Prèola. – Voglio sentire se fa odor di confetti. Cavala fuori: l'annuso soltanto... Non sai le novità? Matrimonii, mortalità d'arcipreti, dimissioni Fazello, lotta elettorale, ira di Dio? Zefiro torna e il bel tempo rimena... [Petrarca, *Rime*, CCCX, 1.] Ah, ah! Ci sarà da scialarsi, viene il tempo mio! / E si diede una violenta fregatina alle mani. / Sciaralla stava a guardarlo, come intronato: / – Che ti scappa di bocca? / Il Prèola gli riafferrò il braccio e lo tirò a sé: / – Ti bacio! Dammi la lettera. T'è cresciuto il naso, sai? Ti bacio e mi spiego. Guarda, l'aprirò delicatamente con due dita e poi la rimetterò dentro. Don Cosmo non se n'accorgerà. / – Tu sei matto! – ripeté Sciaralla. – Lasciami il braccio! / – La lettera, o giù! – insistette il Prèola. – Animale, non sai che il tuo padrone sposa? / – Il Principe? / – Il Principe. Sua Eccellenza, già! Non credi? Scommetto che la lettera parla di questo. Il Principe annunzia le prossime nozze al fratello. / – Vedo che ti gira! – disse Sciaralla, scrollandosi. – Lasciami andare, caro mio, che ho fretta! / – A me gira? – fece il Prèola. – Ma girerà al tuo padrone! Non hai visto Monsignor Montoro? È lui il paraninfo! Vedi, vedi che il naso ti cresce ancora? / Sciaralla aveva invece riaggrottato le ciglia. Veramente Monsignor Montoro, che di tempo in tempo veniva in vettura dal palazzo vescovile a visitare il Principe a Colimbetra, in quegli ultimi giorni s'era fatto vedere molto più di frequente... Che fosse

T e con un ghigno frigido rispose: / Niente. Mi sono un po'... imporchettato. / Fece un gesto con le mani, per significare che s'era voltolato per terra, e aggiunse: / – Un insultino... / All'improvviso, cangiando aria e tono, ghermendogli un braccio: / – Qua la lettera, – gli gridò. – So che l'hai! / – Sei matto? – esclamò Sciaralla con un soprassalto, tirandosi indietro. / Il Préola scoppiò a ridere sguajatamente, poi gli disse: / – Càvala fuori: la annuso soltanto. Voglio sentire se fa odor di confetti. Animale, non sai che il tuo padrone sposa? / Sciaralla lo guardò, intronato. / – Il Principe? / – Sua Eccellenza, già! Non credi? Scommetto che la lettera parla di questo. Il principe annunzia le prossime nozze al fratello. Non hai visto Monsignor Montoro? È lui il paraninfo! / Veramente Monsignor Montoro in quegli ultimi giorni s'era fatto vedere molto più di frequente a Colimbètra. Che fosse 4. RC così straordinario, gli 5. RC in quell'austero, vasto e silenzioso ritiro, la speranza T in quell'austero, vasto e silenzioso ritiro; la speranza 6. RC all'età sua?

p. 19
1. RC rispose il Prèola. 2. RC, T col busto innanzi per 3. RC di suo nipote. 4. RC, T – Ma se siete fuori della storia, voialtri, a 5. RC esclamò 6. RC scoppiò 7. RC Bestione! L'arciprete di Siculiana che cos'era? non era suo figlio? Tutta Girgenti ride da un mese per il modo come gliene fu annunziata la morte dal sindaco del paese. L'onorevole Fazello gli domandò: – « Che si dice, cavaliere, a Siculiana? » – E lui, ch'era venuto apposta per prepararlo alla sciagura, sospirò, compunto: – « Nulla di nuovo, onorevole. Mortalità d'arcipreti! » – Tu capisci: a Siculiana c'era un arciprete solo, il figlio naturale di Giacinto Fazello. Per la pena, s'è dimesso da grand'uomo. Avremo l'Auriti contro 8. RC Questi gli tirò 9. RC – Vergògnati! Vergògnati! Fantoccio! Ignorante! / E dalla T – Vergògnati! Vergògnati! Fantoccio! Ignorante! Buffone! / E dalla 10. RC, T ombrellaccio sforacchiato, stanchi

p. 20
1. [Cfr. nota 7.] 2. T ne le 3. T alla meglio. / NUDITÀ! NUDITÀ! / Erano 4. T alla mercè del caso 5. T tenuta per niente e sprezzata da lui stesso, più che dagli altri, senza più 6. T Egli sapeva 7. RC [Cfr. nota 1: il testo del brano tra le due note era:] li chiamavano, *Propaganda* e *Compagnia*: quegli uno spilungone miope, biondiccio, con le lenti che gli scivolavan di traverso sul naso, stretto ne le spalle per il freddo e col bavero della giacca tirato su; questi, tozzo, curvo dal groppone sbilenco, con un braccio penzolante quasi fino a terra e l'altro pontato a leva sul ginocchio per reggersi

su alla meglio. / II. / – *Benedicite!* – gridò Biagio Prèola, fermandosi ad aspettarli, per accompagnarsi con loro fino a Girgenti. Sapeva che i due venivano dalla marina e con quale intento tre giorni a dietro vi si erano recati: arricciò il naso, aprì le braccia, quasi per reggere un fiasco di quei grossi, e disse loro, appena gli furon vicini: / – Andiamo; niente: lo 8. T s'arrestò

p. 21

1. RC, T su le 2. RC, T a la 3. [Cfr. nota 5.] 4. T cappellaccio turchino, tutto 5. RC [Cfr. nota 3: il testo del brano tra le due note era:] da matto. / – Non inquietarti, *Nociarè*! – riprese con dispettosa bonarietà il Prèola. – Mondaccio 6. RC d'ingrati... Piedi piatti alla marina! Oh, e T d'ingrati. Marinai, piedi piatti... Oh, e 7. RC Laviamoci le facciucce, così... T Laviamoci la facciuccia, così... 8. [Cfr. p. 22, nota 4.] 9. T mai tanta confidenza? 10. T caro mio, creta madre! Te ne volevo attaccare un po'... Sigillo naturale! Mi scansi?

p. 22

1. T ora l'altro. / Aveva 2. T viscere una smania vorace, di fare 3. T sui denti e tirava, tirava fin quasi a slogarsi la mascella. Poteva 4. RC [Cfr. nota 4: il testo tra le due note era:] E levò la faccia verso il cielo. / Da quelle tetre nuvole, d'un grigio violaceo che s'imporporava negli orli frastagliati, correndo incontro al sole che stava per levarsi, spruzzolava ancora un'acquerugiola gelida e pungente. / Il Prèola sbruffò come un cavallo, squassò la testa e levando un braccio per asciugarsi la faccia ed esclamando: – « Che son aghi? » – si buttò addosso al Pigna. / – Come te lo devo dire oh, che ti schifo? – proruppe questi allora. – Chi ti cerca? Chi ti vuole? Chi ti ha dato mai questa confidenza? Vattene per la tua strada! / – Quanto mi piaci arrabbiato! – disse il Prèola, senza scomporsi. – Se è questa la mia strada... Dammi le ali e volo. / – Scànsati! – gli gridò il Pigna con un gesto imperioso di quel braccio che gli spenzolava fino a terra. (Le male lingue dicevano ch'esso gli s'era allungato così a furia di gestire con quello solo). / Il Prèola si scostò subito, con finta remissione, (– Ecco qua, ecco qua, –) e s'affrettò a chiedere: / – Ti basta così? Non inquietarti! Il bene ti voglio ricordare! Mi scansi... Poi ti lagni degli altri, che sono ingrati. / – Ci vuole una faccia... – brontolò il Pigna, rivolto al Lizio. / Ma questi andava chiuso in sé, noncurante e accigliato, reggendo con molta serietà, in modo da riparare anche il compagno, l'ombrello sforacchiato. Diede una spallata, come per dire

che non voleva essere frastornato dai suoi pensieri, e avanti. / Il Prèola li seguì un pezzo in silenzio, guardando ora l'uno ora l'altro. Ma a stuzzicare il Lizio non c'era gusto. Disperatonaccio 5. RC assai 6. RC degli oppressi... idee grandi... sicuro! e forse 7. RC tendendo 8. RC, T tazzolina 9. RC, T pensava egli in

p. 23

1. RC Partito a bujo da Porto Empedocle, sconfitto, sentiva 2. RC meschino, si sentiva misero, degno 3. [Cfr. nota 16.] 4. T su le 5. T un'improvvisa e strana 6. T ardenti, che a un 7. T scena di tanto squallore e di tanta desolazione. Nella 8. T freddo, e pur 9. T si era 10. T alberi, che 11. T e gli occhi, biavi, miopi 12. T Si era 13. T attorno, com'irta angustia, si era 14. T sporgenze delle terga, su le quali la stoffa 15. T corte, e 16. RC [Cfr. nota 3: il testo tra le due note era:] non poter trovare in nessuno; e tutto gli pareva 17. RC sulla 18. [Cfr. p. 24, nota 2.] 19. T sopratutto 20. T a parlare. Egli, avvezzo ormai da tanti anni a star muto, provava

p. 24

1. T di poc'anzi, ch'egli non 2. RC [Cfr. p. 23, nota 18: il testo tra le due note era:] e lo abbagliava; e ora la compagnia di quel tristo che li derideva e stuzzicava il Pigna a parlare. / – Io, va bene, – seguitò il Prèola, quasi parlando tra sé. – Chi sono io? un vagabondaccio qualunque... una cosaccia brutta... e mi merito questo ed altro. Ma 3. RC, T umanitarii, che 4. RC ha cacciato via a nerbate, di notte tempo! / Il Pigna 5. RC strappo violento alla 6. RC masticò tra i denti il Pigna. – Gliele 7. RC – E da te me le piglierei, *Nociarè*, – s'affrettò a dirgli il Prèola con un inchino, – com'è vero Dio! Ma sai che tu sei un eroe? un vero eroe? Il popolo non ti può capire! Non ti può capire, perché l'idea, per disgrazia, non ha occhi, non ha gambe, non ha bocca... Che parla da sé l'idea? Parla per bocca degli uomini! E la plebe ignorante non sa staccare l'idea da chi la enunzia, mi spiego? Tu canti come un rosignolo; e, tuttavia, Nocio mio, non puoi fare effetto. Se dici, poniamo: « Popolo, l'umanità cammina! T'insegnerò io a camminare! – son capaci di guardarti le cianche, come le butti, e di sghignazzare: « Ma guarda un po', chi vuole insegnarci a camminare! ». / – Pezzo T – E da te me le piglierei, *Nociarè*, – s'affrettò a dirgli il Préola con un inchino, – com'è vero Dio! Ma sai, che tu sei un eroe? Puzzi, mannaggia! O sono io che sento sempre puzza... Naso; qualità di naso... Non dovrei sentirne, avvezzo come sono alle porche-

rie... Un vero eroe, *Nociarè*! Il popolo non ti può capire. Non ti può capire, perché l'idea, per disgrazia, non ha occhi, non ha gambe, non ha bocca. Che parla da sé l'idea? Parla per bocca degli uomini. E la plebe ignorante non sa staccare l'idea da chi la enunzia, mi spiego? Tu canti come un rosignolo, e tuttavia, Nocio mio, non puoi fare effetto. Se dici, poniamo: « Popolo, l'umanità cammina! T'insegnerò io a camminare! » – son capaci di guardarti le cianche, come le butti, e di sghignazzare: – « Ma guarda un po', chi vuole insegnarci a camminare! » / – Pezzo 8. RC subito s'interruppe. – Non 9. RC non sei neanche degno di nominarlo! Troppe

p. 25
1. RC il Popolo, per 2. RC la rivoluzione del 1860, promettendo l'età dell'oro. / – Ma io... – si provò a dire il Prèola, cercando d'arrestarlo. – D'accordo! Rispàrmiati... Ti sloghi il braccio! / – Non noi! non noi, come andate predicando voialtri, – seguitò invece Propaganda, infiammato. – I patriotti e i preti l'ingannarono e l'ingannano! Noi gli dimostriamo, quattro e quattr'otto, coi fatti, con le prove alla mano, per tua norma, che... T la rivoluzione del 1860, promettendo l'età dell'oro! Non noi! non noi, come andate predicando voi altri! I patrioti e i preti lo ingannarono e lo ingannano! Noi, caro mio, per tua norma, gli dimostriamo, quattr'e quattr'otto, guarda, con le prove alla mano, che... 3. RC non per concessione altrui, lèvatelo dal capo! esso T non per concessione altrui, esso 4. RC le sue condizioni. / – Sarebbe meglio per forza della sua stessa virtù, – osservò il Prèola, placidamente, senza punto pensare a quello che diceva. / Il Pigna T le sue condizioni. / – Meglio sarebbe per forza della sua virtù, – osservò, placido, il Préola, senza punto badare a quello che diceva. / Il Pigna 5. RC – Niente, non te ne curare. Giuoco 6. RC ripeté 7. RC, T non ben 8. RC a Luca Lizio 9. RC un po' smontato: – Migliorare, sissignore, questo 10. RC iniquo, i-ni-quo ordinamento 11. RC, T placido: / – Non devi offenderti!

p. 26
1. RC il Pigna. – Ebbene? 2. RC, T lascia stare... / – Ho imparato 3. RC femmine, lo 4. RC, T a parar colui con 5. RC il Prèola, posandosi una mano sul petto. 6. RC *dentro*... E vedi 7. T su la 8. RC a Roma... Figùrati 9. RC gli occhi. – Lasciamo andare... Tu devi sapere che quelli che io combatto T gli occhi. – Lasciamo andare... Sappi che quelli che io combatto 10. RC, T tali, naturalmente, per 11. RC, T averne alcuna di 12. RC lasciar vivere. Vivere

debbo! Per vivere io li combatto e sto T lasciar vivere. Vivere debbo! Per vivere li combatto e sto

p. 27
1. RC il cappelluccio e battendosi con una mano la fronte. – Ce n'ho, dentro, sai! E se le cose mi fossero andate per il loro verso... Basta, lasciamo stare. Io, voi... tutto... ma guardate! Che vita... Fango! fango! fango! Siamo qua, tutti e tre, coi piedi affondati in questo fangaccio della strada. Parliamoci chiaro, santo Dio, una buona volta! Diciamo le cose nude e crude, come sono, senza vestirle di frasi... Nude nude; pigliamoci questo piacere! Tu che fai, *Nociarè*? che lavoro è il tuo, me lo dici? Pàssati la mano su la coscienza: tu non lavori! / – Io? – disse il Pigna, stupito dell'ingiustizia, allungando T il cappelluccio per mostrare la fronte. – E ce n'ho, dentro, sai! Se le cose mi fossero andate per il loro verso... Basta, lasciamo stare. Io, voi... tutto... ma guardate! Fango, fango, fango... Siamo qua, tutti e tre, coi piedi affondati in questo fangaccio della strada. Parliamoci chiaro, aperto, santo Dio, una buona volta! Diciamoci le cose nude e crude, come sono, senza vestirle di frasi... Nude nude, via; pigliamoci questo piacere! Io sono un porco, sì, ma tu che sei, Nociarè? tu che fai? che lavoro è il tuo, me lo dici? Pàssati una mano su la coscienza: tu non lavori! / – Io? – esclamò il Pigna, stupito, sbalordito, più che offeso dell'ingiustizia, allungando 2. T pregato; la 3. RC, T te la vesti, te la infagotti a casa, come 4. RC per tranquillarti la coscienza. 5. RC lo so! Ma sai? se davvero 6. RC al botteghino, per me avresti fatto benone! Ora 7. RC, T si è

p. 28
1. RC delle tue figliuole... / Luca Lizio, a questo punto, pallido, scontraffatto, vibrante, non sapendo più reggersi, s'avventò con le braccia protese alla gola del Prèola. Ma questi si trasse indietro ridendo, gli afferrò le braccia e lo respinse senza troppa furia: / – Che fai? Scherziamo? Io sto dicendo la verità... Càlmati! càlmati, figlio mio! / – Lascialo perdere! – s'interpose il Pigna, trattenendo Luca Lizio e riavviandosi. – Non vedi che fa professione di mosca canina? / – Già! canina, – disse il Prèola. – Ma la coscienza v'ho punzecchiata! La nudità... eh, la nudità fa vergogna... E con questo freddo, poi! Nascondiamola, nascondiamola col manto della carità! Volevo spiegarti soltanto, caro Nocio, senza offenderti, perché tu non puoi fare effetto, ecco. / – Perché questo è un paese di carogne! – gridò il Pigna voltandosi a fulminarlo con tanto

d'occhi sbarrati. / – D'accordo! – approvò subito il Prèola. – Ed io... pure carogna, è vero? D'accordo! Ma tu non lavori: le tue figliuole lavorano, e Luca mangia e studia, e tu mangi e predichi. Ora la gente che lavora, caro mio, e che ti sente predicare, « Ma guarda un po', – dice, – chi ci vuole salvare! Nocio Pigna! Propaganda! giusto lui! ». E si mette a ridere. Tu predichi e non vedi te stesso: vedi l'idea! Il popolo invece non vede l'idea; vede chi predica. Tu lo vedi ridere e dici: – Ma perché? – stupito, addolorato, giacché in quel momento sei tutt'uno con la tua idea, e non puoi pensare ad altro. Ma quelli che ti stanno davanti, caro mio, vedono in te il *quondam* sagrestano, il *quondam* scribacchino del lotto; ti vedono gobbo, storto (vuole Dio che si dica); pensano che mangi a le spalle delle tue figliuole, e – diciamo la verità – come potresti fare effetto, Nocio mio? / Il Pigna non rispose; scrollò più volte il capo e brontolò T delle tue figliuole, e... / Luca Lizio, a questo punto, livido, scontraffatto, vibrante, s'avventò con le braccia protese alla gola del Préola. Ma questi si trasse indietro, ridendo, gli afferrò le braccia e lo respinse senza troppa furia. / – Che fai? – gli gridò, con un lustro di gioja maligna negli occhi e nei denti. – Scherziamo? Io sto dicendo la verità. / – Lascialo perdere! – s'interpose il Pigna, a sua volta, trattenendo Luca Lizio e ravviandosi. – Non vedi che fa professione di mosca canina? / – Già! canina, – disse il Préola. – Che t'ho punzecchiato? La nudità! Eh, la nudità fa vergogna, cari miei... E con questo freddo, poi... Nascondiamola, via, col manto della carità! Volevo spiegarti, soltanto, caro Nocio, senza offenderti, perché tu non puoi fare effetto... / – Perché questo è un paese di carogne! – gridò il Pigna, voltandosi a fulminarlo con tanto d'occhi sbarrati. / – D'accordo! – approvò subito il Préola. – Ed io... pure carogna, è vero? D'accordo! Ma tu non lavori: le tue figliuole lavorano, e Luca mangia e studia, e tu mangi e predichi. Ora la gente che lavora, caro mio, e che ti sente predicare, « Ma guarda un po', – dice, – chi ci vuole salvare! Nocio Pigna! *Propaganda*! giusto lui! » E si mette a ridere. Tu predichi e non vedi te stesso: vedi l'idea! Il popolo invece non vede l'idea; vede chi predica. Tu lo vedi ridere e dici: – Ma perché? – stupito, addolorato, giacché in quel momento sei tutt'uno con la tua idea, e non puoi pensare ad altro. Ma quelli che ti stanno davanti, caro mio, vedono in te il *quondam* sagrestano, il *quondam* scribacchino del lotto; ti vedono gobbo, storto (vuole Dio che si dica); pensano che mangi a le spalle delle tue figliuole, e – diciamo la verità – come potresti fare effetto, Nocio mio? / Il Pigna non rispose; scrollò più volte il capo e brontolò 2. RC, T carogne! Devono guardar me, se sono gobbo o sciancato... E quando mai ho detto: « Ti salvo io »?. « La salvezza è in voi! » dico io. Ma va' ad Aragona, a due 3. RC, T Campobello... Che sono? Contadini 4. RC, T *Fascio*... 5. RC, T innanzi 6. RC, T il Prèola. – È vero? / – Altro 7. RC reale?... 8. RC, T commercio: niente! 9. RC Come i bruti sono! Peggio! T Come bruti sono! Peggio! 10. RC Come vi si fa

p. 29
1. RC Lo sai? / Biagio Prèola chinò il capo. A tutti e tre 2. RC, T borgatella 3. RC su la 4. RC, T spiaggia, con 5. RC ed 6. RC fosco, chiamato il Rastiglio, dove 7. RC al quale, in grazia della banchina, era stato T al quale, in grazia della banchina, è stato 8. RC, T marnoso, il paese 9. RC s'era 10. RC, T su la 11. RC s'erano 12. RC s'accatastavano 13. RC era 14. RC carri, carri senza molle, ferrati, che venivano T carri, che vengono 15. RC vicine, insieme con una frotta d'asinelli bardati, anch'essi con due pani di zolfo a contrappeso; era un rimescolio T vicine; è un rimescolio 16. RC bestie; e sbaccaneggiar di liti; e bestemmie, e richiami, tra T bestie, e sbaccaneggiar di liti, e bestemmie, e richiami, tra 17. RC attraversava 18. RC ora ad una 19. RC facevan 20. RC s'impiantavano 21. RC stadere, su 22. RC era 23. RC di tela, immergendosi 24. RC recavano 25. RC andavano

p. 30
1. RC porto o fuori. 2. RC d'inverno... con l'acqua fin qui alle reni, schiacciati sotto il carico... Che son uomini quelli? Bestie sono... E se T d'inverno... Schiacciati sotto il carico, con l'acqua fino alle reni... Che son uomini, quelli? Bestie sono... E se 3. RC uomini, ti aprono 4. T e 5. RC, T su le 6. RC, T donde 7. RC coi carri e coi vagoncini? T coi carri o coi vagoncini? 8. RC, T su la 9. RC, T spiaggia, e 10. RC, T potabile, e 11. RC Pajono tanti pazzi tutti quegli uomini, lì imbestiati T Pajono tanti pazzi tutti quegli uomini, là imbestiati 12. RC approvando. – Sai 13. RC sagrestano?... 14. RC ci sentirete! / III. / Superata T ci sentirete. / NEL REGNO DELL'ORCO. / Superata 15. RC punto scrollò T punto, scrollò 16. RC a sinistra, la vasta campagna alberata, lieta della vicinanza del mare, che veniva a frangersi contro l'irto scoscendimento dell'altipiano. / Era già T a sinistra, la campagna lieta della vicinanza del mare, tutta a mandorli e a olivi. Era già 17. RC, T su lo

p. 31
1. RC, T pei 2. RC acuto e denso di fimo e di mosto, e botteghe 3. RC, T domenica. / Per 4. RC schivar 5. RC nella terra 6. RC il bellissimo vigneto, cura 7. RC oliveto, il mandorleto 8. RC, T su la 9. RC, T li vessavano, li dissanguavano con 10. RC, T patti angarici. 11. RC, T su la 12. RC pastura e il tumulo per la *lampada* e il tumulo per il campiere e il tumulo per la Madonna e per San Francesco di Paola e per 13. RC, T Calògero, insomma 14. RC e no gli 15. RC, T *solame*, cioè, quel 16. RC, T su l'aje

p. 32
1. RC chiamano 2. RC grufolante e 3. RC alla porta imporrita 4. RC, T della notte. / Tutta 5. RC sospendeva un istante il lavoro per salutarlo rispettosamente, come 6. RC, T recandosi 7. RC ch'egli andava 8. RC gli turbava 9. RC, T che 10. RC questi sì gli 11. RC non ce lo sanno dire, e noi

p. 33
1. RC, T sentano. / Sciaralla 2. RC questi 3. RC, T a la 4. RC, T per aria. 5. RC il cappuccio dell'ampio, ruvido cappotto in cui era avvolto e T il cappuccio del ruvido cappotto, in cui era avvolto, e 6. RC, T pei 7. RC qui, – impose Mauro, prendendo 8. RC, T a la

p. 34
1. RC finanche T financo 2. RC, T a gli 3. RC come se fosse 4. RC il naso 5. RC Pervenuto in cima al 6. RC, T di nessuno, lì. Aveva 7. RC è vero, stava ad accendere il fuoco in cucina; ma era vera signora, di nascita e d'educazione, lei, lontana 8. RC, T Stava lì a 9. RC, T di lei, se

p. 35
1. RC, T signora, la poveretta, si moriva dignitosamente di fame. / A Valsanìa 2. RC le groppe 3. RC, T sempre dappresso 4. RC bene sol 5. RC, T cosa! Se 6. RC, T il mondo. / Mauro 7. RC gli corrispondeva 8. RC, T in cucina, lei, e 9. RC peccati... / IV. / Intanto 10. [Cfr. nota 12.] 11. T abbandonata: fessi e sbocconcellati i rozzi mattoni di terracotta; le pareti 12. RC [Cfr. nota 10: il testo tra le due note era:] don Cosmo. / Lo trovò in mutande a maglia, nudo il torso, nudi i piedi nelle vecchie ciabatte. Si preparava 13. RC, T abluzione, con

p. 36
1. RC – Sì? – fece don Cosmo, come se ne fosse stupito; e aggiunse, grattandosi con le due mani la corta barba grigia, ricciuta: – Guarda! guarda! / Poi, con la bocca e con una mossa del capo calvo, lucidissimo, fece un altro verso, come per dire: – Eppure credevo d'aver chiuso, jersera. / – Mai, ah? gli occhi non li aprirete T – Sì? – fece don Cosmo, come ne fosse stupito; e aggiunse, grattandosi la corta barba grigia, ricciuta: – Guarda! guarda! / – Mai, ah? gli occhi li aprirete 2. RC a gambe per aria 3. RC, T nostro? Assassini! / Don Cosmo, tra 4. RC tra i gesti energici di Mauro, non 5. RC a insaponarsi il capo. Stizzito T a insaponarsi il capo calvo e lucidissimo. Stizzito 6. RC Ma ci sono pure io, qua, corpo di Dio! Vecchio come sono, con me avrebbero da vedersela ancora! / – Dunque, – disse piano don Cosmo, voltandosi, – posso anche dormire con la porta aperta. / I giornali, a T Ma ci sono pure io, qua, corpo di Dio! Vecchio come sono, con me avrebbero da vedersela ancora! con me, capite? con me! / – Dunque, – disse piano don Cosmo, voltandosi, – posso anche dormire con la porta aperta. / I giornali, a 7. RC strambelli, e vincendo

p. 37
1. RC giornale venutogli così per caso tra le mani, aveva letto il giorno avanti di uno sciopero di zolfarai 2. RC Si era fatto 3. RC d'una risposta 4. RC gli tese 5. RC, T sapete che 6. RC, T stupor 7. RC doloroso, impallidì, abbassò le palpebre, abbassò

p. 38
1. RC con la lettera. / – Ah, poveretto... / – Che cos'è? – brontolò Mauro, quasi stizzito della sua curiosità. / – Si rovina... si rovina... – esclamò don Cosmo. – E non c'è più rimedio! / – Ditemi che cos'è, santo diavolo! – ripeté Mauro, vie più stizzito. / Ma don Cosmo stette a guardarlo un pezzo, tentennando il capo, come se avesse dinanzi il fratello stesso e lo commiserasse amaramente. / – Mi domanda la villa, – poi rispose, lasciandosi T con la lettera. / – Ah, poveretto... Dunque è vero... / – Che è? – brontolò Mauro, stizzito della sua curiosità. / – Si rovina... si rovina... – esclamò don Cosmo. – Se dà questo passo, non c'è più rimedio... si rovina... / – Ditemi che cos'è, santo diavolo! – ripeté Mauro, vieppiù stizzito. / Ma don Cosmo stette a guardarlo un pezzo, tentennando il capo, come se avesse dinanzi il fratello e lo commiserasse amaramente. / – Mi domanda la villa, – poi rispose, lasciandosi 2. RC come se 3. RC Salvo la 4. RC, T de la

5. RC significava per lui quell'ospitalità 6. RC Tempo addietro, un 7. RC, T minaccioso, dopo 8. RC ricordate che

p. 39
1. RC lui stesso non 2. RC, T recarono a Satriano [Carlo Filangieri di Satriano (Cava dei Tirreni 1784 - Napoli 1867), figlio di Gaetano (autore del famoso trattato sulla *Scienza della legislazione*). Incaricato della campagna per la riconquista della Sicilia nel 1848-49, vi rimase poi come luogotenente fino al 1855. Nel '59 fu chiamato dal re Francesco II delle Due Sicilie alla presidenza del Consiglio, ma si dimise subito dopo, perché giudicato con ostilità dai più accesi sostenitori dei Borboni per il suo programma troppo «liberale». Cfr. qui, p. 98, nota 1 e p. 103, nota 4.] 3. RC Lì 4. RC Don Cosmo non si scompose, né si scosse punto dal suo penoso attonimento, a quella T Don Cosmo non si scosse, né si scompose affatto dal penoso attonimento, a quella 5. [Cfr. nota 9.] 6. T siciliani; la quale, se 7. T in cui ciascun singolo stato, però, conservasse la propria libertà e la propria autonomia. Ma non glien'aveva 8. T sbuffando e vibrando di sdegno, gli 9. RC [Cfr. nota 5: il testo tra le due note era:] sfuriata. Mauro, sbuffando e vibrando di sdegno, lo lasciò in asso e andò a richiudersi 10. RC di essa! / V. / Intanto giù, innanzi a la T di essa! / Giù, intanto, innanzi a la 11. RC promesso, che gli avrebbe fatto tanto bene: magari

p. 40
1. RC Avrebbe già dovuto 2. RC ancora là! Ma 3. RC leggere una lettera 4. RC a bella posta, non avesse dato ancora a don Cosmo la lettera? 5. RC la lettera? / E capitan T a don Cosmo? / E capitan 6. RC, T se la prendeva, ora, con 7. RC un momento né col collo, né coi piedi, né con la coda, tormentata 8. RC, T – Hai ragione, poveretta! Non 9. RC di paglia... Eh, cara mia! / E lasciò 10. RC un lungo sospirone. Per distrarsi, si volse a guardare laggiù in fondo, verso ponente, le due montagne gessose del Crasto e di Cioccafa; quella, più alta, repente, con tre lunghe rughe bianche, verticali, serpeggianti; l'altra, calva, lievemente conica. Tutt'e due, al passaggio di qualche nuvola nera, quasi sperduta dopo l'uragano della notte, s'invaporavano d'un'ombra cupa violacea, e subito si rischiaravano di nuovo al sole. Più a destra e più innanzi era il Pizzo della Cava, il monte mutilo, la cui pietra era servita alla costruzione delle scogliere del nuovo porto del borgo marino. Alta sul Pizzo, quasi sospesa sul precipizio tagliato dagli scavi, si sosteneva a mala pena lassù una villa smantellata. Chi lo doveva dire a quelle pietre

del monte che un giorno sarebbero andate a finire in fondo al mare? / – Vicende! – sospirò Sciaralla, scotendo il capo. / E chi lo doveva dire a lui, che da bambino era stato a villeggiare un anno in quella villa ora aperta ai venti, alle piogge, albergo di corvi e di gufi, che un giorno si sarebbe ridotto a servire, rinfantocciato a quel modo? / – Vicende! / Dallo stradone, che seguitava di là, oltre i confini di Valsania, per metter capo a Porto Empedocle, giungeva nel silenzio il rotolìo lontano dei carri carichi di zolfo, un tintinnio di sonaglioli, forse della vecchia diligenza polverosa che passava per il borgo di mare e andava poi su all'altro borgo di Siculiana. / Sciaralla volse gli occhi a Girgenti, lunga sdrajata nel suo tedio mortale d'antica città decaduta e moribonda su l'alto colle a levante. Come pareva lontana! / – Prima d'arrivarci! – sbuffò. – Mondaccio ladro! / Il fèudo di Colimbetra da quella parte non si vedeva; ma era pur lì, seguiva il declivio dell'altro colle più a levante, giù giù fino al ciglione dei Tempii. Non ostante la distanza, si distinguevano con precisione, per la limpidezza dell'aria quasi lavata dalla pioggia recente, gli edificii maggiori della città, le chiese, le case variopinte, ammucchiate, coi loro mille occhi. La città si estendeva anche sul colle accanto, più alto, sovrastato, quasi incoronato dalla Rupa Atenea, che da Colimbetra pareva imminente e da qui invece si notava appena. / Finalmente T un lungo sospirone. / Finalmente 11. RC, T de la 12. RC E che fai? / – Eccellenza, la 13. RC esclamò Sciaralla. – Se sto qui da due ore ad 14. RC le chiamava lui) e che avrebbe considerato come un grave affronto, uno sgarbo enorme non aver risposta; prese dunque un umile foglietto ingiallito, intinse

p. 41
1. RC a meditar la 2. RC *Caro Ippolito, / Tu* 3. RC *non sai più in* 4. RC, T *questa abbandonata stambergaccia, dove* 5. RC *già fuori del mondo, e non me ne lagno. Se* T *già fuori di questo mondaccio, e non me ne lagno! Se* 6. RC *stimi pertanto che proprio non si possa fare a meno, che* 7. RC *Salvo, abbi, ti* 8. RC *si portino quelle* 9. RC *et ogn'altra* 10. RC *sembrasse* 11. [Cfr. p. 43, nota 6.] 12. T svoltata 13. T poi, il 14. T alla fine si buttarono di nuovo a terra, presso la scala, e allungarono il muso su le zampe anteriori, e chiusero

p. 42
1. T il capo, e sorrise udendo nel silenzio vicino una di esse sospirare profondamente. Innanzi a questo loro ricomporsi al sonno e a questo sospiro, non 2. T sospirando a sua volta profondamente, don Cosmo, – quand'abbia 3. T il tempo

gli passi 4. T innanzi a la 5. T gli parvero anch'essi assorti in 6. T l'aria, smovendo loro le frondi, tentassero 7. T lieve delle frondi al vento, egli 8. T vita. / CAPITOLO SECONDO. / PER NON DIR MALE. / Pregati 9. T tanti negozii a cui attendeva, non 10. T il giorno appresso in vettura da 11. T essere arrivati 12. T due in vettura, era 13. T Adelaide Salvo, sorella 14. T sogghignando il Capolino

p. 43

1. T troppo, ecco, dopo 2. T la verità... 3. T neri, a mandorla, vellutati, il dispiacere 4. T volto bruno pallido 5. T la cèlia, per rispondere 6. RC [Cfr. p. 41, nota 11: il testo tra le due note era:] a modo loro l'addio. / CAPITOLO SECONDO. / I. / – No no: è troppo! è troppo! diceva sogghignando, in vettura per Valsanìa, l'avvocato Capolino a Ninì De Vincentis. – Povera Adelaide, è troppo, dopo cinquant'anni d'attesa! Diciamo la verità... / Ninì De Vincentis pareva che col battere continuo delle pàlpebre contenesse a stento nei begli occhi neri a mandorla, vellutati, il dispiacere per quella derisione, mentre con l'atteggiamento del volto bruno pallido avrebbe voluto mostrare l'intenzione almeno d'un sorriso per regger la celia, per rispondere in qualche maniera all'ilarità pur così smodata e sconveniente di Capolino. / Pregati da Flaminio Salvo, a cui gli affari di banco e i tanti ufficii ai quali attendeva non lasciavano un momento di requie, i due (l'uno ex-cognato; l'altro amico di casa) andavano a disporre l'abitazione per la villeggiatura: incarico graditissimo all'uno e all'altro per due diverse anzi disparatissime ragioni. I carri, sovraccarichi di suppellettile, erano partiti da un pezzo da Girgenti e a quell'ora dovevano essere arrivati a Valsanìa. Il discorso era caduto su le proposte nozze di donna Adelaide Salvo col Principe di Laurentano. / – Già, nozze 7. RC seguitò Capolino, implacabile, lì 8. RC sentiva. (Ninì, il buon 9. RC, T caro mio. Opinioni politiche e religiose, se contano, che contano di fronte ad essa? Ora 10. RC oh! gustosa! anche 11. T come se, nel suo concetto, Adelaide 12. T genere, che 13. RC, T taceva e lappoleggiava, ancora 14. RC, T su le 15. RC Ci nuotava in quel piacere, Capolino. 16. RC dinanzi T innanzi 17. RC, T mondo, con 18. RC E monacazione

p. 44

1. RC a un movimento del 2. RC d'angelo, ma qui 3. T all'età... 4. T i sacerdoti... 5. RC, T Diventa principessa, è vero? e principessa 6. RC, T Sì: ma per 7. RC il solo, il vero valevole, quello T il solo, il vero valevole; quello

8. RC, T innanzi 9. RC, T non hanno affatto l'obbligo 10. RC come 11. RC come 12. RC, T resta, dunque? 13. RC ho gran paura che le andrà a T ho gran paura che le andrebbe a 14. RC rise ancora una volta Capolino, ma 15. [Cfr. *Ravanà*, in « Gazzetta letteraria », 15 giugno 1895 (poi, col titolo *In corpore vili*, in *Quand'ero matto...*, Streglio, Torino 1902 e Treves, Milano 1919, e in *Il vecchio Dio*, Bemporad, Firenze 1926 e 1929): « ridendo male, come una lumaca nel fuoco ». Inoltre, *Tra due ombre*, in « Il Marzocco », 1 gennaio 1907 e « Novella », n. 8, 1921 (poi in *La mosca*, Bemporad, Firenze 1923): « e rideva, rideva. Ma come una lumaca nel fuoco ». Infine, *Suo marito*, cap. III, § 3, vol. I, p. 674.] 16. RC, T lotta, egli era 17. RC Adelaide; e a crearsi con T Adelaide; e a formarsi con 18. RC, T mondo e 19. T Si era 20. T appunto. / Ma 21. T non si era

p. 45

1. RC intenerito; ben 2. RC all'assedio dell'ex-cognato: assedio 3. RC d'un colpo l'assalto supremo e decisivo di lui. Capolino 4. T dicevano, che 5. RC dell'unica figlia di don Flaminio, Capolino era entrato nel banco del Salvo. Ma T dell'unica figliuola di don Flaminio, Dianella Salvo, Capolino era bucato nel banco in qualità di segretario e d'avvocato consulente. Ma 6. RC, T si servivano come padroni della vettura del Salvo; elegantissimo 7. RC, T Passeggiata egli si pompeggiava su un bellissimo sauro della scuderia Salvo; e 8. RC in fine 9. RC con l'appoggio di questo, era T col favore incondizionato di questo, era 10. RC, T non s'affacciava neppur lontanamente il sospetto 11. RC, T Com'egli non 12. RC, T così egli non 13. RC s'era accorto, prima, del

p. 46

1. RC, T Nicoletta, nuova moglie 2. RC, T Capolino. / Ninì De Vincentis non sapeva scoprire secondi fini in nessuno; e l'idea del denaro poi non gli sarebbe mai balenata in mente. Era, su 3. RC, T anni, infatti, dopo 4. RC ladro, il quale 5. RC volte poi era dovuto 6. RC banco, e alla fine, per 7. RC, T acquistandosi anche l'eterna gratitudine 8. RC, T al quale 9. RC non passò neppure 10. RC segreto tra il banchiere e il suo amministratore. 11. RC, T Egli amava 12. RC Dianella, e 13. RC in Flaminio Salvo non sapeva vedere che il padre di lei. T in don Flaminio non sapeva vedere che il padre di lei. 14. RC riacquistar 15. RC di lui con 16. RC pensava dolente che a Valsanìa egli

p. 47
1. RC il suo primo 2. RC, T di Dianuccia, eh? Sarà 3. RC donna Vittoria. 4. RC, T Ninì, confuso, soprappreso 5. RC, T troppo... 6. RC non se n'accorgerà neppure: seguiterà T non se n'accorgerà neppure. Seguiterà 7. RC calza, già lunga un miglio, *dicitur*. Fa le calze al Padreterno, sai? L'hai veduta lavorare? Più lesta d'una macchina! Notte e giorno... E vuole T calza, già lunga un miglio, *dicitur*. Fa le calze al Padreterno, sai? Notte e giorno... E vuole 8. RC che l'assistono... / Ninì tentennò il T che l'assistono... / Ninì crollò il 9. RC La vettura entrò nel fèudo, dallo stradone, poco oltre la Seta. Il 10. RC carrozzabile che 11. RC fèudo ceduta 12. T parlare 13. RC Capolino, bocca d'inferno, Capolino, inesauribile cinguettatore: / – La T Capolino, bocca d'inferno, Capolino, inesauribile cinguettatore. / – La 14. RC allegra qui, non

p. 48
1. RC mio! Adesso vedrai! T mio! Adesso vedrai. 2. RC, T che per Dianuccia, la quale forse 3. RC al solito, poverina, per 4. RC è un... grand'uomo, non 5. RC, T a la 6. RC insieme col *breack* che 7. RC del Salvo, una 8. RC, T su i carri giù. 9. RC, T salita in fretta in fretta la 10. RC, T si aggirava 11. RC, T dei

p. 49
1. RC Salvo, s'era data un gran da fare e aveva anche persuaso a don Cosmo di far sgombrare le stanze della decrepita mobilia, perché gli ospiti ricconi non vedessero tutta quella miseria in una casa di principi. / – Don Cosmo T Salvo, s'era data un gran da fare e aveva anche persuaso a don Cosmo di fare sgomberar le stanze della decrepita mobilia, perché gli ospiti ricconi non vedessero tutta quella miseria in una casa di prìncipi. / – Don Cosmo 2. RC, T alla fine in una stanza, dopo 3. RC confusione: eh? 4. RC, T Cosmo, per 5. [Cfr. nota 8.] 6. T muffa, che 7. T l'insolita lavatura recente. 8. RC [Cfr. nota 5: il testo tra le due note era:] le cerimonie. – Cercavo 9. RC, T incomodo... 10. RC, T lo arrestò

p. 50
1. RC, T fatto bello, figliuolo mio! Come sono vecchio io intanto, Signore benedetto! E tuo fratello 2. RC, T su l'anima 3. RC del conte Lucchesi, che T del conte Lucchesi-Palli, che 4. RC farne regalo alla Biblioteca T farne dono alla nostra Biblioteca [La Biblioteca Lucchesiana di Agrigento, ricca di manoscritti arabi medievali, fu fondata

nel 1765 da Andrea Lucchesi Palli, vescovo della città (allora Girgenti).] 5. RC, T per rovinare quel povero figliuolo! 6. RC, T quattro... grossi così! 7. RC, T che non vanno tanto bene... 8. RC, T su le gote le fedine corte, a spazzola, già 9. RC, T Non era bello, ma 10. RC, T penetranti, che non facevano notare la dura scorrettezza dei lineamenti e gli accendevano 11. RC, T de la 12. RC, T o un'altra... – 13. RC, T così, in pessimo 14. RC stato. Ecco, uscendo T stato... Tutto vecchio, avvocato, tutto vecchio... Ecco, uscendo 15. RC di qua, abbiamo un lungo 16. RC, T casermone: tutte le camere da questa parte sono a mezzogiorno; quelle da quest'altra, a tramontana. La

p. 51
1. RC a le 2. RC e come ridotto. / – Sarebbe molto meglio, – concluse, – che 3. RC scelta appunto perciò questa 4. T camera... 5. RC di nuovo e, poiché T di nuovo; e, poiché 6. RC nell'altro 7. RC come don 8. RC, T Cosmo, che 9. RC vivere intanto così su le T vivere intanto su le 10. [Cfr. nota 14.] 11. T pensare, che 12. T antiche, stanche abitudini 13. T tempo! 14. RC [Cfr. nota 10: il testo tra le due note era:] nuvole. / Di lì a poco Capolino 15. RC s'era subito dimostrato 16. RC dichiarò Capolino, a cui premeva di porre a effetto una delle ragioni per cui aveva subito e volentieri accettato l'incarico del Salvo: quello cioè 17. RC, T circa al 18. RC tra sé. Non già 19. T sperasse, che 20. RC conoscendo bene la

p. 52
1. RC, T l'opposizione incompatibile tra 2. RC, T gli piaceva di supporre 3. RC a Valsanìa. Spesso don Cosmo, dalla gelida vetta della sua stoica noncuranza lasciava precipitar come valanghe le verità più crude. La sua anima solitaria rifletteva costantemente sé stessa, e la sua solitudine interiore era tanta, che nella coscienza di lui le suggestioni della vita comune non riuscivano a penetrare con tutti gl'infingimenti e le arti che spontaneamente la trasfigurano a gli altri. / – Uh quanti 4. RC libri! – esclamò, entrando. T libri! – esclamò il Capolino entrando. 5. RC, T sperticati. / – Filosofia, eh? / – Poesia! – sospirò 6. RC della mano. / – Come 7. RC, T non capisco. / – Eh sì, – raffermò il Laurentano, con un nuovo sospiro. – Da studiare, signor mio, poco o niente: c'è da godere della grandezza, ecco, della grandezza dell'ingegnaccio umano, che su un'ipotesi, cioè su una nuvola, mi spiego? fabbrica castelli, castellucci, castellacci: tutti que-

sti varii sistemi filosofici, caro avvocato, che mi pajono... sapete che mi pajono? 8. RC chiese, chiesucce, chiesacce, di vario T chiese, chiesine, chiesucce, chiesacce, di vario 9. RC campate in aria. La divinità, un nome vano; verità assoluta e indiscutibile per il filosofo che vi pontifica e per la turba degli accoliti, a cui il nuovo verbo è rivelato. / – Ah già, ah T campate in aria... / – Ah già, ah

p. 53

1. RC trattenersi e seguitò: / – Meravigliose architetture della ragione, la quale per sua natura ha bisogno d'immaginare qualche cosa che le debba essere esterna e superiore, mi spiego? e a questa sua propria immaginazione, definita o indefinita, che fa? si assoggetta o si ribella, offrendo, caro avvocato, un ridicolo e pur tanto triste spettacolo di sé! Soffiate e ruzzola tutto; soffiate e tutti questi castellacci, che pajono montagne, crollano, perché dentro non c'è niente: il vuoto, signor mio, tanto più opprimente quanto più alto e solenne l'edificio. Il vuoto, il vuoto e il silenzio del mistero... / Capolino s'era tutto raccolto in sé, per raccapezzarsi, incitato dalla passione con cui parlava don Cosmo a rispondere, a rintuzzare; e aspettava, sospeso, una pausa. Avvenuta, proruppe: / – Però... T trattenersi: / – Soffiate, rùzzola tutto; soffiate, e tutti questi castellacci che pajono montagne, crollano, perché dentro non c'è niente: il vuoto, signor mio; tanto più opprimente, quanto più alto e solenne l'edifizio: il vuoto e il silenzio del mistero... / Capolino s'era tutto raccolto in sé, per raccapezzarsi, incitato dalla passione con cui don Cosmo parlava a rispondere, a rintuzzare; e aspettava, sospeso, una pausa; avvenuta, proruppe: / – Però... 2. RC – Minchionerie, caro avvocato! / Da un pezzo egli non riusciva più a dolersi o a godere di nulla. Finzioni, illusioni, per lui, tutti i pensieri, tutti i sentimenti; finzioni, illusioni più o meno sciocche, più o meno pazze, secondo le conseguenze che producevano; e, tuttavia, necessarie! Scusava perciò e compativa tutti gli errori, tutte le aberrazioni: quelle del fratello, come quelle di Mauro Mortara, come quelle d'ogni altro. / – Ma non intende Dio, lei, scusi? – domandò, caparbio, Capolino, rimasto male dopo quell'esclamazione. / – Non intendo nulla, io, – concluse don Cosmo, aprendo le braccia. / E Capolino rimase peggio. / Per fortuna, in 3. RC Mortara giù, su lo spiazzo innanzi a la villa, dalla T Mortara giù, su la spianata innanzi a la villa, dalla 4. RC verso gl'innumerevoli 5. RC la cameriera 6. RC ogni volta una zuffa terribile, pure in quel candido fermento d'ali, giacché 7. RC, T si erano 8. RC, T selvaggio, per 9. RC, T vicine. Essi però sapevano 10. RC, T puntuali, a

11. RC in gran subuglio, i 12. RC, T de la 13. RC, T de la 14. RC commissione 15. RC commissione 16. RC tutto lo spiazzo ferveva 17. RC tant'altri colombi si 18. RC posarsi. / – Stupendo, stupendo spettacolo! – non rifiniva d'esclamare Capolino. / Sì, e il solo a cui don Cosmo provasse qualche piacere. Udendo il turbine fragoroso di tutte quelle ali si levava ogni volta dal tavolino e andava ad affacciarsi al balcone. Del resto, era il segno del pasto anche per lui. Sparsa in tondo a più riprese la cesta delle cicerchie su i colombi, Mauro veniva su, e tutti e due si mettevano a tavola. / Don Cosmo [Lo stesso brano in T ha le varianti: « ali, si »; « riprese e votata la cesta ».]

p. 54
1. RC, T salito; gliel'aveva 2. T – Quest'è 3. RC Ora, giù nello spiazzo se ne stava, tra i suoi colombi, a T Ora, giù su la spianata, se ne stava tra i suoi colombi a 4. RC, T – Orso, è vero? – soggiunse 5. RC balcone. / III. / Poco dopo, nella T balcone. / METASTASIO. / Poco dopo, nella 6. RC, T quartiere già 7. RC di tastare il polso, com'egli diceva, a 8. RC Non sarebbe certo ricascato a T Non sarebbe certo ricascato più a 9. RC sala resa 10. RC, T va da anni e anni, a 11. RC, T dieci...

p. 55
1. RC Alàimo, che 2. RC a gli 3. RC, T sua umile, indegna 4. RC, T condizione, fu 5. RC, T d'interloquire, e domandò timidamente, con un mesto risolino: / – Metastasio, è vero? / Ninì 6. RC s'interpose [Petrarca, *Rime*, CCXLVIII, 8.] 7. RC a Ninì... 8. [*Muor giovine* ecc.: più esattamente, Menandro tradotto dal Leopardi, in epigrafe al titolo del suo *Amore e morte*. Può essere utile avvertire che in edizioni moderne delle *Rime* petrarchesche – ad es., nella famosa sansoniana curata da G. Carducci e S. Ferrari – in nota ai vv. 5-6 di CCXLVIII si rinvia appunto al verso di Menandro nella traduzione del Leopardi.] 9. RC E lei dunque non 10. RC riassunse 11. RC ama la compagnia, non 12. RC parenti allato. Ma, lei 13. RC, T riammogliarsi, è vero? Siamo pienamente d'accordo! Tu

p. 56
1. RC tutto. 2. RC – Guardi 3. RC – Dunque c'è! dunque c'è! – disse don 4. RC il petto dalla 5. RC – C'è! c'è! – confermò Capolino, ridendo 6. RC – Non c'è nientissimo affatto! Per carità, non dicano codeste cose. Mi mettono in una falsa condizione. / – San Luigi Gonzaga! – escla-

mò allora 7. RC la risata. – Angelo! Angelo! Ma angelo come ad Alcamo... Sa, don 8. RC si inquietò 9. RC sul serio, impallidì e disse 10. RC, T in prima; poi 11. RC gli restò 12. RC – Non ti arrabbiare, figliuolo T – Non ti conturbare, figliuolo 13. RC si torse su la sedia quasi T si torse su la seggiola quasi

p. 57
1. RC – M'è scappata una nuova minchioneria? – domandò. – Scusate! Non T – Me n'è scappata qualcuna grossa? – domandò. – Scusate. Non 2. RC neanche io. / Già a Ninì s'era affacciato 3. RC, T il Salvo, ormai, non 4. RC la sua richiesta, dato ch'egli si fosse spinto a T la sua richiesta di nozze, dato ch'egli si fosse spinto a 5. RC, T e dal ponderare 6. RC, T vagheggiato, che 7. T tocco 8. RC Ora il 9. RC che egli avesse potuto farlo 10. RC, T ragazza, che 11. RC, T amore e 12. RC e, come se il sole di quel giorno felice si fosse oscurato, quando tutte le stanze 13. RC, T egli, con 14. RC d'angoscia, fece 15. RC Dianella, il

p. 58
1. RC ve lo trovasse, la sera, andando a letto. / Don Cosmo T ve lo trovasse, la sera, andando a dormire. / PER UN PAJO DI ZUCCHE. / Don Cosmo 2. RC e Capolino s'erano messi a passeggiare innanzi a la villa, per il lungo, diritto viale che faceva quasi orlo, a manca, al ciglio donde poi sprofondava ripido quel burrone 3. RC l'altipiano, per una convulsione tellurica, si 4. RC al mare. La 5. RC burrone, nel 6. RC verdeggiavano 7. RC i carrubi, gli 8. RC, T limoni, lieti 9. RC scorreva 10. RC infondo 11. RC grotta di San 12. RC Calògero. Dall'altra 13. RC, T Platanìa, che 14. RC scoscendevano minacciosamente su la T scendono minacciose su la 15. RC correva 16. RC, T fantastico, meraviglioso frastaglio 17. RC alberi di là 18. RC Valsanìa alitava 19. [Cfr. p. 59, nota 2.] 20. T d'ogn'altra religiosa. 21. T sentimento, che

p. 59
1. T si aggirava 2. RC [Cfr. p. 58, nota 19: il testo tra le due note era:] della sera. / Capolino parlava a don Cosmo con fervore delle imprese fortunatissime del Salvo, d'un grandioso disegno ch'ei meditava, insieme 3. RC e complicata, come 4. RC, T – Beato lui! beato lui! – ripeteva 5. RC, T don Cosmo, con 6. RC socchiusi. / – E 7. RC, T Capolino. – Religioso! / – Beato 8. RC ascolto: gli 9. RC eh, purtroppo,

non 10. RC, T per lui... 11. RC don Cosmo fermandosi. 12. RC – No no; ufficialmente, no, – negò 13. RC infondo

p. 60

1. RC scrollò 2. RC e disse con un risolino: 3. RC quindici... sicuro! insomma T quindici, sicuro! insomma 4. RC fra 5. RC l'acqua sì e no gli 6. RC di grosse zucche 7. RC, T ragazzotto. 8. RC, T ispirazione di cacciarsi sotto, per spasso, quel pajo di zucche con la cordicella che le teneva unite; ci si mise 9. RC sopra; e, siccome 10. RC, T vedere 11. RC avevano 12. RC rotolò 13. RC don Cosmo costernato. 14. RC seguitò 15. RC Ma per disgrazia i piedi

p. 61

1. RC, T gli s'impigliarono nella cordicella delle zucche e, naturalmente, per 2. RC sott'acqua con le braccia, non 3. RC gente che non se n'accorgeva T gente, che non se n'accorgeva 4. RC sarebbe affogato com'è 5. RC si azzuffavano a fior 6. RC, T a liberarlo. 7. RC – E la figlia, adesso... 8. RC – La figlia... la figlia... – 9. [Cfr. nota 11.] 10. T si era 11. RC [Cfr. nota 9: il testo tra le due note era:] ragazzo. Gli dissero 12. RC qua qualche volta da 13. RC adesso, – soggiunse 14. RC, T Dianuccia 15. RC concorse a 16. RC giovane. 17. RC Ma... affetto, dico, fino a un certo punto. Per T Ma, affetto, dico, fino a un certo segno. Per

p. 62

1. RC Flaminio. 2. RC badi; perché di 3. RC (ottimo giovane, badiamo! giovane 4. RC e di tutto ciò che deve 5. RC lontanamente: glielo 6. RC un uomo che 7. RC gestendo. 8. RC, T arrestandosi, accigliato. 9. RC Era Biagio Prèola, tutto in sudore, arrangolato, impolverato, con le calze ricadute su le scarpacce rotte, stanco T Era Marco Préola, tutto in sudore, arrangolato, impolverato, con le calze ricadute su le scarpacce rotte. Stanco 10. RC, T – Sissignore! – riprese 11. RC di corsa da

p. 63

1. RC, T frastornato, stupito, don 2. RC Fazello e 3. RC, T si facevano a lui 4. RC candidatura e 5. RC, T ragioni. Prima, per 6. RC per Auriti, rispetto 7. RC supporre ch'egli, non chiamato, venisse T supporre che, non chiamato, egli venisse 8. RC un posto, non perduto, ma lasciato dal Fazello volontariamente. T un posto,

che il Fazello lasciava volontariamente. 9. RC, T partito, che 10. T si era 11. RC dopo le dimissioni di 12. RC che gli sarebbe troppo doluto, ecco, d'aver T che gli sarebbe doluto, troppo doluto, ecco, d'aver 13. RC era parente dei 14. T Laurentano, ch'egli 15. RC no: amava di credere 16. RC Biagio [Cfr. p. 16, nota 10.] 17. RC, T da le 18. RC lungo e faticoso 19. RC studentacci 20. RC, T elezioni... 21. RC fra

p. 64
1. RC, T stelle, o al 2. RC per concludere bene, Biagio Prèola. 3. RC, T a la 4. RC, T c'è don Mauro? – domandò 5. RC, T qua, nel feudo, a 6. T de' 7. RC Forse qualche 8. RC anch'io, e... parola mia d'onore... 9. RC rumor T romor 10. RC, T accostati a la villa, conversando, si 11. RC, T da la

p. 65
1. RC e la cameriera. / Erano 2. RC, T veder 3. RC annebbiata, le 4. RC, T pallidissimo, sotto 5. RC, T veletta verde da 6. RC donna Sara. / Donna 7. RC, T smontata faticosamente per 8. RC pallido incorniciato 9. RC, T nero, di lana, che 10. RC e disse con un lieve inchino: / – Signor Priore... T e disse con un inchino: / – Signor Priore... 11. RC gli occhi afflitto. 12. RC miseria. / CAPITOLO TERZO. / I. / – Di qua, di qua, mi T miseria. / CAPITOLO TERZO. / NEANCHE POLVERE, NIENTE! / – Di qua, di qua, mi

p. 66
1. RC al signore che gli veniva dietro inappuntabilmente abbigliato, il vecchio cameriere sbarbato e calvo, dalle piote sbieche in fuori, che lo facevano andare in qua e in là, con le gambe piegate su i ginocchi, quasi cempennante. / Attraversarono T al signore, che gli veniva dietro, il vecchio cameriere dalle piote sbieche in fuori, che lo facevano andare in qua e in là, con le gambe piegate e quasi cempennante. / Attraversarono 2. RC, T tappeti tre stanze in fila, in 3. RC gli scuri delle finestre. Le T gli scuri dei finestroni. Le 4. RC, T in penombra, sia 5. RC drappi che coprivano le finestre, sia 6. RC dicontro 7. RC bene? E intanto non figura! L'ho fatto sempre notare al mio padrone! » / Pervennero T bene? Intanto non figura! » / Pervennero 8. RC, T in fondo, dal 9. RC di dorature, e riccamente addobbato, ma di mobilia d'antica foggia. / – S'accomodi, – disse al signore il vecchio compitissimo. – Chi debbo annunziare? /

Quegli trasse 10. RC e lo porse al cameriere, domandando: / – È libero il signor Canonico? / – Monsignore, dice? Sì, tra poco. C'è di là (e il cameriere indicò un uscio nel salotto) il cavalier Prèola. Sta per andarsene. / A quel nome il signore arricciò il naso. / – Prèola padre? / – Prèola figlio. 11. RC con una mano sul petto, – 12. RC sottecchi sul 13. RC da visita: *Il cav.* 14. RC distratto intorno; vide 15. RC, T e vi s'appressò. / In 16. RC specchio dalla luce squallida, quasi tetra, la 17. RC spettro; ed egli ne

p. 67
1. RC Spirava da tutti i mobili, dal tappeto, dalle tende, quel tanfo speciale delle cose antiche, appassite nell'abbandono, quasi il respiro d'un altro tempo. / Il T Spirava da tutti i mobili, dal tappeto, dalle tende, quel tanfo speciale delle cose antiche, appassite nell'abbandono; quasi il respiro d'un altro tempo. / Il 2. RC, T senz'uso, senza vita. Si accostò 3. RC, T stanchi, profondamente cerchiati, le 4. RC, T grigi, che 5. RC la bocca e, all'emissione del fiato, egli contrasse T la bocca, e, all'emissione del fiato, contrasse 6. RC, T tarlatura, disposti 7. RC curiosità. Come avevan lavorato bene quelle tarme! E pareva che nessuno tenesse T curiosità. Avevano lavorato bene quelle tarme! E nessuno, intanto, pareva tenesse [Cfr. la novella *La casa dell'agonia*, in « Corriere della Sera », 6 novembre 1935 (poi in *Una giornata*, Mondadori, Milano 1937).] 8. RC loro 9. RC il ritratto del canonico 10. RC che Pompeo 11. RC uccellaccio di

p. 68
1. RC esaminò quella fisonomia, come 2. RC essa 3. RC scorgere il motivo dell'invito T scorgere la cagione dell'invito 4. RC piuttosto una finzione, un atteggiamento insidioso per 5. RC volse ancora una volta lo sguardo attorno, e 6. RC cameriere che 7. RC, T arrestandosi 8. RC gli occhi ovati fortemente T gli occhi ovati, fortemente 9. RC tozza, carnuta, si stropicciò 10. RC il braccio, e 11. RC vedere... / Lo condusse

p. 69
1. RC mensola: / – Tarli? 2. T seder 3. RC il Mattina rimasto 4. RC, T la stizza. – Come va? / – Non so 5. RC, T un segreto. / – Oh, neanch'io, – 6. RC, T con indifferenza. / E posò 7. RC, T – E ti tratterrai molto? 8. RC T il Verònica, con quelle secche risposte, che 9. RC, T dire. / Difatti 10. RC, T persona d'un vecchio glorioso

statista battuto 11. RC, T Per questo ministro si era cimentato 12. RC, T giornali, con inaudita violenza di linguaggio, le 13. [Il Crispi, com'è noto, era stato accusato fra l'altro, dagli oppositori, di bigamia.] 14. RC, T caduto quel ministro, anche la patria era caduta: la canaglia pigmea trionfava: non 15. RC, T era schifo di vivere, ormai. Non credeva minimamente che

p. 70
1. RC potesse riuscir vincitore, quantunque 2. RC, T ma il suo Vecchio 3. RC a Girgenti a sostenere nella lotta l'Auriti; sapeva 4. RC pressioni 5. RC ad accettar la candidatura per 6. RC s'adattasse. Però, non ostante la noncuranza e la poca fiducia con 7. RC, T stizzito, ora, nel vedersi messo alla pari 8. RC il canonico pareva 9. RC, T aspettare... – disse. / – Chi 10. RC Domando e díco che cosa stiamo a fare qua, noi due. / – Sentiremo, – sospirò T Domando e dico, che cosa stiamo a fare qua, noi due? / – Sentiremo... – sospirò 11. RC s'interruppe vedendo aprir l'uscio del salotto ed entrar lungo e curvo su la sua magrezza il canonico Agrò, il quale, facendo cenno ai due visitatori di rimaner seduti, disse con vocetta arguta e stridente: / – Domando scusa... Stieno, stieno, prego. T s'interruppe, vedendo aprir l'uscio ed entrare, lungo e curvo su la sua magrezza, il canonico Pompeo Agrò. / IO PORTO IL GAMELLINO. / Facendo cenno con ambo le mani ai due ospiti di rimaner seduti, Pompeo Agrò disse con vocetta arguta e stridente: / – Chiedo vènia... Stìeno, stìeno, prego. 12. RC cavaliere carissimo...

p. 71
1. RC a me: io, lo sa bene, non T a me: io, sa bene, non 2. RC il capo tutto grigio. 3. RC, T – Il pelo, eh... si cangia il pelo, lei m'insegna, e non 4. RC, T Si turbò in volto; restò 5. RC perplesso se 6. RC poi gli scappò, come una coda al sospiro rimasto sospeso: / – La gratitudine, un mito! – E riprese: 7. RC, T comodi 8. RC, T di 9. RC mio, tanto... tanto... fin 10. RC, T E i nostri padri? Amicissimi; oh! più che fratelli. Compagni d'arme, eh? Il padre di Roberto, a Milazzo; mio padre cadde 11. RC menar 12. RC, T eh? diserzione. La 13. RC Sissignori... Ma 14. RC amicizia e 15. RC Il canonico voleva dire «per T Il Canonico voleva aggiungere «per 16. [Cfr. p. 72, nota 3.] 17. T generoso. / Egli si sforzava 18. T di continuo le mani secche, ossute, sotto il mento, come 19. T fluenti limpide 20. T e con curiosi arresti. Di 21. T intravvedere

p. 72
1. T immaginava dovesse quell'uomo, nell'intimità, solo con se stesso, non 2. T segreta, che 3. RC [Cfr. p. 71, nota 16: il testo tra le due note era:] generoso. / – Prima 4. RC, T riprese, cangiando 5. RC paroline, per 6. RC ma chi l'appoggia: il 7. RC io da fonte sicura so 8. RC so che il Salvo, fino a pochi giorni fa, non T so, che il Salvo, fino a pochi giorni fa, non 9. RC modo questa comparsa indegna del 10. RC la grazia dell'appoggio appena 11. RC d'avere alcun riguardo per la parentela con l'Auriti e 12. RC Roberto son quasi disperate, non 13. RC fece 14. RC lo arrestò con una mano, seguitando: T lo arrestò con un gesto della mano, seguitando:

p. 73
1. RC de' 2. RC, T io ho disegnato, dovrebbero 3. RC, T scotendosi. / – Benissimo! 4. RC, T patto imprescindibile la 5. RC codesto Landino, ma 6. RC ben diversa dal 7. RC – Oh bravo, – soggiunse 8. RC, T l'Agrò. – Egli dunque, ammesso pure che non abbia neanche le idee 9. RC i due, cioè, tra 10. RC dire, – rispose il Canonico. – A me 11. RC, T vorrei solamente sapere da Lei

p. 74
1. RC tra i loro figli Landino e Roberto. 2. RC Sono anzi amicissimi! / – E mi basta! T Sono anzi amicissimi. / – E mi basta! 3. RC il Canonico, picchiandosi 4. RC vittoria guardando 5. RC acutamente, con un sorriso, il T acutamente, con un sorriso un po' smorfioso, il 6. RC piano stimato 7. RC generale che non si contenti di 8. RC privata di Landino, da 9. RC, T Roberto o 10. RC dimestichezza; T intrinsechezza; 11. RC stimò sì ingegnoso 12. RC alterezza 13. RC, T patriottiche... – «Onestà 14. RC aggiunse 15. RC, T l'Agrò. – Sì, –

p. 75
1. RC a la 2. RC S'interruppe a questo punto; si 3. RC nel gabinetto particolare 4. RC si potrebbe ottenere quello 5. RC sapere 6. RC, T leste, senza 7. RC si provò a gettare un po' d'acqua su quell'entusiasmo a cui non poteva partecipare: / – Sì, – disse, – 8. RC settimana, dico 9. RC di compromettersi così da non potersi più tirare indietro. T di compromettersi così, da non potersi più tirare indietro. 10. RC con un sogghignetto. – No, sa! no sa! Vuole 11. RC, T scusi! – ribatté 12. RC, T – Bella figura farebbe! 13. RC, T la candidatura, con

p. 76
1. RC, T Che scherziamo? 2. RC, T in cifre / – Bravissimo! – tornò ad approvare il Canonico, debellando il Mattina. / – Sì, sì, – seguitò il Verònica. – Roberto 3. RC Non bisogna perder tempo. 4. RC domandò il Canonico, stordito da quel nome e dal gesto di rabbioso dispetto con cui il Verònica lo aveva accompagnato. – Il 5. RC – Corrado, sì, – rispose 6. RC qua, e 7. RC fece il Canonico. 8. RC il povero Roberto... Come fratelli... davvero, lei lo sa, quasi ogni sera Corrado Selmi è a tavola lì, in casa di Roberto a Roma... Questo, per il momento, non sarebbe un gran male per noi... Ma 9. RC e il Selmi...

p. 77
1. RC – Eh, altro! – esclamò il Verònica. – Storia vecchia... finita, a 2. RC d'oggi... / – Anzi si vuole che la figliuola... – aggiunse il Mattina. / Il Canonico chiuse gli occhi e levò 3. RC – Uh, che cose! / – Si vuole? Vangelo! – raffermò il Verònica. / – Non vedo però, – osservò il Canonico, – come c'entri Landino, in tutto questo... / – Ma donna Giannetta è una Montalto, – spiegò il Verònica. – Cugina di Lando... / – Ah, ecco! – esclamò l'Agrò, cominciando a comprendere finalmente. – Forse il giovine...? / – Da ragazzo, tra cugini... – rispose il Verònica. – Questo non lo so bene... / – Ma allora è giovine anche lei? – tornò a domandare il Canonico. / – Donna Giannetta? giovanissima! – rispose il Mattina. – Le può esser nonno, a momenti, Francesco D'Atri... / – Il fatto è, – concluse il Verònica, – che Lando Laurentano provocò due volte il Selmi... Ora, capirà, se 4. RC viene qui a sostener 5. RC – Già, già, già – esclamò il Canonico. – Se si potesse impedire... / Forse non sarà difficile, – disse il 6. RC, T collegio... 7. RC sbiechi parato 8. RC per la strada maestra. 9. RC, T arrestandosi

p. 78
1. RC a ruba. Si formavano capannelli qua a leggere, là a commentar vivacemente qualche 2. RC che evidentemente suscitava T che, evidentemente, suscitava 3. RC, T con odiosa vilissima 4. RC, T de' 5. RC per amore di libertà, ma 6. RC famiglia, per conquistarsi cioè una dote, insieme 7. RC dell'Agrò che 8. RC aprì tutto vibrante lo T aprì, tutto vibrante, lo 9. RC del Canonico, si

p. 79
1. RC, T sul muso... / L'aggressione 2. RC, T s'allargò: la 3. RC, T chiamava, smaniando, dalla vettura il Mattina.

Questi 4. RC, T strappato, terreo, ansimante, tra 5. RC ritornò poco dopo alla 6. RC bene... 7. RC, T duello: è 8. T turpitudini, che 9. RC non c'entra, e... 10. RC il Prèola che è venuto 11. RC passare

p. 80
1. RC Roberto? / II. / Donna T Roberto? / LA BOCCA AMARA. / Donna 2. RC circa diciannove anni. 3. RC misti che uscivano dalle 4. RC tornio stesa 5. RC donne che 6. RC, T rotto 7. RC il Viatico: il 8. RC, T Morto, dopo appena tre anni di matrimonio, il marito, Anna 9. RC, T uscita infatti mai 10. RC, T a messa, le domeniche; né

p. 81
1. RC a prendere un po' 2. RC, T lei reclusa 3. RC, T semplicemente, ella vestiva 4. RC, T fazzoletto di seta nera annodato 5. RC la nuca: quei 6. RC, T dolcissimo 7. RC, T di nero, sempre, fin 8. RC, T a Milazzo. / Alta di statura, rigida, magra, ella non aveva però l'aria di mesta e calma rassegnazione della figlia. I continui, atroci dolori sofferti, la macerazione 9. RC esso serbava più ormai dell'antica T esso serbava più, ormai, dell'antica 10. RC su la 11. RC, T una più una meno; e 12. RC, T spenta, cèrea, l'aspetto d'una maschera orribilmente 13. RC lo scempio desolato di

p. 82
1. RC, T incanutire. / Tutto, tutto aveva sofferto donna 2. RC fra gli splendori e le ricchezze d'una casa 3. RC anch'esso fra quei 4. RC l'aveva 5. RC, T la limosina 6. RC ad 7. RC, T la vita. / Nessuno 8. RC dapprima ch'ella di così T dapprima, che ella di così 9. RC nulla, proprio nulla con 10. RC, T ammalata, e 11. RC, T S'eran 12. RC, T di veleno. / Dei

p. 83
1. RC d'entusiasmo. / Incancellabilmente T d'entusiasmo patriottico. / Incancellabilmente 2. RC quando 3. RC, T da Quarto, con Garibaldi, per 4. RC, T di Milazzo. / Neanche 5. RC trascinarsi, sanguinando, dietro 6. RC, T del padre, a 7. RC, T guerra. / Le 8. RC quei due altri piccini, vestiti 9. RC ed ora combatteva sotto Gaeta, accanto 10. RC, T Mortara. / Era 11. RC Alàimo che l'ospitavano. 12. RC ch'ella faceva

p. 84
1. RC si procurava 2. RC, T loro. / S'era 3. RC Roberto accolto 4. RC il paese con entusiasmo delirante. 5. RC quel giorno, le 6. RC da brividi, quasi da rivi d'elettrica gioja. Ah 7. RC il figliuolo che 8. RC, T in trionfo! / Il Governo 9. RC, T Roberto per seguire Garibaldi 10. RC la vile ragion 11. RC ed 12. RC Nel '66, dietro 13. RC, T nel 1871, gli 14. RC ed a quella de' suoi. T e a quella de' suoi. 15. RC, T a Roma con la fiamma dell'anima eroica, con le benemerenze sue non comuni e il non comune ingegno si facesse 16. RC, T un avvenire splendido, degno 17. RC e che la consolasse infine T e la consolasse in fine 18. RC, T dell'avvilimento, per cui 19. RC, T Del Re. / La morte 20. RC profondo in

p. 85
1. RC, T tanto s'aspettava, il 2. RC, T Roberto, là, fra 3. RC oscena dei nani che avevano preso d'assalto la città eterna e vi s'abbaruffavano 4. RC perduto! Egli aveva certo stimato semplicemente come sacro dovere quanto T perduto! Stimando semplicemente dovere sacro quanto 5. RC i compagni si 6. RC, T in disparte. / E 7. RC in Sicilia, di tutte le illusioni, di tutta la fede entusiastica, onde s'era T in Sicilia di tutte le illusioni, di tutta la fervida fede, onde s'era 8. RC, T barbari, che bisognava incivilire! Ed erano calati 9. RC, T rinnegato, dall'ungherese 10. RC, T Eberhardt venuto 11. RC ed [Giacomo Medici del Vascello (Milano 1817 - Roma 1882) fu nominato prefetto della provincia di Palermo nel giugno del 1868.] 12. RC e falsità e truffe e sottrazioni di documenti e processi politici inventati di sana pianta: tutto 13. RC ed 14. RC coi 15. RC e usurpazioni, e concussioni, e favori scandalosi, e scandaloso sperpero del pubblico denaro; prefetti, delegati, magistrati messi a disposizione dei deputati ministeriali, e clientele sfacciate e brogli 16. RC, T elettorali; ripartizione iniqua delle imposte, spese pazze, cortigianerie degradanti; l'oppressione dei vinti

p. 86
1. RC lavoratori, anzi l'oppressione legalizzata e assicurata 2. RC attraverso 3. RC, T spento, ella si 4. RC in tanti anni e rattenute, di T in tanti anni e rattenute; di 5. RC a capo basso, con gli occhi chiusi. / Egli aveva 6. RC, T vigoroso, dal torace erculeo, bello di maschia bellezza, col volto 7. RC, T se ne stava profondamente avvilito 8. RC, T tanta energia di carattere e 9. RC spiriti. / Tuttoché forte,

s'era veramente avvilito Roberto Auriti; e lo sentiva. L'animo, troppo teso negli sforzi eroici della prima giovinezza, gli era venuto meno a un tratto, di fronte T spiriti. / Si sentiva veramente sconfitto, Roberto Auriti. L'animo, troppo teso negli sforzi eroici della prima gioventù, gli era venuto meno a poco a poco, di fronte 10. RC, T talvolta non 11. RC lavoro, allo studio, allo 12. RC aveva il sospetto ch'egli le T aveva il dubbio, che le

p. 87
1. RC indebita e forse non 2. RC Ma egli, dopo la morte del cognato Del Re, aveva T Ma egli, morto il cognato Michele Del Re, aveva 3. RC e la sorella e 4. RC in 5. RC, T a Roma, da parecchi anni ormai, non 6. RC, T solo. / Certo 7. RC non ignorava la relazione contratta da lui con 8. RC, T costumi ella non 9. RC non gli rivelava 10. RC vieppiù. / Ma T vie più. / Ma 11. RC, T non vi pensava punto, tutt'intesa com'era a porre innanzi al figliuolo, con 12. RC, T del paese. / E durante questa fervida, nera descrizione, la sorpresero 13. RC il Mattina. / III. / Dalla viva cordialità con T il Mattina. / MEGLIO PRIMA! MEGLIO PRIMA! / Dalla cordialità vivace, con 14. RC glielo dica anche Lei, che è amico disinteressato. Qua T glielo dica anche Lei, che è amico sincero. Qua 15. RC condotto Lei, sarà certamente un amico. T condotto Lei, sarà amico. 16. RC lotta! 17. RC, T Che ha fatto egli e perché, in nome

p. 88
1. RC, T morto, in nome dei sacrifizii e degli ideali santi per cui 2. RC, T sofferto? Ma farà 3. RC interromperla 4. RC Agrò, ponendosi una mano sul petto quasi T Agrò, ponendosi una mano al petto, quasi 5. RC – Ridere, ridere, – riprese quella con più calore, – perché dica un po' Lei come T – Ridere! ridere! – riprese quella con più foga. – Perché dica un po' Lei come 6. T siciliano? 7. RC siciliano! Che cosa ha avuto il nostro popolo? com'è 8. RC gridano a una voce: – *Meglio* 9. RC, T anch'io, sai? 10. RC, T – Oh, mamma! mamma! – supplicò Roberto, recandosi le mani agli orecchi 11. RC, T – Sì, figlio mio: meglio prima, perché almeno avevamo la speranza e il conforto d'un avvenire migliore: la speranza che 12. RC ci sostenne e ci fece vivere in mezzo T ci sostenne e ci fece vincere in mezzo 13. RC, T a Torino... Meglio prima! Credi, credi che non vuole più saperne il popolo, di quegli ideali. Troppo cari li pagò, e ora basta! Va', va', ritòrnatene a Roma! Perché io non voglio,

non 14. RC, T rubato, figlio mio; tu non hai 15. RC le ingiustizie, alle turpitudini della partigiana, dissennata, iniqua amministrazione dei nostri municipii infeudati da anni alle consorterie locali, che ne usano in tutti i modi sotto l'egida dei prefetti e dei deputati; tu non hai T le ingiustizie, alle turpitudini della partigiana, iniqua amministrazione dei nostri comuni infeudati da anni alle consorterie locali, che ne usano in tutti i modi sotto l'egida dei prefetti e dei deputati; tu non hai 16. RC, T la prepotenza nefanda delle combriccole che appestano 17. RC, T la malaria appesta le 18. RC E allora che titoli hai tu per essere eletto deputato? chi T E allora perché? che titoli hai tu per essere eletto? chi 19. RC, T all'albergo, dopo la rissa, per

p. 89
1. RC gli occhi che 2. RC in piedi, spettrale, e coi gesti delle magre braccia ossute, incitava il figlio 3. RC l'appoggio 4. RC ed ad 5. RC questa invece in nome del popolo oppresso. T questa, invece, in nome del popolo oppresso. 6. RC Non sarebbe certamente riuscito vittorioso; ma 7. RC concluse: – io faccio T concluse. – Io faccio 8. RC profezia: non scapperà un anno e noi assisteremo T profezia: non scapperà un anno, e noi assisteremo 9. RC di sangue: il popolo non ne può più e si prepara, e presto scoppierà la rivolta. / Guido T di sangue: il popolo non ne può più e si prepara, e presto scoppierà la rivolta! / Guido 10. RC, T grassocce, scrollò il capo: / – Per 11. RC, T ai sobillatori, ai demagoghi, che, senza 12. RC, T ambiziosi, che 13. T patria, che 14. RC uso Malta. 15. RC sommossa pazza, brigantesca, modellata e ispirata T sommossa pazza, brigantesca, ispirata 16. RC, T a stento. – E si conforta così Lei? Ma codeste sono calunnie, le solite vecchie calunnie che 17. RC, T capi-elettori; calunnie per mascherare trenta e più anni di mal governo; calunnie più ridicole forse che odiose! Qua 18. RC, T zolfare; qua ci sono i latifondi, la 19. RC *cappelli*, dei cosiddetti *galantuomini*, le tasse T *cappelli*, dei cosidetti *galantuomini*, le tasse 20. RC, T il pane; ci sono tutte le angherie che si possono impunemente commettere, approfittando della spaventevole ignoranza di questi poveri schiavi, abbrutiti dalla miseria. Si

p. 90
1. RC, T nervosamente, inchinandosi e aprendo 2. RC – Ah già, bravo! bravo! – esclamò il Canonico, riscotendosi 3. RC Roberto si recò a prendere il cifrario. 4. RC l'Agrò, per 5. RC fra 6. RC d'intelligenza; avrebbero voluto ri-

maner soli 7. RC Roberto a quella notizia. Ma T Roberto a questa notizia. Ma

p. 91
1. RC non sappia 2. RC, T bisognava 3. RC Verònica... 4. RC donna Caterina! 5. RC l'aggressione del Verònica, la 6. RC, T d'Ignazio 7. RC, T d'ingresso, innanzi 8. RC ed

p. 92
1. RC dei 2. RC Biagio 3. RC, T ferocemente, sbraitando: 4. RC Lasciatemi! / CAPITOLO QUARTO. / I. / In fondo T Lasciatemi! / CAPITOLO QUARTO. / SOLO GELLIA NON FUGGE! / In fondo 5. RC, T la villa magnifica, pareva 6. RC, T un braccio innanzi al volto ideale, cui ciascuno, ammirandola, le 7. RC, T inginocchiati lì, innanzi alla porta de la 8. RC cappella che si apriva a destra, tutti T cappella, che si apriva a destra, tutti 9. RC così stranamente vestiti: 10. RC, T Entro 11. RC, T star su la soglia de la cappella, più

p. 93
1. RC, T buona. / In 2. RC, T ecco. / Apertamente no, non 3. RC con 4. RC, T innanzi 5. RC il Principe: non 6. RC, T favorito, messo innanzi, distinto 7. RC riflessione che 8. RC, T tappato 9. RC, T lì innanzi a la cappella, per 10. RC gli occhi andavano lì, e... certe caldane venivano! S. E. il Principe, tanto T gli occhi andavano lì, e... certe caldane! S. E. il Principe, tanto 11. RC, T così esposta quella nudità. Oh 12. RC li abbassava, l'ipocrita! 13. RC, T diabolico, là, ornamento adesso d'un

p. 94
1. RC ala, su l'attenti, al 2. T del Principe, che 3. RC, T nelle quali, tra alte piante di serra, erano 4. RC, T de la 5. RC la pescheria, un gran 6. RC Ipsas 7. RC, T d'aranci e di melograni.

p. 95
1. RC, T innanzi 2. RC, T limpidi, sotto 3. RC, T un'iscrizione 4. [Polibio, IX, XXVII, 6: « Ἡ δ' ἄκρα τῆς πόλεως ὑπερκεῖται κατ' αὐτὰς τὰς θερινὰς ἀνατολάς· κατὰ μὲν τὴν ἔξωθεν ἐπιφάνειαν ἀπροσίτῳ φαραγγι περιεχομένη, κατὰ δὲ τὴν ἐντὸς μίαν ἔχουσα πρόσοδον ἐκ τῆς πόλεως ». Cfr. qui, pp. 99 sgg.] 5. RC, T s'era 6. RC cioccolatta 7. RC, T Era un prete tozzo, tondo di corpo,

ma di cervello non tanto, dal volto nero, bruciato 8. RC, T vaneggiassero, smarriti. 9. RC, T lo tratteneva a pranzo, si

p. 96
1. RC al campicello lì presso al camposanto di Bonomorone. / – Domenica, oggi, e T al campicello presso al camposanto di Bonamorone, pochi ettari di terra, che – se sapevano il rapido passar della vita – pure, sotto questo o quel re, producevano ogni anno i loro frutti e sentivano gli effetti della pioggia e del sole, ignari delle vicende politiche e sociali. / – Domenica, oggi, e 2. RC, T di incaricarmi 3. RC imbasciata 4. RC, T di Dio, egli verrà 5. RC sospirò intrecciando 6. RC a servizio 7. RC, T mafia... già! della famigerata 8. RC massonica... / – L'Agrò? 9. RC in piazza, senza alcun ritegno, nemmeno

p. 97
1. RC al posto di Monsignor Montoro. 2. RC nemmeno 3. RC, T Governo, egli, non 4. RC lusinga 5. RC le ciglia su i chiari occhi vanenti. – Anche T le ciglia su i biavi occhi vanenti. – Anche 6. RC avere 7. RC si grattò una guancia. / – Non 8. RC, T nelle ultime elezioni

p. 98
1. RC tentennò [Per il Filangieri cfr. p. 39, nota 2 e p. 103, nota 4.] 2. RC esclamazione che parecchie volte aveva colto su le labbra del Principe, accompagnata

p. 99
1. RC, T Polibio, che [Qui, e più avanti, cfr. p. 95, nota 4.] 2. RC, T a gli 3. RC sul passo tante volte riletto e tormentato della 4. RC dietro la schiena:

p. 100
1. RC a destra, e quindi, voltando 2. [Cfr. p. 95, nota 4 e p. 99, nota 1.] 3. RC, T soltanto, non acropoli, non acropoli, sacrario 4. RC abbandonano vecchi ed infermi e fuggono, protetti

p. 101
1. RC, T mirando il vasto spaventoso incendio che 2. RC, T a la 3. RC, T gli occhi ceruli intensi 4. RC, T templi 5. T de la 6. RC dove 7. RC, T sul piano di San Gregorio formato dall'alluvione dell'Akragas: 8. RC, T laggiù, laggiù, nel

p. 102
1. RC da lui? / II. / Salita la scala, era tanto oppresso d'angoscia, in preda ad un'agitazione così viva, che dovette arrestarsi per un momento innanzi alla soglia. T da lui? / L'OMBRA TRAGICA. / Salita la scala, era tanto oppresso d'angoscia, in preda a un'agitazione così soffocante, che dovette arrestarsi per un momento innanzi alla soglia.

p. 103
1. RC, T dov'eran 2. RC in dagherrotipo, di 3. RC, T dall'esilio, dopo 4. RC *borbonico furono restituiti al figlio Ippolito da Carlo Filangieri di Satriano*. [Cfr. p. 39, nota 2 e p. 98, nota 1.] 5. RC, T de la 6. RC già circa quarantacinque 7. RC gli stava lì dinanzi, rosea, ampiamente T gli stava dinanzi, rosea, ampiamente 8. RC s'avviò per il salone.

p. 104
1. RC, T le braccia. / Ella 2. RC, T chiusi: altera, indurita 3. RC, T ch'egli 4. RC, T gelida, inerte, guardandolo 5. RC e la guardò con 6. RC, T sforzo: – Che

p. 105
1. RC altro che 2. RC tu lo appoggiassi e 3. RC sacre da 4. RC, T don Ippolito, protendendo 5. RC per calmare quell'ombra 6. RC, T de la 7. RC, T Gliel'hanno 8. RC, T presso la casa mia.

p. 106
1. RC entrò, curvo, ossequioso, anzi 2. RC largo, la magra, ossuta testa calva, sbarbata, gli usciva come quella d'un capro scorticato. 3. RC si arrischiò 4. RC, T di 5. RC sei in mezzo alla 6. RC, T singhiozzi: / – Sforcato...

p. 107
1. [Francesco II di Borbone (Napoli 1836 - Arco 1894), figlio di Ferdinando II (Palermo 1810 - Caserta 1859). Quest'ultimo, dopo la repressione seguita ai fatti del '48, fu detto popolarmente « Re Bomba ».] 2. RC, T – Sta bene. Te l'ho detto anch'io. / E 3. RC, T Forse noi non 4. RC in dagherrotipo, e 5. RC, T s'appressò 6. RC, T le disse con voce rotta. / Ella 7. RC Addio!

p. 108
1. RC, T de la 2. RC, T muggì, fulminando 3. RC Risalì ne la villa, si T Risalì a la villa, si 4. RC se quel 5. RC con lui. / III. / Monsignor T con lui. / VERSO SERA. /

Monsignor 6. RC verso le quattro 7. RC silenziosa tirata 8. RC, T a parlare, a parlare per 9. RC gli scotevano la personcina ossuta, nervosissima, dal volto magro e sanguigno, sempre accigliato, con gli occhi fissi, duri, dietro le lenti fortissime da miope. / Parecchie T gli scotevano tutto il corpicciuolo ossuto, sparuto, convulso, dal volto magro e sanguigno, sempre accigliato, con gli occhi fissi, duri, dietro le lenti fortissime da miope. / Parecchie 10. RC, T feminee o con la voce 11. RC, T misurate, quasi 12. RC, T de la

p. 109
1. RC, T nel salone; ma essi uscirono sul terrazzo 2. RC spettacolo della natura. / Si 3. RC, T con insenature, con lunate più o meno lievi, fino 4. RC curva la 5. RC Ipsas. 6. RC, T turbamento, che 7. RC, T de la 8. RC, T meco 9. RC, T su la 10. RC, T si curvò per 11. RC ed 12. RC secche adunche, proruppe: T secche, adunche, proruppe:

p. 110
1. RC, T rovinati! noi siamo rovinati! 2. RC, T intravide 3. RC, T ridere... / – No, perché? 4. RC interruppe, serio, Monsignore. T interruppe, di nuovo, serio, Monsignore. 5. RC Ottantacinque mila 6. RC indicò 7. RC olivi 8. RC – Quarantadue mila, – riprese, – 9. RC, T anni! 10. RC, T come? dove?

p. 111
1. RC, T giovine, e 2. RC le pàlpebre esilissime. – Vi dirò. T le pàlpebre esilissime come veli di cipolla. – Vi dirò. [Cfr. parte II, cap. VII, p. 460 e nota 6. Inoltre *I fortunati (Tonache di Montelusa)*, in « Rassegna contemporanea », agosto 1911: « e su gli occhi chiari, ovati le pàlpebre più esili d'un velo di cipolla » (poi in *Erba del nostro orto*, Studio Editoriale Lombardo, Milano 1915: senza varianti nel brano citato); e *Uno, nessuno e centomila*, libro VII, cap. VII « Un colloquio con Monsignore » (cfr. p. 886 e nota 1).] 3. RC – Vi dirò. Sono addolorato 4. RC espresso perché... 5. RC, T non puoi saperlo perché, disgraziatamente, non 6. RC Il De Vincentis che non poteva ancora parlare dalla commozione chinò

p. 112
1. RC nemmeno, senz'alcun 2. RC capirete che non 3. RC, T denegò 4. [Cfr. p. 115, nota 3.]

p. 113
1. T confusamente, che 2. T innanzi 3. T rosee, troppo curate, si 4. T a impedire, che 5. T scosso e avviate. 6. T di cui, egli, uomo 7. [Cfr. *Difesa del Mèola (Tonache di Montelusa)*, in «Il Marzocco», 8 agosto 1909; poi in *Erba del nostro orto*, cit., 1915.]

p. 114
1. T si era 2. T com'essa era 3. T uffici 4. T edifizii, che

p. 115
1. T ombra spiccava 2. T maestoso, aereo sul ciglione. / Monsignor 3. RC [Cfr. p. 112, nota 4: il testo tra le due note era:] entrambi. Il sole era appena appena tramontato. Il cielo di un color turchino intenso a oriente, soffuso di viola, sfumava grado grado in una tinta verdina tenue, tenera; sotto, la campagna si raccoglieva nella prim'ombra: i mandorli, nel bosco della Civita, parevan pennacchi di vapor violaceo; spiccava tra essi una fila di alti cipressi notturni, come un vigile drappello a guardia del vicino tempio della Concordia, maestoso, aereo sul ciglione. Dal colle di Girgenti, invisibile dal terrazzo, giunsero chiari i rintocchi dell'*Ave Maria*. Monsignor Montoro si tolse lo zucchetto, si curvò, chiudendo 4. RC, T ricevuto. 5. RC adunque?

p. 116
1. RC, T senza ritegno! 2. RC, T è 3. RC che era 4. RC, T Aveva architettato lui quel disegno di nozze tra donna Adelaide Salvo e don Ippolito; aveva 5. RC, T a questo, che 6. RC madre, fosse 7. RC, T di quella sorta, questo 8. RC, T gli sarebbe bastato per tutte le evenienze future. 9. RC, T al figlio, che 10. RC, T lontano; prima

p. 117
1. T a Roma; e 2. RC, ad 3. RC, T le nozze, egli d'un tratto 4. RC, T innanzi, e 5. RC, T trarsi 6. RC da ridire su la fotografia che 7. RC, T mostrato 8. RC di donna Adelaide, e 9. RC, T a' 10. RC, T Sì, sì: ma 11. RC, T in qua, nella solitudine, la vecchiaja, in ispecie la sera, quando

p. 118
1. RC quella 2. RC da un canto grado grado l'illusione 3. RC da un'angoscia profonda. 4. RC, T eran 5. RC, T

avevan 6. RC, T mani quasi sassificate sul 7. RC, T a lungo... 8. RC Per questo, per questo aveva 9. RC, T d'una più intima 10. RC, T stessa, cioè dalla forza ch'esso le aveva data, si

p. 119
1. RC E si alzò, sospirando: / – *Bene* 2. RC del Museo, ov'era T del Museo, ove era 3. RC, T nella campagna silentissima l'ombra 4. T del crepuscolo, che 5. RC Ipsas. 6. RC, T templi 7. RC di alberi

p. 120
1. RC, T templi, spettri. 2. RC, T altra vita. Calda, fiammante, canora, la civiltà un giorno, da quei clivi, s'era diffusa, fatta di sentimento e d'illusione: stridente di macchine, gelida oggi la civiltà, fatta di ragione, scendeva dal nord, come un lenzuolo di neve. / Sonò 3. RC, T sopravvenuto il 4. RC singulto angoscioso. 5. [Cfr. parte II, cap. VI, p. 438 e nota 4. Inoltre, *Il turno*, cap. III, vol. I, p. 224.] 6. RC Era Sciaralla che 7. RC la guardia 8. RC lassù. / CAPITOLO QUINTO. / I. / Appena T lassù. / CAPITOLO QUINTO. / ALBA TORBIDA. / Appena

p. 121
1. RC Appena il primo albore filtrò, squallido, attraverso le ampie foglie aride e lievi del caprifico accapannato in fondo alla vigna, Mauro Mortara, che giaceva per terra appoggiato al tronco, aggrottò le ciglia, ritirò le braccia, stirò la schiena e rugliò nella gola e nel naso. / L'anima, appena risentita, gli mosse due o tre volte le pàlpebre; chiese ancora il tepido bujo del sonno; ma udì poi un gallo cantare da un'aja lontana, un altro gallo da più lontano rispondere; udì un frullo d'ali vicino, e si riscosse. / I tre mastini, accucciati sotto l'albero intorno a lui, lo guardavano con occhi umidi, intenti, silenziosi, scotendo amorosamente la coda. / Allora egli si scrollò da le spalle il cappotto d'albagio; si stropicciò gli occhi acquosi col dorso delle mani; poi cavò dalla sacca, pendula da un ramo, tre tozzi di pan secco e li buttò in bocca alle bestie; finalmente si tirò su su in piedi e, appeso il cappotto all'albero, lo schioppo a la spalla, si mosse per la vigna. T Appena il primo albore filtrò, lieve, attraverso le foglie aspre, coriacee del caprifico accapannato in fondo alla vigna, Mauro Mortara, appoggiato al tronco, aggrottò le ciglia, ritirò le braccia, stirò la schiena e rugliò nella gola e nel naso. / L'anima, appena risentita, gli mosse due o tre volte le pàlpebre; chiese ancora il tepido

bujo del sonno; ma udì poi un gallo cantare da un'aja lontana, un altro gallo da più lontano rispondere; udì un frullo d'ali vicino, e si riscosse. / I tre mastini, accucciati sotto l'albero intorno a lui, lo guardavano con occhi umidi, intenti, salutandolo amorosamente con la coda. Ma il padrone li guatò, seccato che lo avessero veduto dormire; poi si guatò le gambe distese aperte, rigide, su la terra cretosa della vigna; terra su terra; si scrollò da le spalle il cappotto d'albagio; si stropicciò gli occhi acquosi col dorso delle mani; cavò in fine dalla sacca, pendula da un ramo, tre tozzi di pan secco e li buttò in bocca alle bestie; si tirò su su in piedi e, appeso il cappotto all'albero, lo schioppo a la spalla, si mosse ancor mezzo trasognato per la vigna. 2. RC più di vegliar tutta la notte: a una cert'ora, guardingo, come 3. RC, T a rintanarsi là, sotto 4. RC più quella. Ah, la sua bella vigna... Sì, il vino di quell'anno lo avrebbe forse bevuto; ma quello de l'anno appresso? Diede T più quella. / Ah, la sua bella vigna... Sì, il vino di quell'anno lo avrebbe forse bevuto; ma quello dell'anno appresso? Diede 5. RC, T e sbadigliò a quella 6. RC, T del giorno, che 7. RC ampia 8. RC d'ombra cineruleo; poi T d'ombra della notte, poi 9. RC vaporoso, quasi rabbuffato, di tra le agavi ispide e i ceppi di fichidindia, che sorgevano e si storcevano in quella scialba caligine, pallide e come attediate. 10. RC attediate. / La luna T caligine. / La luna 11. RC smoriva, squallida, nella 12. RC, T e là nelle campagne, entro 13. RC, T fumicavano i fornelli, dove 14. RC il mallo de le mandorle, per farne *scebba*, cioè cenere per il ranno. T il mallo delle mandorle. 15. RC Da due giorni Mauro Mortara era tuttavia meno 16. RC in carrozza per

p. 122
1. RC Empedocle e 2. RC se non a sera tarda, traeva T se non a tarda sera, traeva 3. RC con la carrozza, per salutarlo, poi veniva là per la vigna a raggiunger lui e gli domandava tante cose della campagna, con quella voce soave e quegli occhi di colomba. Si fermava infine sotto quell'ombrellone magnifico del 4. RC pino marittimo, solitario laggiù, dove T pino solitario laggiù, dove 5. RC strapiombava 6. RC aeree, fragili quasi. 7. RC al sole ogni mattina era quel pino là che 8. RC Dianella Salvo aveva 9. [Cfr. p. 123, nota 4.]

p. 123
1. T perché ella stessa 2. T sgomento, o piuttosto, l'impressione 3. T e aggrottava le ciglia. 4. RC [Cfr. p.

122, nota 9: il testo tra le due note era:] selvaggio. / Ella diceva con gli occhi che non aveva nulla di comune con gli altri; che la sua anima era sola, nutrita di pensieri alti e dolorosi. A ogni minimo tocco rude della realtà provava quasi un improvviso sgomento, o piuttosto, l'impressione di un'ombra nel cervello, che le faceva aggrottar le ciglia. Subito però cancellava con un dolce sorriso il gesto ombroso involontario. Non sapeva intendere perché le si dovesse far male, quand'ella era piena d'amore, di carità per tutti, e andava innanzi alla vita, fiduciosa e serena. / La fiducia 5. T e avvinceva. / Anche 6. RC ora quel tralcio, rimovendo i pampini che nascondevano i grappoli, le mammelle de la vite, con amorosa delicatezza. Tutti quei grappoli, tesori gelosamente custoditi, egli lí aveva mostrati quasi 7. RC, T alle lodi, ch'ella 8. RC di meraviglia. / – Uh, quanti 9. RC tant'uva questa 10. RC impalata...

p. 124
1. RC nella vita! / Per 2. RC i cani: / – Te', *Scampirro*! 3. RC capelli crespi, ferrugginei, dalla faccia cotta dal sole e dagli occhi T capelli crespi, ferruginei, dalla faccia cotta dal sole e dagli occhi 4. RC, T a gli 5. RC, T d'oro e, in 6. RC, T de la

p. 125
1. RC a ponente, tra 2. RC, T e accostandosi, tutto grondante di sudore, arrangolato. – Non 3. RC, T una cert'aria 4. RC, T Ma jeri sera, sul 5. T Dianella, che

p. 126
1. RC grosso: non 2. RC Può stare più che sicuro 3. RC che deve fare; non gli mancavano né testa né coraggio; ma 4. RC il deposito, i carrettieri 5. RC, T tutto per aria! Non 6. RC più niente! Io chiudo, sai? e

p. 127
1. RC, T senza neppure volgersi a 2. RC ad 3. RC, T de la 4. RC, T prepotenze! La fame è laida assai; la miseria è grande! / Donna 5. RC, T il Costa, – e mangia 6. RC, T su le 7. RC, T sotto i piedi! Ma mio figlio, santo Dio, no! mio figlio 8. RC, T schiaffeggiare, se vuole, ché 9. RC, T dalla finestra. – L'affare 10. RC, T – Mah!

p. 128
1. RC, T insieme anche 2. RC, T ricordo, non 3 RC, T venuto e 4. RC, T tazzolina 5. RC, T a gl'imbarchi

6. RC, T veniva a piedi da 7. RC a Roma, col signor ingegnere, commendatore, don

p. 129
1. RC accompagnato le ultime parole. – Donna T accompagnato le ultime parole, – donna 2. RC commendator Vella, pezzo 3. RC grosso nell'Amministrazione delle ferrovie, adesso. T grosso dell'Amministrazione delle ferrovie, adesso. 4. [Cfr. *Suo marito*, cap. IV, § 1, vol. I, p. 707 e nota 1. (Ma si vedano anche altre pagine: ad es., *La moglie di prima*, in *Saggi, poesie, scritti varii*, a cura di M. Lo Vecchio-Musti, « Opere di Luigi Pirandello », vol. VI, Mondadori, Milano 1965², p. 1166.)] 5. RC, T subito, con enfasi, il Costa, battendosi

p. 130
1. RC ad 2. RC, T sorella mia, a bocca aperta. 3. RC, T rimase propriamente allocchita. 4. RC, T e fuorivia? se li mangia tutti! 5. RC, T che volete. Mio figlio, tra 6. RC, T padre, e 7. T qualvolta

p. 131
1. T una mala femmina, che 2. RC, T varcar 3. RC, T sparlare più, donna 4. RC, T di qual mala 5. RC che mondo! / II. / Dianella T che mondo! / COME UN RUSCELLO... / Dianella 6. RC, T quella mattina di raggiunger Mauro nella vigna 7. RC, T Quello sguardo acuto e duro che il padre, nell'ira, le aveva rivolto d'improvviso, mentre il Costa parlava del pericolo da cui il figlio era minacciato in Aragona, la aveva profondamente turbata; le aveva in un baleno richiamato alla memoria un altro sguardo, ch'egli le aveva rivolto tanti anni addietro, quand'era morto il fratellino e la madre era impazzita. 8. RC, T d'odio, che

p. 132
1. RC, T di cui egli di poi l'aveva colmata, non eran valsi 2. RC, T prepotente della 3. RC, T e 4. RC, T sfiducia, egli lasciava 5. T apertamente, che 6. RC, T sforzi e la vita sua stessa, per lui, non avevan più scopo, perduto 7. RC soddisfazione per lui. 8. RC, T o 9. RC, T voluto dirgli: 10. RC, T voluto dirgli, se 11. RC, T avesse potuto parlare all'anima del padre, senza parole, senza cioè che le labbra

p. 133
1. RC, T senza volerlo, ella aveva 2. RC, T mal'acquistata,

aveva 3. RC, T la rivincita ch'egli si 4. RC Voleva tutto assorbire, tutto aver lui in pugno: zolfare, terre, opificii, il commercio 5. RC, T provincia. Perché? perché, se lavorava senza più amore e quasi senza più scopo? perché 6. RC perché caricare su le esili spalle di lei T perché gravare su le spalle esili di lei 7. RC, T sola – fardello esoso, tutte quelle 8. RC ricchezze che 9. RC, T recato 10. RC, T fortuna? / Dispetto e anche sgomento, talvolta, ne sentiva Dianella, prevedendo purtroppo che il cuore forse le sarebbe rimasto schiacciato sotto quel cumulo d'oro. / Eppure 11. RC, T la vita. / Vispo e fiero, bruno, come

p. 134

1. RC, T neri, e gli occhi pieni di fuoco, Aurelio Costa le era apparso la prima volta, a tredici anni; ed era stato poi per tanto tempo suo compagno di giuoco, suo e del fratellino. Essi non capivano allora l'abisso ch'era tra loro. Ma poi, man mano, Aurelio era divenuto sempre più timido e circospetto. Ella aveva poco più di dodici anni, quand'egli, a diciotto, era partito per iscriversi all'Università di Palermo nella facoltà d'ingegneria; e aveva pianto molto lei, molto – ancora come una ragazzetta ignara – nel dargli l'addio. Che festa poi al ritorno di lui, dopo l'anno scolastico! Era stata 2. RC così espansiva quella T così vivace, così piena di giubilo quella 3. RC, T e, pian piano, con 4. RC, T sarebbe stato bene frenarsi, perché il Costa era ormai un giovanotto e non bisognava perciò dargli ancora del tu. Ella – senza saperne ancor bene il perché – era diventata di bragia. Oh Dio, e allora, come? del lei? Non era più lo stesso Aurelio? No, non era più lo stesso – neanche per lei; e se n'era accorta bene l'anno appresso, al nuovo ritorno di lui; e sempre più dopo il terzo, dopo il quarto, dopo il quinto anno d'Università, allorché egli era ritornato con una splendida laurea e con l'intenzione di concorrere a quella borsa di studio all'estero. Lui, proprio lui non era più lo stesso; perché lei, invece... sì, con la bocca, *signor Aurelio*, ma con gli occhi seguitava a dargli del tu. Prima di partire, era venuto a ringraziare il suo benefattore, a giurargli eterna gratitudine; e a lei non aveva saputo dire quasi nulla, quasi non aveva osato di guardarla, e certamente, certamente non s'era accorto né del pallore del volto né del tremito della mano di lei. / Dopo la partenza, più volte ella aveva sentito 5. RC del valore veramente straordinario di quel T del valore veramente non comune di quel

p. 135

1. RC, T il fuoco nascosto e 2. RC, T quest'altro, al

3. RC, T e la figlia. / S'era 4. RC, T zolfare. / Non 5. RC, T non zotica veramente, ma stanca, attediata nell'abbandono dei lunghi giorni muti, uguali; sempre 6. RC, T conoscenti, che 7. RC, T verso lei, ch'era 8. RC, T provinciale; ella si era 9. RC, T così maschio, padrone di sé ormai, del suo cammino conquistato con la forza, con la tenacia, col lavoro. / La gioja 10. RC, T di rivederlo s'era però d'un subito offuscata in lei. C'era quel giorno a visita Nicoletta Spoto, da un anno 11. RC poveretto lì tutto impacciato aveva 12. RC, T occhiatina ingenua scambiata 13. RC lei, Nicoletta Spoto, a

p. 136
1. RC iniziate 2. RC, T Capolino. / S'era 3. RC, T inattesa, improvvisa, Dianella; s'era 4. RC quella donna che già odiava, avendo supposto la relazione 5. RC, T in salone, ella, tutta accesa e vibrante, lo aveva accolto con festa esagerata, ricordandogli 6. RC, T impallidire. / Dianella 7. RC Dianella si lusingava che 8. RC, T compreso. Ella lo aveva 9. RC, T di cui egli non 10. RC, T coscienza: sì, egli non poteva pensare a lei, credeva di non poter 11. RC, T a pensare? 12. RC, T probabilmente qualche donna conosciuta colà. 13. RC, T salto, imparentandosi 14. RC, T de la Spoto, ricchissima un giorno, ora 15. RC, T del paese. / Costei 16. RC, T aveva acquistato sul 17. RC, T ricevuto 18. RC, T di Aurelio Costa; e 19. RC, T ne la 20. RC, T da pensare. / Ella disapprovava segretamente quelle 21. RC don Ippolito; ne

p. 137
1. RC, T che egli cioè 2. RC, T il discorso con don 3. RC, T burrone, e 4. RC, T di rimpetto, dove 5. RC, T di Platanìa. / Ella, il giorno 6. RC, T rinascere a un tratto. L'aria 7. RC presa 8. RC, T da quest'abbandono 9. RC, T si trovava. / Ora, invece, quei 10. RC, T il cuore!... Aver 11. RC, T vana... Lustreggiava 12. RC al burrone, il ruscelletto, che T al burrone, un ruscelletto, che 13. RC, T ferroviaria. Ella vi fissò 14. RC, T l'immagine che fosse

p. 138
1. RC, T appunto come quel ruscello, lei, come un ruscello a cui una mano ignota per malvagio capriccio avesse traviato, presso la fonte, la vena con irti e grevi sassi; e 2. RC, T per sua figlia. 3. RC a Santa Maria dell'Udienza... Doveva sposare un riccone di Girgenti; le venne un mal di capo e

morì. T a Santa Maria dell'Udienza e gli angioletti stavano a sentirla, in ginocchio e a mani giunte, così... Doveva sposare un riccone di Girgenti; le venne un mal di capo, e morì... 4. RC Ma il silenzio intorno era così attonito ed intento, che a un tratto ella se ne sentì quasi assorbire e affascinare. T Ma il silenzio attorno era così attonito, così intenso e immemore il trasognamento della terra e di tutte le cose in essa, che a un tratto ella se ne sentì quasi assorbire, affascinata. 5. RC misteriosa e inquietante con la natura solitaria, i più lievi rumori, i più lievi moti, il brulichìo quasi indistinto delle foglie, il ronzìo degli insetti, e quasi non sentì più di vivere per sé; visse per un istante, incosciente e pure in vigile attonimento, con la terra, come T misteriosa e inquietante con la natura solitaria, i più lievi moti, i più lievi rumori, il brulichìo quasi indistinto delle foglie, il ronzìo degli insetti; e non sentì più di vivere per sé; visse per un istante, incosciente e pure in vigile attonimento, con la terra, come 6. [Cfr. p. 139, nota 2.] 7. T nell'erbetta, che 8. T maggiolino, sperduto, fuor

p. 139

1. T graziose?... 2. RC [Cfr. p. 138, nota 6: il testo tra le due note era:] campagna. / Si scosse 3. RC, T festoso, improvviso dei tre mastini, che 4. RC, T la carezza delle mani di lei. 5. RC, T niente... – le rispose ella, schermendosi 6. RC d'un subito quelli s'arrestarono, come impietriti dal grido. Dianella sorse in piedi e si chinò a carezzarli di nuovo, per compensarli della sgridata. 7. RC curiosità. 8. RC a rispondergli ella; e 9. RC quel sollievo stesso che provavan tutti T quel sollievo stesso, che provavan tutti 10. RC era assente. Sapeva perché Mauro rifuggiva finanche dal vederlo di lontano; avrebbe voluto dirgli che il padre in fondo non era così nemico della libertà e della patria, com'egli si figurava; che poco s'impicciava di queste cose, dedito com'era tutto a gli affari. Ma, anziché scusare, non avrebbe aggravato, dicendo così, il torto del padre? / – Ad Aragona, – 11. RC, T disse, – si 12. RC mandarvi

p. 140

1. RC la interruppe, con 2. [Cfr. nota 5.] 3. T della campagna, egli si era a modo suo sistemato il suo mondo, e ci 4. T soddisfacenti, che 5. RC [Cfr. nota 2: il testo tra le due note era:] esclamazione: / – Oh Marasantissima, lasciatevi 6. RC servire! Che pretendono? Si ragiona o non si ragiona? Il governo che cos'è? Il governo è il governo! E tutti dobbiamo ubbidire, ognuno al posto suo, e guardare alla comunità! Perché questi pezzi di galera, figli di cane ingrati e

sconoscenti, debbono guastare a noi vecchi la soddisfazione di vedere in pace questa comunità, l'Italia, divenuta per opera nostra potenza di prim'ordine? Di prim'ordine, vi dico! Che ne sanno essi che cos'era prima l'Italia? Hanno trovato la tavola apparecchiata, il pane affettato, e ci sputano sopra, capite? Ma se ognuno dovesse pensare a sé solamente, come camminerebbe la barca? Che non si può forse salire e scendere, oggi, secondo il merito? Che ti meriti tu? Pane e cipolla? Mangia pane e cipolla! O che non si può esser felici, anche mangiando pane e cipolla? L'ho mangiato io, e lo so! Ma se onestamente ti meriti qualche cosa di più, fatti avanti, fa' valere il tuo merito, avanzerai! Nossignore, nossignore... L'asino dice oggi al padrone: – Mettiti a quattro zampe, ché voglio stare a cavallo un po' io... – E intanto, guardate, Tunisi è là! / Si voltò T lasciatevi servire! Che pretendono? Voglio sapere che pretendono! Si ragiona o non si ragiona? Il governo che cos'è? Il governo è il governo! E tutti dobbiamo ubbidire, dal primo all'ultimo, tutti, e ognuno al suo posto, e guardare alla comunità! Perché questi pezzi di galera, figli di cane ingrati e sconoscenti, debbono guastare a noi vecchi la soddisfazione di vedere questa comunità, l'Italia, divenuta per opera nostra potenza di prim'ordine? Di prim'ordine, vi dico! Che ne sanno essi che cos'era prima l'Italia? Hanno trovato la tavola apparecchiata, la pappa scodellata, e ci sputano sopra, capite? Ma se ognuno dovesse pensare a sé solamente, come camminerebbe la barca? Che non si può forse salire e scendere, oggi, secondo il merito? Che ti meriti tu? Pane e cipolla? Mangia pane e cipolla! Vi posso dir io che si può esser felici, mangiando pane e cipolla, che l'ho mangiato. Ma se onestamente ti meriti qualcosa di più, fatti avanti, fa' valere il tuo merito, avanzerai! Nossignori, nossignori... L'asino dice oggi al padrone: – Mettiti a quattro zampe, ché voglio stare a cavallo un po' io... – E intanto, guardate: Tunisi è là! / Si voltò

p. 141
1. RC mascalzoni pensano 2. RC sapete? Schiuma, schiuma d'ogni vizio! Soffiano 3. RC cintola. / III. / Quella T cintola. / NEL SANTUARIO. / Quella 4. RC, T a Dianella Salvo. 5. RC penombra poi era

p. 142
1. RC impellacciatura 2. RC, T bianca, esercitava il pensiero, più spesso la memoria, astratto, assorto, come 3. RC sul terrazzo lì sopra, il 4. RC si era 5. RC, T ricoprir di bandone. 6. RC tempo: le 7. RC arrotolate 8. RC

giù 9. RC d'estate, larghe 10. RC, T di muffa. / Don Cosmo 11. RC poco ancora gli restava 12. RC poteva bene crollare

p. 143
1. RC e sorridendo nervosamente. 2. RC – Leopardo, – disse Mauro. / – Bello! – aggiunse Dianella, accostandovisi. / E abbassò T – Leopardo, – disse Mauro. / – Bello! / E Dianella abbassò 3. RC per 4. RC variegato, ma 5. RC, T grossa, e sopra, un'aquila 6. RC, T innanzi

p. 144
1. RC, T lesse: / *Burmula, li 22 dicembre del 1852.* / *Amici,* / *Le notizie* 2. RC, T *causa, e ritarderanno, chi* 3. RC *a quando il* 4. RC *non so più né posso sopportare più il peso* 5. RC, T e s'abbigliò 6. RC, T come se dovesse 7. RC, T il poeta, don [Alla famiglia dei Ricci-Gramitto appartenne, com'è noto, la madre del Pirandello, Caterina.] 8. RC, T Francesco, don 9. RC, T De Luca, don 10. RC, T Bianchini, don 11. RC ed 12. RC, T sotto, a

p. 145
1. RC, T la lettera... Che ne sapevo io? Quando 2. RC, T com'era 3. RC, T Più bello. Sì, più alto, diritto, con 4. RC, T io; come 5. RC lettera che 6. RC, T Sedete, sedete qua; 7. RC, T leopardo. – Non c'è 8. RC, T di 9. RC, T i preti, capite?

p. 146
1. [Cfr. p. 151, nota 5.]

p. 147
1. RC ad una ad una...

p. 148
1. RC Ed 2. RC ammirata e con un intenerimento, una dolcezza quasi angosciosa, che T ammirata, con un intenerimento, con una dolcezza accorata, che 3. RC, T la ruvida irsuta scorza 4. RC, T Ora vi dico. 5. RC, T narrarle 6. RC, T in Sicilia, dove 7. RC, T La Valetta.

p. 149
1. RC, T presentarlo, così, tutto affumicato e strappato com'era, al 2. RC, T temperar 3. RC, T s'approdava 4. RC, T a Costantinopoli. / Ma

p. 150
1. RC, T là, a Costantinopoli, dal 2. T anche quello? 3. RC, T osato di rimproverarlo 4. RC, T mostrò, sorridendo, il pugno) lo aveva steso, là, nella 5. RC, T la tempia. / Ripresosi 6. RC, T in un fascio, sotto 7. [Orazio Antinori (Perugia 1811 - Let Marefià 1882), patriota del '48, in esilio dopo la caduta della Repubblica romana, fu esploratore avventuroso. Percorse regioni mal note dell'Asia Minore e dell'Africa centrale e orientale; ed ebbe fama anche per la sua singolare abilità nella preparazione e conservazione degli animali e per alcune importanti collezioni ornitologiche.]

p. 151
1. RC, T d'una canna, bella 2. RC i fichi più 3. RC non si poté 4. RC tante, ora sono 5. [Cfr. p. 146, nota 1: per il brano tra le due note, cfr. *Pier Gudrò*, cit., 1894, str. V.]

p. 152
1. RC, T il pino, là, guardo 2. RC altro che il Rastiglio, il 3. RC, T casucce e ora 4. RC, T s'asciugò 5. RC gli occhi, intensamente commossa. 6. RC, T un uomo, come niente, e ne aveva fatto morire un altro, per l'ombra d'un sospetto maniaco, che 7. RC, T come un fanciullo innanzi a lei; piangeva di tenerezza, di soddisfazione per

p. 153
1. RC, T e s'aggirava pe' sentieri solinghi, sotto 2. RC, T romor 3. RC, T innanzi a la villa, scendevano 4. RC, T di 5. RC, T ad

p. 154
1. RC, T – Andrete adesso a Porto Empedocle? 2. RC, T e il Costa, frettolosi. 3. RC, T – Andiamo, andiamo, andiamo... 4. RC, T partire, senza 5. RC Invece, subito aveva ubbidito... / Forse T Invece subito aveva ubbidito... / Forse

p. 155
1. RC alle zolfare! / IV. / Flaminio T alle zolfare! / IN AGGUATO. / Flaminio 2. RC di chiuderle senz'altro. 3. RC, T – Così, – esclamò, – sciopereranno 4. RC, T a cui adesso è 5. RC, T damascata... questo 6. RC, T su la 7. RC, T Siamo matti, parola d'onore, matti siamo!... Sì: servono, servono

p. 156
1. RC, T innanzi 2. RC, T l'avete voi, la 3. RC, T io? / E si levò di tavola. / Poco 4. RC il verso angoscioso d'un 5. RC, T attorno a la 6. RC emerse, pallida, su 7. RC il Salvo, senza

p. 157
1. RC, T per un minuto la 2. RC in un momento proprio T in un momento, proprio 3. RC, T che con la voce, Dianella, mentre in seno tutta l'anima sconvolta le tumultuava. / – Non 4. RC, T ella.

p. 158
1. RC divenuto in lei certezza. 2. RC, T povero e nobile giovine 3. RC per ben altro 4. RC, T Appena uscito dalla camera il padre, ella si nascose il volto tra le mani e pianse, pianse impetuosamente, muta, frenandosi. Le parve 5. RC, T con altri, se 6. RC ad 7. RC, T anche di migliori, avrebbe 8. RC, T aver dato egli cioè a quel giovine

p. 159
1. RC, T la pace abbandonata della 2. RC, T albor 3. RC, T inatteso, di tenerezza, le 4. RC, T pur bello, tanto, lo spettacolo 5. RC sorgenti 6. RC, T da alcuno, nella 7. RC, T anch'ella 8. RC, T invisibile, che

p. 160
1. RC, T a gli 2. RC, T di Dio, che 3. RC, T offendevano 4. RC, T a la 5. RC, T immerso, là, nello 6. RC meditazioni. / CAPITOLO SESTO. / I. / Né T meditazioni. / CAPITOLO SESTO. / IN GUARDIA. / Né 7. RC per le vie della 8. RC, T imminente. / Ma 9. RC ai muri, alle cantonate delle vie le si era imporrita; rotto il pentolino de la colla. / S'era T ai muri, alle cantonate, le si era imporrita, rotto il pentolino della colla. / S'era 10. RC la ciarlataneria, a Girgenti. Raccolta, guardinga, a T la ciarlataneria e, raccolta, guardinga, a 11. RC, T aspersorio. / I cittadini, sotto 12. RC bene; la 13. RC perché essa non

p. 161
1. RC prediche; e poi prestava, sotto mano – a usura, è vero, ma prestava –; pubblicamente, con 2. RC consentito dalla chiesa. / I pubblici T consentito da santa madre chiesa. / I pubblici 3. RC uffici, la Prefettura, l'Intendenza delle Finanze, le Scuole governative, i Tribunali, davano 4. RC la vita; e l'industria, il 5. RC, T in somma, 6. RC s'eran

da un pezzo trasferiti 7. [Cfr. nota 15.] 8. T dell'isola. / Ma anche 9. T usi, a cui 10. T destinato, e 11. T se ne potevan cavare, il 12. T rinvilita. / A Girgenti, solo 13. T davan 14. T Santo 15. RC [Cfr. nota 7: il testo tra le due note era:] dell'isola. / A Girgenti, solo i Tribunali e i Circoli d'Assise davan da fare veramente, aperti com'erano tutto l'anno, poiché il carcere di Santo Vito rigurgitava sempre di detenuti, i quali talvolta dovevano aspettare due o tre anni per essere giudicati. Meno male 16. RC, T patire. / La 17. RC di sangue scoperti o

p. 162
1. RC, T eran 2. RC, T guardate. / Là, in piazza 3. RC della città, innanzi al palazzo della Camera di Commercio e al Casino dei Nobili e al Caffè, s'affollavano 4. RC gesticolando 5. RC in lite coi gabellotti o coi 6. RC e avvocati; s'affollavano 7. RC o di Rafadali, solfarai 8. RC arsicce, vestiti 9. RC o padovane; con pesanti scarponi imbullettati; con cerchietti 10. RC a gli orecchi, venuti 11. [Cfr. nota 13.] 12. T aperte e protratte 13. RC [Cfr. nota 11: il testo tra le due note era:] carcerati; e avevan 14. RC e sorelle, avvolte 15. RC dal peso dei massicci orecchini a cerchio, a pendagli e a lagrimoni; altre 16. RC, T assassinato. / Fra 17. RC Fra queste donne, quand'eran 18. RC s'aggirava guardinga qualche vecchia mezzana, a tentar le più giovani e le più appariscenti 19. RC, T appariscenti, che avvampavano

p. 163
1. RC corpo, per 2. RC per comprare ai figliuoli lontani, orfani, un pajo di scarpe, un vestituccio. / (– Occasioni! Una poverella bisognava che n'approfittasse. Nessuno 3. RC, T in cuore...) / I molti 4. RC, T intanto su e giù, su e giù, sempre 5. [Cfr. p. 164, nota 8.] 6. T tortuosa. / Via 7. T Romani eran 8. T gelosia. / Dal 9. T al colle, ove siede 10. T di tutta la vastissima piaggia, svariata di poggi e di valli e di piani, e del mare 11. T maestoso, dopo 12. T tramonti, su 13. T silenzio, che

p. 164
1. T per tutto un'orrida tetraggine. Non 2. T giorno, che non si vedessero per via, in 3. T medaglia 4. T triste, che 5. T così, ogni 6. T irrimediabile; ed era considerato 7. T a gridar contro ad essa. 8. RC [Cfr. p. 163, nota 5: il testo tra le due note era:] del paese, ma angusta e tortuosa, dal Largo di San Giuseppe a Porta di Ponte; alcuni si spinge-

vano fino al viale della Passeggiata, sotto gli alberi di pepe, donde si scopriva tutta la vasta campagna degradante al mare lontano; pochi, più oltre, fino alle Cavette: andavano a tre, a quattro, ma taciturni spesso, assorti in pensieri vani e tristi. Pareva che tutti sentissero gravarsi addosso il fato dell'antichissima città decaduta. E una certa nobiltà era veramente rimasta in quegli animi silenziosi, fiaccati, intristiti dal tempo senza vicende, da tante miserie senza riparo. / Più che delle elezioni politiche si parlava del duello 9. RC Auriti la 10. RC signore che 11. RC s'erano

p. 165
1. RC Prèola pubblicato 2. RC nel giornale *Empedocle.* Squalificato 3. T da' 4. RC, T per altro 5. RC sul terreno, e 6. RC, T lodevolmente: il duello tra 7. RC su la 8. RC s'eran 9. RC in buone mani: a Tano D'Ambrosio, s'era affidato, che la spada in pugno (senza repitare!) sapeva tenerla, e non 10. RC, T per una bravata. / Ninì 11. RC, T alla domanda di nozze che

p. 166
1. RC, T la fama di pudica, feminea timidezza 2. T s'erano 3. RC, T a la 4. RC avuto luogo, per scegliere il terreno. Nessuno 5. RC, T di 6. RC Ignazio Capolino intanto aspettava 7. RC del partito innanzi al Circolo Empedocleo, su l'ampia terrazza marmorea di fronte alla chiesa di S. Giuseppe. / Quel T del partito su l'ampia terrazza marmorea, innanzi al Circolo che, come tant'altre cose, aveva anch'esso nome da Empedocle. / Quel 8. RC gli aveva fatto un gran giuoco, gli aveva accresciuto importanza e simpatia. Egli mostrava T gli aveva accresciuto importanza e simpatia. Egli mostrava

p. 167
1. RC di non curarsene punto; e quella sprezzatura per nulla ostentata destava ammirazione e compiacimento negli amici che gli passeggiavano accanto, sicuri e orgogliosi, perché lo sapevano espertissimo di scherma. Raccontava loro le festose accoglienze ricevute il giorno avanti a Favara, dai futuri elettori. Avrebbe voluto recarsi quel giorno a Siculiana, dove tant'altri amici lo attendevano 2. RC Roberto Auriti, sì e no, avrebbe ottenuto una maggioranza di pochi voti soltanto a Comitini, dove 3. [Cfr. p. 168, nota 1.] 4. T ad essi; e che certamente 5. T adesso, era 6. T de' 7. T concittadini, ma quasi 8. T illusione, che 9. T si appartò 10. [Cfr. *Suo marito*, cap. III, § 3, vol. I, p. 680 e nota 1; e

Quaderni di Serafino Gubbio operatore, quaderno IV, cap. V, p. 630 e nota 1.]

p. 168
1. RC [Cfr. p. 167, nota 3: il testo tra le due note era:] amici. / Venuti i padrini, Capolino si appartò con essi in un angolo dell'ampio salone del Circolo. / Il D'Ambrosio, alto 2. RC equina, insaccato ne le spalle poderose, dal torace enorme [Cfr. *Il turno*, cap. VI, vol. I, p. 235.] 3. RC le parole; era sguajatissimo; e tutti tolleravano le sue sguajataggini balzane e violente, perché spesso faceva ridere. Le ingiurie che diceva si spuntavano 4. RC accolte: così egli 5. RC ingiuriar tutti e sfognare le parole più crude 6. RC, T crude, senza 7. RC si stia quieta. Sei vecchio, Gnazio, santo diavolo, lo vuoi 8. RC a cavallo, ma 9. RC Basta. Vieni 10. RC Ninì per 11. RC, T fosse un abbaruffio, un tumulto attorno

p. 169
1. [Cfr. *La casa del Granella*, VI, in «Il Marzocco», 27 agosto 1905 (poi in *La vita nuda*, Treves, Milano 1910).] 2. RC sempre più erta, finché non giunsero presso alla porta più alta della città, a settentrione, il cui nome arabo *Bâb-er-riiah* (Porta dei Venti), era divenuto Biberia. / La casa del D'Ambrosio era lassù. / E si vedeva da quell'altura il colle su cui sta Girgenti scoscendere 3. RC era ampio, profondo, montuoso. 4. RC, T di Consòlida e, a mano a mano, sempre 5. RC Infondo infondo, dai confini della provincia, sorgeva T In fondo in fondo, dai confini della provincia, sorgeva 6. RC cupo carrubo. / Tano D'Ambrosio 7. RC nel cortile della casa, vasto e acciottolato, con un cisternone in mezzo; andò 8. RC innanzi sul muro quella 9. RC, T colpì, ma

p. 170
1. RC, T incontro, staccandosi 2. RC, T le ciglia, e 3. [Cfr. nota 5.] 4. T al bersaglio. / Ninì 5. RC [Cfr. nota 3: il testo tra le due note era:] impegno. Al primo colpo, diede quasi nel capo del bersaglio, due dita appena più su. / – Sei un dio! – gli gridò il D'Ambrosio. – E non ti vogliono eleggere deputato? Tienti più basso un tantino, e lo bolli per l'eternità! / Troppo basso, al secondo colpo; ma imbroccato all'altezza dell'anguinaglie. / – Ahi ahi! – strillò il D'Ambrosio, ripiegandosi con le due mani là, come se fosse stato colpito. – Addio, Rosinella! Me lo rovini, povero Verònica! Basta, basta, ho capito... A Ninì, adesso! / Ninì recalcitrò come un mulo. Ma il D'Ambrosio tanto disse, tanto fece, che lo costrinse a sparare; poi, subito dopo scoppiò

6. RC Dev'avere 7. RC trent'otto 8. RC pare che ne

p. 171
1. RC da matto e, levando 2. RC la parola ch'era 3. RC – Ignorante! / II. / E T – Ignorante! / PROPAGANDA E COMPAGNIA. / E 4. RC a metterlo su. / Sissignori, anche a Girgenti, il Fascio. / Guardava T a metterlo su. / Sissignori, anche a Girgenti, nel paese dei corvi e delle campane a morto, il Fascio. / Guardava 5. RC, T d'orgoglio, con 6. RC vecchie case del 7. RC di miseria, quelle 8. RC, T affossate; e gli occhi gli sfavillavano. / Più 9. RC di quelle casette, coi ciottoli mal connessi di quelle viuzze; parlava con esse in cuor suo; diceva loro: 'Aspettate!'. Sopratutto T di quelle casupole, coi ciottoli mal connessi di quelle viuzze dirupate; parlava con esse in cuor suo; diceva loro: '*Bai bai!*'. Sopratutto 10. RC, T infatti, egli aveva 11. RC costar tanto il persuadere a gli uomini di fare T costar tanta fatica il persuadere a gli altri di fare 12. RC, T bene; che 13. RC a incalorirsi tanto per persuaderli, che si poteva quasi sospettare avere egli qualche fine segreto! Chi T a incalorirsi in quell'opera di persuasione così, che quasi quasi si poteva sospettare ch'egli ci avesse qualche fine segreto o qualche tornaconto! / Chi 14. RC Era stato messo fuori, quasi espulso T Era stato messo da canto, quasi espulso

p. 172
1. RC una figlia, inzaccherata di fango la canizie; averlo T una figlia, inzaccherata di fango la canizie, averlo 2. RC perdio, voleva essere, necessario! a dispetto di tutti; e presto 3. RC approfittava 4. RC, T a gli 5. RC metteva era 6. RC di fatti! 7. RC gambe 8. RC a gli 9. RC, T avanti 10. RC credito; e più 11. RC e la passione sua; ma T e la passione sua. Ma 12. RC le medesime cose, queste alla fine gli si erano fissate in una forma che aveva perduto ogni efficacia; gli si erano, per dir T le medesime cose, col medesimo giro, queste alla fine gli s'erano fissate in una forma, che aveva perduto ogni efficacia; gli s'erano, per dir 13. RC bocche di fuoco che non mandavan T bocche di fuoco, che non mandavano

p. 173
1. RC, T di lavoratori, qualcuno dubitava. 2. RC, T si comincia. / Certo, una 3. RC solo 4. RC a Porto Empedocle tra 5. RC, T innanzi 6. RC, T che si scherza? il divino mare, l'immensità! 7. RC come le formiche. Pazienza! Aveva

p. 174
1. RC, T in somma. / Luca 2. RC, T principe. / Intanto 3. RC, T cercavan 4. RC e fabbri, sarti 5. RC, T dipendevan 6. RC, T potevan 7. RC, T de' 8. RC, T punto. / Parte 9. RC, T imbalorditi

p. 175
1. RC riscotevano per tutto l'anno il meschino T riscotevano per tutto l'anno un meschino 2. RC, T *curàtoli* o 3. RC riducevan 4. RC la zappa in ispalla, la schiena 5. RC, T in 6. RC indurita, stracotta dal sole, che 7. RC, T gli occhi, e parlando, le 8. RC labbra. / Egli aveva già preso 9. RC del 10. RC, T casa, capace

p. 176
1. RC e più socii: un po' umido, sì, un po' troppo bujo; ma con due o tre candele accese, di giorno, ci si vedeva discretamente, vah! Lo aveva addobbato alla meglio, tutto quanto con le sue mani; dieci tabelle alle pareti, cinque di qua e cinque di là, coi motti sacramentali del partito, che spiccavano su certi vecchi paramenti di finto damasco, i quali, se avessero potuto parlare, chi sa quanti paternostri e avemarie si sarebbero messi a recitar sottovoce: un giorno, infatti, avevano adornato nelle feste solenni la chiesa di S. Pietro, ove Nocio Pigna era stato sagrestano. Il vecchio beneficiale glien'aveva fatto dono, allora. Li aveva cavati dalla cassapanca, dove da tant'anni stavano riposti con la canfora e col pepe, tesoro screditato, ed eccoli là – Luca Lizio poteva pure dir di no – ma facevano una magnifica figura. Del resto, per attirare i contadini, non vedeva male Nocio Pigna che il Fascio avesse una cert'aria di chiesa; e là, su la tavola della presidenza, aveva posto anche un Crocefisso. Dietro la tavola troneggiava lo stendardo rosso ricamato da sua figlia Rita, la *compagna* di Luca. E Luca stava lì, dalla mattina alla sera, a studiare Marx (*Màrchis*, diceva il Pigna), a scrivere, a corrispondere coi presidenti degli altri Fasci della provincia e con quelli di tutta l'isola e con Milano e con Roma. Qualcuno, passando innanzi al portone e vedendolo, talvolta lo poteva credere intento a cavarsi qualche caccoletta dal naso e ad abballottarla poi a lungo con le dita; ma si poteva scommettere che, in quei momenti, Luca pensava: quando pensava, rimaneva talmente astratto e assorto, che non avvertiva neppure le strombettate dei cinque *fratelli* addetti alla fanfara, i quali, per dir la verità, erano un'ira di Dio. Ma non bisognava raffreddare l'entusiasmo giovanile. Cinque T e più socii: un po' umido, sì, un po' troppo bujo; ma, via, con due o tre candele accese, di giorno, ci si vedeva discretamente. Lo aveva

addobbato alla meglio, tutto quanto con le sue mani. Dieci tabelle allè pareti, cinque di qua e cinque di là, coi motti sacramentali del Partito, che spiccavano su certi vecchi paramenti di finto damasco, i quali, se avessero potuto parlare, chi sa quanti paternostri e avemarie si sarebbero messi a recitar sottovoce: un giorno, infatti, avevano adornato nelle feste solenni la chiesa di San Pietro, ove Nocio Pigna era stato sagrestano. Il vecchio beneficiale glien'aveva fatto dono, allora. Li aveva cavati dalla cassapanca, dove da tant'anni stavano riposti con la canfora e col pepe, tesoro screditato, ed eccoli là – Luca Lizio poteva pur dire di no – ma facevano una magnifica figura. Del resto, per attirare i contadini, non vedeva male Nocio Pigna che il Fascio avesse una cert'aria di chiesa; e là, su la tavola della presidenza, aveva posto anche un Crocefisso. Dietro la tavola troneggiava lo stendardo rosso ricamato da sua figlia Rita, la *compagna* di Luca. E Luca stava lì, dalla mattina alla sera, a studiare Marx (*Marchis*, diceva il Pigna), a scrivere, a corrispondere coi presidenti degli altri Fasci della provincia e con quelli di tutta l'isola e con Milano e con Roma. Qualcuno, passando innanzi al portone del Fascio, talvolta lo poteva credere magari intento a cavarsi qualche caccoletta dal naso e ad' abballottarla poi a lungo con le dita; ma che! che caccoletta! in quei momenti, Luca pensava: quel dito nel naso, pensava: quando pensava, Luca rimaneva talmente astratto e assorto, che non avvertiva neppur le strombettate dei cinque *fratelli* addetti alla fanfara, i quali, per dir la verità, erano un'ira di Dio. Ma non bisognava raffreddare l'entusiasmo giovanile. Cinque 2. RC al Partito, Rocco 3. RC, T Licalsi. 4. RC, T Garofalo, ajutavano 5. RC, T de la 6. RC quattrocento, avevan già T quattrocento, quattromila, avevan già 7. T Ventura. / Perché 8. RC Franco, ispettore di polizia. Uh, T Franco, commissario di polizia. / Uh, 9. RC, T biondo, roseo, sorridente, strizzando 10. RC i begli occhi cerulei appassionati o T i begli occhi languidi cerulei o 11. RC barba 12. T discorsetto, che 13. T la voce. / Il rosso, il rosso 14. RC, T sopratutto 15. RC degli occhi... Ma T degli occhi... / Ma

p. 177

1. RC, T il cavalier Franco: polizia polita, almeno nelle apparenze, la sua. Voleva soltanto sapere 2. RC perché rosso, quando c'erano tant'altri bei colori, ecco. E un'altra T perché rosso, ecco, quando c'erano tant'altri bei colori: arancione, color pisello... E un'altra 3. RC, T a quell'impresa. Che se n'aspettavano? che ne speravano? un seggio 4. RC E allora, perché? per disinteressata carità di prossimo? per

giustizia sociale? Belle parole. Sì, bontà sua, riconosceva anche lui ch'era veramente iniqua la condizione dei lavoratori della terra. Ma si era certi poi di render loro un servizio rialzandoli da quella condizione? Chi   T E allora, perché? per disinteressata carità di prossimo? per giustizia sociale? Belle parole. Sì, bontà sua, riconosceva anche lui ch'era veramente iniqua la condizione dei lavoratori della terra. Ma si era poi certi di render loro un servizio rialzandoli da quella condizione? Chi 5. RC, T e più se ne vogliono, signori miei! Ora, in   6. RC, T filosofia, e   7. RC dirgli questi la   8. RC, T silenzio? / Povero   9. RC per sé – sissignori – bollato

p. 178
1. RC la fiamma che ci aveva messo dentro. Nessuno   T la fiamma ch'egli ci aveva messo dentro. Nessuno   2. RC, T che sola, tutta accesa delle nuove idee, se n'era fatto un culto, un vero culto. Anche   3. RC, T cos'era Rita di fronte a Celsina? / Altra spina, altra spina, questa, che   4. RC lì in 5. RC, T sociale! / Intanto, quella   6. RC, T elezioni, ella avrebbe   7. RC, T dalla mattina Nocio Pigna per   8. RC, T Niente... / Sì   9. RC civette; e   10. RC, T dei soci, però, alla

p. 179
1. RC, T gli stava dinanzi, parlando   2. RC, T cappuccio, che   3. RC, T scoperti appena appena gli   4. RC, T gli occhi acuti e sospettosi, poi   5. RC, T di nuovo. / – Parla, figlio   6. RC, T Gli occhi acuti e sospettosi

p. 180
1. RC – Ho inteso. Mi   2. RC, T dài tempo   3. RC, T pure   4. RC mano; poi

p. 181
1. RC per te? se   2. RC qui.   3. RC, T seguì un   4. RC il capo / III. / Trambusto, a   T il capo. / LA BAMBOLA BAFFUTA. / Trambusto, a   5. RC Celsina; c'era   6. RC Auriti; parlavano   7. RC alta: il gigante, cioè   8. RC, T racalmutese 9. RC quella che lavorava più di tutte insieme con Annicchia, ch'era la terza; e attorno   10. RC, T Licalsi

p. 182
1. RC, T si fece innanzi, snella   2. RC, T subito ella si

p. 183
1. RC, T scendere; e   2. RC pallide in faccia e   3. RC torbido in volto, con   4. RC parolina

p. 184
1. RC, T piacere, già 2. RC, T rinvenuta 3. RC, T amare! / E 4. RC, T all'in giù.

p. 185
1. RC ma, quanto 2. RC mi sembrate tutti pazzi, oggi, qua? 3. RC chiaro! La vostra posizione? Così 4. RC risolversi, caro 5. RC o di qua, con

p. 186
1. RC, T finir 2. RC, T Lasciatela sfogare! lasciatela sfogare! Dovrebbe 3. RC, T scusate? Che fate, che potete 4. RC si era 5. RC, T errori, non potevano, secondo lui, né offendere né offuscare, gli cagionava dispetto. Egli sentiva, sapeva

p. 187
1. RC, T mal'intesa. 2. RC, T Ma perché invece 3. RC nausea e dispetto. 4. RC sofferenze: non 5. RC con i 6. RC soltanto però rendeva 7. RC, T d'un 8. RC, T fiero, che 9. RC, T fiera, che 10. RC con i 11. RC, T parola, né 12. RC, T chiuso, con 13. RC ad 14. RC, T violenta, egli s'era 15. RC, T Celsina, fin 16. RC pur

p. 188
1. RC dichiarandolo 2. T apertamente, e sfidando 3. RC, T a lui, com'egli 4. RC, T orrore, e l'altra 5. RC dalla soggezione, dall'amore, anziché 6. RC, T Celsina, egli avrebbe

p. 189
1. RC, T in giorno divenivan più 2. RC, T a posta 3. RC sfidare 4. RC, T del prossimo! Ma 5. RC in certo modo 6. RC e Annicchia amavano credere 7. RC si cruciavano 8. RC, T de le 9. RC, T non comprendevano queste, che 10. RC, T di infamia, di cui 11. RC, T non rassegnate, dopo quella sciagura, alla 12. RC, T acconciare

p. 190
1. RC, T purtroppo che nessuno, onestamente, avrebbe voluto mettersi con loro ormai. E 2. RC un buon giovine, fermo, come 3. RC, T in fondo, sì, dovevano 4. RC riconoscere che Luca si studiava almeno di non dar mai causa che s'avesse a rimanere mal contenti di lui. Solo 5. RC, T innanzi 6. RC alla legge, se non in chiesa, la sua 7. RC,

T dall'ingegno e dalla dottrina, Mita 8. RC, T anche a Celsina, che abbagliava tutti. Non osavano giudicarla, Celsina, perché 9. RC, T soddisfazione, ella avrebbe 10. RC, T che egli partisse

p. 191
1. RC, T de la 2. RC, T poi, sovvenendosi 3. RC al giovane, si levò 4. RC, T su le 5. RC Ma ora... in questo 6. RC gli destava, proprio 7. RC, T l'orrore, che 8. RC, T rifiuto, avesse 9. RC, T per sempre. / Quasi 10. RC non potendo ella andare a trovarla nel T non potendo ella andarla a trovare nel 11. RC, T mezzo brilla... – orrore! orrore! / Un fracasso 12. RC, T a gli 13. RC, T a gli

p. 192
1. RC, T su le 2. RC, T di dietro, come 3. RC muso 4. RC, T a sedere. / Le 5. RC si buttò in capo 6. RC romore 7. RC, T in frantumi. / Mita 8. RC, T e lo vide giù, curvo, che 9. RC, T vi siete fatto niente? / – Niente... – rispose 10. RC che, senza lenti, non distingueva più nulla a un palmo di distanza, inciampò T che, senza lenti non vedeva di qui là, inciampò 11. RC – Oh Nino!, – intese chiamare. / Riconobbe 12. RC rabbiosamente. / IV. / Corrado T rabbiosamente. / VIAGGIATORE SENZA BAGAGLIO. / Corrado

p. 193
1. RC, T Auriti, che 2. RC, T addosso, s'accorgeva che parecchi 3. RC aperta; che altri sbucavano T aperta, che altri sbucavan 4. RC, T agli altri. / Tanta 5. RC, T a darsi – contro il suo solito – un certo contegno. Ma gli veniva di ridere, ecco. E non sapeva 6. RC, T gaj, l'aria aperta e franca del volto per sé stesso risolente non dessero 7. RC, T petulanza. / Era 8. RC le vicende tumultuose, le asprissime lotte sostenute. T le vicende fortunose, le asprissime lotte sostenute. 9. RC, T Non aveva ancora un sol pelo bianco, né gli si era per nulla appassito il color biondo dei baffi e dei capelli. Vestiva con signorile, naturalissima eleganza, e spirava 10. RC, T incantavano. / Questa 11. RC, T al vivace, costante, profondo amore per la vita e, nello stesso tempo, al pochissimo peso che aveva dato sempre ad essa. 12. RC, T le gambe piegarsi, aggobbarsi le spalle. / Viaggiatore senza bagaglio, soleva egli definirsi. E sempre s'era imbarcato, così, spiccio 13. RC, T e avanti! / Fallita 14. RC, T scampato miracolosamente dal 15. RC, T a Palermo; s'era

poi fatta la campagna 16. RC, T ducati. / Alla Camera, tra 17. RC da la

p. 194

1. RC, T gonfia di studii e di note e d'appunti, aveva fatto parte delle Commissioni più difficili. Sì, ma senza né un lapis né un taccuino. / Ginnastica, per lui, l'azione. E sempre s'era dato da fare, comunque; pur senza sforzarsi mai, per nulla. E tutto 2. RC, T intricate. / Non credeva, non ammetteva che ci potessero essere difficoltà per un uomo come 3. RC lui sempre 4. RC, T con la sicurezza convinta, gaja e tranquilla: d'ogni principio astratto, d'ogni retorica 5. RC, T donne. / Arrestarsi per un momento, in questa corsa della vita, per giudicar fra sé se fosse bene o male ciò che aveva fatto pur dianzi? Eh via! Non bisognava 6. RC sorrideva, e avanti. Doveva andare avanti lui, a ogni modo, per T sorrideva e avanti. Doveva andare avanti lui, a ogni modo, per 7. RC alla mano. / La via era per lui, insomma, piena di ganci che lo tiravano di qua e di là. Fermarlo ad un solo, sospenderlo ad esso per giudicarlo, sarebbe stata una feroce ingiustizia. / Ora T alla mano. / La via era per lui, insomma, piena di ganci che lo tiravano di qua e di là. Fermarlo a uno solo, sospenderlo a esso per giudicarlo, sarebbe stata una ingiustizia feroce. / Ora [Cfr. qui *Uno, nessuno e centomila*, libro III, cap. VII, p. 799 e nota 1.] 8. RC, T agganciare pei molti debiti, ch'era

p. 195

1. RC, T qualche cosa, oltre 2. RC pomposi. / Debiti? T pomposi! / Debiti? 3. RC, T Oh bella! Ma egli aveva firmato sempre cambiali, in vita sua! A diciott'anni, a 4. RC, T Ebbene, egli aveva 5. RC, T sei mila 6. RC, T più facoltosi. E aveva firmato lui per primo, che non aveva un carlino in tasca, per duecento ducati. Il Governo provvisorio avrebbe poi pagato. Come s'era fatto il 4 aprile? Ma s'era fatto così! / E come 7. RC, T sua, ora, se 8. RC, T deputato. / Era 9. RC vantaggiose a molti, solo disgraziate per sé; altri T vantaggiose a molti, solo disgraziate per lui; altri 10. RC, T gli studii, per

p. 196

1. RC, T e senza alcun reddito, dopo 2. RC, T de l'amore 3. RC, T per l'amor perduto, era 4. RC, T di quella donna, che per due anni lo aveva reso favola di tutta 5. RC, T Più per lei, che per sé, egli aveva cercato dapprima di frenarla; ma 6. RC, T la offendessero, che 7. RC, T dappocag-

gine. / I più 8. RC, T prestato, con fraterna abnegazione, a 9. RC, T di essa. / La 10. RC, T Selmi forse 11. RC il Governo avrebbe avuto, per tante ragioni, interesse a impedire 12. RC, T scoppiasse. Egli sapeva 13. RC, T ma anche il fallimento della coscienza del paese. L'appoggio

p. 197
1. RC rielezione, benché Francesco 2. RC, T quella 3. RC, T duello. / Avrebbe 4. RC Avrebbe fatto l'impossibile per liberar Roberto di tutte le angustie da cui 5. RC, T un'altra aria, per 6. RC, T di lui, a Girgenti, e 7. RC conosciuta 8. RC, T le braccia; d'un subito gli era 9. RC, T sconfitto. / Un reclusorio 10. RC, T un così tetro, orrido concetto della vita? / Non aveva 11. RC, T Per voi la vita è piuma, e vola; per me, è diventata di piombo, caro mio... / – Ma questo appunto è il male! – aveva 12. RC, T arrestare

p. 198
1. RC questo 2. RC, T perbacco! / – Caro mio, quando il vento è troppo forte... quando la morte viene, e ci soffia su... quando 3. [Cfr. *Diana e la Tuda*, atto III (Bemporad, Firenze 1927): « Bisognerebbe che la vita fosse invece come una piuma. Ma sì! Mantenere l'anima continuamente come in uno stato di fusione; per non farla rapprendere, irrigidire. Ci vuole il fuoco, caro Maestro. Se dentro di voi il fornellino è spento? Se la morte viene e ci soffia su? Avevo una figliuola, lo sapete: m'è morta. [...] Cercate attorno; non trovate più un fuscello per alimentarlo, il fuoco ».] 4. RC, T in una carcere?... Ma la signora 5. RC, T interrotto, per 6. RC, T invermigliata. / Fin 7. RC, T sprezzata. / A quel 8. RC, T su le

p. 199
1. RC, T ne le 2. RC, T La vita, può farsela da sé... 3. RC, T ne la 4. RC, T ne' suoi 5. RC, T a vivere, quello, fuori 6. RC, T di vita, che 7. RC – Ma pure quei fantocci, caro T – Ma pure quei fantocci là, caro

p. 200
1. RC, T noi qua, in 2. RC, T o servili... Ma se il sole ci addormenta finanche le parole in bocca! Guardi, non 3. RC milioni in capitale 4. RC, T genere... Come fu fatta 5. RC, T ottenuto? Ma se con c'è stato mai

p. 201
1. RC, T siciliana!... Via, via, non 2. RC, T ci meritiamo

noi... 3. RC signora! / CAPITOLO SETTIMO. / I. / Nicoletta T signora! / CAPITOLO SETTIMO. / LA MASCHERA. / Nicoletta 4. RC cappellone piumato su i T cappellone di feltro piumato su i 5. RC corvini, ondulati. Bruna e florida, snella e procacissima, ardente 6. RC, T segrete, sapienti 7. RC, T inebriante. / Era 8. RC, T bravura. / Sapevano bene però l'uno e l'altra che non sarebbero mai riusciti a ingannarsi; e non 9. RC perché

p. 202

1. RC, T e caro esercizio di bontà. Essa, infatti, si esplicava in un impegno, in 2. RC, T E quasi si amavano. 3. RC come imbronciata da un supposto inganno che la addolorava e costernava. T come imbronciata d'un supposto inganno, che la addolorava e costernava. 4. RC rispose Capolino, aprendo le braccia. – Dovevo T rispose Capolino, levando le mani e toccandole lievemente le braccia. – Dovevo 5. RC, T insistette ella, stentando ad abbottonarsi 6. RC invece, si accostò premuroso; le prese la mano per abbottonarle quel guanto, e T invece, sorrise; si accostò premuroso; le prese la mano per abbottonarle quel guanto, e 7. RC esclamò lui, sorridendo e guardandola 8. RC, T tenera – molto cara e graziosa del resto – era 9. RC, T replicò ella, ostinandosi, ma 10. RC – Ma va'! ma va'! ma va', ché ti divertirai T – Ma va'! ma va'! ma va', che ti divertirai

p. 203

1. RC Dici sul serio? / – Se 2. RC, T zio Salesio! – esclamò ella. – Se fossero pasticcini... / – Basta, – disse Capolino. – Non perder 3. RC, T al ritorno, verso 4. RC a rivederci? 5. RC, T ricchezza, che 6. RC, T fatta

p. 204

1. RC, T saperlo, per 2. RC, T non doveva ella parimenti sapere, per 3. RC, T della vita. 4. RC, T e là! – sollevava 5. RC, T sempre, quasi fin dalla nascita. / Non 6. RC, T morire – se non di veleno, come qualcuno in paese aveva malignato – ma certo di crepacuore 7. RC, T Spoto. / Aveva 8. RC marito, molto 9. RC, T di lei. / Non 10. RC, T ma fatuo, fatuo e vano 11. RC ed 12. RC, T si era quasi convertita 13. RC cominciato a mancare. Spese 14. RC ad andare quasi 15. RC, T dicevano ch'egli sotto 16. RC, T reni, che ora gli 17. RC si erano 18. RC, T Non era tanto vecchio poi poi: aveva

p. 205
1. RC, T Capolino; ma 2. RC finto: i denti, il roseo delle gote, il nero dei baffetti incerati, del piccolo pappafico, delle esili sopracciglia, dei radi capelli; e camminava 3. RC, T giovenilmente. 4. RC gonfie delle 5. RC potuto disfarsi di lui, ma 6. RC in casa, eh in casa 7. RC, T che, un giorno, Nicoletta 8. RC, T sotto i paramosche 9. RC, T casa, che

p. 206
1. RC, T Salvo, nell'ora 2. T il pappafico, o gli 3. RC, T accoglierlo risolente. / Ella sentiva 4. RC vita, ma 5. RC, T Tutto, tutto falso 6. RC, T ore, che 7. RC, T Flaminio. / L'audacia 8. RC, T del tutto, la aveva 9. RC imporsi. / II. / Villa T imporsi. / LE MANI AVANTI. / Villa

p. 207
1. RC buona accoglienza e non si congratulavano molto coi visitatori della 2. RC, T de la 3. RC, T ma s'arrestò 4. RC un giovane, intento 5. RC, T – Come! Voi non vi conoscete? 6. RC, T Credo non ci sia stata mai presentazione 7. RC Nicoletta

p. 208
1. RC, T Salvo, dopo 2. T giovine 3. RC, T capricciosamente, per 4. RC, T ricchezza. / Aurelio, rimasto 5. RC dovesse o no rimettersi 6. RC, T prezzo? Ed egli aveva sognato 7. RC, T anche egli, lì, al servizio 8. T pensare, che 9. RC, T servirsene pe' suoi 10. RC, T quella sfacciata supremazia? 11. RC, T per l'onor 12. RC, T tra breve 13. RC, T Ed ella, moglie 14. RC, T – già! l'orrore! – 15. RC con

p. 209
1. RC, T glie l'ho 2. RC – Sì, – le rispose egli, reciso, sentendo T – Sì, – rispose egli, reciso, sentendo 3. RC, T di nozze... Che turbine, è vero? turbine di splendori... E dica 4. RC, T – disse subito ella. – Co' suoi

p. 210
1. RC, T un disegno... / Strizzò 2. RC gli occhi, si portò un dito 3. RC, T all'urto, che 4. RC gli producevano. 5. RC, T impossibile. / L'improvviso, 6. RC insospettato 7. RC condizione, ch'ella non poteva T condizione, ch'ella in fondo non poteva 8. RC innanzi a quel giovane T innanzi a quel giovine 9. RC, T la aveva 10. RC egli

con la vicinanza avrebbe 11. RC, T del padre – ella avrebbe 12. RC giovane 13. RC giovane 14. RC, T padrone, anche

p. 211
1. RC, T e la aveva 2. RC, T e aggiunse con uno strano sorriso: / – Anche 3. RC, T con mesta dolcezza, piegando 4. RC, T questa intanto per 5. RC, T aduggerebbe... Io 6. RC, T inanellata, frale e nervosa; e, dopo la stretta, glie la lasciò 7. RC, T parata... Oh, Maria

p. 212
1. RC, T ch'essi 2. RC, T malignità. / Dotata 3. RC, T de lo 4. RC, T veh! bella figliuola, bella figliuola, sacrificata, poverina, da 5. RC, T con la chiesa solamente. Che 6. RC, T pei 7. RC, T allegramente! / La musoneria, la

p. 213
1. RC, T più corta... / Chionza, popputa, quasi 2. RC il volto, ma 3. RC aria! / III. / Non T aria! / TONACA E NAPOLEONA. / Non 4. RC se l'aspettava il vecchio 5. T sfarzosi, che 6. RC, T dalla mattina. E pareva 7. RC, T stupito, con le innumerevoli screpolature dei muri, del decrepito intonaco annerito e qua e là gonfio e crepato. Oh! oh! gli avevano appeso sotto le finestre anche un lungo festone 8. RC, T carta, che 9. RC, T scappati via, via, via, nascosti 10. RC, T attorno... E

p. 214
1. RC, T nel sogno, avevano cominciato a risentir la montagna nativa, da cui 2. RC, T nei rami degli alberi per le radici; e qua 3. RC, T e le tegole su s'eran vestite 4. RC, T e delle piante, quasi la coscienza di esse, per cui 5. RC, T de le 6. RC, T lunare. / Ma ecco, ora, lo destavano di nuovo gli uomini, lo condannavano a vedere e ad accogliere altre loro vane e strane vicende. E chi sa a quali avvenimenti avrebbe ancora assistito in que' tardi anni! / Che bel 7. RC, T rustica, con due 8. RC, T pe' gradini 9. RC, T *camerone.* / Dall'alba egli era andato a rintanarsi, non si sapeva dove. / Don 10. RC, T spettinata, curva, sprofondata entro un'arca antica di faggio, stretta e lunga come una bara, gli cercava un abito 11. RC, T *casiera.* / Già due volte le era caduto addosso il coperchio, su

p. 215
1. RC, T – Gnornò! Che c'entra, dico io, che c'entra? Qua

siamo in campagna... Lasciatemi in pace... / – Ma 2. RC Ed 3. RC sepolta con la canfora e col pepe, di foggia 4. RC, T Laurentano. / Finì 5. RC, T – Vero peccato! vero peccato! Chi sa 6. RC, T – Sarebbe stata fresca la diocesi! – borbottò 7. RC, T della sua fede giovanile, fervidissima. Vuota 8. RC, T gli resuscitava... / Con 9. RC, T in aspra lotta 10. RC ma per naufragare poi in quel nero, profondo scetticismo. T ma per naufragare poi in quel nero, profondo, disperato scetticismo.

p. 216
1. RC, T Monsignore. / Don 2. RC, T – Mi serra! mi strozza! 3. RC la visita 4. RC, T da' suoi 5. RC, T prete, lungo, smilzo, pallidissimo, dagli

p. 217
1. RC, T de la 2. RC, T – Monsignore, riveritissimo, – 3. RC inchinandosi profondamente. 4. RC, T su la 5. T davanti: e 6. RC, T altro... 7. RC, T de la

p. 218
1. RC, T ne la 2. RC, T – Ma calma, eh, almeno? / – Non

p. 219
1. RC pantaloni 2. RC scambiato. / IV. / Don T scambiato. / PURCHÉ NON PIOVA... / Don 3. RC, T ma no! Subito a levarti 4. RC, T da le

p. 220
1. RC, T ubbriacato 2. RC che è proprio più stolida T che è più stolida 3. RC, T E di' un po', Mauro? dov'è? 4. RC carrubo

p. 221
1. RC assistere non visto alle 2. RC, T son 3. RC, T squisito ch'egli doveva 4. RC, T natura: ridanciana, scoppiante e rumorosa. Che 5. RC, T avrebbe egli ricevuta 6. T segretario, che 7. RC, T Salvo. / Don 8. RC protese, come 9. RC, T Egli finse 10. RC di non accorgersene, facendo 11. RC l'inchino; poi 12. RC, T avanti. / Capitan

p. 222
1. RC lauri 2. RC, T Montoro, col volto atteggiato di benevolo, condiscendente sorriso, per 3. RC, T s'inchinava 4. RC, T Capolino e 5. RC, T e stringendogli forte forte

la mano. 6. RC è vero? E come 7. RC, T davvero! pajono tanti pupi di zucchero! graziosi! / Poi, prima 8. RC, T ne la

p. 223
1. RC sgradevole che quella scappata de la sorella doveva senza dubbio aver fatta al Principe, spiegò T sgradevole di quella scappata de la sorella nell'animo del Principe, spiegò 2. T levando gli occhi globulenti al 3. RC da dubitarne minimamente! – sorrise 4. RC, T da la

p. 224
1. RC, T tutti, per 2. RC, T sopraffatti, senza volerlo, dalla 3. RC, T a la 4. RC in quel punto avveniva 5. RC, T fuor di luogo, fittizia, sforzata. / C'era 6. RC dalla risposta finalmente mandata da Landino alla 7. RC avuta; ma 8. RC, T nozze. /Don 9. RC, T quanto dispiacere, quanto dolore gli 10. RC, T vecchio rozzo, selvaggio, era 11. RC nel cuore dell'antica famiglia, voce dell'antica Valsanìa, terra materna. / Volle T nel cuore della famiglia, voce dell'antica Valsanìa, terra materna. / Volle 12. RC, T parlare. / Quando

p. 225
1. RC e si voltò, sorridente. 2. RC, T con grandi vassoj 3. RC lo abbietta... / Tutti T lo abietta... / Tutti

p. 226
1. RC funzione religiosa, quasi 2. RC e odiosa per 3. RC, T nascosta. / Questo 4. RC, T sermone. / Don 5. RC, T s'accigliò; monsignore

p. 227
1. RC, T sollievo. / Donna 2. RC ed 3. RC, T crudele che avveniva in lui tra il sentimento cavalleresco, il quale lo spingeva a mostrarsi premuroso e cortese con 4. RC e il disinganno profondo, agghiacciante e la repulsione T e il disinganno enorme, agghiacciante e la repulsione 5. RC, T a monte, senz'altro, quel 6. RC, T così odiosamente minore dell'idea che se n'era formata, e il pensiero della difficoltà gravissima dopo 7. RC, T figliuolo 8. RC, T parlarle? / Per

p. 228
1. RC, T vederlo... 2. RC se ne stava, torbido, innanzi alla porta della sua camera a terreno, dalla parte che guardava la

vigna e il mare. Vedendo il Principe con una signora, si fece più scuro; ma, come don Ippolito lo chiamò amorevolmente, egli s'accostò   T se ne stava innanzi alla porta della sua camera a terreno, e guardava torbido la vigna e il mare. Vedendo il Principe con una signora, si fece più scuro; ma, come don Ippolito lo chiamò amorevolmente, egli s'accostò   3. RC – Vecchio mio! – disse   4. RC sul cuore. – Sai   5. RC, T Adelaide, che   6. RC con gli occhi lucenti sbarrati e la bocca risolente.   7. RC, T Landino.   8. RC, T a chiamarti entro la settimana.

p. 229
1. RC, T e un cappellino nero, come   2. RC, T su, da voi, ferito   3. RC, T Nicoletta, che   4. RC, T salirono ne la villa, Nicoletta

p. 230
1. RC andar   2. RC – Oh Maria Santissima, che   3. RC ad   4. RC come me? / CAPITOLO OTTAVO. / I. / Nella   T come me? / CAPITOLO OTTAVO. / CONSESSO D'OMBRE. / Nella   5. RC il giorno delle elezioni erano raccolti intorno a Roberto i pochi amici fedeli, coi quali egli non era più stato in corrispondenza per tanti anni e che aveva riveduto, in quei   T il giorno delle elezioni, erano raccolti intorno a Roberto i pochi amici rimasti fedeli, non ostante che egli non fosse più stato in corrispondenza con loro per tanti anni. Li aveva riveduti, in quei   6. RC, T della vita. / Per   7. RC negli occhi di ciascuno di essi, abbracciando   T negli occhi di ciascun d'essi, abbracciando   8. RC, T l'amico, s'era acceso, era guizzato lo sguardo della giovinezza, di quei giorni lontani, ignari di ciò che la sorte riserbava; e, subito dopo, fra un lieve tentennìo del capo, quegli occhi s'eran velati di commozione, d'angoscioso rammarico, mentre le labbra si schiudevano a uno squallido, amarissimo sorriso. / « Chi   9. RC detto – significavano quello   10. RC, T un giorno ci saremmo ridotti così?   11. RC, T vita, allora, e   12. RC, T ci è rimasta; ma così: questa! » / Più

p. 231
1. RC, T età. / Ciascuno   2. RC stato. Don Bastiano Ceràulo, avvocato senza studii, fervido   3. RC giovane   4. RC, T avuto cinque figliuoli, tutte femmine arrabbiate di trovar   5. RC marito. Don Marco   T marito. Marco   6. RC, T borbonico, e che pur non di meno tante volte dall'esilio era venuto in Sicilia, travestito da frate per diffondere segretamente i proclami del Mazzini; s'era   7. RC tabacchi. Don

Rosario 8. RC maggio, a 9. RC, T in contro 10. RC uomini della milizia borbonica, e 11. RC Palermo; don Rosario

p. 232
1. RC E don Mattia 2. RC, T ritinti color di petronciano, insegnava 3. RC, T sbarrati – « come lieta? perché lieta? pare a noi lieta! canta perché ha fame, canta per chiamare! lieta un corno! non ci credete! » – Contrastava 4. RC politica; studiando 5. RC tempi pur 6. RC, T che, col silenzio, il peso della sconfitta, quantunque preveduta, gravasse 7. RC, T in loro la compagine della coscienza presente, ed essi, con una specie di turbamento segreto, che li inteneriva, avvertivano che non soltanto loro, quali erano adesso, vivevano entro di sé medesimi; ma anche essi quali erano stati tanti e tant'anni addietro vivevano tuttora e sentivano e ragionavano con quegli stessi pensieri, con quegli stessi sentimenti, che già

p. 233
1. RC, T aspetti presenti, che 2. RC, T veri. Era presente, proprio presente, vivo e in atto dentro ciascuno di loro il passato; e il presente quasi non esisteva più. / Di tratto 3. RC in tratto però entrava 4. RC, T vecchi, com'erano, e 5. RC, T infinita, la 6. RC si dimentichino 7. RC, T certe passioni per cose, per persone, che sono morte per noi o appassite: passioni che hanno radici in un terreno che noi ignoriamo, che non è più il nostro, che fu dei vecchi, e che noi abbiamo oltrepassato col nostro cammino, trascinandoci appresso quei loro corpi cadenti, non l'anima: l'anima loro è rimasta là, indietro. / – Ci eravamo 8. RC, T a giocare, fin presso la mezzanotte, in casa 9. RC esclamò 10. RC, T – Che ne è? / – Morto, – rispose il Sala. – Sarà nove o dieci anni. Era venuto a Girgenti per affari e alloggiava nel convento di Sant'Anna, com'usava allora. Adesso, neanche 11. RC, T più! Era una nottata

p. 234
1. RC come piombo, con una violenza che indolenziva; e freddo 2. T al Guarnotta, che 3. RC, T ubbriaco. 4. RC, T con quel tempo? Ora, avevo fatto pochi passi, quando sentii per lo Stretto un rintocco di campana, lento, che mi fece sobbalzare: *Don...* – E il vento propagò il suono, lugubremente, per la notte. Poi, di nuovo, *don* e *don* – altri rintocchi lenti; saranno 5. RC, T appiccicati 6. RC, T mi alzo

p. 235
1. RC *Vossia* 2. RC Eppure, chi 3. RC, T solamente 4. RC, T sapere da quale sezione venisse, qual esito recasse. Il gesto e il silenzio dell'Agrò erano stati eloquentissimi. / La sconfitta 5. RC, T ben più grave, irrimediabile, che 6. RC pareva personificata in donna Caterina Auriti Laurentano, che se ne stava taciturna 7. RC, T scura. / Di tratto

p. 236
1. RC, T si chiudevano nemici. / E 2. RC, T telegrammi, là, su 3. RC, T sedia. / Era 4. RC, T fasci. / Roberto 5. T mettendolo, così, fuori 6. RC, T inciampo. / A 7. RC, T provincia, con 8. RC, T duello. / Il 9. RC, T de' suoi 10. RC, T l'indignazione. / Il

p. 237
1. RC Gangi. – Che rappresenta? dond'è sfognato? come vive? che fa? Lindo, attillato, con l'aria d'un principe T Gangi. – Che rappresenta? come vive? che fa? da qual chiavica è scappato fuori? Lindo, attillato, con l'aria d'un principe 2. RC, T altri mai! Sono gli aquiloni... Voi li vedete 3. RC, T per approvar silenziosamente 4. RC state le sue

p. 238
1. RC, T quanto ella aveva 2. RC, T detto. / Se 3. RC, T illusione... Nessuna, lo 4. RC, T da' miei 5. RC, T nome, al Governo, facesse pensare, che ormai, basta, qua 6. RC, T ciglia, mentre 7. RC Uno Zappalà 8. RC sedute, allora, alla

p. 239
1. [I versi sono di G. Giusti (da *Gli umanitari*); e l'A. li aveva già citati in un articolo, *Il neo-idealismo*, apparso in «La Domenica italiana» del 27 dicembre 1896.] 2. RC, T tutto nostro! sì, nostro! di noi 3. RC pietosi siamo 4. RC applaudire... / – Ma sfido! ma sfido! ma sfido! – gridò Bastiano Ceràulo. T – Ma sfido! ma sfido! ma sfido! – gridò il Ceràulo. 5. RC, T d'accordo. / – Bravo, sì, e i socialisti, ahm! aprono 6. RC, T giustizia, che 7. RC, T tutti debbono essere entusiasti; e 8. RC, T causa fra quelli che non sanno distinguere la poesia dell'ideale dalla realtà della vita sociale, caro Ceràulo! Ingenui, ingenui che non sanno domandarsi neppure

p. 240
1. RC, T d'approvazione. 2. RC, T come un sogno pazzo, come un sogno da ubbriachi! Vorrei 3. RC a tutti e

p. 241
1. RC, T il concetto, che 2. RC, T a gli 3. RC, T volontà non 4. RC dove si va; si 5. RC il tono d'una vera 6. RC, T Auriti deponeva le armi, si ritirava 7. RC amici d'appoggiare il candidato 8. RC, T Zappalà. / Non si poté reggere l'Agrò: senz'alcuna 9. RC, T cieco, lì 10. RC, T smacco, là, nella 11. RC, T cittadella. / Roberto

p. 242
1. RC, T in piedi, inorridito, lì lì per lanciarsi 2. RC una calunnia, Saverio... una 3. RC singhiozzi Saverio Trigòna, inconsolabile. 4. RC, T s'inginocchiò innanzi a donna 5. RC sconvolti 6. RC don Saverio! – esclamò 7. RC, T E che avete? Perché? / Guardò 8. RC, T per me, in

p. 243
1. RC, T nella quale egli, affogato 2. RC, T del senso. / Di fronte 3. RC, T de la 4. RC, T miserie. E le scriveva di notte, falsando i proprii sentimenti, ché per stare in pace con lei e averla docile e pronta alle sue voglie, non aveva osato di confessarle, prima di partire, la vera ragione per cui s'esponeva a quella lotta, e le aveva dato a intendere invece ch'era per migliorare la sua condizione, ponendosi – da deputato – più in vista. 5. RC l'aveva posta in

p. 244
1. RC ed 2. RC, T condurlo seco, di 3. RC, T a la 4. RC mio! / II. / Quando T mio! / LE NOTTOLE DEL VIALE. / Quando 5. RC, T si dovette arrestare. Il 6. RC, T gridava: / – Indietro, Cola! 7. RC, T Purgatorio! / Un 8. RC, T ne la 9. RC, T Laurentano, a

p. 245
1. RC, T su la 2. RC, T alcuno; ma all'abito, ecco, all'abito ch'egli indossava 3. RC, T il nostro nuovo deputatòòò! 4. RC, T interessati. / La 5. RC, T partito, che 6. RC, T a la 7. RC assumendo ad un tratto ciascuno il proprio T assumendo a un tratto ciascuno il proprio 8. RC, T aspetto, lì, timidi, impacciati, esitanti, smarriti, ossequiosi, quasi cuciti per le maniche, facevano una ben misera figura, tra gli splendori del magnifico salone. / Flaminio

p. 246
1. RC, T di quella solenne affermazione 2. RC, T a la
3. RC, T dei quindici allora, gonfio e rosso come un tacchino,

si affacciò 4. RC, T che, abbarbagliate, piombavan dall'alto a strisciar sulle 5. RC, T quindi, al 6. RC, T a le 7. RC la città quella sera si fosse raccolta per dare a loro soltanto una immeritatissima 8. RC, T guerra. / Arringava 9. RC, T confuso ne la folla, era 10. RC, T espurgato, smaltito, per così dire, da essa 11. RC, T Sopraffazione! Egli andava pe' fatti 12. RC, T addosso. Non 13. RC, T ingojato. Sguizzare, con quelle gambe e

p. 247
1. RC, T ostaggio, gli 2. RC, T volato. Più 3. RC, T a le 4. RC, T dileggi. E 5. RC, T fino a che, disfatto, non s'era lasciato andare, ma con le proprie gambe no, no: là, così, trascinato... Oh selvaggi! oh mascalzoni! 6. RC, T Mammone! / E, così 7. RC, T Salvo, or si dava una rincalcata al cappello ammaccato, or s'accomodava una spalla, or soffiava o sbruffava, or sorsava 8. RC questo il premio di tutte

p. 248
1. RC, T sì; ma 2. T vituperio... / ADDIO, AMORE... / Quando, alla 3. RC alla fine, tutto pesto e intormentito, senza T alla fine, il Pigna, tutto pesto e intormentito, senza 4. RC, T legno, che 5. RC, T gli disse Celsina. – Sto 6. RC, T disonorando l'isola Girgenti... 7. RC, T Celsina, infastidita.

p. 249
1. RC più, ebro, perduto, non 2. RC ardente, più 3. RC, T Roma, al 4. RC, T oh Celsina mia... muojo... / – Zitto!

p. 250
1. RC, T – Che vuoi? – diss'ella. / – Te, tutta! 2. RC, T Che mi dài? – ripeté. – Qualcosa 3. RC, T bacio innanzi alla porta, e

p. 251
1. RC, T Gamez, deserto; e 2. RC, T dell'aria, ed 3. RC, T su la 4. RC, T paese silente nella 5. RC da lui. / III. / Quando T da lui. / LUCI E OMBRE. / Quando 6. RC, T De Vincentis. / Il primo era accorso subito da Girgenti appena conosciuto l'esito del duello, fortunatissimo per lui; il secondo, dopo lo scontro a cui aveva assistito da testimonio, era rimasto 7. RC, T figliastra? / Da 8. RC, T rinato Zio Salesio, là, tra 9. RC se fossero stati suoi. 10. RC, T innanzi

p. 252
1. RC, T Liborio, in marsina e guanti bianchi, gli 2. RC, T prelibati che – gli pareva quasi impossibile! – non erano di cartone. E 3. RC e cappotto turchino chiaro. / Ninì 4. RC, T su le 5. RC, T cuore! / Ma 6. T chiaramente, che 7. RC, T ne sarebbe stata mai per 8. RC non avesse dato un 9. RC, T domanda. / Dopo 10. T dei medici, che 11. T ferito, con 12. RC, T graditissima. / Ah, se

p. 253
1. RC, T regno! Sentiva che tutte le parti buone, di cui la natura aveva voluto dotarla e che la sorte 2. RC, T sopravvento; che ella avrebbe saputo 3. RC, T fresco! / Indovinava in lui l'amarissimo disinganno 4. RC, T più alcuna ragione, proprio 5. RC, T perché egli si 6. RC, T ma... ma... ma... / E del 7. RC, T la sera, là sul terrazzo marmoreo aggettato su le colonne del vestibolo esterno, parlandogli di Dianella Salvo. / Lo straziava quasi con voluttà, conoscendo che nessun 8. RC, T giovine incorrotto e incorruttibile, ma 9. RC, T ad essa. Gli 10. RC smozzicate, per non farlo saziare del proprio dolore. / Ninì T smozzicate, quasi per non farlo saziare, in una volta sola, del proprio dolore. / Ninì 11. T detto, che 12. RC, T per lui, anche se il padre

p. 254
1. RC, T dire. / – Ma cattiva 2. RC, T sorridendo: – Sicuro... sicuro... Voi non vedete; eppure c'è, c'è una 3. RC, T Eppure c'è, caro Ninì... c'è, c'è... Io e voi siamo uniti da qualche cosa. Pare impossibile, no? Eppure, credete, siamo uniti... / Ninì 4. RC, T e provò un piacere vivissimo nel farsi veder da lui lì, in 5. RC, T domani... 6. RC, T di fretta, a 7. RC, T a gli 8. RC, T dimostrazione... 9. RC, T lei non era stato mai a

p. 255
1. RC, T a cena. / Per 2. RC, T alla tortura. / Nicoletta però aveva da badare ad Aurelio Costa. E volle proprio inebriarlo, quella sera; volle ch'egli 3. RC fra 4. RC, T segreto? / E 5. RC, T s'illanguidivano, velati e turbati, quasi nella promessa di un'intensa, profonda voluttà. 6. RC, T tener schiavi 7. RC, T padrone, anche 8. RC, T Colimbètra. / Non

p. 256
1. RC, T certo, perché quella donna s'era indotta così d'im-

provviso a tentarlo, a provocarlo, ad amarlo, dopo 2. T onestamente, un giorno, aveva 3. RC, T farla sua, maltrattato da lei e forse deriso? Voleva 4. RC, T per il quale ella lo aveva 5. RC, T un'insidia? / Questo 6. RC per quanto gli riuscisse in quel momento odioso, gli s'era T per quanto gli paresse crudo e indegno in quel momento, gli s'era 7. RC, T supposizioni. Egli non 8. RC, T di lei. / Ma 9. RC qual'interesse 10. RC, T avuto ella ad 11. RC lei stessa aveva voluto 12. RC, T a lui, invece, quel 13. RC passato e toglier l'ombra di esso fra loro due, stringendogli forte, segretamente, la mano? E 14. RC, T a la 15. RC, T ora tacita e 16. RC, T lo aspettava. / Questi 17. RC, T giovine, che

p. 257
1. RC a quest'ora... Bella 2. RC vecchio, te 3. RC, T – Perché? / – No... io dico, forse... – si riprese il Salvo, con un gesto vago della mano. – Veramente, tu 4. RC, T quel momento solo e non 5. RC e a un tratto ci 6. RC, T Si è 7. RC a cavallo, in una notte deliziosa, sotto T a cavallo, in una notte serena e deliziosa, sotto 8. RC ricordarti che pensieri avevi in quel punto in mente, che sentimenti 9. RC, T senza attenzione. / C'era

p. 258
1. RC, T pensieri, che 2. RC grigi, che pur sempre con tanta cura egli teneva spartiti nel mezzo e raffilati. / Aurelio T grigi attorno alla fronte, ch'egli teneva spartiti nel mezzo e raffilati. / Aurelio 3. RC, T quell'anima imperiosa, e 4. RC, T sera, che 5. RC, T bene giù? – domandò 6. RC turbamento, che dovevan trasparirgli sul T turbamento, che forse gli trasparivano sul 7. RC, T che riposava... / – Su 8. RC dimmi, contenta la signora? 9. RC, T – Dev'esser contenta, – riprese il Salvo. – Va

p. 259
1. RC, T tutti, tutti quanti i produttori 2. RC di cose orrenda per tutti, hai 3. RC, T un passo, che 4. RC, T – Lei? – domandò questi, sorridendo. / – Invecchio, sì, – seguitò il Salvo. – Perdo 5. RC, T automi, fantocci, manichini, che 6. RC, T mi restan davanti, come per farmi

p. 260
1. RC manata. Di fuori, però, capisci? soltanto di fuori si fanno atteggiare! T manata. Di fuori, però, capisci? soltanto di fuori si lasciano atteggiare! 2. RC, T ridenti, os-

sequiosi, t'approvano, t'approvano 3. RC, T m'arrovello 4. RC, T han 5. RC, T per essi. 6. T idee, che 7. RC, T che sfondano la parte, e 8. RC, T me lo vedo, allora, per 9. RC sospeso, impacciato, smontato, goffo; Dio 10. RC, T con che occhi stai a guardarmi in 11. RC, T ne le

p. 261
1. RC messaggio 2. RC, T su la 3. RC figliuolo mio; abitudini, doveri; va', va', muoviti 4. RC ritrovar 5. RC si fermò, come 6. RC, T cercarsi. I pensieri 7. RC, T provocanti, le parole, le premure di Nicoletta Capolino, là a Colimbètra, e 8. RC, T triste, sinuoso, inatteso 9. RC, T l'altra qua ne la villa, smarrita, frastornata, messa in sospetto, stordita dalle parole del Salvo. E dunque 10. RC Ma come! Il Salvo s'era voluto sbarazzare del Capolino. Sì, lo 11. RC, T domanda, che

p. 262
1. RC, T in fine... Per quanto 2. RC fuori a vagar dove volevano pensieri T fuori, a vagar dove volevano, pensieri 3. RC e solido ch'egli aveva di sé. Per il caso T e solido, ch'egli aveva di sé. / Per il caso 4. RC, T sollevato in una condizione invidiabile, di cui con le non comuni doti naturali, con la buona volontà, egli aveva saputo rendersi degno. 5. RC, T dato intanto un'importanza 6. RC, T di più, che per se stesso, un altro 7. RC, T di cui non si rendeva ben ragione; restava perciò innanzi agli altri, in 8. RC angustioso, penoso, in una strana apprensione confusa, come se dovesse mancare a se stesso, o non potesse riempir quell'ideale che gli altri s'eran foggiato di lui, o dovesse venir meno all'aspettativa altrui. Sapeva 9. RC a lui conveniente un 10. RC, T assidua, che

p. 263
1. RC, T sicuro; dal canto, ove 2. RC, T L'irritazione 3. RC, T tanti, i quali egli stesso stimava inferiori a sé in tutto, sapevano 4. RC la propria ombra che s'allungava sperticatamente assottigliandosi innanzi a lui, mano a mano che egli si allontanava dai lampioni accesi, che vegliavano lugubri la città addormentata, dopo il frastuono della dimostrazione popolare. / A metà T la propria ombra, che s'allungava sperticatamente, assottigliandosi innanzi a lui, a mano a mano che egli si allontanava dai lampioni accesi, che vegliavano lugubri la città addormentata, dopo il frastuono della dimostrazione popolare. / A metà 5. RC, T si volse 6. RC, T con gli occhi, finché 7. RC, T a manca, che 8. RC Grande. /

IV. / Si vegliò tutta la notte in casa di donna T Grande. / ADDIO. / Si vegliò tutta la notte in casa di donna 9. RC, T del mattino. / Anna 10. RC, T erano racchiusi nell'amore 11. RC, T più, ora, senza

p. 264

1. RC, T della madre, che 2. RC, T egli avesse in fondo 3. RC, T e, quando 4. RC, T calore. / Che casa! Lo notava quella notte ella, presentendo 5. RC il pavimento, inaridite le imposte, sbiadita 6. RC, T da parato... Pure curata 7. RC, T rassegnata, ella avrebbe

p. 265

1. RC, T di pace, anche mesto, alleviasse un po' l'oppressione, l'incubo delle 2. RC, T Laurentano. / Forse 3. RC, T credeva, credeva 4. RC, T sopratutto 5. RC per la nuova vita, per le nuove abitudini, in mezzo alle quali si sarebbe trovato fra poco il figlio, là nella T per la nuova vita, per le nuove abitudini in mezzo alle quali si sarebbe trovato fra poco il figliuolo, là nella 6. RC, T Non dubitava punto che questi avrebbe avuto le più squisite e diligenti cure 7. RC, T con sé? i parenti di lei? tutti quelli che frequentavano la casa di Roberto? Quel Corrado 8. RC, T e la nonna! / L'una 9. RC, T cose, che

p. 266

1. RC, T della moglie, che 2. RC, T convittore, che non trovava posto nel collegio del fratello. / A contatto di tal gente si sarebbe trovato dunque, tra poco, il figliuolo. / Parecchie 3. RC, T a 4. RC mettere in deliberazione la 5. RC, T – Sogni! sogni! Quand'io 6. RC, T il figliuolo, che 7. RC su la tavola da pranzo, sotto 8. RC, T dal soffitto. / Egli non dimostrava né alcuna pena d'allontanarsi da lei per circa un anno, né alcuna gioja di recarsi a Roma. / Sempre così! / Una volta sola, su

p. 267

1. RC, T a infervorare, per la sua scienza, tutti gli scolari) egli le aveva 2. RC, T agli esperimenti ch'egli si sarebbe recato a far lì a Valsanìa, su la spiaggia. / Povero 3. RC, T conosceva? / S'era 4. RC richiuso nel suo mutismo, e non 5. RC Forse era un'illusione 6. RC, T quell'anno, egli aveva 7. RC, T dedicarsi ad essa interamente. / Altri

p. 268

1. RC, T di là a zio 2. RC bene... tutto! Mi contento che

mi scrivi poco, ma spesso. Ma 3. RC, T questi occhi, che sono stanchi. Ma 4. RC, T Ci sarà, non dico di no, chi 5. RC, T e non vedete. Vorrei

p. 269
1. RC, T bolle, che

p. 270
1. RC CAPITOLO PRIMO. / I. / Seduto T CAPITOLO PRIMO. / MEZZANOTTE, ECCELLENZA... / Seduto 2. RC, T stavano aperti, schierati tutt'intorno, relazioni e prospetti irti 3. T si ricordasse, che 4. RC a dettare. / La terza notte era quella che il cav. T a dettare. / La terza notte era quella, che il cav. 5. RC, T di Sua Eccellenza; e una e due e tre – ma come? di questo passo, quando sarebbe venuta a fine quella esposizione finanziaria, che pure tra pochi giorni avrebbe dovuto esser letta alla Camera dei deputati? / Non 6. RC più! Ma non tanto la stanchezza gli rendeva insoffribile quel lavoro, quanto T più! Non tanto la stanchezza, però, gli rendeva insopportabile quel lavoro, quanto 7. RC l'ammirazione di prima. / Eh, l'ammirazione... Parco, parco adesso nell'ammirare, il cav. Cao. Aveva veduto tante cose prima da lontano, ne vedeva cert'altre adesso da vicino! Poi, siamo giusti, non si vive, non si può vivere settanta e più anni, commettendo sempre eroiche azioni. Per forza qualche sciocchezza, o piccola o grande, si deve pur commettere. E una oggi, una domani, tirando infine la somma, si viene a stabilire come una bilancia, la quale, purtroppo... / Si stirava, così pensando, il T l'ammirazione di prima. / Eh, l'ammirazione... Aveva veduto tante cose il cav. Cao, prima da lontano, cert'altre ne vedeva adesso da vicino! Poi, siamo giusti, non si vive, non si può vivere settanta e più anni, commettendo sempre eroiche azioni. Per forza qualche sciocchezza, o piccola o grande, si deve pur commettere. E una oggi, una domani, tirando infine la somma... / Si tirava, invece, così pensando, il 8. RC, T Nero. / Per 9. RC la stanchezza, la noja di quell'attesa, lavorava con la fantasia. Un T la stanchezza, la noja di quell'attesa, lavorava di fantasia. Un 10. RC, T diventati

p. 271
1. RC, T sperdute. / Sua 2. RC, T pareva. / Ah 3. RC, T non aveva egli scoperto 4. RC curiose che 5. RC, T verdastra. / Proprio vero: *minuit praesentia famam* [La citazione scolastica, da Claudiano, vale qui evidentemente a caratterizzare il personaggio del cav. Cao.] 6. RC, T vedere, ora, così, quell'uomo 7. RC, T parlamentari strenuamente com-

battute. / Mah! 8. T barba, che 9. RC, T bianca. / Anche 10. RC, T poi, del 11. RC le orribili conseguenze che T le orribili conseguenze, che

p. 272
1. RC, T invece, sì, l'aveva 2. RC, T presa. / Segno evidentissimo di rammollimento cerebrale. / E dunque basta, eh? – bisognava 3. RC, T perché vedeva ch'egli soffriva atrocemente, in 4. RC, T sdegno, ecco, sdegno amarissimo per 5. RC, T di lui. / Tutti, o 6. RC, T Rivoluzione. Eh, da giovani, si sa, avevano 7. RC, T né altro... Nelle [Il titolo e i versi citati più su nel testo si riferiscono a due dei canti popolari più noti del Risorgimento italiano, *La bella Gigogin* e *Addio, mia bella, addio* (C. A. Bosi).] 8. RC, T in pace, ora, erano un po' come 9. RC, T momento. / Tutte

p. 273
1. RC, T Banca. / In 2. RC, T cosciente, che 3. RC, T e la sostiene. / Ebbene, così 4. RC, T sosteneva. / Non 5. RC, T una facilità di parola, una fecondità verbale che quasi lo inebriava, certe frasi, certe frasi alate e sdegnose, che 6. RC, T d'ammirazione. / Ma 7. RC tutto: su 8. RC, T dovuto, almeno 9. RC, T giornali. / Diluviava 10. RC, T calunnia. / Sotto 11. RC, T un'acquerugiola 12. RC cretoso che

p. 274
1. RC, T s'attentava di turargli 2. RC, T da sé. / Uomo 3. RC, T perdio! / E 4. RC Roma rappresentata 5. RC, T carogna. / In 6. RC, T quando essa

p. 275
1. RC, T divoti! / Ne fremeva il cav. Cao perché i clericali, naturalmente, ne tripudiavano. / Accompagnando 2. RC, T pe' corridoi e per le sale 3. RC colore dei loro volti, fingessero 4. RC, T mal regolati: troppo caldo! troppo caldo! troppo caldo! Chi 5. RC, T che, da un momento all'altro, gli 6. RC, T di un 7. RC, T lenti! / Al 8. RC, T il giorno innanzi, che 9. RC, T discutevano animatamente in 10. RC, T la discussione, vedendo 11. RC, T più volte, sottovoce, ma con accento vibrato e con impeto di sdegno, il nome di Corrado Selmi, che in quei giorni correva su la bocca di tutti. / Il 12. RC, T osato di mettere 13. RC, T irreparabile. / Eppure, eccolo 14. RC, T figliuola. / Il

p. 276

1. RC, T si alzò, come 2. RC, T Sua Eccellenza si arrestò e si volse a guardarlo. / Subito 3. RC disse sorridendo 4. RC Scusi tanto, cavaliere, – disse il D'Atri. – M'ero 5. [Domenico Costanzi promosse e finanziò la costruzione del teatro romano che da lui prese il nome (e fu poi denominato « Teatro Reale dell'Opera » nel 1928 e « Teatro dell'Opera » nell'ultimo dopoguerra), con l'ausilio dell'architetto Achille Sfondrini. Il teatro fu inaugurato il 27 novembre 1880.]

p. 277

1. RC in livrea che gli si faceva innanzi. / II. / Rimasto T in livrea, che gli si faceva innanzi. / NEL TURBINE. / Rimasto 2. RC, T forte ambo le mani 3. RC, T un pezzo lì, nello scrittojo, a 4. RC, T dalla stanchezza, alterato dai foschi pensieri in cui era assorto, lisciandosi con la piccola mano grinzosa e indurita dagli anni quella 5. RC, T non si accorgeva 6. RC stesso che 7. RC, T barba, nelle 8. RC, T orrenda? / Non 9. T D'Atri, che 10. RC, T in lui, nella 11. RC coscienza e 12. RC, T dall'età. / Egli era ormai un povero vecchio, che 13. RC, T smuoversene 14. RC, T spietati, che 15. RC, T voglia, ad abbigliarsi, a 16. RC, T parevan

p. 278

1. RC, T quando egli sentiva bene 2. RC, T supremo, ch'egli riconosceva di tanto 3. RC, T figliuola, a 4. RC dato il nome 5. RC povera figliuola d'allora. / Cedendo T povera piccina d'allora. / Cedendo 6. RC riconoscendo innanzi a gli altri come sua la bambina, eh T riconoscendo innanzi a gli altri come sua la figliuola, eh 7. RC, T de la 8. RC, T con quella moglie 9. RC, T a tutta codesta canutiglia! – Egli avrebbe voluto opporsi a questo consiglio sciocco, che gli pareva profanasse non solo la sua figura veneranda, ma anche, in fondo, il suo vero sentimento verso quella bambina; non sapeva però opporsi più, se non timidamente. E questa timidezza penosa e ridicola si rispecchiava appunto nella tintura della barba. / Preso 10. RC tra 11. RC, T fatica. / Vedeva 12. RC, T uscirne. / Tutto

p. 279

1. RC, T non si era quasi 2. RC, T si era 3. RC, T a porre innanzi al Governo 4. RC, T colpire i miseri e si salvassero i barattieri 5. RC, T Montecitorio. / Sì, aveva 6. RC, T di affermare 7. RC, T si eran 8. RC, T de' soldati, avevan sospeso 9. RC, T si era 10. RC, T uno

de' quali 11. RC, T bajonettate. / Questo 12. RC, T si era rappresentato innanzi a gli occhi 13. RC, T giorni, pur tra tante cure e tanto tumulto di pensieri, di tratto in tratto egli tornava a pensarci con raccapriccio. Perché

p. 280
1. RC, T d'odio, un'ebbrezza di dissolvimento, una selvaggia 2. RC qualunque per 3. RC, T di tutti gli errori suoi, antichi 4. RC, T si era 5. RC rilievo, un certo colore odioso, che subito aizzavan la T rilievo, un certo color misterioso, che subito aizzavan la 6. RC, T de la 7. RC, T legato da ciascuno e persuaso con tanti argomenti di saggezza a non rompere i freni della pazienza, ora che tutti si trovavan d'accordo, si era svincolato, sferrato da tutti i ritegni, da tutti i riguardi 8. RC, T sicura. / Quelle 9. RC, T nozze con 10. T l'illusione, che 11. T venuto, sarebbe 12. RC, T Selmi; quella 13. RC, T diventare oggetto di pubblico dileggio, pretesto d'accusa e di maligne insinuazioni, ragione di 14. RC quali sospetti. / Tra T quali sospetti oltraggiosi. / Tra 15. RC di essere T d'essere 16. RC violento da parte del Governo di 17. RC, T si era

p. 281
1. RC, T ma egli s'era 2. RC arie, che gli si voleva dare a intendere che T arie, che gli si voleva dare a intendere, che 3. RC rimedio? Egli non aveva potuto opporsi: come proferir T rimedio? Egli non aveva potuto opporsi; come proferir 4. RC, T canaglia 5. RC, T scandalo, lo chiamava per 6. RC, T de la 7. RC, T ingiuriosa! Tutti, sì, tutti avrebbero 8. RC, T paura! E 9. RC, T paura. / Intanto, sottratte 10. T *amico*, che 11. RC della Banca o prometteva che T della Banca o prometteva, che

p. 282
1. RC, T di uggia, di 2. RC, T di una 3. RC a gli 4. RC immobili e fissi, senza attenzione. Immaginò 5. RC perito. A un tratto, su 6. RC, T a cui egli teneva 7. RC remota. / III. / Era T remota. / IL GUANTO SUL TAPPETO. / Era

p. 283
1. RC, T una mano alle terga. 2. RC mammella scoperta, piangeva anche lei: piangeva e giurava alla cameriera, che le sedeva accanto, di non aver mangiato alcun cibo dannoso. / Francesco T mammella scoperta, piangeva anche lei: piangeva in silenzio e giurava alla cameriera, che le sedeva accan-

to, di non aver mangiato alcun cibo dannoso. / Francesco 3. [Cfr. nota 6.] 4. T mammella, dal 5. T bàlia, per nasconderle quella mammella. E allora 6. RC [Cfr. nota 3: il testo tra le due note era:] copiose. La cameriera pensò bene di tirar su il corpetto della balia, per nasconderle quella mammella. E allora Francesco D'Atri si volse a guardar la governante; stordito T la governante; stordito 7. RC, T teatro, splendida, tutta 8. RC, T notturno, commovente 9. RC, T nero, tutto luccicante di dischetti d'argento, ch'ella si levava dal capo, e

p. 284
1. RC disse, con ostentata indifferenza, e si accostò, tutta fragrante di profumo e di cipria, ampiamente scollata, magnifica, alla governante. Ma T disse, ostentando indifferenza, ma con una voce calda, melodiosa, e si accostò, tutta fragrante di profumo e di cipria, ampiamente scollata, magnifica, alla governante. Ma 2. RC, T quietata. / Donna 3. RC al marito: / – Oh, Giulio 4. RC, T ella. – Oh Dio, domani... non potresti 5. RC, T d'aspettarmi; – insistette 6. T giovine, a cui 7. RC, T aspettasse, perché 8. RC da lui perché 9. RC, T vederlo. Ma era 10. RC, T della orrenda 11. RC, T lui. / Sollevata

p. 285
1. RC commozione ch'egli già gli suscitava. T commozione, che colui già gli suscitava. 2. RC, T svogliato. Aveva i capelli precocemente brizzolati, in contrasto con la fulva barba crespa e folta. / Si cangiò tutto d'un subito alla vista del vecchio Ministro, che gli si faceva innanzi così scombujato. / Uno 3. RC dell'ansia angosciosa che 4. RC, T Non si è 5. RC esprimeva sdegno rabbioso e 6. RC ribellarsi a un'ingiustizia feroce, senza 7. RC, T Eccellenza, no: la carta 8. RC, T – Il guajo è questo: L'autorità giudiziaria... 9. RC eccellenza! – scattò di nuovo

p. 286
1. RC, T lo guardò, come se egli, intanto non lo sapesse; si 2. RC, T scandalo. / Ma 3. RC, T Io riposavo tranquillo... c'era Lei! 4. RC, T io? / – Ma come! – ripeté l'Auriti. 5. RC io! C'è mia madre, Eccellenza! L'arresto di Roberto? La mamma ne morrà! E il nostro 6. RC, T Auriti, che 7. RC, T figliuolo lì gli

p. 287
1. RC, T su le sue ginocchia, un'ora 2. RC, T – Che gridi?...

che 3. RC, T subito, con sbalordimento d'orrore, l'Auriti. 4. RC, T la 5. RC, T ladri, che

p. 288
1. RC, T e 2. RC, T caduta, e 3. RC, T io no, per la mamma! 4. RC, T di tacere. – Se ti parlo così, è segno 5. RC n'ebbe fastidio, quasi dispetto; scorse 6. RC, T giovine, e 7. RC, T la vista di tutti gli oggetti. Ne 8. RC, T – Tu intendi che in tutto questo... in tutta questa faccenda... io non posso metter le mani...

p. 289
1. RC, T – Però, – riprese subito, – poiché il suo nome è già venuto fuori, per togliere ogni sospetto di compromissione losca, per non lasciar nessuna 2. RC, T ne le 3. RC, T – Son quaranta mila lire, eccellenza... 4. RC, T a considerar quale o quanta probabilità di riuscita gli offrisse quella via in dicata, tra 5. RC, T danaro per 6. RC, T alla 7. RC, T il D'Atri. – Vedi un po'... cinque, sei 8. RC, T subito andare in casa 9. [Cfr. p. 290, nota 6.]

p. 290
1. T dell'altra, come se cercasse 2. T che gli 3. T all'Auriti. / Quel guanto lasciato lì, gli parve il segno, che 4. T pensieri, da 5. T sogno. E 6. RC [Cfr. p. 289, nota 9: il testo tra le due note era:] cugino. / IV. / Donna Giannetta, in T furtivamente. / PIANTO SEGRETO. / Donna Giannetta, in 7. RC, T massiccia, di cuojo grigio, con una gamba su l'altra, tormentandosi 8. RC che appariva e spariva dall'orlo T che appariva o spariva dall'orlo 9. RC, T e con quel 10. RC, T mesi, egli era 11. RC, T parlamentari. Ella non aveva mai voluto saper di politica; aveva 12. RC, T ne parlassero con lei o davanti a lei; non leggeva giornali, e

p. 291
1. RC, T lasciare il portafoglio? Oh, non 2. RC, T ormai... / Ma 3. RC, T l'uscio, ella riaprì 4. RC, T Francesco! Se perdo il filo? / – Non 5. RC, T esser 6. RC, T domandò ella, placidamente. 7. RC, T una mano innanzi alla 8. RC, T vuoi, del resto, che 9. RC, T per conseguenza molto chiaro, senza 10. RC senti... / – Sento, – 11. RC, T – Due... due sciagure ti son capitate, – cominciò.

p. 292
1. RC, T gemette ella 2. RC dirò, pazienza... 3. RC, T

discorso, ed egli voleva 4. RC, T mani, per 5. RC, T non hai colpa alcuna. Era 6. RC, T osservare, da un pezzo, che 7. RC, T anzi con... con entusiasmo, un giorno, questi 8. RC, T avevi implicitamente, è vero? rinunciato 9. RC, T colpa, perché

p. 293
1. RC, T s'interruppe. / Donna 2. RC, T chiamò egli, ma 3. RC, T al sonno, mentr'egli 4. RC, T scuoterglielo 5. RC, T che ella, così 6. RC, T giovine 7. RC, T Ma, di quella sua bellezza, che ne aveva fatto ella? e 8. RC, T il capo, e

p. 294
1. RC, T parlare, – zitto! Ora, ora che ella si annojava soltanto, mortalmente, pretendeva da lei una spiegazione? Eh via! Troppo tardi... troppo tardi... Se egli stesso del resto, col 2. RC a gli 3. RC, T di continuo essa le 4. RC, T gli occhi, aveva contribuito a farle stimar 5. RC, T sposandolo? / Oh sì, con la massima sincerità ella aveva sognato di rallegrar col 6. RC, T d'armi di suo padre. 7. RC, T sembrato che troppo precipitosamente, con troppa avventatezza avesse ella preso 8. RC, T di lei, egli 9. RC, T – Eh, se 10. RC, T fors'anche egli aveva 11. RC, T nascita, ella era 12. RC, T saper bene, però, Francesco D'Atri che 13. RC, T le risoluzioni si eran prese così, precipitosamente, ma che la precipitazione non 14. RC, T mantenerle. / Suo padre, giovine, nella 15. RC, T quasi per una picca, da un giorno all'altro, s'era ribellato alla famiglia fervidamente devota ai Borboni; e non solo aveva sofferto 16. RC oppressore, ma anche la più atroce vendetta da parte del padre: diseredato iniquamente a beneficio T oppressore, ma anche la più iniqua vendetta da parte del padre: era stato diseredato a beneficio 17. RC, T de la 18. RC, T Lando. / E

p. 295
1. RC da un giorno all'altro, non s'era guastata col cugino Lando, che, vivendo in Palermo allora in casa dello zio Prin cipe di Montalto veniva di furto ad amoreggiar con lei, cuginetta *eretica*, figlia dello zio *eretico*, a cui quello (il Principe!) come per una limosina della quale si dovesse vergognare, faceva passar sottomano un assegno T da un giorno all'altro, non s'era guastata col cugino Lando, che, vivendo in Palermo, allora, in casa dello zio Principe di Montalto, veniva di furto ad amoreggiar con lei, cuginetta *eretica*, figlia dello zio *ere-*

tico, a cui quello (il Principe!) come per una limosina, della quale si dovesse vergognare, faceva passar sottomano un assegno 2. RC, T appena appena decente? / E non aveva più voluto saperne! Aveva indotto il padre a lasciar Palermo per Roma, con la speranza che, allontanandolo dall'isola, in una 3. RC, T piemontese, conosciuta 4. RC, T la mamma ella non l'aveva conosciuta: era morta nel darla alla luce; e tutti, a Palermo, e più di tutti il padre, si eran sempre adoperati a non farle sapere ciò che la madre era stata. Ma una Montalto sul teatro? Orrore! 5. RC segreto ritegno. Tuttavia, per 6. RC, T una sfida, per far onta a quello zio là, che 7. RC questo ritegno ella avrebbe 8. RC, T altro! / Lando, poco 9. RC, T Già ella si era 10. RC, T di lei. / Ma perché poi non la aveva egli ritenuta capace di serbarsi 11. RC, T non aveva egli compreso

p. 296
1. RC, T pietosi, con certi tristi sorrisi, la avrebbero 2. T inevitabile, e 3. RC, T rassegnava? E se non 4. RC, T invigilata 5. RC, T contro di lui, ella gli si era offerta. Probo, magnanimo, eroico, Lando la aveva respinta. Oh, e allora, più per vendicarsi di lui, che della triste e muta sconfidenza del vecchio marito, ella si era 6. RC, T come una ubbriaca, come una pazza... / Ma via! Non le aveva detto anche or ora il vecchio, che non ci trovava nulla da ridire? Perché dunque avrebbe dovuto ella farsene un rimorso? Oh, non si era davvero divertita! Che voleva da lei, ora? / Donna 7. RC, T un'altra innanzi a lei. 8. RC, T così, di fuori, anche ne' momenti 9. RC quasi ribrezzo, talvolta, e 10. RC, T de' suoi 11. RC, T in sé. / Si

p. 297
1. RC di sé così 2. RC, T sciagura, di cui 3. RC, T parlarle? / S'infoscò in volto. Innanzi a gli occhi 4. RC, T stufa di lui, o 5. RC, T impedire ch'ella divenisse 6. RC, T sciagura, ella non la aveva 7. RC, T che ella non 8. T creatura, che 9. RC, T perché, poc'anzi, s'era fatto trovar da lei presso 10. RC per lei due sciagure. Che 11. RC, T un pezzo a pensare, a riflettere; poi 12. RC, T al bujo, rattenendo il fiato, càuta, tentoni, si recò

p. 298
1. RC, T Francesco D'Atri, seduto lì nella sua camera, come dianzi nella camera di lei, coi gomiti sui ginocchi e la testa tra le mani, piangeva! / Donna Giannetta si sentì fender la schiena da un brivido lungo, e si ritrasse sconvolta, in preda

a uno stupore ch'era anche sgomento. / Egli piangeva! / Restò lì, tremante, con l'anima in tumulto, senza 2. RC, T innanzi all'uscio 3. RC, T s'arrestò. 4. RC, T bene, dapprima, ciò 5. RC, T quella povera piccina... Come, con che 6. RC, T sù. / Donna

p. 299
1. RC, T una mano su le terga della 2. RC nulla per lei. Povera piccina, cresciuta finora senz'affetto, senza cure... E che colpa aveva? / Strizzò T nulla per lei. Povera piccina, cresciuta finora senz'affetto, senza cure... E che colpa aveva lei? / Strizzò 3. RC, T Orbene, ella, madre, poteva 4. RC, T dirle. Ed ella aveva 5. RC, T rimase lì, quella notte, a

p. 300
1. RC, T al suo bel sogno giovanile; e, con nausea, a quel che gli uomini le avevano offerto in cambio di questo sogno... 2. RC, T lì, addormentata 3. RC, T si accostò 4. RC, T tremor 5. RC, T provò anch'ella stupore, dapprima, nel 6. RC così? / CAPITOLO SECONDO. / I. / Da T così? / CAPITOLO SECONDO. / NELLA GLORIA DI ROMA. / Da 7. T andavan 8. RC, T a le 9. RC, T medaglie sul petto 10. RC come in sogno, con gli occhi 11. RC e le piazze di Roma, e del suo comico abbigliamento e della sua goffa aria di selvaggio intenerito. / Ma, lasciati T le piazze di Roma, con quel suo comico abbigliamento e la sua goffa aria nuova, di selvaggio intenerito. / Ma, lasciati 12. RC gli scarponi e il fucile, indossato 13. RC, T tela, che

p. 301
1. RC maniche, con 2. RC, T d'essersi conciato come un pretto cittadino. La giacca, sì, aveva su i fianchi certi sgonfii... ma 3. RC, T poi, che 4. RC, T dimostrare ch'egli, ecco, era degno di passare per Roma, si era meritata la grazia, guadagnato l'onore di vederla. Tutti i documenti erano dentro lo zàino. / Come 5. RC, T attufata d'odio e di fango in quei lividi giorni, dovessero chiamare su le labbra un ghigno di scherno, diventato quasi titolo d'infamia « vecchio patriota »? / Ed egli rideva a tutti coloro che gli ridevano, senza il più lontano sospetto che ridessero di lui, credendo invece che partecipassero 6. RC, T cosa. / Non 7. RC, T d'esserci; e 8. RC, T ruzzolato. / Andava 9. RC, T gli fantasmeggiava innanzi un aspetto grandioso, una fontana, un palazzo, un monumento, giù 10. RC giù nuove lagrime dal cuore gonfio di commozione. / Lando T giù altre lagrime dagli occhi gonfi di commozione. / Lando 11. RC, T ma che guida!

egli non voleva sapere; non voleva 12. T rimpicciolisse

p. 302
1. RC, T gli creava. / Roma doveva rimanere per lui, come il mare, sconfinata. / E 2. RC, T Sommacampagna, ove Lando abitava, alle domande, se 3. RC – Oh Mariasantissima! 4. RC, T torre, porticata 5. RC, T basta. / Se 6. RC, T gente, egli si sarebbe chinato a baciar l'orlo di quella fontana, si sarebbe accostato a baciare il piedistallo 7. RC, T quella gente? Ma lavorava, lavorava a far più grande Roma. Si 8. RC avrebbe avuto, così 9. [Vittorio Emanuele II di Savoia (1820-78).]

p. 303
1. RC, T dopo tanta grazia! Veduta Roma, avevan veduto tutto. Posta la sua firma lì, nel registro del Pantheon, alla tomba di Vittorio, poteva morire: aveva dato atto di presenza nella vita, aveva risposto a l'appello de la storia. / Che stupore! Se le era trovate davanti, così, all'improvviso, quelle 2. RC, T tenuto, in prima, d'entrare 3. RC dalle chiese, al largo! Rispettare 4. RC, T entrato, difatti, neanche 5. RC il Vaticano, là, premendo 6. RC, T pistole. / Era 7. RC, T Eccola lì, a 8. RC, T a quelli, che 9. RC, T firmare. / Quei 10. RC, T avevan 11. RC, T avevan 12. RC, T firmare? / Sì, aveva 13. RC, T sopratutto 14. RC, T messo! / Alla

p. 304
1. RC, T si era 2. RC, T lui... Non 3. RC, T si erano 4. RC, T occhi. / Lo 5. RC il cameriere ed Emere il servitorello, dopo 6. RC, T gusto. / Alle 7. RC, T su la 8. [Umberto I di Savoia (1844-1900).] 9. RC, T il Re! Oh, figlio mio, figliuccio mio... e come me lo potevo mai credere? tutto

p. 305
1. RC, T Dio! / Oh sentirsi in petto per un momento quel cuore! – aveva pensato con tenerezza e con invidia Lando Laurentano. – Oh potere 2. RC, T affrontar 3. RC, T Come per ritemprarsi, come per lavarsi lo spirito 4. RC, T nazionale, si era immerso con un senso di sollievo, di ristoro, di refrigerio, nei discorsi 5. RC, T fede. / La 6. RC in un momento glorioso s'erano 7. RC, T speculatori. / Che 8. RC, T fantasticar 9. RC, T lume. / E, certo, come 10. RC, T de le 11. RC, T miseria. / Impensierito, costernato dalle

p. 306
1. RC, T per quelli che lui in buona fede doveva stimar nemici della patria, e dunque un nemico della patria anch'egli. / Gli 2. RC Basta... che 3. RC, T come, il padre di quello, vi dico, il padre di quello andò in chiesa ad assistere al *Te Deum* quando vostro nonno fu mandato in esilio! E lui, lui, questo 4. RC, T don Cosmo! Doveva dire di no, con tanto d'occhi sbarrati! Come! – doveva dire. – Flaminio Salvo a Valsanìa? – Gnornò. Niente. Padronissimo. 5. RC che fece: andò 6. RC, T a Girgenti, qua, tutti i preti, qua li porta, in pianta

p. 307
1. RC, T E Mauro, ponendo le mani avanti: / – Ah, che c'entra? 2. RC, T si è 3. RC femmine. / II. / Calmissimo e freddo T femmine. / FARE, NON PENSARE! / Calmissimo e freddo 4. RC, T covava dentro un dispetto cupo e amaro del tempo 5. RC, T trovavan

p. 308
1. RC Era quel suo dispetto come 2. RC inforzato in 3. RC, T vagabondi. / Sì, aveva dato il suo frutto, il tempo. Egli era 4. RC, T a se stesso! / Già 5. RC l'uomo, e 6. RC, T male. Guai, guai se non scoppia l'anima con veemenza investita

p. 309
1. RC, T nelle sue proporzioni normali, non 2. RC, T più ora far nulla, sdegnava 3. RC, T sue. / Vedeva 4. T o 5. [Cfr. *Soggettivismo e oggettivismo nell'arte narrativa*, in *Arte e scienza*, W. Modes, Roma 1908.] 6. RC coincidenze. Biffe da ogni parte, da ogni parte puntelli. Un solo

p. 310
1. RC, T de' loro 2. RC, T Ma se 3. RC, T arrivar 4. RC Ma un bene modesto, minuto, umile, paziente, Lando 5. RC affogarsi in una cloaca! No, no e no. / Fin T affogarsi in una cloaca! / Fin 6. RC, T spirito. / Aveva

p. 311
1. RC di stampa tutte allo stesso modo interlineate con ordine preciso quello 2. RC, T sala. / Che 3. T scaffali, che 4. RC si davano 5. RC vive con 6. RC, T se si affondava 7. RC, T coi concetti, con le opinioni 8. RC, T gli sorgevano, arrestava, fissava 9. RC così alto e smilzo, anzi magro, per

p. 312
1. RC continuava, indistinto, sotto 2. RC potevano bene tutte 3. RC, T crollare; e 4. RC distinto e ch'egli T distinto, e ch'egli 5. RC, T ne' suoi 6. [Cfr. *L'umorismo*, Carabba, Lanciano 1908 e Battistelli, Firenze 1920; in *Saggi, poesie, scritti varii*, cit., 1965², pp. 151-152: «In certi momenti tempestosi, investite dal flusso, tutte quelle nostre forme fittizie crollano miseramente; e anche quello che non scorre sotto gli argini e oltre i limiti, ma che si scopre a noi distinto e che noi abbiamo con cura incanalato nei nostri affetti, nei doveri che ci siamo imposti, nelle abitudini che ci siamo tracciate, in certi momenti di piena straripa e sconvolge tutto». Inoltre, *Uno, nessuno e centomila*, libro VIII, cap. II, p. 897 e nota 3.] 7. RC, T forti, da 8. RC, T Ne' suoi 9. RC, T madre, egli aveva

p. 313
1. RC proprietarii 2. RC, T Palermo. / L'amministratore 3. RC da laggiù mese per mese con 4. RC, T lavarsele! / Lando, forse 5. RC, T facevan 6. RC, T freddezza, che 7. RC, T volgarità. / Ma 8. RC in quanto che si 9. RC, T a reprimere quelle 10. RC, T alcun

p. 314
1. RC, T de' suoi 2. RC, T ed 3. RC Non cupidigie efimere, non 4. RC, T d'un 5. RC, T condanna. / D'altro 6. RC un po', per

p. 315
1. RC, T il solo ch'egli avesse 2. RC, T con le braccia che 3. RC e certi occhi vivi acuti che gli ridevano prima della bocca, quasi nascosti, quelli da le folte sopracciglia spioventi, questa dagli ispidi baffi. / Poverissimo, con T e certi occhi vivi e acuti, che gli ridevano prima della bocca, quasi nascosti, quelli dalle folte sopracciglia spioventi, questa dagli ispidi baffi. / Poverissimo, con 4. RC, T a gli 5. RC, T senz'ambizioni di sorta, si adattava 6. T direttore, che 7. RC, T osava di muovergli 8. RC, T di chi se le era appropriate. Era 9. RC, T chiaro. / Lino 10. RC, T socialista, egli mentiva 11. RC, T ridicolo. / Socialista, un

p. 316
1. RC, T del resto, eran così, e poteva 2. RC, T A ogni modo, però, una specialità la avrebbe sempre avuta: quella d'esser 3. RC diceva lui, pur 4. RC, T erta 5. RC, T

sole, che per la prima volta, dopo 6. RC, T e facilissimo il còmpito

p. 317
1. RC, T innanzi 2. RC, T a questa vampata. 3. RC, T quest'attimo egli si

p. 318
1. RC, T venuto, non poteva non sembrargli quasi una 2. T lettera, che 3. RC, T intervento. / A 4. T compagni, che 5. RC, T sue, quanto 6. RC condizioni, con cui T condizioni, in cui 7. RC, T addio! / Due 8. T Selmi, tentato 9. RC, T balzo appena

p. 319
1. RC freddo che egli aveva 2. RC riavendosi d'un subito, al

p. 320
1. RC se ne andò. / III. / Tutta T se ne andò. / A FRONTE. / Tutta 2. RC chiedergli; prevedendolo 3. T all'impresa, aveva 4. RC, T quell'ajuto. / E 5. RC, T dell'anima in quella notte il bisogno! / Finora 6. RC, T ch'essa 7. RC, T dal Selmi. Egli, per forza, avrebbe dovuto confessargli tutto. Ma

p. 321
1. RC lasciato dalla 2. RC, T così agitato e sconvolto, e presentendo 3. RC – Ah, no! – lo interruppe subito Giulio, urtato dalla frase comune. – È difficile, è difficile, tanto per te, quanto per me, sai! T – Ah, no! – lo interruppe subito Giulio, urtato dalla frase comune. – È difficile, è difficile, tanto per me, quanto per te, sai!

p. 322
1. RC atroce ch'egli faceva su se stesso. / – Se ti dico 2. RC, T di che si tratta? 3. RC, T soltanto, o piuttosto, di 4. RC, T e tutte, tutte le 5. RC, T Tu hai stima e affetto per mia madre, è vero? / – Ma 6. RC, T l'Auriti, come 7. RC, T di me. Di', di'... Tua 8. RC, T con la stessa tortura, con la stessa infamia, che infligge a noi! 9. RC le ciglia: / – Il

p. 323
1. RC, T altro in prima, che 2. RC, T innanzi 3. RC ajuto, questo? Questa

p. 324
1. RC, T salvar 2. RC, T lo detesto al par di te! Ma 3.

RC, T calma, di 4. RC, T di nuovo, con furia di sdegno, Giulio.

p. 325
1. RC, T Onestà, disonestà... che mi vai dicendo adesso? Basta a me saperlo onesto, nella mia coscienza! Chi 2. RC, T alle difese, alle parole di chi è stato in carcere? Lando, per carità, stiamo all'esperienza... guarda soltanto a Roberto! Tu, bada bene, tu ora 3. RC l'ajuto, perché vuoi 4. RC si accostò 5. RC, T – Ma a parte 6. RC, T co' miei 7. RC, T dir 8. RC, T non seppe arrestarsi, pur 9. T parola che egli proferiva. 10. RC sclamò 11. RC mio padre, se fosse vissuto...

p. 326
1. RC che tu hai ed io non 2. RC al padre di lei. Previde 3. RC ancor più in basso la discussione vergognosa. / E difatti T ancor più in basso la contesa vergognosa. / E difatti 4. RC aprendole innanzi agli occhi, sghignò: / – Ma 5. RC, T provocazione, non seppe arrestarsi. / – Il denaro di mia madre? – domandò, facendoglisi innanzi a petto.

p. 327
1. T sentiva, d'aver 2. RC il fondo lubrico, viscido d'una 3. RC, T tutto d'intorno? 4. RC ogni suo pensiero, ogni sentimento... tutto in isfacelo, tutto appestato... / IV. / Tre T ogni suo pensiero, ogni sentimento... tutto in isfacelo, tutto insozzato... / NON CONCLUDE. / Tre 5. RC, T nella vasta sala

p. 328
1. RC a barca con 2. RC, T Girgenti. / Nessuno 3. RC furtivi che tutti, in ispecie i meno giovani, le lanciavano, e 4. RC, T entro 5. RC, T chi flebili e chi audaci, le quali tradivan tutte 6. RC quel tale orgasmo che la presenza d'una donna suol suscitare. Notava T quel tale orgasmo ferino che la presenza d'una donna suol suscitare. Notava 7. RC, T s'eran 8. RC sugli 9. RC rossastri già mezzo grigi. / Era T rossastri già mezzo scoloriti. / Era 10. RC, T Covazza, che

p. 329
1. RC non vedevano e 2. RC con chi la porta. Illusioni: bolle 3. RC di sapone, che divengon poi palle di piombo. Lo sapevano quei 4. RC, T Caltavutùro. / Aveva 5. RC, T piacere nel porre innanzi così, fuor di tempo e di luogo,

le verità più spiacenti, nello 6. RC, T accostarsi. / Scarafaggio 7. RC, T scarafaggio. / Calunnia 8. RC, T spegnendoli. / Forse 9. RC, T vitrei, chiari, aguzzi 10. RC a staffa, quel naso a becco di gufo, il suono 11. RC, T della voce, contribuivano a dar di lui quel concetto, a destare in tutti una repulsione tanto più irritante, in quanto ciascuno poi era costretto a riconoscere che quasi sempre il tempo e gli avvenimenti gli avevano dato ragione, a riconoscerne la dottrina 12. RC franchezza dispettosa

p. 330
1. RC, T l'impopolarità. / Quell'accoglienza 2. RC, T sopratutto 3. RC, T dalla fervida simpatia e dall'ammirazione di tutti: Bixio 4. RC, T critica. / Stava 5. RC, T Bíxio Bruno, alto di statura, svelto, dal volto 6. RC olivastro, animoso e i capelli T olivastro, animoso, e i capelli 7. RC, T crespi gremiti, da negro, spiegava 8. RC, T la bocca rossa, carnuta, come 9. RC, T sala quali 10. RC, T se mai; ebbene, eran già pronti i capi segreti, ignorati ancora dalla polizia, e 11. RC, T mai. / Cataldo 12. RC, T Sclàfani, grosso, tarchiato, con un barbone 13. RC crocchio profeticamente 14. RC, T che là, là dove 15. RC, T oppressi. Sì, sapeva, sapeva che già prima nelle Romagne, nel Modenese, nella provincia di

p. 331
1. RC, T prodigiosa! / Lino 2. RC a strapparseli per 3. RC, T il sorriso. Egli, nelle 4. RC, T *Fasci.* / Nel 5. RC rude, con una chiazza di sangue nerastra che gli prendeva mezza faccia, parlava T rude, con un'atra voglia di sangue porrosa, che gli prendeva mezza faccia, parlava 6. RC nativo e 7. RC, T forzato. / Un 8. RC avesse fatto e faceva per 9. RC di schiacciarlo con 10. RC, T seguitava. / Celsina 11. RC, T ridere a 12. RC più in vista, si gonfiavano 13. RC, T si intenerivano 14. RC, T Eran 15. RC, T Avevan veduto innanzi a 16. RC con la faccia per terra, piangere e gridare. / Tutti T con la faccia per terra, piangere e gridare, come prima innanzi alle immagini dei loro santi. / Tutti

p. 332
1. RC, T ritardo, egli strinse 2. RC, T posto e, appena
3. RC, T non estranea a gli interessi nostri, a gli interessi specialmente di tanti nostri compagni, che più degli altri, credo, han bisogno 4. RC di ajuto giù 5. RC, T inte-

ressar 6. RC, T siciliana a un progetto... 7. RC imparentarsi per via d'una sorella col 8. RC, T chieder

p. 333
1. RC delle parole mie. Parlo T delle parole mie. Se si offende, è un minchione! Parlo 2. RC a Roma; io 3. RC io parlo così. 4. RC, T di questo progetto. 5. RC, T zolfare; ho 6. RC, T e se questo progetto... 7. RC, T altrui e

p. 334
1. RC, T e de' miei 2. RC d'una libertà che conceda realmente completo il diritto 3. RC, T vita; le

p. 335
1. RC Come volete che siano comprese, se non le comprendete neanche voi stessi? 2. RC aspettò con gli occhi chiusi, che fosse domata; a un certo punto, giunse le mani e, tenendole alte, piegò il capo 3. RC la verità con concessioni che T la verità con concessioni, che 4. RC vergogna e 5. RC sentimentale che

p. 336
1. RC esclamò il Covazza. – L'altra illusione che voi vi create è 2. RC, T ne' vostri 3. RC oggi, non scompajono domani? 4. RC da uno che non s'inganna, signori! So 5. RC, T vostra, voi v'ingannate! 6. RC, T com'erano

p. 337
1. RC cioè nel mare si 2. RC come un sasso a cui 3. RC, T patria. / Perché 4. RC, T E da allora vi si eran sempre pubblicati giornali del partito; e circoli, gruppi, nuclei si eran formati qua e là, sicché appena sorta la prima idea dei Fasci, era stato un subito accorrere e un subito riaggregarsi di antichi compagni di fede. / Non 5. RC, T fare. / E, a provar

p. 338
1. RC, T l'unione! / Socialismo 2. RC, T si era 3. RC, T si eran 4. RC decurioni la sera per 5. RC concludendo, Cataldo Sclafani. – Vergognatevi T concludendo, Cataldo Sclàfani con gli occhi lustri d'ebrezza e per la sua propria commozione. – Vergognatevi 6. RC, T qui 7. RC, T che offrono i vecchi, e 8. T di vita nuova, che

p. 339
1. RC, T immolar 2. RC, T occhiate di tratto in tratto a

destra e a sinistra. / Quell'adunanza 3. RC, T ch'era 4. RC apostolica Cataldo Sclafani, meritava 5. RC, T la avrebbe 6. RC anche innanzi ai fucili dei soldati, in piazza; e se tratto in arresto, innanzi ai giudici in una corte di giustizia. / Perché T anche innanzi ai fucili dei soldati, in piazza; e, se tratto in arresto, innanzi ai giudici, in una corte di giustizia. / Perché 7. RC, T questo? / Che 8. RC i proprietarii, e

p. 340
1. RC, T deputati. / Questo 2. RC Degne d'ammirazione erano la fede e la costanza con cui essi seguivan quest'opera T Degne d'ammirazione la fede e la costanza con cui essi seguivan quest'opera 3. RC altro da volere e da fare per ora. T altro da volere e da fare, per ora. 4. RC nessuno fuori dell'isola avrebbe mai creduto che già non ci fosse? che T nessuno, fuori dell'isola, avrebbe mai creduto che già non ci fosse? che 5. RC, T nelle campagne 6. RC ad 7. RC, T che ritornavano sfranti dal lavoro 8. RC digiuni ed il focolare spento? che T digiuni e il focolare spento? che 9. RC, T peggio che bruti? Ma una buona 10. RC ad 11. RC, T de la 12. RC, T paladini. / Oneste, modeste 13. RC pascersi di esse, e basta! No, no: troppo 14. RC bastargli! / All'improviso, voltandosi T bastargli! / All'improvviso, voltandosi

p. 341
1. [G. Leopardi, *All'Italia*, vv. 37-38.] 2. RC, T a gli 3. RC, T stringer 4. RC nella sua eternità, può non concludere, anzi non conclude mai. L'uomo deve concludere, ha bisogno di concludere, o almeno di credere che abbia concluso qualche cosa, l'uomo. Ebbene, signori T nella sua eternità, può non concludere, anzi non può concludere, e non conclude mai. L'uomo deve concludere; ha bisogno di concludere; o almeno di credere che abbia concluso qualche cosa; l'uomo! Ebbene, signori 5. RC eterni! Avete 6. T il viaggio, fino 7. RC Emilia. Qui a Roma chi ci viene per la prima volta ha 8. RC i giorni loro, sapete bene, scuotono 9. RC e

p. 342
1. RC, T non toglie, che 2. RC, T magari illusoria conclusione. 3. RC, T feroce, quando potrebbe essere movimento 4. RC più fitto, gli 5. RC avversarii, s'accese violenta 6. RC, T proposte s'abbaruffarono

p. 343
1. RC, T nel crocchio ove più 2. RC stavano difatti a spiare, cercando T stavano, difatti, a spiare, cercando 3. RC, T guardò dalla finestra 4. RC, T di non badare, si poneva innanzi d'un tratto, quasi 5. RC, T stavan 6. RC, T Lando, che 7. RC, T in casa del signor Roberto. Studia all'Università... Ma

p. 344
1. RC non le badava; e riprese tosto: / – Le 2. RC, T il mio avviso, che 3. RC iscritti... ma son nomi T iscritti... Ma son nomi 4. T intendere, che 5. RC, T una pazzia! Che si celia? / Gli occhi 6. RC in libertà. / V. / L'ex-tenore Elvino Passalacqua, marito T in libertà. / LA CALANDRA. / Il quondam tenore Olindo Passalacqua, marito 7. RC impazienza di Antonio Del Re. Gli parlava, gli parlava, gli parlava sottovoce, e ogni tanto, di nascosto, se Antonio sbuffando T impazienza di Antonio. Parlava, parlava sottovoce, e ogni tanto, di nascosto, se Antonio Del Re sbuffando 8. RC con un'altra 9. RC seguitiamo! – e seguitava a parlare, a parlare come per commissione; ma in una sua particolar maniera comicissima e quasi incomprensibile, perché tutta a voli T seguitiamo! » – E seguitava a parlare, a parlare quasi per commissione; ma in una particolar maniera comicissima e quasi incomprensibile, perché tutta a voli 10. RC che si riferivano alle più lontane e bizzarre 11. RC esistenza. Ed erano a ogni salto subitanee T esistenza. E ad ogni salto, a ogni volo, eran subitanee

p. 345
1. RC, T facevan 2. RC intronato e a bocca aperta 3. RC Olindo Passalacqua, di fronte a questo intronamento, restava pienamente soddisfatto; era 4. T i lunghi e grigi capelli 5. RC la radura a sommo del capo, e quindi coi due indici tesi si toccava le punte dei baffi tinti e incerati, quasi 6. RC, T del parlare, non gli fossero andati via. / – Una 7. RC Guarda, due lirette al giorno, che sono? E vorrei T Guarda, che sono? due lirette al giorno, che sono? E vorrei 8. RC, T là, che 9. [Teatro «Carolino», poi «Bellini», di Palermo: edificato nel 1808 sul vecchio « Santa Lucia » (1726) e così intitolato in onore di Maria Carolina d'Austria, moglie del re Ferdinando di Borbone (Ferdinando IV di Napoli e III di Sicilia; dopo la caduta di Napoleone e la disfatta di Murat, Ferdinando II delle Due Sicilie).] 10. [L'opera lirica *Jone* fu composta da Enrico Petrella (Palermo 1813-Genova 1877) nel 1858.]

p. 346
1. RC viene... E l'assassina musica 2. RC, T preda. / Il 3. RC, T romorosa 4. RC, T entro 5. RC si sentiva e 6. RC a sentirsi in 7. RC, T inconsistente. / Questo 8. RC durato, ma via via cresciuto, in 9. RC meticoloso in 10. RC, T radici? / Capiva

p. 347
1. RC teatrale capitato 2. T a Palermo, e 3. RC Passalacqua, che subito 4. RC, T aver 5. RC dell'impresario aveva 6. RC la voce, erano venuti a Roma poco dopo il '70 e s'erano 7. RC, T Palermo. / Avventurarsi 8. RC strampalate decisioni, era 9. RC là, oggi 10. RC, T carestia: bastava 11. RC le cose più sacre e più preziose, pur T le cose più care e più sacre, pur 12. RC, T ad 13. RC Necessità, su

p. 348
1. RC, T naso, come 2. RC avvenire, lasciava 3. RC, T a tutti, anche 4. RC nelle gabbie, a *Cocò* su la gruccia, a *Tittì* la scimmietta tisica su l'anello, a *Ragnetta* la gattina in colletto e cravatta, ai due vecchi cani *Bobbi* e *Piccinì* invalidi 5. RC impeciata, se n'andava 6. RC dei Pontefici! / E che cos'era quella tavola, a T dei Pontefici! / E che barca di matti quella tavola, a 7. RC e 8. RC ad 9. RC i sessi; e che discorsi 10. RC veder lo zio 11. RC, T con le stesse idee, con gli stessi 12. RC, T attenzioni, con le cure 13. RC, T addolorati! / Qual 14. RC, T zio? Egli avrebbe

p. 349
1. RC non poter ricevere da lui 2. RC, T Si era 3. RC, T casa, che 4. RC figurato e subito aveva ritenuto per certo che 5. RC e il furore represso con tanto sforzo sarebbe 6. RC all'altro, come un folle, quasi T all'altro, come un matto quasi 7. RC, T del volto alterati, scontorti, le pugna 8. RC fosca un'idea 9. RC, T mostruosa aveva 10. RC, T a germinargli nello spirito, la quale 11. RC contro la vita, ch'egli fin dall'infanzia aveva accolto in sé e 12. RC, T covato. / L'idea

p. 350
1. RC, T in Sicilia durante i preparativi della Rivoluzione del 1860 e della loro confezione. Corrado 2. RC anche lui di notte nel 3. RC Gancia. Egli, forte delle sue nozioni di chimica moderna, s'era T Gancia. Forte delle sue nozioni di chimica moderna, egli s'era 4. RC, T quella confezione,

e 5. RC Parlamento! / D'un subito egli s'era sentito impossessar tutto da quest'idea. / Gli urli T Parlamento! / D'improvviso s'era sentito prendere e predominar tutto da quest'idea. / Gli urli 6. RC ad 7. RC dal fratello de la nonna il denaro, zio Roberto sarebbe stato tratto in arresto; e allora T dal fratello de la nonna il denaro, zio Roberto sarebbe tratto in arresto; e allora 8. RC questa sarebbe stata la giusta 9. RC amarezze che 10. RC, T de' suoi; e 11. RC fare 12. RC dinnanzi

p. 351
1. RC potesse avvenire, nulla 2. RC Passalacqua là, per cui 3. RC, T a Roma, con 4. RC S'era fatto di bragia nel vedersi T S'era fatto di mille colori nel vedersi 5. RC, T male, che 6. RC, T aperto, in cui 7. RC, T Passalacqua lì quel 8. RC, T cecamente 9. RC, T di cuore. / Via, via 10. RC, T si era

p. 352
1. RC, T così per ispasso? 2. RC, T pudori, che 3. RC, T potuta 4. RC guadagni; ma, sissignori, queste cose le fanno gli sfruttatori, gli strozzini, ragion per cui un gentiluomo deve proibirsi di farle... Stupidaggini! 5. RC, T Miserie! / S'era 6. RC, T finito! » / Ma 7. RC ed 8. RC, T si sciogliesse, ed ella 9. RC pregato d'interessarsi di lei in qualche modo, di farle trovare, con le tante sue aderenze, un posticino T pregato d'interessarsi di lei in qualche modo, di farle trovare, per le sue tante attinenze, un posticino 10. RC, T a Roma. / L'assegno, Celsina

p. 353
1. RC, T domandato ella 2. RC contro di sé; e 3. RC, T con l'animo fiammeggiante di sogni 4. RC, T in sé, pronta 5. RC, T ecco, se ne 6. RC Son 7. RC, T Chiacchiere, chiacchiere, chiacchiere, declamazioni 8. RC, T parer 9. RC, T a Roma! Nino, per carità, Nino non star così! Vattene... sì, sì... è meglio, vattene! vattene! / Olindo 10. RC calma, prudenza.

p. 354
1. RC con le furie, come potete più vederlo? Il rimedio T con le furie, come potrete più vederlo? Il rimedio 2. RC amici, a tutto c'è il rimedio, più 3. RC, T duro, più o meno amaro, più o meno radicale... 4. RC ansante, in 5. RC, T Son 6. RC cantato, io 7. [Giuditta Pasta, cantante contralto e soprano, interprete famosa delle opere di

Rossini, Bellini, Donizetti, Pacini ecc., alcune delle quali dedicate a lei espressamente dai loro autori (Saronno 1798 - Blevio 1865). Paolina Lucca, cantante soprano (Vienna 1841 - 1908). Marietta (Cassano d'Adda 1807 - Milano 1875) e Giuseppina Brambilla (Cassano d'Adda 1819 - Milano 1903), cantanti contralto. Anche le sorelle, Teresa Brambilla-Ponchielli, Annetta e Laura e la nipote Teresina furono cantanti.]

p. 355
1. RC di negozio, caffettiera, interprete, quel 2. RC nulla col 3. RC le sfavillavano, ardenti; le labbra T le sfavillavano, ardenti, sotto quel cappellino dalla piuma spavalda; le labbra 4. RC, T lontano... Io debbo cantare!... Ho bisogno di sentir come canto... Se fosse vero! Tu ci credi? Ah, se fosse vero, Nino mio! Andiamo, andiamo... Il Tevere è lontano? Portami a vedere il Tevere, e là canterò. / Seguitò 5. RC che l'affliggeva. / – Celsina, va bene; ma Pigna? ti pare? impossibile! Vediamo un po', mettiamo... Celsina... come? Celsina Del Re? Oh Dio, no! Le mie T che l'affliggeva. / – Celsina, va bene; ma Pigna! ti pare! impossibile! Vediamo un po', mettiamo... Celsina... come? Celsina Del Re? Oh Dio mio! Le mie 6. RC, T politiche... Del re? io sono socialista!... Impossibile, Nino! non posso esser tua moglie, è fatale!

p. 356
1. RC, T pianura là, che 2. RC milizie, e qua le sponde erbose del fiume, nell'ombra soffusa di viola e d'oro parevano T milizie, e qua le sponde erbose del fiume, nell'ombra soffusa di viola e d'oro, parevano 3. RC morto, e qua e là tinte dei riflessi rosei del cielo, qua e là macchiate T morto, e qua e là tinte dai riflessi rosei del cielo, qua e là macchiate 4. RC, T – Bello! – sospirò Celsina, guardandosi intorno, con la impressione che fosse in un sogno. – Com'è bello qua... / Poi, volgendosi 5. RC strette fra le gambe. / – Nino, che fai? T strette tra le gambe: / – Nino, che fai? 6. RC son 7. RC, T una mano su la spalla, si 8. RC Ed 9. RC, T giunse ad Antonio il canto di lei. / *S'aman gli uccelli in fin che i rami han foglie...* / Sgorgò la vocina in quel silenzio, limpida e fervida, come la luce della prima stella nel ciel crepuscolare. E mentre ella di là seguitava: / *L'un chiama l'altro e la risposta aspetta...* / *Tempo è di fabbricare i nuovi nidi...* / egli di qua, disperato, serrando le pugna nella furia della gelosia, la vedeva parata da attrice, in un vasto teatro, innanzi ai lumi della ribalta, abbracciata da un tenore... Si alzò, fremente; andò 10. RC, T gli domandò ella, con

p. 357

1. RC le ali... io volerò! / CAPITOLO TERZO. / I. / L'on. Ignazio T le ali... io volerò! / CAPITOLO TERZO. / GLI OCCHIALI SERII. / L'on. Ignazio 2. RC, T d'agricoltura; egli gongolava 3. RC nemici dell'ordine sociale, pezzi da galera, quei solfarai 4. RC facinorosa, benissimo! esaltata 5. RC, T d'estremo 6. RC altro... Sì, sì: viso fermo, polso 7. RC Umanità... sicuro... 8. RC, T oh caro... ma come no? precisamente! / E accennava, con 9. RC mal dissimulata d'allungare

p. 358

1. RC, T severo, arrischia di levare 2. RC è vero? il momento... già! lo aveva detto, lui!... non era il momento quello! nuova T è vero? il momento... già! già! lo aveva detto, lui!... non era il momento quello! nuova 3. RC, T oh caro... come no? precisamente! / Uscì 4. RC del Ministero, raggiante, tronfio come un tacchino, quasi abbagliato. Aurelio Costa, per sottrarsi alla tentazione di schiaffeggiarlo, di sputargli in faccia, muto, pallido, vibrante, allungò il passo, lo lasciò indietro. / – Ingegnere! T del Ministero, tronfio come un tacchino, raggiante. Aurelio Costa, per sottrarsi alla tentazione di schiaffeggiarlo, di sputargli in faccia, muto, pallido, vibrante, allungò il passo, lo lasciò indietro. / – Ingegnere! 5. RC, T è pazzo lei! che voleva di più? / – Mi lasci 6. RC riprese con tono tra arrogante e derisorio Capolino. 7. RC, T da un Sottosegretario di Stato? che pretendeva? Che le buttasse 8. RC sghignò, fremente, il Costa.

p. 359

1. RC dal Governo accanitamente nelle 2. RC positivo che 3. RC, T il progetto 4. RC squadrandolo dal capo alle piante. / – Parlo con un uomo o parlo con un ragazzo? Dove T squadrandolo dal capo alle piante. / – Parlo con un uomo, o parlo con un ragazzo? Dove 5. RC all'esame del suo progetto? L'ordine! Ma quando? Abbia pazienza! Quando T all'esame del suo disegno? L'ordine! Ma quando? Abbia pazienza! Quando 6. RC – Ah dunque un 7. RC con una spallata. / – Con la pelle! con la pelle! – raffermò il Costa infiammato d'ira, di sdegno. – Con la mia pelle! Dovrò tornarci T con una spallata. / – Con la mia pelle! con la mia pelle! – raffermò il Costa infiammato d'ira, di sdegno. – Con la mia pelle! Dovrò tornarci 8. RC, T qua, adesso, a

p. 360

1. RC, T accorto ch'egli non è soltanto 2. RC signor mio,

è giuoco... giuoco di promesse appunto! E lei, scusi, va 3. RC, T Aurelio Costa, ponendosi ambo le mani sul petto. – Io, in mezzo? 4. RC, T poi si fece in volto di mille colori e abbassò 5. RC volontà? Ma io vi sono stato sempre trascinato, tirato pei capelli, e sono stufo, sa? d'esser cacciato in mezzo a imprese, a intrighi, a bizze, a scandali... T volontà? Ma io vi sono stato sempre trascinato, tirato pei capelli, e sono stufo, sa? di queste imprese, di questi intrighi, e bizze, e scandali...

p. 361
1. RC, T poi si scosse con un ghigno nel naso e tentennò a lungo il capo. / Se 2. RC ragione per 3. RC a Roma era 4. RC, T moglie! / Il 5. RC quel progetto, studiato 6. RC, T ch'egli metteva 7. RC, T lì senz'alcuna 8. RC amor proprio, non voleva assumer coscienza. Allontanato 9. RC di quel progetto, proprio 10. RC, T col marito, egli era 11. [Cfr. nota 13.] 12. T né attorno a sé. / Lo scherzo 13. RC [Cfr. nota 11: il testo tra le due note era:] indimenticabile! / E Capolino? Eh, Capolino non vedeva più tante cose, da che (forse per lo scherzo di cattivo genere fattogli dalla palla de la pistola del Veronica) nel levarsi da letto, là a Colimbetra, ancora col petto fasciato, aveva sentito il bisogno d'un pajo d'occhiali. / Lo scherzo di quella palla gli aveva turbato profondamente la concezione della vita. Fino

p. 362
1. RC, T scherzare anch'esso, facendone 2. RC seriissimo. / Già, d'un subito, o per la T seriissimo. / Già, subito, o per la 3. RC Il principe don Ippolito graziosamente aveva 4. RC occhiali e da deputato gli aveva fatto subito un 5. RC al più, ella vi si tratteneva da più che tre mesi T al più, Lellè vi si tratteneva da più che tre mesi 6. RC partire. E ch'era matta? Tripudiava. Aveva 7. RC, T sbuffante e ridanciana, e i loro

p. 363
1. RC, T di tutti i segreti 2. RC, T che a darsi buon tempo, e Nicoletta, con 3. RC e la nuova amica. 4. RC serii non vi si sentiva minimo, e T serii non vi si vedeva minimo, e 5. RC, T gli altri, quanto 6. RC moglie, ormai diventasse 7. RC a Girgenti, per la figliuola, s'intende, per quella 8. RC del Costa venirgli a guastar le uova 9. RC, T paniere! / La pelle... 10. RC ora che

p. 364
1. RC, T esitar 2. RC, T denti! / Intanto 3. RC del padre, probabilissimamente sarebbe 4. RC a Girgenti; e sarebbe 5. RC chi sa! / Rimanendo Dianella a Roma, addio ritorno di Nicoletta a Girgenti! / Così T chi sa! / Rimanendo Dianella a Roma, addio ritorno di Lellè a Girgenti. / Così 6. RC gli s'appannavano. / II. / Non passò T gli s'appannavano. / BUONA NOTTE, CARO! / Non passò 7. RC neanche una settimana, e Flaminio Salvo fu a Roma insieme con Dianella, come Capolino purtroppo aveva preveduto. T neanche una settimana, e Flaminio Salvo fu a Roma insieme con Dianella, come Capolino aveva preveduto. 8. RC, T ironia. / Furono 9. RC ad accoglierli con tre vetture alla 10. RC, T mia, e che 11. RC, T come di cera e gli occhi

p. 365
1. RC sai? con quest'insulso di tuo padre, difficile T sai? con un uomo insulso, come tuo padre, difficile 2. RC, T Adelaide, che 3. RC qua; bacia, bacia! 4. RC bella grossa e baggiana come T bella grossa e baggiana, come 5. RC, T a la 6. RC, T ne la 7. RC la degnazione d'inviare una lettera autografa d'augurii e di rallegramenti agli sposi. / – E T la degnazione di mandare una lettera autografa d'augurii e di rallegramenti agli sposi. / – E 8. RC in giro, poi, picchiandosi con una mano la fronte. – Ah 9. RC già... sicuro!... Cecco Bomba... ho T già, ho capito: Cecco Bomba... Ho 10. RC Adelaide... Cose da pazzi! Ora è mai possibile che stia allegra codesta povera figliuola mia! con questa sorta d'Altezze [Alfonso di Borbone, conte di Caserta, fratello dell'ultimo re delle Due Sicilie, Francesco II (cfr. p. 107, nota 1) visse in esilio dal settembre del 1870. Dopo la morte del re suo fratello, avvenuta nel '94, fu comunemente chiamato dai suoi più accesi sostenitori « Sua Maestà Alfonso I ».] 11. RC io! Questo tuo

p. 366
1. RC inviato 2. RC comprato 3. [Cfr. p. 368, nota 2.] 4. T davano. / Ma 5. T si erano

p. 367
1. T andato 2. T Costa; volle 3. T non fuori, ma 4. T proprietario, che 5. T avevan 6. T su le

p. 368
1. T mamme coi bimbi in 2. RC [Cfr. p. 366, nota 3: il testo tra le due note era:] contento, don Flaminio. – Domattina

mi recherò in casa sua, a lasciargli un biglietto 3. RC, T nell'andata, quanto 4. RC, T fatto

p. 369
1. RC questo: che il Salvo era davvero fortemente costernato delle condizioni di spirito 2. RC perciò contentarla, se 3. RC effetti che se n'aspettava; contentarla, anche 4. RC uscita di casa ormai la 5. RC figlia 6. RC rimprovero alla moglie, che 7. RC, T osato di lasciar 8. RC in fine, per dare anche ad 9. RC, T ritornato 10. RC delle zolfare ribellati a ogni legge. / Queste 11. RC così chiare dal lungo, involuto, nebuloso discorso del Salvo costarono a Capolino un così intenso sforzo che 12. RC, T al Costa; più 13. RC, T quello, che

p. 370
1. RC mettendola da parte 2. RC, T giorno. / Scelto 3. RC subito ella, per 4. RC d'Italia in pugno, lo so! 5. RC, T disse 6. RC freno, prudenza. – Io son qui 7. RC dovere. / – E anch'io! – rimbeccò Nicoletta – Tu di deputato, io di moglie. La moglie deve 8. RC Te l'ho detto, tu hai perduto da un pezzo in qua, la bussola e l'alfabeto. Parliamoci 9. RC Bada, Gnazio, sono stufa, e capace... non so, capace

p. 371
1. RC Mi domandi il perché? Mi dici di partire, di ritornarmene laggiù, e... / – Prego, prego... – la interruppe Capolino, con le mani protese, per arrestare anche col gesto quella furia. – Nel nostro... nel tuo stesso interesse, scusa! Se non mi fai dire... / – Ma che 2. RC questa mattina. Ti ho detto nulla io del tuo 3. RC disse, e 4. RC non sia del tutto infondato. 5. RC, T Fa pietà... / – Nausea! sdegno! – scattò 6. RC – L'amore... – sospirò Capolino, alzando le spalle. – E Flaminio fors'anche pensa che con quest'ombra nera della pazzia della madre, un degno partito per la figlia non gli sarà facile trovarlo. Ha messo 7. RC nuotarci 8. RC rispose 9. RC, T Non toccherà a me covar

p. 372
1. RC, T ne le 2. RC la mia mano, ed io 3. RC potrà essere un avvilimento per la figlia 4. RC la moglie del deputato 5. RC lo guardò, calma, di sotto in su, poi 6. RC partire, sempre 7. RC non vorrebbe nulla, non aspira a nulla... Questo è il bello! Non s'accorge T non vorrebbe nulla... Questo è il bello! Non s'accorge 8. [Cfr. p. 373, nota 5.]

p. 373
1. T ne le 2. T socchiuder 3. T Ma ad ogni costo... ah, ad ogni 4. T presenza... Non 5. RC [Cfr. p. 372, nota 8: il testo tra le due note era:] non capisce nulla... E la fortuna lo ajuta! Domani, genero di Flaminio Salvo! Ma tu credi che sia capace di sentir questa vendetta che tu dici, del tuo rifiuto? No, sai! Neanche di questo è capace! Io l'ho visto: è con te riguardoso, ossequioso... anzi, tutto impacciato alla tua presenza... Non ci penserà mai... E se tu saprai vincer lo sdegno, e 6. RC, T calmo disprezzo, smorì, si 7. RC dignitosamente. Poi, cangiando aria e tono: – Volevo 8. RC Benissimo! Puoi accompagnarti

p. 374
1. RC – Buona notte. / III. / Flaminio Salvo era fermamente convinto d'aver sempre T – Buona notte. / A DOMANI, PER SEMPRE. / Fermamente convinto d'aver sempre 2. RC dalla nascita, e che soltanto con l'assidua difesa d'una volontà sempre vigile e incrollabile e opponendosi con atti ch'egli stesso T dalla nascita, Flaminio Salvo credeva che, soltanto con l'assidua difesa d'una volontà sempre vigile e incrollabile, e opponendosi con atti, che egli stesso 3. RC aveva 4. RC, T finora. / Ma 5. RC l'avversione del destino, non potendo 6. RC, T sciagure egli sentiva 7. RC veramente la vendetta vile e crudele della sorte; e questo 8. RC sopraffatto. / Egli non si poneva T sopraffatto. / Non si poneva 9. RC, T dubbio, che 10. RC (fisime!), ma 11 RC venirgli che un male. T venirgli altro, che un male. 12. RC se per un caso solo si fosse indotto a riconoscere il vizio del suo ragionamento, addio ragione, addio scusa

p. 375
1. RC commesso. / Ogni qualvolta un negozio, un'impresa, una faccenda T commesso! / Ogni qual volta un negozio, una faccenda 2. RC, T rallegrarsene, s'aombrava, sospettava subito un'insidia della sorte e si parava 3. RC e avrebbe 4. RC Lillina che 5. RC mattinata 6. RC, T procuratagli. / Flaminio 7. RC di 8. RC Costa le disposizioni opportune circa al ritorno 9. RC, T con un'aria quasi di sfida, confermò: 10. RC di su i cerchi degli occhiali. 11. RC, T al 12. RC Era vero del resto. Si 13. RC, T stava lì a 14. RC gettarlo in pascolo alla

p. 376
1. T disilluso. / Nell'anima 2. RC diffidenza, e 3. RC, T non solo egli non doveva 4. T impressione, che 5. RC

ne avesse ricevuto, ma 6. RC la figlia, faceva 7. RC a quel buon figliuolo T a quel buon giovine 8. RC impresa, a cui lo gittava. T impresa a cui lo gittava. 9. RC, T seguitò in quell'inganno cosciente, acceso 10. RC la figlia, la quale, dopo 11. RC costretto a piegarsi e a fargli far quella parte col Costa, eccola lì, era venuta a fargli intendere con aria nuova che il giovine 12. RC, T principe di Laurentano 13. RC, T dispiaciuto! / Né 14. RC, T Salvo. Egli fingeva 15. [Cfr. nota 18.] 16. T e ora, di là, certo, piangeva 17. T vera; tanto 18. RC [Cfr. nota 15: il testo tra le due note era:] della figlia; ma l'aveva già compresa bene; e la stizza finta, per la parte ch'egli doveva fare col Costa, era in fondo stizza vera, perché Dianella, facendo quella lode del Laurentano in presenza d'Aurelio, s'era intesa di vendicarsi di questo già invescato da Nicoletta Capolino, e certo ora di là piangeva e si straziava in segreto. / Ora, per non avvertire il rimorso di quello strazio che cagionava alla figlia, Flaminio Salvo fingeva di credere sul serio che veramente, sì veramente, se il Costa fosse riuscito a ridurre a ragione gli operai delle solfare, gli avrebbe dato in premio Dianella. Intanto faceva partire il Costa in compagnia di Nicoletta Capolino. / La sera, fu 19. RC sostenutezza verso

p. 377
1. RC, T Lillina. / Dianella 2. RC che facevano pena. I dolci occhi 3. RC ora le si accendevano di strani guizzi taglienti, ora le smorivano T ora le si accendevano di strani guizzi taglienti, ora s'offuscavano come in un confuso spavento, ora le smorivano 4. RC parlava, senza 5. RC ma con la sua vivace 6. RC giovine 7. RC, T sospensione. / Quanto 8. RC abbagliato Aurelio 9. RC, T parola. / Nel 10. RC, T Sicilia. / Ogni 11. RC avrebbe affrontato col frustino tutti quei ribelli laggiù, che minacciavano d'incendiare le zolfare.

p. 378
1. RC infocato 2. RC così, se 3. RC, T recuperar 4. RC, T innanzi 5. RC, T lei, che 6. RC, T lì 7. RC ritrarsi, ché gli sarebbe parso di disertare. Del resto, per

p. 379
1. RC, T premio, ch'egli 2. RC perduto, lasciando 3. RC, T amandolo? / Così 4. RC, T Romana, Roberto 5. RC, T salvar 6. RC qualcuno, che 7. RC giovine

p. 380
1. RC Non restava dunque che 2. RC, T di the, che 3. RC, T ne porgeva ora una a Lando 4. RC, T questo: e 5. RC, T soggiunse ella, subito: – che 6. RC salone. / CAPITOLO QUARTO. / Corrado T salone. / CAPITOLO QUARTO. / VA' FUORI D'ITALIA... / Corrado 7. RC, T corpo. / Appena

p. 381
1. RC per riaversi; ma non gli riuscì neanche a trarre il respiro, come se avesse il petto, il ventre squarciati. Sentiva una grande arsione; e le gambe, come se gli si fossero stroncate sotto. / Un sentimento 2. RC la paura, non degli altri, ma di sé. Or ora T la paura. Non degli altri; ma di sé. / Or ora 3. RC sfidati e assaliti in piena camera con estrema T sfidati e assaliti, là, nell'aula del Parlamento, con estrema 4. RC violenza. E nessuno aveva osato fiatare. Ma quel silenzio era stato per lui peggiore d'ogni invettiva, d'ogni tumultuoso insorgimento di tutta l'assemblea. Quel silenzio 5. RC lo aveva atterrato. E ancora negli orecchi aveva il suono de' suoi passi T lo aveva atterrato. / Aveva ancora negli orecchi il suono de' suoi passi 6. RC dall'aula: nel silenzio 7. RC, T come i colpi 8. RC da morto. / Schiacciato T da morto. / Sentiva una grande arsione; e le gambe, come... come se gli si fossero stroncate, sotto. / Schiacciato 9. RC voluto insorgere con tutto 10. RC, T delle energie vitali ancor possenti in lui; e s'era ucciso. Nessun 11. T dubbio, che 12. RC votato unanime l'autorizzazione 13. RC che il denaro tolto alle banche non poteva aver per lui peso di rimorso, come per tanti altri. Non lo aveva né accumulato né speculato. Era servito in gran parte ad altri, più che a lui, per un bene pubblico. Egli ne aveva trattenuto per sé solo quanto glien'abbisognava per vivere ed operare. / Dell'aver tante volte affrontato T che il denaro tolto alle banche non poteva aver per lui peso di vergogna o di rimorso, come per molti altri. / Dall'avere tante volte affrontato 14. RC non gli veniva questo diritto 15. RC lo volevano. Delitto, la vita. Doveva

p. 382
1. RC, T questi vivi, che gli rinfacciavano, ora, come un delitto 2. T avere 3. RC ch'egli 4. RC quel 5. RC ora a dimostrargli con ischerno l'ingenuità di esso; dopo aver per tanti anni 6. RC costò 7. RC accompagnato tutti 8. RC tramutato in quel riso di piombo? Ebbe 9. RC, T assumer 10. RC oscuro e tremendo che 11. RC e glielo sconvolgeva, dandogli T e glielo scompigliava, dandogli

12. RC, T irrimediabilmente. / E 13. RC, T Sentì, con 14. RC una qual si fosse relazione tra sé 15. RC, T voce; e

p. 383
1. RC non avvertì altro che l'amarezza 2. RC, T vana. / Poteva 3. RC, T potuto, se 4. RC, T violento, che 5. RC, T essa, che 6. RC baloccarsi un poco, per conchiudere bene. Sì, in 7. RC dirgli che per lui si era messo da sé sotto accusa, per coprirlo. Ecco 8. RC, T de' suoi 9. RC saputo mai avvalersi 10. RC, T Non pietà, ma sdegno e dispetto, poteva

p. 384
1. RC, T fune 2. RC, T lo tirava giù con sé 3. RC nel precipizio, giù, giù, costringendolo 4. RC, T aver 5. RC solo atto, egli 6. RC, T Passalacqua, che 7. RC da sputargli in faccia! E lei, onorevole? Per carità! Fango, che non può toccarla! Andate 8. RC con 9. RC Olindo! Quello che dicevo io. Su, andiamo! 10. RC Per combinazione a Pilade càpita

p. 385
1. RC tre giornali! Appena ne apre uno, si mette a pisolare; e poi dice che li ha letti tutti e che 2. RC aggiustar 3. RC che dicesi... Ah, così 4. RC – Censore... sicuro, – rispose 5. RC, T – E dunque, lascia 6. RC in una tremenda convulsione, andò 7. RC al rangolamento di Roberto 8. RC, T canto. / Corrado 9. RC del

p. 386
1. RC e scattò, in fine, scrollandosi, in 2. RC non è scherzo! basta... basta! / Alle 3. RC, T Celsina. / Subito 4. RC Corrado Selmi corse 5. RC, T stringer la mano alla signora Lalla, che 6. RC rideva guardando 7. RC, T qual'è 8. RC la vera pianta più utile? 9. RC, T Coltiviamo il riso! annacquiamo 10. RC giovinotto! 11. T ben 12. RC camicina di fuori, prenderà

p. 387
1. RC e Olindo balliamo al suono della marcia di Garibaldi... [*L'Inno di Garibaldi*, di Luigi Mercantini (1821-72), è datato intorno al 1859-60.] 2. RC, T spalle. / Appena 3. RC per l'altro balcone che 4. RC – Ah perdio, no! Questo è poi troppo! / Roberto Auriti lo seguì per trattenerlo: / – Corrado! 5. RC, T dinanzi 6. RC ingrugnata 7. RC do-

mani. / – E chi siete? – gli T domani. / – E voi chi siete? – gli 8. RC, T dinanzi 9. RC s'interruppe, riconoscendo 10. RC Son

p. 388
1. RC, T uno sternuto, tardo 2. RC al 3. RC col viso cereo, chiazzato come per tanti pizzichi, si guardava 4. RC della sua, più che dell'altrui esagitazione. / – Vi prego, vi 5. RC una chiamata dalla questura. T una chiamata dalla questura... 6. T qua per arrestare 7. RC lo interruppe Roberto.

p. 389
1. RC rompendo in lagrime ed 2. RC, T Ma che avete fatto voi? – corse 3. RC per le braccia, e 4. RC, T lo stesso! Sì? sì? E allora... 5. RC se le strappò, e le scagliò 6. RC, T Roma, con 7. RC e le calpestò! / Tornò

p. 390
1. RC dalla camera, rovesciando 2. RC dietro, spaventata, chiamandolo 3. RC, T in mente, che 4. RC, T impedir 5. RC e si dimostrò 6. RC al delegato. / – Eccomi. 7. RC al delegato. – Lei 8. RC, T allora Mauro Mortara, agitando 9. RC sul volto quasi per 10. RC restò a guardare, come 11. RC più nulla. Vide solo le sue medaglie lì T più nulla. Vide soltanto le sue medaglie lì 12. [Termina qui la parte del romanzo pubblicata dapprima in RC. Le note che seguono si riferiscono perciò alle varianti di T rispetto alla lezione definitiva di M 1931.]

p. 391
1. T calpestate. / NON T'INCOMODARE! / Uscendo 2. T lo ammoniva, ch'egli 3. T Nicolò 4. T a prenderli a parte. 5. T di loro, perché

p. 392
1. T Selmi, ch'essa gli prolungasse con dispettosa ferocia l'agonia. 2. T cosa, che 3. T da la 4. T accordato. / Finito 5. T enormi, tutte 6. T i suggelli...

p. 393
1. T d'un organetto. / Parve 2. T ambulante. / Ah 3. T al suono d'una volgarissima canzonettuccia napoletana, no, no, no. / Si sentì 4. T davvero? No: piano, riposatamente, senza tremor di mani, senza quell'aridezza in bocca; piano, dopo 5. T si conveniva. / Prese 6. T con limpidi occhi

e 7. T salutar la vita, sorridere a lei col suo lieve 8. T vicende, che 9. T con sé. Sì, un ultimo saluto alla vita, a le cose belle che restavano e che egli aveva tanto amate. / E si fece 10. T seguitare la sua incerta, penosa, indegna esistenza 11. T Giunto alla sommità del colle, gli

p. 394
1. T Roma divina, luminosa 2. T uomini, che 3. T per la vita, solo con esso e in esso, ch'egli 4. T ostacoli, che 5. T lo inalzava dinanzi a se stesso, senza 6. T di marmo. / Pensò 7. T spettacolo! / E ridiscese alla città. / Ridisceso, gli 8. T il corpo, ancor

p. 395
1. T giornalai 2. T la vettura, e comprò 3. T giocar 4. T com'è bravo! guarda com'è ingegnoso! / Quel foglio, così 5. T più a lui? Egli stava sotto. / E veramente, quasi per vedere dov'egli stesse, voltò la pagina. / Subito 6. T questa

p. 396
1. T Bellissima donna!... 2. T si trovava ella in 3. T nella 4. T tra le mani, soffocato, attossicato dalla nausea di quella strage; e gli parve di sentirsi investito dal feroce affanno di tutto un popolo inselvaggito, ebbro di sangue. Appallottò

p. 397
1. T ne le 2. T entro 3. T un'arma. / Il suono

p. 398
1. T Ho fatto io da me... 2. T tremò nella 3. T dal servo. / IL LUPO!... IL LUPO!... / Come 4. T Mauro Mortara, raccolte da terra le medaglie calpestate, era corso 5. T chiesto, se 6. T – Quale signora? quale ingegnere?

p. 399
1. T morì qua tra 2. T per questo, don

p. 400
1. T il capo con ambo le mani e provò 2. T aperta, ora, a

p. 401
1. T Ora lui ti porterà... ti porterà lui dove tu vuoi... sii buona, cara, sii buona! / Ma

p. 402
1. T domandò agli altri con un viso fermo, che diceva chiaramente, che se davvero ce n'era uno, che aveva fatto male a quella povera agnellina, era pronto a saltargli addosso. / Ma 2. T al padre; ma 3. T e, subito dopo, ella, dando

p. 403
1. T non se n'era accorto, per 2. T povero giovane, come 3. T La avevo

p. 404
1. T signori, io lo 2. T come se ogni proposito, ora, gli dèsse un'invincibile nausea, un'uggia soffocante. E andò a buttarsi su una poltrona, cupo; vi rimase, come atterrito 3. T de la 4. T E si domandava con bieca crudezza, se egli avesse 5. T compiuto; ed egli, in quel 6. T non la temeva. Era ormai sopra di tutti e di tutto. / E guardò 7. T Capolino, che 8. T volontieri

p. 405
1. T con la quale egli si licenziava 2. T Ciccino Vella, come 3. T che recava e non avrebbe voluto dare. / – Lando 4. T l'altra a tergo per 5. T un disturbo passeggero

p. 406
1. T si scrollò, con 2. T derisoria, che 3. T purtroppo, si sa, è 4. T CAPITOLO QUINTO / NON PESA NULLA... / A Girgenti, tutto 5. T i resti, che 6. T cassa, di 7. T ribrezzo, orrore erano 8. T la prova, che

p. 407
1. T nuove, che 2. T ancora innanzi agli 3. T e si domandavano con 4. T fine. / Per 5. T al quale, prima, aveva 6. T già, che 7. T la madre? / Dunque, dal 8. T ad Aragona, dov'egli

p. 408
1. T forse ella, ella stessa 2. T su essi

p. 409
1. T e lo avessero ancora avanti agli 2. T di Santo Vito, tra 3. T soldati. / Ecco, ecco 4. T là, davanti! 5. T a la vista di quel padre, che

p. 410
1. T ruglio, che 2. T s'arrestò 3. T innanzi 4. T a la

p. 411
1. T in giornata, in giornata; dopo 2. T raccolti? / Il cavalier Franco perdette la pazienza. / – Perché? 3. T sia là 4. T alla stazione, non

p. 412
1. T esser 2. T perché, se 3. T le strinse e scosse 4. T spropositi? vi

p. 413
1. T la fuga, come un ragazzino, con 2. T qua, a 3. T anche voi: – *Ammazzo!* 4. T tutto quello che 5. T di lagrime; si morse 6. T gli scrollarono, in convulsione, la 7. T S'inginocchiò per terra, davanti a la tavola, appoggiò 8. T figlio!... / SENZA PIÙ RAGNA, UN RAGNO. / Due 9. T improvvisa, quanto 10. T violento, per

p. 414
1. T presto. / Lo 2. T ridicolo, che 3. T a' 4. T concittadini, così, funebre nell'aspetto, ma 5. T dovevan 6. T schiantato, assolato dall'atrocissimo 7. T il soavissimo, voluttuoso 8. T impeto, che 9. T di mesta, accorata

p. 415
1. T stesse, che gli sgorgavano dagli occhi, senza 2. T le volesse; ma appunto 3. T refrigerio! / Ma non doveva, no, no, non doveva... perché... Perché? Perché non doveva piangerla? Oh, non era ella forse la compagna sua necessaria 4. T de' 5. T caduta! / No... apparentemente, ecco, almeno apparentemente doveva piangerla... Così, così in segreto; anche 6. T come. / Così piangendo, no, 7. T dolore? Egli non 8. T un poco. Ma forse, ah forse in fondo egli ne aveva provato, doveva averne provato uno e ben grande, se 9. T rabbia, che 10. T del Salvo. / Ma

p. 416
1. T l'amante! / Sì: fuggita 2. T manovre, che 3. T perfidie! / Ah, no, perdio!

p. 417
1. T meno. / Come fare? che fare? 2. T strappargliela dal petto. E con essa, per 3. T commozione 4. T de la 5. T stesso, che

p. 418
1. T chiaramente, che 2. T certo!... 3. T parlare... /

Quando, in un buon momento, ché il salotto era pieno zeppo di gente, entrò il D'Ambrosio, quello che gli aveva fatto da testimonio nel duello col Veronica, e che era lontano parente di Nicoletta Spoto, avvenne una scena 4. T riuscita più efficace e favorevole 5. T entrò, soffocato dall'emozione, e con

p. 419
1. T due, che 2. T come sa e vuole, ai 3. T dal suo lato, anche 4. T mezzi, di cui

p. 420
1. T d'interessi con 2. T ai casi miei.

p. 421
1. T audacissimo. / TENENDOSI PER MANO. / Flaminio 2. T la avrebbe 3. T più distaccarsi, e 4. T da uno stanzino bujo, dal nascondiglio ove 5. T partire. / Lando Laurentano s'apparecchiava in gran fretta alla partenza anche lui, chiamato a Palermo dai compagni del Comitato centrale del partito; rispose dunque al Salvo, che 6. T Vella. / Flaminio 7. T se n'astenne. / Lando 8. T Selmi. / Se n'era

p. 422
1. T giovane, ch'egli 2. T avuto, contro il suo solito, un

p. 423
1. T non s'era potuto più trattenere; gli s'era fatto innanzi tutto acceso e vibrante di sdegno, gridando: / – Me 2. T vostro cugino! Che sangue 3. T subito interrotto, premendosi 4. T tra le mani. / La gioventù? Quale? come? Se l'avara, paurosa, prepotente gelosia dei vecchi la schiacciava così, col peso immane della più vile prudenza e di tante miserie, di tante umiliazioni, di tante vergogne? La gioventù? Quale? Se toccava a lei l'espiazione rabbiosa nel silenzio di tutti gli errori e le transazioni indegne, la macerazione d'ogni orgoglio e lo spettacolo di tante brutture? Ecco, come l'opera dei vecchi qua, ora, nel bel mezzo d'Italia, a Roma, sprofondava quasi in una cloaca; mentre su, nel settentrione, s'irretiva in una coalizione spudorata di loschi interessi; e giù, nella bassa Italia, nelle isole, vaneggiava apposta sospesa, perché vi durassero l'inerzia dell'ignoranza, l'attesa della miseria, e ne venisse al Parlamento il branco dei deputati a formar le maggioranze anonime e supine! Là, là soltanto, forse, or ora, la gioventù nuova, la gioventù soffocata, attossicata, sacrificata, potrebbe dare un crollo a questa vile, oltracotante

oppressione dei vecchi, e prendersi finalmente uno sfogo, e affermarsi vittoriosa! 5. T arrestato

p. 424
1. T piangeva con 2. T giovane 3. T appresso; e Mauro 4. T grado. / Ma 5. T seppe, che

p. 425
1. T di quel vecchio già per suo conto così stranamente parato. / Quando tutti e due, tenendosi per mano, l'uno con quel viso di selvaggio scombujato e quello zainetto a le spalle, l'altra con quegli occhi e quella bocca agitati da un'ilarità squallida e vana, con quei capelli cascanti, scompigliati sotto il cappello assettato male sul capo, attraversarono il salone per andarsene, chi li vide, ebbe chiara l'immagine, che, essendo quei due venuti a Roma, in quel momento, l'una con l'amore, l'altro con la patria nel cuore, non se ne potessero andar via, se non così. / Che discorsi 2. T or l'uno or l'altro li intesero 3. T s'intendevano perché 4. T non parlavano, se non 5. T la nostra vita...

p. 426
1. T non meno di quei due era fuor di cervello. / Non vedeva, non 2. T uomini... / Non 3. T vettura, per un'intera giornata, fino a Girgenti, con

p. 427
1. T Ecco qua, con tre pazzi egli viaggiava; e forse non men pazzo 2. T figliuola. / L'ULTIMA LACRIMA. / Appena 3. T – Che ha? che ha? ditemi voi che ha! / Ma

p. 428
1. T come se la vita e tutte le cose intorno le si fossero a un tratto votate d'ogni senso. 2. T o esortarla. / Giulio sapeva, che 3. T subito, con la precisione quasi meccanica d'un evento fatale, parlando, la aveva uccisa. Ella 4. T dapprima, che ella non volesse più muoversi né parlare; non che, veramente, non potesse. Ma ben presto s'erano accorti, che 5. T voluto. / La 6. T piangendo. / L'ultima

p. 429
1. T doveva. / Un 2. T mente. / Fuori 3. T sdegnoso. / D'improvviso, quando 4. T ricordarsi. / La 5. T fine? / Schiantato il tronco, schiantati i rami. / Nel

p. 430
1. T pianto, che 2. T cuore. / Egli doveva vivere per

quella sorella e per quel ragazzo. / La 3. T stanze, chiamando 4. T aperto 5. T esisteva, come

p. 431
1. T per suo mezzo di comunicar con 2. T volta, con profonda voce, la aveva 3. T timore, che

p. 432
1. T singhiozzi molto 2. T risata. / L'Agrò 3. T sola, nell'ombra, immobile 4. T CAPITOLO SESTO. / QUAND'È SCIROCCO... / Per donna 5. T ne la 6. T garbo, prendendole 7. T in parte. / Il discorso 8. T innanzi

p. 433
1. T faticoso. / La povera 2. T emozioni, che 3. T apparecchiava. / Non 4. T mancare, ella non aveva potuto mai prestare 5. T Oh buon 6. T fine, pur 7. T effetto, che 8. T son 9. T riconoscere, che 10. T ad 11. T in quanto che, poi, per 12. T male. / Ella dapprima

p. 434
1. T un poco, almeno, non 2. T distrazione. / Veniva 3. T Si sente così, ogni 4. T per quella domanda inopportuna, non aveva saputo rimediare altrimenti, che insistendo: / – Grida così, ogni notte? / La risposta 5. T grave: / – Ogni notte, no; quand'è scirocco... / Quella 6. T acque, che 7. T conosciuto. 8. T discosta, nel terrazzo, quella donna, che

p. 435
1. T ripugnanza, e 2. T intimità, che 3. T amaramente, qual 4. T rintanarsi, di notte tempo, nelle 5. T Ed ella era 6. T che, la mattina appresso, la 7. T de la 8. T la aveva 9. T al principe, a dirgli, così 10. T la loro; trovarsi 11. T esser

p. 436
1. T eran 2. T s'eran 3. T la notte. / Per parecchi giorni di fila si era 4. T a parte. / Se 5. T lei. / Che 6. T Monsignore! / E 7. T segnatamente! / Sul primo dei 8. T a la 9. T o del suolo, cresciuto di traverso, quasi a un palmo da terra, pareva sopportasse con pena infinita i molti rami, sorti lungh'esso alti e rigogliosi. Nessuno

p. 437
1. T ve lo dico io, che quell'albero soffre! / E lo aveva fatto

atterrare. Atterrato, guardando il posto dov'esso prima sorgeva: / – Ah! – aveva rifiatato. – Poverino, così va bene! L'ho 2. T alate, che 3. T pranzo. / Un 4. T tirale 5. T non me la mostrare: mi fa tanta pena! Farfalletta 6. T Ma chi gliel'ha detto 7. T se ne sarebbe scappata. 8. T lasciato 9. T tenere. / Erano

p. 438
1. T dietro la villa, spuntasse 2. T ancora, dopo tanti secoli, restasse 3. T silenziosi, dove 4. [Cfr. parte I, cap. IV, p. 120 e nota 5.]

p. 439
1. T tempie. / IL CIELO S'INCAVERNA. / Fortuna 2. T a la 3. T messo innanzi, e 4. T di mille colori 5. T mascolina, che

p. 440
1. T detto: / *Dimmi, corri, Sciarallino, / all'assalto d'un molino? / od a caccia di lumache / vai così di buon mattino, / con codeste rosse brache / e il giubbon chiaro turchino, / Sciarallino, Sciarallino?* / E 2. T lumachelle, che 3. T a'

p. 441
1. T figuriamo in piede di guerra, capisce? 2. T vuole 3. T addosso questi calzoni rossi... 4. T sarebbe?

p. 442
1. T fece due altri gesti 2. T ne le 3. T tetto, si 4. T lì, a Colimbètra, il 5. T da la 6. T e inteschiato, ciondoloni, volle 7. T volontieri 8. T ai padroni, per

p. 443
1. T natura. / Le 2. T occhi gonfi e rossi dal pianto, se 3. T e ad assistere 4. T momento non 5. T de la 6. T innanzi, compunto, con 7. T compromesso, vergognosamente, con 8. T si è 9. T che non mi è possibile pregare. Un bruciore, un fremito 10. T domandato, se 11. T Monsignore! d'agire! d'agire! Ma dobbiamo proprio rimaner così inerti, mentre

p. 444
1. T anarchiche, scendono in piazza a gridare contro la gravezza delle tasse, recando ancora innanzi il Crocefisso 2. T è ancora nostro, è 3. T chinò più volte il capo con

p. 445
1. T ci vuole un po' di cuore, anche, ci vuole! 2. T – Cerchi, Monsignore, procuri 3. T su la 4. T qui, la figliuola mia! 5. T arrestar 6. T figliuola... Aspettate: forse abbiamo 7. T l'altro jersera, sapete

p. 446
1. T al De Vincentis, che la figliuola sarà sua, se 2. T Ippolito, che 3. T chi sa! / E 4. T impazzita! / Decise 5. T cattive. / DUE SCIALLI NERI. / Lieto

p. 447
1. T lui. / Si 2. T smunto. / Erano 3. T desiderassero. / Per 4. T miseria, per 5. T impedivano loro la voce. 6. T parlare. / Alla 7. T avere con sé...

p. 448
1. T anch'essi, qua, innocenti 2. T sbalorditi, senza fiato, quando se ne sparse la notizia... si son sentiti mancare la terra sotto i piedi... / – E Vossignoria 3. T sicure, che 4. T su la 5. T sangue, che

p. 449
1. T si strinse il volto con una mano, sotto il naso, e rimase un pezzo, accigliato, a pensare; poi 2. T fatto, per 3. T per arrestarle; si 4. T il loro giuoco, senza ottener 5. T popolare, a

p. 450
1. T inattesa, che 2. T lavoro, che 3. T ce ne vuol dare più, adesso, perché 4. T figlioletto 5. T – Vedrò... vedrò – disse – di fare qualche cosa... Datemi 6. T e coraggio, figliuole mie, coraggio! È 7. T e nessuno riesce a vederci uno scampo... nessuno! / Le

p. 451
1. T per il passo che avevano fatto, una certa ebbrezza, una certa gioja d'aver saputo parlare, per cui si sentirono alquanto rinfrancate. Ma presto, pensando al luogo ov'erano avviate, ricaddero nel cupo cordoglio, nell'avvilimento d'una vergogna scottante. / Si recavano 2. T Roma e 3. T frutto pietoso e ribrezzoso d'un'altra 4. T loro mani 5. T forzate all'ozio, forzate 6. T non chiesti. / LA NUOVA RAGNA. / Che 7. T a Capolino. / Era 8. T mano. / Ah, sarebbe stato 9. T preordinato, perché con la maggior possibile agevolezza la sua vendetta si compisse così! Adelaide 10.

[Segue, in T, un lungo brano che non figura più in M 1931: cfr. nota 11.] 11. T civile. / Non aveva egli provato un irragionevole astio segreto al tempo delle trattative del matrimonio di lei col principe di Laurentano? Per qual ragione, difatti, quell'astio, se Adelaide Salvo non avrebbe potuto più esser sua moglie, essendo egli già ammogliato con Nicoletta Spoto? Eppure... eppure aveva provato quell'astio, che ora gli si scopriva irragionevole non più nel senso di prima, ma in un altro opposto. Perché, se egli allora avesse potuto prevedere, che soltanto attraverso quelle nozze speciose Adelaide Salvo avrebbe potuto un giorno divenir sua moglie, non già astio avrebbe dovuto provarne, ma piacere. Ma egli allora non lo aveva preveduto, come lo prevedeva adesso; e s'era spiegato quell'astio irragionevole col fatto che in Nicoletta Spoto non sapeva riconoscere una vera e propria moglie, ma più tosto una socia, una compagna di ventura; la vera moglie per lui, anche non più libero, restava sempre Adelaide Salvo. / Ora... Eh, sarebbe stato un nuovo scandalo grosso! Che però – al contrario del primo, finito nel pianto – sarebbe forse finito nelle risa... E con esso egli si sarebbe rilevato dalla parte di vittima, che gli era toccato di rappresentar nel primo, cioè in quello de la fuga della povera Nicoletta con quello sciagurato del Costa. E Flaminio Salvo, che aveva ordito quel primo scandalo della fuga della moglie, come già quel mezzo matrimonio de la sorella, sarebbe rimasto ora doppiamente scornato e doppiamente punito: punito per mezzo delle sue stesse male arti, del delitto cioè, che aveva liberato lui, Capolino, di Nicoletta, e di quel matrimonio illegale, che, rendendo insopportabile la vita a la sorella, gliela dava in mano, libera di contrarre con lui giustissime nozze. / Marito di Adelaide Salvo, che gli sarebbe importato di perdere la medaglietta di deputato? Già ci voleva ancor molto allo spirare della legislatura... Egli avrebbe persuaso Adelaide a fuggire 12. T de la 13. T svaghi, che 14. T piacergli, che

p. 452
1. T tempo, anche 2. T via. / Il 3. T detto, che 4. T a Girgenti, anche per una visita, in 5. T a Colimbètra, presso la zia, come 6. T a la 7. T principe, per

p. 453
1. T l'avvenire. Egli vendicava uno che, un giorno, era stato respinto da Adelaide Salvo; ma era più egli quell'uno? Tante
2. T perché egli avesse 3. T Forse, però, in 4. T stato un 5. T male, che a lui, così 6. T la fronte, con tanta dignità e tanta fierezza, la sorte 7. T così di passata. Ah,

signor Principe, bisogna pur subire le ragioni del tempo! Vi si passa un corpo di guardia vestito con la divisa borbonica; ma è bene sappiate che, oggi come oggi, non è senza rischio sposare una donna soltanto innanzi a Dio... / Ancora 8. T a la villa. / Don Ippolito, sdegnato 9. T vescovo; dall'altra 10. T occasioni, bisognoso

p. 454
1. T si era 2. T greche, non 3. T insenatura, che 4. T qual'era 5. T pagina, che 6. T imperator 7. T che, al 8. T vergini, un 9. T Tyro, presso 10. T odore, che

p. 455
1. T nome, probabilmente, lo 2. T monte, che 3. T significa il monte 4. T anzi, come per antonomasia, il 5. T mattina, per 6. T uomini, per visitar 7. T loculi, creduti 8. T sguardo, nel tepore quasi primaverile, immensi 9. T altro, che 10. T esser

p. 456
1. T serenità, soffusa 2. T angoscioso, ch'essa, la morte, gli aveva dato finora, e a cui 3. T S'arrestò 4. T doluto, se 5. T con ferma, accigliata 6. T sappia, che 7. T de la

p. 457
1. T alzandosi, soffocata, con 2. T qua, a dirmi che debbo crepare e farmi 3. T lo interruppe ella, frenetica, mostrando

p. 458
1. T innanzi 2. T Liborio. / Trattenuti 3. T orribilmente. / Donna 4. T gittò 5. T volto. / Liborio

p. 459
1. T CAPITOLO SETTIMO. / « SEMPER PAUPERIBUS HABETIS VOBISCUM ». / Nella [Cfr. nota 8.] 2. T senz'ordine, sopra 3. [Cfr. *Uno, nessuno e centomila*, libro VII, cap. VII « Un colloquio con Monsignore », p. 883 e nota 1.] 4. T voce, dalle inflessioni misurate, quasi 5. T beneficiali lì 6. T avvenimenti, che 7. T cristiano. / Da 8. T *Semper pauperibus habetis vobiscum*... [Cfr. nota 1. Il riferimento è a *Matteo*, 26.11.] 9. T e più volte, durante la lettura, il vescovo, irritato, e anche gli ascoltatori avevan rivolto gli occhi ai vetri dei finestroni, che pareva volessero cedere, stridendo, alla 10. T avevan 11. T da quei ritratti antichi, impolverati e ammuffiti, un intenso rammarico della vanità del tempo

e della vita, uno sbigottimento indefinito. / Parecchi 12. T a guardare, attraverso uno di quei finestroni, il 13. T chi sa quale voluttà, forse 14. T furioso, che 15. T rideva, rideva, con

p. 460
1. [Cfr. *Uno, nessuno e centomila*, libro VII, cap. VII « Un colloquio con Monsignore », p. 884 e nota 1.] 2. T rossigni. / Era, quel poverino, il giovane fratello del canonico Batà, ch'era pur lì nella sala, attentissimo in vista alla lettura del vescovo, ma entro di sé assorto di certo in pensieri estranei, che più volte lo avevan fatto 3. T canonici, che 4. T vescovo, s'affrettarono 5. T un'altra, fra 6. [Cfr. parte I, cap. IV, p. 111 e nota 2; e *Uno, nessuno e centomila*, libro VII, cap. VII « Un colloquio con Monsignore », p. 886 e nota 1.] 7. T avevan

p. 461
1. T vaniloquio, che 2. T domanda, che 3. T eccessi. / Pareva 4. [Leon. XIII, *Acta*, vol. XI, pp. 97 sgg. È la famosa Enciclica *De Conditione opificum sive Rerum novarum* del 15 maggio 1891.] 5. T quiritario ». / Tanto 6. T vescovo, di 7. T religiose! ». Era [Il « caso » del prete cattolico newyorkese Mac Glynn, avversato dalla gerarchia ecclesiastica per le sue idee sociali troppo avanzate e per l'appoggio dato alle dottrine economiche di Henry George, e più in generale il problema delle iniziative politiche dei cattolici, laici e non, in America e di associazioni come quella dei « Cavalieri del Lavoro », suscitarono grande interesse anche nella stampa quotidiana del tempo (il « New York Herald », ad esempio, riuscì ad anticipare il contenuto di un promemoria riservato del Gibbons). Alle polemiche, intorno agli anni Ottanta, parteciparono, oltre al cardinale Gibbons, il cardinale Manning, i monsignori Keane e Ireland e numerosi altri prelati e porporati.]

p. 462
1. T la prova più chiara. / Altri 2. T avvenuta, la 3. T i quali, la sera avanti, avevano 4. T notizie. / Si

p. 464
1. T al segretario che subito fosse mandata a stampa 2. T Laurentano. / Con

p. 465
1. T neri. / LE VITTIME. / Correndo 2. T di certo, che

3. T pastorale, agitavano 4. T pazzi. / Al 5. T diretto di quei 6. T di quella sollevazione popolare che, pur avendo nella miseria, nelle gravezze intollerabili, nelle angherie e nei soprusi d'ogni sorta i pretesti più giusti, non poteva in alcun modo assumer corpo e ingigantire e imporsi, priva com'era d'un'anima davvero cosciente della propria forza e de' proprii diritti; Lando 7. T infatuazione esteriore, dovuta forse in gran parte al calore della terra: infatuazione, che dava 8. T dispetto! / Come 9. T d'esser 10. T coscienza? / Tutta, da 11. T condizioni, ma anzi l'accordo delle classi era 12. T dal 1860. / Sì, da una parte 13. T l'usura, e dall'altra

p. 466
1. T insormontabili all'impresa di quell'accordo. Ma se disperata poteva apparire questa impresa, forse men disperata si scopriva 2. T governo, che 3. T a osare? / Il governo, affondato in quel momento a Roma fino alla gola nel pantano dello scandalo bancario, fiducioso 4. T soverchiatrice, senza 5. T o 6. T miglioramento, anche lieve, dei 7. T o 8. T di coscienza, e senz'ombra d'idealità. / Questo, Lando 9. T esacerbato, con 10. T all'invito, gli 11. T de' 12. T dell'interno, ecco, a Giardinello, di appena ottocento abitanti, e a Lercara, ecco, a Pietraperzia, a 13. T di gente, senz'alcuna

p. 467
1. T fuoco, senz'aspettarne 2. T vittime! / E Lando 3. T coloro, nel 4. T miseria; e il sangue, il sangue, il sangue di 5. T note. / A

p. 468
1. T barba, che 2. T parte, che 3. T milizie, che 4. T Malta, o 5. T sicure, veramente, poiché 6. T nel 1852. / Invano 7. T su 8. T non era una cosa 9. T sufficiente, perché

p. 469
1. T là, di 2. T avevan 3. T da'

p. 470
1. T s'era arrestato, sentendosi 2. T avanti! / Giunti 3. T tentare, più nulla da sperare 4. T andare. / Solo 5. T si vedesse 6. T vento. / Nei

p. 471
1. T regina, con un 2. T angusta, che 3. T sbandarsi, non 4. T parenti, che 5. T contadino, che 6. T presso, su 7. T chiaramente, ch'egli li aveva veduti. / Lando

p. 472
1. T la testa affondata 2. T carneficina. / Ma 3. T neri sbarrati 4. T casse, di

p. 473
1. T custode, che 2. T domandò, e 3. T spinta. / Scoperchiata 4. T mamma, che 5. T bimba. / Lando 6. T a'

p. 474
1. T al cielo. / C'È UNA SPERANZA... / Nell'antico 2. T cristallo, che 3. T silenzio, stampato sui mattoni coi rettangoli di sole delle invetriate, che 4. T passi. / Da 5. [Cfr. p. 50, nota 4.] 6. T nero, pure di lana, in capo, annodato 7. T de lo

p. 475
1. T diceva, quasi monaca 2. T sospiro: / – Sorella, con 3. T sagramenti. / Non 4. T incrollabile, che

p. 476
1. T dita. / Donna 2. T Padre. / Se 3. T calza! / Quest'ultima 4. T diversa. / Aveva

p. 477
1. T là? / Ninì 2. T gridato, scrollandosi, il giorno avanti, Ninì, che aveva ben altro da pensare in quei 3. T Dianella. / Egli, Vincente, avrebbe 4. T a domandarlo... così, fingendo

p. 478
1. T e d'imbrogli, a cui or ora, piano piano, con l'ajuto di Dio, egli avrebbe ridato ordine e pace. / Era 2. T da un'altra. / E

p. 479
1. T vendita, e, forse, dal 2. T potrà dire. 3. T fratello, che

p. 480
1. T dipinta nel volto, che di solito esprimeva la bontà mite

e gentile dell'animo, una torbida angoscia, e i begli 2. T smemorati. / Come 3. T atteggiato di nausea, di schifo. 4. T di richiamare alla ragione, alla vita, Dianella, che sarebbe 5. T Dianella, soltanto 6. T convulso. / LACERANDO... / Flaminio 7. T de la 8. T d'ortografia, quasi

p. 481
1. T gallina. / Tutta 2. T Colimbètra, e 3. T condizione. / Un 4. T sogguardando, dopo la lettura, quel foglietto di carta, che 5. T di carta. / Chi sa, se non aveva intanto sofferto, quel foglietto, a esser lacerato così, ridotto così, in tutti quei minuzzoli... / Gli era 6. T minuzzoli, così, senza 7. T lentamente. 8. T alzato. / Guardando 9. T laggiù, a 10. T servizii, per l'imbarco dello zolfo delle sue miniere, accatastato 11. T soffogare

p. 482
1. T pensieri, che da anni e anni gli venivano da quel traffico, per lui ormai superfluo, necessario a tanti, che 2. T lì, come disteso, a 3. T affamati, di 4. T solitudine, che 5. T pietra. / Sentiva 6. T ancora, inconsciamente, le 7. T le cose, ormai, per lui, avevano 8. T modo... / – Davvero? E non 9. T de la 10. T lettere, appena 11. T casellario, che

p. 483
1. T eran 2. T sotto a questa ragione che li seppelliva, che glieli 3. T assenza, ecco, lo 4. T a lui, irresistibilmente, come 5. T parole, che 6. T espressioni ch'esse contenevano 7. T presente. / Ed 8. T de la

p. 484
1. T bisogno, che 2. T innanzi 3. T la avesse 4. T a mandorla, vellutati, con 5. T Pàcia, assiso lì innanzi a 6. T de la 7. T no, proprio era di più. 8. T Borboni, che 9. T era per lui, ora, un'oppressione insoffribile. Come

p. 485
1. T incredibile, che 2. T propriamente per essa... / In tale disposizione d'animo, scese due giorni dopo in vettura a Colimbètra. / Il sorriso, venutogli 3. T guardia, parati, sì, ancora 4. T ma senza armi, non gli andò più via 5. T visita. / Sorridendo 6. T Sciaralla, impostato 7. T de la 8. T de la 9. T improperie, che 10. T – Bada! Io faccio una pazzia! / Egli

p. 486
1. T Sicilia, che [Cfr. p. 107, nota 1.] 2. T figliuolo, di 3. T ripromettersi, sarebbe 4. T su le 5. T pacatamente, e in quel tono di superiorità maschile, del

p. 487
1. d'entrambi, presero 2. T comodità, d'esser 3. T attraversar 4. T tenuta e 5. T e di melograni 6. [Terone, tiranno d'Agrigento tra il 488 circa e il 473 a. C., fu celebrato da Simonide e da Pindaro. Sotto il suo nome va ora la cosiddetta « tomba di Terone » nella zona archeologica di Agrigento.] 7. T stanza, ove 8. T del giovane, ilari, sfavillanti

p. 488
1. T Aurelio... / CAPITOLO OTTAVO. / LA LOGICA DELLE MEDAGLIE. / Reduce 2. T alberi, ai 3. T a terreno, come una fiera ferita a morte, nel suo covo. / Invano 4. T coloro, che giustamente rifuggivano dal rimedio, ch'egli 5. T salisse a la villa per il desinare e per la cena, Mauro

p. 489
1. T rivederlo. / La 2. T paglia, abballinato in un angolo, e 3. T verzicanti, sparsi qua e là, nel 4. T mondo, per cui, fino a poco tempo addietro, vagava 5. T s'avviava, affascinata, a quella 6. T vecchi? / Da

p. 490
1. T pensiero, ch'essa 2. T abbattuta? Contro ogni considerazione per la sua vecchiezza, contro ogni seduzione 3. T riconoscere, ch'era 4. T d'onore per 5. T medaglie, in 6. T piede. / Appena 7. T che si riunivano lì, in quel camerone, attorno 8. T impedir 9. T patria. / Nel 10. T pelo, maculato ormai anche, qua e là, da

p. 491
1. T età. / Mauro 2. T Gangi, che 3. T chi sa, che, scoppiata 4. T subito! / Se

p. 492
1. T al giorno appresso. / Tutta 2. T d'Italia, che 3. T gloriosa! / Il giorno appresso, con 4. T Empedocle. / Licenziatosi 5. T solo, che

p. 493
1. T breve, né facile, al bujo, le sere senza luna, per quella

stradella ferroviaria, ingombra 2. T ritardo. / Se, quel 3. T de lo 4. T d'armata, che 5. T forza. / A 6. T città, armato. 7. T avevan 8. T inattesa, che 9. T all'arresto. / Dopo

p. 494
1. T Empedocle. / L'ansia 2. T quell'uomo venisse a dargli un tale annunzio, che subito di nuovo lo costringesse 3. T culinaria, che

p. 495
1. T de' 2. T Mauro, – ecco qua la 3. T tosse, i lamenti e le preghiere recitate 4. T e rifiutava ogni cura. / Di 5. T se volesse niente. Per 6. T fanga attaccata 7. T suo, che

p. 496
1. T l'altro come due stralunati, si mise 2. T galantuomo, che 3. T di notte tempo, con

p. 497
1. T col capo e con l'indice dritto, e aggiunse: / – Non 2. T perché, almeno in punto di morte, potesse

p. 498
1. T pentìtevi! / PASSERÀ! PASSERÀ! / All'improvviso, mentre 2. T cenare, dal di fuori, ove 3. T mastini, che 4. T cena. / Mauro, accigliato, si 5. T avvisavano, che 6. T parecchi, che 7. T intravvedere

p. 499
1. T il passo. – Qua? Voi, qua? Avete 2. T Iddio, che

p. 500
1. T Costa, cercando 2. T – Ma perché? 3. T convalescente, atterrito, scappato 4. T confusione, che 5. T l'idea, che

p. 501
1. T osservare, che 2. T vedete? l'ho 3. T qua, sotto

p. 502
1. T terremmo 2. T si noleggi, in 3. T notte tempo

p. 503
1. T sospetto, non 2. T mai, dalla 3. T – Pentììtevi, diavolacci!

p. 504
1. T quattro, che 2. T odor 3. T il capo, s'era messo in testa, alla carrettiera, un

p. 506
1. T de la 2. T legno, non ben sicura, alla 3. T s'accorse dalla 4. T gridavano e 5. T innanzi

p. 507
1. T a le 2. T quel comico 3. T zainetto, che 4. T dovevan 5. T de' 6. T a gli 7. T de' suoi atti, che 8. T di spengerla, come

p. 508
1. T stanza, di là 2. T sorte, che 3. T occhi, che 4. T avevan

p. 509
1. T ora cari miei, è pieno di stoppa. E 2. T questa mia, come la vostra... Che 3. T balcone, che 4. T beffardo, che 5. T che, poco dopo, egli

p. 510
1. [Cfr. *Uno, nessuno e centomila*, libro III, cap. VII p. 800 e nota 4; libro VIII, cap. IV, p. 901 e nota 2.] 2. T avevan 3. T potevan 4. T de' 5. T iniquità, ma 6. T altro, che 7. T polizia, che certo, domani, sarebbero 8. T villa, ove 9. T Subito, al ricordo del suo vecchio, snidato da lui crudelmente, negli ultimi giorni, da quella dimora, che il culto di tante memorie gli rendeva sacra, si scosse: più 10. T de'

p. 511
1. T rimanere. / La 2. T squarciate. / IL PREMIO. / Senza 3. T Valsanìa. / Andava 4. T gelate, che

p. 512
1. T lo zàino a tergo, il 2. T petto. / Saliva 3. T Valsanìa. / Andava 4. T pensare. / La 5. T restavano. / Tuttavia, il 6. T d'orgoglio. / Soltanto 7. T se ne partiva povero povero, senza 8. T petto. / Ma

p. 513
1. T mio, ovunque 2. T Perch'io 3. T padrone, che 4. T ricordi, che 5. T conforto, il 6. T a Roma! Ve-

diamo chi fa prima! – E chi avrebbe fatto prima? Oh 7. T innanzi 8. T Favara. / Attraversata 9. T innanzi

p. 514
1. T non ostante 2. T tuttora 3. T cantoniere, che 4. T forze, che 5. T d'Italia, per 6. T violente, da

p. 515
1. T compatta, che 2. T subito un comando qualunque, pur che fosse, ai suoi soldati. Quei

QUADERNI DI SERAFINO GUBBIO OPERATORE

I *Quaderni di Serafino Gubbio operatore* furono pubblicati a puntate, col titolo *Si gira...* e con i singoli « quaderni » intitolati *Fascicolo primo*, *secondo*, *terzo* ecc. *delle Note di Serafino Gubbio operatore*, nella « Nuova Antologia » (dal 1° giugno 1915 al 16 agosto 1915); in volume, l'anno seguente (Fratelli Treves, Milano 1916; ristampa 1917), ancora col titolo *Si gira...* e con lievi modifiche al testo.

Col nuovo titolo *Quaderni di Serafino Gubbio operatore* e con le varie parti intitolate *Quaderno primo*, *secondo*, *terzo* ecc. *delle Note di Serafino Gubbio operatore*, il romanzo fu pubblicato alcuni anni dopo in una edizione riveduta e corretta dall'A.: Bemporad, Firenze 1925. La Mondadori del 1932 è una ristampa di tale edizione (mutati solo la copertina, il frontespizio e le pagine di guardia); e le successive edizioni e ristampe Mondadori * la riproducono più o meno fedelmente. Ad essa ci si è attenuti anche per la presente edizione e solo in due casi il confronto tra le diverse edizioni citate ha consigliato l'emendamento del testo comunemente noto:

Quaderno II, cap. III, p. 552 « l'ultima v'ha lasciato una certa costernazione » è stato corretto in « l'ultima v'ha lasciato in una certa costernazione » (concordi le stampe 1915, 1916 e 1925); quaderno VI, cap. III, p. 691 « s'intenerì » corretto in « s'interì » (concordi le stampe precedenti; la *lectio facilior* è in contrasto col senso).

Assai frequenti ma quasi tutte di modesta entità sono le aggiunte, le soppressioni, le correzioni al testo del romanzo nell'edizione del 1925. Dei passi che in essa risultano modificati o corretti rispetto alle stampe del 1915 e 1916 si dà conto nelle note che seguono, secondo i criteri di cui alla « Avvertenza » che precede le note ai testi nel volume I di questa edizione.

Alcuni brani del romanzo, infine, vanno confrontati con

* Oltre a quella, citata, del 1932, si rammentino le Mondadori 1941 (Luigi Pirandello, *Tutti i romanzi*, vol. unico, Collezione « Omnibus »); 1949 (Luigi Pirandello, *Tutti i romanzi*, 2 voll., Collezione « Omnibus », vol. II); 1954 (« Biblioteca Moderna Mondadori »); 1957 (Luigi Pirandello, *Tutti i romanzi*, Collezione « I classici contemporanei italiani »).

altre pagine dello stesso Pirandello: e anche in questo caso, per i criteri seguiti nella segnalazione o nella citazione dei testi, si rinvia alla « Avvertenza ».

SIGLE

NA	prima pubblicazione di *Si gira...*: in « Nuova Antologia », 1° giugno - 16 agosto 1915
TR	prima edizione in volume: Fratelli Treves, Milano 1916
B 1925	edizione riveduta e corretta dall'A., col nuovo titolo *Quaderni di Serafino Gubbio operatore*: Bemporad, Firenze 1925

p. 519
1. NA, TR occupazioni con una curiosità sempre viva, con un'attenzione sempre vigile, se mi riesca 2. NA, TR certezza ch'essi capiscano 3. NA, TR E in prima, sì, mi 4. NA, TR molti abbiano questa certezza, dal modo 5. NA, TR capricci. Dico: / – L'hanno; eh sì, l'hanno... / Ma poi, se 6. NA, TR silenziosi, ahimè, basta questo perché quella certezza s'aombri e vacilli. Taluni si smarriscono addirittura in una 7. NA, TR tranquilli; mi basta

p. 520
1. NA ubbriachi. 2. NA per fare, una volta tanto, punto 3. NA, TR faccenda, tra il

p. 521
1. NA che abbisognano; poi

p. 522
1. NA, TR cilestri, acuti; barbetta 2. NA sotto alla quale 3. NA, TR innanzi 4. NA, TR innanzi

p. 523
1. NA anche molto dannoso, e divenuto 2. NA, TR industre, ecco qua: doveva fabbricarsi di ferro, d'acciajo le sue nuove divinità e divenir servo 3. [Cfr. *Il fu Mattia Pascal*, cap. IX, vol. I, pp. 429-430.] 4. NA, TR è fatta; per 5. NA a le 6. NA li ròtola giù per terra e

p. 524
1. NA, TR si vola: e il 2. TR i pensieri. Avanti? avanti perché [Già NA aveva però « i pensieri. Avanti! avanti perché », ripreso da B 1925 e dalle stampe successive.] 3. NA,

TR carrucola del *troller* lungo 4. NA, TR non s'avverte; non s'avverte

p. 525
1. NA, TR impazzire... / In nulla, più 2. NA, TR de le
3. NA, TR alla nazarena, ma

p. 526
1. NA – Scusa, come 2. NA, TR specie ordinate; laddove

p. 527
1. NA all'uomo il non 2. NA, TR indispensabili della vita, deve

p. 528
1. NA, TR a quest'ammirazione, volgendo 2. NA pensavo quasi con terrore

p. 529
1. NA, TR innanzi 2. NA, TR innanzi 3. NA mezzo chiuso, mezzo aperto, e lessi 4. NA, TR sei sere di seguito.
5. NA, TR sei sere bisognava passarne fuori

p. 530
1. NA, TR Con queste pantofole e con quest'accappatojo
2. NA, TR esalava un odor crudo e acre d'immondizie lavate. [Cfr. solo per B 1925 e le stampe successive (« un puzzo ardente di lavatojo »), la novella *Fuga*, in « Corriere della Sera », 23 agosto 1923: « quel puzzo ardente di lavatojo! »; inoltre *Sgombero*, in *Novelle per un anno*, a cura di M. Lo Vecchio-Musti, Mondadori, Milano 1938, vol. II, p. 1145 e *Uno, nessuno e centomila*, libro II, cap. II, p. 766.]

p. 531
1. NA Ma te le puoi levare! te le puoi levare senza vergogna.

p. 532
1. NA, TR si rimpannuccia. Ma è sempre, per dir la verità, pulitissimo. / Io, allora, ripeto, non 2. NA, TR per sé, non

p. 533
1. NA, TR Pau. / Egli si fece

p. 534
1. NA, TR seguitò: / – Violino; un violino, per davvero.
2. NA L'uomo tenebroso mi spiò 3. NA trasse esitante

dalla 4. NA il vecchio violino e lo mostrò, come 5. NA per consacrarti tutto al culto

p. 536
1. NA, TR per oltraggi alla 2. NA su la mia sorte e su quella

p. 537
1. NA, TR ben vestiti e risolenti, con

p. 538
1. NA fortunata combinazione 2. NA, TR signori, e a girarne la manovella, né a

p. 539
1. NA, TR la colonia russa, Napoli, tanti 2. NA, TR Sorrento, ove 3. NA se quell'attrice era proprio

p. 541
1. [Cfr. *Il fu Mattia Pascal*, cap. III, vol. I, p. 327.] 2. NA, TR Eh, sì... Bastava

p. 542
1. NA, TR riempita mai... / Ed ecco

p. 543
1. [Hor., *Carm.*, I, IV, 13-14 (« Pallida mors aequo pulsat pede pauperum tabernas / regumque turres »).] 2. NA il nome su la

p. 544
1. NA, TR Vàttene ora! Qua non deve morire nessuno. / Ma la morte

p. 545
1. NA giovanetti 2. NA, TR dimenticati, proprio così dimenticati, che tutto era ridiventato nuovo per essi, il cielo, la 3. NA, TR vivande, tutto. Non c'era più vita, di là dal cancello. La vita 4. NA, TR essere, non che incomprensibili, ma

p. 547
1. TR lei non Giorgio; sì, sì, lei, a [Già NA aveva però « lei e non Giorgio; sì, sì, lei, a », ripreso da B 1925 e dalle stampe successive.]

p. 548
1. NA, TR scuola, e

p. 549
1. NA, TR difficile... / Per 2. NA, TR onore, va bene? e del 3. NA di più lungo metraggio e difficili.

p. 550
1. NA non aveva modo né tempo 2. NA come poteva stare, povera 3. NA, TR – Vermiglia! vermiglia! Un fiore! / E mi

p. 552
1. [NA, TR e B 1925 hanno concordemente: « lasciato in una certa costernazione, », che accogliamo nella presente ed. al posto di « lasciato una certa costernazione, », che è di alcune stampe posteriori.]

p. 554
1. NA chiamando te bestiolina 2. NA, TR e non per piacere un uomo. / – Forse perché, dopo averlo ucciso, se lo mangia crudo? / Come? Chi ha detto così? Ah, non date ascolto a questo beccaccino impertinente, che non solo fa della retorica, ma vuol essere anche ironico, ora. Forse sa, che è professione lucrosa fra noi uomini cucinar la carne delle bestie uccise e macellate, e che spesso, dopo averla cucinata, – disappetenti – la lasciano lì. / Retorica, retorica, anche questa: tu devi persuaderti, beccaccino mio, che per noi questa non è malvagità, perché si esercita su le bestie. / E quando poi 3. NA, TR infelice. / Eppure la Nestoroff, come per tanti segni devo argomentare, è – contro ogni apparenza – infelicissima. 4. NA, TR sospetto. La Nestoroff 5. NA, TR istintiva. Dico quasi istintiva, perché essi, gli attori, non se la sanno spiegare. Deriva dalla mia professione, ed io me la sono già spiegata, come si vedrà appresso. Non ricambio affatto questa loro avversione, perché con essi io non vivo, se non quando

p. 555
1. NA, TR nessuno. Non sono altro che *una mano che gira la manovella.* / Quando poi, alla 2. NA darne alcuna, ella

p. 556
1. NA risultano

p. 557
1. NA, TR schermo così alterata, scomposta, contraffatta. Vede lì 2. NA, TR a qualcuno: / – Ma freme di rabbia! È la rabbia! / È la

p. 558
1. NA queste loro brame 2. [Cfr. *Ciascuno a suo modo*, atto I (Bemporad, Firenze 1924): « DELIA. E io allora li punisco, là, dove s'appuntano le loro brame; e prima le esaspero, codeste brame che mi fanno schifo, per meglio vendicarmi; facendo getto all'improvviso di questo mio corpo, là, a chi meno essi s'aspetterebbero [...] Così per mostrar loro in quanto dispregio io tenga ciò che essi soprattutto pregiano di me ». L'intera commedia va tenuta presente, sia per il tema che per i personaggi, ripresi in parte nel romanzo: Morello-Nestoroff, Rocca-Nuti, ecc.; anche il nome del « barone Nuti » ricorre fra quelli dei personaggi « reali » negli *intermezzi corali* del dramma.] 3. NA a quegli altri

p. 559
1. NA, TR tale, la franca canaglia, che se ti attrista, non ti meraviglia, e che può avere, come 2. [Cfr. *Ciascuno a suo modo*, cit., 1924, atto I: « Ah, ma meglio la canaglia – la canaglia che si dà per tale; che se rattrista, non delude; e che può avere anche qualche lato buono; certe ingenuità talvolta, che tanto più rallegrano e rinfrescano, quanto meno ce l'aspettiamo in loro! ».]

p. 560
1. [Cfr. *Ciascuno a suo modo*, cit., 1924, atto I: « (Credo che ci fosse anche chi mi sospettava spia) ».] 2. NA, TR si sia venuto a sapere, che 3. NA, TR educare, la avesse 4. NA dei maltrattamenti, anzi

p. 561
1. NA, TR s'arrischia di domandarle. 2. NA per moltissimi, che 3. NA Mirelli, e dispostissimo dunque ad amare tutta quanta l'umanità, non curata e spregiata nei giorni neri della scontentezza. / Veramente [TR riproduce in questo caso NA con la variante « non curata o spregiata ». Cfr. *Ciascuno a suo modo*, cit., 1924, atto I: « Sapete che cosa significa amare 'l'umanità'? Significa soltanto questo: 'essere contenti di noi stessi'. Quando uno è contento di sé stesso, 'ama l'umanità'. – Pienissimo di questo amore – oh, felice! – dopo l'ultima esposizione dei suoi quadri a Napoli, doveva esser lui, quando venne a Capri – / DORO. – Giorgio Salvi? – ».] 4. [Cfr. *Ciascuno*

a suo modo, cit., 1924, atto I: « Preso tutto dalla sua arte, senza più altro sentimento. / DELIA. Colori! per lui i sentimenti non erano più altro che colori! ».] 5. NA per un basso interesse, ma

p. 562

1. NA, TR è sempre, forse, più irritante d'una bestia. [Cfr. *Ciascuno a suo modo*, cit., 1924, atto I: « Ero una gioja – pura – soltanto per i suoi occhi – ma che mi dimostrava che anche lui, in fondo, non pregiava e non voleva da me altro che il corpo; non come gli altri, per un basso intento, oh! / DORO. Ma questo a lungo andare non poteva che irritarvi di più – / DELIA. – ecco! Perché se m'ha fatto sempre sdegno e nausea non vedermi ajutata nelle mie smaniose incertezze da quegli altri; il disgusto per uno che voleva anch'esso il mio corpo, e nient'altro, ma solo per trarne una gioja – / DORO. – ideale! – / DELIA. – esclusivamente per sé! / DORO. – doveva essere tanto più forte, in quanto mancava appunto ogni motivo di nausea – / DELIA. – e rendeva impossibile quella vendetta che almeno ho potuto prendermi d'improvviso contro gli altri! – Un angelo, per una donna, è sempre più irritante d'una bestia! ».] 2. NA, TR più fini, più nascoste, più accorte, far sì 3. NA, TR innanzi 4. [Cfr. *Ciascuno a suo modo*, cit., 1924, atto I: « [...] io feci in modo che il mio corpo a mano a mano davanti a lui cominciasse a vivere, non più per la delizia degli occhi soltanto – / DORO. – e quando lo vedeste come tant'altri vinto e schiavo, per meglio assaporare la vendetta, gli vietaste che prendesse da esso altra gioja che non fosse quella di cui finora s'era contentato – / DELIA. – come unica ambita, perché unica degna di lui! ».] 5. NA, TR sparire, e

p. 563

1. [Cfr. *Ciascuno a suo modo*, cit., 1924, atto I: « Quando corrivo, esasperato per le mie ostinate repulse, minacciò di far pazzie – volli partire, sparire. / DORO. E poi gl'imponeste le condizioni che sapevate per lui più dure – apposta – / DELIA. – apposta, sì, apposta – / DORO. – ch'egli cioè vi presentasse come promessa sposa alla madre, alla sorella – ».] 2. NA tutte queste forze 3. NA, TR Nuti... Se avessero

p. 564

1. NA, TR portafogli, a cui 2. [Cfr. *Ciascuno a suo modo*, cit., 1924, atto II: « [...] seguii l'uno e l'altra a Napoli con la scusa d'ajutarli a metter su casa (dovevano sposare tra qualche mese) ».]

p. 565
1. NA, TR vostra dolce casetta, ove

p. 566
1. NA si sforzi di tirarla avanti col

p. 567
1. NA, TR al cielo... / Caccia; sì, ma 2. NA, TR sfiancato... Tutti

p. 568
1. NA, TR qualche ranocchietta quando 2. NA, TR che s'estende 3. NA, TR bianchezza allucinante della 4. NA di raro. 5. NA discutono tra loro animatamente, uno

p. 569
1. NA, TR ressa. Son coperti 2. NA color di zafferano, col

p. 570
1. NA il *Signor* 2. NA Chismicò. / – Te ne sei avuto

p. 571
1. NA, TR anch'io, veh! / Ma sì! Siamo tutti bollati. E più

p. 573
1. NA, TR ibrido gioco. Ibrido, perché

p. 575
1. NA, TR l'hanno; che parecchi 2. NA, TR tutti, che 3. NA, TR di storia naturale? Non lo suppone di certo. / E siamo al punto di prima. Questa – non essendo noi precisamente tigri, ma 4. NA, TR molto più ragionevole. Qui

p. 576
1. NA, TR nequizia, che passa

p. 577
1. NA, TR finto e anche il cadavere di lei. In mezzo 2. NA, TR questa bestia! No.

p. 578
1. NA, TR innanzi

p. 579
1. NA non abbiamo mai avuto

p. 581
1. NA, TR neppure. Perché odio? Qua tutti

p. 582
1. NA, TR anche stupida, come voi volete; ma quando questa bestia, dalla gabbia in cui si trova, sarà fatta entrare, sollevando lo sportello, nell'altra gabbia grande che figurerà 2. NA avrà ben diritto 3. NA rimbeccò ella pronta. 4. NA, TR v'assicuro, che

p. 583
1. NA, TR ferocia... / Mi 2. NA, TR Ammaestratela, dunque! Fatela una tigre 3. NA, TR sarà aggiustato. / A seguitare, non 4. NA, TR maligni per studiare 5. NA, TR in fondo, costernato. So che, parlando 6. NA, TR di lei: tappeto

p. 585
1. NA, TR che non gli costa alcuna fatica, né alcuno sforzo d'intelligenza. Spesso, ripeto, non 2. NA molto più che

p. 586
1. NA, TR innanzi 2. NA, TR Sono io, Gubbio. Mi possono voler bene? / Essi 3. NA, TR di rappresentare innanzi a lei. 4. NA la loro rappresentazione non è più azione, non è più vita: ecco qua, è pellicola. / Mi possono [TR riproduce in questo caso NA con la variante « non è più azione, non più vita: ecco ».] 5. NA, TR quello, coi guanti, da direttore

p. 587
1. NA, TR – Oh, quest'è un po' crudo... Niente, lo so; ma, caro mio... gl'Inglesi... gl'Inglesi... / Trovata 2. NA, TR – La *pruderie*... la *pruderie* inglese, tu capisci! Basta che dicano *shocking*, e tutto è finito! / Se 3. NA, TR troppo fino... troppo fino... Qua 4. NA, TR intelligente, e capisci. / In fondo, Cocò 5. NA Cento, duecento, duecento cinquanta, trecento 6. NA, TR soggetti, balena

p. 588
1. NA vecchiotto 2. NA, TR professore Zeme, l'insigne

p. 589
1. NA, TR un po', Senatore... Concerterei 2. NA, TR e di S. M. l'Imperatore di Germania e di altri 3. NA piccolino

p. 591
1. NA, TR vi terrete discosti... Egli m'ha promesso 2. NA, TR Sì... Sì... alla

p. 592
1. NA, TR dolorosi con alcuni 2. NA trasfigurato, dicendo: / – Ecco... 3. NA, TR portato in trionfo, condotto fuori, alla trattoria, dove, non ostanti 4. NA di Simone Pau, bevve; bevve e s'ubbriacò [TR riproduce in questo caso NA con la variante « s'ubriacò ».]

p. 593
1. NA, TR assistito, come in un'estasi piena di sgomento, alla scena. / Dio, che occhi! che occhi! / FASCICOLO QUARTO 2. NA, TR I. / Ella sa. Non ho più il minimo dubbio. Sa della mia 3. NA, TR ch'è accaduto, e non si siano 4. NA, TR giovinotti

p. 594
1. NA, TR glielo ripassa su le spalle, su le braccia, su 2. NA, TR nessuno, se pur si supponga la ragione per cui il Nuti vuol venire. Non è forse noto 3. NA, TR Chi si ricorda più da un anno all'altro? C'è più tempo di stimare 4. NA, TR dramma? Tanti 5. NA, TR spettacolo da godere; e quanto a coloro, cui 6. NA, TR sfuggire il Nuti, si 7. NA, TR nascostamente, ha fatto sì che il Nuti, contro

p. 595
1. NA, TR innanzi 2. NA, TR nelle favole... / Appena 3. NA, TR sorse e li fece

p. 596
1. NA, TR affezione al Ferro: si 2. NA, TR innanzi

p. 597
1. NA, TR innanzi 2. NA, TR com'abbia fatto 3. NA, TR de la protagonista. Solo, questa mattina, per

p. 598
1. NA, TR e fanatica, che s'uccide 2. NA, TR sul treppiedi a gambe rientranti, mi sono 3. NA, TR de' due

p. 600
1. NA, TR finto innanzi a lui d'esser seccata, non già

p. 601
1. NA, TR ferma innanzi all'entrata 2. NA, TR di seta svizzera, lieve lieve, sotto 3. NA, TR all'ombra... / La cagnetta 4. NA, TR gentile della signora, ringraziò

p. 602
1. NA, TR fatto innanzi, con 2. NA, TR con lei. / – Papà è qua? / Sì, di nuovo, col 3. NA, TR da un pezzo... disse

p. 603
1. NA, TR sdegno, ma – come si fa? – per sopperire

p. 604
1. NA, TR signora – e indicò la Nestoroff –

p. 606
1. NA entro di me pensavo; entro di me sentivo... 2. NA, TR vicinanza de la bella signora... Vi sembra

p. 607
1. TR come un'ombra modesta; il mendico [Già NA aveva però « come un'ombra molesta; il mendico », ripreso da B 1925 e dalle stampe successive.] 2. NA, TR leggiera. 3. NA, TR carezzata... Chi sa

p. 609
1. NA, TR a veder dentro, no, ecco, no, no. / Le tre

p. 610
1. NA, TR Tu guasti, qua dentro.

p. 611
1. [Cfr. *Il piacere dell'onestà*, atto I (in « Noi e il Mondo », febbraio e marzo 1918, p. 142): « Siamo noi e la bestia. La bestia che ci porta. – Lei ha un bel bastonarla: non si riduce mai a ragione. – [...] Dico pietà; non scusarla! – L'intelligenza che scusi la bestia, s'imbestialisce anch'essa. Ma averne pietà è un'altra cosa! ».]

p. 612
1. NA, TR finì di ronfare. Ed ella

p. 613
1. [Cfr. *Uno, nessuno e centomila*, libro III, cap. VII, p. 800 e nota 4.]

p. 614
1. NA, TR – Ma come? io, così? 2. NA, TR si rappresentano di fuori! 3. NA, TR non conclude... [Cfr. p. 613 e nota 1.]

p. 615
1. NA, TR una cosa... / Era 2. NA, TR – Dica pure... / – Va

p. 616
1. NA, TR ha capito? / – Mi fa piacere. / – E rimango, non 2. NA, TR a nessuno: ha capito? / Così dicendo, mi 3. NA, TR dà ombra?... / – Nessuna

p. 617
1. NA, TR a Napoli... / – Sì. 2. NA, TR meno di lei... / – Ma 3. NA, TR con lui... / – Cosicché... 4. NA, TR Non dica! non dica! 5. NA, TR Mi pajono tutti...

p. 618
1. NA, TR innanzi 2. NA, TR il turbamento, che questa 3. NA, TR segreto, al quale 4. NA, TR per sé stessa, che è forse più un mondo naturale? È un mondo

p. 619
1. NA, TR o la grotta... / – Allude 2. NA, TR a lei? No... / – Sono 3. NA, TR anche esso, ecco; si 4. [Cfr. *Il piacere dell'onestà*, cit., 1918, atto I, p. 142: « [...] *mi costruisco* – cioè, me le presento in una forma adatta alla relazione che debbo contrarre con lei. E lo stesso fa di sé anche lei che mi riceve. Ma, in fondo, dentro queste costruzioni nostre messe così di fronte, dietro le gelosie e le imposte, restano poi ben nascosti i pensieri nostri più segreti, i nostri più intimi sentimenti, [...] ».] 5. NA, TR come un vigliacco, come un vigliacco manigoldo a un canto

p. 620
1. NA, TR io non posso soffrirli. Mi pajono 2. NA, TR occhio sicuro... Ebbene, designa 3. NA, TR va colpita. Io non so 4. NA, TR quella belva... E con

p. 621
1. NA, TR perentoria la domanda, che 2. NA, TR ne le 3. NA, TR esagerare... / – Ah, io 4. NA, TR Sfido! Lo ha costruito 5. NA, TR anche a sé stesso! Ah, lui

p. 622
1. NA, TR riprendersi la donna, che ora 2. NA, TR penetri in fondo; scopra

p. 623
1. NA, TR domani le dànno un danaro macchiato di sangue, mia madre ne muore! che vuole 2. NA attore è morto, mai 3. NA, TR mai nessuno vi ha dato tanto peso, è vero? Ma perché io qua, adesso, mi vedo insidiato, designato apposta, capisce? con l'unico

p. 624
1. NA, TR la tigre senz'alcun pericolo. 2. NA con me si giuoca male, perché

p. 625
1. NA, TR e 2. NA, TR un biglietto da cento lire

p. 627
1. NA, TR innanzi

p. 628
1. NA, TR immaginare; e perciò 2. NA, TR – ogni tanto, dico, pare

p. 629
1. NA che susciti 2. NA, TR tempo in mezzo 3. NA, TR riconoscimento, ch'egli ha perduto, nella sua reclusione « il contatto

p. 630
1. [Cfr. *I vecchi e i giovani*, parte I, cap. VI, p. 168, nota 10; e *Suo marito*, cap. III, § 3 (Quattrini, Firenze 1911, p. 117): « Giustino, di ritorno dalle prove, con gli occhi lustri e il volto pezzato di rosso, come se gli avessero dato tanti pizzichi in faccia [...] » (nella presente ed., vol. I, p. 680, nota 1).] 2. NA, TR smania, che in prima 3. NA, TR cenno, che le baleni, d'una

p. 631
1. NA venuto meno mai, mai, neppure 2. NA, TR La verità forse è un'altra! 3. NA reclusorio, senza saperlo, senza volerlo, egli 4. NA, TR e soffrono... Che colpa 5. NA, TR una forma di paranoja, pazzia ragionante.

p. 632
1. NA, TR della vita; ella si sopprime da sé, povera 2. NA, TR naturalmente che la sopprimano gli altri: col 3. NA, TR a casa! sùbito! Forse, sotto sotto, mascherato 4. NA d'ogni passo, d'ogni gesto, d'ogni sguardo, quand'ha [Si noti che più avanti il testo ha, in tutte le stampe « ch'ella in quel passo, in quel gesto, in quello sguardo ».]

p. 633
1. NA, TR del padre, che si rovescia anche su lei, povera figliuola! 2. NA, TR arricciolati contrasta 3. NA, TR grazie. Io, lo sa? Cavalena... / – Sì, Cavalena, grazie, lo so... / – Fabrizio. Già... sì... sono più tosto conosciuto...

p. 634
1. NA, TR Ah, ci vuole eroismo, creda, un grande eroismo da parte mia a sopportarla. Non lo avrei, forse... se non 2. NA, TR la bestia... e cento lire! cento lire! 3. NA, TR regali e alle cento lire, non 4. NA, TR male, ch'egli voleva 5. NA, TR regali e le cento lire, va bene? 6. NA villanata

p. 635
1. NA, TR bontà di dirmi... / Non mancò per me; mi disposi a ripetere ciò che gli avevo detto, ma la sua signora 2. NA, TR e compiacenti... E non 3. NA, TR al Quirinale? Zeme, invitato 4. NA, TR venirci anch'io, mi pare, posso prestarmi anch'io...

p. 636
1. NA, TR regali e le cento lire, ringraziandolo. 2. NA, TR si seppellisca, che s'apparti dal consorzio umano e la faccia 3. NA, TR Obbedii, restando quasi annichilito. Quell'uomo 4. NA, TR Polacco turbato, agitato. Vide

p. 638
1. NA, TR Esco or ora dalla 2. NA, TR ombra così grande m'è sembrata 3. NA, TR uscio; innanzi all'uscio, su

p. 639
1. NA, TR innanzi

p. 640
1. NA alle sue lagrime, queste

p. 641
1. NA, TR Chi è *lui*? Ah, se 2. NA, TR nostra colpa ri-

conosciuta da noi stessi e prodigo 3. NA, TR ridotta innanzi a me in quello stato miserando, no, non vuole ancora rassegnarsi 4. NA, TR di porcellana sono ridotte una pietà: le

p. 642

1. NA la giubbetta di lana 2. [Cfr. *Ciascuno a suo modo*, cit., 1924, atto II: « Non vuole ancora rassegnarsi a confessare d'essere stato un giocattolo sciocco in mano a una donna: un pagliaccetto che Delia Morello buttò via in un canto, fracassandolo, dopo essersi spassata a fargli aprire e chiudere le braccia in atto di preghiera, premendogli con un dito sul petto la molla a mantice della passione. S'è rimesso su, il pagliaccetto: la faccina, le manine di porcellana, ridotte una pietà: senza dita, le manine; la faccina, senza naso, tutta crepe, scheggiata: la molla del petto ha forato il giubbetto di raso rosso, è scattata fuori, rotta; eppure, no, ecco: il pagliaccetto grida di no, che non è vero che quella donna gli ha fatto aprire e chiudere le braccia per riderne e che, dopo averne riso, l'ha fracassato: dice di no! di no! ».] 3. [Cfr. *Ciascuno a suo modo*, cit., 1924, atto II: « – Non ci voleva mica molto a salvarlo! Bastava dimostrargli, fargli toccare con mano che quella donna ch'egli voleva far sua sposandola, poteva esser sua, com'era stata d'altri, come potrebbe essere di chiunque di loro, senza bisogno di sposarla! / PRESTINO. Ma lei intanto gliela prese! / ROCCA. Sfidato! sfidato! / IL PRIMO. Come! / L'ALTRO. Da chi, sfidato? / ROCCA. Mi lascino dire! D'accordo [...] ».] 4. [Cfr. *Ciascuno a suo modo*, cit., 1924, atto II: « – Per la tattica comunissima a tutte codeste donne, ella non aveva mai voluto concedere a lui neanche il minimo favore – / [...] IL PRIMO. – s'intende – / ROCCA. – e a Capri gli s'era mostrata così sdegnosa di tutti, appartata e altera! – Ebbene – mi sfidò – lui, lui – mi sfidò, capite? – mi sfidò a fargli la prova di quanto io gli dicevo, promettendomi che, avuta la prova, si sarebbe allontanato da lei, troncando tutto. – E invece, s'uccise! ».] 5. NA l'ha fatto il pagliaccetto? 6. NA, TR ogni meraviglia! Qua 7. NA della giubbetta stracciata, lasciamolo

p. 643

1. NA veleno, ora io non mi troverei così! non mi troverei così! 2. NA che l'abbia

p. 644

1. [Cfr. *Ciascuno a suo modo*, cit., 1924, atto II: « ROCCA. Avrebbe dovuto gridarmi, farmi capire ch'era già avvelenato per sempre, e ch'era inutile ch'io mi provassi ormai a strappare i

denti del veleno a quella vipera là! / DIEGO. Ma no, che vipera, scusi! / ROCCA. Una vipera! una vipera! / DIEGO. Ah no, scusi: troppa ingenuità, caro signore, per una vipera! Rivolgere a lei così presto – subito, anzi – i denti del veleno! / PRESTINO. Tranne che non l'abbia fatto apposta per cagionare la morte di Giorgio Salvi! / ROCCA. Forse! / DIEGO. E perché? Se già era riuscita nell'intento di costringerlo a sposarla! Le pare che potesse convenirle di farsi strappare i denti prima d'ottenere lo scopo? / ROCCA. Ma non lo sospettava! / DIEGO. E che vipera, allora, via! Vuole che una vipera non sospetti? Avrebbe morso dopo, una vipera, non prima! Se ha morso prima, vuol dire che – o non era una vipera – o per Giorgio Salvi volle perdere i denti ».] 2. NA l'ho pensato tante volte. 3. NA, TR una donna, signor Nuti... Lei su questo punto... / – Che affronto? Non capisco... / – Guardi: Giorgio 4. NA, TR la sua arte... / – Apposta, sì, apposta... / – Aspetti! Giorgio non vide, non

p. 645
1. NA, TR si ribellasse a questa imposizione. / – Come! / – Sì; perché ella vi trovasse 2. NA, TR Una perfida, che vuole 3. [Cfr. *Ciascuno a suo modo*, cit., 1924, atto II: « ROCCA. Ma dunque lei crede? – / DIEGO. Me lo fa credere lei, scusi; che ritiene perfida quella donna! A stare a ciò che lei dice, per una perfida non è logico ciò che ha fatto! Una perfida che vuole le nozze e prima delle nozze si dà a lei così facilmente – / ROCCA *balzando*: – si dà a me? Chi le ha detto che si sia data a me? Io non l'ho avuta, non l'ho avuta! Crede ch'io abbia potuto pensare d'averla? / DIEGO *sbalordito, con gli altri*: Ah, no? / GLI ALTRI. E come? E allora? / ROCCA. Io dovevo avere soltanto la prova, che non sarebbe mancato per lei! una prova da mostrare a lui! – ».]

p. 646
1. NA, TR star solo, così... Ho cercato 2. NA, TR amici in mezzo; ma capisco che non è possibile... Non credono al mio strazio, alla mia disperazione... 3. NA, TR così solo... Lei 4. NA, TR Non posso stare più solo così!

p. 647
1. NA, TR cordoglio... 2. NA, TR ci sono le stelle!', che avverrebbe? A quanti uomini, presi 3. NA, TR de le 4. NA, TR con lui accanto... E Dio

p. 648
1. NA, TR di carità. E vedesse come se ne vanta! come se ne consola!

p. 649
1. NA, TR camicie, 2. NA, TR l'obbligo, da medico, di

p. 650
1. NA, TR non mi pare... / Dolorosamente 2. NA, TR tutti gl'inquilini! tutti gli amici! / – Oh, ma 3. NA, TR per carità... Qua, qua... mi deve dar la mano, che farà così... / Gli diedi 4. NA, TR a tutti ormai! Ed è

p. 651
1. NA, TR e per lei, che non l'ha 2. NA, TR ragione per una pazza, quando 3. NA, TR dignità, innanzi alla figlia, innanzi alle serve, innanzi a tutti, pubblicamente; ed 4. NA, TR Sesè... / E accorse, facendomi

p. 652
1. NA, TR lo strapazzo... / – Certo, – risposi. – Ma perché no? Passerà più presto... Permette 2. NA arse, aperte.
3. NA, TR davvero... / – Sì, male...

p. 653
1. NA, TR innanzi 2. NA, TR le cagionava.

p. 654
1. NA, TR stimo grave, ecco, grave. / M'ha 2. NA, TR Ma speriamo... speriamo che invece sia una crisi salutare... Tante volte, chi sa! Speriamo che guarisca del tutto e ritorni in sensi e se ne vada... Assolutamente, assolutamente, Gubbio, bisogna farlo andar via! Ma t'immagini un pover'uomo come me... Capisco, ho la giustificazione in quelle lettere... Ma la responsabilità... dico morale, s'intende! Che scherziamo?... Per il momento... Mi dispiace tanto per te, povero 3. NA, TR della tigre... / – Ma

p. 656
1. NA, TR di tutto... È capace di questo e d'altro; capace di tutto... Ah, che 2. NA Oh, e dimmi un po': la 3. NA, TR del Cavalena e avrebbe indotto lui la signora Nene
4. NA, TR pietosamente, con tanta 5. NA, TR ignoto, e quel

p. 658
1. NA, TR appena s'accosta e si china 2. NA, TR ne sono fieramente rivoltato. 3. NA, TR è compromesso, sicché temo che, presto, dovrò

p. 659
1. NA, TR il Nuti, nella frenesia, ha 2. NA per luí, che non aveva nessuna colpa nell'uccisione [TR in questo caso riproduce NA con la variante « ché non aveva nessuna colpa, lui, nell'uccisione ».] 3. NA, TR la fronte... / Ed ella l'ha lasciato fare. E tutti gli altri l'han lasciato fare. Sì, perché 4. NA, TR amorosa per conto d'un'altra la sua anima, e quest'anima, fatta 5. NA, TR dell'altra donna. E le è toccato, ecco, d'essere pietosa, non già per sé, che aveva veramente pietà, ma per quell'altra, ch'ella

p. 660
1. NA, TR d'averlo dato, con tutta l'anima, con tutto il cuore; ma no: deve credere d'averlo dato, invece, per quell'altra. / E n'è seguito

p. 662
1. NA, TR Ma Duccella non verrà, e la signorina 2. NA, TR credere innanzi a tutti e anche innanzi a sé stessa, in 3. NA, TR Porsi innanzi la vita 4. NA, TR posta innanzi così, perde 5. NA, TR reale, diventa 6. NA, TR porsela innanzi, ma

p. 663
1. NA, TR perché siete così pietosa... Non 2. NA, TR chiudersi attorno a me. / Ecco qua, intanto, Cavalena

p. 664
1. [Cfr. *L'uscita del vedovo*, in *La vita nuda*, Treves, Milano 1910: « Diventava un supplizio per lui, ogni sera, la lettura del giornale. Sua moglie gli si metteva dietro le spalle e cercava, come un bracco, nella cronaca, i fatti scandalosi. Appena ne trovava uno: / – Qua! Leggi qua! Hai letto? Lo vedi di che siete capaci?... » (il brano non figura nel testo della novella in « Il Marzocco », 28 gennaio 1906).] 2. NA, TR l'apparenza della ragione, bugiardo

p. 665
1. NA, TR che cosa voglia. Forse, certi 2. NA, TR lei: è figlia unica, e per lei ci sarà la dote 3. NA o ad attendere

p. 666
1. NA, TR come da lontano lontano, quasi di lassù, dal cielo soffusa 2. NA, TR e patetici... / Veniva 3. NA, TR fruscio lungo lento lieve di foglie; dalla via 4. NA, TR fretto-

losa, il tintinnìo del campanello dei tram e il protratto 5. NA, TR carrùcola del *troller* scorrente 6. NA, TR e si trascinasse 7. NA, TR e gli alberi; poi 8. NA, TR pianoforte, chi sa

p. 668
1. NA, TR questo, sopratutto, mi pare 2. NA, TR posto per la sua grazia, aria e luce per lei. Come 3. NA, TR È come una farfalletta, la sua grazia, appuntata crudelmente con uno spillo, ancora viva, nella parrucca del padre. Ancora viva, ma non osa batter le ali, non solo perché non spera di liberarsi, ma anche e più per non farsi troppo scorgere in quella buffa prigione.

p. 669
1. NA, TR da Roma, se ne ritorni 2. NA, TR a raffermar la convalescenza e poi magari 3. NA elegantissimamente abbigliato. 4. NA, TR sinistro delle labbra; e i grumetti di sangue nerastri, su la 5. NA, TR ch'ora sembrano enormi, con

p. 670
1. NA, TR lasciami fare... / – Ma 2. NA, TR – Posso! Non mi seccare! – gli rispose. – Ho bisogno... ho bisogno d'uscire... d'un po' d'aria... / – Forse 3. NA, TR d'uscire... – lo interruppe 4. NA, TR attorno, a custodirlo e, occorrendo, a 5. NA, TR una, che 6. NA, TR pietosa, e a cui

p. 671
1. NA facile, sicuro, dignitosamente, sotto 2. NA bastava! Benissimo... Ma era un'occasione, quella, un'occasione da acciuffare, la fortuna per Luisetta, ecco! Che compromissione, sotto gli occhi del padre? Pulcinella? Ah? come? che? / Finirono le ragioni e cominciarono [TR in questo caso riproduce NA con la variante « per Luisetta, perdio! che compromissione, sotto ».] 3. NA In quel momento 4. NA, TR fuggiva, forsennata.

p. 672
1. NA o piuttosto della sua coscienza, gli 2. NA, TR fuggiva. Ah, ora, ora si dava pensiero la madre della compromissione di lei? quando 3. NA, TR irreparabilmente, e affogata nella nausea l'aveva, sì, sì, nello schifo d'una famiglia, a cui 4. NA, TR a quella gogna? 5. NA, TR da quella gogna, e 6. NA, TR tutta accesa, tutta vibrante: / M'accompagni 7. NA, TR condanna, che

p. 673
1. NA, TR compromissione di lei non era altro, in fondo, che una scusa posta innanzi per impedire 2. NA, TR andiamo, andiamo... / E, poco 3. NA, TR Perché questo? Per liberarmi 4. NA, TR responsabilità, che ella mi faceva 5. NA, TR a suo talento? Sì, per questo. Difatti, subito 6. NA, TR per questo! – esclamò anche lei allora. – È possibile

p. 674
1. NA, TR più casa... non c'è più famiglia... più nulla... È una 2. NA, TR chi di là... Tutti vedono, tutti sanno... La nostra casa è aperta... Non c'è 3. NA, TR in piazza... È una 4. NA, TR si scuoterà 5. NA, TR mi scuoterò un po' anch'io... da quest'avvilimento, da questa disperazione... / Ma se 6. NA, TR condizioni... / Ora, invece, eccola 7. NA, TR senza pace... / Come 8. NA, TR far altro, che

p. 675
1. NA, TR Basta oramai!... basta!... basta!... / E se

p. 676
1. NA, TR pere dell'inverno, ma 2. NA, TR la signora Nene, neanche a dirlo, affida a me, non 3. NA, TR il Nuti e non me; / il

p. 677
1. NA, TR povera donna! Mi commuove, ecco. S'è così

p. 678
1. NA, TR finito... Dio liberi, ora? perché qua... non le pare, signor Gubbio? qua ora bisogna assodare, bisogna assodare. / Eh sì, assodare, sono 2. NA, TR coltivare nelle graste delle sue speranze i più bei sogni 3. NA, TR per forza angoscioso, esasperato disordine – ecco qua

p. 679
1. NA, TR mestieraccio... Tanto, so

p. 680
1. NA, TR bomba... / Ma

p. 681
1. NA, TR *Kosmograph*, parata evidentemente

p. 682
1. NA, TR e più tosto calmo; sembra 2. NA, TR conoscere davvicino 3. NA, TR senza parlare? / – Si parla

p. 683
1. NA, TR a quello, cui 2. NA, TR delirio, ma anzi spietata; un

p. 684
1. NA, TR scombujandosi in volto. – Che può

p. 685
1. NA, TR sarà così... Lei 2. NA, TR freddezza –, ebbene, forse

p. 687
1. NA, TR vederla davvicino, in 2. TR dell'uso che ne avevano fatto, perché [Già NA aveva però « dell'uso che ne avevamo fatto, perché », lezione adottata dalle stampe successive.] 3. NA, TR prenderci alcuna confidenza, perché 4. NA, TR ammobigliato

p. 688
1. NA, TR innanzi 2. NA, TR tremolò dinanzi quasi una larva vaporante.

p. 689
1. NA, TR avevano talmente offeso il cuore, da non sentirselo più degno, che

p. 691
1. NA E anche lei s'interì; mi guardò [TR, B 1925 e altre stampe successive hanno « s'intenerì »; nella presente ed. preferiamo tornare alla lezione di NA: sia perché tutto il senso del discorso sembra esigerlo sia perché « s'interì » è tra le espressioni care al Pirandello (più spesso nella forma del participio: « interìto »). La nostra scelta, del resto, ha il consenso di un'edizione piuttosto accurata come la Mondadori 1941 (Collezione « Omnibus »; cfr. p. 1178).] 2. NA, TR Cavalena... / – Le ho 3. NA, TR ospite... / – Gliel'ho 4. NA, TR sbagliato... Quel

p. 692
1. NA, TR gentile... e anche 2. NA, TR a me... Ma capisco, non era ancora ospite e non sapeva. Scusate, però, non siete 3. NA, TR oggi... / – E io

p. 693
1. NA, TR ma non per me più, ormai, in quanto che io veramente mi sento estraneo... 2. NA, TR lo stesso... / – Da estraneo! / – No, signora. 3. NA, TR pretendere qua, dopo 4. NA, TR dice... / – Che 5. NA, TR Non propriamente di vendetta... 6. NA, TR maturarlo, rinsavirlo... È 7. NA che ella si sia risa di lui, o meglio se ne sia servita per

p. 694
1. NA, TR tradimento... Del 2. NA, TR ottenere... / – Ah, dice 3. NA, TR Farnetica; non sa proprio egli stesso quel che si dica, perché non può veder chiaro in sé, perché in sé, ripeto, non ha nulla di veramente profondo. È un fatuo che vaneggia, perché la sua fatuità è stata sconvolta e non sa più a che cosa aggrapparsi. Vuole aggrapparsi a lei, disperatamente perché a star solo, così solo – dice – 4. NA, TR Compassione. / – Comprendo benissimo, – risposi con calma, – comprendo benissimo in lei

p. 695
1. NA, TR stessa... / – Nient'affatto! – 2. NA, TR male... / – Voglio

p. 696
1. NA, TR di tutto... / – Non lo temo, non lo temo; vedete? è questo! vi ho 2. NA, TR facciate intendere, che non temo mi possa 3. NA, TR E non temo, non temo. Vorrei sentire in me, in questo momento un po' di timore. No, niente! Mi sono illusa di sentirne; mi sono adoperata, in 4. NA, TR tutti... Non è vero! Ho 5. NA, TR la morte stessa, capite? sarebbero

p. 697
1. NA, TR nulla... / – Chi 2. NA, TR provare... / Mi 3. NA, TR per voi... / La 4. NA, TR timore né per sé né per lui né per altri ch'egli

p. 698
1. NA, TR villetta... / Era 2. NA, TR tristezza! il ricordo 3. NA, TR Ecco... Sapendo 4. NA, TR cangiato! Eppure, allora, la toccavo, quella realtà... Che toccavo? Un'illusione mia. La realtà ora è questa, un'altra: e la riconoscerò illusione, domani... / Sonai

p. 699
1. NA, TR Che tristezza! Non poter più distinguere tra illu-

sione e realtà... / Si presentò 2. NA, TR giardiniere, lungo magro curvo, senza giacca, con la camicia che aspettava il collo un palmo dietro la nuca, le maniche rimboccate fino al gomito, il petto nero, scoperto, le braccia nere, un annaffiatojo in mano, in capo un cappelluccio 3. NA, TR Rosa voi mi parlate. Qui 4. NA, TR Persico. Don Filippo, il cavaliere 5. NA, TR gialli, bianchi, immobili 6. NA, TR annaffiatura, fiori nati 7. NA, TR antiche, li guardai, mi sconfortarono; dicevano che, sì, c'era Tavuso lì adesso, per

p. 700
1. NA, TR poverella... come no? 2. NA, TR chiesa nuova. 3. NA, TR gelida... Le parole 4. NA, TR nuda, solita... un asino

p. 701
1. NA, TR volte... Mi

p. 702
1. NA, TR – *Trasite vuie*, prego, *trasite...* 2. [Cfr. *L'abito nuovo*, in « Corriere della Sera », 16 giugno 1913 (poi in *Le due maschere*, Quattrini, Firenze 1914): « [...] s'aggiustava sul naso a gnocco gli occhialoni che, dopo l'operazione della cateratta, le rendevano mostruosamente grandi e vani gli occhi tra le rade ciglia lunghe come antenne d'insetto [...] ».] 3. NA In qual mondo 4. NA, TR mondo; certo, sì, lui fermo 5. NA, TR a meraviglia, lui, senza 6. NA, TR l'aspettava... Ma io? 7. NA, TR né nulla... Il treno

p. 703
1. NA, TR lui. Come ci viaggiavo 2. NA, TR anch'io; ma che! 3. NA, TR non c'ero, non c'ero, sebbene, non essendoci, non

p. 704
1. NA, TR No, grazie, grazie: non c'è 2. NA, TR né di bere, grazie! Posso 3. NA, TR e buona notte, cari, buona notte!

p. 705
1. NA, TR un'altra... Sterrati, attorno, e 2. NA, TR là... / – Come? 3. NA, TR noja... Sarà, senza

p. 706
1. NA, TR ci teneva molto molto, senza dubbio, la

p. 707
1. NA da niente, un piccolo chiodo, dentro, spuntato 2. NA, TR non ci hai 3. NA, TR zoppicare... / Ebbene, anche

p. 708
1. NA, TR guastata... / Che 2. NA, TR Con quali occhi 3. NA, TR io – niente: / – Vede? 4. NA, TR tranquilli... Fa 5. NA, TR lei... / Così 6. NA ricongiunzione

p. 709
1. NA, TR Ma ci meritavamo questo! E ora, averla 2. NA, TR impassibile. / Con un sorriso strano, ch'era quasi il verso d'un cane quando tra sé pensando digrigna, guardavo verso il portone 3. NA, TR e Fantappiè, quando improvvisamente 4. NA, TR così e torto

p. 710
1. NA, TR spalla, ma non lo faceva più girare. E un 2. NA, TR innanzi 3. NA, TR più davvicino

p. 711
1. NA, TR piantato là tra 2. NA, TR Luisetta, ci guardava, e non 3. NA, TR lire s'erano spese! Chi

p. 712
1. NA – Ebbene? se se n'accorge?

p. 713
1. NA stimava per lei mali 2. NA con Carlo Ferro. / Risolutamente, all'improvviso, è 3. NA venire Carlo Ferro. Che vuole? Che avverrà? / È avvenuto

p. 714
1. NA patti, condizioni, storie... Carlo 2. NA, TR guardando questo fermamente 3. NA, TR condizioni! / Non 4. NA, TR credere... Felicissimo, felicissimo, caro

p. 715
1. NA, TR Accettato!... / Ma 2. [Alcune stampe (tra cui la Mondadori 1941, cit.) hanno: « di luce malvagia. ». Ma NA e TR, concordemente: « di luce malvagio. ».]

p. 716
1. NA, TR che per far 2. NA Io no, mai, perché

p. 717
1. NA, TR con quale impegno 2. NA, TR combinazione, beato lui, s'è messo

p. 718
1. NA, TR invanito... / No? 2. NA, TR Che donne? Vostra madre? 3. NA, TR che mettiate vostra madre di fronte a vostro padre, come le vostre sorelle o le vostre figliuole di fronte

p. 719
1. NA, TR magra, trista e laida anche, sì, perché tignosa, sodisfazione di dire 2. NA, TR Scusi, e che la donna bisogna

p. 720
1. NA, TR domanda. / Io gli rifaccio 2. NA, TR l'unica. Anche è di moda, oggi.

p. 721
1. NA, TR innanzi 2. NA, TR pipistrelli; se 3. TR per balzare davanti [Già NA aveva però « per balzarle davanti », ripreso da B 1925 e dalle stampe successive.]

p. 722
1. NA, TR innanzi

p. 723
1. NA, TR Un macchinista monterà qua, sul 2. NA, TR M'accosterò; farò

p. 724
1. NA, TR pezzi... Hanno 2. NA, TR tutti... Non 3. NA, TR bene... Uno, specialmente. 4. NA, TR ciglia... Non 5. NA, TR schermo... / Mi

p. 725
1. NA, TR L'immagine d'uno morto 2. NA, TR ci sia; sì, perché è un ritratto

p. 727
1. NA, TR per lui, qualunque fosse e comunque 2. NA, TR innanzi

p. 728
1. NA, TR dietro a lei. 2. NA, TR – Per me, no. Perché? Io starò 3. NA, TR certo. Se ci sarà bisogno... / – Ma 4. NA L'ha forse pretesa lei?

p. 729
1. NA, TR no. Perché? / – Ma come lo sa, allora? / – L'ha detto Polacco... / – L'ha 2. NA dentro la gabbia tutto quello che vuole: io 3. NA, TR perfezione. / Sono ora – come operatore – perfetto. 4. NA, TR la voce; non ho più la parola; son rimasto 5. NA, TR *si chiudesse intorno*

p. 730
1. NA, TR precauzione, di cui si sarebbe fatto a meno se nella gabbia fosse entrato l'attore Carlo Ferro. Pretese

p. 733
1. NA strapparnela.

p. 734
1. NA, TR di cosa ormai

p. 735
1. NA, TR l'operatore. La scena

UNO, NESSUNO E CENTOMILA

Uno, nessuno e centomila fu pubblicato a puntate nella « Fiera letteraria » (dal n. 1, a. I, del 13 dicembre 1925 al n. 24, a. II, del 13 giugno 1926); i capitoli 6, 7, 8, 9, 10 e 11 del secondo libro erano apparsi col titolo *Ricostruire* e in una lezione appena diversa, di cui si darà conto nelle note che seguono, nella rivista « Sapientia » (a. II, n. 1, del gennaio 1915: un fascicolo edito in occasione del terremoto della Marsica. Il primo fascicolo della rivista, curata da L. De Feo e S. Lauro, era uscito un anno prima con articoli di alcuni docenti di varie Università italiane, tra cui G. A. Cesàreo, amico e collega del Pirandello). Nella « Fiera letteraria » il romanzo ha il sottotitolo *Considerazioni di Vitangelo Moscarda, generali sulla vita degli uomini e particolari sulla propria, in otto libri* (cfr. la nota autobiografica pubblicata in « Le Lettere », 15 ottobre 1924), sottotitolo che fu poi soppresso a partire dalla prima edizione in volume (Bemporad, Firenze 1926). Stefano Landi (pseudonimo di Stefano Pirandello, figlio primogenito dell'A.) scrisse per la « Fiera letteraria » la seguente « Prefazione all'opera di mio padre » (13 dicembre 1925):

Qualche volta, che tu dimenticavi la mia muta presenza, ti ho visto come ti senti solo, e ti ho quasi udito parlare.

So che immagino. Tu sei la « cara immagine » che mi vive dentro, Papà. Non parli a me, che so rispettare i tuoi silenzi, ma a te stesso – in me.

– Buona sera.

. . . .

– Hai sentito? Buona sera.

. . . .

– Perché non rispondi?

. . . .

– Ho capito: addio. Tornerò.

. . . .

Provo a volte una penosa voluttà nel far così allontanare da me, deluso e desolato, certo mio confortevole amico, vecchio costante amico, che pure usa accostarsi solo quando si sente chiamato, ma da sé – dico, spontaneamente – non s'arrischierebbe mai di venirmi vicino. Chi sa perché, a volte, mi spiace di confessare a me stesso d'averlo chiamato, e non lo degno d'una risposta.

Egli si ferma un po' indeciso, poi mi volta le spalle e s'incammina. Sono certo che ha il cuore stretto in un pugno.

*

È scomparso, come un fantasma. Mi sento a volte troppo solo e sento d'aver durato troppo a lungo in questa solitudine per permettermi ancora di negare a me stesso ogni conforto. E se m'ostino a farne a meno, l'amico, fuggendomi, mi dimostra che la carità di sé è pur talvolta una di quelle necessità che io ho sempre riconosciuto e ubbidito.

Ma, vecchio amico dal pizzetto canuto, come puoi pretendere di confortarmi guardandomi con i miei vecchi occhi irritanti per le troppe cose che sanno, parlandomi con la mia vecchia voce che non sa più balbettare, che ormai dice solo cose, precise?

In quest'ora che io non sono più padrone di me, tu che sei soltanto me stesso, mi sembri veramente un estraneo. In quest'ora di smaniosa angoscia e di oppressura senza sollievo che mi tiene abbandonato sulla mia poltrona nel vano della finestra, mentre il crepuscolo fa a poco a poco sparire le prospettive avvicinando gli alberi alle case, assorbendo la vasta conca adagiata fra i lontani colli e il nero alto bosco che circonda la mia casa, e muta e rimuta di luogo incessantemente gli ultimi bagliori così che la mia pena in cerca di luce non ha dove fermarsi, tu mi sei inutile e importuna, o mia pietosa immagine di vecchio. L'aria e tutte le cose lontane oltre la finestra, vicine nella mia stanza e le mie mani stesse abbandonate qua sulle ginocchia si caricano sempre più di quell'unico tono in cui la notte spegne i colori e, se ora chiudessi per poco gli occhi, a riguardare poi non distinguerei più nulla. Perciò non mi distogliere. So che i tuoi conforti sono illusioni di breve durata: mi lasceresti cieco, nel bujo.

*

*Io credo, Papà, che le ore di stanchezza ti siano divenute assai più penose da quando hai concluso il tuo sotterraneo lavoro al dramma dell'*Uno, nessuno e centomila. *Ora tutto è più chiaro e definito in te. Ora la tua coscienza morale è implacabile. Perché non hai scritto un libro. Hai esercitato il tuo spirito, come in atti di vita: non per divenire un più bravo letterato, ma per essere meglio te stesso, un migliore uomo.*

Perciò associavi i tuoi figli alle scoperte del tuo lavoro, che è stato nella vita della nostra casa.

Uno, nessuno e centomila*! Che pena che sia ultimato. Ma non so se anche per te, che vi hai durato quindici anni di fatica. Certo, è stato per quindici anni un rifugio del tuo spirito. Per carità! Rifugio di pace?*

T'hanno sforzato spesso le necessità della vita, e le tue stesse intime di creatore, a divagarti da questo lavoro. Ma ad esso sempre col desiderio tendevi. Raggiungerlo, ritrovarlo non appena conclusa una fatica, è stato per quindici anni lo scopo che ti ha fatto lavorare con tanta alacrità. Rifugio tormentoso. Anche evitato, talvolta, e temuto, lo so. Forse non avresti scritto qualcuna delle tue commedie, se non ci fosse stato in attesa sul tuo tavolino il manoscritto incompiuto di Uno, nessuno e centomila. *Perché, se non potevi non lavorare, non sempre potevi reggere all'implacabile movimento di spirito cui esso t'obbligava. Ora, questo tuo da fare, anche questo, è un fatto, per gli altri. So che non ti potrà interessare quel che ne diranno, ma sento che resterà nella tua vita. Non come un fardello, come una ricchezza. Nella tua vita, perché l'ha fatta più nuda e più profonda.*

Però viene a mancare alla tua attività di creatore quasi un sostegno, e uno stimolo. Un altro puntello esteriore che cede. Sempre più sulle tue forze, Papà, sempre più vivo nell'attimo. Ti resta per lavorare ancora quel sentimento stesso che ti ha fatto immaginare i casi di Moscarda. Quel senso d'angoscia della tua vita: Vita senza quasi più sostegni materiali, così estranea ai fatti, alla dominata e quasi distrutta animalità del tuo corpo. Vita dell'Uomo.

*

Fanno riso e sdegno cotali omaccini che sanno cantare così spirituali, così incontaminati al piano di sopra, e tengono in mente la botola per cui discendere non visti da nessuno al piano di sotto, dove è proprio rinfrancante e dolcemente pietoso a se stessi poter commettere all'oscuro e al coperto ogni peccato. Sono i tuoi cortesi, educati, irriducibili nemici. Tu sei un cerebrale, per essi, che sanno accomodarsi così facilmente con Dio con se stessi col prossimo. Non sei no un onest'uomo che serba fede a un giuramento di fedeltà: fatto a sé. Non sei no un credente vero in un Dio vero, veramente vivo, veramente presente, sempre, e onniveggente. Non sei no un uomo, compiuto, che è uomo in quanto è uno spirito. La religione è una pazzia, come l'intendi tu. L'esser uomini come l'intendi tu è una scocciatura insopportabile. Tu sei un pazzo. Sei un illuso.

Ma tu, Papà, sei un fanciullo. Oggi ci sono in Italia molti giovani, veramente giovani, cioè poco accomodanti, che ti intendono con simpatia. Hai scavalcato la tua generazione e sei con noi, e scavalcherai anche noi che invecchieremo forse un po' troppo presto per te. Solo la ingenuità del tuo sguardo, solo la tua semplicità d'animo e la tua nativa fiducia nel bel mondo creato e nelle creature, potevano farti dubitare della realtà, e scoprire il giuoco delle illusioni e delle necessità. Come un fanciullo serio e pensieroso tu hai dovuto dirti: « bisogna stare attenti! È, quello che è creato da noi, finché lo crejamo e crediamo nella sua realtà; e sono le necessità quelle che non possiamo vincere ». Solo il tuo tenerissimo sentimento poteva darti la pietà per le nostre colpe, così ingenuamente a te chiare, e per i nostri bisogni. Certo, scoperto il giuoco delle illusioni, e, peggio, quello delle necessità, hai riso. È sembrato a qualcuno il riso d'un vecchio scettico. È il riso del fanciullo divertito, e forte, e sano, che sente d'aver forza di fantasia per crearsi il seriissimo, morale giuoco della vita. È il riso di chi non ha pigrizia. È poi il riso della commozione di chi ama gli altri, e, sicuro di sé, ha pena per essi. Avendo pietà di loro, dovrebbe forse piangere e atterrirli? Egli non è... simbolista! Tutti soli? Ebbene, tutti insieme. Non è affatto terribile che la vita sia questa, e noi questi.

Noi di oggi: noi vivi: noi italiani, in particolare, così compostamente uomini. È in noi la fantasia e la forza di sentimento, d'intelletto, di volontà per creare questa. vita.

Padre mio, Uno, nessuno e centomila, *breviario di fede per chi ha sentito vacillare qualche sostegno del suo mondo, è la storia della tua vittoriosa tragedia di uomo-fanciullo, schietto e sano, posto a contatto con la forma più perfetta – quasi un simbolo? – della vita vivente, con il caos perpetuo veloce creatore e distruttore di realtà momentanee: mia madre pazza. È tutto sperimentato e sofferto. È tutto saggiato.*

Quando ti mancò la stima di chi tu ami, e il suo amore, e l'amicizia degli uomini, la comprensione dei tuoi atti, quanto ti sentisti – e un giorno fosti! – povero, nudo, solo e non sapevi più bene chi eri perché ti sentivi uno spirito senza volto, con mille volti, allora possedesti te stesso come un pazzo, come un eroe, come un santo. Allora hai potuto fare davvero.

Che si può, che si può fare? Disperdersi con mille voci a cantare nel creato, o darsi tutto agli altri per amore? O costruire la propria vita attimo per attimo? o raccogliere in sintesi questa esperienza e giudicarla, venarla di quel tanto d'umorismo che la distacchi dai proprii patimenti e la renda buona per tutti? Tu, creatore, hai scelto un po' tutte queste soluzioni insieme. Chi creda a questo libriccino, potrà seguire una delle tante vie d'attività ch'esso apre allo spirito, e sarà sempre un uomo. È un buon libro per noi italiani d'oggi, che dobbiamo tanto fare, e dobbiamo essere forti, consapevoli uomini.

Tu l'hai scritto anche perché era moralmente buono.

Ora, certo le tue rare ore di stanchezza sono più penose. Ma le fai durar poco. Già nel tuo studio, fra te e Ninnì, avete improvvisato una gazzarra da far comparire i vicini di casa. E fra dieci minuti tornerai a lavorare.

Uno, nessuno e centomila *dice anche che una delle colpe più gravi che l'uomo possa commettere è l'essere stanco e il voler riposare durante queste brevi giornate di vita terrena. E questa è la morale che ne trai per te, aspra, che hai già durato tanta fatica, Papà.*

Ma le morali di Uno, nessuno e centomila *sono poi tante, buone per tutti gli uomini.*

Poche e di modesto rilievo, rispetto alla lezione testimoniata dalla « Fiera letteraria », sono le modifiche e le correzioni introdotte nel testo del romanzo allorché fu pubblicato in volume (ed. cit.: Bemporad, Firenze 1926). La Mondadori del 1932 è una ristampa di tale edizione (mutati solo la copertina, il frontespizio e le pagine di guardia); e le successive edizioni e ristampe Mondadori e Ricciardi * la riproducono più o meno fedelmente. Ad essa ci si è attenuti anche per la presente edizione. Dei passi che nella Bemporad furono modificati o corretti si dà in nota la lezione secondo la « Fiera letteraria ». Per i criteri seguiti cfr. l'« Avvertenza » che precede le note ai testi nel volume I di questa edizione.

Vi sono inoltre presso l'Istituto di Studi Pirandelliani e sul Teatro Italiano Contemporaneo in Roma, tra i manoscritti di pugno dell'A., 220 « foglietti » contenenti il testo di alcune parti e brani del romanzo riferibili a diversi momenti e fasi di elaborazione. Si tratta di foglietti di carta quadrettata, di mm. 130 × 150, scritti e numerati solo nel *recto* e che sembra possibile ordinare e classificare come segue:

1) 3 ff. non numerati contenenti l'« Indice » dei capitoli, ancora senza la suddivisione in libri. Mancano i numeri delle pagine corrispondenti del ms.: 1. Mia moglie e il mio naso. / 2. E il vostro naso? / 3. Bel modo d'esser soli! / 4. Com'io volevo esser solo. / 5. Inseguimento dell'estraneo. / 6. Finalmente! / 7. Un filo d'aria. / 8. E dunque? / 9. Il vostro vicino di casa. / 10. Se poi, qualche rara volta. / 11. Ci sono io e ci siete voi. / 12. La vera base. / 13. Scusate ancora. / 14. Fissazioni. / 15. Anzi, ve lo dico adesso. / 16. Che c'entra la casa? / 17. Fuori, all'aperto. / 18. Nuvole e vento. / 19. L'uccellino. / 20. Rientrando in città. / 21. Quel caro Gengè. / 22. Pazzie per forza. / 23. Scoperte. / 24. Le radici. / 25. Traduzione d'un titolo. / 26. Il buon figliuolo feroce. / 27. Parentesi necessaria, una per tutti. / 28. Due visite. / 29. E chiudiamo la parentesi. / 30. C'è un ma. / 31. Caliamo un po'. / 32. Com'erano per me. / 33. Ma fu totale. / 34. Atto notarile. / 35. La strada maestra. / 36. Sopraffazione. / 37. Il furto. / 38. Lo scoppio. / 39. Con la coda tra le gambe. / 40. Parlo con Bibì. / 41. Casa mia! / 42. Il signor Beniamino. / 43. Ma c'erano certi occhi che mi guardavano.

2) Ff. 19-94 (inc. « zabuglio di cose, perché tanto quando si

* Oltre a quella, citata, del 1932, si rammentino le Mondadori 1936; 1941 (Luigi Pirandello, *Tutti i romanzi*, vol. unico, Collezione « Omnibus »); 1949 (Luigi Pirandello, *Tutti i romanzi*, 2 voll., Collezione « Omnibus », vol. II); 1954 (« Biblioteca Moderna Mondadori »); 1957 (Luigi Pirandello, *Tutti i romanzi*, Collezione « I classici contemporanei italiani »); 1965 (Collezione « Opere scelte di Luigi Pirandello »); 1967 (Collezione « Gli Oscar »). È del 1966 l'edizione a cura di A. Borlenghi nel tomo V dei *Narratori dell'Ottocento e del primo Novecento*, Riccardo Ricciardi Editore, Milano-Napoli (Collezione « La letteratura italiana. Storia e testi »).

parla con sé »; fin. « Sissignori – come vedrete – scappò via. »); mancano i ff. 1-18. Il testo corrisponde, con modeste varianti di cui si dà conto nelle note che seguono (rinviando a ogni modo al ms. per il rilevamento delle giunte interlineari e dei luoghi cancellati ma ancora leggibili), a quello dei primi due libri della stesura definitiva del romanzo, meno i capitoli I e II e l'inizio del capitolo III del libro I, che si deve supporre fossero contenuti nei ff. 1-18.

3) Ff. 101-145 (inc. « tri; io ero uno, l'ultimo di questa famiglia »; fin. « – Usurajo! »); tra f. 114 e f. 118 un solo foglietto ha i nn. « 115/117 ». Il testo corrisponde a quello dell'attuale libro III; mancano il capitolo I e buona parte del capitolo II, che si deve supporre fossero contenuti nei ff. 95-100. Varianti come sopra. Da f. 119 *parte* a f. 145 l'ordine dei capitoli è diverso da quello della stesura definitiva e pertanto di questi « foglietti » si dà in nota il testo completo.

4) Ff. 153-234 (inc. « mente anche questo: che Giulio Cesare, uno, non »; fin. « – Rifiuto! Rifiuto! »); al posto dei ff. 159 e 165 vi sono due « foglietti » numerati rispettivamente 154 e 145, senza lacune nel testo (questo e talune particolarità grafiche fanno pensare che provengano da un altro ms.); mancano i ff. 210, 216, 221, 224. Il testo corrisponde a quello del libro IV e dei primi quattro capitoli del libro V della stesura definitiva, con le seguenti lacune dovute alla mancanza dei ff. citati: inizio del capitolo I e parte del capitolo VII del libro IV; parte dei capitoli II e III del libro V. Varianti come sopra.

A suo luogo in nota si segnalano l'inizio e la fine dei brani di cui esiste il testo manoscritto nei ff. descritti *sub* 2, 3 e 4.

5) « Foglietti » provenienti con ogni probabilità da altri mss. del romanzo e contenenti prove e abbozzi di brani variamente utilizzati dall'A. nella stesura definitiva. Se ne dà più avanti (pp. 1109-1111) il testo completo come documento di stesure in certo grado autonome rispetto a quella testimoniata dalla sezione più ampia e omogenea dei ff. descritti *sub* 2, 3 e 4; e per ogni frammento si indica tra parentesi il libro e il capitolo a cui può riferirsi secondo la numerazione definitiva.

6) « Foglietti » rifiutati dall'A. Contengono brani che non sono entrati a far parte della stesura definitiva del romanzo (salvo che per singole frasi o espressioni isolate). Se ne dà più avanti (pp. 1111-1114) il testo completo.

Quanto alla datazione, il confronto del testo manoscritto con quello pubblicato nella « Fiera letteraria », cit., sembra confermare l'ipotesi che il ms. documenti una fase di elaborazione del romanzo precedente a quella della stesura definitiva. Si ritiene d'altra parte opportuno avvertire che alcune testimonianze orali particolarmente attendibili legittimano la supposizione che proprio a *questi* « foglietti » l'A. stesse lavorando almeno dieci anni prima del 1925; ai « foglietti » e – per usar le parole che lo stesso Pirandello amava ripetere allora – alle vicende e alle riflessioni sue proprie e dei pupazzetti « fuori chiave » del suo romanzo.

Alcuni brani di *Uno, nessuno e centomila*, infine, vanno confrontati con altre pagine dello stesso Pirandello, pubblicate tra gli ultimi anni dell'800 e il 1925 e di cui si dà in nota il testo con le principali varianti anteriori alla pubblicazione del romanzo. Converrà inoltre confrontare tra loro i seguenti altri passi: libro I, cap. II: cfr., per il « codiniccio », la novella *Le nonne*, in « Riviera ligure », aprile 1902 (poi, col titolo *Il figlio cambiato*, in « Corriere della Sera », 5 agosto 1923, e nella raccolta *Dal naso al cielo*, Bemporad, Firenze 1925; e, naturalmente, *La favola del figlio cambiato* [1933], in *Maschere nude*, Mondadori, Milano 1938, vol. X, e *I giganti della montagna*, parte II [« Quadrante », novembre 1934] e parte III, *ibidem*); libro I, cap. III: per il soprannome di Carlino, la novella *Quintadecima*, in « Corriere della Sera », 22 settembre 1913 (poi, col titolo *Male di luna*, nel volume *Dal naso al cielo*, cit.); libro III, cap. VI sgg.: per il nome « Marco di Dio », le novelle *Padron Dio*, in « Rassegna settimanale universale », 18 settembre 1898 (poi in *Una giornata*, Mondadori, Milano 1937) e *Guardando una stampa*, in *La giara*, Bemporad, Firenze 1928, e la poesia *Padron Dio*, in *Zampogna*, Società Editrice Dante Alighieri, Roma 1901; libro V, capp. III e IV: per l'episodio della cagnolina, *La fedeltà del cane*, in « Marzocco », 16 dicembre 1904 (poi in *La vita nuda*, Treves, Milano 1910); e infine libro VIII, cap. IV: per le righe conclusive del romanzo, la poesia *Alba*, in « Natura ed Arte », 1 giugno 1895.

SIGLE

MS	« foglietti » autografi riferibili a varie prove e abbozzi di *Uno, nessuno e centomila*, esistenti presso l'Istituto di Studi Pirandelliani e sul Teatro Italiano Contemporaneo in Roma
FL	prima pubblicazione: in « La Fiera letteraria », 13 dicembre 1925 - 13 giugno 1926
B 1926	prima edizione in volume: Bemporad, Firenze 1926

p. 740

1. FL dovetti riconoscer veri 2. [Cfr. *Ciascuno a suo modo*, atto II (Bemporad, Firenze 1924): « [...] Io mi sono ridotto l'anima, a furia di scavare, una tana di talpa ».]

p. 741
1. FL in cui potevo senz'altro 2. [Cfr. *Suo marito*, Quattrini, Firenze 1911, p. 308 (nella presente ed., vol. I, cap. VII, § 2, p. 841 e nota 1): « dopo aver permesso che essi braveggiassero un pezzo come tanti cavallini scapati attorno a lui, poteva in un momento dare una stratta e legarli addomesticati al carro del trionfo. Ora invece... ».]

p. 744
1. FL concittadini passar da una

p. 746
1. FL che Annarosa possa

p. 747
1. [Ha inizio di qui la sezione di MS che si è descritta *sub* 2.]
2. MS zabuglio di cose, perché tanto, quando si parla con se stessi c'è questo di buono, che non c'è più bisogno di dipanarle le cose e i pesciolini rossi della vasca e il campanile della chiesa e quel cane che scappava; basta, vi ficcaste nella sala 3. MS quando 4. MS E poi? che v'avvenne poi, uscendo dal bigliardo? Sotto

p. 748
1. MS nella via deserta, un 2. MS quella piccola cara Mimì, che 3. MS Oh piccola cara Mimì! Eccola a un'altra 4. MS nuovo; tutt'al contrario 5. MS Poteva, non nego, esser già in me la pazzia; ma vi prego di considerare che

p. 749
1. MS e che ero 2. MS quest'uno o 3. MS bene e per conversare 4. MS di ribrezzo e di paura. 5. MS del mio naso, al taglio se piccolo o grande e al colore de' miei occhi, all'angustia 6. MS a cui, preso dalle mie idee, abbandonato ai miei sentimenti, dedito ai miei affari, non potevo 7. MS, FL un naso. Sicuro. Il mio 8. MS e vedono invece il mio 9. MS mi vedevano; pôrre innanzi a me il mio 10. MS innanzi

p. 750
1. MS ogni mio atto, preveduto, studiato, appariva 2. MS vivere. / E potei 3. MS lo studio. Io non riconobbi in prima me stesso: ebbi 4. MS conversando. / M'arrestai; dovevo esser molto pallido, perché Firbo 5. MS sgomento, che era insieme ambascia e ribrezzo, 6. MS Dunque, per gli altri, sono 7. MS sorpreso in un lampo; quello e non 8.

MS riconosciuto. Io sono 9. MS impensato; un estraneo 10. MS, FL d'andare cioè inseguendo 11. MS non potevo arrestare innanzi a uno specchio perché subito diventava me qual'io 12. MS vedere e lo volevo conoscere anch'io, così come gli altri lo vedevano e lo conoscevano.

p. 751
1. MS quest'estraneo, uno solo per tutti; e uno solo credevo anche d'esser 2. MS questo nome solo di 3. MS in lui 4. [Cfr. *Cecè*, in « La Lettura », ottobre 1913 (poi Bemporad, Firenze 1926).] 5. MS Dirò qui per ora 6. MS visita o per qualche compera, mi lasciasse finalmente solo per 7. MS de'

p. 752
1. MS del mio spirito; e 2. FL riconosciuta inattualità di quel 3. MS rinunziare 4. [Cfr. il saggio *L'umorismo* (Carabba, Lanciano 1908; in ed. completa, Battistelli, Firenze 1920); *Suo marito* (1911) (nella presente ed., vol. I, p. 646 e nota 1); *Il piacere dell'onestà*, atto I, scena I (Baldovino) (Treves, Milano 1918); *Il giuoco delle parti*, atto I, scena I (Silia) (Treves, Milano 1919); *Sei personaggi in cerca d'autore*, ultima scena (Il figlio) (Bemporad, Firenze 1921); inoltre *Trovarsi*, atto I (Salò) (Mondadori, Milano 1932); e *Sogno (ma forse no)* (L'uomo in frak) (Mondadori, Milano 1936).] 5. MS pur essendo mia per loro, io non potevo penetrare – ah, quest'idea

p. 753
1. MS Anna Rosa è malata. 2. MS reggessi. / Così, per tutta risposta. / Gongolai. 3. MS, FL tanto presso la sua 4. MS, FL di gola. / – Un quarto 5. MS – Finalmente! / 7. UN FILO D'ARIA. / Prima

p. 754
1. MS innanzi 2. MS lo avrei io veduto 3. MS a guardarmi dallo specchio 4. MS, FL a pensar così, sempre 5. MS ora il caso, o 6. MS e io diventi lui. Io debbo vederlo e non esser veduto.

p. 755
1. MS conoscer lui, fuori 2. MS, FL di smorzar l'acume 3. MS gli gridai io allora. 4. MS e così immediatamente seguì 5. MS innanzi

p. 757
1. MS inesistente, o come 2. MS, FL Che avevan da 3. MS, FL anche esser neri 4. MS, FL potuto esser diritto

5. MS secondo gli umori e i casi e le circostanze. E anch'io... 6. MS Se non mi volevo e non 7. MS potuto anche averne altre.

p. 758

1. MS di sgomento più 2. MS un attimo in sospeso 3. MS, FL commosso così, da sé, per 4. MS Se vi par poco... Ecco una prima lista qua delle

p. 759

1. MS di farmi notare che il naso... Già. / RIFLESSIONI: 2. MS era per me quasi inesistente, come un'apparizione di sogno; una cosa 3. MS due, per

p. 760

1. MS *per loro.* / 9. IL VOSTRO VICINO DI CASA. / Mi si può 2. MS a tutti gli altri avveniva quello stesso che a te? che se tu per gli altri non eri quale per te finora avevi creduto d'essere, così allo stesso modo potevano gli altri per sé non essere quali erano per te? e che non potevano al pari di te vedersi vivere, e che, non potendo vedersi vivere... ecc. ecc.? – / Rispondo. / Mi venne in mente. Ma scusate; è 3. FL a voi? Ho voluto 4. MS e vi si radicasse nel cervello così come si radicò 5. MS io. / No no, via! siate sinceri: a 6. MS e fate bene, senza pensare a ciò che intanto 7. [Cfr. nota 8.] 8. MS [Cfr. nota 7: il testo tra le due note era:] vi rappresentate. / Ma io so, per esempio, che per il vostro vicino di casa voi, caro mio, siete un perfetto imbecille. Abbiate pazienza. Forse ha torto il vostro vicino di casa, non dico. Ma torto avete anche voi se credete che il vostro vicino di casa, fuori com'è dalla visione che voi avete di voi stesso e degli altri e delle cose, debba vedervi come se fosse dentro di voi. Egli v'incontra per le scale, vi sorride e vi dice: – « Buon giorno! » – vi dice: – « Buona sera! ». / – Oh Dio, – pensate voi, – com'è garbato il mio vicino di casa! / Chiaro che non pensereste più così, se poteste vedervi dentro di lui, che viceversa poi vi vede di fuori, capite? di fuori: cioè, come voi non potrete vedervi mai; di fuori per voi, ma dentro la visione che anch'egli ha poi per conto suo delle cose e degli uomini e nella quale vi fa vivere a modo suo e – v'assicuro – da perfetto imbecille. Voi non lo sapete e seguitate a pensare: / – Oh Dio, com'è garbato il mio vicino di casa! / 10. SE POI QUALCHE RARA VOLTA... / Questa è la verità. Se poi, qualche rara volta un tale vi fa notare [Per questo brano di MS, cfr., qui nella stesura definitiva, libro II, cap. II, in fine.] 9. FL conseguenze?... insomma, se 10. MS qualche rara volta

p. 761

1. MS di non esser per gli altri quel che credete d'esser per voi; che fate? / Siate sinceri. Nulla fate; o ben poco. Ritenete al più al più, semplicemente, con bella e intera sicurezza di voi stessi, che gli altri v'hanno mal giudicato, è vero? mal compreso; e basta. E se vi preme, cercherete magari di raddrizzare quel giudizio e darete schiarimenti e spiegazioni. O anche, se non vi preme, lascerete correre; scrollerete le spalle, esclamando: / – Oh, alla fin fine ho la mia coscienza e mi basta! / Non è così? / II. CI SONO IO E CI SIETE VOI. / Signori miei, scusate. 2. MS una parola così grossa, dovrebbe anche venirvi in mente questo magro pensiero: che la vostra coscienza, qui, non 3. MS è proprio tutto (ma vi chiedo licenza di dubitarne). Dirò, per 4. MS che non val nulla. Nulla; perché so che c'è anche la vostra. / – Come? / Ma sì! Tanto diversa dalla mia. / Scusate se parlo un poco a modo dei filosofi. Ma che forse la coscienza è qualche cosa d'assoluto 5. MS ingiustamente, che voi siete sicuro e confortato di non aver fatto male? Ma di grazia, e se non sono gli altri, chi vi dà codesta sicurezza e codesto conforto? Voi stesso? E come? Perché? Perché v'ostinate a credere 6. MS il vostro caso, tutti avrebbero agito come voi, né più né meno? Ah bravo! ma in base a che cosa lo dite? Eh, lo so, in base a certi princípii 7. MS generalmente, vale a dire

p. 762

1. MS o anche ridono di voi? È chiaro 2. MS nel caso che 3. MS che voi avete 4. MS dunque la vostra coscienza? a sentirvi 5. MS Tutte come la vostra. Tutte con una beata somiglianza con la vostra. Tante teste che sono anzi la vostra stessa, le quali a un dato caso, tirate 6. MS e sì, come 7. MS là, che 8. [Cfr. *Il momento*, in « La Critica », 18 marzo 1896; e *L'esclusa*, in « La Tribuna », giugno-agosto 1901 (cfr. nella presente ed., parte I, cap. VI, vol. I, p. 44 e nota 7; e parte II, cap. VII, pp. 149 sgg.: cit. da G. Andersson, *Arte e teoria. Studi sulla poetica del giovane Luigi Pirandello*, in « Acta Universitatis Stockholmensia », Almqvist & Wiksell, Stockholm, 2, 1966, pp. 118-120). Ancora *L'esclusa*, cit., 1901, parte II, cap. XII (nella presente ed., parte II, cap. X, vol. I, p. 160). Inoltre, *Il fu Mattia Pascal*, cap. IX: « [...] lei non può dire che la sua coscienza le basta. A che le basta? Le basta per viver solo? per isterilire nell'ombra? Eh via! Eh via! Senta: io odio la retorica, vecchia bugiarda fanfarona, civetta con gli occhiali. La retorica, sicuro, ha foggiato questa bella frase con tanto di petto in fuori: « Ho la mia coscienza

e mi basta ». Già! Cicerone prima aveva detto: *Mea mihi conscientia pluris est quam hominum sermo.* Cicerone però, diciamo la verità, eloquenza, eloquenza, ma... Dio ne scampi e liberi, caro signore! Nojoso come un principiante di violino! » (nella presente ed., vol. I, p. 424 e nota 6). Cfr. ancora G. Andersson, *Arte e teoria. Studi sulla poetica del giovane Luigi Pirandello*, cit., p. 119. E, infine, dell'A., *Ciascuno a suo modo*, cit., 1924, atto II: « DIEGO. Se fossimo soli. / IL SECONDO *stordito.* Che vuol dire, se fossimo soli? / DIEGO. Che ci basterebbe. Ma allora non ci sarebbe più neanche la coscienza. Purtroppo, cari miei, ci sono io e ci siete voi. Purtroppo! / LA PRIMA. Dice purtroppo? / L'ALTRA. Non è gentile! / DIEGO. Ma perché dobbiamo fare i conti con gli altri, sempre, signore mie! / IL SECONDO. Ma nient'affatto! Quando ho la mia coscienza! / DIEGO. E non vuoi capire che la tua coscienza significa appunto "gli altri dentro di te"? / IL PRIMO. I soliti paradossi! / DIEGO. Ma che paradossi! / *Al secondo.* / Che vuol dire, scusa, che "hai la tua coscienza e ti basta"? Che gli altri possono pensare di te e giudicarti come piace a loro, anche ingiustamente; che tu sei intanto sicuro e confortato di non aver fatto male. Non è così? / IL SECONDO. Mi pare! / DIEGO. Bravo! E chi te la dà, se non sono gli altri, codesta sicurezza? Codesto conforto chi te lo dà? / IL SECONDO. Io stesso! La mia coscienza appunto! Oh bella! / DIEGO. Perché credi che gli altri, al tuo posto, se fosse loro capitato un caso come il tuo, avrebbero agito come te! Ecco perché, caro mio! E anche perché, fuori dei casi concreti e particolari della vita... sì, ci sono certi principii astratti e generali, su cui possiamo essere tutti d'accordo (costa poco!). Intanto, guarda: se tu ti chiudi sdegnosamente in te stesso e sostieni che "hai la tua coscienza e ti basta", è perché sai che tutti ti condannano e non t'approvano o anche ridono di te; altrimenti non lo diresti. Il fatto è che i principii restano astratti; nessuno riesce a vederli come te nel caso che ti è capitato, né a veder se stesso nell'azione che hai commessa. E allora a che ti basta la tua coscienza, me lo dici? A sentirti solo? No, perdio. La solitudine ti spaventa. E che fai allora? T'immagini tante teste, tutte come la tua: tante teste che sono anzi la tua stessa; le quali, a un dato caso, tirate per un filo, ti dicono sì e no, e no e sì, come vuoi tu. E questo ti conforta e ti fa sicuro. Va' là, va' là che è un giuoco magnifico, codesto della tua coscienza che ti basta! ».] 9. MS che vi basta! / 12. LA VERA BASE. / Sapete 10. MS Ve lo dico io: sulla beata presunzione che Dio vi conservi sempre, l'idea che voi avete degli uomini e delle cose esser la sola realtà; cioè, che quella che per voi è la realtà, dentro e fuori di

voi, debba essere e sia la stessa per tutti. / Eh, lo so: ciascuno ha questa illusione, e ci vive dentro, e ci cammina fuori, sicuro. La vedete, la toccate, e dentro anche, se vi piace, ci fumate un sigaro (voi fumate la pipa? la pipa) e beatamente
11. [Cfr. p. 767, nota 2.]

p. 763
1. FL i pilastri, mi fa 2. [Cfr. *Ritorno*, in « Corriere della Sera », 3 ottobre 1923: « L'immagine della rovina era in quell'arco di porta, senza la porta, che superava di tutta la cèntina da una parte e dall'altra i muri di cinta della vasta corte davanti, non finiti: muri ora vecchi, di pietra rossa [...] forse presentendo l'inutilità di quel riparo [...] E Paolo Marra, che vedeva adesso per la prima volta quella invasione, e distrutta la soglia sotto l'arco, e scortecciati agli spigoli i pilastri » (poi in *Tutt'e tre*, Bemporad, Firenze 1924, con la variante « porta senza la porta, [...] »).] 3. FL corte. Eran rimaste 4. [Cfr. *Ritorno*, cit., 1923: « dapprima nessuno, passando, s'era attentato a entrare. Ancora per terra rimanevano tante pietre intagliate, e pareva con esse che la fabbrica, per poco interrotta, sarebbe stata presto ripresa. Ma come l'erba aveva cominciato a crescere tra i ciottoli e lungo i muri, quelle pietre inutili eran parse subito come crollate e vecchie; e parte erano state portate via, appena svenduta la casa, dopo la morte del padre [...] e parte erano divenute col tempo i sedili delle comari del vicinato, che ormai consideravano quella corte come loro, come loro l'acqua della cisterna, e vi lavavano e vi stendevano ad asciugare i panni e poi, col sole che abbagliava allegro da quel bianco di lenzuoli e di camicie svolazzanti sui cordini tesi, si scioglievano sulle spalle i capelli lustri d'olio per "cercarsi" in capo l'una all'altra, come fanno le scimmie tra loro »; (varianti ed. cit., 1924 « Dapprima nessuno [...] a entrare, perché ancora [...] Ma appena l'erba [...] e vecchie. Parte [...] via, dopo la morte del padre, quando la casa era stata svenduta a tre diversi compratori e quella corte era rimasta senza nessuno che vi accampasse sopra diritti; e parte [...] comari del vicinato, le quali [...] camice »).]

p. 764
1. [Cfr. *Ritorno*, cit., 1923: « Passato l'arco, la corte in salita, acciottolata come la strada, aveva in mezzo una gran cisterna [...] provò pena e disgusto, invece di quel senso d'arcano sgomento con cui quella corte viveva nel suo lontano ricordo infantile quand'era deserta, col cielo sopra, stellato, il vasto biancore illividito di tutti quei ciottoli in pendio e la cisterna in mezzo, misteriosamente sonora. [...] La ruggine s'era quasi

mangiata fin d'allora la vernice rossigna del gambo di ferro che reggeva in cima la carrucola. E com'era triste quello sbiadito color di vernice su quel gambo di ferro che ne pareva malato! Malato fors'anche della malinconia dei cigolii della carrucola quando il vento, di notte, moveva la fune della secchia; e sulla corte deserta era la chiarità del cielo stellato ma velato, che in quella chiarità vana, di polvere, sembrava fissato là sopra, così, per sempre ».]

p. 765
1. [Cfr. *Ritorno*, cit., 1923: « negli ariosi puliti magazzini a destra della casa ».] 2. [Cfr. *Appunti*, in « Corriere della Sera », 7 aprile 1929: « Mi ricordo, ragazzo, l'allegria di certe corse in campagna, in landò d'affitto con l'attacco a tre, per lo stradone quand'era in piano, tra le campagne aperte che mi parevano fatte per accogliere e diffondere la festività delle sonagliere ».]

p. 766
1. [Cfr. *Fuga*, in « Corriere della Sera », 23 agosto 1923: « quel puzzo ardente di lavatojo! »; e si veda anche *Sgombero*, in *Novelle per un anno*, a cura di M. Lo Vecchio-Musti, Mondadori, Milano 1938, vol. II, p. 1145; e *Quaderni di Serafino Gubbio operatore*, Bemporad, Firenze 1925: quaderno I, cap. IV, p. 16 (il brano figura nel romanzo solo a partire da tale ed.; cfr. nella presente, p. 530).]

p. 767
1. FL seggo qua. / – No? Perché? / Ah, è la 2. MS [Cfr. p. 762, nota 11: il testo tra le due note era:] di quel fumo. / Dite di no? / Ah, per voi, lo so. Almeno in questo momento. Questa è una stanza; là ci sono quelle seggiole; quello è un tavolino che più tavolino di così non potrebbe essere. E non è una finestra quella? Ma sì, una finestra che dà sul giardino. E là quei pini, quei cipressi... / Lo so. Ore deliziose passate qui, in codesta stanza che 3. MS pazzo a abitare 4. MS dar pace. Voi socchiudete gli occhi; vi stringete nelle spalle; sospirate: / – Gusti... / Perché 5. MS delle care care cose, quale

p. 768
1. MS e la toccate. Ma andate via, andate via da codesta casa e ripassate 2. MS fra tre, quattr'anni FL fra tre quattr'anni 3. MS d'oggi. Vedrete 4. MS realtà. / – Uh, guarda! Questa, la stanza? Questo, il giardino? / E speriamo, per amor di Dio, che non vi sia morto qualche parente 5.

MS Già, storia vecchia, difatti! / E io non dico niente di nuovo; solo domando: / – Ma perché

p. 769

1. MS animo vostro? / 13. SCUSATE ANCORA. / No no, scusate ancora. Lasciatemi dire un'altra cosa sola, e poi basta. Non voglio offendervi! La vostra coscienza, voi dite. Non volete almeno che sia messa in dubbio la vostra coscienza. Me n'ero scordato, sì, scusate. Ma che forse io la metto in dubbio? [tre parole canc. e illegg.] Che v'ho forse detto che non ne avete? Dio me ne guardi! Non vi ribellate dunque così e non mi gridate col sangue agli occhi: / – No, perdio! Perché io non sono quale voi mi credete! / Verissimo. Voi, caro, per voi stesso, dentro di voi, non siete quale io, di fuori, vi credo. Ma non per cattiva volontà; vorrei, ecco, che foste almeno persuaso di questo. Voi vi conoscete, vi sentite, vi volete in un modo che non è mio, ma vostro; e credete ancora una volta che il vostro sia giusto e il mio sbagliato. – Sarà; sarà; non nego! – Ma può il vostro modo essere il mio, e viceversa? / Torniamo daccapo. / Io posso credere a tutto ciò che voi mi dite. Ci credo. Eccovi qua una sedia; sedete, e vediamo di metterci d'accordo. / Oh, questo, così e così. Benissimo. E quest'altro? Così e così. Benissimo. E poi questo, e poi quest'altro, e poi quest'altro... Abbiamo conversato tre ore. Ci siamo intesi? Perfettamente. / Domani mi venite con le mani in faccia gridando: / – Ma come? Che avete inteso? Non v'avevo detto così e così? / Così e così, perfettamente. Il guajo 2. MS la stessa lingua e le 3. MS sono vuote, caro mio? Vuote. E voi le riempite del senso vostro nel dirmele, e io nell'accoglierle, inevitabilmente, le riempio del senso mio? Abbiamo creduto d'esserci intesi; non [Cfr. *Sei personaggi in cerca d'autore*, cit., 1921, parte I: « [...] IL PADRE. Ma se è tutto qui il male! Nelle parole! Abbiamo tutti dentro un mondo di cose; ciascuno un suo mondo di cose! E come possiamo intenderci, signore, se nelle parole ch'io dico metto il senso e il valore delle cose come sono dentro di me; mentre chi le ascolta, inevitabilmente, le assume col senso e col valore che hanno per sé, del mondo com'egli l'ha dentro? ».] 4. MS si sa! E io non dico niente di nuovo; solo 5. MS se non si sapesse? Ecco, questo vorrei sapere. Perché seguitate a parlarmi di voi, se sapete che per esser per me

p. 770

1. MS dunque... Concludiamo. / 14. FISSAZIONI. / Ecco, dunque, volevo 2. MS coscienza e vi 3. FL Ma sì, sì, mio caro, pensateci 4. MS prima che vi capitasse questo caso,

ma anche senza che vi capitasse questo caso, voi   5. MS Oggi voi vi   6. MS e perché. / 15. ANZI, VE LO DICO ADESSO. / Avete

p. 771
1. MS – Ma guarda che fa l'uomo! Mùtila   2. MS Ma in quelle case là: una bianca, una gialla, una rossa; a due, a   3. MS piccola, che ha in sé   4. MS sempre in piedi, la bestiolina piccola, ritta su due zampe soltanto, si stancava; a   5. MS che se ne poteva trarre qualche cosa   FL che si poteva trar fuori qualche cosa   6. MS più comodamente. E poi non le parve neanche comodo il legno   7. MS la lana; e poi ci si sdrajò, beatamente: / – Ah, come   8. MS canta entro la gabbia sospesa   9. MS fu tratta quella mia

p. 772
1. [Cfr. *Ricostruire*, in « Sapientia », 30 gennaio 1915 (« numero a beneficio dei danneggiati dal terremoto della Marsica »): « Una casa... Avete mai veduto costruire una casa? Io tante, qua a Richieri. E ho pensato: / – Ecco qua che fa l'uomo! Mùtila la montagna, ne cava pietre, le squadra, le dispone le une sulle altre e – che è, che non è – quello che era un pezzo di montagna è diventato una casa. / – Io, – dice la montagna, – sono montagna e non mi muovo. / Non ti muovi, cara? E guarda lì quei carri tirati da buoi. Sono carichi di te, di pietre tue. Ti portano in carretta, cara mia! Credi di startene costì? E già mezza sei due miglia lontano, nella pianura. Dove? Ma in quelle case là: una bianca, una gialla, una rossa; a due, a tre, a quattro piani... / E i tuoi faggi, i tuoi noci, i tuoi abeti? / Eccoli qua, a casa mia. Vedi come li abbiamo lavorati bene? Chi li riconoscerebbe più in queste sedie, in questi armadii, in questi scaffali? / Tu, montagna, sei tanto più grande dell'uomo; e anche tu faggio, e tu noce, e tu abete; ma l'uomo è una bestiolina piccola, che ha in sé qualcosa che voi non avete. A star sempre in piedi, la bestiolina piccola, ritta su due zampe, si stancava; a sdrajarsi per terra, come le altre bestie, non stava comoda e si faceva male, perché ha la pelle più fina. Vide l'albero e pensò che se ne poteva trarre qualche cosa per sedere più comodamente. E poi non gli parve neanche comodo il legno nudo, e lo imbottì: scorticò le bestie soggette, altre ne tosò, e vestì il legno di cuojo e tra il cuojo e il legno dispose la lana; e poi si sdrajò beatamente: / – Ah come si sta bene così! / Il cardellino canta entro la gabbia sospesa tra le tende alla finestra. Sente forse la primavera che s'approssima? Ahimè, forse la sente anch'esso l'antico ramo del noce da cui fu tratta quella mia seggiola, che al canto del cardellino scric-

chiola sommessamente. / Forse s'intendono, con quel canto e con questo scricchiolio, l'uccello imprigionato e il noce ridotto sedia ».] 2. MS ridotto sedia. / 16. CHE C'ENTRA LA CASA? / Pare 3. MS per i comodi vostri, è vero? Ed essi 4. MS domestica, per così dire insaporati di 5. MS che più s'avverte appena ci vien meno, appena cioè, entrando 6. MS pazzia, subito, v'aombrate d'ogni cosa che vi dico, e domandate: / – Perché? Che c'entra questo? / 17. FUORI, ALL'APERTO. / No, via, non 7. MS la casa; lasciamo la città. Vogliamo andare un po' fuori, all'aperto? Non

p. 773
1. MS Fin dove sono quelle ultime case, fin dove la strada sbocca 2. MS Sì, strada, questa. Oh! temete che vi dica di no? Strada, strada lastricata, va bene? E questi sono fanali, sì. Venite avanti sicuri. / Eccoci in campagna. Quei monti azzurri, lontani, là... Dico 'azzurri'; voi pure dite 'azzurri', non è vero? D'accordo, vedete? Perfettamente. E questo qua vicino, col bosco di castagni... Castagni, no? Ma vedete come c'intendiamo? Della famiglia delle cupulifere; albero d'alto fusto; castagno marrone... / Quest'altro monte nudo, qua, triste, non lo guardate. Guardate piuttosto che vasta pianura 3. MS ragione. Mi parevano papaveri. E codesta 4. MS vi benedica. Se vedeste codesti quadratini bianchi e neri dei vostri calzoni sul vostro deretano... Giù, giù la giacca! Pare troppo. Lasciamolo dire al nostro amico qua, se non vi pare troppo... / Ma la campagna... Ah! la campagna... Che altra 5. FL sciogliere, vi abbandonate. / Sì; ma 6. MS la vostra faccia, e fors'anche

p. 774
1. MS piazze... sì; ma non per questo soltanto, *costruito*, ma anche perché non ci si vive più così per vivere, come queste piante, senza saper di vivere, ma per qualche cosa 2. MS Capisco, capisco. Un accorato 3. [Cfr. *Ricostruire*, cit., 1915: « Pare a voi che non c'entri questo discorso della casa, perché voi vedete adesso la vostra casa com'è, tra le tante altre case che formano la città. Vi vedete attorno i vostri mobili, che sono quali voi – secondo il vostro gusto e i vostri mezzi – li avete voluti per i vostri comodi: è vero? Ed essi vi spirano attorno il dolce conforto familiare, animati come sono da tutti i vostri ricordi; non più cose, ma quasi intime parti di voi stessi, nelle quali voi potete toccare e sentire quella che vi sembra la realtà sicura della vostra esistenza. Siano di faggio o di noce o di abete, i vostri mobili sono, come i ricordi della vostra intimità domestica, per così dire, insaporati di quel

particolare alito che cova in ogni casa e che dà alla nostra vita quasi un odore, che più si avverte quando ci vien meno, quando cioè, entrando in un'altra casa, vi avvertiamo un alito diverso. E vi secca – lo vedo – che io vi abbia richiamato ai faggi, ai noci, agli abeti della montagna. / Lasciamo la città. Vogliamo andare un po' fuori? Non dico che possiate fidarvi molto di me; ma via, non temete. Fin dove sono quelle ultime case, fin dove la strada sbocca nella campagna, potete seguirmi. / Che pace, eh? Vi sentite sciogliere... E vi sembra che sia per effetto di questa pace che regna qua, per tutto, su la verde pianura, nel bosco de' castagni, là, tra quei monti. No, cari; vi assicuro che qua non c'è nessuna pace. Qua c'è soltanto l'immensa stupidità della terra e delle piante, che vivono per vivere, e così soltanto come possono vivere. Se mai, la pace sarà in voi, e proviene dal fatto che siete usciti dalla vostra casa e dalla città, cioè da un mondo costruito, dove non si vive per vivere, ma per qualche cosa che dia senso e valore alla vita: un senso, un valore che qua, almeno in parte riuscite a perdere o di cui riconoscete l'affliggente vanità; e vi vien languore, ecco, e malinconia, un accorato bisogno d'abbandonarvi alla primitiva stupidità bestiale. Vi sentite sciogliere... ».]   4. MS v'abbandonate. / 18. NUVOLE E VENTO. / Ah, non   5. MS ridivenir

p. 775
1. [Cfr. *Canta l'Epistola*, in « Corriere della Sera », 31 dicembre 1911: « Non aver più coscienza di essere, come una pietra, come una pianta: non ricordarsi più neanche del proprio nome; vivere per vivere, come le bestie, senza più alcun affetto, né un desiderio, né una memoria, né un pensiero, senza più nulla che désse senso e valore alla propria vita... Ecco: sdrajato lì sull'erba, con le mani intrecciate alla nuca, guardava nel cielo azzurro le bianche nuvole abbarbaglianti piene di sole; udiva il vento che faceva nei castagni del bosco come un fragor di mare. / Nuvole e vento. / Ma era già tutto avvertire e riconoscere che quelle che veleggiavano luminose per la sterminata azzurra vacuità erano nuvole. Sa forse d'essere la nuvola? Né sapevan di lei l'albero e la pianta, che ignoravano anche sé stessi. / Ed egli, avvertendo e riconoscendo le nuvole, poteva anche – oh miseria! – pensare alla vicenda dell'acqua, che divien nuvola per ridivenir poi acqua di nuovo. A spiegare questa vicenda bastava un povero professoruccio di fisica; ma a spiegare il perché del perché? ». In *Ricostruire*, cit., 1915, il brano è così modificato: « Ah, non aver più coscienza di essere, come una pietra, come una pianta; non ricordarsi più neanche del proprio nome... Sdrajati, qua, sul-

l'erba, con le mani intrecciate alla nuca, guardare nel cielo azzurro le nuvole bianche piene di sole; udire il vento che fa nei castagni del bosco come un fragor di mare. / Nuvole e vento. / Che avete detto? Ahimè, ahimè. Nuvole? vento? Ma non vi sembra già tutto, avvertire e riconoscere che quelle che veleggiano luminose per la sterminata azzurra vacuità sono nuvole? Sa forse d'essere la nuvola? Né sanno di lei l'albero e le pietre, che ignorano anche sé stessi. Avvertendo e riconoscendo le nuvole, voi potete anche pensare alla vicenda dell'acqua, che divien nuvola per ridivenir poi acqua di nuovo. Bella cosa. E basta a spiegar questa vicenda un povero professoruccio di fisica; a spiegare il perché del perché? ». Ancora *Canta l'Epistola* ha le seguenti varianti: in *La trappola*, Treves, Milano 1915: « su l'erba, [...] intrecciate dietro la nuca, [...] abbarbaglianti, piene di sole; [...] fragor di mare, e nella voce di quel vento e in quel fragore sentiva, come da una lontananza infinita, la vanità d'ogni cosa e il tedio angoscioso dell'esistenza. / Nuvole e vento. / Eh, ma era già [...] l'albero e le pietre, che ignoravano [...] poteva anche – perché no? – pensare [...] di nuovo. E a spiegar questa »; e in *La rallegrata*, Bemporad, Firenze 1922: « coscienza d'essere [...] come una pianta; [...] per vivere, senza saper di vivere, come le bestie, senza più affetti, né desiderii, né memorie, né pensieri; [...] la nuca, guardare [...] udire [...] sentire, come da un'infinita lontananza, la vanità ».] 2. MS del perché? / 19. L'UCCELLINO / Sentite 3. MS atterrare alberi; per costruire case. Lì, nella 4. MS altre case. Stenti – voi lo sapete – affanni, fatiche e pene d'ogni sorta; perché? Ma per arrivare a un comignolo, signori, e per fare 5. MS a far l'uccellino! Già... Ma ecco qua un uccellino come vola: è la facilità

p. 776
1. MS su l'erba, – 2. [Cfr. *Canta l'Epistola*, cit., 1911: « Su nel bosco dei castani, picchi d'accetta; giù nella cava, picchi di piccone. / Mutilare la montagna; atterrare gli alberi, per costruire case. Lì, in quel borgo montano, altre case. Stenti, affanni, fatiche e pene d'ogni sorta, perché? per arrivare a un comignolo e per fare uscir poi da questo comignolo un po' di fumo, subito disperso nella vanità dello spazio. / E come quel fumo, ogni pensiero, ogni memoria degli uomini... / Ma davanti all'ampio spettacolo della natura, a quell'immenso piano verde di querci e di ulivi e di vigneti, degradante dalle falde del Cimino fino alla valle tiberina laggiù laggiù, sentiva a poco a poco rasserenarsi in una blanda mestizia infinita. / Tutte le illusioni e tutti i disinganni e i dolori e le gioje e le speranze e i desiderii degli uomini gli apparivano vani e

transitorii di fronte al sentimento che spirava dalle cose che restano e sopravanzano impassibili ad essi. Quasi vicende di nuvole gli apparivano nell'eternità della natura, i singoli fatti umani. Bastava guardar lì quegli alti monti di là dalla valle tiberina, lontani, lontani, sfumanti all'orizzonte, lievi nel tramonto, entro rossi vapori. / Oh ambizioni degli uomini! Che grida di vittoria, perché l'uomo s'era messo a volare come un uccellino! Ma ecco qua un uccellino come vola: è la facilità più schietta e lieve, che s'accompagna spontanea a un trillo di gioja... Pensare adesso al goffo apparecchio rombante, e allo sgomento, all'ansia, all'angoscia mortale dell'uomo che vuol fare l'uccellino! Qua un frullo e un trillo; là un motore a benzina strepitoso e puzzolente, e la morte davanti. Il motore si guasta, il motore s'arresta; addio uccellino! E le cantonate? / – Uomo – diceva Tommasino – lascia di volare! Perché vuoi volare? E quando hai volato? ». In *Ricostruire*, cit., 1915, il brano è così modificato: « Sentite, sentite: su nel bosco dei castagni, picchi d'accetta; giù nella cava, picchi di piccone. / Mutilare la montagna, atterrare alberi, per costruire case. Là, nella vecchia città, altre case. Stenti, affanni, fatiche e pene d'ogni sorta, perché? per arrivare a un comignolo, signori, e per fare uscir poi da questo comignolo un pò di fumo, subito disperso nella vanità dello spazio. / E come quel fumo, ogni pensiero, ogni memoria degli uomini. / Illusioni e disinganni, dolori e gioie, speranze e desiderii come appaion vani e transitorii di fronte al sentimento che spira dalle cose che restano e sopravanzano ad essi, impassibili. Basta guardare là quelle montagne oltre valle, lontane lontane, sfumanti all'orizzonte, lievi nel tramonto, entro rosei vapori. / Oh ambizioni degli uomini! Che grida di vittoria, perché l'uomo s'è messo a volare come un uccellino! Ma ecco qua un uccellino come vola: è la facilità più schietta e lieve, che s'accompagna spontanea a un trillo di gioia. Pensate adesso al goffo apparecchio rombante e allo sgomento, all'ansia, all'angoscia mortale dell'uomo che vuol fare l'uccellino! Qua un frullo e un trillo: là un motore strepitoso e puzzolente, e la morte davanti. Il motore si guasta, il motore s'arresta: addio uccellino! / – Uomo, – dite voi, – sdrajati qua sull'erba, lascia di volare! Perché vuoi volare? E quando hai volato? / Lo dite qua, per ora, questo, perché siete in campagna, sdrajati sull'erba. Alzatevi, rientrate in città: e, appena rientrati, lo intenderete subito perché l'uomo voglia volare. Qua, cari miei, avete veduto l'uccellino vero, che vola davvero, e avete smarrito il senso e il valore delle ali finte e del volo meccanico. Lo riacquisterete subito, là, dove tutto è finto e meccanico, riduzione e costruzione, un altro mondo nel mondo: mondo manifatturato, combinato, congegnato: mondo d'artificio, di stortura, d'adattamento, di finzione e di vanità: mondo che ha senso e valore soltanto per l'uomo che ne è l'artefice». Ancora *Canta l'Epistola* ha le seguenti varianti: in *La trappola*, cit., 1915: «dei castagni, [...] giù, nella cava, picchi [...] e d'ulivi e di castagni, degradante [...] fino a la valle [...] dalle cose, che restano e sopravanzano ad essi, impassibili. [...] della natura, i singoli fatti umani. Bastava guardare quegli alti monti di là da la valle tiberina, lontani lontani, sfumanti [...] entro rosei vapori. / [...] là un motore strepitoso e puzzolente, [...] addio uccellino! / – Uomo, – diceva Tommasino, – lascia di volare. Perché [...]»; e in *La rallegrata*, cit., 1922: «– Uomo, – diceva Tommasino Unzio, lì sdraiato sull'erba, – lascia».] 3. MS Aspettate: su la spalla v'è rimasto 4. MS via. / 20. RIENTRANDO IN CITTÀ. / Guardatemi

p. 777
1. MS bottega, che 2. [Cfr. *Alberi cittadini*, in «Il Marzocco», 4 marzo 1900: «Che noia dev'esser la vostra, poveri alberi appajati in fila lungo i viali della città [...] / Ne conosco alcuni, in fondo a una delle vie più larghe e più popolate di Roma, che fan veramente pietà. Son venuti su miseri e squallidi, ed han quasi un'aria smarrita, paurosa, come se chiedessero che stieno a farci lì, fra tanta gente affaccendata, in mezzo al fragoroso tramestìo della vita cittadina. Con che mesta meraviglia, i poveretti, si vedon rispecchiati nelle splendide vetrine delle botteghe!» (poi in *Novelle per un anno*, cit., 1938, vol. II, pp. 1024-1027).] 3. MS Forse crede realmente che lì 4. MS pian pianino, di tra i ciottoli, tanti fili d'erba. Oh, nulla più fresco, più ingenuo, più tenero di quegli esili timidi fili d'erba, di cui verzica in breve tutto il ciottolato. Ma ahimè 5. MS l'altr'anno lì due uccellini che non se ne sapevano dar pace. Udivano lo stridore di quei ferruzzi sui grigi scabri quadratini del selciato e volavano 6. [Cfr. *Alberi cittadini*, cit., 1900: «Sotto le case innumerevoli che la schiacciano, sotto le selci calpestate di continuo dagli uomini irrequieti, ella vive, vive, e voi sentite con le radici l'ardore di questa sua novella vita che non sa tenersi nascosta e schiuma quasi di tra le selci in tenui fili d'erba. / [...] Sì, ma che fanno intanto quegli stradini accosciati, curvi sul selciato? che raschiano? – Lo domandate a un passero che dai tetti è venuto a posarsi su voi; e il passero garrulo e pettegolo vi risponde ghignando: / – E non vedete? Son barbieri: fan la barba alla via». In *Ricostruire*, cit., 1915, il brano è così modificato: «Gli alberi non pensano; le bestie non ragionano. Ah, se gli alberi potessero pensare e parlare, chi sa che penserebbero e

direbbero quelli che per farci ombra, facciamo crescere in mezzo alle nostre città, poveri alberi tosati e pettinati! Avete veduto che aria smarrita hanno quelli che scortano per un lungo tratto il nostro Corso di Porta Vecchia? Pare che chiedano, nel vedersi specchiati nelle vetrine delle botteghe, che stiano a farci lì, tra tanta gente affaccendata, in mezzo al fragoroso tramestio della vita cittadina. Piantati lì da tant'anni, sono rimasti miseri e squallidi alberetti. Orecchi, non mostrano d'averne. Ma chi sa, forse gli alberi, per crescere, han bisogno di silenzio. Siete mai stati nella piazzetta dell'Olivella, fuori le mura? ove c'è il conventino antico dei Trinitarii bianchi? Che aria di sogno e d'abbandono ha quella piazzetta, e che silenzio! Ebbene, ogni anno, la terra, nella sua stupida materna ingenuità, cerca d'approfittare di quel silenzio. Forse crede realmente che lì non sia più città o che gli uomini abbiano disertato quella piazzetta; e tenta di riprendersela, allungando pian pianino, di tra i ciottoli, tanti fili d'erba. Oh, nulla è più fresco e più tenero di quegli esili timidi fili d'erba di cui verzica in breve tutto il ciottolato! Ma, ahimè, non durano più d'un mese. È città, lì, non è permesso ai fili d'erba di spuntare. Vengono ogni anno quattro, cinque spazzini, che s'accosciano in terra e con certi loro ferruzzi li strappano via. / Io vidi, l'altr'anno, là, due uccellini che non se ne potevano dar pace. Udivano lo stridio, il raschio di quei ferruzzi su i ciottoli e volavano dalla siepe alla grondaja del conventino e di qua alla siepe di nuovo e scuotevano il capino e guardavano di traverso, quasi chiedessero, sgomenti, che cosa stessero a fare quegli uomini là. / – E non vedete, uccellini? – io dissi loro. – Non vedete che fanno? Fanno la barba al selciato! ».]

p. 778
1. MS le bestie e le piante 2. MS d'intesa, ecco, tra l'uomo e la natura. Non farebbe male! Troppo spesso si diverte la natura a mandarcele a gambe all'aria tutte le nostre ingegnose costruzioni 3. MS che gli offre la natura paziente. FL che gli offre la natura ignara, forse, almeno quando vuole, paziente. [Cfr. *Ricostruire*, cit., 1915: « Scapparono via inorriditi quei due poveri uccellini. Beati loro che hanno le ali e possono scappare! Quant'altre bestie non possono, e sono prese e imprigionate e addomesticate in città e anche nelle campagne; e com'è triste la loro forzata obbedienza agli strani bisogni degli uomini! che ne capiscono? Tirano il carro, tirano l'aratro... / Ma forse anch'esse le bestie e le piante e tutte le cose hanno un senso e un valore per sé, che l'uomo non può intendere, chiuso com'è in quelli che egli per conto suo dà alle une e alle altre, e che la natura, spesso, dal canto suo, mostra

di non riconoscere e d'ignorare. Ah, ci vorrebbe, ci vorrebbe veramente un po' più d'intesa tra l'uomo e la natura. Si diverte un po' troppo spesso la natura a mandare a gambe in aria tutte le nostre ingegnose costruzioni. Ora un ciclone, ora un terremoto... Ma c'è questo di buono: che l'uomo non si dà per vinto. Ricostruisce, ricostruisce, bestiolina pervicace. E tutto è per lui materia di costruzione. Perché ha in sé quella certa tal cosa, che non si sa che sia, per cui deve per forza costruire, per forza seguitare la creazione, trasformare a suo modo la materia che gli offre la natura spesso paziente, talvolta però anche impaziente... Troppo spesso, troppo spesso impaziente qua da noi! Messina, Reggio, Avezzano, Sora abbattute... / Ebbene, coraggio: ricostruiremo! / Ma intanto, a pensarci, i tanti e tanti poveri morti? e più sciagurati dei morti, i miseri scampati, ignudi ora su la terra, col pianto nel cuore per i cari perduti, per ogni loro bene perduto? / Anche per loro, coraggio: ricostruiremo ».] 4. MS in sé la facoltà di sentir lo strazio 5. MS a materia anche i suoi simili, e se li foggia a suo modo; piglia a materia anche sé stesso, e si costruisce, sissignori come una casa. / E voi credete FL a materia anche se stesso, e si costruisce, sissignori, come una casa. / E voi credete 6. MS può essere questa? È forse questa 7. MS e anche per ciascuno può di continuo cangiare e anzi cangia di continuo.

p. 779
1. MS che noi riusciamo 2. MS e vi costruisco, e voi vi costruite e mi costruite. E la costruzione 3. MS subito che essa non era altro che una nostra illusione. Fermezza di volontà, dunque, costanza nei sentimenti; tenetevi 4. MS fuori! / 21. QUEL CARO GENGÈ. / – No 5. MS come tu la pensi, bello mio! / Quante

p. 780
1. MS d'essere a modo mio, mi fossi [Canc. ma legg. « d'essere a mio modo, mi fossi ».] 2. MS esisteva; io 3. MS pensieri e gusti e sentimenti che non erano miei 4. MS di diventar subito per lei un altro 5. MS Purtroppo, ahimè, non avevo saputo dar mai una qualche forma alla mia vita, non m'ero 6. MS innanzi 7. MS ai dispiaceri e agl'impicci che

p. 781
1. MS che essi per sé m'avevano 2. MS ripeto, realtà alcuna. 3. MS Gengè, sì, l'aveva per mia moglie Dida, e piena, assoluta. Ma 4. MS una creatura più sciocca, più

stupida, più insipida di questo 5. MS di lui non le piacevano, perché [Canc. ma legg. « di lui non gli piacevano ».] 6. MS di chi dunque? / Non 7. MS i pensieri, i gusti, i sentimenti, ch'ella attribuiva al suo Gengè. / Si vede 8. MS ch'ella glieli 9. MS, FL dire, proprio *suo*, secondo

p. 782
1. MS ch'io 2. MS ch'io dicevo e che ella 3. MS che le dava, le sciocchezze 4. MS i miei sentimenti erano troppo complicati, i miei gusti troppo raffinati, i miei pensieri troppo astrusi, e che 5. MS se non così, ridotti, rimpiccoliti, nel cervellino

p. 783
1. MS non li rimpiccoliva lei i miei pensieri e i miei sentimenti per farli capire nel suo cervellino e nel suo coricino! Ella, mia moglie Dida, così travisati e rimpiccoliti come le arrivavano dalla bocca di Gengè, li stimava sciocchi e falsi; anche 2. MS così? / Ma la realtà di Gengè, signori miei! / Gengè, quale 3. MS ma carino; ah sì, tanto FL ma carino, ah sì, tanto 4. MS prove; ma basterà quest'una, la prima 5. MS a me, molto. / Appena sposata, cangiò pettinatura. / Per 6. MS mostrandomisi 7. MS le mani tra i capelli, ne 8. MS So bene, signorino, so bene che

p. 784
1. [Cfr. *Stefano Giogli, uno e due*, in « Il Marzocco », 18 aprile 1909: « – Per esempio?... Ecco, per esempio, questi miei capelli pettinati così... / Un urlo, un vero urlo scoppiò dalla gola di Stefano Giogli. Da tanto tempo egli voleva che la sua Lucietta si pettinasse come prima, con quei fiocconi di seta nera, che le aveva veduti in capo la prima volta, quella sera in casa dei Làimi. Dal giorno delle nozze aveva adottato quella nuova pettinatura, che le dava un altro aspetto e che a lui non era mai piaciuta. / – Ma sì! ma sì! subito! – le gridò. – Subito, Lucietta mia, pèttinati come prima! / Alzò le mani per disfarle lui stesso quell'antipatica acconciatura. Ma Lucietta gliele ghermì in aria; lo tenne lontano, schermendosi e gridando a sua volta: / – No, caro! no, caro! Troppo presto l'hai detto! No, no! Per tua norma, più che a me stessa, io voglio piacere al mio maritino! / – Ma io ti giuro!... – proruppe Stefano. / Subito ella gli turò la bocca con una mano. / – Va' là – gli disse. – Vuoi darti a conoscere a me? Io so i tuoi gusti, bello mio, molto meglio dei miei! Lasciami star così, così, come piace al mio Stefano caro, caro, caro... » (poi in *Novelle per un anno*, cit., 1938, vol. II, pp. 1080-1087); inoltre, *L'amica*

delle mogli, atto II (Bemporad, Firenze 1927).] 2. MS Capite? Ella era 3. MS né a me. Ma piaceva a lui, a Gengè; ed ella si 4. MS chiarito – io cominciai 5. MS vana – vi prego 6. MS vana, appropriandosi 7. MS, FL In quanto eran *mie*, propriamente 8. MS in quanto poteva *realmente* esser 9. MS sentireste voi traditi 10. MS amplesso s'immagina, si finge soltanto

p. 785
1. MS di non potermi amare, di non poter più convivere
2. [Termina qui la sezione di MS che si è descritta *sub* 2.]

p. 787
1. FL per lui, la *sua* voce; e 2. FL alla mente certo nessuna 3. FL un indistinto io che 4. FL guardavano fuori di loro e che 5. FL non ci pensavo nemmeno parlando né potevo

p. 788
1. FL sempre c'eran per gli altri

p. 789
1. [Ha inizio qui la sezione di MS che si è descritta *sub* 3.]

p. 790
1. MS un uomo qualunque, ma 2. MS di mio padre... / 24. LE RADICI. / M'apparve. 3. MS azzurri

p. 791
1. MS radici. / 25. IL SEME. / Vidi [Il titolo del cap. 25 secondo l'« Indice » manoscritto (cfr. la descrizione che se n'è fatta *sub* 1) doveva essere: « Traduzione d'un titolo »; e tale titolo si può ancora decifrare nel f. 101 di MS. L'A. però sovrappose e incollò nella parte inferiore di esso un altro mezzo foglietto; vi ricopiò alcune righe del testo che già figuravano nel foglietto originario e che, per la sovrapposizione, sarebbero risultate soppresse; e introdusse un nuovo titolo, dividendo in due il capitolo: « 25. Il seme » e « 26. Traduzione d'un titolo ». Ebbe cura inoltre di correggere la numerazione dei capitoli che seguono ma non quella dell'« Indice ». La divisione in due capitoli (« Il seme », « Traduzione d'un titolo ») è rimasta nella stesura definitiva, con la nuova numerazione: libro III, capitoli 4 e 5.]

p. 792
1. MS o incitandolo a parlare, a 2. MS nascita, staccata, recisa

p. 793
1. MS libero, *un altro* anche per noi. / 26. TRADUZIONE D'UN TITOLO. / Non FL libero un altro anche rispetto a noi. / V. TRADUZIONE D'UN TITOLO. / Non 2. MS, FL da nessuno, ragion per cui 3. MS derisione. E ciò 4. MS mio padre, per me, era banchiere. Se 5. MS per voi; oh, io lo so, non c'è FL per voi; oh, io lo so; non c'è

p. 794
1. MS E poi, sì, feroci, domani, all'alba, quelle FL E poi, sì, feroci domani, all'alba, quelle 2. MS anche così un *banchiere*, me 3. MS derisione. / 27. IL BUON FIGLIUOLO FEROCE. / Con 4. MS mi presentai innanzi a Dida mia moglie che – ricordo – nella stanza luminosa se ne stava, biancovestita entro un fulgore di sole, a disporre nel grande armadio laccato bianco e dorato a tre specchi i suoi nuovi abiti primaverili. Facendo

p. 795
1. MS di questa risata 2. MS, FL No? e di che si trattava 3. MS innanzi 4. MS non sapevo più donde io le parlassi.

p. 796
1. MS a cancellarvi uno sguardo che non conosceva in essi, uno sguardo che non era 2. MS nelle condizioni di vita in cui

p. 797
1. MS potevano ormai quasi senz'odio guardarmi e anche sorridere 2. MS *feroce.* Tutti? 3. MS, FL Marco Di Dio 4. MS su la 5. MS rincasando. / 28. PARENTESI NECESSARIA, UNA PER TUTTI. / Marco Di Dio FL rincasando. / VII. PARENTESI NECESSARIA, UNA PER TUTTI. / Marco Di Dio [Cfr. p. 806, nota 1.]

p. 798
1. FL che vi potesse capitare. Tempo, spazio, necessità.
2. [Cfr. *All'uscita*, in « Nuova Antologia », 1 novembre 1916, p. 17 (poi in *E domani, lunedì...*, Treves, Milano 1917, p. 345): « In astratto, naturalmente, non si è ». Cfr. inoltre *Foglietti inediti*, in *Saggi, poesie, scritti varii*, a cura di M. Lo Vecchio-Musti, « Opere di Luigi Pirandello », vol. VI, Mondadori, Milano 1965[2], p. 1275: « Non si è in astratto ».]

p. 799
1. [Cfr. *I vecchi e i giovani*, in « Rassegna contemporanea »,

gennaio-novembre 1909 (e nella presente ed., parte I, cap. VI, p. 194, nota 7); inoltre *Risposta*, in « Corriere della Sera », 4 febbraio 1912: « Il che vuol dire che la signorina Anita è realmente una con te, un'altra con un terzo, un'altra con un quarto e via dicendo, pur avendo l'illusione anche lei, anzi lei soprattutto, d'esser una con tutti, perché noi crediamo in buona fede d'esser tutti in ogni nostro atto. E non è così purtroppo. Ce ne accorgiamo bene, quando, per un caso disgraziatissimo, all'improvviso restiamo agganciati e sospesi a un atto solo tra i tanti che commettiamo; ci accorgiamo bene, voglio dire, di non esser tutti in quell'atto, e che è un'atroce ingiustizia giudicarci da quello solo, tenerci agganciati e sospesi ad esso, alla gogna, per l'intera esistenza, come se questa fosse tutta assommata in quell'atto solo » (poi in *Scialle nero*, Bemporad, Firenze 1922, con le seguenti varianti: « Tante realtà, dunque, amico mio, che fanno realmente, e non per modo di dire, la signorina Anita una per te, una per me, una per la madre, una per il commendator Ballesi, e via dicendo; pur avendo l'illusione ciascuno di noi che la vera signorina Anita sia quella sola che conosciamo noi; e anche lei, anzi lei soprattutto, l'illusione d'esser una, sempre la stessa per tutti. / Sai da che nasce questa illusione, amico mio? Dal fatto che crediamo in buona fede d'esser tutti, ogni volta, in ogni nostro atto; mentre purtroppo non è così. Ce ne accorgiamo quando, [...] e che un'atroce ingiustizia sarebbe [...] sospesi a esso, [...] ».) Cfr. anche *Sei personaggi in cerca d'autore*, cit., 1921, parte I: « E con l'illusione, intanto, d'esser sempre "uno per tutti", e sempre "quest'uno" che ci crediamo, in ogni nostro atto. Non è vero! non è vero! Ce n'accorgiamo bene, quando in qualcuno dei nostri atti, per un caso sciaguratissimo, restiamo all'improvviso come agganciati e sospesi; ci accorgiamo, voglio dire, di non esser tutti in quell'atto, e che dunque un'atroce ingiustizia sarebbe giudicarci da quello solo, tenerci agganciati e sospesi, alla gogna, per un'intera esistenza, come se questa fosse assommata tutta in quell'atto! » (anche nelle successive edd., Bemporad, Firenze 1923 e 1925 senza varianti di rilievo nel brano citato).] 2. FL ch'eran fuori di quell'atto, e che non avevan nulla

p. 800
1. FL davanti: / – Voi 2. FL deve parer per forza 3. [Cfr. *Gli scrupoli della fantasia*, in « L'Idea nazionale », 22 giugno 1921 (poi « Avvertenza sugli scrupoli della fantasia », in *Il fu Mattia Pascal*, cit., 1921): « in quanto che, *necessariamente* purtroppo, ogni realtà d'oggi è destinata a scoprircisi illusione domani » (nella presente ed., vol. I, p. 582); inoltre *Sei personaggi in cerca*

d'autore, cit., 1921, parte III: « tutta la sua realtà d'oggi così com'è, è destinata a parerle illusione domani? » (nelle edd. citt., del 1923 e 1925, senza alcuna variante nel brano citato).] 4. [Cfr. qui, libro VIII, cap. IV, p. 901 e nota 2; inoltre, *Non conclude*, in « La Preparazione », 17-18 agosto 1906; le novelle *Leviamoci questo pensiero*, in « Corriere della Sera », 19 luglio 1910 (poi in *Terzetti*, Treves, Milano 1912) e *Quando s'è capito il giuoco*, in « Corriere della Sera », 10 aprile 1913 (poi in *Una giornata*, cit., 1937); *I vecchi e i giovani*, a partire dall'ed. Treves, 1913, parte II, cap. VIII (nella presente ed., p. 510 e nota 1); *Quaderni di Serafino Gubbio operatore*, quaderno IV, cap. III, pp. 613-614; e, infine i *Foglietti inediti*, in *Saggi, poesie, scritti varii*, cit., 1965^2, p. 1275: « E se l'essere è eterno, eterno sarà l'accadere, e dunque un accadere senza fine, e dunque senza un fine, e dunque un essere e un accadere che non concludono mai. La vita non conclude ».]

p. 802
1. FL per voi, ogn'atto 2. FL E potrà quest'atto esser lo stesso, se 3. FL Ciascuno di voi interpreterà quell'atto, darà a quell'atto senso e valore

p. 803
1. FL credete di avere; cioè

p. 804
1. FL soltanto, credete, una vostra 2. FL in voi possibile, giacché

p. 805
1. FL del vostro amico, vi siete 2. FL così due contemporaneamente, avete

p. 806
1. MS [Cfr. p. 797, nota 5. Come si è avvertito nella descrizione *sub* 3, da f. 119 *parte* a f. 145 l'ordine dei capitoli è diverso da quello della stesura definitiva (e diverso, conseguentemente, lo svolgimento di tutto il discorso); di questi foglietti pertanto si trascrive qui il testo completo:] 28. PARENTESI NECESSARIA, UNA PER TUTTI. / Marco Di Dio e sua moglie Diamante ebbero la ventura d'essere (se ben ricordo) le prime mie vittime. Voglio dire, le prime designate all'esperimento della distruzione d'un Moscarda. / Ma con qual diritto ne parlo? con qual diritto do qui aspetto e voce ad altri fuori di me? Che ne so io? come posso parlarne? Li vedo da fuori, e naturalmente quali sono per me, cioè in una forma nella quale,

certo, essi non si riconoscerebbero. E non faccio dunque agli altri lo stesso torto di cui tanto mi lamento io? / Sì, certo. Ma c'è pure una piccola differenza. Le fissazioni di cui ho parlato più su. Si fissa ciascuno in un concetto di sé e vuole sé stesso in un certo modo, costruendosi così o così, quale si vede e sinceramente crede di essere, non solo per sé ma anche per gli altri; e bisogna che di questo suo voler essere così o così, di questo suo rappresentarsi agli altri nella forma che ha voluto darsi, paghi la pena. / Cose veramente pietose, spesso, queste fissazioni nostre! Perché volersi in un modo o in un altro è presto fatto; tutto sta poi se possiamo essere, non più per gli altri ma per noi stessi, quali ci vogliamo. Ove quel potere manchi, per forza questa volontà deve apparire vana e ridicola. Ma noi salviamo la volontà e le diamo un altro nome, in questo caso, cioè quand'essa non sappia stare nei limiti del possibile. La chiamiamo velleità. Se una donna vuol esser uomo; se un vecchio vuole esser giovine... / Ci sono di queste velleità, e pietosissime anch'esse da un canto, perché dimostrano lo sforzo esasperato di superar quei limiti del possibile, cioè tutto quel potere oscuro e fatale che è fuori di noi, oltre ogni potere nostro e sopra la nostra volontà. / Eh, lo so: non si vorrebbe riconoscere questo potere oscuro e fatale che assegna un limite alla nostra volontà. Ma, dico, se si nasce e si muore... Nascere: voi l'avete voluto? Io no. E tra l'un fatto e l'altro, indipendenti entrambi dalla nostra volontà (anche quando la morte appaja volontaria) quante cose non avvengono, che tutti quanti vorremmo non avvenissero, e a cui a malincuore ci rassegniamo! / Ecco: quando non ci rassegniamo, vengono fuori le velleità. Se una donna vuol esser uomo; se un vecchio vuol esser giovine... Sì, fissazioni ridicole, queste; ma a guardar bene in fondo, sono forse meno ridicole tutte le altre, quelle voglio dire nelle quali la volontà è dentro i limiti del possibile? / Voi vi siete fissato in un concetto di voi; vi siete data comunque, per voi, una realtà; e non v'accorgete poi com'essa cangi di continuo secondo le relazioni che o avete con gli altri o stabilite a volta a volta con voi medesimi; e delle contraddizioni inevitabili che ve ne derivano; sorprese, dispetti, ire contro voi stesso e rimorsi. Credete d'esser uno, sempre, così e così, quando o non siete nessuno o siete tanti, secondo le possibilità imprevedibili d'essere in un modo o in un altro. / Vi ricordate proprio d'essere stato sempre lo stesso, voi? Ah, sì? E com'è che non sapete più spiegarvi... oh Dio, che un giorno vi piaceva tanto ciò che ora non vi piace più? che avete potuto commettere quella tale azione... – sì, *quella*, appunto! (oh, state tranquillo che non la svelerò a nessuno); e che poteste essere amico di quel tale... – no, non ve lo nomino: so che vi fa tanto dispetto! E che opinione, che opinione ne avevate! / Via, dunque, non ridete della velleità del vecchio che si ritinge i capelli. Che importa che quella sua tintura non possa essere una realtà per voi, se riesce a essere anche un poco per lui? Non se li tinge mica per ingannare gli altri, né sé; ma solo un poco – poco poco – la sua immagine innanzi a uno specchio. Artificialmente vuol fissare in sé il ricordo del suo color biondo, in cui un giorno si piacque, o del suo color nero: l'immagine che gli vien meno della sua gioventù. A voi, invece, il ricordo di ciò che siete stato, di ciò che avete fatto, appare ora riconoscimento di realtà passate, che vi restano dentro come un sogno, e spesso inesplicabili. / Ma via, che maraviglia? Sogno vi sembrerà domani anche la realtà d'oggi, non dubitate. / 29. DUE VISITE. / E sono contento che or ora, mentre stavate a leggere questo mio libretto col sorriso un po' canzonatorio che fin da principio ha accompagnato la vostra lettura, due visite, una dopo l'altra, siano venute improvvisamente a dimostrarvi quant'era sciocco quel vostro sorriso. / Siete ancora sconcertato – vi vedo – irritato, mortificato della pessima figura che avete fatto col vostro vecchio amico, mandato via da voi, poco dopo sopravvenuto il nuovo, senza le debite accorte maniere, con una scusa meschina, perché non resistevate più a vedervelo davanti, a sentirlo parlare e ridere in presenza di quell'altro. Ma come! mandarlo via! se poc'anzi che quest'altro arrivasse, vi compiacevate tanto a parlare e a ridere con lui? / Mandato via. Ma chi? Il vostro amico? Credete sul serio d'aver mandato via lui? / Rifletteteci bene un poco. / Il vostro vecchio amico, in sé e per sé, non aveva nessuna ragione d'esser mandato via, sopravvenendo il nuovo. I due, tra loro, non si conoscevano affatto; li avete presentati voi l'uno all'altro; e potevano insieme trattenersi una mezzoretta nel vostro salotto a chiacchierare del più e del meno. Nessun imbarazzo né per l'uno né per l'altro. L'imbarazzo l'avete provato voi e tanto più vivo e intollerabile, quanto più, anzi, vedevate quei due a poco a poco acconciarsi tra loro a fare accordo insieme. L'avete subito rotto, quell'accordo. Perché? Ma perché voi (non volete ancora capirlo?) voi, all'improvviso, cioè all'arrivo del secondo amico, vi siete scoperto *due*, uno così dall'altro diverso, che per forza a un certo punto, non resistendo più, avete dovuto mandarne via uno. Non il vostro vecchio amico, no; ma avete mandato via voi stesso, quell'uno che siete per il vostro vecchio amico, perché lo avete sentito tutt'altro da quello che siete, o volete essere, per il nuovo. / Incompatibili non eran tra loro quei due, estranei l'uno all'altro, garbatissimi entrambi, e fatti fors'anche per intendersi a maraviglia; ma i due *voi* che all'improvviso avete scoperto in voi stesso. Non avete potuto tollerare che le cose dell'uno fossero mescolate con quelle dell'altro, non avendo esse propriamente nulla di comune tra loro. Nulla, nulla, giacché voi per il vostro vecchio amico avete una realtà e un'altra per il nuovo, così diverse in tutto da avvertire voi stesso che, rivolgendovi all'uno, l'altro sarebbe rimasto a guardarvi sbalordito; non vi avrebbe più riconosciuto; avrebbe esclamato tra sé: / – Ma come? è questo? è così? / E nell'imbarazzo insostenibile di trovarvi così due contemporaneamente, avete cercato una scusa meschina per liberarvi, non d'uno di loro, ma d'uno dei due che quei due vi costringevano a essere a un tempo. / Su su, tornate a leggere questo mio libretto e non sorridete più come avete sorriso finora. Credete pure che, se qualche dispiacere ha potuto recarvi l'esperienza or ora fatta, quest'è niente, mio caro, perché voi non siete due soltanto, ma chi sa quanti, senza saperlo, e credendovi sempre uno. / Andiamo avanti. / 30. E CHIUDIAMO LA PARENTESI. / La chiuderemo, se permettete, considerando che pur tra i tanti che siete e che potete essere, uno a ogni modo credete d'essere per voi, uno vorreste essere per tutti, è vero? / Bene. Io mi sforzerò di darvi la realtà che voi vi date, cioè di volervi in me come voi vi volete. Non è possibile, sì, ormai lo sappiamo bene. Per quanti sforzi io faccia di rappresentarvi a modo vostro, sarà sempre « a un modo vostro » soltanto per me, non « a un modo vostro » per voi e per gli altri. Ma scusate: se per voi io non ho altra realtà fuori di quella che voi mi date, e sono pronto a riconoscere ch'essa non è men vera di quella che potrei darmi io; che essa anzi per voi è la sola vera (e Dio sa che cos'è codesta realtà che voi mi date!); vorreste lamentarvi adesso di quella che vi darò io, con tutta la buona volontà di rappresentarvi quanto più mi sarà possibile a modo vostro? / Io, del resto, non pretendo che siate come vi rappresento io. Ho affermato già che non siete neppure quell'uno che vi rappresentate a voi stesso, ma tanti a un tempo, secondo tutte le vostre possibilità d'essere, e i casi e le relazioni e le circostanze. E dunque, che torto vi fo io? Me lo fate voi il torto, credendo ch'io non abbia o non possa avere altra realtà fuori di codesta che mi date voi, la quale è vostra soltanto, credete, una vostra idea, quella che vi siete fatta di me, una possibilità d'essere come voi la sentite, come a voi pare, come la riconoscete in voi possibile, giacché di ciò che possa esser io per me, non solo non potete saper nulla voi, ma nulla neppure io stesso. / 31. C'È UN MA... / Un ma, purtroppo, che lascia aperta ancora la parentesi. Che guajo! Non bisognerebbe mai aprirne. Da che io ho aperto quella in cui stava prima chiusa e ignota a me stesso la mia vita [canc. ma legg. « ignota a tutti la mia esistenza »], non m'è più avvenuto di poterla richiudere. / Voi non vi volete ancora arrendere. Esclamate: / – Ma ci sono i fatti, perdio! I dati di fatto! / Già. Nascere è un fatto. Nascere in un tempo anziché in un altro, ve l'ho detto; nascere da questo o da quel padre, in questa o in quella condizione; nascere maschio o femmina; in Lapponia o nel centro dell'Africa, pellirossa o mongolese; nascere bello o nascere brutto; con la gobba o senza gobba: – *fatti*. E anche se perdete un occhio, è un fatto; e potete anche perderli tutti e due, e se siete pittore è il peggior fatto che vi poteva capitare. Tempo, spazio: necessità! sorte, fortuna, casi: tràppole tutte della vita. Volete essere? C'è questo. In astratto non si è. Bisogna che s'intràppoli l'essere in una forma e si finisca, qua o là, così o così, per alcun tempo in essa. E ogni cosa, finché dura, porta con sé la pena della sua forma, la pena d'essere così e di non poter più essere altrimenti. Quello sbiobbo là, pare una burla, uno scherzo, compatibile sì e no per un minuto solo e poi basta; poi dritto su, svelto, agile, alto... – ma che! sempre così, per tutta tutta la vita che è una sola; e bisogna che si rassegni a passarla tutta tutta così... E come le forme, gli atti. Quando un atto è compiuto; è quello; non si cangia più. Quando uno, comunque, abbia agito, anche senza che si senta e si ritrovi poi negli atti compiuti; ciò che ha fatto, resta: come una prigione per lui. Se avete preso moglie; o anche materialmente, se avete rubato e siete stato scoperto; se avete ucciso... Come spire e tentacoli vi avviluppano le conseguenze delle vostre azioni. E vi grava sopra, attorno, come un'aria densa irrespirabile, la responsabilità che per quelle azioni e le conseguenze di esse, non volute o non previste, vi siete assunte. E come potete più liberarvi? / Già. Ma che intendete dire con questo? Che gli atti come le forme determinino la realtà mia o la vostra? E come? perché? Che siano una prigione, nessuno può negare. Ma se volete affermar questo soltanto, state in guardia che non affermate nulla contro di me, perché io dico appunto e sostengo anzi questo, che sono una prigione e la più ingiusta che si possa immaginare. / Mi pareva, santo Dio, d'avervelo dimostrato! Conosco Tizio. Secondo la conoscenza che n'ho, gli dò una realtà: per me. Ma Tizio lo conoscete anche voi, e certo quello che conoscete voi non è quello stesso che conosco io, perché ciascuno di noi lo conosce a suo modo e gli dà a suo modo una realtà. Ora anche per sé stesso Tizio ha tante realtà per quanti di noi conosce, perché in un modo si conosce con me e in un altro con voi e con un terzo, con un quarto e via dicendo. Il che vuol dire che Tizio è realmente uno con me, uno con voi, un altro con un terzo, un altro con un quarto e via dicendo, pur avendo l'illusione anche lui, anzi lui specialmente, d'esser uno per tutti. Il guajo è questo; o lo scherzo, se vi piace meglio chiamarlo così. Compiamo un atto. Crediamo in buona fede d'esser tutti in quell'atto. Ci accorgiamo purtroppo che non è così, e che l'atto è invece sempre e solamente dell'uno dei tanti che siamo o che possiamo essere, quando, per un caso sciaguratissimo, all'improvviso vi restiamo come agganciati e sospesi: ci accorgiamo, voglio dire, di non esser tutti in quell'atto, e che dunque un'atroce ingiustizia sarebbe giudicarci da quello solo, tenerci agganciati e sospesi a esso, alla gogna, per un'intera esistenza, come se questa fosse tutta assommata in quell'atto solo. / – Ma io sono anche questo, e quest'altro, e poi quest'altro! – ci mettiamo a gridare. / Tanti, eh già, tanti ch'eran fuori dell'atto di quell'uno e che non avevan nulla o ben poco da vedere con esso. Non solo; ma quell'uno stesso, cioè quella realtà che in un momento ci siamo data e che in quel momento ha compiuto l'atto, spesso poco dopo è sparito del tutto; tanto vero che il ricordo dell'atto resta in noi, se pure resta, come un sogno angoscioso, inesplicabile. Un altro, dieci altri, tutti quegli altri che noi siamo o possiamo essere, sorgono a uno a uno in noi a domandarci come abbiamo potuto far questo; e non ce lo sappiamo più spiegare. / Realtà passate. / Se i fatti non sono tanto gravi, queste realtà passate le chiamiamo disinganni. Sì, va bene; perché veramente ogni realtà è un inganno. Proprio quell'inganno per cui ora dico a voi che n'avete un altro davanti: / – Voi sbagliate! / Siamo molto superficiali, io e voi. Non andiamo ben addentro allo scherzo, che è più profondo e radicale, cari miei. E consiste in questo: che l'essere agisce necessariamente per forme, che sono le apparenze ch'esso si crea, e a cui noi diamo valore di realtà. Un valore che cangia, naturalmente, secondo l'essere in quella forma e in quell'atto ci appare. / E ci deve parere per forza che gli altri hanno sbagliato; che una data forma, un dato atto non è questo e non è così. Ma inevitabilmente, poco dopo, se ci spostiamo d'un punto, ci accorgiamo che abbiamo sbagliato anche noi e che non è questo e non è così; sicché alla fine siamo costretti a riconoscere che non sarà mai né questo né così in nessun modo stabile e sicuro, ma ora in un modo ora in un altro, che tutti a un certo punto ci parranno sbagliati, o tutti veri, che è lo stesso; perché una realtà non ci fu data e non c'è, ma dobbiamo farcela noi, se vogliamo essere; e non sarà mai una per tutti, una per sempre, ma di continuo e infinitamente mutevole. La facoltà d'illuderci che la realtà d'oggi sia la sola vera, se da un canto ci sostiene, dall'altro ci precipita in un vuoto senza fine, perché la realtà d'oggi è destinata a parerci illusione domani. E la vita non conclude. Non può concludere. Se domani conclude, è finita. / 32. CALIAMO UN POCO. / Vi pare che l'abbia presa troppo alta? E caliamo un poco. La palla è elastica; ma per rimbalzare bisogna che tocchi terra. Tocchiamo terra e facciamola rivenire alla mano. / Di quali fatti volete parlare? Del fatto ch'io son nato, anno tale, mese tale, giorno tale, nella nobile città di Richieri, nella casa in via tale, numero tale, dal signor Tal dei Tali e dalla signora Tal dei Tali, battezzato nella chiesa madre di giorni sei; mandato a scuola d'anni sei; ammogliato d'anni ventitré; alto di statura un metro e sessantotto [canc. ma legg. « settantotto »]; rosso di pelo, ecc. ecc.? / Sono i miei connotati, questi. Dati di fatto, dite voi. E vorreste desumerne la mia realtà? Ma questi stessi dati che non dicono nulla per se stessi, credete che importino una valutazione uguale per tutti? E quand'anche mi rappresentassero intero e preciso, dove mi rappresenterebbero? in quale realtà? Nella vostra, che non è quella d'un altro; e poi d'un altro; e poi d'un altro... C'è forse una realtà sola, una per tutti? Ma se abbiamo visto che non ce n'è una neanche per ciascuno di noi, poiché in noi stessi la nostra cangia di continuo! E allora? / Ecco qua, terra terra. Siete in cinque? Venite con me. / Questa è la casa in cui sono nato, anno tale, mese tale, giorno tale. Ebbene, dal fatto che topograficamente e per l'altezza e per la lunghezza e per il numero delle finestre questa casa è la stessa per tutti; dal fatto che io per tutti voi cinque vi son nato, anno tale, mese tale, giorno tale, rosso di pelo e alto ora un metro e sessantotto [canc. ma legg. « settantotto »], segue forse che voi tutti e cinque diate la stessa realtà a questa casa e a me? A voi che abitate una catapecchia, questa casa sembra un bel palazzo; a voi che avete un certo gusto artistico, sembra una volgarissima casa; voi che passate malvolentieri per la via dov'essa sorge perché vi ricorda un tristo episodio della vostra vita, la guardate in cagnesco; voi, invece, con occhio affettuoso, perché – lo so – qua dirimpetto abitava la vostra povera mamma che fu buona amica della mia. / E io che vi son nato? Oh Dio! Quand'anche per tutt'e cinque voialtri, in questa casa che è una e cinque, fosse nato l'anno tale, il mese tale, il giorno tale, un imbecille, credete che sia lo stesso imbecille per tutti? Sarò per l'uno imbecille perché lascio Quantorzo direttore della banca e Firbo consulente legale, cioè proprio per la ragione per cui mi stima avvedutissimo l'altro, che crede invece di veder lampante la mia imbecillità nel fatto che conduco a spasso ogni giorno la cagnolina di mia moglie, e così via. / Cinque imbecilli. Uno in ciascuno. Cinque imbecilli che vi stanno davanti, come li vedete da fuori, in me che son uno e cinque come la casa; tutti con questo nome di Moscarda, niente per sé, neanche uno, se serve a designar cinque differenti imbecilli [canc. ma legg. « differenti persone »] che, sì, tutt'e cinque si volteranno se chiamate: – *Moscarda!* – ma ciascuno con quell'aspetto che voi gli [canc. ma legg. « le »] date; cinque aspetti; se rido, cinque sorrisi, e via dicendo [canc. ma legg. « e via di seguito »]. / E non sarà per voi, ogn'atto ch'io compia, l'atto d'uno di questi cinque? E potrà quest'atto esser lo stesso, se i cinque sono differenti? Ciascuno di voi interpreterà quell'atto, darà a quell'atto senso e valore a seconda della realtà che m'ha data. / Uno dirà: – Moscarda ha fatto questo. / L'altro dirà: / – Ma che questo! Ha fatto ben altro! / E il terzo: / – Per me ha fatto benissimo. Doveva fare così! / Il quarto: / – Ma che così e così! Ha fatto malissimo. Doveva fare invece... / E il quinto: / – Che doveva fare? Ma se non ha fatto niente! / E sarete capaci d'azzuffarvi per ciò che Moscarda ha fatto o non ha fatto, per ciò che doveva o non doveva fare, senza voler capire che il Moscarda dell'uno non è il Moscarda dell'altro; credendo di parlare d'un Moscarda solo, che è proprio uno, quello che vi sta davanti, così e così, come voi lo vedete, come voi lo toccate; mentre parlate di cinque Moscarda, perché anche gli altri quattro ne hanno uno davanti, uno per ciascuno, che è quello solo, così e così, come ciascuno lo vede e lo tocca. Cinque; e sei, se il povero Moscarda si vede e si tocca uno anche per sé; uno e nessuno, ahimè, com'egli si vede e si tocca, se gli altri cinque lo vedono e lo toccano altrimenti. / Siffatte contese su ciò che ha fatto Tizio o Cajo avvengono tutti i momenti. Lo so. Voi non vi ci affondate. Dite: – *Opinioni!* – Pensate: – *L'altro sbaglia!* – Perché siamo sempre lì, nella beata illusione in cui viviamo, che Tizio sia come lo vediamo e lo tocchiamo noi e non possa essere altrimenti; che la vera e sola realtà sia quella che voi date a voi stesso, agli altri, a tutte le cose, quella che sentite in voi e credete di vedere e di toccare fuori di voi, attorno a voi. E io vi dico che fate bene! Torno a ripetervi il consiglio di tenervela forte, forte, codesta vostra realtà, perché guaj se v'affondaste come me a considerare questa cosa orribile che fa impazzire: che cioè codesta realtà, che credete vostra e di tutti, è per voi solo; che voi non siete uno ma tanti, non solo per gli altri, ma anche in voi stesso, perché voi cangiate, anche per voi cangiate senz'accorgervene e credendovi sempre uno, appena vi volgete verso un altro; che la realtà degli altri non è la vostra, ma un'altra, impenetrabile e mutevole allo stesso modo che la vostra; e che se state accanto a un altro e gli guardate gli occhi, potete figurarvi come un mendico a una porta in cui non potrà mai entrare: chi vi entra non sarete mai voi, col vostro mondo dentro, come lo vedete e lo toccate; ma uno come quell'altro vi vede e vi tocca, nel suo mondo dove non potrete mai penetrare. / Così, cari miei, mi ridussi io, un giorno, guardando gli occhi della gente: muto, quasi senza respiro, con l'orrore del mio corpo, con l'orrore d'ogni atto, la cui realtà per me aveva perduto ogni valore, certo com'ero dell'incoercibile realtà che nel loro mondo impenetrabile mi davano intanto gli altri. Così. Ma non subito. Prima commisi la pazzia di saltare a quelle porte, credendo di poterle sfondare e irrompervi dentro a distruggere la realtà intollerabile che certuni mi avevano data. Gli occhi, gli occhi di Marco Di Dio e di sua moglie Diamante, che mi dicevano ogni giorno: / – Usurajo! [Termina qui la sezione di MS che si è descritta *sub* 3.]

p. 807
1. FL Dove? Ancora qua, forse, che

p. 808
1. FL si potesse diventar milionarii 2. FL in me? Se per 3. FL all'altro diventar milionarii. 4. [Cfr. *Il piacere dell'onestà*, atto I, in « Noi e il Mondo », febbraio e marzo 1918, p. 140: « Perché tutta la nostra conoscenza del mondo è sospesa a questo filo sottilissimo: la re-go-la-ri-tà delle nostre esperienze. – Noi, che abbiamo questa regolarità, non possiamo immaginare quali cose possano essere reali, verosimili, per chi viva fuori d'ogni regola, come quell'uomo lì » (poi Treves, Milano 1918 e Bemporad, Firenze 1925: senza varianti nel brano citato).] 5. FL e là: milionario! 6. FL morto, e che in poco tempo vi imparò a

p. 810
1. [Ha inizio qui il primo frammento della sezione di MS che si è descritta *sub* 4.] 2. MS qual egli per sé stesso si voleva e si rappresentava; e questo senza dubbio aveva sopra tutti gli altri un valore incomparabilmente più grande; ma non quanto 3. MS Giulio Cesare era quel lezioso, fastidioso, tutto 4. MS signori miei: che 5. MS corpo, e di miserabile sesso maschile, dovevano abitare tanti 6. MS la quale volendo e non trovando in quel corpo com'esser femmina, dove e come poté, non naturalmente lo fu, e 7. MS recidiva. / In quel povero Marco Di Dio, a buon conto, il satiro scappò fuori una volta sola, in un solo momento e tentato da quel gruppo del suo maestro; ma ahimè, fu sospeso in quell'atto d'una volta sola e condannato per sempre. Non trovò più nessuno (tranne in principio mio padre) che volesse saper di lui, e si diede allora ad almanaccare

p. 811
1. MS con una donna, divenuta poi sua moglie, la quale FL

con una femmina, la quale 2. MS né da qual parte. / Da una decina d'anni, è vero, egli diceva che sarebbe 3. MS per quelli che 4. MS dire. Per lui, per la realtà sua, doveva sempre partire per l'Inghilterra la settimana ventura. E studiava l'inglese. Da dieci anni si portava, almeno, una grammatica inglese sotto il braccio, aperta sempre e ripiegata allo stesso punto, sicché quelle due pagine dell'apertura con lo strofinìo del braccio e il sudicio della giacca erano ridotte quasi illeggibili, mentre 5. MS con lui. / E uno sgomento era e insieme una pietà questo spettacolo di questa donna com'egli 6. MS a attirarla e farla FL ad attirarla e farla 7. MS vivere come una fedel cagna lì, nella realtà di quel suo 8. MS buffo: cioè a far sentire a lei, come la sentiva lui, la consistenza di quella realtà, che non era affatto sogno, né tanto meno buffo. Diventar milionarii, sissignori, dall'oggi 9. MS *senz'acqua corrente nelle case*. Ridete ancora? E perciò la loro serietà era così truce, anzi feroce; e tanto 10. MS, FL attorno a essa, le risa. 11. FL si fermava a ascoltare

p. 812
1. MS occhiatacce, non solo di diffidenza e di sospetto, ma anche d'odio. Perché la derisione di tutti era ormai quasi l'aria in cui quella loro realtà respirava. 2. MS fosse stato un tempo mio 3. MS soltanto 4. MS innanzi 5. MS che bisognava a 6. MS beffardamente, all'ultimo, della FL beffardamente all'ultimo della 7. MS a lui senza 8. MS chiamando poi mio 9. MS accanito fra tutti era 10. MS anch'io, senza quasi saperlo, seguitavo

p. 813
1. MS proprietà, senza più molestarlo da anni con la richiesta della pigione. Ora 2. MS su lui e su la moglie il mio 3. MS esperimento. / 34. MA FU TOTALE. / Totale, perché 4. MS diverso innanzi a uno 5. MS O per meglio dire, quest'orrore: la 6. MS e chiara come una mattinata di maggio, e lucida e precisa come uno specchio; perché, incamminandomi 7. MS esperimento io andavo 8. MS di me, così, come 9. MS di tasca; per compire un atto 10. MS, FL un altro, così solida 11. MS altri. / Sissignori, sissignori, io andavo verso il signor usurajo Vitangelo Moscarda, che potevo incontrare e riverire con una profonda scappellata perfettamente vivo e visibile visibilissimo, tangibile tangibilissimo in questo corpo, che sissignori, era anche mio oltre che suo e di non so quanti altri, ma in maggioranza suo; gli andavo incontro leggero e sorridente per giocargli 12. MS, FL un brutto tiro, eh! signori, sì, un

p. 814
1. MS indovinare). Andavo dunque a fargli 2. MS incoerente, il quale, distruggendo a un tratto la logica 3. MS Senz'intendere, sciagurato! ancora nella spensierata giovinezza della mia follia, che 4. MS adesso, o signori, che non è vero niente? che io non sono quell'usurajo 5. MS distruggere, signori, così 6. MS, FL a gabbo così, l'usurajo 7. MS Moscarda, ma un signore da trattare coi debiti riguardi, alto 8. MS che gli pendeva ma solo un pochino pochino verso 9. MS Dida; un signore era insomma che 10. MS e anche, oh Dio, quel povero innocuo Gengè, povera Dida mia! E sissignori, anche 11. MS mi riprendessi a poco a poco dalla follia e trovassi – (uno, nessuno

p. 815
1. MS anticipiamo. / 35. ATTO NOTARILE. / Mi 2. MS ancora? Al N.ro 24? FL ancora? Al N. 24? 3. MS che voi allora non vi potete immaginare. / Eh sì! Come 4. MS Stampa? Vi pare naturale? Naturalissimo, già! Ma così non ne facciamo niente, signori miei. / Vi dico 5. MS, FL una buona volta, dico di penetrare 6. MS, FL questo? ma che sei cieco? – 7. MS non lo vede, nossignori, perché

p. 816
1. MS, FL penetrato. Ed ecco, ora entravo 2. MS, FL lungamente, e me 3. MS frigidezza, già! mentre 4. MS nera innanzi allo specchio egli si vedeva, con 5. MS all'improvviso la punta della lingua, di 6. MS per gioco, senza malizia, quell'immagine 7. MS signor Notaro, ecco... Ma FL signor notaro, ecco qua. Ma 8. MS sprofondato qua in questo silenzio? / Si voltò brusco (poverino) a 9. MS – Già... non FL – Già, non 10. FL squadrarmi, poi

p. 817
1. MS quelle zampine, e su lo 2. [Cfr. *La Fede*, in *La mosca*, Bemporad, Firenze 1923: « tanta irritazione gli cagionava, nella paura che il vecchio si svegliasse, il raspìo delle zampine di quel canarino su lo zinco del fondo ».] 3. MS, FL l'esperimento, il quale, almeno in prima, e segnatamente lì, alla 4. MS su le 5. [Il f. 170 di MS ha in fine: « chi sa come curioso... ». Di seguito, ora canc. ma legg., era la frase « – Io già... Sarei io... E la casa lei non ha ». Il f. 171 inc. « Ah, il piacere della storia ».] 6. MS Tutto vi cangia

p. 818
1. MS nella storia: per quanto tristi i casi, per quanto orrendi

i fatti, eccoli lì, ordinati almeno, fissati in trenta, quaranta pagine di libro: quelli, e lì, che non cangeranno mai più, almeno 2. MS di mandare a gambe all'aria 3. MS seguiva alla 4. [Cfr. *Enrico IV*, atto II (Bemporad, Firenze 1922): « s'arrabattano in un'ansia senza requie di sapere come si determineranno i loro casi, di vedere come si stabiliranno i fatti che li tengono in tanta ambascia e in tanta agitazione. Mentre voi, invece, già nella storia! con me! Per quanto tristi i miei casi, e orrendi i fatti; aspre le lotte, dolorose le vicende: già storia, non cangiano più, non possono più cangiare, capite? Fissati per sempre: che vi ci potete adagiare, ammirando come ogni effetto segua obbediente alla sua causa, con perfetta logica, e ogni avvenimento si svolga preciso e coerente in ogni suo particolare. Il piacere, il piacere della storia, insomma, che è così grande! » (poi Bemporad, Firenze 1923: senza varianti nel brano citato). Inoltre, *Quando si è qualcuno*, atto I (Mondadori, Milano 1933).] 5. MS, FL non guastar tutto, dovetti 6. MS Or 7. MS notaro mi disse che

p. 819
1. MS signor notaro. Ma sa che ho veduto ridere un cavallo, io, una volta? Sissignore, mentre 2. MS, FL e stia bene. 3. MS dirgli questo.

p. 820
1. MS così serii... / 36. LA STRADA MAESTRA. / Mi 2. MS quel signor usurajo. Ma 3. MS, FL aperta dinanzi, con 4. MS questa stessa strada

p. 821
1. MS pazzo! / 37. SOPRAFFAZIONE. / Il furto intanto, non 2. MS in quel banco più 3. MS Eppure lavoravan tutti lì con 4. MS che tutti in paese avevano di me, ch'io 5. MS, FL lode, ma anzi sentirmi 6. MS affumicate e polverose, appese

p. 822
1. MS era evidentemente una pena, un'offesa esser 2. FL fatto strabiliar tutti 3. FL fatto rider di me 4. MS che si squacqueravano di tratto in tratto in risate 5. MS sembrar più corto; e diceva bene; ma non s'accorgeva intanto come gli stava ridicola di dietro, così tracagnotto e serio serio, con quei mustacchioni da brigadiere, la giacchettina accorciata, che gli scopriva mezze le 6. [Cfr. *Foglietti*, in *Almanacco letterario Bompiani*, 1938: « – Dice che una giacca lunga, a lui così corto, lo farebbe sembrare più corto. Ma non s'accorge, così

tombolotto e serio serio, con quei mustacchioni peposi, come gli sta ridicola quella giacchettina accorciata che gli scopre mezzo le natiche sode».] 7. MS braccino 8. FL neanche lo conosci; eppure 9. MS sapere che discutevano d'un tale

p. 823
1. MS, FL strappando indietro due o tre per cacciarmi in mezzo: / – E tu? 2. MS così addosso a lui, disse: / – Sei 3. MS dell'inopportunità di quanto avevo fatto, gli 4. MS che in quel momento, sorridendo così, avrei 5. MS, FL Quantorzo ora m'irritava. 6. MS, FL a guardare, stupito io stesso

p. 824
1. MS, FL le cose intorno, fin quasi 2. MS della stanza. / Per distrarmene, pensai – ma non so, quasi automaticamente – che a Stefano Firbo, da piccolo, avevano dato i bottoni alla schiena. La gobba non gli si vedeva; ma tutta 3. MS del corpo era da gobbo: eh FL del corpo però era da gobbo: eh 4. MS gobbo. Sì, su quelle esili e lunghe zampe da uccello. Però, elegante. Sì, sì. Un falso gobbo elegante, ben riuscito. E, così 5. MS alla 6. MS E i sopraffattori ne

p. 825
1. MS alla finestra; appoggiai la fronte ai vetri con 2. MS, FL – Chi s'illude? / – Chi vuol sopraffare! 3. FL a imporre nient'altro che 4. MS Per esempio: *imbecille!* Ma 5. MS allora; ma perché 6. MS che mi

p. 826
1. [Cfr. nota 2.] 2. MS [Cfr. nota 1: il testo tra le due note era:] friggendo. M'era balenata in mente una più terribile idea e, senza potermi più trattenere, la dissi: / – Schiacciare uno col peso d'una parola! Ma niente! Che è? Una mosca! Tutta la vita, tutta la vita, cari miei, è schiacciata così dalle parole, dalle parole che si son sempre dette! Una parola per ogni cosa. E ha un bell'esser viva e nuova e continuamente diversa quella cosa; la parola è sempre la stessa, quella vecchia e immutata, che le labbra dei morti pronunziarono. I morti! i morti! Seguitano a farla i morti la vita: parlano e comandano ai vivi! Li vogliono così e così! Le tradizioni! i costumi! Spunta il giorno. Il tempo è davanti a noi. Un'alba. Questo giorno che ci sta davanti lo faremo noi. Non facciamo nulla. Seguitiamo a barattar le monete logore delle parole, che rappresentano il consunto valore della vita; seguitiamo a portar sulle spalle il peso morto delle cose come furono e come saranno. Crediamo

di vivere; rimastichiamo la vita dei morti! / I due si guardavano negli occhi, spaventati. L'uno domandò all'altro: / – Ma che dice? / – Parole nuove! Parole nuove! Volete 3. MS ascoltarne? Andate, andate là, dove li tenete chiusi perché vi conviene! / Afferrai FL ascoltarle? Andate, andate là, dove li tenete chiusi perché vi conviene! / Afferrai 4. MS – Capisci, Stefano? Non dicevo mica a te! Tu ti sei offeso. No, caro mio! Conviene, conviene a tutti, tenerli chiusi, perché non si resiste a sentirli parlare! Che dice di te 5. MS bugie! Oh, lo so che non è vero! Nessuno 6. MS sapere perché! Sono calmo, vedi? Dimmi tu perché la ascoltavamo così spaventati. / Firbo mi guardò appena, non convinto, e si voltò a Quantorzo come a chiedergli consiglio con scimunita 7. MS, FL angustia; disse: / – Oh 8. MS – Perché? Oh bella! Ma perché appunto nessuno poteva credere... 9. MS negli occhi! / Si rifece torbido e mi domandò: / – Che intendi

p. 827
1. MS smorendo. / – Ebbene? / – Ma lo vedi? lo vedi? 2. [Cfr. nota 3.] 3. MS [Cfr. nota 2: il testo tra le due note era:] la paura, o se non proprio la paura, lo scompiglio che quella mia risata cagionava loro. / – Ecco la prova! ecco la prova! – dicevo ridendo. – Ecco la prova! / – Ma che prova? – mi gridarono con gli occhi schizzanti dalle orbite. / – Codesto vostro sgomento perché vi sto sembrando pazzo! Eh, cari miei, per forza! E può anche diventar terrore, questo sgomento. Perché trovarsi davanti a un pazzo sapete che significa? trovarsi davanti a uno che vi scrolla dalle fondamenta tutto quanto avete costruito in voi, attorno a voi, la logica, la logica di tutte le vostre costruzioni! Eh, che volete? Costruiscono senza logica, beati loro, i pazzi! O con una loro logica che vola come una piuma! Volubili! volubili! Oggi così, e domani in un altro modo. Voi vi tenete forte, ed essi non si tengono più! Volubili! volubili! Voi dite: – Questo non può essere! – ; e per loro può esser tutto. Ma voi dite che non è vero! E perché? Perché non par vero a voi, a me, a cento altri. Eh, cari miei! bisognerebbe vedere che cosa invece par vero a questi cento altri, che non son detti pazzi. Io so che un giorno mi pareva vera la luna nel pozzo! / M'arrestai [Per i brani trascritti, che non figurano nella stesura definitiva del romanzo, cfr. *Enrico IV*, cit., 1922, atto II.] 4. MS – Alle corte. Io ero 5. MS – Non vi raccapezzate? Dico Marco Di Dio. 6. MS innanzi 7. MS di codeste cose? / Rivolsero gli occhi più che mai stupiti, quasi atterriti, a cercare

p. 828

1. MS, FL – Come t'è venuto in mente? / Posai 2. MS impazzito! / 38. IL FURTO. / Quello 3. MS fui solo lì, occupò subito, come un incubo, la mia pazzia. Proprio

p. 829

1. MS di mio padre s'eran levate lì dentro a prendere 2. MS e le vidi, bianche, grasse, piene d'anelli; e vidi gli occhi di lui, azzurri 3. MS con raccapriccio, ai miei stessi occhi quasi emerse, a soppiantar lo spettro di quelle mani, e s'impose 4. MS, FL quello che mi bisogna? / E tanto 5. MS giù a manate i fascicoli

p. 830

1. MS sulle ginocchia. Vi abbandonai 2. MS due picchi all'uscio non vennero a riscuotermi. Gridai

p. 831

1. [Cfr. nota 3.] 2. FL un brivido: – Ladro! 3. MS [Cfr. nota 1: il testo tra le due note era:] l'uscio con occhi che dovevano esser da pazzo. / Andai a mettermi con le spalle contro quell'uscio; mi sbottonai il petto della camicia e vi cacciai dentro quel fascicolo 4. MS Stampa. / 39. LO SCOPPIO. / Ho 5. MS una grondaja rotta presso

p. 832

1. MS povero pazzo! / – Usurajo! usurajo! / Me lo vengono a gridar sotto il naso. / – Usurajo! usurajo! / Perché io sono lì, presente, apposta, protetto da un delegato e da due guardie. 2. MS Ma pur con una voluttà che mi tien sospese le viscere e mi 3. MS gli occhi lì per il piacere 4. [Cfr. nota 6.] 5. FL comodino in mezzo 6. MS [Cfr. nota 4: il testo tra le due note era:] qua e là. / Ma per poco

p. 833

1. MS, FL non era pronto a tirarmi 2. MS contro me, allorché un giovine di studio del notaro Stampa, montato su un tavolino là tra il mucchio delle suppellettili sgomberate in mezzo al vicolo, si mise a urlare: / – Fermi!

p. 834

1. MS Quest'usurajo Moscarda... / Un coro di fischi acutissimi, misti a urla incomposte e a ingiurie si levò dalla folla al mio nome, non potendosi capire che la donazione l'avessi fatta io, dopo la feroce crudeltà di quello sgombero forzato. / – Morte! Abbasso! – urlava la folla. – Usurajo! Usurajo! /

Ma il giovine di studio sul tavolino, sbracciandosi per imporre silenzio, seguitava a gridare: / – No! no! State a sentire! L'ha fatta lui, l'ha fatta lui, presso il notaro Stampa, la donazione d'una casa, la donazione d'una casa a Marco Di Dio! / Tutta la folla, allora, trasecolò. Come quando 2. MS, FL – Che dice? – queste e altrettali 3. MS più fitto, mentre 4. MS, FL casa di via dei Santi. 5. MS, FL che ne seguì; mi 6. [Termina qui il primo frammento della sezione di MS che si è descritta *sub* 4. Manca, come a suo luogo si è detto, il f. 210.]

p. 835
1. [Ha inizio di qui un secondo frammento della sezione di MS che si è descritta *sub* 4 (tale frammento comprende i ff. 211-215).] 2. MS, FL potevo anche per gli altri non esser quello

p. 836
1. MS credeva. / 40. CON LA CODA TRA LE GAMBE. / Mi valse, per 2. MS per fortuna la considerazione di Quantorzo, che anche mio padre a' suoi tempi s'era dati 'lussi di bontà' consimili; nessuno così costoso, è vero, ma pur tutti come questo mio commisti d'una certa allegra ferocia; e che a lui Quantorzo non era mai passato per il capo di poter proporre che mio padre, per quegli estri che di tanto in tanto gli venivano, fosse 3. MS da interdire, come FL da interdire; come 4. MS Oh Dio mio, ma non sapevan tutti 5. MS Già. Ma allora la considerazione di Quantorzo, intesa a ripararmi dietro le spalle di mio padre, cadeva. 6. MS di quegli estri mio padre, nella trattazione degli affari aveva poi saputo 7. MS dimostrar così bene d'aver la FL dimostrar così bene d'avere la 8. MS la mia assoluta insipienza 9. MS ciò che mio padre aveva edificato.

p. 837
1. MS questi (non ho 2. MS, FL non toccar questo 3. MS Altro, a quattr'occhi, dal canto mio avrei potuto far io notare a Firbo, se – schiacciato com'ero in quel momento dalla prova or ora fatta – non mi fosse convenuto di starmi con la coda tra le gambe, mentre tra lui e Quantorzo pendeva quella lite, o meglio, mentre ancora rimaneva incerto se a' miei danni dovesse prevaler la brama dell'uno di vendicarsi dell'affronto che gli avevo fatto davanti ai commessi e di quella mia improvvisa difesa dei pazzi così malauguratamente da lui fraintesa; o non piuttosto l'interessata indulgenza dell'altro. /

M'ero, mogio mogio, rinchioccito tra le gonnelle di Dida, entro la 4. MS ridire, or crepare 5. MS risa

p. 838

1. [Termina qui il secondo frammento della sezione di MS che si è descritta *sub* 4.] 2. FL segreta ed inconfessabile. 3. FL non ero io, anche se 4. [Ha inizio di qui un terzo frammento della sezione di MS che si è descritta *sub* 4 (tale frammento comprende i ff. 217-220).] 5. MS o anche andasse a chiuderlo là, ma sì, ma sì, Dio mio, in un manicomio. / – Qua, Gengè. 6. MS volto 7. MS a seder sulle ginocchia; sentivo FL a sedere sui ginocchi; sentivo 8. MS corpo. Chi era? Nessun dubbio in lei ch'io lo sapessi, chi era. E io 9. MS orrore delle sue mani

p. 839

1. MS un'estranea a lei, alla quale io non potevo 2. MS e la toccavo: questa qua, ecco, questa, così, con questi bei capelli qua, così, inebrianti; e questi occhi e questa cara dolce bocca, come nel cieco fuoco del mio amore me la baciavo, mentre lei 3. MS diverso: due estranei, ecco, stretti così, orrore, così per le bocche congiunti; estranei, estranei non solo FL diverso; due estranei, stretti così – orrore – così non solo 4. MS che l'altro si stringeva! / Ah lo so bene che voi non lo avete mai provato questo orrore, perché avete sempre e soltanto stretto tra le braccia tutto il vostro mondo nella vostra donna, senza il minimo avvertimento ch'ella intanto stringe in voi il suo, che è un altro, impenetrabile. Eppur basterebbe, per sentirlo quest'orrore, che voi pensaste, che so! a un'inezia qualunque, a una cosa che a voi piace e a lei no, un colore, un sapore, un giudizio su una tal cosa, che non vi facessero soltanto pensare superficialmente a una diversità di gusti, di sensazioni o d'opinioni, ma più profondamente e spaventosamente, a questo: che gli occhi 5. [Termina qui il terzo frammento della sezione di MS che si è descritta *sub* 4. Manca il f. 221.]

p. 840

1. [Ha inizio di qui un quarto frammento della sezione di MS che si è descritta *sub* 4 (tale frammento comprende i ff. 222-223).] 2. MS i suoi stracci sotto 3. MS pòrtamela 4. MS gambe

p. 841

1. MS insensato. / – Oh! Che fai? Non vai? / – Sì, vado... / Chiusa 2. MS m'appoggiavo al muro della scala, con una voglia di mettermi a sedere lì sul primo gradino; per 3. MS

più. / 41. PARLO CON BIBÌ. / E 4. MS più come, dove 5. [Termina qui il quarto frammento della sezione di MS che si è descritta *sub* 4. Manca il f. 224.] 6. FL tirare puntando le 7. [Ha inizio di qui un quinto e ultimo frammento della sezione di MS che si è descritta *sub* 4 (tale frammento comprende i ff. 225-234).] 8. MS, FL – le dico. – Lo sento.

p. 842
1. MS Peggio è quello che esala dai bisogni dell'anima, Bibì. Sei veramente da invidiare, tu 2. MS parlarle 3. MS, FL la gente guarda. 4. MS anche di come mi stai ora vedendo tu. Nessuno 5. MS per lui. Figuriamoci se pensa che ci siete anche voi bestie, poi, che guardate 6. MS Io ho perduto, ho perduto 7. MS gli altri intanto mi danno

p. 843
1. MS arrovesciare indietro, come un batuffolo; friggendo 2. MS non c'era più. / Io FL non c'era più. Starnutò. / Io 3. MS su le 4. MS vezzeggiata. / 42. LA VISTA DEGLI ALTRI. / Perché, quand'uno 5. MS non per sé, ma

p. 844
1. MS sprofondato, là in quel recinto, per più d'un'ora nella meditazione, se – non tanto per liberarmi di esso, quanto per fare una bella sorpresa all'invidia che molti mi portavano o per dare una prova all'imbecillità che molti altri m'attribuivano – non sarebbe stato quello il momento di farla finita. / Tra le diverse immagini della mia morte violenta, come potevo supporre balzassero all'improvviso, tra la 2. MS per me, da potere in qualche modo dir come 3. MS ragazzo, che andando per la campagna a lungo, a lungo sopra pensiero, mi vidi a un tratto smarrito e senz'alcuna traccia in una remota solitudine tetra di sole e immobile; lo sgomento che n'ebbi e che allora non seppi chiarirmi. Era FL ragazzo, che andando sopra pensiero per la campagna m'ero visto a un tratto smarrito fuori d'ogni traccia in una remota solitudine tetra di sole e attonita; lo sgomento che ne avevo avuto e che allora non avevo saputo chiarirmi. Era 4. MS scoprirsi là come reale a me 5. MS degli altri. / E sempre 6. MS di scoprire qualche cosa FL di scoprir qualcosa 7. MS, FL a chiamar qualcuno 8. MS vuol dire gli altri; e non FL vuol dire gli altri in noi; e non

p. 845
1. MS Sapevo, sì, sapevo d'esser solo; ma ora soltanto sentivo, toccavo veramente tutto l'orrore della mia solitudine davanti

a me stesso, per ogni cosa che vedevo, se alzavo una mano e me la guardavo, perché 2. MS e mi guardava, per levarmelo davanti, le allungai 3. MS gridando: / – Impazzisco! impazzisco! impazzisco! / Se non che, non 4. MS di disperazione mi vidi e mi sentii gridare; e allora il pianto che stava per prorompermi dal petto si mutò d'improvviso in una gran risata, e chiamai quella povera Bibì ch'era mezzo azzoppata, e mi misi 5. MS sternutiva, come 6. MS rifiuto! / – Ah, tu rifiuti, Bibì? / E mi misi a sternutire anch'io e a dire a ogni sternuto: / – Rifiuto! Rifiuto! [Termina qui l'ultimo frammento della sezione di MS che si è descritta *sub* 4.]

p. 848
1. FL stesso; basta 2. FL vederci, e di non vedere ciò che noi non vediamo. 3. FL dovremmo guardar sempre

p. 849
1. FL a scoprir l'inganno. 2. FL atti arbitrarii, di cui 3. FL non però d'improvviso come

p. 850
1. FL Da anni! un palmo, dico

p. 851
1. FL l'incartamento dopo

p. 852
1. FL vorremmo esser sicuri 2. FL atti: senti, dico

p. 853
1. FL Gengè, e del 2. FL Gengè; di fronte

p. 854
1. FL proditoriamente, tirar fuori 2. FL obbiettare

p. 855
1. FL per me; fuori 2. FL scontraffacendosi atterrita. / – E tu sta bene 3. FL chiusa, questa

p. 856
1. FL nome; ed è il 2. FL operazioni di banca. 3. FL più saperne? Se

p. 857
1. FL o meglio, gridati, proprio 2. FL Così, da 3. FL vertigine: d'improvviso

p. 858
1. FL che mi dava, mi dava, (benché 2. FL respingendola in dietro la

p. 860
1. FL altri, col

p. 863
1. FL d'uscire, voltando un po'

p. 865
1. FL altri; le sorti della banca, le sorti 2. FL – Ma che ti sei impazzito? E di

p. 866
1, FL e filosofia... / – Tu? 2. FL a far certe

p. 867
1. FL non nego; per via 2. FL poi, poi, non

p. 868
1. FL pur così dolce, e per

p. 870
1. FL Rosa. La avevo 2. FL m'eran sembrati

p. 871
1. FL così vecchie come le

p. 872
1. FL castello feodale dei

p. 873
1. FL corridojo, pur

p. 874
1. FL un letto, un letto dove 2. FL per venir Monsignore; e a sua volta Anna Rosa

p. 875
1. FL lontano da Anna Rosa, che le occhiate

p. 876
1. FL borsetta, quella rivoltella, causa

p. 877
1. FL vescovo. / – Col vescovo?

p. 878
1. FL secondo coscienza. / Guardai

p. 880
1. [Cfr. *All'uscita*, cit., 1916, p. 18: « Me lo portavo a spasso [...] Una disperazione, però. Mi voleva entrare in tutte le chiese, capite? E io, a corrergli dietro. – *Bibì... Bibì...* Qua, *Bibì...* – (si chiamava... cioè, lo chiamavo Bibì). Era molto intelligente; ma non riusciva a capacitarsi perché a un cagnolino bellino come lui non fosse lecito entrare là. Alle mie sgridate, s'acculava, alzava e scoteva una delle zampine davanti, sternutiva, poi con un'orecchia su e l'altra giù stava a guardarmi proprio con l'aria di credere che là non ci stésse nessuno e che lui perciò potesse entrarci. "Ma come non ci sta nessuno, Bibì? – gli dicevo io, carezzandolo, perché v'assicuro che con quell'aria di incredulità era proprio carino. – Come non ci sta nessuno? Ci sta il più rispettabile dei sentimenti umani, [...]" » (poi in *E domani, lunedì...*, cit., 1917, pp. 347-348, con le seguenti varianti: « a capacitarsi Bibì perché [...] entrare in chiesa. Alle »).] 2. FL toccarli, e costruiscono
3. [Cfr. *All'uscita*, cit., 1916, pp. 17-18: « Dico del bisogno che ha la vita di fabbricare una casa ai suoi sentimenti. È press'a poco lo stesso caso dell'essere che ha bisogno di creare a se stesso un'apparenza. Ecco: non basta ai vivi averli dentro, nel cuore, i sentimenti: se li vogliono vedere anche fuori, toccarli, e costruiscono loro una casa » (poi in *E domani, lunedì...*, cit., 1917, p. 346, con la seguente variante: « a sé stesso »).]

p. 881
1. [Cfr. *Difesa del Mèola (Tonache di Montelusa)*, in « Il Marzocco », 8 agosto 1909: « dal giorno nefasto che Monsignor Vitangelo Partanna, per istanze e mali uffici di potenti prelati a Roma, ottenne il vostro Vescovado. / Avvezzi com'eravamo da tempo al fasto signorile, alle maniere gioconde e cordiali, alla copiosa munificenza dell'Eccell.mo nostro Monsignor Vivaldi (Dio l'abbia in gloria!), tutti noi montelusani ci sentimmo stringere il cuore, allorché per la prima volta vedemmo scendere dal vetusto Palazzo Vescovile, a piedi, tra i due segretarii, incontro al sorriso della nostra perpetua primavera, nell'aria grillante di luce, lo scheletro intabarrato di questo vescovo nuovo: alto, curvo su la sua trista magrezza, col collo proteso e le grosse e livide labbra in fuori nello sforzo di tener ritta la

faccia incartapecorita, da morto, con gli occhialacci neri. / I due segretarii, il vecchio don Antonio Scelzi, zio del Mèola, e il giovane don Vinè, che durò poco in carica, si tenevano un passo indietro » (poi in *Erba del nostro orto*, Studio Editoriale Lombardo, Milano 1915 e Facchi, Milano 1919, con le seguenti varianti: « mali uffizii [...] vescovado. [...] al fasto, alle maniere [...] noi Montelusani [...] vedemmo la prima volta scendere dall'alto e vetusto [...] a piedi – pensate bene, a piedi – [...] vescovo nuovo; [...] proteso il collo, le tumide e livide [...] in fuori, nello sforzo [...] incartapecorita, con gli occhialacci [...] don Antonio Sclepis [...] il giovane don Arturo Filomarino (che durò poco in carica), [...] ». Ancora in *Scialle nero*, cit., 1922, con le seguenti varianti rispetto al testo 1915: « vedemmo per la prima volta [...] a piedi tra i due segretarii [...] perenne primavera, lo scheletro [...] vescovo nuovo: [...] con gli occhialacci neri su l'adunco naso. »).]

p. 882

1. [Cfr. *Difesa del Mèola (Tonache di Montelusa)*, cit., 1909: « Un vescovo a piedi? Non c'eravamo avvezzi. Ma: / – Vescovado, – disse fin dal primo giorno, insediandosi, Monsignor Partanna, – è nome d'opera e non d'onore. / E smise la vettura, licenziò il cocchiere, vendette cavalli e paramenti, licenziò quasi tutti i servi, inaugurando la più gretta tirchieria » (poi in *Erba del nostro orto*, cit., 1915 e 1919, con le seguenti varianti: « a piedi? Non ci eravamo avvezzi. Da che il Vescovado sedeva lassù come una fortezza in cima al paese, tutti i Montelusani avevano sempre veduto scendere in carrozza i loro vescovi al viale del Paradiso. Ma vescovado, disse Monsignor Partanna fin dal primo giorno, insediandosi, è nome d'opera e non d'onore. / E smise [...] licenziò cocchieri e lacchè [...] e paramenti; breve: inaugurò ». E in *Scialle nero*, cit., 1922, con le varianti: « avevan sempre [...] e non d'onore. E smise [...] e paramenti, inaugurando »).] 2. FL una casa, tanto 3. [Cfr. *Difesa del Mèola (Tonache di Montelusa)*, cit., 1909: « Sapevo che nella badìa di Sant'Anna egli aveva una zia, sorella della madre e di don Antonio Scelzi; sapevo che tutte le monache delle cinque badìe di Montelusa odiavano anch'esse cordialmente Monsignor Partanna, perché, appena insediatosi, aveva dato per esse tre disposizioni, una più dell'altra crudele: che non dovessero più preparare e vendere dolci e rosolii, quei buoni dolci di miele e di pasta reale, infiocchettati e avvolti in fili d'argento, quei buoni rosolii, che sapevan d'anice e di cannella; che non dovessero più ricamare, neanche arredi e paramenti sacri, ma far soltanto la calza; che non dovessero più avere, in fine, un confessore particolare, ma servirsi tutte,

senza distinzione, del padre della comunità, che cambiava ogni due anni. / Che pianti, che angoscia disperata in tutte e cinque le badìe di Montelusa, specialmente per quest'ultima disposizione! Che maneggi per farla revocare! Ma Monsignor Partanna era stato irremovibile. Aveva forse giurato a se stesso di far tutto il contrario di quel che aveva fatto il suo eccellentissimo predecessore. Largo e cordiale con le monache, Monsignor Vivaldi » (poi in *Erba del nostro orto*, cit., 1915 e 1919; con le seguenti varianti: « sorella dello Sclepis e della madre; [...] insediatosi vescovo, [...] crudele: / 1ª) *che non dovessero più preparare e vendere dolci e rosolii* (quei buoni [...] in fili d'argento! quei [...] e di cannella!); / 2ª) *che non dovessero più ricamare* (neanche [...] sacri), *ma far soltanto la calza*; / 3ª) *che non dovessero più avere, in fine, un confessore particolare, ma servirsi tutte, senza distinzione, del padre della comunità.* / [...] revocare. / Ma monsignor [...] Forse aveva giurato [...] il suo Eccell.mo Predecessore. »). E in *Scialle nero*, cit., 1922, con le varianti: « *più né preparare né vendere* [...] *o rosolii* [...] *soltanto la calzetta*; [...] *del Padre della comunità.* / [...] disposizione! che maneggi [...] revocare! ».]

p. 883
1. [Cfr. *I vecchi e i giovani*, cit., 1913, parte II, cap. VII (nella presente ed., p. 459 e nota 3).]

p. 884
1. [Cfr. *I vecchi e i giovani*, cit., 1913, parte II, cap. VII (nella presente ed., p. 460 e nota 1). Per l'immagine del « folle », converrà vedere, inoltre, dell'A., *Il tabernacolo*, in « Il Marzocco », 30 agosto 1903 (poi in *Bianche e nere*, Streglio, Torino 1904).]

p. 886
1. [Cfr. *I vecchi e i giovani*, parte II, cap. VIII, p. 460 e nota 6.]
2. [Cfr. *I fortunati (Tonache di Montelusa)*, in « Rassegna contemporanea », agosto 1911: « Il Collegio degli Oblati sorgeva nel punto più alto del paese ed era un vasto, antichissimo edificio quadrato e fosco esternamente, roso tutto dal tempo e dalle intemperie; tutto bianco all'incontro e aereo e luminoso, dentro. Vi erano accolti i poveri orfani e i bastardelli di tutta la provincia, dai sei ai diciannove anni, i quali vi imparavano le varie arti e i varii mestieri. La disciplina era dura, segnatamente sotto Monsignor Landolina, e quando quei poveri oblati alla mattina e al vespro cantavano al suono dell'organo nella chiesina del collegio, le loro preghiere sapevan di pianto e, a udirle da giù, provenienti da quella fabbrica fosca nell'altura, accoravano come un lamento di carcerati. / Monsignor

Landolina non pareva affatto che dovesse avere in sé tanta forza di dominio e così dura energia. Era lungo e magro e quasi diafano, come se la gran luce di quella bianca ariosa cameretta in cui viveva, lo avesse non solo scolorito ma anche rarefatto, e gli avesse reso le mani d'una gracilità tremula quasi trasparente e su gli occhi chiari ovati le pàlpebre più esili d'un velo di cipolla. Tremula e scolorita aveva anche la voce e vani i sorrisi su le lunghe labbra bianche, tra le quali spesso filava qualche grumetto di biascia. / – Oh Arturo! – disse, vedendo entrare il giovane: e, come questi gli si buttò sul petto piangendo: – Ah, già! un gran dolore, bene bene, figliuolo mio, un gran dolore. Ringraziane Dio! Tu sai com'io sono per quegli sciocchi che non vogliono soffrire, e com'io dico sempre alla gente: "Il dolore vi salva, figliuoli!" Tu, per tua ventura, hai molto, molto da soffrire, pensando a tuo padre che, poveretto, eh... fece tanto, tanto male! Sia il tuo cilizio, figliuolo, il pensiero di tuo padre » (poi in *Erba del nostro orto*, cit., 1915 e 1919, con le seguenti varianti: « all'incontro, aereo [...] sotto monsignor Landolina [...] quasi trasparenti [...] un gran dolore mi piace. Ringraziane ». E in *Scialle nero*, cit., 1922, con le varianti: « bianco, all'incontro, arioso e luminoso, dentro. / Vi erano [...] sotto Monsignor Landolina [...] poveri Oblati [...] chiesina del Collegio [...] e così dura energia. / Era un prete magro, quasi diafano, come [...] d'un velo di cipolla. / Tremula [...] entrare il giovine [...] un gran dolore... Bene bene, figliuolo mio! Un gran dolore [...] per tutti gli sciocchi che non vogliono soffrire. Il dolore ti salva, figliuolo! E tu, per tua ventura, [...] »). Si veda, infine, *I vecchi e i giovani*, a partire dalla ed. Treves, 1913, cit., vol. II, p. 121: « e calò su gli occhi chiari, pallidi, globulenti, le palpebre esilissime come veli di cipolla »; e p. 218 (nella presente ed., parte I, cap. IV, p. 111 e nota 1 e parte II, cap. VI, p. 440 e nota 6).]

p. 887
1. [Cfr. *Pubertà*, in « Corriere della Sera », 11 aprile 1926: « L'odore dei suoi capelli densi, neri, un po' ricciuti e aridi, quando se li scioglieva per lavarseli; [...] ».]

p. 888
1. FL dopo era già come lontanissimo da

p. 892
1. FL seccata di tutte. Certi

p. 893
1. FL fossi a ogni modo un uomo non comune, da cui 2. FL nessuno, nessuno; so che dal letto mi tese le braccia; so che m'attrasse a sé. Da quel letto

p. 895
1. FL mie disperatissime considerazioni

p. 896
1. FL ricondotto a casa in barella; e già 2. [Cfr. *Il gancio*, in « La Settimana », 22 giugno 1902: « Una mattina, si provò a sollevare le mani dal letto, per guardarsele e, nel veder le dita esangui tremolare, sorrise. Si sentiva ancora come nel vuoto, in un vuoto però tranquillo, soave, di sogno. Solo qualche minuzia, lì, nella camera gli s'avvistava di tratto in tratto: un fregio dipinto nel soffitto, la peluria verde della coperta di lana sul letto, che gli richiamava alla memoria i fili d'erba d'un prato o d'una ajuola; e vi concentrava tutta l'attenzione, beato; poi, prima di stancarsene, richiudeva gli occhi e provava un dolce smarrimento d'ebbrezza, vaneggiava in una delizia ineffabile » (poi, col titolo *Il dovere del medico*, in *La vita nuda*, cit., 1910, con le varianti: « Una mattina, egli si provò [...] o d'una ajuola: [...] »; e Bemporad, Firenze 1922, senza alcuna variante nel brano citato). Si veda inoltre l'atto unico *Il dovere del medico*, in « Noi e il Mondo », gennaio 1912; cfr. p. 28: « TOMMASO. E la coperta, ti prego... quella... quella verde che è sul letto... Senti... no, non andar tu... dillo all'infermiere... / ANNA. (facendosi alla porta) Prenda anche la coperta... codesta, sì... / [...] / ANNA. Così... / TOMMASO. Questa coperta... sì... Se sapessi quanto le voglio bene... I sogni che mi ha fatto fare... quando sovr'essa mi rividi la mano... e poi la levai, così bianca, nella luce, e vidi che tremolava... Mi sentivo come nel vuoto... in un vuoto però tranquillo... soave... di sogno... e mi pareva tutto lontano... Solo, ogni tanto, mi si precisava qualche minuzia... un fregio del soffitto... o la peluria verde di questa coperta... che mi faceva pensare alla campagna, ai fili d'erba d'un prato infinito... e ci vivevo in mezzo, beato, vaneggiando in una delizia ineffabile... ».]

p. 897
1. [Cfr. *La patente*, in « Corriere della Sera », 9 agosto 1911: « [...] ai piccoli occhi plumbei e scontorto tutta la magra, misera personcina. / Così sbilenco, con una spalla più alta dell'altra, andava per via di traverso, come i cani. Nessuno però, moralmente, sapeva rigar più diritto di lui. Lo dicevano tutti » (poi in *La trappola*, cit., 1915 e in *La rallegrata*, cit.,

1922, in entrambe le edd. con la variante: « plumbei, e scontorto »).] 2. FL che lei non le sappia. È bene che lei anzi si turi gli orecchi 3. FL signor giudice, e straripa, straripa, e sconvolge tutto. [Cfr. il saggio *L'umorismo*, Carabba, Lanciano 1908 e Battistelli, Firenze 1920 (in *Saggi, poesie, scritti varii*, cit., 1965², pp. 151-152); inoltre *I vecchi e i giovani*, parte II, cap. II, p. 312, nota 6); e *Ciascuno a suo modo*, cit., 1924, atto II.]

p. 898
1. FL si guarda un pazzo. Sperando

p. 899
1. FL altro mio bene, per

p. 901
1. FL Nessun nome, nessun nome. Nessun ricordo 2. [Cfr. p. 800 e nota 4.]

MS [Sezione descritta *sub* 5, p. 1062.]

[Libro IV, cap. I]
[f. 106] e considerate molto superficialmente l'avventura. / Volete veder senz'altro Giulio Cesare come uno. Ma Giulio Cesare, uno, non esisteva. Esisteva un Giulio Cesare qual'egli per se stesso si voleva e si rappresentava, e questo senza dubbio aveva sopra tutti gli altri un valore incomparabilmente più grande; ma non quanto a realtà, vi prego di credere, perché non meno reale di questo Giulio Cesare era quel lezioso, fastidioso, tutto raso discinto [la parola « discinto » è aggiunta sopra la riga] e infedelissimo Giulio Cesare di sua moglie Calpurnia, e quell'impudicissimo di Nicomede re di Bitinia. / A uno a uno esaminando i tanti Giulii Cesari che avevano una lor propria e diversa realtà negli altri, uno in ognuno, centomila, non troverete in nessuno il Giulio Cesare vero, [f. 107] il quale per sé, come uno – ripeto – non esisteva; esaminate invece uno dei tanti Giulii Cesari e forse vi troverete in parte tutti gli altri, perché ciascuno certo aveva preso di lui qualche cosa, voglio dire della materialità sua, nella quale non essendo egli propriamente nessuno, poteva esser uno e tanti, centomila. / Il guajo è questo, signori: che dovevano tutti e centomila esser chiamati con quel nome solo di Giulio Cesare, e che in un solo corpo, e di miserabile sesso maschile, dovevano abitare tanti e anche una femmina, ch'era in verità, dove e come poteva,

cioè non naturalmente, un'impudicissima sgualdrina. / – Ma insomma, siete voi Giulio Cesare? – qualcuno mi domanderà. – Sarà questa la vostra professione? / Signori, io non ho divagato. Vi volevo par- [f. 108] lare, è vero, di Marco Di Dio e di sua moglie Diamante... no? ma sì, a proposito della mia professione, e a proposito anche di mio padre che per questi due era tanto usurajo e per me tuttavia un buon padre tanto buono; e vi ho parlato di Giulio Cesare, invece. Ma fate pensiero che in una materia come questa la cosa più facile è perdere il filo e la ragione. E considerate altresì che se a Giulio Cesare, tra i tanti che poté essere, toccò la sventura di passar nella storia anche per una solennissima sgualdrina, qualcosa di peggio toccò a me: di ritrovarmi un giorno nel concetto de' miei concittadini, io che non m'ero mai occupato d'affari, io che non sapevo neppure come e di che vivessi, il più feroce usurajo di Richieri.

[f. 104] 25. LA MIA PROFESSIONE. / C'era però il momento, signori, che Giulio Cesare non si costruiva... / – Come? Che c'entra Giulio Cesare? / Ma sì. Aspettate. Quando Giulio Cesare non viveva la sua parte... Oh Dio mio, ma un mal di stomaco l'avrà pure avuto qualche volta; un prurito... / – Volgarità! Che me ne importa? – voi dite. Non era più, allora, Giulio Cesare. M'interessa quello, perché lì Giulio Cesare era lui! / Benissimo. Ma vedete? Se Giulio Cesare era *lui* soltanto lì, quando non era lì, chi era? Nessuno? Un altro qualunque? E chi? / Domandatelo a Calpurnia sua moglie o a Nicomede re di Bitinia. / [f. 105] Si distraeva, voi dite. Signori, no: permettetemi di farvi osservare che, dicendo così, voi – insieme coi suoi legionarii – mancate di rispetto a Giulio Cesare e considerate molto superficialmente l'avventura. / Volete veder senz'altro Giulio Cesare come uno. Ma Giulio Cesare, uno, non esisteva. Esisteva un Giulio Cesare qual egli per se stesso si voleva e si rappresentava, e questo senza dubbio aveva sopra tutti gli altri un valore incomparabilmente più grande; ma non quanto a realtà, vi prego di credere, perché non meno reale di questo Giulio Cesare era quel lezioso, fastidioso, tutto raso, discinto e infedelissimo Giulio Cesare di sua moglie Calpurnia, e quell'impudicissimo di Nicomede re di Bitinia.

[Libro V, fine cap. III - inizio cap. IV]
[f. 228] perché, parlando, io le grattavo la testa, dietro le orecchie. / No no, basta, Bibì! – le dissi. – Chiudiamo gli occhi, piuttosto... / E le presi tra le mani la testina. Ma la bestiola si scrollò, per liberarsi; e la lasciai. / Poco dopo, sdrajata ai miei piedi, col musino allungato su le due zampette davanti,

la udii sospirare forte, come se non ne potesse più dalla stanchezza e dalla noja d'una vita così. / 41. CASA MIA. / Perché, quand'uno pensa d'uccidersi, s'immagina morto, non per sé, ma per gli altri? Perché nessuno di noi vive veramente per sé, ma ciascuno nell'illusione

MS [Sezione descritta *sub* 6, p. 1062.]

[Cfr. libro II, cap. XII, in fine]
[f. 86] in braccio a un estraneo, a uno sconosciuto, e dichiarò di non potermi amare, di non poter convivere con me neanche un minuto, e scappò via. / Sissignori – come vedrete – scappò via. / 16. MICHELINA. / La realtà ch'ella voleva avere per sé. Ma era veramente una sola, questa realtà, anche per lei stessa? Non cangiava secondo le relazioni che aveva con questo o con quello, e anche con le relazioni che a volta a volta stabiliva con se stessa? Non era mai avvenuto che alla Michelina d'oggi non piacesse più quello che era piaciuto alla Michelina di jeri? Chi sa quante volte! e che meraviglia, che una tal cosa le fosse potuta piacere un giorno! Eppure non il minimo dubbio che quella d'allora e questa d'ora fossero la stessa Michelina. Ma come? perché? Perché la stessa Michelina poteva esser quella e questa, e chi sa quant'altre ancora, messa in altre condizioni e in altre relazioni.

[f. 91] cosa, e pensate al vostro vicino di casa. / 17. MICHELINA. / Fu la prima mia vittima. Voglio dire, la prima designata all'esperimento della distruzione d'un Moscarda. / Ce n'era uno anche in lei: ombra d'un Moscarda, tenue, labile ombra, a cui ella forse un giorno avrebbe voluto dare per sé una realtà, di marito. Povera Michelina! Un'altra donna se l'era preso e allora per lei ero rimasto con quella poca consistenza di realtà, che il suo lontano desiderio abortito s'era messo a darmi. Avrei potuto contentarmene, giacché – essendo ella tanto buona – buona pur forse era quell'ombra di Moscarda, che di tanto in tanto le passava per la mente o innanzi agli occhi, senza lasciarle alcun'orma duratura nella memoria. [f. 92] Era figlia d'un fratello di Sebastiano Quantorzo, orfana di padre e di madre, e spighita zitella in casa di quel vecchio zio celibe. / Questi sono tutti dati di fatto, su i quali non si discute. / Non si discute? Piano. Ho detto intanto « spighita », e Michelina, pur avendo già ventisette anni, poteva non essere spighita per sé, per lo zio e per chi sa quanti giovani maturi della nobile città di Richieri. / Del resto, « ventisette anni » è anche un dato di fatto, che Michelina, a quel tempo, negava. Ella diceva d'averne ventiquattro. / Aveva torto? Secondo lo Stato civile, sì. Ma lo Stato civile conta gli anni come se passassero per tutti uguali [corr. ma legg. « allo stesso modo »]; e ha torto lo Stato civile. / De' suoi ventisette anni, quanti ne aveva [f. 93] vissuti realmente Michelina? / Ahimè, certo, per la sua speranza di trovar marito, tre di più, se diceva d'averne ventiquattro. Ma per tutto il resto, non solo tre di meno, ma forse niente ancora, povera Michelina! / 18. PARENTESI NECESSARIA E IMPORTANTISSIMA. / Con qual diritto ne parlo? La Michelina a cui do vita qui, è forse quella stessa che, tant'anni fa, viveva per sé? E che ne so io? che posso saperne? / Io la vedo ora, come la vedevo allora. Da fuori. E la vedo naturalmente, dentro di me, a modo mio. Che Michelina è questa? Michelina mia. Una mia Michelina, nella quale forse ella non si riconoscerebbe affatto. / Forse però quella buona nipote di Sebastiano Quantorzo non era precisamente nelle

[f. 116] quale certo essi non si riconoscerebbero. E non faccio dunque a loro lo stesso torto di cui tanto mi lamento io? / Sì, certo. Ma c'è una piccola differenza. Ci sono le fissazioni, di cui ho parlato più su. Ciascuno si fissa in un sentimento di sé, vuole se stesso in un certo modo, si costruisce così e così, quale si vede e sinceramente crede di essere, non solo per sé ma anche per gli altri. E bisogna che di questo suo voler essere così e così, rappresentarsi agli altri nella forma che s'è voluto dare, paghi la pena. Cose veramente pietosissime, queste « fissazioni » nostre... La realtà che Michelina vuole avere per sé... Povera Michelina! Non cangia secondo le relazioni ch'ella ha con questa amica o con quella e anche secondo le relazioni che Michelina a volta a volta stabilisce con se stessa? Non è mai avvenuto che alla Michelina d'oggi non piacesse più quello ch'era piaciuto alla Michelina di jeri? Chi sa quante volte! E che meraviglia che una tal cosa le sia potuta piacere un giorno! Eppure, non il mi- [f. 117] nimo dubbio che quella d'allora e questa d'ora siano la stessa Michelina. Ma come? Perché? Perché la stessa Michelina, signori, poteva esser quella e questa e chi sa quant'altre ancora, messa in altre condizioni e in altre relazioni. Crede di ricordarsi d'essere stata lei sempre, Michelina, così e così. E invece dovrebbe dire di ricordarsi d'essere stata non una sempre la stessa, ma tante secondo le possibilità imprevedibili di essere ora una e ora un'altra; e chi sa quanti contrasti inesplicabili adesso tra ciò che ha fatto, pensato e detto la Michelina di jeri e la Michelina d'oggi. / Il ricordo non è altro che il riconoscimento di realtà passate, che restano in noi come un sogno. E sarà sogno domani per noi la realtà d'oggi.

[Libro III?]
[f. n. n.] 25. PROFESSIONI. / Mi fa troppo male, signori, parlare così di mio padre, che a casa mia, nelle sue relazioni con me, quando si spogliava della sua professione, vi assicuro che era un altro, tutto quanto. Non per me un altro, badiamo, ché anzi era sempre quello per me; ma lui, proprio lui per sé era un altro, tutto quanto, anche nel corpo, sì, se ci pensate bene e considerate che ad esempio gli occhi, non quelli che gli vedevo io, ma quelli che proprio egli aveva per me, quando mi guardava e come gli ridevano, non erano per nulla gli stessi che gli vedevate voi, e così la bocca, e così la fronte, e insomma tutte le parti della sua persona. Un altro.

[Libro III, circa ai capp. VII-X: con riferimenti al testo offerto da MS, capp. XXVIII-XXXII]
[f. n. n.] Ricordatevi che mi presento ai vostri occhi come un povero mendico alla porta del vostro mondo, in cui non posso entrare. Quello che vedete voi, come voi lo vedete, io non posso vederlo

[f. n. n.] Io, Moscarda, uno, non esistevo. Analizzando a uno a uno i tanti Moscarda che vivevano negli altri, uno in ognuno, non avrei trovato in nessuno il Moscarda vero, che non esisteva: ma analizzando un Moscarda avrei trovato tutti gli altri Moscarda, perché ciascuno di me aveva preso qualcosa e io non ero uno, ma tanti.

[f. 90] Ah no, mio caro. La realtà che gli altri vi dànno ha lo stesso valore di quella che vi date voi, poco più poco meno. È la costruzione degli altri, ecco. Voi per gli altri siete quello. Così vi vedono, così vi sentono. / Tornate a ribellarvi? Ma abbiate pazienza: come potete voi sapere, non essendo dentro di loro, e non potendo vedervi da fuori com'essi vi vedono, che cosa diventate voi nelle vostre relazioni con loro? Il suono, il valore che le vostre parole, i vostri atti, i vostri modi, i vostri sguardi, i vostri sorrisi assumono nella formazione incoercibile della realtà vostra in un altro? Un gesto, un ammiccamento, forse, s'imprimono con un rilievo così forte, da alterar per sempre la vostra fisonomia in questo e in quello. E che potete saperne voi, che quel gesto, quell'ammiccamento non avete veduto da fuori? / Via, via, non mi fate ripeter sempre la stessa

[Cfr. libro IV, cap. V]
[f. 30] stanchi. Vogliamo far punto qua? / Sì, prendiamoci un po' di riposo. / 6. EFFETTI DELLA STANCHEZZA. / Io temo assai gli effetti della stanchezza. Figuratevi che a un mio con-

tadino, chiamato Turolla, essa fece scordare, in men che non si dica, la morte della moglie. / Questo Turolla stava in una mia campagna a circa quattro miglia da Richieri, e senza quella sua moglie, ch'era la più brava massaja di tutta la contadinanza attorno, credeva non avrebbe potuto vivere una sola giornata; e non si stancava mai di decantarne tutte le virtù: il risparmio, la pulizia, il governo che faceva de la stalla e dei bachi e dei polli, e come sapeva lavorar la pasta, e i bei bocconcini che gli apparecchiava, e la cura che met- [f. 31] teva nel preparare il cibo anche per le opere che lavoravano in campagna, perché lavorassero più di buona voglia, e come badava a tutto, alle donne che raccoglievano le olive, a quelle che schioccolavano il granturco... / Quando gli s'ammalò, dovette mandarla all'ospedale. Per le troppe faccende che lo tenevano e la distanza, non poteva andare a vederla che una volta la settimana. L'ultima volta che ci andò, gli dissero ch'ella era morta già da tre giorni. / Turolla restò, come se un fulmine gli fosse caduto da presso. Vacillò; riuscì a stento a tenersi ritto su le gambe, che gli s'erano come stroncate sotto. Disse: / – Oh Dio! / E si portò le rozze mani al volto; poi se le tolse; girò gli occhi, come se non ci vedesse [f. 32] più; ripeté: / – Oh Dio! / E, reggendosi alla meglio su le gambe vacillanti, uscì dal cortile dell'ospedale e prese ad andare, ripetendo a ogni passo: – Oh Dio! – , con la testa alta e gli occhi invetrati. / La gente si voltava, si fermava a lungo a mirarlo, e aveva l'impressione che quel pover'uomo, andando a quel modo, s'appoggiasse per non cadere a quella sua esclamazione ripetuta a ogni passo con la stessa voce di pianto: / – Oh Dio! Oh Dio! Oh Dio! / Parte che seguitava, senza restare un momento a riprender fiato, per le quattro miglia che corrono da Richieri alla campagna, potete figurarvi quante volte Turolla ripeté quella sua esclamazione. / Giunto che fu alla casa colonica, si buttò bocconi sul letto, con la faccia da un lato e un braccio [f. 33] che gli spenzolava dalla sponda; poté dire ancora due volte: – Oh Dio! oh Dio! – e cadde in profondissimo sonno. / Tutta la notte dormì e quasi tutto il giorno appresso. Quando si svegliò nella tetra penombra del crepuscolo e si ritrovò sul letto, vestito, e il pensiero della morte della moglie lo riassalì, fece per emettere la solita esclamazione: – Oh Dio! –, ma si sentì subito come da una densa tenebra rioccupare il cervello, e tornò ad addormentarsi. / Quell'*oh Dio* tante volte ripetuto gli aveva fatto l'effetto d'una serie infinita di martellate alla testa; e, senza ch'egli se ne fosse accorto, tanto lo aveva spossato, che ora non poteva più ripetere *oh Dio*, che subito non si riaddormentasse. / Ma il povero Turolla doveva lavorare;

BIBLIOGRAFIA

a cura di Mario Costanzo

Per una prima informazione sull'opera di Pirandello si rinvia alle « schede » registrate nel repertorio bibliografico curato da Alfredo Barbina per le « Pubblicazioni dell'Istituto di Studi Pirandelliani » di Roma (*Bibliografia della critica pirandelliana. 1889-1961*, Le Monnier, Firenze 1967). Sul narratore si consultino i seguenti saggi pubblicati fino al 1972:

L. Capuana, *Luigi Pirandello*, in « Roma di Roma », 16 settembre 1896

–, *Profili letterari. Luigi Pirandello*, in « L'Ora », 4-5 agosto 1901

F. Gaeta, *Nouvelles de Pirandello*, in « Critique Internationale », maggio 1904

B. Crémieux, *Littérature italienne*, in « Revue de Synthèse historique », dicembre 1909

G. A. Borgese, *La vita e il libro*, Bocca, Torino 1911, vol. II

V. Betteloni, *Impressioni critiche e ricordi autobiografici*, Ricciardi, Napoli 1914

L. Gigli, *Il romanzo italiano dal Manzoni al D'Annunzio*, Zanichelli, Bologna 1914

R. Serra, *Le lettere*, C. A. Bontempelli, Roma 1914; nuova ed., La Voce, Roma 1920

P. M. Rosso di San Secondo, *Luigi Pirandello*, in « Nuova Antologia », 1° febbraio 1916

F. Tozzi, *Luigi Pirandello*, in « Rassegna italiana », 15 gennaio 1919

F. Flora, *Dal romanticismo al futurismo*, Porta, Piacenza 1921; Mondadori, Milano 1925[2]

P. Rost, *Pirandello*, Modernissima, Milano 1921

A. Tilgher, *Relativisti contemporanei*, Libreria di Scienze e Lettere, Roma 1921

–, *Voci del tempo*, Libreria di Scienze e Lettere, Roma 1921; 1923[2]

G. Prezzolini, *Luigi Pirandello*, in « L'Italia che scrive », agosto 1922

G. A. Borgese, *Tempo di edificare*, Treves, Milano 1923

G. Prezzolini, *La cultura italiana*, La Voce, Firenze 1923

L. Russo, *I narratori*, Fondazione Leonardo, Roma 1923; nuova ed., *I narratori. 1850-1957*, Principato, Firenze 1958
L. Tonelli, *Alla ricerca della personalità*, Modernissima, Milano 1923
L. Gillet, *Un humoriste sicilien: Luigi Pirandello*, in « Revue des Deux Mondes », 15 gennaio 1923
G. Marcel, *Pirandello*, in « Europe nouvelle », 21 aprile e 8 settembre 1923
M. de Unamuno, *Pirandello y yo*, in « Nación », 15 luglio 1923
W. Starkie, *Luigi Pirandello*, Dent, London 1926; Murray, London 1937[2]
F. Pasini, *Pirandello (come mi pare)*, Vedetta d'Italia, Trieste 1927
B. Crémieux, *De Manzoni à Pirandello*, in « Revue de France », 15 dicembre 1927
–, *Essai sur l'évolution littéraire de l'Italie de 1870 à nos jours*, Kra, Paris 1928
–, *Littérature italienne*, in *Panorama des littératures contemporaines*, Éditions du Sagittaire, Paris 1928
G. W. Matthews, *Pirandello. A Study in the Psichology of the Modern Stage*, Bryant, Liverpool 1928
A. Momigliano, *Impressioni d'un lettore contemporaneo*, Mondadori, Milano 1928
B. Migliore, *Bilanci e sbilanci del dopoguerra letterario*, Optima, Roma 1929
C. Pellizzi, *Le lettere italiane del nostro secolo*, Libreria d'Italia, Milano 1929
G. Ravegnani, *I contemporanei*, Bocca, Torino 1930
D. Vittorini, *The Modern Italian Novel*, University of Pennsylvania Press, Philadelphia 1930
F. V. Nardelli, *L'uomo segreto. Vita e croci di Luigi Pirandello*, Mondadori, Milano 1932; 1944[2]; nuova ed., *Vita segreta di Pirandello*, Vito Bianco, Roma 1962
A. Janner, *Pirandello novelliere*, in « Rassegna nazionale », giugno 1932
U. Leo, *Pirandello. Kunsttheorie und Maskensymbol*, in « Deutsche Vierteljahrsschrift für Literaturwissenschaft und Geistesgeschichte », 11, 1933
P. Pancrazi, *Scrittori italiani del Novecento*, Laterza, Bari 1934
C. Alvaro, *Berecche e la guerra*, in « Quadrivio », 18 novembre 1934
B. Croce, *Pirandello*, in « La Critica », 20 gennaio 1935 (cfr. in *Letteratura della nuova Italia*, Laterza, Bari 1940, vol. VI)
L. Cremonte, *Pirandello novelliere*, in « La nuova Italia », 20 ottobre 1935
G. Vigorelli, *Interpretazione di Luigi Pirandello*, in « Vita e Pensiero », ottobre 1935

B. Croce, *Pirandello e la critica*, in « La Critica », 20 gennaio 1936
G. Gentile, *Luigi Pirandello*, in « Quadrivio », 20 dicembre 1936
P. Pancrazi, *Pirandello narratore*, in « Corriere della Sera », 27 dicembre 1936 (cfr. in *Scrittori d'oggi*, Laterza, Bari 1946, vol. III)
F. Pasini, *Pirandello nell'arte e nella vita*, Stediv, Padova 1937
G. Patanè, *Pirandello*, Studio Editoriale Moderno, Catania 1937
M. Bontempelli, *Pirandello o del candore*, in « Nuova Antologia », 1° febbraio 1937 (cfr. in *Tre discorsi: Pirandello. Leopardi. D'Annunzio*, Bompiani, Milano 1938)
S. Benco, *Pirandello*, in « Il Piccolo della Sera », 1° luglio 1937
B. Tecchi, *Passaggio dalle forme narrative al teatro*, in « Rivista italiana del Dramma », 15 luglio 1937 (cfr. in *Officina segreta*, Sciascia, Caltanissetta 1957)
G. Debenedetti, « *Una giornata* » *di Pirandello*, in « Meridiano di Roma », 8-15 agosto 1937 (cfr. in *Saggi critici*, Ed. del Secolo, Roma 1945)
L. Bàccolo, *Luigi Pirandello*, Emiliano degli Orfini, Genova 1938; Bocca, Milano 1949[2]
U. Bosco, *Dal Carducci ai crepuscolari* (1938), in *Realismo romantico*, Sciascia, Caltanissetta 1959
S. Pirandello, *Le opere che Pirandello non scrisse*, trasmissione radiofonica del 10 dicembre 1938 (cfr. in « Bibliografia », 2, 1940 e, in vol. unico, 1952)
B. Croce, *Conversazioni critiche*, Laterza, Bari 1939, vol. I
M. Lo Vecchio-Musti, *L'opera di Luigi Pirandello*, Paravia, Torino 1939
P. Pancrazi, *L'altro Pirandello*, in *Scrittori italiani del Novecento*, Laterza, Bari 1939
A. Di Pietro, *Luigi Pirandello*, Vita e Pensiero, Milano 1941; 1950[2]
M. Alicata, *I romanzi di Pirandello*, in « Primato », maggio 1941 (cfr. in *Scritti letterari*, Il Saggiatore, Milano 1968)
F. T. Roffarè, *Pirandello romanziere*, in « Ateneo veneto », 3, 1942
B. A. Terracini, *Al margen de los cuentos de Pirandello*, in « Insula », 1944-45
M. Sansone, *Critica e poetica di Luigi Pirandello*, in « Antico e Nuovo », 1945
L. Russo, *Il noviziato letterario di Luigi Pirandello* (1946), in *Ritratti e disegni storici*, Laterza, Bari 1953, vol. IV
A. Vicinelli, *Maestri e poeti della letteratura italiana*, Mondadori, Milano 1946, vol. III
N. Pes, *L'idea come personaggio nell'arte di Luigi Pirandello*, Vallerini, Pisa-Roma 1947

R. Assunto, *Pirandello scrittore nordico*, in « Letteratura », gennaio-febbraio 1947
A. Janner, *Luigi Pirandello*, La Nuova Italia, Firenze 1948; 1960[2]
S. D'Amico, *Pirandello narratore vince Pirandello drammaturgo?*, in « Il Tempo », Roma, 15 dicembre 1948
M. Boni, *La formazione letteraria di Pirandello*, in « Convivium », 3, 1948
F. Flora, *Il decadentismo*, in *Questioni e correnti di storia letteraria* (miscellanea), Marzorati, Milano 1949, vol. III
P. Eckstein, *Luigi Pirandello der Erzähler*, in « Berliner Hefte für geistiges Leben », 2, 1949
G. Petronio, *Pirandello novelliere e la crisi del realismo*, Lucentia, Lucca 1950
A. Navarria, *La preparazione di Luigi Pirandello*, in « Siculorum Gymnasium », gennaio-dicembre 1950
L. MacClintock, *The Age of Pirandello*, Indiana University, Bloomington 1951
A. Loria, *Luigi Pirandello* (1951), in « Letteratura », luglio-ottobre 1965
M. Brion, introduzione a *Novelle per un anno*, Del Duca, Paris 1952
E. Lanz, *Novelle di Pirandello*, Phil. Fakultät, Zürich 1952
M. Sticco, *Struttura del romanzo italiano contemporaneo*, in « Vita e Pensiero », ottobre-novembre 1952
L. Sciascia, *Pirandello e il pirandellismo (con lettere inedite di Pirandello a Tilgher)*, Sciascia, Palermo 1953
C. Alvaro, *Appunti e ricordi su Luigi Pirandello*, in « Arena », ottobre-dicembre 1953
G. Debenedetti, *Rileggendo Pirandello*, in « Messana », III, 1954
J. Chaix-Ruy, *La vie et l'œuvre de Luigi Pirandello*, Acropole, Nice 1955
C. Dumur, *Luigi Pirandello*, L'Arche, Paris 1955
G. Trombatore, *Pirandello e i fasci siciliani*, in « Il Contemporaneo », febbraio 1955 (cfr. in *Riflessi letterari del Risorgimento in Sicilia*, Manfredi, Palermo 1960)
C. Alvaro, prefazione a *Novelle per un anno*, Mondadori, Milano 1956
S. Antonielli, *Dal decadentismo al neorealismo*, in *Letteratura italiana. Le Correnti* (miscellanea), Marzorati, Milano 1956, vol. II
G. Scalia, *Pirandello narratore*, in « La Giustizia », 9 gennaio 1956
C. Salinari, *Lineamenti del mondo ideale di Luigi Pirandello*, in « Società », giugno 1957
R. Lipari, *Luigi Pirandello*, in « Il Verri », 4, 1957 e 3, 1958

G. B. Angioletti, *Pirandello narratore e drammaturgo*, Ed. RAI, Torino 1958

M. A. Comnène, introduzione a *Vieille Sicile*, nuova ed., Éditions Sociales, Paris 1958

L. Ferrante, *Luigi Pirandello*, Parenti, Firenze 1958

F. Čale, *Appunti su un tipo d'inversione del soggetto nelle novelle di Luigi Pirandello*, in «Studia Romanica et Anglica Zagabriensia», 6, 1958

R. Poggioli, *Pirandello in Retrospect*, in «Italian Quarterly», 4, 1958

G. Cocchiara, *Pirandello e le contraddizioni della Sicilia*, in *Popolo e letteratura in Italia*, Ed. Scientifiche Einaudi, Torino 1959

C. Salinari, *Miti e coscienza del decadentismo italiano*, Feltrinelli, Milano 1960

G. Giudice, *Pirandello in Sicilia: i paesi dell'infanzia*, in «Belfagor», 31 maggio 1960

L. Russo, *Pirandello e la provincia metafisica*, in «Belfagor», 31 luglio 1960

G. Giudice, *Il tatto di Pirandello*, in «Le Ragioni narrative», settembre 1960

L. MacClintock, *Pirandello*, in «Italica», dicembre 1960

G. Pardieri, *Luigi Pirandello. Il pensiero e il sentimento*, Istituto Editoriale Cisalpino, Milano 1961

L. Sciascia, *Pirandello e la Sicilia*, Sciascia, Caltanissetta-Roma 1961

A. Vallone, *Profilo di Pirandello*, in «Dialoghi», luglio-agosto e settembre-ottobre 1961 (cfr. in *Profilo di Pirandello*, Ed. di «Dialoghi», Roma 1962)

Autori vari, in «Atti del Congresso Internazionale di Studi Pirandelliani. Venezia, Isola di San Giorgio Maggiore, Fondazione Cini, 2-5 ottobre 1961», Le Monnier, Firenze 1967 (in particolare, i saggi di S. Battaglia, E. Mazzali, S. Orilia, B. Terracini, J. H. Whitfield)

I. Petrone, *Pirandello narratore*, in «Roma», 2 dicembre 1961

F. Virdia, *Da Pirandello alla nuova narrativa*, in «La Voce repubblicana», 16-17 dicembre 1961

S. Battaglia, *La narrativa di Luigi Pirandello*, in «Il Veltro», dicembre 1961

B. Terracini, «*Si sente così stanca e triste la signora Leuca...*», in «Lingua nostra», dicembre 1961

G. Calendoli, *Luigi Pirandello*, La Navicella, Roma-Palermo 1962

N. De Bella, *Narrativa e teatro nell'arte di Luigi Pirandello*, D'Anna, Messina-Firenze 1962

A. Leone De Castris, *Storia di Pirandello*, Laterza, Bari 1962; 1965[2]

F. Puglisi, *Pirandello e la sua lingua*, Cappelli, Bologna 1962; 1968[2]
A. Vallone, *Profilo di Pirandello*, Ed. di « Dialoghi », Roma 1962
A. Gaglio, *Il laicismo di Pirandello*, in « Giornale italiano di Filologia », 28 febbraio 1962
F. Fido, *Una novella « siciliana » di Pirandello*, in « Belfagor », 31 maggio 1962
E. Gennarini, *La maschera di Pirandello*, in « Il Baretti », 15, 1962
A. Leone De Castris, *Il problema di Pirandello dalla filosofia alla storia*, in « La Rassegna della Letteratura italiana », 1, 1962
F. May, *A Neglected Article by Luigi Pirandello*, in « Italian Quarterly », 23-24, 1962
N. Ciarletta, *Temi di Pirandello*, Argalia, Urbino 1963
A. Di Pietro, *Pirandello*, in *I Contemporanei* (miscellanea), Marzorati, Milano 1963, vol. I
G. Giudice, *Pirandello*, UTET, Torino 1963
S. Battaglia, *Il senso della vita nei racconti di Luigi Pirandello*, in « Filologia e Letteratura », 4, 1963
R. Barilli, *La barriera del naturalismo*, Mursia, Milano 1964
M. Guglielminetti, *Struttura e sintassi del romanzo italiano del primo Novecento*, Silva, Torino 1964
F. Rauhut, *Der junge Pirandello oder das Werden eines existentiellen Geistes*, C. H. Beck, München 1964
G. Lanza, *Modernità di Pirandello*, in « Tempo presente », dicembre 1964
G. Gaetano, *Realismo e umorismo nella narrativa pirandelliana*, in « Filologia e Letteratura », 3, 1964
G. Andersson, *Arte e teoria. Studi sulla poetica del giovane Luigi Pirandello*, in « Acta Universitatis Stockholmiensis. Romanica Stockholmiensia », Almqvist & Wiksell, Stockholm 1966
A. Borlenghi, in *Narratori dell'Ottocento e del primo Novecento*, a cura di A. Borlenghi, Ricciardi, Milano-Napoli 1966
O. Büdel, *Pirandello*, Bowes & Bowes, London 1966
G. Giacalone, *Pirandello*, La Scuola, Brescia 1966
B. Terracini, *Analisi stilistica. Teoria, storia, problemi*, Feltrinelli, Milano 1966
N. Jonard, *L'amour, la femme et la société dans l'œuvre narrative de Pirandello*, in « Revue des Études Italiennes », 1, 1966
J. Chaix-Ruy, *Pirandello. Humour et Poésie*, Del Duca, Paris 1967
A. Piromalli, *Saggi critici di storia letteraria*, Olschki, Firenze 1967

N. Chiaromonte, *Pirandello e l'umorismo*, in « Tempo presente », maggio 1967
Autori vari, in « Europe », giugno 1967 (numero speciale dedicato a L. Pirandello)
A. Navarria, *Pirandello e la prosa del « Mastro Don Gesualdo »*, in « L'Osservatore politico letterario », settembre 1967
A. Borlenghi, *Pirandello o dell'ambiguità*, RADAR, Padova 1968
G. Contini, *Letteratura dell'Italia unita (1861-1968)*, Sansoni, Firenze 1968
P. Mazzamuto, *Cultura e poesia*, Andò, Palermo 1968
Autori vari, in « Il Veltro », febbraio-aprile 1968 (numero dedicato a L. Pirandello)
G. Debenedetti, *L'umorismo di Luigi Pirandello*, in « Nuovi Argomenti », aprile-giugno 1968
E. Siciliano, *Per alcune novelle di Pirandello*, in « Nuovi Argomenti », luglio-settembre 1968
E. Providenti, *Note di bibliografia sulle opere giovanili di Luigi Pirandello*, in « Belfagor », 30 novembre 1968
R. Alonge, *Pirandello dalla narrativa al teatro*, in « Comunità », 153, 1968
Autori vari, in « Revue des Études Italiennes », nuova serie, 1, 1968 (numero dedicato a L. Pirandello)
F. Felcini, *Per un capitolo della fortuna di Luigi Pirandello*, in « Studium », 2, 1968
Autori vari, in « Lettres Modernes », 1968 (numero dedicato a *Luigi Pirandello 1867-1967*; in particolare, i saggi di D. Budor, C. Perrus, M. Plaisance)
A. Pagliaro, *Teoria e prassi linguistica di Luigi Pirandello*, in « Bollettino del Centro di Studi Filologici e Linguistici Siciliani », 1968
G. Macchia, *Luigi Pirandello*, in *Storia della letteratura italiana*, diretta da E. Cecchi e N. Sapegno, Garzanti, Milano, vol. IX, *Il Novecento*, 1969
U. Bosco, *Cammino di Pirandello* (commemorazione tenuta all'Accademia dei Lincei il 20 aprile 1969), in « Cultura e Scuola », 29, 1969
G. Genot, *Pirandello*, Seghers, Paris 1970
L. Lugnani, *Pirandello. Letteratura e teatro*, La Nuova Italia, Firenze 1970
F. Puglisi, *Pirandello e la sua opera innovatrice*, Bonanno, Catania 1970
L. Sciascia, *La corda pazza. Scrittori e cose della Sicilia*, Einaudi, Torino 1970
C. Vicentini, *L'estetica di Pirandello*, Mursia, Milano 1970
L. Grande, *L'epistolario di Pirandello*, in « Il Ponte », dicembre 1970

G. Debenedetti, *Il romanzo italiano. Quaderni inediti*, Garzanti, Milano 1971
G. Munafò, *Conoscere Pirandello*, Le Monnier, Firenze 1971
G. F. Venè, *Pirandello fascista*, Sugar, Milano 1971
G. Antonucci, *Interpretazioni di Pirandello*, in « Studium », 7-8, 1971
M. Ricciardi, *Dall'esclusione dell'individuo all'impartecipazione della storia nei romanzi di Pirandello*, in « Critica meridionale », 8-9, 1971
R. Alonge, *Pirandello tra realismo e mistificazione*, Guida, Napoli 1972
R. Barilli, *La linea Svevo-Pirandello*, Mursia, Milano 1972
M. P. Bonanate, *Luigi Pirandello*, Borla, Torino 1972
J. Michel Gardair, *Pirandello, fantasmes et logique du double*, Larousse, Paris 1972
G. Guglielmi, *Le allegorie di Pirandello*, in « Lingua e Stile », 1° aprile 1972
G. Macchia, *Pirandello e gli « spiriti »*, in « Corriere della Sera », 18 luglio 1972

Vanno ricordati inoltre alcuni scritti concernenti singoli romanzi:

L'esclusa

M. Arcari Pievani, *Arte umoristica*, in « Il Corriere del Ticino », 27 febbraio 1908
C. Mortari, *Pirandello*, in « La Stampa », 2 aprile 1927
M. Muret, *Pirandello avant Pirandello*, in « Le Journal des Débats », 2 maggio 1928
A. Gaglio, *Realtà di un personaggio di Pirandello*, in « Politica e Cultura », 1° novembre 1957

Il fu Mattia Pascal

M. Muret, *« Il fu Mattia Pascal »*, in « Renaissance latine », 15 dicembre 1904
S. Benco, *Quando noi morti viviamo*, in « Il Piccolo della Sera », 27 dicembre 1904
D. Oliva, *« Il fu Mattia Pascal »*, in « Il Giornale d'Italia », 19 gennaio 1905
S. D'Amico, *Pirandelliana*, in « L'Idea nazionale », 11 ottobre 1921
G. De Toni, *Divagazioni intorno al protagonista de « Il fu Mattia Pascal »*, in « Saggi di umanesimo cristiano », 4, 1951
G. Rabac, *« Il fu Mattia Pascal » e « Il defunto » di B. Nusic*,

in « Atti del Congresso Internazionale di Studi Pirandelliani », cit., 1961
S. Battaglia, in *Mitografia del personaggio*, Rizzoli, Milano 1968
G. Debenedetti, « *Il fu Mattia Pascal* », a cura di C. Garboli, in « Paragone », giugno 1968
P. Cudini, « *Il fu Mattia Pascal* »*: dalle fonti chamissiane e zoliane alla nuova struttura narrativa di Luigi Pirandello*, in « Belfagor », 30 novembre 1971

Suo marito [*Giustino Roncella nato Boggiòlo*]

E. Janni, « *Suo marito* », in « Corriere della Sera », 31 ottobre 1911
E. Cecchi, « *Suo marito* » *di Luigi Pirandello*, in « La Tribuna », 21 novembre 1911

I vecchi e i giovani

B. Migliore, « *I vecchi e i giovani* », in « Giornale di Sicilia », 2-3 dicembre 1913
E. Cecchi, « *I vecchi e i giovani* » *di Luigi Pirandello*, in « La Tribuna », 8 dicembre 1913
V. Picardi, « *I vecchi e i giovani* » *di Luigi Pirandello*, in « Rassegna contemporanea », 1, 1914 (cfr. in *Scritti politici e letterari*, Libreria di Scienze e Lettere, Roma 1922)
L. Tonelli, *La vita dello spirito nella letteratura. Luigi Pirandello*, in « Bilychnis », marzo-aprile 1931
M. Brion, « *I vecchi e i giovani* », in « Nouvelles Littéraires », 19 marzo 1932
M. Apollonio, « *I vecchi e i giovani* », in « Leonardo », aprile 1932
A. Macchia, « *I vecchi e i giovani* », in « Roma », 26 novembre 1932
C. Ravenna, *Nel segreto della creazione pirandelliana:* « *I vecchi e i giovani* » *nell'arte e nella realtà*, in « Atti dell'Accademia agrigentina di Scienze, Lettere e Arti », Dima, Agrigento 1947-48
L. Tatulli, « *I vecchi e i giovani* » *nella narrativa di Luigi Pirandello*, Adriatica Editrice, Bari 1955
P. De Meijer, *Una fonte de* « *I vecchi e i giovani* », in « La Rassegna della Letteratura italiana », 3, 1963

Si gira... [*Quaderni di Serafino Gubbio operatore*]

N. Kállay, « *Si gira...* », *un romanzo di ambiente cinematografico*, in « Nemzeti Ujság », 36, 1926
G. Juhász, « *Si gira...* », in « Debreceni Szemle », 1928
L. Németh, « *Si gira...* », in « Napkelet », XI, 1928

Uno, nessuno e centomila

G. Titta Rosa, « *Uno, nessuno e centomila* », in « La Fiera letteraria », 27 giugno 1926

F. Piccolo, « *Uno, nessuno e centomila* » *di Luigi Pirandello*, in « Leonardo », 20 gennaio 1927

O. Giacobbe, « *Uno, nessuno e centomila* », in « Rassegna italiana », gennaio 1927

L. Gillet, *Un nouveau roman de Mr. Pirandello*, in « Revue des Deux Mondes », 1° marzo 1927

V. Piccoli, « *Uno, nessuno e centomila* », in « L'Illustrazione italiana », 6 marzo 1927

B. Radiča, « *Uno, nessuno e centomila* », in « Obzor », 21, 1927

A. Kerr, prefazione a *Uno, nessuno e centomila* (trad. di H. Feist), Orell Füssli, Zürich-Leipzig 1928

N. T. Balabanov, *Pirandello.* « *Uno, nessuno e centomila* », in « Literaturen Front », 21 novembre 1934

G. P. Biasin, *Lo specchio di Moscarda*, in « Paragone », giugno 1972

INDICE

I VECCHI E I GIOVANI

Parte prima

Parte seconda

QUADERNI DI SERAFINO GUBBIO OPERATORE

Quaderno primo

UNO, NESSUNO E CENTOMILA

Libro primo

Libro secondo

Libro terzo

Questo volume è stato impresso
nel mese di aprile dell'anno 1998
presso la Arnoldo Mondadori Editore S.p.A.
Stabilimento O.G.A.M. di Verona

Stampato in Italia – Printed in Italy

I Meridiani

ISBN 88-04-10232-2
9 788804 102328